Lucia St. Clair Robson · Tiana

Lucia St. Clair Robson

Tiana

Roman

Aus dem Amerikanischen
von Hans-Joachim Maass

Kabel

Titel der amerikanischen Originalausgabe:
WALK IN MY SOUL
Random House Inc., New York

Owen Lock möchte ich dafür danken, daß er mir sagte, ich könne dieses Buch schreiben, und Pamela Strickler dafür, daß sie mir zeigte, wie.

Dank gebührt auch den Zauberern der Anne Arundel County Public Library in Maryland. Sie schafften es, seltene und verschollen geglaubte Werke aus dem Nichts zu holen. Ohne sie wäre dieses Buch nicht möglich gewesen.

Umschlag: Theodor Bayer-Eynck
Titelillustration: Silvia Christoph
Satz: Clausen & Bosse, Leck
Druck u. Bindung: Wiener Verlag, Himberg/Österreich
ISBN 3-8225-0248-0

1 3 5 7 9 10 8 6 4 2

Ich widme dieses Buch den weisesten aller Lehrer, meinen Eltern. Wenn ihre Seelen nicht im Gleichgewicht sind, liegt es nur daran, daß sich die Waagschale unter dem Gewicht der Liebe neigt.

Und *Ulisi*, Gram, die das Nachtland bereist hat.

OSTEN

Das Sonnenland

1809

Soll einer der lieblichsten Landstriche des Globus im Naturzustand verbleiben, Schlupfwinkel einiger unglücklicher Wilder?

WILLIAM HENRY HARRISON,
Gouverneur des Territoriums Indiana
1810

Die Herrschaftsform der Cherokee bringt ein von Frieden und Liebe geprägtes Gemeinwesen hervor, das... eher geeignet ist, das Glück der Menschen zu sichern, als das komplizierteste System moderner Politik, das mit Zwangsmaßnahmen durchgesetzt wird.

WILLIAM BARTRAM,
Naturforscher
1791

1

Die neunjährige Tiana Rogers stampfte mit dem Fuß auf und starrte ihren Vater zornig an. Um ihn zu ärgern, schrie sie ihn auf Cherokee an, denn sie wußte, daß er die Komplexität dieser Sprache nie gemeistert hatte. Es fiel Tiana jedoch schwer, so zu starren und zu schreien. Ihre Mutter hatte sie gelehrt, wie Indianermädchen den Blick abwenden und die Stimme leise halten. Zudem forderte ein Kind so gut wie nie seine Eltern heraus. Unhöflichkeit war schon schlimm genug, Grobheit gegenüber Vater oder Mutter war so gut wie undenkbar. Tianas jüngere Schwester Susannah und ihre ältere Halbschwester Nannie feuerten sie schweigend an.

»Die hier wird nicht in die Schule gehen!« rief Tiana und benutzte dabei die förmliche dritte Person. »Sie geht nicht!«

»O doch, du gehst!« brüllte Jack Rogers auf englisch. Er hatte fast dreißig Jahre bei den Cherokee gelebt und wußte, wie schwer es ihr fiel, sich mit ihm zu streiten. Er bewunderte ihren Mut, nutzte aber auch seinen Vorteil aus. Er hielt den Blick ihrer dunklen blaugrauen Augen mit seinen blaßblauen gefangen und steigerte sich langsam in gut gespielte Rage. »Ich will keine Töchter, die unwissende kleine Heiden sind. Du läßt dir Bildung beibringen«, er erreichte jetzt volle Lautstärke, »oder ich werde bei Gott dem Allmächtigen Manieren in dich reinprügeln!«

»Tiana ist *Ani Yun'wiya,* eine aus dem Wahren Volk«, schrie das Kind und beugte sich zurück, um zu ihm hochzusehen. Sie wechselte in das Englisch, das sie von ihm gelernt hatte. »Ich lasse mich nicht mit einer verkniffenen, schmallippigen, frommen Pedantin mit Verdauungsstörungen in eine stinkende Schule einsperren.« Tianas Stimme wurde zu einem schrillen Falsett. Sie konnte fühlen, wie sie die Beherrschung verlor und Tränen ihr in den Augen schmerzten. Sie feuerte zu ihrer Verteidigung eine letzte Salve ab. »Ich gehe nicht!« Sie wirbelte herum und rannte durch die offene Tür hinaus. Nannie und Susannah folgten ihr über die breite Veranda und sprangen die drei Stufen zum Hof hinunter. Ihre kurzen Kittel flogen hoch und entblößten nackte Hinterteile. Sie rannten über den festgetretenen Scheunenhof und verschwanden im Gebüsch.

Jack Rogers sah ihnen von der Tür aus nach. Die 1,92 Meter hohe Türfüllung ließ ihm nur noch wenig Spielraum für den Kopf. Ein feines Lächeln umspielte seine Lippen. Verdammt, aber es tat gut, gelegentlich unbeherrscht zu sein und laut herauszuplatzen. Indianische Höflichkeit war anstrengend für einen Mann, der nicht dazu erzogen war. Mit einem Cherokee zu streiten war etwa so, als wollte man einen Schilfhalm mit einer Axt fällen.

Dieser kleine Racker, dachte er. Wenn es ihr in den Kram paßte, tat sie so, als verstünde sie kein Englsich. Dabei hatte sie ihren Vater oft genug über die Missionare schimpfen hören. Sie konnte wiederholen, was er sagte, sogar in seinem leichten schottischen Akzent. Sie war nicht auf den Kopf gefallen.

Als Jack ins Haus zurückging, spürte er die Kühle in der Luft. Seine zwei Frauen blickten durch ihn hindurch, als wäre er Luft.

»Ach Jennie, Mädchen, du weißt doch, daß ich sie nie wirklich schlagen würde.«

»Ich weiß.« Jacks zweite Frau Jennie konzentrierte sich auf ihr Spinnrad. Elizabeth, seine erste Frau und Jennies Mutter – Elizabeth war früher schon einmal verheiratet gewesen –, sammelte ihre Krempler und Körbe mit Wolle ein und verließ den Raum.

»Was ist es dann?«

»Wir sind also Heiden, ja?« Jennie sprach leise wie immer. Sie sah keine Sekunde von ihrer Arbeit auf.

»Das habe ich nicht gesagt.«

»›Unwissende kleine Heiden‹, hast du gesagt.«

Teufel auch. Das hatte er vergessen. Was für ein Gedächtnis Frauen haben. Sie bringen es fertig, einem Mann noch nach Jahren seine unbedachten Worte um die Ohren zu schlagen. Vielleicht machte es sein Nachbar richtig, der alte Campbell. Er brachte seinen Frauen oder Kindern nicht Englisch bei und dachte selbst nicht im Traum daran, Cherokee zu lernen. Sie waren eine einzigartig glückliche Familie. Doch das Anbrüllen Tianas hatte Jack munter gemacht, und so war er jetzt in versöhnlicher Stimmung.

»Das waren unüberlegte Worte, Kleines, ohne jede Bedeutung.« Doch Jennie ließ sich nicht besänftigen.

»Der Pfad der Cherokee ist für mich gut genug und auch für dich, Mann, wenn dir die Art der Weißen nicht paßt.« Jennie ließ einen Strang sahnefarbener Wolle durch die zartgliedrigen, schwieligen

Finger gleiten. Sie beugte sich über ihre Arbeit und stützte sich auf dem Ballen ihres nackten linken Fußes ab. Sie hielt das Rad mit einem Stöckchen in der rechten Hand behutsam in Bewegung und zog das Garn mit der linken heraus. Es zitterte und zwirbelte sich zwischen ihren Fingern wie ein Lebewesen. Sie trat vor, damit sich das Garn auf der Spindel aufwickelte. Dann trat sie zurück und begann von vorn. An diesem Tag würde sie so zwanzig Meilen laufen. Das Summen des Spinnrads war stetig und hörte sich an wie ein sachter, ferner Wind, der seufzend durch Gras fährt.

»Der indianische Pfad ist für deine Töchter nicht gut genug, nicht wahr?« fuhr sie fort. »Willst du, daß sie so werden wie die Schwarzröcke und ihre trübsinnigen Frauen? Willst du, daß sie lachen für...« Sie suchte nach einem Wort. »*Uyo'i*, schlecht halten wie sie?«

»Der Gemeinderat hat den Missionaren gesagt, daß sie für ihre Kinder Bildung wollen und keine religiöse Phrasendrescherei. Ich weiß. Ich habe den Brief für sie geschrieben. Hat mich sehr befriedigt.« Jack trat von dem Dielenfußboden auf den Flickenteppich und wieder zurück. Seine schweren Arbeitsschuhe mit den Messingspitzen dröhnten erst laut, dann gedämpft. Die Sonne war seit fast einer Stunde aufgegangen, und er hatte zu tun. Er wußte aber, daß er gut daran tat, diese Angelegenheit jetzt zu klären. Die Cherokee waren höflich. Sie widersprachen einem ungern. Sie waren aber auch hartnäckig. Sie ritten so lange auf einer Frage herum, bis sie eine befriedigende Antwort erhielten.

»Wenigstens sind Blackburn und seine Leute zuverlässig«, sagte Jack. »Du weißt doch, wie viele Schulmeister wir hier schon hatten. Sie sind entweder Trinker oder Spieler oder Hurenböcke oder Faulenzer oder schlimmeres. Sie wissen oft kaum mehr als ihre Schüler.« Rogers bremste sich gerade noch rechtzeitig, bevor er sagte, nur ein Taugenichts von Mann würde in dieser öden Wildnis für einen Dollar sowie Kost und Logis pro Woche eine Brut halbblütiger Gören unterrichten. Jack Rogers liebte seine Familie, hatte aber kaum Illusionen. »Ich will, daß die Mädchen gut heiraten. Sie brauchen etwas Politur und Schliff.«

»Du meinst, sie sollen weiße Männer heiraten.«

»Erzähl mir nicht, was ich meine, Frau.«

Jennie wußte, daß sie ihn so weit bekommen hatte, wie es ihr möglich war. Sie versuchte es mit einem neuen Anlauf. Ihr Englisch war brauchbar, aber holprig.

»Gib jeder von ihnen ein Geschenk. Gib ihnen Bänder für ihr

Haar. Und irgend etwas, was sie in der Schule gebrauchen können. Taschenmesser aus der Fabrik. Die mit den Stiefelknöpfern dran.«

»Sie werden nichts tragen, was geknöpft werden muß. Selbst Kleider werden sie nur selten tragen«, sagte er gereizt.

»Wenn sie zur Schule gehen, werden sie Kleider tragen. Mach die Schule zu einem Abenteuer. Einem Wagnis. Fliegen zieht man mit Honig an, nicht mit Essig.«

»Dann kümmere du dich darum. Ich kann hier nicht den ganzen Morgen vertrödeln. Ich will in die Garnison reiten, um zu sehen, wie sich Charles in der Fabrik macht. Die Jahresbilanz ist wieder nicht fertig«, murrte Jack. »Und ich muß mir die üblichen Vorwürfe anhören.« Jack war nie damit zufrieden, wie sein ältester Sohn für ihn die Fabrik leitete, den Handelsposten der Regierung. »Ich werde die Messer mitbringen.« Damit schnappte sich Jack seinen flachen Strohhut vom Haken an der Tür. Aus Gewohnheit rollte er die Seiten der breiten Krempe, damit sie hochstanden. Die Krempe dieses alten Huts hatte jedoch schon vor langem die gewünschte Form erhalten. Er setzte ihn sich mit einem Ruck auf den Kopf und ging.

Jennie sah ihn mit einem leisen Seufzer der Erleichterung gehen. Er würde nie die Tatsache akzeptieren, daß er nicht das Oberhaupt seiner Familie war. Er war der Vater von fünf Kindern mit Jennie und sechs mit Elizabeth. Doch mochte er noch so poltern, wirklich zu sagen hatte er ihnen nichts. Die Clan-Zugehörigkeit wurde durch die Mütter an ihre Kinder weitergegeben. Die Verantwortung für eine Familie fiel den Mitgliedern des Clans der Mutter zu, meist ihrem älteren Bruder. Schließlich konnte eine Frau leicht einen anderen Mann heiraten und tat es oft auch. Aber sie hatte nur einen ältesten Bruder. Jack sagte, mit diesem Clan-Unfug sei es vorbei, das sei Vergangenheit. Doch das war es nicht. Noch nicht. Charles, Jacks und Elizabeths ältester Sohn, würde die Mädchen zur Schule begleiten und sie anmelden. Das war seine Pflicht und nicht die seines Vaters.

Nannie Rogers ging auf einem hohen Hügelkamm. Die beiden anderen folgten im Gänsemarsch und trotteten barfuß über den schmalen Tierpfad. Nannie war zehn, ein Jahr älter als Tiana. Die siebenjährige Susannah hüpfte, um mit den beiden anderen mitzuhalten. Unter ihnen schnitten die Felder ihres Vaters in die dichten Wälder in dem üppig grünen Tal des Tennessee River. Die Kinder sahen, wie Rauchsäulen kräuselnd aus den riesigen steinernen Schornsteinen aufstiegen, die von den Bäumen verborgen wurden.

Das Wahre Volk nannte sein Land Das Land Der Tausend Rauchsäulen. Ein blasser, rauchiger Dunst lastete dick auf dem Tal. Er bekränzte die Hügelkuppen, die wie Inseln in einem ruhigen Meer wirkten. Im Osten ragten die Berge auf. Ihre Hänge waren mit einem Frühlingsteppich purpurroter, pink- und lavendelfarbener Rhododendren bedeckt. Die blauen Gipfel waren in Nebel gehüllt. In den Bergen waren unzählige Geister zu Hause. Geister bewohnten jeden großen Felsen und hohen Paß, jeden kahlen Berggipfel, jede Höhle, jede Schlucht. Sie lauerten in jedem Fluß und sangen mit dem Wind in den Baumwipfeln.

Der Pfad machte eine scharfe Biegung, um ein Dickicht knorriger Kalmien zu umgehen, die mit orangefarbenen Blüten übersät waren. Dann wurde er schmaler und drohte sich in dem Gewirr von Felsen, rankenden Weinstöcken und Blaubeersträuchern zu verlieren. Die Luft wurde kühler, als die Mädchen einen Hain von Tulpenbäumen betraten, deren Stämme mehr als sechzig Meter aufragten. Sonnenstrahlen schnitten sich wie Messer in geraden Bündeln durch ihr Blätterdach. Da waren Färbereichen, deren zerfurchte Stämme einen Umfang von neun Metern hatten. Da waren Kastanienbäume, die aus den Massen ihrer süßen Nüsse emporwuchsen, sowie fünfundvierzig Meter hohe Rotbuchen und Tupelobäume. Doch ihre Größe schüchterte Tiana nicht ein. Die Bäume waren ihre Freunde. Es gab einzelne Bäume, mit denen sie sprach und denen sie Kosenamen gab. Diese Bäume bewachten und behüteten sie.

Das Rauschen von Wasser, das über Felsen hinwegstürzte, wurde lauter. Farne, die *yan utse'stu*, Der Bär Liegt Darauf, überwucherten den Pfad. Der Fluß war einer von Tausenden, die in den Bergen entsprangen und sich durch tiefe Schluchten zu Tal schlängelten oder von hoch aufragenden Felsen hinunterstürzten. Der umgestürzte Baumstamm, der auf die andere Seite des Flusses führte, war so mächtig, daß sie alle drei nebeneinander hinübergehen konnten. Ein feiner Sprühnebel aus Wassertropfen hielt den Moosteppich des Baumstamms in einem strahlenden Grün. Er fühlte sich unter Tianas Füßen kühl an und gab nach wie ein Schwamm. Wo das Holz verfault und weich war, sprossen kleine Farne.

Tiana bahnte sich mühsam ihren Weg durch das dichte Gebüsch um ihre sumpfige Lieblingslichtung herum. Sie wurde auf zwei Seiten von einem mit Farnen und Moosen bedeckten Kalksteinfelsen begrenzt, und überall glitzerten kleine Rinnsale. Am Fuß des Steilhangs befand sich ein tiefer Teich, in dem sich die blassen Frühlingsblätter der darüber aufragenden Bäume spiegelten. Ein Rinnsal, das von dem Fluß gespeist wurde, floß über ein Kalksteingesims in den Teich. Vögel und Insekten versuchten, sich mit ihrem Gesang gegenseitig zu übertrumpfen.

Der Boden der Lichtung war mit winzigen Blumen bedeckt. Das Wahre Volk hatte ihnen Namen wie »Sommernatter« und »Rebhuhn-Mokassin«, »Trägt Einen Hut« und »Kleiner Stern«, »Rehauge«, »Feuermacher« und »Sprecher« gegeben. Zierliche, durchsichtige weiße Blüten des Einblütigen Fichtenspargels schoben sich durch den schwarzen Lehmboden ans Licht. Tiana kauerte sich hin und betastete eine der hängenden, wächsernen Blüten. Fast erwartete sie Tsawa'si, einen der gutaussehenden Kleinen Menschen, hinter dem Gestrüpp zarter Stiele hervorlugen zu sehen.

Hier mußte es einen Streit gegeben haben. Streit versetzte Den Ernährer, den Höchsten, der irgendwo über Sonne und Mond im Himmel lebte, in Zorn. Diejenigen, die sich mit anderen stritten, verwandelte er in Fichtenspargel, um andere zu ermahnen, Frieden zu halten. Und mit dem Rauch, der über dem Berg hing, erinnerte Der Ernährer sie daran, daß es Friedenspfeifen gab.

»Was wollen wir machen?« fragte Nannie.

»Ich weiß nicht.« Tiana starrte trübsinnig in das grünstichige Wasser. Susannah lag neben ihr, das Kinn auf die gekreuzten Arme gestützt. Sie hielten wachsam nach dem riesigen rot-weiß-gestreiften Blutegel Ausschau, der in Teichen wie diesem lebte. Er war nur eine verschwommene, sich im Wasser immer wieder verwandelnde Form, bis er einen Sog erzeugte, der Sorglose in seinen Herrschaftsbereich zog. »Da unten schlagen sie auch Kinder«, sagte Tiana. »Sie fesseln sie und schlagen sie.«

»Woher weißt du das?« wollte Nannie wissen.

»James hat es mir erzählt.« Sie glaubten alles, was ihr älterer Bruder ihnen erzählte. Geschlagen zu werden war unvorstellbar. Ihr Vater hatte ihren ältesten Bruder vor langer Zeit, noch bevor die Mädchen geboren waren, einmal ausgepeitscht. Doch der stille Kummer und der Zorn von Jacks Frauen hatten ihn davon abgehalten, es je wieder zu tun. Er drohte zwar von Zeit zu Zeit damit, doch diese Drohungen waren nicht wirklicher als der Gespenstermann, mit dem er sie erschreckt hatte, als sie noch kleiner waren.

Die ältesten Rogers-Kinder, Charles, Aky, Mary, John, James, Joseph, William und Annie hatten bei Privatlehrern, die ihr Vater eingestellt hatte, lesen, schreiben und rechnen gelernt. Jack konnte die

Missionare nicht ausstehen. Sie hatten ihm nicht umsonst den Namen »Hell-Fire Jack« gegeben. Er hatte sich lange geweigert, die Jüngsten in die neue Presbyterianer-Schule in dem verlassenen Tellico-Blockhaus zu schicken, hatte sich aber schließlich doch entschlossen, es zu tun.

»Wir werden ausreißen müssen«, sagte Tiana schließlich.

»Wohin?« fragte Nannie.

»Hierher.«

»Hierher?«

»Ja. Wir werden so leben, wie es das Wahre Volk immer gemacht hat. Tianas Schwestern machten ein zweifelndes Gesicht. »Wir werden jagen und fischen und uns aus Federn und Fellen Umhänge machen. Wir werden *Ghigau* sein, Geliebte Frauen, Kriegerinnen wie Nanehi Ward.«

»Wir können in einer Höhe leben«, sagte Nannie.

»Und wir werden nie melken oder Holz holen oder Wasser schleppen müssen«, fügte Susannah hinzu.

Sie verbrachten den Morgen damit, sich Blumenkränze fürs Haar zu flechten, zu schwimmen und nach frühen Beeren und Pilzen zu suchen. Sie spielten abwechselnd Nanehi Ward, welche die arme Mrs. Bean davor rettet, am Pfahl verbrannt zu werden. Sie träumten davon, *Ghigau* zu werden, eine Geliebte Frau wie sie. Sie hatte im Kampf einen Mann getötet. Sie besaß das Privileg, in den höchsten Räten mit den Männern zu sprechen. Und sie konnte das Leben von Gefangenen retten, wenn sie es wünschte. Obwohl es jetzt weder Schlachten noch Gefangene mehr gab. Zwischen dem Wahren Volk und den weißen Männern herrschte seit fünfzehn Jahren Frieden.

An diesem Tag wurde es schon früh dunkel. Schwere schwarze Wolken trieben am Himmel dahin. Ein kühler Wind fand ihr Versteck am Teich. Die Blätter über ihnen begannen zu flattern, als würden sie von einer unsichtbaren Hand bewegt. Die Vögel verstummten. Von weit her hörten die Mädchen Donnergrollen. *Anisga'ya Tsunsdi*, die Söhne des Großen Donners, mußten miteinander sprechen. Oder die anderen Donnermenschen, die in den hohen Felsen und unter Wasserfällen lebten, wanderten auf ihren unsichtbaren Brücken von Berggipfel zu Berggipfel.

»Ich habe Hunger«, sagte Susannah. Ein paar harte Beeren und einige rohe Pilze waren nicht sehr sättigend. Tiana begann, ihre Idee mit dem Weglaufen schon zu bedauern. Die Vorstellung, die Nacht in einer kalten dunklen Höhle zu verbringen, war nicht mehr so verlockend, wie sie es noch am Morgen gewesen war.

»Oben auf der Hügelkuppe habe ich eine Öffnung gesehen, nicht weit von hier«, sagte Nannie. »Die ist mir früher nie aufgefallen. Vom Eingang muß ein Felsen weggerollt sein.«

Tiana erschauerte, als der Wind kälter wehte und der Donner lauter grollte. Sie wünschte, ihr wären die richtigen Gebete bekannt, mit denen man die Donnermenschen besänftigt. Meist waren Angehörige des Wahren Volks gut Freund mit Donner, aber es konnte nicht schaden, ihm ein wenig um den Bart zu gehen.

Die Mädchen hockten sich hin, um in die Dunkelheit der Höhle zu blicken. Ein greller, zuckender Blitz, ein lautes Grollen, und große, eiskalte Regentropfen trieben sie hinein. Sie kauerten sich am Eingang hin und warteten, bis sich die Augen an die Dunkelheit gewöhnt hatten.

»Ich will nach Hause.« Susannah begann zu schluchzen. »Vielleicht leben hier drinnen Kleine Menschen.«

»Sie werden lieb zu uns sein«, sagte Nannie. »Sie helfen Kindern, die allein nicht mehr zurechtkommen.«

»Wenn wir sie stören, werden sie nicht nett zu uns sein. Sie mögen es nicht, gestört zu werden. Sie werden uns verhexen.«

»Still.« Tiana wollte nichts von Verhextwerden hören. Nannie schrie plötzlich auf und hielt sich an ihr fest.

»*Tla'meha,* eine Fledermaus«, sagte Nannie verlegen. Tiana spürte, wie noch weitere Fledermäuse wie fliegende Spinnweben an ihnen vorüberhuschten.

»Wenigstens ist es trocken«, sagte sie.

»Das hier macht keinen Spaß mehr. Können wir nicht nach Hause gehen?« Susannah wimmerte jetzt nur noch leise vor sich hin. Sie klammerte sich an den ausgefransten Saum von Tianas Kittel. Die Luft in der Höhle, die seit Jahren keine Zufuhr von außen erhalten hatte, roch muffig. Undeutliche Umrisse durcheinandergestürzter Felsen ragten in der Dunkelheit auf. Einige sahen wie Tiere aus. Oder, schlimmer noch, wie Gespenstermänner.

Susannah weinte still und verzweifelt. Sie hatte ihre Schwestern schon öfter auf solche Eskapaden begleitet und wußte, daß sie lieber die ganze Nacht hierbleiben würden, als die Niederlage einzugestehen. Und sie hatte zu große Angst, um sich allein in das Gewitter hinauszubegeben. Draußen regnete es in Strömen. Die Welt kam ihr fremd vor und schien von den zufällig aufzuckenden Blitzen in Brand gesetzt zu werden. Susannah fuhr bei jedem Donnerschlag zusammen.

»Schon gut, kleine Schwester«, sagte Tiana. »Ich werde mich vergewissern, daß hier keine Tiere oder Kleine Menschen sind.« Sie ging tiefer in die Höhle hinein und hielt einen Stock vor sich. Sie stieß damit gegen einen undeutlichen Umriß an der Felswand. Der Stock ließ einen gedämpften Laut ertönen, und Staub wirbelte auf. Tiana nieste. Vor Angst sträubten sich ihr die Nackenhaare.

»Was ist es?« zischte Nannie.

»Laßt uns gehen«, jammerte Susannah. Sie schluchzte jetzt.

»Ich weiß nicht.« Tianas Herz pochte, als sie wieder behutsam gegen den Gegenstand stieß. Ein zuckender Blitz, dann ein weiterer und noch einer schlugen in der Nähe ein und erhellten die Höhle. Für einen Augenblick sahen die Mädchen, was sich am Ende des Stocks befand.

An die Kalksteinwand gelehnt war ein großer Weidenkorb, der am Rand aufgebrochen und ausgefranst war. Darin befand sich ein mumifizierter menschlicher Leichnam. Die braune, lederartige Haut war über dem leeren Schädel zu einem schauerlichen Grinsen gespannt. Eine winzige braune Fledermaus hing an einer der leeren Augenhöhlen. Eine Skeletthand ruhte auf dem Rand des Korbs, als wollte sich der Leichnam selbst aus seinem Sarg ziehen.

Dann war die Höhle wieder schwarz. Tiana war zu verängstigt, um sich zu bewegen. Sie fühlte sich in der plötzlichen Dunkelheit ohne Halt und hatte Angst, sie könnte gegen den Leichnam stolpern. Vielleicht hatten Donner und Blitz ihn auch wieder ins Leben zurückgeholt. Vielleicht streckte er sich jetzt nach ihr aus. Sie konnte seinen knochigen Griff an der Schulter spüren, wie seine kalten Finger ihr die Wange liebkosten. Sie wollte weglaufen, doch ihre Füße hatten sich jetzt in Stein verwandelt, und ihre Knie waren nicht kräftig genug, sie zu heben. Sie spürte, wie ihr heißer Urin brennend an den Beinen hinablief.

Susannah brach den Bann mit einem Kreischen. Schreiend drängelten sie und rempelten einander an, als sie sich durch die Öffnung zwängten. Blitze erhellten den Weg, und sie rannten den Abhang hinunter, ohne auf Felsbrocken und Dornensträucher zu achten.

Das Tageslicht schwand schnell, als sie nach Hause stürzten. Eisiger Regen verwandelte sich in Hagel. Tiana versuchte, mit den Armen das Gesicht zu schützen, als ihr große Hagelkörner auf Kopf und

Schultern fielen. Ihre Füße waren taub vor Kälte und bluteten, weil sie über spitze Steine gestolpert war. Susannah glitt in dem Schlamm aus, und Tiana hörte auf, sie immer wieder hochzuziehen. Inzwischen schluchzten sie alle drei.

Der Hof ihres Hauses war zu einem flachen, schnell dahinströmenden Fluß geworden, als sie auf das Haus zurannten und dabei das Wasser aufspritzen ließen, bis sie die Vordertreppe erreichten und auf die Veranda kamen. Sie blieben an der großen Holztür stehen und wischten sich die Füße an der Matte aus geflochtenen Maisliesschen ab. Dort blieben sie keuchend und zitternd stehen, bis sie den Mut hatten, einzutreten. Tiana war erleichtert zu sehen, daß die Schnur zum Aufziehen der Schloßfalle draußen hing.

Sie holte tief Luft und zerrte an der Schnur. Diese zog den Riegel auf der Innenseite hoch, so daß sie die Tür aufstoßen konnten. Tiana fuhr zusammen, als die Tür in ihren hölzernen Scharnieren kreischend aufging. Schweigend betrachteten die drei Mädchen nacheinander den warmen Raum, der von einem riesigen Kaminfeuer und Binsenlichtern in Kerzenhaltern aus Draht erleuchtet wurde. Tiana konnte das rhythmische »frumm, frumm« von Elizabeths Webstuhl im Nebenzimmer hören, in dem große Knäuel von Wolle und Baumwollgarn in den Farben Gelb und Rostrot, Braun, Schwarz und Indigo an den Deckenbalken hingen.

Jennie flickte im Lichtschein des Kaminfeuers. Jack saß auf seinem Thron, dem einzigen bequemen Stuhl des Hauses. Er studierte das Schachbrett, das vor ihm auf einem Baumstumpf lag. Auf der anderen Seite des Bretts saß Jacks Pächter Elizur Schrimshear auf einem dreibeinigen Schemel. Er war ein schweigsamer Mann, aber verläßlich. Er hatte seine schlaksigen Beine links und rechts des groben Schachtischs ausgestreckt. In seinem Mundwinkel hing ein Zahnstocher, den er aus einem Gänsekiel gemacht hatte.

Tiana war froh, daß ihre Brüder Joseph und William immer noch bei ihrem Onkel Drum in Hiwassee Town zu Besuch waren. Die Jungen neckten und ärgerten sie und ihre Schwestern, wann immer sich die Gelegenheit dazu bot. Die fünfzehnjährige Annie war dabei, aus getrocknetem Spanisch Rohr einen Korb zu flechten, aber ihre Gedanken waren wie immer bei Jungen. Sie war spät aufgeblüht und wollte verlorene Zeit aufholen. Tianas Halbbrüder James und John sahen beim Schachspiel zu. Fancy, die schwarze Frau, die bei ihnen lebte, schlief in ihrem kleinen Zimmer auf dem Dachboden.

Die Mädchen stellten sich nebeneinander auf den kalten Bodendielen auf. Um ihre Füße bildeten sich schlammige kleine Pfützen, und sie wagten es nicht, auf dem Flickenteppich zu stehen.

Jack sah von seinem Spiel hoch. »Ich ziehe da wohl Taugenichtse groß. Ihr wühlt jetzt wohl schon mit den Schweinen in der Erde herum, oder?«

Tiana gab sich Mühe, ruhig zu atmen und mit dem Zittern aufzuhören. Warum blieb es immer ihr überlassen, für alle zu sprechen?

»Wir wurden vom Regen überrascht, *Skayegusta,* Gutangezogener Mann«, sagte sie. Sie hoffte, ihn mit dem ehrerbietigen Titel zu besänftigen.

»Was du nicht sagst, Kleines«, sagte Jack sanft. »Du siehst aus, als hättest du dem Großen Blutegel im Flußschlamm Gesellschaft geleistet.«

Tiana schloß vor Erleichterung kurz die Augen. Er konnte schrecklich aufbrausen, war aber nicht nachtragend. Tatsächlich hatte Jack die drei nur einmal angesehen und war zu dem Schluß gekommen, daß sie genug gestraft waren.

»*Atu'n,* junge Frau, bring ihnen etwas zu essen«, sagte Jennie zu Annie. Sie folgte Annie in die Sommerküche, die an das Haupthaus angebaut war. Tiana hörte, wie sie die große hölzerne Wanne über den Fußboden zog. Sie kehrte mit einem Kessel voll Wasser zurück, das für das Bad erhitzt werden sollte.

Als sie sauber und trocken und satt war, sah das Leben für Tiana schon wieder freundlicher aus. Sie kauerte in einer durch langen Gebrauch weich gewordenen Wolldecke vor dem Feuer und starrte in die Flammen. Noch nie hatte Großmutter Feuer einen so fröhlichen und tröstlichen Eindruck auf sie gemacht. Tiana fingerte an dem kleinen Lederbeutel herum, den sie um den Hals trug. Er enthielt ein Stück von Großmutter Feuers Holzkohle, das sie beschützen sollte. Ihre Lieblingskatze lag auf ihrem Schoß. Sie beugte sich über sie, um sie schnurren zu hören. Jennie behauptete, Katzen zählten beim Schnurren. »*Taladu, nuhgi, taladu, nuhgi,* sechzehn, vier, sechzehn, vier.«

Aus dem Augenwinkel versuchte Tiana die Laune ihres Vaters abzuschätzen. Nachdem Schrimshear das Schachspiel verloren hatte, war er in sein kleines, an die Scheune angebautes Zimmer gegangen.

Es war gut, daß er verloren hatte. Wenn Jack gewann, war er immer strahlender Laune.

Jack Rogers sah jetzt harmlos genug aus, wie er die Füße auf den Hocker gelegt hatte und seine lange Cherokee-Pfeife aus Speckstein zwischen den Zähnen hielt. Tabakrauch kräuselte sich um den roten Turban aus Kattun, den er trug, um den kahlen Fleck am Hinterkopf zu bedecken. An den Füßen trug er Mokassins und schwere Wollsokken. Annie hatte sie vor vielen Jahren mit mehr gutem Willen als Geschick gestrickt. Sein Lieblingshemd, das alte gestreifte Jagdhemd, war inzwischen zu dem gleichen Grau verblaßt wie seine weiten, ausgebeulten Hosen aus selbstgewebtem Stoff.

Jennie Rogers trug ein schlichtes Kleid mit hoher Taille nach französischer Mode. Mit ihren fünfunddreißig Jahren war sie immer noch schlank, hatte aber volle Brüste, die sich über ihrem tiefen Ausschnitt wölbten. Ihr dichtes, kräftiges schwarzes Haar hing ihr bis in die Kniekehlen, wenn sie stand. Ihr elfenhaftes Gesicht war anmutig und faltenlos. Es war leicht zu erkennen, warum Jack ihr nicht hatte widerstehen können, als sie ein Mädchen von vierzehn gewesen war.

»Mutter«, sagte Susannah. »Wir haben einen Geist gesehen.«

»Es war kein Geist, es war ein toter Mensch«, sagte Tiana.

»Wo?« Jack verstand Cherokee weit besser, als er es sprach.

»In einer Höhle oben in den Hügeln. Er war vertrocknet und saß in einem Korb«, sagte Tiana.

»Und er hatte eine Fledermaus im Auge.« Susannah erschauerte.

»Es war scheußlich«, fügte Nannie hinzu und benutzte eins der Lieblingswörter ihres Vaters. Die Rogers-Kinder sprachen eine seltsame Mischung aus Englisch und Cherokee.

»Es muß einer von den Ahnen gewesen sein«, sagte Jennie. »Die haben ihre Toten auf diese Weise bestattet.«

»Aber er hatte immer noch braune runzelige Haut«, sagte Nannie.

»Der salpeterhaltige Boden in einigen dieser Höhlen konserviert Fleisch so gut wie Fancys eingelegte Gurken«, sagte Jack.

Tiana sog die Wangen ein. Sie riß ihre großen Augen auf und rollte die Augäpfel tief in den Höhlen. Sie ließ ein tiefes, kehliges Stöhnen hören, streckte langsam eine Hand aus, krümmte sie zu einer Kralle und streckte sie aus der Wolldecke Susannah hin. Die vom Lichtschein des Feuers erzeugten Schatten ließen ihr Gesicht wahrhaft schauerlich aussehen.

»Hör auf, Schwester.« Susannahs Unterlippe zitterte.

Annie gähnte, nahm ein Binsenlicht und sagte ihnen gute Nacht. John folgte ihr. In dem anderen Zimmer hörte das Geräusch des Weberschiffchens auf. Elizabeth war ins Bett gegangen.

»Euer Vater hat etwas für euch, Töchter.« Jennie warf Jack einen Blick zu. Er grunzte und schimpfte, als er die in seinen Hosen eingenähten tiefen Taschen durchwühlte. Das roch nach Bestechung und war nicht seine Art. Doch dann gab er jeder von ihnen ein Messer.

»Damit könnt ihr Federkiele anspitzen«, sagte er brüsk. »Und ihr wißt, wozu Federkiele da sind.«

»Ja, *udoda*, Vater.« Sie waren zu glücklich, zu Hause zu sein, um wegen der Schule Streit anzufangen.

Tiana fragte sich, ob es in der Schule so sein würde wie im Ratshaus, wo die alten Männer um das heilige Feuer saßen und ihr Wissen an die jungen weitergaben. Sie hatte oft die verstaubten Bücher über dem hohen Schreibpult angestarrt, an dem Jack stand, um seine Berichte zu schreiben und Einnahmen und Ausgaben in der staatlichen Fabrik zu Papier zu bringen. Da standen acht Bände von Rollins *Ancient History*, Brooks *Gazeteer* und Morses *Geography*. Bücher kamen Tiana so rätselhaft vor. Sie hielten die Worte toter Menschen auf Papierblättern gefangen. Solche Magie war bestimmt den Weisesten vorbehalten, den Heilern.

Schließlich hob James die schlafende Susannah vom Teppich auf, hüllte sie in ihre Decke ein und trug sie nach oben. Nannie folgte. Tiana blieb stehen, zog ihre Decke enger um sich und sah ihren Vater an. Er lächelte zögernd, und sie kletterte ihm auf den Schoß.

So saßen sie eine Weile schweigend da, während sie an dem kleinen Beutel herumfingerte, der an einem Lederriemen um seinen Hals hing. Jack sagte, der Beutel enthalte ein Stück vom Geweih des Kleinen Rehs. Wenn das stimmte, war es ein kostbares Amulett. Kleines Reh war das Oberhaupt des Rehstamms. Ein Stück von seinem Geweih würde dem Mann, der es besaß, viele Rehhäute bringen. Jack nannte das Aberglauben. Dennoch trug er das Amulett immer bei sich.

»Es tut mir leid, daß ich dich angebrüllt habe, Vater«, sagte Tiana.

»Schon gut, Kleines.« Er strich ihr ein wenig grob übers Haar. Seine Hände waren groß und schwielig und behutsame Bewegungen nicht gewohnt. Seine elf Kinder sahen sämtlich annehmbar aus und waren nicht auf den Kopf gefallen. Gott sei Dank war kein einziges in der ganzen Schar dumm. Doch dieses Kind war etwas Besonderes.

Wenn die Kinder zusammen waren, fiel den Leuten Tiana als erste auf. Ihr langes schwarzes Haar war dicht und seidig und oft strähnig. Ihre riesigen dunkelblauen Augen blitzten hinter dem Vorhang, den ihr Haar bildete. Sie war hochgewachsen und schlank und hatte feine Gesichtszüge wie ihr Bruder James. Wohin sie auch ging, sie schien ständig zu laufen und auf ihren schlaksigen, fohlenhaften Beinen durchs Leben zu rennen.

»Ich verstehe, warum du nicht zur Schule gehen willst, Tochter«, sagte er. »Mir hat es auch nie sonderlich gefallen. Aber es ist doch nur das Sommerquartal, drei Monate. Und du hast Glück, daß du überhaupt in die Schule gehen kannst. Der Rat mußte darauf bestehen, daß sowohl Mädchen als auch Jungen unterrichtet werden. Es ist Zeit, daß du eine richtige Erziehung bekommst. Ein sehr weiser Mann vom Stamm der Griechen hat mal gesagt: ›Wer nichts weiß, liebt nichts.‹« Einen Augenblick lang fragte sich Jack, was seine Tochter mit ihrer Bildung anfangen würde. Würde sie die Königin der Gesellschaft im Osten sein? Ein Halbblut von Squaw? Kaum. *Alles zu seiner Zeit,* dachte er. *Kommt Zeit, kommt Rat.*

Tiana sah sich schläfrig in dem vertrauten Raum um. An den niedrigen, massiven Deckenbalken hingen einige von Jacks besten Tabakblättern. Tiana konnte das gleiche Aroma von Tabak und Rauch in dem groben Hemd ihres Vaters riechen. Apfel- und Gartenkürbisscheiben sowie lange verschrumpelte Bohnenschoten waren auf Fäden gezogen und hingen ebenfalls an der Decke, außerdem Bündel getrockneter Kräuter und Ähren von Saatmais, deren Lieschen zurückgebogen und zusammengeflochten waren.

An den Wänden hingen Körbe mit Obst und Mais sowie Perl-, Speck- und Feuerbohnen. Auf Regalen standen Gläser mit eingelegtem Mais, Roter Beete, grünen Walnüssen und Tomaten, Gurken und Löwenzahnknospen. Da waren Krüge mit Marmelade und Apfelkonfitüre, der Überschuß aus dem Erdkeller und der Küche. In der Nähe des Herdes standen zwei Krüge mit Jacks selbstgemachtem Maisschnaps. Jack hatte in jeden Krug mehrere Splitter von versengtem Hickoryholz gelegt. In drei Wochen würde der Schnaps so rot sein wie unter Zollverschluß lagernder Whiskey. Jack sagte, er schmecke nach Wildblumen und lasse einen Mann Feuer furzen.

An einer Wand hing ein Beutel aus dunklem Wollplaid mit Jacks *piob mor,* dem großen Hochland-Dudelsack, den ihm sein Schwager John Stuart geschenkt hatte. Stuart hatte ihn von dem alten Ludavic Grant bekommen, dem Familienpatriarchen und Großvater von Elizabeth und ihren Schwestern.

Der Wigwam der Rogers war der größte in der ganzen Gegend. Die behauenen Blockwände waren durch Verzinkungen miteinander verbunden. Auf der Innenseite waren sie mit Brettern verschalt. Die offenen Kamine aus Stein waren so groß, daß Tiana sich darin ausstrecken konnte. Als sie in die Flammen sah, begann Tiana allmählich in den Schlaf hinüberzugleiten. Sie hörte das Klappern des Kupferkessels, als ihre Mutter ihn auf die zusammengescharrten Holzkohlen legte. Sie hörte das leise Zischen, als Jennie nach und nach die Binsenlichter ausblies, die nicht von allein ausgegangen waren.

Jennie kletterte die Treppe hoch und hielt dabei eine leuchtende Fackel aus hellem Fichtenholz vor sich. Jack folgte mit Tiana auf den Armen. Er ging seitlich, damit sie mit ihren langen Beinen nicht gegen die grob behauenen Wände stieß. Er legte sie behutsam auf das weiche Federbett neben Nannie und Susannah. Tiana kuschelte sich unter die Decke und lächelte ihre Eltern an.

»Dieser Grieche hat sich geirrt«, murmelte sie.

»Wieso?« fragte Jack.

»Ich weiß nichts und liebe dich und Mutter. Und Großmutter Elizabeth und Fancy und meine Schwestern und...« Ihre Stimme verstummte vor Erschöpfung. Jennie und Jack gingen auf Zehenspitzen aus dem Zimmer.

2

Tiana schrie auf, als sie spürte, wie kalte Hände sie packten und wachrüttelten. Sie hörte Nannie schreien.

Susannah hüpfte auf dem Bett herum und schlug mit ihrem Kissen nach William und Joseph. Federn quollen aus der Naht des Drillichstoffs und wirbelten herum. William knabberte an Tianas Schulter und Arm und wanderte mit dem Mund hinauf und hinunter. Zwischen den Bissen ließ er schreckliche gackernde Laute hören. Joseph versuchte, Nannie zu beißen, und rief, die Wasserkannibalen würden sie essen. Er packte Susannahs Fessel und zog sie in das Kampfgetümmel. Susannah kreischte. Sie hatte schreckliche Angst vor den Wasserkannibalen, welche die Seelen von Kindern stahlen.

»*Halehwisda, ungida*, hör auf, älterer Bruder!« Tiana kämpfte, um sich frei zu machen, als alle fünf Kinder in einem Gewirr aus Armen und Beinen und Decken strampelten. Das Netz aus Hanfseilen, das die Matratze auf dem massiven hölzernen Bettrand trug, quietschte unter ihnen. Von unten konnten sie hören, wie ihr Vater eins seiner Lieblingslieder brüllte.

And where they get one hell, may they also get ten.
May the devil double rubble trouble damn them, said
the sailor, Amen!

Die Kinder hörten kurz mit ihrem wilden Toben auf, um im Chor in das »Amen!« einzustimmen.

»*Agwetsi,* Kinder«, rief Jennies sanfte Stimme von der Tür. »*Nu'la,* kommt.« Sie wiederholte das Wort, hob aber die Stimme, um den Wortsinn zu verändern. »*Nu'la,* beeilt euch. Großmutter Sonne steht sonst ohne uns auf.«

Die Kinder verstummten und lösten sich voneinander, strichen die Decken glatt und gingen hinter Jennie hinunter.

Die acht Rogers-Kinder, die noch zu Hause wohnten, und die schwarze Frau, Fancy, gingen mit ihren Müttern durch die Hintertür ins Freie. Dann verschwanden sie alle im Gebüsch, um zu urinieren. Keins von ihnen dachte daran, den Abtritt zu benutzen. Die älteren Kinder hatten es sich nie angewöhnt, und die jüngeren waren überzeugt, daß in dem dunklen Loch ein Latrinendämon lauerte.

Das Schwarz der Nacht war zu einem blassen Grau geworden, und die Welt schien verhüllt und rätselhaft zu sein. Es war die besondere Zeit der Zuversicht, die Geburt eines neuen Tages. In den neun Jahren seit ihrer Geburt hatte Tiana fast jede Morgendämmerung miterlebt. Doch noch immer versetzte sie jeder Sonnenaufgang in Ehrfurcht.

Die Familie überquerte den Hinterhof mit seinem Durcheinander und ignorierte die Hühner und Enten und die schreienden Gänse, die ihr Futter verlangten. Tiana ließ die Hand an der groben, wettergegerbten Seite des alten Wagens entlanggleiten, der wie ein geduldiges Pferd unter dem Dachüberhang der Scheune stand. Dann beeilte sie sich, Großmutter Elizabeth einzuholen und deren rechte Hand zu ergreifen. Susannah hielt Elizabeths linke.

Tiana ging mit feierlichem Ernst den schmalen Pfad zum Fluß hinunter, hätte aber lieber getanzt und gesungen. Es war April, *Anoyi,* der Erdbeermond. Die Luft war mit dem Duft von Blumen und frischen Blättern und feuchter Erde parfümiert. Es war Zeit, zum Fest der Maissaat nach Hiwassee Town zu fahren.

Tiana hüpfte einmal vor Freude, an einem so schönen Tag am Leben zu sein, in die Luft und spürte einen leichten Druck von Elizabeths kräftigen Fingern. Die Begrüßung der Sonne war heute zur Zeit des Neumonds eine ernste Sache. Die ganze Familie mußte gereinigt werden, um gegen jede mögliche Besudelung durch den Monatszyklus der Frauen geschützt zu werden.

Als Jennie sie stromaufwärts führte, hörte Tiana das schwache Rauschen des *ama'tikwalelunyi,* des rollenden Wasserfalls. Sie begrüßten Großmutter Sonne jeden Morgen an dem Wasserfall, an dem Long Man, der Fluß, mit einer Stimme sprach wie Donner.

Die Kinder wandten die Gesichter nach Osten und stellten sich nach dem Alter geordnet wie die Orgelpfeifen auf, so daß ihre nackten Zehen das Wasser berührten. Während Tiana sich bemühte, ihre Zähne in der Morgenkühle nicht klappern zu lassen, stellte sich Elizabeth kurz hinter jedes Kind und sprach ein Gebet an den Fluß.

Gha! Höre! Jetzt hörst du, O Long Man,
O Helfer der Menschen, du läßt dir nichts entgleiten.
Laß den weißen Stab des langen Lebens in meiner Hand.
Laß meine Seele aufrecht im siebten Himmel stehen.

Als Elizabeth für Susannah, die Jüngste, gebetet hatte, zogen sich alle die Nachthemden aus und wateten ins Wasser. Tiana hielt die Arme vor ihrem knochigen Oberkörper verschränkt, kniete sich hin und sog Atemluft ein, als sich das eisige Wasser um ihren nackten Körper schloß. Sie rieb sich kräftig mit dem knirschenden Flußsand ein, nicht nur, um sauber zu werden, sondern auch, um sich warm zu halten. Als sich alle gewaschen hatten, standen sie zitternd da und blickten wieder nach Osten. Elizabeth beendete dann das Morgengebet. Sie bat den Ernährer, den Schöpfer von Sonne, Mond und Feuer, sie zu reinigen und die Familie mit Gesundheit und einem langen Leben zu segnen. Tiana lächelte, als der goldene Halbkreis der Sonne über den Hügeln auftauchte.

»Guten Morgen, Großmutter Sonne«, murmelte sie. »Lächle heute über mir und hilf mir, *u'da'nuh't* zu sein, ein Mensch mit Seele und Wahrheit und Gefühl, ein freundlicher Mensch.« Ein Rotschwanzbussard segelte quer über die Sonnenscheibe und stieg auf der Morgenbrise in die Höhe.

»Guten Morgen, Bussard«, sagte Tiana mit leiser Stimme. Der Vogel ließ seinen rauhen, durchdringenden Ruf hören, klappte die Flügel zusammen und verschwand in den Bäumen. Tiana bekam eine Gänsehaut, die nicht von der Kälte stammte. Ihr Herz pochte schneller. Sie war sicher, daß der Bussard ihren Namen gerufen hatte. Das war möglich. Ihre Mutter und Großmutter sagten, jedes Lebewesen habe einen Geist. Und manchmal sprächen diese Geister mit Menschen.

»*Tawodi*«, murmelte Tiana. »Bussard.« Der Klang des Worts gefiel ihr. Vielleicht würde der Bussard ihr seinen Namen geben. Sie hatte sich oft gefragt, wie ihr geheimer Name lauten und wie sie ihn erhalten würde. Jetzt war es wohl soweit. Bussard. Es war ein guter Name.

Als Tiana zu ihren Brüdern und Schwestern zurückging, lächelte sie in sich hinein. Keinem von ihnen war aufgefallen, daß sie sich verändert hatte, daß ihr etwas Wichtiges widerfahren war. Sie bewahrte das Geheimnis in der Brust. Jack Rogers schlenderte ihnen auf dem Pfad entgegen, wie er es jeden Morgen tat.

»Guten Morgen, Kinder.« Er nickte ihnen zu.

»Guten Morgen, Vater«, erwiderten sie. Er blieb vor Tiana stehen.

»Warum grinst du wie ein gebackenes Opossum, Kleine?«

»Es ist so ein schöner Tag.« Sie zögerte. »Und ein Bussard hat zu mir gesprochen.«

»Was du nicht sagst, jetzt? Und worüber sollte ein Bussard wohl mit dir sprechen? Über Mäuseeingeweide vielleicht?« Er versetzte ihr einen zärtlichen Klaps.

Sie beobachtete, wie er zum Fluß hinunterging und sein Nachthemd auszog. Seine behaarten weißen Beine und Hinterbacken waren ihr so vertraut wie die Bäume und Felsbrocken auf beiden Seiten des Stroms. Und sie gehörten ebensosehr zu dieser Zeremonie wie Großmutter Elizabeths Gebete, obwohl niemand es sagen würde. Jack stürzte sich ins Wasser, als wollte er die Verschanzung eines Feindes angreifen. Er planschte und verfluchte die Kälte und sang, als er sich wusch. Während er noch badete, führten Jennie und Elizabeth die Kinder wieder zum Haus zurück und zu der Arbeit, die auf sie wartete.

Der uralte Wagen ächzte, als er den schmalen, ausgefahrenen Weg entlangrumpelte. Sie wollten ihren Onkel besuchen, Drum, das Oberhaupt von Ayuwasi, Hiwassee Town. Die Straße war so ausgefahren, daß Tiana fast die Arme ausstrecken und die Seitenwände berühren konnte, die mit der Ladefläche auf gleicher Höhe waren.

Jack nannte den Wagen Old Thunder, weil er in der Sprache des Wahren Volks *tikwale'lu* hieß. Dieses Wort bezeichnete das rollende, krachende Geräusch, das von Donner und Wagenrädern und Wasserfällen gemacht wird. Sie überholten einen Strom von Menschen zu Fuß und zu Pferde, die alle nach Hiwassee Town und zum Fest der Maissaat unterwegs waren. Als Old Thunder vorüberfuhr, riefen die Leute ihnen Grüße zu.

William und Joseph saßen am hinteren Rad des Wagens, ließen die Beine baumeln und schossen mit ihren Blasrohren auf Vögel und Eichhörnchen. James und John waren vorausgeritten. Jennie und Großmutter Elizabeth saßen mit den Mädchen auf Decken und Maislieschen, die auf dem Wagenboden ausgelegt waren. Sie lehnten sich gegen die steifen Falten der Abdeckung aus Osnabrücker Leinwand, und Tianas Katze hatte es sich in einem ihrer Täler gemütlich gemacht und schlief. Sie saßen inmitten von Spaten und Schaufeln und Körben voller Kleider und Lebensmittel, Bettzeug, Haushaltsgegenständen und Geschenken für Familienangehörige und Freunde in Hiwassee Town.

Großmutter Elizabeth sog ruhig an ihrer kleinen weißen Tonpfeife. Sie hatte in den letzten paar Jahren ständig zugenommen, und Susannah saß gern bei ihr auf dem weichen Schoß und fuhr mit den Fingern durch das Netz feiner Falten um Augen und Mund ihrer Großmutter.

Elizabeths Haar war von grauen Strähnen durchzogen, und ihre Schönheit war im Lauf der Jahre verblüht. Man mußte genau hinsehen, um die feingeschnittenen Gesichtszüge zu sehen, die sie an Jennie und Tiana weitergegeben hatte. Doch ihre Augen waren immer noch groß und dunkel und etwas wehmütig. Und das Wissen des Wahren Volks hatte sie weise gemacht. Sie sprach jetzt mit der Pfeife im Mund und erzählte ihnen Geschichten. Tiana und ihre Schwestern beugten sich vor, um die leise Stimme trotz des laut polternden Wagens zu hören.

»Ihr dürft den Neumond beim erstenmal nicht durch Bäume hindurch betrachten, sonst werdet ihr in dem Monat darauf krank werden«, sagte sie. »Wenn ihr den Neumond seht, müßt ihr sagen: ›Wir grüßen dich, Großvater. Wenn du wieder scheinst, werden wir uns wiedersehen.‹ Das bedeutet, daß ihr solange weiterleben werdet, bis ihr Großvater Mond wiederseht.«

»Woher weißt du das?« fragte Tiana.

»Das hat Stonecoat gesagt, der große Kannibale. Er war ein furchtbarer Riese, der Menschen tötete und ihre Leber aß.« Das wußten die Mädchen schon, aber sie hörten sich die Geschichte gern an, da sie darin mitspielen konnten. »Nicht mal der größte unserer Krieger konnte ihn fangen. Aber ein weiser Heiler erzählte dem Rat, sie müßten sieben Jungfrauen finden, deren monatlicher Ausfluß um die Zeit des Vollmonds komme. Er wies sie an, sich auf Stonecoats Pfad hinzulegen und ihre Beine zu entblößen.« Annie, Nannie, Tiana und Susannah streckten die Beine aus und zogen die Röcke hoch. »›Sehr schön, sehr schön‹, sagte Stonecoat. ›Schöne Frauen.‹« Und dann kniff Elizabeth den Mädchen in die Beine, so daß sie aufkreischten und zappelten, um loszukommen.

»Doch als Stonecoat an den Mädchen vorbeiging, wurde er immer schwächer und schwächer und begann Blut zu spucken. Schließlich fiel er hin und wurde vom Volk festgenommen. Sie banden ihn an einen Pfahl und verbrannten ihn dort. Während er brannte, erhob sich sein Geist und sang all die Geschichten und das Wissen und die Sitten unseres Volkes hinaus. Manche der Lieder waren für die Jagd und manche für den Krieg. Manche waren für das Heilen und manche für die Liebe. Selbst nach seinem Tod konnte das Wahre Volk hören, wie sein Geist im Himmel sang.«

Sie verbrachten die Reisestunden mit Liedern und Geschichten, bis sie zum Hiwassee River kamen. Jack und Punk Plugged In, der Fährmann, fuhren den Wagen auf die klapprige Plattform, die zwischen zwei großen Einbäumen befestigt war. Sie mußten die Pferde und den Wagen sorgfältig ausbalancieren, damit die Fähre sich nicht gefährlich neigte. Auf dem anderen Ufer bezahlte Jack Punk Plugged In mit einem Strang von seinem Tabak. Punk Plugged In war ein junger Mann, wirkte aber alt. Tiana konnte sich nicht erinnern, ihn je mehr als ein paar Worte sprechen zu hören, und hatte ihn noch nie lächeln sehen.

Als Old Thunder schwankend auf das schlammige Flußufer von Hiwassee Island hinaufgezogen wurde, stand Tiana auf, um über den Rand des Wagens zu blicken. Sie kamen an dem ersten Haus vorbei, noch weit von der Mitte des Dorfs entfernt. Es war das älteste von den wenigen Häusern, die noch in dem alten Stil erbaut worden waren.

Aufrechte Pfähle stützten Wände aus einem Geflecht von Weidenruten. Die Wände waren einmal mit einem Putz aus rotem Schlamm, der mit Gras und Rehhaaren vermischt war, bedeckt gewesen. Dort, wo große Brocken Putz herausgefallen waren, kam das Weidengeflecht zum Vorschein. Der Erdboden um die Hütte herum war mit dem Schutt übersät. Die Überreste des Dachs waren mit Bartgras gedeckt und völlig bemoost.

Das Haus gehörte einer Frau namens Raincrow, doch die Kinder nannten sie Spearfinger, weil sie sie an das alte Sagenwesen erinnerte, das sie in ihren Träumen heimsuchte. Spearfinger wohnte an der Seite des einzigen Zimmers der Hütte, das noch ein Dach hatte. Die andere Seite war offen, den Elementen ausgesetzt und von Unkraut überwuchert.

Spearfinger hockte wie gewohnt neben ihrer Tür auf einem umgedrehten Faß. Sie hatte sich eine Tonpfeife mit der Öffnung nach unten zwischen die Zähne geklemmt. Die Kinder verstummten und mieden ihren Blick, als sie vorbeifuhren. Die Spearfinger ihrer Legenden war ein mörderisches Ungeheuer mit einer Haut, die so hart war wie Fels. Sie hatte einen Zeigefinger, der in einer scharfen Spitze endete, damit sie Kinder aufspießen und ihre Leber essen konnte.

Die Kinder konnten sich nie entscheiden, was schlimmer war: wenn Spearfinger ihnen Zaubersprüche nachrief oder sie anlächelte. Wenn sie lächelte, entblößte sie zwei blitzende, vollständige Zahnreihen. Sie hatte das böse Aussehen eines Hornhechts, der aus einem Gestrüpp grauen Haars hervorblickt, das wie totes Riedgras aussieht. Viele sagten, sie sei *u'ne'go'tso'duh*, böse, und habe eine schwarze Seele.

Verrückt war sie auf jeden Fall. Niemand hatte sie je auf der Erde oder auf einem Stuhl sitzen sehen. Immer hockte sie auf etwas. Niemand ging unter einem Baum mit tief herabhängenden Ästen hindurch, ohne zuerst nach oben zu blicken, um sicher zu sein, daß sie dort nicht lauerte. Sie behauptete, mit den Schatten jeder Seele befreundet zu sein, die in ihrem Haus gelebt habe. Sie unterhielt sich laut mit ihnen. Tiana stellte sich vor, daß die Geister ihr wie ein Schwarm keifender Krähen folgten.

Nach Spearfingers Haus bildeten die Farmen einen gepflegten, unregelmäßigen Flickenteppich von Grasstreifen eingefaßter roter Lehmfelder. Die meisten der siebzig oder achtzig Blockhäuser, aus denen Hiwassee Town bestand, standen einsam inmitten ihrer Felder. Dunkelgrüne Hecken säumten die Pfade, die von Haus zu Haus führten. Die Wege von den Häusern zu den Feldern waren immer sorgfältig geharkt, damit *Selu*, der Mais-Geist, sich nicht verlaufen konnte.

Jedes Blockhaus hatte ein halb in der Erde vergrabenes kegelförmiges Schwitzzelt vor der Haustür und auf der Rückseite Hügel aus Muschelschalen sowie Aschenhaufen. Manche hatten Bienenkörbe, die in schwarzen Tupelobaumstümpfen untergebracht waren. Die Bienen ließen ein ständiges Summen hören, und die Blumen schwankten und neigten sich unter ihrem Gewicht.

Die meisten Häuser, wie klein oder baufällig sie auch waren, standen im Schatten von Apfel-, Pfirsich- und Pflaumenbäumen. Einige wenige besaßen Lagerräume, Erdkeller oder getrennte Küchen. In den Gärten der meisten standen noch offene Pavillons für den Aufenthalt im Sommer sowie luftige Maisspeicher auf hohen, spindeldürren Beinen. Hohle Kürbisflaschen hingen an hohen Querbalken zwischen Pfählen. Baumschwalben flogen blitzschnell hinein und heraus. Tiana atmete das betäubende Aroma von Rauch und Pferdeweiden, von Blüten und Misthaufen ein.

In der Mitte des Dorfs erhob sich das Ratshaus über die Bäume. Es war auf der Kuppe eines großen Hügels errichtet, den die Vorfahren hinterlassen hatten. Der niedrige Kegel des Ratshausdachs war mit einer Lehmschicht bedeckt, auf der sich Blumen und Gräser angesiedelt hatten. Aus der Ferne sah es aus wie ein kleiner Berg. Der Wagen umfuhr das *gatayusti*, das Ballfeld, auf dem ein paar Jungen einen Stein rollten und Speere auf ihn schleuderten.

Jack fuhr durch die Dorfmitte und hielt den Wagen vor dem palastähnlichen Blockhaus von Sally Ground Squirrel an, Drums Frau. Mit seinen drei großen Zimmern, die von einer offenen Diele, in dem sich meistens die Hunde aufhielten, getrennt wurden, war es das größte Haus in Hiwassee Town. Es hatte eine Küche an der Rückseite und eine Vorderveranda. Türen und Fenster standen offen, um die Brise durchs Haus ziehen zu lassen. Es hatte ein Aborthäuschen, Lagerschuppen, zwei Schwitzzelte und zwei Hütten, in denen Sally Ground Squirrels sechs Sklaven lebten.

An einer Seite des Hauses war der winzige Raum angebaut, in dem Drum ein paar Handelswaren verkaufte. Tiana liebte Drums Laden. Da gab es Dinge, die ihr Vater nicht hatte. Drum hatte Aalhäute auf Lager, mit denen man sich das Haar zusammenbinden konnte, silberne Armbänder und Nasenringe und Ohrgehänge, Ringe sowie große runde oder halbmondförmige Anhänger, Halsketten aus Silber oder aus ziseliertem und poliertem Perlmutt.

Da waren Schmuckfedern und Ketten mit glänzend weißen und dunkelpurpurnen Wampum-Kugeln, die mit großer Sorgfalt aus Venusmuschelschalen geschnitten waren. Da waren kleine Körbe aus Sehnen und Knittels für die Frauen, die der Meinung waren, daß handelsübliche Garne sich zu leicht verhedderten oder rissen. Andere Körbe enthielten Specksteinstücke für Pfeifen oder Schnüre mit handelsüblichen Kugeln in leuchtenden Farben. An regnerischen Nachmittagen sortierten Tiana und ihre Schwestern die Kugeln gern nach

Farbe und Größe. Sie wogen auch gern Dinge auf der Waage, mit der Drum die Messingtöpfe und Kessel wog, die zu einem bestimmten Preis pro Pfund verkauft wurden.

Drum saß auf der Veranda, als die Rogers ankamen.

»*A'siyu*, mir geht es gut«, sagte er zur Begrüßung, als Tiana und Nannie und Susannah sich in seine Arme stürzten. »Was ist das?« Er machte ein erstauntes Gesicht, als er Tiana ein Stück Kristallzucker aus dem Ohr zog. Aus Nannies Haar holte er noch eins und, mit großer Geste, Susannah ein drittes aus der Nase. Sie kicherten, als sie sie entgegennahmen. Sie hatten nicht herausgefunden, wie Drum den Trick zustande brachte, aber die Vorstellung, es sei Magie, genügte ihnen vollauf.

Ahu'lude'gi, He Throws The Drum Away, hatte mehr weißes als Cherokee-Blut in den Adern. Hätte er nicht die traditionelle, fransenbesetzte Jagdjacke, die Beinlinge und den Turban getragen, hätte er überhaupt nicht wie ein Indianer ausgesehen. Er war fünfundvierzig und hatte graue Strähnen in dem gelockten kastanienroten Bakkenbart, der ihm fast auf das runde Kinn reichte. Seine großen braunen Augen waren sanft und gutmütig und standen leicht vor. Er hatte sich ein kleines Bäuchlein zugelegt, das ihm über den leuchtenden, handgewebten Gürtel hing, den er sich zweimal um den Leib geschlungen hatte. Die mit Quasten versehenen Enden reichten ihm bis zu den Knien und schwangen hin und her.

Jack setzte sich hin, um mit Drum zu sprechen. Jennie und Elizabeth gingen zu der offenen Küche, um Sally Ground Squirrel bei den Vorbereitungen für das abendliche Festessen zu helfen. Die kleineren Mädchen rannten los, um zu spielen. In Hiwassee Town lebten viele Angehörige des Clans ihrer Mutter, der Long Hairs, und die Mädchen begaben sich auf die Suche nach den Vettern und Cousinen, die sie »Schwestern« und »Brüder« nannten.

Tiana entfernte sich unauffällig von der Kinderhorde, die durchs Dorf rannte. Sie folgte einem Pfad zu einer riesigen alten Virginia-Zeder. Der Pfad führte direkt zu dem Baumstamm und endete dort, denn Tiana war nicht die einzige, die diesen Baum für etwas Besonderes hielt. Es war ein heiliger, duftender Baum mit geraden Fasern ohne Äste und einer Rinde, die so rot war wie die Haut des Wahren Volkes. Von Zeit zu Zeit kamen Leute hierher, um sich Zweige als Brennholz zu holen. Der aromatische Rauch der Rotzeder verjagte *anisgina*, Geister.

Tiana stellte sich mit einem ausgestreckten Arm hin, so daß ihre Finger die faserige Rinde eben berührten. Sie legte den Kopf in den Nacken, um sich den hohen Baumstamm und die Äste anzusehen.

»*A'siyu, Ajina*«, sagte sie. »Sei gegrüßt, Rotzeder. Heute hat der Bussard mit mir gesprochen. Ich glaube, er hat mir seinen Namen gegeben. Glaubst du das auch?« Ein leiser Windhauch bewegte die Nadeln oben im Baumwipfel, als hätte er geantwortet. Tiana legte die Arme um den Stamm und preßte die Wange gegen die rauhe Rinde. »*Wadan, Ajina,* danke dir, Rotzeder.«

»Spricht die Rotzeder zu dir, Kind?«

Tiana wirbelte herum, als sie die Stimme hörte.

»Ich glaube, Geliebte Frau. Vielleicht aber auch nicht«, stammelte sie. »Ich bin nur ein Kind. Ich weiß nichts.« Tiana hatte noch nie allein mit Ghigau gesprochen, der Geliebten Frau Nanehi Ward. Diese lebte in Chota, einer Stadt im Norden, war aber oft in Hiwassee zu Besuch. Geliebte Frau hatte viele Waisenkinder adoptiert. Sie umschwärmten sie wie Fliegen und nannten sie *Ulisi,* She Carries Me On Her Back, dem Wort des Wahren Volkes für Großmutter. Aber Tiana konnte unmöglich so vertraulich mit ihr sein. Ihr fiel nicht mal etwas ein, was sie ihr sagen konnte.

»Die Geister sprechen zu jedem, zu dem sie sprechen wollen«, sagte Ghigau. »Und wenn sie zu dir sprechen, haben sie ihre Gründe. Sie sehen etwas Besonderes in dir.« Ghigau starrte Tiana unverwandt an. »Willst du nicht mithelfen, Mais auszusäen?« Nanehi Ward lächelte, und Tiana war gleich besser zumute. Aus der Ferne hörte sie Drums Stimme, der vom Dach des Ratshauses rief. Er teilte mit, wo sich alle zur Aussaat einfinden sollten.

»*Hayu!* Ja!« erwiderte Tiana

»Dann komm mit.« Geliebte Frau streckte ihre dünne Hand aus, und Tiana nahm sie.

»Ghigau.« Tiana verlangsamte die Schritte, um sich Nanehis weit ausgreifendem Schritt anzupassen. »Bedeutet dein Name Pfad oder Geistervolk?«

»Er bedeutet Pfad, Kleines. Ich würde die Unsterblichen erzürnen, wenn ich ihren Namen annähme.«

»Und ist meine Schwester Nannie nach dir benannt?«

»Vielleicht. Wenn es so ist, würde ich mich geehrt fühlen.« Nanehi wußte, daß bei den Cherokee Hunderte von Mädchen Nannie hießen und daß die meisten von ihnen diesen Namen ihr zu Ehren trugen.

Es war nicht schwer, mit Ghigau zu sprechen. Die Geliebte Frau war kaum anders als Tianas eigene *ulisi*, Großmutter Elizabeth. Tiana wußte, daß Nanehi Ward viele Fragen beantworten konnte, die ihr zu schaffen machten. So nutzte sie die Zeit, in der sie sie für sich hatte.

»Und ist die Zeder wirklich rot, weil man einem bösen Zauberer den Kopf abgeschnitten und ihn im Wipfel eines Baums aufgehängt hat, so daß das Blut am Baumstamm heruntertropfte?«

»Das haben die alten Frauen erzählt, als ich ein Mädchen war.«

»Warum sitzt Drum zur Saatzeit in dieser Hütte mitten auf den Feldern?«

»Er ruft Selu an, Mutter Mais. Wenn du genau zuhörst, hörst du vielleicht das Rascheln, wenn Selu den Mais bringt.«

»Ich werde lauschen, Geliebte Frau.« Tiana war aufgeregt. Es kam nur selten vor, daß ältere Menschen mit kleinen Kindern über Saat- und Jagdrituale sprachen. Sie waren sehr heilig.

»Geliebte Frau.« Was sie jetzt auf dem Herzen hatte, war ein delikates Thema, aber Jack Rogers sagte immer, daß sie nie etwas lernen würde, wenn sie nicht fragte. »Als du eine junge Frau warst, hast du doch mit den Kriegern gekämpft, nicht wahr?«

»Ja.«

»Und meine Mütter sagen, du hättest im Kampf einen Mann getötet.«

»Ja, das habe ich.«

»War es aufregend, mit den Männern zu kämpfen?«

Nanehi Ward schwieg eine Zeitlang. Diese Frage hatte ihr noch nie jemand gestellt. Sie dachte kurz nach.

»Ja, das war es.«

»Aber später hast du zum Frieden geraten, nicht wahr? Und du hast die Amerikaner vor einem Angriff von uns gewarnt.«

»Ja.«

»Die jungen Männer sprechen davon, wie wundervoll es wäre, wieder in den Krieg zu ziehen. Wäre es das? Ist Krieg besser oder Frieden?«

Ghigau hob einen Zweig auf. Sie war hochgewachsen, so daß sie sich hinhockte, um mit Tiana auf einer Höhe zu sein. Sie legte den Zweig auf einem Finger zurecht, bis er vollkommen im Gleichgewicht war.

»Jetzt du«, sagte sie.

Tiana tat es ihr nach.

»Was für ein Gefühl ist es?«

»Leicht. Fast lebendig, wie er dort wippt.«

»So ist es auch im Leben«, sagte Ghigau. »Es muß immer im Gleichgewicht sein. Freundlichkeit und *duyukduh*, Gerechtigkeit, müssen das Böse ausgleichen. Weisheit wird durch Alter im Gleichgewicht gehalten, das Leben durch den Tod. Wenn dein Leben im Gleichgewicht ist, wird deine Seele so leicht sein wie dieser Zweig. Deine Seele wird fliegen.«

Sie betraten das Dorf, und Tiana beobachtete wehmütig, wie die Kinder Ghigau umdrängten, um ihre Aufmerksamkeit zu erregen. Doch schon bald lachte sie und scherzte sie mit ihren Vettern und Cousinen, als sie alle in einer langen Prozession auf die Felder zuschlenderten. Die leuchtenden Tücher und Gürtel der Frauen und die Baumwollhemden der Männer ließen das ganze eher nach einem Fest als nach Arbeit aussehen. Die Männer würden die schwere Arbeit übernehmen und die Felder von Unkraut befreien und eggen. Die Frauen würden gemeinsam pflanzen, bis sie den von Drum für diesen Tag bestimmten Teil fertig hatten.

Tiana ließ ihre Mokassins am Feldrand zurück, neben einer der an einem kurzen Pfahl befestigten Hacken. Die Schneiden zeigten in die vier Windrichtungen. Sie sollten Gewitterstürme ablenken, die der Ernte schaden konnten. Als Tiana auf das geeggte Feld hinausging, hatte sie das Gefühl, als würden ihre Füße in der warmen roten Erde Wurzeln schlagen. Sie stellte sich vor, sie würde wie der Mais kerzengerade und hoch emporwachsen und fruchtbar sein. Sie fühlte sich mit der Erde verbunden und allem, was darin wuchs und davon lebte. Der Bussard hatte mit ihr gesprochen, ebenso die Rotzeder und die Geliebte Frau.

Sie arbeitete im Rhythmus mit den anderen, als sie mit ihrer Breithacke kleine Erdhügel aufwarf und beobachtete, wie Jennie in jeden Hügel sieben Maiskörner fallen ließ. Vier war eine heilige Zahl, aber sieben war noch heiliger und magischer. Tiana flüsterte für jede Handvoll Mais eine kurze Zauberformel, die sie sich selbst ausgedacht hatte, als sie die Körner mit Erde bedeckte. Sie wünschte ihnen warmen Regen und sanfte Winde und versprach, sie beim Wachsen zu besuchen.

3

Die zwanzigjährige Fancy murrte laut, als sie klappernd mit den Töpfen hantierte. Sie war hochgewachsen, ebenholzschwarz und sah täuschend zart aus. Ihr bodenlanges, weites Kleid war braun gefärbt. Es war geflickt und verblichen und reichte ihr nicht ganz bis zu den schmalen Fesseln. Die Ärmel hatte sie bis über die Ellbogen aufgekrempelt. Ihre Füße waren nackt, und sie hatte schwielige Hände.

Sie bewegte sich in der überladenen, unordentlichen Küche mit der Grazie eines Leoparden. Sie hatte den langen Schädel und die feinen Gesichtszüge ihrer Aschanti-Vorfahren und zog es vor, Cherokee zu sprechen, vermischte es aber mit englischen Brocken. Sie sprach beides mit einem afrikanischen Akzent, den sie nach ihren vielen Besuchen auf der Vann-Plantage aufgeschnappt hatte.

»Ich verstehe gar nicht, warum ihr Mädchen weiße Manieren lernen wollt«, murmelte sie. »Captain Jack ist der einzige Weiße, der es nicht verdient, aufgehängt zu werden. Weiße nutzen Schwarze und Rote nur aus und behandeln sie schlecht. Und ihr alle habt nichts Besseres zu tun, als mir die Küche mit eurem Flitterkram vollzustopfen. Wie soll ich denn nur für die Pharaonenarmee kochen, die in diesem Haus wohnt?«

Tiana sah von dem Durcheinander auf dem Küchentisch hoch. »Vater zwingt uns, zur Schule zu gehen. Und irgendwo müssen wir doch Tinte machen.«

»Na schön.« Fancy trocknete sich die Hände in den Falten ihres Rocks. »Hier kann ich nichts mehr ausrichten. Ihr Kinder seid dick wie Mäuse in der Maisraufe. Ihr findet mich im Garten.« Sie nahm ihren Strohhut von einem Haken und zog ihre Hacke unter den Werkzeugen hervor, die an der Küchenwand lehnten. Als sie in den hellen Mai-Sonnenschein hinausging, liefen aus allen Richtungen Katzen herbei. Schnurrend und mit aufgerichteten Schwänzen rieben sie sich an ihren Beinen.

Die Katzen sollten in der Scheune und in der Raufe, der großen Holzkiste, in der der Mais gelagert wurde, Mäuse jagen und fressen. Fancy warf ihnen jedoch von Zeit zu Zeit Küchenabfälle zu, so daß sie ständig herumlungerten, um etwas zu schnorren. Fancy pflanzte am Rand des Gartens Katzenminze. Sie sagte, sie wolle damit Insekten vertreiben. In Wahrheit liebte sie es genausosehr wie die Kinder, die Katzen inmitten der grauen Pflanzen herumtollen zu sehen.

»*Wesa, wesa*, Miez, Miez«, rief sie mit ihrer rauhen Stimme, als sie Krümel altbackenen Maisbrots verteilte. Die Hühner sahen das Brot schon von fern. Wenn die Katzen weg waren, würde für sie noch genug übrigbleiben.

Fancys gleichmütiger Gesichtsausdruck verbarg, daß sie sich Sorgen machte. Ihr Leben war in den letzten fünfzehn Jahren sicher und behaglich gewesen. Sie hatte bei den Rogers gelebt, seit Hell-Fire Jack sie gefunden hatte, als sie sich neben ihrer toten Mutter unten am Fluß versteckt hatte. Er hatte die Mutter in einem Grab ohne Kreuz beerdigt und das verängstigte Kind, das hinter ihm auf seinem Pferd ritt, nach Hause mitgenommen. »Ich habe euch ein ausgefallenes * Geschenk mitgebracht«, hatte er Elizabeth gesagt, als er ihr das Kind übergab. Und seitdem hatte man sie Fancy genannt.

Fancy konnte ihnen nicht erzählen, woher sie mit ihrer Mutter damals gekommen oder wie sie an den Fluß gelangt war. Den Rükkennarben ihrer Mutter und dem ausgemergelten Zustand von Mutter und Kind hatte Jack entnommen, daß sie entlaufene Sklaven waren, die weit aus dem Süden stammten. Es dauerte Wochen, bis Fancys Körper wieder kräftiger wurde und der durch den Hunger aufgetriebene Bauch sich wieder zurückbildete. Die Rogers hatten sie versteckt, bis sie sicher sein konnten, daß niemand sie mehr suchen würde. Dann zogen sie sie zusammen mit ihren Kindern auf.

Als sie in einer Ecke des weitläufigen Gartens mit ihrer Hacke die Erde bearbeitete, schien die Sonne durch den Strohhut und ließ auf ihrem dunklen Gesicht ein geflecktes Lichtmuster erscheinen. Ihr gingen viele Gedanken im Kopf herum. Immer mehr Weiße tauchten im Land der Cherokee auf. Sie kamen, um Handel zu treiben oder zu predigen oder sich widerrechtlich auf dem Land des Volkes niederzulassen. Für viele von ihnen war jeder freigelassene Schwarze wertvolles Eigentum, das man stehlen und weiter südlich verkaufen konnte.

Diese Schule war wieder so eine Ausrede für die Weißen, sich dort aufzuhalten, wo sie nichts zu suchen hatten. Daraus würde nichts Gutes werden. Bestenfalls würden diese Leute den Mädchen beibringen, was ein Dienstmädchen wissen muß. Schwarze und rote Kinder waren in ihren Augen nur für solche Arbeiten geeignet. Fancy schüttelte ihren kurzgeschorenen Kopf, als sie wütend auf die Klumpen rostfarbener Erde einhackte.

Im Haus zeigte James den Mädchen, wie man Schreibhefte macht,

* englisch »fancy«

während Jennie Tinte kochte. Ein eiserner Kessel voll Wasser und zerstoßener Walnußschalen köchelte langsam vor sich hin, während Jennie Essig und Salz zusetzte, um den Farbton zu fixieren. Später würde sie noch etwas Brandy zugießen, damit die Tinte nicht schimmelte.

Die Platte des Eichentisches war mit grauem Abrieb von den Bleistäben übersät, mit denen die Mädchen Linien zeichnen würden. Löschsand und Lampenruß für die Tinte waren übergelaufen. Tiana hatte vom Ruß einen blauschwarzen Fleck auf der Nase. Feine Abschabsel von dem Speckstein, den James aushöhlte, um ein neues Tintenfaß zu machen, vermischten sich mit Ruß und Sand. Winzige Schnipsel von Federkielen und Papierschnipsel von den abgeschnittenen Rändern der Schreibhefte lagen ebenfalls herum. Da waren Federn und Lineale und Tintenfässer, Holzspäne und Walnußschalen von der Zwischenmahlzeit der Mädchen. Tiana war gerade dabei, ihre Schulsachen fröhlich in der rechteckigen Teedose zu verstauen, die Jennie ihr geschenkt hatte, als sie draußen Hufgetrappel hörte.

»Mutter Jennie, Bruder, kommt schnell!« rief Fancy. »Sie haben James Vann getötet.«

»Das habe ich befürchtet«, sagte Jennie und rannte hinaus.

James Vann hatte vor zwei Jahren einen Angehörigen ihres Clans bei einem Duell getötet. Das Wahre Volk unterschied nicht zwischen verschiedenen Formen von Mord, und James Vann war zur Hälfte Cherokee. Ob Notwehr, Vorbedacht, Zufall, Achtlosigkeit, nach ihrem Gesetz war alles das gleiche. Der Geist des toten Mannes konnte nicht in das Nachtland eingehen, bevor sein Tod gerächt war. Der Clan war durch Ehre verpflichtet, seinen toten Angehörigen zu rächen.

Fancy hielt den Zügel eines großen Rotschimmelwallachs. Im Sattel saß ein junger Schwarzer, dessen Haltung den geübten Reiter verriet. In der rechten Hand hielt er eine Leine, die mit dem Zaumzeug eines zweiten Pferdes verbunden war. Quer auf dem Pferd lag eine Leiche. Der Sklave berührte mit der Hand die Krempe seines ausgefransten Huts aus Maislieschen und verneigte sich leicht. Jede seiner Wangen war mit drei kleinen brillantförmigen Narben geschmückt, doch sonst war sein Gesicht glatt und braun. Seine dunklen Augen lagen unter schwarzen Wimpern tief in den Höhlen. Seine platten Nasenlöcher bebten.

»Du erinnerst dich an Coffee, Mutter Jennie«, sagte Fancy. »Von der Vann-Plantage.«

»Ja. Was ist passiert, mein Freund?«

»Master James und ich haben diesen Dieb gejagt, der das Vieh gestohlen hatte. Master trank gerade etwas in Buffingtons Kneipe in der Nähe der Womankiller-Furt. Dann hat ihn jemand durch die Ritzen in der Wand erschossen. Und jetzt will ich Masters Leiche nach Hause bringen. Ich hab mir gedacht, ihr solltet alle Bescheid wissen.«

»Danke dir«, sagte Jennie. Sie wandte sich an Fancy. »Dunkle Tochter, bring Coffee etwas zu essen. Schnell. Er sollte lieber wieder aufbrechen, bevor der Tag noch heißer wird. Bruder, such deinen Vater. Er ist mit Elizur auf dem unteren Feld.«

James rannte mit Nannie und Susannah los, die vergeblich Schritt zu halten versuchten. »Ich werde ein Pferd satteln und mit dir reiten«, sagte Jennie. »Tochter, sag *Ulisi*, daß ich mit Coffee zu den Vanns geritten bin.«

»Geh nicht, Mutter«, sagte Tiana. »Sie bringen dich vielleicht um.«

»Nein, Kind. Die Sache ist jetzt geregelt. Ich muß Peggy Vann trösten und Geschenke mitnehmen, um die Knochen des Toten zu bedecken.«

Coffee folgte Fancy in die Küche. Tiana schlich beiden hinterher. Sie hatte noch nie einen so breiten Rücken wie den von Coffee gesehen. Er hatte eine kurze Taille und lange Beine, die in muskelbepackte Lenden übergingen. Er überragte Fancy um mehr als Haupteslänge, bewegte sich jedoch trotzdem auf seine Art genauso geschmeidig.

Fancys Hand zitterte, als sie übriggebliebene Maiskuchen auf einen Teller legte. Sie warf eine dünne Speckschnitte in eine Bratpfanne und setzte sie auf einen langbeinigen Dreifuß über den Kohlen. Während der Speck zischend brutzelte, ließ sie Maisbrot und Dörräpfel und luftgetrocknete Fleischstreifen in einen ledernen Ranzen gleiten. Als sie sprach, lag Furcht in ihrer Stimme.

»Hast du es getan, Coffee?« Sie sagte Kofi, was sein Name auf Aschanti war. Er war vor elf Jahren als Fracht auf einem Sklavenschiff an Land gekommen.

»Nein.« Er warf Tiana einen Seitenblick zu, die so tat, als hörte sie gar nicht zu.

»Kind, du solltest doch Mutter Elizabeth eine Nachricht überbringen.«

»Ja, Schwester.« Tiana ging nur widerstrebend.

»Ich habe ihn nicht getötet«, fuhr Coffee fort. »Aber du weißt, daß ich es gern getan hätte. Wenn der Master betrunken war, war er einer der gemeinsten Männer, die Gott je erschaffen hat.«

»Warum bist du nicht weggelaufen, als du die Chance dazu hattest?« fragte Fancy.

»Wenn ich weggelaufen wäre, hätten sie gedacht, daß ich ihn getötet habe. Außerdem bin ich noch nicht soweit. Die neue Cherokee-Polizei hat es nicht leichter gemacht zu fliehen. Die hätten mich geschnappt, so unvorbereitet wie ich war.« Er beugte sich hinunter und flüsterte Fancy sanft ins Ohr: »Und ohne dich wäre ich sowieso nicht weggelaufen.«

»Wer ist es gewesen? Was meinst du?« fragte Fancy und gab Coffee Speck, Maisbrot und Gemüse auf den Teller. Er lehnte sich an den Eichentisch und aß im Stehen.

»Ich weiß es nicht, und es ist mir auch egal. Der Bastard ist tot, und es gibt nur wenige, die um ihn trauern. Ich nehme an, daß sein Sohn, der junge Joe, die Plantage übernehmen wird.«

»Wird er dich verkaufen?«

»Das ist nicht sehr wahrscheinlich.« Coffee gluckste. »Ich tue die Arbeit von dreien seiner faulen Nigger.« Coffee nahm Fancys schmales Kinn behutsam in seine riesigen Hände. Seine Handflächen bedeckten den größten Teil ihres schmalen Gesichts und berührten behutsam ihre großen, dunklen Augen. Seine Daumen spürten, wie der Puls in ihrem langen Hals pochte.

»Ich weiß, wie man den Demütigen spielt und Kratzfüße macht. Ich werde mich Joe Vann unentbehrlich machen. Und dann, wenn er es am allerwenigsten erwartet... Zack. Ich werde ihm zuvorkommen und verschwinden. Und du wirst mit mir kommen.«

»Wann?« Fancy schmiegte sich an ihn, und er nahm sie in die Arme. Sie war so groß, daß er ihr das Kinn auf den Scheitel legen konnte.

»Bald.«

»Wann werde ich dich wiedersehen?«

»Am Sonnabend. Nachts. Am gewohnten Ort.«

»Aber die Streifen halten jetzt nach Entlaufenen Ausschau und behalten auch das Volk im Auge. Dahinter stecken die Leute aus Georgia.« Fancy trommelte leicht mit den Fäusten gegen Coffees Brust. »Diese verdammten Weißen! Die Cherokee äffen das Schlimmste von ihnen nach – Polizei, Suchtrupps, Habgier.«

»Sch, Fance, sch. Wirst du am Sonnabend da sein?«

»Natürlich.«

»Dann sollte ich jetzt lieber gehen.«

»Bist du fertig?« rief Jennie von draußen. Coffee schlang sich den Ranzen mit Lebensmitteln um die Schulter. Er küßte Fancy schnell auf den Mund und ließ die Finger durch die dichten Locken in ihrem Nacken gleiten. Dann ging er hinaus.

Tiana stand inmitten ihrer Bettwäsche, die in einem wüsten Durcheinander auf dem Fußboden lag. Sogar die harte, schwere Matratze aus Maislieschen lag auf dem Fußboden. Als Tiana ein Matratzenende auf das durchhängende Geflecht aus Seilen zwischen den Bettrahmen hievte, kämpfte sie mit den Tränen. Die meisten der dreißig Mädchen in dem langen Schlafsaal befanden sich in der gleichen mißlichen Lage. Der Raum sah aus, als hätte ein Tornado gewütet.

Mrs. Seeth MacDuff, die sich in ihrem Korsett aus Walknochen und Holzstäben steif und kerzengerade hielt, ging in dem Gang zwischen den beiden Pritschenreihen auf und ab. Dies war ihre erste Lehrerinnenstelle. Sie war nervös und hatte vor ihren Schutzbefohlenen genausoviel Angst wie die vor ihr. Die Angst machte sie streng. Sie schlug mit einer biegsamen Weidenrute auf die Bettpfosten und zeigte damit auf Fehler beim Bettenmachen. Sie hatte noch keins der Mädchen damit geschlagen, aber Tiana konnte es sich vorstellen. Von Zeit zu Zeit riß Mrs. MacDuff die Bettdecken von einer Pritsche herunter, und das Kind mußte wieder von vorn anfangen.

Eins der jüngsten Kinder schluchzte in einer Ecke und preßte die Nase gegen die Wand. Sie hatte das Bett genäßt und war dafür gedemütigt und in eine Ecke geschickt worden. Susannah stand in einer anderen Ecke. Es tat Tiana weh, sie dort so klein und allein stehen zu sehen. Von Zeit zu Zeit wischte sich Susannah die Nase am Ärmel ab und warf ihren Schwestern Seitenblicke zu.

Tiana wünschte, sie könnte mit ihr tauschen. Es war ihre Schuld, daß Susannah dort stand. Tiana hatte sie am Abend vorher aufgefordert, zu ihr ins Bett zu kriechen, und sie waren dabei erwischt worden. Susannah hatte ihren alten Trick benutzt und ihr kleines Kopfkissen und zusätzlich ein paar Kleidungsstücke unter die Decke gesteckt, so daß es aussah, als läge sie noch da.

»Böses, sündiges Kind«, hatte Mrs. MacDuff ausgerufen, als sie sie entdeckte. »Böse!«

»Böse« und »sündig« waren für Tiana neue Begriffe. Aber böse und sündig schien schlecht und noch etwas zu bedeuten. Etwas Düsteres, was sich nicht klar in Worte fassen ließ. Wenn Mrs. MacDuff die Worte sprach, enthielten sie einen Anflug vom Gekeife eines zänkischen Drachens und einen Hauch Verzweiflung. Tiana wußte schon genug über Mrs. MacDuffs Religion, um zu der Erkenntnis zu kommen, daß sie nicht mehr darüber erfahren wollte. Das hörte sich scheußlich an, wie ihr Vater sagen würde.

Als Tiana sorgfältig die groben Bettlaken faltete, um säuberlich eine Ecke zustande zu bringen, wie Mrs. MacDuff es verlangte, warf sie einen Blick an die Decke. Da oben war ein dunkler Fleck, der sie mit Angst erfüllte. Auf dem Dachboden dieser Schule war ein Mann getötet worden. Der Fleck konnte unmöglich sein Blut sein, ließ sie aber trotzdem erschauern. Sie konnte fast die zornigen Stimmen von Doublehead und Ridge und den anderen hören. Old Doublehead hatte das Land des Wahren Volkes gegen heimliche Zahlungen hergegeben. Der Stammesrat hatte ihn deswegen zum Tode verurteilt, und er hatte sich hierher geflüchtet, um sich zu verstecken.

Tiana konnte sich den alten Häuptling vorstellen, wie er mit zerschmettertem Kiefer und gebrochener Hüfte gegen seine Scharfrichter kämpfte. Sie stellte sich vor, wie Ridge seinen Tomahawk auf Doubleheads Schädel niedersausen ließ und das Blut hochspritzte. Das war alles da oben geschehen, über ihrem Kopf. Die Rogers-Kinder sprachen heimlich davon, weil ihr Vater zu Anfang etwas damit zu tun gehabt hatte. Was wäre, wenn Doubleheads Rachegeist noch immer auf dem Dachboden der Schule lauerte?

Obwohl der Schlafsaal mit Betten und Kindern vollgestopft war, war er Tiana in der ersten Nacht kahl und einsam vorgekommen. Seeth MacDuff hatte aufrecht dagesessen und im Licht einer Blechlaterne gestrickt, die auf ihr mageres, strenges Gesicht Schatten warf. Sie hatte eine Nase, die viel zu lang für sie war. Obwohl sie noch jung war, strahlten schon feine Fältchen vom Mund aus, als hätte man ihn mit Fäden zusammengezogen. Ihre Augen hatten das Blau von Indigo-Färbewasser, nachdem man die Wäsche zum dritten- oder viertenmal eingetaucht hat. Sie war bis zu ihrem spitzen Kinn in ein voluminöses schwarzes Kleid mit einem hohen Kragen gehüllt. Ihr blaßbraunes Haar war so fest zu einem Knoten hochgebunden, daß Tiana sich fragte, ob sie davon Kopfschmerzen bekam.

Als Seeth sich schließlich hinter einem Wandschirm schlafen gelegt hatte, hatte Tiana Susannah zugeflüstert, sie solle zu ihr ins Bett kommen. Sie hatte noch nie allein geschlafen. Warum sollten sie und Susannah sich allein elend fühlen, wenn sie sich gegenseitig trösten konnten?

Jetzt war der Morgen da, von dem Tiana geglaubt hatte, er würde nie kommen, als sie wach dalag und vor Heimweh ganz krank war. Offensichtlich würden sie nicht alle zum Fluß hinuntertrotten, um zu baden und Großmutter Sonne zu begrüßen. Großmutter Sonne war schon über dem Horizont. Tiana öffnete den Fensterladen und befestigte ihn mit einem Stock, der in der Nähe ihres Bettes unter dem kleinen Fenster lag. Sie legte die Arme auf den Fenstersims und sah hinaus. Es war ein schöner Tag im Mai. Durch den Lärm der Mädchen, die ihre Betten machten und mit den Knöpfen an ihren neuen Kleidern kämpften, konnte Tiana die Vögel hören. Ein Schwalbenpärchen sauste vor seinem Nest herum, das direkt über dem Fenster unter der Dachtraufe hing.

Inzwischen hatten sich die letzten der Mädchen auf die Nachttöpfe gesetzt. Schließlich waren auch die Betten gemacht und jeder angezogen. Jede Schülerin hatte einen kleinen Stapel Kleidung und ein Paar Schuhe auf dem langen Regal gefunden, das sich auf beiden Seiten des Raums hinzog. Sie hatten untereinander getauscht, bis jede etwas Passendes gefunden hatte. Tianas Schuhe begannen aber schon zu kneifen. Ein paar ältere Mädchen kamen mit Wasserschüsseln herein, und alle drängten sich darum, sich zu waschen.

»Nur Gesicht und Hände«, sagte Seeth MacDuff. »Macht schnell.« Tiana beeilte sich und gab sich Mühe, ihren Abscheu vor dem Wasser zu verbergen, das schon grau war, als sie an der Reihe war. Sie brannte darauf, diesen düsteren, kalten Raum zu verlassen und in die Sonne zu gehen. Sie würde sich die Schuhe ausziehen, sowie sie außer Mrs. MacDuffs Sichtweite war, und sich einen Fluß suchen, in dem sie richtig baden konnte.

»Stellt euch alle am Fußende eurer Betten auf.«

Tiana ignorierte sie. Sie wartete darauf, daß eine der älteren Schülerinnen übersetzte. Sie hatte gelernt, daß es nützlich sein konnte, so zu tun, als verstünde sie kein Englisch.

»Jetzt kniet nieder. Wir wollen dem Allmächtigen Gott für diese Gelegenheit danken, etwas gegen euren wilden und bedauernswerten Zustand zu tun.«

Nachdem Tiana zehn Minuten auf dem kalten Fußboden gekniet hatte, war sie völlig verzweifelt. Sie war hungrig, und Knie und Rükken taten ihr weh. Offenbar stand ihnen diese Prozedur jeden Tag bevor. Tiana begann schon, sich Ausreden auszudenken, um nach Hause gehen zu können.

Den Gebeten folgten Lesungen aus der Schrift. Den Lesungen

folgten Gesang und weitere Gebete. Dann mußten sie sich alle aufstellen und sich die schmerzliche Prozedur gefallen lassen, daß man sie über ihre Pflichten in der Schule aufklärte. Sie würden ihre eigenen Lebensmittel anbauen, sie kochen, einmachen, servieren und hinterher Küche und Speisesaal aufräumen und putzen. Sie würden die Tiere der Schule versorgen und beim Melken und Schlachten helfen. Sie würden ihre Kleidung und die Wäsche der Schule selbst herstellen, flicken, waschen und bügeln. Sie würden Wasser und Holz ins Haus tragen, den Schlafsaal und den Schulraum saubermachen, dann auch die Scheune und Nebengebäude, nachdem sie die Besen hergestellt hatten, die dazu nötig waren.

Da war noch mehr – Stricken, Herstellung von Kerzen und Seife, das Kardätschen der Wolle, das Spinnen, und dann würde es noch Unterricht in Etikette und Betragen geben. Tiana hörte schon nach kurzer Zeit nicht mehr zu. Sie rollte mit den Augen, sah Nannie an und verzog das Gesicht. Und wann würden sie Gelegenheit bekommen, lesen oder schreiben zu lernen?

Tiana sprach laut in Cherokee. Ihre Worte hallten in der Stille, die Mrs. MacDuffs Ansprache folgte. Sie ließen sogar Tiana selbst zusammenfahren, doch ihr Mund war zu dem schmalen Strich geworden, den auch Jack Rogers zeigte, wenn er zornig war.

»Die hier ist hergekommen, um lesen und schreiben zu lernen, und nicht, um die Schweine zu füttern.«

Alle waren herumgewirbelt und sahen in ihre Richtung. Die Kinder konnten nicht glauben, daß eine von ihnen es gewagt hatte, sich der Lehrerin zu widersetzen. Aber das Wahre Volk war hartnäckig, wenn es darum ging, *duyukduh*, die Wahrheit oder die Gerechtigkeit, zu verteidigen. Tiana spürte, daß die Gerechtigkeit bedroht war.

»Was hat sie gesagt?« fragte Seeth MacDuff ihre Dolmetscherin. Das Mädchen übersetzte. Seeth richtete sich in ihrem Korsett würdevoll auf. »Kind, du wirst tun, was man dir sagt. Wenn du hier schon nichts anderes lernst, wirst du wenigstens Disziplin und christliche Demut lernen.«

»Der Vater von der hier wird es nicht hinnehmen, daß sie nach Hause kommt, ohne lesen gelernt zu haben.« Tiana verwendete die förmliche dritte Person, um ihre Absicht wie eine Erwachsene vorzutragen. »Ihr Vater hat dafür Geld gezahlt, daß die hier etwas lernt.«

»Zuviel Wissen geziemt sich nicht für ein Mädchen. Das verführt zur Eitelkeit. Wenn du dich über deinen Platz erheben willst, dann wirst du dir den Zorn Gottes zuziehen.«

»Lieber das als den Zorn meines Vaters«, sprudelte Tiana auf englisch hervor.

»Gotteslästerung!« Seeth erbleichte und schnappte nach Luft. »Wie ist dein Name, du armes, unwissendes Kind?«

»Tiana Rogers.« Tiana antwortete gehorsam, war aber entsetzt, daß jemand so respektlos sein konnte, nach ihrem Namen zu fragen.

»Das hätte ich mir denken können. Was kann man von einem Kind erwarten, dessen Vater ein verdorbener Gotteslästerer ist, der offen in Sünde lebt?«

»Wagen Sie es nicht, meinen Vater zu beschimpfen!«

»Diana...«

Tiana ließ diesen Schnitzer durchgehen. Wenn diese Frau schon nicht wußte, wie man sich benimmt, und jemandem mit dem Namen ansprach, war es schon besser, daß sie nicht den richtigen benutzte. Und wenn sie die unausgesprochenen Regeln über Namen doch kannte, konnte sie Tianas dazu benutzen, sie zu verhexen. Tiana war froh, daß sie jetzt einen geheimen Namen hatten, einen Geisternamen. Das gab ihr das Gefühl, geschützt zu sein.

»Diana, du wirst hier niederknien, während wir frühstücken. Du wirst den Herrn für das um Vergebung bitten, was du gesagt hast. Und wenn du nicht gehorchst, werde ich dich zu deinem Vater nach Hause schicken. Er wird sein Geld nicht zurückerhalten. Das ist so vereinbart. Ich bezweifle, daß ihm der Bericht, den ich ihm schicken werde, gefallen wird. Und soviel ich weiß, besprechen eure Häuptlinge Disziplinprobleme im Rat.«

Tiana funkelte sie zornig an. Mrs. MacDuff war nicht dumm. Sie hatte recht. Es würde Jack Rogers nicht gefallen, das Schulgeld zu verlieren. Und die Vorstellung, ihr Name könnte im Rat der Häuptlinge genannt werden, machte ihr Angst.

Tiana kniete nieder und biß die Zähne zusammen. Sie würde bleiben. Sie würde ihr Wissen schon bekommen.

4

Die Missionsschule, in der Tiana um ihre Bildung kämpfte, lag zwischen Hiwassee, der Stadt ihres Onkels Drum, und der nächstgelegenen weißen Siedlung Maryville im Norden. Maryville, Tennessee, war am Standort der alten Cherokee-Stadt Ellijay errichtet worden, nachdem das Wahre Volk diesen Teil seines Landes an die Amerikaner abgetreten hatte. Es war ein merkwürdiger Standort für eine Stadt. Das Gelände war abschüssig und von Schluchten durchzogen. Die Umgebung war schön und wurde von Bergen überragt. Von Maryville ließ sich das nicht sagen.

Gezackte Baumstümpfe ragten aus dem festgetretenen Erdboden der Stadt auf. Die Jagd nach Bau- und Heizmaterial hatten nur wenige Bäume überlebt. Es war August 1809. Es regnete seit drei Tagen. Die ungepflasterten Straßen zwischen den grob zusammengezimmerten Hütten und Kneipen und der Schmiede waren ein schlammiger Morast. Die einzigen Anzeichen von Leben waren die Pferde, die mit gesenkten Köpfen vor den Kneipen standen, ein paar Hunde, die unter Wagen Schutz gesucht hatten, und ein Schwein von der Größe eines kleinen Kalbs, das sich am Ende von Maryvilles Main Street selig im Schlamm suhlte.

Die Straße verlief auf dem höchsten Hügelkamm der Stadt, und an den Hängen der Hügel und Schluchten um die Hauptstraße herum klebten die Blockhäuser wie Kletten. Wasser rauschte in Kaskaden die Schluchten hinunter und strömte in den parallel zur Main Street verlaufenden Pistol Creek.

In der Mitte der Stadt stand das halbfertige, auf allen Seiten von Bauschutt umgebene Gerichtsgebäude von Blount County. Es machte den Eindruck, als wollte es wieder mit dem roten Schlamm verschmelzen, der es umgab. Das winzige Gefängnis und der Schandpfahl waren leer. Die Unruhestifter der Stadt mußten zu durchnäßt und zu melancholisch gewesen sein, um unangenehm aufzufallen. Die eingefleischten Trinker, ein großer Teil der Bevölkerung, hatten sich in den drei Kneipen der Stadt festgesetzt.

Das bevorzugte Lokal, Cunninghams, lag neben Houstons neuem Laden. Es besaß den einzigen Billardtisch der Stadt. Dort war Tag und Nacht das Klicken der hölzernen Kugeln zu hören. Wenn der Regen nachließ oder der Wind drehte, konnte der sechzehnjährige Sam Houston hören, wie Männer bei ihren Würfelspielen oder über ihren speckigen Karten fluchten und brüllten oder lauthals grölten und sangen.

Sam mochte die Leute nicht sonderlich, die das Lokal frequentierten, und für sich selbst wünschte er, er wäre irgendwo, nur nicht hier.

»Nebenan scheint ja die Hölle los zu sein«, sagte er in seinem gedehnten Virginia-Akzent. »Der Markt in Calamity Corners muß völlig verregnet sein. Und viel weibliche Tugend gerettet haben.«

»Was?« Sams älterer Bruder James blickte von dem Hauptbuch auf. »Sam, du hörst nicht zu. Ich werde es noch einmal erklären.« James kaute auf seinem Bleistift herum. Das war ziemlich extravagant. Der alte Faberstift war der einzige, den es in der Stadt gab. »Man zieht die Tara und das Gutgewicht ab.« James kritzelte auf einem fleckigen braunen Papier. Seine Zahlen waren winzig klein und standen eng nebeneinander, um Platz zu sparen. »Dann teilt man das Nettogewicht durch den gegebenen Betrag. Quotient ist das Gutgewicht. Zieh das von dem Bruttogewicht ab, und das, was übrigbleibt, ist das Nettogewicht.«

»Netto«, sagte Sam müde. »Was ist Tara?« Er betrachtete träge das stetig tröpfelnde Wasser, das durch die hölzernen Dachschindeln sikkerte und laut in einen darunter stehenden Blecheimer platschte. Fliegen schwirrten träge um die Räucherschinken an der Decke.

»Ich habe dir gesagt, was die Tara ist«, sagte James.

»Ich hab's vergessen.«

»Die Tara ist das Gewicht der Verpackung der Ware, das der Käufer nicht zu bezahlen braucht.«

»Und was ist noch mal Gutgewicht?«

»Das habe ich dir auch gesagt.«

»Ich habe ein schlechtes Gedächtnis.«

»Nicht, wenn es um Poesie geht. Was ist nur mit dir los?«

»Poesie ist wichtig. Die kann man sich leicht merken. Sie reimt sich. Wenn sich das hier reimte, würde ich es auch behalten.«

»Man kann Poesie nicht essen. Dieser Laden verdient unseren Lebensunterhalt.«

»Wenn du das Leben nennst«, brummelte Sam.

»Möchtest du lieber das südliche Feld pflügen?«

»Nee. Tanzen kann ich nicht, und zum Pflügen ist es zu naß. Dann kann ich auch hier hocken. Was ist das Gutgewicht?« fragte er resigniert. Er legte die Ellbogen auf den Tresen und stützte das Kinn in die Hände.

»Ich sage es dir jetzt zum letztenmal.« James stand kurz davor, zu explodieren. Er sprach langsam und betont deutlich. »Das Gutgewicht ist der Gewichtsnachlaß wegen Wertminderung beim Transport, vier Pfund pro hundertvier Pfund – Staub, Plunder, Insekten.«

»Vier Pfund Insekten? Ziemlich viel. Vielleicht sollten wir die separat verkaufen«, sagte Sam. »Und teilt man das Gutgewicht durch das Nettogewicht oder den anderen Humbug?«

»Verdammt noch mal! Hier geht es nicht um Humbug. Hier geht es ums Geschäft, und das ist ernst.« James zerbrach vor Zorn den Bleistift. Er sah die Stücke entsetzt an und schleuderte sie dann durch die geöffnete Klappe des dickbäuchigen Ofens in die Flammen. Er schnappte sich seinen Hut, der auf dem Kopf eines drallen Kleiderphantoms saß, und verließ das Haus. Er blieb in der Tür stehen, um sich mit einer wütenden Bewegung den Hut aufzusetzen und sich zu Sam umzudrehen. Er zeigte mit dem Finger auf seinen jüngeren Bruder und drohte ihm.

»Bleib hier, bis der Laden geschlossen wird. Wisch überall Staub. Zähl die Verkäufe der Woche zusammen. Bring die Ascheimer raus. Klopf die Wolldecken, damit die Motten sie nicht auffressen. Und sieh zu, daß du keinen Ärger kriegst.« Er fuhr herum und duckte sich, um nicht gegen die breite, geneigte Dachtraufe zu stoßen. Er fluchte, als er fast bis zu den Knien in dem Schlamm versank, der über den Schaftrand seines Stiefels quoll. Der Sog zog ihm fast den Stiefel aus, als er ihn mühsam aus dem Schlamm zog. Regenwasser aus den Dachtraufen strömte ihm in den Nacken, als er den Kopf neigte. »Und füll dieses Loch aus«, rief er. »Darin kann ja ein Maultier ertrinken.«

Dann war Sam mit sich allein. Er war unruhig. Er war in diesem unmöglichen Alter, in dem er sich zwar schon als Mann sah, sonst aber niemand. Er sehnte sich nach Abenteuern wie ein Bär nach Honig. Er hatte Tagträume von einem schaumbedeckten Pferd, das die Main Street entlanggaloppierte und dessen Reiter brüllte, die Indianer kämen. Er stellte sich die Krieger vor, die in ihrer Kriegsbemalung durch den die Stadt umgebenden Wald schlichen. Nur Sam und seine Freunde konnten Maryville vor der Zerstörung retten. Er schnappte sich eine Hacke, die mit anderen Geräten an der Wand lehnte. Er sprang über den hohen Verkaufstresen und kauerte sich dahinter. Er riskierte einen Blick, um den Feind zu entdecken.

»Peng, peng.« Er feuerte mit der Hacke auf das Phantom, das halb hinter einem Kistenstapel verborgen war. »Zack, ich habe einen erwischt!« Dann ging ihm auf, wie albern sich seine Stimme in dem mit

Waren vollgestopften Laden anhörte. Schon sechzehn und immer noch Kinderspiele. Trotzdem, einige der älteren Siedler konnten sich noch daran erinnern, daß Indianer Maryville angegriffen hatten. Es war das Aufregendste, was Sam sich vorstellen konnte, aber er legte die Hacke dennoch ein wenig verlegen zurück.

Er versuchte, wie ein Tiger im Käfig auf und ab zu laufen. Er war 1,83 Meter groß und wuchs immer noch, und im Laden war nicht genug Auslauf. Die niedrige Decke wurde durch die Dinge, die an ihr hingen, noch mehr herabgesenkt.

An den Balken baumelten Stiefel und Kessel, Bratpfannen, Tierfallen sowie Knäuel streng riechender Schnüre. Da waren Ochsengeschirre, Zügel und Zaumzeug, Oblaten- und Waffeleisen, Spachteln mit langen Stielen, Schokoladen- und Kaffeetrommeln. Da waren Abtropfgeräte und Mullbinden für Käse, Waschbretter, Kerzenformen und Lichtputzscheren.

An der Wand lehnten Hacken und Schaufeln, Sicheln, Brettersägen, Rutenbesen, Äxte, Krätzer und Getreidesensen. Der Fußboden war mit Tonnen, Fässern und Pulverkisten bedeckt, mit Blei, Nägeln, gepökeltem Schweinefleisch, Salz- und Gewürzgurken, Tabak, Schmierseife, Dörräpfeln und -pfirsichen, Mehl, Kandiszucker und hochprozentigen alkoholischen Getränken. Auf den Regalen stapelten sich Schachteln mit Taschentüchern, Kämmen, Messern, Feuersteinen, fester Seife, Schläuchen, Schnupftabak, Tee, Siegellack, Scheren und Kurzwaren.

Bunt war es im Laden nur an der Ecke mit den Bandwaren und Stoffballen – da gab es grobe Wolldecken und Kaliko, Segeltuch und Leinen und Osnabrücker Leinwand. Sam hielt sich ein Stück blaue Köperbaumwolle in der Farbe seiner Augen an die Brust. Er wickelte sich in den Stoff, als wäre es eine Toga, und blinzelte sein Abbild in dem kleinen Spiegel neben den Sonnenhauben für Damen an.

»Aber diese herrische, diese unbesiegte Seele«, sagte er mit einer für einen so jungen Menschen kraftvollen Stimme, »kann weder Recht in die Schranken weisen noch Achtung beherrschen.« Er kreuzte die Arme auf seiner breiten Brust. »Du hübscher Kerl«, sagte er zu seinem Spiegelbild. »Du siehst viel zu gut aus, um hinter einem Pflug herzutrotten oder einen Ladentresen abzustauben.« Er legte den Stoff zurück und fuhr sich mit den Fingen durch sein dichtes kastanienbraunes Haar.

Er ließ träge weißes Maismehl durch die Finger gleiten und fragte sich, wieviel Pfund Insekten in dem Faß wohl stecken mochten. Da sind bestimmt mehrere Pfund Rattenscheiße drin, überlegte er. »Zwei Quarts sind ein Pottle«, brummelte er, ging ein paar Schritte, drehte sich um und kehrte auf dem gleichen Weg zurück. »Zwei Bushel sind ein Strike. Zwei Strike sind ein Coom. Zwei Coom sind ein Quarter. Vier Quarter sind ein Chaldron. Fünf Quarter sind ein Wey. Zwei Weys sind ein Last.« Wiegen, messen und zählen. Sam versuchte sich vorzustellen, daß er in fünfzig Jahren noch immer an diesem Tresen stand und sein Leben nach Stoffellen und Maisscheffeln bemaß. Und aus den vielen Währungen und Wechselkursen und Rechensystemen würde er auch nie schlau werden. Da gab es den englischen Standard und das neue Dezimalsystem des Bundes, dieses verfluchte System, wie es Sam nannte. Es gab Währungen der Einzelstaaten, Banknoten aus dem Unabhängigkeitskrieg, Portugiesische Gold-Joas, Spanische Pistolen, Portugiesische Moedoren, Golddublonen, vom Tauschhandel ganz zu schweigen. »Na ja«, seufzte er. »Es ist besser als pflügen. Ein Abend mit einem Priester der Inquisition ist besser als pflügen.«

Sam streckte sich über den Tresen und zog aus einem ganzen Stapel die unterste Holzkiste hervor. Er betastete den Inhalt und zog unter einem Korsett sein Exemplar von Homers *Ilias* hervor. Die neue französische Mode hatte die Nachfrage nach Korsetts neuerdings abflauen lassen, und James öffnete diese Kisten nie, es sei denn, er mußte. Sam hatte für seinen Homer ein sicheres Versteck gefunden.

Der Junge lehrte den Ascheimer unter dem Rost. Er zog einen Stuhl näher an den Ofen heran und warf ein kleines Stück Hickoryholz ins Feuer. Der Regen hatte kühle Luft mitgebracht. Er legte die Füße auf den überquellenden Aschkasten und nahm sich einen verschrumpelten Apfel aus einem Korb. Die Frucht sah scheußlich aus, hielt sich aber zwei Jahre und schmeckte gut. Eine kleine Maus baumelte an einem Beutel mit Saatgut, der an der Decke hing. Sam salutierte, wünschte ihr alles Gute und schlug sein Buch auf.

An einem regnerischen Nachmittag erwartete er keine Kunden, und so fuhr er zusammen, als er aus dem Augenwinkel eine Bewegung sah. Er sprang auf, so daß seine schweren Stiefel krachend auf dem Fußboden landeten. Zwei Meter vor ihm stand ein etwa fünfzehn Jahre alter Junge.

»Hallo.« Sam fühlte sich nervös und unbeholfen. Er war zu überrascht, um Angst zu haben. Indianer kamen nur selten nach Maryville.

James Rogers schaffte es, gleichzeitig feierlich und gleichgültig auszusehen. Bis auf einen speckigen Lendenschurz aus grobem Halbwollstoff war sein schlanker brauner Körper nackt. Sein langes schwarzes Haar war zu Zöpfen geflochten. Er war naß. In der Hand hielt er zwei schlammbedeckte Gegenstände, die er locker baumeln ließ. Sam brauchte einige Sekunden, um zu erkennen, daß es Mokassins waren. James hob die Hand zu der spöttischen Andeutung eines Indianergrußes.

»How«, sagte er.

»How«, sagte Sam und hob ebenfalls die Hand. Er sah, daß sie immer noch die *Ilias* hielt, und ließ das Buch auf den Stuhl fallen. »Ich habe dich gar nicht hereinkommen hören.«

»Ich habe in der Schule gelernt, wie man sich anschleicht.« Von allen Rogers-Kindern sprach James das beste Englisch. Er sprach es sogar besser als sie meisten Bewohner Maryvilles. »Ich war ziemlich gut darin. Habe mich heimlich in die erste Klasse geschlichen. Außerdem habe ich Rousseau gelesen. Ich kann auch schauspielern.«

»Der Teufel soll mich holen.« Schließlich bemerkte Sam James' dunkelblaue Augen.

»Das hast du gesagt.« James grinste. »Ich habe dich wirklich zum Teufel gewünscht, als ich in den See da draußen vor der Tür getreten bin.« Er hielt die Mokassins hoch. »Willst du da draußen eine Forellenzucht anlegen?«

»Wale. Ich habe mir bei Noah ein paar bestellt, als er vorhin hier vorbeigesegelt kam. Du kannst die Schuhe vors Feuer stellen.«

Sam räumte einen weiteren Stuhl leer und schleifte ihn an den Ofen. James stellte seine Mokassins säuberlich in die Sandkiste unter den kunstvoll gearbeiteten rankenförmigen Beinen des Ofens. Er sah mit Abscheu auf die Zigarrenstummel und den Tabak, der den Sand dunkelbraun gemacht hatte, machte aber keine Bemerkung dazu. Sam warf ihm ein weißes Leinenhandtuch zu, das vor Schlamm rotbraun wurde, als James sich damit abtrocknete.

»Von welchem Stamm bist du denn?« fragte Sam und lehnte sich mit verschränkten Armen gegen den Tresen.

»Schotte«, sagte James.

»Ach nein.«

»Doch, tatsächlich. Ich bin zum Teil Cherokee. Ein gezähmtes Hengstfohlen aus den Wäldern, könnte man sagen.«

»Oh.« Es entstand ein verlegenes Schweigen. Ein Halbblut. Na schön, sollte die Stadt doch denken, was sie wollte. Sam streckte die Hand aus. »Sam Houston«, sagte er. »Für Freunde Sam.«

»James.« Der Junge hatte einen festen Händedruck. »James Rogers.«

»Ist dir kalt?« Sam glaubte, James zittern gesehen zu haben.

»Nein.« James lächelte. »Ein Indianer muß erst steif frieren, bevor er zugibt, daß ihm kalt ist.«

»Ich wollte mir gerade einen heißen Flip machen. Ein Mann kann nicht allein trinken.« Er legte das abgeplattete Ende eines eisernen Spatels ins Feuer, damit er heiß wurde, während er ein schweres, eine halbe Gallone fassendes Glas mit Bier füllte. Mit einer Zuckerschere schnitt er braunen Zucker von einem Zuckerhut ab und warf ihn in das Bier. »Und jetzt kommt der beste Teil«, sagte er.

»Der Köder«, sagte James.

»Richtig.« Sam zapfte aus einem Faß zwei Viertelpints ab. Mit großer Geste zog er einen silbernen Muskatnußbehälter aus der Tasche und schüttelte sich die harte Nuß auf die Handfläche. Er rieb sie an dem perforierten Deckel des Behälters und schüttete das Pulver ins Glas. Dann rührte er mit einem kurzen Quirl um. James steckte das glühende Ende des Spatels ins Glas. Das Getränk schäumte und dampfte und erfüllte die Luft mit dem Duft von Hopfen und Muskatnuß.

Die Jungen lümmelten zufrieden in ihren Stühlen. Sie wärmten sich Bäuche und Handflächen mit dem heißen Glas, das zwischen ihnen hin und her wanderte. Sie schnupperten den duftenden Dampf ein, der ihnen in die Nase stieg, und genossen den verbrannten, bitteren Geschmack des Flips. Draußen trommelte der Regen hypnotisierend gegen Dach und Fenster. In den Stiefeln, die über ihren Köpfen hingen, spielten ein paar Mäuse Fangen. In der Ecke zirpte ein Heimchen. Sam genoß den Augenblick ebensosehr wie das Getränk. In diesem Augenblick gab es niemanden in Maryville, dem er sich näher fühlte als diesem Fremden. Sam hatte zwar viele Freunde in der Stadt, kannte aber niemanden mit dieser exotischen, rätselhaften Aura.

»Was führt dich nach Maryville?« fragte er schließlich.

»Handel. Mein Vater leitet die regierungseigene Fabrik in der Garnison Hiwassee. Er hat aber nicht annähernd so viele wundervolle Dinge wie du hier. Das hier ist wirklich ein *uskwiniye'da*.«

»*Uskwiniye'da*?« fragte Sam.

»Das bedeutet ›alles mögliche‹. Unser Wort für Laden.«

»*Uskwiniye'da.*« Sam ließ das Wort auf der Zunge zergehen. Es gefiel ihm.

»Vater hat nur Beile, Messer, Kugeln, Wolldecken, Spiegel, Flitterkram. Dinge für das primitive, kindliche Gemüt.« Wieder ließ James sein blitzendes Grinsen sehen. Sam erkannte, daß das Lächeln mehr als nur Humor verriet. Es mußte schwierig sein, sowohl weiß als auch Indianer zu sein. Hinter einem Lächeln konnte man sich auch verstecken.

»Unsere Schwestern sehen wir nicht mehr«, fuhr James fort. »Sie gehen in dem alten Tellico-Blockhaus zur Schule. Mein Bruder John ist mitgekommen. Er versorgt drüben in Russells Kneipe die Pferde. Wir hatten ursprünglich vor, die Nacht hier zu verbringen, doch Russell schien nicht sehr erfreut zu sein, uns zu sehen.« Ein plötzlicher Ausruf und Pistolenschüsse aus Cunninghams Kneipe ließen James zusammenzucken.

»Alles in Ordnung«, sagte Sam. »Die schießen nur aufeinander.« Sam wußte jedoch, daß James Grund hatte, zusammenzuzucken. Die meisten Häuser in Maryville hatten schwere Fensterläden, um Pfeile und Musketenkugeln abzuhalten. Mit den Cherokee hatte es erst ein Jahr nach Sams Geburt Frieden gegeben. Aber ein Vertrag wischte fünfzig Jahre Krieg und Erbitterung nicht einfach weg. Der Haß war bei den Siedlern tiefer verwurzelt als die riesigen Baumstümpfe auf ihren Feldern.

»Wovon leben diese Männer?« fragte James.

»Von allem, was ungesetzlich ist. Such dir was aus«, sagte Sam listig. Es folgte wieder ein behagliches Schweigen.

»Wir haben zivilisierte Kleider mitgebracht«, sagte James schließlich. »Aber das Wetter ist so teuflisch schauerlich, daß wir sie nicht ruinieren wollten.«

Das würde auch nichts ändern, dachte Sam. *Ob Lendenschurz oder Krawatte, es ist nicht zu leugnen, daß dieser Bursche ein Indianer ist.*

Draußen waren Geklapper und ein Quietschen zu hören. John Rogers fuhr Old Thunder unter den Dachvorsprung, der besonders breit war, damit beim Be- und Entladen nichts naß wurde. Der Wagen hörte sich an, als würde sich jede Bohle und jedes Stück Metall selbständig bewegen.

»Gottverdammich! Elender Mist!«

»John hat das Loch gefunden.« James stand widerstrebend auf und ging zur Tür.

»Wie flucht ihr auf Cherokee?« fragte Sam und folgte ihm. Es konnte sich noch als nützlich erweisen, das zu wissen.

»Wir fluchen nicht.«

»Überhaupt nicht?«

»Nein. Wir haben es nie für nötig gehalten, bis wir die Weißen kennenlernten.«

»Gottverdammtes Loch!« John fluchte immer noch, als er durch die offene Tür eintrat und einen Korb mit Pfirsichen auf den Boden fallen ließ. »Hilf mir beim Ausladen«, sagte er brüsk auf Cherokee. Sam übersah er. Er stampfte auf, so daß seine Arbeitsstiefel die Dielenbretter zum Vibrieren brachten. James sah Sam entschuldigend an.

»Bei Russell muß ihn jemand beleidigt haben.«

Sam zuckte die Schultern. *Würde mich nicht überraschen.*

Der Wagen neigte sich stark nach links, da das Hinterrad tief in dem Loch steckte. John zog die schwere, völlig durchnäßte Plane mit wilden, zerrenden Griffen zurück. Der Geruch der Leinwand – grobe, nasse Baumwolle und Schimmel – ließ Sam fast würgen.

»*Hadawesoluhsda, unginili.* Ruh dich aus, älterer Bruder.« James legte John eine Hand auf den Arm. »Diese Leute sind doch unwichtig.«

»Für dich vielleicht.« John wuchtete sich ein Whiskeyfaß auf eine breite Schulter. »Doch wenn ich die Wahl hätte, würde ich sie hinter meinem Pferd herschleifen und vierteilen, nachdem ich sie lebendig verbrannt und skalpiert habe.« John war stämmiger als James und kleiner, hatte aber die mächtigen Muskeln seines Vaters. Seine braunen Augen waren kleiner und standen in seinem viereckigen braunen Gesicht enger zusammen. Sein dunkelbraunes Haar war zu Zöpfen geflochten und hing ihm auf dem Rücken. Seine weiten, selbstgewebten Hosen klebten ihm naß an den kräftigen Beinen. Er trug kein Hemd.

Schweigend luden sie den Wagen ab. Sie stapelten alles mitten auf dem Fußboden auf, dem einzigen noch freien Raum. John stellte sich kämpferisch vor den Haufen, als wollte er ihn verteidigen.

»Vater sagt hierhin gehen.« Sein Akzent war stärker als der von James, obwohl er ein Jahr älter war. »Er sagt, Houston einziger ehrlicher Mann in Stadt. Alle anderen haben Müllerdaumen, betrügen beim Wiegen.«

»Freut mich zu hören, daß wir einen guten Ruf haben«, sagte Sam. So sehr er seine Brüder auch verabscheute, Sam mußte zugeben, daß sie ehrlich waren. Dafür sorgte ihre Mutter. »Was habt ihr anzubieten?«

»Bienenwachs, Honig, Pfirsiche, Körbe.« John hielt eine der wunderschön gewebten Wiegen hoch, die von den Siedlerfrauen so geschätzt wurden. »Whiskey aus Vaters Brennerei. Tabak, Orinoko, entrippt. Gut, stark. Konserven, Ginseng, Indigo, Rehfelle, die hier etliche *bucks* wert sind.« Die Haut eines Rehs oder Rehbocks war seit Jahren das Tauschmittel mit den Indianern gewesen. Inzwischen bedeutete ein »buck« einen Dollar.

Die Jungen verbrachten den Rest des Nachmittags damit, daß sie sortierten, wogen und feilschten. Sam gefiel es nicht, einen Laden zu betreiben, aber er hatte eine natürliche Begabung dafür. Als James und John ausgesucht hatten, was sie brauchten, beluden sie den Wagen. Sie mußten alle drei mit anfassen, um den letzten Gegenstand, ein Faß mit Gipspulver, auf den Wagen zu wuchten. Dann setzten sie sich mit einem frischen Glas Flip vor das Feuer.

John biß von einem schwarzen Tabakstrang ein Stück ab. Als er ins Feuer blickte, kaute er langsam darauf herum. Von Zeit zu Zeit spie er einen braunen Strahl in die Schachtel mit Sand unter dem Ofen. Diese Angewohnheit hatte er von seinem Vater übernommen.

»Ein Bursche von hier, einer der alten Watauga-Veteranen, Moss Greeley, ist neulich in Knoxville gewesen«, sagte Sam beiläufig. »Langsam wie eine Schnecke, dieser Moss. Er wohnte in dem neuen Hotel dort. Ein prächtiger Laden ist das. Üppige Einrichtung, alles Gold und Glitzerkram.« Sam lümmelte sich hin, streckte seine langen Beine aus und steckte die Daumen unter die Hosenträger, die seine ausgebeulten Hosen aus selbstgewebtem Stoff festhielten. Die anderen zwei Jungen rutschten tiefer in ihre Stühle, um die Geschichte mehr zu genießen.

»Also, der alte Moss setzte sich mit seinem speckigen Wanst in eine mit rotem Samt bezogene Chaise in der Halle und kaute weiter auf seinem Priem herum. Von Zeit zu Zeit ließ er einen bernsteinfarbenen Strahl auf den blankgebohnerten Fußboden sausen.« John betonte die Geschichte mit einer eigenen Salve, als er sich auf Sams extravagantes Vokabular konzentrierte. Sam fuhr fort.

»Ein Angestellter dieses erstklassigen Etablissements kam mit einem blitzblanken, frisch geputzten Spucknapf und stellte ihn vor unseren hiesigen Würdenträger. Der alte Moss rutschte auf seinem Stuhl herum, so daß er in eine andere Richtung zielte, und schickte wieder eine Salve los. Der Lakai stellte den Spucknapf direkt vor ihn.

Und wieder drehte sich Moss, um ihn nicht zu treffen. Das ging noch ein paarmal so weiter, bis Moss der Hals weh tat, weil er ihn in alle Himmelsrichtungen drehen mußte. Er warf dem strengen jungen Mann mit dem Spucknapf einen vorwurfsvollen Blick zu. ›Jetzt hör mal zu, Kleiner‹, sagte er. ›Wenn du das verdammte Ding nicht sofort wegnimmst, werde ich direkt reinspucken, mitten hinein.‹«

James und John glucksten, bis wieder friedliche Stille herrschte. »Was hast du gerade gelesen, als ich reinkam?« fragte James.

»Homer. Die *Ilias*. Hast du sie gelesen?« Sam beugte sich vor.

»Nein. Es ist, wie Hippokrates gesagt hat. ›Die Kunst währt lang, und das Leben währt kurz.‹ Ich möchte sie eines Tages trotzdem lesen.«

»Wir könnten sie gemeinsam lesen. Bleib doch noch eine Weile hier.«

»Kann nicht«, erwiderte John. »Muß nach Hiwassee Town zurück. Russell sagt: ›Bei Sonnenuntergang müßt ihr Scheißer verschwunden sein.‹« John zog sich einen Finger quer über die Kehle und setzte eine finstere Miene auf.

»Kann ich mir denken, daß Russell so etwas gesagt hat.« Sam erwähnte nicht, daß Russell im Krieg gegen die Cherokee Familienangehörige verloren hatte.

Es war kurz vor Sonnenuntergang. Sam überlegte, ob er sie nach Hause einladen sollte. Seine Mutter würde so höflich zu ihnen sein wie zu jedem anderen. Sam bezweifelte jedoch, daß seine Brüder es sein würden. Sam mochte James Rogers und selbst den mürrischen John viel zu sehr, um sie zu Hause gedemütigt zu sehen. Aber der Gedanke, sie in ihren klappigen Wagen klettern und aus seinem Leben davonfahren zu sehen, war unerträglich.

»Ich wünschte, ihr könntet bleiben«, sagte er wehmütig. »Ich langweile mich hier zu Tode.« Von nebenan war ein weiterer Schuß zu hören sowie das Geräusch zerbrechenden Glases.

»Hört sich für mich aber gar nicht langweilig an«, entgegnete James.

»Du kannst mir glauben. Es ist nicht auszuhalten.«

»Komm nach Hiwassee«, sagte James. »Bleib bei uns.«

»Das könnte ich nicht.«

»Warum nicht?« wollte John wissen.

»Eure Leute würden mich nicht wollen. Einen weißen Jungen.«

»Und ob sie würden«, sagte James. »Du könntest bei meinem Onkel Drum wohnen. Er genießt es, Gesellschaft zu haben.«

»Er kennt mich doch nicht mal.«

»Für Drum macht das keinen Unterschied. Ich schätze, daß es bei uns zu Hause kaum anders ist als bei euch. Aber Drum und Hiwassee werden dir gefallen. Da geht es eher so zu wie früher.«

»Ich habe eine Familie hier.«

»Tatsächlich? Ein Mann muß auf eigenen Füßen stehen, um seine Bestimmung zu finden. Unsere Leute verstehen das. Deine werden es auch.«

»Wie auch immer, dieser Ort stinkt.« John zog die Nase kraus und zeigte damit, was er von Maryville hielt. Sam lächelte ihn zustimmend an.

»Es war besser, bevor die Leute zivilisiert wurden und sich Plumpsklos bauten. Jetzt türmt sich die Scheiße überall auf. Die Gerberei stinkt zum Himmel. Wenn der Wind richtig steht, kriegt man von dem Geruch einen Belag auf den Zähnen.«

»Sam.« James rutschte aufgeregt auf seinem Stuhl nach vorn. »Komm mit uns. Wir werden eine herrliche Zeit haben, das verspreche ich dir.«

»Können wir auf die Jagd gehen?«

»Wenn du magst, jeden Tag.«

»Wäre es denn sicher? Ich meine, die Cherokee haben keinen Grund, Weißen zu trauen.«

»Mutter hat Vater getraut«, sagte John lakonisch.

»Natürlich ist es sicher«, sagte James. »Du wirst mein Besonderer Freund sein. Wie Onkel John Stuart.« Sam machte ein fragendes Gesicht. »Damals im Jahr 1760 gefiel Häuptling Aganstat Captain Stuart, der Ehemann der Schwester meiner Mutter. Er rettete ihn davor, mit dem Rest der Soldaten in Fort Loudon massakriert zu werden. Ein Besonderer Freund ist immer sicher. Drum hat meinen Vater vor dreißig Jahren zu einem Besonderen Freund gemacht.«

Warum nicht? Es entstand ein langes Schweigen, während Sam an seinem Flip nippte und sich die Sache überlegte. Er betrachtete das Problem von allen Seiten. Mit drei Sklaven und vier weiteren Söhnen brauchte seine Mutter ihn nicht wirklich. Sam hatte den Verdacht, daß sie nur deshalb darauf bestand, daß er im Laden arbeitete, damit er ihr nicht dauernd im Weg war. Und sie hatte sich schon längst daran gewöhnt, daß er manchmal tagelang wegblieb, um Waschbären zu jagen. Vielleicht würde er diesmal etwas länger bleiben. Eine Woche oder zwei. Sie würde sich keine Sorgen machen.

Dies war, was Sams Bruder John eine »Gelegenheit« nannte,

wenngleich wohl nicht gerade eine, wie er sie sich vorstellte. Wer konnte schon wissen, wann man ihr wieder über den Weg lief.

»Wie weit ist dieses Hiwassee Town entfernt?« fragte er.

»Etwa sechzig Meilen.«

»Ich komme mit.« Sam sprang auf. »Laßt mich nur ein paar Sachen in einen Beutel werfen.« Er rannte im Laden herum und füllte einen Futtersack mit Dingen, die er zu brauchen meinte. »Gibt es etwas, was Mr. Drum besonders mag?« fragte er.

»Er mag Brandy«, sagte John.

»Französischen, wenn du so was hast«, sagte James. »Aber er trinkt auch Barbados.«

»Sein Name ist Ahu'lude'gi, He Throws The Drum Away. Aber wir nennen ihn Drum. Bei Weißen nennt er sich John Jolly«, fügte John hinzu.

»Wieso das?«

»Oh, irgendeine komische Sitte, vermute ich. Man erzählt möglichen Feinden nicht, wie man heißt. Das gibt ihnen Macht über dich.« James wechselte das Thema. »Baumwollstoff für einen neuen Mantel würde ihm gefallen. In der leuchtendsten Farbe, die du hast. Vorzugsweise rot.«

Sam begann, einen zweiten Sack zu füllen. »Jetzt brauch' ich noch was zu futtern.«

»Was?« fragte John.

»Was zu futtern. Was zu acheln. Haps-haps. Wegzehrung. Versteht ihr? Essen für unterwegs. Und was zu trinken natürlich auch.« Er rollte ein Fäßchen über den Fußboden. »Es ist nur Dünnbier«, sagte er entschuldigend. »Kein richtiges. Man braucht einen ganzen Ozean davon, um sich einen erstklassigen Rausch anzutrinken.« Sam verjagte die Fliegen von einem Schinken, der an der Decke hing, und nahm ihn vom Haken. »Jetzt will ich nur noch ein paar Klamotten klauen, dann bin ich soweit.«

»Ein paar Klamotten klauen?« James und John sahen verwirrt aus.

»Ein paar Fetzen mopsen. Versteht ihr? Ein paar Kleider stehlen. Ich dachte, ihr sprecht Englisch.«

»Das habe ich auch gedacht«, sagte James.

»Du stehlen, wir schuldig«, sagte John.

»Ich stehle nicht«, widersprach Sam. »Ich nehme ein paar Sachen auf Kredit mit. Dafür lasse ich ihnen einen Schuldschein hier. Außerdem schulden sie mir noch Geld für zwei Wochen harte Arbeit.«

»Wirst du eine Nachricht hinterlassen, um deinem Vater zu sagen, wo du bist?«

»Teufel, nein. Ich will nicht, daß meine Brüder mich suchen. Außerdem ist mein Vater tot.«

»Hört mal.« John lauschte aufmerksam.

Der Regen hatte aufgehört. Irgendwo fuhr ein Wagen mit einem protestierenden Ächzen los. Das laute, schmatzende Geräusch von Rädern, die durch Schlamm rollen, war deutlich zu hören.

»Es wird spät«, sagte James nervös. Er und sein Bruder waren jung und allein auf feindlichem Territorium. Es würde bald dunkel werden.

»Laßt uns verschwinden, solange die Luft noch rein ist«, sagte Sam.

Die Fahrt die Main Street entlang schien kein Ende nehmen zu wollen. Sam sagte sich, daß das nur daran lag, daß er sich davor fürchtete, seine Brüder könnten ihn erwischen, bevor die Flucht gelungen war. Doch als er so dasaß, hoch oben auf dem wackeligen Kutschbock des klappernden Wagens, fühlte er sich wie ein sehr großes bewegliches Ziel.

Bis auf die geduldigen Pferde, die an den Geländern festgebunden waren und deren Fell dampfte, als sie allmählich trocken wurden, war die Straße leer. Sam sah noch die Hunde, das sich suhlende Schwein und ein paar durchnäßte Hühner, die in den Pfützen umherwateten und ertrunkene Käfer und Würmer aufpickten. Einer der Hunde kroch aus einem Beutel aus grobem Sackleinen, in dem er unter einer Veranda Schutz gesucht hatte, und lief hinter dem Wagen her. Er schnappte nach einem Hinterrad, mehr aus Pflichtgefühl als aus Freude an der Jagd.

Sam bekam eine Gänsehaut, als wären die starrenden Blicke aus den Spalten von Türen und Fensterläden mit Händen zu greifen. Nicht jeder in Maryville haßte Indianer. Die toleranteren Bewohner der Stadt sahen nur hochmütig auf sie herab. Es gab nur nicht allzu viele tolerante Menschen.

Der Wagen rollte langsam an Russells Kneipe und Stall vorbei und passierte dann die Hütte, in der Love Biberhüte und Sättel herstellte. Die Jungen näherten sich der Porter Academy, die allein auf einer Wiese abseits der Main Street stand. Sam klemmte sich den Daumennagel hinter die oberen Vorderzähne und ließ den Daumen nach vorn schnipsen. Es war ein lautes, verächtliches Klicken in Richtung Schule.

»Was ist los?« fragte James.

»Das Lernen würde großen Spaß machen, wenn es keine Schulen gäbe.« Sam hatte ein Halbjahr in der Schule hinter sich. Er sei verärgert abgegangen, weil, wie er sagte, sie ihm die Klassiker nicht in den Originalsprachen hätten beibringen können, Griechisch und Latein. In der Stadt ging jedoch das Gerücht, es sei ganz anders gewesen: Ihm hätten die Regeln der Schule nicht gefallen. Kein Trinken, kein Glücksspiel, kein Fluchen, keine Schlägereien. Keine Pferderennen oder Ballspiele oder andere »geräuschvolle Versammlungen«. Für Sam war das so, als müsse man den süßen Kern des Lebens wegwerfen und statt dessen die Spreu essen.

Die Jungen schafften es, die Stadt ohne Zwischenfall zu verlassen. Sie mußten nur noch am Wayside Inn vorbei, dem »Wayward«. Mißraten, wie Sam die Kneipe nannte. Die magere Sau, die sich davor im Schlamm suhlte, war eine passende Werbung für das Lokal. Sams Mutter hatte ihm verboten, die Kneipe zu betreten. Das war vermutlich wegen Smitty. Smitty war ein Freudenmädchen. Ihr winziges Zimmer war diskret an die Rückseite des Wayside angebaut – mit Aussicht auf den Abort der Kneipe, so daß sich ein Mann hinter dem Wayside auf mehr als eine Weise Erleichterung verschaffen konnte.

Dieses nichtsnutzige Maryville, dachte Sam. *Kleine Fische und wenige Auserwählte.* Sam hielt den Atem an, als sie parallel zu der durchhängenden vorderen Veranda der Kneipe vorbeifuhren. Drinnen schien es voll zu sein. Die Jungen fuhren zusammen, als die Tür mit einem Knall aufgestoßen wurde, so daß eins der hölzernen Scharniere zerbrach. Die Tür hing nur noch windschief an einem Scharnier. Ein kleiner, völlig verschmutzter Mann flog, alle viere von sich gestreckt, rückwärts durch die Öffnung. Man hatte ihn mit so viel Wucht hinausgeworfen, daß er, wild mit den Händen herumrudernd, um das Gleichgewicht zurückzugewinnen, vom Rand der Veranda auf die Straße stürzte. Er landete klatschend auf dem Rücken. Man sah ihm an, daß er schon lange keinen so engen Kontakt mit Wasser gehabt hatte. Die Sau kam grunzend auf die Beine und zuckte mit dem geringelten Stummelschwanz. Als sie mit einer Miene verletzter Würde davonspazierte, teilte sich der Fliegenschwarm, der sich auf ihr niedergelassen hatte. Einige zogen es vor, bei dem Neuankömmling zu bleiben.

Die Tür des Wayside füllte sich mit Männern, die auf eine Schlägerei hofften. Doch der Mann in der Pfütze blieb einfach liegen. Er starrte friedlich den grauen Himmel an und bedachte seinen Angreifer, einen leichenblassen Burschen, der von der Veranda aus auf ihn hinabsah, mit einem steten Strom von Flüchen.

»Zum Teufel mit deiner gottverfluchten dreckigen Seele, sie soll in der Hölle schmoren, gottverdammich«, sagte der Mann in der Pfütze. »Und die gottverdammte verfluchte Seele deines gottverfluchten Vaters ebenfalls, auch die zur Hölle verdammte gottverfluchte beschissene Seele deines Großvaters und deiner gottverfluchten Vorfahren, bis hin zu dem gottverdammten Scheißkerl, der deine ganze gottverfluchte verdammenswerte Brut gezeugt hat.« Seine Stimme brach vor Erschöpfung. »Gottverdammt!« brummelte er. Er bemühte sich aufzustehen, aber der Schlamm zog ihn wieder an seinen Busen. Wahrscheinlich zog er den Schlamm seinem Bett in dem Gasthaus vor. Er war weicher und enthielt keine Wanzen. Das Wasser ertränkte die Flöhe des Mannes, und außerdem brauchte er die Pfütze nicht mit anderen zu teilen. Er schlief ein und schnarchte los, wobei er von Zeit zu Zeit aufstieß.

Der Mann auf der Veranda schwankte und stützte sich mit einer Hand an einem windschiefen Pfosten. Seine rotgeränderten, wäßrigen blauen Augen nahmen jetzt den Wagen ins Visier. Er zeigte mit einem Finger auf Sam und dessen neue Freunde.

»Indianer!« rief er. »Der kleine Sammy Houston läßt sich mit Indianern ein.«

»Kannst du diesen Mähren nicht Beine machen?« fragte Sam John aus dem Mundwinkel. Sam war zu groß und kräftig, um die meisten Männer in der Stadt fürchten zu müssen, aber vor Dirty Dutch hatte er Angst. Selbst wenn Dutch nüchtern war, sah man ihm an, daß sein Leben ihm wenig bedeutete und das anderer gar nichts.

»Was ist, wenn sie auf uns schießen?« fragte James.

»Das werden sie nicht«, erwiderte Sam. »Sie müssen ihre Waffen an der Tür abgeben. Außerdem könnten sie nicht mal eine Scheune treffen, wenn die Tür so schwingt. Vor diesem armseligen, hinterwäldlerischen Lumpenpack brauchen wir keine Angst zu haben.«

»Betrunken«, murmelte John.

»Sie sind tatsächlich betrunken«, sagte Sam. »Wie wär's, wenn es etwas schneller voranginge?«

John ließ lässig die Peitsche knallen. Er wollte nicht den Schwanz einklemmen und vor diesem Abschaum weglaufen, aber entgegentreten wollte er den Kerlen auch nicht. Ein rundes Dutzend Männer kamen im Rudel von der Veranda herunter und folgten dem Wagen zu Fuß. Selbst alle zusammen besaßen nicht Verstand genug, ihre Pferde zu besteigen. Dirty Dutch beschrieb lautstark, welch fabelhafte Tabaksbeutel man aus dem Skrotum eines Indianers machen könne.

»Ist einer von euch bewaffnet?« fragte Sam.

»Wir sind doch nicht verrückt«, erwiderte James.

»Weiße Männer sehen Indianer mit Waffe, als erste schießen«, fügte John hinzu.

»Wir haben ein Blasrohr«, sagte James.

»War nur eine Frage.« Sam ergab sich resigniert in sein Schicksal.

»Mach den Kleppern Beine, Bruder.« James warf einen Blick über die Schulter. »Wir müssen die Kerle müde machen und von ihren Pferden weglocken.«

»Können nicht zu schnell fahren«, sagte John. »Pferde viel müde.«

»Hast du eine Idee, James?« fragte Sam.

»Vielleicht.« James hatte sich hingestellt und blickte nach hinten. Er stützte die Knie an dem schwankenden Kutschbock, er reckte einen Arm in die Höhe, machte pumpende Bewegungen damit und drehte obszön die Faust. »Das werde ich mit euren Müttern und Schwestern machen, ihr elenden Arschgeigen«, rief er.

»Hast du den Verstand verloren?« Sam legte sich die Arme auf den Kopf und duckte sich. Mit einem Wutgeheul begann die Meute zu laufen. Steine und Felsbrocken trafen die Rückseite des Wagens.

»Wie weit sind sie weg?« wollte John wissen. Er konzentrierte sich auf die Schlaglöcher.

»Etwa einen Steinwurf«, murmelte Sam seine Knie an.

»Du weißt, wie weit sie werfen können, Bruder. Halte diese Entfernung.« James war jetzt ganz kühl und grinste boshaft. Sam wußte nicht, daß James auch in Wut geraten konnte. Das wußten nur wenige Menschen. Er versteckte seinen Zorn hinter seinem Lächeln. Sam warf John einen Blick zu und sah, daß er wie ein Irrer grinste und den Wagen mit großem Geschick lenkte.

»Du hast doch gesagt, du wärst nicht verrückt«, jammerte Sam und klammerte sich an der Seite des schwankenden Wagens fest.

»Wenn ich Bescheid sage, mußt du langsamer werden, Bruder«, sagte James.

»Langsamer werden!« Sam blickte voller Verzweiflung auf die blutrünstige Meute hinter ihnen. »O Herr, was immer ich in dieser armseligen Welt falsch gemacht habe, es tut mir leid.«

»Jetzt!« sagte James. John begann, die Zügel der Pferde so geschickt anzuziehen, daß sie vor Erschöpfung langsamer zu werden schienen. James kletterte über den Kutschbock nach hinten und bewegte sich vorsichtig auf das hintere Ende der wild hüpfenden Ladefläche zu.

Ihre Verfolger waren zwar auch schon erschöpft, glaubten aber, den Wagen einholen zu können. Das spornte sie an. Der Blick in Dutchs Augen erinnerte in nichts mehr an etwas Menschliches, und er vergeudete keine Atemluft mehr mit Geschrei. In den Mundwinkeln zeigten sich Schaumbläschen. Wenn er knurrte, konnte James den grünen Auswurf auf seinen Zähnen sehen.

»Wenn er dich schnappt, James«, rief Sam durch das Wutgeheul, »wird er sich nicht damit begnügen, dir nur die Haut von den Eiern zu ziehen. Du wirst der größte gottverdammte Tabaksbeutel sein, der je gemacht wurde.«

James wich geschickt den wenigen Steinen aus, welche die Männer noch werfen konnten. Er stemmte den Deckel des großen Fasses am hinteren Ende auf.

»Wenn die dir nicht die Haut abziehen, wird Vater es tun«, rief John über die Schulter.

»Bei Vater lasse ich es darauf ankommen.« James befreite das Faß von den Tauen, mit denen es festgebunden war. Er streckte Dutch die Zunge aus, um ihn noch mehr anzufeuern. Sams Knöchel waren weiß, als er sich an der Seitenwand festklammerte, jedoch nicht nur deswegen, sondern auch vor Furcht. Doch jetzt wußte er, was James vorhatte, und da lächelte auch er.

»Es wird funktionieren«, rief er. »Der Wind steht richtig.«

Dutch hatte fast das hintere Ende des Wagens erreicht. Mit einem triumphierenden Aufblitzen in den Augen griff er danach. Die anderen waren ihm dicht auf den Fersen. James wuchtete das Gipsfaß gegen die hintere Ladeöffnung und hob es hoch. Mit der Ladeklappe als Stütze kippte er das Faß so, daß sein Inhalt auf Dutch und die anderen herunterströmte. Der pulverisierte Kalkstein und das Roßhaar wurde ihnen in Gesicht und Augen geweht. Ein hilfreicher Wind unterstützte die Sache und brachte sie dazu, zu niesen und zu husten. Bevor das Gipspulver zu Boden fiel, bedeckte es die Männer mit weißem Staub. Die Füße der Männer verwandelten es in eine dicke, sofort härter werdende Masse.

James wuchtete das leere Faß über die Ladewand, so daß es den Männern in den Weg rollte. Er lachte, als die meisten übereinander stolperten, hinfielen und Dutch unter sich begruben. Sie zappelten in dem weißen Schlamm, bis sie alle über und über damit bedeckt waren.

»So, und jetzt ab nach Hause«, sagte James, der immer noch lachte. Er hielt sich mit einer Hand an der Ladekante fest und winkte Dutch zu.

»*Tsi'stu wuliga' natutun' une' gutsatsu' gese'i*«, sagte John.

Sam sah James an, der es sich zwischen ihm und seinem Bruder gemütlich machte.

»Das Kaninchen hat sie alle ins Unglück geführt«, übersetzte James. »Wir kennen viele Geschichten, wie das Kaninchen größere und wildere Feinde überlistet.«

»Glaubst du, daß ich einige von ihnen zu hören bekomme?« fragte Sam.

»Natürlich.«

»Whoo-o-ee!« brüllte Sam. Er zielte und ließ seinen zerbeulten alten Hut auf seine gestürzten Feinde zusegeln. »Whoo-o-o-o-ee!« brüllte er erneut. Er war bis zum Bersten mit Gelächter, Erleichterung und Freude erfüllt. Als er sah, wie sein Hut zu Dirty Dutchs Füßen landete, fragte sich Sam, was für einen Empfang man ihm wohl bereiten würde, wenn er von seinen Ferien bei den Cherokee zurückkehrte. Vielleicht würde er drei Wochen bleiben, bis sein Streich ein wenig in Vergessenheit geraten war. Große Sorgen machte er sich jedoch nicht. Das lag noch zu weit in der Zukunft. Er konnte jetzt nur an eins denken: Welche Abenteuer er bei den Indianern erleben würde. Er verschränkte die Arme auf seiner breiten Brust und lehnte sich auf dem harten Kutschbock zurück.

»Wie sagen die Cherokee ›Wie geht's, wie steht's?« fragte er.

5

»Tiana Rogers, laß diese Schlange fallen!« kreischte Seeth MacDuff quer über den staubigen Schulhof. Sie stürmte durch die dichtgedrängten Mädchen hindurch, die darauf warteten, daß sie beim Hüpfspiel an die Reihe kamen, und rannte in einem würdelosen Tempo zu Tiana hin. Tiana sah hoch, dachte aber nicht daran, die schmale grüne Schlange loszulassen, die sie zwischen den Händen gestreckt hielt.

»Keine Angst, Mits MacTuff«, rief sie. »Ich werde ihr nichts tun.« In der Annahme, sie beruhigt zu haben, fuhr Tiana fort, an dem Rükken der Schlange herumzuknabbern. Sie achtete sorgfältig darauf, mit den Zähnen nicht die trockene, seidige Haut der Schlange zu verletzen. Mrs. MacDuff rannte schneller.

»Beeil dich, Tiana«, flüsterte Nannie, »sonst komme ich nicht mehr dran.«

»Ich kriege sie als nächste«, zischte Susannah.

Der Schlange schien es egal zu sein, wer sie hatte. Sie legte ihren smaragdgrünen Kopf und chartreusegelben Bauch auf Tianas Handgelenk, dessen Wärme sie genoß. Tianas Versprechen, ihr nicht weh zu tun, schien sie zu beruhigen.

»Laß sie sofort fallen, Tiana. Töte sie.« Seeth ruderte wie wild mit den Händen herum. Sie sah aus wie ein verängstigter Storch, der mit aller Gewalt versucht, in die Luft zu kommen. Die Säume ihrer abgetragenen schwarzen Röcke hatten die in den Staub gezogenen Linien des Hüpfspiels ausradiert, so daß sie eine Staubwolke hinter sich herzog. Sie blieb in sicherer Entfernung stehen. Ihr Gesicht war vor Abscheu und Furcht ganz verzerrt.

»Töte dieses scheußliche Ding, Tiana.«

»Das kann ich nicht«, entgegnete Tiana.

»Laß sie lieber fallen«, sagte Nannie wehmütig. »Ich muß mir eine neue suchen. Die hier war so schön und groß.«

»Auf Wiedersehen, *Salikwa'yi*, Schwester Sommernatter.« Tiana beobachtete, wie die Schlange sich davonschlängelte. Seeth MacDuff kam behutsam näher.

»Wo ist sie?« Sie blickte angestrengt in die Büsche.

»Verschwunden«, erwiderte Tiana.

»Was ist in dich gefahren, so etwas Scheußliches zu tun?« Seeth wartete die Antwort nicht ab. »Los, wasch dir den Mund mit Seife.

Wie roh und unzivilisiert! Eine lebende Schlange zu essen.« Seeth ruderte hinter Tiana mit den Händen in der Luft herum, als könnte sie sie antreiben, ohne sie zu berühren.

»Ich hab' sie doch gar nicht gegessen«, sagte Tiana über die Schulter. »Kinder bekommen starke Zähne, wenn sie Schlangen beißen. Das habe ich ihr auch erklärt.« Als die Gruppe der Mädchen sich teilte, um sie durchzulassen, kicherten sie. Tiana war schon wieder in Schwierigkeiten. Das passierte fast jeden Tag.

»Heidnischer Aberglaube. Gott gibt dir starke Zähne, wenn du sie verdienst«, sagte Seeth.

»Vielleicht entschließt Gott sich manchmal, wie eine Schlange auszusehen«, sagte Tiana. »Wenn ich Gott wäre und alles tun könnte, würde ich es mit verschiedenen Körpern ausprobieren. Was für ein Spaß das wäre.«

Seeth machte den Eindruck, als würde sie sich höchst ungern in Tianas Nähe aufhalten, wenn jetzt der Blitz einschlug.

»Gott hat keinen Spaß. Und es ist Gotteslästerung, auch nur zu denken, man könnte Gott sein.« Sie hob den Blick zum Himmel und flehte die Hilfe einer höheren Macht herbei.

Das Dumme mit Mits MacTuff ist, dachte Tiana, als sie auf Wasser und Seife zutrottete, *daß sie keine Phantasie hat. Natürlich hat Gott Spaß. Warum sollte er sonst Gott sein wollen? Glaubt Mrs. MacDuff tatsächlich, daß Gott nur dazu da ist, Menschen zu strafen?* Falls ja, taten Tiana sowohl Gott als auch Mrs. MacDuff leid.

»Wenn ich Gott wäre, wäre ich ein Bussard und würde hoch oben in den Wolken fliegen und mir von dort die wunderschöne Welt ansehen, die ich gemacht habe.« Die wundervolle Idee von der Allmacht überwältigte sie. »Aua!« Sie rieb sich die Stelle auf dem Scheitel, wo Seeth sie mit einem Fingerhut geschlagen hatte.

»Ätschibätsch, bätschi, Tiana hat's erwischt, ätsch, ätsch«, höhnte eins der Mädchen.

»*Utsu'tsi,* Meise«, zischte Tiana vorwurfsvoll. Jeder wußte, daß die Meise Geschichten erzählte und eine Lügnerin war und daß man sie beim Wahren Volk verachtete.

»Tiana hat ein indianisches Wort gebraucht, Mrs. MacTuff.« Wie die meisten aus dem Wahren Volk hatte das Kind Schwierigkeiten, im Englischen zwischen d und t zu unterscheiden.

»Ich habe sie nicht gehört, Mistress Lucy, und der Herr mag petzen nicht.«

Petzen? Mrs. MacDuff hatte bestimmt keinen Sinn für Humor.

Aber immerhin war sie gerecht. Sie hatte sich nicht auf das Wort einer Klatschtante verlassen, und Tiana würde das verhaßte Metallabzeichen nicht tragen müssen. Es wurde an jede Schülerin gegeben, die plötzlich in ihre eigene Sprache verfiel. Wer es am Ende des Tages besaß, erhielt drei Schläge mit dem ABC-Buch auf die Handfläche. Dieses Buch bestand nur aus einer Seite und war mit einer durchsichtigen Hornplatte bedeckt. Ein Mund voller Seife, weil sie die Schlange gebissen hatte, war schon schlimm genug. Tiana hoffte, daß wer immer die Seife gemacht hatte, besonders viel Sassafrasöl hineingetan hatte, damit sie besser schmeckte.

Tiana war immer in Schwierigkeiten, aber nicht immer schuldig. Es war Nannie gewesen, die den Sirup in Mrs. MacDuffs Tintenfaß getan und ihr die Frösche ins Bett gelegt hatte. Es war Nannie gewesen, die sie im Abort eingeschlossen hatte, indem sie zwischen dem hölzernen Türgriff und dem Erdboden einen kräftigen Stock festgeklemmt hatte. Es mußte das Glitzern in Tianas Augen und ihr Lachen gewesen sein, was Seeth dazu brachte, sie als erste zu beschuldigen. Tiana leugnete nie, es getan zu haben. Sie war keine Petze. Und sie wollte nicht, daß Nannie oder Susannah bestraft wurden. Aber Tiana brachte es nicht über sich, Mrs. MacDuff Streiche zu spielen, obwohl die Frau sie aus den seltsamsten Gründen bestrafte. Etwa als sie sich einmal an einem heißen Augusttag bis auf die Unterhosen ausgezogen hatte, um in einen Gewitterregen hinauszulaufen. Oder wenn sie sich die Schuhe auszog, um in Pfützen zu planschen, oder wenn sie zu spät zum Essen kam.

Seeth MacDuff tat Tiana leid. Ihr war klar, daß sie selbst irgendwann zu ihrem Leben beim Wahren Volk zurückkehren würde, aber ihre Lehrerin war für immer im Gefängnis ihrer starken Überzeugungen gefangen. In ihren Augen war Seeth eher im Exil, weit weg von zu Hause und den geliebten Menschen, als sie es selbst war. Seeth hatte vor kurzem William MacDuff geheiratet, den Lehrer für das Winterhalbjahr, aber sie behandelten einander wie zwei Fremde, die herzlich miteinander umgingen. Tiana konnte sich nicht vorstellen, daß Master MacDuff seiner Frau so zärtlich den Hintern tätschelte, wie Jack Rogers es bei Jennie tat.

Was Seeth MacDuff anging, so konnte sie nicht verstehen, warum jede theologische Diskussion mit diesem einfachen heidnischen Kind sie in so großer Verwirrung zurückließ. Warum war sie unfähig, ihr lange böse zu sein? Und warum vermißte Seeth sie, trotz all des Ärgers, den sie ihr machte, wenn sie wegging?

Seeths erste Erfahrungen als Lehrerin waren schwierig. Sie hatte mit dreißig Kindern begonnen, die nur wenig Englisch sprachen, wenn überhaupt, mit Kindern, die aus einer anderen Kultur stammten. Sie mußte erst noch lernen, daß der schlimmste Störenfried oft der hellste Kopf ist. Sie erkannte nicht, daß eine gute Lehrerin genauso oft von ihren Schülerinnen verändert wird wie diese durch sie.

Im Speisesaal der Schule wimmelte es von Menschen. Mütter und Väter, Brüder und Schwestern, Tanten, Onkel, Cousinen, Vettern und Großeltern hatten sich eingefunden, um die Mädchen auf der Bühne zu erleben. Die Angehörigen des Wahren Volks trugen ihre beste Kleidung, obwohl manches davon verblichen und säuberlich geflickt war. Sie saßen geduldig auf den harten Holzbänken. Sie säumten die Wände, standen in den Türöffnungen und sahen von draußen durch die Fenster. Die jüngeren Kinder spielten inmitten der Wagen und Zelte auf dem Schulhof Versteck oder Fangen. Es war Zeit für den »Aufbruch«, die Leistungsschau vor den Ferien.

Reverend Gideon Blackburn und William MacDuff hatten sich aus diesem Anlaß ebenfalls eingefunden. Seeth trug ihr schönstes schwarzes Kleid. Mit all den Spitzen und Rüschen ihres hohen Kragens sah sie aus wie eine Ertrinkende. Sie drehte ihr Spitzentaschentuch in der Hand, als sie den Mädchen Befehle gab.

Einige der Väter hatten an einem Ende des Saals eine einfache Bühne gebaut, und die Mädchen hatten sie mit grünen Zweigen und selbstgemachten Kerzen geschmückt. Das Ergebnis sah elegant aus. Tiana saß mit dem Rest der Klasse auf den halbkreisförmig aufgestellten Bänken auf der Bühne. Ihre Handflächen waren schweißnaß, und in ihrem Magen rumorte es. Ihre ganze Familie saß im Publikum. Jack Rogers war mit einem herausfordernden Blick in den Augen den Mittelgang hinuntergegangen, im Schlepptau seine beiden Frauen. Er wußte, daß es den Missionaren weit leichter fiel, bei Indianern Vielweiberei zu übersehen als bei einem weißen Mann.

Seeth drehte sich um, um ihre Kinder ein letztes Mal zu inspizieren. Ihre schwarzen Haare glänzten und waren zu Zöpfen geflochten, ihre Kleider gestärkt und gebügelt, bis sie wie steifer Karton abstanden. Ihre in Schuhe gezwängten Füße standen exakt nebeneinander, und sie hatten die Hände auf dem Schoß gefaltet. Seeth wurde von einem Gefühl der Zärtlichkeit für sie überwältigt. Sie würden nie erfahren, wieviel sie ihr bedeuteten. Der Gedanke, daß viele von ihnen sie nicht mochten, und, schlimmer noch, daß sie dachten, sie würde sie nicht mögen, setzte ihr sehr zu. Seeths Tränen ließen die ernsten, verängstigten Gesichter der Mädchen verschwimmen. Sie hatten alle so hart für diesen Tag gearbeitet. Seeth betete, daß sie alles gut machten.

Sie hätte sich keine Sorgen zu machen brauchen. Sie erkannte das Wunder nicht, das sie und ihre Kinder zuwege gebracht hatten. Nach drei Monaten lasen, schrieben und sprachen die Mädchen schon ein rudimentäres Englisch. Sie konnten kleinere Zahlen addieren und Bibelverse aus dem Gedächtnis hersagen. Sie konnten mit Nadel und Faden umgehen und hatten ein paar erstaunliche Beispiele ihrer Kunst gestickt. Jedes einzelne der Mädchen hatte eine besonders kunstvolle Probe im Schönschreiben geliefert. Sie hatten von Sonnenaufgang bis Sonnenuntergang gearbeitet, und das an sechs Tagen in der Woche. Sie alle brauchten sich jetzt also wegen nichts zu schämen. Wenn Seeth sich nicht so eingehend mit dem Zustand ihrer Seelen beschäftigt hätte, wäre sie über den Lerneifer ihrer Seelen erstaunt gewesen.

Nachdem sie mehrere Kirchenlieder aus Rippons *Selections* gesungen hatten, begannen die Mädchen mit ihren Rezitationen. Die Ansprachen und Gedichte und Bibelverse schienen noch stundenlang weiterzugehen, als Tiana darauf wartete, an die Reihe zu kommen. Schließlich war es soweit.

»Es gibt einen gerechten Gott, der über das Schicksal von Völkern bestimmt.« Ihre Stimme hörte sich zaghaft an, als würde sie gleich ihren Dienst versagen, bis Tiana sich zusammennahm, um ihre Ansprache so zu halten, wie man es ihr beigebracht hatte. Es war Seeths Lieblingsansprache für Gelegenheiten wie diese, aber es rührte sie zutiefst, sie von den Lippen eines Cherokee-Kindes gesprochen zu hören.

Sie hatte Tiana zu überreden versucht, etwas Religiöses zu rezitieren, wie es die meisten anderen Mädchen taten. Doch Tiana hatte auf dieser Rede bestanden. Sie hatte dieses vielverwendete Wort *duyu' ghoduh* benutzt, Recht, Gerechtigkeit. Es sei ihr Recht, das vorzusprechen, was sie wünsche, jedenfalls innerhalb der Grenzen des gebotenen Anstands. Plötzlich ging Seeth auf, daß es im Saal mucksmäuschenstill wurde, als Tianas junge Stimme ertönte.

> Ist das Leben so kostbar oder der Frieden so süß, daß man sie um den Preis von Ketten und Sklaverei erkaufen müßte? Das verhüte, Allmächtiger Gott! Ich weiß nicht, welchen Weg andere einschlagen werden, doch was mich betrifft...

Tiana machte eine Pause und wartete den richtigen Moment ab.

... gib mir Freiheit, oder gib mir den Tod.

Sie blieb einen Augenblick mit erhobenem Arm erstarrt stehen, mit genau der dramatischen Geste, die Seeth ihr beigebracht hatte. Als diejenigen, die für Familienangehörige und Freunde übersetzten, mit ihrem Flüstern aufhörten, herrschte absolute Stille. Das Wahre Volk wußte Dramatik und Rednerkunst zu schätzen.

»Erzähl ihnen davon, Kind.« Fancys rauhe Stimme brach das Schweigen.

Tiana verneigte sich bei dem aufbrandenden Applaus und nickte Nannie zu, die ihr eine mit einem roten Band zusammengebundene Rolle reichte. Tiana knickste erneut, diesmal vor Mrs. MacDuff, und überreichte ihr die Rolle. Als Seeth das Band löste, fürchtete sie sich eine Sekunde lang davor, daß dies wieder einer von Tianas Streichen sein könnte. Doch dann konnte sie die Tränen nicht mehr zurückhalten. Sie betupfte sich Augen und Nase mit ihrem zerknüllten Taschentuch. In Tianas kindlicher Handschrift mit kunstvollen Ornamenten an den Rändern stand da der altehrwürdige Vers so vieler Schulmädchen.

Noch manch eine Stimme wird mich
In leisem und sanftem Tonfall begrüßen,
Doch ihre Musik wird mich nicht so fröhlich machen
Wie der Klang der deinen.

Das ganze war einfach mit »Der Bussard« unterschrieben.

»Das rote Band wird in Ihrem Haar schön aussehen, Mits MacTuff«, sagte Tiana. »Rot ist der Osten, wo die Sonne aufgeht. Es bedeutet Leben und Tapferkeit und Erfolg. Sie sind sehr tapfer gewesen, von zu Hause wegzugehen und in ein fernes Land zu kommen, um uns zu unterrichten. Wir sind Ihnen dankbar.«

»Ich danke dir, Kind.« Seeth blieb in ihrem Stuhl sitzen und umarmte Tiana. Sie hüllte sie in den Duft von Lavendel und Stärke ein.

»Es tut mir leid, daß ich Ihnen soviel Kummer gemacht habe«, flüsterte Tiana. »Vergeben Sie mir?«

»Ja, Kind.« Seeth wischte sich die Augen, als sie Tiana den Mittelgang hinuntergehen sah, bis zu der Stelle, wo ihre Familie auf sie wartete. Seeth konnte nicht wissen, daß Tiana ihr kostbarstes Geschenk hergegeben hatte. Sie hatte ihr ihren geheimen Namen mitgeteilt, Der Bussard. Das war ein Anzeichen dafür, wie sehr sie den Unterricht Seeths zu schätzen wußte.

Seeth MacDuff würde sich immer an ihre erste Klasse erinnern. Besonders würde sie sich an Tiana erinnern, Den Bussard, das Kind, das mit den Vögeln in den Himmel hinaufsteigen und auf Gottes Schöpfung hinabsehen wollte.

Am Morgen nach dem Aufbruch war die Missionsschule menschenleer. Büsche und Sträucher auf dem Hof und im Wald dahinter waren zerbrochen und geknickt, wo die Wagen über sie hinweggefahren waren und wo Kinder sich Ruten für Spielzeugbogen und Pfeile abgeschnitten hatten. Alles war mit Knochen, Horn- und Hautstücken übersät. Die Knochen waren wegen ihres süßen Marks aufgebrochen und von den Hunden überallhin geschleppt worden. Da waren Kreise aus verkohltem Holz und Asche, wo sich einige Familien Kochfeuer gemacht hatten. In der Glut qualmten Tianas feste lederne Schulschuhe mit dem losen Riemen, der sie zwei Monate lang gequält hatte. Es war Ende August. Der Mond wurde jede Nacht dicker. Bei Vollmond würde das Wahre Volk seine wichtigste religiöse Zeremonie feiern, den alljährlichen Tanz des Grünen Maises.

Reverend Blackburn hatte lange genug bei den Cherokee gearbeitet, um zu wissen, daß jeder Versuch, sie zu einem Gottesdienst einzuladen, vergeblich sein würde. Selbst als er sie nach dem »Aufbruch« dazu einlud, selbst als sie ein unverbindliches Grunzen hören ließen, wußte Blackburn, daß sie nicht erscheinen würden. In den letzten fünf Jahren hatten sie vierhundert ihrer Kinder zu ihm gebracht, damit er sie erzog. Doch obwohl die Erwachsenen sich nur selten bekehren ließen, mußte er es weiter versuchen. Es war unerträglich, daß sie die Unsterblichkeit ihrer Seelen bei diesen gottlosen Saturnalien aufs Spiel setzten. Der Whiskey hatte dem Grünen Maistanz all die abscheulichen Kennzeichen einer römischen Orgie gegeben, soweit Blackburn es beurteilen konnte.

Seeth MacDuff erschien kurz nach Sonnenaufgang, um einen leeren Schulhof zu begrüßen. Sie hatte sich Tianas rotes Band ins Haar gebunden, das ihr in einem Pferdeschwanz auf den Rücken fiel. In der Hand hielt sie ihre kleine Bibel, ein Geschenk für Tiana und deren Schwestern. Sie sah sich verwirrt um und fragte sich, ob sie die letzten Monate in der Schule nur geträumt hatte. Ihr Mann nahm sich die Freiheit, ihr einen Arm um die Taille zu legen, um sie zu trösten.

»Du mußt noch lernen, sie gehen zu lassen, Seeth.«

Sie nickte, ohne ein Wort zu sagen. Sie begaben sich zum Frühstück in den leeren Speisesaal, in dem ihre Schritte widerhallten.

Es war gut, daß Seeth nicht hören konnte, wie Tiana und ihre Schwestern von ihrer Zeit in der Schule erzählten. Tiana stand auf der schwankenden Ladefläche des Wagens, spreizte die Beine, um nicht hinzufallen, und äffte die im Abort eingeschlossene Seeth MacDuff nach. Fancy, die am Ende des Wagens saß und ihre langen Beine baumeln ließ, mußte so lachen, daß sie fast hinunterfiel. Bei der Unterhaltung gingen die Worte unter den Familienmitgliedern hin und her wie die Tonpfeife und der Krug mit selbstgebranntem Whiskey.

Es war gut, wieder die volltönende Sprache des Wahren Volks zu hören mit all ihren Feinheiten und Färbungen. Nach den mißtönenden englischen Lauten war sie für Tianas Ohren eine Labsal. Es gab so viele Gedanken, die sich im Englischen nicht ausdrücken ließen. Cherokee war ohnehin eine musikalische Sprache. Und der von den Overhills, den in den Bergen lebenden Gruppen, gesprochene Dialekt war der lyrischste von allen. Die Overhills ersetzten das »r« durch »l«, was ihren Worten eine melodische Qualität verlieh.

Links, rechts und über ihnen wuchsen die Bäume und Büsche zusammen und bildeten einen gewundenen Korridor aus gelbem Licht und grünen Schatten. Rotgoldener Staub, den die Wagenräder aufwirbelten, tanzte in den Sonnenstrahlen. Tiana stimmte Verse eines Liedes über Wiedererweckung an, das Seeth ihnen beigebracht hatte, und die anderen stimmten in den Refrain ein. Jack sang Baß und Fancy Tenor. Alle anderen lagen irgendwo dazwischen. Sie sangen voller Lust und spürten den Swing und den Drive der einfachen Melodie.

Shout O——— glo———ry, for I shall mount about the
skies,
When I hear the trumpet sound in the morning.

Tiana stützte sich mit den Knien am Rücken ihres Vaters ab und hielt nach ihren Vettern, Cousinen und Freunden Ausschau. Heute abend würden sie und Nannie und Susannah mit ihnen Leuchtkäfer suchen und in der Dunkelheit Versteck spielen. Als die Maisfelder vor ihnen auftauchten, die sich über die Hügel der Umgebung bis in die Stadtmitte erstreckten, schlug Tiana ihrem Vater auf die Schulter.

»*Halehwiśda!* Halt an! Ich will dem Mais hallo sagen.«

Jack schüttelte den Kopf, zog aber die Zügel an. Tiana kletterte über die Seiten des Wagens auf das Trittbrett. Sie sprang ab, bevor Old Thunder angehalten hatte, und lief auf das erste Feld zu. Es war schon abgeerntet worden und menschenleer.

Dann, als sie sich der Dorfmitte näherten, waren die Felder mit Erntehelfern gesprenkelt, die von dem neuen Mais die letzten Kolben pflückten. Männer, Frauen und Kinder bewegten sich in gemächlichem Tempo unter den Pflanzen und ließen die zarten Kolben in große Körbe fallen. Als Old Thunder vorbeifuhr, winkten sie den Rogers zu.

»*A'siyu*, Selu, meine Grüße, Mutter Mais.« Tiana spazierte unter den dichtstehenden kerzengeraden Stengeln, die ihr bis über den Kopf reichten. Eine leichte Brise kräuselte die schlanken, spitz zulaufenden Blätter. Tiana wußte, daß Selu über den Verlust ihrer Fruchtbarkeit seufzte. In den alten Tagen war der Mais über Nacht herangewachsen und schon am nächsten Morgen reif für die Ernte. Die Menschen hatten jedoch die Anweisungen von Mutter Mais mißachtet. Sie hatten nicht die ganze Nacht zugesehen, als der Mais wuchs. Jetzt mußten sich ihre Nachkommen wochenlang um den Mais kümmern und ihn versorgen.

Mutter Mais konnte sich jedoch nicht darüber beklagen, wie das Wahre Volk jetzt für den Mais sorgte. Die Pflanzen standen zu dritt oder viert auf einem kleinen Erdhügel. Bohnenpflanzen rankten sich an ihren Stengeln empor, und zwischen den Maishügeln wucherte Kürbis, Garten- und Flaschenkürbis. Es gab nur wenig Unkraut.

Tiana wanderte unter den Pflanzen herum, die sich über ihrem Kopf schlossen. Sie fuhr mit den Händen leicht durch ihre Blätter und sprach zu ihnen. Hoch über ihr krächzte ein Rabe, als er einen Flügel eng an den Körper legte und zum Sturzflug ansetzte. Tiana wußte, daß der Rabe nur spielte, aber sein Ruf machte ihr dennoch ein wenig Angst. Die spöttischen Raben krächzten so, wenn sie die Seele eines kranken Menschen stehlen wollten.

Tiana sah Zähne aufblitzen und entdeckte Spearfingers runzliges Gesicht, das hinter dem vielen Grün halb verborgen war. Tiana stieß einen spitzen kleinen Schrei aus und spürte, wie ihr das Herz in der Brust pochte. Sie drehte sich um und rannte, bis sie atemlos bei Sally Ground Squirrels Haus ankam. Sie verlangsamte den Schritt und bemühte sich, schnell wieder zu Atem zu kommen.

Drum sagte zwar, Spearfinger tue keiner Fliege etwas zuleide, doch es fiel Tiana schwer, das zu glauben.

Tianas Angst konnte nicht lange anhalten. Es war zu wunderschön, wieder zu Hause zu sein. Als sie sich dem Blockhaus näherte, zog sie sich den Kittel aus. Es war heiß, und in Hiwassee Town gab es nur wenige Kinder, die Kleider trugen, bevor sie in Tianas Alter waren oder sogar noch älter.

Wie gewohnt saß Drum auf seinem Ehrenplatz, einem Schaukelstuhl im letzten Stadium vor dem Auseinanderbrechen, der nur durch Taue aus Baumrinde zusammengehalten wurde. Bei ihm war die gewohnte Gruppe von Männern, darunter auch James und John. Aber Tiana entdeckte auch einen Fremden. Sie hatte jetzt nur ihre weiten Baumwollunterhosen an und hatte ihren Kittel in der Faust zusammengeknüllt, so daß man Sam nachsehen konnte, daß er nicht wußte, ob es ein Junge oder ein Mädchen war. Unentschuldbar war jedoch, daß er sie für eine unbedeutende kleine Person hielt.

»*A'siyu*«, sagte er geistesabwesend, als Drum sie vorstellte. Zornröte stieg ihr ins Gesicht, als er über ihren Kopf hinwegblickte und mit den Erwachsenen zu sprechen begann. Dieser blasse Fremde bekam die Aufmerksamkeit, die sie für sich gewollt hatte. Sie musterte ihn von oben bis unten, als er mit James und John und Drum scherzte, als wäre er ein Mitglied ihres Clans. *Er kann ja nicht mal unsere Sprache sprechen*, dachte sie vorwurfsvoll.

Sein dichtes, gewelltes, kastanienbraunes Haar war im Nacken zu einer Art Pferdeschwanz zusammengebunden. Seine blauen Augen blickten gutmütig drein, aber Tiana hätte gesagt, daß er eitel aussah. Er war viel größer als der Durchschnitt, gut proportioniert und kräftig gebaut. In jeder normalen Menschenansammlung würde er die meisten überragen. Er trug Rehleder-Beinlinge an den langen, stämmigen Beinen sowie einen weiten blauen Kalikomantel mit einer großen Halskrause an dem V-förmigen Ausschnitt. Wie bei Drum hatte der Mantel an der Taille einen Gürtel. Um den Hals hatte er sich einen Seidenschal geschlungen. Er machte den Eindruck, als fühlte er sich nicht ganz wohl in seiner Haut, trat jedoch mit dem Selbstbewußtsein eines Menschen auf, der daran gewöhnt ist, daß ihn jeder mag. Die jungen Frauen waren seinetwegen schon jetzt ganz zappelig. Tiana beobachtete, mit welchen Augen sie ihn betrachteten.

Bilde dir bloß nicht ein, der schönste von allen zu sein, dachte Tiana. *So mit all den Mädchen zu schäkern*. Er war arrogant. Er war viel zu selbstgefällig. »Hochmut kommt vor dem Fall«, hatte Seeth

MacDuff immer gesagt. Es war einer ihrer Lieblingssprüche gewesen.

Niemand bemerkte das Glitzern in Tianas Augen, als sie und ihre Schwestern mit den Vettern und Cousinen losrannten.

Sam saß da und grinste die Menschen an, die um ihn herum saßen, Drum und Sally Ground Squirrel und ihre gewaltige Familie. *Angenehme Überraschungen,* dachte er. *Das nenne ich einen guten Tausch.* Er war mit dem einverstanden, was das Leben gebracht hatte. Zwei Jahre Plackerei und Langeweile in Maryville und die Schikanen seiner Brüder im Austausch gegen dies. *Wirklich ein guter Tausch.*

Das große Wohnzimmer von Sally Ground Squirrels Blockhaus war überfüllt. Der festgestampfte Lehmboden war mit gewebten Matten bedeckt, auf denen Gäste sitzen konnten. Es waren so viele Gäste da, daß man sich kaum unter ihnen bewegen konnte, ohne auf eine Hand oder einen Fuß zu treten. Wer drinnen nicht Platz gefunden hatte, saß draußen. Dennoch – trotz der großen Fülle hatte Sam in den zwei Wochen, die er jetzt schon hier lebte, noch nie einen Streit oder ein böses Wort gehört.

Er hatte die letzte Nacht zusammen mit rund einem Dutzend anderen Menschen, die zum Fest des Grünen Maises hergekommen waren, auf dem Fußboden geschlafen. Die in die Erde gegrabene Schlafhütte und der offene Pavillon waren voll gewesen. Sam hatte mit dem Kopf unter dem Tisch geschlafen, damit niemand, der hinausging, um sich zu erleichtern, auf ihn trat.

Er hatte den Verdacht, daß irgendein junges weibliches Wesen in der vergangenen Nacht versucht hatte, zu ihm unter seine Wolldecke zu kriechen. Wenn ja, würde es bestimmt eine der angenehmeren Überraschungen des Lebens sein. Vielleicht hatte ihn jemand mit einem anderen Mann verwechselt. Wenn nicht, wußte Sam immer noch nicht, welche Regeln hier galten. Er hatte sich schlafend gestellt, bis sie gegangen war. Dort, wo Sam herkam, konnte ein Mann in ernsthafte Schwierigkeiten geraten, wenn er Gastfreundschaft derart mißbrauchte.

Außerdem schliefen zu viele Menschen um ihn herum. Sam war nicht schüchtern, aber es gab Grenzen. Er würde es nie zugeben, aber er war in der Liebe unerfahren. Es wäre nicht schön, beim allererstenmal unvorbereitet zu sein.

»Äh, *unginili.*« Er zupfte James Rogers am Ärmel.

»*Unginutsi*«, erwiderte James.

»Wie?«

»*Unginili* bedeutet älterer Bruder. Es sei denn, ein Mädchen spricht. Dann heißt älterer Bruder *ungida*. Ich bin jünger als du. Jüngerer Bruder heißt *unginutsi*, es sei denn, es spricht ein Mädchen.

»Verstehe.« Sam hatte fast schon jede Hoffnung aufgegeben, die komplizierten Familienbeziehungen je zu lernen. »Ich glaube, daß jemand, ein weibliches Wesen, letzte Nacht versucht hat, zu mir unter die Decke zu kriechen. Ich habe sie ignoriert. Ich hatte Angst, deinen Onkel zornig zu machen. Habe ich richtig gehandelt?«

James lachte. »Das kommt darauf an.«

»Auf was?«

»Zu welchem Clan sie gehört. Du gehörst noch zu keinem Clan, und deshalb bin ich nicht sicher, ob die Regeln auch für dich gelten.«

»Welche Regeln?«

»Wir heiraten unsere Großmütter.«

»Ihr heiratet eure Großmütter?«

»Ja. Die Angehörigen des Wahren Volks nennen die Mitglieder des Clans des Vaters ihrer Mutter und des Clans des Vaters ihres Vaters Großmutter oder Großvater. Mit Leuten aus diesen Clans können sie schäkern und sich einige Freiheiten erlauben. Und sie suchen sich auch Gefährten unter ihnen aus. Natürlich waren in meiner Familie unsere Großväter mütterlicherseits und väterlicherseits weiß, so daß wir ein wenig verwirrt sind.«

»Das freut mich zu hören«, sagte Sam, »denn auch ich bin ziemlich durcheinander.«

»Aber«, da kam James noch ein Gedanke, »wir nennen unsere Großmütter mütterlicherseits auch Großmutter, würden sie aber nie heiraten. Sie gehört zu unserem eigenen Clan... und außerdem wäre sie viel zu alt. Angehörige unseres eigenen Clans müssen wir mit Respekt behandeln, mit Ausnahme unserer Brüder, äh, und der Vettern, die wir Brüder nennen, obwohl, da fällt mir ein...«

»Macht nichts«, sagte Sam. »Das kannst du mir später erzählen.« Sam sah sich um. Selbst jetzt starrten ihn sechs oder sieben junge Frauen an, und ihre Blicke waren so offen einladend, wie Sam es noch nie erlebt hatte. Wenn er nur herausfand, wie das System funktionierte, konnten sich bei diesem Leben mehr Möglichkeiten auftun, als er erwartet hatte.

Ein großer Kessel mit Eintopf köchelte und blubberte auf dem Küchenherd an der Seitenwand. Der größte Teil des Rauchs stieg durch den für die Südstaaten so typischen Kamin auf, einer unsicheren Angelegenheit aus lauter Holzstäben, deren Ritzen mit einem Mörtel aus Lehm und Katzenhaaren abgedichtet waren. Von Zeit zu Zeit bröckelte Mörtel ab, legte Holz frei, das Feuer fing und das Kochen noch aufregender machte. Der Rauchabzug zog nicht gut, so daß Rauch in dicken Qualmwolken entwich. Er füllte den Raum mit einem feinen Dunst. Der Sonnenschein des späten Nachmittags schien durch die offene Tür, die nach Westen führte. Wenn von Zeit zu Zeit jemand an der Tür vorbeikam, sah er den erleuchteten Rauch, der sich in gewundenen Mustern an die Decke schlängelte.

Die Tür stand offen, damit Licht und Luft hereinkommen konnten, und war auch eine Aufforderung, mit den Bewohnern das gemeinsame Dach und eine Mahlzeit zu teilen. Sam hatte es aufgegeben zu erraten, wer ein Verwandter, ein Freund oder ein wildfremder Mensch war. Drum und Sally Ground Squirrel behandelten alle gleich. Auf dem Herd köchelte ständig ein Topf, und Gästen wurde etwas zu essen vorgesetzt, sobald sie angekommen waren.

Sally Ground Squirrels Blockhaus enthielt nur wenige Möbel, aber an den Wänden hingen hellbraune geflochtene Matten, in die schwarze geometrische Muster eingewebt waren. Ihr Hauptzweck war, den Luftzug abzuhalten, aber sie waren auch schön. In der Türöffnung lagen ein paar Hunde mit den Schnauzen auf den Pfoten. Sie beobachteten mit traurigen Augen, wie die Schüsseln hinausgetragen wurden, und folgten mit den Blicken den Tellern voller Fleisch von den draußen bratenden Rinderhälften, die hereingetragen wurden. Mais wurde jedoch nicht serviert. Damit mußte bis nach der Zeremonie der ersten Ernte gewartet werden.

»Weißt du, warum der Kopf des *suli*, des Truthahngeiers, kahl ist, mein Freund?« fragte Drum Sam. James gluckste, als er übersetzte.

»Nein.«

»Der Kopf des Truthahngeiers ist nicht immer kahl gewesen, mußt du wissen.« Alle drängten sich näher heran, um zuzuhören. Dies war eine Lieblingsgeschichte von allen. »Dann höre, was die alten Männer mir erzählten, als ich ein Junge war. Der Truthahngeier hatte einst ein schönes Federbüschel auf dem Kopf. Er war so stolz darauf, daß er sich weigerte, mit den übrigen Tieren Aas zu fressen. ›Ihr könnt alles haben‹, sagte er zu ihnen. ›Für mich ist es nicht gut genug.‹« Drum reckte das Kinn zu einer hochmütigen Pose und sah auf die Menschen, die um ihn herum saßen, hinab. »Da beschlossen die Tiere und Vögel, ihn für seinen Hochmut zu bestrafen.

Sie überredeten den Bison, sich totzustellen. Als der Truthahngeier über ihn hinwegflog, taten die Krähe und die Elster, als fräßen sie den Bison. ›Komm her, probier mal, Bruder Suli‹, riefen sie. ›Das Fleisch ist dick und süß.‹ ›O nein, mich legt ihr nicht herein‹, entgegnete er. Aber wie es Truthahngeier nun mal tun, zog er im Flug immer engere Kreise, um zu sehen, was die beiden taten. Der Bison blieb völlig reglos liegen. Schließlich landete der Geier und biß dem Bison ins Augenlid. Der Bison regte sich nicht. Dann biß ihm der Geier in die Nase, und der Bison rührte sich noch immer nicht.

Schließlich begab sich der Geier zum Hintern des Bisons und fraß dort ein Stück Fett. Da er glaubte, daß der Bison wirklich tot war, kroch er in seinen Hintern hinein. Es war sehr dunkel da drin.« Drum tat, als blickte er in nachtschwarze Dunkelheit. »Er begab sich tief hinein und biß ein köstliches Stück Fett ab. Dann noch eins. Doch da preßte der Bison seinen Hintern eng zusammen und stand auf. ›Oh, bitte, Bruder Bison, laß mich raus‹, rief der Geier. ›Nein‹, entgegnete der Bison. ›Erst, wenn du deine Lektion gelernt hast.‹ Der Truthahngeier schrie und flehte, aber der Bison hielt ihn fest.

Als der Bison den armen Truthahngeier schließlich rausließ, waren ihm sämtliche Federn vom Kopf gerupft, und sein Skalp war vollkommen wundgerieben. Und so ist er bis zum heutigen Tag rot. Der Truthahngeier schämte sich so sehr, daß er totes Fleisch zu essen begann, wie verwest es auch sein mochte. Und jetzt, junger Freund, erzähl uns noch einmal, wie du mit meinen Neffen aus Maryville gekommen bist.«

Sam war froh, der Aufforderung nachzukommen. Er war nicht sicher, ob es die Art seines Vortrags oder James' Übersetzung gewesen war, was das Gelächter und den Beifall ausgelöst hatte, aber er war auch so mit sich zufrieden.

»Wann findet das Ballspiel statt, von dem ich gehört habe?« fragte er, als er mit der Geschichte geendet hatte.

»Übermorgen«, erwiderte Drum. »Wir nennen es *Anetsa*, Kleiner Bruder Zieht In Den Krieg. Morgen fasten wir. Willst du mitspielen?«

»Darf ein Anfänger mitmachen?«

»Vielleicht solltest du erst mal zusehen, Bruder«, sagte James.

»Nix da. Ich will mitspielen. Ich möchte es um keinen Preis missen. Ich werde mit den Jungen schon fertig, denn ich bin immerhin größer als die meisten.«

»Es wird ruppig zugehen.«

»Ruppig! Kann ich mir nicht vorstellen. Ich habe schon mit Mad

Mountain McCabe Ball gespielt. Dreihundert Pfund unverfälschter Gemeinheit. Der Gegner schlechthin. Ich habe jedenfalls die ganze Woche geübt. Die Regeln sind genau wie zu Hause. Es gibt keine.«

Eines der jüngeren Rogers-Mädchen reichte Sam seine Schüssel mit Eintopf. Er zog voller Vorfreude seinen Holzlöffel aus dem Gürtel. Er war ausgehungert, wartete aber geduldig, bis Drum ein Stück Leber als Opfergabe ins Feuer warf, bevor jemand aß.

»Ich kann auf mich selbst aufpassen.« Sam bemerkte nicht, wie Tiana ihn anstarrte, nachdem sie ihm die Schüssel gereicht hatte. Er bemerkte allerdings, wie etwas in dem Fett obenauf schwamm. Er stieß mit seinem Löffel dagegen, worauf das Etwas verzweifelt wegpaddelte und an der glatten, geneigten Innenseite der Schüssel aus Ahornholz hochzuklettern versuchte. Als Sam die Kürbis-, Kartoffel- und Wildstücke beiseite schob, entdeckte er einen kleinen roten Wassermolch, auf dessen schlüpfrigem Rücken ein weiches Kohlblatt drapiert war.

Sam versuchte, den Gleichmütigen zu spielen. Er blickte in die Runde, um zu sehen, ob einer der anderen in einen lebenden Molch hineinbiß. Er hatte von dem berüchtigten Schwarzen Getränk beim Fest des Grünen Maises gehört. Drum hatte ihm erzählt, daß viele Rituale dazugehörten. Und Sam hatte auch gehört, daß die Angehörigen des Wahren Volks von Zeit zu Zeit Ochsenfrösche aßen. Vielleicht wollte man ihn auf die Probe stellen. Vielleicht wollte Drum nur sehen, ob Sam wie *suli*, der Truthahngeier, zu stolz war, alles zu essen, was man ihm vorsetzte. Sam wünschte sich verzweifelt, sich anzupassen. Ob er es wagen konnte, sich nach diesem Tier zu erkundigen? Wenn es aus Versehen in seinen Eintopf geraten war, würde er dann Drum oder Sally Ground Squirrel in Verlegenheit bringen, wenn er sie darauf aufmerksam machte? Er beugte sich zu James hinüber.

»Gehört es zur Zeremonie, lebendes Fleisch zu essen?«

»Was?« James starrte in die Schüssel. Als Sam versuchte, das Kohlblatt von dem Rücken des Molchs wegzuschnippen, um besser sehen zu können, suchte James nach Tiana. Er sah, wie sie auf einem Fensterbrett hing und schon ganz rot angelaufen war, weil sie sich das Lachen verbeißen mußte. Sie zwinkerte ihm zu.

»Nun ja, das kann schon vorkommen, Bruder«, flüsterte James feierlich. »Ich kann deine Zurückhaltung aber verstehen. Mir schmecken sie zu sehr nach Schlamm. Warum steckst du dir das Vieh nicht einfach ins Hemd? Du kannst es nachher ja wegwerfen.«

Sam sah James dankbar an. Er packte den Molch verstohlen am Schwanz, zog ihn heraus und stopfte ihn sich ins Hemd. Er wand sich ein wenig, als das nasse und fettige Tier auf seiner bloßen Haut zappelte. Doch das war immer noch besser, als es zu essen.

»Entschuldige mich einen Augenblick«, sagte James. »Ich muß einem dringenden Bedürfnis nachkommen.« Er ging schnell hinaus und lief zu Tiana hinter das Haus. Beide legten sich quer über die Regentonne und lachten, bis ihnen die Tränen kamen.

6

Tiana saß in der Dunkelheit nahe am Rand des hohen, platten Erdhügels in der Mitte von Hiwassee Town. Niemand wußte genau, wer diesen Hügel oder die kleineren auf der Insel erbaut hatte. Manche sagten, die Erbauer seien die Ahnen des Wahren Volks. Manche sagten, die Yuchi, das Volk In Der Fremde, hätten sie errichtet. Es war der höchste Punkt auf der Insel, und Tiana saß gern dort.

Unter ihr glühte Licht von den frischen Herdfeuern durch die offenen Blockhaustüren. Von Zeit zu Zeit stoben Funken in einem nach oben schießenden Regen durch die Schornsteine. Wo im Freien Feuer gemacht worden war, konnte sie die Umrisse der Menschen sehen, die um sie herumstanden oder saßen. Fackeln bewegten sich gleichsam körperlos wie *atsil'dihye'gi*, die Gespenstischen Feuerträger.

Letzte Nacht war das Dorf dunkel gewesen. Nachdem alle alten Matten und Hocker, Körbe und Kürbisflaschen verbrannt worden waren, hatte jeder sein Feuer ausgemacht. Den ganzen Tag hatten sich die Menschen in einer langen Schlange auf den Treppenstufen aus Baumstämmen, die in die Seite des Hügels eingelassen worden waren, hinaufbegeben. Sie gingen still durch das Ratshaus, um mit neuen Behältern glühende Scheite des *atsi'la galunkw'ti'yu* zu holen, des Heiligen Feuers.

Tiana liebte die Zeremonie des Grünen Maises. Es war eine Zeit, um im Leben wieder von vorn zu beginnen, vergangene Fehler auszulöschen und für begangene Missetaten Vergebung zu erlangen. Das ganze Dorf vibrierte vor Erregung. Die Frauen putzten und wischten, bis staubiger Dunst über den Hütten hing. Alte Hausratsgegenstände und Behälter wurden durch neue ersetzt.

Die Lagerhäuser der Gemeinde waren mit Geschenken von der Ernte gefüllt. Neben den Eingängen lagen Körbe und Säcke und Stapel von Lebensmitteln. Da waren Bohnen und Kürbisse, Erdnüsse und Mais, vor allem Mais. Es war der sechswöchige Mais, der, den man rösten konnte. Da war verschiedenfarbiger Maisbrei, mit harten Kernen, die rot, weiß, blau und gelb waren. Und da waren die großen weißen Ähren des Brotmaises. Jede bedürftige Familie war aufgefordert, sich von den Vorräten der Gemeinde zu bedienen. Beim Wahren Volk hungerte niemand oder jeder.

Jennie und Großmutter Elizabeth hatten jeder ihrer Töchter für die Feier etwas Neues geschenkt. Tiana, Susannah und Nannie hatten ihre ersten weißen Kleider bekommen, die sie beim Tanz nach dem morgigen Ballspiel tragen sollten. Es würde Tianas erster Auftritt mit den Frauen und älteren Mädchen sein, und sie war nervös. Heute abend würde sie mit den anderen Anfängerinnen üben.

Sogar jetzt konnte sie die Trommeln und den Singsang der Männer hören, die in der Nähe vor dem Ratsgebäude tanzten. Sie tanzten schon seit dem frühen Morgen. Viele von ihnen bewegten sich jetzt in erschöpfter Trance. Obwohl sie ihre Waffen alle halbe Stunde abfeuerten, was zur Zeremonie gehörte, zuckte Tiana trotzdem jedesmal zusammen, wenn sie losgingen. Der Lärm war ohrenbetäubend und dröhnte in den Ohren.

»Schwester!« Tiana hörte, wie Nannie sie rief.

»Ich bin hier«, rief sie zurück.

»Komm schnell. Ghigau will uns eine Geschichte erzählen.« Nannie und Tiana bahnten sich einen Weg durch die Menge, die den Tänzern zusah, und betraten das Ratsgebäude durch die kleine Eingangstür. Die anderen Mädchen saßen auf den Bänken am hinteren Ende des großen, halbdunklen Raums. Sie saßen in dem für Angehörige des Wolf-Clans reservierten Teil, denn Nanehi Ward war ein Wolf.

Tiana sah sich um. Sie saß nie in diesem Teil des Ratsgebäudes. Von hier aus sah alles ganz anders aus. Dann, als sie die Füße auf die Vorderbank gelegt, die Ellbogen auf die Knie gestützt und das Kinn in die Handflächen gelegt hatte, beugte sie sich vor, um Nanehi Ward zu lauschen. Am liebsten hätte Tiana der Geliebten Frau über das lange weiße Haar gestrichen, um zu sehen, ob es so seidig war, wie es aussah.

Ghigau hatte gewartet, bis Tiana und Nannie und ein paar andere Nachzügler sich gesetzt hatten. Geschichtenerzähler waren der Meinung, daß jeder eine Geschichte von Anfang bis Ende hören muß. Sollte jemand zu spät kommen, würde Nanehi von vorn beginnen.

»Habt ihr alle bemerkt, daß wir heute abend Vollmond haben?« fragte Ghigau.

»Ja«, erwiderten die Mädchen.

»Als ich ein Mädchen war, haben die alten Frauen mir folgendes erzählt, was sie selbst gehört hatten, als sie noch Mädchen waren. Die Sonne und der Mond sind Schwester und Bruder. Vor langer Zeit teilten sie den Himmel miteinander. Die Sonne war sehr schön. Eines Nachts, als ihr Bruder, der Mond, seine dunkle Zeit hatte, wurde die Sonne von einem Mann besucht. Weil es kein Licht gab, konnte sie sein Gesicht nicht sehen, aber er sprach mit süßen Worten zu ihr. Er erzählte, sie stehe in seiner Seele, und er berührte ihr Herz. Sie wurden Liebende.

Er besuchte sie jeden Monat in der Zeit der Dunkelheit des Mondes, und obwohl sie das Bett mit ihm teilte, bekam sie ihn nie zu sehen. Er erzählte ihr auch nicht, wer er war. Schließlich war sie so neugierig, daß sie es unbedingt wissen mußte. Als er erschien, um sie zu besuchen, rief sie aus: ›Dein Gesicht ist kalt‹, und rieb mit den Händen seine Wangen. Sie hatte die Hände in Asche getaucht, die sie ihm ins Gesicht schmierte, so daß sie ihren Liebhaber erkennen würde, wenn sie ihn bei Licht sah.

Am nächsten Abend ging ihr Bruder, der Mond, mit dem Gesicht voll grauer Flecken auf. ›Du bist es‹, rief sie entsetzt aus. Ihr Bruder schämte sich so sehr, daß er sich so weit von ihr entfernt hielt, wie er nur konnte. Bis zum heutigen Tag macht sich der Mond so schmal wie möglich, wenn er in die Nähe seiner Schwester, der Sonne, kommt, so daß man ihn kaum sieht. Denn wie jeder weiß, dürfen sich Brüder und Schwestern vom selben Clan nicht paaren.«

»Danke dir für die Geschichte, Geliebte Frau«, murmelte Tiana mit den anderen Mädchen.

»*Agwetsi*, Kinder«, rief Sally Ground Squirrel.

»Es ist Zeit für euch, den Tanz zu üben«, sagte Ghigau. Die Mädchen rutschten von den Bänken herunter und stellten sich vor Sally Ground Squirrel auf.

Sam stand mit tränenden Augen zwischen James und John und bemühte sich, nicht zu schwanken. Er wußte, daß er aufs Gesicht fallen würde, wenn er es tat. Der Priester leierte seinen Singsang schon eine ganze Stunde herunter, und ein Ende schien noch lange nicht in Sicht zu sein. Sam fragte sich, wie die anderen vierundzwanzig Ballspieler es schafften, so still und steif dazustehen und dabei noch ihre Schläger auf der nackten Brust gekreuzt zu halten.

Sams Magen knurrte laut. Vierundzwanzig Stunden zu fasten war schon schlimm genug. Vierundzwanzig Stunden nicht zu schlafen half jedoch auch nicht dagegen. Und ihm brannten die Augen, weil er die ganze Nacht im Rauch des Ratsfeuers gesessen, den Tänzern zugesehen und dem monotonen Singsang gelauscht hatte.

All das hätte schon genügt, um ihn erschöpft und hungrig zu machen und den Schmerz hinter seinem linken Auge auszulösen. Aber er hatte auch noch das Schwarze Getränk zu sich genommen. Es war sogar noch abscheulicher gewesen, als James es geschildert hatte. Es war schlimmer als das schreckliche Gebräu, das seine Mutter ihm als Kind eingetrichtert hatte. Er hatte es kaum geschafft, nach draußen zu kommen, da erbrach er schon Galle und das bißchen Essen, das sich noch in seinem Magen befand. Sogar jetzt noch drehte sich ihm der Magen um, wenn er nur daran dachte. Er hatte hilflos gewürgt und gewürgt, bis er schon glaubte, seine edleren Teile würden sich zu seiner Mahlzeit auf den Erdboden gesellen. Es war ein schwacher Trost, daß alle um ihn herum das gleiche taten. Und der Gestank war auch nicht dazu angetan, seine Übelkeit zu lindern. Wenn das Schwarze Getränk dazu gedacht war, den Körper zu reinigen und für seine Erneuerung bereit zu machen, wie Drum sagte, war es bewundernswert dafür geeignet.

In der Nacht dann hatten sie sich zum Wasser begeben, dem geheiligtsten aller Riten. Am Fluß hatten sie dem alten Dik'keh gelauscht, The Just, als er seine Gesänge intonierte. Sie hatten ihre Ballschläger ins Wasser getaucht und sich damit naßgespritzt. Dann waren sie zum Tanz zurückgekehrt. Von Zeit zu Zeit verließ John, den man zum Talala, zum Specht, gewählt hatte, die Festlichkeiten und lief in die Dunkelheit hinaus. Sam konnte seinen merkwürdigen Ausruf hören, drei kurze Schreie und einen langen, zitternden Klagelaut.

»Was macht er?« fragte Sam James.

»Er sagt der anderen Mannschaft, daß sie schon geschlagen ist. Der Ruf erschreckt sie und läßt sie mutlos werden.«

»Und was macht die andere Mannschaft?«

»Ihr *Talala* ruft uns natürlich genau das gleiche zu.«

»Das ergibt doch keinen Sinn.«

»Wann hat Religion je einen Sinn ergeben?« fragte James zurück.

Bei Sonnenaufgang, nachdem der beißende Qualm brennender grüner Fichtenzweige jeden zum Würgen brachte, begannen die Spieler zum Ballfeld zu gehen, das mehrere Meilen entfernt war. Ihr Weg folgte dem Flußlauf, und als sie gingen, führte The Just jeden von ihnen zum Wasser, um sie einzeln zu reinigen. Während er sang, saßen die anderen am Ufer und warteten.

Sam und James hatten sich mit den Rücken aneinander gesetzt, da es ihnen nicht erlaubt war, sich gegen etwas anderes zu lehnen. Einige der jungen Männer rückten den Federschmuck in ihrem Haar zurecht oder sprachen über das Spiel. Andere zwirbelten aus Baumrinde Ersatzschnüre und reparierten ihre Schläger. James hatte Sam gezeigt, wie er seinen machen sollte, nämlich durch das Umbiegen eines Hickory-Setzlings, den er in einer birnenförmigen Schlinge festbinden sollte. Die Schlinge war mit einem Korbgeflecht aus Lederriemen oder aus der faserigen inneren Rinde der Schwarzlinde ausgefüllt.

»Du mußt darauf achten, daß das Geflecht festgespannt ist«, hatte James gesagt. »Die andere Mannschaft wird einen kleinen Ball mitbringen. Sie hoffen, daß er unsere Körbe durchschlägt.«

Als sie jetzt auf den Heiler, The Just, warteten, löste James die beiden ausgestopften Fledermäuse an seinen Schlägern und reichte sie Sam.

»Du wirst sie mehr brauchen als ich«, sagte er.

»Ich dachte, du wärst nicht abergläubisch.«

»Ich glaube an nichts«, entgegnete James. »Und ich glaube an alles. Wie auch immer: Sie werden eine Anregung für dich sein. Fledermäuse sind schnell und verstehen sich besser als jedes andere Lebewesen darauf auszuweichen. Sie haben das erste Ballspiel zwischen Vögeln und Tieren gewonnen. Die Tiere wollten Tla'meha, die Fledermaus, nicht in ihrer Mannschaft haben, weil sie so klein war. Aber die Vögel machten ihr aus einem alten ledernen Trommelfell Flügel.« James verstummte für einen Augenblick.

»Mein Volk glaubt, daß es in allem, in der belebten wie der unbelebten Welt, einen Geist gibt, eine Kraft«, sagte er schließlich. »Ich kann nicht sagen, daß sie unrecht haben. Es gibt viele Dinge in der Natur, die ich nicht erklären kann. Bleib bei uns, Freund. Lebe in diesen Hügeln und Bergen. Höre ihnen zu. Lausche den Bäumen und Felsen. Lausche besonders dem Wasser und dem Wind und den Tieren. Dann wirst du verstehen, was ich meine.«

John kehrte mit The Just von seinem Ausflug vom Fluß zurück und setzte sich neben James und Sam.

»Wie viele Männer spielen in einer Mannschaft?« fragte Sam.

»Zehn, hundert«, grunzte John. »Kommt nicht drauf an.«

»Was ist erlaubt?«

»Mit Ausnahme von Mord alles.«

»Du hast einen bestimmten Gegner«, sagte James. »Wenn der angeschlagen ist und ausscheiden muß, mußt auch du gehen, damit beide Seiten gleich stark bleiben.«

»Was passiert, wenn man mich außer Gefecht setzt?«

»Mach dir keine Sorgen.« James lächelte. »Wir werden dich vom Feld schleifen, bevor du totgetrampelt wirst. Außerdem versuchen sie nur, die guten Spieler zu verletzen. Du wirst sicher sein.«

»Besten Dank.«

»Sollten wir ihn nicht einweichen?« fragte John.

»Gute Idee.«

»Was meinst du damit?« fragte Sam.

»Wenn wir das nächste Mal anhalten, mußt du stromabwärts gehen und dich bis zum Hals ins Wasser setzen, bis wir dich rufen«, sagte James.

»Warum?«

»Damit deine Haut für das Kratzen eingeweicht ist.«

»Was für Kratzen?«

»Ritual«, erwiderte John.

»Werdet ihr auch eingeweicht?«

»Nein.«

»Dann ich auch nicht«, sagte Sam.

»Wie du willst.« James zuckte die Achseln.

»Ob wir uns einen Happen zu essen holen könnten?«

John sah entsetzt aus.

»Habe ich mir fast schon gedacht«, sagte Sam resigniert.

The Just zeichnete ein großes Quadrat in den Erdboden, um das Spielfeld zu markieren. Er zog einen angespitzten Stock aus einem Bündel solcher Stöcke und richtete ihn auf John. Er trieb ihn in den Erdboden, womit er Johns Position im Spiel markierte. Das gleiche tat er für jeden Spieler, damit sie alle wußten, wo sie stehen sollten. Dann hielt er eine langatmige Ansprache. Sam konnte die Worte nicht verstehen, aber auf die anderen schienen sie anregend zu wirken. Einige Männer schüttelten ihre Schläger und unterbrachen die Rede mit Rufen.

»Zieh deinen Lendenschurz aus«, sagte James.

»Warum?«

»Kratzen.« John löste seinen Gürtel und ließ das Lendentuch fallen. James sah ihn durchdringend an. »Jetzt wollen wir uns mal ansehen, woraus du unter dieser weißen Haut bestehst.«

The Just hielt einen kurzen Kamm fest in der Hand. Die Zähne waren angespitzte Splitter von einem Truthahnknochen, die man in den Schaft einer Truthahnfeder gesteckt hatte.

»Grundgütiger Gott!« murmelte Sam zwischen den Zähnen.

The Just packte James am Arm und stach ihm die Splitter unterhalb der Schulter hinein. Er zog den Kamm bis zum Ellbogen herunter und erzeugte so sieben weiße Linien, die schnell rot wurden, als das Blut herausströmte. Er wiederholte den Vorgang noch dreimal am selben Arm, um ihn dann an James' anderem Arm zu wiederholen. Sam hörte das häßliche, kratzende Geräusch der Splitter, die in das Fleisch des Jungen schnitten, doch James lächelte nur. Sam wurden die Knie weich, und in seinem Kopf begann sich alles zu drehen. Er schüttelte sich, um wieder klar denken zu können.

Als The Just mit der Prozedur fertig war, strömte Blut aus fast dreihundert offenen Schnitten an James' Armen, Beinen, Brust und Rücken. Mit einer Muschelschale kratzte James das Blut, um das Gerinnen zu verhindern, damit noch mehr herausströmte.

»Du kannst immer noch aussteigen«, sagte er. »Und nach Maryville zurückgehen.« Das hörte sich verführerisch an, aber Sam grinste ihn nur schwach an. Wer A sagt, muß auch B sagen.

»Kommt nicht in Frage. Ich kann nicht tanzen, und zum Pflügen ist es zu naß. Ich werde bleiben.«

James gab ihm das alte römische Zeichen des nach oben gerichteten Daumens. Sam vergaß Hunger, Übelkeit und Erschöpfung, biß die Zähne zusammen und wartete darauf, daß er an die Reihe kam.

Als alle jungen Männer zerkratzt und mit ihrem eigenen Blut grotesk bemalt waren, gab The Just jedem von ihnen ein Stück Wurzel, über das heiliger Tabakrauch geblasen wurde. Anschließend sagte The Just ein paar Zaubersprüche auf. Sam kaute die Wurzel und folgte James' Beispiel. Er spie den Saft auf die Handflächen und rieb sich damit ein.

Dann begaben sie sich nochmals zum Fluß. Das Wasser war eisig, als es auf das warme Blut traf. Sam erschauerte und schluckte, um vor Kälte nicht loszugrunzen. Er wollte am liebsten weinen, nicht vor Schmerz, sondern wegen der plötzlichen Erkenntnis, daß er im Leben von James und John ein Außenseiter war, wie sehr er sie auch mochte. Er war ein Außenseiter und unterschied sich von ihnen in unzähligen Dingen, die nur für Eingeweihte erkennbar waren, so daß er selbst kaum sagen konnte, was ihn so anders machte.

Er fühlte sich aus einer Gemeinschaft ausgeschlossen, in der die Farben und die Himmelsrichtungen Leben und Persönlichkeit besaßen. In der der Donner ein Freund war und die Tiere den Jägern erlaubten, sie zu töten. Das Wahre Volk schien mit seinem Platz in der Schöpfung sehr zufrieden zu sein.

Bis jetzt hatte Sam nur Veränderung, Ruhelosigkeit, Unrast und die Suche nach etwas gekannt, was man ein Zuhause nennen konnte. Seine störrische schottisch-irische Familie konnte die Welt nicht so akzeptieren, wie sie sie vorfand. Sie mußte sie verändern oder zerstören. Sie attackierten die großartigen alten Bäume, als wären es Feinde. Manchmal schossen sie Wild nur zum Spaß, also taten etwas, was ein Cherokee nicht verstehen konnte. Sam zog sich, in seine düsteren Gedanken versunken, langsam an. Er fuhr zusammen, als er an der Taille eine Hand spürte.

»Was tust du da?«

»Ich löse den Gürtel deines Lendentuchs«, sagte James.

»Wenn du das tust, könnte es herunterfallen.«

»Genau. Wenn dich jemand packt, wird es herunterfallen, bevor man dich zu Boden wirft und auf dir herumtrampelt.«

»Aber ich habe nichts anderes an.«

»Na und?«

Sam zuckte die Achseln. Es kam ihm albern vor, auf das Offensichtliche hinzuweisen, nämlich daß er vor mehreren hundert Frauen und Mädchen nackt dastehen würde. Er fingerte nervös an dem Schmuck herum, der in seinem dicken Zopf befestigt war. Die Adlerfeder würde ihm ein scharfes Auge verleihen. Der Rehschwanz würde ihn leichtfüßig machen. Die Schlangenrassel würde seinen Gegnern Angst machen. Das Amulett schien gut befestigt zu sein, doch dessen Gewicht machte ihm zu schaffen. Er fragte sich, was er als erstes verlieren würde, den Schmuck oder sein Lendentuch. Und er fragte sich auch, ob The Justs Medizin nicht doch etwas an sich hatte. Seine Müdigkeit war wie weggeblasen. Das Kratzen hatte ihn seines Körpers sehr bewußt werden lassen, hatte die Empfindungsfähigkeit seiner Haut gesteigert. Jedes einzelne Haar schien die sanfte Brise zu spüren, die über sie hinwegstrich. Er fühlte sich stark und schnell und unbesiegbar. Seine harten Muskeln glitzerten unter der Fettschicht, mit der er sich eingeschmiert hatte, um die Haut glatt und schlüpfrig zu machen. Seine nackten Füße spürten jeden Zweig und jedes Steinchen auf dem Pfad. Er hatte sich noch nie so lebendig gefühlt.

Der Lärm um ihn herum steigerte seine Lebensfreude noch. Die Rufe und Schreie sollten die Spieler zum Sieg tragen, so wie Long Man, der Fluß, Bäume mit sich fortriß. Sam fühlte sich von den Hochrufen mitgetragen. Er hatte mit den Besten von ihnen die Feuerprobe bestanden. Man hatte ihn geprüft und für gut befunden.

Freunde umdrängten die Spieler und feuerten sie an. Kopftücher und Schals umflatterten sie. Die Frauen und Mädchen warfen sie auf die ausgestreckten Schläger. Sam war überrascht, drei oder vier auf seinen Schläger gelegt zu sehen. Annie Rogers verstellte ihm den Weg. Sie drapierte ein rotes Taschentuch über die anderen und starrte zu ihm hoch.

»*Uöe'stuyasti aginay'li*«, sagte sie mit sanftem Tonfall. Sie stellte sich auf die Zehenspitzen und küßte ihn auf die Lippen. Sam wurde tiefrot. James und John lachten.

»Was hat sie gesagt?« fragte er, als sie in der Menge verschwand.

»Sie hat gesagt ›Mein sehr guter, tapferer Freund‹«, erwiderte James.

»Sam in ihrer Seele stehen«, sagte John. »Sie ihn ansehen mit weißen Augen, Liebesaugen.«

»Vielleicht sollte Geliebter Mann, Drum, unseren Freund Herzensdieb nennen«, sagte James. Sam spürte die Hitze in Gesicht und Nacken, aber er fühlte sich geschmeichelt. *Sam steht in ihrer Seele.*

Die Mannschaft aus einem Dorf jenseits des Flusses marschierte aufs Spielfeld, und sofort wurde höllischer Lärm laut. Hunderte von Menschen hielten Gegenstände hoch, die sie verwetten wollten, und riefen nach Gegeneinsätzen. Sam beobachtete zwei runzlige alte Frauen, die einander Auge in Auge gegenüberstanden und sich anschrien. Die eine wedelte mit einer Decke aus Köperstoff herum und die andere mit ein paar spitzenbesetzten Unterhosen aus Leinen.

Sam bemerkte auch eine kleine Gruppe weißer Männer, die sich im Schutz der Bäume abseits von der Menge hielten. Sie waren ohne Zweifel Whiskeyverkäufer. Sam biß vor Zorn die Zähne zusammen. Drum mußte gewußt haben, daß sie da waren. Doch er konnte kaum etwas dagegen unternehmen. Sie hatten den illegalen Whiskey nicht bei sich. So dumm waren sie nicht. Den hatten sie irgendwo in einer Höhle versteckt. Hier würden sie nur den Kontakt mit den Kunden herstellen und sich für den Verkauf irgendwo mit ihnen verabreden.

Am späten Nachmittag würden viele der Männer aus Hiwassee betrunken sein. Beim Wahren Volk nannte man Krankheiten manchmal Eindringlinge. Und daran erinnerten diese Männer Sam. Sie waren Eindringlinge, die ihre Krankheit, den Alkoholismus, mitbrachten. Und diese oder andere Männer wie sie traf man überall. Es gab kaum eine Feier, bei der sich nicht irgendwelche fahrenden Whiskeyhändler in der Nähe der Tänzer herumdrückten. Sam wandte den Blick ab und bemühte sich, nicht mehr an diese Männer zu denken.

Der Lärm verebbte ein wenig, und die Wetter zogen sich zu den Seitenlinien zurück. Ein Mann aus jedem Dorf hielt an den aufgehäuften Waren Wache, die eingesetzt worden waren. Die Spieler stellten sich in zwei Reihen auf, so daß jede Mannschaft die andere ansehen konnte. Als die Männer sich umgruppierten, hörte man das Scharren ihrer Füße. Dann legte jeder seine Schläger vor sich und zeigte mit ihnen auf den ihm gegenüberstehenden Spieler, der sein direkter Gegner sein würde.

Sam ging im Kopf noch einmal die einfachen Regeln durch. Der Ball durfte nicht mit den Händen aufgehoben werden, obwohl er getragen werden durfte, wenn man ihn in der Luft fing. Die Mannschaft, die den Ball zwölfmal zwischen den Torpfosten hin und her trug, hatte gewonnen. Es gab kein Foul außer *Uwa' yi Guti*, Mit Den Händen, wenn man den Ball aufhob. Sam kauerte sich leicht angespannt hin, als er darauf wartete, daß The Just seine letzte Ansprache beendete.

»*Ha! Taldu-gwu'!* Auf die zwölf Mal!« The Just warf den kleinen, mit Leder bezogenen Ball in die Luft. Innerhalb von Sekunden befand sich das Spielfeld in totalem Aufruhr, wie Jack Rogers so etwas nannte. Es war eine laute Angelegenheit; die Männer brüllten und schrien sich an. Schläger stießen krachend zusammen, als die Männer auf den Ball und aufeinander eindroschen. Das Geschrei von den Seitenlinien erstickte fast die Rufe der Spieler.

Sam verlor den Ball schon früh im Spiel aus den Augen. Plötzlich fand er sich in einem Gewirr von fettigen, verschwitzten Armen und Beinen wieder. Er stürzte sich in das dickste Kampfgetümmel, schlug um sich, schrie und foulte wie die anderen. Aus dem Augenwinkel sah er, wie John sich triumphierend aus dem Haufen erhob und auf das Tor zustürmte. Er hielt seine beiden Schläger aneinandergepreßt, um den Ball im Korb zu halten. Sam rannte hinter ihm her, um ihm den Rücken frei zu halten. Alle anderen ließen ihre Schläger fallen und jagten hinter ihnen her.

Ein Mitglied der gegnerischen Mannschaft war dabei, sie einzuholen. Er hatte Mord im Blick. Er wollte sich gerade auf John stürzen, als Sam die Hände zusammenpreßte, die Arme ausstreckte, die Ellbogen aneinanderpreßte und mit aller Kraft herumfuhr und den Mann in der Magengegend erwischte. Dieser klappte zusammen, rang nach Luft, und seine Freunde mußten ihn vom Spielfeld schleifen. Sein Gegenspieler von der Hiwassee-Mannschaft ging ebenfalls.

Dann hatten Sam und John das ganze Rudel gegen sich, und sie gingen unter dem Gewicht zu Boden. Sam lag still, versuchte zu Atem zu kommen, und prüfte im stillen, ob ihm irgendwelche Knochen gebrochen worden waren. Die Spieler nahmen ihre Stöcke von den Männern an, deren Aufgabe es war, sie aufzuheben, wenn sie in der Aufregung zu Boden fielen. Dann kam ein Ausruf von den Hiwassee-Anhängern. John, der Sam von Angesicht zu Angesicht gegenüberlag, grinste.

»James Tor machen.«

»James!«

Stöhnend machte Sam sich frei, kam auf die Beine und humpelte zur Spielfeldmitte. Als Kapitän der Mannschaft, die einen Punkt gemacht hatte, warf James den Ball zum nächsten Anspiel auf die Erde.

Fünf weitere Stunden tobte das Spiel feldauf und feldab. Manchmal rannten die Spieler in einem einzigen Rudel los. Männer sprangen über andere Spieler hinweg oder tauchten zwischen ihren Beinen hindurch. Sie stellten einander gegenseitig Beine und ließen sich manchmal auf allgemeine Faustkämpfe ein. Sie heulten und brüllten und jaulten wie Füchse.

Manchmal wälzten sich zwei Männer auf dem Boden herum, wenn sie sich zu einem privaten Zweikampf entschlossen hatten. Dann rannten die Antreiber von den Seitenlinien herbei und schlugen sie mit Ruten auf die Schultern, bis sie sich voneinander lösten. Die Verletzten wurden vom Feld geschleift und ohne viel Federlesens hingeworfen. Alles wurde von durchdringenden Schreien übertönt: *»Uwa'yi Guti«*. Mit Den Händen, Mit Den Händen.

Der Spielstand war zehn zu elf zugunsten von Hiwassee. Die Zuschauer hatten sich inzwischen fast in Hysterie hineingesteigert. Jemand warf den Ball in einem hohen Bogen, so daß er über die Köpfe der Zuschauer hinwegflog. Laut schreiend stürmten die Spieler durch die Menge und ließen die Menschen in alle Himmelsrichtungen auseinanderstieben. Manche Spieler stolperten in ihrem wilden Drang nach dem Ball über kreischende Kleinkinder und Hunde.

Einmal war der kleine Ball unauffindbar und mußte durch einen anderen ersetzt werden. Während der neue Ball aufs Feld gebracht wurde, machten die Mannschaften eine Pause, um ein saures Getränk aus grünen Trauben und Holzäpfeln zu trinken. Als der Nachmittag sich hinzog, erkannte Sam, daß die andere Mannschaft ihre Bemühungen auf James konzentrierte. Er war geschickt wie ein Otter und schnell wie ein Reh und sah sich wieder einmal einem Angriff ausgesetzt.

Sam begann, seinem Freund auf den Fersen zu bleiben. Wenn sie James weh tun wollten, mußten sie erst ihn, Sam, erledigen. Er war zwar nicht schnell, aber groß. Es traf ihn unvorbereitet, als sich James plötzlich zu ihm umdrehte und ihm schnell den Ball gab. »Los!« rief er.

In seiner Verwirrung blickte Sam auf den ausgebeulten und ausgefransten Gegenstand in seinem kleinen Korb. Es war fast das einzige Mal, daß er ihn am ganzen Tag überhaupt zu sehen bekommen hatte. Er schien die ganze Aufregung kaum wert zu sein. Dann sah er, wie die anderen Spieler auf ihn zurannten.

»Ihr Höllenhunde!« rief er und rannte los. Er war schon fast am Tor, als er spürte, wie jemand an seinem Lendentuch zerrte. Er sprang zur Seite, schüttelte sich heftig, so daß sein Gegenspieler plötzlich mit seinem Gürtel und dem Tuch in der Hand dastand. Sam legte das Netz des zweiten Ballstocks schnell auf das Netz des ersten, um den Ball festzuhalten. Dann hielt er sich beim Rennen die zwei Stöcke über den Kopf, bis er nackt und johlend zwischen den Torpfosten stand. Er hatte den Siegpunkt gemacht.

Die Menge rannte kreischend aufs Spielfeld. Über den Lärm hinweg konnte er Annie Rogers' hohe, melodische Stimme hören.

»Utana wa'toli. Asgayeguhsda uge'sani.«

»Was hat sie gesagt?« fragte er.

»Großer Schwanz«, sagte James.

»Hübscher Arsch«, sagte John.

»Meinen Glückwunsch.« James reichte Sam eine Decke, die er sich um den Leib schlingen konnte.

Die weiße Friedensfahne baumelte vor dem Ratshaus. Der Bau hatte keine Fenster und nur ein kleines Loch in dem kegelförmigen Dach als Rauchabzug. Der meiste Rauch blieb jedoch im Haus und verschmolz mit der Körperwärme der Männer, was die Luft zum Schneiden dick werden ließ.

Tiana reckte den Kopf zu Seite, um um die unruhig zappelnde und drängelnde Reihe von Frauen und älteren Mädchen herum, die vor ihr waren, in die kleine Tür des Ratshauses hineinzusehen. Die Frauen fingerten nervös an den langen bunten Bändern, die mit ihrem Haar verflochten waren, das ihnen offen auf den Rücken fiel. Oder sie bewunderten, was die anderen an Kleidern und Schmuck trugen. Sie warteten auf ihr Stichwort von dem Antreiber, dem Mann, der heute abend für den Tanz verantwortlich war.

Am Himmel zuckten Blitze auf, und Donner grollte. Hinter ihnen wartete die Schlange der Männer. Tiana hörte, wie der Antreiber der Tänze seiner Kürbisrassel dieses schnelle Tremolo entlockte, welches das Startsignal für eine neue Darbietung war. Sally Ground Squirrel schritt schnell die Reihe der Frauen ab, um letzte Anweisungen zu geben. Die Frauen und Mädchen hatten sich nach Körpergröße aufgestellt, so daß die Jüngsten und Kleinsten am Ende standen. Dort stand auch Tiana mit ihren Schwestern.

Sally Ground Squirrel trug ihre besten Kleider, aber die Taille ihres angekrausten Rocks rutschte über ihren runden Bauch nach oben und berührte ihre vollen Brüste, die weich und lose in ihrer weiten Bluse hingen. Ihr breites Gesicht wurde von einem roten Kopftuch eingerahmt. Sie hatte ein spitzes Kinn und eine Adlernase, die angesichts ihres pummeligen Körpers und des breiten Gesichts fehl am Platz wirkten. Aber immerhin war sie die erste Ehefrau des zivilen Häuptlings, und als Oberhaupt des Frauenrats wurde sie in allen Angelegenheiten, die das Dorf betrafen, oft um Rat gefragt.

Als Anführerin dieses Tanzes trug sie jetzt Rasseln, die aus den Panzern von Dosenschildkröten gemacht waren. Die Panzer waren nach dem Trocknen mit kleinen Steinchen gefüllt worden, die zwischen Brust- und Rückenpanzer klapperten. Dann hatte man sie mit Lederriemen an den Schienbeinen von Sally Ground Squirrels kurzen, stämmigen Beinen festgebunden. Die vielen Schildkrötenpanzer ließen ihre Beine noch dicker und etwas verwachsen aussehen.

»Ihr habt die Signale der Rassel nicht vergessen?« fragte sie Tiana, Nannie und Susannah.

»Nein, Geliebte Mutter«, erwiderten sie.

»Vergeßt nicht, euch eng an die Tänzerin vor euch zu halten, und seid vor allem nicht nervös«, sagte sie. »Ihr werdet es schon schaffen.«

Der Antreiber gab ein Zeichen, und Sally Ground Squirrel traf an ihrem Platz an der Spitze der Reihe ein. Sie begann, mit schnellen, kleinen, schlurfenden Bewegungen ihrer Füße den Takt vorzugeben, und die Tänzerinnen bewegten sich vorwärts. Tiana entdeckte schemenhaft Hunderte von Gesichtern, die in dem Dämmerlicht des Stadthauses zusahen. Dann konzentrierte sie sich auf ihre Füße und das Dröhnen der Trommel, den Singsang der Sänger und die Rassel des Antreibers.

Sie ging leicht in die Knie und beugte sich vor wie die anderen. Sie bewegte sich mit schnellen kleinen Schritten auf dem Tanzboden in der Mitte des Stadthauses. Irgendwo standen da ihr Vater und ihre Mütter und Brüder und sahen zu. Ihre Reihe kreuzte die der Männer, als alle Tänzer sich in einer enger werdenden Spirale auf das große Feuer in der Mitte zubewegten.

Mit den anderen machte sie die graziösen Bewegungen der Zubereitung des Maisbreis, der in die Hände der Männer gegossen wird. Ein wenig überrascht stellte sie fest, daß ihr älterer Bruder Charles gegenüber von Ghigaus Tochter Rachel tanzte. Mehr noch: Tiana war überzeugt, gesehen zu haben, wie Charles mit den Fingern Rachels Handfläche gekitzelt hatte, als sie das pantomimische Eingießen des Maisbreis vollzogen. Damit wußte Tiana, daß ihr stiller, gesetzter Bruder wieder verliebt war. Aber in Nanehi Wards Tochter?

Als alle so nahe ans Feuer herangekommen waren wie nur möglich, bildeten sie einen doppelten Kreis, der in die Flammen blickte. Der Anführer des Tanzes schüttelte wieder seine Kürbisrassel mit kurzen, harten Bewegungen, und Sally Ground Squirrel rief: »*A'stayi'distiyi*, schneller, fester.« Die Trommel wurde schneller, und die Tänzer und Tänzerinnen stampften mit schweren Bewegungen auf der Stelle.

Tiana war außer sich vor Freude. Sie preßte sich die Ellbogen an die Seiten, um so fest wie möglich stampfen zu können. Ihre Beine und Arme und ihr Kopf fühlten sich so leicht an wie die Schaumkronen auf dem Long Man. Schließlich ließen die Männer einen Jubelruf hören, der vom Publikum erwidert wurde, worauf die Trommel wieder langsamer schlug. Tiana tanzte mit den anderen Frauen hinaus und stand zitternd und verschwitzt im Freien.

Jetzt konnte sie sich entspannen und den Abend genießen. Drum hatte schon einen Teil der ersten Früchte dem Alten Rat geopfert, dem Heiligen Feuer, so daß sie und ihre Schwestern so viel essen konnten, wie sie wollten. Sie wußte, daß es jetzt Körbe voll frischen, dampfenden Maises geben würde, der in den Hülsen geröstet worden war. Sie würden die ganze Nacht Mais essen und trotzdem nie genug bekommen.

Sam beobachtete die Frauen dabei, wie sie geschmeidig und graziös hinaustanzten. James und John hatten ihm erzählt, daß dies die Gelegenheit war, bei der die Jungen schäkern und sich eine Gefährtin auswählen konnten. So war es kein Wunder, daß Sam aufmerksam hinsah. Er saß zusammen mit den anderen Ballspielern auf einer Ehrenbank in der Nähe des Ratsfeuers.

Er hatte zum ersten Mal seit zwei Tagen einen vollen Bauch, fühlte sich aber am ganzen Körper so müde und zerschlagen, daß ihm die Erschöpfung fast bis ins Knochenmark drang. Seine brennenden Augenlider, von denen eins purpurrot und geschwollen war, senkten und schlossen sich. Sein Kopf zuckte hoch, als er sich zwang, wach zu bleiben. Auch diese zweite Nacht würden sie durchtanzen. Er fragte sich, ob er das überstehen würde.

Um sich wachzuhalten, musterte er die sieben Wände des Ratshauses. Das Dach wurde von einem Kreis aus sieben Säulen getragen, die aus riesigen Baumstämmen gemacht waren. Das Feuer in der Mitte des Raums warf flackernde Schatten auf die Säulen. Die drei- oder vierhundert Menschen von Hiwassee Town saßen auf Bankreihen an den Wänden. Die Angehörigen von jedem der sieben Clans saßen beieinander.

Die Frauen trugen Kopftücher und bunte, weit geschnittene, wallende Baumwollkleider. Die Männer trugen Turbane mit Blumenmustern aus Baumwolle oder Seide, je nach Wohlhabenheit. Sie trugen lange Jagdhemden mit Gürteln, Troddeln und Fransen. Die kleinen Kinder hatten wenig oder gar nichts an. Jack Rogers saß zusammen mit den geachtetsten Ältesten von Hiwassee auf einer Vorderbank.

Nancy Ward stand in der Mitte des Raums. Beim Sprechen wandte sie sich langsam um, um den Mitgliedern jedes Clans in die Augen sehen zu können. Es herrschte fast vollkommene Stille, als sie sprach. *Hier furzt ja nicht mal einer.* Sam war beeindruckt. Die Ernährung des Wahren Volks bestand zu einem großen Teil aus Bohnen, und wenn jemand einen Wind fahren ließ, war das immer für ein Lachen gut. Nach etwa dreißig Minuten kam Ghigau zum Ende ihrer Ansprache. James übersetzte für Sam.

»Meine Kinder«, sagte sie. »Das Wahre Volk wird als Nation nur dann stark sein, solange jeder von euch als einzelner stark ist. Es gibt

Kräfte in der Welt, die uns teilen wollen, die uns auf den bösen Pfad der Auflösung führen wollen. Wir von den Sieben Clans stehen im Sonnenland. Wir sind die Freunde des Donners. Wir hinterlassen unsere Fußabdrücke auf dem Weißen Pfad. Meine Kinder, ich bin stolz auf euch.«

Sam beobachtete Nancy, als sie sich zwischen ihren Neffen Drum, den Friedens- oder zivilen Häuptling, und De'gata'ga, Standing Together, den Kriegshäuptling, hinsetzte. Wie Drum und Standing Together trug sie einen Kopfschmuck aus schlanken weißen Silberreiherfedern, die hüpften und tanzten, wenn sie sich bewegte, was nicht oft vorkam. Sie saß so still da, daß sie eine Statue hätte sein können. Sie sah zwanzig Jahre jünger aus als ihre tatsächlichen Zweiundsiebzig. Sie war immer noch auffallend schön.

Die Angehörigen ihres Clans und ihrer Familie nannten sie Geliebte Frau oder Schöne Frau oder Kriegsfrau. Sie war all das gewesen oder war es immer noch. Sam versuchte sich vorzustellen, wie sie den Speer ihres gefallenen Mannes aufhob und einen Mann tötete. Es fiel ihm leichter, sich vorzustellen, wie sie Mrs. Bean davor rettete, lebendig am Pfahl verbrannt zu werden. Er hatte die Geschichte oft genug von ihrem Urenkel Jesse Bean gehört. Aus Dankbarkeit hatte Mrs. Bean ihr beigebracht, wie man spinnt und webt. Und Nancy Ward hatte es ihrem Volk beigebracht.

»Sam Houston.« James drängte Sam, aufzustehen und sich vor Drum zu stellen, der zu ihm oder über ihn sprach. Sam war sich da nicht sicher.

»*Gha!* Höre mich an!« Drum sah in seinem eleganten Kopfschmuck und dem Umhang aus den flaumigen Federn einer Truthahnbrust höchst eindrucksvoll aus. »Heute abend hat sich Sam Houston als würdig erwiesen, einer aus dem Wahren Volk zu sein. Hört alle zu! An diesem Tag und für immer nenne ich Sam Houston meinen Sohn.« Drum blies Tabakrauch in alle vier Himmelsrichtungen und auf Sams Brust. Er begann zu singen. Der Text seines Singsangs umfaßte die geheiligte Zahl von sieben Zeilen, was ihm noch mehr Macht verlieh.

He is a Wolf and one of my clan, the Wolves.
He will live in a White House.
His pathways through the country of the Seven Clans will be white.
The Yellow Mockingbird will laugh with him.

No one will climb over him.
The Sons of Thunder will walk behind him.
The White Lightning will show him the way.

»Und ich gebe ihm einen neuen Namen. *Gha!* Höret mich an! Von diesem Tag an soll sein Name Kalanu sein, The Raven. Höre mich an, Großer Zauberer, was ich dir jetzt erzähle. Sein Name ist Kalanu. Sein Clan ist Wolf.«

»Du wirst in einem Haus des Friedens und des Wohlstands leben«, flüsterte James Sam zu. »Dein Pfad in der Welt wird friedlich sein, deine Zukunft glücklich. Die Gelbe Spottdrossel ist ein mächtiger Geist. Sie wird dir Reichtum und Liebe bringen. Niemand wird dich besiegen. Du wirst von den Söhnen des Donners beschützt werden, und der Blitz wird dir helfen. Raven von den Hiwassee war ein berühmter Kriegshäuptling gewesen, und der Titel war nach seinem Tod einem neuen Häuptling gegeben worden. Du bist jetzt Drums Sohn.« Dann stand James auf und stellte sich vor das Feuer. Er gab Sam ein Zeichen, sich neben ihn zu stellen. Er sprach mit lauter Stimme, während John es übernahm zu übersetzen.

»Ich nenne Kalanu, The Raven, meinen Bruder. Ich werde ihn lieben und beschützen und ein Leben lang bei ihm bleiben.« Er zog sich das Hemd aus und reichte es Sam. Sam zögerte, da er nicht wußte, was von ihm erwartet wurde. Dann gab er James sein Hemd. James' Hemd spannte, als Sam es über den Kopf zog.

»Ich werde dir Dornen aus den Füßen ziehen.« Sam sprach den vertrauten Gruß der Reisenden in Cherokee. »Und wir werden den Weißen Pfad des Lebens gemeinsam zurücklegen.« Dann tauschte er mit James die Mokassins. »Ich werde dich lieben wie einen Bruder meines eigenen Bluts.«

»Ich werde dir die Tränen trocknen und dein schmerzendes Herz zur Ruhe betten, wenn du traurig bist«, sagte James. Er packte Raven an den Schultern und umarmte ihn.

Sams Herz war voller Liebe zu Drum und James. Das Wahre Volk sprach in Kehllauten, während in Sams Sprache die Zunge benutzt wurde. Es fiel ihm sehr schwer, Cherokee zu sprechen. Aber er versuchte es und bemühte sich um einfache Ausdrücke.

»*Wadan, sgidoda.* Danke dir, Vater.« Er wandte sich an James. »Ich liebe dich, Bruder«, fügte er auf englisch hinzu.

7

Tiana, Nannie und Susannah lagen auf dem Bauch und blinzelten über den Rand eines großen Felsblocks hinweg. Amüsiert und interessiert beobachteten sie die Szene, die sich unter ihnen abspielte. The Raven, Sam, der nichts von ihrer Gegenwart ahnte, machte fröhlich weiter. Seine nackten Hinterbacken pumpten begeistert drauflos. Sein Hinterteil hatte von der kühlen Vorfrühlingsluft eine Gänsehaut bekommen. Annie Rogers hielt ihn mit den Beinen fest auf dem Rücken umklammert und bemühte sich, mit seinem Rhythmus mitzuhalten. Sie lagen eng umschlungen auf dem dichten Moos unten am Fluß.

»Bleibt hier«, flüsterte Tiana. Mit einem kleinen Ledersack schlich sie durch das Gebüsch zu den Kleidern hin, die Raven und Annie in einem Haufen hatten liegen lassen. Ihre Schwestern warteten gespannt, bis sie wieder auftauchte. Sie preßten sich die Hände fest auf den Mund, um nicht laut loszuprusten, und legten die Wangen auf den kalten feuchten Felsen. Sie sahen zu, wie das Paar da unten in einem wundersamen Anfall von stöhnender, zuckender Leidenschaft zum Ende kam.

Es folgten zehn oder fünfzehn Minuten, in denen die beiden da unten sich herumwälzten und kitzelten und miteinander kicherten, bevor Annie nach ihrem Kleid griff. Raven band sich das Lendentuch um. Er hatte diesen selbstzufriedenen Ausdruck im Gesicht, den Tiana so verabscheute. Geistesabwesend streifte er den linken Mokassin über, dann den rechten. Er erstarrte, als er den Mokassin erst halb anhatte. Sein Gesichtsausdruck wandelte sich von Gleichmut über Erstaunen in Ekel, um am Ende bei Zorn zu bleiben. Tiana kreischte auf, bevor es ihr gelang, sich wieder den Mund zuzuhalten.

Raven starrte hinauf, um sie zu entdecken, aber sie hatten sich hinter dem Felsblock versteckt. Mit einem Seufzen zog Raven den Mokassin aus und griff hinein. Er zog eine ungeheuer schleimige Masse von Salamandereiern heraus. Etwas von dem zähflüssigen Zeug floß ihm durch die Finger. Der Rest war zwischen seinen Zehen zerquetscht worden. Er hob die Faust und schüttelte sie drohend in Richtung des Gelächters, das über den Felsrand hinweg herübergeweht wurde.

»*Unegihldi!* Häßlich!« rief er den Kindern zu, die sich schon längst auf dem Rückzug befanden. In der Sprache des Wahren Volks war das ein deftiger Ausdruck, fast schon ein Fluch. »*Ahyeli'ski*, Spötterin«, brummelte er. »Ich werde dich schon kriegen.« Dann bereute er seinen Zorn. Sie waren nur Kinder, dazu noch Mädchen, und mit so etwas durfte er sich nicht abgeben. Er durfte ihnen nicht die Befriedigung geben, ihn aufgebracht zu sehen. Aber sie hatten ihn schon den ganzen Winter lang gequält. Die Geduld eines Mannes hat Grenzen. Er sah sich ständigen Angriffen auf seine Würde ausgesetzt. Ungestörtheit gab es für ihn überhaupt nicht mehr. Wenn das so weiterging, würde er zu nervös werden und seine Leistungsfähigkeit verlieren. Bei einer ihrer Besuche in Hiwassee Town in jenem Winter hatte Tiana sich in die in die Erde gegrabene Schlafhütte geschlichen, in der sich Raven und Annie zu einem Rendezvous getroffen hatten. Sie waren glücklich gewesen, das Versteck für sich zu haben. Tiana hatte grüne Zweige aufs Feuer geworfen. So füllte sie den kleinen Raum mit Rauch, schrie »Feuer!« und lachte Tränen, während das Paar nackt und hustend in den Schnee hinausrannte.

Raven erinnerte sich noch daran, wie die Mädchen gelacht hatten, als ein Heuballen vom Heuboden der Rogers auf ihn und Annie herabgeregnet war. Sie hatten sich niesend und keuchend vom Heu befreien müssen. Einmal hatte Tiana einfach ihre Kleider genommen und sie so gezwungen, bis zum Anbruch der Dunkelheit zu warten, bevor sie, ihre Blößen notdürftig mit abgeschnittenen Zweigen bedeckend, ins Dorf zurückschleichen konnten.

Tiana kannte sogar seine persönlichen Gewohnheiten. Sie wußte, wann er etwa mit Homers *Ilias* im Klohäuschen verschwand, das Drums ganzer Stolz war. Dort hatte Raven jeden Morgen meist eine lange Sitzung. Eines Tages hatte Tiana den Sitz mit Fett eingeschmiert. In Wahrheit brauchte sie gar nicht zu wissen, wann Raven etwa das Klohäuschen benutzen würde, denn er war der einzige in der Familie, der es überhaupt tat. Die anderen hielten es für schmutzig und übelriechend. Folglich stand es als Monument des Fortschritts da, nur dazu gedacht, bewundert zu werden.

Wenn die Mädchen zu Besuch kamen, ging Raven nie ins Bett, ohne sorgfältig unter Roben und Decken nachzusehen. Er hatte dort schon alles mögliche gefunden, von Schlangen über Frösche bis hin zu Disteln. Er prüfte auch seine Kleider und seine Speisen. Meist warf er seine Fundsachen einfach weg und schwieg. Er wußte, daß dies Tiana mehr in Rage brachte, als wenn er sie ausgeschimpft hätte. Außerdem waren die Mädchen kaum zu fangen. Ihr Lieblingsversteck war das Rohrdickicht, das sich am Fluß mehrere Meilen hinzog.

Jetzt schüttelte er nur den Kopf, als Annie sich vor Schadenfreude bog. Sie nahm all das erstaunlich gutmütig hin. Allerdings wußte er nicht, daß sie durchaus vorhatte, Tiana alles heimzuzahlen. Raven säuberte seine Mokassins, so gut es ging, und wischte sich die Hand im Moos ab.

So schlimm die Kinder auch waren, es fiel Raven schwer, ihnen lange böse zu sein. Er beobachtete sie, wie sie durch das riesige Farnkraut hüpften, das den Waldboden wie ein Teppich bedeckte. Ihr glockenhelles Lachen war in der kühlen Luft weit zu hören. Neben den hoch aufragenden Säulen der Baumstämme wirkten sie wie Zwerge. Mit ihren nackten braunen Körpern, die mit einem gesprenkelten Muster von Sonnenlicht bemalt waren, das durch das grüne Filigran der Blätter sickerte, sahen sie wie *Nunnehi* aus, die Kleinen Menschen, wohlgesinnte Geister, die die Welt bevölkerten. Raven war sich jedoch nicht sicher, ob gerade diese Geister wohlgesinnt waren.

Mit seinem Mokassin in einer Hand ergriff er Annies Hand mit der anderen und humpelte zu dem gurgelnd vorüberströmenden Fluß hinunter, um sich den Fuß zu waschen. Er funkelte Annie wütend an, als sie immer wieder loskicherte. Kein Respekt. Diese Frauen hier hatten einfach keine Achtung vor einem Mann.

Trotzdem war es ein gutes Leben. Aus Ravens zwei Wochen Ferien waren inzwischen acht Monate geworden. Und er hatte nicht den geringsten Wunsch, nach Maryville zurückzukehren. Falls es irgendwo einen lieblicheren Flecken Erde als den Hiwassee River gab, hatte Raven ihn noch nicht gefunden. Das kalte schwarze Wasser strömte über Felsblöcke hinweg und sang sein eigenes, unendliches Lied. Eine grüne Mauer aus Bäumen beugte sich über den Fluß und bildete Halbinseln, wo das Flußufer um die Wurzeln herum erodiert war. In dem ruhigeren Wasser am Ufer trieben kleine grüne Inseln friedlich dahin. Raven und Annie gingen eine Reihe halbmondförmiger Sandstrände entlang und brauchten nur gelegentlich über einen umgestürzten Baumstamm hinwegzusteigen.

»Wenn der lärmende Zorn des Nordwinds verraucht ist...« Raven zitierte aus der *Ilias* und fügte den Hunderten von Zeilen, die er schon auswendig kannte, noch ein paar weitere hinzu. Er sprach mit Leidenschaft, streckte die Arme aus und übertönte das Rauschen des Wassers. Annie begann vor Langeweile die Augen zu verdrehen. Sie wollte sich gerade eine Ausrede zurechtlegen, als sie das Kanu um die Flußbiegung kommen sah.

»*Ni*! Sieh mal!« sagte sie und zeigte auf das Kanu.

»Teufel auch!«

»Was ist?« Annies Englisch war das schlimmste in der Rogers-Familie. Raven hätte nicht aufrichtig behaupten können, daß er sie wegen ihres Geistes liebte. Aber andererseits liebte sie ihn auch nicht wegen seiner Geistesgaben.

»Das sind meine leiblichen Brüder, James und John. Sie haben mich gefunden.« Er watete hinaus, um den Bug des Einbaums festzuhalten. Es war ein schweres Boot, ein typisches Cherokee-Kanu, das aus einem einzigen Baumstamm herausgeschnitten worden war.

»Warum habt ihr so lange gebraucht?« fragte er. Mit vereinten Kräften hievten sie das zweihundert Pfund schwere Kanu auf das Flußufer.

»Geliebte Freundin«, sagte er zu Annie, »das sind James und John Houston, meine älteren Brüder. Dies ist Annie Rogers, äh, eine Freundin von mir.«

»*A'siyu*«, sagte Annie. Sie machte einen leichten Knicks und wandte höflich die Augen ab. Dann rannte sie los, wobei ihr langes schwarzes Haar ihr rhythmisch auf das wohlgeformte Hinterteil fiel.

»Aha«, sagte John, als er hinter Raven herging. »Jetzt verstehe ich, warum du nicht nach Hause gekommen bist, Sam. Sie scheint sich wohl nicht lange zu zieren. Teilen die Indianer ihre Squaws?«

Raven baute sich drohend vor seinem Bruder auf. Seine Stimme verhieß nichts Gutes.

»Sie ist die Nichte des großen Häuptlings und Tochter einer guten Familie. Und sie spricht englisch. Das tun viele von ihnen. Also hüte deine Zunge. Und wenn du mit Angehörigen des Wahren Volks sprichts, darfst du ihnen nicht in die Augen sehen. Das ist unhöflich.«

»Das Wahre Volk?« fragte John.

»So nennen sie sich selbst.«

»Kommt mir ein bißchen arrogant vor.«

»Das Buch der Arroganz haben die Weißen geschrieben.«

»Was ist mit dem ganzen Zeug hier?« rief James aus dem Kanu.

»Laßt es hier«, sagte Raven. »Wir können es später holen.«

»Jemand könnte es stehlen.«

»Wenig wahrscheinlich. Ihr seid nicht in Maryville, müßt ihr wissen.« Der Tag war ihm verdorben. Er ging schweigend auf Hiwassee Town zu.

Sally Ground Squirrels Blockhaus war das schönste im Dorf. Doch mit einem Mal kam es Raven klein und schäbig vor. Die ersten Fliegenschwärme des Frühlings summten um den Misthaufen aus Muschelschalen und Knochen herum. Ein paar Schweine wühlten dort in dem frischen Abfall. Der Hof war voller Kisten und Fässer, eine neue Warenladung für Drums Laden. Da waren Bündel von Weidenruten und Eichensplittern für Körbe, und unter dem großen Ahorn lag der Abfall vom Korbflechten herum. Fliegen summten um die grünen Felle herum, die zum Trocknen an die Hauswände genagelt worden waren. Der Abfall um das Blockhaus herum war Sam immer so natürlich vorgekommen. Bei gutem Wetter arbeitete jeder draußen, und da war ein bißchen Unordnung unvermeidlich. Jetzt sah Raven es mit den Augen seiner Brüder. Er hoffte, daß sie ihn nicht fragen würden, warum da eine Truthahngeierfeder über der Tür hing. Er wollte nicht zugeben müssen, daß sie Hexen vertreiben sollte.

Als er die Kürbiskelle in den *kanahe'na* tauchte, den sauren Maisbrei in dem Tonkrug auf einer Bank neben der Tür, bemerkte er, wie James und John voller Abscheu schnell einen Blick wechselten. Raven nahm sich noch einen Schlag.

»Wollt ihr auch?« Er hielt ihnen die Schöpfkelle hin.

»Nein. Aber besten Dank«, sagte John hastig.

»Ich habe keinen Durst. Oder Hunger.« James war sich nicht sicher, welchem Bedürfnis der Brei abhelfen sollte. Es war unverkennbar, daß sich jeder mit dieser Schöpfkelle bedienen konnte, und daß der Brei ranzig war. Die Fliegen schienen ihn aber zu mögen.

»*A'siyu igali'i*, hallo, Freunde.« Drum kam geschäftig hinter dem Haus hervor und strahlte. Er hatte dort den Küchengarten gehackt. In der Hand hielt er seine einfache hölzerne Breithacke. Er hatte sich die Hosenbeine bis über die knochigen Knie hochgerollt. Er trug sein ältestes Jagdhemd aus Kaliko. Er hatte sich ein verblichenes Tuch um die Stirn geschlungen, damit ihm der Schweiß nicht in die Augen tropfte. Sein lockiges, kastanienbraunes Haar stand ihm in Strähnen vom Kopf ab. Seine Füße waren nackt und mit rotem Lehm verschmiert.

»Hallo«, sagte John. »Was hat er gesagt?« murmelte er zu Raven.

»Er hat gesagt, ›Grüße euch, Freunde‹. Das ist der Häuptling, Ahu'lude'gi, Drum. Er spricht englisch. Er zieht seine Sprache aber vor.«

»Keine Angst, Sam«, sagte James. »Wir werden uns bei deinen Freunden schon benehmen.«

»Hallo, Chief«, sagte John Houston jovial. »Sie müssen der berühmte John Jolly sein. Ein Vergnügen, Ihnen die Hand zu schütteln, Sir.«

Verdammt! dachte Raven. Er hatte vergessen zu erwähnen, daß es ein extremer Mangel an Respekt war, jemanden mit dem Namen anzureden. Und außerdem sprach John zu laut, als würde die Lautstärke das Englische verständlicher machen. *Sollen sie doch ruhig versuchen, Drum von oben herab zu behandeln. Das haben schon bessere Männer ohne Erfolg versucht.* Raven hatte sich inzwischen an die sanfte Sprechweise des Wahren Volks gewöhnt. Die Stimmen seiner Brüder kamen ihm grob und dröhnend vor.

Drum zog seinen alten Schaukelstuhl unter den riesigen Ästen des uralten Ahornbaumes hervor, der das Haus beschattete. James und John Rogers kamen hinzu und setzten sich auf Baumstämme. Die Houston-Jungen erhielten Hocker. Bevor er sich setzte, starrte Raven in die Baumkrone.

»Was ist los?« fragte John Houston.

»*Yunwi Tsundi*«, sagte Drum glucksend.

»Kleine Menschen, Geister«, übersetzte Raven.

»Du willst mir doch nicht sagen, daß du inzwischen abergläubisch geworden bist.«

»Nur vorsichtig.« Doch offenkundig hatten Tiana und ihre Schwestern im Augenblick etwas Besseres vor, wie Mrs. Houston sagen würde. Jetzt, wo seine Brüder da waren, dachte Raven an seine Mutter. Es kam ihm vor, als hätten seine Brüder seine ganze Vergangenheit mitgebracht, wenn auch unsichtbar.

Als Sally Ground Squirrel ihnen frische Basellkartoffeln aus dem Kühlhaus über der Quelle vorsetzte, erkannte Sam, daß sie ganz und gar nicht wie die elegante Mrs. Houston war. Ihre Töchter brachten Maiskuchen und Buttermilch und die ersten Früchte der Jahreszeit in dicker gelber Sahne. Sie breiteten die Schüsseln und Körbe mit Speisen auf Matten aus.

The Girth, Drums einziger Sohn, trottete herbei. Drum sagte immer, The Girth könne auf eine Meile Entfernung riechen, wo es etwas zu essen gebe. Falls The Girth für Drum eine Enttäuschung war, so ließ er es sich nie anmerken. The Girth ging mit einem freundlichen Lächeln in seinem breiten, unschuldigen Gesicht glücklich durchs Leben. Er war kein Einfaltspinsel wie Watty Ridge, er war einfach nicht sehr begabt.

Als sie mit dem Essen fertig waren, entstand ein verlegenes

Schweigen. Raven starrte seine Freunde an. James und John Rogers spielten die Dummen. The Girth brauchte nicht den Dummen zu spielen. Drum ließ sich nichts anmerken und blieb einsilbig.

»Sprichst du Cherokee, Sam?« wollte John Houston wissen. »Du bist schon lange genug hier, um es gelernt zu haben.«

»Willst du mich auf den Arm nehmen?« entgegnete Raven. »Cherokee ist die infernalischste und schwierigste Mitteilungsform, die sich Menschen je ausgedacht haben. Es gibt zum Beispiel Dutzende von Möglichkeiten, ›Vater‹ zu sagen. Griechisch und Latein sind im Vergleich zu Cherokee das reine Kinderspiel.«

James und John Rogers lächelten.

»Aha!« rief John Houston aus, »ihr sprecht also doch englisch.« Alle lachten. So verging der Morgen einigermaßen angenehm. Am frühen Nachmittag ging Raven mit seinen Brüdern zum Kanu zurück.

»Sam«, sagte James. »Wir wissen, wie du bist. Du hast eben manchmal diese Hummeln im Hintern. Aber jetzt ist es Zeit, nach Hause zu kommen.«

»Das hier ist mein Zuhause. Ich gehöre zu Drums Familie.«

»Du bist so hoffnungslos romantisch, Sammy«, sagte John.

»Nenn mich nicht Sammy. Ich bin kein Kind mehr. Ich bin Kalanu, The Raven.«

»Wir brauchen dich im Laden. Du hast Pflichten.«

»Ich möchte viel lieber Rehspuren vermessen als Bänder«, sagte Raven ein wenig hochmütig.

»Was sollen wir Mutter sagen?«

»Sagt ihr, daß ich sie liebe.«

»Wie kann sie das glauben?« fragte John.

»Sie vermißt dich, mußt du wissen. Glaubst du etwa, du könntest monatelang weglaufen und deiner Mutter damit nicht weh tun?«

Raven ließ den Kopf hängen.

»Sagt ihr, daß ich bald nach Hause komme. Nach der Frühlingsaussaat hier. Diese Hilfe ist das Mindeste, was ich ihnen schulde.«

»Wenn du kommst«, sagte James und musterte Ravens Jagdhemd und seine Beinlinge, »solltest du anständige Kleider tragen. Wenn du in diesem Aufzug in Maryville aufkreuzt, knüpfen sie dich wahrscheinlich am nächsten Baum auf.«

»Wirklich, Sam, es ist gut, daß du so lange untergetaucht bist«, sagte John. »Dirty Dutch hat auf dich gewartet. Aber vor einem Monat hat er einen Tobsuchtsanfall bekommen. Stach einem Mann die

Augen aus. Hat die Stadt verlassen, um sich der Gerechtigkeit zu entziehen.«

»Gerechtigkeit? In Maryville scheint sich was zu ändern«, bemerkte Raven.

»Das tut es auch. Die Stadt wächst. Wer zupackt, kann etwas erreichen. Du solltest deine Talente hier nicht bei Wilden verschwenden.« John hielt die Hand hoch, bevor Raven antworten konnte. »Ja, ich weiß. Es sind nette Leute. Aber denk doch an deine Zukunft, Mensch.«

»Denk an Mutter«, fügte James hinzu.

»Das tue ich auch. Ich werde nach der Aussaat nach Hause kommen. Seid vorsichtig«, rief er ihnen nach, als das Kanu unter ihren ungeschickten Manövern schwankend davonfuhr.

So sehr Raven Landarbeit haßte, in Hiwassee hatte er nichts dagegen. Das Wahre Volk machte eine Art Fest daraus. Am Morgen, wenn auf den gemeinsamen Feldern gearbeitet werden sollte, kletterte Drum auf das Dach des Rathauses und rief aus, wo und wann alle sich versammeln sollten. Raven schloß sich den übrigen Dorfbewohnern an, als diese zur Arbeit schlenderten.

Als Raven sich schließlich zur Rückkehr in die Zivilisation entschloß, wie er es versprochen hatte, ging die Frühjahrsaussaat irgendwie unmerklich in die Zeit der Sommerjagden und der Ernte und der Zeremonie des Grünen Maises über, die Raven nicht missen wollte. Aus den Kleidern, die er vor einem Jahr mitgebracht hatte, war er längst herausgewachsen. Er trug lederne Beinlinge, Mokassins und ein kunstvoll gearbeitetes Jagdhemd, das Sally Ground Squirrel für ihn gemacht hatte. Um den Kopf trug er einen Turban aus rotem Kaliko, und an dem Zopf, der ihm jetzt bis zur Mitte der Schulterblätter reichte, hing eine Feder.

Drum schien bereit zu sein, auf ewig für seinen Adoptivsohn zu sorgen, aber Raven wußte, daß er eine solche Großzügigkeit auf Dauer nicht annehmen konnte. Und in einem hatte John Houston recht. Hier gab es nur wenige Möglichkeiten, den Lebensunterhalt zu verdienen. Landwirtschaft mochte eine Zeitlang annehmbar sein, doch eine Karriere war das nicht. Und außerdem konnte er jederzeit zurückkommen, falls ihm Maryville nicht mehr gefiel.

Raven ignorierte Tiana, als er auf den Pfad zuging, der an Sally Ground Squirrels Blockhaus vorbeiführte. Der Pfad führte ihn zu dem Great War Trail, der ihn nach Maryville zurückbringen würde. Er hatte einen Lederbeutel mit Kleidung, Lebensmitteln und Geschenken der Freunde bei sich, die ihm folgten. James und John wollten ihn bis zum Rand der weißen Siedlung begleiten. Sie würden die Strecke in einem leichten Laufschritt zurücklegen, bis James hörte, wie Ravens Atem schwerer gehen würde. Dann würde er das Tempo drosseln. Jeder von ihnen trug einen Beutel mit gedörrtem Mais, einen Feuerstein, ein Messer sowie ein Blasrohr und Pfeile. Für James und John war ein Marsch von sechzig Meilen kaum mehr als ein Ausflug.

Raven pfiff vor sich hin, als er an dem Wagen vorbeischlenderte, auf dem Tiana und Nannie und Susannah hockten und an langen Zuckerrohrstengeln lutschten. Dann ließ er ohne Vorwarnung seine Ledertasche fallen und schnappte nach Tiana. Sie kreischte, wich aus und rannte quer über den Hof. Raven war ihr dicht auf den Fersen. Die anderen Mädchen stoben wie aufgescheuchte Hühner auseinander, von denen ein Huhn für den Kochtopf bestimmt ist. Tiana wäre Raven vielleicht entwischt, wenn James und John ihr nicht den Weg verstellt hätten. Raven warf das um sich tretende und schreiende Mädchen über seine breite Schulter.

»Setz mich ab!« Sie trommelte ihm mit ihren kleinen Fäusten auf den Rücken. Ihr zottiges Haar hing ihr in die Augen. Ihre langen dünnen Beine ruderten in der Luft herum. Ihr schmaler Hintern bildete auf seiner Schulter ein umgekehrtes V. »Ah, meine stolze Schönheit«, sagte Raven. »Jetzt wirst du durch die Nase bezahlen, wie es in meiner Familie heißt. Der Große Blutegel wird deine Nase fressen. Dafür kannst du dich noch glücklich schätzen. Dann wirst du nicht mehr seinen üblen Atem riechen können, wenn er dich in sein schleimiges nasses Grab zieht.«

Während er so sprach, paradierte Raven mit James und John durchs Dorf. Ein Gewimmel von Vettern und Cousinen folgte im Schlepptau.

»Ich habe entdeckt, wo der Große Blutegel lebt«, sagte Raven, während Tiana weiterschrie. »Wenn er dich unter Wasser zieht, werden sich Kröten und Salamander und kleine Fische an deinem Fleisch gütlich tun.« Er kniff sie in ihre mageren Lenden. »Obwohl an dir nicht viel dran ist«, fügte er hinzu.

»Aua! Hör auf.«

»Fühl mal, wie die kleinen Biester auf dir herumkrabbeln.« Er hielt sie mit einem Arm fest und kitzelte sie mit der freien Hand. »Du wirst zu Schlamm und Fischscheiße werden.«

»Ich will runter!«

»Du wirst runterkommen. Ganz tief.«

Er führte die kleine Karawane durch den Wald zu einem tiefen schwarzen Tümpel. Um der Wahrheit die Ehre zu geben: Selbst Raven war jetzt ein wenig unbehaglich zumute. Dieser Ort hatte etwas Unheimliches und Böses an sich. Das Wahre Volk ging ihm aus dem Weg, weil das undurchsichtige Wasser des Tümpels Dämonen barg, die so scheußlich waren, daß man sie sich nicht einmal vorstellen mochte, geschweige denn mit einem baumelnden Arm oder einem Bein in Versuchung führen durfte. Außerdem war das Wasser ungewöhnlich kalt. Zum Schwimmen gab es weit angenehmere Gewässer.

Der Teich wurde von einer riesigen, knorrigen Eiche überschattet, die ein Blitz hatte verdorren lassen. Die verkohlten Teile des Stamms galten bei den Cherokee als sehr mächtig. Nur die fähigsten Schamanen wagten es, Stücke davon zu besitzen. Der Baum war so verwachsen und verstümmelt und mit haarigen Moosen und Farnen bewachsen, daß er wie ein verkrüppeltes wildes Tier wirkte, das stumm Wache hält. Dennoch bekam die Eiche jedes Jahr Blätter.

Raven kletterte auf einen großen Felsblock am Rand des Tümpels. Er nahm auf dessen flacher Spitze eine dramatische Pose an und hob den Blick frömmlerisch zum Himmel. Er wartete, bis sein Publikum vollzählig war, um die größtmögliche Wirkung zu erzielen. Wolken verdeckten die Sonne. Ein dünner Nebel stieg von der schwarzen Wasseroberfläche auf wie Dampf aus einem Hexenkessel. Obwohl es absolut still war, schien das Wasser gleich unter der Oberfläche zu brodeln. Tiana verdoppelte ihre Anstrengungen, sich von Raven freizumachen. Furcht stahl sich in ihre Stimme. Einige der anderen Kinder begannen besorgte Gesichter zu machen.

»*Gha! Asa'we'hi!* Höre mich an, oh, Großer Zauberer!« rief Raven.

»Nein!« kreischte Tiana. Sie war zutiefst verängstigt. Zauberer besaßen grenzenlose Kräfte. Mit denen durfte man nicht spaßen. Selbst wenn dieser dumme weiße Junge nicht wußte, was er tat, konnte er Kräfte freisetzen, über die er keine Macht hatte. Mehrere Kinder begannen zu weinen, da sie sicher waren, Tiana zum letztenmal zu sehen. Doch Raven genoß den Augenblick.

»*Veni, vidi, vici. E pluribus unum*«, rezitierte er langsam und feierlich. Als er Tiana schließlich in hohem Bogen ins Wasser warf, schien sie hysterisch vor Angst. Sie landete mit einem lauten, befriedigenden Klatschen im Wasser. Raven verschränkte die Arme und wartete, daß sie auftauchte und ans Ufer schwamm. James hatte sogar eine Decke mitgebracht, um sie einzuwickeln.

Als sie auftauchte, schien sie zu verängstigt zu sein, sich selbst zu helfen. Sie schrie einmal auf und ging dann unter und blieb dort. Raven suchte das schwarze Wasser ab, das sich von der Mitte des Teichs in fluoreszierenden Wellen ausbreitete. Nicht mal Luftblasen tauchten auf. Kinder begannen zu jammern, und die Erwachsenen murrten. Die Sekunden schienen zu Minuten zu werden.

Raven konnte es nicht mehr aushalten. Mit ledernen Beinlingen, Turban und allem tauchte er in den Teich. Er erschauerte, als sich das eisige Wasser um ihn schloß. Er sah Tiana, die gerade an die Oberfläche kam, und schleppte sie an Land. Er legte sie ins Gras und hockte über ihr. Sein Turban war zu einem tropfenden Kranz geworden, der ihm schwer am Hals hing. James deckte sie mit der Wolldecke zu. Ihre goldbraune Haut wirkte bläulich. Ihr schwarzes Haar, das ihr an Kopf und Schulter klebte, ließ sie noch dünner und hinfälliger aussehen.

Raven geriet in Panik. Hatte er den Spaß zu weit getrieben? Er schüttelte sie sanft an den Schultern und rieb ihre kleine kalte Hand. Er suchte in ihrem dünnen Handgelenk, das schlaff herabhing, verzweifelt nach einem Puls. Sie erzitterte und erschauerte dann nochmals. Raven war erleichtert, es zu sehen, fürchtete dann aber, es könnten Todeszuckungen sein.

»O Herr.« Er sah hilflos zu James und John hinüber. Er senkte das Gesicht über das Mädchen. »Es tut mir so leid, kleine Schwester«, flüsterte er. »Bitte stirb nicht.« Da riß Tiana die Augen auf. Sie spie ihm einen dicken Wasserstrahl direkt ins Auge. Er ließ ihr Handgelenk fallen, um das Gesicht zu schützen. Sie hatte nicht nur genau gezielt, sondern auch kraftvoll getroffen.

»*Unegihldi!* Häßlich!« rief sie. Sie machte sich frei, kam auf die Beine und rannte weinend weg. Alle lachten vor Erleichterung. Raven wischte sich das Gesicht ab und wrang den tropfenden Stofflappen aus, den er als Turban benutzte. Seine Beinlinge waren vermutlich ruiniert. Sein Hemd klebte ihm kalt an Brust und Rücken.

»Ach, das hatte ich ganz vergessen«, sagte James. »Schwester kann bis hundert den Atem anhalten. Sie ist die beste Taucherin von uns allen.«

»Das hast du mir nicht erzählt«, knurrte Raven. »Auf wessen Seite stehst du eigentlich?«

Lachend gingen alle nach Hiwassee zurück, um Ravens Tasche mit seinen Habseligkeiten zu holen. *Ich sollte sie lieber nach Ungeziefer absuchen*, dachte er.

8

Jack Rogers saß vor dem Kaminfeuer und starrte wie hypnotisiert in die Flammen. Sein alter Stuhl war leicht nach hinten gekippt, und er stützte sich mit den Füßen an der steinernen Einfassung ab. Ein starker Oktoberwind wehte stöhnend ums Haus. Wie der Rest seiner Familie hörte Jack zu, wie Fancy eine Geschichte erzählte.

Jack wußte, daß Fancy die Vann-Plantage besucht hatte. Er schrieb ihr die Passierscheine und machte sich Sorgen, bis sie zurückkehrte. Wenn er ihr keinen Passierschein gab, würde sie sich aus dem Staub machen. Und für sie, eine Freigelassene, war es leichter, zu ihrem Liebhaber zu gehen. Doch gefährlich war es immer noch. Es gab Männer, die Schwarze stahlen und sie weiter südlich verkauften.

Fancy brachte diese Geschichten von den Sklavenunterkünften bei Vann mit. Sie schwor, diese Geschichte sei aus Afrika, aber Jack hatte sie schon von alten Geschichtenerzählern der Cherokee gehört. Die Indianer ersetzten die Hauptperson, eine Spinne, nur durch ein Kaninchen.

Wo fingen diese Geschichten eigentlich an? Jack empfand so etwas wie Verwandtschaft mit all den Menschen, die abends in ein Feuer starren und Geschichten erzählen. Vielleicht war Gott nichts weiter als ein kosmischer Geschichtenerzähler, der ein eigenes Garn spann. Jack sog vergeblich an seiner Pfeife und langte mit seiner langen, schmalen Feuerzange nach einem brennenden Kienspan, um sie wieder anzuzünden. Dann wandte er seine Aufmerksamkeit wieder Fancy zu. Wenn sie Geschichten erzählte, wurden ihre dunklen Augen noch größer und noch bezwingender.

»Und dann sagt Anansi, Die Spinne, zu dem Kautschukmann: ›Wenn du meine Hände und den Fuß nicht losläßt, werde ich dich mit dem linken Fuß treten.‹ Aber der Kautschukmann, der sagt nichts. Also holt Anansi aus und tritt kräftig zu. Und wißt ihr was, Kinder, sein Fuß bleibt in dem Kautschukmann stecken. ›Laß meinen Fuß los!‹ schreit Anansi. Er stößt mit dem Kopf gegen den Kautschukmann. Anansi steckt in dem Kautschukmann so fest, daß er sich gar nicht mehr bewegen kann.«

Großmutter Elizabeth paffte an ihrer Pfeife, als sie zuhörte und dabei Garn krempelte. Fancy nannte sie Anansi, The Spider, da sie immer spann und webte. Jennie war dabei, einen doppelwandigen Korb zum Wasserholen zu flechten. Bei der Arbeit schwankten Hunderte biegsamer Weidenruten über ihrem Kopf. James tat, als läse er, hörte vermutlich aber zu. Die anderen Kinder saßen zu Fancys Füßen auf dem Fußboden.

Jack beobachtete Fancys hübsches Profil, als sie sprach. Ihr Gesicht leuchtete von all den Bildern, die sie aus der Luft holte und die in jedem lebendig wurden. *Gott, wie soll diese Deine Geschichte nur enden? Nicht gut, fürchte ich.*

Jack hatte die Ankunft weißer Siedler zunächst begrüßt. Sie hatten Annehmlichkeiten mitgebracht, und er freute sich, wieder unter seinesgleichen zu sein. Doch jetzt war Jack nicht mehr sicher, was es mit seinesgleichen auf sich hatte. Er hatte vergessen, wie Weiße waren. Vielleicht glaubte er auch, sie hätten sich in den Jahren seines Exils unter den Indianern verändert. Doch sie hatten es nicht. Sie hatten immer noch einen gefräßigen Appetit auf Land und scheuten keine Mittel, es in die Hand zu bekommen.

Und außerdem gab es noch die alten Animositäten zwischen den leidenschaftlich patriotischen schottischen Iren aus Ulster und den Hochländern, die der Krone Gehorsam geschworen hatten. Die Hochländer hatten diesen Eid jedoch nur unter Zwang abgelegt, um nach dem verheerenden Jakobitenaufstand begnadigt zu werden. Sie haßten die Briten ebenfalls, standen aber eisern zu ihrem Wort. Sie hatten in dem letzten Krieg gegen die Rebellen gekämpft. Jack war als Kundschafter an ihrer Seite gewesen.

Jetzt drängten die Männer aus Ulster von Orten wie Maryville nach Süden. Sie waren ein tapferer und kräftiger Menschenschlag, aber auch halsstarrig und streitsüchtig, wenn es darum ging, sich das zu holen, was sie haben wollten. Und was sie wollten, war Land. Für Jack und die anderen Tories empfanden sie keinerlei Liebe. Und für die Indianer schon gar nicht.

Schlimmer noch waren die religiösen Gruppen, die in das Indianerland einsickerten. Sie stritten miteinander um den Besitz der Seelen, so wie die schottischen Iren um Land stritten. Jack wußte, daß die Missionare ihn wegen seiner zwei indianischen Ehefrauen und seiner Brut von Kindern verabscheuten. Doch obwohl Elizabeth seit Jahren für ihn mehr eine Schwester als eine Frau war, weigerte er sich, sich von ihr als Gefährtin loszusagen. Sie würde in der Familie einen Ehrenplatz haben, solange sie lebte. Zur Hölle mit den Predigern. Das Wahre Volk nannte die Methodisten die Lauten Stimmen. *Ein guter Name für sie,* dachte er bitter.

»Captain Jack.«

»Ja, meine Fancy.«

»Ich möchte zu dem Lagertreffen drüben bei den Vanns gehen. Ich breche am Freitag morgen hier auf. Vielleicht gehe ich mit den Lauten Stimmen zum Wasser und lasse mich taufen.«

»Ich habe gar nicht gewußt, daß du religiös geworden bist, Fancy.«

»Warum nicht.« Sie verfiel in den Dialekt der Sklavenhütten.

»Vielleicht werde ich besessen und krieche zur Büßerbank.« Sie rollte die Augen in gespielter Frömmigkeit. »Außerdem ist es immer ein großes Spektakel.« Sie sprang auf, warf den Kopf in den Nacken und hob die Arme gen Himmel. »Kommt zu Jeeeesus!« rief sie aus. »Und ihr werdet *gerettet*!«

»Du gehst doch nicht etwa wegen dieses gutaussehenden Burschen zu den Vanns, oder?«

»Captain Jack!« Fancy riß voller Unschuld die Augen auf.

»Dürfen wir gehen, Vater?« Tiana, Nannie und Susannah umringten seinen Stuhl.

»Nein.«

»Warum nicht?«

»Weil diese Prediger euch nur Flöhe ins Ohr setzen werden.«

»Dazu sind sie viel zu vernünftig«, sagte Jennie weich, ohne dabei von ihrem Korb aufzublicken.

»Na schön«, knurrte Jack. Cherokee-Frauen. Die kannten nie ihren Platz. Nur weil Jennie recht hatte, meinte sie, ihm vor allen widersprechen zu können. Das Verrückte daran war, daß er sie deswegen liebte. Ferguson, der arme Dichter, hatte es gut ausgedrückt. »Frage sie in aller Freundlichkeit, ob sie in Zukunft die Hosen anhaben will.« Jack war nie sicher, wer in seinem Haus die Hosen anhatte. Er war nicht einmal sicher, daß es sein Haus war. Er nannte es zwar hartnäckig sein Haus, wußte aber, daß beim Wahren Volk die Nation das Land besaß, während die Häuser den Frauen gehörten.

»Jemand muß mit ihnen gehen.« Jack kapitulierte wie gewöhnlich.

»Ich werde gehen«, sagte James.

»Nimm das neue Gewehr mit.«

»Verlaß dich auf mich.«

Fancy und die Kinder kamen am späten Freitagabend auf Vanns Plantage an. Sie ritten die weite, kreisförmige Auffahrt zu Vanns riesigem Herrenhaus aus Klinker hinauf. Es war das großartigste Haus im Umkreis von hundert Meilen. James Rogers saß ab, um Guten Tag zu sagen und Geschenke seiner Mütter zu überbringen.

Ein Diener kümmerte sich um die Pferde, und die Mädchen folgten Fancy zu den Sklavenhütten.

Überall zwischen den Hütten loderten Kiefernknorren. Tiana hörte Trommeln und Gesang.

»Warum schlafen sie nicht?« fragte sie Fancy.

»Wegen des Lagertreffens morgen und der Beerdigung.«

»Welcher Beerdigung?« fragte Susannah.

»Ein Mann ist gestorben. Sie beerdigen ihn heute abend. Hast du es nicht gespürt?«

»Was gespürt?« Tiana spürte ein angenehm quälendes Kribbeln von Furcht.

»Die warme Luft, als wir die Auffahrt hinaufritten. Das war *asgina*, sein Geist, der da an uns vorüberwehte. Er fächelte die Luft mit den Flügeln.«

»Fancy!« Coffee kam ihnen entgegengerannt und wich den Menschen aus, die den schmalen Pfad zwischen den beiden Hüttenreihen verstopften. Während er und Fancy sich umarmten, sahen sich die Mädchen um.

Vann hatte mehr als fünfzig Sklaven auf dieser Plantage und weitere auf seinen anderen beiden Farmen. Ihre Zahl wurde jetzt durch Besucher vervielfacht, die mit ihren Herren und Herrinnen zu dem Gedenktreffen gekommen waren. Tiana fühlte, wie eine Hand am Rocksaum zupfte. Eine Frau hockte auf der Erde und wiegte sich hin und her.

»Kannst du ihn hören?« fragte sie. Als sie zu Tiana hochsah, war ihr Gesicht naß vor Tränen.

»Wen hören?«

»Meinen Jungen. Kannst du nicht hören, wie er weint? Sie peitschen ihn aus. Er ruft mich. Kannst du ihn nicht hören?«

»Komm, Kleines.« Coffee führte sie weg.

»Was ist mit ihr los?« fragte Tiana.

»Sie haben sich gestern von ihrem einzigen Kind losgesagt. Das setzt ihr ein wenig zu.«

»Losgesagt?«

»Verkauft«, sagte Fancy.

»Wie konnte Joseph Vann ihren Sohn verkaufen?«

»Komm, Schwester, sieh den Leuten beim Tanzen zu.« Fancy griff ihr zwischen die Schulterblätter und schob sie vor sich her.

Das Geräusch der Trommeln wurde lauter. Es war ganz anders als der einfache, monotone Takt beim Wahren Volk. Dieses Trommeln hatte so verschlungene Muster, daß Tiana ihnen überhaupt nicht folgen konnte. Und einen solchen Tanz hatte sie auch noch nie gesehen.

In dem flackernden Licht von Fackeln zuckten und wanden sich Menschen. Die Tanzenden klatschten in die Hände, stampften mit den Füßen auf und antworteten dem Sänger, der den Takt vorgab, mit einem Singsang. Tiana begann sich ebenfalls zu wiegen. Sie und Nannie und Susannah waren zu fasziniert, um zu bemerken, wie sich Fancy und Coffee davonstahlen.

Sie kehrten eine Stunde später zurück, als der grobe Kiefernsarg hinausgebracht werden sollte. Coffee nahm seinen Platz an einer Ecke ein, dann wuchteten er und drei andere Männer sich den Sarg auf die Schultern. Joseph Vann, James Rogers und Bryson, der Aufseher, schlossen sich der Prozession an, die der Witwe folgte.

Es war eine Prozession fröhlich rufender und singender Menschen, die sich auf dem gewundenen Pfad durch die hohen Bäume fortbewegte. Nur der Frau und den Kindern des toten Mannes schien es etwas auszumachen, daß er nicht mehr da war. Das verwirrte Tiana.

»Hat denn niemand den toten Mann gern gehabt?« fragte sie.

»Natürlich, Kind. Jeder mochte ihn.«

»Warum weinen sie dann nicht?«

»Wir singen ihn nach Hause.«

»Wo ist zu Hause? Im Himmel?«

»Ich weiß nicht, *tsikilili*, meine lieblich singende Meise, aber es ist dort besser als hier. Das garantiere ich dir.«

Es war Mitternacht. Am Himmel leuchtete der Vollmond. Tiana erschauerte. Mitternacht war eine Zeit, die viel Macht besaß, eine Zeit, in der feindselige Geister am stärksten waren. Vor sich sah sie eine seltsame, verzerrte Gestalt, die wie ein Mensch im Todeskampf aussah, ein Dämon mit spindeldürren Armen, die aus dem wabernden Nebel emporgereckt wurden.

»Was ist das?« fragte sie.

»Das ist ein Markierzeichen für Gräber, wie es die schwarzen Leute drüben in Afrika machen«, erwiderte Fancy. Mehrere davon erhoben sich aus dem nebligen Dunst. Jedes einzelne war anders, aber unheimlich waren sie alle. Aus dem Gesang war allmählich ein Wehklagen geworden, um der Stimmung des Orts gerecht zu werden.

Tiana und ihre Schwestern drängten sich auf dem Pfad zusammen. Die üblichen Grabmarkierungen aus Holz neigten sich mal mehr, mal weniger stark und versanken unterschiedlich tief in den sumpfigen Erdboden. Es war ein bedrückender Ort. Es war das einzige Stück

Land, das den Sklaven als Friedhof zugestanden wurde, weil sich darauf nichts anpflanzen ließ. Ein blaßblaues Licht zuckte in der Ferne durch die Bäume. Die Weißen nannten das eine Sinnestäuschung, aber Tiana wußte, daß es *atsil'dihye'gi* war, ein Feuerträger, ein Geist. Sicherheitshalber klammerte sie sich an Fancys Rocksaum.

Die Witwe legte eine Decke auf den Sarg. Sie hörten, wie der einfache Sarg mit einem klatschenden Geräusch in das sumpfige Loch gesenkt wurde. Dann begannen Coffee und die anderen Sargträger, das Grab mit Erde zu füllen. Tiana hörte die ersten gedämpften Laute, als Erdklumpen auf dem hölzernen Sargdeckel landeten.

Bryson, Vanns Aufseher, stellte sich neben Fancy. Sein Bauch quoll ihm über den Gürtel seiner ausgebeulten Hosen. Er hatte ein gerötetes, aufgedunsenes Gesicht und kleine, von roten Linien durchzogene, engstehende Augen. Er roch nach Zwiebeln und Schweiß, nach Whiskey und Fäulnis.

»N' Abend, Fancy«, sagte er mit leiser Stimme. »Ich bin Bryson, der Vorarbeiter hier.«

Fancy zuckte verängstigt zusammen und trat ein wenig zur Seite. Sie überlegte blitzschnell, wie sie sich stellen sollte. Eine demütige Haltung war nicht gut. Das war genau, was er erwartete. Das war, was er wollte. Und sie verstand sich ohnehin nicht sehr gut darauf, die Unterwürfige zu spielen.

»Ich weiß, wer du bist.« Sie wandte den Kopf ab und tat, als nähme die Beerdigung ihre ganze Aufmerksamkeit in Anspruch.

»Mir gefällt dein Aussehen, Mädchen. Ich habe dir einen Vorschlag zu machen, der nicht dein Schaden sein wird. Du wirst sehen.«

»Ich kann nicht allein entscheiden, Mr. Bryson.«

»Wer dann?«

Fancy antwortete nicht. Sie wagte es nicht, Coffees Namen zu nennen. Bryson konnte ihm das Leben zur Hölle machen.

»Irgend so ein Niggerbock bespringt dich, würde ich vermuten. Er rammt diesen großen schwarzen Schwanz in dich rein, nicht wahr?« Die Vorstellung erregte Bryson.

»Mr. Bryson, hier sind Kinder.«

»Nur Indianer. Die verstehen die christliche Zunge nicht.« Er senkte aber trotzdem die Stimme. »Versuch ja nicht, mich aufs Kreuz zu legen, Mädchen. Vergiß nicht, daß du mir gefällst.« Er lachte über seinen albernen Witz, und die Leute drehten sich schon nach ihm um. Fancy wußte, daß sie ihn loswerden mußte, bevor Coffee ihn entdeckte.

»Kommen Sie nächste Woche zur Rogers-Farm«, murmelte sie. Sie wollte ihn hinhalten. Vielleicht fand er eine, die williger war. Vielleicht kam er zu dem Schluß, daß sie den fünfunddreißig Meilen langen Ritt nicht wert war. Und Captain Jack würde ihr helfen, ihn von seinem Vorhaben abzubringen.

»Ich werde da sein.« Damit ging er.

»Was hat er gesagt?« fragte Nannie.

»Er ist nur ein Angeber«, erzählte sie den Mädchen in Cherokee. Sie zerzauste Nannie und Tiana die Haare. »Ihr Mädchen werdet heute in dem großen Haus schlafen. James sagte, daß Joseph Vann die Innenwände mit Ölfarben hat bemalen lassen. In Rot und Grün und Blau, in den Farben von Lehm und Himmel und der Maispflanzen vor diesem großen Glasfenster.«

»Wir wollen hierbleiben«, sagte Tiana. »Eins der Kinder hat gesagt, daß es die ganze Nacht Musik geben wird. Von einer anderen Plantage ist ein Fiedler gekommen. Und sie sagen, daß er sich darauf versteht, Musik zu machen.«

»Es ist spät. Du gehst mit James. Bis morgen.«

Fancy sah sie den Hügel zum Herrenhaus hinaufgehen und fuhr zusammen, als Coffee ihr den Arm um die Schultern legte.

»Was ist los?« fragte er.

»Nichts. Laß uns gehen.« Sie zog ihn auf die Wiese, auf der sie sich oft trafen.

»Hast du's eilig, Frau?«

»Hab ich das nicht immer?«

»Deswegen liebe ich dich ja.«

Später in der Nacht lagen sie im Gras, in die Decke gehüllt, die Coffee mitgebracht hatte. Fancys Kopf schmiegte sich in seine Achselhöhle. Sie fuhr ihm mit ihren langen Fingern über die schwellenden Muskeln seiner Brust.

»Ich habe eine Überraschung für dich, Coffee. Ich habe mein Eiergeld gespart und das Geld für das Indigo, das ich verkauft habe. Ich habe eine Menge.«

»Fancy...« In Coffees Stimme lag Schmerz.

»Nein, hör zu, Liebster. Ich werde Captain Jack dazu überreden, die Differenz dazuzulegen, und dann werden wir dich kaufen. Du könntest bei uns leben. Du könntest tischlern und auf der Farm helfen. Vielleicht können wir eines Tages eine eigene Farm kaufen.«

»Wieviel Geld hast du?« Wenn Fancy nicht so aufgeregt gewesen wäre, hätte sie die Hoffnungslosigkeit in seiner Stimme bemerkt.

»Mehr als siebzig Dollar.« Coffee blieb stumm. »Wieviel werden wir brauchen? Was meinst du?« fragte sie. »Du hast doch mit deiner Tischlerei selbst etwas Geld verdient, nicht wahr?«

»Etwa hundert Dollar. Vielleicht ein bißchen mehr.«

»Na bitte. Wir können es schaffen. Fast zweihundert Dollar.« Für Fancy war das eine gewaltige Summe.

»Fancy.« Coffee rollte sich herum und hielt sie fest in den Armen. Sie spürte seine heißen Tränen auf dem Hals.

»Wir können es schaffen, Liebster«, sagte sie immer wieder und kraulte ihm den Nacken, um ihn zu beruhigen. »Wir können es schaffen. Wieviel werden wir brauchen? Was meinst du?«

»Vann sagte, er würde mich nicht für weniger als zwölfhundert Dollar verkaufen.« Coffees Stimme klang gedämpft, da er das Gesicht an ihrer Schulter vergraben hatte.

»Zwölfhundert Dollar!« In ihrer Stimme lag mit Ehrfurcht gemischte Verzweiflung. »Soviel Geld gibt es doch in der ganzen Welt nicht!«

»Da hast du recht, meine süße schöne Dame. Soviel Geld gibt es für unsereinen in der ganzen Welt nicht. Aber für die Vanns ist es nicht soviel.«

»Zwölfhundert Dollar.« Sie war zu überwältigt, um zu weinen. Sie lag die ganze Nacht mit trockenen Augen da und sah zu den Sternen hoch.

Seit Tagen kamen Leute auf der Plantage an. Sie hatten auf den wogenden Wiesen hinter dem Haus eine kleine Stadt aufgebaut. Da waren Zelte aus Leinwand, Bettlaken, Säcken und Wachstuch. Andere Leute kampierten unter ihren Wagen und aßen vom hinteren Trittbrett. Schwarze Frauen spazierten durch die Menge und verkauften Ingwerkuchen und Whiskey. Selbst jetzt noch waren die Straßen überfüllt. Am Sonnabend morgen kampierten mehrere tausend Menschen bei den Vanns.

Tiana und ihre Schwestern fanden mehr Spielkameraden, schwarze, weiße und rote, als sie je gehabt hatten. Und dabei hatten sie schon immer viele gehabt. Die Kinder rannten in Rudeln von einem Ende des ausgedehnten Lagerplatzes zum anderen. Sie schwangen sich von den Bäumen und landeten klatschend im Fluß. Fancy sah ihnen zu und schüttelte den Kopf.

»Du lieber Himmel«, sagte sie zu den Sklavenfrauen, die neben ihr standen, »wo nehmen sie nur die Kraft her?« Sie hatte sich schnell freiwillig gemeldet, um für diejenigen zu kochen, die nicht genug

Vorräte mitgebracht hatten. Joseph Vann spendete die Lebensmittel. Seine Haus- und Feldsklaven backten Maisbrot und kochten riesige Kessel voll Bohnen, Kotelettstücken und Gemüse. Für die Kinder gab es knusprig gebratene Innereien. Tiana faszinierte, wie sie im Mund schmolzen, so daß nur ein salziger Schinkengeschmack zurückblieb.

Bryson hatte das Schlachten der Schweine überwacht, die jetzt in den nahegelegenen Höhlen geröstet wurden. Fancys Anspannung ließ allmählich nach. Wahrscheinlich hatte er letzte Nacht etwas getrunken und sich ihr nur aus einer Laune heraus genähert.

Als die Nacht anbrach, marschierten die Menschen in langen Reihen zum Versammlungsplatz.

»Was sollen wir tun?« fragte Tiana.

»Einfach zusehen«, sagte Fancy. »Es sind Schwarze hier, es wird euch also gefallen. Vielleicht singen sie ein paar Fugen.«

»Was ist das?«

»Oh, dabei jagt sich die Musik selbst rauf und runter und immer wieder herum, so wie ihr Kinder es den ganzen Tag tut.«

Tiana zog Fancy eifrig bei der Hand durch die Menge, um ganz nach vorn zu kommen. Sie mußten die Hälse etwas recken, um das Podium zu sehen. *Was immer passiert, dieses Kind muß immer mittendrin sein,* dachte Fancy.

Tiana liefen kalte Schauer über den Rücken, als die Musik lauter wurde und Harmonien und Dissonanzen von Tausenden von Stimmen in den Himmel stiegen. Als sie sah, wie die Menschen von Verzückung überwältigt wurden, strömten ihr Tränen übers Gesicht. Mrs. MacDuff hatte ihr nie erzählt, daß die Religion des weißen Mannes so war. Auf dem Podium hob ein methodistischer Wanderprediger Arme und Gesicht in den bewölkten Abendhimmel. Die Menge verstummte.

»Mein Text ist aus dem zweiten Brief an die Thessaloniker, Kapitel 1, Verse 6–8«, rief er. »Denn es ist gerecht bei Gott, mit Bedrängnis zu vergelten denen, die euch bedrängen, euch aber, die ihr Bedrängnis leidet, Ruhe zu geben mit uns, wenn der Herr Jesus sich offenbaren wird vom Himmel her mit den Engeln seiner Macht in Feuerflammen, Vergeltung zu üben an denen, die Gott nicht kennen und die nicht gehorsam sind dem Evangelium unseres Herrn Jesus.« Er starrte auf die schweigende Gemeinde. Tiana wollte husten, wagte es aber nicht. »Brüder und Schwestern, könnt ihr die Hitze der Flammen spüren, die zu euren Füßen flackern? Könnt ihr die Schreie der gequälten Seelen hören? Wollt ihr mit ihnen in Todesangst die Stimme erheben? Sollen flammende schwarze Geier euch in Ewigkeit die Augen aushacken, meine Brüder? Wollt ihr wegen eurer Lügen in dem See aus feuerigem Schwefel versinken?«

»Nein, o Herr!« rief jemand.

»Wegen eurer Trunksucht?«

»Gnade, o Jesus!«

»Wegen eurer Hurerei?«

Tiana schüttelte den Kopf. Warum mußte man den Christen erst Angst einjagen, damit sie gut wurden? Das ergab keinen Sinn für sie. Ihr Gott war nicht besser als das Nachtgespenst. Die weiße Frau neben ihr begann zu stöhnen. Ihre Augen sanken tief in die Höhlen, und sie schwankte. Ihr langes, schweres Haar fiel ihr auf den Rücken, ihre Kämme flogen weg, als sie heftig zu zucken begann und ihr Haar um den Kopf wirbelte. Tiana zupfte Fancy am Ärmel.

»Ist sie krank?« wollte sie wissen. »Sollten wir ihr helfen?«

»Nein. Sie hört gerade den Ruf. Laß sie in Ruhe. Wenn es eine gute Versammlung ist, werden schon bald überall Menschen auf der Erde herumliegen.«

Die Frau hielt plötzlich mit einem schrillen Ausruf inne. Sie plapperte in einer fremdartigen Sprache, worauf ihr Körper erstarrte. Dann sank sie zusammen und blieb reglos liegen.

»Bruder Dave«, rief der Prediger auf dem Podium. »Ich habe Feuer gemacht. Aus der Glut ist ein Brandzeichen gekommen. Helft der Schwester in der ersten Reihe.«

Susannah begann zu weinen, und Fancy nahm sie auf den Schoß. Die Kleine verbarg das Gesicht zwischen Fancys Brüsten, aber die anderen Mädchen sahen mit offenen Mündern zu. Die Menschen um sie herum begannen mit Schaum vor dem Mund zu sabbern oder unzusammenhängend zu sprechen oder stürzten zuckend auf die Erde. Andere tanzten zu irgendeiner inneren Musik auf der Stelle.

»Schwestern«, sagte Fancy, »ich bringe die Kleine in das große Haus. Ich bin gleich wieder da.« Fancy trug das schlafende Kind den dunklen Pfad hinauf zum hinteren Säuleneingang des Hauses. Sie war schon auf dem Rückweg, als eine Hand sie am Arm packte und herumwirbelte. Heute abend machte sich in Brysons Atem der Whiskey stärker bemerkbar als die Zwiebeln.

»Du hast mich verhext, Frau.« Er hatte einen wilden Ausdruck in den Augen. Er hatte vergangene Nacht nicht geschlafen und den ganzen Tag wie im Fieber zugebracht. Er hatte sie beobachtet, wie sie sich hochgewachsen und hochmütig in der Menge bewegte. Er hatte davon phantasiert, daß ihre langen schlanken Beine ihn umschlangen und daß ihre vollen Lippen ihn küßten. »Ich will dich jetzt«, sagte er mit trunkener Stimme.

»Sie tun mir weh, Mr. Bryson.« Fancy sah sich verzweifelt um. Wenn sie jetzt schrie, würde Coffee sie finden und Bryson angreifen. Dafür würde er sterben müssen. »Bitte lassen Sie los. Ich werde tun, was immer Sie wollen. Lassen Sie mich nur los.«

»O nein, meine schwarze Schönheit. So dumm bin ich nicht.« Er packte sie mit noch festerem Griff und zerrte sie zu den Büschen hin. Sie gab den Widerstand auf und ließ unterwürfig die Schultern hängen. Als sie fühlte, wie sich sein Griff lockerte, riß sie sich los. Sie fuchtelte mit dem Arm herum und schlug ihm mit der freien Faust ins Gesicht. Um ein Haar wäre sie entkommen, doch er war schneller, als man ihm zutrauen konnte. Er schwang seinen schweren Peitschengriff und schlug ihr damit auf den Hinterkopf. Er fing sie auf, als sie gegen ihn fiel.

Als sie aufwachte, war sie ausgezogen, hatte einen Knebel im Mund und lag auf dem Rücken. Bryson hatte ihr die Hände gefesselt und sie dann an etwas Starres hinter ihr gebunden. Eine Fußfessel war an einem Pfahl in dem festgetretenen Lehmboden gebunden. Sie sah sich um. Sie lag irgendwo auf Vanns Gelände in einer verlassenen Hütte. Sie lag auf einer übelriechenden Strohmatte, und auf einem wackeligen Tisch daneben brannte ein Kerzenstummel.

Bryson hatte sich in einem alten Stuhl zurückgelehnt. Er hatte eine lange Lederpeitsche quer auf dem Schoß. Wie es schien, benutzte er die Hütte nicht zum erstenmal für solche Zwecke. Fancy stöhnte auf, als ihr der Schmerz durch den Kopf schoß. Bryson stand auf und beugte sich über sie. Er ließ ihr die Spitze der Rohlederpeitsche über Brust und Bauch gleiten. Dann tippte er ihr damit leicht an den Schenkel.

»Schwarzes Miststück.« Er sagte es leise, aber es war der häßlichste Laut, den Fancy je gehört hatte. »Hältst dich wohl für zu gut für einen weißen Mann, was?« Er knallte leicht mit der Peitsche, und sie fühlte einen stechenden Schmerz auf der Brust. Sie schloß die Augen. *O Herr*, betete sie. *Hilf mir.*

»Ich kann dir sehr weh tun, Frau. Ich kann dir innere Verletzungen beibringen, die niemand unter dieser rußschwarzen Haut erkennen kann.« Er setzte sich rittlings auf ihren zappelnden Körper. Er hielt den Peitschengriff, der fünfundzwanzig Zentimeter lang und fast acht Zentimeter dick war, in der Hand. Die Peitsche schleifte hinter ihm. »Aber ich werde dir nicht weh tun. Du wirst keinen Schmerz spüren. Du wirst dich gut fühlen. Ich werd's dir besorgen, wie es dir noch nie jemand besorgt hat. Du wirst den alten Bryson nicht vergessen.«

Fancy schloß die Augen und schrie in den Knebel. Sie erfüllte den Kopf mit stummen Schreien nach Hilfe. Sie spürte aber immer noch sein Gewicht, als er auf ihr lag. Sie roch ihn immer noch. Sie spürte, wie das Ende des Peitschengriffs gegen sie stieß. Sie versuchte sich mit dem Gedanken zu trösten, daß Bryson kein Mensch war. Er war ein Tier. Der brutale, durchdringende Schmerz zerrte an ihr, als er den Handgriff in sie stieß und das weiche zarte Fleisch zerriß.

»Fancy!«

»Fancy, wo bist du?« Irgendwo in weiter Ferne hörte sie James und Coffee rufen. Sie fühlte, wie das Gewicht von ihr genommen wurde. Sie hörte Brysons Stiefel, die schwer stampfend die Hütte verließen. Sie lag da, wartete und kämpfte mit den Tränen.

»Oh, meine süße kleine Fancy.« Coffee kniete über ihr. James hielt die Kienspanfackel, während er ihr den Knebel aus dem Mund nahm. Er deckte sie mit seinem großen Hemd zu und tastete sie nach gebrochenen Rippen und Knochen ab. James durchschnitt die Seile, mit denen sie an Händen und an einem Fuß gefesselt war. Coffee preßte sie an sich, als sie schluchzte.

Als sie sich ein wenig beruhigt hatte, fragte er sie:

»Wer hat das getan?«

»Bring mich nach Hause.«

»Sag's mir, Frau. Ich bin ein Mann. Es gibt eine Grenze für das, was ich ertragen kann. Jetzt ist sie erreicht.« Er schüttelte sie in seinem Zorn. Dann ging ihm auf, was er tat, und er nahm sie in die Arme. »Tut mir leid, Fancy. Entschuldige, mein Mädchen. Aber ich muß es wissen.«

»Er wird dich umbringen.«

»Er wird sich beeilen müssen, denn sonst bringe ich ihn um.«

»Sie werden dich mit Hunden und Gewehren hetzen.«

»Sag's mir.«

»Nein. Bring mich nach Hause. Bitte, Liebster. Bruder.« Sie wandte sich an James. »Bring mich nach Hause.«

»Laß uns gehen, mein Freund.« James legte Coffee eine Hand auf die Schulter. »Wir müssen erst mal weg von hier. Wir können später herausfinden, wer es getan hat. Mein Vater wird den Mann aufspüren und dafür sorgen, daß er bestraft wird.«

»Bestraft!« Coffee sah ihm mit Haß in die Augen. »Das hier ist das Werk eines Weißen. Sie denken gar nicht daran, einen weißen Mann dafür zu bestrafen, daß er eine schwarze Frau vergewaltigt hat. Komm mir nicht mit solchem Gewäsch. Bestrafen.« Er schluchzte vor Zorn und Enttäuschung und Qual.

»Dies ist das Land der Cherokee«, sagte James. »Hier gibt es Gerechtigkeit.«

»Hier gibt es Sklaverei. Ist das Gerechtigkeit?«

»Wir wollen gehen.« James half Fancy auf die Beine, und Coffee trug sie mühelos hinaus.

9

Fancy sammelte teilnahmslos die Äpfel auf, die in der Sonne gereift waren. Sie und Tiana, Nannie und Susannah hatten die Äpfel geschält, entkernt und geviertelt und sie dann mit Nudelhölzern zerquetscht. Sie hatten sie auf einem Strohbett ausgebreitet, während dreißig Gallonen Apfelwein auf fünfzehn einkochten. Jetzt krochen die Mädchen über das Stroh und wischten einzelne Strohhalme von den Äpfeln und legten die Früchte in die Körbe, die sie hinter sich her schleiften.

Obwohl es schon Oktober war, schwitzte Fancy unter der Hitze des Feuers. Sie wischte sich mit ihrer Schürze das Gesicht, als sie den Apfelwein umrührte, um zu sehen, wie er allmählich eindickte. Jack ging hinter ihr her.

»Fancy, Kleines, du mußt es mir sagen.«

»Lassen Sie mich in Ruhe, Captain Jack.«

»Ich muß es wissen. Ich werde ihn kriegen. Ich kann den Mann einfach nicht davonkommen lassen. Er muß bestraft werden. Er hat sich an einem von uns vergangen.«

»Es gibt nichts, was Sie tun könnten.«

»Verdammt, Frau, sag's mir endlich!« Jack verlor allmählich die Geduld. Er versuchte schon seit Tagen herauszufinden, was mit

Fancy geschehen war. Aber sie weigerte sich, ihm etwas zu erzählen. Bei Vanns waren Tausende von Menschen gewesen. Jeder der Männer hätte es tun können.

Jack schnaufte gereizt, als Fancy damit begann, die Äpfel aus den Körben in den riesigen Kessel mit eingekochtem Apfelwein zu kippen. Tiana und Nannie standen daneben, um umzurühren. Sie mußten beide mit anfassen, um die schwere Rührkelle zu bewegen. Das Schreckliche, Unaussprechliche, das Fancy widerfahren war, beschäftigte sie weit mehr als die Apfelkonfitüre, die sie gerade anrührten. Sie beobachteten den Kampf zwischen Fancy und ihrem Vater.

»Du mußt es mir sagen, und wenn schon nicht um deinetwillen, dann um der Mädchen willen. Wir dürfen nicht zulassen, daß der Mann wie ein tollwütiger Hund frei herumläuft.«

»Schwestern.« Fancy wandte sich an Nannie, Susannah und Tiana. »Lauft ins Haus und holt Sirup, Quitten und Sassafras.«

»Aber die brauchen wir doch noch lange nicht«, wandte Tiana ein.

»Los, holt sie jetzt.« Als die Mädchen außer Hörweite waren, sagte sie: »Er wollte nur mich.« Ihre Stimme brach. »Ich habe Angst. Ich habe Angst, daß er mich hier finden wird, aber ich kann es Ihnen trotzdem nicht sagen, Captain, ich kann es nicht.« Sie schwankte, und Jack fing sie auf. Sie schluchzte an seiner Brust. »Bitte fragen Sie mich nicht.« Jack legte die Arme um sie und tätschelte sie. Er wiegte sie in den Armen, als summte er ein Kind in den Schlaf.

»Tut mir leid, Mädchen. Tut mir leid. Diese Sache hat mich ein bißchen durcheinandergebracht. Wenn du es mir nicht sagen kannst, kannst du es eben nicht. Aber wer immer er ist, er wird dir nie wieder weh tun. Ich werde es herausfinden, das verspreche ich dir. Ich werde seinen Kadaver den wilden Tieren zum Fraß vorwerfen.«

Von da an versuchte Jack nicht mehr, in sie zu dringen, aber Fancy bekam Alpträume. Jede Nacht wachte sie schreiend auf, und die Familie versammelte sich bei ihr, um sie zu trösten. Nach einiger Zeit trotteten Nannie und Annie, Susannah und die Jungen irgendwann wieder ins Bett, doch Tiana blieb. Sie hörte jede Nacht zu, wenn Jennie und Elizabeth auf der Kante von Fancys Strohpritsche saßen und sie ausfragten.

»Ging es in diesem Traum um ein brennendes Haus oder singende Menschen?« fragte Jennie sanft. Fancy erschauerte und schüttelte den Kopf.

»Hat in dem Traum ein Wolf oder Fuchs gebellt, oder hast du eine Eule gehört?« wollte Elizabeth wissen.

»Nein«, erwiderte Fancy. »Jemand hat mich gejagt. Ich konnte sein Gesicht nicht sehen. Ich stolperte aber immer weiter, und es standen mir Menschen im Weg, und er kam immer näher.«

Jennie und Großmutter Elizabeth schüttelten den Kopf. Jemand hatte Fancy offenkundig verhext. Sie wußten, welche Träume Tod bedeuteten und welche Krankheit oder Wahnsinn. Aber diese Träume Fancys konnten sie nicht deuten. Fancy protestierte nicht, als sie darauf bestanden, daß sie für das alljährliche Große Medizintreffen nach Hiwassee Town mitkommen müsse.

Sie dachte, daß Drum oder The Just sie vielleicht von den Träumen heilen konnten. Selbst wenn ihnen das nicht gelang, lag Hiwassee Town doch weiter weg von der Vann-Plantage und von Bryson. Wenn Jennie, Elizabeth und Tiana wieder ins Bett gegangen waren, weinte sich Fancy vor Sehnsucht nach Coffee stumm in den Schlaf. Aber sie wagte es nicht, ihn zu sehen. Eine Reise nach Hiwassee Town würde sie zumindest ablenken.

Vor langer Zeit hatten Pflanzen versprochen, dem Wahren Volk bei der Heilung von Krankheiten zu helfen. Im Herbst, wenn die Blätter in den Long Man fielen, wurde der Fluß zu einem riesigen Kessel voller Medizin. Seine Strudel und Stromschnellen ließen ihn aussehen wie einen brodelnden Topf mit Zaubertränken der Heiler. Im Oktober badeten die Sieben Clans im Long Man, um Krankheiten vorzubeugen.

In dem trüben Dämmerlicht kurz vor Tagesanbruch hielt Tiana Fancys Hand, als sie mit dem Rest der Familie in den Fluß watete. Kinder und Enkel der Rogers waren jetzt fast zwanzig an der Zahl, und sie versammelten sich alle hier zu der Großen Medizinzeremonie. Sie schlossen sich den Hunderten von Menschen an, die sich am Flußufer aufgestellt hatten. Mütter trugen Säuglinge auf dem Arm, die Gesunden stützten die Kranken. Die meisten hatten nur Lendenschurze an, als sie in dem aufgewühlten Wasser standen. Es wehte eine leichte Brise, und von den riesigen Bäumen, die den Fluß säumten, regnete es Blätter. Um diese Jahreszeit schien das Wasser immer anders zu sein. Als Tiana weiter in den Fluß hinausging, wirbelte es um ihren Körper herum wie ein kräftiges wildes Tier. Ströme und Flüsse waren Straßen zu den unterirdischen Behausungen von Geistern. Manchmal lockten die Geister Menschen dort hinunter, damit sie bei ihnen lebten. In der Bewegung des Wassers meinte Tiana zu spüren, wie unsichtbare Hände an ihr zerrten.

Zu Beginn dieser Zeremonie hatte sie immer das Gefühl, als geriete sie in den Bann eines Zauberers oder in einen Hexenkessel. Die Luft schimmerte vor Magie und Rätselhaftigkeit. Sie bemühte sich, nicht zusammenzuzucken, wenn die goldenen und roten Blätter bei ihrer wirbelnden Reise stromabwärts sie berührten.

Dann beruhigte sie sich. Sie brauchte nichts zu fürchten. Die Menschen um sie herum liebten sie. Die Pflanzen waren ihre Beschützer. Long Man war ihr Freund. Alles war lebendig, und sie befand sich im Mittelpunkt dieses Lebens. Sie spürte die Lebenskraft in jedem Stein unter ihren nackten Füßen und in jedem Blatt, das sie im Vorübergleiten liebkoste. Während The Just seine Gesänge an den Ernährer intonierte, lächelte Tiana und hob die Arme, um Großmutter Sonne zu begrüßen, die soeben über den Baumwipfeln erschien. *Guten Morgen, Großmutter*, dachte sie. Sie wußte, daß die Sonne sie hörte.

Als alle still aus dem Wasser an Land wateten, schien sich das Mysterium aufzulösen, so wie Tropfen auf ihrer Haut trockneten. Als sie und Fancy ihre Kleider wiederfanden, die sie am Ufer auf einen Haufen gelegt hatten, versuchte Tiana Fancy aufzumuntern.

»Wir werden die ganze Nacht tanzen, Schwester«, sagte sie. »Wir werden tanzen, um wach zu bleiben, während die Medizin in den Töpfen köchelt. Und Die Wichtige Sache wird dann für ein weiteres Jahr nicht über uns herfallen.« Wie jedermann sonst bezeichnete Tiana Krankheit oft als Die Wichtige Sache. Man durfte eine Krankheit nie beim Namen nennen. Das würde sie nur auf einen aufmerksam machen.

Fancy lächelte sie mit traurigen braunen Augen an. »Ich weiß, Schwester«, sagte sie. »Und die Jungen werden die Mädchen necken. Die Männer und Frauen werden peinliche Geschichten voneinander erzählen.«

»Dunkle Tochter«, rief Jennie Fancy zu. »Bleib hier bei Long Man. Der Geliebte Vater wird versuchen, dir zu helfen.« Jennie hielt Fancy ein altes, fadenscheiniges Hemd hin, das diese anziehen sollte. Wenn Drum mit seinem Ritual fertig war, würde Fancy es in den Fluß werfen, damit es ihre bösen Träume mit sich fortriß. Tiana kehrte mit Fancy zurück, doch Jennie hielt Tiana auf und sagte ihr, sie solle gehen.

»Ich will zusehen«, sagte Tiana.

»Das kannst du nicht, Tochter.« Jennies Stimme war freundlich, aber fest. »Diese Magie ist für Unerfahrene zu gefährlich.« Tiana fragte sich, wie sie je Erfahrung bekommen sollte, wenn man sie von den Ritualen fortjagte. Sie folgte dem Pfad, bis er eine Biegung machte und sie außer Sichtweite ihrer Mutter brachte. Dann kehrte sie durch die Büsche zurück. Sie robbte auf dem Bauch durch das dichte Rohrgestrüpp, bis sie Jennie und Elizabeth sowie Fancy und Drum sehen konnte.

Drum hielt die Hände ausgestreckt und kniff Daumen und Zeigefinger zusammen. Tiana sah angestrengt hin, um zu erkennen, was er tat, und fragte sich, warum er es tat.

»*Gha*! Hör zu!« sagte Drum. »Dies ist Fancy. Ihr Clan ist Long Hair«, psalmodierte Drum. Da erkannte Tiana, was für ein Glück es war, daß Jennie und Großmutter Elizabeth Fancy in ihren Clan aufgenommen hatten. Sonst hätte sie keinerlei Schutz vor Schaden durch Menschen oder Geister. Tiana konzentrierte sich auf die archaischen Bilder von Drums Zauberspruch.

Gha! Böse Dinge wurden ihr gegeben.
Wer hat ihr dieses Böse zugedacht?
Gha! Hör zu, o Brauner Biber, dein Speichel wandert am Himmel.
Böses ist ihr gegeben worden, doch jetzt ist ihre Seele erlöst.

Fancy rief den Namen eines weit stromabwärts gelegenen Dorfs, des Bestimmungsorts ihrer bösen Träume. Dann tauchte sie unter, erhob sich wieder und tauchte noch sechs weitere Male unter. Schließlich riß sie sich das Hemd vom Leib und stand nackt da. Sie schleuderte es in den Fluß und sah es davontreiben. Selbst nachdem Drum und die Frauen gegangen waren, stand Fancy noch im Wasser und starrte flußabwärts.

Tiana begann lautlos, rückwärts zu robben. Sie fühlte sich hier zu Hause in dem kühlen Dämmerlicht inmitten der schlanken Halme, die etwa fünfzehn bis zwanzig Zentimeter auseinanderstanden. Die langen schmalen Blätter standen sechzig bis achtzig Zentimeter vom Erdboden waagerecht von den Stielen ab und bildeten über ihrem Kopf ein dichtes grünes Dach. Die Pflanzen wurden bis zu dreieinhalb Meter hoch. Tiana und ihre Schwestern schlugen mit ihren Messern gern kleine Lichtungen und Korridore in das Rohrdickicht, um dort zu spielen.

Jetzt kam ein raschelndes Geräusch auf Tiana zu. Sie hielt nach der Kuh Ausschau, die den Lärm vermutlich verursachte. Kühe streiften gern hier herum, um die jungen Blätter und Schößlinge zu fressen.

Jack verfluchte das Dickicht immer wegen der verirrten Kühe, die sich dort versteckten, und segnete es, weil es seine Familie durch den Winter brachte.

Tiana muhte leise wie ein Kalb. »*Wahga*«, rief sie. »Schwester Kuh.« Dann, als wäre es einer von Fancys ständig wiederkehrenden Alpträumen, entdeckte sie Spearfingers runzliges Gesicht, das ihr zwischen den Rohrstengeln einen tückischen Blick zuwarf.

Tiana wagte nicht zu schreien. Sie konnte nicht wissen, in welche Schwierigkeiten sie geraten würde, weil sie heimlich bei geheiligten Ritualen zugesehen hatte. Vielleicht würde Drum im Rat ihren Namen rufen oder ihr mit seinem Knochenkamm den Arm aufkratzen, damit jedermann erfuhr, daß sie schlecht gewesen war. Folglich sah sie entsetzt zu, wie Spearfinger zusammengekauert durch das Dickicht auf sie zuwatschelte. Die beiden starrten einander an, und ein paar Augenblicke lang hörte man außer dem Rascheln des Röhrichts keinerlei Laut.

»Donner ernährt sich von deiner Seele.« Spearfingers Stimme hörte sich trocken und spröde an wie die Stimme des Rohrs. Tiana starrte sie mit aufgerissenen Augen entsetzt an. Nahm die alte Frau die Gestalt von Geistern an? War sie ein Dämon, der in der Maske eines Menschen auftrat? Belegte sie Tiana mit einem Fluch? Tianas Herz pochte wild, als sie wie angewurzelt stehenblieb.

Spearfinger lächelte und entblößte ihre beiden Zahnreihen. Vielleicht lächelte sie, um Tiana zu beruhigen, bewirkte aber nur, daß Tiana sich aus dem Bann ihrer Furcht löste. Tiana wirbelte herum und stürzte blindlings durch das dichte Gestrüpp. Über ihr zitterten und klatschten die ineinander verwobenen Blätter, als sie flüchtete.

Ihre Freunde, die Rohrpflanzen, hatten sich in etwas Unheilvolles verwandelt. Sie schienen sich an ihr festkrallen zu wollen, als sie blindlings durch das Röhricht davonstob. Ihre Blätter hatten sich in Zungen verwandelt. Sie sangen: »*Su-sa-sai, su-sa-sai.*« Es war der Gesang, den Spearfinger summte, um kleine Mädchen in den Schlaf zu wiegen, bevor sie sie mit ihren angespitzten Fingern erstach und ihre Leber aß. Der Gesang des Rohrs schien Tiana bis ins Dorf zu verfolgen.

Als Tiana um die Ecke von Sally Ground Squirrels Haus kam und die Frauen dabei vorfand, wie sie die Arbeit des Tages aufschichteten, war sie völlig außer Atem. Bei gutem Wetter versammelten sich Sally Ground Squirrel und ihre Freundinnen meist unter dem alten Ahorn. Manche der Frauen hatten ihren Ton auf Matten ausgebreitet.

Sie töpferten oder benutzten geschnitzte Kellen, um die ungebrannten Gefäße mit einem Muster zu verzieren. Andere zerstießen Maiskörner in aufrecht stehenden, oben ausgehöhlten Baumstämmen, die sie als Mörser benutzten. Das rhythmische Stampfen ihrer schweren Stößel wirkte beruhigend auf Tiana. Einige Frauen flickten Kleidung oder zupften mit schweren Drahtkämmen Samenkörner aus Baumwollpflanzen. Jennie hatte nicht nur ihren eigenen Korb hinausgestellt, sondern auch den, an dem Tiana arbeitete. Sie hatte Tiana gelehrt, wie man doppelt flicht, damit der Korb auch Wasser hielt. Sie hielt es nicht für sonderbar, daß Tiana keuchte und schwitzte. Das Kind lief immerzu.

Als Tiana wieder zu Atem gekommen war und der Morgenklatsch ernsthaft begann, stellte sie eine Frage.

»Ist...« Sie machte eine Pause. Sie war nicht sicher, wie sie es formulieren mußte. Es war eine schwere Anklage, jemanden der Hexerei zu bezichtigen. Menschen, die dessen beschuldigt wurden, wurden oft umgebracht. »Gibt es eine Hexe in diesem Dorf?«

»Genau kann man das nie wissen«, sagte Sally Ground Squirrel. »Warum fragst du?«

»Die hier ist nur neugierig«, erwiderte Tiana.

»Hat Mutter Raincrow dir wieder Angst eingejagt, Tochter?« fragte Jennie.

»Ein wenig.«

»Wenn sie eine *uyai gaze' ski gewa* ist, eine Sprecherin Des Bösen, eine Beschwörerin, tut sie niemandem in Hiwassee weh«, sagte Sally Ground Squirrel. »Es gibt sogar welche, die sie wegen ihrer Zaubersprüche aufsuchen.«

»Dann sollte ich sie also nicht fürchten?«

»Du solltest vorsichtig sein, Enkelin«, sagte Elizabeth. »Sie ist mächtig. Und mächtige Menschen sollte man immer mit Respekt behandeln.«

»Das werde ich, Großmutter.« Und als die Frauen dann die jüngsten Neuigkeiten und Skandale austauschten, konzentrierte sich Tiana auf ihre kleinen schlanken Finger und die Hunderte von Rohrsplittern. Obwohl sie selbst es war, die etwas aus ihnen machte, verblüffte es sie immer wieder zu sehen, wie unter ihren Händen kunstvolle geometrische Muster entstanden.

James und John Houston hatten recht gehabt. Maryville hatte sich im Lauf eines Jahres verändert. Das offene Land außerhalb der Stadt war bebaut worden. Die Hütten standen gefährlich nah an den Rändern der steilen Schluchten. Sam zog die Schultern zum Schutz vor dem kühlen Herbstwind hoch und ging steifbeinig durch das Gebüsch in dem tiefen Einschnitt des Pistol Creek hinter der Main Street. Er fühlte sich hinterhältig, als er sich auf der Rückseite der Stadt heranschlich. Aber er wollte nicht gesehen werden.

Maryvilles Müll hatte ebenfalls einen Aufschwung erlebt. Sam versetzte einer Blechdose, die einmal geräucherte Austern enthalten hatte, einen achtlosen Fußtritt. *Dieser Graben wird bald so voll sein, daß man darauf bauen kann,* dachte er. *Nun ja, es gibt mehr als nur eine Stadt, die fest auf Abfall gegründet ist.* Hiwassee gehörte gewiß dazu. Die Kinder fanden immer irgendwelche Schätze, wenn sie in dem Unrat und den alten Muschelschalen der Hügel dort herumwühlten.

Sam brauchte die schmucklosen Rückwände der Gebäude an der Straße über ihm nicht anzusehen. Er konnte dem Abfall im Abzugsgraben entnehmen, wo er sich befand. Da waren alte Mühl- und Schleifsteine, zerbrochene Räder und ausgebleichte, verrottete Leinwand.

An den blauen Porzellanscherben und Fischgräten erkannte er, daß er gerade an Russells Kneipe vorbeiging. Russell hatte immer noch diesen schwarzen Koch, der eine göttliche Flußforelle zubereiten konnte. Der Boden hinter Loves Hutfabrik war mit Resten von Biberfilz übersät. Dann entdeckte Sam allmählich zerbrochenes Glas, überwiegend grünes und braunes, sowie hunderte kurzer weißer Tonpfeifenschüsseln.

Er war da. Der Eigentümer des Wayside verlieh abends immer noch langstielige Tonpfeifen. Wenn ein Mann mit dem Rauchen fertig war, war das Mundstück vom Speichel ganz weich geworden. Folglich brach er es ab und warf es weg. Damit war die Pfeife für den nächsten Kunden bereit. Sam kletterte aus der Schlucht und ging auf die Rückseite des Wayside zu. Viel weiter wäre er ohnehin nicht gekommen. Der Abort war über die Abflußrinne hinausgebaut worden. Sam konnte das Ergebnis riechen.

Er blickte vorsichtig über den Rand der Schlucht. Außer ein paar Hühnern, die auf der Dachtraufe über Smittys Tür hockten, war niemand zu sehen. Die Hühner machten den Eindruck, als wären sie dort zu Hause. Es war Sam noch nicht eingefallen, daß die Hühner des Wayside vielleicht Smitty gehörten. Er ging auf dem mit Bohlen belegten Pfad zu ihrem angebauten Häuschen. Sie hatte Blumen und einen Rosenstrauch vor der kleinen Hütte angepflanzt, die an die Rückwand des Wayside angebaut war.

Das einzige winzige Fenster war geschlossen, doch auf den Fensterladen waren mit Holzkohle unbeholfen Blumen gemalt worden. Der rote Lehm in den Spalten zwischen den Baumstämmen war einmal weiß getüncht gewesen, aber der Lehm war beim Trocknen geschrumpft, und die Tünche blätterte ab. Sam hielt einen Augenblick inne, um sich Mut zu machen, bevor er anklopfte.

»Wer ist da?«

»Ein Kunde«, stammelte er. Das hatte er jedoch nicht nötig. »Sam Houston.«

»Komm rein.«

Sam schob die Tür auf und duckte sich, um eintreten zu können. Er stieß mit dem Kopf an die niedrigen Dachbalken und ging weiter ins Zimmer, wo das Dach allmählich anstieg, bis es auf die Rückwand der Kneipe traf. Zwischen Sams Kopf und der Decke war nur wenig Platz.

Smitty lümmelte auf ihrem Bett und strickte in dem flackernden Lichtschein eines Binsenlichts. Ihr Haar war unter einer Morgenhaube aus angekraustem Musselin versteckt. Auf dem kleinen Tisch neben dem Bett lag ein geblümtes Tuch, und auf dem einzigen Stuhl des Zimmers ein dazu passendes Kissen. Ein verblichener türkischer Teppich schmückte den Lehmfußboden neben dem Bett. Die Wände waren mit alten Zeitungen bedeckt. Vermutlich als Isoliermaterial. Sam bezweifelte, daß Smitty lesen konnte. Über den Zeitungen waren Reklameplakate angebracht, ein Versuch, den Raum zu verschönern.

Es gab keinen Küchenherd. Einer von Ben Franklins Öfen kauerte in einer Ecke und erzeugte ein fröhliches Glühen. Darauf stand ein dampfender Teekessel, der leise vor sich hin pfiff. Parfumflaschen, Toilettenartikel und ein paar alte Porträts in angestoßenen Messingrahmen standen auf einem Regal. Smitty legte ihre Handarbeit beiseite und tippte mit der Hand auf eine Stelle neben sich auf dem Bett.

»Setz dich, Junge. Ich beiße nicht. Es sei denn, du zahlst extra.«

Sam setzte sich behutsam auf das vordere Ende des Betts. Die mit Maislieschen gefüllte Matratze raschelte laut.

»Du bist ein gutaussehender, kräftiger Bursche. Tut gut, dich wiederzusehen.«

»Sie wissen, wer ich bin?«

»In einer Stadt dieser Größe kennt jeder jeden.«

Sam zuckte zusammen.

»Außerdem habe ich gesehen, wie du vor einem Jahr an der Spitze dieser Parade aus der Stadt gefahren bist. Seitdem ist der Einfall mit dem Gips hier Stadtgespräch. Dutch hätte dich umgebracht, wenn er dich erwischt hätte.« Smitty lachte und klatschte sich auf den breiten Schenkel. Sam blickte angestrengt auf seinen Hut und bemühte sich, nicht auf die Vorderseite ihres Morgenmantels zu sehen. Das blaue Satingewand war nur lose verschnürt. Er konnte die weichen weißen Brüste sehen. *Wie die Dinger von Ma,* dachte er. Das Satingewand wirkte zwar schon fadenscheinig, war aber mit einer helleren blauen Seide gesäumt. Smitty hatte schon bessere Tage gesehen. Sie strich sich kokett eine ungebärdige Locke unter die Haube.

»Es ist schön, wieder da zu sein«, sagte Sam. Dann verstummte er.

»Ich nehme an, du bist nicht hier, um Strickunterricht zu nehmen.« Smitty löste ihr Morgengewand noch etwas mehr. Die Flamme des brennenden Binsenlichts ließ die Barthaare auf ihrer Oberlippe hervortreten und schien auf den Puder, der sich in ihren Gesichtsfalten zusammengepappt hatte. Ihr schmaler, bemalter Mund verschwand fast in den Hamsterbacken, die fast übergangslos am Hals endeten. Von einem Kinn konnte bei ihr kaum die Rede sein. Unter den blaßblauen Augen hatte sie tiefe Tränensäcke. Ohne das stützende Gerüst von Stangen und Korsetts war ihr Oberkörper schwammig und aufgedunsen.

»Eigentlich habe ich heute meinen freien Abend«, sagte sie.

»Oh, das tut mir leid, Ma'm. Ich habe nicht gewußt, daß Sie heute, äh, nicht geöffnet haben.« Sam hoffte, sie würde ihm die Erleichterung in der Stimme nicht allzusehr anmerken. Sam hatte nichts gegen ältere Frauen. Er war nur nicht daran gewöhnt, daß jemand so unbeirrt gegen die Verwüstungen der Zeit ankämpfte. »Ich werde gehen und Sie in Ruhe lassen.« Er stand hastig auf.

»Setz dich, setz dich. Ich kann Gesellschaft vertragen. In meinem Etablissement kostet ein Gespräch nicht viel.« Smitty war schon seit langer Zeit im Geschäft. Sie wußte, daß Sam es sich anders überlegt hatte. Und außerdem war sie einsam. Es kamen nicht viele Menschen vorbei, um sich mit ihr zu unterhalten. »Wie ich höre, hast du bei den wilden Indianern gelebt. Wie war das?«

Sam erzählte es ihr. Sie machte für sie beide eine Tasse Tee und goß heißes Wasser über das Pulver, das sie von einem großen schwarzen gepreßten Teeblock abschabte. Während sie ihren Tee aus den Untertassen tranken, saß Smitty mit hochgelegten Füßen und offenem Morgenmantel da, was jedoch unbemerkt blieb. Eine halbe Stunde später redete Sam immer noch, als es plötzlich laut an der Tür klopfte. Smitty seufzte. »Ich habe Bartlett doch gesagt, niemanden herzuschicken.« Sam ging auf, daß er gern noch geblieben wäre.

»Mrs. Smith, hier Reverend Moore.« Sam und Smitty sahen sich an und rollten mit den Augen.

»Der Reverend Mark Moore?« flüsterte Sam. »Der Leiter der Porter Academy?« Smitty nickte.

»Ich habe jetzt einen Gast, Reverend«, rief Smitty. »Kommen Sie in einer halben Stunde wieder.«

»Mrs. Smith, der Reverend ist nicht deswegen gekommen«, ließ sich die Stimme einer Frau vernehmen. »Wir möchten mit Ihnen sprechen. Lassen Sie uns bitte herein.«

»Omeingott!« Sams Gesicht wurde erst blaß, dann rot. Er rannte wild in dem winzigen Raum herum wie ein Eichhörnchen in einer Mausefalle. »Das ist meine Mutter!« zischte er. »Woher hat die gewußt, daß ich hier bin?«

Smitty lachte. Sie fiel laut prustend aufs Bett. Ihr Lachen wäre ansteckend gewesen, wenn Sam nicht in einer solchen Panik gewesen wäre.

»Dies ist kein Spaß, Smitty. Wo kann ich mich verstecken?« Das Pochen an der Tür begann wieder. Sam sah unters Bett, aber es war zu hochbeinig. Man würde ihn sofort sehen. Er öffnete eine Truhe und fand sie voll spitzenbesetzter Unterwäsche.

»Verstecken?« Smitty konnte vor Lachen kaum sprechen. »Ich könnte dich hier genauso leicht verstecken wie einen Panther in einem Nachttopf.«

»Was soll ich tun?« Sam kamen fast die Tränen. Seine Mutter war der einzige Mensch in Maryville, der ihm Angst machte.

»Nur nicht den Kopf verlieren, Süßer. Ich bin es, mit der sie sprechen wollen. Bleib einfach hinter der Tür stehen.«

Sam drückte sich gegen die Wand und hielt den Atem an, während Smitty sich den Morgenmantel und die Haube zurechtrückte. Sie trat hinaus und schloß die Tür hinter sich. Sam konnte durch die Holzwand das leise Murmeln von Stimmen hören. Als Smitty wieder hereinkam, ließ sie sich aufs Bett fallen. Sie stützte den Ellbogen auf das Messinggestell und das Kinn, jedenfalls das, was davon zu erkennen war, in die Handfläche. Sie starrte durch den Raum auf die geschlossene Tür.

»Was ist, Smitty?«

»Besorgte Bürger. Ein ganzes Komitee. Wie du weißt, ist ein Ort zivilisiert, wenn die Leute anfangen, Komitees zu bilden.«

»Was wollen sie?«

»Meinen Rücken sehen, wenn ich die Stadt verlasse.«

»Du tust doch niemandem weh.«

»Ich übe einen schlechten Einfluß aus.« Sie ging zu der kleinen Garderobe, in der zwei oder drei Kleider hingen, die vor zehn Jahren modisch gewesen waren. Unter ihren Volants zog sie eine Tasche hervor.

»Wohin willst du gehen?« fragte Sam.

»Vielleicht nach Knoxville. Oder noch weiter westlich. In irgendeinen Ort, der größer oder kleiner ist als Maryville. Maryville befindet sich in diesem merkwürdigen Zustand des Erwachsenwerdens. Gerade groß genug, sich etwas einzubilden. Aber ich fing gerade an, die Stadt zu mögen. Eines Tages wird sie wirklich ein hübscher Ort sein. Ich hatte daran gedacht, mich hier zur Ruhe zu setzen«, sagte sie wehmütig. »Um vielleicht für andere Handarbeiten zu machen oder zu stricken. Um vielleicht als Modistin zu arbeiten. Ich habe geschickte Hände, mußt du wissen.«

»Warum tun Sie es nicht?«

»Nein. Man kennt mich hier. Deine Mutter ist eine anständige Frau, Sam. Ich will dir nicht zu nahe treten, aber es gibt nur wenige Geschöpfe, die grausamer sind als eine anständige Frau.«

»Ich sollte jetzt lieber gehen, Smitty«, sagte Sam unbeholfen. »Es war richtig nett, Sie zu treffen.«

»Gute Nacht, Sam«, sagte sie geistesabwesend. Als er gegangen war, staubte sie ihre Porträts mit einem Bündel Hühnerfedern ab und legte sie behutsam unter ihre Unterwäsche in der Truhe.

Die Berittenen Schützen versammelten sich zu ihrem wöchentlichen Appell vor dem neuen Gerichtsgebäude von Maryville. Es war ein zusammengewürfelter Haufen, meist junge Männer, die mit allem möglichen bewaffnet waren, angefangen bei der neuesten Muskete Modell 1808 bis hin zu Spitzhacken. Sam hatte sich anwerben lassen und rührte bei ihrem Drill die Trommel. Sein Trommeln hatte einen erkennbar indianischen Takt.

Es lief alles einigermaßen zufriedenstellend ab, bis die offizielle Anwerbung vorbei war. Dann rollte der Captain John Cusack mit zwei Helfern wie gewohnt das Whiskeyfaß heraus. Sie stellten es unter dem einzigen stehengebliebenen Baum auf, einer Eiche, die sie den Freiheitsbaum nannten. Die fünfundzwanzig Freiwilligen drängelten sich in der Schlange und machten sich dann mit vereinten Kräften über den Inhalt des Fasses her.

Als der Nachmittag sich hinzog, wurden sie lauter und zutraulicher. Arm in Arm sangen sie aus vollem Hals und wiegten sich im Takt von Sams Trommel und beendeten jeden Refrain mit einem Rippenstoß gegen den Nebenmann, der den Flügelmann zu Boden schickte. Cusack sprang auf die Ladefläche eines Wagens und hielt eine Ansprache, in der er Britannien in die Hölle und alle vier Himmelsrichtungen wünschte. Die britische Navy hatte amerikanische Matrosen eingesperrt und sorgte wieder einmal für Unruhe unter den Indianern im Norden. In Wahrheit wurden die Briten meist für alles verantwortlich gemacht, was schiefging. Sam sprang ebenfalls auf den Wagen und stellte sich neben Cusack. Er schlug mit den Trommelstöcken gegen die Seitenwand, um alle auf sich aufmerksam zu machen. Dann begann er, aus der *Ilias* zu rezitieren.

Jetzo gilt's, ob errettet sind oder verloren
Uns die gebogenen Schiffe, wo du nicht mit Stärke dich gürtest!

»Hussa!« riefen die Männer. »Nieder mit Britannien!«

Nahe den Schiffen bereits und der Mauer droh'n sie gelagert,
Trojas mutige Söhn' und die ferngerufenen Helfer.

»Hussa!« brüllten sie erneut.

»Cusack, was ist das für ein infernalischer Lärm?« Ein Mann erschien auf der Treppe des Gerichtshauses. »Halten Sie Ihre Männer im Zaum. Das Gericht kann nicht hören, was vorgebracht wird.«

»Recht so, trauteste Kinder, seid wachsam; keinen besiege nun der Schlaf, daß nicht zur Freude wir werden den Feinden!«

»Hussa!« stimmten die Milizionäre zu.

Von seinem Ausguck auf dem Wagen erspähte Sam Smitty. Sie stand vor Russells Mietstall. Sie trug eine riesige Haube, eine Reisehaube, die so aussah wie die Abdeckung einer Kutsche. Holzpantinen verhinderten, daß ihr Rock vom Straßenschlamm beschmutzt wurde. Hinter ihr waren ihre Truhen aufgestapelt, daneben Hutschachteln, Taschen und Hühnerkäfige. Ein einsamer blattloser Rosenstrauch, dessen Wurzeln in Sackleinen gewickelt waren, hielt Wache über ihre Besitztümer.

»Ah, wie die schöne Laodice in Gestalt und Gesicht, die lieblichste Nymphe von Priamos' königlichem Stamm.« Sam wies in Smittys Richtung. »Sie jagen eine große Dame aus der Stadt, Jungs. Wie wär's? Wollen wir ihr einen königlichen Abschied geben, um ihr unsere Wertschätzung für ihren Beitrag zum kulturellen Leben in Maryville zu zeigen?«

»Hussa!« Die Männer machten eine Kehrtwendung und begaben sich im Eilmarsch zu Russells Kneipe. Sam trommelte mit der ganzen Kraft seiner muskulösen Arme einen Zapfenstreich. Die Männer bemerkten nicht, wie der Richter, der Sheriff und die Verwaltungsbeamten aus dem Gerichtsgebäude stürmten. Ihnen folgten Kläger, Beklagte und die übliche Entourage. Die Milizionäre umringten die Kutsche und reichten Truhen, Kisten und Schachteln dem Kutscher, der sie verstaute. Smitty wurde unter ihrem Puder hellrosa, war aber angenehm berührt.

»Kümmert euch um den Rosenstrauch«, rief sie. »Geht gut mit ihm um.«

»Leben Sie wohl, Mrs. Smith«, rief Sam über den Lärm seiner Trommel hinweg. »Unsere Herzen sind bei Ihnen!«

»Ja, Sir«, sagte Cusack mit einem Schluckauf. »Genau dort in dem Käfig mit den Hühnern.«

Smitty umarmte jeden der Männer. Als sie zu Sam kam, stellte sie sich auf die Zehenspitzen, zog sein Gesicht zu sich herunter und küßte ihn, während die Männer Hochrufe ausbrachten. Sie bestieg die Kutsche und winkte ihnen aus dem Fenster zu. Sie winkten zurück, bis sie außer Sichtweite war. Sie drehten sich um, um ihr kleines Fest zu Ende zu bringen, entdeckten aber, daß der Sheriff ihnen den Weg versperrte. Er war etwa einen Meter fünfundsechzig lang und genauso breit. Er war zornig.

»Cusack, Houston, wofür haltet ihr dies eigentlich?«

»Ein Abschiedsfest?« fragte Sam mit Unschuldsmiene und versuchte, um ihn herum zu gehen, um an den Whiskey heranzukommen. Der Sheriff trat zur Seite und versperrte ihm den Weg.

»Ihr habt genug, Jungs. Geht nach Hause.«

»Es ist noch Whiskey da.«

»Für euch nicht mehr«, rief der Richter.

»Dummes Zeug«, sagte Sam. Er schlug einen Trommelwirbel auf dem kahlen Kopf des Sheriffs und schob ihn mit seiner Trommel beiseite. Bei dem Ansturm auf das Whiskeyfaß wurde der Richter fast totgetrampelt.

Hiermit wird angeordnet, daß John B. Cusack und Samuel Houston zehn beziehungsweise fünf Dollar Geltbuße wegen ungebürlichen, die öffentliche Sicherheit und Ordnung störenden Verhaltens zu zahlen haben. Sie haben mit einer Gruppe von Milizionären das Hohe Gericht mit dem Lärm einer Trommel belästigt und den Sheriff und den Gerichtsdiener mit Gewalt daran gehindert, ihre Flicht zu tun, und haben so gegen Frieden und Würde des Staates verstoßen.

Sam sah seiner Mutter über die Schulter, als er die Anordnung las.

»Die sollen erst mal Rechtschreibung lernen«, sagte er.

»Dies ist nicht zum Lachen, Samuel«, sagte Elizabeth Houston.

»Hast du keine Achtung vor deiner Mutter?« rief John.

»Bitte.« Sam schüttelte sich vor Lachen. »Senkt die Stimme. Schweigen ist die Sprache der Weisheit, wie Drum sagt.«

»Ich denke gar nicht daran, die Stimme zu senken, nur weil du dich gestern betrunken und übel benommen hast und heute deswegen krank bist. Du bist eine Schande für die Familie.« John brüllte weiter. Er ging mit dem Gesicht so nahe an Sam heran, daß diesem ganz unwohl wurde.

»Das genügt, John.« Elizabeth Paxton Houstons sanfte Stimme war ohnehin viel wirkungsvoller als Johns Geschrei. Sie war nur wenige Zentimeter kleiner als Sam. Ihr dichtes, kastanienbraunes Haar war von grauen Strähnen durchzogen. Sie trug es nach griechischer Art, zurückgekämmt mit Ringellocken im Nacken. Sie hatte im Laufe der Jahre zugenommen, sah aber immer noch gut aus. Und Smitty hatte unrecht mit ihrer Ansicht über sie. Sie war mehr als eine anständige Frau. Sie war eine gute Frau. Und eine starke Frau. Sie hatte einen eisernen Willen, der sich hinter einer hübschen Verpackung aus Parfum und Samt versteckte. Sie war die Tochter eines reichen Plantagenbesitzers und gehörte zur Aristokratie des Küstengebiets von Virginia. Ihre Familie war einst ermutigt worden, von Schottland nach Nordirland auszuwandern. Die Krone hoffte, der Zustrom von Protestanten würde den Widerstand der katholischen Iren brechen. Tatsächlich war es den Schotten dort gut ergangen, sogar so sehr, daß die Engländer sie mit hohen Pachtzinsen belegten und so vertrieben. Damit verbreitete sich die Unzufriedenheit ungewollt bis nach Amerika. Die schottisch-irischen Siedler hatten einen unbändigen Unabhängigkeitsdrang und waren entschlossen, eigenes Land zu besitzen. Pachtzinsen wollten sie nicht mehr zahlen.

Elizabeth entstammte einem Geschlecht von Überlebenskünstlern, denen es wohl erging, wo immer sie sich ansiedelten. Folglich hatte es ihrer Familie nicht gefallen, als sie ihre Absicht verkündete, Samuel Houston zu heiraten, Sams Vater. In ihren Augen war er ein ungehobelter Hochländer, einer von denen, die sich in den Höhlen der Berge ansiedelten und dort Gelände rodeten, um sich kleine Farmerstellen zu schaffen.

Es war jedoch klar, daß die achtzehnjährige Elizabeth fest entschlossen war, ihn zu heiraten. Er war ein verwegener junger Captain bei den Morgans' Rifles und hatte ein Landgut, das ihm sein Vater hinterlassen hatte. Worauf sich die Paxtons mit der Heirat abfanden.

Es folgten neun Kinder und harte Zeiten. Samuel Houston senior war nur selten zu Hause. Er wurde Major in der Miliz von Virginia und Brigadeinspekteur. Dreiundzwanzig Jahre lang reiste er im Land herum, um die Forts im Staat zu inspizieren. Doch es herrschte Frieden. An Beförderung war kaum zu denken. Er hatte eine Familie und Sklaven zu ernähren und besaß eine Farm, die allmählich in den Bankrott abrutschte. Er träumte davon, nach Westen zu ziehen. Dort ließ sich ein Vermögen machen, und wenn nicht mit den kurzlebigen Strategien Aaron Burrs, dann doch in den Kriegen, die dieser vermutlich anzetteln würde. Doch Präsident Jefferson machte Burrs Machenschaften ein Ende. Der Frieden hielt sich unerbittlich.

Als Major Samuel Houston 1806 fern von zu Hause starb, hinterließ er Elizabeth »einen Wagen mit Ketten und Geschirr für fünf Pferde«. Ferner hinterließ er ihr eine bankrotte Farm und Schulden sowie Eigentumsurkunden für Land im Osten Tennessees. Elizabeth machte sich voller Umsicht daran, eine Liste ihrer Aktiva aufzustellen.

Da waren drei erwachsene Sklaven und zwei schwarze Kinder, eine eisengraue Stute, ein Reitstuhl und Geschirr, ein Degen, ein Kartentisch und drei Teetabletts. Wein. Bettwäsche. Ein Damensattel, Zaumzeug und ein Sprungriemen. Ein Regenschirm. Die Relikte eines besseren Lebens. Was noch übrigblieb, nachdem sie die Schulden bezahlt hatte, lud sie auf den neuen und auf den alten Wagen der Familie. Dann verstaute sie die Kinder und die Sklaven und machte sich auf den Weg nach Tennessee, das jenseits der Berge drei Wochen entfernt lag.

In den vier Jahren, die seitdem vergangen waren, hatte sie mit ihren Söhnen und Sklaven ein solides zweistöckiges Blockhaus gebaut. Es stand auf einem Abhang mit Aussicht auf das bewaldete Tal von Bakers Creek, zehn Meilen von Maryville entfernt. Sie hatten einen großen Teil der vierhundertneunzehn Morgen gerodet, die ihnen zugewiesen worden waren. Die Arbeit des letzten Jahres jedoch hatten sie ohne die Hilfe des jungen Sam bewältigen müssen. Jetzt las ihm Elizabeth Houston die Leviten.

»Du hast dich betrunken auf öffentlichen Straßen sehen lassen. Du hast einen Friedensrichter und einen Richter tätlich angegriffen.«

Unter den Peitschenhieben der gefährlich ruhigen Stimme seiner Mutter ließ Sam den Kopf hängen.

»Du hast den Namen Houston lächerlich gemacht und ihm Schande gebracht. Am schlimmsten jedoch ist, daß anständige Menschen in der Stadt dich dabei gesehen haben, wie du eine Frau von niedrigem Stand umarmt hast. Wie konntest du mir das antun, Samuel? Wie kann ich mich jetzt noch in Maryville sehen lassen?«

»Es tut mir leid, Mutter.«

»Leid!« John Houston explodierte. »Ist das alles?«

Elizabeth Houston brachte ihn mit einer Handbewegung zum Schweigen. Sie schüttelte traurig den Kopf. »Ich habe versucht, dir den Unterschied zwischen Recht und Unrecht beizubringen. Ich habe dich dazu erzogen, ehrlich und aufrichtig und gottesfürchtig zu sein. Wo habe ich versagt?« Bei all dem Leid, das seine Mutter hatte durchmachen müssen, hatte Sam sie noch nie weinen sehen. Angesichts ihrer Tränen fühlte er sich erbärmlicher als bei all den Lektionen Johns.

»Du hast nichts falsch gemacht. Eine bessere, noblere Mutter hätte ich nie finden können.« Er umarmte sie steif. Er roch das Rosenwasser, mit dem sie sich immer das Haar bestäubte. Elizabeth Houston war nicht die Frau, die Zärtlichkeiten öffentlich zur Schau stellte. Sam konnte sich nicht erinnern, sie je zuvor umarmt zu haben. »Ich werde mich bessern. Ich werde hart arbeiten und dafür sorgen, daß du stolz auf mich sein kannst.«

Sam bemühte sich, sein Versprechen zu halten. Einen ganzen Monat lang arbeitete er jeden Tag fleißig im Laden. Er zügelte sein Temperament, wenn auch nur mit Mühe, wenn James oder John ihn ausschimpften. Er weigerte sich aber, die Geldbuße von fünf Dollar zu zahlen. Und er hatte es allmählich satt, daß John ihm deswegen täglich in den Ohren lag.

»John, es ist Zahltag.«

»Du bekommst keinen Lohn.«

»Warum nicht?«

»Von deinem Lohn wird die Geldbuße abgezogen, die du noch schuldest, sowie die Zinsen.«

»Ich sagte, ich werde sie nicht bezahlen.«

»Das brauchst du auch nicht. Ich werde es tun. Damit ist die Ehre der Houstons wiederhergestellt, auch wenn sie dir nichts bedeutet.«

»Sie bedeutet mir etwas. Gerade deshalb weigere ich mich zu zahlen. Ich lasse es nicht zu, daß man mich wie einen gewöhnlichen Verbrecher anklagt und verurteilt.«

»Dann benimm dich auch nicht so gewöhnlich.«

»Ich warne dich, John, wenn du mich nicht auszahlst, werde ich dir das Geld wegnehmen.«

»Du und die betrunkenen Milizionäre, nehme ich an.«

Sam sprang mit einem Satz über den Ladentresen hinweg und ging auf seinen Bruder los. Er war zwar jünger, jedoch weit größer. Die beiden wälzten sich auf dem Fußboden herum, so daß um sie herum Ware zu Boden fiel. Sie kämpften immer noch, als sie durch die Tür und auf die Straße stürzten.

»Hau drauf! Hau drauf!« Leute rannten herbei, um zu beobachten, wie die beiden aufeinander eindroschen. Sam stieß Johns Gesicht in den Straßenstaub, bis dieser ausrief: »Pax.« Sam ließ ihn aufstehen, und die Menge trollte sich.

»Gib mir mein Geld«, sagte Sam.

»Scher dich zum Teufel.« John klopfte sich den Staub von seiner Kleidung und wischte sich den Schmutz von Mund und Gesicht. Er spie etwas Sand aus, bestieg sein Pferd und ritt davon.

Sam ging wieder in den Laden. Er nahm Gegenstände an sich, die einem Monatslohn entsprachen, und stopfte sie in einen Sack. Er überlegte einen Augenblick. Dann nahm er sich weitere Dinge, soviel er tragen konnte. Dafür ließ er einen Schuldschein zurück. Wo er hingehen wollte, würde er kein Geld brauchen, aber Geschenke waren immer willkommen. Die würde er brauchen, um sich Annie wieder gewogen zu machen. Sie war erst bestürzt und dann zornig gewesen, weil er sie verlassen wollte. Doch Sam machte sich deswegen keine Sorgen. *Die hast du bald wieder zurückgewonnen, du gefälliger Edelmann.*

Er löschte das Feuer im Ofen mit Asche und fügte dem Schuldschein noch den Preis eines Wollmantels hinzu. Mit einem Stück Holzkohle kritzelte er eilig »Bin auf Reisen gegangen« auf die Außenseite der Tür. Er verschloß das schwere Vorhängeschloß und ließ den Schlüssel unter einem verzogenen Brett in der Tür ins Haus gleiten. Dann wandte er sich mit ausgreifenden Schritten nach Süden.

Er folgte dem gut markierten Wachesa Trail, der Handelsstraße von North Carolina durch das Land der Cherokee zum Hiwassee und weiter. Als er Sam Henrys Mühle und die Hütten hinter sich hatte, ging er einen Tag über steil aufragende Hügel und durch dunkle Wälder.

Dann begann er Pfade zu erkennen, die von dem Weg abzweigten und in den Hügeln verschwanden. Er wußte, daß an deren Ende Cherokee-Farmen und Blockhütten lagen. Er hatte die kleinen Siedlungen des Wahren Volkes erreicht, von denen jede ein Stadthaus, ein Ballfeld und einen Tanzplatz besaß.

Er überquerte den Hiwassee auf der alten Fähre, die von Punk Plugged In gesteuert wurde, und betrat am anderen Ufer Hiwassee Island. Als er deren Boden unter den Füßen hatte, fühlte er sich wieder wie Kalanu, The Raven. Als er den von Bäumen umschatteten Pfad entlangwanderte, schmetterte er ein Lied:

Und das Beste von allem! Sie hat keine Zunge,
Ist demütig, gehorcht mir;
Alt ist weit, weit besser als jung,
Und bringt mich dann noch immer zum Lächeln;
Ihre Haut ist glatt, ihr Teint dunkel,
Und sie hat einen köstlichen Geschmack;
Man sollte sie küssen und niemals schonen,
Es ist... eine Flasche guten Rotspons.

Er tanzte eine kleine Gigue und wirbelte unter seinem Lieblingsbaum herum, der alten Kastanie, die den Pfad überspannte.

»Es ist... eine Flasche guten Rotspons.«

»Yeee-e-e-e-i-i-i-eeaa!« Der Schrei jagte Raven kalte Schauer über den Rücken. Sein Blut wurde zu Eiswasser. Er erwiderte den Schrei und sah hoch. Er sah Zähne. Viele Zähne. Dann wälzte er sich plötzlich mit dem Geschöpf, das rittlings auf ihm hockte und klagte und gackerte und offensichtlich darauf aus war, sein Ohr aufzuessen, auf dem Erdboden herum. Er schlug blindlings nach diesem Wesen, doch es war stark und schien mehr als nur die übliche Ausrüstung an Armen und Beinen zu besitzen. Er krümmte sich zusammen und versuchte, mit den Armen den Kopf zu schützen.

»Laß von ihm ab, Mutter«, rief eine Stimme. Raven war erleichtert.

»Vater, befrei mich von ihr!«

»Mutter, Mutter, das ist doch keine Art, einen Freund zu behandeln.«

Raven kam mühsam auf die Beine, als er spürte, daß ihm die Last vom Rücken genommen wurde. Er wartete keuchend, während Drum Raincrow, der alten Spearfinger, mit seiner ruhigen Stimme etwas zuraunte. Da stand sie, vornübergebeugt und gebrechlich aussehend, und neigte den Kopf zur Seite wie ein Vogel. Ihr Haar kam in wirren Strähnen unter dem schmutzigen grünen Kopftuch hervor, das ihr schief auf dem Kopf saß.

»Er ist mein Sohn, Mutter. Sei nett zu ihm.« Drum wühlte in den zerstreut herumliegenden Habseligkeiten aus Ravens Satteltasche. Er fand eine Maiskolbenpfeife und reichte sie ihr. Sie klemmte sie sich mit der Schüsselöffnung nach unten zwischen ihre Zahnreihen. Mit einem letzten Aufschrei verschwand sie im Unterholz.

»Willkommen zu Hause, mein Sohn.« Drum umarmte Raven.

»Danke dir, Vater. Die ist vielleicht ein Empfangskomitee.«

»Sie ist wirklich harmlos.«

Raven rieb sich das Ohr, in das sie ihn gebissen hatte.

»Warum steckt sie sich die Pfeife immer umgedreht in den Mund?« fragte er.

»Sie sagt, Dämonen könnten nicht durch die Pfeife in sie hinein, wenn die Öffnung nach unten zeigt. Sie behauptet, daß sie das verwirrt«, erwiderte Drum.

»Ist das nicht so, als würde man das Hühnerhaus abschließen, nachdem der Fuchs drin ist?«

Drum lachte. Raven bemühte sich gar nicht erst, Drum zu fragen, woher er von seinem Kommen erfahren hatte. Drum schien immer alles zu wissen. Wenn Raven ihn mal fragte, woher er etwas wußte, zwinkerte er nur geheimnisvoll und sagte: »*Tsikilili,* das hat mir ein Vögelchen erzählt.«

Es tat gut, wieder bei Drum zu sein. Als Raven schweigend neben ihm herging, war er mit sich und der Welt im Reinen. Er hatte Drum viel zu erzählen und zu fragen, doch das hatte Zeit. »Weiße Menschen sprechen zu viel und zu laut«, hatte Drum ihm mal gesagt. »Sie nehmen sich nie die Zeit zuzuhören. Wenn Drum eine Gruppe weißer Menschen verläßt, dröhnen ihm noch lange danach die Ohren. Stille ist die Stimme des Ernährers. In der Stille gibt er uns seine wichtigsten Botschaften. In der Stille können wir die Stimmen hören, die eher mit dem Herzen empfunden als mit den Ohren gehört werden müssen.«

Als sie schließlich so nahe an Sally Ground Squirrels Haus herangekommen waren, daß sie das rhythmische Stampfen ihres Maismörsers hören konnten, stellte Raven die Frage, die ihm auf der Seele gelegen hatte.

»Sind James und John hier?«

»Sie sind bei ihrem Vater.«

»Ich werde sie besuchen.«

»Sie werden dich mit freundlichen Augen ansehen«, sagte Drum.

10

Tiana war erschöpft. Sie brauchte einige Zeit, um wach zu werden. Vor zwei Nächten war ihre Familie bis zum Morgengrauen aufgeblieben und hatte die Ankündigung von Annies Heirat mit John Fawley gefeiert sowie die Nachricht, daß Charles Rachel Ward zu seiner zweiten Frau nehmen würde. Nanehi Ward war dagewesen. Die *Ghigau* war jetzt mit Tiana verwandt.

Nachbarn, Freunde und Verwandte der Rogers, ihre Sklaven und weißen Pächter hatten sich zu einem großen Fest versammelt. Zweihundert Menschen hatten sich an Ochsen gütlich getan, die auf dem Hof geröstet wurden. Die Tische hatten sich unter den Speisen gebogen, und danach war gefiedelt worden.

Die Nachricht von Annies Heirat hatte Raven verblüfft. Tiana genoß den Ausdruck auf seinem Gesicht. Die Tatsache, daß sie weniger als einen Monat gebraucht hatte, um einen Nachfolger für ihn zu finden, schien ihm mehr zuzusetzen als ihr Verlust. *Sein Stolz ist bestimmt groß genug. Dieses kleine Stück dürfte er kaum vermissen.* Außerdem gab es viele junge Frauen, die sich für Raven interessierten. An Tanzpartnerinnen hatte es ihm nicht gefehlt.

Die letzten Gäste waren schließlich am Nachmittag zuvor aufgebrochen. Die Rogers waren mit der untergehenden Sonne ins Bett gegangen. Doch Fancy hatte wieder einen ihrer Alpträume gehabt. Ihre Schreie hatten in dem stillen Haus widergehallt, und Tiana erbot sich, bei ihr zu bleiben. Das erforderte Mut. Fancys Träume bedeuteten, daß ein Hexenmeister am Werk war.

Jetzt lag Tiana neben Fancy auf der schmalen, mit Maislieschen gefüllten Matratze in der kleinen Dachkammer. Während Fancy sich im Schlaf hin und her warf und stöhnte, starrte Tiana die niedrige, abschüssige Decke an und lauschte den nächtlichen Lauten – einer unruhigen Kuh in der Scheune, einem Schreienden Ziegenmelker, dessen Ruf bedeutete, daß jemand gestorben war oder bald sterben würde. Ein Bär oder Waschbär planschte in dem Bach hinter dem Haus.

Es hatte den Anschein, als wäre Tiana gerade eingeschlafen, als etwas sie weckte. Der Tag würde bald anbrechen. Jennie würde ihre Kinder zusammenrufen, um mit ihnen zum Wasser zu gehen und den Tag zu begrüßen. Der erste Hahn hatte gekräht. Er war immer früh dran. Die Perlhühner hatten in dem kleinen Wäldchen zu krakeelen begonnen. Enten, Gänse und Hühner würden sich bald anschließen, und die Kühe würden brüllen, weil sie gemolken werden wollten. Tiana war an diese Laute gewöhnt. Die hätten sie nicht geweckt.

Sie hörte, wie jemand leicht an dem Fensterladen klopfte. Dann wieder ein Klopfen, als hätte jemand kleine Steinchen gegen die Bretter geworfen. Mit pochendem Herzen trottete Tiana barfuß über den kalten Fußboden, um den Fensterladen zu öffnen.

Der helleuchtende Mond war fast untergegangen. Er tauchte den im Zickzack verlaufenden Zaun, den gepflügten Garten und die Bäume am Bach in ein silbernes Licht. Ein früher Frosteinbruch ließ die jungen Birken aussehen, als wären sie unter starker Hitzeeinwirkung geschrumpft. Ihre Blätter waren noch grün, aber die Ränder hatten sich aufgerollt. Tiana wußte, daß die Blätter grün abfallen und unter ihren Mokassins zu feinem Staub zerbröseln würden.

Coffee stand im Mondenschein und gab ihr mit beiden Händen, die er über dem Kopf aneinanderlegte, ein Zeichen. Tiana hörte das leise Klirren von Ketten. Sie schwang die Beine über den Fenstersims, legte sich auf den Bauch, und ihre nackten Füße suchten auf den Schindeln aus Virginiazedern auf dem Vordach unter ihrem Fenster im zweiten Stock nach Halt. Sie ließ sich hinab, ging behutsam das schräge Vordach hinunter und hockte sich am Rand hin. Unter den Zehen konnte sie spüren, wie weiches Moos auf den verrotteten Rändern der Dachschindeln wuchs. Sie zitterte vor Kälte. Coffee streckte die Arme aus, und sie sprang, sich mit beiden Armen an seinem Hals festhaltend.

»Was ist passiert, Coffee?« flüsterte sie, als er sie unbeholfen auf die Erde gesetzt hatte. Er war mit Handschellen gefesselt, und sein Hemd war zerfetzt und voller Blut.

»Keine Zeit zu erklären, Tiana. Muß mit deinem Daddy und Fancy sprechen. Aber wir können keinen anderen aufwecken, denn sonst bin ich ein toter Mann.«

Es war unmöglich, Coffees Ankunft vor der Familie geheimzuhalten. Jack, James, John, Raven, Fancy, Tiana und Nannie versammelten sich mit Coffee in der Scheune. Joseph und William waren wie üblich verschwunden. Jennie und Elisabeth blieben im Haus, um Suchtrupps abzuwimmeln, die vielleicht auftauchen würden. Susannah schlief friedlich. Während Fancy Coffees mißhandelten Rücken wusch und mit einer Salbe aus gekochter Schwarzlindenwurzel einrieb, erzählte er ihnen seine Geschichte.

»Ich nehme an, daß Bryson das mit mir und Fancy herausgefunden hat. Ich wußte nicht, warum er plötzlich gemeiner war als üblich. Dann hat er mir gestern diese Dinger angelegt.« Er ließ die Handschellen und die Ketten daran klirren. »Er sagte, er könne mir nicht trauen. Er kettete mich an einen Baum und schickte die anderen Nigger weg. Er begann mich auszupeitschen. Sagte, ich hätte Master seinetwegen angelogen. Aber das war es nicht. Er sagte, er würde mich töten und mich auspeitschen, bis nichts mehr von mir übrig ist. Dann hat er mir erzählt, was er mit Fancy gemacht hat. Hat mich damit verhöhnt.

Ich bin durchgedreht, Captain Jack. Ich habe den Ast abgerissen und auf ihm zerbrochen. Dann schlug ich ihn mit der Kette. Hatte nie eine Chance, sich zu verteidigen. Nicht mehr, als er mir gab.«

»Ist er tot?« wollte Jack wissen.

»Nehme ich an. Falls er noch am Leben ist, wird er sich wünschen, es nicht zu sein. Er hat kein Gesicht mehr.« Tiana zuckte zusammen. »Ich hab ihn zu der Abflußrinne hinter den Hütten geschleift und ihn reingeworfen. Ich glaube nicht, daß jemand mich gesehen hat. Weiß nicht, ob sie ihn schon gefunden haben oder nicht.«

»Wenn sie dich vermissen, werden sie dich als erstes hier suchen.«

»Ich weiß. Aber ich wußte nicht, wo ich sonst hätte hingehen sollen. Und ich mußte Fancy sehen.«

»James, John, Sam, bringt die Bretter vom Dachboden herunter. Fancy, hilf mir, diesen ganzen Abfall aus dem Wagen zu räumen. Mädchen, lauft in die Küche und packt etwas zu essen für eine Reise ein. Ihr müßt absolut still sein. Wenn jemand zum Haus kommt, müssen sie denken, daß wir immer noch schlafen. Wir müssen Coffee zur Garnison von Hiwassee bringen.«

»Zur Garnison?« fragte Sam. »Heißt das nicht, ihn in die Höhle des Löwen zu bringen?«

»David Gentry, der Schmied dort, kann ihm diese Eisen abnehmen. Er erledigt alle Schmiedearbeiten für mich. Ich habe hier nicht das richtige Werkzeug, und ich könnte Coffee verletzen, wenn ich es versuche. Die Garnison liegt weiter nördlich, weit weg von Vanns Plantage und in der Mitte des Cherokee-Landes. Die Leute aus Georgia werden dort weniger geneigt sein, Krach zu schlagen. Vann wird Coffee zurückhaben wollen, aber ihr könnt sicher sein, daß diese armen weißen Teufel aus Georgia auf sein Blut aus sein werden. Sie werden ihm nach Lynchs Gesetz den Prozeß machen.«

Tiana lauschte wie alle anderen auf das Bellen von Suchhunden.

»Ich habe mir die größte Mühe gegeben, meine Spur zu verwischen«, sagte Coffee. »Ich bin im Fluß gewatet.«

»Wie auch immer, wir müssen uns beeilen«, sagte Jack.

Als Tiana und Nannie aus dem Haus zurückkamen, legten die Männer einen doppelten Boden auf die Ladefläche. Coffee hielt Fancy eng umschlungen und trocknete ihr mit einem Zipfel des Hemds, das Jack ihm gegeben hatte, die Tränen. John war ein großer Mann, aber über Coffees breiten Schultern drohten die Nähte dennoch zu platzen.

»Ich werde wiederkommen und dich holen, Fancy, mein Mädchen. Wir können irgendwo in der Wildnis leben, bis wir es schaffen, in den Norden zu kommen.« Er kletterte auf den Wagen und streckte sich unter den Brettern aus. Die letzte Planke hatte ein Astloch, so daß er atmen konnte. Jack begann, den doppelten Boden zu senken.

»Es wird verdammt ungemütlich werden, Coffee«, sagte er entschuldigend. Coffee streckte die Hände aus, um die Planke aufzuhalten.

»Captain Jack...« Seine Stimme erstarb. »Ich weiß, daß ich Ihnen nicht für das danken kann, was Sie tun, aber ich muß es versuchen.«

»Später, Mann, später.« Jack hatte gesehen, was weiße Mobs mit Sklaven taten, die des Mordes oder der Vergewaltigung beschuldigt wurden. Das wollte er sich nicht auf sein Gewissen laden. Die Planke rastete ein. Die Jungen beluden den Wagen mit allem, was sie auf dem Dachboden hatten finden können.

»Es muß so aussehen, als wolltest du etwas verkaufen«, sagte Jack. »Wenn jemand dich anhält, sagst du, daß du Ware zur Handelsniederlassung bringst, um sie zu verkaufen.«

Tiana und Nannie warfen ihre Reisetaschen auf den Wagen. Tiana kletterte gerade über die Seitenwand, als ihr Vater sie unter den Achselhöhlen packte, sie herumwirbelte und auf den Boden stellte.

»O nein, Mädchen. Du bleibst hier.«

»Aber wir wollen mitfahren«, sagte Tiana.

»Nein.« Er wandte sich ab und erteilte weitere Befehle.

»Komm, Nannie.« Tiana nahm ihre Taschen aus dem Wagen.

»Aber...«

»Komm jetzt!« Tiana zerrte ihre Schwester weg. Sie rannten zum Apfelgarten und nahmen die Abkürzung zur Straße.

»Ich werde den zwei Skunks, die unter dem Haus leben, eine Falle stellen«, sagte Jack. »Ich werde einen auf dem Pfad töten, auf dem Coffee hergekommen ist, und einen in der Scheune, dann werde ich ihren Duft in der ganzen Gegend verstreuen. Das sollte genügen, um die Hunde durcheinanderzubringen. Jamens, John, ihr fahrt in die Garnison. Sollte jemand euch anhalten, sagt ihnen, ihr seid zur Handelsniederlassung unterwegs. Es kann sein, daß ihr es schafft, ohne angehalten zu werden. Aber hierher kommen sie bestimmt. Ich muß hier sein, um mit ihnen zu sprechen.«

»Sir«, sagte Sam. »Ich werde mit James und John gehen.«

»Es hat keinen Sinn, daß du in diese Sache hineingezogen wirst. Du solltest lieber zu deiner Familie nach Hause fahren. Hier wird es bald häßlich zugehen.«

»Aber Sir, mich würden sie weniger verdächtigen, einen weißen Mann und Sklavenhalter und all das. Und Sie wissen, daß James nicht lügen kann, und daß Johns Englisch zu ungeschliffen ist. Ich bin ein guter Schauspieler, wenn ich das so sagen darf.«

»Er hat recht«, sagte James.

»Ich bin trotzdem dagegen, aber meinetwegen.«

»Ich wollte sowieso nach Hiwassee Town«, sagte Sam. »Das ist die gleiche Richtung. Zur Garnison ist es gar kein weiter Umweg.«

»Na schön. Dann kann John Fancy auf dem Schleichweg zu Drum bringen. Drum wird wissen, wo er sie verstecken muß. Ich will nicht, daß irgendein Pöbel sie erwischt.« John rannte los, um zwei Pferde zu satteln. »Und jetzt bewegt euch, alle!« sagte Jack.

Als Jack beobachtete, wie Pferde und Wagen in verschiedene Richtungen aufbrachen, ging ihm auf, daß ihm die Hände zitterten. *Was soll's, Jack,* dachte er. Er drehte sich um, um nach den Fallen für die Skunks zu suchen. *Es ist nicht das erste Mal, daß du in die Klemme gerätst. Es ist nur schlimm, daß Coffee Bryson als erster erwischt hat. Mir hätte es auch Spaß gemacht, ihn umzubringen.*

Er erinnerte sich an den jetzt mehr als dreißig Jahre zurückliegenden Tag, an dem er den kleinen Jennings vor der Folter durch die feindlichen Cherokee gerettet hatte. Damals war er jung und voller

Idealismus gewesen. Er konnte nicht verstehen, wie seine neuen Freunde, das Wahre Volk, so grausam sein konnten. *Über Grausamkeit hattest du damals noch eine Menge zu lernen, mein Junge*, sagte er zu sich selbst.

James ließ die Pferde eine schnelle Gangart einlegen. Er wollte zwischen sich und die Suchtrupps eine möglichst große Entfernung legen. Trotzdem fuhr er vorsichtig. Er wußte, daß es für Coffee mit seinem zerfetzten Rücken auf den harten Brettern eine Qual sein mußte.

»Können wir diesem Burschen Gentry trauen?« fragte Sam.

»Sicher. Er ist der Mann meiner Schwester Mary.«

»Dann wird's wohl stimmen. Ihr seid wohl mit jedem im Volk verwandt, oder?«

»Mit fast jedem.« James grinste ihn an.

»Hast du eine Ahnung, was Coffee tun wird, wenn er die Handschellen los ist?«

»Eins nach dem anderen, Raven.« Dann sahen sie die Mädchen vor sich auf der Straße. Beide keuchten und schwitzten in der kalten Luft.

»Brrr.« James hielt nur wenige Zentimeter von Tiana entfernt, da er hoffte, sie so beiseite zu zwingen. Doch sie rührten sich nicht von der Stelle. Sie hob die Arme und packte das Kummet der Pferde aus Maislieschen.

»Geht nach Hause!« brüllte James. »Wir haben es eilig. Ihr habt doch gehört, was Vater gesagt hat.«

»Wir kommen mit euch.« Tiana stellte sich zwischen die großen Pferde, so daß James diese nicht antreiben konnte, ohne Tiana zu überfahren. Sie kletterte auf die Deichsel und von dort auf den Kutschbock. Dann kletterte sie hinüber und stützte sich dabei mit je einer Hand auf den Köpfen der Jungen ab. Nannie kletterte an der Seite hoch. Sie hängte sich an den Bremshebel, als sie auf die Achse trat und dann auf die Ladefläche kletterte. Dort setzten sich die Mädchen hin und rückten ein paar Beutel mit Bohnen als Rückenstützen zurecht.

»Ihr könnt nicht mitkommen«, sagte James. »Es ist zu gefährlich.« Raven hatte das Gefühl, daß James diese Auseinandersetzung verlieren würde.

»Ihr braucht uns«, sagte Tiana.

»Das tun wir nicht. Wozu kann man schon zwei Mädchen gebrauchen?«

»Ein Suchtrupp wird nicht mißtrauisch werden, wenn Kinder dabei sind. Ihr könnt sagen, daß ich krank bin und daß ihr mich zum Arzt in die Garnison bringt. Das ist auch eine Ausrede für unsere Eile. Los, beweg dich, James. Wir wollen keine Zeit verschwenden.« Sie machte eine herrische Handbewegung.

James barg den Kopf in den Händen.

»Hilf mir, sie aus dem Wagen zu schaffen, Bruder.«

»Ich gebe es höchst ungern zu, aber sie hat recht.«

»Vater wird außer sich sein.«

»Tatsächlich? Das ist doch nicht ungewöhnlich«, meinte Raven.

Tiana pochte leise auf die Bodenbretter.

»Keine Sorge, mein Freund«, sagte sie. »Wir werden auf dich aufpassen.« Als sie losfuhren, öffnete sie ihre Tasche und zog einen kleinen Sack hervor. Sie ließ eine Hand hineintauchen und schmierte sich Asche auf Gesicht und Hals, Arme und Beine, was ihrer Haut ein graues, ungesundes Aussehen verlieh. Dann wühlte sie in der kleinen Ledertasche, die sie immer am Hals trug.

»Ist das dein Etui, *Ulisi*, Großmutter?« fragte Raven. Er und Tiana hatten so etwas wie eine stets gefährdete Waffenruhe. Er hatte angefangen, sie mit dem liebevollen Namen zu belegen, den jedes weibliche Mitglied des eigenen großväterlichen Clans erhielt. Die Mischehen mit Weißen hatten das Clan-System durcheinandergebracht, aber der Name war noch immer beliebt.

»Was ist ein *etwi*?« fragte Tiana.

»Eine kleine Reisetasche, die eine Dame an ihrem Mieder befestigt.«

»Das ist das *juju* der Schwester«, sagte Nannie. »Fancy sagt, Tiana hat das ›Händchen‹. Darin bewahrt sie ihren Zauber auf.«

»Für mich sieht es aus wie Holzkohle«, sagte James.

»Schmier mir das unter die Augen, Schwester«, sagte Tiana und ignorierte die Jungen. »Verreibe es gut, damit ich kränklich aussehe.«

»Ist dir schon klar gewesen, daß deine Schwester zehn Jahre alt ist und auf die Vierzig zugeht?« fragte Raven James.

»Das ist schon in Ordnung.« James schnalzte den Pferden zu. »Wenn sie vierzig ist, wird sie sich vermutlich wie eine Zehnjährige benehmen.«

Tiana begann, die Äpfel zu essen, die sie im Garten gepflückt hatte. Sie war gerade bei dem vierten angelangt, als sie hinter sich Hufgetrappel hörten.

»Halt!«

»O Gott«, keuchte Raven. »Das *posse comitatus.*«

»Ihr Mädchen verhaltet euch still«, sagte James. »Es scheint ein Suchtrupp zu sein.« Er ließ sich von den zehn Männern einholen. Sie wirkten mürrisch und griesgrämig, strahlten aber Erregung aus. Sie erinnerten Tiana an Jagdhunde, die ihrem Opfer auf den Fersen sind und Blut wollen. Sie waren schwer bewaffnet und trugen Pistolen, Musketen und lange Messer. Am erschreckendsten waren die aufgerollten Seile mit Schlingen an den Enden.

Der Anführer war ein kräftig gebauter Mann mit einem schwarzen Fünf-Tage-Bart und einem vorstehenden Zahn. Er hielt sein Springfield-Gewehr achtlos quer auf dem Schoß, so daß der Lauf auf James und Raven gerichtet war.

»Guten Morgen«, sagte James. »Seid ihr auf der Jagd?«

»Könnte man sagen. Wir sind auf der Jagd nach einem entlaufenen Nigger. Hat einen Weißen kaltblütig umgebracht.«

»Wir haben niemanden gesehen, der nicht von hier ist. Oder ist dir so einer aufgefallen, Sam?« Raven schüttelte den Kopf.

»Seit wann ist er verschwunden?« fragte Sam.

»Seit gestern.«

»Ich hoffe, ihr fangt ihn und gebt ihm, was er verdient. Er hat einen Mann getötet, sagt ihr?« Raven wandte sich an James. »Vielleicht sollten wir uns lieber beeilen, wenn so ein Niggerschurke frei herumläuft.«

»Wir werden erst euren Wagen untersuchen.« Der Mann kam näher.

»Ihr könnt doch sehen, daß wir nur Waren für Hiwassee und dann noch meine Schwestern dabei haben«, sagte James. »Eine von ihnen ist wirklich krank. Sie muß sofort zum Arzt.«

»Sobald wir das Kind abgeliefert haben, würde ich gern zurückkommen und euch bei der Jagd helfen«, fügte Raven hinzu. Er fühlte die Waffe unter den Füßen, wußte aber, daß sie ihm nicht viel nützen würde. Schweißperlen traten ihm auf die Stirn. Niemand bemerkte, wie Tiana eine kleine Flasche entkorkte und den Inhalt herunterschluckte. Der Mann beugte sich über die Seitenwand des Wagens und streckte die Hand aus, um einige der Kisten wegzuziehen, die auf dem doppelten Boden aufgestapelt waren.

Mit einem lauten Keuchen und Würgen übergab sich Tiana auf seine Hand, seinen Arm und den Wagenboden. Sie stöhnte mitleiderregend und rollte mit den Augen, bis nur noch das Weiße zu sehen war. Sie würgte erneut und spie Galle und halbverdautes Essen aus, meist Äpfel. Der Mann ließ sein Pferd hastig retirieren und wischte sich die Hände an den Hosen ab.

»Was hat sie?« fragte er. Tiana stöhnte wieder auf.

»Die Cholera.« Nannie fing an zu weinen. »Wir wollten nicht, daß es jemand erfährt.«

»Ach du Scheiße, das hat uns gerade noch gefehlt!« rief einer der Männer aus, riß sein Pferd herum, so daß es auf der Hinterhand kehrt machte, und galoppierte die Straße herunter. Die anderen folgten ihm. Nur ihr Anführer behielt den Wagen im Auge, bis er in einer Kurve verschwand.

»Du kleiner Bussard, du«, sagte Raven, als sie sich in Sicherheit befanden. »Das war vielleicht eine Theaternummer.«

»Es war keine Theaternummer.« Tiana würgte erneut. »Ich fühle mich scheußlich. Wasserdost-Tee funktioniert wirklich. Der und die Äpfel.«

»Wenn du dich schon übergeben mußt, dann bitte mit dem Wind, Großmutter«, sagte Raven fröhlich. Er reichte ihr sein großes Halstuch. »Beim ersten Fluß, den wir erreichen, kannst du dich waschen. Puuh! Du stinkst vielleicht!«

»Schwester, du warst auch ein Soldat«, sagte James zu Nannie.

»Bruder!« rief Tiana nach einiger Zeit. »Anhalten!«

»Was ist los?«

»Wasserdost-Tee funktioniert an beiden Enden.« Sie sprang vom Wagen hinunter und verschwand in den Büschen. Raven und Nannie mußten ihr wieder in den Wagen helfen, als sie zurückkam. Sie wurde am ganzen Körper von Zitterkrämpfen geschüttelt.

»Stellt euch vor, was sie mit Coffee gemacht hätten, wenn sie ihn gefunden hätten.« Tiana zitterte erneut. Raven legte sich einen Finger an die Lippen. Es hatte keinen Sinn, darüber zu sprechen, besonders nicht, wenn Coffee es hören konnte. *Stell dir vor, was sie mit uns gemacht hätten,* dachte Raven.

»Ich habe nachgedacht.«

»Was ist, kleine Schwester?« In James' Stimme war so etwas wie Respekt zu hören.

»Wir sollten Coffee nicht in die Garnison bringen.«

»Wohin dann? Was schlägst du vor?«

»Tahlequah, die Schule am Blockhaus.«

»Welche Schule?« fragte Raven.

»Die Missionsschule an dem alten Tellico-Blockhaus«, sagte

James. »Wir könnten Coffee dort verstecken und David zu ihm bringen. Dann wäre die Gefahr geringer, daß man ihn entdeckt.«

»Würden sie das zulassen?«

»Mits MacTuff wird uns helfen. Ich weiß, daß sie es tun wird«, sagte Tiana.

»Vielleicht. Die Missionare hassen die Sklaverei. Und außerdem ist die Schule vor ein paar Jahren schon mal als Zuflucht benutzt worden.«

»Werden die Leute sie dann nicht verdächtigen?« fragte Raven.

»Nein«, erwiderte James.

Seeth MacDuff hatte ihre Truhen und Koffer gepackt und war abfahrbereit. Reverend Blackburns schlechter Gesundheitszustand hatte ihn schließlich gezwungen, die Schule zu schließen. Sie stand jetzt leer. Es würde kein Winter-Trimester mehr geben. Seeth stand in dem stillen Klassenzimmer, als die Dunkelheit anbrach. Sie fuhr mit der Hand über eine der Bänke, die von den Körpern der Schüler auf Hochglanz poliert worden war. Die Bank war mit Initialen übersät. Mrs. MacDuff bemerkte die winzigen Buchstaben T. R. nicht, als ihre Finger darüber hinstrichen. Tiana hatte vor anderthalb Jahren dem Impuls nicht widerstehen können, ihr neues Taschenmesser auszuprobieren.

»Mits MacTuff!« Seeth wirbelte herum, als sie die schüchterne Stimme in der Tür hörte.

»Tiana! Nannie!« Sie strahlte sie an. »Was führt euch her?«

»Ärger, Mits MacTuff. Wir brauchen Hilfe.«

»O Gott im Himmel!« Seeth sah, wie James und Raven Coffee aus dem Wagen halfen. Seine Beine waren verkrampft, da er stundenlang in der gleichen Stellung ausgestreckt gewesen war. Sein Hemd und die Lumpen, die man ihm als Kissen unter den Kopf gestopft hatte, klebten an dem Blut an seinem Rücken. Er war völlig erschöpft, da er zwei Tage keinen Schlaf gehabt hatte.

»Bringt ihn schnell hinein. Nannie, führ die Pferde in die Scheune. Tiana, zeig den Jungen die Treppe zum Dachboden. Ich werde ein paar Kerzen und Medizin holen. Wir können eine Strohmatratze nach oben bringen.«

»Es ist sehr gefährlich, worum wir Sie bitten«, sagte James.

»Das weiß ich.«

Tiana grinste James und Raven an. »Ich habe gewußt, daß sie uns helfen würde.«

Sie machten es Coffee so bequem, wie es in der kalten Dachkammer nur möglich war. Er fiel in einen tiefen Schlaf, während sie Mrs. MacDuff seine Geschichte erzählten. Raven bemerkte den großen braunen Fleck auf dem Fußboden.

»Ist das etwa das, wofür ich es halte?« fragte er.

»Ja«, erwiderte James.

»Jetzt wird niemand hier sterben«, sagte Seeth. »Ihr Jungen könnt David Gentry morgen hierher bringen. Ich werde bei Coffee bleiben. Mr. MacDuff ist nicht da, und wir werden ihm nichts davon sagen. Sklaverei! Was für ein Greuel. ›Und werdet ihr auch eure Brüder verkaufen?‹«

»Ihr Mädchen bleibt hier bei Mrs. MacDuff«, sagte James.

»Das können wir nicht«, entgegnete Tiana. »Wenn jemand unsere Geschichte nachprüft und herausfindet, daß ich nicht beim Arzt gewesen bin, werden sie Verdacht schöpfen. Ich muß die restlichen Äpfel auch noch essen«, sagte sie müde.

»Und wenn der Arzt herausfindet, daß du nicht ernsthaft krank bist?« fragte Raven.

»Dann werden wir den Herrn preisen, weil ich doch nicht die Cholera habe.«

»Großmutter«, grinste Raven sie an, »vor dir muß man sich in acht nehmen.«

Als James am nächsten Morgen abfahrbereit war, hievte Seeth Nannie einen Beutel mit Lebensmitteln über den Wagenrand.

»Vielen Dank, daß Sie uns geholfen haben, Mits MacTuff«, sagte Tiana.

»Die Bibel sagt: ›Denkt an die Gefangenen, als wärt ihr Mitgefangene, und an die Mißhandelten, weil ihr auch noch im Leibe lebt.‹ Brief an die Hebräer, Kapitel dreizehn, Vers drei. Steht alles in der Bibel, Tiana, Nannie. Alles, was man im Leben braucht. Habt ihr darin gelesen?«

»Nein.« Tiana machte ein beschämtes Gesicht. »Aber wir werden es tun. Wir versprechen es.«

Als sie sich in der Garnison befanden, war es leicht, die Schmiede zu finden. Das Geräusch des Hammers auf dem Amboß übertönte den üblichen Lärm. Eine Gruppe kleiner Jungen stand vor den großen Doppeltüren. Sie versammelten sich dort jeden Tag, um David dabei zuzusehen, wie er Eisen schmiedete. Ein Rudel von Hunden versuchte ebenfalls, sich hineinzudrängen. In der Schmiede war es immer warm.

David Gentrys Schmiede war ständig mit allerlei Gegenständen vollgestopft. Die Außenwände verschwanden unter all dem Gerümpel, das dort lehnte. Da waren alte Eisenruten und Teile von Maschinen und Äxten. Da war ein verrosteter Ofen, eine halbe Kutsche sowie Gegenstände, deren Identität nicht mehr auszumachen war, da die Zeit das Ihre getan und David sich wie ein Kannibale einiger Teile von ihnen bedient hatte. Hinter der Schmiede lag ein Haufen von Hufeisen, der bis zur Dachtraufe reichte.

Innen war die Schmiede genauso vollgestopft wie der Vorplatz. Auf einem langen hölzernen Regal lag Eisen gestapelt, acht Meter lange Eisenstäbe in verschiedenen Formen. Die Arbeitsbank war mit Tischlerwerkzeugen bedeckt, mit Wagenteilen, Spänen sowie Metall- und Holzstücken. Der Fußboden war mit Spänen und Abschabseln von Pferde- und Ochsenhufen gepflastert.

David stand an der Esse, die in der Mitte der Werkstatt hellrot glühte. Abgesehen von seiner Lederschürze war er bis zur Taille nackt. Er war nicht sehr groß, hatte aber massive Schultern und kräftige und muskulöse Arme. Er hantierte leicht mit der schweren Eisenstange, als er sie erhitzte und mit dem Hammer bearbeitete. Er wollte sie gerade langsam zu einem Faßreifen biegen, als James, Raven, Tiana und Nannie die Werkstatt betraten.

»Hallo, Bruder«, sagte James.

»*A'siyu*, Bruder. Was führt euch her?«

»Wir müssen mit dir sprechen.«

»Dann redet.«

»Nicht vor allen Leuten.«

»Ich werde in einer halben Stunde oder so bei euch sein. Sobald ich diesen Reifen auf einem Rad befestigt habe.«

»Bruder«, sagte Tiana, »es ist wichtig. Wir müssen dich auf der Stelle sprechen.«

»Ich kann jetzt nicht weggehen, Kleines.«

»Du mußt.« Sie zupfte in ihrer Besorgtheit an seiner Schürze.

»Kind, wenn man mit Eisen arbeitet, ist Geduld keine Tugend, es ist eine Notwendigkeit.« Eine dicke Strähne blonden Haars hatte sich aus dem Tuch gelöst, das er sich mehrmals um die Stirn geschlungen und zugebunden hatte. Er pustete sie sich aus den Augen. »Wenn es schneller gehen soll, mußt du von Tyler da drüben den Blasebalg übernehmen. Er wird allmählich lahm.«

»Werde ich nicht«, protestierte der flachsblonde Junge.

»Ich brauche dich jetzt aber. Du mußt zu Adoniram gehen und ihm sagen, daß ich ihn frühestens in einer Stunde wieder brauche.« Er wandte sich an James, während der Stab im Feuer wieder erhitzt wurde. »Adoniram ist mein Zuschläger, ein Cherokee, der bei mir das Handwerk lernt. Du kannst seinen Platz einnehmen. Halte den Stab fest, während ich hämmere.« Er warf einen Blick auf Raven.

»Das ist ein Freund von uns«, sagte James. »Sam Houston.«

»Freue mich, dich kennenzulernen. Sam, bitte schließ die Türen.« Raven verscheuchte die kleine Bande von Bewunderern. Die Hunde, die Glück gehabt und es geschafft hatten, sich in der warmen Werkstatt einsperren zu lassen, standen mit gesenkten Köpfen da, um möglichst nicht aufzufallen. Raven und James standen neben David und sahen ihm bei der Arbeit zu. In den Intervallen zwischen den Hammerschlägen sprachen sie.

»Wo ist er?« wollte David wissen.

»Wer ist wo?«

»Der Sklave, den ihr versteckt.«

»Welcher Sklave?« Raven versuchte, ein gleichmütiges Gesicht aufzusetzen. Sein Magen machte jedoch einen Satz, und er sah sich verstohlen um.

»Es geht das Gerücht, daß ein Mörder frei herumläuft. ›Der weiße Männer niederknüppelt und die sanfte Blüte der Weiblichkeit des Südens vergewaltigt.‹ Die ganze Garnison hat sich bewaffnet. Wie immer ist die Rede von einem Sklavenaufstand.« David hämmerte ruhig weiter.

»So ist es nicht«, sagte James.

»Das ist es selten. Und als ihr vier hier hereingeplatzt kamt, habe ich mir schon gedacht, daß ihr irgendwie darin verwickelt seid. Die da«, er zeigte auf Tiana und setzte sein schiefes Grinsen auf, »ist immer dabei, wenn irgendwas ausgekocht wird.« Er versetzte dem Eisen einen dröhnenden Schlag. »Was wollt ihr von mir?«

Tiana wich zurück, als Davids Hammer und Schrotmeißel in der stillen Dachkammer dröhnten. Sie hatte Angst, man könnte es meilenweit hören. Wenn es in der Nähe Suchtrupps gab, würden sie wissen, was das Geräusch bedeutete. Die Handschellen fielen Coffee von den Handgelenken. Seeth rieb ihm behutsam Salbe auf die wunde Haut. Jetzt kam der schwierige Teil. Coffee brach das Schweigen.

»Ich danke euch. Ihr habt wirklich genug getan. Jetzt komme ich allein zurecht. Ich kenne Höhlen, in denen ich mich verstecken kann, bis ich ein Lager mit entlaufenen Sklaven finde.«

»Mein Freund, diese Lager bestehen aus Leuten, die nur entlaufen sind«, sagte James. »Sie haben niemanden getötet. Die Weißen werden dich hetzen, bis man dich eingefangen hat.«

»Hört mal, Jungs, ihr könnt meine große Truhe nach unten ins Schulhaus bringen«, sagte Seeth. »Beeilt euch. Mr. MacDuff kann jeden Augenblick zurückkommen. Wir nehmen Coffee nach Connecticut mit. David, du begibst dich am besten wieder in die Garnison, bevor man dich vermißt. Coffee, du bleibst hier, bis ich dich rufe.« Seeth, steif und kerzengerade und adrett wie immer, schritt der Prozession voran und ging die Treppe hinunter. Sie begann, aus ihrem riesigen Koffer, einem Ungetüm, dessen Holzrahmen von Leder umspannt war, Kleider hervorzuholen. Sie steckte die Sachen nach und nach in den Ofen.

»Was tun Sie da, Mits MacTuff?« fragte Nannie.

»Wenn ich diese Sachen hier lasse, könnte sich jemand fragen, warum.« Ihre Hände zitterten. So würde es zu lange dauern. »Nehmt den Rest und kommt mit mir.« Sie nahm einen Arm voll der voluminösen Kleider hoch und rannte zum Abort. Dort begann sie, ihre Kleider in das Loch des Dreisitzers zu stopfen.

»Sie werfen ja alle Ihre Sachen weg«, sagte Tiana.

»›Ihr könnt nicht Gott dienen und dem Mammon.‹ Holt mir ein paar Eimer mit Jauche aus der Scheune. Wir kippen sie auf die Kleider.«

»Wollen Sie nicht Mr. MacTuff erzählen, was Sie da tun?« fragte Tiana, als sie den Dung in die Löcher des Aborts kippte.

»Nur wenn ich muß. Bruder MacDuff ist ein schlechter Lügner. Ich auch. Aber vielleicht machen sie sich nicht die Mühe, mich zu fragen. Schließlich bin ich nur eine Frau. Was kann ich schon wissen?« Tiana glaubte, Mrs. MacDuff zwinkern zu sehen.

Seeth versprach Coffee, er könne Fancy nachkommen lassen, sobald sie in Sicherheit seien. Die Jungen bohrten kleine Löcher in den Koffer und brachten Coffee darin so bequem wie möglich unter.

»Der erste Tag wird der schlimmste sein«, sagte Seeth. Wenn wir erst eine Tagesreise hinter uns haben, können wir uns einen neuen Plan ausdenken. Später können wir dich als Diener ausgeben.«

Kurz nachdem der Koffer geschlossen war, kehrte William MacDuff zurück. Er wirkte besorgt.

»Bewaffnete Trupps durchkämmen das Land. Sie haben eine üble Laune. Vermutlich wird noch jemand aus Versehen erschossen, bevor das alles vorbei ist.«

»Hier ist alles fertig, Mr. MacDuff. Die Kinder haben mir geholfen, den Wagen zu beladen. Sie sind hergekommen, um sich von mir zu verabschieden«, sagte Seeth. »Laß uns aufbrechen, bevor hier ein Suchtrupp erscheint. Ich habe keine Lust, mich mit solchen Wilden zu unterhalten.«

Sie umarmte Tiana und Nannie.

»Haben Sie keine Angst?« flüsterte Tiana ihr ins Ohr, während ihr Mann die Ladung prüfte.

»›Nehmt auf euch mein Joch und lernt von mir; denn ich bin sanftmütig und von Herzen demütig; so werdet ihr Ruhe finden für eure Seelen.‹« Seeth lächelte und zwinkerte tatsächlich, als sie steif auf den Wagen kletterte.

»Bitte schreiben Sie uns«, sagte Tiana.

»Das werde ich.« Sie winkte, bis sie nicht mehr zu sehen war.

»Eine tapfere Frau«, sagte James.

»Ich hoffe, sie schaffen es.« Raven sah auf Tiana hinunter. »Großmutter, warum heißt sie Seeth?«

»Das ist aus dem Buch des Predigers Salomo. ›The Lord seeth not as man seeth, and my child shall be called Seeth.‹«* Tiana hielt die Bibel umklammert, die Seeth ihr gegeben hatte. »Was bedeutet ›Mammon‹?«

Es war eine erschöpfte, mitgenommene Gruppe, die auf den Hof der Rogers vorfuhr. Seit Tiana, Nannie, Raven und James mit Coffee zur Garnison aufgebrochen waren, waren erst vier Tage vergangen. Doch Tiana kam es vor, als wären sie Jahre weggewesen. Auf der Heimfahrt waren sie dreimal angehalten worden. Die Männer der Suchtrupps hatten den Wagen jedesmal durchwühlt. Zum Glück hatten James und Raven daran gedacht, den doppelten Boden zu entfernen und die von Coffees Wunden stammenden frischen Blutflecken abzuwaschen. Als sie die Zügel der Pferde anzogen, hörten sie hinter der Scheune einen klagenden Laut. Hunde heulten vor Mitgefühl mit.

»Was zum Himmel ist denn das für ein Katzengeschrei?« fragte Raven.

»Dudelsäcke. John Stuart, der Mann meiner Tante, hat Vater beigebracht, Dudelsack zu spielen. Hier muß etwas schiefgegangen sein.«

* Unübersetzbares Wortspiel (Anmerkung des Übersetzers)

»Wie kommst du darauf?«

»Er spielt ihn meist, wenn er zornig ist oder sich über etwas aufregt. Das Spiel beruhigt ihn.«

»Beruhigt ihn«, sagte Raven. »Ein Wunder.«

Tiana und Nannie waren schon abgesprungen, bevor der Wagen stand. Sie rannten durch die Eingangstür und sahen, wie Jennie und Susannah zerbrochenes Steingut zusammenfegten. Großmutter Elizabeth war dabei, ihr zerstreut herumliegendes Nähgarn zu sortieren und ihr Spinnrad zusammenzusetzen. Susannah brach in Tränen aus, als sie sie entdeckte.

Jack Rogers kam herbeigerannt.

»Was ist passiert, Vater?« fragte James.

»Sie sind gekommen, um nach Fancy und Coffee zu suchen.« Jack drehte sich um, um den Dudelsack aufzuhängen, damit niemand die Tränen in seinen Augen sah. Als er sich wieder umdrehte, packte er Tiana an den schmalen Schultern und schüttelte sie fest.

»Tu das nicht noch einmal!« rief er. »Sei nie wieder so ungehorsam!«

»Dein Vater hat sich Sorgen um dich gemacht«, sagte Jennie sanft.

Das Wort Sorgen traf es nicht genau. Jack hatte sich ständig verflucht, weil er die Jungen zu einer so gefährlichen Fahrt hatte ziehen und Tiana und Nannie einfach hatte entwischen lassen. Wenn er nicht so aufgebracht gewesen wäre, hätte er gewußt, daß Tiana etwas ausheckte. Sie hatte ihm nicht wie sonst immer widersprochen. Er hätte davon ausgehen müssen, daß sie für Fancy oder jemanden, den Fancy liebte, ihr Leben aufs Spiel setzte. Fancy war in Tianas Clan aufgenommen worden. *Es ist kein Wunder, daß wir starrköpfigen Schotten mit diesen Dickschädeln von Cherokee so gut auskommen. Wir verstehen dieses Stammessystem des Clans sehr gut,* dachte er.

»Die haben hier ja schrecklich gehaust«, sagte Tiana und bückte sich, um eine Tonscherbe aufzuheben, die Jennies Besen verpaßt hatte. Sie schlang die Arme um die Taille ihres Vaters. Da sein Zorn verraucht war, preßte er sie an sich.

»O ja, Kleines. Das haben sie. Erzähl mir von eurer Fahrt. Ist Coffee in Sicherheit?«

11

Raven wog den schweren *gatayusti*-Ball in der Hand, kniff die Augen zusammen und blickte auf das Spielfeld. Die beiden Mannschaften, die den Weg des Balls säumten, warteten angespannt. Jeder Spieler hielt seinen gut zwei Meter langen Stock wurfbereit. Der Ball war fünf Zentimeter dick und hatte einen Durchmesser von rund fünfzehn Zentimetern. Er war auf der einen Seite konvex und auf der anderen Seite konkav. Er war auf Hochglanz poliert und fast vollkommen rund.

Es war das erste Mal, daß Raven den Ball werfen sollte. Er wollte es richtig machen. Er musterte das Gelände, während die Spieler unruhig auf und ab hüpften. Schließlich zog er den Arm zurück und rollte den Stein in einem weiten Bogen quer über das Feld. Die Jungen jagten mit lautem Geschrei hinter ihm her, warfen ihre Stöcke nach ihm und versuchten auch, die Stöcke der anderen zu treffen. Wenn mehrere zusammenprallten, gab es ein lautes Klappern. Niemand traf den Ball, und als er ausrollte und liegen blieb, gab es nicht nur auf dem Feld, sondern auch bei den Zuschauern lautstark geführte Auseinandersetzungen darum, welcher Stock dem Ball am nächsten gekommen war. Raven schritt um die Stöcke herum und studierte die auf ihnen eingeschnittenen Markierungen, um die Entfernung von dem Stein zu messen.

»The Girth!« rief er. Drums Sohn reckte die Arme in die Höhe und grinste. Jeder hob seinen Stock wieder auf und stellte sich zu einer neuen Runde auf. So würde das Spiel stundenlang und manchmal ganze Tage weitergehen, bis ein Spieler hundert Punkte beisammen hatte. Bei jedem erfolgreichen Wurf gab es nur zwei Punkte. Als der Nachmittag halb vorbei war, schmerzten Ravens Schultern und Arme. Er war froh, als James vorschlug, sie sollten aufhören, es sei Zeit für das Abendessen.

Eine erschöpfte und von den Spuren des Spiels gezeichnete Gruppe von Jungen trottete den Pfad hinauf. Ein dichtes Gestrüpp von Teebeeren riß und zerrte an ihren Beinlingen. Raven nahm den Stock in die andere Hand, um seinem Arm Erleichterung zu verschaffen. Er zitterte, als der kalte Wind den Schweiß auf der Haut trocknete.

Raven hörte das ferne Flattern eines näherkommenden Wandertaubenschwarms. Das Licht über ihnen wurde schwächer, als die Vögel über sie hinwegflogen. Eine riesige graue Wolke verhüllte die

Sonne. Es waren Tausende von Tauben. Raven und die Jungen beeilten sich, unter einem Baum Schutz zu suchen, um keine Taubenlosung auf den Kopf zu bekommen. Ein Schwarm von dieser Größe würde wahrscheinlich eine Stunde oder zwei brauchen, um vorbeizufliegen. Raven beschloß, James und John zu fragen, ob sie bald mit ihm auf Taubenjagd gehen wollten. Der Sammelplatz konnte nicht allzuweit entfernt sein.

Es war November 1810. Die strahlenden Rottöne des Färberbaums und des Ahorns sowie die Gold- und Bernsteintöne von Sassafras und Storaxbalsam verblaßten zu Schattierungen von schmutzigem Braun. Viele Blätter waren schon gefallen und entblößten vor einem grauen Himmel ein kahles Gestrüpp schwarzer Äste. Die Blätter, die noch an den Zweigen hingen, raschelten im Wind wie ausgebleichte, zarte Vogelknochen. Andere wehten still durch den rauchigen Dunst, der in Schichten zwischen den Bäumen waberte. Die Frauen verbrannten den Abfall auf dem Waldboden. Wenn die Flammen erstarben, sammelten sie die Nüsse, die darunter lagen.

Der Mais war geerntet und von Lieschen befreit, und die Raufen waren voll. Das Lagerhaus der Gemeinde quoll vor bunten Ähren von Brotmais über. Raven warf einen Blick über die Schulter. Irgendwo in den hohen Hügeln und Bergen im Osten gab es eine Höhle, in der sich Fancy versteckte. Drum verweigerte jede Auskunft darüber, wo sie sich aufhielt.

»Sie ist versteckt wie das Wintergoldhähnchen, das im Kalmiengestrüpp verschwindet«, sagte er, wann immer Raven ihn fragte. Früher wäre Fancy in Echota sicher gewesen, dem Dorf, in dem Nanehi Ward aufgewachsen war. Es war ein Ort des Friedens. Dort konnte jeder um Zuflucht bitten. Doch Weiße hatten keine Achtung vor dieser Tradition. Suchtrupps durchkämmten die Dörfer noch immer nach Coffee und Fancy.

Raven balancierte seinen langen Stock unter dem Arm und hielt die glatte Scheibe vor sich. Er drehte sie um und bewunderte die Arbeit, die darin steckte.

»Wer hat sie gemacht?« fragte er. James zuckte die Achseln.

»*Gatayusti*-Bälle hat es schon immer gegeben.« Die Bälle galten als Gemeineigentum. Wann immer ein neues Dorf erbaut wurde, wurde sein Standort in der Nähe eines guten Geländes für ein *gatayusti*-Feld ausgewählt. Bevor das Stadthaus oder der städtische Maisspeicher oder Blockhäuser gebaut wurden, wurde ein Morgen Land für das Spiel gerodet und eingeebnet. Und wenn die Männer beim Bau der Hütten für die Frauen eine Pause machten, spielten sie. Vielleicht war es auch umgekehrt, daß sie die Hütten in den Spielpausen des *gatayusti* bauten.

Nach dem Abendessen gingen Raven, James und John mit den Männern von Hiwassee zum Hügel des Gemeindehauses. Tiana, ihre Schwestern und Vettern folgten mit den Frauen und Kindern. Viele Menschen trugen Fackeln, die noch nicht brannten, sowie Gefäße aus Horn und Ton mit glühenden Holzscheiten. Der Rat würde erst nach Einbruch der Dunkelheit zu Ende gehen, und man würde die Fackeln mit den glühenden Scheiten anzünden. Aus dem Herd des heiligen Ratshauses durfte kein Feuer genommen werden. Selbst die Pfeifen mußten geleert werden, bevor die Männer mit ihnen nach Hause gingen.

Drum und sein Freund, der feurige alte De'gata'ga, Standing Together, führten die Prozession an. De'gata'ga bedeutet in etwa, daß zwei Menschen so eng beieinander stehen, daß man sie für einen halten kann. Standing Together war so schlank, wie Drum rund war. Er war so lebhaft, wie Drum ruhig war. Als Kriegshäuptling war er eine ebenso gute Wahl wie Drum als Friedenshäuptling. Er war ein Vollblut, das hartnäckig an alten Sitten und Gebräuchen festhielt. Er trug sein Haar auf eine Art, die seit fünfzehn Jahren aus der Mode war. Bis auf einen kleinen Fleck mit Haar im Nacken war der Kopf kahlrasiert. Einige Federn und Schnüre mit Wampum-Kugeln aus Muschelschalen baumelten an dem Haarbüschel. Der rasierte Skalp betonte die großartige Nase, die unter seiner hohen, runden Stirn hervorragte und sein grimmiges Gesicht beherrschte. Standing Together sah immer aus, als könnte er sich jeden Augenblick auf den Kriegspfad begeben. Drum wirkte mit seinen rosigen Wangen und dem runden Bauch, der ihm ein Stück über seinen Gürtel hing, wie ein zufriedener Landedelmann. Er trug Hosen aus selbstgewebtem Stoff und ein gestärktes weißes Leinenhemd mit einem breiten Spitzenkragen. Die Sohlen seiner Schuhe waren mit Holzpflöcken festgenagelt. Die Schuhe waren klobig, aber er trug sie immer, wenn er mit den Behörden der Weißen zu tun hatte.

Heute abend war eine dieser Gelegenheiten. Return Jonathan Meigs, der Agent der US-Regierung für die Nation der Cherokee, ging zwischen Drum und Standing Together. Das Wahre Volk nannte ihn White Path. Meigs war siebzig, ein zartgliedriger, weißhaariger Mann, der zwischen Standing Togethers Länge und Drums Breite wie ein Zwerg wirkte.

Er trug graue Kniehosen und einen schlecht sitzenden, fleckigen schwarzen Mantel, der am Kragen ausgefranst war. Einer seiner schwarzen Seidenstrümpfe hatte eine Laufmasche. Sein Kinn verschwand in seinem hohen steifen Kragen und dem Halstuch. Die anderen Männer verlangsamten ihren Schritt, doch er mußte sich trotzdem beeilen, um mitzuhalten.

Sik'waya, Opossum Place, ein Neffe Drums, humpelte neben Kahnung-da-tsa-geh her, Walks The Mountain Tops. Walks The Mountain Tops wurde von den Weißen Ridge genannt. Er war ein Vollblut, das mit seinen riesigen, Hunderte von Morgen großen Obstgärten Erfolg gehabt hatte und ein schönes großes Haus sowie fünfzehn Sklaven besaß. Er kleidete sich wie ein weißer Mann. Sein achtzehnjähriger Sohn Watty war nirgends zu sehen. Das machte nichts. Watty war harmlos, aber ungeschlacht und von schlichtem Gemüt. Er brachte es fertig, einen Rat mit albernen Fragen nachhaltig zu stören.

Das letzte Mitglied der Gruppe um Drum war ein junger Mann, der nur wenige Jahre älter war als Raven und dessen Freunde. John Ross war der Sohn eines schottischen Händlers und einer Cherokee-Mutter, die zu drei Vierteln weiß war. Er war kleinwüchsig und stämmig, hatte ein eckiges Gesicht und ernst dreinblickende blaue Augen. Er sprach ein gepflegtes Englisch, beherrschte die Zunge des Wahren Volkes jedoch nur unvollkommen.

In einer halben Stunde würde das Tageslicht verschwunden sein. Schon jetzt schwirrten Fledermäuse um Tiana herum. Winzige Wintergoldhähnchen trällerten ihre Rufe und Antworten. Eines begann mit einem schrillen Triller, worauf ein anderes dort weitermachte, wo das erste geendet hatte, wonach ein drittes einstimmte. Aus den in Dunst gehüllten Wäldern in der Nähe ertönte der unheimliche Gesang eines Flötenvogels in einer Moll-Tonart. Tiana hielt inne, um auf der Hügelkuppe Luft zu holen und über das friedliche Dorf hinauszublikken.

Im Ratshaus gab es das übliche Rascheln und Husten, das gewohnte Lachen und die gedämpften Unterhaltungen, als die Angehörigen des Wahren Volks auf den Bänken Platz nahmen. Zu allgemeinen Ratsversammlungen erschien jeder im Dorf. Bevor die Gespräche zu Ende sein würden, würden schon viele Kinder auf dem Schoß ihrer Mütter schlafen.

Wäre das Ratshaus kleiner gebaut worden, wäre es jetzt überfüllt gewesen. Hinter den letzten Sitzreihen lehnten Geräte und Werkzeuge für die gemeindeeigenen Felder an der Wand. Daneben standen ineinander verschachtelte Körbe zum Einsammeln der Ernte. Dann gab es noch aufgeschichtete Stöcke, deren Rinde abgeschält worden war, damit sie beim Verbrennen weniger rauchten.

Dann waren da noch Körbe und Schachteln für die *gatayusti*-Bälle sowie für die Pfeifen und den Tabak, der beim Rat geraucht wurde. Manche Körbe enthielten Zeremonien-Umhänge sowie Kopfschmuck und Blätter für das heilige *Schwarze Getränk*. Andere enthielten zusätzliche Rasseln für die Tänze. Ein großer Korb enthielt kleinere Körbe und Würfel für das Korbspiel sowie aus Holz geschnitzte Tiere und Puppen aus Maislieschen zum Vergnügen der Kinder. Da lagen ganze Stapel mit Bärenfellroben und Decken für diejenigen, die bei Versammlungen im Winter nicht genug warme Kleidung mitgebracht hatten.

In der Nähe des Feuers waren an den Sockeln der sieben zentralen Säulen runde Handtrommeln und Wassertrommeln aufgestellt. Die Wassertrommeln waren ausgehöhlte Baumstümpfe aus dem weichen Holz der Roßkastanien. Sie standen aufrecht und waren verschieden hoch mit Wasser gefüllt, was jeder von ihnen einen anderen Ton verlieh. Die Trommelfelle waren Häute von Waldmurmeltieren, die mit dem Saft von Kermesbeeren rot gesprenkelt und mit Faßreifen aus Hickoryholz befestigt waren. Rohrflöten, Schnüre mit Schildkrötenpanzern, die mit Steinchen gefüllt waren, sowie die Panzer von Echten Karettschildkröten hingen neben grotesken Masken an den Säulen. Da waren Federbündel und Kürbisrasseln, die mit einer harten, glänzenden Bemalung aus zerstoßenen Muschelschalen bedeckt waren.

Tiana nahm sich einen Apfel aus einem vollen Korb und fand ihren gewohnten Platz in der für die Long Hairs reservierten Sektion. Tiana sehnte den Tag herbei, an dem sie alt genug sein würde, weiter vorn zu sitzen, wo sie sehen konnte. Geliebte Frau saß bei den Häuptlingen und Stammesältesten. Doch von Nanehi Ward abgesehen gab es keine Geliebten Frauen mehr.

»Schwester«, flüsterte Nannie ihr zu. »Ich muß pissen.«

»Jetzt?« fragte Tiana verärgert. Nannie suchte sich immer die unpassendsten Zeiten aus. Sie konnte unmöglich in der Nähe des Stadthauses urinieren. Sie würden die Treppe am Hügelhang hinunterklettern müssen.

»Es ist dringend. Und wenigstens ist es noch nicht dunkel.«

»Wenn wir zurückkommen, wird es dunkel sein.« Trotzdem ging Tiana leise mit Nannie hinaus.

Die Mädchen waren immer noch draußen, als mehrere bewaffnete Weiße in den großen Raum eindrangen. Ein Gemurmel erhob sich, als die Leute die Köpfe reckten, um sie zu sehen. Raven erkannte den Anführer. Es war derselbe Mann, der ihn und James angehalten hatte, als sie Coffee in die Garnison geschmuggelt hatten.

»Diese Hungerleider werden erst zufrieden sein, wenn sie Coffee langsam über einem Feuer rösten können«, sagte Raven zu James. Dieser nickte. Die Männer trugen große Tücher, die sie sich lose um den Hals geschlungen hatten. Wenn sie gewußt hätten, daß Meigs hier war, hätten sie sich die Tücher vermutlich hochgezogen, um die Gesichter zu verbergen.

»Wir sind auf der Suche nach diesem entlaufenen Nigger«, rief der Anführer. »Wie wir hören, könnte seine Frau hier versteckt sein.«

»Wir verstecken hier keine Negerfrau«, ließ Drum durch James sagen. Wie immer sagte er die absolute Wahrheit.

»Wir werden hier sowieso alles durchsuchen.« Der Mann zeigte mit einem Kopfnicken in die Ecken des halbdunklen Raums.

»Über der Tür hängt die weiße Flagge des Friedens«, sagte Drum. »Sie dürfen sich gern umsehen, aber ohne Waffen.«

»Wir fragen nicht um Erlaubnis, und ohne unsere Waffen gehen wir nirgends hin.«

Schimpfend und mit auf der Brust verschränkten Armen stellte sich Standing Together vor sie.

»Sagen Sie ihm, daß er den Weg freigeben soll«, sagte der Mann mit dem vorstehenden Zahn zu James. »Sonst werde ich gezwungen sein, ihm weh zu tun.«

»Sie werden nichts dergleichen tun, Ben Abbott.« Return Meigs stellte sich neben Standing Together.

»Sie wollen uns aufhalten, alter Mann? Für das, was Sie zu sagen haben, gibt hier kein Mensch auch nur einen Topf voll Pisse.« Der Stimme des Mannes fehlte es jedoch an Überzeugungskraft. Jemand, der etwas zu sagen hatte, hatte ihn erkannt. *Sehr gut, White Path,* dachte Drum. *Wenn man einen Mann beim Namen nennen kann, kann man ihn beherrschen.*

»Leute aus Georgia«, murmelte James zu Raven. Von allen Siedlern haßten die aus Georgia die Indianer am meisten.

Beide Gruppen standen sich gespannt gegenüber. Nur Drum schien ganz gelöst zu sein. Doch Drum schien überhaupt nie etwas in Wallung zu bringen. Meigs hatte die Entschlossenheit der weißen Männer erschüttert, aber ihr Stolz würde ihnen einen Rückzug nicht erlauben. Raven fragte sich fast mit Drums Gleichgültigkeit, was passieren würde, wenn von unerwarteter Seite Hilfe käme. Dann fuhren plötzlich alle zusammen, als ein Kind draußen aufkreischte und durchgehende Pferde zu wiehern begannen.

»Tochter!« rief Jennie. Sie kannte Tianas Stimme genau, selbst wenn sie durch ein Kreischen verzerrt war. Jennie und Großmutter Elizabeth rannten an den Bänken entlang hinaus, als die Menschen ihr den Weg freimachten. Allgemeine Verwirrung brach aus. Das Kreischen hörte auf, doch über den Lärm konnten sie die Rufe der weißen Männer hören, die zur Bewachung der Pferde zurückgeblieben waren. Abbott und seine Meute rannten hinaus, und die Angehörigen des Wahren Volks drängten sich hinter ihnen am Ausgang. Raven und James kamen gerade rechtzeitig zur Tür, um zu sehen, wie das letzte der Pferde in den Wald verschwand, der das Dorf umgab.

»Wir kommen wieder«, rief Abbott über die Schulter, als er und seine Männer die Treppenstufen hinunterrannten oder an der steilen Böschung des Hügels hinunterrutschten. Auf der Spitze des Hügels sah Raven zu, wie sie in dem bleichen Abendlicht durch das Dorf davonliefen. Sie würden einige Zeit brauchen, um in der Dunkelheit ihre Pferde zu finden. Plötzlich tauchte in dem rauchigen, dunklen Dunst eines Hains eine Gestalt aus dem Nichts auf, und die alte Spearfinger versperrte Abbott den Weg. Sie hielt sich den Finger vor ihre Hakennase und richtete ihn drohend auf Abbott und die Männer, die bei ihm waren. Der Fingernagel war zu einer spitzen, schmutzigen und vier Zentimeter langen Kralle gebogen.

»Ich werde eure Leber essen«, kreischte sie immer wieder auf Cherokee. Beim Klang ihrer Stimme begannen die Hunde im Dorf zu heulen. Sie spie Abbott an. Ihr Speichel war mächtig. Er enthielt ihre Lebenskraft und übertrug sie auf alles, was er berührte. Er würde ihren Fluch noch wirksamer machen. Abbott wollte sie gerade zu Boden schlagen, als Watty Ridge mit seiner Körpergröße von einem Meter fünfundneunzig und seinen zweihundertachtzig Pfund Gewicht aus dem Gebüsch trat und sich neben ihr aufbaute. Er grinste die weißen Männer dümmlich an.

Abbott und die anderen machten einen Bogen um die beiden. Spearfinger schrie ihnen noch einen letzten Singsang voller Verwünschungen hinterher und riß Abbott ein paar Fransen von dessen Rehlederhemd ab, als er an ihr vorbeirannte. Mit einem hinterhältigen Lächeln steckte sie sie in die Falten ihres geschrumpften Busens. Sie würde sie später dazu benutzen, ihn mit einem Fluch zu belegen. Um ihren Auftritt zu krönen, warf sie den Männern noch ein paar Steine hinterher. Watty winkte den kleiner werdenden Rücken der Männer fröhlich nach.

Die anwesenden Cherokee brauchten einige Zeit, um wieder ins Haus zu gehen und sich zu beruhigen. Tiana und Nannie waren außer Atem, und Jennie und Elizabeth setzten sich zwischen sie. Sie legten ihnen die Arme um die Schultern, um sicher zu sein, daß sie nicht irgendwohin verschwanden. Tiana kuschelte sich an Großmutter Elizabeth. Ihr Herz pochte immer noch wild, aber auf ihrem Gesicht zeigte sich ein feines Lächeln. Um es zu verbergen, blickte sie mit Unschuldsmiene auf das exakte Kreuzmuster der rauchgeschwärzten Dachlatten an der Decke und der Schindeln aus Baumrinde. Das vertraute Muster wurde durch die schweren Dachbalken zerschnitten, die von dem mittleren Pfosten ausstrahlten, einem Eichenstamm von fast elf Meter Höhe und anderthalb Meter Durchmesser.

»Mädchen.« Drums Kopf war in Rauch gehüllt. »Ist euch nichts passiert?« Tiana sprang auf, als ihr aufging, daß er zu ihr und Nannie sprach.

»Nein, Geliebter Vater«, erwiderte sie.

»Was ist geschehen?«

»Ihre Pferde haben sich erschreckt«, sagte Tiana.

»Erzähl ihnen auch den Rest der Geschichte«, sagte Nannie. Tiana zuckte nur die Achseln. »Die da hat sie mit Steinen beworfen.« Nannie verfiel in die förmliche dritte Person, die sie vom Rat her kannte. »Schwester hat der hier gesagt, sie soll Lärm machen, um den weißen Mann abzulenken. Dann kreischte sie und ruderte wild mit den Armen, um die Pferde zu erschrecken. Sie hat ihnen auch mit ihrem Taschenmesser in den Hintern gestochen.«

»Sie hat diesem Abschaum wirklich Beine gemacht«, flüsterte Raven James zu. »Großmutter ist wirklich was Besonderes.« James gluckste.

Als die Tür in ihren hölzernen Scharnieren kreischte, gab es leichte Unruhe. Alle drehten sich um, um zwei Männer eintreten zu sehen. Walosi, Springfrog, und sein Stellvertreter Goksga, He's Smoking It oder Smoker, waren hochgewachsene Männer. Beide waren etwa einen Meter achtzig groß und wogen mehr als zweihundert Pfund. Sie trugen schwere Stiefel, Hosen aus selbstgewebtem Stoff, weite, wallende Hemden und Lederjacken. Ihre breiten, braunen indianischen Gesichter und langen schwarzen Zöpfe bildeten einen merkwürdigen Kontrast zu ihren verbeulten Filzhüten.

»Wie wir hören, hat es hier Ärger gegeben«, sagte Springfrog und drehte dabei seinen Hut in den Händen.

»Hat es«, erwiderte Drum. »Wo seid ihr gewesen?«

»Beim Glücksspiel, wie immer«, knurrte Standing Together. »Haben bestimmt wieder Black Eye, White Eye gespielt. Zahl ihnen fünfzig Dollar im Jahr, dann lassen sie sich nie blicken, wenn man sie braucht.« Standing Together hatte sich der Aufstellung der berittenen Polizei, der Light Horse, widersetzt, als sie vor zwei Jahren gebildet wurde. Er sagte, das Wahre Volk sei Hunderte von Jahren ohne Polizei ausgekommen. Die Weißen seien es, die eine Polizei brauchten, sagte er.

»Der Ärger ist vorbei.« Ridge wechselte seinen Standort, um den beiden am Feuer Platz zu machen.

»Die Mädchen haben sie verjagt.« Niemandem entging der leichte Spott in Drums Worten, obwohl seiner Stimme nichts davon anzumerken war. Springfrog gehörte zum Clan von Drums Großvater. So konnte Drum ihn necken, wenn es ihm beliebte. »Nach dem Rat könnt ihr den weißen Männern dabei helfen, ihre Pferde zu finden. Wir wollen sie nicht länger als unbedingt nötig hierbehalten«, fügte Drum hinzu.

Tatsächlich zog niemand den Diensteifer von George Washington Springfrog oder seinem Assistenten Lieutenant Smoker in Zweifel. Vor einem Jahr hatte Smoker seinem eigenen Bruder aus Wut mit einem Messer ein Auge ausgestochen, weil dieser sich geweigert hatte, mit seinen Pferdediebstählen aufzuhören. Springfrog und Smoker und die vier einfachen Polizisten waren gewählt worden, weil sie im Dorf die hochgewachsensten Männer waren. Captain Springfrog bekam fünfzig Dollar Gehalt pro Jahr, sein Stellvertreter vierzig und die einfachen Polizisten dreißig. Das Geld kam von der alljährlichen Pacht, die der Stamm für Ländereien erhielt, die er an die Vereinigten Staaten abgetreten hatte.

»Ich werde mit Captain Armistead in der Garnison von Hiwassee sprechen«, sagte Meigs. »Abbott stiftet schon seit langer Zeit hier Unruhe. Die Soldaten haben ihn vor zwei Jahren vom Cherokee-Land vertrieben.«

»Wenn wir die Light Horse nicht dazu einsetzen können, uns selbst vor weißen Männern zu schützen, wozu taugen sie dann?« fragte Standing Together. »Es sind die Weißen, die immer wieder Unruhe stiften. Wenn einer von uns Pferde stiehlt, holt er sich nur das zurück, was man ihm gestohlen hat. Wenn einer von uns unangenehm auffällt, liegt es nur daran, daß er sich mit dem Whiskey betrunken hat, den die Weißen verkaufen.«

Springfrog und Smoker blieben stumm. Sie wußten, daß sie nichts ausrichten konnten, wenn es um Weiße ging, und daß es andererseits lächerlich einfach war, mit ihrem eigenen Volk fertig zu werden. Das Wahre Volk verstand sich nicht aufs Lügen. Gesetzesbrecher gaben meist ihre Schuld zu und stellten sich oft sogar selbst der Strafe. Sie wußten, daß ihre Geister nicht in das Nachtland kommen würden, wenn sie ihre Schuld leugneten. Sie wären dann dazu verdammt, als tote Seelen die Erde zu durchstreifen. Das war Drohung genug. Ein Häuptling brauchte den Beschuldigten nur zu fragen: »Lügst du?«, um die Wahrheit zu erfahren. Die Familien der Light Horse hatten sich jedoch an ihre fürstlichen Gehälter gewöhnt, so daß die Männer hartnäckig versuchten, ihren Verpflichtungen nachzukommen.

»Wir sind wie Tiere«, sagte Standing Together. Und jedermann wußte, daß dieser Rat mit einer Geschichte beginnen würde. »Hört, was mir die alten Männer erzählten, als ich ein Junge war.«

Raven warf einen Blick auf die Pfeife, die James ihm reichte. Der hölzerne Stiel war in Gestalt einer nackten Frau geschnitzt, die sich wollüstig zurücklehnte. Raven kam sich immer etwas albern vor, wenn er die Pfeife in der Hand hatte. Wenigstens war sie nicht so schlimm wie die, die Drum hatte. Die Schüssel war ein kniender Mann, der dem Raucher ins Gesicht blickte. Das Ende des Stiels war der riesige Phallus der Figur.

»Vor vielen Jahren«, fuhr Standing Together fort, »waren die Tiere viel größer und stärker, als sie es heute sind. Sie hatten Häuptlinge und Räte und Stadthäuser genau wie wir. Sie konnten unsere Sprache sprechen. Die Tiere erfanden das heilige Ballspiel. Und sie waren so mächtig, daß sie und die Insekten uns Krankheiten brachten, um sich dafür zu rächen, daß wir sie jagten. Doch im Lauf der Zeit gingen sie nach und nach in die *Galun'lati* ein, die Welt über uns. Die Tiere, die heute hier leben, sind nur noch armselige, schwache Nachahmungen dieser großen Wesen. Wie die Tiere scheint jede neue Generation des Wahren Volks schwächer zu sein.«

»Seit die Delaware vor zwanzig Jahren die Schatulle mit den heiligen Reliquien wegnahmen, ist alles anders geworden«, sagte Drum. »Als sie die heilige Schatulle stahlen, haben sie die Macht gestohlen.«

»Besitztümer«, sagte der schlanke stille Mann neben Ridge. Er hielt sein Bein beim Sitzen steif vor sich. Eine Krankheit im Kniegelenk hatte Sik'waya zum Krüppel werden lassen. Da er nicht mehr wie früher jagen oder Ackerbau treiben konnte, verdiente er seinen Lebensunterhalt als Silberschmied. Sik'waya hatte Standing Togethers großen, halbmondförmigen silbernen Halsschmuck gemacht.

»Zu viele Angehörige des Wahren Volks denken nur an Besitztümer. Wenn ein Mensch zu viele Besitztümer hat, wird er zum Besessenen. Dann muß er für sie sorgen und sie beschützen. Es gibt keine Zeit mehr für den Geist, für die Berge und die Jahreszeiten, für Morgendämmerung und Zwielicht, wenn die Geisterwelt der unseren am nächsten ist.« Er hielt abrupt inne und starrte wieder ins Feuer. Für Sik'waya war es eine lange Ansprache gewesen.

»Geliebte Väter, ich möchte sprechen.« Sally Ground Squirrel erhob sich von ihrem Platz direkt hinter den geachteten alten Männern des Dorfs. Tiana reckte den Kopf, um besser zu sehen.

»Der Frauenrat hat diskutiert, was Standing Together darüber gesagt hat, daß das Wahre Volk die Macht verloren hat, die es einst besaß. Sie haben mich gebeten, euch zu sagen, was in ihren Herzen ist.«

»Sag es uns«, sagte Drum.

»Die Frauen sind eure Mütter. Sie versorgen die Herdfeuer und kümmern sich um das Alte Brot, das Geschenk des Ernährers.« Sally Ground Squirrel ging näher in die Mitte, so daß sie vor den Bänken der Männer stand. Die meisten von ihnen wußten, was sie sagen würde, und wirkten peinlich berührt. »Sie haben mit euch, ihren Söhnen, immer im Rat gesprochen. Auch sie sind tapfer, auch sie haben ihren Anteil an Weisheit. Das haben diese jungen Töchter heute abend bewiesen, als sie die weißen Männer verjagten. Dennoch wird es nicht mehr so gern gesehen wie früher, daß sie hier zu euch sprechen.

Aus diesem Grund ist das Wahre Volk nicht mehr so stark wie in alter Zeit. Die weißen Männer haben euch dazu gebracht, euch zu schämen, wenn ihr auf den Rat eurer Mütter und Schwestern hört. Sie sagen euch, Frauen seien nicht so gut wie Männer. Sie sagen es so oft, daß ihr es zu glauben beginnt.« Sally Ground Squirrel machte eine Pause. »Und, was noch weit schlimmer ist«, fuhr sie fort, »die Frauen fangen auch an, es zu glauben.« Sie setzte sich in einem Gemurmel weiblicher Stimmen hin.

»Du berührst mit deinen Worten unsere Herzen«, sagte Drum. »Unsere Mütter und Schwestern und Töchter werden immer willkommen sein, hier zu sprechen.« Die alten Männer grunzten zustimmend. Viele der jungen Männer taten es nicht. »White Path ist gekommen, um mit uns zu rauchen«, fuhr Drum fort. »Er hat Tsan-usdi mitgebracht. Tsan-usdi ist im Nachtland gewesen und wird uns erzählen, was er dort gesehen hat.«

Return Jonathan Meigs' Knie knackten laut, als er aufstand. Was er sprach, wurde in jeder Clan-Sektion übersetzt.

»Meine Brüder und Schwestern, Tsan-usdi, John Ross, hat soeben einen Brief von eurem Bruder Ata'lunti'ski draußen am Arkansas mitgebracht.« Er rückte seine Brille zurecht und blinzelte die blasse Tinte auf dem schmutzigen Papier an.

Mein Freund und Bruder, White Path,

Sag meinem Freund Rogers, daß ich angefangen habe, eine Salzquelle auszugraben. Ich habe dem Whiskeytrinken abgeschworen, bis ich Salz finde. Ich bin auf festen Fels gestoßen und würde mich freuen, wenn er mir ein paar Prophezeiungen sowie Pulver für das Bohren schicken könnte.

Ich bin dein *kanalee*, Freund.
Tahlonteeskee

»Wenigstens hat er am Arkansas jemanden gefunden, der schreiben kann«, bemerkte Jack Rogers. »Ich werde mich freuen, ihm Weissagungen zu schicken.«

»Vielleicht willst du ihm die Weissagungen sogar selbst überbringen«, sagte Meigs. Er war hier, um das Wahre Volk darum zu bitten, nach Westen zu ziehen und sich dort der kleineren Zahl anzuschließen, die schon dorthin emigriert war. Jack wußte, warum Meigs hier war, und ignorierte die Bemerkung. Er hatte nicht die Absicht, dem Agenten die Arbeit zu erleichtern.

»Ich habe neulich einen Tomahawk-Claim gesehen«, sagte er.

»Was ist das?« fragte Tiana Jennie.

»Wenn jemand durch Anbrennen der Rinde eines Baums, eines Zeugnisbaums, auf Cherokee-Land seinen Anspruch geltend macht.«

»Wie können weiße Männer indianisches Land beanspruchen?«

»Sch, Tochter. Ich kann nicht hören.«

»Ich werde mich darum kümmern«, sagte Return Meigs. »Ich kenne das Böse, das manche weiße Männer anrichten. Sie besetzen das Land, roden es und bauen sich Hütten, bevor man sie erwischt. Sie spielen die Unschuldigen und tun so, als wüßten sie nicht, daß sie unberechtigt auf fremdes Land eindringen. Sie bedrängen die Regierung, das Land zu kaufen, da es schon besiedelt sei. Wenn man sie zwingt, das Land zu verlassen, beklagen sie sich über die harte Behandlung, obwohl sie selbst die alleinige Ursache ihres Leidens sind. Die Soldaten haben letztes Jahr drei solcher Familien vertrieben.«

»Und die Regierung versucht, uns zu überreden, noch mehr von unserem Land abzutreten«, sagte Ridge.

»Im Westen gibt es noch viel Land«, sagte Meigs. »Der junge Ross hier hat soeben Ata'lunti'ski besucht und es gesehen. Die Regierung bietet es euch an.« Meigs wußte, daß Drum und Standing Together versuchen würden, ihre Clans dazu zu bringen, sich Drums Bruder Ata'lunti'ski am Arkansas River anzuschließen, wenn es ihm gelang, die beiden entsprechend zu beeinflussen. Für die Gültigkeit von Ratsentscheidungen war Einstimmigkeit nötig. In dieser Frage war es jedoch teuflisch schwierig, Einstimmigkeit zu erreichen.

»Es ist gutes Land, wenn auch steinig und schwer zu bearbeiten«, sagte Ross. »Das Beste, das man von ihm sagen kann, ist, daß dort nur wenige Weiße leben.«

»Die Sieben Clans werden nicht nach Westen ziehen«, sagte Standing Together laut und mit großer Entschiedenheit.

Da haben wir's, dachte Meigs. *Präsident Madison hat keine Ahnung, wie es hier draußen aussieht.*

»Der Westen ist *wudeliguhi,* das dunkler werdende Land. Das Land des Todes. Es ist *tsusgina'i,* das Geisterland, in das die Geister ziehen. Wir werden nicht dorthin gehen. Nicht jetzt. Niemals. Erst wenn wir tot sind. Mehr gibt es darüber nicht zu sagen.«

Meigs ließ das Thema klugerweise fallen, obwohl er wußte, daß die Entscheidung nur aufgeschoben war. Er wußte von dem Glauben des Wahren Volkes, daß die Geister ihrer Toten in Siedlungen im Nachbarland lebten. Dort jagten sie und bauten Mais an, genau wie die Sterblichen es hier taten. Jedoch fürchteten sie sich vor dem Ort. Das konnte Meigs dem Wahren Volk nicht verdenken. Die Vorstellung, die Schatten der Toten führten so etwas wie eine groteske Parodie des normalen Lebens vor, gefiel ihm selbst nicht.

»Wie auch immer«, sagte Jack, »es ist Zeit, die Grenzen abzureiten.«

»Hört! Hört!« sagten seine Söhne. Sie genossen die alte schottische Sitte, die Grenzen des gemeinsamen Landes zu Fuß oder zu

Pferde abzuschreiten und nach Eindringlingen Ausschau zu halten. Das gab ihnen das Gefühl, angesichts des stetigen, unerbittlichen Zustroms von Siedlern nicht mehr so hilflos zu sein.

Als John Ross aufstand, um seinen Bericht abzugeben, rollte sich Tiana auf einem dicken Bärenfell zusammen und deckte sich zu. Das knisternde Feuer, die Unterhaltung und das leise Stöhnen des Windes um das Stadthaus wiegten sie in den Schlaf. Sie wachte auf, als Raven sie an der Schulter schüttelte. James und John nahmen je eine ihrer schlafenden Schwestern auf den Arm und folgten den Männern aus dem Stadthaus. Drum erstickte das Feuer mit Asche.

»Es ist Zeit, ins Bett zu gehen, Großmutter«, sagte Raven. Er hob sie mühelos auf und war unter den letzten, die in die kalte Nacht hinausgingen.

12

Für Raven war das beste am Verlassen von Hiwassee Town die Aussicht, zurückkehren zu können. Er kam gerade von einem seiner gelegentlichen Ritte nach Maryville zurück, wo er sich weitere Kleidungsstücke und Geschenke für seine Freunde und seine Geliebte gekauft hatte. Drum hatte ihm eine einfache Beschwörungsformel gegeben, mit der er die Reise kürzer machen konnte. Raven war sich nicht sicher, was sie bedeutete, rezitierte sie jedoch immer, wenn er sich auf den Weg machte, und sie schien zu funktionieren.

Ernährer, Ernährer,
Ich habe ihn soeben aufgehoben.
Der Große Mond kommt auf der Straße heran.
A'hulu! A'hulu! A'hulu! A'hulu!

Vielleicht hatte er nur die Gewohnheit des Wahren Volkes angenommen, sich an der Abreise ebensosehr zu erfreuen wie an der Rückkehr.

Raven war wie immer sehr aufgeregt, als er die wackelige Fähre am Hiwassee betrat. Er redete auf den schweigsamen Punk Plugged In ein, als dieser das Boot mit seinem langen Stab hinüber stakte. Das runde Muttermal auf Punk Plugged Ins Wange nahm ein dunkleres Rot an, wenn jemand mit ihm sprach. Wie gewohnt wich er Ravens Blick aus und murmelte sein Dankeschön, als Raven ihn für die Überfahrt bezahlte.

Mit seinem Päckchen auf dem Rücken marschierte Raven auf der von Bäumen gesäumten Straße entlang, bis er zu der riesigen alten Eiche kam. Sie war jetzt, in den frühen Tagen des Februar 1811, noch von Laub entblößt. Auf einem niedrigen Ast hockte Spearfinger wie eine übellaunige Eule.

»Guten Tag, Mutter.« Raven verneigte sich und fegte mit einer ausladenden Handbewegung mit seinem zerbeulten alten Filzhut den Waldboden. »Ich nehme an, daß du bei guter Gesundheit bist.« Er langte über die Schulter und zog den grellroten Schal heraus, den er zuoberst in seinen Rucksack gestopft hatte. Er verknotete ihn und warf ihn zu ihr hinauf. Sie fing ihn geschickt auf und schenkte ihm ein schauerliches Lächeln. Als er weiterging, machte er einen weiten Bogen um sie. Immer noch fröhlich winkend zog er sich dann rückwärts von dem Baum zurück.

Er sang, als er an den kahlen Feldern vorbeikam, die mit futtersuchenden Krähen gesprenkelt waren, und versammelte eine Schar lachender Kinder um sich. Er verneigte sich vor jedem, dem er begegnete. In seinem gebrochenen Cherokee machte er allen Frauen Komplimente, die Matten und Körbe flochten, Tontöpfe formten oder Mais zerstampften, die ihre Höfe fegten oder die Pfade um ihre Häuser. Er erkundigte sich bei jeder Familie nach dem Gesundheitszustand. Die Rückkehr nach Hiwassee war besser als ein Fäßchen Rum. Er war außer sich vor Freude, als er Drum sah.

Beim Wahren Volk gab man nur den Leuten die Hand, die keine Freunde waren. Bekannte nannten sie »diejenigen, die man nur an den Fingerspitzen hält«, folglich schüttelte Drum Raven nie einfach nur die Hand. Er nahm dessen Arm in beide Hände und umarmte ihn dann.

»Mein Sohn, ich danke dem Ernährer, weil er dich unterwegs beschützt hat. Ich begrüße dich mit Freude im Herzen. Komm, laß mich dir den Staub von den Füßen waschen.« Drum war überglücklich, seinen Adoptivsohn wiederzusehen. Drum befürchtete, Raven würde nicht zurückkehren, wann immer er zu den Siedlungen aufbrach.

Sally Ground Squirrel erwartete Raven an der Tür ihres Hauses.

Sie lachte, als er sie umarmte und hochzuheben versuchte. Er ächzte, als er sie in die Höhe stemmte, und tat, als würde er unter ihrer Last gleich zusammenbrechen.

»Wie geht es dir, mein Bruder?« fragte James und hielt Ravens Unterarm mit beiden Händen.

»Hab' in wogender Baumwolle geschissen.« Raven grinste. »Hast du mir meine Liebchen warm gehalten?«

»Du kannst sie heute abend beim Tanz selbst wärmen.«

Beim Wahren Volk brauchte es keine großen Ausreden für ein Fest oder einen Tanz. Ravens Ankunft war mehr als Grund genug. Doch es gab noch einen. Der Dorfarzt hatte Standing Together gebeten, einen Goldadler zu töten, den Adler Mit Den Schönen Federn. Sie brauchten die Federn, um sie zu Kopfschmuck zu verarbeiten sowie für die beim Adlertanz benutzten Stäbe. Doch Adler waren heilig. Nur die geachtetsten Männer durften ihre Federn tragen. Und sehr wenige kannten das Ritual, das nötig war, um den Geist eines erschlagenen Adlers zu besänftigen.

Standing Together verbrachte acht Tage in den Bergen mit Fasten und dem Singen der passenden Lieder. Bei seiner Rückkehr sagte er, ein Schneefink sei gestorben. Das verwirre rachsüchtige Adler. Die Federn hingen jetzt in einem Beutel aus Rehleder in einer kleinen runden Hütte in der Nähe des Stadthauses. Er habe den Federn ein Gericht aus Mais und Wildbret vorgesetzt, damit sie zu essen hätten.

Der Adlertanz fand nur im Spätherbst oder im Winter statt, nach der Ernte, wenn die Schlangen schon Winterschlaf hielten. Wenn ein Adlertöter sein Handwerk im Sommer ausübte, würde Frost den Mais erfrieren lassen. Und die Gesänge des Adlertanzes würden Schlangen erzürnen. Heute abend würden die Leute Standing Together Geschenke machen und die älteren Männer des Dorfs den Adlertanz aufführen. Es war zwar ein Tanz für junge Männer, aber die jungen Männer hatten noch keine Heldentaten in der Schlacht vollbracht, deren sie sich beim Tanz hätten rühmen können.

Raven saß im überfüllten Ratshaus und stärkte sich mit etwas von Jack Rogers' bestem Maisextrakt. Der Schnaps war selbstgebrannt, doch das war kein Grund, sich dessen zu schämen. Er war klar und weich. Er glitt Raven wie Öl durch die Kehle und setzte ihm Brust und Magen in Brand. Draußen stand ein Faß mit etwas gewöhnlicherem Schnaps von der Sorte, die Jack Tigerspucke nannte. Raven wußte, daß es bei dem Fest vor Morgengrauen hoch hergehen würde, und er hatte die Absicht, es zu genießen.

Die Trommler hielten einen stetigen Takt, und die Sänger intonierten ihren Singsang. Eine lange Reihe junger Frauen betrat das Ratshaus. Sie trugen weiße Gewänder, die mit Bändern und Kugeln geschmückt waren. An ihren Armen klirrten Armbänder. Ihr schwarzes Haar hing ihnen auf den Rücken. Sie antworteten den Musikern in leisen, süßen Tönen. Dann bildeten sie einen Halbkreis, wobei die beiden Reihen Rücken an Rücken standen, und bewegten sich langsam herum, so daß sie den Zuschauern ins Gesicht sahen. Raven lächelte, als er am Ende der Reihe Tianas ernstes Gesicht entdeckte. Es überraschte ihn immer ein wenig, daß sie sich auf ihren dünnen staksigen Beinen so graziös bewegen konnte.

Die jungen Männer und Knaben trotteten mit einem lauten Jubelschrei herein. Sie trugen Hemden, Lendenschurze und Beinlinge, Armbänder und runde Halsketten aus Muschelschalen sowie hohe, schwankende Federn in ihren Turbans. Sie stellten sich den Frauen gegenüber auf und bewegten sich im Rhythmus mit ihnen. Die Glöckchen und Schildkrötenpanzerrasseln an den Beinen der Frauen hielten den Rhythmus der Trommeln. Die ersten zwei Tänzer erhoben sich auf die Zehenspitzen, dann das nächste Paar und das dritte. Die gesamte Reihe bewegte sich in einer sanften Wellenlinie, als Paar um Paar sich mal auf die Zehenspitzen stellte, mal leicht in die Knie ging, während sie langsam in dem Raum kreisten. Das erste Paar wirbelte herum und tauschte die Plätze, wobei beide einen Jubelruf hören ließen. Diese Bewegung wurde anschließend von jedem Paar wiederholt.

Raven fühlte sich angenehm knieweich; sein Kopf schien sich um die eigene Achse zu drehen. Er hatte das Gefühl, sich nicht bewegen zu können, wenn er es jetzt müßte. Bei diesem Gefühl wirkten das hypnotische Feuer, der starke Whiskey und das Trommeln, der sinnliche Tanz und das Halbdunkel zusammen. Die Morgendämmerung war nicht mehr fern, als James Raven am Ärmel zupfte. Raven folgte ihm ins Freie, wo die kalte Luft ihn ein wenig wiederbelebte. Acht oder neun junge Männer waren dabei, sich für den nächsten Tanz umzuziehen.

»Zieh dich um, Raven. Du kannst diesen Tanz mit uns tanzen.« James begann, in dem Stapel von Kostümen zu suchen.

»O nein, Bruder. Ich nicht. Ich würde mich vollkommen lächerlich machen.« Es fiel Raven schwer zu sprechen, und seine Augen konnten sich nicht darauf einigen, was sie ansehen sollten.

»Natürlich wirst du dich lächerlich machen. Das ist ja der Sinn des Ganzen.«

»Nein.« Raven rülpste und ließ dann einen Schluckauf hören. »Jemand könnte mich erkennen.«

»Hier.« James reichte Raven einen Haufen Lumpen. »Die Maske wird dein Gesicht bedecken und die Robe deinen Körper.«

»Die anderen Tänze könnte ich bewältigen. Aber für diesen bin ich nicht betrunken genug.«

»Wenn du noch betrunkener wirst, wirst du ohnmächtig umfallen. Oder wie üblich vor der Menge Verse aus der Ilias aufsagen. Beeil dich. Es ist gleich soweit.«

»Nicht diese Maske«, jammerte Raven.

»Es ist die einzige, die noch übrig ist«, entgegnete James. »Wir haben sie für dich aufgehoben.«

»Ich werde mit jemandem tauschen.«

»Keine Zeit mehr. Beeil dich.«

Raven schwankte, als James und The Girth die Robe aus bunten Bändern, Lumpen und Lederstreifen an seinem Hals befestigten.

»Das ist doch lächerlich.« Seine Stimme klang gedämpft unter der hölzernen Maske, die sie ihm über den Kopf zogen. Die meisten anderen Masken waren so geschnitten, daß sie alten Männern ähnelten. Eine war aus der Kugel eines Hornissennests gemacht. Ihre Öffnung bildete den Mund, und sie sah aus wie ein schauerliches, von Krankheit zerfressenes Gesicht. Ravens Maske war anders. Sie hatte zwei Schlitze, durch die er sehen konnte, und einen für den Mund. Doch anstelle einer Nase hatte sie einen obszön geformten Flaschenkürbis, an dessen unteres Ende Kaninchenfell geklebt war, das wie Schamhaar aussah.

»Wie ist mein Name?« Raven ergab sich in sein Schicksal.

»Süßer Schwanz.«

»Prachtvoll. Wer bist du?«

»Der Die Vulva Schwellen Läßt.« Raven mußte lachen. Wenn seine Brüder ihn jetzt sehen könnten.

»Weißt du, was du zu tun hast?« fragte James.

»Ja. Ich habe diesen Tanz schon oft gesehen.« Raven nahm den knorrigen Stock, den James ihm reichte. Er benutzte ihn als Spazierstock und reihte sich hinter dem letzten Tänzer in die Schlange ein, die The Girth anführte. Jetzt, wo er sich dem Maskentanz nicht mehr entziehen konnte, begann er ihm Spaß zu machen. Er entspannte sich und ließ sich vom Whiskey mitreißen, egal wohin. Er beugte sich vornüber und schlurfte über den Fußboden, gackerte und schnaubte wie die anderen.

Dann platzten die zehn jungen Männer in das Ratshaus. Sie kreischten und machten Verrenkungen, was bei den Menschen, die ihnen im Weg standen, Sprachlosigkeit und Verwirrung auslöste. Wer weiter weg stand, stellte sich auf die Bänke, um sie zu sehen. Schwangere Frauen verbargen die Gesichter, damit ihre ungeborenen Kinder nicht so häßlich wurden wie die Masken. The Girth hatte eine Kürbisflasche mit langem Hals mit Wasser gefüllt und sich zwischen die Beine festgebunden. Die Lumpen seines Kostüms teilten sich über der Kürbisflasche, und er stellte sie stolz zur Schau und wedelte damit herum, so daß ihr in hohem Bogen ein Wasserstrahl entströmte. Kinder kreischten vor Lachen und beeilten sich, dem Strahl zu entfliehen. Jeder wußte, daß es nur Wasser war, doch es sah nicht danach aus. Raven sang mit den anderen das anzügliche Lied und murmelte Worte, die er nicht kannte. Die Maskentänzer johlten und kreischten und wirbelten herum, so daß ihre zusammengewürfelten Kleider nur so flogen. Plötzlich beendeten sie den Tanz. Sie hatten dafür gesorgt, daß sich das gesamte Ratshaus in Aufruhr befand. Humpelnd und mit lüsternen Rufen jagten sie hinter den Frauen her, erschreckten die Kinder und bedrohten die Männer. Raven genoß jeden Augenblick. Er schlich sich von hinten an Galidoha heran, Climbs Around, seine jüngste Eroberung. Kichernd versuchte sie sich hinter dem breiten Rücken ihrer Mutter zu verstecken. Er stieß ihr mit einer obszönen Gebärde seine lange Nase ins Gesicht. Er ließ ein meckerndes Lachen hören, während sie sich die Hände vor das runde Gesicht hielt, um sich zu verteidigen.

»Geh weg, geliebter Freund.«

»Woher hast du gewußt, daß ich es bin?«

»Deine Füße.«

Raven versuchte, sich durch die Schlitze in seiner Maske auf die Füße zu sehen.

»Niemand im Dorf hat so große Füße.«

Raven zog sich die Maske hoch, beugte sich hinunter und küßte Climbs Around schnell auf ihre vollen Lippen. Dann schloß er sich wieder den Tänzern an. Sie versammelten sich alle in der Mitte des Ratshauses und wurden etwas ruhiger. Drum beriet mit The Girth, dessen Maske weiß bemalt war und auf dem Scheitel statt Haar einen Skunkpelz hatte.

»Wir haben Besucher von einem fernen Ort hier«, verkündete Drum. »Sie kommen aus den weißen Siedlungen.« Alle Anwesenden lachten. »Was wollt ihr?« fragte Drum The Girth.

»Frauen!« riefen die Tänzer und rannten los, um sich welche zu fangen. Die Frauen kreischten und lachten und rannten.

»Unsere Frauen könnt ihr nicht haben«, sagte Drum. »Was wollt ihr sonst?« The Girth flüsterte Drum etwas zu, der mit der Antwort zögerte. »*Di'lsti*«, rief er, und alle lachten. The Girth machte sich über Weiße lustig, die *di'lsti*, Kampf, mit *dilsti'*, Tanz, verwechselten. »Wir befinden uns im Frieden«, sagte Drum. »Wir kämpfen nicht. Nennt uns eure Namen.«

»Mein Name ist Melodische Fürze.« The Girth ließ laut dreimal Winde fahren, um es zu beweisen. Er begann, in einer tolpatschigen Parodie des eleganten Adlertanzes herumzuschlurfen. Doch statt von seinen Heldentaten im Krieg zu erzählen, prahlte er mit seinen Eroberungen im Bett.

»Was soll ich tun?« flüsterte Raven, während The Girth seine Darbietung vollführte.

»Erzähl eine schlüpfrige Geschichte auf Cherokee«, sagte James. »Es gibt viele davon.«

»Ich kenne keine gut genug, um sie zu erzählen. Ich bin immer noch dabei, eure Sprache zu lernen.«

»Erzähl eine einfache Geschichte. Eine von deinem eigenen Volk. Wenn du Hilfe brauchst, werde ich übersetzen«, riet ihm James. »Mach dir keine Sorgen, du könntest dich verraten. Jeder weiß, wer du bist.«

»Ich weiß«, erwiderte Raven. »Die Füße.«

James lachte.

Als Raven an der Reihe war, torkelte er in die Mitte des Tanzbodens. Er begann mit einer schlurfenden, stampfenden Imitation des Adlertanzes. Dann rannte er in der Halle herum und stieß mit der Nase nach den Frauen. Je mehr alle lachten, um so alberner hüpfte er herum, bis die Menge in die Hände klatschte und vor Entzücken mit den Füßen stampfte. Dann gebot er mit erhobenen Händen Stille.

»Ich habe einmal einen behaarten weißen Mann mit einem großen Backenbart gekannt, der eines Sonnabends nach Maryville fuhr, um seine Waren zu verkaufen. Natürlich machte er einen Abstecher in die Kneipe, um etwas zu trinken und um das Gefühl von Langeweile herunterzuspülen.« Raven drehte sich langsam um, damit jeder ihn hören konnte. Seine kräftige Stimme trug bis zu den hinteren Bankreichen in der Dunkelheit an der Wand.

»Die Freunde dieses Mannes überredeten ihn, sich das Haar kurz schneiden und den Backenbart abrasieren zu lassen. Als der Barbier fertig war, sah er aus, als wäre Tala'tu, Die Grille, am Werk gewesen.« Raven wartete, bis sich das Lachen gelegt hatte. Die Grille wurde Der Barbier genannt, weil sie die Haarseite von Fellen fraß.

»In jener Nacht kam der Farmer sehr spät nach Hause und bemühte sich, sehr leise zu sein. Er ging auf Zehenspitzen ins Haus und zog sich leise aus. Dann schlüpfte er ins Bett, ohne ein Wort zu sagen, um seine Frau nicht zu wecken. Doch sie wurde trotzdem wach. Sie ließ die Hände über sein glattes Gesicht gleiten und sagte: ›Junger Mann, wenn du etwas von mir willst, solltest du dich lieber beeilen, denn der Alte Backenbart kann jeden Augenblick zurück sein.‹«

Raven verneigte sich tief, als der Applaus aufbrandete. Dann verlor er das Gleichgewicht und landete kopfüber im Staub.

Das nächste, was er wußte, war, daß er nackt auf seiner Maislieschenmatratze in Drums *asi*, dem Schwitzhaus, lag und aufwachte. Das kleine Feuer war schon weit heruntergebrannt, aber es war noch sehr heiß im Raum. In der Ferne konnte Raven hören, wie Drums Stimme vom Dach des Ratshauses etwas rief.

Von dort verkündete Drum jeden Nachmittag die täglichen Neuigkeiten, und Raven lauschte, um zu erfahren, was sich zugetragen hatte, während er schlief. Meist verstand er den größten Teil des Berichts nicht, so daß Drum es ihm bei der Abendmahlzeit in seinem gebrochenen Englisch wiederholen mußte. Doch an diesem Nachmittag konnte Raven fast alles verstehen.

Er richtete sich im Bett auf und stieß dabei mit dem Kopf an die niedrige Decke in der Nähe der Wand. Seit zwei Jahren kämpfte er nun mit der Sprache des Wahren Volkes. Er sprach und hörte sie jeden Tag, verzweifelte jedoch fast an der Aufgabe, sie zu beherrschen. Jedes Verb hatte Hunderte von Formen, je nach den Besonderheiten von Subjekt und Objekt. Daß er sie jetzt verstand, war ein unerwartetes Geschenk. Drum erzählte den Bewohnern von Hiwassee Town, daß die schwarze Frau mit einem Boot nach Norden gefahren sei. Fancy war in Sicherheit.

Raven legte sich mit dröhnendem Kopf wieder hin. Er lächelte Sally Ground Squirrel dankbar an, als sie die Ledertür mit der Schulter zur Seite schob. Sie kroch herein und balancierte dabei eine Schüssel voll Eintopf und eine Kürbisflasche mit Wasser. Die Decke war so niedrig, daß man nicht stehen konnte, und so kniete sie sich auf den Matten und Fellen hin, die den festgestampften Lehmboden bedeckten. Raven nahm einen langen Schluck aus der Flasche. Sein

Mund fühlte sich an, als hätte er Gips gegessen, und in seinem Magen drehte sich alles. Er stöhnte, und Sally lachte.

»Ich werde nie wieder trinken, Geliebte Mutter«, sagte er. »Jedenfalls nicht bis zum nächsten Mal.« Sally lachte wieder, als sie noch ein paar geschälte Stöckchen ins Feuer warf und ging.

Raven zog seine Decke hinter sich her und ging behutsam zu dem Bett hinüber, in dem die jüngeren Kinder schliefen. Ihres war der Tür am nächsten. Um die Ränder der Ledertür wehte ein Luftzug herein, aber die Erdhöhle war gut erhitzt. Raven lag bequem auf seinen Dekken, das war angenehmer als die harte Matratze.

Er zog die Tür zur Seite, so daß er hinaussehen konnte. Der kalte Winterwind wehte ihm belebend ins Gesicht. Schneeflocken wirbelten leise durch die Bäume auf die Erde. Raven lag, das Kinn auf seine Hand gestützt, auf dem Bauch und sah dem Schnee zu. Er fragte sich, ob es ihm je gelingen würde, sich mit den Jahreszeiten dahintreiben zu lassen, wie Drum es tat. Die Jahreszeiten erinnerten Raven an seine eigene Sterblichkeit. Sie erinnerten ihn daran, wie schnell die Jahre dahinflogen.

Raven wußte, daß er nicht für immer auf dieser kleinen Insel bleiben konnte, wie angenehm das Leben hier auch war. Die Frage, was in den kommenden Jahren geschehen würde, setzte ihm von Zeit zu Zeit zu. Doch es war schwierig, sich Sorgen zu machen und zugleich dem Schnee zuzusehen. Folglich beobachtete er den Schnee und lauschte der Stille.

Als es dunkel wurde, fühlte er sich schon viel besser. Drum würde sagen, daß die Nacht ihren Zobelumhang auf die Welt legte. Raven sah, wie die Flamme einer Fackel sich durch die Nacht auf ihn zubewegte. Sie erleuchtete die Schneeflocken, die das Feuer wiederum in den kalten Farben des Regenbogens erstrahlen ließen.

Drum schob die Fackel vorsichtig durch die Öffnung. Er legte den brennenden Kieferknorren auf einen großen flachen Stein neben den Kreis aus Steinen, in dem das Herdfeuer brannte. Die Fackel brannte fröhlich und erleuchtete den kleinen gewölbten Raum. Drum ging hinaus und kam mit einem Arm voll geschälter Stöcke wieder. Das Feuer mußte die ganze Nacht brennen.

Drum trug seinen zeremoniellen Halsschmuck, eine große runde Muschelscheibe, in die die Gestalt der Uktena, der Großen Schlange, eingeritzt war. Flußperlen, die darin eingelegt waren, um Sterne darzustellen, blitzten im Lichtschein des Feuers. Drum hatte versprochen, Raven, James und John heute abend Unterricht zu geben.

Drum und Raven teilten sich eine Pfeife, bis James und John eintrafen. Ohne ein Wort wurde die Pfeife an sie weitergereicht, und alle starrten ins Feuer. Drum warf ein Stück rohe Leber als Opfer in die Flammen.

»Wir nennen das Feuer das Alte Rot oder Großmutter, dürfen aber nie vertraulich mit ihm sein«, sagte Drum. »Wenn man ins Feuer spuckt, werden einem die Zähne ausfallen. Wenn man ins Feuer uriniert, werden sich Würmer in der Blase einnisten. Wenn man auf die Jagd geht, muß man immer etwas von dem, was man tötet, dem Feuer opfern. Am Vorabend einer Jagd muß man ihm ein Stück Rehleber opfern. Die Richtung, in die die Stückchen aus den Flammen emporschießen, zeigt einem, wo man jagen muß. Wenn man mit den Mokassins und Beinlingen über dem Rauch wedelt, wird es einen vor Schlangen schützen.«

James beobachtete, wie sich Raven um das Feuer kümmerte und die Pfeife wieder anzündete. Drum hatte ihm offensichtlich das Ritual beigebracht. Für einen Augenblick empfand James so etwas wie Neid. In weniger als zwei Jahren war dieser weiße Junge fast so ein vollwertiges Mitglied des Wahren Volkes geworden wie James. James gab sich so große Mühe, sich die Manieren des weißen Mannes anzueignen und sein Wissen, und Raven bemühte sich ebenso darum, ein Indianer zu sein.

Drum liebte Raven wirklich wie einen Sohn. Das fiel ihm nicht schwer. Raven war groß, sah gut aus, war schnell und lernwillig. Drum würde mit ihm ein Wissen teilen, das denjenigen vorbehalten war, die dazu ausersehen waren, Häuptlinge oder Heiler zu werden. Würde Raven lange genug bleiben, um das Wissen einzusetzen, das ihm so großzügig gewährt wurde? James bezweifelte es. Raven hatte eine Art, jeden Ort zu klein erscheinen zu lassen, zu klein, um ihm, Raven, lange genug Entfaltungsmöglichkeiten zu geben. *Jeder von uns muß seinen eigenen Pfad wählen*, sagte Drum oft. Raven würde bald an einen Scheideweg kommen. Er würde sich einen Pfad wählen müssen und auf ewig über den anderen nachgrübeln, den er nicht genommen hatte.

»Wir können von der Natur lernen«, sagte Drum plötzlich, als führte er ein Selbstgespräch. »Alles in der Natur hat seinen Zweck, wie sehr er vor uns auch verborgen sein mag. Von der Spinne lernen wir Geduld. Und wir lernen, zu springen wie der Panther.«

»Geliebter Vater«, sagte Raven. »Wirst du uns Kriegszauber geben?«

»Für Kriegszauber besteht jetzt kaum eine Verwendung. Die rote Flagge des Krieges hängt nie vor den Ratshäusern. Und die Krieger strömen auch nicht mehr wie Gänseschwärme aus den Dörfern, um hinter den Kriegshäuptlingen herzugehen. Frieden ist eine gute Sache. Ich mag nicht hören, wie Mütter um ihre toten Söhne weinen. Aber im Frieden liegt kein Ruhm.«

Drum machte wieder eine Pause und überlegte. »Der Krieg ist die größte Probe, die ein Mann bestehen muß. Vielleicht wird mal ein Tag kommen, an dem du so auf die Probe gestellt werden wirst. Ich kann dich nicht ohne Schutz lassen. Es ist möglich, deine Seele, deine Lebenskraft, in die Baumwipfel zu legen, damit *ga'ni,* Pfeile und Kugeln, dich nicht erreichen können. Es hat einmal einen Mann gegeben, der seine Feinde herausforderte, auf ihn zu schießen. Sie taten es, konnten ihn aber nicht töten. Dann schoß einer von ihnen in die Bäume, und der Mann starb. Hier hast du *i'gawe'sdi,* einen Zauber, der dich davor bewahrt, in einen Hinterhalt zu geraten, und dich vor Pfeilen und Kugeln schützt.

Roter Blitz! Gha! *Du wirst meine Seele in der*
geballten Faust halten.
Gha! *Meine Seele wird sich in den Roten*
Baumwipfeln bewegen.
Gha! *Sie wird hier unten leuchten.*
Gha! *Mein Körper wird die Größe eines Haares haben, eines*
Schattens.

Nachdem du das gesprochen hast, mußt du dir auf die Hände spucken und dir den Speichel auf Gesicht und Brust verreiben. Das ist ein Symbol für das Zum-Wasser-Gehen und beschützt dich mit der Macht deines Speichels. Wenn du einen Zauber probst, darfst du ihn nur dreimal wiederholen. Wenn du ihn ein viertes Mal sprichst, wird er seine Magie verlieren. Du kannst dir zwar neue Zaubersprüche ausdenken, darfst die alten aber nie verändern.«

Die Stunden vergingen, doch Raven bemerkte es kaum. Er war von Drums leiser Stimme wie verzaubert, die von längst vergangenen Schlachten und blutigen Heldentaten erzählte. Als die Morgendämmerung näherrückte, wies Drum Raven an, mehr Holz ins Feuer zu legen. Der Schweiß begann an den Männern herunterzuströmen, als die Temperatur in der Erdhöhle noch höher stieg. Die Sonne stand kurz davor, über den Hügeln aufzutauchen, als Drum die Ledertür hob und hinausblickte. Das Morgenlicht war dabei, den Himmel von Schwarz in Grau zu verwandeln, und schickte blaue Schatten über den tiefen Schnee. Es war Zeit, zum Wasser zu gehen.

Alle vier krochen aus der Erdhöhle hinaus. Ihre verschwitzten Leiber dampften in der kalten Luft. Die Welt war weiß mit sanften und gerundeten Ecken. Nebelschleier hingen in der Luft. Der Frost zeichnete Spitzenmuster in die Bäume. Die Männer stießen laute Schreie aus, um Wasserkannibalen und andere böse Geister zu vertreiben.

Die Jungen zogen sich unten am Fluß aus und ignorierten die Gänsehaut und die Kälte. Drum kratzte sie mit seinem Knochenkamm. Dann wateten sie in den eisigen Fluß hinaus, während Drum Gebete für sie rezitierte. Raven starrte wie gebannt auf ein goldenes Blatt, das in einen dünnen Eisklumpen gehüllt war. Bei Tagesanbruch fühlte er sich immer, als wäre er der Herrscher der Welt, als würde sie nur für ihn jeden Tag neu und frisch erschaffen. Es war tatsächlich eine Zeit des Zaubers.

Jack Rogers zog seinen alten Wagen unter die mächtige Krone einer Eiche. Von dem Nieselregen durchdrang nur wenig das Blätterdach. Auf den Hügelhängen der Umgebung schienen die strahlenden Frühlingsfarben in dem taubengrauen Nebel zu glühen. Dies war kaum besiedeltes Land am Rand des Gebiets, das dem Wahren Volk gehörte. Jack sah zu den in Wolken gehüllten Bergen hoch.

»Sie tun dem Auge wohl und beruhigen die Seele«, sagte er.

»Das tun sie«, sagte Charles. Hinten auf der Ladefläche deckten James und John ihre Gewehre mit einer Plane zu und öffneten den Korb mit Lebensmitteln, die Jennie für sie eingepackt hatte. Sie boten Jack und Charles etwas von dem Indianerbrot und dem gebratenen Speck an. Jack warf einen mißtrauischen Blick zwischen die Scheiben des krümelnden Brots.

»Meine Köchin fängt an, sich etwas auf diese Sandwich-Dinger einzubilden.« Jack war immer unbehaglich dabei zumute, wenn er die Halbschwester seiner Söhne als seine Frau bezeichnen sollte. Er vermied es, indem er die Cherokee-Begriffe für Ehefrau verwendete. »Sie meint wohl, sie sei adlig. Barbarische Sitte«, murmelte er mit vollem Mund.

»Hier hat schon ein anderer gegessen.« James zeigte auf Erdnußschalen, die überall herumlagen.

»Weiße.« John zeigte mit einem Kopfnicken auf eine tote Dosenschildkröte. Ihr Panzer hatte ein Einschußloch. »Sie töten Tiere und lassen sie dann liegen und verfaulen.«

Jack seufzte. Er hatte sich schon gedacht, daß sie auf dem Indianerland Weiße finden würden. Das war der Grund, weshalb er jedes Jahr die Grenzen abritt. Er fand sogar etwas wie grimmiges Vergnügen daran. Er fühlte sich wie das Schwert der Gerechtigkeit, wenn er Eindringlingen befahl zu verschwinden oder wenn er die Soldaten aus der Garnison auf die etwas Starrköpfigeren unter ihnen ansetzte. Doch Jahr für Jahr gab es mehr Landbesetzer. Und sie wurden widerspenstiger. Immer mehr ihrer Gesichter kamen ihm vertraut vor. Er war sicher, daß viele nur aufbrachen, um nach kurzer Zeit wiederzukehren. Oder vielleicht sahen sie alle ohnehin gleich aus.

Das Wahre Volk hatte für derlei keinerlei Verständnis. Nach hundertfünfzig Jahren Kontakt mit den Weißen glaubten sie immer noch, ihre eigene Ehre sei eine allgemeine Tugend. Es fiel ihnen schwer, zu verstehen, daß Weiße sich auf Land ansiedeln konnten, das ihnen nicht gehörte.

Jack wickelte seine Mahlzeit wieder ein und zog sich den großen Kragen seines wollenen Jagdmantels um den Hals. Der Kragen und die breite Krempe seines Huts würden etwas von dem Regen abhalten. Dennoch war er bis auf die Knochen durchgekühlt. Er verfluchte, daß dieser Ritt notwendig war. Charles hüllte sich in seine Decke und zog sich den Rand über den Kopf. Jack knallte mit den Zügeln und ließ die Peitsche auf die widerstrebenden Pferde niedersausen. Es war am besten, diese Arbeit noch vor Anbruch der Nacht zu Ende zu bringen. Manche dieser Leute waren fähig, Zeugen zu töten, damit sie noch etwas länger weitermachen konnten, ohne dabei gestört zu werden.

»Kannst du sie finden, James? John?«

»Ja«, sagte James. »Sie scheinen Müll abzuwerfen, während sie ins Land eindringen, so wie eine Schlange ihre Haut abwirft. Und hier irgendwo in der Nähe muß ihr Tomahawk-Claim sein.«

James hatte recht. Sie fanden den Zeugnisbaum mit einem Einschnitt von einem Kriegspfeil. Nach kurzer Zeit befanden sie sich auf einem hohen Bergkamm mit Aussicht auf die neue Heimstatt. Die kleine Hütte kauerte sich auf der gegenüberliegenden Seite des Berges auf einer Lichtung wie ein in die Enge getriebenes Tier an eine Bergwand. Der bewaldete Hang erstreckte sich fast von der Rückwand der Hütte mehr als eine Meile den Hang hinauf. Um das Haus herum war ein Stück Land gerodet, was den dichten Wald jedoch nur ein wenig abknabberte. Von den Bäumen in der Nähe des Hauses stieg eine Rauchsäule auf. Der Landbesetzer mußte sich durch Brandrodung ein Feld geschaffen haben. Auf dem zweiten Feld standen Maisstoppeln unter den hohen, geringelten Bäumen und riesigen Felsen.

Ein paar Sekunden lang empfand Jack für den Mann fast so etwas wie Mitleid. Es war ein höllisches Unterfangen, in diesem Land neu anzufangen. Der Kampf gegen diese unendliche Wildnis konnte jeden Mann bis ins Mark erschöpfen. War es Hoffnung oder Verzweiflung, was Männer dazu trieb, sich mit so geringen Mitteln einer so gewaltigen Aufgabe anzunehmen? Als sie näherkamen, sah Jack, daß der Zaun um die kleine Weidefläche windschief, jedoch neu war. Er war noch nicht mit den graugrünen Flechten bedeckt.

Das Blockhaus selbst war aus den geraden, hohen Tulpenbäumen erbaut, die es hier im Überfluß gab. Die Stämme waren jedoch weder gehobelt noch abgelagert. Bei nassem Wetter, das es hier reichlich gab, würden sie unter der Rinde schnell verrotten. Schon jetzt waren sie beim Trocknen geschrumpft, so daß an vielen Stellen große Lükken klafften. In die größer werdenden Spalten waren Blätter und Lehm, Lumpen und Stöcke gestopft worden. Es verblüffte Jack immer wieder, daß solche Häuser verwittert aussehen konnten, bevor sie überhaupt fertig waren.

Drei schmutzige Kinder wühlten mit zerbrochenen Dachschindeln im Schlamm. Sie erinnerten Jack an die weißen Bälger, die in der Garnison oft in seinen Laden kamen. Sie hatten weder Geld noch Dinge, die sie eintauschen konnten, so daß sie nur dastanden und mit großen, hungrigen Augen all die Herrlichkeiten um sie herum ansahen.

Diese Kinder hockten inmitten von Eisenstücken, einem Kessel ohne Boden, Knochen, Fellstücken, einem Faß, bei dem die Hälfte der Dauben fehlte und der Reifen schief hing. Da waren zerbrochene Dachschindeln, Rutenbesen, eine verrostete Kette sowie ein Wagenboden, der nie wieder rollen würde. Die Räder hatte man abgenommen, um gefällte Baumstämme abtransportieren zu können. Doch jetzt waren auch die Räder gebrochen. Da lagen Haufen nassen Sägemehls und Asche, Maislieschen und Maiskolben sowie Stapel mit Feuerholz, von dem der größte Teil grün war. Eins der Kinder rannte zur Tür, die sich so stark verzogen hatte, daß sie nicht mehr schloß.

Jacks Mitleid war dahin. Zum Teufel mit diesem Mann! Der Winter würde über diese elende Hütte nur lachen. Der Landbesetzer würde zusehen müssen, wie seine Frau und seine Kinder erkrankten oder erfroren.

»Wie geht's, wie steht's, Fremde?« Der Landbesetzer wiegte seine alte Muskete in der Armbeuge, als er sich bückte, um unter dem niedrigen Türrahmen durchzukommen. Eine Frau mit einem Joch auf den dünnen Schultern kam schwerfällig den Abhang vom Bach herauf. Sie sah aus wie viele Frauen in der Wildnis. Ihr verhärmtes Gesicht mochte einmal hübsch gewesen sein, wenn auch etwas verkniffen und mürrisch. Doch jetzt standen die Wangenknochen zu sehr vor, und Nase und Kinn waren zu spitz. Sie hatte Falten in den Augenlidern, was ihr einen matten und erschlafften Ausdruck verlieh. Alles an ihr, angefangen beim Gesicht bis hin zu dem Kleid, das sie trug, schien grau. Sie befahl die Kinder mit einem Kopfnicken zu sich heran und verschwand mit ihnen in der Hütte. Das war nicht normal. Sonst waren Frauen hier draußen geradezu ausgehungert nach Gesellschaft und Neuigkeiten. Diese Frau mußte wissen, daß sie sich mit ihrer Familie hier nicht niederlassen durfte.

Der Mann war ebenfalls dünn. Dort, wo seine oberen zwei Schneidezähne hätten sein sollen, klaffte eine große Lücke. Sein langes, bleiches Haar war auf seinem knochigen Schädel glatt zurückgekämmt. Seine Gesichtszüge waren für sein Gesicht zu klein. Jack vermutete, daß der Mann Fieber hatte. Auch sein Teint war fiebrig. Ein mürrischer Junge kam um die Ecke der Hütte und richtete ein Gewehr auf sie.

»Wir haben nicht viel, was wir mit Ihnen teilen könnten«, sagte der Mann. Dann besah er sich James und John und Charles etwas näher. »Sie können reinkommen, Mister, wenn Sie Hunger haben.« Er nickte Jack zu. »Aber Ihre Nigger werden draußen bleiben müssen.«

Jack streckte hinter Charles' Rücken den Arm aus und gab John so zu verstehen, er solle ruhig bleiben.

»Wir sind nicht gekommen, um einen Besuch zu machen. Sie sind Eindringlinge auf indianischem Land. Sie müssen es sofort verlassen.«

»Das hier ist kein Indianerland. Im Umkreis von fünfzig Meilen sind keine Indianer zu finden, außer denen da.« Er nickte zu James und John hin. »Ich nehme dieses Land offen und mit vollem Recht für mich in Anspruch.«

»Sie nehmen gar nichts mit Recht für sich in Anspruch, und das wissen Sie auch.«

»Hören Sie zu, Mister.« Die Stimme des Mannes erhob sich zu

einem Winseln, das Jack an den Nerven zerrte. »Ich habe eine Familie zu ernähren.«

»Und das tun Sie auf höchst erbärmliche Weise.«

»Ich habe vieles verbessert. Sie können mich nicht rauswerfen.«

»Dieser Furunkel am Arsch der Schöpfung« – Jack zeigte mit der Peitsche auf die Hütte – »ist keine Verbesserung.«

»Mit welchem Recht betreten Sie mein Land und bedrohen mich?« Der Landbesetzer versuchte, eine angriffslustige Miene aufzusetzen. Der Versuch war nicht sehr erfolgreich, doch Jack wußte, daß der Mann seinen wunden Punkt getroffen hatte. Jack besaß keine wirkliche Autorität, wenn man von der stillschweigenden Billigung des Nationalrats absah. Das bedeutete für Weiße jedoch wenig oder nichts.

»Ich habe das Recht, das mir Captain Armistead von der Garnison Hiwassee verliehen hat«, log Jack. Er wedelte mit einer uneingelösten Zahlungsanweisung herum, die er zufällig bei sich hatte. Jetzt war sie wenigstens zu etwas zu gebrauchen. Die Chancen, dafür Geld zu erhalten, waren sowieso höchst gering. Selbst wenn es anders gewesen wäre: Dieser Mann hatte doch nie eine zu Gesicht bekommen.

»Sie und Ihr Recht und Ihre Nigger können mir gestohlen bleiben. Verschwinden Sie einfach von meinem Land.« Der Mann hob sein Gewehr und richtete es auf sie. Der Junge tat es ihm nach.

»Wir werden wiederkommen«, sagte Jack.

»Lieber bewaffnet«, sagte der Mann.

13

Die Menschenmenge, die sich bei der Garnison von Hiwassee eingefunden hatte, um das einmal monatlich eintreffende Boot aus Knoxville zu begrüßen, war noch größer als gewohnt. Der Anleger war schwarz von Menschen, und wer dort keinen Platz gefunden hatte, hatte sich am Flußufer hingestellt. Die Wälder der Umgebung waren mit Zelten und Unterkünften des Wahren Volks gesprenkelt. Die Frauen und Kinder waren mit ihren Männern gekommen, die zu einem großen Rat in Ustanali nach Süden aufgebrochen waren. Die

Schiffspassage auf dem Kielboot konnten sich nur wenige leisten. Die anderen waren nur hier, um sich mit Proviant und Vorräten für die Fahrt einzudecken und zu hören, welche Neuigkeiten das Boot mitbrachte.

Es kam mit anderthalb Tagen Verspätung. Der Wasserstand im Fluß war niedrig, was es noch schwieriger als sonst machte, Felsen und Untiefen, Stromschnellen und Baumstümpfen auszuweichen. Tiana, Nannie und Susannah waren ungeduldig. Es war August 1811. Es herrschte eine intensive Hitze, und die zusätzliche Wartezeit war eine weitere Belastung.

Die Mädchen, die bis auf ihre hübschen neuen Unterhosen nackt waren, durchstreiften das überfüllte Garnisonsgelände. Sie hatten David Gentry bei der Arbeit zugesehen, bis sie die Hitze der Esse nicht mehr ertragen konnten. Sie verließen das von der Palisade umgebene Gelände und begaben sich zur Getreidemühle, wo es kühl und feucht war. Sie beobachteten, wie der Mais aus dem Loch in der Mitte der Mühlsteine hervorquoll und in die altersschwache Kiste darunter floß. Als der Müller Tiana dabei erwischte, wie sie sich in dem kühlen Maismehl begrub, wurden sie wieder in die Hitze hinausgejagt.

Die Mädchen erforschten jeden Winkel unter dem Bauwerk. Sie kletterten an den massiven Pfählen hoch, die den Boden der Mühle vier Meter über der Oberfläche des Teichs hielten. Dann spielten sie in der hölzernen Abflußrinne, die das Wasser des kalten Bachlaufs über das riesige Mühlrad lenkte. Als sie von dort verjagt wurden, begnügten sie sich damit, unter einem der Lecks in der Rinne, aus dem das Wasser hervorströmte, herumzutollen.

Aus der Ferne hörten sie das laute Läuten einer Glocke. »Das Boot ist da«, rief Nannie, worauf alle drei losrannten. Die Damen der Offiziere rafften entrüstet ihre Röcke, als sie vorbeistürmten. Die Kinder waren klatschnaß und mit rotem Schlamm bedeckt. Ihre nackten Füße hinterließen feuchte Abdrücke auf den Planken. Tiana rannte zu ihrem Vater, der mit Return Meigs und Captain Armistead am Ende der Pier stand. Sie ergriff Jacks Hand und beugte sich vor, um über die dicke Spundwand hinwegsehen zu können.

»Oh, Mädchen! Sieh dich mal an!« sagte Jack. Erschreckt starrte Tiana an sich herunter. Sie ließ die Finger durch das nasse, strähnige Haar gleiten und zog ihre Leinenunterhosen hoch. Die verhaßten rüschenbesetzten Unterhosen waren heruntergerutscht, bis sie zur Erde zu fallen drohten. Die Bänder an den Knien hatten sich gelöst, und die Spitzenrüschen an den Säumen klebten schlaff an den dünnen Schienbeinen. Man hätte unmöglich sagen können, welche Farbe die Hosen einmal gehabt hatten. Tiana band sich die Schnur an der Taille fest und verknotete auch die Bänder an den Knien.

»Los, zieh dich um«, sagte Jack.

»Aber das Boot kommt doch.«

»Geh«, sagte er mit Donnerstimme. Tiana und ihre Schwestern flogen gegen den Verkehrsstrom die Pier entlang. Sie rannten quer über den menschenleeren Exerzierplatz und stürmten in die kleine Hütte, die ihre ältere Halbschwester und Tante, Mary, mit David Gentry teilte. Dann rannten sie gleich wieder hinaus, wobei sie sich immer noch die Kleider über den Kopf zogen.

Manchmal mußte Tiana zwischen den Beinen der Männer hindurchkriechen, aber sie schaffte es, genau in dem Moment, in dem der Leichter anlegte, das Ende des Anlegers zu erreichen. Die gewohnten Flußfahrzeuge, Skiffs, Einbaum-Kanus, Schuten und einfache, mit Fell bespannte Boote, umschwärmten es. Tiana wich den Männern aus, die bereit standen, die *Suck Runner* zu vertäuen.

»Old Suck« war ein knapp fünfzehn Meter langes und ebenso breites Kielboot. Mit seinem schwungvoll geneigten Bug wirkte es schlank, anmutig und von eleganter Linienführung. Die Eleganz verbarg sich jedoch unter alten Kleidern und schmutzigem, zerfetztem Bettzeug, die an jeder Leine hingen oder auf dem Dach des niedrigen Deckhauses ausgebreitet waren. Es hatte am Vortag in Strömen geregnet, so daß jetzt alles völlig durchnäßt war. Das restliche Deck war mit fest verzurrten Kisten, Fässern sowie Getreidesäcken bedeckt, die man mit Planen abgedeckt hatte. Besatzung und Passagiere schliefen in Zelten aus Leinwand.

Die Seitenwände der *Suck Runner* trugen die Narben der Zeit. Ihr Name war in Weiß auf ihren algenfleckigen Bug gemalt, doch der größte Teil der Farbe war von Felsen und Baumstümpfen abgekratzt worden. An der Spitze des achteinhalb Meter hohen Masts hing ein ausgeblichener Fetzen, aber es war unmöglich zu erkennen, welches Land die Flagge repräsentierte. Nur ein Dutzend Männer waren nötig, um das Boot stromabwärts zu steuern. Doch die *Suck Runner* schien von Menschen geradezu zu wimmeln, die sämtlich ungepflegt waren. In der Augusthitze trug der größte Teil der Besatzung Vollbärte, schweißfleckige Flanellhemden und ausgebeulte graubraune Hosen, die in schweren Stiefeln steckten.

Die Männer winkten mit ihren breitkrempigen schwarzen Hüten und machten den Frauen zweideutige Anträge. In der Menge befanden sich nur wenige Kneipwirte. Die meisten waren gerade dabei, die Fensterläden zu verschließen, um sich für den kommenden Ansturm und die Prügeleien zu wappnen, die unausweichlich folgen würden. Daß man die Bootsbesatzung ertragen mußte, war so etwas wie ein Zuschlag auf die Ladung, die sie mitbrachten.

Die *Suck Runner* hatte ihren Namen von The Suck, dem schmalen, wirbelnden Flußlauf, in dem sich der gesamte Tennessee River durch die Cumberland Mountains zwängt. Eine Durchquerung des Suck war ein aufregendes Erlebnis, das die meisten Menschen ein Leben lang nicht vergessen würden. Diese Männer aber taten es regelmäßig. Old Suck war das gleiche Boot, das Fancy während des ersten Teils ihrer Reise nach Connecticut, Kanada, und zu Coffee stromaufwärts gebracht hatte. Sie war mit einer Gruppe schwarzgewandeter Herrnhuter Missionare gereist, Raben, wie sie beim Wahren Volk genannt wurden.

Der Kapitän der Old Suck lehnte sich fest gegen das fast drei Meter lange Ruder, worauf das Kielboot am Ufer beidrehte. Es stieß mit einem zitternden dumpfen Laut gegen die Spundwand, den Tiana in ihren nackten Fußsohlen spürte. Es folgte ein langgezogener, hoher kreischender Laut von Holz, das sich an Holz rieb. Der Baas stand auf dem nach oben geschwungenen Bug, fluchte auf französisch und rief den gutmütigen Festmachern auf der Pier unverständliche Anweisungen zu. Die Menschen stoben auseinander, als die riesigen Knoten an den Enden der dicken, geteerten Taue durch die Luft flogen.

Inmitten dieses fröhlichen Wirrwarrs traten Tiana stechende Tränen in die Augen. Sie erinnerte sich daran, wie Fancy dort gestanden hatte, mit allen Habseligkeiten ihres Lebens in einem armseligen Leinenbeutel. Ihr Eier- und Indigogeld sowie das, was Jack entbehren konnte, war in den Saum ihres neuen Kleides eingenäht. Sie hatte sich einen Männerumhang aus Wolle um die schmalen Schultern gelegt. Ein knallrotes Tuch, das nach Cherokee-Art getragen wurde, bedeckte ihr kurzgeschorenes Haar. Die Haut an ihren nackten Beinen war trocken und rauh gewesen und hatte sich in der kalten Luft geschuppt.

Es war der bedrückendste Tag gewesen, an den Tiana sich erinnern konnte. Fancy hatte sich hingekniet, um sie und Nannie und Susannah zu umarmen, als sie an ihrer Brust schluchzten. Die Mädchen hatten Fancys Hühnerschar übernommen, wie sie es versprochen hatten. Mit dem so verdienten Geld bezahlten sie das Porto der Briefe an sie. Sie erhielten einen Antwortbrief, eine einfache Nachricht in Fancys Handschrift.

»Ich bin bei guter Gesundheit«, hatte es in ihrem Brief geheißen. »Hier ist jedermann freundlich. Coffee und ich werden bald heiraten. Ich vermisse euch. Ich weine jeden Tag um euch. Ich liebe euch. Eure liebende *udo*, Schwester, Fancy.«

Jetzt versteckte sich Tiana hinter einem Schweinekoben und beobachtete das Löschen der Ladung. Männer rollten Säcke und Fässer an Land. Während sie arbeiteten, starrte Tiana stromaufwärts. Sie versuchte sich vorzustellen, wie das Kielboot Fancy durch das steile, grüne, nebelverhangene Tal des Tennessee River zum Ohio brachte. Von dort versuchte sie Fancy bis nach Connecticut zu folgen. Sie konzentrierte sich ganz fest und versuchte sich eine Stadt mit Kutschen und hohen Backsteinhäusern vorzustellen, die so aussahen wie das Haus der Vanns.

Sie überlegte, wie großartig es war, daß all das für sie in Reichweite lag. Wenn Fancy es bis nach Connecticut geschafft hatte, konnte sie es auch, wenn sie wollte. Es war ein bemerkenswerter Gedanke, daß es eine Welt gab, die anders war als die, die sie kannte. Long Man, der Fluß, konnte sie weit weg bringen. Sie schüttelte den Kopf über dieses Wunder und rannte los, um ihren Vater zu suchen.

Jack Rogers entspannte sich gerade in seiner Lieblingskneipe, als Tiana ihn fand. Er genoß ein stilles Backgammon-Spiel, bevor die Besatzung mit ihrer Arbeit fertig war und die Ruhe zerstörte. Ihre Sitten und Gebräuche wurden hier nicht gern gesehen, doch das hielt sie von nichts ab.

Congers Gasthaus war das angenehmste im Umkreis von fünfzig Meilen. Der riesige offene Kamin war aus nackten Feldsteinen gemauert und blitzblank geschrubbt. Der Fußboden war mit frischem Sand bestreut, und die sechs Tische waren mit Sand gescheuert worden, bis sie glänzten. An einer Wand stand ein hohes Schreibpult. Die Bar war an beiden Enden von Gittertüren verschlossen, die bis an die Decke reichten. Mr. Conger hatte sie verschlossen und verriegelt, um Gäste davon abzuhalten, sich eigenhändig aus dem Vorrat des Lokals zu bedienen. Es hatte schon übereifrige Gäste gegeben, die über den hohen Tresen hinweggesprungen waren.

Jack sah von seinem Spiel hoch, als Tiana hereingerannt kam. Sie war wie immer außer Atem. Jack hatte das Gefühl, sie nur selten anders zu erleben.

»Vater«, sagte sie, »ich möchte mit dir nach Ustanali.«

»Nein.« Jack versuchte, sich auf sein Spiel zu konzentrieren.

»Warum nicht?«

»Weil dies ein wichtiger Rat für die Häuptlinge aller Overhill- und Valley-Städte sowie für die Häuptlinge der anderen Stämme sein wird. Vielleicht wird sogar Tecumseh persönlich da sein. Sie werden über den Krieg sprechen. Es kann sein, daß die Wogen der Erregung hochgehen. Es wird kein Ort für Kinder sein.«

»Ich werde mich unsichtbar machen. Ich möchte nur mit dem Boot fahren.«

»Nein.«

»John Ridge fährt mit seinem Vater mit. Und er ist jünger als ich.«

»Nein.« Jack ließ seine Backgammon-Steine nicht eine Sekunde aus den Augen. Tiana hatte manchmal das Gefühl, als wäre sie für ihn nicht mehr als eine summende, lästige Mücke.

»Bitte.«

»Tiana.«

Tiana kannte diesen Tonfall. Ihre Mütter sprachen die Namen ihrer Kinder nie laut aus. Es wäre beleidigend, das zu tun. Und Jack hatte sich dieses Verhalten eigentlich auch angewöhnt. Wenn er aber wie jetzt eins seiner Kinder beim Namen nannte, bedeutete das, daß er zornig war.

»Bei der Liebe Luzifers!« Ein Lichtstrahl blendete Tiana. »Komm raus.« Das grimmige Gesicht des Seemanns war näher, als Tiana lieb war. Sie konnte den Knoblauch und den Tabak in seinem Atem riechen, und dabei war ihr ohnehin schon unwohl im Magen. Er kauerte sich hin, als er den Deckel der Kiste hochhielt, in der sie sich versteckt hatte.

»Ich kann nicht raus.« Sie rümpfte die Nase. »Ich kann die Beine nicht bewegen.«

»Jacques, du hast recht gehabt«, rief der Mann. »Da ist eine große Ratte im Laderaum.«

Ein zweites Gesicht tauchte auf. Mit seinem dunklen Teint, dem ungebärdigen lockigen schwarzen Haar und der Augenbinde sah Jacques wie ein Pirat aus. Doch Tiana tat es nicht leid, daß man sie entdeckt hatte. Sie hatte sich schon vor Old Sucks Abfahrt von der Garnison in der Kiste versteckt. Sie hatte sie nur verlassen, um sich in dem Bilgenwasser hinter den aufgestapelten Waren zu erleichtern. Das hatte dem Wasser auch keinen besseren Geruch gegeben. Außerdem ängstigte sie sich vor den schweren Kisten und Fässern, die sich plötzlich lösten und sie gegen die Bootswand preßten, als sie sich gerade hinhockte. Sie konnte in dem überfüllten Laderaum nicht stehen, weil die Decke nur einen Meter dreißig hoch war. Die Kiste war so klein, daß sie nicht mal die Beine darin ausstrecken konnte.

Sie hatten ihren mageren Lebensmittelvorrat schon am ersten Tag aufgegessen. Die ganze Nacht und diesen Morgen war sie von dem ewigen Rollen des Bootes krank gewesen. Der starke Geruch von Tabak, Rohbaumwolle, Teer, Holz sowie das stehende Wasser in dem stickigen Laderaum hatten ihr Übelkeit verursacht. Als sie in der engen Kiste lag, hatte sie mehr als genug Zeit gehabt, über ihre Dummheit nachzudenken. Dabei waren ständig Ratten um sie herumgewieselt, und das Stampfen der schweren Stiefel an Deck hatte sie wach gehalten.

Wann immer das Boot in rauhere Gewässer kam, ächzte und knirschte die Ladung unheimlich. Sie hatte sich aber davor gefürchtet, um Hilfe zu rufen. Sie wußte, daß ihr Vater außer sich vor Wut sein würde, wenn er sie fand. Jetzt war ihr die Entscheidung abgenommen worden.

»Höllenfeuer!« Tiana hörte Jacks Stimme oben an Deck dröhnen. »Ein Mädchen, sagen Sie. Ich glaube, ich weiß, wer sie ist.«

Tiana begann zu schluchzen, als die beiden Männer sie aus der Kiste zerrten. Ein Kreis schmutziger, bärtiger Gesichter säumte die Öffnung zum Laderaum. Als sie den Kopf durch die Ladeluke steckte, packte Jack Rogers sie grob an den Handgelenken. Sein fester Griff tat ihr weh, als er sie aus dem Laderaum zog. Sie landete hart auf den Füßen und schwankte. Sie blinzelte ihren Vater in dem hellen Sonnenlicht an. Tränen störmten ihr über die Wangen, und ihre Lippen zitterten, aber sie wich nicht zurück. Jack starrte sie zornig an.

»Eine aus Ihrem Wurf, nicht wahr, Rogers?« fragte der Kapitän sanft. »Mutiges Früchtchen.«

»Aye.« Jack schüttelte grimmig den Kopf. »Sie ist eine von meinen. Ich werde Sie für ihre Passage bezahlen und ihr das Geld aus den Rippen schneiden.«

James Rogers zwinkerte ihr jedoch hinter dem Rücken seines Vaters zu, und die Männer lachten. Jacques hob sie sich auf seine breiten Schultern und trug sie auf dem Boot herum.

Sie brauchte zwar den Rest der Fahrt, um von ihrem Vater wieder in Gnaden aufgenommen zu werden, doch mit der Besatzung freundete sie sich schnell an. Sie folgte Jacques auf Schritt und Tritt wie ein Hündchen. Nachdem sie an jedem Anlegeplatz Brennholz an Bord genommen hatten, ließ sie mit der Besatzung ein Indianergeheul hören, als das Boot in der Strömung vom Ufer ablegte. Und sie sang mit den Männern aus vollem Hals.

Hard upon the beech oar!
She moves too slow.

All the way to Shawneetown,
Long while ago.

Manches Mal, wenn sie träge mit der Strömung dahintrieben, saß Tiana am Heck und angelte. Wenn Moskitos und Gnitzen allzu zudringlich wurden, schmierte sie sich wie die Männer mit Schlamm ein. Sie half dem Koch dabei, Mahlzeiten zuzubereiten und hinterher aufzuräumen. Sie flickte Kleidung und lüftete Bettzeug. Sie schrubbte Stellen, die noch nie eine Bürste gesehen hatten. Sie webte Jacques einen bunten Gürtel mit Quasten, der die schmutzige Schnur ersetzte, die seine Hosen bis dahin gehalten hatte.

Abends brachte ihr die Mannschaft Seemannsknoten bei und zeigte ihr, wie man schnitzt. Sie hörte Geschichten und Lieder und schnappte französische Brocken auf. Sie lehnte mit den Männern an Säcken auf dem Dach des Deckhauses, wo sie mit trägen Bewegungen die Moskitos verjagten und den großartigen Nachthimmel betrachteten. Sie stellten Vermutungen über den seltsamen neuen Stern an, der langsam am Himmel dahinzog und einen hell leuchtenden Schwanz hinter sich hatte.

»*Atsil'tlunts'tsi,* Feuerpanther«, sagte Tiana und zeigte ihn Jacques.

»Das ist ein Komet, Tochter, und kein Panther«, sagte ihr Vater. Doch woher er kam und was er bedeutete, konnte niemand sagen.

Während sie langsam nach Süden reisten, veränderten sich die Städte des Wahren Volkes am Fluß allmählich. Es gab weniger Obstgärten und Felder und Viehherden. Dies waren die Cherokee der Fünf Unteren Städte. Man nannte sie nach dem Tsikamagi, dem Fluß des Todes, Chicamaugas. Sie hatten 1777 mit den Overhill- und Valley-Städten gebrochen und waren hierher geflohen, um vor den weißen Eindringlingen sicherer zu sein. Sie hatten den Amerikanern standgehalten, nachdem sich der Rest des Stamms 1794 ergeben hatte. Hier war das konservative Element noch sehr stark.

Als Old Suck den Teil des Cherokee-Landes erreichte, der an Georgia grenzte, begann Tiana sich Sorgen zu machen. Sie erinnerte sich an behaarte Männer mit grausamen Augen, an deren Sattelknöpfen Schlingen gebaumelt hatten. Wohlmeinende sagten, Georgia sei von den Armen Englands besiedelt worden, den Schuldnern. Jack Rogers sagte, dort habe sich der Pöbel angesiedelt.

Als sich Old Suck Rossville auf der Höhe des heiligen Lookout Mountain näherte, konnte Tiana auf Jacks Geige schon eine einfache Melodie spielen. Sie konnte sich mit leidlichem Erfolg durch ein Kartenspiel mit drei Karten bluffen, das *poque* hieß, und hatte ein paar englische und französische Sätze gelernt, die Seeth MacDuff nicht gebilligt hätte.

»*Ah, ma petite puce,* mein kleiner Floh.« Jacques hob Tiana hoch und umarmte sie an John Ross' Anleger zum Abschied. »Bist du sicher, daß du nicht mit uns durch die Stromschnellen willst? Das wird eine Fahrt, die du nicht so schnell vergißt.«

»*Non, mon frère.*« Sie küßte ihn auf seine stoppelige Wange unter der Augenklappe. Dann wich sie den Männern aus, die dabei waren, die Planken an Bord zu ziehen und von der Pier abzulegen.

»Achteraus ablegen«, rief Jacques den Männern zu. »Bootshaken raus, und zwar mit aller Kraft, ihr Hundesöhne.« Er winkte Tiana zu, als sich das Boot träge zur Strommitte hin bewegte. »Du wirst mir fehlen, kleiner Floh meines Herzens«, rief er. Tiana winkte, bis das Boot außer Sichtweite war, dann wandte sie sich um, um das geschäftige Treiben auf dem Gut der Familie Ross zu erkunden.

Vor fünfundzwanzig Jahren hatte John Ross' Vater Daniel, ein Kaufmann, für seine Braut Molly MacDonald ein solides, zweistöckiges Blockhaus gebaut. Molly war zu einem Viertel Cherokee. Über dem offenen Kamin im Wohnzimmer hing eine Plakette mit der Inschrift FLORET QUI LABORAT. Das Motto war dem Earl of Ross im Jahre 1681 gewährt worden. Im Lauf der Jahre hatten es die Ross in der neuen Welt zu Wohlstand gebracht. Jetzt waren der junge John Ross und sein Bruder Lewis mit John Meigs, dem Enkel von White Path, eine Partnerschaft eingegangen. In ihrem Laden in Rossville ging es immer geschäftig zu, ebenso in der Mühle und dem Gasthaus und am Fähranleger der Ross. Doch ein derartiges Treiben hatte es hier noch nie gegeben.

Menschen aus dem gesamten Cherokee-Land strömten in der heiligen Stadt Ustanali, der Zuflucht der Cherokee, zusammen, um sich zum Rat zu treffen. Rossville war für viele von ihnen ein passender Zwischenaufenthalt. Drum und Standing Together waren zusammen mit fünfzig Menschen aus Hiwassee Town vor zwei Tagen mit einer Flotte von Kanus angekommen. Sie hatten über Nacht hier kampiert und waren dann aufgebrochen, um sich in dem Gewirr von Flüssen bis nach Ustanali durchzuschlagen.

Jack Rogers mietete für sich und seine drei Söhne vier Pferde. Tiana ritt hinter ihrem Vater. Zehn Meilen lang mußte sie sich anhören, wie er über den ›Wegelagerer‹ grollte, der für die elenden Klepper, die er Pferde nannte, ein königliches ›Lösegeld‹ verlangt hatte. Dann murrte er über die Hitze und den Staub und die verstopfte Straße, auf der sich viele Familien zu Fuß bewegten und auf der langsam fahrende Wagen und rücksichtslose Reiter ein schnelles Fortkommen unmöglich machten.

»Ich hätte zu Hause bleiben sollen«, sagte er jetzt wohl schon zum hundertsten Mal. »Meine Felder und mein Geschäft verlassen, um Hals über Kopf loszufahren, nur um irgendeinen rothaarigen Demosthenes Tod und Zerstörung predigen zu hören. Wahnsinn. Teuflischer Irrsinn.« Während er so vor sich hinschimpfte, entdeckte Tiana ein Mädchen in etwa ihrem Alter. Schon nach Minuten waren sie alte Freundinnen, und Tiana ritt den Rest des Weges mit ihr auf ihrem Pferd.

Tecumseh war mehr als ein Humanist, ein Genie, ein Redner, ein Soldat. Er war ein Mann, der sich in Szene zu setzen wußte. Er wartete, bis sich die Wiesen und Felder um Ustanali mit Tausenden von Cherokee-Zelten und Unterkünften gefüllt hatten. Dann hielt er mit seinem Gefolge von zwanzig berittenen Shawnee-Kriegern einen triumphalen Einzug. Er bot eine große Zeremonie mit phantastischen Kostümen und Tänzen. Und mit seiner Rede wartete er bis zum Aufbruch der Dunkelheit. In der Dunkelheit wurde niemand abgelenkt, wenn noch Nachzügler kamen. Die Dunkelheit lenkte die Aufmerksamkeit aller auf Tecumseh, als er im Licht eines riesigen Feuers auf einem Podium stand. Tiana drängelte sich bis ganz nach vorn durch und lauschte ihm mit offenem Mund.

In der Sprache der Shawnee bedeutet Tecumseh Panther Passing Over. Er war nach dem Meteor benannt, der in der Nacht, in der er geboren wurde, an dem schwarzen Himmel aufgeflammt war. Viele behaupteten, der Komet, der Feuerpanther, der jetzt am Himmel zu sehen sei, sei ein Zeichen von Tecumsehs Macht. Tiana glaubte ihnen. Seit dem großen Treffen auf der Vann-Plantage hatte sie nicht mehr erlebt, daß so viele Menschen sich von einer Rede in Bann schlagen ließen.

Die Gedanken schienen Tecumsehs Lippen in einer leidenschaftlichen Lawine zu entströmen. Seine Worte waren einfach. Es hieß, seine Mutter sei eine aus dem Wahren Volk, und er sprach ohne Dolmetscher. Seine kräftige Stimme trug weit in der Stille, die nur von dem Knacken des riesigen Feuers und dem gelegentlichen Wiehern von Pferden und dem fernen Bellen eines Fuchses oder Hundes gestört wurde.

Von Zeit zu Zeit senkte Tecumseh die Stimme, womit er seine Zuhörer zwang, sich vorzubeugen und aufmerksam zu lauschen, um seine Worte zu verstehen. Er zog die Leute so näher an sich heran, zog sie in das Gewebe seiner persönlichen Vision. Anders als beim Treffen bei den Vanns waren die Tausende von Menschen, die jetzt die Lichtung füllten und um die schattigen Bäume herumstanden, feierlich und still. Hier gab es keine Hysterie.

»Brüder!« rief Tecumseh. »Wir gehören alle zu einer Familie. Wir sind alle Kinder des Großen Geists. Neue Gefahr bringt uns zusammen, damit wir hier am selben Ratsfeuer gemeinsam die Pfeife rauchen können.

Brüder! Wir sind Freunde. Wir müssen einander helfen. Das Blut unserer Brüder und Väter ist wie Wasser geströmt, um die Habgier der weißen Männer zu befriedigen.« Tecumsehs Augen, die durch Linien roter Farbe, die zu seinen Wangen ausstrahlten, noch betont wurden, schienen mit einem Feuer zu glühen, das heller strahlte als das Feuer hinter ihm. Er trug Mokassins und Lendenschurz. Sein nackter Körper glitzerte vor Schweiß und zitterte vor Gemütsbewegung. Tiana brauchte nicht darüber aufgeklärt zu werden, was die Silberreiherfedern in seinem Haar bedeuteten. Die weiße Feder stand für Frieden zwischen den indianischen Völkern und die rote für Feindschaft mit dem weißen Mann.

Tiana drängelte sich zwischen den Shawnee-Kriegern, die wie Statuen vor dem Podium standen, hindurch. Sie mußte den Kopf in den Nacken legen, um zu Tecumseh hochzusehen. Mit seinen zweiundvierzig Jahren war er immer noch ein gutaussehender Mann. Er hatte ein langes, patrizierhaftes Gesicht. Seine Zähne waren weiß und gleichmäßig. Er hielt sich aufrecht und geschmeidig. Das innere Feuer seines Traums von einer Vereinigung aller Indianer machte ihn noch anziehender. Es war derselbe Traum, der ihn auf einen Kreuzzug von Kanada bis an den Golf von Mexiko geführt hatte.

»Brüder! Als die weißen Männer zum ersten Mal unseren Boden betraten, waren sie hungrig. Sie hatten keinen Ort, an dem sie ihre

Decken ausbreiten oder Feuer machen konnten. Unsere Väter empfanden Mitleid mit ihnen und teilten alles, was sie besaßen. Brüder! Die weißen Männer sind wie Schlangen. Wenn ihnen kalt ist, sind sie schwach und harmlos. Aber gebt ihnen Wärme, dann erstechen sie ihre Wohltäter. Erst baten sie nur um Land für ihre Häuser. Jetzt wird nichts mehr sie zufriedenstellen, wenn sie nicht all unsere Jagdgründe bekommen, von der aufgehenden bis zur untergehenden Sonne.

Brüder! Der Große Geist hat uns Kraft und Mut gegeben, um unser Land zu verteidigen. Wenn wir sie nicht einsetzen, sind wir zum Untergang verdammt. Wo sind heute die Pequots? Wo sind die Warragansett, die Pokanoket und die anderen einst mächtigen Stämme? Sie sind angesichts der Habgier des weißen Mannes dahingeschmolzen wie Schnee in der Sommersonne. Wollen wir zulassen, daß auch wir vernichtet werden, ohne auch nur eine Anstrengung zu machen, die unserer Rasse würdig ist?«

»Niemals!« Tiana hatte sich von Tecumsehs Feuer mitreißen lassen, und ihre Stimme dröhnte in der Stille, die seinen Worten folgte. Sie wurde purpurrot und versuchte sich zu verstecken. Aber Tecumseh lächelte zu ihr hinunter.

»Sollen wir unser Zuhause aufgeben?« fuhr er fort. »Sollen wir unser Land ausliefern? Sollen wir die Gräber unserer Toten im Stich lassen? Sollen wir unseren Stolz und unseren Mut aufgeben? Ich hoffe, ihr werdet mit diesem tapferen Kind ausrufen: ›Niemals!‹ Wir können uns nur dann des Friedens erfreuen, wenn wir bereit sind, uns zu verteidigen, wenn man uns ein Unrecht antut.« Tecumseh hielt ein langes und spitz zulaufendes Stück Rotzedernholz hoch, das wie ein abgeplatteter Obelisk aussah. In eine Seite waren Symbole eingeritzt.

»*Ani Yunwiya*, Wahres Volk, schließt euch diesem heiligen Kampf an, um eure Vernichtung zu verhindern. Wenn ihr es tut, wird Pathkiller, euer oberster Häuptling, eine dieser heiligen Tafeln erhalten. Sie bedeutet zweierlei. Dem weißen Mann erzählen wir, daß es eine himmlische Tafel ist. Sie steht für Familie und Erde, Wasser, Blitz und Donner, Bäume und Wind.

Die Botschaft für unsere roten Brüder ist jedoch anders. Wenn vom Himmel ein großes Zeichen gegeben wird, werden wir die Jagd und die Felder verlassen. Wir werden wie der Blitz nach Detroit eilen und uns dort treffen. Wir werden den weißen Mann verjagen.«

Tecumseh hielt ein Bündel Rotzederstäbe hoch. Er nahm einen

heraus und gab Tiana ein Zeichen, zu ihm heraufzukommen. Sie sah sich verwirrt um. Tecumseh kauerte sich am Rand des Podiums hin und streckte ihr eine Hand hin. Es war nicht mißzuverstehen, was er wollte. Einer der Shawnee-Krieger hob sie hoch, so daß sie neben Tecumseh stand.

Sie stand nahe genug, um in seinen sanften, nußbraunen Augen die Erschöpfung zu sehen. Er war Tausende von Meilen gereist und hatte versucht, Menschen zu einigen, die seit undenklichen Zeiten miteinander im Krieg gelebt hatten. Er konnte nur selten beruhigt schlafen. Er schlief überhaupt selten. Jetzt legte er eine schlanke Hand leicht auf Tianas Schulter.

»Dieser Zweig ist schwach«, sagte er. Er reichte ihn Tiana und murmelte, »zerbrich ihn.« Sie sah den Zweig an, als betrachtete sie ihre Hand mit den Augen eines anderen. Sie war sich bewußt, daß Tausende von Menschen sie beobachteten. »Zerbrich ihn, Kind«, wiederholte Tecumseh. Tiana zerbrach ihn und gab ihm die beiden Stücke. Er hielt sie hoch. »Selbst ein Kind kann einen einzelnen Zweig zerbrechen. Aber nicht mal ein starker Mann kann ein Bündel von ihnen zerbrechen.« Er demonstrierte es und strengte sich an, bis die Muskeln seiner Arme sich wölbten. Tiana kletterte vom Podium hinunter. Ihr ruhmreicher Moment war so schnell wieder vorbei, wie ein Meteor braucht, um quer über den Himmel zu sausen. Tecumseh fuhr fort. »Wenn wir nach der Weise unserer Väter vereint und stark sind, kann der weiße Mann uns nie zerbrechen. Geteilt, uneins, allein wie dieser Zweig, werden wir vernichtet werden, Stamm für Stamm.«

Er nahm einzelne Stöcke aus dem Bündel, bis nur vier übrig waren. Die band er mit einem Lederriemen zusammen.

»Jeder Anführer einer Stadt, der sich uns anschließt, wird ein solches Bündel mit vier Rotzederstöckchen erhalten. Er wird bei jedem Vollmond einen davon zerbrechen. Wenn ein Stock übrig ist, wird es am Nachthimmel ein Zeichen geben. Dann wird jeder Anführer den letzten Stock in dreißig Stücke schneiden. Er wird jedes Stück bei Tagesanbruch verbrennen. Das letzte wird er um Mitternacht verbrennen. Dann werde ich mit dem Fuß auf den Erdboden stampfen und die Häuser erzittern lassen. Mitten in der Nacht wird die Erde erzittern und grollen. Große Bäume werden umstürzen, wenn kein Wind weht. Flüsse werden rückwärts strömen, und es werden sich Seen bilden. Wenn das Zeichen erscheint, müßt ihr eure Waffen nehmen und euch am Fluß in der Nähe des Forts Detroit versammeln.

Ihr vom Wahren Volk müßt entscheiden. Schließt euch den Seminole an, den Creek, den Shawnee, allen, die mit uns kämpfen werden. Werft den Whiskey und die Werkzeuge und den Tanz des Weißen Mannes weg. Tötet das träge Vieh, dessen Fleisch für Krieger ungeeignet ist. Tötet die nutzlosen Katzen, die eure Wigwams umschwärmen. Schließt euch uns an, werdet mit uns zu einer großen und stolzen Nation.«

Als er eine Pause machte, rief Ridge aus der Menge:

»Solches Gerede wird zum Krieg mit den Vereinigten Staaten führen. Es wird für die Sieben Clans den Ruin bedeuten.« Diejenigen, die Ridge umstanden, gingen wütend auf ihn los. Sie hätten ihn vielleicht getötet, wenn seine Freude ihn nicht umringt und schnell weggeschafft hätten. Tecumseh fuhr fort, als wäre nichts geschehen.

»Werdet mit uns zu einem heiligen Feuer, das sich über das Land ausbreitet und die Rasse dunkler Seelen verzehrt. Verflucht sei die Rasse, die von unserem Land Besitz ergriffen und aus unseren Kriegern Frauen gemacht hat. Unsere Väter beschimpfen uns aus ihren Gräbern als Feiglinge. Ich höre sie jetzt in dem klagenden Wind. Ihre Tränen fallen aus dem weinenden Himmel auf uns herunter.

Die weißen Männer verderben unsere Frauen. Sie zertrampeln die Asche unserer Toten. Wir müssen sie auf dem Pfad des Bluts wieder zurückjagen. Wir müssen sie zu dem Großen Wasser zurücktreiben, dessen verfluchte Wellen sie in unser Land gebracht haben.« Tecumsehs Stimme erhob sich zu einem heiseren Ruf. »Verbrennt ihre Häuser! Erschlagt ihr Vieh! Erschlagt ihre Frauen und Kinder, damit die ganze Brut vernichtet wird! Krieg jetzt! Krieg auf immer! Krieg den Lebenden! Krieg den Toten!«

Tecumseh verstummte und stand still. Schweißtropfen glitzerten auf seinem Gesicht und an seinem Körper. Ein Murmeln wurde laut, als die Menschen von einem Bein auf das andere traten und über seine Worte sprachen. Trommeln begannen einen stetigen Takt zu schlagen, der intensiver wurde, als immer mehr Trommeln einfielen. Tecumseh würde nicht zum Tanz, zu dem Fest oder der Debatte bleiben, die unter den Häuptlingen des Wahren Volks noch tagelang toben würde. Er hatte noch viele Meilen zu reisen und wenig Zeit.

Die ungestümen jungen USA und Großbritannien trieben seit einiger Zeit ziellos auf einen neuen Krieg zu, da Britannien Schiffe der Vereinigten Staaten durchsuchte, ihre Seeleute zum Dienst in britischen Diensten preßte und sich in ihren Handel einmischte. Die Vereinigten Staaten waren ganz gewiß nicht auf einen Krieg vorbereitet. Keine der beiden Seiten wollte ihn. Aber keine der beiden Seiten machte auch nur den kleinsten Versuch, ihn aufzuhalten. Falls Tecumseh seine Indianerarmee zu einer unabhängigen Streitmacht machen wollte, mußte er sich beeilen.

Tiana stand inmitten des Lärms vollkommen still. Tecumsehs Worte dröhnten ihr im Kopf, und ihr stiegen Tränen in die Augen. Sie fühlte sich einsam und verlassen und verängstigt. »Erschlagt ihre Frauen und Kinder, damit die ganze Brut vernichtet wird.« Er hatte von ihrem weißen Vater gesprochen. Von ihrer Familie. Von ihr.

14

Jack verschränkte die Arme auf der Brust und starrte Elizabeth zornig an. Sie hockte neben einer großen Truhe an ihrem schmalen Bett und durchwühlte deren Inhalt. An den Deckenbalken über ihr hingen riesige Knäuel ihres Garns, die in Gelb- und Brauntönen gefärbt waren. Ihr großer Webstuhl stand in der Ecke. Wie immer mied sie Jacks Blick, als sie damit fortfuhr, ein paar Kleidungsstücke in Satteltaschen zu stopfen.

»Es ist zu gefährlich, Alte Frau.« Jack benutzte den zärtlichen Ausdruck der Cherokee für Ehefrau. Er hatte versucht, Elizabeth das Mitkommen zu verbieten, und war damit gescheitert. Jetzt verlegte er sich auf Schmeicheleien. Nach dreißig Jahren hatte er noch immer nicht das Rezept gefunden, wie man eine Cherokee-Frau umstimmt. Und nach diesen dreißig Jahren konnte er sich noch immer nicht damit abfinden, daß man seine Pläne durchkreuzte.

»Ich jage den *a'taliguli*, Den Bergkletterer, nun schon fünfzig Jahre, Meine Gefährtin.«

»Aber die Weißen jagen jetzt Ginseng. Und einige von ihnen sind böse Menschen, die weit weg wohnen, jenseits des großen Wassers, zahlen hübsche Summen für die Wurzeln deines kostbaren Bergkletterers. Wann immer jemand bereit ist, für etwas viel Geld zu zahlen, gibt es weiße Männer, die alles tun werden, um es zu bekommen.«

»Enkelin und ich werden vorsichtig sein.« Sie wandte sich von Jack ab, als wäre die Angelegenheit damit geregelt. Jack atmete prustend aus und stürmte aus dem Raum.

Ohne etwas zu sagen, folgte Tiana ihrer Großmutter durch den Hauptraum des Hauses auf den Hof. Elizabeth band ihre Taschen an Ringen fest, die an einen breiten Lederriemen um die Flanken der Stute genäht waren. Tiana umarmte Susannah und Jennie und ihren Vater. Dann hob Jack sie auf das Pferd und setzte sie vor Elizabeth. Sie würden beide ohne Sattel reiten, obwohl Elizabeth die Mokassins in Steigbügel steckte, die an einem Sattelgurt befestigt waren. Jack legte seiner ersten Frau kurz eine Hand auf den Arm, als sie die Zügel anzog.

»Alte Frau«, sagte er mit leiser Stimme, »es gibt Böses in den Bergen, das nicht von deiner Großen Schlange und dem Steinernen Mann und den Kleinen Menschen kommt. Sei vorsichtig.«

»Das werde ich, Mann.«

Die beiden ritten nach Hiwassee und verbrachten dort die erste Nacht. Dann ritten sie den ganzen nächsten Tag, ohne dabei viel zu sagen. Tiana war erleichtert, von den Menschen und ihrem Gerede von Tecumseh und Krieg wegzukommen. Ein Creek hatte eine Frau aus dem Wahren Volk getötet und damit alten Haß geweckt. Die Häuptlinge hatten beschlossen, sich nicht mit Tecumseh und den Creek zu verbünden. Das Leben schien seinen gewohnten Gang zu gehen, wären da nicht die ständigen Spekulationen über Tecumsehs Zeichen und seinen heiligen Krieg gewesen. Dennoch fühlte sich Tiana vor Kummer niedergedrückt. Seit dem Rat bei Ustanali fühlte sie sich viel älter.

Die Hügel wurden steiler und die Bäume höher, als sie sich den Bergen näherten. Es war *Dulisidi*, der Nußmonat, September. Das strahlende Orange der Ahornbäume loderte wie Flammen inmitten des Grüns der Bäume. Als Tiana schließlich den Kopf in den Nacken legen mußte, um die Gipfel der hohen Berge zu sehen, die vor ihr aufragten, stellte sie die Frage, die ihr auf der Seele lag.

»Ulisi, warum hast du mich mitgenommen?«

»Es ist Zeit für dich, zur Schule zu gehen.« Elizabeth ließ ihr feines Lächeln sehen, als sie das englische Wort »Schule« sprach.

»Schule?«

»*Tsacona-ge*.« Elizabeth wies auf die gezackten, hintereinander aufragenden Ketten von Berggipfeln, die wie fester blauer Dunst wirkten. »Der Ort Des Blauen Rauchs. Das ist unsere Schule. In alter Zeit begaben sich die weisen Männer in die Berge und kampierten dort sieben Tage und Nächte. Sie teilten einander mit, was sie im vergangenen Jahr gelernt hatten, und erzählten Geschichten von der Tapferkeit ihrer Jäger und Krieger.

Am Abend des siebten Tages waren die weisen Männer still. Die ganze Nacht lauschten sie den Kleinen Menschen, die in den Bergen leben. Die Kleinen Menschen sangen und tanzten und erzählten Geschichten aus vergangenen Zeiten. Sie hatten den alten Männern ebenfalls zugehört und fügten diese neuen Geschichten zu den alten hinzu. So wurde das Wissen unseres Volkes von Generation zu Generation weitergereicht.« Elizabeth machte eine Pause. »Ayasta, Spoiler Campbell, leidet an einer Lähmung. Jetzt ist es für mich an der Zeit, hier die Wurzeln des Bergkletterers zu sammeln, um sie zu heilen. Ich wollte, daß du mich in die Berge begleitest, zum Mittelpunkt der Seele unseres Landes.«

»Warum hast du mich mitgenommen und nicht meine Schwestern?«

»Zu welchem Clan gehören wir?«

»*Ani Gihlahi*, den Long Hairs.« Tiana war daran gewöhnt, daß ihre Großmutter eine Frage mit einer Gegenfrage beantwortete. Sie wußte, daß ihre Fragen beantwortet werden würden, wenn sie sich geduldig zeigte.

»Was ist der andere Name unseres Clans?«

»Manchmal nennt man uns auch den Clan der Schönen Frauen.«

»Schöne oder Geliebte Frauen sind nicht immer aus unserem Clan gekommen, von uns jedoch öfter als von den anderen.«

»Mit Ausnahme von Ghigau gibt es keine Schönen Frauen mehr.«

»Wenn wir eine Geliebte Frau brauchen, wird eine erscheinen.«

»Was hat das mit mir zu tun?« Tiana drehte sich um, um ihre Großmutter anzusehen, und Elizabeth lächelte sie an. Sie liebte dieses Kind mit den riesigen Augen, die wie die dunklen Sternsaphire aussahen, die man hier fand, und mit der wilden Mähne schwarzen Haars.

»Vielleicht nichts. Aber selbst wenn die alten Männer nicht mehr in die Berge ziehen, um ihre Weisheit mit den Kleinen Menschen zu teilen, muß das Wissen weitergegeben werden. Wenn die Herdfeuer bei der Zeremonie des Grünen Maises wieder angezündet werden, kann nicht jedes Tongefäß glühende Scheite aus den heiligen Flammen enthalten. Wir wählen nur die besten aus, die Schalen, in denen ein gutes Feuer brannte, ohne Knistern, ein Feuer mit den tiefsten und kräftigsten Farben. Folglich halten wir nach den Kindern Ausschau, die unser besonderes Wissen weitertragen können. Du bist so ein Kind.«

Tiana dachte darüber nach, als sie hinaufritten und die kühlen

Haine mit Färbereichen und Rotzedern, mit Birken, Judasbäumen, Rubinien und Magnolien erreichten. Über ihr schien der Himmel in der Intensität seiner blauen Farbe zu pulsieren. Die Luft wurde kühler, und Elizabeth reichte Tiana eine alte Wolljacke, aus der ihre Brüder herausgewachsen waren. Als sie sie anzog, baumelten ihr die Säume der Ärmel fast bis an die Fingerspitzen.

Die Sonne war hinter den Gipfeln verschwunden, und Schatten erstreckten sich wie Finger die Hänge hinauf, als Elizabeth beschloß, in einem duftenden Rotzedernhain zu kampieren. Sie hielt vor einem »Graurock« inne, einem riesigen grauen Felsblock aus Sandstein, der aus dem ihm umgebenden Wald ermporzuwachsen schien. Frost hatte ihn vor ewigen Zeiten von seinem ursprünglichen Standort weiter oben am Berg gelöst. Die Schwerkraft hatte ihn Zentimeter um Zentimeter den Abhang hinuntergezogen, bis er jetzt hier ruhte, weit von seinem ursprünglichen Standort entfernt. Tiana benutzte ihn, um darauf abzusitzen. Als ihr Fuß in dem weichen Kissen aus Moos und Wintergrün auf dem Felsblock versank, wimmelten Mäuse aus einem versteckten Nest.

Erschreckt kullerte Tiana von dem Felsen herunter, als die Mäuse wie Popcorn in der Pfanne in alle Richtungen davonhüpften und in dem dicken Pflanzenteppich verschwanden. Als Tiana wieder auf die Beine kam, roch sie den schwachen Skunkduft des Goldenen Kreuzkrauts, das den Felsblock wie ein Rüschenkragen umgab. Sie bürstete sich Blätter und Krümel des Waldbodens von der Jacke und hielt dann das Pferd, während Elizabeth mühsam absaß. Elizabeth würde nicht mehr lange reiten können. Beide waren von den langen Stunden zu Pferd steif und wund.

Elizabeth packte einige der hellroten Beeren des Wintergrüns. Sie zerquetschte sie, damit Tiana ihr Aroma riechen konnte.

»Ich werde aus einigen dieser Blätter einen Tee für Susannah machen«, sagte Elizabeth. »Das wird ihren Zahnschmerz lindern.«

Gemeinsam machten sie ein kleines Feuer. Während Elizabeth Maisbrotteig verrührte, watete Tiana in dem nahegelegenen Bach. Sie trieb einen riesigen Ochsenfrosch in die Enge, fing ihn und bat ihn um Vergebung, bevor sie ihm den Kopf abdrehte. Sie enthäutete ihn in dem fließenden Wasser, damit sein Fleisch nicht bitter wurde. Dann fing sie noch einen und wiederholte die Prozedur.

Während sie ihre empfindungslosen Füße am Feuer wärmte, garte Elizabeth die Frösche in einem kleinen Kessel, worauf sie sie an grünen Zweigen aufspießte, um sie zu rösten.

»Morgen werde ich mir ein Blasrohr machen und größeres Wild jagen«, sagte Tiana. Elizabeth grunzte nur. Sie murmelte zwischen den Zähnen einen Zauberspruch, damit das Essen schneller garte. Sie hatte das Maismehl zu flachen Kuchen geknetet und preßte sie auf große Stücke Kastanienrinde. Sie stellte die Rinde vor das Feuer, damit die flachen Laibe garen konnten.

Tiana und ihre Großmutter saßen im Schutz ihrer provisorischen kleinen Hütte aus Rotzedernholz und beobachteten, wie die Flammen tanzten und loderten. Von Zeit zu Zeit fielen ein paar verirrte Tropfen des Nieselregens ins Feuer und ließen es zischen. Es war leicht, das Feuer als ein Lebewesen zu sehen, einen magischen Geist, den die Götter gesandt hatten. Es wärmte sie, unterhielt sie und tröstete sie in der ungeheuren Weite des Bergwalds. Es schnitt einen warmen Raum aus Licht aus der kalten Schwärze um sie herum.

Dafür war Tiana Großmutter Feuer dankbar. Die Bäume hier waren sogar noch größer als die zu Hause. Die steilen Einschnitte und Schluchten waren dunkel und rätselhaft. Es fiel ihr leicht, sich Uktena vorzustellen, Die Große Schlange, die in einem öden Bergpaß lauerte, während um sie herum der Wind heulte. Ohne es zu wollen, spitzte sie die Ohren, um die Trommeln der Kleinen Menschen zu hören. Die hohen, kahlen Bergplateaus waren ihr Tanzplatz.

Tiana öffnete mit ihrem Messer Kastanien und legte sie in die heiße Asche des Feuers. Als sie gar waren, atmeten sie und Elizabeth ihren dampfenden Duft ein, während sie sie schälten. Beim Essen begann Elizabeth mit Tianas Erziehung. Wie üblich beim Wahren Volk begann sie mit einer Geschichte, die Tiana schon kannte.

»Dies ist, was die alten Frauen mir erzählten, als ich ein Mädchen war«, begann Elizabeth. »Vor langer Zeit, als die Welt neu war und alle Lebewesen die gleiche Sprache sprachen, lebten Vögel und wilde Tiere, Pflanzen und Menschen glücklich zusammen. Dann begannen die Menschen sich zu vermehren. Sie erfanden Waffen und Angelhaken. Sie begannen die anderen Wesen zu töten. Schließlich wurden die Tiere zornig und hielten einen Rat ab.

Die kleinen Tiere, die Fische, Schildkröten und Eidechsen, sprachen alle davon, wie grausam die Menschen seien. Die Insekten beklagten sich, Menschen träten auf sie, zerquetschten sie oder klatschten sie tot. Die großen Tiere beklagten sich auch. Nur das Backenhörnchen sprach für die Menschen. Es machte die anderen Tiere so zornig, daß sie ihm mit ihren Krallen Streifen auf dem Rücken rissen. Die Streifen kann man noch heute sehen.

Nachdem sie tagelang diskutiert und sich angeschrien hatten, kamen die Tiere zu dem Schluß, Krankheiten zu erfinden, um Menschen zu töten. Die Rehe beschlossen, jedem Jäger, der es versäumte, sein Opfer um Vergebung zu bitten, Rheumatismus zu schicken. Die anderen Tiere dachten sich all die schrecklichen Krankheiten aus, an denen Menschen heute leiden. Der Regenwurm war so glücklich darüber, daß er sich vor Lachen kringelte, und seitdem kann er sich nicht anders fortbewegen.

Aber die Pflanzen ergriff Mitleid mit den Menschen. Sie versprachen, Krankheiten heilen zu helfen. Wenn eine Heilerin nicht weiß, welche Pflanze sie benutzen soll, wird der Geist der Pflanze es ihr sagen. Sie kann auf ein Feld oder in einen Wald gehen und sorgfältig hineinsehen. Die richtige Pflanze wird ihr zunicken.«

»Warum müssen wir die Pflanzen dann studieren, wenn sie zu uns sprechen werden, wenn wir sie brauchen?« wollte Tiana wissen.

»Weil Pflanzen, mein Kind, einem nur dann zunicken, wenn die Situation sehr ernst ist. Wir müssen selbst etwas über die Welt erfahren. Wir können uns nicht auf einen Berggipfel setzen und darauf warten, daß Donner oder der Große Zauberer oder die Gelbe Spottdrossel uns Wissen bringen. Wir müssen aufpassen und zuhören und anwenden, was wir gelernt haben. Fast alles kann uns etwas lehren, wenn wir aufmerksam auf die Stimme jeder Pflanze hören.«

»Vater hat mir einmal von einem weisen Mann namens Bacon erzählt, der gesagt hat: ›Wissen ist Macht.‹« Tiana warf einen Blick auf die üppige Vegetation, die sie umgab. Im Lichtschein des Feuers glitzerten die Regentropfen an den Blättern wie Millionen Augen. Da waren ebenso viele Pflanzenarten wie Sandkörner im Bett von Long Man.

»Bacon hatte recht.«

»Aber wie kann ich je lernen, was es alles zu lernen gibt?«

»Niemand kann alles lernen. Aber du weißt schon jetzt eine Menge. Wie verhinderst du, daß Giftmusach dir die Haut zerkratzt?«

»Ich nenne ihn meinen Freund. Und wenn ich mich sowieso kratze, reibe ich die Stelle mit dem Fleisch eines Panzerkrebses ein.«

»Fällt dir noch etwas ein?«

Tiana starrte ins Feuer, als erwartete sie, es würde ihr Antworten geben.

»Wenn eine Mutter *aniwani'ski* zerkaut, Wolfstrapp, und die Lippen ihrer Kinder damit einreibt, werden sie große Redner werden.« Tiana schoß ein Gedanke durch den Kopf. »Hast du oder Mutter das für uns getan?«

»Ja, das haben wir getan«, sagte Elizabeth. »Was weißt du sonst noch?«

»Wenn man eine Spitzklette in Wasser von einem Wasserfall steckt und es dann trinkt, bekommt man ein gutes Gedächtnis. Wenn eine Frau sich das Haar mit den zerstoßenen Wurzeln von *distai'yi* wäscht, dem Virginischen Giftbaum, wird sie kräftiges Haar bekommen. Und ich weiß, daß Boldotee die Verdauung fördert.«

»Wenn du sorgfältig nachdenkst, werden dir noch viele andere Dinge einfallen. Hier sind noch ein paar, die du vielleicht noch nicht kennst.«

Elizabeth sprach, bis Tiana fast die Augen zufielen. Dann krochen beide unter ihre Decken und schliefen zusammengekuschelt inmitten der würzigen Zedernruten ihres Bettes. Tiana wurde vom Gesang der Vögel geweckt. Sie betrachtete die Bodennebelschleier, die um die riesigen Baumstämme waberten.

Nachdem sie zum Wasser gegangen und ein Frühstück aus kaltem Maisbrot gegessen hatten, ritten sie und ihre Großmutter höher in die Berge hinauf. Die Hufe ihrer Stute klapperten auf den Felsbrokken des schmalen, gewundenen Pfads. Dicke Matten feuchten Mooses ragten auf den Pfad. Die Baumstämme glitzerten feucht. Zwischen den knotigen, gewundenen Wurzeln hatten sich Tümpel mit schwarzem Wasser gebildet. Eine Decke aus Farnen bedeckte den Waldboden. Silberbänder aus Wasser stürzten aus Nebelwolken in tiefe Felsschluchten hinunter. Tiana begann tief einzuatmen und sog den Wohlgeruch von Kiefern, Fichten und Tannen ein. Sie wollte ihren ganzen Körper mit dem Duft erfüllen, bis sie selbst nach Tanne roch.

Zweiundzwanzig Meter über ihrem Kopf knackten die Baumwipfel in dem Wind, als unterhielten sie sich dort oben miteinander. Als Tiana stehenblieb, um sich zu erleichtern, starrte sie auf einen Wassertropfen, der an einem Blatt hing. Sie sah, wie die Adern des Blatts durch die Linse des Tropfens vergrößert wurden. Sie starrte das Blatt wie verzaubert an. Sie hatte das vage, erregende Gefühl, daß sie in diesem winzigen Wassertropfen die ganze Welt sehen und verstehen konnte. Sie fühlte sich von Magie umgeben. Und hatte das Gefühl, selbst magisch zu sein.

Elizabeth führte die Stute immer weiter nach oben. Sie mußten oft absitzen und das Tier um riesige Baumstämme herumführen, die quer über den Pfad gefallen waren. Wenn der Pfad wieder leichter begehbar war, ritt Tiana träge dahin, ließ die langen Beine baumeln und befestigte einen Federkranz aus Distelwolle an Pfeilen aus schwarzem Rubinienholz.

Sie ließ die Pfeile in ihr neues Blasrohr gleiten und zog sie wieder heraus, wie James es ihr beigebracht hatte. Sie machte den Pfeil so breit, daß sich im Blasrohr genug Luftdruck aufbauen konnte. James hatte ihr auch beigebracht, wie man mit einem Blasrohr umgeht. Sie war keine schlechte Schützin. Als sie fertig war, lagen ein Dutzend kleiner Pfeile in dem Beutel, den sie sich um die Hüfte geschlungen hatte.

Als der Nachmittag halb herum war, wandte sich Elizabeth dem Osthang des Berges zu.

»Du mußt jetzt still sein und darfst nur zuhören«, sagte sie. Sie band die Stute an einen Baum und durchsuchte das Gestrüpp und die überall herumliegenden Felsblöcke. Tiana folgte ihr auf den Fersen.

Elizabeth fand die Pflanzen in Felsspalten versteckt. Sie breitete eine Elle weißen Stoffs aus, den ihre Patientin Spoiler Campbell ihr gegeben hatte. Sie drehte die Pflanzen viermal entgegen dem Uhrzeigersinn, wobei sie jedesmal einen Zauberspruch anstimmte, und wandte sich dann mit dem Gesicht nach Osten, als sie die Wurzeln ausgrub. Tiana reckte den Hals, um sie zu sehen. Sie hatten so große Ähnlichkeit mit einem winzigen Mann, daß Tiana wie viele andere fast glauben konnte, daß sie aufschrien, wenn man sie aus der Erde zog.

Elizabeth legte die Wurzeln auf das Tuch und wickelte sie ein. Sie sang ihnen wieder etwas vor, bevor sie sie in der Satteltasche verstaute. Dann verstreute sie sorgfältig die roten Beeren der Ginsengpflanzen, damit sie sich vermehrten. Als sie für die Nacht wieder ihr Lager aufschlugen, faßte Tiana sich ein Herz und stellte eine Frage über sie.

»Großmutter, sind das alle Wurzeln, die du mitnehmen willst?«

»Ja.«

»Aber du hast eine so weite Reise hinter dir. Warum nimmst du nicht viele Wurzeln, damit du einen Vorrat hast? Es gibt genug.«

»Ich brauche nicht viele. Heilerinnen nehmen nur das, was sie für die nächste Zukunft brauchen. Wir ziehen es vor, frische Kräuter zu sammeln, wenn ihre Lebenskraft stark ist.«

Während Elizabeth letzte Hand an die kleine Hütte legte, nahm Tiana ihr Blasrohr und ging zum Flüßchen hinunter, um für das

Abendessen Niederwild zu jagen. Als sie mit einem Kaninchen in der einen Hand und ihrem Blasrohr in der anderen zurückkehrte, hörte sie die Stimme der *tsikilili,* der Amerikanischen Meise. Sie blieb stehen, lauschte aufmerksam und versuchte zu deuten, was der Vogel sagen wollte. Meisen warnten oft vor kommenden Ereignissen oder überbrachten Neuigkeiten. Statt einer Neuigkeit hörte Tiana die Stimme eines Mannes.

Sie ließ sich auf Hände und Knie fallen, legte das Kaninchen hin und kroch auf ihr Lager zu. Ihre Großmutter war nicht allein. Tiana pochte das Herz bis zum Hals, und ihr Mund wurde trocken, als sie den weißen Mann sah. Er hielt sein Gewehr wie eine Keule hoch und schrie Elizabeth an, aber sie sah ihm ruhig ins Gesicht. Sie tat, als verstünde sie ihn nicht.

Ein Wilderer, dachte Tiana. Ein Ginsengjäger. Ginsengjäger waren einsame Wölfe. Übellaunige Hunde nannte Jack Rogers sie. Jack sagte, es sei ihnen gleichgültig, auf wessen Land sie jagten. Er sagte, den meisten von ihnen sei es egal, ob sie eine ganze Gegend der wertvollen Pflanzen beraubten. Und es sei ihnen auch egal, ob sie dabei einen Menschen töteten.

Tiana legte sich eine Hand aufs Herz und versuchte, dessen Pochen zu beruhigen. Der Mann hatte Elizabeth am Arm gepackt und schüttelte sie. Er hob den Gewehrlauf höher und senkte ihn dann wieder. Elizabeth wich aus, und der Gewehrkolben traf sie quer auf Schulter und Kopf, prallte aber ab. Tianas erster Impuls war, den Mann anzugreifen. Doch sie tat es nicht. Mit zitternden Händen schob sie einen Pfeil in das Blasrohr.

Sie hob es, holte tief Luft und blies. Es folgte ein gedämpftes, hohles »Pftt«, als der Pfeil aus dem Blasrohr hervorschoß. Er traf den Mann im Hals und verschwand fast bis zum Federkranz. Bevor der Mann mehr tun konnte, als eine Hand an die Wunde zu legen und ein überraschtes Gesicht zu machen, hatte Tiana schon einen zweiten Pfeil eingelegt und abgefeuert. Dieser durchschlug seine Wange und traf ihn im Mund. Der Federkranz schien ihm direkt aus dem Gesicht zu wachsen.

Es war nicht schwer, den Mann zu treffen. Er war viel größer als die Kaninchen, Vögel und Eichhörnchen, auf die Tiana normalerweise schoß. Seltsam unbeteiligt fragte sich Tiana, ob sie den Mann mit dem nächsten Pfeil ins Auge treffen konnte.

Tiana warf einen Stein, der die Büsche an einer Seite rascheln ließ. Fluchend und blutend sah sich der Mann mit wilden Blicken um und suchte das Gestrüpp von Erlenblättrigen Schneebällen ab, welche die Stämme und Äste tropfender Rhododendronbüsche und Kalmien überwucherten. Er konnte unmöglich wissen, wie viele Indianer dort lauerten oder welche entsetzlichen Foltern sie sich für ihn ausgedacht hatten. Er schien nur geringe Neigung zu haben, es herauszufinden. Tiana hörte lautes Krachen im Unterholz, als er sein Pferd bestieg und weggaloppierte. Tiana rannte herbei, um ihrer Großmutter auf die Beine zu helfen. Sie schob das Haar zurück und sah die häßliche Beule, die sich unter Elizabeths Ohr bildete.

»Du kannst mir helfen, einen Umschlag dafür zu machen«, sagte Elizabeth.

»Großmutter, wir müssen hier weg. Er kommt vielleicht zurück.«

»Warum ist er weggeritten?« Elizabeth sah sich verblüfft um.

»Ich habe auf ihn geschossen«, sagte Tiana. »Wie mache ich einen Umschlag?« Sie wollte das Thema wechseln. Sie hatte auf einen weißen Mann geschossen. Sie war sich nicht sicher, welche Konsequenzen das haben konnte.

»Du hast auf ihn geschossen? Mit deinem Blasrohr?«

»Ja. Wir müssen von hier flüchten, Großmutter.«

Elizabeth lachte.

»Wenn du mal eine alte *ulisi* bist, bete ich dafür, daß du auch eine Enkeltochter hast, die so voller Überraschungen ist wie du selbst. Sie wird dir das Leben interessant machen, selbst wenn du glaubst, du hättest schon alles gesehen.«

»Großmutter, er kommt vielleicht zurück.«

»Ich kenne einen Schleichweg, einen Tierpfad, der gut versteckt ist. Den werden wir nehmen«, sagte Elizabeth. Sie gluckste immer noch leise vor sich hin, als Tiana sie hochzog. Sie grunzte und schwankte und legte sich eine Hand an den Kopf, aber mit Tianas Hilfe schaffte sie es, die Stute zu besteigen.

Die Nacht schien endlos zu sein. Tiana fuhr beim Knacken des kleinsten Zweigs zusammen. Ein Skunk, der lärmend durchs Unterholz stürmte, jagte ihr Angst ein. Sie kamen nur langsam voran und erleuchteten ihren Weg mit harzigen Kienspänen. Am Morgen waren sie fast wieder unten im Tal.

»Reiten wir jetzt nach Hause?« fragte Tiana.

»Noch nicht. Ich will dir noch einen Ort zeigen.«

»Wo?« Tiana hatte nur einen Wunsch: Wieder bei ihrer Familie in Sicherheit zu sein. Es wäre ihr jedoch nie eingefallen, ihrer Großmutter zu widersprechen.

»Alles zu seiner Zeit.«

Sie verbrachten die Nacht im Tellico-Blockhaus. Doch statt dann nach Süden zu reiten, nach Hiwassee, ließ Elizabeth die Stute nach Norden und Osten reiten. Unterwegs vertrieb sie sich die Zeit damit, Tiana Geschichten zu erzählen oder ihr bestimmte Pflanzen zu zeigen und deren Verwendungsmöglichkeiten zu erklären. Falls die Schürfwunden an Schulter und Kopf weh taten, ließ sie kein Wort darüber verlauten. Schließlich hielten sie auf dem Kamm eines Hügels mit Aussicht auf den Little Tennessee River.

Um sie herum entdeckten sie grasüberwucherte Gräben und mit Efeu bedeckte Überreste zerbröckelnder Holzwände und Palisaden. Elizabeth ließ die Stute um die Ruine des fünfseitigen Forts herumtraben. Dann saßen sie und Tiana ab und betrachteten die stillen Ruinen. Eine verrostete Kanonenkugel lag zu Tianas Füßen halb vergraben im Erdreich.

»Weißt du, wo du bist, Enkelin?«

»Fort Loudon.«

»Warum habe ich dich wohl hergebracht? Was meinst du?«

»Weil es hier einen großen Sieg für das Wahre Volk gegeben hat? Sie haben das Fort belagert und die weißen Soldaten gezwungen, sich zu ergeben. Sie rächten sich für den Verrat der Engländer.«

»Mehr als das. Hier waren auch Frauen dabei. Weißt du noch, was sie taten?«

»Sie trotzden den Kriegshäuptlingen. Als die englischen Soldaten nur Ratten zu essen hatten, brachten die Frauen ihren weißen Männern im Fort etwas zu essen.«

»Die Kriegshäuptlinge drohten, sie zu töten. Weißt du, was die Frauen darauf sagten?«

»Sie sagten, na los doch, tötet uns. Unsere Clans werden uns rächen. Sie waren tapfer, Großmutter.«

»Ja, das waren sie. Männer machen Krieg. Sie rühmen sich damit. Adlerfedern im Haar bedeuten ihnen mehr als ihr eigenes Leben oder das Leben ihrer Brüder. Aber dennoch haben die Männer immer auf unseren Rat zum Frieden gehört. Sie folgen unserem Rat manchmal nicht, aber sie hören zu. Wenn eine Frau sich in einer Frage stark genug fühlt, kann sie den Kriegern und den Kriegshäuptlingen trotzen.«

»Wie Nanehi Ward, als sie die Siedler vor einem Angriff warnte?«

»Ja.«

»Hat sie Mrs. Bean wirklich gerettet?« Tiana war immer davon ausgegangen, daß Mrs. Bean ihren Namen nach der Bohne hatte.

»Ja, das hat sie. Ich war dabei. Ich war jung. Mir wäre es nicht im Traum eingefallen, den Angriff zu verhindern. Die Männer waren zu zahlreich und zu stark und zu trunken vor Blut und Siegestaumel. Ich werde diese Zeit nie vergessen.« Elizabeths Augen schienen auf etwas zu blicken, das weit weg und lange her war. »Die Geliebte Frau war zornig. Sie begab sich furchtlos mitten auf den Tanzgrund und hielt ihren zeremoniellen Schwanenflügel hoch, um das Trommeln und Tanzen zu beenden.

›Keine Frau soll am Pfahl verbrannt werden, solange ich Geliebte Frau bin‹, sagte sie. Sie war großartig. Die Krieger starrten sie mürrisch an, rührten aber keinen Finger, als sie die arme Gefangene losband. Wenn es um Gefangene geht, haben wir Frauen immer das letzte Wort gehabt. Ich vermute, das liegt daran, daß wir sie in unsere Clans aufnehmen und adoptieren. Das waren stolze Tage, Enkeltochter.«

Nachdem sie Fort Loudon verlassen hatten, näherte sich Elizabeth der Farm von Sik'wayas Frau mit Vorsicht. Weil Sik'waya seine Tage damit verbrachte, etwas vor sich hinzumurmeln und Rindenstücke zu markieren, glaubten die Leute, er sei ein *dida'hnese'gi,* Einer-Der-Dinge-Reinlegt-Und-Rausnimmt, ein Zauberer.

»Es sieht ungepflegt aus«, sagte Tiana. »Vielleicht ist er krank gewesen.« Auf den abgeernteten Feldern wucherte hohes Unkraut. Die wenigen Kühe seiner Frau waren abgemagert. Der Hof vor der Haustür war mit Unrat übersät. Elizabeth war besorgt.

Vor vielen Jahren, kurz nachdem Sik'wayas Bein so verkrüppelt wurde, daß er sich nicht mehr mit ganzer Kraft an der Jagd beteiligen konnte, war er Kneipenwirt geworden. Er war damit nicht erfolgreich, weil er seiner Ware allzusehr zusprach. Doch schließlich hatte er dem Whiskey abgeschworen. Er war Schmied geworden und hatte sich sogar beigebracht, Silberschmiedearbeiten zu machen. Jetzt fürchtete Elizabeth, er könnte zur Flasche zurückgekehrt sein. Doch selbst als Trunkenbold war er ein freundlicher, sanfter Mann gewesen.

Sik'waya humpelte aus der Tür einer kleinen Hütte, die an die eine Seite des Blockhauses seiner Frau gebaut worden war. Sein dünnes, angenehmes Gesicht erhellte sich mit einem Lächeln. Er näherte sich den Vierzig, und sein Haar war von grauen Strähnen durchzogen. Er trug eine Brille, die auf der Spitze seiner schmalen Nase balancierte. Er trug ein abgetragenes Hemd und geflickte Beinlinge und Mokassins. Er winkte ihnen mit seiner Pfeife zu.

»Geliebte Verwandte, mein Herz singt bei eurem Anblick. Laßt mich den Staub des Wegs von euren Füßen waschen und es euch so bequem machen, wie es bescheidene Umstände erlauben.«

Sik'waya übertrieb. Seine Umstände waren weit weniger als nur bescheiden. In der fensterlosen Hütte war es halbdunkel. Das meiste Licht kam durch die Hunderte von Ritzen in der Hüttenwand oder durch das Loch an der Decke, wo das Dach verrottet war. Das Herdfeuer war eine flache Vertiefung in der Mitte des kleinen Raums. Der Rauch sollte durch ein Loch an der Spitze des Dachs entweichen, doch der größte Teil davon sammelte sich an der geschwärzten Decke.

Sik'waya bot Tiana und Elizabeth die zwei einzigen Hocker der Hütte an. Bei dem einen hatte sich ein Bein gelockert, das er wieder befestigte, indem er den Hocker kräftig auf den Lehmboden hämmerte. Seine Frau U'ti'yu setzte ihnen einen kleinen Topf mit dünnem Maisbrei auf. Sie tat es so nachlässig, daß ein Teil davon auf den Fußboden spritzte. Sie ging ohne ein Wort der Begrüßung. Sik'waya lächelte entschuldigend, als er ihnen Hornlöffel brachte, mit denen sie den Maisbrei essen konnten.

»Meine Köchin ist schwermütig«, sagte er mit einem Kopfnicken in Richtung seiner Frau. »Jemand muß ihren Speichel verdorben und sie unglücklich gemacht haben.« Während er sich höflich erkundigte, ob seine Gäste eine gute Reise gehabt hatten, schlüpfte seine fünfjährige Tochter E'yagu, Pumpkin Setting There, herein und setzte sich mit gekreuzten Beinen auf ein altes Fell. Sie und Tiana teilten einen Löffel. Während sie aßen, machte Tiana den Fehler, Sik'waya zu fragen, was er vorhin gerade getan hatte. Sein Gesicht erhellte sich zu einem Lächeln.

»Ich versuche herauszufinden, wie man unsere Sprache aufzeichnen kann. Ich mache ein Symbol für jedes Wort.« Mit einem Stock begann Sik'waya, unbeholfene Bilder in den Lehmboden zu malen. Er zeichnete und rezitierte die Worte eine halbe Stunde oder länger.

»Aber es gibt so viele Wörter«, sagte er traurig. »Ich höre den Menschen beim Sprechen zu. Ich eile nach Hause und mache neue Schriftzeichen für die neuen Wörter, die ich höre. Ich habe schon Hunderte. Es wird immer schwieriger, sich an alle zu erinnern. Meine Hütte«, damit machte er eine vage Handbewegung auf den Schuppen, »ist voller Wörter, die auf Rindenstücken festgehalten sind. Und dabei sind das nur die Namen von Dingen. Die Tuwörter sind sehr schwer zu zeichnen.«

»Bruder«, sagte Elizabeth sanft, »wir wissen alle, daß das Wahre

Volk keine Schrift haben soll. Sie haben dieses Recht vor langer Zeit verloren, als sie die Bücher vernachlässigten, die der Ernährer ihnen gegeben hatte. Der weiße Mann hat sie genommen und uns Pfeil und Bogen gelassen. Jetzt haben die weißen Männer die Schrift. Sie gehört ihnen.«

»Das glaube ich nicht, Schwester. Ich werde einen Weg finden. Warum ist der weiße Mann so mächtig? Weil er die Schrift hat. Er verliert nichts. Er kann Wörter auf sprechenden Blättern festhalten. Er kann dieses wilde Tier zähmen, das Wissen heißt. Er kann es an seine Söhne und Töchter weitergeben, ohne etwas davon zu verlieren.«

Sik'wayas Vater war ein Weißer gewesen, ein Abgesandter George Washingtons, wie manche behaupteten, oder ein fahrender deutscher Händler. Andere behaupteten, er sei einer der Soldaten gewesen, die vor fünfzig Jahren in Fort Loudon belagert worden waren, obwohl er damals noch nicht einmal geboren war. Wer immer sein Vater gewesen war, Sik'waya hatte ihn nie gekannt. Er sprach kein Englisch und verstand es auch nicht. Er war von seiner Mutter großgezogen worden, die nie wieder geheiratet hatte. Über Sik'wayas Vater ließ sie sich nur die Angabe entlocken, daß sein Name Gist gewesen sei.

»Aber ich bin unhöflich«, sagte Sik'waya. »Es ist spät, und ihr müßt müde sein.«

»Vater«, sagte E'yagu schüchtern. »Ich rieche Rauch.«

Alle vier rannten hinaus und entdeckten, daß Sik'wayas Arbeitszimmer in Flammen stand. Das trockene Holz brannte wie Zunder. Elizabeth, Tiana und E'yagu mußten Sik'waya davon abhalten, hineinzulaufen.

»Meine Arbeit«, sagte er immer und immer wieder. »Mehr als ein Jahr Arbeit. Ich hatte Hunderte von Wörtern gezeichnet und geordnet.« Dann bemerkten sie U'ti'yu, die etwas abseits stand und dem Feuer zusah. Sie lächelte.

»Bruder«, sagte Elizabeth, »Enkeltochter und ich werden gehen. Wir haben noch eine lange Reise vor uns.« Sik'waya schien sie kaum zu hören.

»Möge euer Pfad weiß sein«, sagte er. »Und möge euch der Rote Berglöwe vorangehen.«

15

»Vater, bin ich rot oder weiß?« Tiana warf ein getrocknetes Blatt ins Feuer und sah zu, wie es sich in glühendes, pulsierendes Rot verwandelte. Die Adern zeichneten sich im Licht ab, bevor das Blatt in den Flammen zerschrumpelte. Sie sah nicht, wie Jack Rogers über ihren Kopf hinweg zunächst Jennie und dann Drum einen Blick zuwarf.

»Warum fragst du, Kleines?«

»Neugier.«

»Komm her.« Jack öffnete die Decke, die er sich um die Schultern gelegt hatte. Tiana verließ ihren Platz zwischen James und Raven und kletterte ihrem Vater auf den Schoß. Er legte die Arme um sie und hüllte sie in die Decke ein. Ihr gegenüber saßen Joseph und William, die einander immer wieder die Pfeife reichten. Man hatte ihnen erst vor kurzem erlaubt, bei bestimmten Anlässen zu rauchen, und sie neigten dazu, es mit einigem Getue zu zelebrieren. Nannie und Susannah schliefen auf ihrem Bett aus Kiefernruten unter dem Blätterdach. Sie waren unter einem Berg von Fellen und Decken verschwunden, und ihre Füße wurden von einer Pfanne mit heißen Steinen gewärmt. Zusammengerollt wie Eichhörnchen lagen sie in ihrem Nest.

Es war Mitte November 1811. Die Familie Rogers kampierte auf einem Bergkamm, von dem aus man ein tiefes Tal in den Mountains of the Blue Smoke überblicken konnte. Die Gebirgspässe waren verschneit. Es war eine merkwürdige Zeit für eine Reise hierher. Und noch merkwürdiger war, daß Jack nicht widersprochen hatte, als seine Töchter gebeten hatten, mitkommen zu dürfen.

»Ihr sollt mitkommen«, hatte er gesagt. »Ihr sollt sehen, daß es mit Tecumsehs Hokuspokus nichts auf sich hat.«

Als das Datum von Tecumsehs erstem Zeichen, einem Feuerpanther, immer näherrückte, hatte es einen allgemeinen Aufbruch in die Berge gegeben. Gemeinsam mit den anderen hatten sich die Rogers' mühsam auf den steilen Pfaden vorgekämpft, bis sie sich inmitten der duftenden immergrünen Bäume befanden. Lagerfeuer flackerten unter den Bäumen an den Abhängen unter ihnen und auf dem Bergkamm gegenüber. Die Rogers' hatten zusammen mit Drum, Sally Ground Squirrel und deren Kindern ihr Lager aufgeschlagen.

Schließlich ergriff Jack das Wort.

»So, du bist also neugierig, welche Hautfarbe du hast.« Er zog

Tianas Arm aus der Decke, schob ihren Ärmel hinauf und tat, als würde er im Lichtschein des Feuers ihre Haut untersuchen. »Du hast die Farbe der heiligen Rotzeder.« Er schnupperte an ihrem Arm. »Duftend wie Rauch und weich und samtig wie die Brust eines Goldspechts.«

»Sie hat eine ernste Frage gestellt, Mann«, sagte Jennie weich.

»Soso, hat sie das.« Jack seufzte. Mitternacht stand bevor, und alle blickten von Zeit zu Zeit auf den mit Sternen bestreuten Himmel. »Du bist weder rot noch weiß, Kleines. Du bist du selbst. Laß dumme Menschen versuchen, Menschen in Kategorien einzuteilen. Sollen sie doch die Tatsache ignorieren, daß jeder Mensch einzigartig ist. Wir wissen es besser. Du bist wie niemand sonst. Du hast das Beste von beiden Rassen. Allerdings kann ich nicht sagen, was du an Gutem von mir bekommen hast. Alles Gute ist von deiner Mutter, das steht fest.«

»Oh.« Tiana verstummte wieder.

»Haben Tecumsehs Worte dich durcheinandergebracht, Tochter?« fragte Jennie. Ihr war aufgefallen, wie unnatürlich still ihre Tochter seit dem Rat bei Ustanali gewesen war.

»Ja. Er hat gesagt, die Weißen seien eine verfluchte Rasse. Vater ist weiß. Und ich bin *auch* weiß.«

»Tecumseh weiß selbst ganz genau, daß man keinen einzelnen Angehörigen einer Rasse wegen der Untaten einiger Menschen verdammen kann«, sagte Jennie. »Es heißt, daß er eine weiße Frau liebt und sie gebeten hat, ihn zu heiraten. Sein Volk würde er für sie aber nicht aufgeben. Und töten würde er sie ganz bestimmt nicht.«

»Aber er sagt dem Wahren Volk, wir sollten alle Weißen töten, auch die Frauen und Kinder. Oder sie verjagen. Wohin sollen wir gehen, wenn sie uns verjagen?« Tiana brütete schon seit drei Monaten über diese Frage.

»Dein Vater ist einer aus dem Wahren Volk«, sagte Drum. »Er ist ein Besonderer Freund. Niemand wird ihm oder seiner Familie etwas zuleide tun. Und du bist genauso ein vollwertiges Mitglied der Sieben Clans wie wir alle.« *Vielleicht mehr als die meisten,* dachte Drum.

»Werde ich meine Katze töten müssen?«

»Nein«, erwiderte Jennie. »Niemand wird umgebracht werden.«

»Aber was ist, wenn Tecumseh alle Stämme gegen uns hetzt?«

»Du könntest genausogut versuchen, die Wolken zusammenzutreiben oder Wolf und Panther zu Verbündeten zu machen. Es ist unmöglich, alle Stämme zu einigen«, sagte James.

»›Wer hat den Wind in seine Hände gefaßt? Wer hat die Wasser in ein Kleid gebunden? Wer hat alle Enden der Welt bestimmt? Wie heißt er?‹« sagte Drum und starrte zum Himmel.

»Ist das aus dem Buch dieses Predigers, Geliebter Vater?« fragte Tiana.

»Ja. Ich habe Raven gebeten, mir Teile daraus vorzulesen. Die Sprüche mag ich besonders gern. Sie sind so schön wie die alten Zaubersprüche unseres Volkes. Es ist ein schönes Buch. Und so alt. Ich staune darüber, daß weiße Menschen noch so böse sind, nachdem sie dieses Buch schon so lange haben.«

Der Wind trug einen schwachen Ausruf von jenseits des Tals herüber.

»Höllenfeuer!« preßte Jack zwischen den Zähnen hervor.

»Ich hoffe nicht«, sagte Raven, bekam aber trotzdem eine Gänsehaut.

Tianas Magen machte einen Satz. All die schrecklichen Dinge, vor denen sie sich fürchtete, waren jetzt möglich. Ohne zu überlegen spie sie aus. Auszuspucken, wenn eine Sternschnuppe am Himmel auftauchte, bedeutete, daß sie ihre Zähne bis ins hohe Alter behalten würde.

Ungeachtet dessen, was ihr Vater über Tecumsehs Hokuspokus gesagt hatte, fuhr ein strahlender grünlicher Feuerstrahl von Südwesten her über den Himmel. Er beschrieb einen schön geschwungenen Bogen über das Tal und verschwand im Nordosten, dem Land Tecumsehs und der Shawnee.

»Was hat Tecumseh als letztes Zeichen genannt?« sprach Raven in die Stille, die dem spektakulären Schauspiel des Meteors folgte.

»Er sagte, er werde auf den Erdboden stampfen und die Häuser zum Einsturz bringen.« Drum zog einen Rotzedernstab aus seinem Mantel. Mit dem Messer begann er, ihn in dreißig Teile einzuteilen. Er hatte gegen die Aufforderung Tecumsehs gestimmt, sich ihm anzuschließen, aber wie viele Häuptlinge behielt er dennoch die Zeit im Auge.

»Dies ist ein Zufall gewesen«, sagte Jack.

»Und wann soll sein Zeichen erfolgen? Was hat er gesagt?« fragte Raven.

»In einem Monat«, sagte Drum.

Am 16. Dezember, dem Abend, an dem Tecumsehs letztes Zeichen kommen sollte, hüllten sich die Rogers' in Decken und setzten sich auf die Veranda. Falls Tecumseh seine Drohung wahrmachte und den Erdboden erzittern ließ, wollten sie nicht weit von zu Hause sein. Überdies war jetzt Winter. Die Berge waren verschneit. Tiana kamen sie vor wie alte Männer in Hermelinmänteln, die sich gegen die Kälte zusammenkauerten.

Tiana und Nannie teilten sich eine Decke mit Jennie. James und John saßen auf dem Fußboden der Veranda und lehnten mit ihrem Rücken an der Hauswand. William und Joseph saßen auf den Treppenstufen. Mutter Elizabeth döste in ihrem Lieblingsstuhl mit den geschwungenen Kufen aus Hickoryholz. Ihr Mund stand offen, und sie schnarchte leicht. Susannah lag auf ihrem breiten Schoß. Sogar Elizur Schrimshear war da, der Pächter. Sie alle zitterten vor Kälte, obwohl sie um einen munter glühenden Stapel Holzkohle saßen, der sich in einem Faß voller Sand befand. Tiana beneidete ihren Vater, der im Wohnzimmer in seinem großen Bett neben dem Feuer lag und warm und friedlich schlief und schnarchte.

Der Himmel war klar. Die Sterne glitzerten wie Eissplitter im kalten Lichtschein des Mondes. Sie waren so hell, daß sie dem Hof und den Bäumen einen silbernen Glanz verliehen.

»Mitternacht«, sagte Jennie. Solange Sterne am Himmel schienen, wußte Jennie immer, welche Zeit es war. Tiana spannte sich an. Sie hatte sich vor diesem Tag und dieser Stunde gefürchtet, seitdem sie vor einem Monat die Sternschnuppe gesehen hatte.

»Nun«, sagte Elizur schließlich. »Ich nehme an, daß die Erde heute nacht nicht zittern wird.« Er ging von der Veranda herunter, wobei er mit seinen schlaksigen Beinen die beiden mittleren Stufen ausließ. »Ich werde diese lose Stufe morgen früh für Sie fertig machen, Miss Jennie. Gute Nacht.«

»Gute Nacht.« Jennie schob ihre Töchter ins Haus. Die Jungen folgten.

Als Tiana wach im Bett lag und Nannie und Susannah leise neben sich atmen hörte, starrte sie an die Decke. Sie wußte, daß sie sich erleichtert fühlen sollte, da es mit der Welt heute nacht nicht zu Ende gegangen war. Sie schlief mit der Frage ein, weshalb sie sich leicht enttäuscht fühlte. Eineinhalb Stunden später wachte sie auf und blieb mit geschlossenen Augen liegen. Selbst in ihrem noch halb schlafenden Zustand war sie überzeugt, daß sie sich bewegte.

»William, Joseph«, brummelte sie. »Hört auf, das Bett zu schütteln.« Sie versuchte sich umzudrehen, aber der schwere Holzrahmen bockte plötzlich und ließ sie auf den Fußboden segeln.

»Was ist das?« fragte Nannie. Susannah begann zu weinen und hielt sich am Bettpfosten fest. Tiana versuchte aufzustehen, fiel aber wieder hin. Sie hörte ein lautes Grollen und vernahm dann, wie unten Steingut zerbrach.

»Mutter! Vater!« schrie Tiana. Da sie auf den Dielen des schwankenden Bodens nicht gehen konnte, kroch sie auf die Tür zu. Das Grollen wurde lauter.

»Mädchen, raus hier!« Jack Rogers klammerte sich an den Türsturz »Beeilt euch!«

Er hob Susannah auf. Die beiden anderen hielten sich am Saum seines langen Nachthemds fest, als sie die schmale Stiege hinunterstolperten. Tiana stützte sich mit den Händen an den schwankenden rauhen Wänden ab und versuchte, nicht zu schreien. Die Stämme zitterten so, daß Tiana fürchtete, sie würden zusammenbrechen und sie, ihren Vater und ihre Schwestern unter sich begraben.

Sie erreichten das große Zimmer und durchquerten es, wichen dabei umgestürzten Möbeln, zerbrochenen Gefäßen und überall herumliegenden Werkzeugen und Lebensmitteln aus. Die Schnüre mit Kürbis- und Apfelscheiben tanzten an der Decke. Der Fußboden schwamm in Apfelsauce, Gelee und Eingemachtem, das aus zertrümmerten Gefäßen ausgelaufen war. Äpfel rollten durch den Raum. Tiana konnte hören, wie die Dachschindeln über ihrem Kopf klapperten. Jennie und Mutter Elizabeth warteten in der Tür. Sie hatten Stapel von Decken auf dem Arm.

»Geht raus!« rief Jack. »Bewegt euch!« Er brüllte, als sie zögerten. Wenn es hier drinnen so schlimm war, wie war es dann wohl draußen?

Mit nackten Füßen und in ihren langen Flanellnachthemden kauerten sie draußen auf dem Hof, als das Dach der Veranda zusammenbrach. Das Vieh brüllte, viele waren gestürzt und traten hilflos mit den Beinen. Aus der Scheune war zu hören, wie der Heuboden einstürzte und Pferde wieherten. Elizur kam aus der Scheune gerannt und zerrte Jacks geliebtes Rennpferd hinter sich her. In seiner Todesangst bockte das Tier und keilte aus. Elizur wich einem massiven Dachbalken aus, der vom Dachüberhang herunterfiel und das Pferd festnagelte. Elizur schluchzte, als er vergeblich an dem sechzig Zentimeter dicken Stück Holz riß und zerrte.

Bäume schwankten und stürzten zu Boden. Die Wurzeln knirschten, als sie sich vom Erdboden losrissen. Überall um sich herum hörte Tiana Explosionen, es hörte sich wie Kanonenschüsse an. Felsblöcke rollten die Hänge herunter, zertrümmerten Bäume und vernichteten alles, was ihnen im Weg war.

Viel erschreckender als die lauten Geräusche war ein leiserer Laut. Nicht viele Meter von Tiana und ihrer Familie entfernt, die sich aneinander klammerten, tat sich eine Erdspalte auf. Ein fernes Murmeln stieg empor, das Tiana so vorkam wie das Geräusch von David Gentrys Esse, wenn die Luft aus dem Blasebalg entwich. Aus der Öffnung blitzte Licht. Vielleicht hatte Seeth MacDuff am Ende doch recht gehabt. Vielleicht war dies der Tag des Jüngsten Gerichts.

Tiana fürchtete sich davor, die Erdspalte anzusehen. Vielleicht würde sie sehen, wie die verdammten Seelen aus dem Höllenfeuer flüchteten. Vielleicht würde sogar der Gehörnte, der Teufel persönlich, aus der Öffnung hervorkriechen. Tiana konnte Schwefel riechen. Unter ihren Füßen fühlte sich der Boden warm an. Die Erdoberfläche faltete sich und brodelte. Steine sprangen. Der alte Wagen, dessen Kutschbock unheimlich leer wirkte, rollte quer über den Hof. Das Grollen und Krachen und Rattern ging weiter, bis Tiana dachte, es würde sie taub machen.

»Was ist das?« jammerte Nannie immer und immer wieder. Susannah schluchzte hysterisch, Elizabeth versuchte sie zu beruhigen. Joseph und William starrten mit vor Angst aufgerissenen Augen um sich. Sie klammerten sich an Jennie, die um beide ihre Arme legte. James und John kamen mit der großen Federmatratze ihrer Eltern zwischen sich aus dem Haus gerannt, alle ergriffen die Matratze und zogen sie als Schutz über die Köpfe.

»Wo ist meine Katze?« Der Gedanke, ihre Katze könnte irgendwo unter Trümmern liegen, war zuviel für Tiana. »Wo ist meine Katze?« wiederholte sie und starrte unter der Matratze hervor. »Miez, Miez, Miez«, rief sie sanft.

»James!« Jack schrie, um in dem Lärm gehört zu werden. »Hast du das Feuer ausgemacht?«

»Hab' ich vergessen. Ich gehe.«

»Nein. Ich werde es tun.«

»Vater, komm zurück!« schrie Tiana. Aber Jack taumelte aufs Haus zu und kletterte über die Trümmer des eingestürzten Verandadachs hinweg. Das Haus knackte und stöhnte, als litte es Schmerzen. Mit einer Steppdecke erstickte Jack das Feuer. Dann rannte er hinaus. Das Haus erzitterte, blieb aber stehen.

In der langen kalten Nacht kamen immer wieder neue Erdstöße. Sie legten sich erst, als die Morgendämmerung den Himmel im

Osten färbte und die blauen Berggipfel in einem tiefen Rosa hervortreten ließ. Der stille Sonnenaufgang schien die zornige Erde zu besänftigen. Doch das dunstige Morgenlicht zeigte auch das Ausmaß der Zerstörung. Es würde viel zu tun geben.

In unregelmäßigen Abständen erzitterte der Erdboden immer wieder. Eine Woche lang schliefen die Rogers' in provisorischen Zelten auf dem Hof, sie räumten die Trümmer weg und begruben die verendeten Tiere. Sie wagten es nicht, sich lange im Haus aufzuhalten, obwohl es schneite und sie ständig froren.

Tagelang kamen Flüchtlinge durchs Dorf, deren Behausungen zerstört worden waren. Zu Fuß oder zu Pferde zogen sie schweigend auf den Hof. Sie trugen schwere Lasten und Bündel oder hatten ihre Besitztümer auf Karren gestapelt. Die meisten waren zur Garnison unterwegs. Manche flüchteten sich in die Berge, wo sie Tecumseh zufolge sicher sein würden. Tecumseh hatte Krieg versprochen. Jetzt war offenkundig, daß Tecumseh seine Versprechungen einlösen würde. In der Garnison gab es Schutz und vielleicht auch Lebensmittel und Werkzeuge, um neu zu schaffen, was die Menschen verloren hatten. Die Regierung schien einen unerschöpflichen Vorrat an solchen Dingen zu haben.

Vier Tage nach den ersten Erdstößen ritt eine Gruppe Seminolen aus dem Süden auf den Hof. Sie waren schwer bewaffnet und trugen Kriegsbemalung. Tiana und Nannie und Susannah versteckten sich im Wagen und beobachteten durch Astlöcher, wie ihr Vater mit den Kriegern einig wurde. Dann ritt die Gruppe nach Norden, um in Fort Detroit zu Tecumseh zu stoßen.

Eine Gruppe von Chicamauga-Cherokee kam ebenfalls. Sie wollten die Entscheidung des Nationalrats ignorieren und sich mit Tecumseh verbünden. Mit James als Dolmetscher saß Jack mit ihnen an einem offenen Feuer auf dem mit Unrat übersäten Hof. Sie rauchten. Nach drei Stunden hatte er sie überredet, sich zurückzuziehen.

Tiana beobachtete den Rat vom Fenster aus. Als die mürrischen Chicamaugas schließlich ihre Pferde bestiegen, um dorthin zurückzureiten, woher sie gekommen waren, hätte Tiana vor Erleichterung am liebsten geweint. Sie dachte daran, wie Jack von der Rebellion des Jahres 1776 gesprochen hatte. Sie konnte noch seine Stimme hören, die schwer war von selbstgebranntem Whiskey und durch die Macht der Erinnerung angefeuert wurde.

»Das waren die Tage«, pflegte er zu sagen und mit seiner Pfeife eine ausholende Geste zu machen. »Das waren die Tage, an denen der

Krieg seine Fesseln abstreifte und über die Täler hereinbrach.« Tiana war sich nie sicher, ob er den Krieg billigte oder nicht. Aber die Vorstellung von einem riesigen, geifernden und räuberischen Kriegsdämon, der ihr friedliches Tal zertrampelte, hielt sie nachts oft wach.

Raven grub verzweifelt, bis seine Schaufel auf etwas Weiches stieß. Er ließ sich auf die Knie fallen und wühlte mit den Händen weiter. Tränen strömten ihm über die Wangen, als er einen winzigen Arm freilegte.

»Ich habe jemanden gefunden!« rief er aus. Sein Schluchzen erstickte ihm fast die Stimme. Es war schwierig, sich inmitten des Wehklagens der Frauen Gehör zu verschaffen, die nach geliebten Menschen suchten oder die Toten beklagten. Der Vater des Kindes rannte herbei, um Raven zu helfen. Gemeinsam beseitigten sie das letzte bißchen Erde, mit dem das tote Mädchen bedeckt war. Raven entfernte sanft etwas Erde aus ihrem offenen Mund. Er weinte immer noch, als er dem Vater dabei zusah, wie dieser seine Tochter dorthin trug, wo die anderen Leichen aufgereiht lagen. Die alte Spearfinger wieselte zwischen den Verwundeten umher. Sie legte ihnen Salben auf und intonierte heilende Zauberformeln.

Viele Menschen in Hiwassee Town waren gerettet worden, weil sie sich im Freien aufgehalten hatten, um nach Tecumsehs Zeichen Ausschau zu halten. Sie hatten sich um kleine Feuer auf dem kahlen Tanzplatz vor dem Stadthaus versammelt und unterhielten sich mit gedämpften Stimmen. Von den Schlafenden befanden sich die meisten in den in die Erde gegrabenen Schwitzhäusern, die das Erdbeben besser überstanden hatten als die Blockhäuser. Dennoch erstickten einige, als die Lehmwände und Dächer dieser Behausungen einstürzten. Und viele der Verletzten waren Kinder, die früh zu Bett gegangen waren.

Es war eine Stunde vor Tagesanbruch. Das Dorf wurde durch die Feuer erhellt, die überall dort ausbrachen, wo Kamine ins Wanken gerieten und in einem Schauer brechender Stäbe, Steine und getrokkenten Mörtels einstürzten. Hühner und anderes Geflügel, die von ihren Stangen aufgescheucht worden waren, erhoben sich gackernd und kreischend in die Luft. Die Tiere auf den Weiden brüllten vor Angst. Ständig war ein Knirschen und Ächzen zu hören, als die Baumstämme der Blockhäuser auseinandergerissen wurden. Im ganzen Dorf erzitterten die Häuser und stürzten dann in sich zusammen, worauf ein Geschrei begann.

Vom Hügel des Stadthauses aus hatte Raven alles mitangesehen. Innerhalb von Sekunden verwandelte sich das friedliche Dorf in einen Alptraum. Soweit sich die Menschen zurückerinnern konnten, war so etwas noch nie passiert. Doch Tecumseh hatte es vorhergesagt.

Als Raven sich jetzt an Tecumsehs Worte erinnerte, spürte er, wie sich ihm das Nackenhaar sträubte. »Ich werde mit dem Fuß auf die Erde stampfen und die Häuser zum Einsturz bringen.« Verzweifelt und erschöpft machte sich Raven wieder an die Arbeit, räumte Schutt weg und befreite jene, die immer noch verschüttet waren. Als er die schweren Baumstämme beiseite wuchtete, fragte sich Raven, ob es auch in der Gegend von Maryville so große Zerstörungen gegeben hatte. Er betete, es möge nicht so sein.

»Möchtest du zu deiner anderen Familie gehen, mein Sohn?« Drum arbeitete mit Raven und half ihm dabei, einen verkeilten Balken zu entfernen. Drum schien immer zu wissen, was sein Sohn gerade dachte.

»Ich muß«, erwiderte Raven. Vielleicht war seine Mutter tot oder verletzt. Vielleicht war alles zerstört, was sie mit so großer Mühe aufgebaut hatte. Er stellte sich vor, wie sie ihre langen Röcke hochgesteckt hatte und wie die Säume ihres Unterrocks von dem roten Schlamm verschmiert wurden, während sie zusammen mit ihren Kindern und Sklaven säte und erntete.

Er sah sie auf dem Baugerüst stehen, als die Wände ihres Hauses unter ihren aufmerksamen Blicken emporwuchsen. Er sah sie mit hochgekrempelten Ärmeln, ein Arm tief in dem Geburtskanal einer Kuh getaucht, um einem Kalb auf die Welt zu helfen. Er sah ihr starkes, schönes Gesicht, sah ihr graues, vom Wind zerzaustes Haar, sie stand auf einem Hügel und besprach mit ihren Söhnen, welche Felder gepflügt werden sollten. Er sah sie mit in den Armen vergrabenem Kopf vor den Trümmern ihres harten Lebens sitzen.

Er wollte zu ihr gehen, hörte aber das Stöhnen und Schreien der Menschen um ihn herum. Er liebte sie ebensosehr wie seine Familie. Er konnte diese Menschen aber jetzt nicht verlassen, wo seine Kraft vielleicht einem anderen Menschen das Leben retten würde.

Raven konnte nicht wissen, welches Ausmaß Tecumsehs Zeichen hatte. Das Land war von Kanada bis zum Golf von Mexiko verwüstet worden. Dabei hatte die Verwüstung erst begonnen. Die Erdbeben würden mit Unterbrechungen noch weitere zehn Jahre anhalten.

Im westlichen Tennessee hatte sich die Erde aufgetan. Dunkles, schwefelhaltiges heißes Wasser wurde mit Geysiren aus weißem Sand ausgespien. Der Wasserspiegel des Mississippi stieg innerhalb weniger Stunden um mehr als vier Meter. Sein Lauf kehrte sich um, so daß der Strom zischend und gurgelnd bergauf strömte. Massive Felsblöcke kippten um oder glitten in den Fluß. Hunderte von Booten gingen in dem Malstrom seiner Wassermassen verloren. Nahe der Grenze von Kentucky und Tennessee bildete sich ein riesiger Einschnitt in der Erde, der sich mit Wasser füllte. Tausende von Morgen Land wurden zerstört oder unfruchtbar und häßlich.

Vielleicht war Tecumsehs Omen zu mächtig gewesen. Es war eine Sache, die Jagd und die Felder zu verlassen, um in den Krieg zu ziehen. Es war etwas völlig anderes, ein in Ruinen liegendes Zuhause und verletzte Familienmitglieder im Stich zu lassen. Dennoch nahmen viele Krieger aus den mit Tecumseh verbündeten Stämmen die weite Reise auf sich, um sich ihm anzuschließen. Selbst Skeptiker wurden überzeugt. Sie sahen nur nicht die Notwendigkeit ein, erst bis zum Detroit River reiten zu müssen, um sich auf den Kriegspfad zu begeben. Sie begannen an Ort und Stelle mit den Feindseligkeiten. Überall in der Wildnis bewaffneten sich weiße Siedler noch einmal und gingen mit Wachsamkeit in den Augen an ihre tägliche Arbeit.

Raven beabsichtigte, Hiwassee Town in dem Augenblick zu verlassen, in dem die Toten geborgen und die Verwundeten versorgt waren. Er wußte, daß Drum es verstehen würde. Der gemeinsame Getreidevorrat war zerstört worden, und ein großer Teil des Lebensmittelvorrats des Dorfs war verloren. Die Frauen retteten, was sie retten konnten, aber das Mehl war mit Sand und Mörtel vermengt. Die Menschen von Hiwassee hatten immer alles, was sie besaßen, mit Raven geteilt. Sie hatten ihn als einen der Ihren aufgenommen. Er konnte sie nicht einfach verlassen, als sie Hilfe brauchten. Er überlegte, ob er mit einem Wagen nach Maryville fahren sollte, um Vorräte zu holen, doch dort schuldete er jetzt schon mehr als hundert Dollar für Dinge, die er in der Vergangenheit gekauft hatte. Er bezweifelte, daß jemand ihm Kredit geben würde, schon gar nicht, um Indianern zu helfen.

Überdies wußte er, daß er nicht wiederkommen würde, wenn er jetzt nach Maryville aufbrach. Seine Loyalität war wie ein Magnet. Die Anziehungskraft wirkte auf das Nächstliegende am stärksten. Folglich blieb er in Hiwassee Town und ging mit den Männern auf die Jagd. Er half mit, die Blockhäuser wieder aufzubauen, damit die Familien im Winter ein Dach über dem Kopf hatten. Dabei behielt er jedoch den Pfad vom Norden ständig im Auge. »Schlechte Nachrichten verbreiten sich wie ein Lauffeuer, während gute Nachrichten sich Zeit lassen«, wie es in dem Sprichwort hieß. Seine Familie wußte, wo er sich befand. Raven tröstete sich mit dem Gedanken, daß seine Brüder ihn hätten kommen lassen, wenn etwas mit seiner Mutter passiert wäre.

Fünf Wochen nach dem ersten Erdbeben erfolgte ein zweites. Es war nicht so schlimm wie das erste. Die Menschen entkamen ihren erzitternden Häusern, doch Raven erkannte jetzt, daß es Zeit war aufzubrechen. Er konnte seine Mutter nicht länger vernachlässigen. Drum begleitete ihn zur Fähre.

»*Sgidoda*, Vater, ich lasse dich und meine Familie hier nur ungern zurück«, sagte er, als sie darauf warteten, daß Punk Plugged In vom gegenüberliegenden Ufer herübergestakt kam. »Ich werde in Maryville arbeiten, meine Schulden bezahlen und dir Dinge mitbringen, die das ersetzen, was zerstört worden ist.«

»Belaste dein Herz nicht damit, daß du meinst, etwas ersetzen zu müssen. Wenn man wenig besitzt, macht es nichts, wenn man es verliert. Bemitleide die Reichen, die sich nur schwer zu etwas aufraffen können, weil sie zuviel Eigentum haben. Du bist selbst das beste Geschenk, das du mir mitbringen kannst. Mein Herz wird weinen wie der einsame Falke an dem leeren Himmel, bis ich dich wiedersehe.«

»Meine Seele wird ohne dich leer sein«, sagte Raven.

»Richte deiner Mutter meine Grüße aus. Sie muß eine Geliebte Frau sein, da sie einen so guten Sohn geboren hat.«

Raven umarmte Drum. Als Raven es sich auf dem Faß bequem machte, das auf der Fähre als Sitz diente, erkundigte sich Drum bei Punk Plugged In nach dessen Familie. Punk Plugged In starrte auf die Planken, als er antwortete, und das runde Muttermal auf seiner Wange wurde tiefrot wie das glühende Zunderholz, nach dem er seinen Namen hatte.

Als das Boot ablegte, hörte Raven, wie Drum mit seiner polternden Verschwörerstimme etwas zu singen begann. Er wollte seinen Sohn auf dessen Reise beschützen.

Das Wasser des Hiwassee River war viel höher als gewohnt. Einige der Blockhäuser im Dorf waren überflutet worden. *Wenn Tecumseh ein Zeichen schickt, gibt er sich nicht mit Halbheiten zufrieden*, dachte Raven. *Ich möchte gern wissen, ob er das Wasser des Detroit River geteilt hat, damit seine Armee trockenen Fußes ans andere Ufer kommt?*

Raven wanderte durch Land, das so aussah, als hätte die Natur einen Krieg entfesselt. Der trübe Lichtschein der umbrafarbenen Sonne durchdrang einen dicken Schleier von Rauch und Staub, der nicht nur Licht, sondern auch Hitze abzuhalten schien. Raven mußte um umgstürzte Bäume herumgehen, deren Stämme dicker waren, als er groß war. Flüsse und Quellen waren verschwunden oder hatten ihren Lauf geändert. Wo einst Ströme gewesen waren, lagen jetzt verfaulende Fische in trockenen Flußbetten. Die kleinen Dörfer des Wahren Volkes lagen oft in Trümmern oder waren verlassen worden. Ravens Besorgnis nahm zu, als offenkundig wurde, daß auch Maryville nicht ohne Schäden davongekommen sein konnte.

Die Hütten der Siedler und die gezackten Baumstümpfe auf ihren nicht vollständig gerodeten Feldern erstreckten sich weiter nach Süden als zuvor. Raven nahm es mißvergnügt zur Kenntnis. Es bedeutete, daß er mit seiner seelischen Neuanpassung schon früher beginnen mußte. Zögernd begann er, sein rotes Denken auf weißes umzustellen und nicht mehr Raven zu sein, sondern Sam Houston. Es war immer so, als würde er aus einem angenehmen Traum aufwachen und entdecken, daß sein Haus über Nacht baufällig geworden war.

Er betrat die Stadt, als die Sonne gerade unterging und die Gebäude in ein unnatürliches, rötlich glühendes Licht tauchte. *Wie in der Hölle,* dachte Sam. Dann roch er Tooles Gerberei. Tool hatte noch einige offene Schuppen zum Trocknen der Häute gebaut, und sie waren nicht dazu angetan, den Gestank zurückzuhalten. *Hier riecht es stärker als auf dem Abtritt der Hölle.*

Die Straßen waren wie gewohnt voller Unrat, es waren Stapel mit Baumaterial für neue Häuser aufgeschichtet, und es lagen Trümmer der Gebäude herum, die nach dem Erdbeben nicht wieder aufgebaut worden waren. Vierzig Familien lebten jetzt in Maryville. Manche von ihnen achteten nicht darauf, wohin sie ihren Hausmüll warfen. Nicht alles endete in der Schlucht des Pistol Creek. Aber es gab eine große neue Kirche, und ein paar neue Läden ebenfalls. Russell hatte sein Lokal durch Anbauten vergrößert. Zwei Postkutschenlinien hielten jetzt dort. Eine von ihnen führte von den beiden Carolinas nach Nashville und die andere von Georgia nach Knoxville.

»Du, guck mal«, rief jemand aus. »Ein Truthahngeier ist nach Hause gekommen, um sich auf der heimischen Stange auszuruhen.« Sam drehte sich um und sah in die blassen Augen von Dirty Dutch. Der war also wieder da. *Und ich hatte schon gedacht, jemand hätte ihm schon längst ein zusätzliches Knopfloch gemacht.* Sam starrte ihn schweigend an, als betrachtete er ein Insekt durch ein Vergrößerungsglas. Er war zu müde und unglücklich, um sich mit dem Mann zu streiten. Dutch wollte gerade etwas sagen, überlegte es sich dann aber, spie in Richtung Sam und wandte sich ab.

Sam war zu erschöpft, um Dutch wegen seiner Feigheit zu verhöhnen. Ihm war nicht klar, wie sehr er in seinen zweieinhalb Jahren beim Wahren Volk gewachsen und wie stark er geworden war. Seine breiten Schultern drohten das letzte Jagdhemd zu sprengen, das Sally Ground Squirrel für ihn gemacht hatte. Er trug seine Beinlinge und Mokassins, seinen Lendenschurz und seinen blau-weißen Poncho mit den drei Öffnungen mit selbstverständlicher Nonchalance. In den Straßen Maryvilles jedoch hatten solche Kleider einen Hauch von Wildheit.

Ebensowenig war sich Sam des Ausdrucks seiner blauen Augen und seines muskulösen Körpers bewußt, die noch nicht dagewesen waren, als er die Stadt zum ersten Mal verlassen hatte. Dutch hätte die Veränderungen ebenfalls nicht beschreiben können, doch seine Instinkte erkannten sie, und so vermied er es, sich mit ihm einzulassen.

Sam wußte nur, daß er hungrig und durstig und müde war. Die dünne Schneedecke schaffte es nicht, die Unordnung in der Stadt zu verdecken. Der größte Teil war verschlammt oder unter dem stahlgrauen Himmel zu einem eisigen Morast geworden. Die düstere Stimmung paßte zu Sams Seelenlage. Er zog die Decke enger um sich.

Seine Mokassins tapsten leise auf den Dielenbrettern von Russells Veranda. Er schob die Tür auf und betrat den lärmenden, verräucherten Raum. Der Lärm verstummte.

»Hallo, Fremder«, sagte Russell hinter der Bar. »Was wünschen Sie heute?«

»Ich bin kein Fremder, Rus, und du weißt es. Gib mir einen Blackjack. Nein, lieber einen doppelten.«

»Tut mir leid, Sam. Hab' dich in dieser Aufmachung gar nicht erkannt.« Sam lehnte sich mit dem Rücken an die hohe Bar. Er stützte sich mit dem Ellbogen auf, was nur diejenigen konnten, die dazu groß genug waren. Er beobachtete die Männer im Raum. Die meisten hatten ihre Unterhaltungen und ihre Streitigkeiten wieder aufgenommen. *Mehr Dandys als früher*, dachte Sam. *Mehr Schnallenschuhe und Kniehosen. Maryville ist wohl dabei, eine bessere Klasse von Gesindel zu importieren.*

»Sam Houston, du alter Wilder. Schlepp dich hier rüber, staub dir das Hinterteil ab und setz dich«, rief John Cusack. Seine Stiefel rutschten vom Tisch, und er stand auf.

Sam schnappte sich einen getrockneten, gepökelten Fisch aus dem Bündel, das über dem Blackjack-Faß hing. Mit zwei Gläsern in der Hand und auf dem Fisch herumkauend zwängte er sich zwischen den Tischen hindurch. Er vermied es, in die dunklen Pfützen aus Tabaksaft zu treten. Das Waten in Tabaksaft war in Mokassins nicht das gleiche wie in Stiefeln. Seine Freunde saßen in einer Ecke in der Nähe des Kaminfeuers.

»Wie geht es dir, John?« fragte Raven.

»Bestens, kann nicht klagen«, erwiderte Cusack.

»Die gleiche Runde wie früher, wie ich sehe.« Sam grinste.

»Setz dich.« Cusack zog einen freien Stuhl heran.

»Danke, aber ich stehe lieber.« Sam gab Zachariah Woods und Jesse Bean die Hand und umarmte Cusack. Cusack war dreißig, doch die Silberfäden in seinem braunen Haar und dem Bart ließen ihn älter erscheinen. Zach Woods war sechzehn, und Jess, der fast schon so groß war wie ein Mann, war kaum vierzehn. Sie hielten Cusack für einen unendlich alten und weisen Mann.

»Auf Hühnerjagd gewesen?« fragte Zach. »Du hast Federn im Haar.«

Sam zog die Falkenfeder aus seinem langen, dicken Zopf und drehte sie geistesabwesend zwischen den Fingern. Die Häuptlinge hatten sie ihm verliehen, weil er in der Ballmannschaft des Dorfs der stärkste Mann gewesen war.

»Nur ein Moskitoflügel von so einem Viech, das ich erwischt habe. Da unten am Hiwassee werden sie riesengroß.«

»Wenn du ein Beispiel dafür bist, will ich es gern glauben«, entgegnete Cusack. »Wenn du ein Ochse wärst, wärst du jetzt schlachtreif, würde ich sagen.«

»Er wird bald so groß sein, daß er sich im Himmel die Haare schneiden und in der Hölle die Schuhe putzen lassen kann«, sagte Zachariah. Jesse hob den Saum von Sams Jagdhemd hoch.

»Was tust du, Jess?« Sam riß sich los und gab ihm einen Klaps auf die Finger.

»Wollte nur sehen, was ihr Indianer da unter den Hemden habt.«

»Den Anzug, den Gott für mich geschneidert hat. Und wenn du das Haar behalten willst, das Er dir gegeben hat, solltest du deine Pfoten im Zaum halten.«

»Frech wie Rotz, dieser Jesse«, sagte Cusack. »Wir haben ihn vor ein paar Monaten dabei erwischt, wie er beim Maisschälen einen roten Kolben dazwischenschmuggeln wollte. Er wollte dann so tun, als hätte er ihn entdeckt, um so ein Mädchen küssen zu dürfen. Unser Kleiner wird allmählich erwachsen.« Jesse wurde rot. Sein rundes glattes Gesicht wurde noch röter als sonst. Er nahm einen langen Schluck.

»Sieh dir an, was für einen Zug er hat«, sagte Sam.

»Nimm dich in acht, Jesse«, sagte Zachariah. »Als du das letzte Mal zuviel getrunken hast, hast du versucht, einer Regentonne über die Straße zu helfen.«

»Es war dunkel«, brummelte Jesse.

»Auf die Ritterlichkeit.« Cusack hob seinen Seidel.

»Auf das Saufen«, fügte Zachariah hinzu.

»Auf alles, was Spaß macht«, sagte Sam.

»Es ist schön, dich wiederzusehen, du elender Herumtreiber«, sagte Cusack.

»Es ist schön, wieder hier zu sein.« Sam entdeckte erleichtert, daß er es auch meinte.

»Ohne dich ist es so langweilig gewesen wie am Sonntag in der Kirche«, sagte Zach.

»Was hat dich dazu gebracht, die Indianer zu verlassen? Hat Tecumsehs Schüttelei dich aus dem Nest gekippt?«

»Ich mache mir Sorgen um meine Mutter und meine Schwestern. Hat es hier großen Schaden gegeben?« fragte Sam.

»Schwer zu sagen«, erwiderte Jesse. »Hier wissen wir nie so genau, ob die Häuser einstürzen oder gerade gebaut werden.«

»Die Stadt wird größer.« Sam rührte mit einem Schürhaken im Feuer herum und legte ein frisches Holzscheit nach.

»Sie wächst bewundernswert«, sagte Zach.

»Deiner Familie geht es gut, Sam«, sagte Cusack. »Deine Mutter hat ein verdammt solides Haus gebaut. Es hat alles überstanden. Ich nehme an, daß sie sich freuen wird, dich zu sehen.«

»Da wir gerade von der Aufregung der letzten Zeit reden«, sagte Zach. »Ich habe neulich einen höllischen Ritt gehabt.«

»Zach kann es einfach nicht lassen, sich immer neue Lügengeschichten auszudenken. Und dann meint er noch, die Leute würden sie ihm abnehmen«, sagte Cusack.

»Aber dies ist die Wahrheit, Jungs.«

»Zach«, sagte Sam. »Du würdest die Wahrheit nicht mal dann erkennen, wenn du sie vögelst.«

»Bist du auf einem Elefanten geritten, Zach?«

»Aber nein. Ich war oben in den Bergen auf Bärenjagd. Plötzlich fängt die Erde an zu zittern und sich zu schütteln wie ein Hund voller Flöhe. Da hab' ich mich einfach an einem Ahorn festgehalten. Und dann bin ich mit dem Ahorn und vier Morgen Land zweihundert Meter den Abhang runtergerutscht.«

»Auf die Aufrichtigkeit.« Sam hob das Glas.«

»Auf die Verlogenheit.«

»Auf die Kühnheit.«

»Sagt mal«, sagte Jesse ein wenig ausweichend. »Hab' ich euch Jungs je von damals erzählt, als meine Großmutter an den Pfahl gefesselt war, mit einem Scheiterhaufen zu Füßen? Und mit tausend schreienden Wilden um sie herum, die sie gerade braten wollten?«

»Nicht mehr als tausendmal, würde ich sagen«, erwiderte Sam. »Ich habe die Frau kennengelernt, die sie gerettet hat. Es tut mir weh, es zugeben zu müssen, Jungs. Aber die Geschichte, an der Jesse schon seit Jahren herumspinnt, ist wirklich wahr.«

Der Lärm im Raum nahm zu, als Gespräche zu Streitigkeiten wurden. Einige Männer begannen zu rufen und wild zu gestikulieren.

»Im Ernst, Sam«, sagte Cusack ruhig. »Wir haben hier über ernstere Dinge diskutieren müssen als über Erdbeben und derlei.« Er nickte in die Runde. »Hier wird's bald lustig hergehen. Man spricht von Krieg.«

»Mit Britannien? Davon redet man doch schon seit Jahren«, entgegnete Sam.

»Nun«, sagte Zach. »Heutzutage kann man nicht jedem Gerücht Glauben schenken.«

»Es gibt aber viele Nachrichten von dem jungen Henry Clay und seinen Falken«, sagte Cusack. »Da ist immer nur von Krieg die Rede. Doch Papist, der ich bin, warte ich auf das Sakrament der Bestätigung.«

»Ich werde jetzt wohl erst mal zur Farm gehen«, sagte Sam. »Das ist noch ein langer Marsch, noch zehn Meilen.« Er leerte sein zweites Glas Blackjack und wies dann auf die zusammengewürfelte Gesellschaft in dem Schankraum. »Laßt diese Söhne des Mars bloß nicht ohne mich in den Krieg ziehen.«

»Wirst du dich freiwillig melden?« fragte Cusack.

»Vorerst nicht. Ich habe in der Stadt erst noch ein paar Rechnungen zu bezahlen.«

»Wie willst du das denn schaffen?« fragte Jesse.

»Mir fällt schon was ein.«

»An Arbeit hast du nicht gedacht, oder?« fragte Zach. »In der Kunst der Herumtreiberei bist du uns allen immer ein leuchtendes Vorbild gewesen.«

»Bei den Berittenen kann man sich immer noch jeden Sonnabend anwerben lassen«, sagte Cusack. »Wir werden in der Schlange einen Platz für dich freihalten.«

»Bist du sicher, daß du nicht eine Weile bleiben kannst?« Zach sah sich befriedigt um. »Die Wellen der Leidenschaft gehen schon höher. Bevor der Abend viel älter geworden ist, wird es hier eine schöne Schlägerei geben. Und außerdem kannst du uns noch von deinem Leben bei den Rothäuten erzählen.«

»Später«, erwiderte Sam.

Draußen war inzwischen die Kutsche aus Nashville angekommen, und der Schankraum füllte sich mit weiteren Besuchern. Der Rauch senkte sich auf die Köpfe der Anwesenden. An Haken in der Nähe der Tür hing eine Reihe von Umhängen und eleganten flachen Hüten aus Biberfell mit hochgestellten Krempen.

Ein Reisender trat zu Sam und seinen Freunden an den Tisch. Er trug eine hüftlange Frackjacke aus Samt, deren Schöße ihm fast bis zu den Kniekehlen reichten. Seine hautengen gelben Hosen aus Nankingseide verschwanden in schiefergrauen Stiefeln, die ihm fast bis zu den Knien reichten. Die Stiefel waren insofern ungewöhnlich, als sie ihm gut paßten, spitz zulaufende Kappen hatten und überdies sauber waren. Sein gekräuseltes weißes Leinenhemd hatte einen hohen steifen Kragen, an dem eine rote Seidenkrawatte nachlässig gebunden war. Die Enden hatte er sich in die Jacke gesteckt.

Beim Gehen fuhr er sich mit den Fingern durchs Haar, um es leicht in Unordnung zu bringen. Es stand ihm nach der sogenannten Stachelschweinmode vom Kopf ab. Parteipolitisch neigte er wohl den Republikanern zu, da er das Haar nach französischer Mode trug. Zach pfiff durch die Zähne.

»Der hat sich aber erstklassig angehübscht, nicht wahr, Jungs?«

»Die Frisur sieht aus, als wäre er rückwärts durch einen Hurrikan gewandert«, brummelte Jesse.

»Ich glaube nicht, daß er in dieser Aufmachung viel in Misthaufen herumwühlt«, bemerkte Sam.

Der Mann legte eine manikürte Hand auf die Lehne des Stuhls, auf den sich Sam nicht gesetzt hatte. Seine langen, spitzenbesetzten Manschetten fielen ihm bis über die Fingerspitzen.

»Verzeihung, Gentlemen, meine Freunde lassen fragen, ob dieser Stuhl vielleicht frei ist.«

»Unser Freund hier kommt in ein paar Tagen wieder«, sagte Zach mit einem Kopfnicken zu Sam hin. »Wir halten ihn für ihn frei.«

»Gib ihm den Stuhl, du Kloakenratte.« Mad Mountain McCabe beehrte sie mit einem Blick, der ein ganz eigenes Gewicht zu haben schien. Er hörte sich nicht höflich an, nur streitsüchtig. Der Fremde lächelte ihn nervös an. Er war nicht sicher, ob er McCabe als Verbündeten wollte.

»Ist das klug, Zach?« murmelte Sam zwischen den Zähnen.

»Und ob es das ist«, sagte Zach und krempelte sich die Ärmel auf. »Ich bin ein Schlachtroß. Mein Vater kann jeden Mann in Tennessee zu Brei schlagen, und ich kann meinen Vater vermöbeln. Ich bin nicht von Pappe, und mein Vater ist es auch nicht.« Zach wandte sich an McCabe. »Verzeih mir, McCabe«, sagte er zuckersüß. »Ich habe nicht gewußt, daß dieser Froschfresser hier deine Freundin ist.«

Sam zog sich vorsichtig in Richtung Tür zurück, als McCabe übertrieben langsam auf die Beine kam. Dieses Aufstehen war ein Vorhaben, das in mehreren Stadien ablief, als wäre es für sein Gehirn eine zu schwere Aufgabe, die Bewegungen des ganzen Körpers auf einmal zu koordinieren.

Als Sam gerade die Vordertreppe hinuntergehen wollte, hörte er, wie der erste Tisch unter dem lauten Klirren zerbrechender Gläser umstürzte.

16

Sam ignorierte das Gelächter, als er überall in der Stadt seine Zettel anschlug. Selbst seine Freunde hatten begonnen, ihn Professor Houston zu nennen. Und das war nicht respektvoll gemeint.

»Glaubst du wirklich, daß dein Abschluß auf der Indianer-Universität dich für den Lehrberuf qualifiziert?« wollte Zachariah wissen.

»Du bist doch erst neunzehn, Sam, nicht viel älter, als es deine Schüler sein werden«, erinnerte Cusack ihn behutsam.

Sam spazierte auf dem Bürgersteig aus grob behauenen Planken.

Ohne jeden Kommentar nagelte er einen weiteren Handzettel an das Schwarze Brett des Gerichtsgebäudes. Dort hing er dann neben einer Liste von Geschworenen, Meldungen über verirrtes Vieh, entlaufene Sklaven und Jagdhunde, amtlichen Bekanntmachungen und den Lotteriezahlen aus der Kneipe. Seitdem Sam seine Absicht verkündet hatte, eine Schule zu gründen, hatte er immer wieder die gleiche Reaktion erlebt.

»Acht Dollar pro Trimester!« Cusack pfiff durch die Zähne, als er den Handzettel las.

»Da sind ja zwei Dollar mehr, als sie an der Akademie berechnen.« Jesse reckte den Hals, um John über die Schulter zu sehen. Er konnte zwar nicht lesen, würde es aber nie zugeben.

»Ich bitte doch nur um ein Drittel davon in bar«, sagte Sam. »Der Rest kann in Mais und Kaliko bezahlt werden.«

»Willst du etwa in Russells Kneipe unterrichten? Da führst du doch sowieso schon das große Wort«, sagte Zachariah.

»Ich werde das alte Schulhaus der Kennedys benutzen. Vielleicht werde ich auch bei ihnen wohnen.«

»Ich wünsche dir alles Gute, Sam. Sollte dein Vorhaben aber... äh, nicht erwartungsgemäß verlaufen, kannst du immer noch bei mir tischlern«, sagte Cusack.

In der Stunde nach Tagesanbruch stand Sam in der Tür seines kleinen Schulhauses und betrachtete sein Königreich. Es war Mitte Mai 1812. Die Frühjahrsaussaat war beendet. Bis zur Ernte würden die Kinder keine ernstzunehmenden Pflichten mehr haben. Es war der erste Tag von Sams Schultrimester.

Das Ein-Zimmer-Blockhaus stand auf einem mit Blumen bedeckten Hügel. Es wurde von Eichen und Ahornbäumen überschattet, von Hickory-, Pecano- und Tupelo-Bäumen. Bäume und Hügel zeigten unter einem indigoblauen Himmel das frische, strahlende Grün des Frühlings. Im Osten verschwanden die Reihen graublauer Gebirgszüge mit zunehmender Entfernung im Dunst. Am Himmel lärmten Hunderte von Vögeln. Die kalte Quelle, die in der Nähe entsprang, rauschte leise über moosbedeckte Felsen. Ein Waschbär trottete vorüber, erkannte, daß er nicht allein war, und verschwand raschelnd im Gebüsch.

So idyllisch diese Ecke der Welt auch sein mochte, so machte sich Sam dennoch keine Illusionen über seine Schüler. Die meisten von ihnen kamen nicht zu ihm, weil sie es sich so sehr wünschten. Und an einem so schönen Tag wie diesem konnte Sam ihnen erst recht nicht böse sein. Er war beinah dankbar, daß sich nur neun Jungen gemeldet hatten. Sam wurde nur selten von Zweifeln befallen. Doch jetzt kamen ihm welche, als er von der königlichen Höhe der dritten Treppenstufe der Hütte aus sah, wie seine Schüler sich einfanden.

Sie johlten und drängelten. Sie schlugen mit am Ende verknoteten Taschentüchern aufeinander ein. Sie stießen Beleidigungen aus und rempelten und versuchten einen Blick darauf zu erhaschen, was die anderen in ihren Frühstückskörben hatten. Sie rissen den kleineren Jungen die Mützen vom Kopf und warfen sie in die höher hängenden Äste. Manche der Jungen waren so sauber, daß sie aussahen, als hätte man sie mit einer harten Bürste geschrubbt. Andere erweckten den Eindruck, sie wären an einem windigen Tag hinter einem Pflug hermarschiert.

Sam klopfte mit seiner Faust laut an den Türrahmen. Er zeigte mit seiner Rute auf den lautesten, schmutzigsten Jungen.

»Wie ist dein Name?« fragte er.

»Was sagt Ihnen der schon?« entgegnete der Junge mürrisch. Ein Vorderzahn war gebrochen, und sein fettiges Haar bedeckte sein blasses Gesicht fast völlig.

»Na schön, Mr. Wassagtihnenderschon«, sagte Sam. »Wasch dich an der Quelle, bevor du reinkommst. Das gilt auch für dich und dich und dich.« Er zeigte mit der Rute auf drei andere.

»Das werde ich nicht«, entgegnete der erste Junge.

»Dann wirst du hier auch nicht eintreten«, sagte Sam. Die drei kleineren Jungen trotteten im Gänsemarsch zur Quelle. Der Größte bewegte sich nicht. *Wie es scheint, werde ich nur acht Schüler haben,* dachte Sam. Mit der Rute gab er den anderen ein Zeichen, sich ins Haus zu begeben. Bis auf die beiden Jüngsten setzten sie sich auf Bänke am hinteren Ende des Raumes.

Die drei frisch gewaschenen Jungen kamen herein und setzten sich zu ihnen. Sie hatten mehr Schmutz übrig gelassen als abgewaschen, doch Sam hatte nicht die Absicht, kleinlich zu sein. Er hatte sich durchgesetzt. Während er seinen Gänsekiel anspitzte und die beiden Sechsjährigen die Bleistifte verteilten, die Sam gemacht hatte, murmelten die anderen unentwegt weiter und rutschten unruhig hin und her. *Wie ein Sack voller Flöhe.* Die Tür wurde aufgerissen. Sam nickte dem finster dreinblickenden Jungen in der Tür freundlich zu.

»Besten Dank, Mr. Wassagtihnenderschon. So siehst du schon viel besser aus.« *Gott wird mir diese kleine Lüge verzeihen,* dachte Sam.

»Smith«, brummelte der Junge, als er an Sams hohem Katheder vorbeitrottete.

»Wie bitte?« fragte Sam höflich.

»Mein Name ist Smith.«

»Sir.« Sam, der immer noch freundlich war, tippte mit seiner Rute wie beiläufig leicht auf die Kathederkante.

»Sir.« Die Antwort war kaum hörbar.

»Wie bitte?«

»Sir!«

»Gut. Willkommen, Mr. Smith.« *Das wird ein langer Tag werden*, dachte er. Er zeigte der Klasse sein gewinnendstes Lächeln. »Dieser erste Schultag erinnert mich an den Farmer, der seinen Hund ins College schickte.« Während er die Geschichte erzählte, spazierte er durch die Bankreihen und besah sich die Bücher, die die Jungen mitgebracht hatten. Die meisten hielten halbzerfetzte Schulbücher oder Fibeln umklammert, mit denen in ihren Familien schon seit Jahren gearbeitet worden war. Einer hatte einen Shakespeare-Band mitgebracht. Sam begann, nach und nach jeden Schüler zu bitten, etwas vorzulesen, falls er schon lesen könne. Die Anfänger, die dritte Bank, würden die größte Gruppe sein.

Er wies den größeren Jungen ihre Plätze an den hohen Tischen zu, die sich an drei Seiten des Raums befanden. Die Tische bestanden aus langen hölzernen Fensterläden, die am unteren Ende mit Scharnieren an der Wand befestigt waren und in der Waagerechten einrasteten, wenn man sie herunterklappte. Wenn die Schule vorbei war, wurden sie geschlossen und bedeckten die Fenster. Die Fenster waren Schlitze, die dadurch entstanden waren, daß man in jeder Wand einen Teil eines Baumstamms ausgespart hatte. Das Tageslicht war die einzige Lichtquelle.

Sam achtete sorgfältig darauf, jeden Jungen so zu setzen, daß der Nebenmann mindestens eine Armes- und Lineallänge entfernt saß. Bei weniger Zwischenraum würden sie aufeinander einschlagen. Die Jungen sollten im Stehen schreiben.

Der Sicherheitsabstand war nicht von langer Dauer. Am zweiten Tag fanden sich zwei weitere Schüler ein. Am Tag danach noch drei. Inzwischen hatte sich herumgesprochen, daß Professor Houstons Unterricht ebenso amüsant wie lehrreich war. Die Klasse wurde größer, bis Sam bei John Cusack weitere Bänke bestellen mußte. Im Juni war der Raum mit fünfunddreißig Schülern überfüllt, um Sam mußte sich etwas ausdenken, um den Zustrom einzudämmen. Die

Jungen benutzten die Schreibtische in Schichten und arbeiteten Ellbogen an Ellbogen.

Der letzte Schüler, der sich bewarb, bevor die Klasse voll war, war Jesse Bean. Er kam zu spät und stand ein wenig herausfordernd in der Tür und drehte seinen schweißfleckigen Hut in den Händen. Seine neuen Schuhe waren zusammengebunden und hingen ihm auf der Schulter, damit sie bei dem fünf Meilen langen Weg zur Schule nicht staubig wurden. Er hatte sich das lange blonde Haar an der Quelle naß gemacht, so daß es ihm nun am Kopf klebte.

»Morgen, Jess«, sagte Sam. »Bill, Jonas, macht Platz für Mr. Bean. Du kommst gerade rechtzeitig zum Mittagessen. Der Unterricht beginnt aber um sieben Uhr morgens.«

»Ja, Sa...« Jesse verstummte. »Sir.«

Die Mittagszeit war Sams Lieblingszeit. Er aß mit seinen Schülern unter den Bäumen. Er tauschte oft das Essen mit ihnen und gab etwas von dem her, was Sarah Kennedy für ihn eingepackt hatte. Während die Jungen herumrannten und Ball spielten, schnitt er aus einem Zweig des Tupelobaums eine Rute und bog sie zu einer Spirale.

Eines Tages, etwa Mitte Juni, blieb er noch ein wenig draußen, nachdem er die Jungen ins Haus geschickt hatte, um Grammatik zu üben. Einer der beiden Sechsjährigen war von einer Pferdebremse gestochen worden. Das Kind bemühte sich, nicht zu weinen, während Sam sich hinhockte, um die Schwellung zu inspizieren.

»Barnaby«, sagte er mit Verschwörerstimme. »Ich werde dir ein altes indianisches Heilmittel geben.« Barnaby unterdrückte ein Schluchzen, zog den Rotz in der Nase hoch und sah beeindruckt aus. Sam intonierte einen Zauberspruch, den Tiana ihm gegen Spinnenbisse beigebracht hatte. Er war bei den Kindern des Wahren Volkes allgemein gebräuchlich.

»*Ghananiski saghonige, ghananisgi une'gub! Nigada.* Blaue Spinne, Weiße Spinne. Jetzt! Ihr beide!« Er wiederholte es viermal. Dann spie er auf die Schwellung und rieb den Speichel in die Wunde. »Fühlst du dich jetzt besser?« fragte er. Das Kind lächelte und nickte. Sam stand auf und folgte dem Jungen langsam zum Schulhaus. Er wollte sich gerade dazu gratulieren, wie gut er alles im Griff hatte, als er das Krachen umstürzender Bänke hörte.

»Schlagt euch! Schlagt euch!«

Sam schaffte die oberste Treppenstufe mit einem Satz. Sein Königreich war in Aufruhr. Smith und Jesse wälzten sich auf dem Fußboden. Unter ihren Anhängern waren weitere Kämpfe ausgebrochen.

Sam machte gar nicht erst den Versuch, die Kontrahenten zu trennen. Er watete in das Getümmel. Er packte die Jungen am Hemdkragen und am Gürtel und warf sie auf Smith und Bean drauf.

Er ignorierte die unterdrückten Schreie derer, die zuunterst lagen, und machte so weiter, bis zwanzig Jungen in einem zuckenden Haufen lagen. Dann begann er ganz unparteiisch, mit seiner Rute auf sie einzuschlagen und Kopfnüsse zu verteilen. Das Wutgeheul über den Schmerz verlieh ihm grimmige Befriedigung. Als sein Arm ermüdete, erlaubte er es den aufgestapelten Jungen, sich voneinander zu lösen. Sie humpelten zu ihren Bänken zurück und setzten sich vorsichtig hin.

»Ich dulde hier keine Prügeleien!« brüllte Sam und redete sich in eine gutgespielte Wut hinein. Doch im stillen gab er sich selbst die Schuld. Es war Freitag. Er hätte wissen müssen, daß er die Jungen an einem Freitag nicht allein lassen durfte. Er hatte bald gelernt, daß an diesem Tag keine ernsthafte Arbeit möglich war. Folglich hatte er damit begonnen, diesen Tag mit Rezitationen zu nutzen. Jeder Schüler mußte etwas auswendig lernen und vortragen. An diesem Freitag meldete sich der neunjährige Alexander Kennedy freiwillig als erster. Er schlurfte nervös zum Katheder hin. Sam machte sich auf unterhaltsame Minuten gefaßt. Alex trug meist eine Eigenkomposition vor.

»Huldigung an Sheila McGuire«, sagte er. »Von Alexander Kennedy.«

Sheila McGuire, setz dich zu mir, und ich verkünde dir dein Urteil.
Deine Augen sind wie Hartriegel zur Blütezeit.
Deine lange Kartoffelnase hat noch jeden vergrault.
Und deine Zähne, bei Gott, sind allesamt verfault ...

»Krieg!« Die Tür wurde aufgerissen, und Zachariah Woods stand keuchend in der Öffnung. »Krieg! Billy Phillips ist eben durch die Stadt geritten und ist jetzt nach Nashville unterwegs. Wir haben Krieg. Kommt jetzt, Jess, Sam. Cusack ruft die Freiwilligen zusammen.«

Innerhalb von Sekunden war das Klassenzimmer leer. Sam hörte, wie die Jungen johlten. Ihre Stimmen wurden leiser, als sie nach Maryville hinunterrannten. Zachariah wandte sich um, um ihnen zu folgen.

»Zach, bist du sicher?« rief Sam aus.

»Teufel auch, ja, Sam.« Zachariahs braune Augen wirkten vor Erregung fast irr. »Phillips hat Washington vor weniger als einer Woche verlassen, um die Nachricht zu verbreiten. Er ist seitdem wie der Teufel geritten – fast hundert Meilen am Tag. In seiner Staubwolke folgte ein Werber. Gouverneur Blount fordert alle auf, sich freiwillig zu melden. Jeder Mann bekommt ein Pulverhorn, ein Dutzend Feuersteine und Blei für hundert Kugeln.«

»Einhundert Kugeln«, sagte Sam und verzog das Gesicht. »Sie erwarten offensichtlich einen Krieg von kurzer Dauer. Stellen sie den Männern auch Pferde oder Uniformen?«

»Nein. Aber sie wollen, daß jeder ein Gewehr mitbringt, und zwar keins mit glattem Lauf. Und selbstgewebten blauen oder graubraunen Stoff für die Uniform.« Zachariah konnte nicht länger warten. »Beeil dich, Sam«, rief er über die Schulter.

Sam folgte ihm nicht sofort. Er schloß die Fensterläden und fegte den Schulraum aus, was eine Arbeit war, die meist von den Jungen verrichtet wurde. Der Krieg war also schließlich doch gekommen, aber hatte er, Sam, sich nicht bereit erklärt, bis Mitte November fünfunddreißig Schüler zu unterrichten? Und Sam Houston war gewohnt, Wort zu halten.

Tiana kämpfte mit den Tränen, als sie den Handgriff von Mutter Elizabeths Spinnrocken drehte, einem regenschirmähnlichen Apparat, der Garn zu Strängen aufwickelte. In regelmäßigen Abständen klickte das hölzerne Gerät, um die zwanzigste Drehung zu markieren. Susannah zählte stumm das Klicken mit. Sechsmal Klick, und ein Strang war fertig. Als Tiana und Nannie sangen, versuchte Tiana, den Handgriff so zu drehen, daß das Klicken zu dem Stichwort in dem Lied paßte, das ihr Vater ihnen beigebracht hatte.

All around the mulberry bush,
The monkey chased the weasel.
The monkey thought 'twas all in fun.
Pop! Goes the weasel.

»Du drehst zu langsam«, sagte Nannie. »Laß mich mal.« Tiana gab ihr den Handgriff. Ihr Arm war ohnehin lahm. Sie sang aber weiter, zum Teil, um das Stimmgewirr in dem Nebenzimmer zu übertönen, zum Teil, um nicht weinen zu müssen.

A penny for a spool of thread,
A penny for a needle.
That's the way the money goes.
Pop! Goes the weasel.

Beim Frühstück hatten James und John ihre Absicht verkündet, als Kundschafter in die Arme der Vereinigten Staaten einzutreten. Jetzt bemühten sich Jack und Jennie, sie davon abzubringen. Joseph und William sahen mit Interesse zu. Sie wollten auch in den Krieg ziehen, wagten es aber nicht, es ihrem Vater gegenüber zu erwähnen. Jack hatte ein aschfahles Gesicht, als er vor dem Kamin auf und ab ging. Tiana konnte ihn trotz ihres Gesangs hören.

»Warum wollt ihr euer Leben für die verfluchten Amerikaner aufs Spiel setzen? Sie verachten euch, wißt ihr das denn nicht? Und sie bemühen sich kaum, ein Geheimnis daraus zu machen.« Tianas Gesang wurde schwächer und erstarb. Sie wollte nichts hören, konnte aber nicht anders, sie mußte lauschen.

»Wir gehen nicht zu den Freiwilligen der Gegend, den Leuten aus Tennessee oder Georgia. Wir gehen zur Armee. Dort hassen sie uns nicht.«

»Ach, Kleiner.« Jack schüttelte den Kopf. »Die sind doch alle gleich, diese Amerikaner. Gottes auserwähltes Volk. Sie hassen jeden, der nicht ihre Hautfarbe hat oder einer anderen Politik oder Religion zuneigt. Und was ist mit der Farm? Wer soll die Aussaat erledigen?«

»Es ist November. Mais und Tabak sind geerntet. Bis zum Frühling brauchst du uns doch nicht«, entgegnete James. »Wir wollen die Ehre des Wahren Volks aufrechterhalten. Den Amerikanern zeigen, daß auch wir tapfer sind.«

»Wir wollen an dem Ruhm teilhaben«, sagte John.

»Ruhm«, sagte Jack. »Das ist vielleicht eine windige Ware. Wie werden sich eure Mütter wohl fühlen, wenn man euch wie Säcke voll Weizen nach Hause schleift und der Ruhm aus den Löchern strömt, die man euch verpaßt hat?«

»Wir werden Kundschafter sein und keine Soldaten. Und wir werden aufpassen.« Dieses Gespräch war für die Jungen sehr schwierig. Kinder des Wahren Volks widersprachen ihren Eltern nicht. Doch einen Krieg gab es nicht jeden Tag, jedenfalls nicht so wie in alten Zeiten. Sie würden vielleicht nie eine zweite Chance bekommen, sich Ehren und Adlerfedern zu verdienen und beim Adlertanz zu prahlen.

Jennie, die gerade Strümpfe stopfte, meldete sich zu Wort.

»Wenn man euch tötet, Brüder, werden Mutter Elizabeth und ich unser Leben lang trauern«, sagte sie. »Aber vielleicht müßt ihr andere töten. Habt ihr auch daran gedacht?«

»Wir werden tun, was unsere Pflicht gebietet.«

»Das Wahre Volk hat mit dem Töten aufgehört.« In Jennies Stimme war Ironie zu hören. »Die weißen Männer haben uns davon überzeugt, daß es unzivilisiert ist, Krieg zu führen.«

»Das hier ist anders«, murmelte James. »Wir müssen unsere Heimat verteidigen.«

»Die Briten erkennen das Recht des Wahren Volks auf sein Land an. Die Amerikaner tun das nicht«, sagte Jennie.

»Der Rat hat beschlossen, sich mit den Amerikanern zu verbünden. Und unsere Clan-Brüder wollen sich auch alle melden.«

Obwohl Jack sich noch bemühte, die beiden umzustimmen, wußte er, daß es vergeblich war. Er kannte diesen Ausdruck auf den Gesichtern junger Männer. Er sah ihn nicht zum erstenmal. Er hatte ihn vor fünfunddreißig Jahren in einem Spiegel gesehen. Patriotismus. Loyalität. Das war alles ein Tanz zur Melodie der Umstände. Es gab Amerikaner, die Jack noch immer haßten, weil er in dem letzten Krieg ein Tory gewesen war. Jetzt würden seine eigenen Söhne auf der Seite der Amerikaner kämpfen, gegen die ihr Vater gekämpft hatte.

Tiana und Nannie und Susannah standen in der Tür und hörten, wie ihr Vater kapitulierte.

»Wenn ihr schon geht, sollt ihr wenigstens gut ausgerüstet sein«, murmelte er. »Diese gottverdammte Regierung denkt wohl, eine Armee kann mit Luft, leeren Versprechungen und veralteten Waffen Kriege gewinnen. Diese verdammten Musketen werden so gut wie alles treffen, solange man nicht darauf zielt.« Er nahm zwei Gewehre von ihren Haken über dem Kaminsims. »Ihr werdet zu Fuß gehen müssen. Wir können kein Pferd erübrigen.«

»Bitte geht nicht!« Tiana schlang die Arme um James.

»Mach dir keine Sorgen, Schwester.« Er strich ihr das weiche Haar glatt. James und Tiana fühlten sich besonders zueinander hingezogen. Vielleicht lag es daran, daß sie einander mit ihrem langen schwarzen Haar und den dunkelblauen Augen so ähnlich sahen.

Jennie ging nach oben, um die Kleider zusammenzusuchen, welche die Jungen mitnehmen mußten. Mutter Elizabeth ging in die Küche, um etwas zu essen einzupacken. Jack saß brütend vor dem Feuer.

»Zur Hölle mit dem Krieg«, knurrte er so laut, daß jeder es hören konnte. »Und man verwendet soviel Zeit und Geld darauf, Söhne großzuziehen, nur um dann zu erleben, daß ein bißchen billiges Blei ihnen das Lebenslicht ausbläst.« *Und werden eure starken jungen Körper fallen und verwesen? Werdet ihr zu Blumen im Wald werden?* dachte er. Das überzeugendste Argument, um seine Söhne zu Hause zu halten, hatte Jack gar nicht vorgebracht. Es wäre genauso wirkungslos verhallt wie die anderen. Und es hätte der Familie angst gemacht. Als das Wahre Volk entschied, sich den Amerikanern anzuschließen, erklärte es auch seinen Nachbarn den Krieg, den Creeks.

Es konnte sein, daß die Familie Rogers ihre Söhne noch zu mehr brauchte als zur Verteidigung gegen Creeks und Briten. Es gab Amerikaner, die sich weigerten, einen Indianer als Verbündeten zu betrachten. Der Krieg entschuldigte Taten, zu denen es im Frieden kaum kommen konnte.

Schweigend schmiedete Jack seine Pläne. Sie würden kräftigere Fensterläden brauchen sowie einen Zugang zum Erdkeller vom Haus aus. Außerdem sollten sie eine Höhle oder zwei als Zuflucht in den Hügeln ausstatten, falls es ihnen unmöglich war, sich bis zur Garnison durchzuschlagen. Sie würden von der Ernte weniger verkaufen und mehr horten müssen. Sie würden weitere Feuereimer brauchen sowie Pulver und Blei und Waffen, falls es welche zu kaufen gab. Jennie und Elizabeth würden Schießübungen machen, obwohl sie beide auf fünfzig Meter ein Eichhörnchen treffen konnten. »Höllenfeuer«, knurrte er, seine Pfeife zwischen den Zähnen. »Ich dachte, wir hätten diesen Irrsinn schon hinter uns.«

»Töchter.« Jennie hatte einen hohen Stapel mit Kleidern auf den Armen. »Seht das durch, ob etwas geflickt werden muß, und stopft die Socken. Söhne.« Sie nickte zu Joseph und William hin. »Holt alles Blei aus der Scheune und einen Schinken aus dem Räucherhaus. Nehmt einen vom letzten Jahr.« James hatte die Gewehre der Familie schon säuberlich in einer Reihe hingelegt und war dabei, zu ihrer Reinigung Essig und Salz zu mischen. John machte Gußformen für Kugeln.

Mit Tränen in den Augen sah Tiana die geflickten Hosen und Hemden durch, die Leinenwäsche und die Jacken, Kleidungsstücke, die sämtlich von mehr als einem Rogers-Jungen getragen worden waren. Tiana war nicht nur deswegen traurig, weil James und John ihr fehlen würden. Sie wollte mit ihnen gehen. Das Lied, das sie gesungen hatte, ging ihr noch im Kopf herum.

I've no time to sit and sigh.
No time to wait til by and by.
Kiss me quick, I'm off, good-bye.
Pop! Goes the weasel.

Es war der 14. Oktober 1812. Maryville war in Aufruhr. Sam war genötigt gewesen, den Unterricht abzusagen, obwohl vom Trimester nur noch wenige Wochen übrig waren. Jetzt sah er zu, wie sich die Freiwilligen von Captain Cusacks Kompanie versammelten.

Während des ganzen Sommers waren aus dem Norden nur schlechte Nachrichten gekommen. Der Verlauf des Krieges war für die Amerikaner alles andere als günstig. Ein wankelmütiger General Hull hatte Detroit im August verloren, und Hunderte weinender, zorniger amerikanischer Soldaten hatten ihre Waffen niedergelegt. Tecumseh, durch die Umstände gezwungen, sich mit den Briten zu verbünden, sah ihnen dabei zu. In Maryville hatte jemand die Aufschrift »Brate in der Hölle, Hull« an Russells Mietstall mit weißer Farbe übertüncht. Es blieb den Leuten aus dem Süden überlassen, die Ehre der Nation zu retten.

Von den Feiern zum 4. Juli waren verblichene Banner aus rotem, weißem und blauem Fahnentuch übriggeblieben. Im Umkreis mehrerer Meilen waren alle in die Stadt geströmt und säumten zusammen mit Hunden und Schweinen die Hauptstraße. Die Menschen winkten mit kleinen Flaggen, auf denen siebzehn Sterne zufällig in dem blauen Feld verstreut waren, und begrüßten jedes Mitglied von Cusacks Kompanie mit lauten Hurra-Rufen.

Ein kleines Musikkorps aus Pfeifern und Trommlern teilte ein eilig zusammengezimmertes Podium mit den Honoratioren Maryvilles. Als Gerichtsschreiber saß auch Sams Bruder John dort oben. *Ein großer Frosch in einem kleinen Teich,* dachte Sam mit einem Anflug von Bosheit. Die Pfeifer bemühten sich, zu dem ungleichmäßigen Takt der Trommeln den »Yankee Doodle« zu intonieren. Reverend Mark Moore blickte vorsichtig über den Rand des Podiums, als wollte er für den Fall von dessen Zusammenbruch die Entfernung zur Erde abschätzen. Der Richter bewegte stumm die Lippen, als er seine Rede einübte. Kinder wirbelten unter der Plattform herum wie das vom Wind verwehte Herbstlaub.

Seit September war Sams Klasse geschrumpft, da die älteren Jungen losgetrottet waren, um sich zusammen mit den Freiwilligen drillen zu lassen oder einfach nur herumzulungern. Viele von ihnen gaben wie Jesse Bean ein falsches Alter an, um sich für sechzig Tage anwerben zu lassen.

Sam wußte, daß seine Schüler von ihm enttäuscht waren, weil er sich nicht für Cusacks Kompanie gemeldet hatte. Professor Houston war für sie ein Idol, und sie wollten, daß er ein Held war. Das wollte er übrigens selbst. Er wünschte es sich verzweifelt. Es gab Zeiten, in denen er körperlich dem Drang widerstehen mußte, seine Rute in die Ecke zu werfen und aus dem Klassenzimmer zu stürmen. Am liebsten hätte er Andrew Kennedys Gewehr gekauft und ein Pferd bestiegen, um dann in den Krieg zu reiten. Sams Schulden in der Stadt waren bezahlt, und er hatte sogar noch Geld übrig. Doch dafür schuldete er den Jungen noch etwas, die stirnrunzelnd über ihren mit Tinte vollgekleckten Schreibheften saßen oder losjubelten, wenn sie bei dem allwöchentlichen Wettbewerb in Orthographie ein Wort richtig geschrieben hatten. Dieses Trimester würde für die meisten von ihnen vermutlich die einzige Zeit sein, in der sie eine Schule besuchten. Und die drei Monate waren noch nicht um. Sam hatte nicht die Absicht, die Jungen zu betrügen.

»Hallo, Houston!« Zachariah Woods ritt gegen den Strom von Männern, die sich auf dem Appellplatz vor dem Podium versammelten, auf ihn zu. Zach trug eine dubios aussehende Uniform, eine braune knielange Jacke, Hosen sowie Mokassins. Die Kuppe seines braunen Schlapphuts aus Filz war fadenscheinig. Sein glattes dunkles Haar fiel ihm auf die Schultern. »Wo ist dein Pferd?«

»Im Stall.«

»Nun, dann hol es und sitz auf, Mann. Die Zeit läuft uns davon. Die Briten und Spanier sind dabei, New Orleans einzunehmen. Und wir werden ganz Florida erobern. Es wird eine wahnsinnig gute Zeit werden. Es wird viel Beute und noch etwas mehr geben.«

»Ach, tatsächlich?« bemerkte Sam trocken, als der Junge auf dem Ackergaul seines Vaters schwankte. Zachariah hatte in der Nacht offensichtlich nicht aufgehört zu feiern. Er hatte den ganzen Sommer ungeduldig auf diesen Moment gewartet. Er hatte sogar freiwillig an drei von vier Übungen der Berittenen Schützen teilgenommen. Er war bereit, die Briten zu Brei zu schlagen, wie er sich ausdrückte.

»Diesen Feldzug werde ich nicht mitmachen«, erklärte Sam. »Aber du kannst den Spaß ruhig mitmachen.«

»Aber Sam...«

»Ich gehe nicht, verdammt!« Obwohl er betrunken war, konnte Zach hören, wie elend seinem Freund zumute war.

»Komm schon, Zach! Wir werden noch die Reden und den Whiskey verpassen.« Jesse winkte ihnen zu.

»Auf Wiedersehen, Sam. Ich wünschte, du würdest mitkommen. Ohne dich wird es nicht halb soviel Spaß machen.« Zach beugte sich hinunter und streckte die Hand aus. Sam ergriff sie und drückte sie fest.

»Paß auf, daß dir niemand ein Stück Blei auf den Pelz brennt, du Landstreicher. Und laß ein paar Damen in New Orleans unerobert. Ich habe vor, selbst dorthin zu reisen, bevor das alles vorbei ist.«

»Dann solltest du dich am besten beeilen. Wir werden das Ganze nämlich in Windeseile hinter uns bringen. In höchstens sechzig Tagen.« Zach grinste. Sein hübsches Gesicht war jungenhaft und unschuldig. Sam erkannte, daß er ihn liebte. Er liebte auch Jesse und sogar den bärbeißigen Cusack. Sie hatten im letzten Jahr ein paar aufregende Waschbärjagden erlebt. Sie würden ihm fehlen. Er war froh, daß sie nur zwei Monate weg sein würden.

»Wo ist deine Jacke?« fragte Sam. Er wußte, daß Zachs Familie arm war, aber der Junge brauchte eine Jacke.

»Hab' keine.«

»Nimm die.« Sam zog sich seine Schaffelljacke aus und reichte sie dem Jungen. »Der Winter steht vor der Tür.«

»Oh, Teufel auch, Sam. Danke. Aber ich werde sie nicht brauchen. Mami war ein Eisbär, und Papi war ein Eskimo. Ich habe Eiswasser in den Adern. Außerdem reiten wir in den sonnigen Süden. Wir werden vor dem ersten Schnee zurück sein.«

»Nimm sie zur Erinnerung und gib sie mir zurück, wenn du wiederkommst.«

»Gut, also dann zur Erinnerung.« Zach stopfte sie unter die Lederriemen, die seine zusammengerollte Wolldecke hielten. Er legte die Finger an die Hutkrempe, ließ sein Pferd herumwirbeln und trabte die Straße hinunter.

Sam nahm die Ansprachen kaum wahr. Er fühlte sich im Käfig seiner Pflichten gefangen. Wie konnte er seine Freunde ohne ihn losreiten lassen? Was wäre, wenn der Krieg zu Ende ging, bevor ihre Dienstzeit um war? Durch den Lärm des Stimmengewirrs und der Musik hörte Sam Drums sanfte Stimme. *Weisheit besteht darin, zu wissen, was und wen man fragen muß. Anmut kann man von dem Panther lernen, Kraft von dem Bären, Geduld von der Spinne. Und von diesen drei Tugenden ist Geduld die wichtigste.*

Und die schwierigste, Geliebter Vater.

»›Sollen wir, die wir lautstark den Krieg gefordert haben, jetzt zu Hause hinterm Ofen hocken?‹« Der Richter zitierte Jackson, den Anwalt aus Nashville, dem Gouverneur Blount die Truppen aus West Tennessee anvertraut hatte. Er hatte zwar keine große Erfahrung als General, sei aber eine Kämpfernatur, wie es hieß. Kopf und Schultern waren die eines Raubtiers. Seine Freunde sagten, er sei ungehobelt. Seine Feinde, und davon hatte er viele, sagten, er sei schwerfällig. Doch Sam mußte zugeben, daß an seiner Rhetorik nichts auszusetzen war.

»›Sind wir etwa die Sklaven Georgs des Dritten? Zwangsrekruten Napoleons? Oder die durchgefrorenen Landarbeiter des russischen Zaren? Nein!‹« Der übergewichtigte Bezirksrichter redete sich mit Jacksons Worten allmählich in Feuer. »›Wir sind die frei geborenen Söhne der einzigen Republik, die es heute auf der Welt gibt. Die Jugendzeit ist die Zeit für kriegerische Taten. Wie angenehm die Aussicht, in ein fernes Land zu spazieren.‹«

Die Ansprachen endeten drei Stunden später. Cusacks Kompanie von fünfunddreißig Männern ritt langsam aus der Stadt und feuerte in die Luft, während die zurückbleibende Menge sie mit lauten Rufen verabschiedete. Diejenigen, die Schlapphüte trugen, hatten sich immergrüne Zweige in die Hutbänder gesteckt. Andere trugen ihre gewohnten Mützen aus Waschbär-, Fuchs- oder Nerzfell mit baumelnden Schwänzen. Die Quasten und Fransen an ihren Jagdhemden hüpften auf und ab.

Jeder Mann trug ein Kleinkalibergewehr und hatte sich einen Tomahawk und ein Skalpiermesser in den Gürtel gesteckt. Die Messing- und Silberbeschläge auf ihren Gewehren blitzten im Sonnenschein. Der Leinenstoff ihrer Hemden und Hosen war so lange in einen Gerbtrog getaucht worden, bis er die Farbe trockener Blätter angenommen hatte. Die war für den Krieg in der Wildnis weit praktischer als die rot-weiß-blauen Uniformen der regulären Armee.

Sie waren gestandene, wettergegerbte Männer. Selbst wenn sie nur für zwei Monate in den Krieg zogen, würden sie noch jahrelang Geschichten von diesem Abenteuer erzählen. Sam fragte sich, ob er selbst je etwas zu erzählen haben würde. Würde er je die Chance erhalten, sich des Namens würdig zu erweisen, den Drum ihm gegeben hatte, The Raven?

»Verdammt«, brummelte er. »Verdammnis und Höllenfeuer.«

17

Ein Monat verging. Sam beendete die Schulzeit mit der traditionellen Aufbruchszeremonie. Seine frisch geschrubbten und gestärkten Jungen rezitierten vor einem vollen Haus. Selbst Alexander Kennedy, der während der gesamten Schulzeit nur komische Gedichte vorgetragen hatte, hielt jetzt die Flagge hoch.

See our western brothers bleed.
British gold has done the deed.
Child and mother, son and sire,
Beneath the tomahawk expire.

Der Dezember brachte schreckliche Kälte. Die älteren Leute schworen, einen schlimmeren Winter hätten sie nie erlebt. Die Kälte schien zu dem Winter in Sams Herzen zu passen. Gerüchte gingen um, bei Natchez habe sich kein Feind blicken lassen, und die versprochene Schlacht bei New Orleans habe nicht stattgefunden. Doch obwohl die zweimonatige Dienstzeit der Berittenen Schützen vorbei war, war nichts von ihnen zu hören. Es war, als hätten die ausgedehnten dichten Wälder im Süden und Westen sie spurlos verschluckt.

Die Kneipengespräche in jenem Winter drehten sich um Napoleons Einmarsch in Rußland. Napoleon hatte die Briten in Europa beschäftigt gehalten und Streitkräfte gebunden, die sie sonst gegen die Amerikaner eingesetzt hätten. Falls Napoleon eine Niederlage erlitt, würden die Amerikaner den Druck eines Feindes zu spüren bekommen, der nur noch eine Front zu verteidigen hatte. Der russische Winter war dabei, sich als furchtbarer Feind zu erweisen. Er würde vielleicht bewerkstelligen, was die vereinten Streitkräfte Europas nicht zu erreichen vermochten.

Sam verbrachte viel Zeit in den Kneipen. Zu Hause mußte er sich anhören, wie seine Mutter über die Tugend ehrlicher Arbeit sprach. Die einzigen Alternativen, die Sam in Maryville sehen konnte, waren ein Leben als Bauer oder Ladenbesitzer, und keins von beidem sagte ihm zu. Um seiner Mutter den Wind aus den Segeln zu nehmen und Entschuldigungen eine Zeitlang zu verzögern, schrieb er sich für das Wintertrimester an der Porter-Akademie ein.

Das drohende Damoklesschwert, für den Lebensunterhalt arbeiten zu müssen, war ein wirksamer Ansporn zum Lernen. Sam ertrug drei

Monate voller Disziplin und Regeln. Es stellte sich jedoch schon bald heraus, daß er auch für ein ernsthaftes Studium nicht geschaffen war. Wenn er nicht gerade in der Schule war oder schlief, hielt er sich in Russells Kneipe auf.

Dort saß er jetzt allein in einer Ecke und tat sich leid. Er war einsam, mehr als halb betrunken und brütete über das Leben nach. Ohne seine Freunde, die ihn hätten ablenken können, kroch der Indianer wieder in Sam hinein. Als er die gewohnte Besucherschar bei Russell betrachtete, fühlte er sich wie ein Raubtier – wie ein Wolf oder ein Puma oder ein stiller Jäger des Wahren Volks, der sich an seine Beute anpirschte. Er gehörte nicht hierher.

Ihn befiel plötzlich schmerzliche Sehnsucht nach der musikalischen Sprache des Wahren Volks, nach Hiwassee Town und den Jagdausflügen mit James und John. Er überlegte, ob er zurückkehren sollte, um Drum zu besuchen. Es war verführerisch. Aber James und John waren in den Krieg gezogen. Und für Sam war es unerträglich, sich wieder zu Drum zurückzustehlen, ohne sich in der Schlacht Ehren verdient zu haben. Er würde im Triumph und seines Namens The Raven würdig nach Hiwassee zurückkehren oder überhaupt nicht.

Sam legte seine großen Stiefel auf den Stuhl vor sich und kippte seinen Sitz gegen die Wand. Er schloß die Augen halb, was den rauchgeschwängerten Raum noch traumhafter erscheinen ließ.

Er war so tief in seine Träumerei versunken, daß er die Trommel nur für einen Teil dieses Traums hielt. Schließlich schüttelte er den Kopf und erkannte, daß die Kneipe sich leerte und daß draußen mehrere Trommeln zu hören waren. Seine Stiefel landeten krachend auf dem Fußboden, und sein Stuhl kippte um, als er aufsprang. Er schloß sich der Menge an, die auf dem Platz vor dem Gerichtsgebäude zusammenströmte.

Zach Woods hätte es ein großartiges Spektakel genannt. Ein Armeewerber war dort mit einer Gruppe von Männern, und eine echte Blaskapelle spielte auf. Jeder Mann trug einen blauen Uniformrock mit rotem Kragen und roten Manschetten, weiße Hosen und braune Gamaschen. Die flachen Schuhe waren mit Lampenruß blankpoliert. Die Männer trugen schmucke weiße Biberhüte von zivilem Schnitt mit weißen Troddeln an der Seite. Die Messingschnallen der auf der Brust gekreuzten weißen Gürtel blitzten in der späten Märzsonne. Statt neuerer Gewehre trugen die Männer Musketen mit glattem Lauf, doch für Sam sahen die Soldaten großartig aus.

Er reckte den Hals, um über die Menge hinwegzusehen, als die

Männer der Fahnenwache mit ihren Flaggen einen Präzisionsdrill vorführten. Sam stand mal auf einem Fuß, mal auf dem anderen, während der Sergeant seinen Sermon über Ruhm und Abenteuer des Krieges herunterleierte. Schließlich legte dieser eine Handvoll Silberdollar auf das schmutzige Fell einer Trommel und forderte die Anwesenden auf, sich freiwillig zu melden. Während die beiden Trompeten, eine Querpfeife und eine Tuba die Trommelfelle aller Anwesenden attackierten, bahnte sich Sam mit den Ellbogen den Weg. Er war der erste, der einen Dollar erhielt.

»Sieh an, Houston«, rief jemand. »Du als einfacher Soldat? Du willst einem Offizier in den Arsch kriechen?«

Sam wirbelte herum und starrte auf die vielen Grobiane aus Russells Kneipe.

»Was habt ihr ängstlichen Seelen schon über das Militär zu sagen?« schrie er und stemmte die Hände in die Hüften. »Geht doch zur Hölle mit eurem Gewäsch! Ich möchte lieber dem Militär Respekt erweisen als einem Beruf Schande machen.«

»Gemeiner Houston, polier mir die Stiefel.« Da hatte ein anderer sich ein Herz gefaßt und aus der Anonymität des Rudels heraus gehöhnt.

Sam ging auf die Männer zu, die sich kaum merklich zurückzogen.

»Ich werde meine Stiefel mit deinem Hintern polieren.« Er musterte die Kerle mit Verachtung. »Ihr werdet noch von mir hören.« Dann fügte er mit leiserer Stimme hinzu: »Ihr werdet noch von mir hören.«

Als Sam an jenem Abend zum Haus seiner Mutter ging, blieb er auf der Veranda stehen, um die Aussicht zu bewundern. Das Haus stand auf einem Felsvorsprung, der nach Osten hin abfiel, wo die Berge wie alte Freunde aufragten. Jetzt endlich würde er dies alles verlassen. Sam ging ins Haus und fand seine Mutter in dem mit Walnußholz getäfelten Wohnzimmer.

Elizabeth Houston stand aufrecht und streng vor dem Schrank mit den Glastüren, in dem sie ihr geliebtes Familienporzellan aufbewahrte. Wenn sie diese Pose einnahm, erinnerte sie Sam immer an eine königliche Hoheit, die eine Audienz hielt.

»Samuel«, sagte sie.

»Ja, Ma'am.«

»Doktor Anderson hat mich besucht, während du in Maryville warst. Er sagt, du widmest dich nicht dem Unterricht.«

»Ich ...«

»Sie hob eine kräftige, schwielige Hand mit einem einfachen Goldband am Ringfinger hoch. »Er sagt, du würdest die anderen Jungen beim Vortragen zu Albernheiten verleiten und dich dann sehr einfallsreich der Strafe entziehen. Er sagt, er habe sich schon oft entschlossen, dich auszupeitschen. Aber du würdest ihm immer so hübsche Ausreden auftischen, daß er es nicht über sich bringt.«

»Ich bekenne mich schuldig im Sinne der Anklage.« Sam verschwieg, daß Doktor Anderson vermutlich der Mut fehlte, einen jungen Burschen auszupeitschen, der ihn um mehr als Haupteslänge überragte. »Wir wollen niemandem mit unseren Streichen weh tun. Und Doktor Andersons Geometriestunden sind alles andere als anregend.«

»Kritisiere nicht deine Vorgesetzten. Er sagt, du hättest dich duelliert.«

»Das war nur ein Streich. Wir haben nur so getan, als hätten wir uns gestritten, Will Bates und ich. Unsere Sekundanten haben eine Pistole mit Kermesbeeren und die andere mit Maisbrei geladen. Jemand hat bei Doktor Anderson gepetzt. Wir warteten, bis er und Reverend Moore aus der Schule gerannt kamen, um ein Blutvergießen zu verhindern. Dann feuerten wir aufeinander. Der rote Saft auf Wills Hemd und der Brei auf meinem ließ uns aussehen, als wären wir tödlich verwundet. Wir stürzten, wälzten uns auf der Erde und stöhnten.« Sam torkelte. »›Man hat mich getötet! Man hat mich getötet!‹« Er griff sich mit beiden Händen an den Bauch, machte ein schmerzverzerrtes Gesicht und sank an der Wand zu Boden, bis er mit schlaff hängendem Kopf und mit allen vieren von sich gestreckt auf dem Fußboden lag.

Elizabeth mußte unwillkürlich lachen. Niemand konnte Sam lange böse sein. Es war, als sollte man einem großen, freundlichen, wenn auch schwierigen Welpen zürnen.

»Mutter.« Sam stand auf. »Ich wünschte, du hättest ihre Gesichter sehen können.« Elizabeth ging plötzlich schmerzhaft auf, wie sehr Sam seinem Namensvetter und Vater ähnlich sah. »Als sie entdeckten, daß wir sie hereingelegt hatten, bekamen wir ganz schön was zu hören, das kann ich dir sagen.«

»Was soll ich nur mit dir tun, Samuel? Wirst du denn nie erwachsen? Du bist gerade erst zwanzig geworden. Du kannst die harte Straße des Lebens nicht in einem weichen Wagen des Lächelns zurücklegen. Gibt es denn keinen Beruf, der dir zusagt?«

»Doch, den gibt es.«

»Um der Liebe des Allmächtigen willen, was ist es denn?«

»Ich habe mich heute freiwillig gemeldet. Ich bin gekommen, dich um die Erlaubnis zu bitten, zur Armee zu gehen. Ich möchte Soldat sein.«

»Soldat.« Elizabeth biß sich auf die Unterlippe, eine Gewohnheit, die sie immer dann zeigte, wenn sie sprachlos war. Sam war nicht nur dem Aussehen nach wie sein Vater. Seine Brüder waren damit zufrieden, Ladenbesitzer und Farmer und Gerichtsschreiber zu sein, der hier aber nicht. »Soldat«, wiederholte sie.

»Ja. Ein Werber, ein Sergeant, ist heute mit einem Zug Soldaten in die Stadt gekommen. Jeder von ihnen hatte weiße Hosen und eine Uniformjacke an. Schwarze und glänzende Stiefel. Sie hatten Flaggen, die schön im Wind flatterten. Sie waren großartig!«

Elizabeth mußte unwillkürlich lächeln. Zu Hause in Virginia war sie in der reichsten Familie des Tals aufgewachsen. Sie war in einer Kutsche gefahren, deren Kutscher und Lakaien weiße Hosen und Uniformjacken und glänzende schwarze Schuhe getragen hatten.

Doch trotz Sams Belesenheit und seines Mutterwitzes war seine Welt in den letzten sechs Jahren auf ein Indianerdorf sowie Maryville und Umgebung beschränkt gewesen. Seine Freunde waren die Analphabeten aus den Wäldern und Kneipen. Natürlich sah der Sergeant großartig aus. Vielleicht würde Sam die Armee guttun. Sie würde ihn vielleicht in einer harten, aber effektiven Schule erziehen.

»Und du hast dich freiwillig gemeldet?« fragte sie.

»Ich habe den Silberdollar von dem Trommelfell genommen, ja.« Sam zog die Münze aus der Tasche und warf sie in die Luft. Er rieb ihre Oberfläche mit dem Daumen, zum Teil, um seine Nervosität zu kaschieren.

»In welchem Rang?«

»Als Gemeiner.« Sam sah die Enttäuschung in den Augen seiner Mutter. Er hatte gewußt, daß es so sein würde.

Doch Elizabeth hütete sich, Sam das Weggehen zu verbieten. Derlei hatte in der Vergangenheit nie funktioniert. Und vielleicht war diese Lösung die beste. So tat sie, was Mütter und Väter überall in der Wildnis taten. Sie griff nach dem Gewehr, das über dem Kamin hing.

»Es war die Waffe deines Vaters, als er bei Morgans Rifles diente.« Das wußte Sam natürlich. Elizabeth sprach selten von der Vergangenheit. Doch wenn Samuel Houston senior zu Hause gewesen war, was selten genug vorkam, hatte er seine Kinder um sich versammelt und in Erinnerungen geschwelgt. »Morgans Brigade war die berühmteste und ruhmreichste in der Kontinentalen Armee«, fuhr Elizabeth fort. »Wenn du dem Andenken deines Vaters je Schande machst, wirst du meine Tür verschlossen finden. Ich würde es lieber sehen, daß alle meine Söhne ein ehrenvolles Grab füllen, als zu erleben, daß einer von ihnen flüchtet, um sein Leben zu retten.«

»Ich werde dir keine Schande machen.«

»Das weiß ich. Wann brichst du auf?«

»In einem Monat. Ich soll mich am 1. Mai in Knoxville melden.«

Elizabeth Houston drehte das goldene Band an ihrem Finger und zog daran, bis sie es sich über die Knöchel ziehen konnte. Als sie es Sam reichte, las er das einzige Wort, das auf der Innenseite eingraviert war: »Ehre.«

»Ich danke dir«, sagte er.

Sam brauchte dreißig Tage, um in den Rang eines Sergeant befördert zu werden. Er war gerade dabei, mit einem Zug zu exerzieren, als die Reste der Berittenen Schützen aus Maryville in das Lager von Knoxville marschierten. Sie waren Teil einer mitleiderregenden Kolonne aus alten Wagen und erschöpften Fußsoldaten. Es war Anfang Juni 1813. Die Männer aus Maryville hatten einen Marsch von tausend Meilen und wieder zurück hinter sich. Sie waren mehr als sieben Monate unterwegs gewesen. Sam erkannte Zachariah Woods und John Cusack, die neben einem der Wagen hergingen. Sam entließ seine Männer und lief los, um sie zu begrüßen.

»Zach! John! Ich habe schon gedacht, ich würde eure zerlumpten Ärsche nie mehr wiedersehen. Wo sind eure Pferde?«

»Die haben wir gegessen«, erwiderte Zachariah.

Sam packte beide nacheinander am Arm und umarmte sie. Er trat zurück und bemerkte ihre nackten Füße.

»Wenn ich mich recht erinnere, hattest du bei eurem Aufbruch fünf Zehen an jedem Fuß, John«, sagte er. »Wo sind die anderen zwei?«

»Die sind erfroren und abgefallen.« John wackelte mit den drei restlichen Zehen an seinem schmutzigen, schwieligen Fuß.

»Großer Gott, Mann! Was ist mit dir passiert? Wo ist Jesse?«

»Tut mir leid mit Jess«, sagte Zach. »Er kroch eines Nachts mal aus den Decken, um zu pinkeln. Als wir ihn am nächsten Morgen fanden, war er völlig steifgefroren.«

»Das ist schrecklich!« Sam war entsetzt.

»Nein. So schlecht war's nun auch wieder nicht. Wir haben eine Laterne an ihn rangehängt. Haben ihn als Laternenpfahl benutzt.«

»Er lügt wie immer, Sam.« Aus dem Wagen ertönte Jesses matte Stimme. Sam kletterte aufs Trittbrett und warf einen Blick über die hohe Seitenwand. Der Gestank von Gallenflüssigkeit und Kot raubte ihm fast den Atem. Die meisten Männer litten an Fieber und Ruhr. Sam versuchte, den Geruch und das Gesumme der Fliegen zu ignorieren. Jess lag zwischen die anderen gequetscht, von denen einige stöhnten und sich hin und her warfen. Andere lagen unnatürlich still. Jess war bleich und dünn. Sein Bart bedeckte sein Gesicht mit einem feinen Flaum.

»Dich nur zu sehen macht mich fast schon gesund.« Jess lächelte. »Ein Schlückchen würde Wunder wirken.« Er kroch auf das hintere Ende des Wagens zu und entschuldigte sich murmelnd bei den Männern, die er auf dem Weg anstieß. Sam half ihm vom Wagen herunter und stützte ihn. Er legte dem Jungen den Arm um die Hüfte, und Jess hatte ihm seinen Arm um die Schulter gelegt.

»Ich habe in meinem Zeit etwas Brennstoff, der dir die Knochen steif machen und dir den Kragen stärken wird.«

Alle vier gingen quer über den belebten Exerzierplatz zu den säuberlich aufgereihten Zelten aus weißer Leinwand. Sie setzten sich auf die beiden Pritschen, während Sam jedem von ihnen einen Schuß Rum eingoß. Dann setzte er sich auf die Kiste, die als Tisch diente.

»Wie wir hören, hat der Kongreß Madisons Plänen, Florida einzunehmen, die Zustimmung verweigert«, sagte er. »Hier ging das Gerücht, ihr würdet alle in Natchez Ferien machen.«

»Wir haben uns den Hintern abgefroren«, sagte Zachariah. »Übrigens vielen Dank für die Jacke. Sie hat mir das Leben gerettet. Natürlich wurde sie mir schon Ende Februar gestohlen. Tut mir leid, Sam. Nur rotglühende Öfen waren vor einigen unserer diebischen Kameraden sicher, aber das ist auch alles.«

»Mach dir deswegen keine Sorgen.«

»Old Hickory war ...«

»Old Hickory?« fragte Sam.

»Andy Jackson«, erklärte John. »Das ist ein harter Bursche, sage ich dir. Hat sich den Namen beim Rückmarsch von Natchez verdient. Er ist den ganzen Weg zu Fuß gegangen. Er requirierte Lebensmittel, Nachschub, Wagen. Half den Kranken, arbeitete mit seinen Männern, rodete Pfade, baute Brücken. Aß, was wir aßen. Wenn wir etwas aßen. Was nicht oft vorkam.«

»Wie auch immer«, fuhr Zachariah fort. »Old Hickory war bereit, den Adler auf den Schanzen von Mobile, Pensacola, Saint Augustine oder sonstwo aufzupflanzen, wo immer die Regierung ihren Hut aufhängen wollte. Wir waren bereit, Sam. Wir waren willig. Und wir waren dazu in der Lage.«

»Man hat uns reingelegt.« Jesse, der zum Sitzen zu schwach war, streckte sich auf der leeren Pritsche aus.

»Du hast die Gabe, die Dinge einfach auszudrücken, Jess«, sagte Cusack. »Man hat uns tatsächlich reingelegt.«

»Inwiefern?«

»Die meisten von uns dachten, da gäbe es Ruhm...«

»Und Beute«, fügte Zach hinzu.

»Und Beute in Florida zu holen, so daß wir uns für zwei weitere Monate verpflichteten. Doch am Ende dieser Zeit, etwa Mitte Februar, erteilte der Kriegsminister Befehl, die Truppe aufzulösen. Sie sollte alle Vorräte und Gelder bei General Wilkinson abliefern, diesem aufgeblasenen Haufen Taubenkotze, und nach Hause gehen.«

»Und da saßen wir nun, tausend Meilen von dem erwähnten Zuhause entfernt, mitten in dem schlimmsten Winter seit Menschengedenken«, sagte Jesse.

»Ja, und Old Hickory spuckte Gift und Galle«, sagte Cusack. »Er schwor, Wilkinson habe nicht soviel Gehirn wie die Schaumkrone auf seinem Bier.«

»Wir versammelten uns immer, wenn Old Hickory dabei war, in die Luft zu gehen, es sei denn, er brüllte uns an«, sagte Zach. »Er erwärmt die Luft, dieser Mann. Wir sind allein durch die Hitze seiner Flüche lebend durch den Winter gekommen.«

»Wilkinson dachte, er hätte uns, die Miliz, schon dort, wo er uns haben wollte«, fuhr Cusack fort.

»An den Eiern«, fügte Jess hinzu.

»Er schickte seine Werber in unser Lager, damit wir uns freiwillig für die reguläre Armee melden. Und um die Wahrheit zu sagen, wir hatten kaum eine Wahl. Da war keiner von uns, den die Aussicht auf einen Tausend-Meilen-Marsch durch meterhohe Schneeverwehungen lockte, dazu mit leerem Magen.« Cusack starrte düster in seinen Metallbecher. Er leerte ihn auf einen Zug und hielt ihn hin, um sich nachschenken zu lassen. »Aber Jackson machte Wilkinsons Plänen ein Ende. Er schnappte sich den ersten Werber und hielt ihn an der

Hemdbrust einfach in die Höhe.« Cusack griff nach Zach, um es zu demonstrieren. »Hat den Mann gewürgt, bis er blau anlief. Sagte ihm, wenn er versuche, auch nur einen einzigen Freiwilligen aus Tennessee dazu zu bringen, in die reguläre Armee einzutreten, werde man ihm die Seele aus dem Leib prügeln sowie noch ein paar Dinge mit ihm machen, die mir der Anstand zu erzählen verbietet.«

»Jackson nahm es also auf die eigene Kappe, Wagen und Vorräte zu behalten, und marschierte an der Spitze seiner Truppen nach Hause. Und das gegen den ausdrücklichen Befehl des Kriegsministers. Das nenne ich einen Mann.« Zach hob den Becher zu einem Toast.

»Trotzdem hat es nicht sonderlich viel Spaß gemacht«, sagte Jesse, bevor er einschlief.

Mit dreizehn hatte Tiana immer noch die glatte goldbraune Haut und die riesigen unschuldigen Augen eines Kindes, verlor aber allmählich ihr fohlenhaftes Aussehen. Ihre langen Beine waren weniger knochig und nicht mehr mit Kratzern und Schürfwunden bedeckt. Ihr Körper wurde weicher. Ihr Gesicht wurde runder und zu einem perfekten Rahmen für ihre kräftige, geschwungene Nase. Neuerdings verwendete sie auch mehr Sorgfalt auf ihr hüftlanges Haar. Es war immer sauber und gebürstet und glänzend.

Sie trug einen Umhang aus weichem Rehleder, um sich vor der Oktoberkühle zu schützen. Krieg oder nicht, es war die Zeit der Großen Medizin-Zeremonie, als die Angehörigen des Wahren Volks im Long Man badeten. Tiana war mit ihrer Familie nach Hiwassee gekommen, konnte aber nicht an dem Ritual teilnehmen. Sie hatte vor kurzem ihre erste Monatsregel bekommen. Sie fühlte sich einsam und gemieden. Dies war die erste Große Medizin-Zeremonie, die sie je verpaßt hatte.

Es war kurz nach Tagesanbruch, und sie war hergekommen, um mit der heiligen Rotzeder darüber zu sprechen. Sie spürte das warme und klebrige Blut an den Schenkeln. Das Stück Rohbaumwolle, das Jennie ihr gegeben hatte, damit sie es mit Lumpen zwischen die Beine binden konnte, war durchnäßt und roch. Tiana fühlte sich elend. Als sie ihrer Mutter von dem Blut erzählt hatte, hatte Jennie sie beseite genommen und ihr ein Rasiermesser aus Flintstein gegeben, damit sie sich die Haare von dem weichen Hügel abrasierte, an dem sich ihre Schenkel begegneten. Sie gab ihr auch einen kleinen Spiegel und eine Messingpinzette, mit der sie sich Haar aus dem Gesicht zupfen sollte.

»Du bist jetzt eine Frau«, hatte Jennie gesagt. »Wenn dein Ausfluß kommt, darfst du nicht im Long Man baden. Du würdest ihn beschmutzen und außerdem noch das Fischen ruinieren. Du darfst auch nicht kochen oder mit Lebensmitteln hantieren, denn sonst machst du die Männer krank und schwach. Du darfst auch nicht zulassen, daß das Menstruationsblut auf etwas fällt, was ein anderer berühren könnte.«

Tiana wußte das alles. Ihr war nicht entgangen, daß es Zeiten gab, zu denen Mütter und Schwestern nicht wie gewohnt ihrer Arbeit nachgingen. Als sie noch kleiner gewesen war, hatte sie gemeint, die Frauen könnten sich glücklich schätzen, diese Zeit für sich zu haben. Jetzt erschien ihr der Preis dafür zu hoch. Wenn es so war, eine Frau zu sein, wollte sie nichts davon wissen.

Eigentlich sollte sie sich auch von ihrer Familie getrennt halten, doch Jack sagte, das sei Unsinn. »Was soll das, Frau?« brüllte er Jennie immer an, wenn sie das Thema anschnitt. »Sollen meine Frauen und Töchter etwa wie die Hunde in einem umgekippten Faß schlafen?« Aber die Scham war da, wie sehr er sie auch leugnete.

Folglich ging Tiana einfach jedem aus dem Weg. Sie war hergekommen, um allein zu sein. Die anderen würden den ganzen Tag im Stadthaus feiern und tanzen, und sie fühlte sich zu elend, um dabeizusein. Tiana war überzeugt davon, daß die anderen um ihre Blutung wissen würden. Die Tatsache, daß alle Frauen das durchmachen mußten, war nur ein geringer Trost. Ihre Eingeweide krampften sich zusammen. Und sie fühlte sich schmutzig. Sie setzte sich an den Zedernstamm und lehnte die Wange an die grobe Rinde.

»*Gha!* Jetzt! Braune Spinne, Du hast meine Seele soeben überall verstreut.« Die bebende Stimme ließ Tiana zusammenzucken, und sie sah verängstigt hoch.

Sie ortete den Laut in einem Kalmiendickicht. Die Büsche erzitterten, als ob jemand hindurchging. Tiana klammerte sich an den Baum und starrte auf die zitternden Blätter, als das Unbekannte näherkam.

»Schwarze Spinne, Du hast meine Seele soeben überall verstreut«, ließ sich die schrille Stimme erneut vernehmen. »Blaue Spinne, Du hast meine Seele soeben überall verstreut. Rote Spinne, Du hast meine Seele soeben überall verstreut.«

Bei den Worten »Rote Spinne« tauchte Spearfinger etwa drei Meter von Tiana entfernt aus dem Gebüsch auf. Tiana stieß einen spitzen Schrei aus und zuckte zurück, rannte aber nicht weg. Spearfinger hatte einen einfachen Zauberspruch aufgesagt, um böse Geister zu vertreiben. Er war so verbreitet, daß sogar Tiana ihn kannte. Es war nicht die Art Zauberspruch, wie ihn eine Hexe aufsagen würde.

Die alte Frau kam langsam näher und streckte die rechte Hand aus, damit Tiana sehen konnte, daß ihr rechter Zeigefinger normal war. Tiana starrte ihn an. Die sagenhafte Spearfinger hatte einen langen rechten Arm und am Ende diesen grotesken angespitzten Finger.

»Wir sind von einem Geist«, sagte Spearfinger. »Wohin du auch blickst, soll ein blauer Dunst sein.«

Tiana starrte in Spearfingers schmutziges Gesicht. So nahe war sie ihr noch nie gekommen. Die Deltas tiefer Falten um Augen und Mund wurden durch den festgeklebten Schmutz noch betont. Großmutter Elizabeth hatte Tiana erzählt, daß Hexen einem nie in die Augen sehen, so daß sie Spearfinger jetzt auf die Probe stellte. Die alte Frau schien zu wissen, was sie tat. Die beiden starrten einander eine Minute oder länger an.

»Willst du etwas von mir, Großmutter?« Tiana bemühte sich, ruhig zu sprechen, obwohl sich ihr Mund trocken anfühlte. Was wäre, wenn Großmutter Elizabeth sich geirrt hatte?

»Du wirst in den Roten Sonnenaufgang gekleidet sein.«

»Was meinst du damit?« fragte Tiana.

»Der Weiße Rote Rauch hat auf deine Seele gezielt.«

»Bitte, Großmutter. Ich bin jung. Ich kenne die *idi gawe'sdi* nicht, die alten Zaubersprüche.«

Aber Spearfinger hatte nicht die Absicht, sie zu erklären. Sie warf den Kopf in den Nacken und grinste. Tiana erschauerte bei dem Anblick.

»Folge Großmutter viermal über die Baumwipfel«, sagte Spearfinger. »Sing sie viermal in den Schlaf. Sie wird dich in ihre glühenden Gewänder kleiden.«

»Wohin muß ich ihr folgen, Großmutter?« Tiana nahm an, daß Spearfinger das Fasten meinte, dem sich die Jungen unterzogen, um bessere Jäger zu werden. Sie mußten der Sonne vier Tage lang mit den Blicken folgen.

»An den Ort des Blauen Rauchs.«

»Und was muß ich ihr vorsingen?«

»Ein Bussard-Lied.« Dann ließ Spearfinger ein meckerndes Lachen hören, wirbelte viermal herum und hüpfte im Zickzack ins Gebüsch wie eine Vogelmutter, die eine Schlange von ihrem Nest weglocken will.

Tiana dachte über Spearfingers Worte nach. Sie hatte noch nie von einem Mädchen gehört, das sich einem Fasten unterzog. Ihr Vater würde nicht zögern, James oder John oder William oder Joseph gehen zu lassen. Doch ihr würde er es verbieten. Da war sie sicher. Vier Tage allein in den Bergen. Sie dachte an die Ginseng-Jäger und die Bären und die Kleinen Menschen. Ihr fielen wieder die Geister ein, die in den großen Felsblöcken und auf den hohen Pässen schwärmten, und an die Donnermänner, die auf ihren unsichtbaren Brücken von Gipfel zu Gipfel schritten.

Außerdem fand gerade ein Krieg statt. Unter den jungen Männern von Hiwassee Town gärte es. Die Kriegslieder und -tänze waren neu aufgelebt. Auf dem Land herrschte Unruhe. Es hatte keinen Sinn, allein loszugehen. Spearfinger war verrückt. Sie wußte nicht, wovon sie sprach. Doch je länger Tiana dasaß, um so stärker wurde das Gefühl. Sie mußte gehen.

Als sie zu Sally Ground Squirrel zurückging, war das Dorf menschenleer. Tiana hörte die Trommeln und den Gesang beim Stadthaus. Sie rollte eine Decke zusammen und verschnürte sie, damit sie sie auf dem Rücken tragen konnte, und vergewisserte sich, daß ihr Messer in der Scheide am Gürtel steckte. Sie steckte einen Feuerstein sowie einen Wetzstein in ihren Beutel. Nahrungsmittel nahm sie nicht mit. Falls sie etwas zu essen brauchte, würde sie leicht etwas finden. Elizabeth hatte ihr beigebracht, welche Pflanzen eßbar waren und wie man Fische fängt. Und sie konnte sich jederzeit ein Blasrohr machen.

Mit Holzkohle schrieb sie eine kurze Nachricht auf eine Rohrmatte. Sie sagte ihrer Familie, sie brauche sich keine Sorgen zu machen. Sie werde in fünf oder sechs Tagen wieder da sein. Dann machte sie sich in einem leichten Laufschritt auf den Weg in die Berge. Sie war gewohnt, von zu Hause auf Rogers Ranch nach Hiwassee Town zu Fuß zu gehen. Ihre langen Beine würden sie viele Meilen lang mühelos tragen.

Sie kletterte bergauf, bis sie auf dem ersten Bergkamm eine Stelle fand, die ihr geeignet erschein. Es war ein kleiner, kahler Gipfel, der mit Gras in der Farbe ungebleichten Musselins bedeckt war. Das Plateau war auf drei Seiten von Eichen und Ahornbäumen umgeben, die alle in Gold- und Rottönen leuchteten. Auf der vierten Seite ging es steil bergab, was Tiana die Aussicht auf einen Fluß freigab, der sich durch die Hartholzbäume schlängelte, die den schmalen Präriestreifen an den Ufern säumten. Er wurde immer schmaler, als er sich durch die Hügel mäanderte, und verschwand schließlich aus dem Blickfeld.

Tiana vergewisserte sich, daß Wasser in der Nähe war, damit sie bei Tagesanbruch baden konnte. Ein Bergbach strömte über eine Reihe von Felsvorsprüngen zu Tal. Die riesigen Felsen, über die er hinwegfloß und die ihn säumten, waren mit dunkelgrünem Moos bedeckt. Tiana erkundete ihre Wiese wie ein Tier, das sich ein Revier absteckt. Sie schien einigermaßen sicher zu sein, abgesehen von der riesigen Eiche unten am Fluß des Abhangs in der Nähe des Flusses. Sie war von einem Blitz getroffen worden, der den Stamm gut einen Meter über dem Erdboden gespalten, ihn aber hatte leben lassen.

Tiana umkreiste ihn wachsam. Holz, in das der Blitz eingeschlagen hatte, besaß die Macht des Donners. Wenn sie es berührte, konnte ihre Hand ebenso aufplatzen wie das Holz. Sie breitete ihre Decke auf der Wiese aus und setzte sich darauf. Es war später Nachmittag, und ihr Magen knurrte laut. Sie kaute auf einem Stück Gras herum und beobachtete aus dem Augenwinkel, wie dünne Wolkenfetzen auf Großmutter Sonnes orangefarbener Oberfläche Streifen bildeten. Tiana wußte, daß Spearfinger sie nicht dazu hatte verleiten wollen, direkt in die Sonne zu blicken. Großmutter Sonne mochte das nicht. Das ließ ihre Kinder blinzeln und häßlich aussehen. Sie bestrafte die, die es doch taten, mit Fieber.

Als das letzte Stück von Großmutter Sonnes Gesicht hinter den Hügeln verschwand, fühlte Tiana sich sehr einsam. Sie bereute ihren übereilten Entschluß, hier hinaufzukommen. »Du handelst, ohne nachzudenken, Mädchen«, sagte ihr Vater immer. Tiana wünschte, daß Jack bei ihr war oder Jennie oder *Ulisi*. Die Luft wurde kalt, und Tiana zog sich ihre Decke um die Schultern.

Sie begann, nächtliche Geräusche zu hören, ein Rascheln und Knacken in dem dichten Buschwerk, welches das Plateau umgab. Eine Eule rief, und Tiana erzitterte und kämpfte mit den Tränen. Was wäre, wenn die Eule eine Hexe war? Sie versuchte sich in der Decke so klein wie möglich zu machen, zog sie sich über den Kopf und zog die Füße hoch, so daß nur ihr Gesicht zu sehen war.

Nach einer Zeit, die ihr wie eine Ewigkeit vorkam, schrie irgendwo in der Nähe ein Kaninchen. Tiana stand reglos und starrte in die Dunkelheit. Ein Wolf heulte, dann ein zweiter. Ein krachender Laut schien den Abhang heraufzukommen. Tiana stolperte den schmalen Pfad zu der Eiche hinunter, die wie ein schwarzes, verwachsenes Nichts vor einem Himmel stand, der von Großvater Mond erhellt wurde. Tiana legte behutsam eine Hand an die rauhe Rinde. Sie war darauf gefaßt, sie bei dem kleinsten Hinweis, daß die Eiche ihr weh tun würde, zurückzuziehen.

»Darf ich in deinen Armen schlafen, mein Freund?« fragte sie. Sie erhielt keine Antwort. Aber die Eiche machte auch keinerlei Anstalten, ihr weh zu tun. Die Wölfe heulten erneut, diesmal näher.

Großmutter Elizabeth sagte, wenn man gute Absichten habe, brauche man keine Angst zu haben. Tiana hätte nicht wirklich sagen können, welche Absichten sie hierher geführt hatten, aber etwas Böses hatte sie ganz gewiß nicht im Sinn. So holte sie tief Luft, warf ihre Decke den Stamm hinauf in die Höhlung, die der Blitz geschaffen hatte, und kletterte hinterher. Die Höhle war trocken und voller Blätter. Sie hüllte sich in die Decke und kauerte sich in das Laub.

Am nächsten Morgen saß sie auf ihrer Decke und sah zu, wie die Sonne am Himmel entlangwanderte. Am ersten Tag konnte sie nur an etwas zu essen denken. Am zweiten Tag fühlte sie sich krank, doch immerhin kam ihr das Felsplateau wie ein Zuhause vor. Am Ende des zweiten Tages hatten sich die Tiere an sie gewöhnt. Ein Mäusepärchen rannte ihr über den Schoß. Ein Vogel landete kurz auf ihrem Kopf.

Am dritten Tag meinte sie sterben zu müssen, wenn sie nichts zu essen bekam. Und noch immer sah sie keinen Zweck darin, hergekommen zu sein. *Geduld,* hörte sie ihre Großmutter sagen. *Lerne Geduld von der Spinne. Alles hat seine Zeit und seinen Grund.* Am vierten Tag war ihr der Kopf ganz leicht, und sie bewegte sich langsam, damit ihr nicht schwindlig wurde. Aber sie war in Hochstimmung. Sie hörte und sah mit größerer Klarheit als je zuvor.

Am vierten Tag sah sie die Vögel. Sie begannen, allein oder zu zweit oder in Gruppen über den Gipfel hinwegzufliegen. Da waren Zwergfalken und Rotschwanzbussarde, Habichte und Wanderfalken. Als Tiana schließlich verwundert zum Himmel starrte, flog ein Schwarm breitflügeliger Bussarde über sie hinweg. Es waren Tausende. Ihre pfeifenden Schreie erfüllten die Luft. Tränen strömten Tiana übers Gesicht, und sie hatte das Gefühl, als könnte sie sich hinaufschwingen und sich ihnen anschließen.

»Auf Wiedersehen, Brüder«, rief sie ihnen zu. »Sichere Reise, Schwestern.« Sie blickte in die Sonne und beschirmte sich mit der Hand die Augen, um dem gleißenden Lichtschein zu entgehen. »Ich danke dir, Großmutter.«

Tianas Beine und Arme schienen gar nicht zu ihr zu gehören, als sie den Berghang hinunterging, um nach Hiwassee zurückzukehren. Helle Lichtpunkte tanzten ihr vor den Augen. In den Ohren dröhnte ihr noch der Gesang der Vögel. Als sie Hiwassee Town erreichte, sang sie ein eigenes Bussard-Lied. Und als ihr Vater sie auszuschimpfen begann, lächelte sie ihn glückselig an und fiel in Ohnmacht.

18

General Andrew Jackson saß steif wie ein Ladestock auf seinem mageren Pferd. Jackson war ohnehin dünn, doch Dysenterie und Hungerrationen ließen ihn inzwischen aussehen wie eine Leiche. Er zuckte zusammen, als ihm der Schmerz durch die Eingeweide schoß. Wenn die Krämpfe zu intensiv wurden, ließ er den Arm baumeln, bis der Schmerz nachließ, obwohl er nie ganz aufhörte. Doch inzwischen ignorierte er ihn. Seine Männer durften keine Schwäche an ihm sehen.

Das hochstehende, borstige graue Haar über seiner hohen Stirn ließ ihn noch größer aussehen als seine hundertfünfundachtzig Zentimeter. In dem eisigen Dezemberwind war der linke Ärmel seines fadenscheinigen Mantels an der Naht aufgerissen, damit er den Arm in der Schlinge tragen konnte. Im Sommer zuvor hatte ihn sein vulkanisches Temperament in Nashville in eine Straßenprügelei mit seinen eigenen Offizieren verwickelt. Er zahlte dafür mit Schmerzen in einer Schulterwunde, die noch nicht verheilt war.

Seine hohe Stimme war heiser, weil er eine Gruppe meuternder Soldaten angebrüllt und angeflucht hatte. Er hatte versucht, mit den Männern zu argumentieren, als sie beschlossen, sich einfach von der Truppe zu entfernen. Er hatte an ihren Patriotismus und ihre Ehre appelliert. Jetzt blieben ihm nur noch Drohungen.

»Rückzug? Steckt euch euren gottverfluchten feigen Rückzug sonstwohin!« Seine kehlige Stimme sprühte Gift, und sein ausgemergeltes Gesicht war vor Zorn blau angelaufen. Die Adern an seinem mageren Hals zeichneten sich in der Kälte rot ab. Die Mündung seines Gewehrs lag quer auf dem Hals seines Pferdes, weil Old Hickorys verwundete Schulter zu schwach war, es zu halten. Niemand zweifelte auch nur eine Sekunde daran, daß er von der Waffe Gebrauch machen würde. Doch letztlich waren es seine Augen, welche die gesamte Brigade aufrührerischer Männer in Schach hielten. Diese Augen glitzerten. Sie waren tief in die Höhlen gesunken und schienen zwischen seinen hohlen Wangen aus der Dunkelheit unter den Augenbrauen hervorzuglühen wie bei einem gefährlichen, sprungbereiten Tier.

»Niemand in meinem Kommando zieht sich zurück, es sei denn in einem gottverdammten Sarg. Falls einer von euch Memmen und Hosenscheißern freiwillig in einem Sarg zur Hölle fahren will, dann braucht er beim Ewigen nur seinen rattenärschigen Kadaver ein Stück nach vorn zu bewegen. Dann werde ich ihm die zitternden Rippen einzeln zu Brei schlagen.«

Das unbehagliche Schweigen wurde nur durch das Klicken von Eisen unterbrochen, dem Schnauben und Stampfen von Pferden und einem gelegentlichen leisen Murren der Soldaten. Colonel John Coffee und seine berittenen Soldaten schlossen leise hinter Jackson auf. Sie trugen schmuddelige wollene Jagdhemden und eisenfarbene Hosen. Sie waren ein ungepflegter Haufen. Diejenigen ohne vorschriftsmäßige Reitermützen trugen heute Hüte aus Tierhäuten wie die Fußsoldaten. Doch anders als die Fußsoldaten empfanden sie eine unerschütterliche Loyalität für Coffee und damit auch für Jackson. Sie richteten ihre Waffen auf die Meuterer.

Nach und nach wandten sich die hungrigen, zornigen und zitternden Männer um und gingen auf die blassen Palisaden von Fort Strother zu. Jackson stieß einen unhörbaren Seufzer der Erleichterung aus.

»Sag mal, Sam«, sagte Davy Crockett, als er durch den knietiefen Schlamm watete, »glaubst du, James oder John könnten mir bei diesem Feldzug Cherokee beibringen?«

Sam lachte.

»Mich kannst du mit deiner Schauspielerei nicht täuschen, Davy. Du bist weit schlauer, als du vorgibst. Ich bezweifle aber, daß du schlau genug bist, Cherokee in weniger als einem ganzen Leben zu lernen. Siehst du das hier?« Er hielt seine Feldflasche aus Messing hoch. »Das Cherokee-Wort dafür bedeutet Der-Behälter-mit-Griff-der-erleuchtet-Soldaten-sie-müssen-tragen-wollen-bleiben-bei-Kräften.«

»Was du nicht sagst.« Crockett musterte seine Feldflasche, als hätte er sie noch nie gesehen. Er blieb eine Weile stumm, als sie weitertrotteten. Jacksons Armee war in einem kalten Märzregen über die Raccoon Mountains marschiert. Sie waren zu William Weatherfords Festung unterwegs, To-ho-pe-ka, dem Great Horseshoe. Weatherford hatte quer über dem schmalen Hals einer hundert Morgen großen Halbinsel einen Wall gebaut. Die Halbinsel wurde von einer riesigen Biegung des Tallapoosa River begrenzt. Jacksons Kundschafter sagten, dort warte Weatherford jetzt mit den Überresten seiner belagerten Creek-Armee.

Der Treck über die Berge war zermürbend gewesen. Für Sam

wurde er erträglich, weil Davy Crockett sowie James und John Rogers neben ihm marschierten. Die Rogers-Jungen hatten sich dem Neununddreißigsten Infanterieregiment als Kundschafter angeschlossen. Sie konnten Spuren finden, wo die meisten weißen Männer geschworen hätten, es gebe keine. Sam genoß es, unter den Cherokee enge Freunde zu haben, was ihn von den anderen abhob. Die Männer aus dem östlichen Tennessee mochten zwar behaupten, sie verachteten die Indianer, hielten es aber andererseits für das größte Kompliment, mit ihnen verglichen zu werden.

Bevor James und John Hiwassee Town verließen, machte sie der Rat des Dorfs zu Wolfs-Kundschaftern. Das war eine große Ehre. Die Tänze und Zeremonien hatten Tage gedauert. James behauptete, er und John hätten die jungen Frauen mit Stöcken wegjagen müssen.

Über ihren Uniformen trugen sie kurze Umhänge aus Wolfsfellen, deren Vorderpfoten sie am Hals befestigt hatten. Sam beneidete sie um das barbarische Aussehen der dicken Felle mit den vorn und hinten baumelnden Pfoten und Schwänzen. Er kannte das damit verbundene Prestige.

Als sie sich der Barrikade der Creeks näherten, rückten James und John mit der Cherokee-Einheit vor. Als Sam und Davy die letzten Meilen marschierten, erzählte Crockett eine seiner Lieblingsgeschichten.

»›Ich bin der Lumpensammler‹, schrie er mich an. ›Der Teufel persönlich. Das bin ich auch für jeden Mann, der mich beleidigt. Ob Holzfäller oder Stadtbewohner, Jäger oder Herumtreiber, ob er über Land reist oder auf den Flüssen fährt. Ich bin der Mann fürs Massakrieren!‹ ›Nun‹, sage ich, ›ich mag dich nicht sonderlich.‹ Ich mustere ihn leicht verächtlich von oben bis unten. ›Ich bin die gelbe Blume aus dem Wald‹, sage ich. ›Ein einfacher Schneepisser bin ich. Ein Löwenzahn. Ich habe das zuverlässigste Gewehr, ein Pferd, das von keinem anderen im Paßgang geschlagen wird, die hübscheste Schwester und den häßlichsten Hund von ganz *Ten*nessee.‹« Seine Geschichte wurde von einem lauten Wehklagen unterbrochen. »Du lieber Himmel!« Er wirbelte herum. »Wer hat einem Puma da auf den Schwanz getreten?«

»James Rogers«, sagte Sam. »Er spielt auf dem Dudelsack seines Vaters. Das ist, was die Schotten einen *brosnachadh* nennen, einen Aufruf zum Krieg. James sagt, die großen Dudelsäcke galten früher als Waffen, weil sie die Männer in Kampfstimmung versetzten.«

»Das leuchtet mir ein«, erwiderte Crockett.

Als James näherkam, wurde die Musik lauter. Die Trommler schlossen hinter ihm auf, da James es nie dulden würde, daß sie vor ihm her marschierten. Mit einem schweren, gespielten schottischen Akzent zitierte er gern seinen Onkel John Stuart zu diesem Thema. »Ach ja, und ein Bursche, der mit zwei Stöcken auf ein Schaffell eindrischt, soll vor mir hergehen? Mir, einem Musiker?« Die schlaff gespannten Trommelfelle ließen einen dumpfen, hohlen Takt hören, der ein Kontrapunkt zu dem stetigen Dröhnen und Wehklagen des Dudelsacks war. Bei diesen Lauten sträubte sich Sam das Nackenhaar. Die Musik war wild. Sie war primitiv. Sie war geisterhaft. Es war der perfekte Ausdruck für den Krieg.

Als James den Dudelsack spielte, nahm sein Gesicht einen wilden, entrückten Ausdruck an. Er hatte sich gezackte rote Linien auf die Wangen gemalt. James mochte es zwar leugnen, doch er glaubte daran, daß die Bemalung ihn unsichtbar machte. Drum hatte eine bestimmte Schmetterlingsart mit zerstoßenem Roteisenerz gemischt, um den Träger beweglich zu machen. Die Bemalung paßte nicht zu der schlechtsitzenden Uniform, der kurzen blauen, eng anliegenden, unten rundgeschnittenen Jacke und den weiten Hosen, die James nicht mal bis zu den Knöcheln reichten. Er hatte sie sich in seine hohen, kreuzweise verschnürten Mokassins gesteckt. Wie Sam trug auch James einen Gürtel mit Schlaufen für sein Bajonett, das Messer und die Feldflasche. Zusätzliche Flintsteine bewahrte er in der Patronentasche auf, die er sich quer über die Brust geschlungen hatte.

Zweitausendfünfhundert Männer mit verschlossenen und grimmigen Gesichtern marschierten mit langsamen Schritten zu James' Musik. Sam fand, daß sein Freund und Bruder noch nie so gut ausgesehen hatte. Die Kehle schnürte sich ihm zu, und seine Nasenlöcher schmerzten. Er kämpfte mit den Tränen, als er James dabei zusah, wie dieser die Männer in die Schlacht und manche davon dem sicheren Tod entgegen führte.

Über seinen eigenen Tod dachte Sam nicht nach. Seine Seele war in den Baumwipfeln, wo der Tod sie nicht finden konnte. Bei Tagesanbruch war er mit James und John und einigen ihrer Clan-Angehörigen zum Wasser gegangen. Er konnte die Schürfwunden von The Justs Knochenkamm spüren, die unter seinen kratzigen Wollhosen und der Jacke kribbelten.

Sams Herz pulsierte mit den Pfeifen und den Trommeln. Er

konnte spüren, wie das Blut durch die Adern strömte. Seine Füße bewegten sich von selbst im Takt mit den Tausenden Männern um ihn herum. Der Erdboden erzitterte unter ihren Schritten.

Durch die Büsche und Bäume erhaschte Sam einen Blick auf die Barrikade der Creeks. Sie war eindrucksvoll. Die Schanze erstreckte sich in einer konkaven Kurve über den dreihundertzwanzig Meter breiten Hals der Halbinsel. Der Wall bestand aus grünen Baumstämmen, die horizontal eineinhalb bis mehr als zwei Meter hoch ausgelegt worden waren. Doppelte Reihen von Schießscharten waren so angelegt, daß Angreifer mit einem tödlichen Kreuzfeuer empfangen werden konnten. Weatherford hatte gut geplant.

James' Lied ging zu Ende. Die schrillen Klagelaute des Dudelsacks wurden zu einem Stöhnen, um dann abrupt zu verstummen. Er reichte ihn einem vertrauenswürdigen Trommler und lief los, um sich den Cherokee anzuschließen. Dreihundert von ihnen bewachten das Steilufer am anderen Flußufer vom Dorf am hinteren Ende der Festung aus. Sie sollten jeden Creek-Krieger erschießen, der zu fliehen versuchte.

Die Männer stellten sich in Reihen auf. In der relativen Stille konnte Sam hören, wie die Creeks Beleidigungen herüberriefen. Sam prüfte die Waffen seiner Männer. Die meisten der Soldaten waren seit der Kindheit mit Waffen umgegangen. In der Hitze des Gefechts konnte es jedoch leicht passieren, daß einer nicht in der richtigen Reihenfolge lud.

»Bindet eure Jacken, Mäntel und Decken fest zu«, sagte Sam. »Wenn ihr Pulver in die Pfanne schüttet, leert sie. Macht die Zündlöcher frei und versucht es von neuem.« Die meisten Soldaten in Sams Zug waren kaum mehr als Kinder.

»Haben Sie keine Angst, Sir?« fragte einer.

»Mein Herz flattert wie die Flügel einer Ente, die in einer Pfütze badet.« Sam zwinkerte.

»Sieht aus, als würden wir in vordester Linie liegen«, sagte ein anderer.

»Ja. Es wird euch hier gefallen. Hier staubt es weniger.« Er grinste und reckte einen Daumen in die Höhe. »Wenn ihr schlau seid, Jungs, habt ihr ein Stück Decke bei euch oder eine alte Tierhaut, die man naß machen kann. Dann könnt ihr euer Gewehr darin einhüllen, um es abzukühlen, wenn es im Kampf heiß hergeht.« Das war ein Rat, den ihm Davy Crockett gegeben hatte. »Schont die Frauen und Kinder«, fügte Sam hinzu.

»Wenn man die Nissen tötet, kriegt man keine Läuse«, brummelte jemand. Sam starrte ihn wütend an.

»Jackson führt nicht Krieg gegen Frauen.«

Man hörte das Schlurfen vieler Füße, das Rasseln von Säbeln und Bajonetten, als die Soldaten ihre Plätze einnahmen. Ihre Reihen füllten die Wälder, so weit das Auge reichte. Das Schlurfen wurde zu einem allgemeinem nervösen Zappeln. Einige Männer husteten, stampften, kratzten sich und inspizierten erneut ihre Waffen. Sie wischten sich den Schweiß vom Gesicht, zogen die Hosen hoch, rückten ihre Lederriemen oder Patronentaschen zurecht. Manche schüttelten ihre Bajonette, um sich zu vergewissern, daß sie fest saßen. Andere zogen sich den Hut in die Stirn oder schoben ihn hoch, um freies Blickfeld zu haben. Irgendwo nieste ein Mann. Die Minuten schleppten sich dahin, während Jackson mit seinen Offizieren konferierte.

Sam nutzte die Zeit, um sich innerlich zu sammeln. Trotz all seiner tapferen Reden war dies seine erste Schlacht. Er schloß halb die Augen und erinnerte sich an Drums ruhige Stimme. *Es gibt einen Weg, deine Seele in die Baumwipfel zu legen, wo Pfeile und Kugeln dich nicht finden können.* Sam wiederholte den Zauberspruch viermal.

Er spie sich verstohlen in die Hände und verrieb den Speichel im Gesicht. Er ließ eine Hand unter die Jacke gleiten, um sich auch die Brust einzureiben. Sein Verstand sagte ihm, daß das albern war. Aber im Herzen war er sich da nicht so sicher.

Eine fieberhafte Tätigkeit an den Feldgeschützen begann. Die Männer begrüßten die ersten Rauchwolken und die dumpfen Explosionen mit Hurrageschrei. Sie beugten sich vor, begierig, jederzeit loszurennen, sobald sich im Wall eine Bresche zeigte. Doch trotz des steten Brüllens der Kanonen und der beißenden schwarzen Rauchwolken war von einer Bresche nichts zu sehen. Die Kartätschen knallten gegen die Baumstämme, ohne Schaden anzurichten, worauf die Roten Lanzen höhnisch johlten. Das Bombardement ging zwei Stunden lang weiter, doch die Barrikade hielt und blieb intakt.

»Seht!« Ein Mann zeigte auf den Himmel über den Creeks. Rauch stieg über den Bäumen hinter ihnen auf. Die Cherokee hatten die ungeschützte hintere Flanke der Roten Lanzen angegriffen, das Dorf erobert und in Brand gesteckt. Als der Kanonendonner aufhörte, konnten die Soldaten in der Ferne Gewehrfeuer hören und sahen, wie die Creeks in totaler Verwirrung durcheinanderliefen. Bresche oder nicht, jetzt war es Zeit zum Sturmangriff.

Auf einem Hügel stand Jackson mit erhobenem Säbel, und die Trommeln schlugen einen schnellen Zapfenstreich. Der Säbel wurde gesenkt. Mit einem langen schrillen Schrei stürmten die Soldaten vor und feuerten und luden im Laufen. Sam stieß einen Schlachtruf des Wahren Volks aus, als er auf seinen langen Beinen mehrere Meter vor dem Rudel herrannte. Er roch das brennende Pulver und sah, wie sich der blaue Rauch dick auf die Erde senkte. Er fühlte, wie Pfeile und Kugeln ihn umschwirrten, aber sie waren harmlos wie Fliegen. Er war klein wie ein Fuchs und schnell wie ein Reh.

Er warf einen Blick zu den Baumwipfeln und sah dort einen Raben aufsteigen. Er wußte, daß seine Seele mit ihm war. Dann sah er schnell wieder zu Boden. Es wäre nicht gut, das Versteck seiner Seele zu verraten. Weißen Männer würde es nie einfallen, dorthin zu blikken, aber den Creeks.

Er sah, wie Major Montgomery die Barrikade an einer der niedrigeren Stellen bezwang. Er sah, wie er den Säbel hob und etwas rief, doch seine Worte gingen in dem Getümmel unter. Dann stolperte er und fiel rücklings von der Barrikade herunter und blieb reglos liegen. Sam blickte über die Schulter und sah, daß die Soldaten zauderten.

Er zog seinen Säbel aus der Scheide und rannte los, bis er spürte, wie die Beine an den Gelenken zerrten. Er schrie seinen Männern zu, sie sollten ihm folgen, und rannte auf die Stelle zu, die der Major erklommen hatte. Er legte die letzten zehn Meter mit wenigen Sätzen zurück und erkannte, daß Montgomery nie mehr aufstehen würde. Eine Seite seines Kopfes war verschwunden.

Mit einem ungeheuren Sprung nahm Sam die Barrikade. Er schwankte leicht, gewann jedoch das Gleichgewicht zurück. Er starrte die bemalten Gesichter unter ihm an und das Gewimmel von Lanzenspitzen und Pfeilen, Messern, Tomahawks und Gewehren. Plötzlich kam es nicht mehr darauf an, ob ihm jemand folgte oder nicht. Er konnte alle töten.

»Ihr Zauberer«, schrie er den Geistern zu. »Ich bin genauso Zauberer wie Ihr!« Dann sprang er hinunter, mitten in das Gewimmel von Indianern. Sie schienen sich über seinem Kopf zu schließen, während er mit seinem Säbel methodisch um sich schlug. Er sah das Blut aufspritzen, wenn er einen von ihnen traf, doch das schien nicht mehr mit etwas Menschlichem zu tun zu haben. Er empfand eine eigentümliche Ruhe, als wäre er nur dabei, eine notwendige Arbeit zu erledigen.

Sam sah nicht, wie die Männer des Neununddreißigsten den Wall überstiegen. Als sie bei ihm waren, befand er sich in der Mitte eines Kreises von Kriegern und ruderte wie ein Irrer mit seinem Säbel herum. Er entdeckte am Rand seines Sehfelds nur aufblitzende blaue Röcke. Ein Pfeilschaft steckte in der Innenseite seines Schenkels, doch er spürte ihn nicht.

Nach einer halben Stunde erbarmungslosen Kampfes wurden die in der Minderzahl befindlichen Roten Lanzen langsam von der Barrikade vertrieben. Sie suchten Deckung in den Bäumen des höhergelegenen Geländes, und von da an wurde die Schlacht zu einer Reihe von Scharmützeln Mann gegen Mann in dem dichten Unterholz. Sam versuchte, die fliehenden Creeks zu verfolgen, und stürzte. Er zerrte an dem Pfeil in seinem Bein, konnte ihn aber nicht herausziehen.

»Sir«, rief er einem Lieutenant zu. »Ziehen Sie mir dieses Ding raus.« Der Lieutenant zog behutsam daran.

»Fester.« Sam knirschte mit den Zähnen.

»Ich kann nicht, Mann. Er hat Widerhaken. Sie sollten den Stabsarzt aufsuchen.«

Sam packte den Lieutenant am Ärmel und fuchtelte mit dem Säbel vor ihm herum.

»Sie sollen fester ziehen, verdammt noch mal!« bellte er.

Der Lieutenant stützte sich mit dem Stiefel an Sams Bein ab, während Sam sich an die Brustwehr lehnte. Mit beiden Händen und vielleicht etwas Bosheit riß und zerrte der junge Offizier an dem Pfeil, wobei er das Fleisch zerriß, als er ihn herauszog. Blut strömte aus der gezackten Wunde.

Der quälende Schmerz brachte Sam wieder zu Bewußtsein. Als ob er aus einem tiefen Schlaf aufwachen würde, hörte er das Gewehrfeuer und die Rufe und sah den Rauch um sich herum. Er spürte die Erschöpfung in Armen und Schultern, nachdem er so lange mit seinem schweren Säbel um sich geschlagen hatte. Er wußte, daß er nicht würde weiterkämpfen können, bis die Wunde verbunden war. Fluchend humpelte er los, um den Arzt zu suchen. Er lag auf der Erde und erholte sich von dem, was der überforderte Arzt mit ihm gemacht hatte, als Jackson vorbeiritt.

»Sind Sie der Mann, der die Schanze genommen hat?«

»Das bin ich, Sir.«

»Verwundet, wie ich sehe. Hat man Sie versorgt?«

»Ja, Sir.«

»Gut. Sie haben den Tag gerettet. Ruhen Sie sich hier aus. Sie haben es verdient. Wie ist Ihr Name?«

»Houston, Sir. Fähnrich Sam Houston aus Maryville.«

Jackson saß ab und drückte Sam fest die Hand.

»Ich danke Ihnen, Sam. Ich werde Sie nicht vergessen. Sie haben mein Wort.« Sam hatte noch nie Augen gesehen, die mit solchem Fanatismus und einem so unbeirrbaren Willen brannten wie die von Jackson.

»Es ist eine Ehre, unter Ihrem Kommando zu dienen, Sir.«

Jackson saß wieder auf und ritt langsam zwischen den Toten und Verwundeten hindurch. Sam sah, wie er anhielt, um an Major Montgomerys Leichnam zu weinen. Er wartete, bis Jackson außer Sichtweite war, um sich dann unter Mühen zu erheben. Der Arzt versuchte, ihn wieder hinunterzudrücken, doch Sam ignorierte ihn. Er hatte den ungehobelten Kerlen von Maryville gesagt, daß sie noch von ihm hören würden. Wenn er aber den Krieg auf dem Rücken liegend zubrachte, würden sie nichts von ihm hören. Dann würde er sich auch keine Adlerfedern und das Recht verdienen, seinen Namen zu behalten, The Raven. Er verzog das Gesicht vor Schmerz, als er sein Bajonett feststeckte und auf das Kampfgetümmel zutrottete.

Während der folgenden fünf Stunden bewegte er sich leise und pirschte sich in dem Chaos, das ihm umgab, an seine menschliche Beute heran. Während die anderen Soldaten drauflosstürmten und brüllten, schlich Sam lautlos durch das dichte Unterholz. Er fühlte sich wie ein schwarzer Panther, der nachts unsichtbar und tödlich auf die Jagd geht. Er hatte das Gefühl, alles sehen zu können, selbst hinter seinem Rücken, und daß niemand ihn sehen konnte. So wie er rote Kriegsbemalung entdeckte oder Schweißperlen, die auf brauner Haut glitzerten, schlich er sich lautlos heran, hob das Bajonett und stieß mit all seiner beachtlichen Kraft zu.

Gegen Ende des Nachmittags ließen die Kämpfe allmählich nach. Der Erdboden war mit Leichen übersät. Gruppen von Soldaten durchstreiften die Halbinsel. Sie umstellten vereinzelte Indianer, machten sie mit dem Bajonett nieder oder erschlugen sie mit Knüppeln. Keine einzige Rote Lanze ergab sich, nicht mal mit einer Bajonettspitze an der Brust. Diejenigen, die über den Fluß zu entkommen suchten, mußten entdecken, daß ihre Kanuten verschwunden waren. James und John und andere Cherokee hatten sie gestohlen, um ihre Männer über den Fluß zu bringen und das Dorf hinter der Schanze anzugreifen. Rote Lanzen, die sich schwimmend in Sicherheit zu bringen versuchten, wurden von den Cherokee und der Kavallerie auf dem Steilufer erschossen.

Sam wußte nicht mehr, wie viele Männer er getötet hatte. Er erinnerte sich nur an den letzten. Sam und der Creek entdeckten einander gleichzeitig. Sam konnte sehen, daß der andere trotz seiner Kriegsbemalung noch ein Junge war, vielleicht vierzehn oder fünfzehn. Er schien so jung, so klein, so zartgliedrig und so verängstigt zu sein, daß Sam zögerte. Der Junge zögerte nicht. Er hob seinen blutverschmierten Tomahawk und griff ihn an.

Sam wich aus und spürte den Luftstrom, als die Schneide ihn nur knapp verfehlte. Er wirbelte herum und stieß mit seinem Bajonett zu. Der Creek ließ erneut seinen Tomahawk niedersausen. Er traf das Bajonett mit einem lauten Klirren, und es zerbrach. Der Schlag riß dem Jungen die Axt aus der Hand, doch sein Messer kam so schnell zum Vorschein, daß Sam nicht einmal wahrnahm, wie der Junge es aus der Scheide zog.

Der Creek kauerte sich hin, und er und Sam umkreisten einander. Die Augen des Jungen starrten wild. Er hatte die Lippen zu einem Fauchen geschürzt und entblößte die Zähne. Es war offenkundig, daß er nie aufgeben würde. Sam ließ sein leergeschossenes Gewehr fallen und hielt seinen Säbel mit beiden Händen hoch.

»Dein Pfad ist Schwarz«, sang er in der Sprache des Wahren Volks. »Deine Seele geht auf das Nachtland zu. Deine Schwarzen Eingeweide werden auf dem Pfad zum Nachtland verstreut werden. Deine Seele wird dort wachen.« Dann spie er aus. Der Speichel traf den Jungen auf der Wange. Der Creek zuckte zusammen. Er kannte die Macht von Speichel.

Sam nutzte den Augenblick aus. Er schwang sein Schwert mit beiden Händen und spaltete den jungen Krieger vom Scheitel bis zur Brust. Gehirnmasse spritzte Sam voll, und das Blut des jungen Creek pulsierte noch aus dem Körper, nachdem er längst zu Boden gefallen war. Sam starrte den verstümmelten Leichnam an und schluchzte hemmungslos. Immer noch weinend beugte er sich vor und übergab sich. Er lehnte sich an einen Baum, bis er sich wieder in der Gewalt hatte. Dann machte er sich auf die Suche nach seinen Männern.

Der Himmel am Horizont schien in Flammen zu stehen, doch der Lichtschein kam nur von der untergehenden Sonne. Es gab nur noch wenige Krieger, die man jagen und ins Jenseits befördern konnte. Rauch von den Gewehren und dem brennenden Dorf waberte über die Halbinsel. Sam mußte um die Leichenhaufen herumgehen. Er hatte das Gefühl, als würde der Geruch von Blut und Eingeweiden ihn durchdringen. Schon jetzt kreisten Geier am Himmel.

Als Sam Jackson fand, diskutierte dieser mit den meisten seiner Offiziere, was mit der letzten Gruppe von Creeks geschehen solle, die noch Widerstand leistete. Diese Männer hatten sich auf dem Grund einer tiefen Schlucht verschanzt. Sie mußten gewußt haben, daß ihre Sache verloren war. Sie schienen jedoch entschlossen, möglichst viele Feinde mit in den Tod zu nehmen. Sie schossen auf Jacksons Friedens-Emissär und schickten ihn blutend zurück.

»Beim Ewigen!« tobte Jackson. »Wer übernimmt es, einen Angriff auf dieses Vipernnest zu führen?« Er schien überrascht, als Sam vortrat.

Sam hatte einem toten Soldaten das Bajonett abgenommen. Jetzt befestigte er es und winkte seinen Männern zu, sie sollten ihm folgen. Er stürmte die Schlucht hinunter, bis er fünf Meter vor der Schanze stand, und hob das Gewehr. Er sah die Mündungsfeuer aus den Waffen der Creeks, als diese schossen. Eine Kugel zertrümmerte ihm die rechte Schulter, und eine andere vergrub sich in seinem rechten Arm.

Er ließ sein Gewehr fallen. Seine Männer wankten und rannten dann zurück, um sich in Sicherheit zu bringen. Allein und unter feindlichem Feuer stolperte Sam den Hang der Schlucht hinauf. Er erreichte deren Rand, als sein geschundener Körper endlich genug hatte. Die Beine gaben unter ihm nach, und er fiel in Ohnmacht. Zwei Männer trugen ihn in das provisorische Krankenrevier aus Decken, die unter Bäumen ausgebreitet waren. Dunkelheit verhüllte das beginnende Schlachten, als Soldaten aufgestapeltes Unterholz anzündeten und die Äste über den Rand der Schlucht warfen. Das Feuer setzte das trockene Gras und die Büsche sofort in Brand, und die brennende Schlucht verwandelte den Schlupfwinkel in ein Inferno.

Die Creeks hielten so lange aus, wie sie vermochten. Dann kletterten sie zum Rand der Schlucht hoch und rannten auf ihre Feinde zu. Ihr Haar und ihre Kleidung loderten lichterloh in dem Luftzug, den sie beim Laufen erzeugten. Sie wurden zu lebenden Fackeln, welche die Unterseite des Blätterdachs der Bäume erleuchteten. Als sie auftauchten, eröffneten Jacksons Männer das Feuer auf sie. Angesichts der Umstände war dies die größte Gnade, die sie ihnen erweisen konnten.

19

Vielleicht gelang es einigen wenigen Roten Lanzen, im Lauf der Nacht zu fliehen. Viele konnten es jedoch nicht gewesen sein. Zweihundertfünfzig Frauen und Kinder wurden in einem in aller Eile errichteten Korral eingesperrt. Sie wehklagten oder schluchzten oder starrten mit steinernen Gesichtern ins Nichts. Die meisten von ihnen blieben während der ganzen kalten Nacht reglos auf ihren Decken sitzen.

Als der Morgen kam, schritt Jackson die verwüstete Festung ab. Er inspizierte aufmerksam jeden Leichnam und schob mit dem Stiefel Leichenhaufen beiseite. Seine Kundschafter hatten recht. William Weatherford, Red Eagle, war nicht unter den Toten. Fünfhundertfünfzig Krieger waren tot, die Hunderte von Männern, die im Fluß umgekommen waren, nicht mitgerechnet. Niemand konnte wissen, wie viele ertrunken waren. Die Leichen würden noch für lange Zeit an Land gespült werden. Jackson befahl, seine eigenen toten Soldaten im Fluß zu versenken, damit sie von den Creeks später nicht verstümmelt werden konnten.

Um eine genaue Zählung zu ermöglichen, hatten die Männer jeder Roten Lanze die Nase abgeschnitten, damit die Leiche nicht zweimal gezählt wurde. Einigen der toten Krieger fehlten die Skalps oder Hautstreifen. Souvenirjäger hatten die Streifen herausgeschnitten, um sie zu gerben und später in ihr Zaumzeug zu flechten. Einem toten Krieger war die gesamte Rückenhaut abgezogen worden, und ein Soldat prahlte, er werde seine Familienbibel in Creek-Leder einbinden. Andere nahmen sich große Stücke von Schenkeln, um daraus hohe Mokassins zu machen. Jackson mochte diese Praxis nicht, versuchte aber nicht, die Übeltäter ausfindig zu machen. In diesem Krieg gab es für die Männer nur wenig Anreiz. Jackson selbst hatte einem toten Kind Köcher und Bogen für seinen Adoptivsohn Andy abgenommen.

Old Hickory war enttäuscht, daß Weatherford ihm entwischt war. Er war der Anführer dieser Rebellion und der Mann, den Jackson wollte. Doch wenn Weatherford sich am Horseshoe aufgehalten hätte, wären weder das Dorf noch die Kanuten unbewacht geblieben. Dazu war Weatherford viel zu schlau. Die Soldaten erzählten Geschichten von Red Eagle. Sie sprachen von dem Tag, an dem er und sein schönes graues Vollblut auf einem hohen, felsigen Steilufer in die Falle gegangen waren. Er habe sein Pferd über den Rand getrieben und in die gurgelnden Wassermassen gestürzt. Die amerikanischen Soldaten hätten dagestanden und zugesehen, wie er und sein großartiges Pferd gegen die Strömung ankämpften und schließlich außer Sichtweite verschwanden. Die Scharfschützen aus Tennessee und Kentucky hätten ihn töten können, versuchten es aber nicht einmal. Sie waren von seinem Mut, seiner Kühnheit und seiner Haltung viel zu beeindruckt. Nein, es war undenkbar, Weatherford tot, als bloßes Aas vorzufinden. Jackson verschwendete keine Zeit damit, sich zu fragen, was einen Mann dazu bringen konnte, seinem weißen Blut und seiner weißen Erziehung den Rücken zu kehren und sich auf die Seite einer verlorenen Sache zu schlagen.

James und John suchten ebenfalls die mit Leichen übersäte Halbinsel ab. Sie suchten nach ihrem Freund und Bruder. Dann suchten sie unter den verwundeten Amerikanern. Sie fanden einen blassen und zitternden Sam unter einem Stapel von Wolldecken. Die Ärzte hatten nicht erwartet, daß er die Nacht überleben würde, und so hatten sie ihn einfach zum Sterben liegen lassen, während sie sich um andere bemühten. Er hatte die Nacht einsam auf dem kalten Erdboden zugebracht, doch trotz der Kälte schwitzte er heftig. Er versuchte aufzustehen, um seine Freunde zu begrüßen. James hockte sich hin und drückte ihn behutsam zurück. Sams Haut fühlte sich kalt an.

»Freut mich, euch zu sehen, Freunde«, sagte Sam keuchend. »Ich denke, das ist ein Grund zum Feiern.« Er versuchte zu grinsen. »Wenn ihr den Whiskey mitbringt, liefere ich den Durst.«

»Bleib still liegen«, sagte James. »Der Arzt sagt, du hättest ganze Ozeane von Blut verloren, und außerdem befindest du dich in einem Schockzustand.«

»Pah! Was weiß der schon. Ich werde bald wieder auf den Beinen sein. Ich brauche nur einen Drink, um mich von dem Kater zu erholen, den mir die Ärzte gestern abend verpaßt haben.«

Jesse Bean und Davy Crockett kamen hinzu. Sie hatten ihre Tornister auf dem Vorratswagen gefunden und waren abmarschbereit.

»Wir wollen uns nur verabschieden«, sagte Davy. »Unser Haufen marschiert los. Es sieht aus, als könntest du erhobenen Hauptes nach Hause reiten, du Glücklicher.«

Sam grinste schwach.

»Sam sagt, er hat einen Kater«, sagte James.

»Ja, und ob«, sagte Sam. »Diese Knochenbrecher haben mir eine ganze Feldflasche voll Whiskey gegeben, damit ich mich nicht wehren konnte, als sie mich folterten. ›Spare in der Zeit, dann hast du in der Not‹, wie meine Mutter immer sagt. Ich habe alles ausgetrunken.«

»Hat es den Schmerz betäubt?« wollte John wissen.

»Kann ich nicht behaupten. Sie haben etwa eine Stunde umsonst in meinem Arm herumgewühlt. Haben die Kugel aber nicht gefunden.«

James zog Crockett beiseite, während Sam John und Jesse davon erzählte, wie er die Schanze genommen hatte.

»Die Ärzte sagen, daß er nicht überleben wird. Er hat zuviel Blut verloren.«

»Tut mir wirklich leid, das zu hören«, bemerkte Crockett. »Wünschte, ich könnte ihm etwas von meinem abgeben.«

»John und ich haben die Erlaubnis, mit ihm und dem Rest der Verwundeten nach Fort Williams zu gehen. Wirst du seiner Familie von seinen Heldentaten erzählen? Wir werden versuchen zu schreiben, ob sich sein Zustand bessert.«

»Das werde ich. Braucht ihr Hilfe?«

»Nein. Wir haben einem toten Pferd die Haut abgezogen und daraus eine Trage gemacht.« James starrte auf die Erde. »Er ist ein guter Freund gewesen«, sagte er sanft. »Wie ein Bruder.« Crockett legte James behutsam eine Hand auf die Schulter, als sie dorthin gingen, wo Sam lag. Davy hockte sich hin, damit er Sams Hand ergreifen konnte.

»Wir machen mit Old Hickory einen seiner üblichen Spaziergänge«, sagte er. »In Maryville können wir alle einen trinken.«

»Auf Wiedersehen, Davy. Auf Wiedersehen, Jesse. Es ist ein großer Spaß gewesen.«

»Auf Wiedersehen, Sam.«

Crockett packte James und John nacheinander am Arm. Dann umarmte er beide.

»Es ist mir eine Ehre gewesen, mit euch zu kämpfen«, sagte er. Er öffnete seinen Tornister und band die zusammengerollte Decke los. Er gab sie James zusammen mit einem Silberdollar. »Es ist nicht viel«, sagte er. »Aber vielleicht kannst du dir unterwegs dafür was zu essen kaufen. Ich würde dir mehr geben, wenn ich es hätte.« James nickte. Jeder wußte, daß Davy sein letztes Hemd hergeben würde, wenn jemand es brauchte.

»Er sieht schlecht aus«, sagte Jesse, als er und Davy außer Hörweite waren.

»Jess«, sagte Crockett, »du hast mit einem toten Mann gesprochen.«

Eine Woche später setzten James und John die Trage vor Fort Williams behutsam auf die Erde. Sie und Sam und der Rest des Neununddreißigsten hatten die kleine Station vor sechs Monaten als Nachschubbasis gebaut. Sie war jetzt fast menschenleer und wurde nur von einer Notbesatzung bewacht. Die anderen Verwundeten waren schon früher angekommen. Sie hatten die sechzig Meilen in den überfüllten Wagen oder auf Tragbahren zurückgelegt, die von Pferden gezogen worden waren. Einige erboten sich, James und John mit ihrer Last zu helfen. Sie verweigerten jedoch hartnäckig jede Hilfe. Sie wußten, daß Sam auf einem Wagen oder hinter einem Pferd herumgestoßen werden würde, was ihm noch mehr Schmerzen verursachen würde, als er ohnehin erlitt.

Als sie das verschlossene Tor des Forts erreichten, war es schon dunkel. Die Wunde an Sams Bein war grün und geschwollen. Er stöhnte und rief aus: »Erstich ihn! Erstich ihn!« Im Geiste war er dabei, sein Bajonett in Fleisch zu stoßen, immer und immer wieder. Manchmal trieb er den kalten Stahl durch den ganzen Körper, manchmal traf er auf Knochen. Das war ein Alptraum, den selbst seine Schmerzen nicht verscheuchen konnten.

John pochte ans Tor.

»Wer da? Wie lautet die Parole?« rief die Wache von der Brustwehr sechs Meter über ihnen.

»Verdammt, keine Ahnung. Wir kommen gerade von der Schlacht am Horseshoe zurück«, sagte John.

»Laßt uns rein«, rief James. »Unser Freund ist verwundet.« Er hielt einen brennenden Kiefernknorren hoch, damit die Soldaten sein Gesicht sehen konnten. James trug Mokassins und selbstgewebte Kleidung. Er trug sein Haar in Zöpfen. Offenkundig ein Indianer.

»Bringt ihn da rüber.« Der Mann zeigte vage in die Ferne. »Etwa eine halbe Meile von hier ist ein Blockhaus.«

»Macht das gottverfluchte Tor auf.« John war dabei, die Geduld zu verlieren.

»Kann nicht. Befehl. Würde es nicht tun, selbst wenn ich könnte. Ist vielleicht ein Trick. Bleibt ihr hübsch da drüben in der Hütte. Bei Sonnenaufgang könnt ihr herkommen. Selbst wenn ihr keine Feinde seid, können wir hier keine Flüchtlinge aufnehmen. Haben nicht mal selbst genug zu essen.«

»Wir sind keine Flüchtlinge. Wir sind Cherokee-Kundschafter. Gehören zum Neununddreißigsten. Ich kann dir die Namen aller Offiziere nennen.«

»Himmel und Hölle!« brüllte John. »Wir haben diesen Schweinestall gebaut! Dieser Mann ist Fähnrich. Er ist schwer verwundet.«

Außer einem leisen Lachen war hinter der Palisadenwand keine Antwort zu hören. John hämmerte voller Wut mit dem Gewehrkolben gegen die Baumstämme. Er und James hörten das Klicken einer Metallstange auf Stahl. Das Licht ihrer Fackel erleuchtete die Läufe von drei Musketen, die durch die kleinen Schießscharten oben auf der Brustwehr herausragten.

»Ich zähle bis zehn, und wenn ihr bis dahin nicht verschwunden seid, werde ich euch alle von eurem Leid erlösen. Diese Indianerbrut«, hörten sie ihn brummeln. »Wahrscheinlich welche von Weatherfords Scheißkerlen.« Donner grollte, und kalter Nebel begann sich zu senken.

»Ihr Bastarde!« rief John. Sie hörten das Klicken eines Musketenschlosses.

»Komm, Bruder.« James zog den Kiefernknorren aus seinem Bündel und zündete ihn mit der flackernden Fackel an, die er in der Hand hielt. Der Kiefernknorren brannte mit einer stetigen Flamme. Sie zischte, wenn sie von einem größeren Regentropfen getroffen wurde. James legte den Griff der Fackel an den Seitenstab des Tragerahmens, damit er beide mit einer Hand halten konnte. James zwang seine schmerzenden Arme mit einer Willensanstrengung, seinen Freund noch eine halbe Meile weiterzutragen.

Sie legten Sam in den geschütztesten Teil des verlassenen Blockhauses. Dann machte sie aus Blättern, die durch den leeren Türrahmen hereingeweht worden waren, ein notdürftiges Bett. Erschöpft und zitternd kauerten sie sich die ganze Nacht zusammen und schliefen bis in den nächsten Vormittag hinein.

James wurde davon geweckt, daß ein Stiefel gegen die Sohle seines Mokassins knallte. Er und John sahen hoch und entdeckten einen Ring grimmig dreinblickender Soldaten. John starrte sie finster an, aber James lächelte auf seine einnehmende, einfallsreiche Weise.

»Guten Morgen«, sagte er und schob sanft einen Musketenlauf zur Seite, damit er aufstehen konnte. Er hockte sich neben Sam und prüfte dessen Puls, was er mehrmals am Tag tat. Er fürchtete sich davor, daß Sam ihm einfach wegstarb, ohne daß er es merkte. Er zog unter Sams Kopf die Decke hervor. Sam trug immer noch die blutige blaue Uniformjacke mit dem weißen Kragen des Neununddreißigsten. James wischte seinem Freund mit dem Ärmel behutsam den Schweiß von der Stirn und sah zu dem Kreis der Männer hoch.

»Sein Name ist Sam Houston. Er ist aus Maryville. Gibt es bei euch einen Arzt?«

Der Lieutenant zog Sams Decke noch weiter herunter, und der Gestank der Schenkelwunde traf ihn wie ein Keulenschlag. Einer der Männer würgte, und der Lieutenant zog hastig die Decke wieder hoch.

»Tut mir leid wegen gestern abend.« Er starrte auf Sam hinunter. »Kann kein Risiko eingehen, müßt ihr wissen.«

»Gibt es einen Arzt?«

»Hier gibt es nirgends einen Arzt. Warum befand sich dieser Mann nicht bei den übrigen Verwundeten? Sind heute morgen alle nach Fort Jackson aufgebrochen.«

»Die Wagen und Pferde hätten ihn zu sehr durchgeschüttelt«, sagte James. »Wir fielen zurück. Man sollte ihn sowieso nicht weitertransportieren. Wir werden bei ihm bleiben.«

»Wir müssen zurück«, erinnerte ihn John. »Der Urlaub gilt nur für zwei Wochen. Wir müssen jetzt gehen.«

»Ihr solltet erst etwas essen«, sagte der Lieutenant. »Soldat, bringen Sie sie in die Messe. Sorgen Sie dafür, daß sie reichlich zu essen bekommen. Geben Sie ihnen ein paar Vorräte mit. Wir werden uns um euren Freund kümmern und ihm ein anständiges Begräbnis geben.«

»Bruder.« James ging ganz dicht an Sams Gesicht heran. »Bruder.« Sam schlug die Augen auf.

»Sind wir zu Hause?« murmelte er.

»Nein. Wir lassen dich bei Leuten, die sich um dich kümmern werden. Wir müssen zum Neununddreißigsten zurück.« Er war nicht sicher, ob Sam ihn gehört hatte oder nicht.

»Hast du mich springen sehen?« flüsterte Sam.

»Was?«

»Hast du mich auf die Barrikade springen sehen? Das habe ich von dem Panther gelernt.«

»Bruder meines Herzens ...« Was sagt man zu einem Bruder, den man in diesem Leben nicht mehr wiedersehen wird?

»Ich höre dich«, sagte Sam. »Grüß Drum und Sally Ground Squirrel und deine Familie und sag ihnen, daß ich sie liebe. Und einen Kuß für die kleine Tiana, Großmutter. Die ist vielleicht ein Teufelsbraten. Gib auf sie acht, bis ich wieder da bin.«

»Das werden wir.«

»Noch etwas.«

»Was?«

Sam grunzte vor Schmerz, als zwei Soldaten die Trage hochhoben. James und John gingen neben ihm her.

»Gebt auch der alten Spearfinger einen Kuß von mir.«

James und John mußten unwillkürlich lachen.

»Auf Wiedersehen«, sagte Sam. »Und vielen Dank, Brüder.«

»Auf Wiedersehen, mein Bruder«, sagte James.

20

Tiana hob ihre Maske hoch, damit sie durch einen Spalt im Fensterladen ins Haus sehen konnte. Sie hatte sie aus Maislieschen geflochten und mit Augenbrauen, Haar und einem Schnurrbart aus Fell geschmückt. Das weiße Bettuch, das sie sich um den Kopf drapiert hatte, schleifte auf dem Erdboden. Sie blickte ärgerlich über die Schulter, damit Nannie und Susannah mit dem Kichern aufhörten.

Die zwölfjährige Susannah trug eine Maske, die sie aus weichem Kastanienholz geschnitzt hatte. In der Dunkelheit auf der Veranda jagten Susannahs weißer Umhang und die leeren Augenhöhlen und der aufgerissene Mund ihrer Maske Tiana einen Schauer der Angst über den Rücken. Sie schlang die Arme um sich in ihrer Vorfreude, auf die Angst, die sie den Kindern im Haus machen würden.

»Laß mich mal sehen«, flüsterte Nannie. Nannie hatte sich das Gesicht mit Holzkohle angemalt und das lange schwarze Haar mit Polstern unterlegt, bis es ihr in wirren Strähnen um das runde Gesicht stand. Sie zog das Bettlaken enger um sich, als sie an der Reihe war, durch den Spalt ins Haus zu sehen.

Der größte Raum des Hauses war voller Wärme und Licht und tanzender Schatten. Binsenlichter und Pitchpinefackeln flackerten auf dem Kaminsims und auf Regalen überall an den Wänden. In dem offenen Kamin knisterte ein riesiges Feuer. Die Männer saßen davor, unterhielten sich und rauchten, während die Frauen und älteren Mädchen in der duftenden Küche arbeiteten.

Ein Dutzend oder noch mehr Kinder spielten neben den Tischbrettern, die für die Mahlzeit auf Böcke gelegt worden waren. Die Kinder bauten aus getrockneten Maiskolben Hütten und einen Schutzwall und griffen das Dorf der Roten Lanzen am Horseshoe an. Das Feuer ihrer Kanonen und Musketen und die Schreie der Verwundeten und Sterbenden übertönten die Gespräche in der Küche und vor dem Kaminfeuer.

Der gesamte Rogers-Clan sowie Freunde und Nachbarn hatten sich eingefunden, um Jack dabei zu helfen, seinen siebenundfünfzigsten Geburtstag zu feiern. Es war der 31. Oktober 1815, der schottische *Samhain*, die Nacht, in der die Toten wandeln. Als die Mädchen noch klein gewesen waren, hatte Jack sie am *Samhain* erschreckt. Er versteckte sich draußen in der Dunkelheit und schrie wie eine Todesfee. Oder er bemalte sich das Gesicht und starrte tückisch durch die Fenster. Ein paar Jahre lang hatten seine Söhne die Aufgabe übernommen, die Gespenster zu spielen. Jetzt waren die Mädchen an der Reihe.

Es war eine vollkommene Nacht für *anisgina*, Geister. Der Vollmond wurde von einem dünnen Wolkenschleier verhüllt. Seine bläuliche Aura war orangefarben umrahmt. Irgendwo in der Ferne stimmten zwei Wölfe heulend einen trauervollen Dialog an. Ein leichter Wind ließ die trockenen Blätter rascheln, hauchte ihnen Leben ein und wehte sie wirbelnd über den kahlen Hof. Der gleiche Wind schien wie kalte Finger an Tianas Bettlaken zu zerren. In der Nähe schrie eine Eule, und Susannah drängte sich näher an ihre älteren Schwestern. Beim Wahren Volk wußte man, daß Hexen in der Gestalt von Eulen auftraten.

Mary Rogers Gentry öffnete die Tür einen Spaltbreit und blickte hinaus. Sie blinzelte, um die Mädchen in der Dunkelheit zu sehen.

»Seid ihr bereit?« flüsterte sie.

»Ja«, erwiderte Tiana. Mary, die Schwester ihrer Mutter, tat ihr ein wenig leid. Mary war ihr ganzes Leben lang schön gewesen. Jetzt, mit siebenundzwanzig, schien sie sich davor zu fürchten, diese Schönheit zu verlieren. Für das einfache Leben der Ehefrau eines Schmieds in der Garnison Hiwassee kleidete sie sich extravagant. Und bei Unterhaltungen, bei denen sich nicht alles um sie drehte, wurde sie schnell ungeduldig. Sie war wie eine schöne Blume mit einem unangenehmen Duft. Heute abend jedoch nahm sie sich zusammen.

Sie gab Aky und Annie im Haus ein Zeichen, die daraufhin begannen, die Binsenlichter auszupusten. Jennie drapierte ein dunkles Tuch über einen Rahmen vor dem Herdfeuer. Die Kinder blickten plötzlich überrascht auf, als der warme, freundliche Raum plötzlich dunkel und unheimlich wurde. Die Mädchen draußen hörten, wie die Kinder kreischten und Maiskolben über den Fußboden rollten.

»Wer ist da draußen?« Jack legte ein nervöses Zittern in seine Stimme. »Habt ihr etwas gehört, Kinder?« fragte er in seinem erbärmlichen Cherokee. »Könnte es Spearfinger sein? Oder Wasserkannibalen oder Hexen? Ist die Wichtige Sache gekommen, euch zu holen?« Das war das Schlimmste. Die Kinder hörten oft von der Wichtigen Sache, einem anderen Wort für Krankheit, waren sich aber nicht sicher, was es war. Es herrschte Schweigen, während die Kinder lauschten und sich vorzustellen versuchten, wie die Wichtige Sache wohl aussah.

Tiana stöhnte laut, als die Tür in ihren hölzernen Scharnieren quietschte. Nannie ließ ein meckerndes, tückisches Lachen hören. Susannah kreischte und hob die Arme. Sie hatte die Finger unter dem Bettlaken zu Krallen gekrümmt. Kinder kreischten und stolperten übereinander, als sie losrannten, um sich in Sicherheit zu bringen. Die Hölle war los, als die Mädchen die Kinder durchs Zimmer jagten. Türme ineinandergestellter Körbe kippten um, und Äpfel und Bohnen rollten über den Fußboden.

Tiana rannte hinter der dreijährigen Patience Gentry her, die zu ihrem Vater auf den Schoß kletterte, David sein weites weißes Hemd aus der Hose zog und es sich über den Kopf zog. Während sie sich darunter versteckte, wurde sie von Tiana gekitzelt. David lachte. Er hatte sich schon gefragt, wo Tiana sich an diesem Abend aufhielt. Jetzt war nicht schwer zu erraten, wer die drei Kobolde waren oder wer davon Tiana war. Sie war größer als ihre beiden Schwestern. David legte die Arme um die unter dem Hemd verschwundene Patience und zog sie an sich, zwinkerte Tiana aber zu.

Während die Kinder sich beruhigten und Jennie wieder die Binsenlichter und Kiefernknorren anzündete, wieselten die Mädchen zwischen den in der Küchentür stehenden Frauen hindurch. Lachend befreiten sich Tiana und Susannah von ihren Masken und Hüllen. Nannie wusch sich das Gesicht und begann mit der schwierigen Aufgabe, sich das Haar zu kämmen.

Tiana konnte sehen, daß es in der Küche mehr als genug hilfreiche Hände gab, und so setzte sie sich zu den Männern, die um das Feuer saßen. Als Großmutter Elizabeth einen weiteren Laib Brot aus dem steinernen Backofen zog, lächelte sie Tiana an. Obwohl Tiana mit keinem Wort von ihrem geplanten Ausflug in die Berge oder einem viertägigen Fasten gesprochen hatte, hatte Elizabeth all ihren Freundinnen davon erzählt. Schon bald wußte in Hiwassee jeder davon. Die Frauen beteiligten Tiana öfter an ihren Diskussionen, und die Männer duldeten ihre Anwesenheit.

William und Joseph beneideten sie. Sie starrten sie wütend an, doch sie ignorierte die Jungen. Sie wußte, daß die Frauen sich nur selten unter die Männer mischten, doch es war ihr Recht, hier zu sein. David rückte ein Stück weiter, um ihr auf der Bank Platz zu machen.

»Danke dir, Ehemann«, sagte sie leichthin. Beim Wahren Volk heiratete ein Mann oft die verwitwete Schwester seiner Frau. Und den Mann ihrer Schwester nannte eine Frau »Ehemann«. Tiana dachte sich nichts dabei, und David hätte sich auch nichts dabei denken sollen, doch er gab ihr einen seltsamen, prüfenden Blick, bevor er sich wieder dem Gespräch zuwandte.

Die Männer sprachen über die Schlacht von New Orleans. Der dortige Sieg Jacksons über die Briten vor zehn Monaten hatte Jemmy Madisons Krieg beendet. Die Männer sprachen ständig von New Orleans oder der Schlacht am Horseshoe. John Rogers bestand jetzt darauf, Captain John genannt zu werden. Tiana hörte sich alle seine Geschichten und auch die aller anderen an. Zum ersten Mal in ihrem Leben wagte sie es, jemanden zu unterbrechen.

»Was ist mit Tecumseh passiert?« fragte sie.

»Er wurde getötet, als er diesen britischen Pferdearsch Proctor zwang, sich zu stellen und zu kämpfen«, sagte James. »Proctor verstand sich nur auf eins – auf den Rückzug. Wie ich höre, haben Souvenirjäger Tecumseh alles genommen, was er hatte, einschließlich seiner Haare und seiner Haut.«

Tiana wurde urplötzlich traurig. Der gutaussehende Tecumseh, Panther Passing Over, der so gut reden konnte, von weißen Wilden verstümmelt. Sie hätte ihm einen nobleren Tod gewünscht, selbst wenn er ihr Feind gewesen wäre.

»Ich habe etwas anderes gehört«, sagte David. »Ein Trapper ist vor ein paar Monaten in der Garnison gewesen. Sagte, er sei dabei gewesen. Er behauptete, ein Bursche namens Kenton habe Tecumsehs

Leichnam heimlich weggeschafft und ihn anständig beerdigt. Diese Männer sollen irgendeinen anderen armen Teufel gehäutet haben.«

»Da bin ich aber froh«, sagte Jack. »Er war ein gottverdammter Unruhestifter, hat aber etwas Besseres verdient, als zu Streichriemen oder Stiefelsenkeln für dieses Pack gemacht zu werden.«

»Und hat niemand etwas von The Raven gehört?« fragte Tiana.

»Ich fürchte, er ist tot, Schwester«, erwiderte James sanft. »Als er vor einem Jahr auf diesem Leichenwagen in der Garnison vorbeikam, hätte ich ihn kaum erkannt. Nur ein so kräftiger junger Mann wie The Raven hätte überhaupt so lange am Leben bleiben können. Er konnte weder mich noch Drum wiedererkennen. Er lag schon im Sterben.« James tat einen langen Zug aus seiner Pfeife und starrte sie traurig an. »Wenn er am Leben geblieben wäre, hätte er uns geschrieben oder wäre zurückgekommen.«

Elizabeth läutete mit der Glocke zum Essen, und alle strömten zu den Tischen. Während die Frauen die letzten Körbe und Teller mit Speisen auftrugen, senkte Jennie den schweren Leuchter und ließ vorsichtig das Seil aus, das ihn hielt. David hatte ihn aus einem Eisenreifen geschmiedet und Kerzenhalter daran befestigt. Mit seiner gewohnten Kunstfertigkeit hatte er ein zartes, schmiedeeisernes Filigran von Weinblättern und Trauben hinzugefügt. Dieser Leuchter wurde nicht oft benutzt. Es war zeitraubend, Kerzen zu machen, und kostspielig, welche zu kaufen. Sie wurden nur selten abgebrannt.

Jennie zündete die kostbaren Kerzen an und zog den Leuchter hoch. Er schwankte leicht und warf ein festliches, goldenes Licht auf die Tischbohlen darunter. Tiana setzte sich jedoch möglichst weit von ihm hin. Manchmal tropfte heißes Wachs herunter. Die Kinder rannten an das schmale Ende des Tischs, wo sie beim Essen stehen würden. Für die Erwachsenen waren Sitze reserviert. Tiana saß seit gut einem Jahr bei den Erwachsenen.

Jeder blickte erwartungsvoll auf Jack, der am Kopfende der Tafel saß. Er schnitt ein Stück von dem vor ihm liegenden Rindfleisch ab und warf es als Opfergabe für das Alte Rot ins Feuer. Im stillen nannte Jack diese Sitte Hokuspokus, doch er wußte, daß niemand essen würde, bis er es getan hatte.

Nach den Maßstäben der Rogers war es kein großes Festessen. Es waren nicht mehr als vierzig oder fünfzig Menschen anwesend. Nur ein Schwein und ein Ochse hatten den ganzen Tag an Spießen gebraten und statt der drei oder vier Rinder, die zu Weihnachten geröstet wurden. Zu Weihnachten feierten hier zweihundert Menschen tagelang.

Doch zu essen gab es trotzdem reichlich. Krüge mit Dünnbier und Löwenzahnwein sowie Flaschen mit Jacks bestem Whiskey standen neben Kannen voll Buttermilch und Apfelwein auf den Tischen. Es gab Körbe mit dampfenden Kürbisscheiben und frischem Brot, Schüsseln voll Kürbisbrei mit Honig, grünen Bohnen und Kohlgemüse mit Koteletts und Essig. Es gab Beeren in Sahne, Süßkartoffelpudding und Mais und Äpfel, alles auf ein Dutzend verschiedene Arten zubereitet. In einem riesigen Steinguttopf dampften gebakkene Bohnen und Schinken.

Es gab ganze Berge blasser Butter und Platten mit Hühnerfleisch und Frühstücksspeck, der in Hickoryholz geräuchert war. Es gab Wildsteaks und in Maismehl gebratenen Flußbarsch. Ein gebratenes Spanferkel streckte auf einer riesigen Platte alle viere von sich. In der größten Schüssel befand sich der Hotchpot, ein Eintopf aus Gemüse mit Hammelfleisch. Tiana fragte sich, wie sie das alles auf dem großen hölzernen Schneidebrett unterbringen sollte, das sie mit Nannie teilte.

Jack stand auf und erhob seinen Krug.

»Möge der süße Frieden auf den Fahnen unserer Armee ruhen«, sagte er. »Auf General Jackson und die tapferen Männer, die am Horseshoe und in New Orleans gekämpft haben.«

»Hört, hört!« riefen alle und hoben ihre Gläser.

»Und für uns alle *Slainte Mhath*, gute Gesundheit.«

»*Slainte Mhath.*« Sie sprachen den alten schottischen Toast »Slantchy Va« aus. Dann erhob sich David. Jacks Whiskey hatte ihn ungewöhnlich redselig gemacht.

»Auf dieses Mahl«, sagte er. »Und auf die Frauen, die in der Küche herumgerührt haben wie ein Sechsergespann Pferde in einem Schlammloch.« Er setzte sich inmitten des Gelächters abrupt hin.

»Auf die Mädchen«, sagte Jack.

»Auf die Mädchen«, wiederholten die Männer und brachten einen Toast auf ihren jeweiligen Liebling aus. Tiana sah hoch und entdeckte, wie Campbells jüngster Sohn sein Glas in ihre Richtung hielt. Sie lächelte ihn zögernd an. Er hatte schon den ganzen Tag versucht, ihre Aufmerksamkeit zu erregen, vor allem dadurch, daß er sie mit Hickorynüssen beworfen hatte. Er war sechzehn, wirkte aber noch sehr jung. Seine Hände und Füße waren zu groß, als hätte der Rest des Körpers noch nicht ganz aufgeholt.

Tiana trug ein neues rotes Kleid aus kariertem Ginghamstoff, der im Laden gekauft worden war. Es fiel ihr von den Schultern bis auf die Spitzen ihrer besten Mokassins. Es wurde unter ihren kleinen Brüsten mit einem ihrer Gürtel zusammengehalten, der in Brillantmustern von Rot und Blau und Gelb gewebt war. Das Kleid war am Hals angekraust und tief ausgeschnitten wie das ihrer Mutter. Die langen weiten Manschetten waren an den Handgelenken zusammengebunden, und die so entstandene Rüsche fiel ihr in weichen Falten auf die Hände.

Dies war das erste Mal, daß sie ein solches Kleid trug, und sie fühlte sich leicht unbehaglich darin. Ihr Haar fiel ihr in schwarzen Wellen auf die Taille, als sie sich aufs Essen konzentrierte. Als sie ans andere Ende des Tischs blickte, um dem Blick Daniel Campbells zu entgehen, traf ihr Blick den von Davids hellbraunen Augen. Er schenkte ihr einen Anflug seines schelmischen Lächelns und hob das Glas. »Reserviere einen Tanz für mich.« Er formte die Worte mit den Lippen. Sie lächelte und toastete zurück. Er war wirklich recht angenehm, dieser David. Und ein guter Tänzer. Dann war sie wieder zu sehr mit dem Essen beschäftigt, um zu merken, wie er sie anstarrte. Eine Zeitlang hörte man nur das Klappern von Löffeln auf den hölzernen Schneidebrettern.

Jack Rogers war als erster mit dem Essen fertig. Er rülpste laut und sackte in seinem Stuhl am Kopfende des Tischs zusammen. Er war müde. Er hatte zusammen mit James und John den ganzen Morgen damit zugebracht, entlaufenes Vieh durch das dichte Röhricht unten am Fluß zu jagen. Dann hatte es vor dem Essen noch das Steinewerfen gegeben, bei dem er hatte beweisen wollen, daß er noch so stark war wie eh und je. *Jeder Mann will lange leben*, dachte er. *Aber kein Mann will alt sein.*

Jack stützte sich mit dem Ellbogen auf die Armlehne seines alten Stuhls, legte das Kinn in die Handfläche und blickte befriedigt in die Runde. Alle waren mit den Früchten seiner Felder vollgestopft. Er studierte die Gesichter an den Tischen. Der alte Campbell mit seiner wilden weißen Mähne und dem Bart und David Gentry mit seinem ungebärdigen blonden Haar schienen nicht hierher zu passen. Tonangebend waren dunkle Haare und Augen und braune Gesichter, obwohl die meisten von ihnen weißes Blut in den Adern hatten.

Einen Moment lang erkannte Jack, daß er ein Fremder in einem fremden Land war, und daß die, die er liebte, anders waren als alle, die seine Familienangehörigen je gekannt hatten. Was würden seine Eltern, die längst in der felsigen Erde Schottlands begraben lagen, von seinen Frauen und Kindern halten? Dann verging der Moment, und die Gesichter waren wieder vertrauter als die der Familie, die er vor so langer Zeit verlassen hatte. Er konnte sich nicht vorstellen, auf seine Kinder stolzer zu sein, wenn es sommersprossige Blondschöpfe gewesen wären, die in den besten britischen Schulen erzogen wurden.

Jack stand auf, leicht verlegen wegen seiner nackten weißen Knie, die aus den Beinen seiner engen karierten Hosen und dem Saum des rot-blauen Kilts aus Wollplaid hervorlugten. Ein Ende des Plaids war über die Schulter seines weißen Leinenhemds geworfen. An der Vorderseite des Kilts hing ein mit Silberbeschlägen und Quasten geschmückter Beutel aus Dachsleder. In einer Scheide an der Taille trug er einen Dolch. Dies war seine alte Uniform, die er in dem vergangenen Krieg gegen die Aufständischen als Kundschafter des 71. Hochland-Regiments getragen hatte.

Der Tartan-Stoff roch schimmelig. Er war von Motten zerfressen. Er konnte ihn nur noch wenig falten, damit er ihm überhaupt paßte. Der Luftzug, den er im Schritt spürte, störte ihn sehr. Als er auf seine blassen Knie blickte, erkannte er, daß sie knochiger waren, als er sie in Erinnerung hatte. Er würde die Uniform jedoch auch weiterhin bei besonderen Anlässen tragen. Das war seine Art, seinem Schwiegervater, dem alten Ludavic Grant, dem Patriarchen seiner Familie, und John Stuart, seinem rothaarigen Schwager, Ehre zu erweisen. Das Wahre Volk hatte Stuart geliebt. Es hatte ihn Struwwelkopf genannt. Jack hatte ihn auch geliebt. Als junger Kundschafter hatte er zu Stuart aufgeblickt und bei seinem Tod tagelang geweint. Selbst jetzt noch tauchte unter Stuarts Nachkommen, den Struwwelköpfen, immer wieder ein Kind mit flammend roten Haaren auf, was Erinnerungen zurückrief und Jack einen Stich ins Herz versetzte.

Jack klopfte mit dem Löffel an seinen Henkelkrug und räusperte sich.

»Darf ich um eure Aufmerksamkeit bitten«, sagte er mit Donnerstimme. »Heute abend ist der Wigwam der Rogers ein *ceilidh*-Haus, ein Ort, an dem wir alle Geschichten erzählen und Musik machen und tanzen können, sobald wir dieses Mahl beendet haben.«

»Und dürfen wir auch nach Äpfeln tauchen?« fragte Patience Gentry vom Ende des Tischs.

»Aber ja, Mädchen. Das können wir.«

Tiana und Nannie, Susannah und eins der Campbell-Mädchen stapelten die schmutzigen Teller in großen Körben, die sie zwischen sich trugen. Kurz darauf waren die Tische und Böcke verschwunden, und die Bänke säumten wieder die Wände.

Mit Hilfe der Zeichensprache, welche die Campbells im Lauf der Jahre entwickelt hatten, bat Campbells jüngster Tochter ihren Vater darum, er möge mit ihr spielen. Es war gut, daß sie neben der Sprache noch eine weitere Form der Kommunikation hatten. Der alte Campbell war jetzt taub. David hatte sich erboten, ihm ein Hörrohr zu machen, doch Campbell lehnte ab. Er sagte, es gebe ohnehin nur schlechte Nachrichten, und da ziehe er es vor, sie gar nicht erst zu erfahren. Seine Taubheit beeinträchtigte jedoch seine Musik, die allerdings nie sonderlich gut gewesen war, keineswegs. Aber er war der einzige Einsiedler in der Gegend und sehr gefragt.

Während der alte Campbell mit seiner nicht mehr ganz taufrischen Fiedel hantierte und James die Trommeln und Rasseln hervorholte, schlich Tiana von hinten an David heran und kitzelte ihn.

»Ehemann«, sagte sie. »Ich will mit dir ringen. Ich kann dich jetzt schlagen.«

David senkte den Kopf und grinste den Fußboden an.

»Nicht heute abend, Nichte«, sagte er mit seiner leisen Stimme.

»Fürchtest du meine sprich... meine sprichwörtliche Kraft?«

»Tu es«, sagte James. »Sie will gedemütigt werden.«

»Ein andermal«, sagte David. Tiana packte ihn jedoch bei der Hand und kniete sich hin und zwang ihn auf der anderen Seite der Bank so auf die Knie. David dankte der Vorsehung für die Sitte der Cherokee, einander nicht in die Augen zu sehen. Tiana mochte jung sein, aber wenn sie ihm je in die Augen blickte, konnte sie dort sicher lesen, wie es in seinem Herzen aussah.

Statt dessen starrte er ihre ineinander verschränkten Hände an. Beider Arme berührten sich, und die Ellbogen stützten sich auf der Bank ab. Er konnte es über sich bringen, ein- oder zweimal in einer Nacht mit ihr zu tanzen. Es war schwierig, aber das konnte er schaffen. Wenn er fern von ihr war, in seinem Laden, dachte er oft daran, wie er mit ihr tanzte. Und dann, wenn er die Gelegenheit dazu hatte, war er zu nervös, sich auf etwas anderes zu konzentrieren als auf seine Füße. Da konnte es ihm passieren, daß er so verängstigt war, daß er stolperte und sich lächerlich machte.

Doch das hier war anders. Ihre Finger zu spüren und die glatte Wärme ihres Unterarms, das war eine Empfindung, die sich auszudehnen und an seinem Körper bis zum Unterleib hinunterzugleiten schien. Er konnte sich nur zu leicht vorstellen, wie sie sich mit völlig nacktem Körper so an ihn preßte, wie es jetzt ihr Arm tat. Seit sie ein kleines Kind gewesen war, hatten sie Fingerhakeln und Stemmen gespielt. In jüngster Zeit war es für David jedoch zu einer Tortur geworden.

»Ehemann, du versuchst es ja nicht mal.« Tiana schnitt eine Grimasse, als sie seine Hand auf die Bank herunterzudrücken versuchte. Ihr langes Haar, das sich einfach nicht bändigen ließ, fiel ihr übers Gesicht, über seine Hand und den Arm, bis David vor Sehnsucht sterben zu müssen glaubte. Er hörte nicht, wie die Umstehenden gutmütig ihre Wetten abschlossen. Er starrte nur das Haar an, das ihr wie ein Vorhang vorm Gesicht hing und ihre Augen verbarg. Als er ihre Berührung nicht länger ertragen konnte, ließ er zu, daß sie seine Hand auf die Tischplatte zwang.

»Du hast mich gewinnen lassen«, sagte sie.

David zuckte die Achseln. »Das habe ich. Aber ich muß dir ehrlich sagen, daß du sehr stark geworden bist.« Davids Hand und Arm kribbelten noch von der Berührung ihrer Haut, als er sich zu den Männern am Feuer setzte.

Tiana saß mit Nannie und Susannah auf einem dicken Bärenfell. Sie wußte, daß später noch Geschichten erzählt werden würden, daß man in der Asche Äpfel braten, gewürzten Apfelwein erhitzen und ganze Körbe mit Nüssen anbieten würde. Wenn Jack betrunken genug war, würde er seine endlosen Balladen singen, wahrscheinlich »The Minstrel Boy«. Und er hatte versprochen, daß sie in dem großen Badezuber nach Äpfeln tauchen durften. Nachdem Campbell genug auf seiner Fiedel herumgekratzt hatte, nach all seinen Rigaudons, seinen Reels und Gigues, würden sie bis zum Morgengrauen die Tänze des Wahren Volks tanzen. Campbell würde herumhüpfen und alle Frauen küssen und versuchen, auf dem Kopf ein Glas Bier zu balancieren. Tiana vermutete, daß sie mindestens einmal mit Daniel Campbell tanzen mußte. Sie wollte seine Gefühle nicht verletzen.

»In der Garnison ist ein neues Lied in Mode gekommen«, sagte David, als das Geplauder etwas nachließ. Er hatte eine junge Stimme, die aber leicht heiser klang, als wäre sie durch mangelnden Gebrauch eingerostet. Patience hatte sich auf seinem Schoß zusammengerollt. Seine anderen Töchter, Isabel und Elizabeth, saßen auf dem Fußboden und lehnten sich an seine Knie.

»Gestern ist das Garnisonsexemplar des *Register* mit dem Text und der Musik aus Baltimore gekommen. Es ist ein altes Trinklied,

›Anacreon in Heaven‹. Anakreon war ein Grieche, der seine besten Gedichte geschrieben haben soll, wenn er betrunken war.« Bei dieser Vorstellung hob David sein Glas. »Wie auch immer: Sie singen es in allen Kneipen.«

»Worum geht es darin?« fragte Tiana.

»Oh, die Fahne. Den Krieg. Ich nehme an, es ist ein patriotisches Lied. Es heißt ›Bombardment of Fort McHenry‹.«

»Wie geht es?«

David zeigte sein scheues schiefes Grinsen.

»Musik ist nicht gerade meine Stärke, und das Lied hat einen teuflischen Tonumfang.«

»Sing es für uns«, bettelten alle.

Tiana hatte David an der Esse oft etwas vor sich hinträllern hören, doch das Geräusch von Hammer und Blasebalg hatte es übertönt. Als er das Lied jetzt anstimmte, war sie überrascht, was für eine beruhigende, volltönende Stimme er hatte.

»*Oh, say can you see, by the dawn's early light*...«

21

Die Sonne war noch nicht am Horizont erschienen, und die Farbe des Himmels wechselte gerade von Holzkohle zu Asche. Tiana hatte lange auf ihrem Bett aus Lärchenruten gelegen, lange genug, um zu hören, wie sich Nannie hereinschlich. Tiana stellte sich schlafend, während Nannie Jacke und Mokassins auszog und unter die Decken kroch. Nannie mußte einen jungen Mann gefunden haben, dessen Säfte dabei waren zu steigen. Wahrscheinlich den Jungen der Familie Price. Tiana beneidete sie.

Es war Ende Februar, die Zeit des Sirupkochens. Zum Schein kamen die Sieben Clans jeden Winter hierher in die Berge, um den süßen Sirup des Zuckerahorns zu sammeln. Doch die jungen Leute warteten aus einem anderen Grund das ganze Jahr auf diese Zeit. Wenn die Lagerfeuer die Nacht in glühendes Licht tauchten, zerrten die jungen Leute ihre Decken und Fellroben aus ihren provisorischen Hütten und stahlen sich zu heimlichen Rendezvous davon.

Jeder wußte davon, doch solange die Liebenden diskret waren, sagte niemand etwas. In neun Monaten würden ein paar Kinder zur Welt kommen, deren Väter unsichtbar waren, wie es beim Wahren Volk so zartfühlend hieß. Tiana hatte das Knistern verstohlen auftretender Mokassins gehört, die nachts durch ihre Hütte gegangen waren. Sie konnte sie von dem normalen Gang von Menschen unterscheiden, die hinausgingen, um sich zu erleichtern.

Jetzt wartete sie, bis Nannie tief und gleichmäßig atmete, bevor sie die Decken zur Seite schlug und aufstand. Sie bewegte sich langsam und lautlos, damit Nannie und Susannah nicht aufwachten, und zupfte ihr langes Wollkleid zurecht. Sie streifte ihre hohen, pelzgefütterten Mokassins über und verschnürte sie. Sie wickelte sich eine von Drums dicken weißen Wolldecken um die Schultern und trat in eine weiße Welt hinaus.

In dem blaßgrauen Licht wirkte sie wie ein Teil der Landschaft, als sie zwischen den Hütten und den unter Schnee begrabenen Haufen mit Ausrüstungsgegenständen und den glühenden Scheiten der ausgehenden Feuer dahinschlich. Ein geisterhafter Nebel hüllte die Bäume um sie herum ein.

Auf der nächsten Lichtung glühte das Licht der Flammen unter den riesigen Kesseln. Sie hörte leise Stimmen und das Knistern des brennenden Holzes. Einige Frauen blieben die ganze Nacht bei den Kesseln. Sie entfernten den Schaum auf dem köchelnden Sirup mit Fichtenzweigen. Jede Wache plauderte und scherzte, um sich die Stunden bis zur Ankunft der Ablösung zu vertreiben.

Tiana ging zu ihrem Lieblingsplatz weit außerhalb des Lagers und setzte sich auf einen schneebedeckten Felsblock, der über einen halb zugefrorenen Fluß hinausragte. Sie beobachtete, wie das Wasser wie silbrige Seide über schwarze Felsen dahinglitt. Es strömte über eine Reihe von Felsbänken abwärts und floß durch das erstarrte Gitterwerk seiner eigenen Kaskaden.

Sie dachte an das, was Großmutter Elizabeth ihr oft gesagt hatte. »In der Stille hören wir die Stimmen der Geister am deutlichsten.« Und im Winter waren die Berge am ruhigsten. Hier oben hatte Tiana das Gefühl, als könnte sie die gesamte Welt sehen und hören, wie die Welt in der Stille und zur Musik des Wassers zu ihr sprach.

Der Nordhang unter ihr war mit Rhododendronbüschen bedeckt, die der Rauhreif des frühen Morgens wie Skulpturen erscheinen ließ. Jeder Busch trug eine zarte Decke aus weißer Spitze. Ein Weißwedelhirsch blieb stehen, um die ersten zarten Sprossen und Knospen einer

Erle anzuknabbern. Ein Wintergoldhähnchen flötete irgendwo in dem Gewirr kahler schwarzer Äste sein Lied.

Am Fluß schoben sich die kleinen weißen Blüten der Frühlingsboten durch den Schnee. In einer Woche oder zwei würde das Aroma des Falschen Benzolstrauchs den Wald parfümieren. In einem Monat würde Tiana durch Säulen warmer Luft hindurchspazieren können, als käme sie von draußen in ein Zimmer. Blaßgrüne Pflanzen würden die scharfen Umrisse der Bäume und Abhänge weicher machen und verwischen.

Tiana war hergekommen, um Großmutter Sonne zu begrüßen. Aber sie hatte noch etwas vor. Sie wollte zum ersten Mal in ihrem Leben ein magisches Ritual versuchen. Dies war nicht der gewohnte Morgengesang an die Sonne. Es war auch keiner der üblichen Zaubersprüche, die die Kinder kannten, um Insektenstiche zu heilen oder das Essen dazu zu bringen, schneller zu garen. Dies war etwas Besonderes. Es war eine Magie, die Spearfinger ihr gegeben hatte. Und jede Magie, die Spearfinger gehörte, machte Tiana nervös.

Bevor Tiana aufgebrochen war, um zum Sirupkochen hierher zu kommen, hatte sie Spearfinger in einem fast luziden Zustand vorgefunden. Oder vielmehr hatte Spearfinger sie aufgesucht. Sie mußte Tiana sehr schätzen, wenn sie einen Ausflug in die Welt der geistigen Gesundheit machte, um mit ihr zu sprechen. Mit einem Kopfnicken und einem gekrümmten, schmutzigen und verwachsenen Finger gab die alte Frau Tiana ein Zeichen, als diese für eins von Großmutter Elizabeths Heilmitteln Schildfarnwurzeln ausgrub. Tiana ging ihrer Großmutter bei einfachen Heilungen oft zur Hand. Und immer öfter kam es vor, daß Frauen Tiana direkt um Hilfe baten.

Der Anblick von Spearfingers dopptelten Zahnreihen und ihrer Amulette aus getrockneten Maulwürfen und Wintergoldhähnchen, die an einem Lederriemen baumelten, ließen in Tiana sofort wieder alte Ängste wach werden. Doch es gelang ihr, sich zu beruhigen. Spearfinger hatte ihr im Lauf der Jahre immer wieder kleine Geschenke hingelegt. Oder zumindest nahm Tiana an, daß sie es gewesen war. Spearfinger hatte die Angewohnheit, wie eine Krähe irgendwo etwas hinzulegen, um dafür etwas anderes wegzunehmen.

Tiana hatte auf diese Weise eine Nähnadel aus Stahl verloren sowie einen kleinen Spiegel. Statt dessen hatte sie einen glatten, von roten Adern durchzogenen Stein gefunden, der vermutlich zum Wahrsagen gebraucht wurde, sowie eine blankpolierte Kugel aus verfilztem Haar und salzhaltigem Lehm aus einem Kuhmagen. Auch das war ohne Zweifel ein mächtiger Zauber. Tiana trug diese Dinge in dem kleinen Beutel, die sie in der Hoffnung, Spearfinger werde sie ihr eines Tages erklären, immer am Hals bei sich. Wie es schien, war dieser Tag jetzt vielleicht gekommen.

Spearfinger hatte auf einer Luftwurzel einer Gelbbirke gehockt, die vor drei Jahren aus einem umgestürzten Baum emporgewachsen war. Der Schößling war gewachsen, während der Baumstamm immer mehr verfaulte. Jetzt stand die Birke auf stelzenähnlichen Wurzeln, die um den inzwischen völlig verschwundenen Baumstamm einen Käfig bildeten.

Spearfinger hatte zu Tiana heruntergegrinst und ein schmales Buch aus dem Ausschnitt ihres Kleides gezogen. Es war unmöglich zu sagen, woher sie es hatte. Spearfinger hatte sich die Brille ohne Gläser auf ihrer spitzen Nase zurechtgerückt, das Buch aufgeschlagen und die Lippen bewegt, wobei sie immer wieder umblätterte, als läse sie. Sie hatte die Brille sogar bis auf die Nasenspitze geschoben und über den Bügel hinweggeblickt, so wie es auch Seeth MacDuff immer tat. Dann blickte sie Tiana verschlagen an.

»Sehr mächtiger Zauber.« Die alte Frau sprach mit ihrer Tonpfeife im Mund, deren Kopf nach unten zeigte, und tippte auf das Buch. Der weiche lederne Einband lag auf den ausgebreiteten Handflächen ihrer skeletthaften Hände.

»Ja, Mutter Raincrow.« Tianas Neugier siegte über ihre alte Angst. Ein neues Buch war ein gewisses Risiko wert. Sie kletterte auf eine der niedrigeren Wurzeln der Birke, damit sie Spearfinger über die Schulter blicken konnte.

»Das Kind der Long Hairs kann die Stimme dieser Blätter hören«, sagte Spearfinger.

»Ja, Mutter. Die hier kann etwas von dem hören, was sie sagen.« Tiana nahm das Buch und blätterte darin, während die alte Frau geduldig wartete. »Es geht um Schädel.« Sie sprach das Wort mit Betonung. »Es geht um die ...« Sie suchte nach einem Wort. »Magie des weißen Mannes. Ein weißer Heiler kann durch Betasten der Höcker am Schädel des Menschen in dessen Seele blicken oder seine Zukunft vorhersagen.« Tiana hatte mit Spearfinger noch nie so etwas wie ein Gespräch geführt. Sie sprach langsam und vorsichtig, da sie nicht wußte, wie Spearfinger reagieren würde. Und sie war ständig auf dem Sprung, um jederzeit flüchten zu können.

Ein großer Teil von Tianas Wissen stammte daher, daß sie auf den Treppenstufen der Kneipen in der Kaserne gesessen und dem gelauscht hatte, was durch die offenen Türen nach draußen drang. Oder wenn sie Glück hatte, stahl David Gentry für sie eine alte Ausgabe des *Niles Register*, bevor das Blatt so zerfleddert war, daß man es nicht mehr lesen konnte. Jedenfalls war die neue Theorie der Schädellehre von Gall und Spurzheim seit kurzem ein beliebtes Thema.

Mit unbeherrschter Wildheit stieß sich Spearfinger eine Hand in die unvermessene Wildnis ihres verfilzten Haars. Sie glitt mit einem Finger über die Zeichnung eines haarlosen menschlichen Schädels, der in Sektionen eingeteilt und mit verschiedenen Bezeichnungen belegt war. Sie war zwar neugierig geworden, aber nicht eingeschüchtert.

»Weiße Männer wissen mit dem Kopf«, sagte sie, offensichtlich befriedigt, einen Beweis für das zu finden, was sie schon immer geglaubt hatte. »Die Sieben Clans wissen mit dem Herzen. Du kannst mir die Lieder der sprechenden Blätter vorsingen.«

»Ja, Mutter.«

Spearfinger ließ ein meckerndes Lachen hören. Sie sprang von der Wurzel herunter und machte einen schlurfenden kleinen Tanzschritt. Sie fing ihre Brille geschickt auf, als sie ihr von der Nase fiel.

»Raincrow wird dich stark machen.«

»Es ist nicht nötig, daß du mich bezahlst, Mutter. Es erfreut mir das Herz, dir diese Lieder vorzusingen.«

»Die hier wird dich mit Roten Gewändern bedecken. Sie wird dich in Wissen kleiden.« Sie gab Tiana ein Zeichen, näherzukommen, und sah sich mißtrauisch um. Dann flüsterte sie einen Zauberspruch, mit dem einem Menschen zu neuer Schönheit verholfen werden konnte.

»Mutter, die hier kann den nicht gebrauchen. Sie ist keine *dadahnuhwisgi*, eine Heilerin von Ihnen.«

Spearfinger stieß Tiana mit ihren spitzen Knöcheln gegen die Brust. »Die Pflanzen nennen dich Schwester. Die Bäume sprechen gut von dir«, sagte sie. »Der Bussard schickt dir seine Grüße.«

Tiana war sprachlos und starrte Spearfinger einen Augenblick lang an. Woher wußte sie etwas von dem Bussard?

»Sing dieses Lied viermal bei Tagesanbruch unten am Fluß, wenn du einen Mann auf dich aufmerksam machen willst. Vorher darfst du es nicht viermal wiederholen, denn sonst wird der Zauber wirksam, bevor du es wünschst.« Tiana begann zu sprechen, verstummte dann aber. Es fiel ihr nicht schwer, Männer anzuziehen. Sie brauchte einen Zauberspruch, um sie gelegentlich abzuwehren. Aber sie brauchte keinen Zauber, um den einen zu rufen, den sie lieben konnte. Sie begann sich schon zu fragen, ob es ihn überhaupt gab. »Deine Pfade sind soeben an eine Biegung gekommen«, fuhr die alte Frau fort. »Wenn du von dem Blauen Dunst zurückkehrst, werden wir gemeinsam wandern und singen.«

Spearfinger warf den Kopf in den Nacken und starrte über Tianas Schulter hinweg auf einen Punkt in der Ferne. Als sie fröhlich loszuplappern begann, sah Tiana sich vorsichtig um. Da war natürlich niemand. Tiana stand starr und reglos da und wartete darauf, daß Spearfingers Geister an ihr vorbeiflogen. Sie konnte fast spüren, wie die Luft verwirbelt wurde. Sie war erleichtert, als Spearfinger mit ihren Geistern im Schlepptau den Pfad hinunterhüpfte und -wirbelte. Sie ließ eine gewisse Stille hinter sich, als hätte sie all die ruhelosen, drauflosschnatternden Dämonen der ganzen Gegend versammelt und mitgenommen.

Aber sie hatte Tiana einen Zauber dagelassen, mit dem sie sich wieder schön machen und strahlend und unwiderstehlich werden konnte. Vielleicht würde er helfen. Vielleicht war sie nicht schön genug, um das Glück anzuziehen, das sie bisher gemieden hatte. Folglich hatte sie den Zauber an jenem Morgen zum Fluß mitgebracht.

Mit einem Seufzen stand Tiana auf und warf die Decke ab. Sie steckte sich das Haar hoch und befestigte es mit Knochenkämmen. Sie legte ihren Beutel auf die Decke und zog sich Mokassins und Beinlinge aus. Dann zog sie sich ihr langes Kleid über den Kopf. Der feine Pulverschnee knirschte und wurde unter ihren nackten Füßen festgestampft.

Nackt stand sie mit erhobenen Armen da, um die ersten Strahlen von Großmutter Sonne zu begrüßen. Ihre Haut schien etwas von dem Gold des Sonnenlichts in sich aufgenommen zu haben. Ihr schwarzes Haar glitzerte davon. Ihre langen Beine waren schlanke Verlängerungen der Rundungen ihrer kleinen, festen Brüste, ihrer schmalen Taille und runden Hüften.

»Guten Morgen, Großmutter«, sagte sie. »Segne mich heute.« Dann rezitierte sie viermal den gewohnten Gesang.

Wo die Sieben Clan sind, da bin auch ich.
Vor mir wird nichts Böses liegen.

Ich stehe inmitten der Sonnenstrahlen.
Ich stehe vor dem Sonnenland.

Sie brach durch das dünne Eis am Flußufer. Als sie sich auf ein tiefes Loch im Flußbett zubewegte, rutschten ihre Füße auf den glatten Steinen aus. Sie atmete heftig ein, als sich das eisige Wasser um ihren Körper schloß. Tausend Nadeln schienen sie zu stechen. Sie schloß die Augen und konzentrierte sich auf die Empfindungen auf ihrer Haut. Sie blieb so stehen, bis sie sich am ganzen Körper taub zu fühlen begann. Dann watete sie hinaus.

Sonnenstrahlen verwandelten die Wassertropfen auf ihrem Körper in glitzernde Edelsteine. Jetzt, wo Großmutter Sonne wach war, leuchtete der Schneeteppich, der die Bodenfalten der Berge bedeckte, in zarten, wechselnden Schattierungen von Weiß und Grau, Blau und Purpur mit gelegentlich golden funkelnden Blitzen. Vor den sich auftürmenden schiefergrauen Wolken wirkten sie blaß. Die Wolken verfärbten sich zu Taubenblau und dann zu einem silbrigen Perlmutt. Dort, wo Großmutters Strahlen durch eine goldgeränderte Öffnung schienen, wurden die Wolken strahlend weiß. Tiana erschien es wie eine Tür zu einer anderen Welt. Wenn sie hinaufblickte, fiel es ihr leicht, Seeth MacDuffs Geschichten über den Himmel zu glauben.

Sie wandte das Gesicht nach Osten, streckte die Arme aus und rezitierte den Zauberspruch, mit dem sie sich wieder schöner machen wollte.

Gha! *Hör zu. Du Roter Bussard, der am Himmel fliegt.*
Ich bin schön wie der Kolibri.
So wie der Rote Kardinal schön ist, bin auch ich schön.
So wie der Blaue Kardinal schön ist, bin auch ich schön.

Sie führte die Arme langsam an den Körper und wandte das Gesicht nach Norden und wiederholte das Ritual, um es anschließend nach Westen und Süden folgen zu lassen. Sie verwendete nicht den Tabak, den Spearfinger ihr eines Morgens in den Mokassin gelegt hatte. Sie hatte ihn Großmutter Elizabeth gezeigt, die unter ihrer braunen Haut erbleicht war.

»Das ist gefährlich, Enkelin«, hatte sie gesagt. »Gib ihn Mutter Raincrow zurück. Es muß *tso lagayuh'li* sein, Alter Tabak. Nur erfahrene Heilerinnen können damit umgehen. Wenn du ihn bei einem Bannspruch verwendest, wird die Person, gegen die du ihn richtest, vielleicht krank werden und eine Heilerin um Rat bitten. Wenn sie entdeckt, daß Alter Tabak die Krankheit verursacht hat, wird sie das Böse vielleicht gegen dich wenden.«

Über Tiana ließ sich der laute, undeutliche Ruf eines Kardinalvogels vernehmen. *Bist du rot oder blau?* dachte sie. *Fröhlich oder einsam?*

Sie kauerte sich hin und versuchte, in dem klaren Eis am Rand des Flusses ihr Spiegelbild zu sehen. Sie umarmte ihre Knie und starrte ihr verschwommenes Abbild an. *Ich werde alt. Fast sechzehn. Und ich habe immer noch keinen Liebhaber.* Nannie überlegte sich, ob sie den Sohn der Familie Price heiraten sollte. Alle Vettern und Cousinen Tianas verbrachten ihre Zeit mit einem Menschen, der ihnen nahestand. Doch gab es niemanden, den Tiana so berühren wollte, wie die Frauen es beschrieben, wenn sie über die Liebe sprachen.

Die schwache Wärme der Sonne auf dem Rücken konnte nicht verhindern, daß Tiana vor Kälte zitterte, aber dennoch blieb sie da und starrte ihr gekräuseltes Spiegelbild an. *Warum bin ich hier, Großmutter?* fragte sie. *Werde ich immer allein sein und zusehen, wie andere das Leben zu zweit durchwandern? Werde ich immer auf dem einsamen Blauen Pfad wandern? Wird es keine Schritte geben, die hinter mir widerhallen?* Sie wartete noch einige Augenblicke, erhielt aber keine Antwort. Zitternd zog sie sich an und begab sich wieder ins Lager.

Die Zeit des Sirupkochens war immer eine besondere Zeit gewesen, in der alle den Alltag hinter sich ließen. Tiana und ihre Schwestern hatten immer ungeduldig darauf gewartet. Ende Januar begannen sie damit, die Enden der Ahornzweige auf Saft zu prüfen. Sie beteten um klares Wetter in den Bergen während des ersten Teils des Winters und dann um starken Schneefall. Das bedeutete, daß der Erdboden tiefer frieren würde als gewohnt und daß der Sirup besser schmecken würde. Sie ließen ihre Habseligkeiten gepackt, damit sie jederzeit und ohne Verzögerung aufbrechen konnten.

Die Rogers' und ihre Freunde machten sich gemeinsam auf den Weg. Es war eine große Zuckerahornpflanzung mit tausend oder mehr Zapfstellen, und alle arbeiteten mit. In einer langen Linie zogen ihre Pferde und Maultiere die klobigen Schlitten mit den geschwungenen Kufen aus Tupelobaumholz die steilen, vereisten Pfade hoch. Als sie den Lagerplatz erreichten, rannten die jüngeren Kinder lachend in allen Richtungen auseinander. Die älteren halfen den Erwachsenen, das Lager aufzuschlagen.

Während die Männer damit begannen, Holz zu schlagen, zogen die Frauen die Schichten der von Wind und Wetter mitgenommenen Matten in den Lagerschuppen zurück. Sie legten Stapel gewölbter, ineinander verschachtelter Rindenstücke sowie hölzerne Schalen frei, in denen man den Saft auffangen konnte, sowie Eimer, in denen er nach Hause gebracht wurde. Die Eimer waren innen von einem kräftigen Gelb oder hatten vor Alter eine tiefe, dunkle Mahagonifarbe angenommen. Aufgeplatzte Gefäße wurden mit Balsamharz abgedichtet; außerdem wurden neue gemacht. Die Frauen zogen auch Matten von den Holztrögen und untersuchten sie auf Risse.

Tiana liebte das rhythmische Tock-tock der Äxte, als die Erwachsenen Feuerholz spalteten und die provisorischen Hütten reparierten. Sie brannten das Innere von neuen Graunußstämmen aus, während die Kinder Anmachholz sammelten. Meistens spielten diese jedoch. Sie fuhren auf den großen Baumstämmen mit und lieferten sich kleine Schneeballschlachten. Wie die Jungen veranstalteten auch Tiana und ihre Schwestern Wettbewerbe, um zu sehen, wer am längsten in kalten Flüssen sitzen konnte. Oder sie warfen eingefettete, fast zweieinhalb Meter lange Stöcke, die sie »Schneeschlangen« nannten, die verschneiten Hänge hinunter, um zu sehen, wessen Stock am weitesten rutschte.

Als Tiana den hohen Bergkamm über dem Lager erreichte, sah sie, daß alle schon auf den Beinen und bei der Arbeit waren. Von den Kochfeuern stieg Rauch auf, und sie konnte bratendes Fleisch riechen. Sie hob eine alte Ochsenhaut auf, die die Kinder am Tag zuvor hatten liegen lassen. Sie war steif und rutschig, weil sie als Schlitten benutzt worden war. Tiana schüttelte den Schnee ab. Dann legte sie sich auf den Bauch, stieß sich mit Händen und Füßen ab und rodelte den steilen Abhang zu Tal.

Sie wurde immer schneller, es war eine wilde Fahrt. Sie schaffte es, die Hütten am Rand des Lagers zu umfahren, und pflügte sich in die hohe Schneeverwehung in der Nähe der Einkochkessel. Sie krabbelte lachend aus der Schneeverwehung und grinste die Frauen an den Kesseln an.

»*A'siyu*, Schwestern.« Sie wandte sich an Großmutter Elizabeth, nahm Habtachtstellung an und schnarrte einen von Jacks Grüßen herunter. »Gemeiner Rogers meldet sich zur Stelle, General«, sagte sie. Sie krempelte die Ärmel hoch, schob sich das dichte schwarze

Haar in den Nacken und band es mit einem roten Kopftuch fest, wie es auch die anderen Frauen trugen.

»Stell dich neben mich, Tochter.« Jennie lächelte und hielt ihr einen flachen Korb mit Klößen hin. Tiana nahm einen, tauchte ihn in Sirup und nagte daran, während sie sich am Feuer wärmte. Die langen dünnen Klöße waren aus Maismehl und Wasser geformt und dann gekocht worden. Dann hatte Jennie sie abkühlen lassen, gespalten und leicht über einem Feuer geröstet. Sie hatte sie über Nacht draußen liegen lassen, damit sie froren. Jetzt waren sie eine wohlschmeckende Zwischenmahlzeit.

»Man fragt sich, wo die Enkelin gewesen ist«, sagte Elizabeth zu Sally Ground Squirrel und den anderen Frauen. »Sie ist heute morgen entweder schon sehr früh verschwunden oder hat vielleicht irgendwo ein warmes Plätzchen gefunden, an dem sie die Nacht verbracht hat.«

»*Ulisi*«, sagte Tiana. »Ich war unten am Fluß, allein.«

»Wie schade«, erwiderte Elizabeth. »Wenn man alt ist, braucht man kleine Kinder, die man auf dem Rücken tragen kann.«

»Du hast mehr Enkelkinder als Erbsenblüten auf einer Ranke.«

»Man kann nie zu viele Enkelkinder haben.«

Einer der Enkel, Akys Sohn Aaron, zupfte Tiana am Rock. Er wurde von Pleasant und Levi flankiert, zweien von Charles' Kindern, sowie von Elizabeth und Isabel Gentry und einem der vielen Struwwelköpfe. Sie waren schon über und über mit Schnee bedeckt, weil sie so lange darin gespielt hatten, bis selbst ihre Augenbrauen damit bestäubt waren. Tiana wußte, was sie wollten. Sie tauchte einen hölzernen Schöpflöffel in den köchelnden Sirup und ließ einen steten Strom davon auf den sauberen, festgetretenen Schnee fließen. Als er hart wurde, brach sie ihn in Stücke und gab ihn den Kindern.

»Ist er gut?« fragte sie Tadpole Struwwelkopf. Das Kind nickte. Das ungebärdige Haar stand ihm wie brennendes Stroh vom Kopf ab. Dann rannten die Kinder wieder los, um zu spielen.

Tiana nahm ihrer Großmutter die Rührstange aus Ahornholz ab und begann, den Sirup umzurühren. Elizabeth setzte sich schwer und mit einem erschöpften Seufzer auf einen Hocker und fuhr fort, mit den anderen zu plaudern.

»Wie man hört, gibt es in Coosewatee Town einen Zauberer«, sagte Tojuhwa, Redbird. »Er hat Spoiler Campbell mit einem Bann belegt.« Redbird hatte vor kurzem Drums Sohn geheiratet, The Girth. Alle waren sich darin einig, daß sie ein Paar abgaben, das gut zusammenpaßte. Sie war kugelrund. Ihr kleiner Kopf und die kleinen Füße standen in einem merkwürdigen Kontrast zu ihren schwellenden Brüsten, Hüften und der nicht mehr wahrnehmbaren Taille. Einen Haushalt zu führen war manchmal mehr, als ihr einfacher Verstand erfassen konnte. Die Frauen hatten sich daran gewöhnt, ihr zu helfen.

»Im Rat wird davon gesprochen, daß es künftig gegen das Gesetz sein soll, Zauberer zu töten«, sagte Sally Ground Squirrel.

»Gesetz«, sagte Jennie. »Was soll dieses ganze Gerede von Gesetzen. Ich begreife nicht, warum wir so viele Gesetze brauchen.«

»Vielleicht ist es an der Zeit, daß wir mit den Geliebten Männern sprechen«, sagte Sally Ground Squirrel. »Sie fangen an, sich für die Gesetze des weißen Mannes zu begeistern. Bald werden wir nicht mehr unser großes Geschäft erledigen können, ohne vorher eine Entscheidung des Rats einholen zu müssen.«

»Dort sind wir nicht mehr willkommen.« Charles' zweite Frau Rachel hörte sich jedoch nicht so an, als wäre sie darüber unglücklich. Sie erinnerte sie nur an eine Tatsache, die sie vielleicht vergessen hatten. Tiana hörte immer aufmerksam zu, wenn Rachel sprach. Sie war immerhin Ghigaus Tochter. Doch Rachel hatte nie etwas von Bedeutung zu sagen, was Tiana enttäuschte. Sie war neugierig zu erfahren, wie eine junge Geliebte Frau sein würde.

»Schwestern, wir dürfen unser Recht, im Rat zu sprechen, nicht einfach so aufgeben.« Jennie klopfte mit ihrer Rührstange an den Rand des Kessels, um ihre Worte zu unterstreichen.

»Der Frauenrat entscheidet für uns«, warf Annie Rogers ein. »Sie vertreten sämtliche Clans. Und Sally Ground Squirrel spricht für sie. Wir brauchen uns selbst nicht den Kopf zu zerbrechen.«

»Räte sind langweilig«, sagte Mary. »Die alten Männer leiern stundenlang ihre Sprüche herunter.«

»Da kommen die Jungen.« Nannie beendete die Unterhaltung. Sie wischte sich den Schweiß von der Stirn und rückte ihr Kopftuch zurecht.

»Du wirst ja rot, Schwester«, sagte Tiana.

»Werde ich nicht. Das ist die Hitze des Feuers.«

Doch Tiana wußte es besser. Nachdem die Jungen ihre schweren Safteimer in die Kessel entleert hatten, blieben sie meist noch eine Weile, um ihren Geliebten Schnee in den Rückenausschnitt zu stopfen. Je mehr die Nacht heranrückte, um so sinnlicher wurden diese Neckereien. Tiana wußte auch, daß Daniel Campbell ihr den ganzen

Tag wie ein Schatten folgen und versuchen würde, sie allein zu erwischen. Er hatte ihr schon einmal den Weg verstellt und ihr einen Kuß gestohlen, als sie in dem weichen Schnee vorwärts stapften. Der Kuß hatte ihr nicht gefallen. Er war naß und außerdem falsch plaziert gewesen, irgendwo zwischen Mund und Nase.

Um ihm aus dem Weg zu gehen, blieb sie den größten Teil des Tages bei den Kesseln. Doch der Anblick ihrer nackten Arme und der Brust, die vor Schweiß glitzerte, sowie ihres in dem duftenden Dampf der Kessel geröteten Gesichts versetzte mehr als nur einen Jungen in heftige Erregung. Wenn Tiana auf dem Blauen Pfad immer noch allein war, so lag es daran, daß sie es selbst so wollte.

22

Maryville
30. November 1816

Lt. Sam Houston
Nashville

Sam,
Vielleicht habe ich mich zu weit vorgewagt, nachdem ich von Dir in der Angelegenheit zwischen Dir und M- gehört hatte. Was Dich & die Königin des »Rathauses« angeht, stehen die Dinge äußerst schlecht und unangenehm. Sie hat W M über Bord geworfen und ist bereit, Mutter, Zuhause, Freunde und alles, was ihr teuer ist, zu verlassen, sie im Stich zu lassen und mit Dir in die entferntesten Ecken der Welt zu gehen. Ich weiß & Du weißt, daß J. Beene Dein Freund ist & wenn ich Dir einen Rat geben darf, wäre es übereilt, M- im Mondschein oder sonstwie bei nächster Gelegenheit zu heiraten.

Dein mitfühlender
Jesse Beene

»Verdammt!« Sam knallte den Brief auf den Tisch und schob den Stuhl mit einem Ruck zurück. Er zuckte zusammen, als ihm ein stechender Schmerz durch die Schulter schoß. Von New Orleans bis

New York hatte sich eine ganze Armee von Armeeärzten über diese alte Wunde hergemacht. Nach zweieinhalb Jahren war weder diese noch die andere im Schenkel verheilt.

Sam trottete in Socken auf und ab. Er hatte zwei Paar angezogen, um die Füße vor dem Luftzug zu schützen, der durch die Spalten der kalten Fußbodendielen kam. »Schick Jesse zum Fischen, und er fängt einen Frosch. Er hat nicht mehr Verstand als eine aufgeregte Ente«, brummte Sam vor sich hin. »Ich bitte ihn, dem Mädchen zu erklären, daß ich sie unmöglich heiraten kann. Daß ich nicht gut genug für sie bin. Daß ich einen Heuwagen voller Schulden und keinerlei Aussicht habe, und dann passiert das.« Er saß auf der Ecke seines Schreibtisches und musterte seinen winzigen, kahlen Raum, das Quartier eines Lieutenant. Sein Heimaturlaub im September war kurz gewesen, jedoch lang genug, um sich zu verlieben und in Schwierigkeiten zu geraten. Sam wußte, daß es unberechtigt war, Jesse dafür verantwortlich zu machen, daß er in diese üble Lage gekommen war, wo in Wahrheit nur sein, Sams, unsteter Charme alles ausgelöst hatte. Er gab Jesse aber trotzdem die Schuld.

Er überlegte sich die Alternativen. Heirat kam nicht in Frage und wurde sofort verworfen. Er konnte Mary nicht die Wahrheit sagen, daß seine Glut sich nämlich mit zunehmender Entfernung und fortschreitender Zeit abgekühlt hatte. Sollte er ihr schreiben und sich auf seine Armut berufen? Nein. Er konnte unmöglich vorhersagen, wem sie den Brief zeigen würde. Die Vorstellung, sein Geständnis könnte in Maryville zirkulieren wie Rauch an Kneipentischen, war unerträglich.

Er stützte sich mit den Knöcheln auf die Tischplatte, die mit den eingeritzten Namen und Initialen anderer Lieutenants verziert war. Er kniff in dem Dämmerlicht die Augen zu und las Jesses mit Tintenklecksen übersäten Brief noch einmal durch. Jesses Hände waren zu sehr darin geübt, mit einem Pflug umzugehen. Er setzte den Gänsekiel immer zu fest auf, so daß es in seinen Briefen von Tintenklecksen wimmelte oder die Tinte quer über die Seiten spritzte. *Zum Teufel,* dachte Sam, *er hat sogar seinen Namen falsch geschrieben.* »In die entferntesten Ecken der Erde«, las er wieder. »In die entferntesten Ecken der Erde.«

Mit einem verzweifelten Glitzern in den Augen nahm Sam ein sauberes Blatt Papier und einen angespitzten Gänsekiel aus der Schreibtischschublade. Als er seine Finger anhauchte, um sie zu wärmen, erzeugte sein Atem eine Dampfwolke. Er stand auf, legte ein frisches Holzscheit nach und zündete mit einem Stück Holz eine Kerze an.

Er rührte die Tinte in dem steinernen Faß um und tauchte den Gänsekiel ein. Eine Zeitlang war nur noch zu hören, wie die Feder kratzend über das schwere Papier fuhr und wie unter seinem Fenster die schwachen Laute von Trommeln und Exerzierbefehlen ertönten.

20. Dezember 1816

Major Genl Jackson
Cmdr, So Div
Nashville

Sir,
Da ich meinem Land auch weiterhin diene, möchte ich mich freiwillig zu jedem besonderen Dienst melden, der meine Anwesenheit in der Wildnis im Westen unseres Landes erfordert. Für meinen treuen Dienst für die Sache der Freiheit habe ich eine Vielzahl von Proben gegeben. Ich bitte nur darum, Ihnen auch weiterhin dienen zu dürfen, und zwar in jeder Form, die Sie für richtig erachten.

Ihr demütiger Diener
Sam Houston
Lt 1. Infanterieregiment

David Gentry blickte hoch, als Tiana durch die Tür seines Ladens kam. Sein Herz machte wie üblich einen Satz. Ihm wurde die Kehle trocken, wenn er sie sah. Er konnte fühlen, wie sich die Röte in seinem Gesicht ausbreitete. Er beugte sich tiefer über die glühende Esse, damit er sein Erröten auf die Hitze zurückführen konnte.

»Guten Tag, Nichte.«

»*A'siyu*, Ehemann.« Sie stampfte sich Schnee von den hohen, fransenbesetzten Mokassins und schüttelte sich die Schneeflocken aus dem schwarzen Haar. Ihren knöchellangen Umhang hängte sie neben der Tür auf. Selbst im Dezember brauchte sie sich in Davids Werkstatt nicht damit zu wärmen. Die Ärmel seines Musselinhemds waren bis über die schwellenden Muskeln seiner Oberarme hochgekrempelt. Ein zusammengefaltetes Kopftuch hielt ihm sein dichtes blondes Haar aus der Stirn und den Augen.

»Vater schickt dir etwas von seinem besten Whiskey. Er sagt, es sei ein ungewöhnlich gutes Faß.« Sie zog eine verkorkte Flasche aus dem Korb, den sie mitgebracht hatte. »Ein Weihnachtsgruß.«

»Ich danke dir. Ich kann ihn gebrauchen.« Seine letzten Worte gingen in dem lauten Klirren des Hammers auf der Axtschneide unter, an der er arbeitete. »Würdest du für mich den Blasebalg betätigen? Mein Zuschläger ist über die Feiertage bei seinen Eltern.«

»Ich wußte gar nicht, daß Adoniram Christ ist.«

»Nur an Feiertagen«, sagte David. »Und außerdem ist um diese Jahreszeit nicht viel zu tun. Da kann er von mir aus gern gehen. Er sieht seine Familie ohnehin nur selten.«

»Ich kann zuschlagen, aber auch den Blasebalg betätigen«, sagte sie. »Ich bin stark genug.« Sie zog mit beiden Händen an der Schnur, die an den Schaft gebunden war, der den Blasebalg umschloß, und blies Luft in die Esse. Der Blasebalg war so groß, daß ein ganzes Ochsenfell nötig war, um den Sammler zu umschließen.

»Ich bezweifle nicht, daß du stark genug bist«, sagte er. »Aber beim Zuschlagen wird nicht nur rohe Kraft gefordert. Es erfordert Geschicklichkeit. Man muß wissen, wo man das heiße Eisen trifft, damit man es nach seinen Wünschen formen kann.« Er hielt die Axt mit seiner Zange und erhitzte den Rand der Schneide, bis die Farbe blassen Strohs erst zu Orange, dann zu Braun wurde. Als in dem Braun rote Flecken erschienen, tauchte er den Stahl in Wasser. Es gab ein lautes Zischen, und Dampf stieg auf.

»Ich kann das Zuschlagen lernen«, sagte Tiana. »Ich möchte aber Tischler oder Zimmermann werden. Kannst du mir das beibringen? Du weißt, wie man alles macht.«

»Tischler? Du hast seltsame Vorstellungen, Nichte.«

»Halte mir keine Vorträge, Ehemann, über die Stellung einer Frau. Damit hat mich schon Mrs. Meigs gelangweilt.«

Er sah sie überrascht an. Ein neuer Tonfall war in ihrer Stimme. Er wußte schon lange, daß ihr Körper nicht mehr der eines Kindes war. Jetzt erkannte er, daß sie auch geistig erwachsen geworden war.

»Wenn du lernen willst, wie man baut, werde ich dir helfen. Doch es ist harte Arbeit. Du kannst Balken nicht allein tragen.«

»Du auch nicht. Es gibt aber Mittel und Wege, mit denen man es schafft. Flaschenzüge und Lehrlinge. Oder ich könnte Möbel machen.«

»Wie alt bist du? Wie kommt es, daß du dir jetzt schon Gedanken um einen Beruf machst?«

»Ich bin fast siebzehn. Das ist spät für einen Anfang, ich weiß. Ich würde aber hart arbeiten und die Zeit aufholen, die ich vergeudet habe.«

»Hast du schon mal daran gedacht zu heiraten?« Er fürchtete ihre Antwort, mußte sie aber fragen. Es mußten schon mehrere um sie angehalten haben.

»Nein.« Sie folgte ihm zur Arbeitsbank und wartete, während er einen Axtstiel aus dem Stapel auswählte. Er hatte die Stiele aus elastischem Eschenholz gemacht.

»Nein? Ist das alles? Noch nie?«

»Erst viel später. Jetzt gibt es niemanden, der mich interessiert. Nicht viele Männer sind so gebildet wie du oder Vater. Ich möchte einen Mann, mit dem ich mich unterhalten kann.«

»Auch keine Beaus?«

»Keinen, den ich gern ermutigen würde. Viele Männer wollen eine Dienerin und keine Frau. Außerdem ist ihr Stolz so empfindlich. Ich fürchte, ich könnte nicht zartfühlend genug damit umgehen.«

Sie stützte sich mit den Ellbogen auf den Tisch, damit sie ihm dabei zusehen konnte, wie er den Stiel in das Auge der Axtschneide und mit dem Hammer den Keil in den Schlitz trieb, damit die Schneide festsaß. David holte tief Luft und gebot seinem wild pochenden Herzen, Ruhe zu geben. Als Tiana sich vornüber beugte, zeigte der tiefe Halsausschnitt ihres Kleides die Rundung ihrer festen Brüste. Dort im Busen hing ein Lederbeutel. David bekämpfte das Verlangen, die Stelle zu küssen, wo der Beutel lag. Er war überzeugt, an seiner Liebe zu ihr noch zu ersticken. Sie war in ihm gewachsen, bis es den Anschein hatte, er würde daran platzen. Und er war viel zu schüchtern, es zu sagen.

»So, das wäre fertig.« Er hatte seine kehlige Stimme unter Kontrolle, wenn auch nur mit Mühe. Er spürte die Panik, die in ihm aufstieg. Er mußte weg von hier. »Danke deinem Vater für den Whiskey. Ich werde ihn nach Hause mitnehmen. Wo wirst du bleiben? Wo ist deine Familie?«

»Sie sind in Hiwassee Town. Ich bin hergekommen, um dich zu sehen und Mary und die Mädchen. Und um euch allen fröhliche Weihnachten zu wünschen. Ich bin auf Sterling hergeritten.«

»Dein Vater hat dir sein Rennpferd geliehen?«

»Nicht ganz. Vater war mit Drum und Standing Together im Rat, und Mutter war irgendwo zu Besuch. Ich habe einen Zettel dagelassen, daß ich mit Sterling hier bin.«

David gluckste. Er schüttete Asche auf das Holzkohlenfeuer in der Esse und löschte alle Laternen bis auf eine. Draußen war es dunkel.

»Du änderst dich nie.« Er zog sich seinen großen Mantel an, der aus Bärenfell gemacht war und dessen Pelz innen saß. Tiana band sich ihren Wollumhang um die Schultern und rückte die Kapuze auf dem Haar zurecht. Als er die Laterne hochhielt, sah er, daß die tiefblaue Farbe des Umhangs zu der ihrer großen Augen unter ihren schweren schwarzen Wimpern paßte. Sie war fast so groß wie er. Mindestens einen Meter zweiundsiebzig.

Gemeinsam überquerten sie den menschenleeren Exerzierplatz des Forts. Das Schneetreiben wurde stärker. An manchen Stellen tanzten blitzende Flocken um ihre Füße. David stieß die Tür seines Blockhauses auf und hielt sie auf, damit Tiana hineingehen konnte. Er stellte die Laterne auf den kahlen Tisch in der Mitte des Raums.

»Es ist kalt hier«, sagte Tiana. »Du hast kein Feuer. Wo ist Schwester?«

David machte sich am Kamin zu schaffen, schichtete Feuerholz auf und zündete es an.

»Sie ist weg«, sagte er schließlich.

»Weg?«

»Sie ist vor ein paar Tagen gegangen. Hat sich von mir getrennt. Sie hat fast alles mitgenommen. Es gehörte ohnehin ihr. Ich schlafe seitdem in der Werkstatt. Ich werde mir heute nacht dort ein Bett machen. Du kannst hier schlafen.« Er zog Bettzeug aus einer Truhe und hantierte nervös am Bett herum. »Sie hat ein paar Decken und eine Steppdecke dagelassen. Du mußt Hunger haben. Es ist etwas zu essen da. Hinterm Haus etwas Schinken und Brot, das Mrs. Meigs mitgebracht hat. Es ist aber nicht ganz frisch. Das Feuer wird das Haus bald warm machen.«

»Mein Freund.« Tiana ergriff sacht seinen Arm und brachte ihn dazu, innezuhalten, als er geistesabwesend in dem Durcheinander auf einem Regal wühlte, auf dem seine Habseligkeiten lagen. Da Mary jetzt verschwunden war, erkannte Tiana, wie wenig er besaß. »Gieß uns ein Glas von Vaters Whiskey ein. Ich kümmere mich um alles andere. Das braucht Frauenhände.« Sie öffnete ihren Korb. »Ich habe für Mary ein Geschenk mitgebracht, ein Tischtuch aus Leinen.« Sie schüttelte die Falten heraus und legte es auf den Tisch. David stellte die Flasche und zwei kleine angestoßene Gläser darauf. Dann holte Tiana einen Steinguttopf mit Apfelkonfitüre und einen Laib frisches Brot, das mit eingeöltem Papier und einem Tuch umwickelt war, aus dem Korb. Sie stellte beide Dinge mit großer Gebärde neben den Whiskey.

Als sie nach ihrem Umhang griff, sah ihr David mit traurigen, honigfarbenen Augen zu.

»Ich bin gleich wieder da«, sagte Tiana. »Hol ein Messer, damit wir das Brot schneiden und die Apfelkonfitüre drauftun können.«

Sie kehrte mit einem Arm voll duftender Rotzedern- und Kiefernzweigen wieder. Sie legte etwas davon auf den Tisch, andere auf den Kaminsims und auf die leeren Regale. Schon bald duftete der ganze Raum würzig nach Harz. Sie fand irgendwo ein paar Kerzenstummel und steckte sie in primitive Kerzenhalter, Drahtrahmen mit Nägeln, auf die die Kerzenstummel aufgespießt wurden. Die Kerzen brannten munter inmitten der grünen Zweige zwischen ihr und David. Tiana verschränkte die Arme auf dem Tisch und nippte gelegentlich an dem Whiskey. David konzentrierte sich auf sein Glas.

»Was ist passiert?« fragte sie.

»Sie hat mich verlassen. Irgend so ein Hochstapler mit geöltem Mundwerk ist vor vierzehn Tagen hier vorbeigekommen. Ein Spieler, denke ich. Gut gekleidet. Ein richtiger Schürzenjäger. Schönredner. Er sagte, man habe in Georgia Gold gefunden, und er wolle sich etwas davon holen.« David verschwieg, daß das Gold angeblich auf Land der Cherokee gefunden worden war. Wenn das stimmte, wäre eine Cherokee-Ehefrau recht passend. »Mary sagte, sie langweile sich hier. Ich nehme an, daß sie mit ihm nach Georgia gegangen ist. Sie sagte, sie würde Bescheid sagen, wenn sie wisse, wo sie wohnen werde.«

»Und die Mädchen?«

»Die hat sie mitgenommen. Nach eurem Cherokee-Gesetz gehören sie auch ihr.« In seiner Stimme schwang ein Anflug von Bitterkeit mit. Tiana langte über den Tisch und ergriff seine harte, schwielige Hand. Er füllte ihr Glas mit der freien Hand nach.

»Tut mir leid. Du liebst sie so sehr.«

»Das tue ich. Um so trauriger ist es.«

»Du mußt mit mir nach Hause kommen. Wir werden alle gemeinsam Weihnachten feiern. Drum liebt es, aus Weihnachten ein Fest zu machen. Er sagt, außer dem Buch des Predigers Salomo sei Weihnachten die einzig gute Idee der Christen.« In Tianas Augen tanzten Lichter. »Wir werden so viel essen, daß wir tagelang nur noch herumwatscheln können.« Sie blies sich die Wangen auf und schielte.

David lachte, und Tiana erkannte urplötzlich überrascht, wie sehr sie sein schiefes Grinsen und seine scheuen Augen unter der wilden blonden Haarmähne liebte. Sie drückte seine Hand. Er war mehr als nur angenehm anzusehen. Er war sogar sehr schön. Warum war ihr das noch nie aufgefallen? Ein verlegenes Schweigen entstand.

»Du wirst mehr Holz brauchen.« Er ging in Hemdsärmeln hinaus.

Tiana zog die große Daunendecke vom Bett und legte sie vor den Kamin. Sie füllte den Kessel und hängte ihn über die Flammen. Als Geschenk für David hatte sie in ihrem Korb auch etwas von dem kostbaren Kaffee mitgebracht. Um warm zu werden, konnten sie ihren Whiskey in den Kaffee gießen. Schon jetzt glühte es in ihrer Brust. Kopf und Beine fühlten sich beschwingt an. Ihr ging auf, daß sie vor etwas Angst hatte und daß es in ihren Eingeweiden rumorte. *Warum sollte ich vor David Angst haben?* fragte sie sich.

David stapelte das Holz säuberlich neben dem Kamin auf. Er legte noch ein paar Holzscheite nach, so daß die Flammen hochschlugen.

»Schlaf gut. Wir sehen uns morgen früh.« Es gelang ihm jedoch nicht, zur Tür zu gehen. Er konnte den Blick nicht von ihr wenden.

»Bleib noch ein bißchen.« Tiana tippte auf die Daunendecke, und er setzte sich steif neben sie. Er starrte unverwandt ins Feuer. »Da kocht Kaffee«, sagte Tiana. »Und wir haben noch etwas Whiskey im Krug.« Tiana zog die Daunendecke um sie beide. »Dir ist kalt. Trink dein Glas aus, dann tue ich dir noch einen Schuß in den Kaffee.«

»Tiana ...«

»Du bist doch einsam, nicht war, geliebter Freund?«

Er nickte.

»Ich auch. Meine Seele ist traurig vor Einsamkeit.« Sie nahm seine kalten Wangen zwischen ihre warmen Hände und drehte seinen Kopf, so daß sie ihm in die Augen sehen konnte. Vielleicht hat es *tatsächlich* etwas Gutes an sich, wenn man jemandem in die Augen blickt, dachte sie. Seine Augen sagten so viele Dinge, die seine Zunge nie herausbringen würde. David vergrub das Gesicht in ihrem Haar und legte die Arme um sie. Sie fühlte ihn zittern, als sie ihn an sich zog. »Alles wird gut werden«, sagte sie. »Raincrow kennt einen Zauberspruch, der eine entlaufene Frau dazu bringt wiederzukommen. Ich bin sicher, daß sie ihn mir beibringen würde. Sie hat mir in diesem letzten Jahr so viele Dinge beigebracht.«

»Ich liebe Mary seit mindestens fünf Jahren nicht mehr. Ich bin nur wegen der Kinder bei ihr geblieben.« Es erstaunte und verwirrte ihn, daß aus seiner Phantasie plötzlich Wirklichkeit geworden war. »Ich liebe dich. Ich glaube, ich habe dich schon immer geliebt, selbst als du noch eine wilde Range warst.«

Sie kuschelten sich in die Decke und lauschten dem Prasseln des

Feuers. Tiana legte den Kopf in die Höhlung von Davids Schulter. Sie war verblüfft, wie glücklich sie war und wie ruhig sie sich fühlte.

»Es gibt einen Zauberspruch, ein Lied, mit dem man einen geliebten Menschen anziehen kann«, sagte sie. »Mutter Raincrow hat es mir vorgesungen.« Sie lachte. »Mutter Raincrow ist eine ziemliche Romantikerin, mußt du wissen.«

»Die alte Frau mit den Ersatzzähnen?«

»Ja. Ihr Lebne muß sehr traurig gewesen sein. Anderen Menschen Liebe zu bringen, obwohl man sie selbst nie gehabt hat.«

»Sing mir das Lied vor, obwohl es mich kaum noch mehr für dich interessieren kann.«

Als sie in der Sprache des Wahren Volks sang, schloß David die Augen und lauschte ihrer Stimme. Er verstand die Worte nicht, aber die Gefühle waren ihm klar genug.

»Wie lautet der Zauberspruch?« fragte er, als sie geendet hatte.

»Die Worte bedeuten ›Sieh mich sehr schön an. Laß uns sehr schön sprechen. Es gibt keine Einsamkeit. So laß uns sprechen.‹« Sie machte ihm den Hemdkragen auf und pustete ihm auf die Brust. Er erschauerte und preßte sie enger an sich. »Damit der Zauberspruch wirkt, muß man dem begehrten Menschen leicht auf die Brust hauchen«, sagte sie und strich ihm mit den Lippen leicht über die Haut.

David löste die Schnur, die den Halsausschnitt von Tianas Kleid zusammenhielt, und lockerte sie langsam. Er zog den Ausschnitt auseinander, liebkoste ihre Brüste mit der Hand und schob den Stoff von ihnen weg. Er neigte den Kopf mit dem zerzausten Haar und hauchte beide behutsam an. Als Tiana ihm den Nacken kraulte und ihm mit der Hand durchs Haar fuhr, fühlte sie die Unruhe und die Wärme in der Leistengegend stärker werden. Tief aus ihrer Kehle drang ein Stöhnen.

»Sieh mich sehr schön an«, flüsterte David, als er eine der dunkelbraunen Brustwarzen küßte. »Laß uns sehr schön sprechen.« Er küßte die andere. »Es gibt keine Einsamkeit. So laß uns sprechen.«

David ließ die Hand unter ihren Rock gleiten und bewegte sie mit quälender Langsamkeit nach oben, als fürchtete er, den Augenblick zu verderben. Tianas ganzes Sein war unter seiner Hand, als sie fühlte, wie er sie liebkoste. Seine Finger erreichten das Ende ihres Schenkels und breiteten sich aus, um das glatte Dreieck zwischen ihren Beinen zu bedecken. Seine Hände wölbten sich mehrere Atemzüge lang über den weichen Erhebungen, bis Tianas Unterleib körperlich zu schmerzen begann und nach mehr verlangte.

Dann begannen seine Finger sich vorzutasten, Tiana zu erkunden. Als David den kleinen Mittelpunkt ihres Vergnügens fand, ließ er den Finger leicht darauf kreisen, und Tiana ließ einen leisen Schrei hören. Unfähig, die Empfindung zu beherrschen, die in ihr aufwallte, packte sie ihn an den Schultern und drückte sie fest. Sie fühlte, wie sein Finger in sie hineinglitt, dann ein zweiter. Sie hatte das Gefühl, als hinge sie dort, als schwebte sie gewichtslos auf seiner Hand, so wie der Stock, den sie vor langer Zeit einmal balanciert hatte. Eine Seele konnte *tatsächlich* fliegen.

Sie begann, ihn mit geschlossenen Augen zu entkleiden. Er beugte sich zu ihr hinüber und küßte sie zärtlich auf den Mund. Als er sprach, lagen seine Lippen immer noch auf ihren.

»Ich habe dich immer geliebt«, sagte er. »Und ich werde dich immer lieben.«

In dem offenen Pavillon lagen überall die Überreste des Festes herum. Teller und Schüsseln und Körbe lagen auf den Matten verstreut, die den Erdboden bedeckten. Tianas jüngere Freundinnen und Verwandten rückten ihre Kleider zurecht und kicherten, als sie sich bereitmachten, sie in das nahe gelegene Ratshaus zu begleiten. Die älteren Frauen waren unter Aufsicht Sally Ground Squirrels schon dabei, die Unordnung zu beseitigen und aufzuräumen. Auf der anderen Seite des Stadthauses, in einer anderen Laube, feierten die Männer mit David. Nicht wenige von ihnen mußten getrunken haben. Die Frauen konnten ihr lautes Gelächter hören.

Jennie legte Tiana eine Hand auf den Arm und gab den anderen ein Zeichen, sie sollten an der Tür des Stadthauses auf sie warten.

»Tochter«, sagte Jennie, nachdem die anderen gegangen waren. »Ich möchte dir ein paar Ratschläge geben, die du vielleicht seltsam findest.«

»Was ist, Mutter?« Tiana wollte Jennie sagen, wie sehr sie sie liebte und bewunderte. Sie wollte sie wissen lassen, wie sehr sie ihr fehlen würde. Jetzt, wo sie dabei war, Jennies Haus zu verlassen, erkannte sie, wie wenig sie von ihr wußte. Statt dessen war sie die pflichtbewußte Tochter, die dem Blick ihrer Mutter sorgfältig auswich.

»Es ist meine Pflicht, dich über deine Pflichten als Ehefrau aufzuklären«, sagte Jennie mit ihrer leisen Stimme. »Ich sollte dir erzählen, daß du hart arbeiten mußt, um für deinen Mann ein Zuhause zu schaffen. Und daß du viele Kinder großziehen sollst. Doch das brauche ich dir nicht zu erzählen. Du hast schon immer hart gearbeitet. Du wirst eine gute Mutter und eine liebevolle Ehefrau sein.

Da ist aber noch etwas, was ich dir sagen muß.« Jennie machte eine Pause. Ihr sanftes, schönes Gesicht ließ plötzlich einen unausgesprochenen Kummer erkennen. »Du darfst dich und deine Seele nicht in deiner Familie verlieren. Denk nicht nur an sie und vergiß nicht deine Pflicht gegenüber deinem Volk. Und halte mich nicht für gefühllos, weil ich dir einen solchen Rat gebe. Ich liebe meinen Mann wie mein Leben. Meine Kinder liebe ich genauso sehr. Wenn ich noch einmal von vorn anfangen müßte, würde ich alles so haben wollen, wie es gewesen ist.

Aber du bist anders, geliebte Tochter. Da ist ein Licht in deiner Seele, das anderen Menschen den Lebensweg erleichtern kann. Die Menschen sehen dieses Licht in deinem Gesicht. Sie hören es in deiner Stimme. Die alten Sitten und Gebräuche verändern sich. Die neuen Sitten sind nicht immer gut. Der Pfad, dem die Sieben Clans folgen müssen, ist dunkel und verschlungen. Wir werden dein Licht brauchen. Es wird nicht leicht sein, auf einem dunklen und gefährlichen Pfad vor den anderen her zu gehen. Trotz deines Ehemanns und trotz deiner Kinder wird es Zeiten geben, in denen du schrecklich allein sein wirst. Die besonderen Menschen sind immer von anderen Menschen umgeben und trotzdem immer allein. Verstehst du mich?«

»Ja, Mutter. Ich glaube schon.«

Tiana schlang die Arme um Jennie und drückte sie an sich.

»Mutter«, sagte sie. »Du wirst mir fehlen. Ich wünschte, ich hätte dich besser kennenlernen können.«

»Deine Töchter werden mich kennen. Ich werde *ulisi* sein, She Carries Me On Her Back. Und eines Tages wirst du selbst Enkelkinder haben, die du auf dem Rücken tragen kannst.«

Gemeinsam gingen Tiana und Jennie auf die Menschenmenge zu, die an der Tür des Ratshauses wartete. Obwohl Tiana größer war als Jennie, war es leicht zu erkennen, daß sie Mutter und Tochter waren.

Tiana ging vor David in das dämmerige Ratshaus. Sie trug ein knöchellanges weißes Kleid aus weichem Rehleder. Lange blaue und rote und gelbe Bänder fielen ihr mit dem Haar über die Schultern und fast bis zu den Knien. Tiana drehte sich um und warf David ein schnelles Lächeln zu. Die Lichter, die in ihren Augen tanzten, und ihr schön geschwungener Mund ließen ihm die Knie weich werden. Er war froh, daß er bei dieser Zeremonie nicht viel sagen mußte. Er traute seiner Stimme nicht.

Er und Tiana warteten auf je einer Seite des Tanzbodens, während die Männer und Frauen von Hiwassee getrennt Platz nahmen. Drum stand in der Mitte der Tanzfläche und hob seinen mit Adlerfedern geschmückten Stab. Er nickte Tiana und David zu, worauf sie mit kleinen Schritten aufeinander zugingen, bis sie einander von Angesicht zu Angesicht gegenüberstanden.

Tiana dachte, daß David noch nie so gut ausgesehen hatte. Er trug die Beinlinge und Mokassins des Wahren Volks. Er trug ein weißes Rüschenhemd und mit Kugeln besetzte rote Bänder um die Oberarme. Ein halbmondförmiger Halsschmuck aus Silber lag auf seiner breiten Brust. Unter dem blauen Turban lugten blonde Strähnen hervor. Mrs. Meigs, White Paths Frau, stand neben ihm. Sie hatte sich einverstanden erklärt, die Rolle seiner Mutter zu übernehmen.

David trug eine Hirschkeule, die er Tiana hinhielt. Sie nahm sie und reichte sie an Jennie weiter, die Tiana dafür einen Korb mit Maismehl gab, den sie ihm reichen sollte. Dann gaben Mrs. Meigs und Jennie beiden eine Wolldecke. Die beiden reichten sie an Drum weiter, der sie hochhielt, damit jeder sie sehen konnte. Er faltete sie zusammen und gab sie David zurück. Wie die Decken waren auch Tiana und David jetzt vereint.

David wußte, daß die Zeremonie vorbei war, aber er hatte James gefragt, ob es etwas Passendes gab, was er sagen konnte. Er hatte es auf Cherokee geprobt. Es war ihm egal gewesen, daß er den Zauberspruch viermal wiederholt hatte. Es war eine Zauberformel, die eine Frau dazu bringen sollte, in ihrem neuen Zuhause glücklich zu sein.

»Ich habe soeben dein Herz verzehrt«, sagte er. »Ich habe soeben deine Seele verzehrt. Ich habe soeben dein Fleisch verzehrt. Ich habe soeben deinen Speichel verzehrt.«

Gemeinsam verließen David und Tiana das Ratshaus, ohne sich zu berühren oder noch etwas zu sagen. Sie gingen allein und schweigend die Treppe hinunter, bestiegen die Pferde und ritten zu Davids Blockhaus in der Garnison von Hiwassee.

23

Raven, James und John Rogers schlenderten im Gänsemarsch auf dem schmalen Pfad endlang, den Waldtiere im Lauf der Jahre festgetreten hatten. Es war Ende Mai 1817. Der Regen vom Morgen hatte aufgehört, was die steilen grünen Hänge und Schluchten der Berge glitzern ließ. Ein sanfter Wind hatte die Wolken vom Himmel gefegt. Ein Spinnengewebe voll irisierender Wassertropfen hing wie ein Halsband zwischen zwei Zweigen.

Vögel und Insekten erfüllten die Welt mit einer fröhlichen Kakophonie. Silberne Vorhänge aus Wasser bedeckten Felsvorsprünge, auf denen winzige Quellen durch flötenförmige, bläulichgraue Flechten an die Oberfläche sickerten. Das Wahre Volk nannte diese Flechten *utsale'ta*, Topf-Abschabsel, weil sie wie der Film aussahen, der sich auf dem Boden von Maisbrei-Töpfen bildete.

Das Silber der Quellen und Regentropfen wiederholte sich in den im Wind flatternden Blättern der Dreieckblättrigen Pappeln auf dem nächsten Berghang. Silber blitzte auf den Flügeln von Schmetterlingen auf, die sich auf dem Stamm einer Birke versammelt hatten. Riesige graue Felsblöcke, die mit einem feinen Pelz aus dunkelgrünem Moos bedeckt waren, standen inmitten von Farnen.

Raven war in Hochstimmung. Als er vor einigen Tagen nach Hiwassee Town hereinspaziert war, hatten James und John ihn in ihrer Wiedersehensfreude fast zu Boden geschlagen. Selbst der mürrische John hatte von einem Ohr zum anderen gegrinst. Es waren drei Jahre her, seit Raven bewußtlos oder delirierend in einem Transportwagen der Armee die Garnison von Hiwassee passiert hatte. Mit Ausnahme von Drum hatte jeder angenommen, daß er sterben würde. Doch Drum weigerte sich, ihn zu betrauern.

Jetzt war Raven wieder da und außerdem sehr lebendig. Er ließ jeden in dem Glauben, er sei nur auf Urlaub, was in gewisser Weise auch stimmte. Aber wenn sein Urlaub zu Ende war, hatte er etwas Wichtiges zu erledigen. Falls James und John sich wunderten, warum er seine enge Uniformhosen und den blauen Rock trug, ließen sie nichts darüber verlauten. Alle drei waren zur Garnison von Hiwassee unterwegs, nahmen aber den weiten Umweg. Es war wie in den alten Zeiten, als sie für eine Woche oder länger zum Jagen in die Berge gezogen waren.

Sie waren aus einem anderen Grund in Hochstimmung. Sie hatten ein Frühstück aus Wild gehabt, das sie über Tupelobaumzweigen geröstet hatten, um es zu würzen. Dann hatten sie eine Pfeife mit getrockneten Hanfblättern geraucht. Der Hanf machte Schritte und Köpfe leichter. Raven hatte das Gefühl, durch einen zeitlosen Korridor aus grünen Blättern und Vogelgezwitscher zu gehen. Er glaubte, jeden Vogel und jedes Insekt in dem babylonischen Stimmengewirr um ihn herum zu hören.

Raven hielt seine Armeemuskete an dem langen Lauf und hatte sich den Kolben über die Schulter gelegt. Er schwankte nur ein wenig, wobei er die Gebirgsjäger aus Tennessee und Kentucky nachahmte. James balancierte sein altes Gewehr locker in der Hand, so daß es im Takt seiner ausgreifenden Schritte mitschwang. Beide hatten sich auch Bogen auf den Rücken geschnallt und Pfeile ins Haar gesteckt.

John hatte ein Dutzend Pfeile in dem Beutel, den er sich um die Hüfte gebunden hatte. Der Federkranz der Pfeile aus Distelwolle lugte an der Öffnung des Beutels hervor wie halbflügge Vögel aus einem Nest. John hatte den Lauf seines Blasrohrs mit spiralförmigen Ringen gezogen, was es sehr zielgenau machte. Beim Gehen schnitzte er an einem Pfeilschaft aus dem Stengel einer im Hochland wachsenden Rohrpflanze.

John hatte den Auftrag, Niederwild zu erlegen. Raven und James hielten planlos nach größerer Beute Ausschau. Mehr aus Gewohnheit denn aus anderen Gründen sang James immer wieder ein altes Jagdlied der Natchez. *»Tsi-hla-hi-he-tsi-no-ma.«* Weder James noch John oder gar Drum wußte, was es bedeutete. Vor hundert Jahren hatte eine Gruppe von Natchez bei dem Wahren Volk gelebt, und ihr Zauber galt als mächtig.

Als sie die Garnison erst einmal hinter sich hatten, nahm Raven seine rote Schärpe ab und stopfte sie in seine Satteltasche. Er knöpfte die obersten Knöpfe seines Uniformrocks auf und bog den hohen steifen Kragen nach unten. Er drehte den Kopf von einer Seite zur anderen, froh, die lästige Behinderung los zu sein. Seine schwarzen Stiefel band er zusammen mit seinem ledernen »Grabstein«, seinem hohen zylindrischen Hut, am oberen Ende der Satteltasche fest.

Jetzt fiel ihm wieder ein, wie man in Mokassins geht. Er setzte die Hacken vorsichtig auf und rollte die Fußsohlen ab, so daß es nicht plötzlich von kleinen Zweigen unter den Füßen knacken oder knistern konnte. Er ging mit leichten Schritten, als wöge er nicht mehr als die Samen der Dreieckblättrigen Pappel, die auf ihren seidigen weißen Haaren umhergeweht wurden. Seine Euphorie ließ ihn keine Angst spüren, als er auf dem Pfad eine zusammengerollte Klapperschlange mit schwirrendem Schwanz sah.

»Da ist Bruder *Utsa'nati*, Er Hat Eine Glocke«, sagte er.

»Das sehe ich«, sagte James. Keiner von ihnen versuchte, die Schlange zu töten. Er Hat Eine Glocke war Donners Halsband und wurde von ihm geschätzt. Außerdem wußte man beim Wahren Volk, daß sofort eine zweite Klapperschlange kommen würde, um Rache zu nehmen, wenn ein Mann eine tötete. John hielt ein Stück Feuernelkenwurzel hoch, den Herrn der Klappernschlange. Jäger trugen sie zu ihrem Schutz bei sich.

»Laß uns in diesem Sommer ein Wiedersehen vermeiden, o Häuptling des Schlangenstamms«, sagte John höflich. Alle drei warteten, bis die Schlange sich entrollte und durch das dichte Buschwerk davonglitt.

»Hier ist jemand gewesen«, sagte James. »Und sie wollten nicht gesehen werden.«

»Woher weißt du das?« Raven sah sich nach Anzeichen dafür um. John zeigte nach vorn, auf die vielen Morgen mit Kalmiengestrüpp, das den Hang des Bergkamms bedeckte, auf dem sie sich gerade befanden. Raven kniff die Augen zu und versuchte zu sehen, was James und John sahen.

»Da?« Er zeigte auf eine Stelle, an der die Kalmienblätter bewegt worden waren. Ihre hellen Unterseiten zeigten in einer Linie, wo sich Körper bewegt hatten. Der Größe der Schneise nach zu schließen, mußten es viele Körper gewesen sein. Instinktiv wurden die drei leiser.

»Händler?« fragte Raven.

»Verdammt unwahrscheinlich«, sagte John. »Die Tabakstraße ist auf dem Bergkamm westlich von hier.«

»Wilderer?« fragte Raven hoffnungsvoll, obwohl er wußte, daß Ginsengjäger meist allein unterwegs waren. Wer immer hier vorbeigekommen war, es waren viele Menschen gewesen. Raven und James luden ihre Waffen.

James hockte sich hin, um mit dem Finger durch ein paar Tropfen zu fahren, die auf einem Felsen trockneten, und hielt dann den Finger mit dem Blut hoch, damit die beiden anderen sehen konnten.

»Verdammt!« hauchte Raven kaum hörbar.

»Sklavenhändler«, sagte James.

»Vielleicht«, bemerkte John. Beide sahen Raven an. Er trug immerhin die Uniform der Regierung der Vereinigten Staaten. Falls Sklavenhändler diese Spur hinterlassen hatten, hatten sie mit ziemlicher Sicherheit etwas Ungesetzliches vor. Raven überlegte einen Augenblick.

»Schnappen wir sie uns«, sagte er. Sie liefen in einem langsamen Laufschritt los, mit dem sie mit einem Mindestmaß an Anstrengung schnell an Boden gewinnen konnten. Das einzige Geräusch, das von ihnen zu hören war, waren die gedämpften Schritte ihrer Mokassins und der rhythmische Gleichklang ihres Atems. Die Spur, der sie folgten, wurde frischer. Während James und John die verschiedenen Fußabdrücke deuteten, rieb sich Raven seine schmerzende Schulter und das Bein.

»Zwei Paar Stiefel, einer davon mit einem losen Nagel in der Sohle. Zwei Paar Mokassins, eins davon Cherokee«, verkündete James. »Zehn oder zwölf ohne Schuhe.«

»Weiße Männer«, sagte John.

»Nicht unbedingt«, erwiderte James. »Doch ob Weiße oder Indianer, wir müssen mit vier Männern rechnen. Der Rest sind Neger. Ohne Zweifel aneinandergekettet. Einer hat sich in den Fuß geschnitten. Das Blut ist im Abdruck verschmiert. Ein anderer blutet vom Scheuern der Handschellen oder ist ausgepeitscht worden. Er läßt Blutstropfen zurück.«

»Wenn zwei von ihnen verletzt sind, kommen sie nicht sehr schnell voran«, sagte Raven. Er schloß müde hinter seinen beiden Freunden auf. Die Armee der Friedenszeit hatte ihn nicht auf solche Übungen vorbereitet.

Schließlich hörten sie das leise Klirren von Ketten und das brutale Knallen einer Peitsche. Die Geräusche kamen von einer Wegbiegung weit vorn auf dem gewundenen Pfad. Die drei Freunde lauschten angestrengt und verfolgten ihr Wild schweigend.

Das rhythmische Klirren vor ihnen wurde zu einem mißtönenden Geräusch. Dann war Stille. Sklavenhändler mußten ihrer Ware erlaubt haben, kurz zu verschnaufen. Raven hörte das Knallen einer Peitsche, dann noch eins und wieder eins. Mit dem fünften Peitschenhieb begann das Schreien, und Raven rannte los. Er stürmte mit dem Gewehr im Anschlag auf die kleine Lichtung.

»Halt!« rief er dem Mann mit der Peitsche zu. Hinter ihm richtete James sein Gewehr auf zwei Sklavenhändler, die dicht beieinander standen. John richtete sein Blasrohr auf den vierten Mann, einen Indianer, der sofort erstarrte. Weiße neigten dazu, das Blasrohr für ein Spielzeug zu halten; Indianer wußten es besser. John konnte einen Pfeil mühelos ins Auge seines Opfers schießen. Johns Gesichtsausdruck war anzumerken, daß er es ohne zu zögern tun würde.

Doch der Mann mit der Peitsche zeigte sich sowohl von den Waffen als auch von Ravens Uniform unbeeindruckt. Es war klar, daß er erst dann aufzuhören gedachte, wenn der Mann, der zu seinen Füßen kauerte, tot war.

»Fahr zur Hölle.« Er ließ die Peitsche erneut auf den Rücken seines Opfers niedersausen. Die Männer, die links und rechts an den Unglücklichen gekettet waren, wichen aus, um nicht getroffen zu werden. Alle zehn Schwarzen waren barfuß. Die meisten trugen nur zerlumpte Hosen aus Leinwand, die an den Knien abgeschnitten waren. Unter den Schwarzen war auch eine Frau. Sie trug eine Art Kleid aus grobem Sackleinen. Einen kurzen Augenblick lang dachte Raven, es sei Fancy, worauf sein Blut erstarrte. Er hatte sich geirrt, doch es hätte Fancy sein können.

Sklavenhändlern war es egal, wen sie verkauften, solange ihre Ware nur Negerblut in sich hatte. Sie grasten den Norden nach Freigelassenen und Florida nach Schwarzen ab, die auf spanischem Territorium lebten. Sie entführten Männer, Frauen und Kinder. Sie päppelten kranke Sklaven auf, rieben sie mit Fett ein, um ihrer Haut einen gesunden Glanz zu verleihen, und setzten sie ständig unter Whiskey, um sie munter zu machen. Damit verbreiteten sie oft die verschiedensten Krankheiten. Sie handelten mit kriminellen Sklaven und fälschten Führungszeugnisse, in denen von einem guten Charakter die Rede war. Zusagen, Familien dürften zusammenbleiben, kamen ihnen glatt über die Lippen. So kauften sie von gutmütigen Eigentümern ganze Familien und verkauften anschließend die Mütter, Väter und Kinder getrennt.

»Ich habe halt gesagt«, rief Raven erneut, doch der Sklavenhändler ignorierte ihn. Sein tabakfleckiger Mund war vor Wut verzerrt. Seine engstehenden Augen blickten ins Leere. Immer wieder hob und senkte sich sein Arm. Der Mann, den er auspeitschte, stöhnte. Sein Flehen um Gnade kam ihm in einem häßlichen, blubbernden Gurgeln über die Lippen. Die anderen waren stumm.

Raven geriet für einen Moment in Panik. Er würde den Schurken erschießen müssen. Raven war es nicht gewohnt zu morden, nicht mal einen Mann wie diesen. Im Krieg war der Feind meist gesichtslos. Bei Duellen konnte der Gegner zur Selbstverteidigung schießen.

Während Raven zögerte, wirbelte James herum. Sein Gewehr krachte, und die Peitsche flog in die Luft. Der Mann sank zu Boden und hielt sich seine zerschossene Hand. Raven hielt die beiden anderen im Schach, während James nachlud.

»Danke dir, Bruder«, sagte er.

»Keine Ursache«, erwiderte James. »Er war so nahe. Ein leichter Schuß.« Die anderen drei ließen ihre Waffen fallen und streckten die Arme mit den Handflächen nach oben vor.

»Das werdet ihr noch bedauern«, sagte der verwundete Mann. »Ich habe höheren Orts Freunde.«

»Die Hölle habe ich nie für einen höheren Ort angesehen.« Raven schlug den Kragen hoch, um sich ein offizielleres Aussehen zu geben. »Wo sind die Kaufverträge für diese unglücklichen Geschöpfe?«

»Scher dich zum Teufel.«

»Ich bin Lieutenant in der Armee der Vereinigten Staaten.«

»Das ist mir egal. Von mir aus könntest du Gottes Großmutter sein.«

»Ich habe Vollmacht, Sie wegen illegalen Handelns mit menschlichem Fleisch festzunehmen. Es wäre mir ein großes Vergnügen, das zu tun.«

Mit seiner gesunden Hand zog der Mann ein schmutziges Bündel Papier aus seinem Hemd hervor und warf sie vor sich zu Boden. Raven hob sie auf, wobei er den Finger am Abzug hielt und das Gewehr weiter auf den Mann richtete. Er blätterte die Papiere schnell durch.

»Hier sind sechs Kaufverträge. Und die sehen mir nicht allzu echt aus.«

»Die anderen habe ich verloren.« Der Mann streckte die Hand aus, so daß das Blut zu Boden tropfte. »Ich muß mir das verbinden«, sagte er.

»Das können Sie tun, nachdem wir festgestellt haben, wer illegal angekettet ist, um den oder diejenigen dann freizulassen. Sie können Zeit sparen, indem Sie es mir gleich sagen. Sonst werden wir uns nach den Beschreibungen auf den Papieren ein Urteil bilden müssen.« Raven seufzte und gab sich den Anschein tiefen Bedauerns. »Das scheinen alte Papiere zu sein. Vielleicht gehören sie gar nicht zu diesen Leuten. Sie könnten verbluten, bevor wir das alles geklärt haben. Wie schade.« Er wandte sich dem nächsten Schwarzen zu. »Woher kommst du, Bursche?«

»Florida.«

»Habe ich mir gedacht.« Raven wandte sich an den Schmuggler.

»Vielleicht ist Ihr Wissen um Geographie und die Grenzen und Rechte von Staaten schwach entwickelt. Florida gehört zu Spanien. Die Neger dort sind frei oder das Eigentum von Seminolen, die sie nicht verkaufen. So, und jetzt erzählen Sie uns, welche vier nicht zu diesen Kaufverträgen gehören.«

»Die Frau«, sagte der Sklavenhändler. »Dieser aufsässige Kerl da.« Er zeigte auf den ausgepeitschten Mann, der in gnädige Bewußtlosigkeit gefallen war. »Der vorletzte in der Reihe und der da.«

»Jetzt muß ich Sie um Ihre Schlüssel bitten.« Fluchend warf ihm der Mann einen großen Ring mit Eisenschlüsseln zu. Raven befreite die vier freien Schwarzen, die sich an ihn klammerten und ihm auf spanisch, Seminole und englich dankten. Die Frau warf sich Raven zu Füßen und schluchzte. Raven gab den Sklavenhändlern und ihrem Cherokee-Kundschafter ein Zeichen, sich anstelle der Schwarzen in einer Reihe anketten zu lassen. Die schweren Lasten, die bisher die Schwarzen getragen hatten, lud er ihnen auf den Rücken. Hand- und Fußfesseln schlossen sich mit einem befriedigenden Klicken um Handgelenke und Fesseln.

Während John und einer der Freigelassenen für den bewußtlosen Mann eine Trage aus Decken machten, verteilte Raven Lebensmittel aus den Satteltaschen an die Schwarzen, die noch in Ketten waren. Dann marschierten sie in Richtung Garnison nach Hiwassee los. Wenn die Kaufverträge gefälscht waren, konnte man es dort feststellen und die Unglücklichen freilassen.

Raven wuchtete sich seinen schäbigen, geflickten Tornister aus Leinen auf die linke Schulter, um der rechten eine Ruhepause zu gönnen. Er hatte ihn am Morgen achtlos gepackt, und etwas drückte ihn, wenn er ihn auf dem Rücken trug. Er hätte ihn neu packen können, doch war er jetzt schon zu nahe an Hiwassee heran, um noch einmal anzuhalten. Bald würde er die verwachsene alte Eiche sehen, in der Spearfinger meist wie ein liebenswürdiger Geier hockte. Dort, wo die Bäume weit auseinanderstanden, bedeckte ein Teppich duftender Blumen den Waldboden. Auf einem nahe gelegenen Abhang strömte eine rote Masse von Rhododendren bis unter die Bäume. Die großen Wurzeln in den ausgetretenen Spuren des Pfads waren wie alte Freunde. Raven hatte sich bei mehr als nur einem seiner mitternächtlichen Ausflüge in der Jugend die Zehen daran gestoßen.

Raven hatte die Sklavenhändler Captain Armistead in der Garnison übergeben und darauf geachtet, daß nach Gesetz und Recht verfahren wurde. James und John waren nach Hause gegangen, um ihrem Vater auf der Farm zu helfen. Jetzt war Raven zu einem Besuch bei Drum unterwegs. Er war sehr mit sich zufrieden und sang beim Marschieren laut vor sich hin.

Yankee Doodle, keep it up.
Yankee Doodle, dandy.
We'll soak our hides in homemade rum.
If we can't get French brandy.

Er trug ein verblichenes Jagdhemd aus Kaliko, das ihm lose über seine engen Armeehosen hing. Er wußte, daß Sally Ground Squirrel ihm Kleidung machen würde, die für seine Mission besser geeignet war.

Er blieb stehen und lauschte. Die Brise wehte die schwachen Laute lachender Frauen herüber, die sich unten an ihrem Lieblingsbadeplatz am Fluß aufhielten. Raven legte seinen Tornister neben den Pfad und kroch steifbeinig auf den Felsvorsprung, auf dem er und James und John früher die Mädchen belauscht hatten. Er fühlte sich wieder wie ein Junge, der irgendeine Teufelei ausgeheckt hat.

Als er auf dem warmen Felsen lag und hinuntersah, bot sich ihm eine Szene dar, die noch besser war, als er sie in Erinnerung hatte. Und in der Erinnerung war sie wunderschön. Die Flüsse Hiwassee und Tennessee strömten dort unten zusammen. Es hatte sich eine Lagune mit einem sandigen, halbmondförmigen Strand gebildet. Eine Landzunge schloß sie fast vollständig von den beiden Flüssen ab. Ein Teil des Strands war von hohen Büschen und Bäumen gesäumt. Die andere Hälfte wurde von einer wogenden Wiese aus Gräsern und Wildblumen begrenzt. Dort wuchsen wilde Erdbeeren im Überfluß. Raven roch Jasmin und Wisterien und Nelkenpfeffer.

Grellbunte Kleider lagen in Haufen auf dem Strand, während fünf oder sechs junge Frauen im Wasser planschten. Zwei andere saßen nackt am Strand und spülten sich das Haar mit Wasser aus Ledereimern. *Dürfte Regenwasser sein,* dachte Raven. Er wußte, daß die Frauen das Wasser aufsparten, das sich in hohlen Baumstümpfen sammelte. Sie behaupteten, es mache ihr Haar voll und glänzend und verhindere vorzeitiges Ergrauen. Andere Frauen lagen im Gras und machten im Schatten duftender Magnolienbäume ein Nickerchen oder zupften sich die Haare im Gesicht oder rieben ihre dichten Mähnen mit der roten Hülle von Sumachbeeren ein, um sie noch schwärzer zu machen.

Sechs oder acht von ihnen spielten auf der Wiese Fangen. Manche waren bekleidet. Andere trugen nur kurze Röcke. Wieder andere hatten alle Kleider abgelegt. Sie bewarfen einander mit Erdbeeren und versuchten, einander mit dem roten Saft einzureiben. Überall auf der Wiese standen Körbe voller Früchte. Raven lag da und genoß den Anblick in vollen Zügen. Jackson hielt Ravens Dienst für hart. Wenn der nur wüßte. Daran war nur eins hart, und im Augenblick lag Raven gerade darauf. Er wechselte die Stellung, um sich in seinen engen Hosen etwas mehr Platz zu verschaffen.

»Hu-uh-uh-uh!« schnappte er nach Luft und seine wachsende Begeisterung schrumpfte und versuchte sich in seinen Körper zurückzuziehen. Kaltes Erschrecken schüttelte ihn, als eine Flut eisigen Quellwassers ihm über Rücken und Kopf spritzte. Er rollte sich gerade noch rechtzeitig herum, um ein lachendes Gesicht vom Felsvorsprung verschwinden zu sehen. Er jagte sie durch das Gras und ließ kreischende, kichernde Frauen und Mädchen auseinanderstieben. Sein Opfer rannte wie ein Panther davon. Ihr kurzer Rehlederrock gab den Blick auf lange, großartige Beine frei. *Die Beine eines Vollbluts,* dachte Raven. Ihr Haar flog hinter ihr im Wind, und ihre nackten Fußsohlen blitzten Raven höhnisch an.

Sie sprang über einen dicken Baumstamm hinweg und als er ihr folgte, hörte Raven, wie Stoff zerriß. Er spürte einen plötzlichen Luftzug zwischen den Beinen. *Verdammte Armeehosen*! Dabei hatte er sie sich so ändern lassen, daß das ausgebeulte Hinterteil viel enger saß als bei den anderen. Seine Würde wurde zum Opfer seiner Eitelkeit.

Seine Angreiferin führte ihn in einer wilden Jagd kreuz und quer über die Wiese, während ihre lachenden Freundinnen ihn mit Erdbeeren bewarfen. Er stellte sie am Rand der Wiese und packte sie, als sie sich loszumachen versuchte. Er warf sich mit seinem Körper auf sie und nagelte sie so am Erdboden fest. Mit einer Hand strich er ihr das lange, zerzauste Haar aus dem Gesicht. Zum ersten Mal in seinem Leben war Raven sprachlos.

»*A'siyu*, Bruder«, sagte sie. »Für einen Geist läufst du sehr gut.«

»Großmutter!« Er keuchte vor Erschöpfung. *Mein Gott! Die sieht vielleicht gut aus!*

Tiana lag still und gelassen unter ihm. Sie atmete nur wenig schwerer als sonst. Er fragte sich, ob sie mit ihm gespielt und ihn an der Nase herumgeführt hatte wie eine Vogelmutter mit einer Schlange. Möglich war es. Da war dieser alte Spott in ihren Augen.

Und was für Augen das waren. Unter dunklen, geschwungenen Brauen hatten sie die Farbe eines vom Sturm verdunkelten Himmels, an dem sich erste graue Gewitterwolken zeigen, durch die immer noch das Sonnenlicht strömt.

Ihre goldbraunen Wangen waren gerötet, und ihr voller Mund war mit Erdbeersaft beschmiert. Ihre zartgeschwungenen Lippen waren sinnlich, kündeten aber auch von Kraft. Ihre Zähne waren weiß und ebenmäßig. Ihre schmale Nase war leicht geschwungen, was ihren entschlossenen Gesichtsausdruck noch verstärkte. Sie trug die früher übliche Kleidung des Wahren Volks. Nach Ravens Ansicht war das Schlimmste, was die Missionare je angerichtet hatten, daß sie diese Kleidung durch europäische ersetzt hatten.

Tianas Rock war kurz und ihr jetzt fast bis zum Ende ihrer Schenkel hochgerutscht. Bei dem warmen Wetter hatte sie auf Beinlinge und Mokassins verzichtet. Raven wußte aus früherer Erfahrung, daß sie unter dem Rock vermutlich nichts anhatte und daß die Region zwischen ihren Schenkeln glatt und von jedem Haar befreit war. Ihr Kaliko-Leibchen war kurz und wurde vorn mit einer Brosche zusammengehalten. Es war so tief ausgeschnitten, daß es den Blick auf Tianas runde Brüste freigab, und kurz genug, um ein paar Zentimeter eines wunderbar goldenen Bauchs zu entblößen.

Wie Davy Crockett sagen würde, war sie auch ohne Brille ein großartiger Anblick. Sie war die Frau, von der ein Mann sein ganzes Leben lang träumen konnte, um ihr vielleicht nie zu begegnen. Raven konnte spüren, wie ihr Körper sich hob und senkte, bis sie im Takt mit ihm atmete.

Ihr Körper! Raven rollte sich hastig von ihr herunter. Sie mußte gespürt haben, wie er an ihr hart geworden war. Seine Verwirrung wurde größer, während sie immer sorgloser wurde. Die Hände in die Hüften gestemmt, stand er da und starrte auf sie hinunter, als sie sich aufrichtete. Sie lachte und zeigte auf den Riß, der von einem Ende seines Schritts bis zum anderen reichte und seine leinenen Unterhosen sehen ließ.

»Nennt man sie deshalb Breeches?«* fragte sie mit Unschuldsmiene.

Raven fluchte zwischen den Zähnen, zog sich sein durchnäßtes Hemd aus und band es sich um die Hüfte. Er errötete, als sie mit offener Bewunderung seine breite, behaarte Brust anstarrte. Er hatte

* Breech = Hinterteil, Gesäß (Anmerkung des Übersetzers)

vergessen, wie es war, so offen und direkt und ohne jede Prüderie mit Frauen umzugehen, vor allem mit dieser Frau. Es konnte einen Mann aus der Fassung bringen.

»Himmel und Hölle, Großmutter! Du machst es einem Mann nie leicht, nicht wahr?«

»Ich höre nur auf, um Luft zu holen. Wenn ich nachgäbe, würdet ihr alle denken, ihr wärt die Herren der Schöpfung. Das tun die meisten von euch sowieso«, murmelte sie zwischen zusammengebissenen Zähnen. Sie stand auf und zupfte sich den Rock zurecht. Jetzt war es an Raven, fasziniert dazustehen und zu starren. In Nashville hatte ein Mann schon Glück, wenn er mal einen Blick auf eine Fessel erhaschte, von Beinen wie Tianas ganz zu schweigen.

Als sie losgingen, um Ravens Tornister zu holen, wischte sich Tiana die Blätter und das getrocknete Gras aus dem Haar. Sie strich sich die schwere Masse ihres schwarzen Haars ins Gesicht und ließ die Finger durch die Strähnen gleiten, um die Kletten zu lösen. Raven hätte am liebsten mit beiden Händen hineingegriffen und es zerwühlt und es nie wieder losgelassen. Die Plötzlichkeit und Intensität seiner Gefühle erschütterten ihn.

Tiana flocht sich das Haar schnell zu einem langen Zopf und band ihn auf dem Scheitel fest. Sie befestigte den Zopf mit Nadeln aus dem Lederbeutel, den sie an der Hüfte trug, pflückte sich dann ein paar wilde rote Orchideen, die sie sich hinters Ohr steckte. Sie bewegte sich mit unbewußter Leichtigkeit und Grazie, und ihr Lachen erinnerte Raven an perlende Bergbäche. *Tiana. Diana. Die Jägerin, die Göttin des Mondes.* Es war das erste Mal, daß ihm ihr englischer Name eingefallen war. Er fragte sich, was es sonst noch geben mochte, was er noch nie bemerkt hatte. Er humpelte ein wenig, als seine Schenkelwunde zu pochen und zu schmerzen begann.

»Was ist los?« fragte Tiana.

»Eine Wunde vom Horseshoe. Sie ist noch immer nicht verheilt.«

»Ich werde sie mir später ansehen.«

»Den Teufel wirst du!«

»Ah, ich hatte schon vergessen. Du mußt jetzt ja zivilisiert sein. Es ist für zivilisierte Menschen zwar entschuldbar, sich heimlich Nacktheit anzusehen, aber nicht erlaubt, den menschlichen Körper offen zu betrachten.«

»Dein Englisch ist besser geworden.« Er wechselte das Thema.

»Ich habe einen guten Lehrer.« Und auch sie beeilte sich, von etwas anderem zu sprechen. »Als man dich vor drei Jahren wegtrug, sagte Drum, du seist sehr geschwächt, in bösen Träumen gefangen und zürntest mit deinen Dämonen. Wir glaubten schon, wir würden dich nie wiedersehen, obwohl Drum wußte, daß du eines Tages wiederkommen würdest. Wie üblich hat er recht gehabt.«

In ihrer Stimme lag eine Anklage, doch Raven ließ den Kopf hängen.

»Ich bin auf Reisen gewesen. Die Armee hat mich mal hierhin, mal dorthin geschickt.« Er machte eine vage Handbewegung. »Sie haben versucht, meine Wunden zu heilen. Wenn ich für jeden Arzt, der mir gesagt hat, ich würde es nicht überleben, einen Dollar hätte, wäre ich jetzt ein reicher Mann. Und ein verdammter Schotte in Knoxville hat sich sogar geweigert, mich zu behandeln. Er sagte, ich würde sowieso sterben, und es wäre Geldverschwendung.«

»Ich kann dich heilen.« Sie sagte es einfach dahin, nicht als Prahlerei, sondern als bloße Feststellung.

»Ich habe in den letzten drei Jahren ein paar wunderschöne Orte gesehen, Großmutter.« Er ignorierte ihr Angebot. Er konnte sich nicht vorstellen, sich zu entkleiden und von ihr behandeln zu lassen. Oder vielmehr, er konnte es sich nur zu gut vorstellen, was sehr beunruhigend war. Sie war in vielem derselbe Wildfang, den er immer gekannt hatte. In manch anderer Hinsicht war sie eine Fremde. Er beschloß, sie wie eine jüngere Schwester zu behandeln, bis er größere Klarheit gewonnen hatte.

»Du mußt irgendwann mal New Orleans besuchen«, sagte er. »Du mußt im Café des Réfugiés Kaffee und Cognac nippen und zusehen, wie die von Napoleon ins Exil gejagten Generäle ihre Komplotte aushecken. Zweimal in der Woche gibt es einen Maskenball mit Palmen und Promenaden.« *Du würdest New Orleans ohne Belagerung oder einen Schuß nehmen, meine indianische Prinzessin. Du würdest das schönste dunkle Gesicht und die schönste dunkle Gestalt in einer Stadt sein, die voll davon ist.*

»Und ich habe die Ruinen der Stadt Washington gesehen, die immer noch qualmte, nachdem die Briten sie geplündert und verwüstet hatten«, fuhr er fort. »Das hat mir das Blut zum Kochen gebracht. Ich habe mit Kreide ›Die Hauptstadt und die Union sind durch Feigheit verloren gegangen‹ an die Mauer des Senatsgebäudes geschrieben. Und New York City! Was für eine Metropole!«

Tiana legte ihm eine Hand auf den Arm und sich selbst einen Finger auf die Lippen. Sie zeigte nach oben. Raven blinzelte in die vor ihnen aufragenden Bäume.

»Ich sehe nichts«, flüsterte er.

»Da.« Schließlich entdeckte er den großen Schwarzbären, der es sich auf dem dicken Ast einer Fichte gemütlich gemacht hatte. Der Ast schien viel zu klein zu sein, um sein Gewicht zu tragen, was die Absurdität, daß da oben überhaupt ein Bär lag, noch steigerte. Ein so großes und schwerfälliges Tier hatte in einem Baum nichts zu suchen. Der Bär sah aus, als hätte ihn irgendein boshafter Wind dorthin geweht.

Der Bär, der sie nicht gewittert hatte, streckte sich und gähnte und kletterte dann rückwärts den Baumstamm herunter. Er landete mit einem dumpfen Aufprall auf dem Hinterteil, rollte sich herum und trottete auf sie zu. Ravens Gewehr war ungeladen, und er erklärte, er sei für Rückzug. Tiana blieb jedoch stehen und hielt ihn mit der Hand fest. Der Bär hielt inne, um einen umgestürzten Baumstamm umzudrehen und nach Insekten zu wühlen. Er leckte sich die zerquetschten Insekten mit einem seligen Gesichtsausdruck von der Pranke ab. Er wirkte wie ein übergroßer, gutmütiger Hund, bis ihm aufging, daß er nicht allein war.

Er schnupperte, legte die Ohren an und starrte sie an. Alle drei blieben reglos stehen. Es kam Raven wie eine Ewigkeit vor. Dann griff der Bär an. Raven wäre geflüchtet, wenn Tiana ihn nicht am Arm festgehalten hätte. Keine fünf Meter von ihnen entfernt blieb der Bär stehen. Raven konnte die Gnitzen sehen, die ihm um die Augen summten, und die grauen Haare um die Schnauze. Beim Wahren Volk glaubte man, der Bärenclan habe einmal zu den Menschen gehört. Die Intelligenz in den Augen dieses Bären ließ leicht erkennen, warum. Er sah aus, als wäre in diesem großen, behaarten Körper ein Mann gefangen, der aus den Augenhöhlen hervorlugte. Der Bär schnaubte und stieß keuchend den Atem aus. Dann tappte er mit den Pranken auf die Erde und knurrte.

»Laß uns gehen.« Raven versuchte, seinen Arm freizumachen.

»Der blufft nur«, sagte sie und hielt weiter seinen Arm fest.

»*Vielleicht* blufft er.« Raven zerrte weiter, gab sich aber Mühe, den Eindruck zu vermeiden, als wäre er in Panik. Er hob sein Gewehr mit einer Hand wie eine Keule. »Ich mag mir nicht vorstellen, daß ich mein junges Leben als Köder für einen Bären beende.«

Der Bär ließ seine mächtigen Kiefer zuschnappen und ließ eine Reihe lauter Schnappgeräusche hören. Er schlug mit der Pranke gegen einen Baumstamm und riß die Rinde in einem Schauer kleiner Stückchen ab. Dann griff er wieder an. Tiana blieb immer noch heiter und gelöst stehen. Raven schloß die Augen, biß die Zähne zusammen und spannte sich für den Kampf an, von dem er wußte, daß er ihn nicht gewinnen konnte. Er konnte die schweren Schritte des näherkommenden Bären hören. Er roch den Duft von Käfern und Blaubeeren im Atem des Tieres, als der Bär schließlich mit einem Ruck kehrtmachte und durch die Bäume davontrottete. Raven machte die Augen auf und bemühte sich, seine zitternden Knie unter Kontrolle zu bringen. Er lud mit zitternden Fingern seine Muskete.

»Siehst du? Sie sind alle nichts als Prahlhänse«, sagte Tiana.

»Frau, du bist genauso verrückt wie Spearfinger.«

»Woher willst du wissen, daß Spearfinger verrückt ist?«

Sie waren eine Meile von Hiwassee Town entfernt, als ihnen Drum entgegenkam. Er mußte die ganze Zeit gelaufen sein. Sein rundes Gesicht war knallrot, und er rang keuchend nach Luft, als er Raven umarmte. Raven fürchtete sich vor dem Augenblick, in dem er seine Botschaft von Präsident Monroe übergeben mußte. Er war dankbar für die Sitte der Cherokee, sich ernsten Gesprächsthemen nur langsam und indirekt zu nähern. Er wußte, daß man ihn höflich und voll Würde anhören würde, wie abstoßend seine Worte auch sein mochten.

»Ich hätte dich gern schon an der Fähre abgeholt, mein Sohn«, sagte Drum. »Doch ich war dabei, ein Fest vorzubereiten.« Drum wandte sich an Tiana. »Tochter, dein Ernährer sucht dich. Ich glaube, jemand hat ihm die Nachricht gebracht. Es ist unmöglich, in Hiwassee Town etwas geheimzuhalten. Tut mir leid. Ich weiß, daß du es ihm selbst sagen wolltest.«

»Ihr Ernährer?« fragte Raven.

»Der Ehemann von der hier«, sagte Drum. Er strahlte und legte Tiana einen Arm um die Schulter.

»Ihr Ehemann?« Raven glaubte, sich verhört zu haben. Er hatte seit drei Jahren kein Cherokee mehr gesprochen.

»Du hast es ihm nicht gesagt, Tochter? Sie trägt jemanden.«

Raven wußte, was das bedeutete. Sie war schwanger.

»Meine Glückwünsche, Großmutter«, sagte er. Dabei fühlte er sich, als hätte ihm jemand einen Fußtritt in die Brust gegeben. Am liebsten hätte er losgeschrien. »Nein!« Sie war für ihn gedacht. Er kannte sie seit Jahren. Sie konnte keinen anderen heiraten. Er fühlte sich wie ein ausgehungerter Mann, für den man ein Festessen vorbereitet, um ihm die Leckerbissen zu entreißen, bevor er sie hat kosten können.

24

»So, mein Sohn, du bist also zurückgekommen, um mich zu bitten, ins Nachtland zu gehen.«

Drum schüttelte traurig den Kopf, als er von Jack Rogers die Pfeife annahm. Über ihnen tanzten Schatten des Kaminfeuers auf den Dekkenbalken des Ratshauses. »Es ist hart, worum du da bittest.«

»Der hier bittet nicht darum, Geliebter Vater. General Jackson tut es. Und Vater Monroe in Washington. Und Gouverneur McMinn. Sie haben das Wohlergehen des Wahren Volks im Herzen.«

»Du lügst, mein Sohn.« Raven war nicht beleidigt, weil er ein Lügner genannt worden war. Er wußte, daß Drum damit nur sagen wollte, daß er die Tatsachen nicht kenne. Dennoch war Drum dem Zorn näher, als Raven es je bei ihm gesehen hatte. Zum Glück war der alte Standing Together nicht da. Er hätte Raven seine Aufgabe noch schwerer gemacht.

»Weißt du, wie Gouverneur McMinn die Häuptlinge des Nationalrats genannt hat?«

»Der hier war nicht da. Er –«

»Er hat uns ›charakterlos‹ genannt. Er hat uns ›einen Haufen der ausgekochtesten Tyrannen‹ genannt, ›die je in einem freien Land gelebt haben‹. Was weiß der schon von Freiheit? Er will, daß uns die Freiheit unser Land nimmt. Wir sind charakterlos, weil wir uns im letzten Jahr geweigert haben, Land abzutreten, das ein paar bestochene Häuptlinge ihnen mit einem Vertrag gegeben haben.«

Drum mochte isoliert leben. Er mochte dem Leben außerhalb seiner Insel gegenüber höflich und gleichgültig erscheinen, doch Raven erstaunte es immer wieder, was für ein breites Wissen er besaß. Weiße schienen zu denken, sie hätten es mit unwissenden Wilden zu tun, einem ihrer Lieblingsausdrücke. Sie wußten nicht, wie sehr sie sich irrten. Raven versuchte, die Wogen zu glätten.

»McMinn hat gesprochen, ohne nachzudenken. Das ist eine Gewohnheit der Weißen, wie du sehr wohl weißt. Er versteht die Sitten und Gebräuche des Wahren Volks nicht.«

»Nein, das tut er nicht.« Drum hatte inzwischen die Fassung wiedergewonnen und rauchte eine Zeitlang schweigend. »Habgier ist das einzige, wovon er etwas versteht.«

»Weiße halten Papiersprache für heilig«, sagte Raven. »Was aufgeschrieben und unterzeichnet ist, kann nicht geändert werden. Wer unterschreibt, ist durch Ehre gebunden, einen Vertrag zu erfüllen.«

»Du lügst schon wieder. Die Sieben Clans haben einen ehrlichen Vertrag noch nie gebrochen. Die Weißen haben nie einen erfüllt. Und was ist mit Jackson? Vor einem Jahr haben wir einen Vertrag geschlossen, in dem der Umfang unseres Territoriums festgelegt wurde. Er schloß Land ein, daß er auf gut Glück gekauft hatte, und das gefiel ihm ganz und gar nicht. Er sagte, der Vertrag sei eine ›verantwortungslose, übereilte, nutzlose Angelegenheit‹, und sein ganzer diplomatischer Ehrgeiz lief darauf hinaus, aus diesem Vertrag herauszukommen. Er hat Pathkiller, Sour Mush und sogar The Just bestochen, um diesen Grenzvertrag aufzulösen. Wie heilig war ihm dieser Vertrag?«

»Und was ist mit den Jahreszahlungen und Geschenken, die uns im Vertrag vom letzten Jahr versprochen wurden?« fragte Jack Rogers. »Und mit den Verträgen davor? Wo sind die geblieben? Das Wahre Volk hat 1 300 000 Morgen Land hergegeben. Für was?«

»Schreibe alle Dinge und Beträge auf, die man dir schuldet, und The Raven wird dafür sorgen, daß du sie erhältst. Du hast sein Wort.« Raven hatte von Jack mehr Hilfe erwartet. Er war immerhin ein sehr praktischer Mann.

»Skatsi.« Raven verwendete den Namen »Schotte«, den man Jack beim Wahren Volk gegeben hatte. »Du hast gesehen, wie verzweifelt die Weißen danach streben, sich irgendwo anzusiedeln, Land zu bebauen und zu besitzen. Die Hoffnung darauf bringt jedes Jahr Tausende an unsere Küsten. Die Flut ist unumkehrbar wie die Strömung des Flusses.« Raven sah, daß Jack leicht nickte. »Es werden jedes Jahr mehr werden.«

»Ja. Man kann sie verfluchten, aber nicht aussperren«, sagte Jack. »In welcher Währung wird man das Wahre Volk bezahlen? Nicht mit diesen wertlosen Scheinen des Indian Trade Office. Die sind wenig wert, und es dauert ewig, sie einzulösen.«

»Jede Familie wird für die Nutzung des Landes der Cherokee – für Häuser, Scheunen, Ställe, Räucherhäuser, Gärten und derlei bezahlt werden. Die Zahlung wird in Banknoten des amerikanischen Schatzamts oder durch Zahlungsanweisungen an eine Bank erfolgen.«

»Auf eine Bank in Philadelphia und nicht auf diese unzuverlässigen Häuser in Washington«, knurrte Jack.

»Auf eine Bank in Philadelphia.«

»Ich würde kalte Münzen vorziehen, die ich in meiner Tasche klimpern hören kann«, sagte er.

»Du weißt, daß das Schatzamt jetzt nach dem Krieg knapp bei Kasse ist. Sie haben so viel Bargeld nicht verfügbar.«

»Genau. Ich weiß, in welchem Zustand sich das Schatzamt befindet. Aus diesem Grund will ich Bargeld.« Immerhin diskutierten sie schon über die Zahlungsweise. Das war ein gutes Zeichen.

»Die, die bereit sind zu gehen, werden für jeden Morgen, den sie hier aufgeben, am Arkansas einen Morgen vergleichbaren Landes erhalten. Und jeder wird ein Gewehr bekommen und Munition, eine Decke sowie eine Falle oder einen Kessel für die Frauen. Am Arkansas gibt es gute Jagdgründe.«

»Die weißen Väter erzählen ihren roten Kindern, das Jagen sei unzivilisiert, und sie sollten lieber Land bebauen«, sagte Drum. »Jetzt sagt Vater Monroe, sie sollten ihre Farmen aufgeben und auf die Jagd gehen.«

»Geliebter Vater. Bitt spiel nicht mit mir wie eine Katze mit der Maus«, sagte Raven sanft. »Der hier ist nicht so ein dummer Verhandlungsbeauftragter, der über Indianer nicht mehr weiß, als er im Laden des Tabakhändlers in Holz geschnitzt sieht. Du verstehst die Situation sehr gut. Die Tatsache ist einfach die, daß der Weiße Vater in Washington seine Kinder in der Wildnis nicht kontrollieren kann. Es sind zu viele, und sie sind zu entschlossen. Sie siedeln sich an, wo sie wollen, und tun, was ihnen beliebt. Ist es beim Wahren Volk nicht das gleiche? Hat nicht ein britischer Offizier mal gesagt, Cherokee-Krieger seien wie das Schwein des Teufels, sie würden weder führen noch antreiben?«

Drum mußte unwillkürlich glucksen. Er kannte das Sprichwort.

»General Jackson ist ein kluger Mann, da er dich mit dieser Angelegenheit beauftragt hat, mein Sohn. Haben die Sieben Clans denn keine Wahl?«

»Keine, die der hier sehen kann, Geliebter Vater. Es bekümmert The Raven zutiefst, daß er mit dieser Sache zu dir kommen muß. Ihr könntet vielleicht noch ein paar Jahre länger hierbleiben. Doch irgendwann wird die Flut alles überschwemmen. Die Berge werden sie nicht länger zurückhalten. Jeden Tag kommen mehr Schiffe an, alle voll mit weißen Menschen von jenseits des Großen Wassers. Wenn ihr jetzt geht, wird euch die Regierung gut bezahlen. Ihr werdet bei dem fruchtbaren Land am Arkansas die erste Wahl haben. Der Weiße Vater verspricht euch dieses Land auf ewig.«

»Auf ewig ist eine lange Zeit«, bemerkte Drum sanft. »Im letzten Jahr hat die Regierung uns *dieses* Land auf ewig versprochen.«

»Der hier wird deine Hilfe brauchen, um den Nationalrat zu überzeugen.« Raven sah den Anflug von Ärger auf Drums Gesicht nur deshalb, weil er dieses Gesicht aufmerksam studiert hatte. »Raven weiß, daß du es nicht magst, zu den Ratstreffen nach Ustanali zu reisen, Geliebter Vater. Er weiß, daß es ein weiter Weg ist und daß deine Frauen sich beklagen und sagen, sie würden lieber zu Hause bleiben. Er weiß, daß der Erdboden, auf dem du nachts träumst, feucht ist und deine Gelenke schmerzen läßt. Er wird einen Wagen für dich finden, in dem du reisen kannst. Er wird Lebensmittel und Vorräte für jeden mitbringen. Er wird sich um alle Einzelheiten kümmern.«

»Es ist nicht die Reise, obwohl die schon mühselig genug ist. Es gibt Veränderungen in Ustanali. Tsan-usdi, John Ross, und seine Leute haben etwas erfunden, was sie ein Komitee nennen. Drum versteht Komitees nicht. ›Ständiges Komitee‹, ›Geschäftsführendes Komitee‹. Dafür haben wir in unserer Sprache keine Wörter. Wie sollen wir sie verstehen?«

»Sie werden dem Nationalrat größere Durchschlagskraft geben, Bruder«, sagte Jack. »Die Komitees werden unsere Vorschläge in eine verständliche Form bringen und sie dann dem gesammten Rat vorlegen. Wir brauchen uns nicht viele Tage lang eine wirre Diskussion anzuhören. Bevor irgendwelche Änderungen Gesetz werden, wird noch immer die Zustimmung des gesamten Volkes notwendig sein. Und wenn ein einzelner oder eine Gruppe oder Stadt nicht einverstanden ist, werden sie durch das Gesetz nicht gebunden sein. Es ist das gleiche wie bisher.«

»Drum mag die Veränderungen nicht. Er mag keine Effizienz. Warum haben es alle Leute so eilig? Jahrhundertelang haben unsere Sitten und Gebräuche uns gut gedient. Es ging zwar langsam, aber wir waren jedenfalls sicher, daß jeder gehört wurde.« Drum überlegte einige Minuten, während Raven geduldig wartete. Schließlich sprach er.

»Im letzten Jahr hat es keinen Sommer gegeben. Die Jahreszeit kam und ging, und es wurde nie warm. Die Früchte auf dem Feld wurden in ihrem Wachstum behindert. Das war ein Omen. Drum kann dir deshalb jetzt gleich eine Antwort geben. Er wird nach Ustanali gehen und sich für eine Umsiedlung einsetzen. Er wird dies für seinen Sohn tun.«

»Danke dir, Vater.« Raven seufzte vor Erleichterung. Drum war der Anführer eines der mächtigsten Clans. Seine Meinung war wichtig. Jeder Clan mußte die Frage besprechen und eine Entscheidung treffen, die dem Nationalrat vorgelegt werden würde. Die Streitigkeiten dort konnten Tage und sogar Wochen dauern. Doch wenigstens war jetzt Bewegung in die Sache gekommen. Jetzt mußte Raven mit Jack Rogers allein feilschen. Charles Rogers' zweite Frau war die Enkelin von *Ghigau*, Nancy Ward. Wenn Rogers sich Raven anschloß, würde es *Ghigau* vielleicht auch tun. Sie kam jetzt nur noch selten zu Ratstreffen. Sie war fast achtzig. Aber sie schickte ihren Spazierstock, der sie und ihre Stimme vertreten sollte.

Andrew Jackson hatte Raven bevollmächtigt, Rogers etwas anzubieten, was die Regierung eine »stillschweigende Anerkennung« zur Unterstützung der Umsiedlung nannte. Es war nicht direkt eine Bestechung. Es war davon die Rede, den Tod zur offiziellen Strafe für jeden zu machen, der Land des Wahren Volks ohne Zustimmung des gesamten Stammes abtrat. In dieser Frage gingen die Leidenschaften hoch. Häuptlinge, die solche Verträge unterschrieben, liefen damit Gefahr, nicht nur ihren guten Ruf, sondern auch ihr Leben aufs Spiel zu setzen. Sie verdienten eine Art Entschädigung. Raven nahm sich vor, Drum unter irgendeinem Vorwand zusätzliches Geld zukommen zu lassen.

Teufel auch, dachte Raven. *Es ist Bestechung.* In Jacks Fall würde das Geld ein Gehalt sein. Jack würde für Dienste bezahlt werden, die er als Agent der Regierung der Vereinigten Staaten leistete, wenn er sich einverstanden erklärte, bei der Umsiedlung zu helfen. Umsiedlung. Die Weißen bestanden darauf, dieses Zerrbild eines freien Entschlusses Umsiedlung zu nennen. Es klang häßlich. Als wären die Indianer nichts als Hindernisse auf dem Pfad des weißen Mannes oder störende Baumstümpfe auf seinen Feldern.

Raven glaubte, auf Jacks Hilfe rechnen zu können. Dieser war ein praktisch veranlagter Mann. Er wußte um die Unvermeidlichkeit der weißen Besiedlung. Er würde alles in seiner Macht Stehende tun, um seine Interessen zu wahren und seiner Familie einen möglichst guten neuen Siedlungsplatz zu sichern.

Die Regierung hatte auch für andere besondere Anerkennungen vorgesehen. Vielleicht war dies der Grund, weshalb die Cherokee es geschafft hatten, vor der Ankunft der Weißen so ehrlich zu sein: Sie hatten kein Geld. Nun, jetzt hatten sie welches. Und wenn Raven Erfolg hatte, würde das Geld seiner Regierung viele der Häuptlinge dazu bringen, mit den Wölfen zu heulen.

Vor zwei Jahren hatte Raven, als er auf dem Mississippi in einem kleinen Skiff seiner neuen Position in New Orleans entgegentrieb, die ganzen Tage mit Lesen zugebracht. Er hatte Shakespeare durchgearbeitet, die Bibel, *Robinson Crusoe, Der Vikar von Wakefield, Die Pilgerreise aus dieser Welt* und die Gedichte von Akenside gelesen. Ihm kam eine Zeile Akensides in den Sinn, als er seinen nächsten Zug plante. »Jeder Mann hat seinen Preis.« Die Leute in Maryville drückten es anders aus: »Geld bringt den Topf zum Kochen, auch wenn der Teufel ins Feuer pißt.«

Tianas Hände zitterten, als sie das steife Blatt Papier auseinanderfaltete, das James ihr soeben gegeben hatte.

»Warum ich, Bruder?« Sie überflog die winzige, krakelige Handschrift.

»*Ghigau* konnte nicht zu diesem Rat kommen, hat dafür eine Papierrede auf englisch geschickt. So gut sie es eben kann«, fügte er bedauernd hinzu. »Drum weiß, daß du die Stimme der sprechenden Blätter hörst und *Gilisi*, Englisch, sprichst. Du brauchst nur zu lesen, was auf dem Papier steht. Du brauchst keine Ansprache zu halten.«

»Aber dort drinnen sind zweihundert Häuptlinge. Und dann noch weitere hundert Leute. Und General Jackson.« Tatsächlich war General Jackson der einzige, um den sich Tiana Sorgen machte. »Warum machst du es nicht, Bruder?«

»Drum will dich. Er ist der Meinung, daß eine Frau *Ghigaus* Worte lesen sollte. Hab' keine Angst. Ich habe Jackson mit heruntergelassenen Unterhosen gesehen. Er ist nur ein Mann wie wir alle.«

»Er verabscheut uns.«

»Das tut er nicht. Unsere Krieger haben am Horseshoe seinen behaarten Arsch gerettet. Jackson hätte diese Schanzen nie durchbrochen, wenn wir nicht von hinten angegriffen und die Truppen der Creeks geteilt hätten. Wenn er die Schlacht dort verloren hätte, ist mehr als zweifelhaft, ob er die Streitkräfte in New Orleans geführt hätte.«

»Ich habe sein Gesicht beobachtet, Bruder. Er verachtet uns wirklich.«

»Ich habe keine Zeit, mit dir zu streiten. Drum braucht mich als Dolmetscher. Und da ich bevollmächtigt bin, diesen Vertrag zu unterzeichnen, sollte ich wissen, was gesagt wird.«

»Wann muß ich dies tun?«

»Jetzt.«

»Aber ich habe noch nicht mal Gelegenheit gehabt, es mir durchzulesen. Die Handschrift ist schwierig. Es gibt keine Interpunktion.« Tiana war verzweifelt. Sie würde dem gefürchteten General Jackson lieber mit einem Blasrohr entgegentreten als mit diesem Stück Papier. Sie hatte gesehen, wie seine Geduld immer mehr nachließ, als die Tage vergingen und der Rat auch weiterhin beratschlagte. Nanehi Wards Brief würde ihn alles andere als glücklich machen.

»Ich werde dir ein Zeichen geben. Dann gehst du einfach auf deine unnachahmlich majestätische Weise zu den Bänken hinauf und liest die Worte vor.«

»Bruder, bitte.«

James hielt ihre Unterarme und starrte ihr in die Augen, ein Trick, den er von seinem Vater gelernt hatte. Er war nützlich, wenn man jemanden einschüchtern wollte.

»Ihr und die anderen Frauen klagt darüber, daß eure Stimmen im Rat nicht länger gehört werden«, sagte James. »Drum möchte das ändern. Er weiß, daß du es kannst. Ich weiß, daß du es kannst. Und im Herzen weißt du es auch. Ob sie dich nun beachten oder nicht, man muß dich anhören.« Er schüttelte sie sanft. »Wirst du den Brief vorlesen?« Sie nickte. »Ich werde dir ein Zeichen geben«, sagte er.

Tiana schob sich durch die Menge, die sich um den Pavillon versammelt hatte. Dieser war an den sieben Seiten offen und eigens für diese Vertragsverhandlungen gebaut worden. Zwei- oder dreihundert Menschen drängten sich drinnen auf den Bänken. Doppelt so viele standen draußen auf der Wiese. Tiana wünschte, der Rat wäre irgendwo vor der Garnison von Hiwassee abgehalten worden. Wenn es so gewesen wäre, wäre sie vermutlich nicht gegangen. Und Drum hätte sie nicht bitten können, dies zu tun.

Es war Anfang Juli. Die Hitze machte Tiana benommen. Übelkeit befiel sie, und sie legte die Hand behutsam auf ihren schwellenden Bauch. Sie stützte sich an einem Pfosten, bis sie sah, wie James einen Finger hob und ihr ein Zeichen gab. Sie holte tief Luft, schloß kurz die Augen und sprach einen Zauberspruch, um Abneigung und Haß zu vertreiben. Dann ging sie ruhig zwischen den Bankreihen hindurch, bis sie vor der Bank stand, auf der Agent Meigs, Jackson und McMinn sowie Merriwether und Pathkiller saßen, der oberste Häuptling.

Pathkiller sah aus, als wäre er geschrumpft, als könnte er jeden Augenblick einschlafen. Seine schweren Armbänder, Ohrringe, sein Halsschmuck und seine Medaillen schienen ihn fast niederzudrükken. Ein riesiger Säbel baumelte an seiner Taille. *Er ist alt,* dachte

Tiana. *Kein Wunder, daß John Ross neuerdings den Rat leitet.* Und John Ross war nicht da.

Jackson sah ebenfalls alt aus, aber sein hageres Gesicht war zornig und gebieterisch. Seine Augen starrten kalt. *Der Bruder des Blauen Mannes, des Winters,* sagte sie im stillen. Die anderen waren nicht so wichtig. Tiana wußte, daß Jackson derjenige war, der die Sieben Clans zwingen konnte, diesen Diebstahl ihrer Heimat zu akzeptieren.

»Du hast etwas zu sagen, mein teures Kind?« Jacksons hohe Stimme war laut und schnarrend und schien hier fehl am Platz zu sein. Tiana hörte die Irritation darin.

»Die hier spricht nur die Worte einer anderen, Geliebter Vater«, sagte sie. Sie blickte beim Sprechen höflich zu Boden. »Unsere Geliebte Frau, Nancy Ward, hat eine Ansprache geschickt. Sie hat die roten und die weißen Menschen immer bei der Hand gehalten.«

»Dann lies uns ihre Rede vor. Die Zeit drängt.«

Tiana räusperte sich und begann.

»›Die jetzt anwesenden Cherokee-Damen haben es für ihre Pflicht als Mütter angesehen, ihre geliebten Häuptlinge und Krieger zu begrüßen.‹« Raven starrte Tiana an, als diese sprach, und verschlang sie mit den Augen. Konnte dies das Kind sein, das er gekannt hatte? Sie las langsam, jedoch ohne Fehler. Ihre Stimme ließ sich noch auf den letzten Bänken und sogar draußen vor dem Pavillon deutlich vernehmen.

> Unsere geliebten Kinder und Häuptlinge des Volkes der Cherokee wir begrüßen euch im Rat wir haben euch alle auf dem Land großgezogen das wir jetzt haben, das Gott uns gegeben hat damit wir es bewohnen und Lebensmittel darauf anbauen wir wissen daß unser Land einmal sehr ausgedehnt gewesen ist doch ist es durch wiederholte Verkäufe immer mehr eingeschränkt worden bis es jetzt nur noch ein kleines Stück ist und wir haben es nie für unsere Pflicht gehalten uns in die Verfügung darüber einzumischen bis jetzt...

Sie hielt inne, um Luft zu holen und ihre Gefühle unter Kontrolle zu bringen. Als sie weitersprach, achtete sie darauf, die Interpunktion zu betonen, veränderte jedoch nicht *Ghigaus* Worte. Falls der Satzbau den weißen Männern seltsam vorkam, das Wahre Volk verstand ihn. Und sie wußten auch etwas, was Nanehi Ward nicht erwähnte. Nur ein Teil der Heimat der Sieben Clans sollte abgetreten werden.

Doch dieser Teil schloß *Ghigaus* Dorf Chota ein, eine uralte Geliebte Stadt und ein Heiligtum. Das Territorium schloß auch Hiwassee Island und Rogers Branch und die Farm ein. Als Tiana eine Pause machte, hörte sie das Weinen der Frauen, die am äußeren Rand des Pavillons standen.

> Wir wünschen nicht in ein unbekanntes Land zu gehen. Dieses Handeln unserer Kinder kommt der Zerstörung eurer Mütter gleich. Eure Mütter und eure Schwestern bitten euch und flehen euch an, nicht mehr von unserem Land herzugeben, sondern es für unsere heranwachsenden Kinder zu behalten. Haltet die Hände von Papierreden fern, denn es ist unser Land. Wenn es nicht so wäre, würden sie uns nicht bitten, die Hände auf Papier zu legen.

Es folgten weitere flehentliche Bitten, das Land zu behalten, als hoffte *Ghigau,* ihrer Rede durch die heilige Wiederholung mehr Nachdruck zu verleihen. Schließlich ging sie zu Ende.

> Nancy Ward bittet ihre Kinder die Krieger sich zu erbarmen und auf eure Schwestern zu hören, obwohl ich sehr alt bin, kann ich die Lage nur bedauern. Ich habe sehr viele Enkelkinder, denen ich wünsche, es möge ihnen auf unserem Land wohlergehen.

Unterzeichnet, meine Herren, von Nancy Ward, Jenny McIntosh, Caty Harlan, Elizabeth Walker, Susanna Fox, Widow Gunrod, Widow Woman Holder, Widow –«

»Wir haben keine Zeit für eine Namensliste«, unterbrach Jackson abrupt. Tiana war von seiner Dreistigkeit so überrascht, daß sie ihn um ein Haar angestarrt hätte. Niemand unterbrach jemanden, der im Rat sprach.

»Wir haben uns geduldig Denkschriften und Einwände ihrer Häuptlinge angehört, aber Briefe eurer Frauen stellen unsere Nachsicht auf eine harte Probe. Sie können gehen, Miss.«

Tiana ging langsam zwischen den Bänken auf den strahlenden Sonnenschein zu. Es kostete sie größte Anstrengung, nicht zu weinen. Sie wußte, daß sie und Nanehi Ward verloren hatten. Jackson würde seinen Willen durchsetzen. Sie hatte schon jetzt das Gefühl, als wäre sie ins Nachtland vertrieben. Sie hörte nicht, wie eine Frau ihr leise etwas zurief, als sie vorbeiging. Sie drehte sich nur um, als die Frau an ihrem Rock zupfte.

»Geliebte Frau«, sagte sie. »Werden sie unsere Häuser verkaufen? Unser Land?«

Tiana schüttelte leicht den Kopf.

»Ich weiß nicht«, sagte sie schließlich. »Aber ich fürchte ja.« Sie ging an den Menschen vorbei, die draußen standen, und begab sich zur Schmiede. Dort würde es zwar heiß sein, doch wenigstens würde sie bei ihrem geliebten Mann sein.

Sam beobachtete besorgt, daß Jackson immer gereizter wurde. Inzwischen kannte er die Anzeichen gut. Old Hickory war nicht gewohnt, daß man ihm in die Quere kam. Er selbst forderte den Kriegsminister heraus, andere Generäle, den Präsidenten, jeden, der die Unbesonnenheit besaß, sich ihm in den Weg zu stellen. Raven konnte sich vorstellen, was er sagen würde, wenn er hier aufgebrochen war. Er würde über Weiberherrschaft höhnen. Er würde die Indianer bezichtigen, ein wankelmütiger Haufen zu sein, der es nicht fertigbringe, einem Mann ehrlich ins Gesicht zu sehen.

Raven hatte die Sitten des Wahren Volks zu erklären versucht, bevor Jackson sich zu diesem Rat begab, doch dieser hatte kaum zugehört. »Ihre liebenswürdigen, sanften Freunde haben Captain Demere bei lebendigem Leib skalpiert und ihn tanzen lassen, bis er starb«, hatte er gesagt. Die Tatsache, daß Demere vor siebenundfünfzig Jahren gestorben war, hatte auf Jackson keinen Eindruck gemacht. Jetzt zuckte Raven jedesmal zusammen, wenn der General einen Häuptling grob beim Namen nannte. Diese unangenehme Angelegenheit schleppte sich jetzt schon seit Tagen hin. Raven betete, sie möge bald ein Ende finden.

Sie endete nicht schnell genug. Am Nachmittag war Jackson purpurrot im Gesicht und brüllte die Häuptlinge an. Raven konnte es nicht länger ertragen. Er verließ das Ratshaus und ging durch die schweigenden Zuschauer hindurch, bis er den Rand der Wiese erreichte. Dort kauerte er sich mit dem Rücken an einem Baum hin, verschränkte die Arme auf den Knien und legte die Stirn darauf. Selbst hier noch konnte er hören, wie Jackson die verehrungswürdigen Führer einer stolzen Nation abkanzelte, als wären es aufsässige Kinder.

James fand Raven Stunden später dort sitzen, als überall auf der dunklen Wiese Kochfeuer brannten. Er setzte sich neben ihn.

»Ist es vorbei?« fragte Raven.

»Nein. Es fängt gerade erst an.«

»Die Häuptlinge haben nicht unterschrieben?«

»O doch, wir haben unterschrieben.« Raven hörte die leichte Betonung des »wir«. »Wir haben unter der Bedingung unterschrieben, daß der Vertrag durch den Nationalrat ratifiziert wird.«

»Das werden sie nie tun.«

»Ich weiß. Aber wir mußten es sagen. Unser Leben ist jetzt in Gefahr, weil wir das Land der Nation ohne Zustimmung des Rats durch unsere Unterschrift hergegeben haben. Und die Tinte auf dem Papier ist kaum trocken, und Jackson spricht jetzt schon mit Meigs über den Abtransport ins Nachtland.«

»Aber der Kongreß wird den Vertrag doch erst nach Monaten ratifizieren können.« Raven hatte seine Erfahrungen mit den langsamen Mühlen des Kongresses.

»Das macht nichts. Er ist entschlossen, diejenigen von uns, die unterzeichnet haben, umzubringen, dein sauberer General Jackson.«

»Bestimmt nicht. So ernst ist es nicht.«

»Doch, ist es, Bruder.«

25

David hatte Tiana einen Arm um die Schultern gelegt, als sie sich an einem Baum abstützte und sich übergab. Sie hatte kein Frühstück gegessen, so daß nichts weiter herauskam als Gallenflüssigkeit. Sie atmete immer noch schwer, bis sie erneut würgte. Sie erzitterte in dem kühlen Wind des späten Oktober. David fürchtete um das ungeborene Kind, das in ein paar Monaten geboren werden würde. Daß er jetzt nur zusehen konnte, gab David ein Gefühl hilfloser Unzulänglichkeit.

Jennie stand mit dem Rest des Absuds aus Seitenblütigem Helmkraut und dessen Wurzeln, der Tianas Übelkeit verursacht hatte, in der Nähe. Elizabeth legte rote und weiße Kugeln auf das weiße Tuch, Drums Bezahlung für diese Zeremonie. Drum würde die Kugeln dazu benutzen, die Geister nach der Zukunft des Babys zu fragen, um sie dann ebenfalls als Bezahlung zu behalten.

David hielt Tiana eine Kürbisflasche mit kühlem Wasser hin, damit sie sich den Mund ausspülen konnte, und versuchte, seinen Zorn im Zaum zu halten. Er kam jeden Morgen mit ihr hierher zum Fluß, um zu baden. Das wurde von dem Vater eines ungeborenen Kindes erwartet. Und David machte es nichts aus. Er genoß es sogar. Er hielt peinlich genau die Tabus ein. Er trug kein Tuch um Hals oder Gürtel, damit das Kind nicht an der Nabelschnur erstickte. Er ging eilig durch Türen, damit es eine schnelle Geburt gab. Er fing Tiere in Fallen, damit Tiana kein Fleisch essen mußte, das durch Blutvergießen gewonnen worden war, womit sie Gefahr lief, bei der Ankunft des Babys zu verbluten. Doch inzwischen fürchtete er sich vor diesen Sitzungen am frühen Morgen, die bei jedem Neumond wiederholt werden mußten.

Als Drum das Wahrsagungsritual zelebrierte, um für die Geburt und den weiteren Lebensweg des Babys um Glück und Erfolg zu bitten, stand David mit ausdruckslosem Gesicht daneben. Doch innerlich schimpfte er. Tiana sagte, dieser Reinigungs-Firlefanz sei notwendig, um ihren Körper zu säubern, um verlorenen Speichel loszuwerden, wie sie es ausdrückte. Doch David kam es grausam vor.

Als es vorbei war, rollte Jennie für Drum das Tuch zusammen, damit er es nach Hiwassee mitnehmen konnte, worauf sie alle auf das Haus zugingen. Wenigstens würde es hier die letzte Zeremonie dieser Art sein. Sie würden noch heute zur Garnison aufbrechen und dann nach Westen. Ins Nachtland.

Als sie das Gartentor vom Wigwam der Rogers' erreichten, sah Tiana eine mürrisch dreinblickende Gruppe von drei Männern, einem Mann und ein paar Kindern davorstehen. Daivd ging näher an Tiana heran und legte ihr beschützend einen Arm um die Schulter. Er war gespannt. Es hatte so viele Drohungen gegen die Rogers' gegeben, daß jeder Fremde David nervös machte.

»Wir hätten den Umweg nehmen sollen«, murmelte er.

»Mach dir keine Gedanken«, erwiderte Tiana. »Es sind Nachbarn von der anderen Seite des Flusses. Sie wohnen fünf oder sechs Meilen stromabwärts. Sie sind wahrscheinlich auf dem Nachhauseweg von der Garnison.«

»*A'siyu*, Freunde«, rief Drum aus. Die Leute starrten sie nur an. Einer spie in den Staub.

»Denkt nichts Böses, Freunde.« Tiana ging auf sie zu. »Unsere Herzen weinen um den Verlust unserer geliebten Heimat. Wir wollten sie nicht verkaufen.« David beobachtete sie voller Besorgnis.

»Frau«, rief er sanft. »Komm her. Die werden sich nicht ändern.«

Ein kleiner Junge trat plötzlich vor seine Mutter und schleuderte einen Stein. Er traf Tiana mit einem häßlichen, knirschenden Laut direkt unter dem Auge. Tiana fuhr sich mit der Hand zum Gesicht, und David rannte ohne nachzudenken sofort hinter dem Kind her. Die Frauen starrten ihn nur wütend an, doch der Mann nahm seine Muskete von der Schulter. Der Junge versuchte sich hinter dem breiten Rücken seiner Mutter zu verstecken, aber David hob ihn einfach hoch. Dann trat er mit dem um sich tretenden, strampelnden Kind dicht an Tiana heran.

»Sag ihr, daß es dir leid tut«, sagte er auf Cherokee. In seinem Zorn schüttelte er ihn. »Du hast einen wunderbaren, sanften Menschen verletzt, der dir nie etwas tun würde.« Der Junge starrte sie nur unter seinen geraden schwarzen Haarsträhnen an. Der Mann schüttelte sein Gewehr und stieß ein drohendes Grunzen aus.

»Schon gut, mein Beschützer«, sagte Tiana. »Der Wurm des Zorns ist in seinem Herzen.« Sie sah den Jungen traurig an. »Er wird deine edlen Teile fressen, mein Sohn«, sagte sie. David ließ ihn los, und der Junge rannte zu seinem Vater, an dessen Seite er sich herausfordernd aufbaute.

Eine Frau schrie sie an. Ihre Stimme war noch schrill vor Haß.

»Euer Pfad wird schwarz sein. Ihr werdet mit Hundekot bedeckt sein. Ihr werdet schon bald sterben, und solange ihr lebt, werden eure Seelen schwere Steine in eurer Brust sein.«

David schickte Drum und die Frauen schnell zum Haus. Er spürte, wie ihn etwas in den Rücken traf, und roch den Gestank frischen Dungs.

»Betrüger! Diebe! Abschaum!« schrie ihnen eine der Frauen nach. »Schmutz! Mögen Hunde auf euch scheißen!«

Jack und Elizur und John erschienen mit den Gewehren im Anschlag auf der Veranda. James hielt sich diskret im Hintergrund. Als ein Unterzeichner des verhaßten Vertrags war er ein besonderes Ziel für den Volkszorn.

»Verschwindet, ihr unwissenden Hohlköpfe.« Jack drohte ihnen mit seinem Gewehr. »Ihr sollt alle im Höllenfeuer für durchgedrehte Hunde schmoren.« Falls sie sein Englisch nicht verstanden, verstanden sie wenigstens seine Waffe. Sie trollten sich und verschwanden auf dem Pfad. Jack legte seinen beiden Frauen einen Arm um die Taille und begleitete sie ins Haus, wo ein Frühstück aus kaltem Maisbrot und Honig bereitstand.

»Regt euch nicht auf«, sagte er. »Wir haben schon fast alles eingepackt, und dabei ist die Sonne gerade aufgegangen. In ein paar Tagen gleiten wir flußabwärts, und dann wird uns niemand mehr ein unfreundliches Wort sagen.«

Nachdem Drum gegessen, sein altes Pferd gesattelt hatte und nach Hiwassee Town aufgebrochen war, machten sich die anderen wieder daran, die drei zusätzlichen Wagen zu beladen, die Jack gekauft hatte. Tiana kletterte die schmale Stiege zum Obergeschoß hoch. Sie stützte sich mit einer Hand an jeder Wand ab, um sich weiterzuschieben. Obwohl ihr Bauch durch das Kind angeschwollen war, waren es ihr Gemüt und ihr Herz, die sich erschöpft und schwer fühlten.

Die Räume im Obergeschoß waren saubergemacht worden, aber noch nicht leer. Ein ausgetretener Mokassin, ein fadenscheiniger Lappen, ein verschrumpelter Apfel, ein Strumpf, der überwiegend aus Löchern bestand, sowie ein zerbrochener Korb lagen verlassen in den Ecken. Ohne das Bett, den Waschtisch und die Truhen fiel Tiana der rote Staub auf, der dick auf den Dachbalken lag und auf den Balken der Wände. Dort, wo sich der Fensterrahmen verzogen hatte, sah sie Sonnenlicht und zog sich von der Wand zurück.

Sie hielt Fancys alten Hut aus Maislieschen, den sie in der kleinen Dachkammer gefunden hatte. Er war von Alter und Hitze vergilbt und spröde. Er roch nach Staub. Die Ränder der Krempe zerbröselten Tiana zwischen den Händen. Doch als sie ihn hielt, konnte Tiana Fancys dunkles Gesicht vor sich sehen, nachdem sie im Gemüsegarten gearbeitet hatte. »Kind«, hörte sie Fancy sagen. »Du siehst so melancholisch aus wie der Garten im letzten Herbst.«

Nannie hatte Looney Price geheiratet und war ausgezogen. Sie hatten sich auf einem Teil von Jacks Farm ein kleines Blockhaus gebaut. Susannah hatte in der Dachkammer geschlafen, damit David und Tiana das alte Zimmer der Mädchen haben konnten. Nachdem James und Drum im Juli den Vertrag unterzeichnet hatten, hatte David es für ratsam gehalten, wieder in den Wigwam der Rogers' zu ziehen. Viele aus dem Wahren Volk, die ins Fort kamen, waren unangenehm zu Tiana oder, schlimmer noch, drohten ihr. David wachte gewöhnlich um vier Uhr auf, und nachdem er mit Tiana im Fluß gebadet hatte, ritt er in die Garnison, um in seiner Schmiede zu arbeiten. In der letzten Woche jedoch hatte er den Rogers' beim Packen geholfen.

Jetzt barg der alte Raum sowohl alte als auch neue Erinnerungen. Tiana lehnte sich gegen die Wand, um den Schmerz im Rücken und die Übelkeit zu lindern, die sie nach der Reinigung am Morgen wieder heimsuchte. Sie wünschte, sie könnte auch dem Schmerz im Herzen Linderung verschaffen. Sie spürte einen kleinen Fußtritt gegen den geschwollenen Bauch. Sie schloß die Augen und lauschte der Stille des Raums und ignorierte das ferne Geräusch von Stimmen auf dem Hof.

Sie konnte das Lachen bei den Festen hören, die sie einmal gefeiert hatten, die Tänze und die Geschichten. Sie glaubte sogar die leise Unterhaltung zu hören, als ihre Familie an langen Winterabenden im Lichtschein des Feuers saß. Und sie hörte, wie David ihr ins Ohr flüsterte, hörte das leise Stöhnen, das er hören ließ, wenn die Wollust ihn überwältigte. Da lächelte sie. Wenigstens würde sie diesen Laut wieder hören, egal, wo sie waren.

Plötzlich erschien Spearfingers Gesicht wie ein grinsender Dämon an dem offenen Fenster. Ihr graues Haar war weiß geworden. Unter ihrem Kopftuch wehten ein paar Strähnen davon hervor wie die feinen Fäden der Kätzchen der Dreieckblättrigen Pappel. Um auf das Vordach unter dem Fenster zu kommen, mußte sie auf die gestapelten Schachteln und Fässer geklettert sein, die darauf warteten, auf die Wagen geladen zu werden. Sie zischte und winkte. Tiana quetschte sich durch das Fenster und hockte sich auf das abschüssige Dach. Das dicke Moos auf den alten Dachschindeln fühlte sich unter ihren nackten Füßen pelzig an.

Unter ihnen war Tianas Familie dabei, geschäftig auf dem Hof herumzulaufen. Tiana fühlte sich auf dem Vordach unsichtbar, obwohl jeder, der hinaufblickte, sie sofort erkennen konnte. Es überraschte sie nicht, daß niemand Spearfinger bemerkt hatte. Die alte Hexenmeisterin kannte einen sehr wirksamen Versteckzauber, Einen Mit Dem Man Sie Verpaßt. Sie hatte ihn auch Tiana beigebracht. Dafür, daß Tiana ihr etwas vorlas, hatte Spearfinger ihr im letzten Jahr viele Dinge beigebracht.

»Mutter Raincrow, wie bist du hergekommen?« fragte Tiana.

»Mit den Söhnen Donners.« Wie zur Bestätigung ertönte oben in den Bergen ein Donnergrollen. »Donner erzählt Raincrow, daß du dich ins Nachtland begibst. Er sagt ihr, daß es Zorn auf dich und deine Familie gibt. Raincrow bringt Schutz vor den Grollenden.«

»Ich danke dir, Mutter. Es gibt tatsächlich Zorn auf uns. Hast du auch einen Zauberspruch, um das Haus zu schützen? Es wird leer und verlassen sein. Es mag sein, daß sich das Böse hier einnistet.«

Als hätte sie gewußt, daß Tiana sie das fragen würde, reichte Spearfinger ihr eine Kürbisflasche.

»Vergrabe sie vor deiner Tür und sprich: ›Die Schwarzschwanzklapperschlange ist soeben gekommen, um dir in die Seele zu blicken. Die Diamantklapperschlange ist soeben gekommen, um dir in die Seele zu blicken. Die Zwergklapperschlange ist soeben gekommen, um dir in die Seele zu blicken. Die Mokassinschlange ist soeben gekommen, um dir in die Seele zu blicken.‹« Spearfinger beugte sich vor und biß Tiana zärtlich ins Ohr, was dieser Schauer über das Rückgrat jagte. »Mögest du in den fernen Sonnenstrahlen in Frieden leben, Enkelin«, sagte die alte Frau. »Und möge Der Ernährer seinen warmen sanften Atem auf deine Wohnung blasen. Mögest du deine Fußabdrücke auf dem Weißen Pfad zurücklassen.«

»Du wirst mir fehlen, Mutter Raincrow. Das Herz wird mir vor Sehnsucht nach dir ganz schwermütig sein. Willst du nicht mit uns nach Westen kommen?«

»Ich bin in den Blauen Bergen des Sonnenlandes zur Welt gekommen. Dort werde ich mit den Sieben Clans ruhen«, sagte die alte Frau.

Damit sprang sie über den Rand des Daches hinunter, und Tiana kauerte sich an der Traufe hin, um ihr zuzusehen, wie sie unter den aufgestapelten Kästen umherwieselte. Sie hüpfte über die Steine im Fluß und sprang mit einem Satz auf die oberste Querlatte des im Zickzack verlaufenden Zauns auf der anderen Seite. Dort balancierte sie kurz und winkte, bevor sie hinuntersprang und im Wald verschwand.

Tiana starrte auf die Kürbisflasche, die sie ihr dagelassen hatte. Sie wußte, daß sie wahrscheinlich das Gehirn von *Huhu* enthielt, der Gelben Spottdrossel, eines mächtigen Geistes. Sie würde einen mächtigen Geist brauchen.

Als sie hinunterging, schwankte der große Deckenleuchter leicht. Das Quietschen seiner Kette klang hohl in dem leeren Raum. Jennie hatte ihn schon einpacken wollen, aber Jack hatte sie davon abgehalten. Sie weinte sacht, als Jack und David sie zu trösten versuchten.

»Wir haben keinen Platz mehr dafür, Kleines«, sagte Jack. »Die Wagen sind schon überladen.«

»Ich werde dir einen neuen machen, Mutter, wenn wir am Arkansas sind«, sagte David.

Jetzt sah der Deckenleuchter kahl und häßlich aus, nicht wie der festliche Lichtspender, der er mal gewesen war. Er hing in dem leeren Raum wie die Knochen eines abgefressenen Kadavers.

»Wir sind jetzt fast fertig zum Aufbruch, Tochter«, sagte Jack.

»Ich werde gleich da sein.«

Tiana ging mit der Kürbisflasche hinaus. Als sie sie vergrub und dabei den Zauberspruch sang, weinte sie. Die Kürbisflasche schien so wenig zu sein, um die Wände und das Dach zu beschützen, die ihr ihr ganzes Leben lang Schutz und Zuflucht geboten hatten. Sie sagte dem Geist des Hauses Lebewohl und bat ihn dafür um Vergebung, daß sie ihn im Stich ließ.

Sie hatte noch einen weiteren Zauber bei sich. Den hatte sie aus Seeth MacDuffs Predigerbuch entnommen, nämlich mit dem Hintergedanken, daß es nicht schaden konnte, jede mögliche Quelle von Magie zu nutzen. Sie murmelte den Zauberspruch viermal über der frisch gewendeten Erde, welche die Kürbisflasche bedeckte. »›Segen ruht auf dem Haupt des Gerechten; aber auf die Gottlosen wird ihr Frevel fallen.‹«

»Frau, wir brechen auf. Es braut sich ein Sturm zusammen.« David fragte nicht, warum sie im Staub kniete oder warum ihre Hände vom Graben schmutzig waren. Er kniete neben ihr nieder und drückte sie an sich, als sie schluchzte. »Hast du dich von den Bergen verabschiedet?« fragte er.

»Ja.« Er gab ihr ein großes Taschentuch, damit sie sich schneuzen konnte. »Ich habe heute morgen Tabak auf dem Pfad gefunden«, sagte sie. »Ich habe ihn zur Seite getreten. Ich nehme an, jemand hat uns mit einem Bann belegt. Ein *diga'ghahuh'sdo'dhi'yi*, Einer Der Sie Entfernt. Er soll uns dazu bringen, daß wir uns einsam und niedergeschlagen fühlen.«

»Dann dürfen wir es nicht zulassen«, sagte David. »Komm. Wir haben für dich im Wagen einen Platz freigelassen.«

»Ich kann doch ein Pferd nehmen. Ich möchte lieber bei dir sein.«

»Ich werde neben dem Wagen herreiten. Ich kann die Hand ausstrecken und dich berühren. Außerdem brauchen sie dich, um Old Thunder zu fahren.« Er lächelte sie an, als er ihr auf die Beine half. Er trocknete ihr mit den Daumen die Tränen, strich ihr das Haar glatt und küßte sie dann leicht auf den Mund. »Sieh doch!« Er zeigte nach Osten, auf das Sonnenland.

Der zunehmende Wind ließ Tianas Kleid und Haare um ihre langen Beine flattern, als sie die Berge anstarrte. Diese leuchteten in den flammenden Farben des Herbstes, doch das war es nicht, worauf David zeigte. Schieferfarbene Wolken hatten den frühen Morgenhimmel fast vollständig bedeckt. Nur ein schimmerndes Band aus Gold und Violett betonte die Silhouette der dunstigen blaugrauen Gipfel. Als Tiana und David zusahen, bewegten sich die Wolken heran, machten das goldene Band immer schmaler, bis es verschwand und Grau auf Grau prallte. Ein sanfter Regen begann auf die Gipfel zu fallen.

»Lebt wohl, meine Freunde«, sagte Tiana sanft zu den Bergen. »Bitte weint nicht um uns.«

Viele Bewohner von Hiwassee Town waren am Anleger der Garnison erschienen, um sich zu verabschieden. In einigen Monaten würden auch sie aufbrechen. The Raven und Drum hatten den Umzug organisiert. Es war nicht leicht, für dreihundertfünfzig Menschen Transportmöglichkeiten zu planen. Zum Glück für Raven besaß das Wahre Volk nicht viele weltliche Besitztümer.

Wer nicht zum Nachtland aufbrach, säumte die Flußufer. Es gab weder Abschiedsrufe noch Tränen, obwohl Tiana viele der Menschen seit Jahren kannte. Tiana hielt den Kopf hoch, als sie mit Old Thunder an ihnen vorüberfuhr.

Jennie fuhr einen zweiten Wagen, Elizabeth den dritten, Susannah den vierten. Hinter ihnen schlossen sich die Wagen von Nannie und Looney Price an sowie die von Charles mit seiner Familie und Aky und Annie. Die Männer der Rogers', ihre Schwager sowie Elizur reisten mit schußbereiten Gewehren zu Pferde. Kühe und Schafe trotteten im Gänsemarsch hinter den Wagen her, und Hühner und Gänse reisten unter lautem Protest in Käfigen, die man an den Seiten der Wagen festgebunden hatte.

Als die Wagen vor dem Anleger hielten, rannten Drums Leute herbei, um sie zu begrüßen. Die anderen stießen leise Flüche und Drohungen aus und schwangen drohend Waffen und Keulen. Da kamen auch andere näher. Die Soldaten, die sich unter die Menge gemischt hatten, um die Ordnung aufrechtzuerhalten, wurden nervös, als das Drängen und Schubsen stärker wurde.

Dann trat Nanehi Ward aus der Menge der Leute aus Hiwassee hervor. Die Menge wurde still, als sie näherkam. Mit ihren neunundsiebzig Jahren hielt sie sich noch immer kerzengerade. Ihr weißes Haar hing ihr lose in langen Strähnen herunter wie die feinste Baumwolle. *Ghigau* sog an einer geschnitzten Pfeife aus rotem Speckstein und blies Rauch in Richtung der Menge. Mit fester Stimme sprach sie einen Zauberspruch, um Unheil zu verhüten. Die Leute schluckten unbehaglich, als sie die Worte vernahmen.

»Wir sind alle eins«, sagte sie. »Rot und Weiß und Schwarz, wir sind alle von Dem Ernährer erschaffen. Ihr seid alle meine Kinder.

Wollt ihr gegen einen Bruder oder eine Schwester die Hand erheben?«

»Nein, Geliebte Frau«, murmelten einige, worauf sich die Spannung löste.

Soldaten begannen den Rogers' beim Entladen der Wagen zu helfen. Raven versuchte, Tiana ihren schweren Mantelsack abzunehmen, als sie auf den Anleger zuging. Sie riß ihn wieder an sich und starrte ihn voller Verachtung an, bevor sie sich abwandte.

Als zwei Boote um die Flußbiegung kamen, wurde es in der Menge unruhig. Die Boote gierten und schwangen am Ende lange Heckruder wie Hunde, die mit ihren Schwänzen wedeln. Plattboote waren dafür gebaut, stromabwärts zu treiben und die Strömung als Antrieb zu nutzen. Sie waren den Launen des Flusses oft auf Gnade und Ungnade ausgeliefert.

Die Rudergänger fluchten, als sie die schwerfälligen Flöße an den Anleger heranzumanövrieren versuchten. Das erste Boot wirbelte aufreizend langsam herum und trieb mit dem Heck an die Spundwand heran. Raven war überrascht zu sehen, daß Passagiere an Bord waren.

»Wer ist das?« fragte er. Drum starrte die Männer, die sich an der Hecköffnung zusammendrängten, mit einem feinen Lächeln an.

»Das ist Ata'lunti'ski«, sagte Drum. »Mein Bruder, He Throws His Enemy Over A Cliff.«

»Teufel und Höllenfeuer!« stieß Raven hervor. Drum schüttelte kaum merklich den Kopf. Ohne zu sagen, daß er es tat, hatte Drum Raven in der mühseligen Kunst der Diplomatie unterrichtet. Die Schwäche der Amerikaner bestehe darin, sagte Drum, daß sie so gern sprächen, daß sie erzählten, was sie auf dem Herzen hätten, und daß sie andere unterbrächen.

»Vater, du hast nie erwähnt, daß dein Bruder vom Arkansas zurückkehrt.«

»Du hast nie gefragt«, entgegnete Drum.

Raven schloß verärgert die Augen. Er hatte noch immer so viel zu lernen. Raven war so sehr darauf bedacht gewesen, die Sache der Regierung zu vertreten, daß er versäumt hatte, Drum ausführlich nach den dreitausend Cherokee zu befragen, die jetzt schon im Arkansas County des Territoriums Missouri lebten. »Warum ist er hier?« fragte er.

»Er wird es uns erzählen«, erwiderte Drum.

Ata'lunti'ski führte zwanzig Krieger mit grotesk bemalten Gesichtern von dem ersten Boot an Land. Über den Federn in seiner steifen Skalplocke flatterten bei Ata'lunti'ski ein schwarzer Wimpel. Als er näherkam, konnte Raven sehen, daß es kein Wimpel war, sondern ein Skalp. Die Haut war auf einen Reifen gespannt, und das Haar flatterte in der Brise. Ata'lunti'ski ließ einen durchdringenden, gellenden Schlachtruf hören, der von den feindseligen Cherokee am Ufer aufgenommen wurde.

Verdammt! Diesmal dachte Raven es nur. Er setzte eine gleichmütige Miene auf. Doch bei einigen der Umstehenden war ein Keuchen zu hören. Manche zuckten vor den schauerlichen Trophäen zurück, welche die Männer trugen. Manche drängten sich weiter vor, um besser zu sehen. Raven bezweifelte, daß Ata'lunti'ski vorbeigekommen war, um das Leben am Arkansas in den höchsten Tönen zu preisen. Wenn ein Rad zu quietschen anfängt, liegt es nicht daran, daß alles in Ordnung ist.

Raven hatte Monate damit verbracht, zu reisen, zu intrigieren, zu bestechen, zu drohen, Zusagen zu machen, zu schmeicheln und gut zuzureden. Er hatte für das Wahre Volk unzählige Briefe entworfen. Er hatte sogar den hitzigen alten Standing Together dazu gebracht zu unterschreiben. Jetzt war ihm klar, warum das möglich gewesen war. Standing Together hatte sich bereit erklärt, nach Westen zu ziehen, um sich wieder auf den Kriegspfad begeben und gegen die wilden Osage kämpfen zu können.

Raven war müde. Das Wahre Volk dazu zu bewegen, sich überhaupt von der Stelle zu rühren, war wie der Versuch, einen Vogelschwarm einzufangen. Trotz all seiner Anstrengungen wanderten nur die Rogers' und die Leute aus Hiwassee Town aus. Jetzt war sogar ihre Abreise bedroht.

Als alle herbeirannten, um mit Ata'lunti'ski und seinen Kriegern zu sprechen, sah Raven die unsichere Vereinbarung, die er zustande gebracht hatte, ins Wanken geraten, etwa wie ein Kamin beim ersten Zittern eines Erdbebens. Er mußte die Rogers' auf den Weg bringen. Um Ata'lunti'ski konnte er sich später kümmern. Raven machte sich auf die Suche nach Jack. Jetzt war es für Rogers an der Zeit, sich die Bezahlung durch die Regierung zu verdienen und das Beladen der Boote zu beschleunigen.

Jack enttäuschte ihn nicht. Er ignorierte die hitzigen Debatten der Räte, die sich unter den Bäumen zusammenfanden, und das beginnende Dröhnen der Kriegstrommeln. Ata'lunti'ski sorgte für allerlei Aufregung, worauf er sich bestens verstand. Er und seine Anhänger beklagten sich über die Lebensbedingungen im Westen, über ausgebliebene, jedoch zugesagte Zahlungen, über Betrügereien der Agenten, Grenzstreitigkeiten und Krieg mit den Osage.

Doch trotz all dem achtete Jack eisern darauf, daß die Boote beladen wurden. Er wußte, daß es nur eine Frage der Zeit war, bis sein adoptiertes Volk keine Wahl mehr hatte. Er wollte bei dem Land am Arkansas die erste Wahl haben. Wenn die anderen nachkamen, hatte er schon Fuß gefaßt und würde in der Lage sein, für deren Bedürfnisse zu sorgen. Natürlich gegen Bezahlung.

Zwei Tage lang half Raven dabei, Dinge zu verstauen oder woanders unterzubringen. Dann zogen die Männer schwere Planen über die Ladung und banden sie fest, damit nichts umkippte oder bei stürmischer Fahrt über Bord rutschte. Und stürmisch würde die Fahrt unweigerlich werden. Im Süden wartete The Suck.

Raven konnte es den Rogers' nicht verdenken, wenn sie sich jetzt, nachdem sie die Boote gesehen hatten, anders besannen. Jack hatte alles besorgen können, nur nicht Raum und Komfort. Die dreißig Menschen würden auf engstem Raum zusammenleben müssen, obwohl sie auf zwei Boote verteilt waren.

Die Plattboote waren kaum mehr als Flöße, zwölf Meter lang und sechs Meter breit. Die riesigen Stämme ihrer Decks waren vierkantig zugeschnitten worden, um die Gefahr von Lecks möglichst klein zu halten, doch sie waren immer naß. Wenn sie den Arkansas erreichten, würden die Wergfässer fast leer sein. Jedes Boot hatte ein niedriges Deckhäuschen mit einem flachen Dach, das drei Viertel der Bootslänge bedeckte. Vorn am Bug waren die Tiere untergebracht. Die Boote begannen allmählich wie Archen auszusehen. Perlhühner und Hühner, Hunde und Katzen streiften umher und wahrten nur mühsam einen Waffenstillstand. In dem abgetrennten Teil waren Schweine, Pferde, Kühe und Schafe.

Raven versuchte seine Ungeduld zu zügeln, als einige zu einem letzten Lebewohl noch einmal an Land gingen, oder um vergessene Sachen zu holen oder den Gesprächen mit den westlichen Cherokee zu lauschen. Es gab noch eine weitere Komplikation. Der Kriegertrupp hatte Gefangene mitgebracht. Adoniram, Davids Zuschläger, hatte sich in eine von ihnen verliebt.

Ho'n Nika Shinkah, Night Child, schien etwa sechzehn zu sein. Sie war klein, hatte einen rundlichen, wohlgeformten Körper und ein rundes, unschuldiges Gesicht. Sie trug einen weiten Rock und ein altes Männerhemd, das ihr bis über die Knie fiel. Ihr dichtes, drahtiges schwarzes Haar war strähnig. Dem gehetzten Ausdruck in ihren Augen sah David an, daß sie vergewaltigt worden war, obwohl er Adoniram gegenüber nichts davon verlauten ließ. Weder er noch Adoniram hatten viel über sie in Erfahrung bringen können. Sie kannten nur ihren Namen und wußten, daß der größte Teil ihrer Familie bei Ata'lunti'skis Überfall auf ihr Dorf getötet worden war.

Adoniram und David hatten den ganzen Tag mit ihrem Eigentümer um sie gefeilscht, und Adoniram geriet allmählich in Verzweiflung. Zunächst hatte Night Child, Shinkah, Adoniram nicht aus den Augen gelassen. Doch als jetzt offenbar wurde, daß er nicht genug besaß, um sie zu kaufen, blickte sie nur zu Boden.

David ging zu Tiana, um ihren Rat einzuholen. Er wollte Adoniram ihre Ersparnisse geben.

»David, wir brauchen das Geld nicht«, sagte sie. »Wo sollen wir es am Arkansas denn ausgeben?« Sie küßte ihn leicht auf die Lippen. »Außerdem wird Adoniram es uns zurückzahlen. Und wenn wir da sind, wird er uns helfen. Er ist für dich wie einer aus der Familie.«

»Genau das wollte ich gerade sagen.« David grinste sie an, wobei sich sein Mund in die schiefen Falten legte, die einen Mundwinkel höher rutschen ließen als den anderen.

Als der Eigentümer des Cherokee-Mädchens sah, daß sein Preis vermutlich gezahlt werden würde, steigerte er ihn. Tiana drängte ihn gegen die Wand eines Lagerhauses, während seine bemalten Freunde amüsiert zusahen.

»Mein Freund«, sagte sie mit fester, entschlossener Stimme. »Wer nimmt Gefangene in seine Clans auf?«

»Die Frauen.«

»Wer hat das letzte Wort, wenn es darum geht, was mit Gefangenen geschehen soll?«

»Ich habe die hier gefangen«, sagte er, sah aber unangenehm berührt aus. »Sie gehört mir. Ich kann sie behalten oder verkaufen, wie es mir gefällt.«

»Dann verkaufe sie, aber benimm dich nicht wie *utsu'tsi*, die Meise, die mal dies, mal das sagt.« Tiana hielt ihm den Lederbeutel mit Münzen hin. Der Mann nahm ihn, schimpfe aber wild.

Tiana nahm Shinkah bei der Hand und führte sie weg.

»Adoniram hat dich in seine Seele genommen«, sagte sie. »Mögest du dort in Frieden leben.« Das Mädchen sah sie stumm an. Falls sie Tianas Worte nicht verstand, so verstand sie doch, was geschehen war.

Raven hatte dem Feilschen zugesehen, weil es wertvolle Zeit raubte und weil Tiana beteiligt war. Er hatte in der Armee schon lange, unangenehme Tage zugebracht, viele davon mit Schmerzen. Doch dieser Tag mußte zu den schlimmsten gezählt werden. Als Jackson diese Umsiedlung vorgeschlagen hatte, war es Raven als gute Idee erschienen. Es wäre für das Wahre Volk besser, freiwillig zu gehen, als um sein Land zu kämpfen und zu verlieren, was mit Sicherheit zu erwarten war.

Doch jetzt kamen ihm Zweifel. Es beunruhigte ihn zu sehen, wie Soldaten Angehörige des Wahren Volks voreinander schützten. Es schmerzte ihn, Tianas verletzte und geschwollene Wange zu sehen und zu wissen, daß er die Ursache zu ihrer Verwundung gewesen war. Raven hatte es versäumt zu berücksichtigen, welchen Preis diejenigen zu zahlen hatten, die aufbrechen würden, und was die Umsiedlung jene kosten würde, die hierblieben. Tränen und Kummer, Bitterkeit, Haß und Gewalt hatten nicht zu seinen Plänen gehört. Er hätte sie berücksichtigen müssen. Würde er je so weise sein wie Drum?

James umarmte Tiana. Er würde noch nicht nach Westen aufbrechen. Ata'lunti'ski hatte ihn gebeten, als Dolmetscher mit seiner Delegation nach Washington zu reiten. James war dafür bestens geeignet. Sein Englisch war ausgezeichnet. Während der monatelangen Verhandlungen wegen dieses Vertrags hatte er ständig für Raven gedolmetscht. Mit dreiundzwanzig sah er so gut aus, daß er sowohl Männern wie Frauen auffiel.

Er hatte es schließlich erlaubt, daß Jennie ihm die Haare nach Art der Republikaner schneiden durfte, so daß sie jetzt kurz und leicht zerzaust waren. Sein roter Seidenturban konnte die ungebärdige Masse dichter schwarzer Locken nicht bändigen. Seine glatte braune Haut und die dunkelblauen Augen wirkten elegant über seinem weißen Rüschenhemd mit dem offenen Kragen. Er hatte die gleichen patrizierhaften Gesichtszüge wie Tiana, den gleichen vollen Mund und die leicht gekrümmte Hakennase.

Schließlich sah Raven zu, wie David und Tiana langsam an Bord gingen. Es folgten einige Nachzügler. Jennie und Elizabeth, John, Charles, Joseph, William, Aky, Annie, Nannie, ihre Gefährten und Kinder, Susannah, der mürrische Elizur und die Campbells starrten an Land.

Tiana winkte den Zurückbleibenden traurig zu. David hatte ihr den Arm um die Schulter gelegt. Raven spürte, daß er einen ungeheuren Verlust erlitten hatte, spürte etwas, was er bei der Übernahme dieses Auftrags nicht bedacht hatte. Tiana gehörte einem anderen. Seit sie herausgefunden hatte, in welcher Mission er hier war, hatte sie ihm nicht ein freundliches Wort geschenkt. Selbst jetzt noch weigerte sie sich, seinen Blick zu erwidern. *Sie hat sich nicht wirklich verändert,* dachte Raven. *Sie ist in ihrer Feindschaft genauso leidenschaftlich wie in ihrer Freundschaft.* Wäre sie nicht verheiratet gewesen, wäre er jetzt über die Planke an Bord gelaufen, um bei ihr zu sein, um alles mit ihr zu teilen, was eine ungewisse Zukunft bringen mochte. Trauer und Sehnsucht schnürten ihm die Brust zu.

David sah, wie Raven Tiana anstarrte. Er hatte gesehen, wie er sie seit Wochen anstarrte. The Raven. War es nur eine Ironie des Schicksals, daß der Rabe in der Mythologie des Wahren Volks in der Liebe ein Rivale war?

»Wird dir dein alter Freund The Raven fehlen?« fragte er Tiana, als das Boot ablegte und die Menschen ihre Abschiedsgrüße riefen.

»Nein!« Ihre Stimme sprühte Gift. »Er hat einen Brief geschrieben und ihn mit Drums Namen unterzeichnet. Das war schändlich. Drum hat sich von einem Mann benutzen lassen, den er seinen Sohn nennt. Raven hat sein Geburtsrecht verkauft wie Esau.«

»Vielleicht hat Drum den Brief diktiert.«

»Nein, das hat er nicht. Es war Theater. Kriecherische Schmeicheleien. Der Brief versicherte Vater Monroe, wir würden zivilisiert bleiben. Sie schicken uns auf ein Schlachtfeld und erwarten von uns, daß wir friedlich unseren Mais anbauen und Wolle spinnen.«

»Geh nicht zu hart mit ihm ins Gericht, geliebte Frau. Er tut nur, was ihm richtig erscheint.« Als das Boot von der Strömung erfaßt wurde, wurde es widerstrebend schneller.

»Vater sagt, die Reise kann sechs Monate dauern. Bis April.« Tianas Stimme stockte leicht. »Ehemann, hier werden wir nie wieder den Frühling erleben. Wir werden nie mehr die weißen Blüten des Spierbaums sehen oder den Judasbaum oder erleben, wie die Berge über und über in Farbe getaucht sind, wenn die jungen Maispflanzen uns von den Hängen aus zuwinken.«

»Wo wir sein werden, gibt es auch einen Frühling.«

»Es wird nicht das gleiche sein.«

Sie war untröstlich, lehnte sich an ihn und sah, wie das Ufer sich entfernte und die Menschen dort immer kleiner und kleiner wurden. Im stillen sprach sie Spearfingers Versteckspruch, Einer Mit Dem Man Sie Verpaßt. Der schien jetzt angemessen zu sein.

Jetzt! Hör zu! Es ist so.
Der Wind wird mich forttragen,
Und nur ich allein werde es wissen.
Bäume! Bäume! Bäume! Bäume!

26

Jack Rogers stand auf dem Dach des Deckhauses am Heck des Plattboots. David hatte aus festgenagelten Säcken und Kisten einen Windschutz gebaut, der jedoch nicht viel half. Jack erschauerte unter der Decke und dem Öltuch, in die er sich gehüllt hatte. Der vom Wind herangepeitschte Schneeregen kühlte ihn bis ins Mark aus. *Teufel auch, ich bin zu alt für so was.* Er beobachtete, wie aufgewühlte Wellen ein massives Gewirr aus toten Bäumen und Sandbänken und schmutzigen Eisschollen umtosten. Das Boot hielt darauf zu. Cramers Reiseführer nannte dies die Rennbahn des Teufels.

Jack lehnte sich gegen das mehr als acht Meter lange Ruder und kämpfte, um es in der reißenden Strömung unter Konrolle zu halten. Er stampfte mit dem Fuß auf, um jemanden im Deckhäuschen auf sich aufmerksam zu machen. Er brauchte Hilfe. Das Boot bockte und schlingerte wie ein kraftvolles Tier. Ein versunkener Baumstamm kratzte mit einem reißenden Geräusch an den Floßstämmen entlang. Das Deck ächzte unter der Belastung. Jack konnte hören, wie die Kinder im Deckhaus weinten und wie das Vieh brüllte.

»Jack«, rief David, der auf dem schwankenden Dach des Deckhäuschens behutsam näherkam, »wir müssen das Boot auflegen.«

»Nicht genug Platz«, brüllte Jack gegen den Wind. Er blinzelte und schaffte es, kurz die Hand vom Ruder zu nehmen, um sich schnell die Eiszapfen von Bart und Augenbrauen zu reiben. »Sieh mal!« Er zeigte auf die rot-gelb-schwarz-gestreiften Chickasaw Bluffs, die hoch und drohend vor ihnen aufragten. »Vielleicht könnten wir es schaffen, noch vor Dunkelheit die Flußschlinge des White River zu erreichen.« Jack wußte, daß er ein hoffnungsloser Optimist war. Sie konnten sich glücklich schätzen, wenn sie auch nur die nächsten hundert Meter schafften.

»Tianas Zeit ist gekommen.« David half Jack am Ruder. »Die Frauen schaffen es nicht, sie mit einem Feuer zu wärmen. Es geht immer wieder aus.«

»Hölle und Verdammnis!« Jack sah die Sorge in Davids rotgeränderten Augen. Schon jetzt bildeten sich Eispartikel in seinem zerzausten Haar, den langen blonden Wimpern und Augenbrauen und seinem schweren goldenen Bart. Er hatte versäumt, sich seine Jacke überzuziehen, und zitterte unkontrolliert.

»Mach, daß du reinkommst, Mann, bevor dir die Kiefer zufrieren, als wärst du eine Auster. Schick Elizur her, zieh dir die Jacke an und komm dann selbst wieder. Wir werden den Kahn auflegen, sobald es möglich ist.«

Jack drehte sich um und winkte Charles und John zu, die sich abmühten, das zweite Boot auf Kurs zu halten. Er machte eine Geste in Richtung Ufer, und Charles winkte zurück. Die längsseits befestigten Kanus benutzten sie als Leichter, um Nachrichten hin und her zu schicken. Beide Kanus waren ramponiert und schon zur Hälfte voll Wasser gelaufen. In erster Linie dienten sie als Dregganker. Sie bremsten die schnelle, schlingernde Fahrt der Boote ein wenig. Jack wußte, daß es am besten wäre, sie loszuschneiden. Wie beängstigend es auch sein würde, noch schneller zu fahren, jetzt befanden sie sich in größerer Gefahr, da sie der Strömung auf Gnade und Ungnade ausgeliefert waren.

Das Brüllen der Wassermassen, die sich ihren Weg durch die vor ihnen liegenden Hindernisse bahnten, wurde lauter. Die Durchfahrt durch die Barrikade wurde immer kleiner, als Bäume, Unrat und die Trümmer anderer Boote dagegengespült wurden. Ein eisiger Schneeregen setzte ein, und um sie herum zuckten Blitze auf. Von Zeit zu Zeit trieb ein einsamer Waschbär oder ein Opossum im Geäst eines der riesigen entwurzelten Bäume vorbei. Die Augen der Tiere glühten gelb in den aufzuckenden Blitzen. Baumstämme rauschten durchs Wasser wie Rammböcke. Elizur und Adoniram zogen sich übers Dach und banden sich an Ringen an je einer Seite des Deckhäuschens fest. Mit langen Stöcken versuchten sie möglichst viel von dem vorbeitreibenden Unrat vom Boot fernzuhalten. David stand am Bug zwischen den Tierpferchen und zeigte durch Handzeichen den jeweils richtigen Kurs.

Jack verfluchte sich, als das Boot auf die Felswand zutrieb. In dem schmalen Durchlaß wimmelte es von gezackten Bäumen, zerbrochenen Planken und unzähligen scharfen Wurzeln. Vielleicht hätte er noch etwas länger warten sollen, bevor er diese Fahrt antrat. Hatte bei seiner Entscheidung, früh aufzubrechen, Habgier eine Rolle gespielt? Er und seine Söhne würden den ersten Zugriff auf Land haben. Sollte etwa Habgier den Tod seiner Lieben verursachen? Nein, redete er sich ein. Wir mußten genau jetzt aufbrechen, um die Frühjahrsaussaat zu schaffen.

Jack sah die drohend aufragende Barrikade, die sich schwarz von dem grauen Himmel, den Regenschleiern und der kochenden Strömung abhob. Aus der Regenwand ragte der Arm eines Ruders in die Höhe sowie eine Ecke des gesunkenen Boots, an dem es befestigt war. Die voraustreibenden Äste und Wurzeln wirkten wie Finger, die nur darauf warteten, Jacks zerbrechliches Floß zu ergreifen und in die Tiefe zu ziehen.

Äste kratzten an den Seiten des Boots und bedrohten die Männer, als das Floß durch den schmalen Durchlaß glitt. Gischt sprühte über sie hinweg, als wäre der Regen plötzlich doppelt so heftig geworden. Jack warf einen Arm in die Höhe, um das Gesicht vor einem gezackten Ast zu schützen, als sie durch die Klamm hindurchschossen. Das Boot sackte in die Tiefe, so daß ihm das Ruder aus der Hand geschlagen wurde. Er duckte sich instinktiv, als es über ihn hinwegfuhr und in seinem Auflagepunkt hin und her peitschte.

Das Boot schlingerte und begann sich in einem breiten Wirbel langsam, aber unaufhaltsam zu drehen. Als Jack sich mit dem ganzen Körper auf das Ruder warf, raubte es ihm fast den Atem. Er fluchte erneut und schlug mit der Hand auf den schweren Eichenbaum. Die Kälte ließ den Schlag selbst durch seinen Schaffellhandschuh stechen, dann schmerzte es höllisch. Tränen brannten ihm in den Augen.

Herr, hilf uns, betete er. *Wie du weißt, bitte ich nicht für mich selbst. Ich würde es Dir nicht übelnehmen, wenn Du mir Deine Hilfe verweigerst, mir, dem zur Hölle verdammten Sünder. Aber denk an die Kinder, Herr, und das Baby, das bald das Licht Deiner Welt erblicken wird.* Er hätte am liebsten vor Zorn und Enttäuschung geweint, als das Floß sich auch weiterhin träge drehte wie eine übergewichtige Matrone beim Kotillon. Jack fürchtete plötzlich, es könnte in den Strudel gesogen werden. »Bitte, Gott, hilf mir!« rief er in den Regen und das höhnische Tosen des Flusses.

Mit einem Mal befreite sich das Boot aus dem Strudel. Stechender Schmerz schoß Jack durch die Brust, als er sich mit aller Kraft gegen das Ruder legte. Wo steckt denn nur dieser verdammte Looney Price?

Wie zur Antwort auf seine unausgesprochene Frage tauchte Nannies Mann plötzlich vor Jack auf und versuchte, ihm mit dem Ruder zu helfen.

»Binde dich fest, Mann«, rief Jack.

»Da unten sieht es schlecht aus«, rief Looney zurück. »Alles fliegt durcheinander. Das Baby wird bald da sein.« Looney hatte die Angewohnheit, Selbstverständliches wiederzukäuen.

»Hilf David mit dem Tau. Binde es so weit wie möglich landeinwärts fest. Diese Strömung frißt das Ufer in beängstigendem Tempo.«

Looney sah ihn ausdruckslos an. Jack seufzte. In seiner Aufregung hatte er vergessen, daß Looneys Englisch nicht sehr gut war. »Long Man ist dabei, das Ufer zu essen.« Jack machte mit der Hand Schöpfbewegungen. Looney nickte.

Das Floß trieb näher an den Rand des Mississippi heran. Sie hatten die hohen Felsufer hinter sich gelassen und das Flachland erreicht. Eine deprimierende Meile nach der anderen erstreckten sich Rohrdickicht, Schneidegras und knorrige, verwachsene Weiden. Die Umrisse des Weidengestrüpps zeichneten sich dunkel und glänzend vor dem grauen Himmel ab. Es war wie verhext: Als das Floß auf das Ufer zutrieb, wurde es schneller. Jack stemmte sich ab, um den Aufprall abzufedern.

»Versuch uns abzufedern, Elizur«, rief er. »Um Gottes willen, feder uns ab.« Das Boot prallte knirschend gegen den Sand, was neues Jammern der Kinder auslöste. David verschwand im Deckhaus, um mit wild dreinblickenden Augen wiederzukommen.

»Das Baby kommt!«

»Schon gut, Davy, Junge«, sagte Jack. »Wir sind in Sicherheit.« David zitterten die Hände, als er Jack dabei half, das Boot sicher zu vertäuen. Selbst hier war es alles andere als ruhig. Sobald die Taue fest verknotet waren, gingen die Männer ins Deckhaus. Jack verweilte noch ein wenig, prüfte die Taue, Knoten und festgezurrten Kisten und band das Ruder in Ruheposition in der Mitte des Boots fest.

Schließlich trieben ihn Regen und Kälte auch ins Deckhaus, doch er machte die Tür nur widerstrebend auf. Er haßte es, eingesperrt zu sein. Er konnte unter den niedrigen Deckenbalken nicht mal aufrecht stehen. Sich in einem engen Raum aufzuhalten, war schon unter besseren Bedingungen schwer genug, und hier waren sie alles andere als gut. Jeder badete, so oft es nur möglich war. Die Frauen hielten das Deckhaus so sauber wie möglich. Aber der Gestank von fünfzehn Menschen und einem Dutzend seekranker Katzen und Hunde traf Jack wie ein Keulenschlag ins Gesicht und ließ ihn fast ersticken. Um alles noch schlimmer zu machen, waren alle mehr oder weniger krank. Der Geruch von Erbrochenem war durchdringend.

Jack blinzelte in dem flackernden Licht von Binsenfackeln und Kerzenlaternen. Der einzige Raum war durch Decken abgeteilt, die an der niedrigen Decke an Haken hingen. Sie teilten die sechs mal neun Meter große Kabine in kleine Verschläge, um den Familien wenigstens die Illusion von Ungestörtheit zu vermitteln. Sie hielten auch die Hitze der Kohlen, die in Kesseln voller Sand oder in Fußwärmern brannten. Jack machte sich ständig Sorgen wegen Feuer.

Er stieg behutsam über den kleinen Moses Price hinweg, Nannies Erstgeborenen. Das Kind gluckste fröhlich und schlug mit einer aufgeplatzten Holzschale auf den Boden. Jack zuckte zusammen. In seinem Kopf pochte ein dumpfer Schmerz, der mit der Holzschale im Takt zu schlagen schien. Jack ließ seinen Stiefel unter den Bauch einer Katze gleiten, die es geschafft hatte, in diesem Chaos ein Nikkerchen zu machen. Er hob sie auf den Spann und schleuderte sie weg. Ihr erstaunter Gesichtsausdruck gab ihm einige Befriedigung. Tecumseh hatte recht, dachte er, Katzen sollte man sich vom Hals halten. Es sind unverschämte Geschöpfe.

Die Kälte drang Jack bis auf die Knochen. Ihm tat der ganze Körper weh. Das Licht der Laternen und Binsenfackeln flackerte wild und machte das Schwanken des Boots noch intensiver. George Hicks, Akys Mann, lag seekrank und in Felle gewickelt in einer Ecke. Looney war dabei, seinen mageren Körper mit einem von Nannies Rökken abzutrocknen.

Elizur und Adoniram banden die letzten Kisten fest, die sich gelöst und drei Körbe mit Jennies Töpferwaren zerschmettert hatten. Adonirams Osage-Frau kniete auf dem Boden und sammelte die Scherben auf. Sie ist ein bißchen frühreif, dachte Jack, aber anscheinend nicht gefährlich. Sie schien nicht die Absicht zu haben, sie alle im Schlaf zu skalpieren.

Nannie, Jennie, Elizabeth, Aky und David drängten sich alle zwischen den Decken zusammen, die sie von Tianas und Davids Verschlag trennten. Akys Kinder, Aaron und Nannie, starrten zwischen zweien der Decken hervor. Jack fühlte sich verlegen und gereizt. Obwohl er Vater von elf Kindern war, hatte er es immer geschafft, sich zu verkrümeln, wenn sie geboren wurden. Schon die bloße Vorstellung verursachte ihm Unbehagen. »Schlechte Planung«, knurrte er immer, wenn er einer Kuh, die schon lange gelitten hatte, bei einer Steißgeburt half. *Man sollte den Samen aussäen und die Kinder in der Erde heranwachsen lassen. Sie gießen und ein bißchen düngen.*

Jack paßte es auch nicht, daß man ihn wie Luft behandelte. Er hatte sie alle gerade vor dem Ertrinken gerettet, und keiner hatte auch nur ein freundliches Wort für ihn gehabt, geschweige denn einen Becher heißen Tee mit Whiskey und Zucker darin. *Ich zittere wie ein nasser Spaniel, und es ist allen völlig egal.* Er wußte, daß er keinerlei Grund hatte, so zu schmollen, genoß es aber trotzdem. Es würde niemandem auffallen, das stand fest.

Er trat hinter die gewebten Matten, die einen kleinen Verschlag neben der Tür abteilten. Er fühlte sich hier weniger gefangen, da er bei besserem Wetter die Tür offenlassen konnte. Jack sagte immer, daß es auf einem Boot so sei wie im Gefängnis. Im Gefängnis brauchte er allerdings nicht zu befürchten, er könnte ertrinken. Die Matten hielten sämtliche Kinder mit Ausnahme von Moses so wirksam auf Abstand wie eine Schanze. Die anderen würden lieber in den Bau einer Dachsmutter kriechen, als in Jacks Allerheiligstes einzudringen.

An den geschwungenen Handgriffen eines Pflugs hingen ein langes Flanellnachthemd und zwei Paar dicke Wollstrümpfe. Neben seinen Decken stand ein Krug mit heißem Toddy. Jennie und Elizabeth hatten ihn nicht vergessen. Er zog sich Nachthemd und Socken und die Mütze an, die den Fleck im Nacken wärmte, wo früher sein Haar gewesen war. Dann kroch er in das Nest aus Felldecken, das er sich unter den schweren Säcken mit Saatmais zurechtgemacht hatte. Ein kleiner Wald kahler Obstbaumsetzlinge wuchs in Beuteln aus Sackleinen hinter ihm. Jack wurde der Mund wäßrig, als er an eine Pflaume dachte. Der Gedanke an gepökeltes Schweinefleisch und den trockenen Zwieback, den die Behörden verteilten, drehte ihm den Magen um.

Jacks Pfeife sowie Tabak, Zundertasche und Bücher steckten in einem zugedeckten wasserdichten Korb neben seinem Kopf. Er nahm seine Brille aus ihrem Holzetui und lehnte sich gegen einen Sack. Dann zog er Decke und Felle hoch. Er setzte sich die Brille auf die Nasenspitze und band sie hinter dem Kopf mit Bändern zusammen, die an den geraden seitlichen Bügeln befestigt waren. Er schlug Zadoc Cramers Buch *The Navigator* auf und wandte sich dem Abschnitt zu, in dem die nächsten dreißig Meilen des Flusses beschrieben wurden.

Tiana schluckte keuchend Luft und ächzte, als der Krampf ihr die Eingeweide zusammenzog. Sie fühlte den Druck des Babys, das gegen das zarte Gewebe ihrer Vagina preßte. David saß auf einem Stuhl, den er auf dem Boden festgenagelt hatte. Er hielt Tiana auf dem Schoß und hatte ihr die Arme um die Taille gelegt. Sie war voll angekleidet, hatte nur den Rock hochgezogen und die Beine gespreizt. Aky gab ihr ein warmes Getränk aus der Rinde der Wildkirsche. Vielleicht war es die Rinde, vielleicht die Wärme, doch es schien den Schmerz zu lindern.

Jennie war dabei, Tianas Genitalien mit einem Sud aus geflecktem Rührmichnichtan zu waschen, um das Kind zu erschrecken, damit es sich in den Geburtsgang begab. Elizabeth hatte schon versucht, es mit dem Versprechen eines Spielzeugbogens und Pfeilen oder eines Siebs und eines Webstuhls hervorzulocken. Jetzt wollte sie es erschrecken und so herausbekommen.

»Da kommt der Alte Flintstein«, sagte sie und sprach zu der Öffnung zwischen Tianas Beinen. »Er erhebt sich im Nachtland und kommt, um deine Leber zu essen. Komm schnell, o Kind, dann laufen wir gemeinsam weg. Wir wollen ins Sonnenland laufen.«

David schaukelte Tiana sanft und küßte sie auf den Scheitel. Er legte die Wange an ihr Haar und summte ihr leise etwas vor.

»Ich sehe den Kopf.« Jennie tastete sich mit den Fingern in die Öffnung vor, streckte die gespannte Haut noch ein wenig mehr und zog behutsam. Elizabeth hielt ein Tuch, in das sie das Kind wickeln konnte. Die Frauen drängten sich um sie und machten gurrende kleine Laute, als der nasse, pelzige Kopf plötzlich herauskam.

Tiana sah das Baby Elizabeth in die Hände fallen. »Ist es ein Bogen oder ein Mehlsieb?« fragte Tiana.

»Es ist ein Sieb, ein Mädchen.« Jennie trieb das Blut von der Plazenta zum Kind, indem sie mit Daumen und Zeigefinger an der Nabelschnur entlangfuhr. Dann band sie die Schnur eng an den Körper des Kindes und durchschnitt sie mit dem Messer. Sie hielt das Kind hoch, damit Tiana und David sehen konnten, daß es ein Mädchen war. Dann wusch sie die Kleine in warmem Wasser, legte einen Bovisten auf Knoten und Nabel und wickelte ein Tuch um den Bauch des Babys, damit der Pilz nicht verrutschte.

Sie wickelte das Mädchen in ein Stück Decke ein, das vor Alter schon ganz weich war, und reichte sie Aky, die sie halten sollte. Elizabeth wärmte ihr die rechte Hand über den Kohlen in dem gedrungenen Kessel, der neben ihnen stand. Sie rieb Tianas Unterleib ab und sprach eine Formel, um die Nachgeburt herauszubringen. Als sie schließlich in einem Strom wäßrigen Blutes hervorschoß, wickelte Elizabeth sie in ein Tuch und machte ein verblüfftes Gesicht.

»Enkel«, sagte sie zu David. »Ich wollte dir die Formel beibringen, damit du sie sprechen kannst, wenn du dies in den Bergen vergräbst. Wenn du es über zwei Bergkämme trägst und vor dem Vergraben das Lied *udi yadon* singst, Das Was Übriggeblieben Ist, wird dein nächstes Kind in zwei Jahren kommen. Aber wir sind so weit von den Bergen entfernt. Und vielleicht hältst du unsere Sitte für seltsam. Ich weiß nicht, was ich tun soll.«

»Wenn ich an Land gehe«, sagte David, »werde ich es über zwei Hügel tragen.«

Elizabeth zeigte ein scheues Lächeln.

»Meine Enkelin hat gut daran getan, dich zu heiraten«, sagte sie. »Du hast nichts Böses im Herzen.«

David half Tiana zu ihrem Bett aus geflochtenen Matten, das mit Decken und Fellen bedeckt war. Aky reichte ihr das Baby. »Bleib bei mir, Mann«, murmelte Tiana.

»Nichts könnte mich dazu bringen, dich jetzt zu verlassen, Geliebte.« Er zog ein paar Decken und Kissen heran, damit er sich dagegenlehnen konnte. Er legte einen Arm um Tiana, so daß sie an seiner Schulter und der Brust ruhte. Sie legten die Köpfe aneinander und starrten das Kind an. Sie hörten, wie die Frauen sich hinter den Dekken mit dem Essen zu schaffen machten und wie die Männer rauchten.

Mit seiner freien Hand streichelte David Gesicht und Arm des Kindes so behutsam, daß er es kaum berührte. Er wiegte die winzige Faust in seiner riesigen Handfläche.

»Geliebte«, sagte er.

»Ja.«

»Ich weiß, daß deine *ulisi* ihr in wenigen Tagen einen Namen geben wird. Aber darf ich ihr vielleicht auch einen Namen geben?«

»Natürlich. Wie möchtest du sie nennen?« Tiana blickte zärtlich zu ihm hoch. Sie hatte sich noch nie so mit sich und der Welt so eins gefühlt. Es kam ihr vor, als wären die Häßlichkeit ihrer Abreise, die Trauer, die Kälte, die Stürme, die Ungewißheit wie weggeblasen. Sie war warm und sicher und wurde geliebt, und sie und David hatten soeben dieses magische Wesen erschaffen.

»Ich möchte sie Gabriel nennen.«

»Nach dem Erzengel Gabriel in dem Predigerbuch?«

»Ja. Es war der Name meiner Mutter.«

»Es ist ein guter Name. Er gefällt mir.« Sie drehte sich zu ihm um. »David, wo ist deine Mutter, deine Familie?«

»Tot. Sie sind ins Nachtland eingegangen.«

»Alle?«

»Mit Ausnahme meiner Töchter.«

»Mein Herz trauert mit dir.«

»Das ist nicht nötig. Ich habe dich und Gabriel.«

»Eines Tages wirst du auch deine anderen Töchter wiedersehen.«

»Das hoffe ich.«

»Vielleicht kannst du ihnen eine Papierrede schicken, wenn wir uns häuslich eingerichtet haben. Wir werden am Arkansas ein gutes Leben haben«, sagte Tiana.

»Und ob wir das haben werden«, sagte David.

»Ich habe heute Seeths Predigerbuch aufgeschlagen. Kannst du raten, was die ersten Worte waren, die ich las?«

»Nein. Ich habe gar nicht gewußt, daß die Bibel den Arkansas erwähnt.«

»*Gha!* Hör zu!«

»Ist das nicht wunderschön? ›Der einsame Ort‹.«

»Ja, wunderschön.«

Tiana und Gabriel schliefen bald ein. David blieb noch lange wach und starrte sie an. Ein Lächeln lag auf seinem Gesicht.

Als Elizabeth zu Jack ging, um ihm zu erzählen, daß ein kleines Mädchen, ein Mehlsieb, heruntergesprungen war, fand sie ihn schlafend. Sein Kinn war ihm auf die Brust gefallen. Seine Brille war auf das offene Buch gerutscht, das vor ihm lag. Der kleine Moses war neben ihm unter die Decke gekrochen. Auch er schlief. Jacks Mund stand offen, und sein Gesicht war verhärmt. Elizabeth legte ihm behutsam einen Finger auf die stoppelige Wange.

Es machte ihr nichts aus, daß die Zeit bei ihnen beiden ihre Spuren hinterlassen hatte. Er war immer noch ihr ein und alles. Ihr kühner, bezaubernder, junger britischer Offizier. Sie würde ihm bereitwillig ins Nachtland folgen.

»Houston, Sie haben Ihrem Auftrag Schande gemacht!« Das Gesicht des Kriegsministers lief rot an. Die samtweiche Liebenswürdigkeit, mit der Calhoun Ata'lunti'ski behandelt hatte, war verflogen. Die Cherokee-Delegation war gerade zu dem Gespräch mit Monroe zum

Präsidentenpalast aufgebrochen. Kaum war die Tür hinter ihnen geschlossen, als Calhoun Sam an die Kehle ging.

»Wie können Sie es wagen, in der Kleidung eines Wilden vor Ihrem kommandierenden Befehlshaber zu erscheinen?«

Sam starrte Calhoun erstaunt an. Ihm war klar, daß die Verhandlungen glatter verlaufen würden, wenn die Cherokee den Abgesandten der Regierung für einen der Ihren hielten. Sams Freundschaft mit Drum und seinem Bruder hatte sich als unschätzbar erwiesen. Für Calhoun war militärische Kleinlichkeit offenbar wichtiger.

»Ich bin der Meinung gewesen, es liege im wohlverstandenen Interesse meines Landes, Sir.«

»Sie sind eine Schande.« Calhoun fuchtelte mit einem Taschentuch herum. »Federn und Tierhäute, Glocken, eine schmutzige Decke. Sind Sie von allen guten Geistern verlassen?«

»Die Decke ist sauber, Sir.«

»Werden Sie nicht unverschämt.«

Sam hielt den Mund, wenn auch mit Mühe.

»Da ist noch etwas, was noch ernsterer Natur ist«, sagte Calhoun. Sam fragte sich, was noch ernster sein konnte als seine Kleidung.

»Einige Kongreßmitglieder haben mir gesagt, daß Sie in das scheußliche Geschäft des Sklavenschmuggels verwickelt sind.«

»Was!« Sam war wie vom Donner gerührt.

»Dies ist eine schwerwiegende Anschuldigung, Houston. Es kann sein, daß Sie vor ein Kriegsgericht gestellt und verurteilt werden, wenn sie sich als wahr erweist.«

»Sie ist unwahr. Als ich in Tennessee war, habe ich einige Schmuggler gefangen. Ich habe sie und ihre bedauernswerte Beute dem Kommandeur der Garnison von Hiwassee übergeben. Sie können sich die Geschichte von ihm bestätigen lassen. Oder von James Rogers, Ata'lunti'skis Dolmetscher. Er war bei mir, als ich die Übeltäter festnahm.«

»Er ist auch Ihr Freund. Und der Kommandeur der Garnison vielleicht auch. Allerdings –« Er hielt eine Hand hoch, um Sams Antwort abzuwehren. »Die Angelegenheit wird einer fairen Untersuchung unterzogen werden.«

Als sich herausstellte, daß die Anschuldigungen ausgerechnet von Kongreßmitgliedern stammten, die selbst in die Schmuggelei verwickelt waren, wurde Sam von dem Vorwurf freigesprochen. Sie waren die Sklavenhändler, »die Freunde höheren Orts«. Sie wurden jedoch nicht vor Gericht gestellt, und es wurden auch keine Nachforschungen angestellt, weshalb sie den Wunsch hatten, einen einfachen Lieutenant zu ruinieren. Von John Calhoun kam kein Wort der Entschuldigung wegen der gefühllosen Behandlung eines treuen Offiziers, der im Dienst für sein Land verwundet worden war.

Als Sam den Brief schrieb, mit dem er seinen Dienst in der Armee quittierte, war er zu zornig, um sich über die Interpunktion Gedanken zu machen. Anschließend ritt er in seiner Rehlederkleidung mit Ata'lunti'ski und dessen Leuten nach Westen. Als sie über die von Bäumen gesäumte Furche des Pfades hinwegdonnerten, beklagte er sich über die kaltschnäuzige Behandlung, die ihm zuteil geworden war.

»Komm mir doch nicht mit Undankbarkeit«, sagte James. »Wenn man sich mit Hunden hinlegt, steht man mit Flöhen auf. Erinnere dich doch, wie dein geschätzter Jackson die Männer verhöhnte, die am Horseshoe seinen kostbaren Arsch gerettet hatten.«

»Du weißt doch, wie Old Hickory ist. Er zieht dieses Theater ab, um seinen Willen durchzusetzen.«

»Ja, ich weiß, wie er ist. Du aber nicht, wie ich fürchte«, entgegnete James. »Was wirst du jetzt tun?«

»Ich habe vor, in Nashville Jura zu studieren.«

»Eine gute Entscheidung. Du wirst ein überzeugender Anwalt werden. Wir werden dich *ditiyohihi* nennen«, sagte James.

»Streiter?«

»Das ist unser Wort für Anwalt.«

Raven lachte, und James verzichtete darauf zu erwähnen, was ohnehin beide wußten. Nashville war die Stadt, in der Jackson lebte.

Sam sah sich mürrisch um, als sie auf Hiwassee Town zuritten. Die sonst so gepflegten Felder waren kahl und von Unkraut überwuchert. Es hatte keine Frühjahrsaussaat gegeben.

Er mußte tief in Gedanken gewesen sein, da er nicht hochblickte, als er unter Spearfingers Baum vorbeikam. Sie ließ sich natürlich auf ihn fallen. Sie landete auf ihm wie eine hungrige Eule auf einer bedauernswerten Maus. Obwohl sie eher wie eine Maus wirkte, die eine Eule angreift. Sams Pferd bäumte sich auf, sprang zur Seite und schnaubte, als Sam behutsam mit ihr rang.

»Mutter«, sagte er. »Die Füße der Angehörigen meines Clans befinden sich auf dem Nachtpfad. Schwarze Einsamkeit bedeckt mich. Quäl mich nicht mehr.« Aber Spearfinger plapperte nur weiter und kaute immer noch an seinem Ohr herum. Ihre skelettähnlichen Arme hatten sich ihm im Würgegriff um den Hals geschlungen.

»James, hilf mir«, rief Sam. James lachte und lockerte Spearfingers Griff. Er und Sam stellten die winzige alte Frau auf die Erde.

»Ist jeder ins Nachtland geflohen, Mutter Raincrow?« fragte Sam höflich und rieb sich das wunde Ohr. Spearfinger legte den Kopf in den Nacken und starrte ihn mit blitzenden schwarzen Augen an.

»Das Nachtland hat die Sieben Clans gegessen«, kreischte sie, bevor sie im Gebüsch verschwand. Sam ließ ihr etwas getrocknetes Wild und Dörrmais da.

»Das soll wohl bedeuten, daß sie verschwunden sind«, sagte er traurig.

»Das nehme ich an«, erwiderte James.

»In dieser Gruppe sind zwanzig Männer«, sagte er. »Warum ist sie ausgerechnet auf mich gesprungen?«

»Sie mag dich«, sagte James. Sam gab seinem Pferd die Sporen, so daß es schnell lostrabte.

»Wozu diese Eile?« rief ihm James nach.

»Es kann sein, daß Drum noch immer in der Garnison ist.«

»Bruder, den Anzeichen nach zu schließen, sind sie schon vor einem Monat aufgebrochen.«

Aber Sam hörte nicht und ritt unbeirrt weiter. Er hielt nicht inne, bis er das Fort erreichte. Er saß beim Anleger ab und ging bis zu dessen Ende. Lange Zeit starrte er den leeren Fluß an.

»Lebwohl, Vater«, sagte er mit leiser Stimme. »Du wirst mir fehlen. Lebwohl, Großmutter. Laßt es euch wohl ergehen.«

WESTEN

Das Nachtland

1818

Die Vereinigten Staaten haben das Pech, daß im Westen die schlimmsten Leute leben, dort, wo nicht zu erwarten ist, daß auf den Aufbau einer Verwaltung auch nur die geringste Energie verwendet wird.

JAMES SEAGROVE,
Indianeragent bei den Creeks
1789

Ihr habt ein liebliches Land gekauft, aber ihr werdet entdecken, daß seine Besiedlung dunkel und blutig wird.

DRAGGING CANOE,
Cherokee-Häuptling
1775

27

Tiana steckte sich eine verirrte Haarlocke hinter die Ohren. Sie hatte ihre ungebärdige Mähne am Hals zusammengefaßt und mit einer getrockneten Aalhaut zu einem Knoten zusammengebunden. Die Aalhaut sollte ihr Haar länger und dichter und schwärzer machen. David sagte immer, das sei so, als wollte man eine Lilie vergolden. Wenn er das sagte, wickelte er sich eine Strähne um die Hand, zog sie lachend zu sich heran und küßte sie auf den Mund.

Sie konnte ihn jetzt singen hören, als er die obersten Stämme der halbfertigen Blockhauswände mit kurzen, sicheren Schlägen seiner Breitaxt glättete.

Ihr Haar war so schwarz wie die Nacht,
voll Locken wunderschön,
Und wo man auch sucht, landauf, landab,
dergleichen wird nie mehr gesehn.

Tiana hatte den Rocksaum hochgezogen und unter den Gürtel gesteckt. Eine weiße Frau hätte sich in der Hitze eines späten Maitages vielleicht auch die Röcke hochgebunden, hätte die Unterröcke jedoch züchtig untengelassen. Tiana trug keine Unterröcke. Ihre nackten Füße und schlanken braunen Beine waren von Dornen zerkratzt und voller Insektenstiche. Sie hatte sich eine Pistole in den Gürtel gesteckt, daneben steckte ein Messer in der Scheide, und an der linken Hüfte hing ein Beutel.

Sie hockte vor einem glühenden Haufen Holzscheite und schnupperte. Sie prüfte den Duft des Brots, das darunter gebacken wurde. In der Nähe schlief Gabriel in ihrer Korbwiege, die an einem niedrigen Ast einer großen Weide hing. Tiana hatte Baumwollgaze über den Korb gezogen, um das Kind vor Bremsen und den häßlichen schwarzen Zecken zu schützen, die es hier in Massen gab.

Mit einem Holzspatel kratzte Tiana die Holzkohle von einer großen, umgedrehten Steingutschale und ließ den Rand des Spatels unter die Schale gleiten. Sie hob sie vom Feuer und setzte eine duftende Dampfwolke des runden Brotlaibs aus Maismehl und Roggen frei, der darunter steckte. Als sie mit dem Spatel an die goldene Kruste tippte, ließ sie das köstliche hohle Geräusch hören, das erkennen ließ, daß das Brot fertig war. Tiana legte es in einen flachen Korb und ließ Honig darüber tropfen. Die Hitze ließ den Honig in süßen Rinnsalen über die Kruste und an den Seiten herablaufen. Als sie den mit allerlei Dingen vollgestopften Hof vor dem Blockhaus überquerte, stimmte sie pfeifend in Davids Lied ein.

Die Lichtung voller Baumstümpfe auf der Hügelkuppe war mit Brennholzstapeln, halbfertig bearbeiteten Stämmen und quadratisch zugeschnittenen Bohlen übersät. Da waren Lehmhügel und Säcke voller Bisonhaar und getrocknetem Gras, die mit Lehm zu Mörtel verrührt werden sollten. Steine für den Kamin und für das Kühlhaus über der Quelle lagen neben dem Holzschlitten aufgestapelt, den David gemacht hatte, um alles von den Feldern zu holen. Eichenstämme waren auf Querhölzer gerollt worden, um ein Jahr lang abzulagern. Im nächsten Frühjahr würde aus ihnen der Fußboden des Hauses entstehen. Überall auf der Lichtung lagen die Holzspäne herum, die von Davids und Adonirams Äxten flogen.

Inmitten von allem hockte der große Schleifstein bedächtig in seinem schweren Gestell. Wenn andere zu Besuch kamen, brachten sie ihre Werkzeuge mit, um sie hier schleifen zu lassen. Und es gab oft Besuch. Die Alten Siedler, die schon vor Jahren mit Ata'lunti'ski und The Bowl an den Arkansas gekommen waren, kamen vorbei, um ihnen Hilfe anzubieten oder ihnen etwas zu leihen oder zu schenken. Schon jetzt machte David an seiner neuen gemauerten Esse unter dem provisorischen Dach ein lebhaftes Geschäft.

Tiana kletterte auf eine der behauenen Bohlen, um sich die Landschaft anzusehen, die sich unter ihr ausbreitete. Am Fuß ihres Hügels strömte der Frog Bayou durch ein enges Tal. An seinen Ufern waren die Bäume von einem tieferen Grün. Dicht bewaldete Hügel dehnten sich bis zum Horizont aus. Der Frühling kam tatsächlich hierher. Sie sah Judasbäume und Spierbaumbeeren.

Jeder Sonnenaufgang wurde von Tausenden von Vögeln begrüßt. Um die Mittagszeit tat ihr das schrille Schnarren der Buckelzirpen und Zikaden in den Ohren fast weh. Morgens, wenn das Licht gut war und ein blauer Dunst über den steil aufragenden Hügel hing, dann sah diese Landschaft der Gegend, die sie verlassen hatte, sehr ähnlich. Sie brauchte nur die Augen ein wenig zuzukneifen.

Da sie jetzt zu viert mit Gabriel allein waren, kam es ihr mit einem Mal ruhig und still vor. Tianas fünf Brüder waren vor ein paar Tagen aufgebrochen, um an den Blockhäusern ihrer anderen Schwestern mitzuarbeiten. Die Schwestern halfen einander auch, wo sie konnten, aber Brüder fühlten sich besonders verpflichtet, für ihre Schwestern die Häuser zu bauen. Wenn sie fertig waren, gehörten sie den Frauen.

Die fünf Brüder hatten David und Adoniram dabei geholfen, die Baumstämme zu fällen und sie hinter Davids geduldigem Pferd zum Bauplatz zu schleifen. Sie hatten das Unterholz um die noch stehenden riesigen Bäume herum gerodet. In diesem Jahr würden Tiana und Shinkah auf der Lichtung mit den Baumstümpfen Mais säen.

Beide hatten David und Adoniram dabei geholfen, die Baumstämme an Pfählen hochzuziehen und zu -schieben, die bis zu einer Höhe von einem Meter dreißig an den Wänden lehnten. Dann hatte David in dem zwanzig Meilen entfernten Fort Smith Bescheid gesagt, daß sie Hilfe brauchen würden, um das Haus fertigzustellen. In den nächsten Tagen würden Freunde und Familienangehörige dazu herkommen. Sie hatten also alle hart daran gearbeitet, die riesigen Baumstämme für das Aufrichten vorzubereiten, und hatten es daneben immer noch geschafft, Felder von Unkraut und Buschwerk zu säubern und zu säen und zu pflanzen.

Mit seiner gewohnten Gründlichkeit hatte David das Holz zurechtgeschnitten. Er brauchte zwei Stunden, um einen Stamm fertig zu machen. Wenn die Verzinkung an den Ecken sorgfältig gemacht war, brauchten die abgevierten Hölzer nur noch ein wenig zurechtgerückt zu werden. David plante, das restliche Holz später als Balken und Streben für ein Holzhaus zu verwenden. In der Zwischenzeit bauten sie ein einfacheres Haus, zwei sechs Meter lange Räume, die durch einen überdachten, seitlich offenen Laubengang miteinander verbunden waren. Wenn sie mit diesem Zimmer fertig waren, würden Tiana und David Adoniram und Shinkah dabei helfen, ihr Haus auf dem Land zu bauen, das diese sich zwanzig Meilen weiter weg ausgesucht hatten.

Jetzt waren die beiden Männer dabei, die oberen Bohlen der Wand abzuhobeln und sie für die Aufnahme der nächsten Reihe fertig zu machen. Als David mit schnellen harten Schwüngen seiner Breitaxt die Holzspäne abschlug, sah er den besorgten Ausdruck auf Tianas Gesicht. Sie machte sich Sorgen, weil er die Axt gegen sich selbst richtete. Er zog einen Fuß hoch, legte ihn in die Kniekehle des anderen Beins, lehnte sich gegen den Stiel seiner Breitaxt und stand da wie ein Storch.

»Wenn ich danebenhaue und mir ein Glied abhacke«, rief er zu ihr hinunter, »mußt du mir ein hohles Holzbein schnitzen und es mit Kieselsteinen füllen. Zum Tanzen habe ich dann immer genug Zeit.« Sie lachte. Er und Adoniram hatten sich bis auf Mokassins und Lendenschurz alles ausgezogen. Ihre muskulösen Körper glänzten vor Schweiß.

Adoniram hatte sich wie Tiana das kräftige schwarze Haar zurückgekämmt und mit einer Aalhaut zusammengebunden. Die Sonne hatte Davids gerades Haar zu Honig-, Gold- und Weißtönen gebleicht. Das Weiß seiner Augenbrauen und Augenlider fand eine Entsprechung in den hellen Flecken seiner braunen Augen. Sein Gesicht war von der Sonne tief gebräunt. Er und Adoniram hörten mit der Arbeit auf und saßen jetzt auf der Wand und ließen die Beine baumeln. Tiana reichte David den Brotkorb und kletterte zu ihm hoch. Sie steckte die Zehen in die Zwischenräume zwischen den Stämmen.

»Kleine Schwester.« Tiana winkte Shinkah zu, die auf dem in aller Hast geordneten Feld am Fuß des Hügels arbeitete. Shinkah schulterte ihren Grabstock und nahm die gekrümmte Kürbisflasche von dem Ast, an dem sie hing. Die Luft, die um die Kürbisflasche wehte, hielt das Quellwasser kühl. Tiana hatte in der Zwischenzeit schon ein Kürbisbeet angelegt.

Für die Maisaussaat hatte Shinkah sich das Gesicht auf Stirn und Wangen mit roten und blauen Linien bemalt. Als Tiana ihr ein Stück Brot reichte, bemerkte sie wieder das kleine Spinnenmuster, das auf Shinkahs beide Handrücken tätowiert war. Eines Tages würde sie sie fragen, was es zu bedeuten hatte. Es gab vieles, was sie Shinkah fragen wollte, aber selbst Fragen, die ihr unschuldig genug vorkamen, trieben Shinkah Tränen in die Augen.

Shinkah riß etwas von dem getrockneten Wildfleisch ab, das sie in dem Beutel an der Taille aufbewahrte, und gab den anderen etwas ab. Das Fleisch war geflochten und zäh wie Leder. Es schmeckte ranzig, aber Tiana war inzwischen auf den Geschmack gekommen.

»In den Fässern haben wir nur noch ganz wenig Maismehl und Maisbrei übrig«, sagte Tiana.

»Wenn alles weg ist, werden wir einfach Truthahnbrüste trocknen und sie zu Brot zermahlen müssen«, sagte David. »Wir werden schon zurechtkommen. Hier gibt es so viel Wild, daß man es sich nur zu schnappen braucht.«

»Viel zu essen«, sagte Shinkah. »Überall Nahrungsmittel.« Was Shinkah anging, stimmte das. Tiana kannte zwar viele der eßbaren Pflanzen im Nachtland, doch Shinkah schien sie alle zu kennen.

David aß das letzte Stück Brot auf. Dann nahm er Tiana bei der Hand. Er grinste sie an und leckte etwas Honig von ihren Fingerspitzen ab. Sie beugte sich zu ihm und küßte ihn auf die Wange. Adoniram und Shinkah waren leicht verwirrt und betrachteten angestrengt die Landschaft.

David hielt für einen Augenblick Tianas Hand zwischen den seinen. Sie war rauh und schwielig. Diese langen, spitz zulaufenden Finger sollten Klavier spielen oder ein kostbares Leinentuch bestikken. Nicht Holz fällen und graben und schleppen.

»Das große Haus wird einen Steinkeller bekommen«, sagte David. »Und mit Schindeln bedeckte Wände. Es wird eine Treppe haben und eine Veranda im Obergeschoß und Glasfenster. Ich sehe dich schon, wie du in einem langen weißen Kleid die Treppe herunterkommst.«

Sie legte ihm die Finger auf die Lippen.

»Ich werde dieses Haus lieben, Liebster, weil wir es alle gemeinsam gebaut haben.«

Tiana wußte, daß David die Treppe nicht für sich wollte. Er wäre damit zufrieden, in seiner Schmiede auf einem Bärenfell zu schlafen. Er war glücklich, solange er Metall zu Dingen verarbeiten konnte, die für einen bestimmten Zweck gedacht waren. Was er baute, würde für sie und Gabriel da sein.

»Vater Monroe sollte uns die Werkzeuge und Lebensmittel geben, die er uns versprochen hat«, sagte Adoniram.

»Wir können auch ohne die Regierung überleben«, bemerkte David.

»Darum geht es doch nicht«, mischte sich Tiana ein. »Sie haben uns Mais und Werkzeuge versprochen. Sie haben ihre Versprechen nicht gehalten. Wir haben ein Recht darauf. Sie haben uns unsere Häuser und unser Land genommen.«

»Ich weiß«, sagte David. »Es geht um deine geliebte Gerechtigkeit.«

»Seht mal!« Shinkah zeigte mit dem Finger, Krähen begannen heiser zu krächzen.

»Wir bekommen Besuch.« David sprang auf der Innenseite der Wand hinunter. Er und Adoniram prüften ihre Gewehre.

»Kleine Schwester«, sagte Tiana. »Bring Gabriel her.« Sie begann, mit zitternden Fingern ihre Pistole zu laden. An den Umrissen der

Reiter in der Ferne kam ihr etwas fremdartig vor. Sie wartete mit Adoniram und David hinter der brusthohen Wand. Shinkah eilte herein und stellte die Wiege in die ferne Ecke. Tiana hörte, wie Gabriel fröhlich vor sich hinbrabbelte.

»*Pi'sche!*« sagte Shinkah. »Schlecht.« Sie rannte wieder hinaus und zerrte die beiden Kühe und das Pferd herein, die in der Nähe gegrast hatten.

»Wer ist es?« wollte Tiana wissen. Shinkah stand auf einem Faß, damit sie über die Wand sehen konnte. Ihre Augen waren die besten in der Gruppe, vielleicht weil ihr Volk so viel Zeit in den offenen Plains zubrachte.

»Ni-U-Ko'n-Ska. Kinder der Mittleren Gewässer. Die Kleinen.« Sie schnappte sich Adonirams breitkrempigen Hut, schob sich das Haar auf den Kopf und preßte den Hut darauf. Er ging ihr bis über die Ohren, verbarg aber ihr Gesicht. Mit der Schmalseite der Hände wischte sie sich möglichst viel Farbe vom Gesicht. Sie legte ihren Grabstock quer über die Wand und gab den anderen ein Zeichen, es mit ihren Gewehren genauso zu machen. Ihr Stock war schwarz vor Schmutz und Schweiß. Aus der Ferne konnte er gut als Gewehrlauf durchgehen. Vielleicht täuschte er sogar die aufmerksamen Augen der Kleinen, der Osage.

»Es ist dein Volk«, sagte Adoniram. »Du kannst zu ihnen zurückkehren, wenn du willst.« Er versuchte, seiner Stimme den Schmerz nicht anmerken zu lassen.

»Bleiben«, sagte sie und folgte den Reitern mit den Blicken.

Die fünf Osage blieben außerhalb der Schußweite der Gewehre stehen. Einer von ihnen hielt die Hand hoch.

»Tse-To-Gah Wah-Sh'n-Pische, Bad-Tempered Buffalo«, flüsterte Shinkah. »Schlecht«, sagte sie erneut.

»*Nuwhtohiyada*, Frieden«, sagte Bad-Tempered Buffalo auf Cherokee. Es waren die ersten Osage-Krieger, die Tiana je gesehen hatte.

Die Männer waren hochgewachsen. Die meisten maßen einen Meter achtzig oder mehr und sahen gut aus. Sie trugen nur Lendenschurze und Mokassins. Ihre hageren Oberkörper waren mit kunstvollen geometrischen Mustern tätowiert. Augenbrauen und Ohren waren rot bemalt. Ihre Köpfe waren glattrasiert bis auf einen hohen borstigen Haarkamm, der vom Haaransatz auf der Stirn bis zum Hals verlief, wo ihre Skalplocken waren. Der Kamm wurde durch Haare von Rehschwänzen und die Bärte von Truthähnen noch höher gemacht. Sie waren mit Schilden, Bogen und Pfeilen bewaffnet.

Messer und Streitäxte hingen an ihren Gürteln. Bad-Tempered Buffalo trug seinen Kriegsstander, einen Krummstab, der in die Haut eines Trompeterschwans eingewickelt war.

»Frieden, I'n-Shta-Heh, Heavy Eyebrows«, sagte er wieder.

»Frieden, Kinder der Mittleren Gewässer«, sagte David. »*Gado usdi isgidu'li'ha?* Was wollt ihr?«

»*Tsalu hi'a a'gwa'du'li'ha,* Feuer Im Mund, ich will das hier«, sagte Bad-Tempered Buffalo unbeholfen. David zog drei schwarze Tabakstränge aus seinem Beutel.

»Das ist der letzte Rest«, sagte Adoniram.

David schleuderte den Tabak über die Wand.

»Nehmt ihn in Frieden«, sagte er. »Und tragt unsere Freundschaft zu eurem Vater Clermont. Wenn ihr ihn raucht, wird unsere Atem sich mit eurem vermischen und gemeinsam mit ihm zum Himmel schweben.«

Bad-Tempered Buffalo kam jetzt näher, so daß er in Schußweite ihrer Gewehre war. Tiana blickte ihm offen in seine zornigen, durchdringenden schwarzen Augen, die von einer langen Adlernase mit bebenden Nasenlöchern getrennt wurden. Er beugte sich von seinem Pferd herunter, hob den Tabak auf und klopfte ihn gegen sein Bein, um Staub und Sägemehl abzuschütteln. »*Gali'eliga,* ich bin dankbar.« Er wirbelte herum und ritt zu seinen Begleitern zurück. Die Osage rissen alle ihre Pferde herum und galoppierten los. Adlerfedern wirbelten über den bogenförmig geschnittenen Haarkämmen der Männer. Auf Bad-Tempered Buffalos Rücken hing ein Beutel, an dem ein Skalp und ein Adlerfuß mit ausgebreiteten Krallen baumelten.

Die vier jungen Leute folgten den Osage mit den Blicken, bis diese quer durch die Talsenke ritten. Dann kauerten sie sich im Schatten der Wand hin und ließen die Kürbisflasche mit Wasser kreisen. Tianas Zunge fühlte sich an, als würde sie ihr am Gaumen kleben. Die Krähen hörten endlich mit ihrem Gekrächze auf, doch ihr Alarmruf hallte in Tianas Gedächtnis immer noch wider. Die grünen Hügel sahen nicht mehr freundlich aus. »Wollen sie das Gelände erkunden?« fragte Tiana.

»Ja«, sagte David. »Sie haben zu viele von uns gewittert.«

»*Wah-hopeh,* Kriegsmedizin.« Shinkah zeigte auf den Rücken und zeichnete mit den Händen Bad-Tempered Buffalos Beutel mit dem Skalp und der Adlerkralle nach.

»Werden sie wiederkommen?« fragte Adoniram.

»Vielleicht. Vielleicht auch nicht. Die Kleinen werden bald die kleinen Brüder jagen, die Bisons. Weit weg.«

»Ich werde mir ein paar Gänse besorgen«, sagte Tiana. »Die werden uns warnen.« Sie hob Gabriel aus dem Korb und öffnete den Halsausschnitt ihrer Bluse, damit sie das Kind stillen konnte. Das Gefühl, wie der winzige Mund an ihr sog, sowie das zufriedene Grunzen Gabriels beruhigten Tiana.

»Zum Teufel mit der Regierung.« David machte sich bereit, wieder an die Arbeit zu gehen. »Sie haben Frauen und Kinder hergeschickt, um Land zu besetzen, das ein anderer Stamm für sich beansprucht und mit Gewalt verteidigen will. Und sie geben sich noch nicht mal den Anschein, als würden sie die Grenzen vermessen wollen.« Die Tatsache, daß seine Frau und seine Tochter in Gefahr waren und daß die Regierung nichts zu ihrem Schutz tun würde, versetzte ihn in Wut. Er fuhr sich mit der Hand durch das zerzauste Haar. Dann rollte er sein Halstuch zusammen und band es sich um den Kopf.

»Es ist ihnen egal, was mit uns geschieht«, sagte Adoniram bitter und hob seine Axt auf. »Sie haben uns ins Nachtland getrieben. Wir sind Geister. Wir existieren für sie nicht mehr.«

»Wir sind füreinander da«, sagte Tiana. »Und das Wahre Volk ist auch mitschuldig an diesem Krieg. John Chisholm hat am Claremore Mound den Kopf eines Kindes so gegen eine Wand geschlagen, daß das Gehirn herausspritzte. Sie haben die Jungen kastriert und die Frauen verge –« Sie verstummte. Shinkah verstand vielleicht mehr, als sie wußten.

»Die Kleinen betrügen«, sagte Shinkah, als sie sich wieder Farbe auf Stirn und Wangen malte. Ihr rundes Gesicht hatte große traurige Augen und einen vollen breiten Mund. Sie lächelte nur selten.

»Was meinst du damit?« fragte David.

»Agent Lovely will Land. Sagt Land für weißen Mann, um zwischen zwei Stämmen zu leben.« Sie erklärte mit Zeichnungen im Sand. »Damit Stämme nicht kämpfen. Clermont machen X auf sprechendem Papier. Lovely geben Land an Cherokee, Die Mit Dem Ding Auf Dem Kopf.« Sie zeichnete pantomimisch einen Turban nach. »Sie alle Clermont anlügen. Ihre Worte fallen zur Erde.« Damit führte sie das Pferd und die Kühe wieder hinaus.

Tiana legte Gabriel in die Wiege zurück und lächelte sie an. Das Kind starrte mit großen blauen Augen ernst zurück. Tiana zog den Zündsatz aus der Pistole und steckte die Waffe in den Gürtel.

»Ich werde dir bei der Aussaat helfen«, rief sie Shinkah zu. Shinkah half Tiana dabei, Gabriel mit dem Tragetuch auf den Rücken zu binden, und ging neben ihr zum Feld. Tiana wünschte, sie könnte sich mehr mit Shinkah unterhalten. Ihr fehlte die Gesellschaft von Frauen. Um die Zeit der Maissaat fühlte sie sich besonders einsam und verlassen.

Sie hatte versucht, das Ritual der Maissaat aufrechtzuerhalten. Doch ihre Farm lag viel zu weit abseits, um einen Priester zu holen, der die Felder segnen und Mutter Selu um Hilfe anrufen konnte. Die Angehörigen des Wahren Volks lebten jetzt auch so zerstreut, daß es unmöglich war, gemeinsam zu säen, wie sie es im Sonnenland getan hatten. Tiana war zu dem Fest und dem Tanz im nächstgelegenen Dorf gegangen, doch das war eine armselige Angelegenheit gewesen. Die einzigen, die noch in den Dörfern lebten, waren die Ärmsten, diejenigen, die nicht den Ehrgeiz hatten, Felder zu roden und selber Land zu bebauen. Außerdem kannte Tiana sie gar nicht. Sie war gegangen, bevor das Fest zu Ende war, und traurig nach Hause geritten.

Shinkah sang bei der Arbeit und schlug den Takt mit den Füßen und ihrem Grabstock. Ihre kleinen platten Füße tanzten fast an den Reihen entlang, als sie den Rhythmus markierte. Tiana verstand die Worte nicht, wurde durch deren hypnotisch wirkende Wiederholung jedoch in Bann geschlagen.

Ich habe einen Fußabdruck gemacht, einen heiligen.
Ich habe einen Fußabdruck gemacht, durch den die Blätter die Erde durchstoßen müssen.
Ich habe einen Fußabdruck gemacht, über dem die Blätter im Wind flattern.
Ich habe einen Fußabdruck gemacht, über dem ich die Ähren pflücke.
Ich habe einen Fußabdruck gemacht, über ihm liegen die Quasten, Silber und Gold.
Ich habe einen Fußabdruck gemacht, Rauch steigt aus meinem Zelt auf.
Ich habe einen Fußabdruck gemacht, in meinem Zelt herrscht fröhlicher Jubel.
Ich habe einen Fußabdruck gemacht, ich lebe im Licht des Tages.

Als das Feld besät und die Sonne für schwere Arbeit zu heiß war, begaben sie sich alle zum Fluß. Ihre Lieblingsstelle am Frog Bayou badete im Sonnenlicht des späten Nachmittags. Der Fluß war hier tief und von klarer, meergrüner Farbe. Hoch oben in den Wipfeln der turmhohen Platanen raunte der Wind. Schon dieses Geräusch kühlte Tiana ab, bevor sie überhaupt ins Wasser eintauchte.

Die Männer rauchten und unterhielten sich leise, während Tiana Füße und Beine im Wasser baumeln ließ und Gabriel stillte. Shinkah watete in dem seichten Wasser am Ufer und suchte mit einem Stock nach Lotoswurzeln und sammelte die scharfschmeckende, smaragdgrüne Brunnenkresse. Buchenfarne säumten das Ufer. Durch das gefallene Laub schoben sich Blumen. Maiäpfel sprossen aus dem weichen Waldboden wie grüne Regenschirme.

Ein Kranich stand einbeinig da und suchte das Wasser nach Beute ab. Weiße Pelikane flogen vorbei. Ein Frosch ließ einen Ruf hören wie ein hungriges Kalb. Hoch oben in der Wand eines Kalksteinfelsens sausten Mehlschwalben um ihre Nester neben einer Höhlenöffnung herum. Mokassinschlangen lagen wie schwarze, seildicke Weinreben im Wasser.

Als am Nachmittag die Schatten länger wurden, begannen Moskitos zu surren und Ochsenfrösche zu quaken. Wandertauben verdunkelten den Himmel, als sie zu ihren Ruheplätzen flogen. Tiana und ihre neue Familie wanderten den Hügel hinauf nach Hause.

In der Nacht lag sie neben David auf ihrem Bett aus duftenden Kiefernruten. Sie hatte frische Holzspäne auf dem Boden ihrer Erdhöhle verstreut, und auch sie rochen wunderbar. Sie lauschte dem traurigen, unheimlichen Ruf von Adonirams Holzflöte vor dem Zelt, das Shinkah für sie beide gemacht hatte.

Shinkahs Zelt schien ihr unter den Händen emporgewachsen zu sein. Sie hatte Hickory-Setzlinge geschnitten und die dicken Enden in einem Oval in die Erde gesteckt. Sie beugte sie nach innen und band sie mit Hickoryrinde zusammen, um dann weitere Hickorystäbe als Stützstangen zu benutzen. Sie bedeckte die Seiten mit Ulmenrinde und die Spitze mit Matten aus Teichkolbenstielen, die sie mit Rindenfasern zusammengenäht hatte. Shinkahs Einfallsreichtum setzte Tiana immer wieder in Erstaunen.

Sie beneidete Shinkah auch um deren Gabe, nachts friedlich einzuschlafen. Tiana lag wach, dachte nach und lauschte. Sie hatte Sehnsucht nach ihrer Familie. Sie streckte einen Arm unter der Decke aus und legte ein weiteres Holzscheit auf Little Father, wie Shinkah das Feuer nannte. Die hellere Flamme tröstete sie ein wenig.

Was war es, was sie jede Nacht mit weitaufgerissenen Augen an die Decke ihres Erdlochs starren ließ? Zum Teil war es die Sorge um das, was sie tun mußten, und um das, was sie nicht tun durften, um zu überleben. Selbst jetzt, im Mai, sorgte sie sich schon um den kommenden Winter. Jetzt ging ihr auf, daß sie die Bequemlichkeiten, die ihr Vater und ihre Mütter ihr immer geboten hatten, für selbstverständlich gehalten hatte.

Doch auch Geräusche, die durch die Dunkelheit verstärkt wurden, hielten sie wach. Das Knacken von Ästen war ein vertrauter Laut. Das Gewicht der Wandertauben ließ sie zerbrechen genau wie zu Hause im Osten. Sie wußte, daß das Rascheln, das sich anhörte, als würde ein Dutzend Männer durchs Unterholz stürmen, wahrscheinlich nur ein Skunk war. Die Frösche, die im Sumpf ihre Kakophonie anstimmten, waren wie alte Freunde. Hier heulten mehr Wölfe, doch mit Wölfen kannte sie sich aus. Der geisterhafte Gesang der Kojoten hatte sie zunächst erschreckt. Sie hatte sie für Dämonen gehalten, die es nur im Nachtland gab, bis Shinkah ihr von Bruder Kojote erzählte.

Es war nicht der Lärm, der sie wach hielt, sondern vielmehr die Stille. Sie fürchtete, was sie nicht hören konnte, was sie vermutlich nicht hören würde, selbst wenn es sie tötete. Sie fürchtete die Osage und was sie tun könnten. Sie sehnte sich danach, ein Bussard zu sein, der hoch am Himmel seine Kreise zog. Sie wollte fähig sein, meilenweit in jede Richtung zu sehen, wollte in der Lage sein, ihre Lieben vor Gefahr zu warnen.

Sie stillte Gabriel, die unruhig wurde, und schlief schließlich ein. Sie wachte auf, als ihr wie jeden Morgen vor Tagesanbruch kalte Schauer über den Rücken liefen. Shinkah sang gerade ihr Todeslied an den Morgenstern. Sie saß vor ihrem Zelt, hatte sich ihre Decke über den Kopf gezogen und ließ einen überirdischen Schrei hören, der allmählich zu einem Stöhnen wurde. Sie sang für ihre Mutter und ihre Schwestern, die von den Cherokee getötet worden und nach Westen geritten waren, zu den Mo'n'ha, den Felsen, dem Geisterland der Kleinen.

»O-hooooo. Sie haben mich verlassen und lassen mich in Trauer zurück«, weinte Shinkah. »Ah! Der Schmerz, der Schmerz! A-e, sie, hey, Ah-hey, sie, hey. Ich bin es, die ihnen ihre letzten Tage nimmt. Ah, hooooo.«

Nach einigen Minuten hörte Shinkahs Trauergesang abrupt auf wie immer. Im Wald um sie herum herrschte Stille, als wären auch die Vögel und Insekten verstummt, um ihr zu lauschen.

David seufzte, beugte sich zu Tiana hinüber und küßte sie leicht. Er zog sich sein weites weißes Hemd und Mokassins an, sie ihr langes

Kleid. Tiana hob Gabriel auf, und David trug die Wiege aus Weidenruten. Gemeinsam gingen sie durch den wabernden Bodennebel zum Fluß.

Sechs Rehe überquerten stumm den Pfad. In der Ferne kollerten wilde Truthähne. Tiana erhaschte einen Blick auf das Geweih eines Hirsches und sah zu, wie ein Trompeterschwan weiß an dem grauen Himmel dahinflog.

Jedesmal, wenn sie das Morgenlied sang, tauchten sie Gabriel ins Wasser.

> Gha! *Höre! Sie wird auf Weißen Pfaden Fußabdrücke machen.*
> *Der Blitz wird vor ihr hergehen.*
> *Sie wird schön in dem Sonnenstrahl stehen.*
> *Nicht nur die Sonne, auch das Wort wird sie bedecken.*

Als die Sonne über den Hügeln aufging, hielt Tiana Gabriel der Sonne entgegen. Das war so warm und tröstlich, wie es auch im Osten immer gewesen war. Es half ihr für einige Zeit, ihre nächtlichen Ängste zu vergessen.

»Großmutter Sonne«, sagte sie. »Wir begrüßen dich, meine Tochter und ich. Leuchte an diesem Tag über uns. Trage meine Worte zu dem Ernährer, Großmutter. Bitte ihn, uns Frieden zu bringen.«

David kam jeden Morgen mit Tiana hierher, und er wußte, wann sie fertig war. Während Gabriel in ihrer Wiege schlief, lachten er und Tiana und spritzten sich gegenseitig naß. Als sie zu ihrer Behausung und ihrer täglichen Arbeit zurückgingen, boten die Vögel ihnen eine Serenade. Das Nachtland war nicht die Heimat, doch Tiana mußte zugeben, daß es seine eigene, besondere Schönheit hatte.

28

David fingerte an seinem Hut herum. Er hatte das Gefühl, daß das, was ihm vernünftig vorkam, bei anderen nicht unbedingt auf Gegenliebe stieß.

»Major, ich möchte Adoniram Wolf hier in Fort Smith als Schmied empfehlen.« Mildes Erstaunen ersetzte den gewöhnlich strengen Ausdruck in Bradfords schmalem Gesicht.

»Er ist Indianer«, sagte er.

»Er ist ein guter Schmied. Er hat acht Jahre für mich gearbeitet.«

»Wir können ihn nicht gebrauchen.« Bradford sah den Zorn in Davids Augen. »Hören Sie, Gentry, einige meiner besten Freunde sind Indianer. Viele von ihnen sind gute Menschen. Besser als der durchschnittliche Weiße hier draußen, kann ich Ihnen versichern. Das ist das Problem. Hier draußen geht es ruppig zu.«

»Adoniram kann auf sich selbst aufpassen.«

»Er würde mit Weißen Geschäfte machen müssen. Die reinblütigen Indianer sind dafür nicht geschaffen. Sie sind zu anständig, wenn Sie die Wahrheit hören wollen. Den Weißen würde es nicht gefallen, mit ihm zu tun zu haben. Und ich kann Ihnen versichern, daß es umgekehrt auch ihm nicht gefallen würde. Sie würden ihn beleidigen. Sie würden ihn betrügen. Sie würden ihn verderben.« Bradford hob müde die Hand, als David protestieren wollte.

»Ich weiß, was Sie sagen wollen. Ihr Junge ist anders als die anderen. Er würde nicht anfangen zu trinken. Glauben Sie mir, irgendwann werden sie ihn erwischen. Und sie würden sich an seine Frau heranmachen. Hier grassiert die Syphilis. Und die Indianerinnen erliegen meist der Zügellosigkeit, wenn nicht durch Bestechung und Geschenke, dann durch Gewalt. Teufel auch, mir gefällt das nicht. Ich tue mein Möglichstes, um dem ein Ende zu machen.« Bradford war ein vielbeschäftigter Mann, doch Davids arglose Augen schienen ihn aus der Reserve zu locken. Bradford schüttelte den Kopf.

»Ich bin davon ausgegangen, daß die Situation sich bessern würde, sobald die Anwesenheit der Armee sich bemerkbar machte. Doch mehr Soldaten scheinen nur mehr Käufer für den verfluchten Whiskey zu bedeuten, den diese Schurken verkaufen. Mehr als alles andere ist es der Whiskey. Und die Indianer sind dafür eine leichte Beute. Nun, ich will Sie nicht mit einem Klagelied langweilen. Ihr Junge würde unglücklich sein, glauben Sie mir.«

Ein Sergeant platzte herein und salutierte eilig.

»Bitte um Vergebung, Sir«, sagte er. »Lieutenant Billings ist hinter einem Händler her, diesem Burschen Litten. Will ihn umbringen. Sagte, er hätte seine Frau verführt. Und die Indianer sind dabei, außer Rand und Band zu geraten. Ein regelrechtes Tohuwabohu ist das, Sir.«

»Entschuldigen Sie mich, Mr. Gentry.«

David folgte Bradford nach draußen. Er blinzelte in dem hellen Sonnenlicht und ging quer über den Exerzierplatz, der voller Menschen war. Schon eine Woche nach ihrer Ankunft vor sechs Monaten hatten Bradfords Männer ein Krankenhaus gebaut, ein allgemeines Lagerhaus, ein Lagerhaus für Proviant sowie das kleine Blockhaus, das Bradford als Hauptquartier diente. Seitdem waren noch weitere Gebäude hochgezogen worden, doch die Fehden zwischen den Osage und Cherokee hatten den weiteren Fortschritt gestoppt. Die beiden Palisadenwände zum Land hin waren zwar fertiggestellt worden, aber die Seiten zum Zusammenfluß des Arkansas und des Poteau River klafften wie Zahnlücken.

David stand auf dem gelbbraunen Felsufer vor dem Fort und blickte auf die beiden Flüsse hinunter. Er konnte die Lager des Wahren Volkes sehen, der Alten Siedler, die sie auf beiden Seiten säumten. Es war tatsächlich ein Tohuwabohu. Selbst aus der Ferne war unverkennbar, daß viele der Leute da unten, Weiße wie Indianer, betrunken waren.

Auf den beiden Flüssen wimmelte es von Booten. Jeder Händler hatte ein Skiff oder eine ganze Flotte davon, um potentielle Kunden über den Fluß zu bringen. Kanuten und die flachen Boote der Indianer wieselten zwischen den Platt- und Kielbooten hin und her. Für Dampfer war der Arkansas jedoch zu tückisch.

Die Cherokee hatten sich versammelt, um ihre längst überfälligen Jahreszahlungen einzufordern und um die Poststation zu besuchen, den einzigen Laden im Umkreis von fünfzig Meilen. Doch in erster Linie waren sie gekommen, um Drum und die Leute aus Hiwassee Town zu begrüßen. Fliegende Händler hatten schon damit begonnen, ihre Waren anzubieten; sie verkauften von ihren Wagen aus oder unter Planen und Zeltbahnen oder hatten ihr Angebot einfach auf der Erde ausgebreitet. In erster Linie wurde Whiskey verkauft, obwohl man sich in die Wälder begeben mußte, um die Ware abzuholen.

Wie Haie, die ein hilfloses Opfer umkreisen, rochen die lizensierten Händler und Schnapsschmuggler, die Landspekulanten und Herumtreiber die Beute, die im Krieg zu holen war. Sie wurden in den Strudel hineingesogen, dessen Mittelpunkt Fort Smith war. Auf Major Bradford wartete eine klar umrissene Aufgabe.

David sah, wie auf der anderen Seite des geschäftigen Exerzierfeldes eine Gruppe von Soldaten eine Indianerin dabei beobachtete, wie sie sich mühsam das Steilufer emporkämpfte. In den Augen der Männer war Hunger. Ihre grauen Uniformröcke ließen sie aussehen, als wären sie frischgebackene West Point-Kadetten, aber ihre Gesichter waren hart und alles andere als jung. *Die Syphilis stoppen,* dachte David und verzog das Gesicht. *Es ist ein Wunder, daß Bradford sie überhaupt dazu bringt, sich zu rasieren.*

Als die Frau näherkam, sah David, daß es Susannah war. Einer der Männer fing ihren Blick auf, und sie zeigte ihm ein schüchternes Lächeln, bevor sie wieder den Kopf senkte. Der Soldat schlenderte zu ihr hinüber und zog spielerisch an einem ihrer Zöpfe. Sie kicherte. Er packte sie am Arm und wedelte mit einem Stück falscher Spitze vor ihr herum. David begann, quer über das Exerzierfeld zu laufen, als Tiana mit Gabriel auf der Hüfte zu einem Gebäude in der Nähe der Männer kam. Sie sah, wie der Soldat die Hand ausstreckte und Susannah unter ihrer Baumwollbluse die großen festen Brüste streichelte.

»Schwester!« rief Tiana. Susannah und die Männer fuhren herum und starrten sie an.

»O Gott!« keuchte David und lief noch schneller. Er wich der berittenen Patrouille aus, die zwischen ihm und Tiana vorbeiritt.

Mit ihrer freien Hand packte Tiana ihre Schwester am Arm.

»Geh sofort in das Lager zurück, *Tsu'tsan*«, sagte sie auf Cherokee. Susannah wollte widersprechen.

»*Hena!* Geh!« sagte Tiana wieder. »*Nu'la!* Beeil dich!« Susannah löste sich aus dem Griff des Mannes und ging langsam den Hügel hinunter.

»Hört mal, Mädchen, wir brauchen uns doch nicht zu schlagen«, sagte der Soldat und starrte Tiana anerkennend an. »Wozu in die Ferne schweifen.« Tiana zog sich mit der Hand am Messer zurück.

Die Soldaten sahen nicht, wie David ihn niederschlug. Die anderen sahen amüsiert zu, als er wieder auf die Beine kam. Er holte zu einem Schwinger aus, verfehlte David jedoch. David packte ihn und hielt ihn mit einem seiner kräftigen Arme an der Uniformjacke auf Abstand. Tiana hatte nie gehört, daß ihr Mann die Stimme erhob, und er tat es auch jetzt nicht. Sie erkannte seine Wut nur daran, daß die Falten um seinen Mund tiefer und weißer wurden als das sonnengebräunte Gesicht. Er versetzte dem Soldaten einen Stoß, der ihn auf allen vieren im Staub landen ließ.

»Dich kriege ich noch«, rief der Mann. David schenkte ihm ein kurzes, humorloses Lächeln wie ein Wolf, der die Zähne fletscht. Sein fester Blick schloß alle Soldaten ein.

»Wenn ich sehe, daß einer von euch eine Cherokee-Frau anrührt, ist er ein toter Mann.« Er legte Tiana mit beschützender Geste einen Arm um die Schultern. »Ich hatte dich doch gebeten, bei deinem Vater oder deinen Brüdern zu bleiben. Es ist gefährlich hier.«

»Ich habe dich gesucht. Du brauchst dir keine Sorgen zu machen. Ich kann auf mich aufpassen. Es ist Susannah, die mir Kummer macht. Sie hat kein Urteilsvermögen, wenn es um Männer geht. Ich muß mit ihr sprechen.«

Davids Antwort wurde durch einen Ruf vom Landeplatz unterbrochen.

»Sie sind da! Ehemann, sie sind wirklich da!« Tiana strömten Tränen übers Gesicht. Die Bewohner von Hiwassee hatten das heilige Feuer mitgebracht.

Mit der auf der Hüfte schaukelnden Gabriel rannte Tiana den Hang zum Fluß hinunter. Die Menge unten am Anleger begann zu rufen. Männer feuerten ihre Gewehre ab oder schlugen mit Stöcken auf Trommeln, Fässer oder Bäume.

Drum trat vom Boot auf den Anleger, er trug eine blankpolierte Wärmpfanne aus Kupfer. Der hölzerne Griff der Pfanne war mit Kugeln und Federn geschmückt. Der Lärm wurde lauter, als die Menschen sie sahen. Tiana stand nur still da und weinte inmitten der tosenden Menge. Drum hatte das heilige Feuer während der langen Reise nicht ausgehen lassen.

Drum brachte auch dreihundertfünfzig Menschen mit. Bald würde es hier so viele Angehörige der Sieben Clans geben, daß die Osage es nicht wagen würden, sie anzugreifen. Dann würde Tiana endlich ohne eine Pistole am Gürtel leben können. Es würde Tänze und Ballspiele und Nächte geben, in denen Geschichten erzählt würden. Sie würde Klatschgeschichten hören, die sie noch nicht kannte, während die Frauen unten am Fluß Reet sammelten oder Beeren pflückten oder im Schatten der Bäume gemeinsam arbeiteten. Sie würde in der Morgendämmerung das rhythmische Stampfen von Maismörsern hören sowie die Rufe, mit denen Drum zur Arbeit auf den Gemeinschaftsfeldern rief.

Die Alten Siedler erwarteten eine förmliche Zeremonie, mit der sie das heilige Feuer empfangen würden. Doch in den Jahren, die sie von ihren Anverwandten im Osten getrennt waren, mußten sie vergessen haben, wie Drum war. Als er über die Planke an Land ging, hielt er die Wärmpfanne in einer Hand. In der anderen trug er ein kleines, etwa drei Jahre altes Kind, das so schwarz war wie drei Uhr morgens. Das kleine Mädchen war Drums Liebling unter den Sklavenkindern.

Während die Männer ihre feierlichen Willkommensansprachen hielten, zupfte das kleine Mädchen, Martha, an Drums Koteletten. Sie pustete ihm ins Ohr, was seine Mundpartie zucken ließ. Er schaukelte sie, um sie abzulenken, doch damit gelang es ihm nur, die Häuptlinge abzulenken. Sie gaben auf, nahmen die Wärmpfanne und reichten sie an jemanden weiter, der sie bewachen würde, bis Drum einen Ort für sie vorbereitet hatte.

Zeremonien waren ohnehin unmöglich. Tiana verbrachte den Rest des Tages damit, beim Ausladen zu helfen und mit ihren Freundinnen aus Hiwassee zu lachen und zu plaudern. Gabriel ging bei den Frauen von Hand zu Hand. Und Tiana inspizierte die neuen Kinder, die seit ihrer Abreise aus dem Sonnenland vor acht Monaten geboren worden waren. In der Nacht gab es ein großes Fest und Tanz, der bis zur Morgendämmerung weiterging. Für den Nachmittag wurde ein Ballspiel zwischen den Alten Siedlern und der Mannschaft aus Hiwassee festgesetzt.

Am zweiten Tag wurden die Feierlichkeiten häßlich. Immer mehr Männer wurden betrunken. Es kam zu Faustkämpfen, was es beim Wahren Volk sonst so gut wie nie gab. Tiana sah weiße Männer, die Frauen Flitterkram anboten oder ihnen verstohlen etwas zu trinken gaben, um sie dann in den Wald zu führen. Als Tiana es nicht mehr ertragen konnte, wanderte sie einen schmalen Pfad am Fluß entlang, bis sie die Trommeln, das Rufen und die Schüsse nicht mehr hören konnte.

Nach fieberhafter Suche fand David sie dort unter dem Felsvorsprung am Ufer. Sie war dabei, Gabriel zu stillen und in der großen Schlaufe einer Platanenwurzel zu schaukeln, die durch die Erosion des Wassers freigelegt worden war.

»Dieser Teil des Flusses erinnert mich an den Hiwassee«, sagte sie. David hörte die Trauer in ihrer Stimme, bevor er die Tränen auf ihren Wangen sah. »Bäume und Büsche sind genauso dick und grün, und hier gibt es auch kleine Inseln.«

»Geliebte Köchin.« Er beugte sich zu ihr hinunter und küßte sie auf den Scheitel. »Bitte hör damit auf, dich so zu verstecken. Es ist gefährlich, sich hier allein aufzuhalten. Dies sind nicht deine friedlichen Hügel und Wälder von zu Hause, egal wie sehr sie dich daran erinnern.«

»Ich kann nicht zulassen, daß sie mir meine Freiheit stehlen. Dazu haben sie kein Recht.«

»Ich bitte dich um meinetwillen. Mein Gott, Frau, du läßt mich noch vorzeitig altern.« Er setzte sich auf einen flachen Felsblock und schleuderte Steinchen in das wirbelnde, rötliche Wasser.

»Du hast die Händler doch gesehen.«

»Ja, ich habe sie gesehen.«

»Sie sind wie Elstern, die das rohe Fleisch auf dem Rücken eines Pferdes picken und sich von einem lebenden Wesen ernähren. Sie machen die Menschen betrunken und verkaufen ihnen dann Dinge, die sie nie gebrauchen können – alte Perücken, Uhren, die nicht gehen, Wollkleidung. Wollkleidung, bei dieser Hitze.«

»Komm her, meine Liebe.« David lächelte sie an, und sie setzte sich zwischen seine ausgestreckten Beine. Sie lehnte sich gegen seine Brust und starrte in das tosende Wasser. Der Stoff seines gelben Baumwollhemds war durch langes Tragen weich geworden. Er schloß sie und das Kind in die Arme, und sie strich über den Stoff einer seiner Manschetten. Er seufzte zufrieden, so daß sein Atem ihr dichtes Haar bewegte.

»Sally Ground Squirrel sagt, daß die Frauen mich als Vertreterin der Long Hairs im Frauenrat sehen wollen.«

»Das überrascht mich nicht.« David spürte plötzlich den Wunsch, Tiana und Gabriel hierzubehalten und sie sicher in die Arme zu schließen. Er wollte sie beschützen, sie von den Enttäuschungen fernhalten, die, wie er wußte, auf sie warteten. Es gab keine Rückkehr, weder ins Sonnenland noch in die Vergangenheit. Das Wahre Volk war dabei, zivilisiert zu werden. Ihre Frauen waren dabei, genauso eingeengt und bevormundet zu werden wie weiße Frauen, ob es einem gefiel oder nicht. Wo sollte sich da ein so unbändig freier Geist wie Tiana einfügen?

David preßte sie enger an sich. Sie spürte, wie seine Lippen ihren Nacken berührten, was ihr angenehme Schauer über den Rücken jagte. Als er Gabriel in den Schlaf sang, machte seine sanfte Stimme auch sie schläfrig.

Hush, little baby, don't say a word.
Papa's going to buy you a mockingbird.

Sam blickte finster drein, als er die Besetzung für das nächste Stück studierte. Der Inhalt der ihm zugedachten Rolle gefiel ihm ganz und gar nicht. »Der Dienstmann.« Der Dienstmann! Das war eine Beleidigung. Er bereute es schon, in den Theaterverein von Nashville eingetreten zu sein. Dieser schlaue Fuchs Ludlow hatte sie alle schwören lassen, die jeweiligen Rollen zu akzeptieren, denn sonst sei es ihm nicht möglich, Bühnendirektor zu bleiben. Sam saß in der Falle. Vielleicht schaffte er es aber, sich mit einem Bluff aus der Schlinge zu ziehen.

»Ludlow, mein Junge.« Sam nahm seine militärischste Haltung und Stimme ein. Immerhin hatte sie in seinen Tagen bei der Armee Rekruten eingeschüchtert. »Was hast du da im Nachspiel für mich eigentlich vorgesehen?«

»Sam, ich bin dabei, die Vielseitigkeit deines Genies auf die Probe zu stellen.« Ludlow war auch nicht gerade schlecht darin, andere einzuseifen. »Diese Rolle paßt wunderbar zu einem Schwank. Sie ist zwar kurz, aber deftig.« Sam starrte den backenbärtigen Ludlow von der vollen Höhe seiner hundertsiebenundachtzig Zentimeter an.

»Was!« sagte er laut. »Schwank? Sam Houston in einem Schwank? Beim Ewigen, Mann. Was ist in dich gefahren? Das kann doch nicht dein Ernst sein?«

»Doch, das ist es.« Ludlow zeigte sich unbeeindruckt. Noah Ludlow war erst dreiundzwanzig Jahre alt, zwei Jahre jünger als Sam. Seit drei Jahren trat er jedoch in Städten und Dörfern in der Wildnis auf. Er hatte viel Erfahrung mit Amateuren. Aus diesem Grund hatte er diese Gruppe auf Ehrenwort schwören lassen, die jeweiligen Rollen zu akzeptieren. Er wußte, daß diese Rolle den jungen Jurastudenten wurmen würde. Sam hielt sich auf sein Aussehen einiges zugute, und das mit vollem Recht.

»Beim Ewigen, Sir, die Leute werden mich ausbuhen.«

»Nein, das werden sie nicht.« *Wenn sie dich im letzten Stück nicht ausgebuht haben,* dachte Ludlow, *dann werden sie es auch diesmal nicht tun.* Noah hatte zu seiner Frau bemerkt, Sam Houston sei das *größte* Mitglied der Truppe, wenn auch nicht gerade das begabteste, was die schauspielerischen Fähigkeiten angehe. »Sollte jemand tatsächlich so unhöflich sein, werde ich vor das Publikum treten und die Verantwortung übernehmen.«

»Ich werde dich beim Wort nehmen.« Sam war kaum besänftigt. »Ich werde die Rolle nur annehmen, weil ich geschworen habe, sie nicht abzulehnen.«

Sam hielt Wort. Die Rolle des Pförtners war klein, nur zwei Szenen. Und die Figur war ein Trunkenbold. Sam ergab sich in sein Schicksal und zog das Kostüm an, das Ludlow sich für ihn ausgedacht hatte – ein kariertes Hemd, Rehlederhosen, rote Weste, lange rote Perücke, dicke Strümpfe, schwere, derbe Schuhe, ein rotes Halstuch sowie ein Hut, dessen Krempe abgerissen war und ihm auf dem Rükken hing. Er erlaubte sogar, daß Ludlow ihm die Nase rot anmalte. Er wäre vermutlich ohne jedes Murren auf die Bühne gegangen, wenn es im Aufenthaltsraum der Schauspieler keinen Spiegel gegeben hätte.

Als das Publikum während der Pause zwischen dem Stück des Abends und der Farce, dem Nachspiel, unruhig auf und ab ging und murmelte, entdeckte sich Sam in voller Größe in dem Spiegel.

»Beim Ewigen!« brüllte er. Die anderen Schauspieler fuhren zusammen. »Beim Ewigen. Kann dies Sam Houston sein? Bitte, sag mir einer, wer ich bin.« Er rollte mit den Augen und sah sich wild um. Irrsinn lag in seinem Blick. Alle bogen sich vor Lachen, doch Sam war keineswegs amüsiert. Er stürmte wie ein Affe im Käfig auf und ab, ruderte mit den Armen herum und tobte. »Ich schwöre bei allen Göttern, so werde ich nicht auf die Bühne gehen. Was wird Mrs. Grundy sagen?«

Die Leute lachten, bis sie sich den Bauch hielten. Im vorigen Sommer hatte Noah Ludlows Truppe ein Stück aufgeführt, in dem eine Mrs. Grundy zwar oft erwähnt, jedoch nie gesehen wurde. Die Schauspieler wußten nicht, daß Richter und Mrs. Grundy prominente Bürger Nashvilles waren. Sie wußten auch nicht, daß ihre Religion ihr verbot, der Aufführung beizuwohnen. Immer wenn ein Schauspieler sagte: »Was wird Mrs. Grundy sagen?«, kicherte das Publikum. Die Replik war in der Stadt zum geflügelten Wort geworden.

»Soll jemand anders die Rolle spielen«, sagte Sam. »Ich will verdammt sein, wenn ich so auf die Bühne gehe.«

»O nein, Lieutenant«, entgegnete Ludlow sanft. Er redete ihn mit dem militärischen Rang an, den Sam von Zeit zu Zeit ausspielte. Vielleicht würde ihn das an seine Ehre und seine Verantwortung erinnern. »Du wirst verdammt sein, wenn du es nicht tust. Du hast dein Wort gegeben. Das Publikum erwartet es von dir. Sie werden keinen anderen akzeptieren. Eaton, bring ihn zur Vernunft.«

John Eaton nahm Sam beiseite. John war gebildet und weltläufig, einer der wenigen Männer, zu denen Sam aufblickte. Eine Zeitlang wurde laut geflüstert und wild gestikuliert. Am Ende gab Sam nach. Er hatte keine Wahl. Er hatte sein Wort gegeben, und das war eisern.

»Hör mal, Ludlow«, knurrte er. »Wenn die Leute mich heute abend ausbuhen, werde ich dich morgen erschießen.«

»Einverstanden.« Noah Ludlow lächelte in sich hinein. Wenn er recht hatte, steckte in Sam ein Komödiant, von dem nur wenige Menschen etwas wußten.

Sams derbe Schuhe ließen den Fußboden erzittern, als er losstapfte, um bis zu seinem Auftritt zu schmollen. Ludlow zog Eaton, den Theaterdirektor, beiseite.

»John«, sagte er. »Sorge dafür, das Houston ordentlichen Beifall bekommt.«

»Ich werde mich darum kümmern.« Eaton nickte und zwinkerte.

Sam stand in der Kulisse und lugte durch die bemalten Falten des tragbaren Bühnenvorhangs. Das Theater war durch Umbau eines alten Pökelhauses entstanden. Die Bühne war provisorisch, und Sams fester Tritt stellte das handwerkliche Geschick der Zimmerleute auf die Probe. Die einfachen Holzbänke der letzten Reihen und die in aller Hast zusammengezimmerten Sitze waren sämtlich besetzt, und sogar die Wände waren von Menschen gesäumt. Es mußten sich vierhundert Menschen eingefunden haben.

In dem flackernden Kerzenlicht der Hunderte von Wandleuchtern waren sie kaum zu sehen. Doch Sam kannte die meisten. In Nashville lebten jetzt fast viertausend Menschen. Bei seinen nächtlichen Streifzügen von Kneipe zu Kneipe hatte Sam die meisten von denen kennengelernt, die wirklich zählten. Und die meisten von denen, die zählten, waren heute abend anwesend.

Es war demütigend. Sams Mentor und Vorbild Andrew Jackson saß ebenfalls im Publikum. Von Sams Trinkkumpanen und den Damen ganz zu schweigen. *Gott der Gerechte,* dachte er. *Die Damen.* Die Damen, die rot wurden und die Augen niederschlugen und mit den Augenlidern klapperten, wenn er sich über ihre weichen Fingerspitzen beugte. Diese Rolle würde ihn in Nashville verfolgen wie eine Dose, die man einem Hund an den Schwanz gebunden hat. Wer würde einen Possenreißer als Anwalt konsultieren? Er war ruiniert.

Er fummelte an seiner kratzigen Perücke herum. Hölle und Verdammnis. Er würde entehrt sein, weil er sein Ehrenwort gegeben hatte. Nun, es gab nur einen Ausweg. Er mußte auf die Bühne.

Über die Repliken der Schauspieler und das brüllende Gelächter der hinteren Bankreihen hinweg glaubte er fast das Dröhnen der Trommeln und den Gesang des Gespenstertanzes zu hören. Er erinnerte sich noch, wie er vor der Tür des Stadthauses auf das Signal zu seinem Auftritt gewartet hatte. Vielleicht war es das Gelächter, was den Gedanken auslöste. Das Lachen ist überall gleich.

Er blinzelte. Vor seinem geistigen Auge verwandelten sich die Federn der Damenhüte in die Büschel aus Silberreiherfedern in den Turbanen der Männer im Rathaus. Er lächelte. Er würde den Leuten von Nashville etwas für ihr Geld bieten. Er schulterte die Truhe, sein Requisit, und schlurfte auf die Bühne.

»Hier ist es ja nachts so dunkel wie in der Hölle«, brüllte er. »Warum sammelt ihr nicht, damit ihr euch einen Mond leisten könnt? Hol euch der Teufel! Ich habe einen Schluckauf.« Sam schnitt urkomische Grimassen und torkelte auf der Bühne umher. Viele seiner Repliken gingen in dem Gelächter fast unter.

»Gute Nacht!« lallte er, als seine Szene beendet war. »Verflucht, meine Knie sind vielleicht weich. Wer mich jetzt so sieht, könnte meinen, ich stünde unter Alkohol. Aufgepaßt!« Er gab vor, zu stolpern, und schwankte am Rand der Bühne. Frauen in der ersten Reihe kreischten und versuchten, sich hinter ihren Begleitern zu verstekken. »Gute Nacht! Aufgepaßt!« Und damit verließ er die Bühne. Das Publikum stampfte und pfiff so sehr, daß Ludlow um die Sitze fürchtete. Sam aber weigerte sich, vor den Vorhang zu treten und sich zu verneigen.

»Zur Hölle mit ihren Seelen!« tobte er. »Sie machen sich über mich lustig.«

»Unsinn«, entgegnete Ludlow. »Sie applaudieren dir für deine wunderbare Darstellung.«

»Schöne Art, einen zu verdammen, Sir! Sie wollen mich lächerlich machen.« Sam versuchte, seine Demütigung hinter Zorn zu verstekken. Er riß sich Hut und Perücke vom Kopf und warf sie in die Ecke. Er fuhr sich mit der Hand durch sein dichtes, zerzaustes kastanienbraunes Haar. Dann rieb er sich die rote Farbe von der Nase.

Zum Glück sollte es nur eine Vorstellung von »Wir reisen nachts« geben. Ludlow erkannte, daß er Lieutenant Houston nie mehr würde überreden können, seine Rolle ein zweites Mal zu spielen. Trotzdem, er hatte eine wunderbare Leistung hingelegt.

»Dich lächerlich machen? Ganz und gar nicht«, erwiderte er. »Sie wollen dir zeigen, daß du die Szene perfekt gespielt hast. Und ich möchte hinzufügen, daß du das tatsächlich getan hast, Sam. Ich habe diese Rolle noch nie so gut gespielt gesehen.«

Sam zuckte die Achseln. Und zu Ludlows Überraschung zwinkerte er ihm zu. Dann drehte er sich um und verließ den Raum.

29

Es war der Monat der Maulbeere, Ende Mai 1819. Shinkah nannte den Mai den Monat Der Kleine Blumen Tötet. Die kleinen Blumen mochten zwar abgestorben sein, aber die großen blühten immer noch in großer Zahl. Soeben war ein Schwarm schillernder Indigofinken vorbeigeflogen. Tiana konnte das *kuckuck* des Gelbschnabelkuckucks hören. Auf den Hügeln unterhalb von Tianas Blockhaus blühten Perückenbäume. Die Massen ihrer flauschigen graublauen Blüten sahen wie Rauch aus, der aus dem grünen Blätterdach des Waldes aufstieg.

So wie jetzt saß Tiana oft im Schatten des an der Seite offenen Laubengangs ihres Hauses und starrte in Richtung Sonnenland. Obwohl sie wußte, daß es unmöglich war, ihre Heimat von hier aus zu sehen, konnte sie nicht aufhören, es immer wieder zu versuchen.

Als Tiana Mais für das Brot des nächsten Tages zerstieß, spielte David mit Gabriel. Nur Gabriel konnte ihn überreden, seine Arbeit zu unterbrechen und mal eine Pause zu machen. Den größten Teil des Tages folgte sie ihrer Mutter auf Schritt und Tritt und versuchte zu helfen. Doch von Zeit zu Zeit trottete sie los, stand in der Tür der Schmiede und bat ihren Vater, mit ihr zu spielen.

Sie setzte meist ihren Willen durch. Sobald er beiseite legen konnte, womit er gerade beschäftigt war, nahm er sie huckepack und ging mit ihr zum Fluß oder sammelte Beeren oder flocht Blumenkränze oder übte das Ballspiel mit dem winzigen Paar von Ballstökken, die Tiana für die Kleine gemacht hatte. Als er das Kind jetzt auf die Schultern nahm, wieherte er und galoppierte wie verrückt durch das Gras und die Blumen. Gabriel umklammerte mit den Fäusten ein paar Haarsträhnen und kreischte vor Vergnügen, als sie über eine Wiese hüpfte.

»Da kommt Tante«, rief Gabriel.

Shinkah kam aus dem Wald geritten und besah die Arbeit, die David und Tiana geleistet hatten. Seit Shinkah und Adoniram vor einem Jahr mitgeholfen hatten, die ersten Bäume zu fällen, erstreckte sich die Lichtung immer weiter hügelabwärts. David hatte ein Kühlhaus über der Quelle und ein Räucherhaus gebaut, ein weiteres Feld von Unkraut und Sträuchern gesäubert und mit einer Scheune angefangen. Er hatte Schmiedearbeiten gegen die Ladefläche eines Wagens eingetauscht und selbst Räder und Deichsel hinzugefügt. Der

Wagen stand jetzt neben seiner Werkstatt. Diese sah inzwischen aus, als gäbe es sie schon seit Jahren. Hinter der Schmiede lag schon ein großer Haufen mit Hufeisen. Ganze Stapel von Werkzeugen und Eisenwaren und Wagenteilen warteten darauf, repariert oder fertig gemacht zu werden.

»*A'siyu,* Schwester.« Shinkah saß ab und band eine Ledertasche vom Sattel los.

»*A'siyu.*« Tiana lächelte und legte ihren Stößel hin. »Wie groß du geworden bist! Du mußt irgendeinen Großen tragen.«

»Nicht so groß wie du.« Shinkah zeichnete mit den Händen die Umrisse eines dicken Bauchs nach. Tianas Kind würde in drei Monaten herunterspringen. Shinkah mußte noch fünf Monate warten.

»Geht es Adoniram gut?«

»Er sehr gut. Aber ich einsam. Mein Herz schmerzt, meine Schwester wiederzusehen.«

»Mein Herz hat dich auch vermißt.« Tiana wußte, daß Shinkah einsam war. Beim Wahren Volk wurden die Kinder der Mittleren Gewässer nicht gerade geliebt. Die von dem alten De'gata'ga, Standing Together und Ata'lunti'ski angeführte Kriegsfraktion erhielt den Haß lebendig. Zum Teil taten sie es aus Vergeltung wegen der Überfälle und Pferdediebstähle der Kleinen. Es war jedoch auch eine Ausrede für Streifzüge in das Land der Osage, um dort Pferde, Skalps und Kriegerehren zu gewinnen. So kam es, daß Shinkah außerhalb der Familie Rogers wenige Freunde hatte.

»Setz dich.« Tiana zeigte auf die Bank im Schatten des überdachten Gangs. »Ich werde dir etwas zu essen bringen und dir den Reisestaub von den Füßen waschen.«

»Ich bringen Essen.« Sie öffnete ihre Tasche, und wie durch Zauberei tauchte plötzlich Gabriel neben ihrem Knie auf.

»*Sali?*« fragte sie.

»Ja, schönes Mädchen, ich bringe Persimonenkuchen mit.« Sie brach ein Stück ab und gab es Gabriel. Dann teilte sie noch etwas mit Tiana und David. Tiana goß jedem einen Becher Dörrmais in Wasser ein, der mit dem Stengelmark von Gleditschien gesüßt war.

Shinkah brachte immer diesen Kuchen mit, wenn sie zu Besuch kam, denn sie wußte, daß Tiana ihn liebte. Shinkah hatte ein Hickorybrett mit Bisontalg eingeschmiert und dann eine Schicht der Früchte mit den Samen daraufgelegt. Dann folgte wieder eine Schicht Talg und weitere Früchte, bis sie je vier Schichten hatte. Sie kochte den Kuchen auf dem Brett über Holzkohlen.

»Ich habe auch etwas für dich, Schwester.« Tiana ging ins Haus und kam mit einem Gürtel aus gewebtem Bisonhaar mit Kugeln wieder. »Er wird das Kind leicht herunterspringen lassen, so daß du keinen Schmerz spürst.«

»Willst du der hier zeigen, was sie für Baby tun kann?«

»Ja, wir können morgen zum Fluß gehen, dann werde ich versuchen, für dich zu arbeiten.« Tiana achtete immer sorgfältig darauf, sich nicht zu viele magische Kräfte anzumaßen. Einer jungen Heilerin, die mit ihren Leistungen prahlte, konnte es leicht passieren, daß ihre Arbeit von einer älteren Zauberin ruiniert wurde.

Sie alle hörten Flint Lock, bevor sie ihn sahen. Oder vielmehr sie hörten das Ächzen und Kreischen seines Wagens im Wald.

»Flint Lock kommt«, sagte David.

»Gut. Du hattest doch kaum noch Holzkohle.«

»Wer ist Flint Lock?« fragte Shinkah.

»Er ist Köhler. Er und sein Partner haben etwa zehn Meilen von hier einen Meiler«, sagte Tiana.

»Manche sagen, er sei Old Horny, der Teufel persönlich.« David senkte die Stimme wie ein Verschwörer. »Und sein Meiler ist eine brennende Rutschbahn in die Hölle. Manche glauben, seine Füße seien gespalten. Einige behaupten sogar, er könne mit den Fingerspitzen Feuer machen.«

»Ich sage, er ist ein einsamer, verbitterter Mann«, sagte Tiana.

Der Wagen rumpelte ins Blickfeld. Er wurde von zwei räudigen, geduldigen Ochsen namens Ruß und Zunder gezogen. Flint Lock blieb neben dem Schmiedeschuppen stehen, und als David dort ankam, hatte er schon damit begonnen, die Holzkohle in die große Kiste zu schaufeln, die David gebaut hatte.

Als sie mit dem Entladen fertig waren, folgte Flint Lock David ins Haus. Er erinnerte Tiana an einen Hund, der genau weiß, daß er sich an einem verbotenen Ort aufhält, und erwartet, daß man ihn mit einem Besen verjagt. Er hockte bescheiden und verlegen auf der Ecke der Bank am Tisch.

Es war nicht zu übersehen, daß Flint Lock das Baden unbekannt war. Dunkel war er ohnehin, doch ob nun von Geburt oder von der Sonne oder von dem Kohlenstaub, der sich bei seiner Arbeit in der Haut festgesetzt hatte, oder durch eine Kombination von allem, konnte Tiana nicht sagen. Seine dunkle Haut wirkte staubig. Er trug ständig den gleichen schmutzigen Filzhut oder zumindest einen ohne Krempe. Sein Haar war vielleicht schwarz. Oder braun. Oder blond.

Es war lang, dünn und fettig. Seine eckigen Gesichtszüge verleiteten viele zu der Annahme, er sei mindestens teilweise Indianer, doch er selbst behauptete es nie. Und am Arkansas war es nicht üblich, in der Vergangenheit eines Mannes zu wühlen.

Das Wahre Volk erlaubte ihm zu bleiben, weil man brauchte, was er verkaufte, und weil nur wenige gewillt waren, es selbst zu erzeugen. Doch seine Augen machten den Leuten zu schaffen. Er hatte einen unsteten, gejagten Blick, den bösen Blick, wie manche sagten. Aber Tiana fürchtete ihn nicht. Sie und ihre Familie und ihr Haus wurden von Spearfingers Zauberformeln beschützt. Außerdem durchreiste Flint Lock das ganze Land, um seine Holzkohle zu verkaufen. Er war eine unerschöpfliche Nachrichtenquelle, wenn man es nur auf sich nahm, in seinen dunklen, unergründlichen Tiefen danach zu tauchen.

Tiana schnitt Scheiben geräucherten Bärenfleischs auf und wärmte Maisbrot und Kermesbeerengemüse auf. Dabei plauderte sie mit ihm, als würde er sich an der Unterhaltung beteiligen. Manchmal konnte sie ihn so überraschen, daß sie ihm ein paar Informationen entlockte. David sah ihr bei dieser Arbeit amüsiert zu. Der Schweiger mußte erst noch geboren werden, der Tiana widerstehen konnte.

Lock hockte über seinem Schneidebrett und aß mit beiden Händen. Die zweizinkige Zinngabel lag untätig daneben.

»Wie geht es Ihrem Partner, Mr. Lock?« fragte Tiana.

»Tot«, murmelte er, den Mund voller Bärenfleisch.

»Tut mir leid, das zu hören. Das Fieber?«

»Nee. Ist in eine weiche Stelle im Meiler getreten. Hat ihn von den Füßen an verkohlt. Ganz langsam. Hörte ihn schon aus einer Meile Entfernung schreien. Hab ihm aber gesagt, er soll warten, bis ich den Meiler gründlich untersucht habe.« Diese weichen Stellen entstanden durch ausgebrannte Hohlräume in den übereinandergestapelten Holzscheiten. Der Köhler riskierte jeden Tag aufs neue sein Leben, wenn er auf dem Meiler auf und ab hüpfte, um solche Stellen zu orten. Die kleineren ließen sich festklopfen oder -stampfen, doch die größeren mußten freigelegt und neu mit Holz gefüllt werden. Wenn er nicht auf so eine weiche Stelle trat, konnte ein achtloser Köhler bei einer Gasexplosion sterben. Diese gefährlichen Gase entstanden bei ungenügender Luftzufuhr. Es war harte, einsame, gefährliche Arbeit.

»Das Leben ist immer gefährdet«, sagte Tiana.

»Sicher ist nur der Tod, Missy«, sagte Lock. »Außerdem hält die

Hölle für *ihn* keine Überraschung mehr bereit. Und der Teufel sollte sehr aufpassen, wenn mein Partner am Tor anklopft. Er wird dem alten Satan nämlich erzählen, wie man ein noch heißeres Feuer macht.« Flint Lock ließ ein geisterhaftes Glucksen hören.

Als er aufbrach, begleiteten sie ihn zu seinem Wagen.

»Wenn ich religiös wäre, würde ich sagen, sie sieht aus wie ein Engel.« Er nickte zu Gabriel. Er machte den Eindruck, als würde er ihr gern die goldenen Locken tätscheln, doch er überlegte es sich dann. Gabriel winkte mit einer Hand und umklammerte das schmutzige Stück Karamel, das er ihr gegeben hatte. Tiana erkannte es. Es war genau die gleiche Sorte, die ihr Bruder John in seinem Laden in der Nähe von Fort Smith verkaufte.

Als Tiana den Tisch abräumte, entdeckte sie unter Locks Schneidebrett ein zusammengefaltetes Blatt Papier. Es war die erste Ausgabe der *Arkansas Gazette*. Der Herausgeber schrieb Arkansas hartnäckig mit S am Ende und nicht mit W, und schon diese Schreibweise fiel auf. Lock mußte diese Zeitung in Fort Smith gemopst haben. Doch das war Tiana egal. Die Zeitung wirkte schon ziemlich zerlesen und war außerdem mit Kohlenstaub bedeckt. Tiana faltete sie behutsam auseinander, damit das dünne Papier am Falz möglichst wenig aufriß.

Sie nahm das Blatt mit hinaus, um es David und Shinkah vorzulesen. Diese war gerade dabei, den Hof mit einem Rutenbesen zu fegen. In dem blassen Licht des späten Nachmittags spielte David mit Gabriel Hufeisenwerfen. Er hatte ihr ein winziges Paar gemacht und knapp einen Meter auseinander zwei kleine Pfähle in die Erde getrieben. Die beiden spielten oft zusammen.

Tiana las alles auf beiden Seiten der Zeitung zweimal durch. Sie versuchte sogar, die auf französisch geschriebenen Artikel für die Kreolen zu verstehen.

»Ich werde mit Gabriel Fort Smith besuchen«, verkündete sie, als sie zu Ende gelesen hatte.

»Du hast gehört, was Flint Lock gesagt hat. Die Jahreszeit, in der die Leute krank werden, hat wieder begonnen. Ein Drittel der Garnison hat Gallenfieber.«

»Ich werde nicht lange bleiben. Wir werden meinen Vater und meine Mütter und Nannie und Susannah und James und John besuchen.«

»Ich kann nicht mitkommen. Es gibt hier zuviel zu tun.«

»Adoniram kommen«, sagte Shinkah. »Wir alle gehen.«

»Gut.« David war erleichtert. Er liebte es nicht, mit Tiana zu streiten, aber er wollte nicht, daß sie allein nach Fort Smith reiste. Das war viel zu gefährlich. Er saß auf der Bank neben ihr und schaukelte Gabriel auf dem Knie. »Wir können den Wagen mit Ackererbsen, Bohnen und getrocknetem Kürbis beladen. Sonst können wir nicht viel erübrigen, aber Lock sagte, im Fort seien sie mit ihren Vorräten ziemlich am Ende. Adoniram kann etwas Roheisen mit zurücknehmen.«

Die letzten schrägstehenden Strahlen der untergehenden Sonne umspielten die Hügel. Die drei blieben im Freien und sahen zu, wie der Himmel sich mit Sternen füllte.

»Das nennt man *Gi'li'utsun'stanun'yi*, Wo Der Hund Gelaufen Ist.« Tiana zeigte auf die Milchstraße.

»Warum?« fragte Gabriel.

»So haben es mir die alten Frauen erzählt, als ich ein Mädchen war«, erwiderte Tiana. »Es war einmal ein Hund, der etwas Maismehl stahl. Die Frauen waren wütend auf den Hund. Sie jagten hinter ihm her und peitschten ihn, bis er heulend in den Himmel verschwand. Er hinterließ eine weiße Spur aus Maismehl.«

»Wir nennen es den Pfad des Himmels«, sagte Shinkah. Das Kind starrte den großartigen Anblick der Sterne an.

»Jeder von uns hat eine Ahnin im Himmel«, fuhr Tiana fort. »Jeder Stern steht für eine dieser Vorfahren. Die Ahnin entscheidet, was für ein Mensch ihr Ururenkel sein wird. Und sie wacht über dieses Kind. Eines Tages wirst du vielleicht erfahren, welcher Stern der deiner Vorfahrin ist.«

Als sich die Abendkühle herabsenkte, gingen sie ins Haus und setzten sich ans Feuer. Shinkah saß auf einer Bisonrobe auf dem Fußboden. Sie saß, wie sie es immer tat, mit gerade ausgestreckten Beinen. Gabriel machte es sich auf ihrem weichen Schoß gemütlich. Tiana war für bequemes Sitzen inzwischen zu umfangreich geworden. Der getrocknete Tabak und die Schnüre mit Apfel- und Kürbisscheiben ließen den Raum aromatisch duften. Neben dem Feuer hingen mehrere Axtstiele zum Trocknen.

Shinkah begann mit einer endlosen Geschichte. Zumindest hatte Tiana noch nie deren Ende gehört. Shinkah übersetzte sie unbeholfen aus den Erzählungen ihres Volkes. Gabriel kannte sie schon und liebte sie. Ab und zu hielt Shinkah inne und sagte: »Verstanden?« Dann antwortete Gabriel: »Verstanden.« Wenn Gabriel nicht mehr antwortete, wußte Shinkah, daß der Trick funktioniert hatte. So brachten die Osage ihren Kindern mit Geschichten den Schlaf.

David hob die Kleine auf. Doch statt sie in ihr kleines Bett zu legen, streckte er sich auf seinem aus und behielt sie in den Armen. Er schlief kurz darauf genauso fest wie sie. Er arbeitete hart und schlief meist früh ein.

Shinkah starrte unverwandt ins Feuer und sprach mehr, als Tiana es je bei ihr erlebt hatte. Tiana wurde durch Shinkahs leise Stimme und das Knistern des Feuers, durch die Wölfe, die in der Ferne heulten, und die im Gebälk piepsenden Mäuse immer schläfriger. Die fröhliche Behaglichkeit des Hauses machte Shinkahs Geschichte noch schauerlicher. Zum ersten Mal erzählte Shinkah von dem Cherokee-Überfall auf das Dorf ihrer Familie, als die Männer nicht da waren.

»Sie jagten die Jungen auf einen Hügel in der Nähe des Dorfes. Vergewaltigten die Mädchen. Schnitten den Jungen die –« sie suchte nach einem Wort – »die Männlichkeit ab. Ich konnte nur meine Mutter rächen.«

»Du hast dich gerächt?« fragte Tiana.

»Ja. Aber nur an einem. Mehr konnte ich nicht töten. Meine Schwester ist noch ungerächt. Adoniram weiß nichts davon. Er ist ein guter, freundlicher Mann. Ich konnte es ihm nicht erzählen. Es war sein Volk, seine Leute, die das getan haben.«

»Du hast jemanden getötet?«

»Ja. Den letzten, der mich nahm.« Sie sagte es einfach und sachlich dahin. »Ich versuchte ihn so zu töten, wie man es mir beigebracht hatte. Ich bin *Wa-ca-be*, vom Bärenclan. Bärenfrauen können so töten.« Sie machte sich den rechten Zeigefinger naß und zeigte mit ihm von Tiana und David und Gabriel weg. »Man sagt zu seinem Feind: ›Du wirst sterben.‹ Aber er starb nicht. Ich bin unwürdig, eine Bärenfrau zu sein.« Shinkah holte tief Luft. Eine Träne brach sich im Lichtschein des Feuers auf ihrer Wange eine glitzernde Bahn. »Ich habe ihn hierhin gebissen.« Sie zeigte auf den Hals, auf die Halsschlagader. »Manchmal wache ich in der Nacht auf. Dann habe ich Blutgeschmack im Mund. Ich hatte kein Messer, um seinen Skalp zu nehmen. Aber ich glaube, meine Mutter ist gerächt.«

David winkte, als der Wagen die Farm verließ. Schon jetzt fragte Gabriel, wann sie da sein würden. Um sie abzulenken, begann Tiana mit einer Geschichte von Tsi-stu, dem Kaninchen.

»Das Kaninchen war der Anführer von allen, wenn sie etwas ausheckten«, sagte sie. Sie und Gabriel und Shinkah drehten sich um und winkten fröhlich, bis sie nicht mehr zu sehen waren. Dann machten sie es sich auf dem Wagen gemütlich, da sie unterwegs einen ganzen Tag mit Geschichtenerzählen verbringen konnten.

Als sie Fort Smith erreichten, ertönten gedämpfte Trommelwirbel, und die Querpfeifen spielten »Roslin Castle«. Fünfzig Soldaten marschierten hinter einem einfachen Kiefernsarg her.

»Was ist passiert?« fragte Tiana den Wachtposten.

»Schüttelfrost«, erwiderte der Mann.

Adoniram trieb die Pferde mit einem Peitschenknall an. Aus Bradfords Büro schleiften zwei Männer einen dritten. Der Mann in der Mitte zappelte und zuckte. Er riß sich los, rannte ein paar Schritte und fiel hin. Auf Händen und Knien übergab er sich in den dicken Staub des Exerzierplatzes. Dann wurde er ohnmächtig und sackte in seinem Erbrochenen zusammen. Einer seiner Begleiter drehte ihn mit dem Fuß um und ergriff ihn an den Armen. Der andere packte die Füße, und so trugen sie ihn zu dem niedrigen Gebäude, das als Krankenstation diente.

»Gehen Sie da nicht rein.« Der Wachtposten nickte in Richtung der Krankenstation. »Wer dort reingeht, kommt lebend nicht wieder raus. Er ist verhext, dieser Ort.« Seine Augen verrieten Angst.

»Adoniram«, sagte Tiana. »Wir übergeben Major Bradford die Lebensmittel, holen das Roheisen und fahren sofort zum Haus meiner Mutter. Dort werden wir sicher sein.«

Als sie eine Woche später zur Farm zurückkehrten, wußte David, daß etwas nicht stimmte. Er ließ seinen Hammer fallen und rannte zum Wagen. Tiana saß neben Adoniram auf dem Kutschbock. Sie hielt Gabriel in den Armen. Shinkah saß allein am hinteren Ende des Wagens. Trotz der Hitze des Junitages hatte sie sich eine Decke über den Kopf gezogen. Sie saß so weit hinten wie möglich. Sie wiegte sich langsam hin und her und stöhnte leise vor sich hin.

»Was ist los?« fragte David. Tiana starrte an ihm vorbei. Ihre Augen konnten sich auf nichts konzentrieren. Sie schüttelte sich, um wieder zu sich zu kommen.

»Sie ist krank.«

»Shinkah?« David blickte über den Wagenrand hinweg auf Shinkah.

»Nein. Unsere Tochter. Shinkah sagt, Frauen des Bärenclans dürften nicht in die Nähe der Kranken kommen. Sie verursachen deren Tod.«

David streckte die Arme aus und nahm Tiana Gabriel ab. Ihre Augen schienen etwas größer als sonst zu sein und lagen tief in den

Höhlen. Ihr blondes, lockiges Haar klebte ihr vor Schweiß am Kopf. Aber sie lächelte ihn an.

»*A'siyu sgidod*«, sagte sie. »Hallo, Vater.« David ließ ein erleichtertes Lachen hören.

»Jetzt ist sie ja wieder gesund. Ist sie sehr krank gewesen?« Er schwankte hin und her und lächelte zu seiner Tochter hinunter. Tiana kletterte müde vom Kutschbock herunter, und Adoniram fuhr zu der halbfertigen Scheune. In den letzten fünf Tagen hatte Tiana nicht mehr als ein paar Stunden eines unruhigen Schlafs bekommen. Sie war erschöpft bis ins Mark. Sie ging langsam auf das Haus zu.

»Sieh sie doch an. Sie wird wieder ganz gesund werden. Was hat sie denn gehabt?« rief David hinter ihr her.

»*Uhyugi*, einen Eindringling. In Fort Smith nennen sie es Schüttelfrost. *Ulisi* ist tot.«

»O mein Gott. Das tut mir so leid, mein Liebes.« David legte ihr den Arm um die Taille. Er konnte hören, wie Shinkahs Stimme hinter ihm lauter wurde, um ein Lied zur Besänftigung der *we-lu-schkas* anzustimmen, der Kleinen Rätselhaften Menschen, die bei den Kleinen Krankheiten verursachten. Das Lied ließ ihn erschauern.

»Drum hat versucht, sie zu retten«, sagte Tiana.

»Großmutter Elizabeth?« fragte David.

»*Ulisi* und Gabriel.« Jetzt, wo Elizabeth tot war, würde Tiana den Namen ihrer Großmutter nie mehr aussprechen. Man nannte Geister nicht beim Namen, um nicht ihre Aufmerksamkeit auf sich zu lenken. »Bradford hat uns Laudanum gegeben. Das war großzügig von ihm. Sie haben kaum genug für sich selbst.«

»Meine Geliebte.« Mit seiner freien Hand zog David sie näher an sich. »Mein Herz kann dir nicht sagen, wie traurig ich wegen deiner Großmutter bin. Aber Gabriel wird gesund werden. Sie wird nicht sterben.«

»Ich habe ins Wasser geblickt. Ein trockenes Blatt hat sich bewegt. Sie wird sterben.«

»Das wird sie nicht!« rief David aus. Er senkte die Stimme. »Das ist abergläubischer Unsinn, diese Wahrsagerei. Nonsens.«

»Das hoffe ich.« Sie legte die Arme um sie beide und weinte still an seiner Brust. Sie legte ihre Wange an die Gabriels. Sie konnte fühlen, wie das Fieber wieder stieg. Als Gabriel das erste Mal wieder gesund zu werden schien, hatte sich Tiana genauso gefreut wie jetzt David. Doch nach einem Tag hatten die Schüttelfrostanfälle wieder begonnen. Das Kind fing an, sich zu übergeben, bis es Blut erbrach. So ging es weiter: Einen Tag ließ die Krankheit anscheinend nach, dann verschlimmerte sich das Fieber wieder, bis dann wieder ein Tag einer scheinbaren Genesung kam.

Gelbfieber ist eine besonders grausame Krankheit, da sie trügerische Hoffnungen weckt. Weiße Männer hatten keinerlei Hinweis darauf, was sie auslöste. Beim Wahren Volk wußte man, daß sie durch rachsüchtige Insekten verursacht wurde. Aber sie wußten nicht, daß es die Stechmücke war. Bei Elizabeth Rogers hatten weder Drums Medizin noch die von Tiana oder The Just geholfen. Tiana fürchtete, daß sie auch bei Gabriel nicht helfen würde. Es gab hier, in der Nähe des Nachtlands, zu viele böse Geister.

Adoniram legte David eine Hand auf die Schulter.

»Ich kann deine Arbeit in der Schmiede übernehmen«, sagte er.

»Nein«, sagte David. »Du hast selbst genug Arbeit. Wir werden hier schon zurechtkommen.«

Wenn Adoniram erleichtert schien, so nur deshalb, weil er wußte, daß Shinkah von dem kranken Kind weg wollte, um es nicht noch kranker zu machen.

»Geliebte Frau, du bist erschöpft«, sagte David. »Ich werde sie beobachten. Geh schlafen.«

Tiana wurde zehn Stunden später von Gabriels Schreien geweckt. David ging mit ihr auf und ab.

»Sch, mein Engel, mein Sonnenschein«, murmelte er. »Mama schläft.« Als Tiana sich auf einen Ellbogen stützte, setzte sich David neben sie aufs Bett und sah sie verzweifelt an. Das Kind hörte nur dann auf zu weinen, wenn ein krampfhafter Schüttelfrostanfall sie befiel. Unerträgliche Schmerzen ließen sie die Knie bis zum Bauch hochziehen.

»Ich habe es mit kühlen und mir warmen Bädern versucht«, sagte David. »Ich habe ihr Honig mit etwas Alkohol gegeben. Sie hat Durchfall und erbricht Blut. Was können wir tun?«

Tiana legte dem Kind eine Hand auf die Wange und spürte die Hitze, die davon ausstrahlte. Dann lief sie hinaus und rannte den Hügel hinunter, weg von dem festgetretenen Hof. Hinter dem Blockhaus hatte sich die Lichtung in eine Wiese verwandelt. Tiana starrte auf die Pflanzen und betete darum, die richtige möge ihr zunicken. Doch es regte sich kein Lufthauch, keine Bewegung. Nur intensive Junihitze und das stille Gras.

»Schwestern«, sagte sie. »Ich komme als Freundin zu euch. Helft mir. Sagt mir, was ich tun soll. Meine Tochter liegt im Sterben.« Sie wartete geduldig. Es kam ihr wie eine Ewigkeit vor. Noch immer sprach nichts zu ihr. Sie hörte Gabriel wieder schreien. Da lief Tiana wieder ins Haus. Tränen strömten ihr über die Wangen.

Gabriels Gesicht verzerrte sich im Todeskampf. Dann wurde sie starr.

»Lieber Gott!« David begann zu schluchzen. »Sie ist nicht mal zwei Jahre alt.« Er sagte es immer wieder mit brechender Stimme. Gabriel hörte auf zu schreien. Ihr Gesicht wurde friedvoll, und sie schien zu schlafen. David legte sie behutsam in ihre Wiege. Er setzte sich auf das Bett neben der Wiege und schaukelte sie.

Tiana kniete vor der großen Truhe aus Weidenruten nieder und nahm die kleinen Hufeisen und die Stöcke für das Ballspiel heraus. Sie würde sie mit Gabriel begraben, damit das Kind im Nachtland etwas zum Spielen hatte. Sie riß ein Loch in den großen Weidenkorb, den sie soeben fertiggestellt hatte. Sie tötete ihn, damit er zu einem richtigen Sarg wurde. Während sie sich leise im Haus bewegte, die blutigen Lumpen aufhob und sie im Feuer verbrannte, sang David und schaukelte sanft die Wiege.

Hush, little baby, don't say a word.
Papa's going to buy you a mockingbird.

30

David, Adoniram und James standen vor Major Bradfords Schreibtisch. Jack Rogers saß auf dem einzigen Stuhl, den es im Raum außer dem von Bradford gab. Es war August, und die Hitze war fast mehr, als Jack ertragen konnte. *Heiß wie in der Hölle,* dachte er. Er wischte sich mit einem Halstuch die Stirn und atmete schwer, als er dem Streit lauschte.

»Die Gefangenen müssen zurückgegeben werden, meine Herren«, sagte Bradford. »Es wird mit Clermonts Leuten nie Frieden geben, wenn wir ihnen nicht ihre Frauen und Kinder zurückgeben. Mein Gott, ist das wirklich so schwer zu begreifen?«

Adoniram hörte sich die Unterhaltung besorgt an. Seine dunklen

Augen blickten von einem zum anderen, immer zu dem, der gerade das Wort ergriff. Sein Englisch war nicht sehr gut, und es war schrecklich wichtig, daß er alles verstand.

Sie hörten, wie draußen eine Cherokee-Frau wehklagte. Jemand aus ihrer Familie mußte am Fieber gestorben sein. Sie war ins Fort gekommen, um Hilfe zu holen, doch dort befand sich noch immer kein Arzt. Ein Drittel von Bradfords Truppe war gestorben oder lag im Krankenrevier. Seit Monaten hatte es keinen Nachschub gegeben. Desertionen waren an der Tagesordnung. Auch für das Wahre Volk hatte es weder Zahlungen noch die versprochenen Lebensmittellieferungen gegeben, und die Menschen waren zornig.

Bradford war ausgemergelt. Seine tief in den Höhlen liegenden Augen schienen David aufzuspießen, als er sprach. Er hielt die chaotische Situation durch strikte Disziplin sowie dadurch unter Kontrolle, daß er keinerlei Ausnahmen machte. David konnte den Standpunkt des Mannes verstehen, mußte jedoch für Adoniram eintreten.

»Diese Frau ist glücklich, wo sie ist«, sagte David. »Sie und Adoniram Wolf sind verheiratet. Sie erwarten ein Kind. Sie will ihn nicht verlassen. Die meisten Angehörigen ihrer Familie sind ohnehin tot.«

»Ihr Vater und ihr Bruder sind es nicht«, entgegnete Bradford. »Sie wollen sie wiederhaben. Außerdem sind ohnehin die meisten Gefangenen von Ihrem Volk adoptiert worden. Dennoch müssen sie zurückgegeben werden.«

Drum sagte etwas mit seiner sanften, vernünftigen Stimme, und James übersetzte.

»Eine Frau kann doch keinen großen Unterschied ausmachen. Vielleicht könnte ihr Vater etwas Geld für sie bekommen. Was ist mit den Fellen, welche die Osage im letzten Herbst gestohlen haben?«

Bradford schlug mit der Faust auf die wackelige Schreibtischplatte. Sein steinernes Tintenfaß hüpfte in die Luft.

»Jetzt hören Sie mir mal zu, Mr. Jolly. Sie haben mich gebeten, diesen Krieg zu beenden. Gleichwohl bestehen die Cherokee darauf, ihn zu verlängern. Und außerdem spielen Sie mich gegen den Gouverneur des Territoriums aus.« James sprach schnell, um für Drum zu dolmetschen, obwohl er wußte, daß Drum das meiste von dem verstand, was Bradford sagte. »Wann immer Ihnen was nicht gefallen sollte«, fuhr Bradford fort, »sollten Sie sich schleunigst nach St. Louis begeben und sich dort beschweren. Wie Sie wissen, wird der Vater in Washington alles tun, um euch Indianer zu besänftigen und die anderen dazu zu bringen, nach Westen zu ziehen. Und ihr zieht euren Vorteil daraus. Und beim *letzten* Treffen zwischen Ihnen und den Osage zu Vertragsgesprächen in St. Louis –« Bradfords Stimme wurde in seiner Wut etwas lauter – »haben Ihre jungen Männer auf *dem gottverdammten Rückweg* von den Gesprächen Pferde der Osage gestohlen. Sie können vielleicht Gouverneur Miller übertölpeln, aber nicht mich!« Er starrte sie alle über den Schreibtisch hinweg wütend an.

Drum blieb unbeeindruckt. Jack beobachtete ihn und Bradford amüsiert. Drum hielt eine längere Ansprache, die James übersetzte und wobei er wie Drum die dritte Person benutzte.

»Major Bradford, John Jolly versteht, daß es eine sehr schwierige, undankbare Aufgabe ist, Häuptling einer Kriegsstadt zu sein wie Fort Smith. Nur eine starke und kluge Person wie der Major kann so etwas schaffen.« Bradford verzichtete darauf, Drum zu sagen, er solle aufhören, ihm Honig um den Bart zu schmieren. Statt dessen seufzte er, drehte geistesabwesend sein Tintenfaß mit der Hand und wartete darauf, daß Drum endlich aufhörte, um den heißen Brei herumzureden.

»De'gata'ga, Standing Together, führt die jungen Krieger an. Er sagt, die Osage seien Singvögel, Lügner. Es ist wahr, sie haben unsere Pferde gestohlen, so daß wir gezwungen sind, mit unseren bloßen Händen zu pflügen. Standing Together ist ein halsstarriger alter Mann. Er ist auf seine Weise sehr verläßlich, wie die Eiche, die im Lauf der Jahre knorrig und verwachsen wird. Wie die Eiche kann auch Standing Together jetzt keine neue Gestalt annehmen.«

Eine Eiche kann man wenigstens fällen, zerkleinern und als Feuerholz nutzen, dachte Bradford unliebenswürdig. Doch in gewisser Weise zog Bradford vor, mit De'gata'ga oder Taka-toka zu verhandeln, wie er ihn nannte. Wie kriegerisch der Bursche auch sein mochte, bei diesem alten Schlachtroß wußte man jedenfalls, wo man stand.

Drum fuhr fort. »Es ist klug von Major Bradford zu erkennen, daß es die heißblütigen jungen Männer sind, die Standing Togethers Kriegslied singen und ihm auf dem Kriegspfad folgen.«

»Dann müssen Sie Taka-toka davon überzeugen, daß er endlich Vernunft annehmen muß.«

Bei der Unmöglichkeit dieser Aufgabe mußte Drum unwillkürlich lächeln.

»John Jolly wird es versuchen, Major. Er wird es versuchen.«

»Und was ist mit den Gefangenen?« fragte David.

»Sie müssen ausgeliefert werden. Clermont und seine Leute kommen in einer Woche zu einem Rat hierher. Sie werden die Felle mitbringen, die sie genommen haben. Sie erwarten, daß ihnen die Gefangenen und ihre Pferde zurückgegeben werden. Sie haben zwei Jahre gewartet, während Ihre Häuptlinge sie hingehalten haben. Sie werden ihre Verwandten zurückbekommen, und wenn ich gezwungen bin, ein Kommando mit Soldaten in die Dörfer zu schicken, um sie zu holen. Verstehen Sie?«

»Ja«, erwiderte Drum. Als die Männer einzeln den Raum verließen, gab Bradford Jack ein Zeichen, er möge bleiben. Bradfords Gesicht wurde weicher, so daß er nur noch müde aussah.

»Ja, Billy?« sagte Jack.

»Jack, wir haben einen verzweifelten Bedarf an Rindfleisch. Ich zahle dir vier Cent pro Pfund für alles, was du liefern kannst. Und siebzig Cent pro Bushel für Mehl. Jetzt leben wir davon, daß wir Maislieschen rösten und Kaninchenfutter essen, Grünzeug aus dem Garten.«

»Ich werd's versuchen, Sir.«

Bradford lachte, als Jack spöttisch salutierte. Vor fünf Monaten, im März 1819, war Arkansas Territorium geworden. Sein erster Gouverneur, James Miller, hatte mit großem Pomp in Fort Smith angelegt. Am Mast seines Kielboots flatterte ein Wimpel mit seinem Motto: »Ich werd's versuchen, Sir«. Das war in der ganzen Garnison zu einem geflügelten Wort geworden.

»Danke.«

»Und sind diese Landbesetzer, die wir Ihnen gemeldet haben, schon weg?«

»Meine Männer und ich haben zweihundert Familien von indianischem Land vertrieben. Einige davon, deren Ernten ausstanden, haben Erlaubnis erhalten, bis Oktober zu bleiben, um alles einzubringen.« Bradford schüttelte den Kopf. »Wir werden es weiter versuchen. Aber ich rechne damit, daß sie wiederkommen. Entweder sie selbst oder andere wie sie. Ehemalige Soldaten schwärmen hier aus, um sich Land als Kriegsbeute von Madisons Krieg zu sichern. Die Spekulation läuft auf hohen Touren. Männer fordern Siedlungsrechte, Vorkaufsrechte, spanische Landgewährungen, sogar etwas, was sie New Madrid-Claims nennen. Du lieber Himmel, es ist so, als hätten wir es mit einer besonders virulenten Form von Irrsinn zu tun.«

»Ich danke dafür, daß du es versucht hast.« Jack nahm seinen Hut und wollte gehen.

»Jack«, sagte Bradford. »Ich habe dir noch gar nicht sagen können, wie sehr es mir um deine Frau und deine Enkelin leid tut. Es ist ein schrecklicher Sommer gewesen.«

»O ja, Billy«, sagte Jack. »Das ist es.« Als er ging, ließ er die Schultern auf eine Weise hängen, wie Bradford es zuvor noch nicht bemerkt hatte.

Ata'lunti'ski, He Throws His Enemy Over A Cliff, lag im Sterben. Mindestens hundert Menschen hatten sich auf der Wiese und in dem Wald um seine kleine Hütte versammelt. Verwandte, die zwei oder drei Reisetage entfernt lebten, kamen immer noch an. Sie betraten das kleine Haus einzeln, um dem Sterbenden die letzte Ehre zu erweisen. Die Männer hockten oder saßen auf Baumstämmen, rauchten und unterhielten sich. Die Frauen standen sechs bis acht Meter entfernt schweigend in Gruppen zusammen.

Das Fieber forderte noch immer seinen Tribut. Doch Ata'lunti'ski hatte nicht das Fieber. Niemand wußte, was ihm fehlte. Der neue Doktor war von Fort Smith herübergekommen, um nach ihm zu sehen. Doch er war verwirrt wieder gegangen.

Standing Together, Drum, Jack Rogers und einige der Häuptlinge saßen im Schatten einer großen Ulme. Es war August 1819 und schrecklich heiß. Die Männer mischten ihren Whiskey mit kühlem Quellwasser und gossen sich den Rest davon über den Kopf. Während sie darauf warteten, daß der Tod ihren Freund holte, erinnerten sie sich an die Zeit, die sie als Soldaten mit ihm verbracht hatten.

»Das waren gute Zeiten damals«, bemerkte Drum mit leichter Wehmut. Er sprach, um nicht daran denken zu müssen, daß sein älterer Bruder im Sterben lag. »Damals konnten wir noch auf Amerikaner schießen.« Drum hörte sich nachdenklich an.

»Die Osage sind als Feinde gut genug.« Standing Together schüttelte sich das kühle Wasser aus seiner weichen, silbrigen Mähne, die immer noch mit einer Skalplocke und Federn geschmückt war. Mit fünfundsechzig war er immer noch schlank, aufrecht und beweglich.

»Ich war ein Junge, vielleicht zehn Sommer alt«, sagte er. »Und Ata'lunti'ski nicht viel älter, als The Little Carpenter am Fort Loudon Struwwelkopf rettete. Wir gingen mit ihm auf diese Jagd, als er Struwwelkopf von denen stahl, die ihn töten wollten.« Jeder hatte die Geschichte schon hundertmal und mehr gehört, doch sie lauschten trotzdem aufmerksam. Diejenigen, die die Geschichte mit ihrem Blut geschrieben hatten, starben nach und nach weg. Schon bald würde es nur noch die Geschichten geben, erzählt von Männern, die nicht dabeigewesen waren.

»Sein Haar stand so ab.« Standing Together streckte die Hände von seinem Kopf aus. »Leuchtend rot war es wie Flammen. Die Frauen dachten, sein Kopf brennt, aber sie liebten ihn auch so.«

Die Frauen liebten ihn. Die Männer liebten ihn. Ich liebte ihn, dachte Jack. Wie lange war er schon tot? Fünfunddreißig Jahre? Es schien kaum möglich zu sein.

»Mein Vater hat mir von Fort Loudon erzählt«, sagte Drum. »Die Krieger schnitten dem verräterischen Captain Hände und Füße ab und stopften ihm Erde in den Mund. ›Du willst doch unser Land so sehr‹, sagten sie. ›Hier hast du es.‹ Das war vor fast sechzig Jahren, und nichts hat sich geändert. All dieses Blutvergießen hat nichts geändert. Sie wollen noch immer unser Land.«

In der Menge entstand ein Murmeln, als Tiana auf den Hof ritt. Ata'lunti'skis zwölfjähriger Enkel, der Bote, der sie benachrichtigt hatte, ritt neben ihr. Jack Rogers half seiner Tochter abzusitzen. Ihre Kleider waren schweißnaß, und sie sah müde aus. Ihre zweite Tochter war erst vor einer Woche heruntergesprungen.

»Du hättest nicht kommen sollen, Kleine«, sagte Jack, als er mit ihr zu einer Bank im Schatten ging. »Der Weg ist zu weit, und es ist zu heiß.«

Menschen umdrängten sie, um sie anzusehen, und Jack winkte sie ungeduldig zurück. Sie wußten, daß Ata'lunti'ski nach ihr geschickt hatte, aber sie wußten nicht, warum. Sie nahmen an, daß sie eine sehr wichtige Person sein mußte. Es waren nur wenige Menschen aus Hiwassee da. Die meisten von denen, die mit ihrem Häuptling gekommen waren, um auf den Tod zu warten, waren Alte Siedler. Eine von Ata'lunti'skis Töchtern brachte Tiana eine Schale mit Beeren und Sahne, eine Schüssel mit Eintopf und ein Getränk aus saurem Maisbrei, das in der Quelle gekühlt worden war.

»Tochter«, sagte Jack und machte es sich neben ihr bequem. »Du kannst nicht einfach so holterdiepolter losreiten und jedem helfen, der dich darum bittet.« Er wußte, daß viele Menschen sie darum baten. »Du hast selbst genug Tragisches hinter dir und einen Mann und ein Kind, die dich zu Hause brauchen.«

»Ata'lunti'ski ist ein Geliebter Vater«, sagte sie. »Er liegt im Sterben. Wie hätte ich seine Bitte ablehnen können?«

»Was kann er nur von dir wollen?« Manchmal konnte nicht einmal Jack verstehen, warum die Leute zu Tiana kamen, um sich von ihr Rat zu holen oder sich heilen zu lassen. Sie war ein liebenswertes Wesen, ja, aber letztlich doch nur eine Frau. Und in Jacks Augen würde sie immer ebensosehr sein ungestümer Wildfang mit zerkratzten Knien und wirrem Haar sein wie eine erwachsene Frau. Er reichte ihr seinen Becher mit Whiskey, und sie nahm einen Schluck.

Sie sahen hoch, als Dik'keh, The Just, in der offenen Tür des Hauses auftauchte. Er sah erschöpft aus. Er hatte seit fünf Tagen an Ata'lunti'skis Bett gebetet und seine Gesänge intoniert. Ata'lunti'skis Frau folgte ihm. Sie schob sich durch die Menge der Frauen, die sie trösten wollten, und eilte zu Tiana.

»Was ist, Mutter?« fragte Tiana.

»*Kalanu Ahyeli'ski*, Rabenspötter«, flüsterte sie, da sie Angst hatte, es laut auszusprechen.

»Bist du sicher?«

»Ata'lunti'ski sagte, sie kommen, um ihn zu holen. Er sagt, daß man sie erkennen kann.«

»Ich habe nie einen gesehen. Wie kann ich sie dann erkennen? The Just versteht sich bestimmt besser darauf, sie zu verscheuchen.«

»Mein Mann will, daß du es tust.«

Tiana bekämpfte ihre Panik. Rabenspötter. Sie waren die gefürchtetsten aller bösen Geister. Sie waren Hexen, die einem sterbenden Menschen das Leben raubten. Sie konnten beiden Geschlechtern angehören. Tiana hatte von Kranken gehört, deren Herzen von Rabenspöttern gestohlen und gegessen worden waren.

»Warum ich?« fragte sie. »Warum will er gerade mich?«

»Zu Hause im Sonnenland hat ihm Mutter Raincrow gesagt, du besäßest Zauberkräfte. Sie sagt, du würdest sie erkennen. Das können nur sehr wenige Menschen. The Just sagt, er sei zu erschöpft. Bei seinem geschwächten Zustand könnten sie vielleicht an ihm vorbeikommen.«

Tiana folgte der Frau ins Haus. Die Nachricht, daß sich vielleicht Rabenspötter in der Gegend aufhielten, verbreitete sich in der Menge wie ein Lauffeuer, und viele Menschen gingen. Niemand wollte in der Nähe sein, wenn sie kamen. Manchmal reisten die Hexen in Gruppen und flogen in einem Feuerball mit ausgestreckten Armen, einen Schauer von Funken hinter sich herziehend, über den Himmel. Wenn sie ankamen, krächzten sie wie Raben. Sie liebten es, ihr Opfer zu quälen und es aus dem Bett zu werfen, bevor sie sein Herz aßen.

Tiana stand in der Tür und lugte in das spartanische, fensterlose Zimmer. Abgesehen von ein paar Körben und Kleidern, die an Haken hingen, war der einzige Schmuck eine prunkvolle Uniformjacke und das blitzende Removal-Gewehr auf dem Kaminsims. Sie ging zu der Bank an der gegenüberliegenden Wand hinüber, auf der Ata'lunti'ski in einem Haufen von Häuten und Decken lag.

»Geliebter Mann«, sagte sie. »Wie kann ich dir zu Diensten sein?«

»Tochter von Jennie Rogers aus dem Long Hair-Clan?«

»Ja, Geliebter Vater.«

»Hast du gerade deine monatliche Blutung?«

»Nein.« Tiana nahm die Frage nicht übel. Sie wußte, daß Ata'lunti'ski sich nur vergewissern wollte, daß sie jetzt nicht mit Tabus belegt war.

»Hast du Speisen gegessen, die von einer blutenden Frau gekocht worden sind, oder hast du etwas berührt, was eine solche Frau berührt hat?«

»Nein.«

»Trägst du jemanden?«

»Mein Kind ist vor einer Woche heruntergesprungen.«

Stille trat ein, während Ata'lunti'ski darüber nachgrübelte.

»Ich glaube, es ist sicher«, sagte er schließlich. »Du mußt für mich die Tür bewachen.« Er sprach mit schwacher Stimme. »Wenn sie dich dort sehen, werden sie wissen, daß du sie erkennen kannst, und dann werden sie fliehen. Sie wissen, daß sie innerhalb von sieben Tagen sterben werden, wenn jemand sie erkennt. Du hast nichts zu befürchten, Nichte.«

Ata'lunti'ski streckte unter der Decke eine zitternde Hand aus. Tiana hielt sie fest.

»Du bist immer ein tapferes Mädchen gewesen«, sagte er. »Jetzt bist du eine tapfere Frau. Ich habe Geschichten von deinen Taten gehört. Und Raincrow hat mir erzählt, daß du die Lieder der Alten kennst, und sie halten dich in den Händen. Du brauchst vor den Rabenspöttern keine Angst zu haben. Sie werden sich vor dir fürchten.« Seine Stimme verebbte, und er ließ sich wieder aufs Bett fallen. »Bitte, Nichte, tu dies für mich. Ich habe nie einen Feind so gefürchtet wie diese.«

»Natürlich, Geliebter Onkel. Ich werde die Tür bewachen.« Tiana zögerte und fragte dann etwas, was ihr zu schaffen gemacht hatte. »Du hast mit Mutter Raincrow gesprochen, bevor du Hiwassee verlassen hast?«

»Wir haben gemeinsam gesungen. Heutzutage kennen nicht mehr viele die alten Lieder.«

»Ging es ihr gut?«

»Es ging ihr sehr gut. Sie machte sich für ihre Reise ins Nachtland bereit. Vielleicht ist sie schon aufgebrochen. Ich werde dort bald wieder bei ihr sein. Sie ist die Schwester meiner Mutter, mußt du wissen.«

»Oh, das habe ich nicht gewußt. Dann ist sie auch Drums Tante.«

»Ja. Manche sagen, ihre Eltern hätten die Rituale vollzogen, als sie ein Kind war, um sie zu einer Hexe zu machen. Doch das ist nicht so. Irgendein böser Zauberer hat ihren Speichel verdorben und sie in den Irrsinn getrieben.«

»Sie war eine Großmutter für mich. Möge sie mit den Geistern im Siebten Himmel im Sonnenschein leben.« Tiana steckte Ata'lunti'skis Hand unter die Decke. »Ich werde die Tür für dich bewachen, Geliebter Onkel.«

»Und du weißt, wonach du Ausschau halten mußt?«

»Ja. Sie machen ein raunendes Geräusch wie der Wind kurz vor einem Sturm. Sie krächzen wie die Raben. Sie sehen alt und geschrumpft aus, weil sie ihrem Leben so viele fremde Leben hinzugefügt haben. Die meisten Menschen können sie nicht sehen.«

»Wenn ich im Nachtland bin, werde ich zu dir hinunterlächeln.« Er atmete mühsam. »Ich bin wie die untergehende Sonne. Meine Nacht bricht an. Wirst du für mich arbeiten, wenn ich beim nächsten Aufgang von Großmutter Sonne noch atme?«

»Mein Kopf ist nicht grau, Vater. Ich heile nur einfache Fälle, bei denen der Eindringling nicht sehr mächtig ist.«

»Aber wirst du für mich arbeiten?«

»Ich werde es versuchen.«

Sie wußte aber, daß er Großmutter Sonne vermutlich nicht wiedersehen würde. The Just ging nicht nur, weil er müde war, sondern weil er auch nicht dabei sein wollte, wenn sein Patient starb. Wie Jack sagen würde, das war schlecht fürs Geschäft.

Tiana ging hinaus und entdeckte neben der Tür einen Stuhl, der unter dem Dachvorsprung auf sie wartete. Ata'lunti'skis Kinder und seine zweite Frau standen besorgt unter den Bäumen. Nur seine erste Frau blieb bei ihm im Haus. Als Tiana sich setzte, bemerkte sie, daß die Menge sich gelichtet hatte. Sie fragte sich, ob die, die noch blieben, es taten, weil sie sehen wollten, wie ein Sterblicher den Rabenspöttern entgegentrat. Das gab ihr das Gefühl, ein Köder zu sein.

Nannie näherte sich behutsam mit einem Stuhl, dessen Sitzfläche aus Rohrgeflecht bestand. Susannah folgte ihr mit einem Hocker.

»Wir sind gekommen, um dir Gesellschaft zu leisten«, sagte Nannie. Tränen brannten Tiana in den Augen. Ihr war selbst nicht aufgegangen, wie allein sie sich fühlte angesichts eines unbekannten Feindes, der das ganze Böse verkörperte.

»Mein Herz ist gerührt, Schwestern. Es ist tapfer von euch, dies zu tun.«

»Nicht tapferer als von dir«, entgegnete Nannie.

»Nicht so tapfer«, sagte Susannah. Sie stellte ihren Hocker so weit wie nur möglich von der Tür weg, um trotzdem bei den beiden anderen zu bleiben. Sie war jetzt siebzehn, und Tiana hatte den Verdacht, daß sie das Kind eines unsichtbaren Vaters trug. Falls das stimmte, würde Tiana gern wissen, wer der Vater war. Da gab es viele Möglichkeiten. Die Frauen des Wahren Volkes waren nicht prüde, jedoch arglos. Wenn es um Männer ging, fehlte Susannah jede Urteilskraft und jede Klugheit. Tiana wußte, daß über ihre jüngere Schwester oft getratscht wurde. Wie Susannah auf dem Rand ihres Hockers saß, spürte Tiana eine Welle der Zuneigung für sie in sich aufsteigen. Susannah war bereit, beim ersten Raunen von Wind, das die Ankunft der Rabenspötter ankündigte, sofort zu flüchten.

»Wir haben Licht und etwas zu essen mitgebracht.« Nannie hielt einen Korb hoch sowie eine Handvoll Holzsplitter als Anmachholz. »Und Bärenfett zum Schutz vor Fliegen und Mücken. Die Süßkartoffeln sind noch warm.«

»Ich habe keinen Hunger.«

»Du bist zu dünn, Schwester. Auf deinem Schoß kann ja nicht mehr als ein Kind sitzen.« Nannie sah, wie Kummer Tiana über das Gesicht huschte wie eine Schwalbe, die bei Sonnenuntergang über dunklem Wasser dahinsaust. »Es tut mir leid, Schwester.« Sie nahm Tianas Hand und hielt sie fest. Nannies Schoß war jetzt groß genug für zwei Kinder. Sogar für drei, wenn sie klein waren.

»Wo ist Shinkah?« fragte Susannah.

»Sie hält sich fern vom Dorf und dem Fort«, sagte Tiana. »Sie will nicht zu ihrem Volk zurück. Geliebter Vater, Drum, sträubt sich schon den ganzen Sommer. Shinkah hofft, daß sie sie vergessen werden, wenn sie sich nicht blicken läßt.«

Als es dunkler wurde, wurden ihre Stimmen leiser. Schließlich war auch der letzte Kiefernsplitter verbrannt, und Nannie und Susannah schliefen ein. Tiana hörte sie leicht schnarchen. Sie saß im

Dunkeln, lauschte den nächtlichen Geräuschen, den Grillen, dem einsamen Schrei einer Eule und dem Wiehern eines Pferdes in der schwarzen Nacht.

Sie vermißte David. Sie wünschte, er säße hier neben ihr. Wenn er bei ihr wäre, würde sie sich vor nichts fürchten. Er war jedoch zornig gewesen, als sie aufbrach, und hatte sich nicht einmal erboten, sie zu begleiten. Nein, wenn sie jetzt darüber nachdachte, wußte sie, daß er nicht wirklich zornig war. Er war verletzt. Er spielte den Zornigen, um es zu verbergen.

Jede Woche kamen Menschen zu Tiana in die Hütte, um sie um Heilung zu bitten. Manchmal konnte sie ihnen an Ort und Stelle helfen. Manchmal ging sie mit ihnen zu ihren abseits gelegenen Farmen, um für einen Patienten zu arbeiten, der so krank war, daß er nicht reisen konnte. Zunächst hatte David dafür Verständnis gezeigt, doch nach Gabriels Tod wurde sein Widerwille gegen ihre häufige Abwesenheit immer stärker.

Ihre Mutter hatte sie am Tag ihrer Hochzeit zu warnen versucht. *Es wird Zeiten geben, in denen du schrecklich allein sein wirst.* Jennie hatte ihr aber nichts von dem Unglück gesagt, das sie dem einen bereiten würde, der sie am meisten liebte.

Nanehi Ward hatte einmal gesagt: *Wenn dein Leben im Gleichgewicht ist, wird deine Seele leicht sein.* Tianas Seele fühlte sich nicht leicht an. Sie lag ihr schwer in der Brust. Sie hatte manchmal das Gefühl, als würden die Menschen an ihr zupfen und zerren und sie zu Boden drücken und festhalten. Würde sie je fähig sein, ihre Liebe zu David mit ihren Pflichten gegenüber ihrem Clan und ihrem Volk in Einklang zu bringen? *Warum ich?* Das fragte sie sich immer dann, wenn wieder eine weinende Frau schüchtern auf dem Hof stand. Die Frauen hatten sich meist kranke Kinder in Tragetüchern auf den Rücken gebunden. Es waren meist arme Frauen, aber sie boten ihr im Austausch gegen eine Heilung immer ein kleines Geschenk an.

Warum ich?

Weil nicht jedes Tongefäß die glühenden Scheite aus dem heiligen Feuer halten kann. Wir wählen nur die besten. Die Stimme dröhnte ihr so laut im Kopf, daß Tiana nach ihrer Großmutter Ausschau hielt.

»*Ulisi?*« flüsterte sie. Sie war müde, und ihre Seele hatte sich den Stimmen der Geister geöffnet. Sie konnte ihre Großmutter sprechen hören.

Du bist nie allein, Enkelin. In dir ist die Lebenskraft von jedem einzelnen aus unserem Volk, der vor dir ins Nachtland eingegangen ist. Bis zurück zu deiner Urahnin in den Sternen.

»Ich wünschte, du hättest mein Kind herunterspringen sehen, *Ulisi.*«

Gabriel ist hier bei mir. Wir sind nicht weit von dir entfernt. Es hat einige Vorteile, in der Nähe des Nachtlands zu leben. Selbst im Land der Toten hatte Großmutter Elizabeth ihren Sinn für Humor nicht verloren.

Tiana saß schweigend da, aber die Stimme sprach nicht mehr. Doch das machte nichts. Tiana spürte ihre Gegenwart. Sie hatte das Gefühl, als würde ihre Seele in einem riesigen Fluß treiben. Jeder Tropfen war eine andere Seele, und sie reisten alle gemeinsam einer unbekannten Bestimmung entgegen. Sie fühlte sich mit ihrer Großmutter und ihrer Tochter verbunden, mit Raincrow sowie jedem, der schon gegangen war oder erst später kommen würde. Sie saß eine Stunde oder mehr da, stumm mit ihnen vereint.

Gegen Mitternacht fuhr sie beim Laut einer Stimme aus der Dunkelheit zusammen.

»Tochter.«

»Vater?«

»James und ich sind gekommen, um deine Schwestern abzulösen.«

James zog den Hocker näher zu Tiana und Jack heran. Er kippte ihn gegen die Hauswand und legte seine Stiefel auf einen aufrecht stehenden Baumstumpf. Er verschränkte die Arme auf der Brust und grinste sie an. Seine Zähne blitzten im Licht der flackernden Fackel, die Jack mitgebracht hatte.

»Mitternacht ist für mich die schönste Tageszeit«, sagte er. »Die Präriefliegen sind endlich ins Bett gegangen und haben sich die Decken bis zu ihren bösen kleinen Kiefern hochgezogen.«

»Arkansas ist der einzige Ort, den ich kenne, wo Fliegen Zähne haben«, knurrte Jack.

»Vater, du mußt müde sein. Du mußt nicht bei mir bleiben. Du glaubst ja nicht mal an die Rabenspötter.« Tiana war seit einiger Zeit aufgefallen, daß Jacks Augen in einer Masse feiner Falten versunken und daß sie dunkle Ringe bekamen. Sein Haar war strähnig und dünn wie Gras im Winter. Sie fragte sich, wann er so alt geworden war.

»Wenn Ata'lunti'ski sie fürchtet, sind sie für ihn so wirklich wie die schlimmsten seiner Feinde und doppelt so furchtbar. Und was die Müdigkeit angeht, kann ich länger wach bleiben als ihr beide zusammen.«

»Er hat heute abend ein langes Nickerchen gemacht«, sagte James. »Er ist im Rat eingeschlafen. Alle haben sein Schnarchen höflich überhört.«

»Ein Mann hat keine Geheimnisse.« Jack begann, leise »The Minstrel Boy« zu summen. Tiana wußte, warum er und James gekommen waren. Mitternacht war die schlimmste Zeit. Da war das Böse am mächtigsten. Es mochte zwar sein, daß Jack nicht an Geister glaubte, doch er wußte, daß Tiana es tat.

James sprach mit leiser Stimme von dem Ausflug zum Land des Red River, den er vor kurzem mit Bradford und einem Trupp Soldaten unternommen hatte. Sie hatten bei diesem Ritt weiße Siedler von Indianerland vertreiben sollen, und James war als Dolmetscher dabeigewesen.

»Je mehr die Dinge sich ändern, um so mehr bleiben sie sich gleich«, bemerkte James und unterbrach sein leises Summen.

»John und ich werden uns ins Alte Land begeben«, sagte James. »Um den Versand von Waren für unseren Laden vorzubereiten. Und John muß die beiden gefangenen Osage-Kinder zurückbringen. Hast du irgendeine Nachricht, die wir überbringen können?«

»Nein, es sei denn, ihr wollt Marys und Davids Kinder besuchen.«

»Wir werden nicht nach Georgia kommen. Aber vielleicht werden wir The Raven in Tennessee sehen.«

»Ich habe ihm nichts zu sagen. Er ist wie die Rabenspötter. Er stiehlt das Leben anderer, um sein eigenes zu bereichern.« Tiana überlegte die Möglichkeit einer Rückkehr in den Osten. Dann verwarf sie den Gedanken. In dem geliebten Haus ihrer Mutter am Rogers Branch würden Fremde leben. Hiwassee Town würde verlassen sein, vermutlich von Landbesetzern verwüstet, die nach Baumaterial suchten. Nein, sie konnte nicht zurück.

Kurz vor Tagesanbruch erhob sich aus dem Haus ein Wehklagen. Ata'lunti'ski war gestorben, und seine Frau betrauerte ihn. Die anderen Frauen nahmen den Ruf auf. »*Al'skudi-ga'*, sein Leben ist zu Ende!«

Tiana stand auf, streckte sich und lächelte Jack und James traurig an. Ohne etwas zu sagen, begab sie sich zum Fluß, um die Sonne zu begrüßen.

31

James und John führten ihre erschöpften Pferde über den von Bäumen gesäumten Pfad von der Nashville Road zum Hermitage. Sie waren an vielen von Andrew Jacksons Baumwollfeldern vorbeigekommen. Diese sahen aus, als hätte es heftige Schneefälle gegeben. Jacksons Sklaven, deren Köpfe mit leuchtend blauen und roten Kopftüchern umwickelt waren, verschwanden in den Baumwollverwehungen, um gleich wieder aufzutauchen. Sie pflückten die Samenkapseln mit beiden Händen, schnipsten die Stiele mit langen Daumennägeln ab und warfen die Kapseln dann in Leinensäcke, die sie auf dem Rücken trugen.

Es war Sonnabend. Von Zeit zu Zeit beobachteten die Sklaven den Himmel. Wenn die Sonne ihren Mittagsstand erreichte, ertönte ein unheimlicher Ruf. Er hallte von Feld zu Feld wider und verkündete das Ende der Arbeitswoche. Männer und Frauen bewegten sich auf den Antreiber zu, dessen Peitsche ihm über die Schulter hing. Die Frauen kamen als erste. Sie gingen im Gänsemarsch auf dem schmalen Pfad zwischen den Feldern. Sie lachten und sangen dabei und hoben ihre riesigen Beutel voller Baumwolle scheinbar mühelos auf den Kopf.

Sie alle wußten, daß der Nachmittag und der nächste Tag ihnen gehörten oder doch zumindest fast. Es wurde von ihnen erwartet, daß sie das Vieh fütterten, auf der Plantage aushalfen und ihre eigenen Gärten versorgten. Später im Herbst würden sie jeden Abend fast bis Mitternacht Baumwolle entkörnen müssen. Doch nicht am Sonnabendabend oder am Sonntag. Nicht im Hermitage.

James und John saßen vor den halbfertigen Backsteinwänden eines zweistöckigen Hauses ab, das auf einem von Rotzedern umstandenen, tiefgelegenen Feld stand. Da waren Stapel von Bauholz, Sandhaufen, aufgeschichtete Ziegelsteine und Rüttler. Ein weißhaariger Sklave in einer hübschen roten Jacke, weiten weißen Hosen und nackten Füßen tauchte hinter dem Gebäude auf. Er verbeugte sich leicht und beäugte James und John mißtrauisch, als er ihre Pferde sah.

»Sie sind gekommen, um den General zu sehen?« Er sprach das Wort General mit großem Respekt aus.

»Ja«, erwiderte James.

»Er ist drüben am Blockhaus.« Als er die Pferde auf das lange Stallgebäude zuführte, nickte der Sklave zu dem neuen Haus hinüber, ein Hinweis darauf, daß das alte dahinterlag.

»Wie der Herr, so das Gescherr«, sagte James.

»Er scheint zu glauben, wir wollten ihn skalpieren«, sagte John. Er steckte sich einen Finger in die Vorderseite seines engen hohen Kragens, um sich etwas Luft zu verschaffen.

»Vielleicht hält er uns für Seminolen«, sagte James. »Von denen würde mehr als nur einer den General liebend gern skalpieren.«

Als sie um die Ecke des neuen Hauses kamen, hörten sie Musik von der anderen Seite der Wiese herübertönen, welche die beiden Gebäude trennte. Andrew und Rachel Jackson sowie zahlreiche ihrer Freunde und Verwandten saßen auf der Veranda vor ihrem großen zweistöckigen Holzhaus. Zwei kleinere Hütten mit Schlaf- und Lagerräumen waren durch acht Meter lange überdachte Passagen mit dem Haupthaus verbunden. Daneben befand sich eine freistehende Küche. An der Küchentür drängte sich ein halbes Dutzend kleiner schwarzer Kinder zusammen mit den Hühnern. Offiziell waren sie ein Teil der »Müllbande«, die dafür verantwortlich war, daß die Plantage von Unrat freigehalten wurde. Doch nirgends war es sauberer als auf dem Küchenhof. Die Kinder wußten, wo ihr Brot gebacken und mit Butter bestrichen wurde.

Die Sklavenunterkünfte wurden durch eine Reihe von Bäumen abgetrennt. Am Rand des Feldes in der Nähe der Ställe befand sich eine eingezäunte Pferdekoppel. Ein schwarzer Trainer bewegte zwei von Jacksons geliebten Rennpferden. Außer Sichtweite in einer Bodensenke befand sich der Hahnenkampfplatz, wo der General und seine Freunde viele Stunden zubrachten. Er hatte auch eine Rennbahn angelegt, zum Vergnügen für sich und um seine Pferde für die größeren Rennen auf dem Rennplatz von Clover Bottom außerhalb von Nashville zu trainieren. Hinter der Pferdekoppel erstreckten sich Obstgärten mit tausend Apfel- und Pfirsichbäumen.

Nach einem harten Feldzug gegen die Seminolen in Florida wirkte Jackson bleich und erschöpft. Mit seinen dreiundfünfzig Jahren sah er zehn Jahre älter aus. Seine steife Haarbürste war fast weiß. Seine schlaksigen Beine steckten in dungverschmierten Stiefeln, die auf dem Geländer ruhten.

Er spielte Banjo, während eine von Rachel Jacksons vielen Verwandten ihn auf der Fiedel begleitete. Sam Houston experimentierte mit einem primitiven Hampelmann aus Holz. Er schlug sich das Männchen gegen den Schenkel und erzeugte durch die Holzgelenke ein rhythmisches Klacken im Takt der Musik. Der zehnjährige Andrew Jackson hatte ihm gezeigt, wie man es macht. Der siebenjährige Lincoln Jackson und ein Sklavenkind in etwa dem gleichen Alter tanzten hüpfend herum. Frauen saßen am hinteren Ende der Galerie in ausreichender Entfernung vom Qualm der Zigarren.

Die Galerie war voll mit Männern, Frauen und Kindern, die sämtlich mit den Stiefelspitzen den Takt schlugen oder mit den Fingern schnippten. Rachel Jackson saß, in einen Schal und eine Reisedecke gehüllt, in einem Schaukelstuhl. Ihre kleine Tonpfeife ließ Rauchkringel über ihren Kopf aufsteigen. Ein kleines Sklavenkind und einer ihrer Großneffen, der dreijährige John Coffee Hays, kuschelten sich auf ihrem weichen Schoß zusammen.

Sklavinnen in gestärkten Kleidern bewegten sich genauso lautlos wie die Kolibris, die aus Kürbisflaschen in den Bäumen gezuckertes Wasser nippten. Die Sklavinnen füllten die Gläser der Männer mit Bourbon nach, zündeten ihnen die Pfeifen an, reichten Zigarren herum und hielten die Fliegen mit Fächern von den Damen fern.

»Mr. Jackson«, sagte Rachel. »Wir bekommen Besuch.« Die Musik hörte auf. Jackson legte sein Banjo beiseite und stand aus seinem Stuhl auf. Er schien sich an den Gelenken auseinanderzufalten wie der Hampelmann, den Sam Lincoyer zuwarf

»James! John! Ihr alten Galgenvögel.« Sam nahm die Treppenstufen mit einem Satz und watete durch das Rudel Jagdhunde, die vor der Veranda rumlungerten. Er packte beide Freunde in einer einzigen großen Umarmung. Als er einen Schritt zurücktrat, um sie anzusehen, spürte er einen Stich im Herzen. James sah seiner Schwester so ähnlich, und Tiana ging Sam seit nunmehr zwei Jahren nicht mehr aus dem Kopf.

»Am besten, wir kapitulieren«, sagte James. »Er hat uns umstellt.« James zog eine Augenbraue hoch, strich sich das bartlose Kinn und ging langsam um Sam herum, als inspizierte er bei einer Auktion ein Pferd.

»Teufel auch. Sieh ihn dir an.« John streckte warnend eine Hand aus. »Komm mir nicht zu nahe, Raven. Du kriegst sonst Schlamm auf diesen wunderschönen Samtanzug.«

»Am Fluß war die Straße so verschlammt, daß sogar die Satteldekken etwas abbekamen.« Sein nach der langen Reise wenig einnehmendes Äußeres machte James verlegen. Er senkte die Stimme, damit die Leute auf der Veranda nicht hören konnten. »Unser Gestank würde eine Schlange töten.«

Sam lachte. Er kannte die alte Cherokee-Geschichte von einem Jäger, den eine riesige Schlange umschlungen hatte und zu zerquetschen drohte. Der Jäger befreite eine Hand und wischte sie sich in der Achselhöhle ab. Dann hielt er die Hand vor die Schlange und verjagte sie mit dem Geruch.

»So, so, du hast dich also in einen Dandy und einen jungen Fant verwandelt«, sagte James. Jetzt war es an Sam, sich beeindruckt zu zeigen.

»Die Fassade ist notwendig. Für meine Anwaltspraxis in Lebanon. Es ist eine der Ironien des Berufs, daß man zunächst wohlhabend aussehen muß, um wohlhabend zu werden. Außerdem hat mir ein Freund die Klamotten besorgt.« Sam nahm sie beide beim Arm und führte sie dorthin, wo seine Freunde warteten.

»Seien Sie gegrüßt, James und John. Jetzt Captain John, nicht wahr?« Jackson streckte eine knochige Hand aus, und James nahm sie mit gemischten Gefühlen. Doch unwillkürlich schmeichelte es ihm, daß sich Jackson an ihn erinnerte. Bei ihrer letzten Begegnung hatten sie einander bei den Vertragsverhandlungen über das Ratsfeuer hinweg böse angestarrt. Jackson trug sein langes Haar noch immer zurückgekämmt in einem Schwanz, den er sich mit einer Aalhaut festgebunden hatte. Diese Haartracht widersprach dem Reglement der Armee, die seit Jahren versuchte, die Soldaten zu einer kurzgeschorenen Frisur zu bewegen.

»Erlauben Sie, daß ich Sie vorstelle«, sagte Jackson. »Meine geliebte Frau Rachel. Mrs. Grundy.« Jackson stellte sie zunächst den Damen vor. Diese schafften es alle, den Eindruck zu erwecken, als machten sie einen Knicks, obwohl sie saßen. Einige blickten zurückhaltend und einige nicht so zurückhaltend über ihre Fächer hinweg auf James. Sam spürte einen Stich von Eifersucht. Er war gewohnt, den Hahn im Korb zu spielen. »William Carroll, John Eaton, William Fulton, Felix Grundy, John Allen aus Gallatin.« Jeder Mann nickte, als sein Name genannt wurde.

»Entschuldigen Sie unsere leicht derangierte Erscheinung, Mrs. Jackson.« James verneigte sich höfisch und holte weit mit Arm und Hut aus. Seine schwarzen Locken fielen ihm in die Augen, als er die Luft über ihrer dicklichen und abgearbeiteten Hand küßte. Die beiden Kinder auf ihrem Schoß starrten ihn mit aufgerissenen Augen an. »Es lag nicht in unserer Absicht, unhöflich zu sein. Wir haben eine lange und staubige Reise hinter uns.«

»Quatsch.« Rachel lächelte wie eine mädchenhafte Großmutter.

»Reißen Sie sich unseretwegen kein Bein aus. Wir sind einfache Leute hier. Wir essen bald zu Abend. Sie können vorher noch Toilette machen.« Jackson holte zwei Stühle heran und setzte sich dann wieder hin.

James zog es vor, zu stehen. Er lehnte sich gegen einen Pfosten und hob ein Bein hoch. Er und John hatten viele Tage im Sattel zugebracht. Als James seine erschöpften Muskeln bewegte, wurde er sich plötzlich seines Publikums auf der Seite der Veranda bewußt, auf der die Damen saßen.

»Was halten Sie von Ihrem alten Freund Raven, dem Anwalt?« fragte Jackson.

»Er sieht rund aus wie ein Ölfaß und doppelt so glatt«, erwiderte James. Seine Zuhörergalerie lachte. John war damit zufrieden, James' Darbietung zuzusehen. Er selbst hatte so etwas schon oft genug gemacht. James entledigte sich der Höflichkeiten mit Anmut und Witz. Mit einem Lächeln nahm James ein Glas Bourbon entgegen. Er musterte Sam erneut von Kopf bis Fuß.

»General, ich würde sagen, er macht sich größer als ein Hahn in tiefem Schlamm. Es ist offenkundig, daß dein Schneider nicht der Schöpfer gewesen ist, Sam. Deine Haut paßt dir nicht so gut wie diese Hosen.« Sam wurde rot, und die Frauen lachten. Sie waren entzückt über die Möglichkeit, Anstoß nehmen zu können.

»Du solltest dich was schämen, James. Ich habe dir gebildetes Englisch beigebracht, und jetzt setzt du es gegen mich ein.« Sam lächelte, um zu zeigen, daß er scherzte. »Wartet hier.« Er verschwand im Haus. Im Hermitage brauchte er nicht auf seinen Kopf zu achten, wenn er durch eine Tür trat. Die Türstürze waren höher als üblich, damit Old Hickory bequem hindurchpaßte. Doch Sam bückte sich aus alter Gewohnheit trotzdem. Er kam wieder und bürstete einen glockenförmigen Biberhut am Ärmel seiner pflaumenfarbenen Jacke ab. James mußte zugeben, daß The Raven tatsächlich sehr gut aussah.

»Du magst zwar ein eingebildeter Hund sein, Sam«, sagte er, »aber gut siehst du aus.«

»Ein ziemlich strebsamer junger Anwalt«, sagte Jackson. »Er hat einen achtzehnmonatigen Jurakurs in sechs Monaten bewältigt. Seitdem hat er härter gestrampelt als eine Biene in einem Teereimer. Er ist jetzt Generaladjutant der staatlichen Bürgerwehr. Colonel Houston.« Jackson machte spöttisch Salut.

»Herzliche Glückwünsche«, sagten James und John.

»Oh, Mr. Rogers.«

John machte sich gar nicht erst die Mühe, sich umzudrehen. Er wußte, daß die junge Frau James rief. Sie war die Hübscheste von allen. Und das wußte sie auch. Die Einladung in ihren Augen war mit vergoldeten Schnörkeln versehen.

»Mr. Rogers, haben Sie einen indianischen Namen?«

»Ja, Mademoiselle, habe ich.«

»Und wie könnte der wohl sein?«

»Vielleicht Sixkiller oder Grizzly Bear oder Coon Hound, doch so lautet er nicht.«

»Woman Killer wäre möglich«, brummelte Sam zu John. John grunzte nur.

»Nehmen Sie mich nicht auf den Arm, Mr. Rogers.« Sie stampfte unter ihrem weiten Rock mit dem Fuß auf und zog einen Schmollmund. »Ich will es wissen. Es muß was Romantisches sein.«

»Ich bin leider nicht befugt, ihn zu verraten. Er muß in mir verschlossen bleiben. Doch wenn Schönheit Kugeln wären, wären meine Befestigungen längst gefallen.«

Sam zog die Augenbrauen hoch. Er war gewohnt, James' Geplapper auf Cherokee zu hören, jedoch nicht auf englisch.

»Vorsicht, Bruder«, murmelte John auf Cherokee. Doch insgeheim amüsierte er sich. Diese Schönheit vom Lande hatte offenbar vor, einen einfachen Wilden zu erobern, doch der war ihr mindestens ebenbürtig. James hatte bislang nicht wenige Festungen in Trümmer gelegt. Sein Lieblingsausspruch war: »Wenn Festungen und Jungfrauen erst mal anfangen zu verhandeln, werden sie sich nicht mehr lange halten.«

Doch John machte sich keine übertriebenen Sorgen. Es wäre höchst unklug, Jacksons Gastfreundschaft auszunutzen. Dazu war er zu einflußreich, und James wußte das. Trotz all seiner Schäkerei war James seiner schönen neuen Frau Suzie treu. Das war eine Treue, von der John bezweifelte, daß sie erwidert wurde. Wegen Suzie kam es zwischen John und seinem Bruder immer wieder zum Streit. John war nicht nur überzeugt, daß sie insgeheim eine ehebrecherische Beziehung unterhielt, es machte ihm auch Sorgen, daß sie zum Clan seiner und James' Mutter gehörte und damit absolut tabu war. James pflegte zu diesem Thema seinen Vater zu zitieren und zu behaupten, Clan-Beschränkungen seien nicht mehr gültig. Er betonte, auch John Ross' Frau sei aus dessen Clan. Doch soweit es seinen Bruder betraf, sah es um James' Ehe düster aus.

»Warum können Sie mir etwas so Einfaches wie Ihren Namen nicht verraten?« Die junge Frau tippte sich mit dem Fächer an die Nase, ein Zeichen, daß sie James' Weigerung für Tändelei hielt.

»Einer aus dem Wahren Volk verrät nie seinen geheimen Namen, Miss Donelson. Das würde einem anderen Menschen erlauben, seine Seele zu stehlen.«

»Ich würde meinen, ein Mädchen würde Ihnen lieber Ihre Zuneigung stehlen.« Sie führte ihren Fächer gefährlich dicht an den Mund. Wenn sie ihn küßte und dabei James ansah, wäre das eine Liebeserklärung.

»Lincoyer«, sagte Jackson und räusperte sich laut. »Geh mit Jefferson in die Küche und sag Dolly, daß wir in einer Stunde essen wollen.« Jackson kannte die Schäkernatur seiner Nichte. Er würde es vorziehen, James jede Peinlichkeit zu ersparen. »Erinnern Sie sich an Lincoyer?« fragte Jackson, nachdem das Indianerkind und der schwarze Junge verschwunden waren.

»Ist er das verwaiste Creek-Baby, das Sie am Horseshoe gerettet haben?« fragte John.

»Das ist er in der Tat«, sagte Rachel. »Er gehört jetzt zu unserer Familie. Er ist so ein lieber Junge. Er scheint von Ihnen beiden ziemlich fasziniert zu sein. Er bekommt hier so wenige Indianer zu sehen.«

»Sie nehmen doch nicht an, daß er mit diesem scheußlichen Burschen Weatherford verwandt ist«, sagte Miss Donelson.

»Ich würde es mir wünschen«, sagte Jackson. »Weatherford war ein nobler Gegner. Ich werde nie den Tag vergessen, an dem er zu meinem großen Zelt geritten kam.« Jackson zündete sich wieder seine Pfeife an, um seine Geschichte nicht unterbrechen zu müssen. »Er war hochgewachsen und hellhäutig und nackt bis zur Taille, entschuldigen Sie bitte, meine Damen. Er wagte sich unbewaffnet in die Höhle des Löwen. Ich muß zerstreut gewesen sein, denn sonst hätte ich sein Pferd sofort erkannt. Die Weatherfords waren für ihre Pferde berühmt.

›General Jackson?‹ fragte er mit kultivierter Stimme und in bestem Englisch. ›Ich bin Bill Weatherford.‹ Ich war außer mir. Ich hatte monatelang nach diesem Teufel gesucht, und jetzt kam er zu mir.« Jackson stand auf und ging auf der Veranda auf und ab. »›Wie können Sie es wagen, Sir, hier einfach vor meinem Zelt zu erscheinen, nachdem Sie die Frauen und Kinder von Fort Mims ermordet haben?‹ ›Ich habe vergeblich versucht, das Schlachten dort zu beenden‹, entgegnete er. ›Ich bitte um nichts für mich selbst. Töten Sie mich, wenn Sie es wünschen. Ich bin nur gekommen, um Sie zu bitten, die Frauen und Kinder holen zu lassen, die in den Wäldern verhungern. Ich habe Ihnen so viel Schaden zugefügt, wie ich nur konnte. Jetzt sind meine Krieger tot, und damit gibt es für mich nichts mehr zu kämpfen. Lassen Sie die Frauen und Kinder kommen. Sie haben Ihnen nie etwas Böses getan.‹

Die Soldaten hatten von seiner Ankunft gehört. Sie drängten sich um das Zelt und riefen: ›Tötet ihn! Tötet ihn!‹ Ich rannte hinaus, um mich ihnen entgegenzustellen. ›Ein Mann‹, sagte ich, ›der einen so tapferen Mann wie diesen tötet, würde damit die Toten berauben.‹«

»Wie aufregend!« trällerte die Nichte.

James wandte das Gesicht von den Damen ab und zwinkerte Sam zu.

Eine Sklavin erschien und stellte sich an den Rand der Veranda. »Tante Rachel, Ma'm«, sagte sie. »Eins meiner Kinder ist plötzlich krank geworden.«

»Ach, du lieber Himmel.« Rachel setzte die beiden Kleinen auf den Fußboden. Sie folgten ihr und klammerten sich an ihre Rockschöße, als sie mit der Frau ging. »Ist es Terrance oder Samantha?« hörte James sie noch sagen, bevor sie außer Hörweite war.

Während des Krieges gegen die Creeks und am Verhandlungstisch hatte James reichlich Gelegenheit gehabt, Andrew Jacksons Gesicht zu studieren. Selbst in den Mußestunden wirkte Old Hickory wie ein Falke, der nach Beute Ausschau hält. Doch als Jackson seine nachlässig gekleidete kleine Frau die Wiese überqueren und auf die Sklavenunterkünfte zugehen sah, war sein Gesicht voller Liebe. Die nackte Verletzlichkeit setzte James in Erstaunen.

»Hier kommt das kleine Gemüse«, sagte Sam, als eine Horde schwarzer und weißer Kinder über den Hof gerannt kam. Die neunjährige Eliza Allen, deren blonde Locken hüpften, rannte die Treppe zur Veranda hinauf. Ihre Schürze war voll süßer Zwergkastanien, die sie auf Sams Schoß leerte.

»Bezahlung«, kicherte sie. »Weil du gestern meine Katze gerettet hast.« Dann flüchtete sie mit den anderen.

Die Erwachsenen unterhielten sich lustlos, meist über Pferde und Politik. Von der Küche her ertönten das Geklapper von Dollys Töpfen und ihr Schimpfen immer lauter. Sie wurden zu einem Crescendo, das mit dem Läuten der Essensglocke endete.

Nach dem Essen gab es das übliche Konzert. Die Nichte spielte auf

Rachels Harfe, und ihre Schwester sang. Diese Fähigkeiten hatten sie auf der höheren Töchterschule in Nashville erworben. Die anderen Damen verteilten sich auf den Raum, fast genauso wie die Schnittblumen in den Vasen. Rachels Plaudersofa und die Wohnzimmerstühle, ihre Harfe und das gelbe Steingut auf dem Tisch schienen in einem Holzhaus fehl am Platz zu sein. Die schweren Deckenbalken des Raums waren von dem jahrelangen Rauch aus dem riesigen Kamin geschwärzt.

Die Männer standen höflich da. Ihre Gedanken wanderten zu den Zigarren und dem Brandy, die auf sie warteten, wenn das Konzert vorbei war. Einige von ihnen wurden leicht unruhig, als die Nichte ihrem Vater zuzwinkerte, dem Fiedler. Sie begann, auf ihrem zarten Instrument »Possum up de Gum Tree« zu zupfen, und ihr Vater fiel ein.

»Tanz uns was vor, Tante Rachel«, riefen alle und klatschten im Takt der Musik in die Hände. Andrew verneigte sich und streckte die Hand aus. Gemeinsam hüpften und wirbelten sie durch den Raum. Sie waren ein köstlicher Anblick. Er war so hochgewachsen und schlaksig, daß er sich fast bis zum Boden bücken mußte, um ihr den Arm um die Taille legen zu können. In ihrer Jugend war sie eine Schönheit gewesen. Jetzt war sie so in die Breite gegangen, daß von einer Taille nichts mehr zu erkennen war.

Hinterher spazierten James und John mit Sam auf den Wegen von Rachels ausgedehntem Garten. Von Zeit zu Zeit ertönte einer von Andrew Jacksons Ausrufen »Beim Ewigen«. In weiter Ferne heulte ein Bluthund, der die Spur eines Waschbärs aufgenommen hatte. Ein Schreiender Ziegenmelker schrie so laut und unaufhörlich und aus so großer Nähe, daß Sam das Gebüsch durchsuchte, obwohl er wußte, daß es fast unmöglich sein würde, den Vogel zu finden. Vielleicht war die Tatsache, daß der Vogel so schwer zu fangen war, der Grund, weshalb das Wahre Volk sein Geschrei für ein schlechtes Omen hielt.

»Nun, Bruder«, sagte Sam. »Bei Miss Donelson scheinst du eine Eroberung gemacht zu haben.«

»Machst du ihr etwa den Hof?« Für einen Moment fürchtete James, schrecklich gegen die Etikette verstoßen zu haben.

»Nein, ganz und gar nicht. Doch als du auftauchtest, begann sie sich zu benehmen wie ein Spaniel, der eine Fährte aufgenommen hat.«

»Wobei der Unterschied darin besteht, daß bei Miss Donelson nur die Jagd Spaß macht.«

»Sei dir da nicht so sicher, Bruder«, entgegnete Sam. »Da war dieses Glitzern in ihren Augen.«

»Weiße Frauen kann man unter all diesen Röcken ja kaum finden. Außerdem würde Jackson seine Hunde auf mich hetzen, wenn ich diese hübsche weiße Blume beschmutzte.«

»*Gha!* Hör zu, Bruder«, sagte John, als er der Meinung war, der einleitenden Höflichkeiten seien genug gewechselt. »Wir haben dich nicht nur aus Freundschaft ausfindig gemacht.«

»Ich werde tun, was ich kann. General Jackson ist zwar mein Gönner, doch viel Einfluß habe ich nicht auf ihn.«

»Das ist doch nicht gerade wenig«, sagte James. »Ich glaube, dein General wird eines Tages Präsident sein.«

»An ein verlierendes Pferd würde ich meinen Sulky auch nicht hängen.« Sam grinste in der Dunkelheit. »Was soll ich für euch tun?«

»Drum wünscht, daß du als Cherokee-Agent an den Arkansas kommst.«

»Ich? Warum ich?«

»Du verstehst das Wahre Volk. Sie vertrauen dir. Der letzte Agent war ein Scheißkerl.«

»War?«

»Drum hat ihn zum Rücktritt überredet.«

»Das kann ich kaum glauben, selbst bei Drum nicht«, sagte Sam. John zog ein Papier aus der Tasche.

»Eine Kopie seines Rücktrittsschreibens«, sagte er. »Aber Lewis war nur eins seiner Probleme. Er hat ohne jeden Zweifel unsere Jahreszahlungen eingesteckt und uns auch bei den Warenlieferungen betrogen. Und unser Land wird schon jetzt von Siedlern überrannt. Doch wenigstens töten sie uns nicht. Das tun die Osage. Niemand scheint fähig zu sein, dem Krieg ein Ende zu machen.«

»Drums Leute sind hungrig«, sagte James. »Sowie die Regierung uns aus unserem Land im Osten verjagt hatte, hat sie uns vergessen. Die versprochenen Werkzeuge, das Saatgut und die Lebensmittel sind nicht angekommen. Briefe an das Kriegsministerium werden nicht beantwortet. Es ging alles nach dem Motto: Friß, Vogel, oder stirb.«

»Das überrascht mich nicht«, sagte Sam. »Dieser verdammte Calhoun interessiert sich nur für seinen Größenwahn.« Sam hatte nie vergessen, wie Verteidigungsminister John Calhoun ihn in der Frage des Sklavenschmuggels behandelt hatte.

»Selbst Vater hat seine Auslagen für den Transport seiner Familie nach Westen noch nicht ersetzt bekommen«, sagte James.

»In diesem Jahr hat es eine Dürre gegeben. Und Krankheiten. Die Leute sagen, Arkansas sei wirklich das Nachtland«, fügte John hinzu.

»Für mich sieht die Zukunft hier vielversprechend aus«, sagte Sam. »Meine Anwaltspraxis wächst. Die Position als Generaladjutant ist allerdings nur lästig, wirklich. Ich muß viel Zeit damit verbringen, in Murfreesboro über Bergen von Akten zu brüten, aber immerhin ist es eine Stufe auf dem Weg nach oben. Ich habe Freunde hier. Wichtige Freunde.«

»Drum braucht dich verzweifelt, Bruder.«

»Sicher könnten er und Ata'lunti'ski und Standing Together –«

»Ata'lunti'ski ist tot. Und Standing Together ist selbst ein Teil des Problems. Er sorgt dafür, daß der Krieg mit den Osage immer aufs neue geschürt wird. Aber er mag dich, Raven. Vielleicht hört er auf dich. Die Leute sterben«, sagte James. Sam spazierte eine Weile schweigend weiter.

»Ich werde kommen«, sagte er. »Es wird gut sein, den Geliebten Vater wiederzusehen. Aber ich brauche etwas Zeit, um erst die Dinge hier zu ordnen.«

»Ich danke dir, Bruder«, sagte James.

»Und wie geht es deiner Familie?« fragte Sam beiläufig.

»Unsere Mutter ist im Sommer am Fieber gestorben.«

»Oh, das tut mir leid. Richte Jack und Jennie mein Beileid aus. Und Großmutter, wie geht es der?«

»Tiana?« sagte John. »Ihr zweites Kind ist kurz vor unserer Abreise heruntergesprungen. Ihr erstes ist auch am Fieber gestorben. Aber David arbeitet hart. Er hat ihnen ein komfortables Haus gebaut.«

Sam war froh, daß es dunkel war. So konnten James und John nicht sehen, wie er bei der Nennung von Davids Namen zusammenzuckte. Er wollte fragen, ob Tiana glücklich war und so schön wie früher, brachte es jedoch nicht über sich. Er würde es früh genug selbst herausfinden.

32

Es war September 1819. Tiana saß mit ihren Schwestern auf der Veranda des neuen Hauses ihrer Mutter. Sie hatten es sich auf Matten gemütlich gemacht. Jennie und Jack teilten das Haus mit John, seiner Frau Elizabeth und deren Kinder sowie Susannah. Es würde eine Weile dauern, bis das Haus so großartig war wie das, das sie verlassen hatten, doch Jack hatte ehrgeizige Pläne für den Ausbau. Tiana und Susannah waren dabei, bei grünen Bohnen die Fäden zu ziehen. Dann würden sie sie mehrere Tage in der Sonne trocknen und anschließend an den Dachbalken aufhängen.

Es war nicht zu übersehen, daß Susannah ein Kind trug. David hatte ihren Brüdern beim Bau eines Blockhauses für sie geholfen, das nicht weit vom Haus ihrer Mutter entfernt lag. Susannah schmiedete Hochzeitspläne, doch jeder in der Familie würde es lieber sehen, wenn sie allein blieb, statt diesen weißen Tunichtgut von Mann zu heiraten, mit dem sie zusammenlebte.

Jack stritt mit Susannah und sagte ihr, der Mann wolle sie nur wegen ihres Eigentums heiraten – wegen des Hauses, das bald ihr gehören werde, und wegen der Farm, die Jack und seine Söhne für sie rodeten. Doch sie war entschlossen, ihn zu bekommen. Ihre Schwestern hatten versucht, es ihr auszureden, und jetzt mieden sie das Thema einfach.

Annie und Nannie und Elizabeth waren dabei, Baumwolle zu krempeln, ein mühsamer Vorgang, den sie alle verabscheuten. Haufen von Baumwolle lagen um sie herum. Sally Ground Squirrel nahm ein Ende der Veranda mit ihrer Töpferei in Beschlag. Um sie herum lagen geschnitzte Kellen, Hammersteine, ihre vom Wasser geglätteten Rollsteine, mit denen sie den Ton glättete und polierte, ihre Untertasssen aus Flaschenkürbissen, Wassereimer und Körbe mit zerstoßenen Maiskolben.

Sally Ground Squirrel schien immer mehr Platz zu beanspruchen als andere Menschen. Sie nahm ihre Töpferei so in Angriff, wie sie auch alles andere im Leben anging, nämlich mit Energie. Sie schlug mit den Fäusten auf einen Tonklumpen ein, knetete und stieß ihn und klatschte ihn auf ein großes Holztablett. Sie trennte ein Stück ab, rollte es zu einem Ball und drückte ihre spatelförmigen Daumen hinein.

Sie preßte und drehte den Ton so schnell, daß man schon genau aufpassen mußte, um zu sehen, was sie tat. Als sie eine kleine Schüssel geformt hatte, preßte sie sie in ein mit Stoff ausgekleidetes Loch in einem Korb voller Sand. Sie benutzte den Korb als Sockel und begann, die Seiten der Schüssel aufzubauen. Die rötlichen Windungen schienen unter ihren dicken Händen zu zucken und sich zu winden und ein Eigenleben zu gewinnen.

Auf dem Hof brannten einige ihrer Töpfe in einem Herd aus flachen Steinen. Sie brannte sie heute, weil es keinen Wind gab. Schon eine Brise konnte sie zerbrechen. Sie hatte sie vor fast einer Stunde umgedreht auf die glühenden Kohlen gelegt und sie mit trockener Rinde bedeckt. Diese würde bald wegbrennen, so daß die gerundeten Böden der Töpfe wie große rote Eier aus der Asche herausragten.

Jennie versuchte, Tianas neue Tochter dazu zu bringen, an einem Stoffetzen zu lutschen, der mit einem Tee aus den Wurzeln der Virginischen Waldrebe getränkt war. Das Kind zappelte und schrie energisch. James hatte die Wurzeln aus dem Alten Land mitgebracht. Sie würden ihre Enkelin stark machen.

Schließlich gab Jennie auf. Sie schickte die Kleine über die Kette von Frauen auf der Veranda zu Tiana zurück. Jede von ihnen umarmte das Kind oder hielt es hoch und bewunderte es. Wie viele Kinder ihnen auch geboren werden mochten, jedes einzelne war eine immer neue Quelle des Staunens. Tiana öffnete ihre Bluse, um ihre Tochter zu stillen. Tiana wiegte sie zärtlich in den Armen und blickte auf das schwarze Wuschelhaar hinunter.

»Jo'ine'i«, murmelte sie, um zu hören, wie sich der Name anhörte. Jennie hatte ihn dem Kind am Tag zuvor gegeben, als sie die Kleine im Fluß gebadet und anschließend hochgehalteen hatte, damit Großmutter Sonne sie segnen konnte. Der Name bedeutete »die Dritte«. »Warum willst du sie so nennen?« hatte Tiana gefragt. »Weil sie wie du aussieht«, hatte Jennie geantwortet. »Und du siehst aus wie ich. Die hier ist die Dritte.« David nannte sie Joanna, wogegen Tiana nichts einzuwenden hatte. Wenn jeder sie Joanna nannte, würde ihr wahrer Name im Dunkeln bleiben. So war sie besser vor jedem geschützt, der ihr etwas Böses wollte.

Unterdessen kreiste das Gespräch wieder um Tiana und ihre Tochter.

»Willst du ein Jahr lang nicht mit deinem Mann schlafen, Schwester?« fragte Susannah sie.

»Wenn ich einen so gutaussehenden Mann hätte, würde ich keine zwei Tage warten, bis ich wieder mit ihm schliefe«, sagte Aky.

»Wenn sie ihn liebt, bevor ein Jahr vergangen ist, wird ihre Milch verderben«, sagte Sally Ground Squirrel in einem Tonfall, als wäre die Angelegenheit damit erledigt.

»Mein Vater sagt, das sei Aberglaube«, erklärte Nannie. Tiana wußte nicht, ob es Aberglaube war oder nicht, doch schon wieder hatte sie Davids Liebkosungen auf der Haut und seinen Körper in sich gespürt. Bis jetzt schien Joanna ihre Milch für süß und gut zu halten.

»Dein Vater würde alles verweigern, was zwischen ihm und seinem Vergnügen steht.« Sally Ground Squirrel zwinkerte Jennie zu. »Ist das nicht so, Schwester?« Jennie lachte. Sie und Jennie und deren Kinder waren vom selben Clan und konnten einander necken. Tiana verhielt sich still und hoffte, Sally Ground Squirrel würde sie nicht bemerken. Wenn sie einmal so loslegte, war niemand mehr seiner Würde sicher.

»Ich glaube, weiße Männer haben größere Penisse«, fuhr Sally Ground Squirrel in beiläufigem Gesprächston fort, als wäre sie dieser Frage schon auf den Grund gegangen. »Wie groß ist der Stengel deines Mannes, Tochter? Wenn er im Fluß badet, versuche ich mir sein Gemächte anzusehen, aber er ist ja so schüchtern, dieser Bursche.«

»Er ist groß genug, den Topf zu füllen, Mutter«, erwiderte Tiana.

»Und zum Kochen bringt er ihn wohl auch, nehme ich an.« Die Frauen lachten alle laut auf, als Sally Ground Squirrel ächzend auf die Beine kam. Tiana dachte, wie gut es war, in diesem Haus wieder Lachen zu hören. Seit Großmutter Elizabeths Tod war kaum gelacht worden.

»Der größte, den ich je gesehen habe, war jedoch der von The Raven.« Sally Ground Squirrel machte obszöne Hüftbewegungen, die ihre Hängebrüste wippen ließen und mit einem Zittern ihrer vielen Kinne endeten. Sie wölbte die Hände zwischen den Schenkeln, als stützte sie einen riesigen Schwanz und ein Skrotum. Sie tat, als würde sie unter dem Gewicht zum Rand der Veranda torkeln.

»Und behaart ist er auch«, sagte sie. »Sieht aus wie ein Bärenpimmel oder zwei Kürbisse im hohen Gras. Eine hohe, stämmige Rotzeder von einem Penis. An einem heißen Tag könnte man in seinem Schatten liegen. Ich habe das Gefühl, daß eine von uns dieses warme Messer schon in die Scheide hat gleiten lassen.«

Jetzt war es an Annie, rot zu werden. Sally Ground Squirrel überquerte den Hof und sagte etwas von der Möglichkeit, daß The Raven zu seinem Vater zurückkehre. Tiana wußte, daß Drum The Raven erwartete. Sie wollte ihn jedoch nie mehr wiedersehen.

Sie hatte sich überlegt, ob sie den Zauber *diga'ghahuh'sdo'dhi'yi* singen sollte, Sie Mit Einem Streich Zu Entfernen. Der Zauber, den sie kannte, war einfach, obwohl er neu erschaffenen Tabak erforderte. Sie brauchte nur ein Bild der unerwünschten Person im Kopf zu formen und den Rauch beim Singen in die Richtung zu blasen, in der er lebte. *Soeben sind die Schwarzen Krähen erschienen, um dich zu verjagen. Sie haben dich soeben umringt. Du wirst einsam durch das Land der Sieben Clans gehen. Gha! Gha! Gha! Gha!*

Sie war jedoch nicht sicher, ob dieser Zauberspruch tatsächlich jemanden fernhielt oder nur zum Gehen zwang. Und obwohl die Einsamkeit, zu der er führte, sich auflöste, wenn die betreffende Person verschwand, war es dennoch negative Magie. *U'dano'ti*, ein Mensch von Seele und Liebenswürdigkeit, würde ihn nicht verwenden. Sie hatte beschlossen, Geduld zu üben und abzuwarten wie die Spinne. Allerdings wünschte sie, daß das Insekt ihr Gewebe mied, statt hineinzufallen.

Wenigstens wußte sie, daß die Zaubersprüche wieder für sie arbeiten würden. Als sie erst kurze Zeit im Nachtland gewesen war, hatte sie sich hilflos und verloren gefühlt. Doch im Laufe der Zeit, als sie den Stimmen und der Stille ihres neuen Landes lauschte, begann die Kraft wieder in sie zurückzukehren. *Ulaniguhguh*, die Energie des Blitzes und des fließenden Wassers, der Geist von Pflanzen und Tieren, war hier genauso stark. Sie brauchte ihnen nur das Herz zu öffnen.

Sie wurde aus ihren Gedanken gerissen, als die Frauen wieder lachten. Sie hatte die letzte Geschichte von Sally Ground Squirrel verpaßt. Doch es gab schon wieder eine neue. Sally Ground Squirrel hatte immer eine neue Geschichte.

»Meine Mutter hat mir erzählt, der größte Pimmel der Welt habe A'sik Ta'mas gehört.« Sally Ground Squirrel zog ihre Töpfe mit einem gekrümmten Stock aus dem Feuer. Sie schlug dagegen und sortierte einen aus, der keinen klaren, volltönenden Laut von sich gab. Er war gesprungen.

»Isaac Thomas? Der Gefangene, dem Nanehi Ward zur Flucht verhalf?« stieß Tiana hervor. Sie hatte davon gehört, wie Ghigau den weißen Händler gerettet und losgeschickt hatte, um amerikanische Siedler vor einem Angriff der Cherokee zu warnen. Ghigau sagte immer, sie habe es getan, um das Töten und den Krieg zu beenden. Diese Version hatte Tiana noch nie gehört.

»Derselbe.« Als wollte sie ihr Publikum absichtlich in Atem halten, ließ Sally Ground Squirrel eine Handvoll zerstoßener Maiskolben in den Topf fallen, solange er noch glühend heiß war, und warf dann brennendes Holz hinein. Sie neigte die Töpfe, damit die brennenden Hölzer sich verteilten, kippte sie dann um und stülpte sie über die brennenden Hölzer und Maiskolben. Während die Innenseite geräuchert wurde, um wasserdicht zu werden, fuhr Sally Ground Squirrel mit ihrer Geschichte fort.

»Sein Zuckerrohrstengel war so lang.« Sie hielt die Hände dreißig oder fünfunddreißig Zentimeter auseinander. »Er und Nanehi Ward waren natürlich ein Liebespaar. Die weißen Siedler wußten vermutlich nicht, daß sie dem Penis von A'sik Ta'mas ihr Leben verdankten.«

Sally Ground Squirrel schien gewillt zu sein, weitere Geheimnisse preiszugeben, wurde jedoch unterbrochen, als auf dem Hof ein Wagen vorfuhr. Auf dem Kutschbock saß eine hochgewachsene, verhärmte weiße Frau mit kurzem, stahlgrauem Haar, das sie sich aus dem Gesicht gekämmt hatte. Sally Ground Squirrel und die Frauen auf der Veranda starrten sie an. Sie waren daran gewöhnt, im Land des Wahren Volkes weiße Männer zu sehen, jedoch nicht deren Frauen. Tiana ging die Treppe hinunter, um sie zu begrüßen.

»*A'siyu*«, rief die Frau mit tiefer, rauher Stimme.

»Hallo«, sagte Tiana. »Kann ich Ihnen helfen?«

»Das hoffe ich. Mein Name ist Lovely, Percis Lovely.«

»Die Frau des Agenten.«

»Ja, Gott sei seiner Seele gnädig. Ist Mrs. Gentry da?«

»Ich bin es.«

»Gut.« Percis sprang in einem Schwall brauner Röcke vom Kutschbock und ging um den Wagen herum, um die hintere Klappe zu öffnen. »Ihr Bruder John hat diese Kleine aus dem Osten mitgebracht. Sie ist eine der Osage-Gefangenen. Ihr Name ist Lydia Carter.«

So nennst du sie vielleicht, dachte Tiana. *Aber ich bezweifle, daß sie so heißt.*

»Bradford hat ihren Brüdern befohlen, sie hierher zurückzuschleifen«, fuhr Percis Lovely fort. »Quer durch dieses gottverlassene, unwegsame Land, und ausgerechnet in der Zeit, in der die Leute alle krank werden. Sie ist schrecklich krank. Ich werde sie mit in mein Haus nehmen, bis besser für die gesorgt werden kann, aber ich bezweifle, daß sie die Reise in diesem Zustand überleben kann. Ich habe mich gefragt, ob wir hier vielleicht ein wenig ausruhen dürfen.«

Nach dem Tod von Mrs. Lovelys Mann hatte man ihr erlaubt, in ihrem Haus wohnen zu bleiben, das auf besonderem Land errichtet worden war. Als er noch Indianeragent war, hatte William Lovely das Territorium als Puffer zwischen den kriegführenden Stämmen gekauft. Es mochte zwar einige Landbesetzer gegeben haben, doch sie war die einzige weiße Person oder überhaupt die einzige, die legal in dem Hügelland zwischen den Gebieten der Osage und der Cherokee lebte. Shinkah sagte, sie sei bei den Osage beliebt, und sie würden ihr nichts tun. Trotzdem mußte Tiana ihren Mut bewundern.

»Natürlich. Sie können hierbleiben, solange Sie wollen.« Tiana drehte sich um, um zu übersetzen, doch Jennie war schon ins Haus gegangen, um den Besuchern etwas zu essen zu holen und für sie einen Schlafplatz vorzubereiten.

Tiana hob das Kind auf und trug es ins Haus. Die Kleine schien neun Jahre alt zu sein, war jedoch völlig ausgemergelt und hatte dunkle Ringe um die Augen.

»Wie ich höre, sprechen Sie etwas Osage, und man hat mir auch gesagt, daß Sie viele Heilkräuter kennen, daß Sie eine Heilerin sind.« Percis hielt mit Tianas langen Beinen Schritt.

»Ich kenne ein paar einfache Heilkräuter«, erwiderte Tiana. Percis ließ ein kehliges, heiseres Lachen hören, das aber nicht unangenehm war.

»Ich habe selbst die Gabe, Blutungen zu stillen. Aber diese Krankheit gibt mir Rätsel auf. Vielleicht können Sie ihr helfen, solange sie hier ist.«

»Ich werde es versuchen. Sie scheint sehr krank zu sein.«

»Viel zu krank, um transportiert zu werden, das arme Wurm. Und sie ist so ein liebevolles Kind. Spricht ständig von Ji'sa, Jesus. Hat die letzten beiden Jahre bei den Missionaren verbracht. Ihre Brüder sagen, sie hätten sie nur höchst ungern hergegeben.«

»Sollen die Osage-Gefangenen endlich ausgetauscht werden?«

»O ja. Clermont besteht darauf. Sie werden bald wieder zu ihren Familien zurückkehren.«

Tiana wurde mutlos. Sie würde Shinkah schon bald verlieren.

Den ganzen Sommer bis in den Herbst des Jahres 1819 vermieden es Standing Together und Drum, die Gefangenen zurückzugeben. Drum redete sich erst mit Krankheit heraus, dann mit der Notwendigkeit, die Ernte einzubringen. Standing Together machte sich gar nicht erst die Mühe, eine Ausrede zu erfinden, sondern sprach nur von den »persönlichen Gründen«, die ihn davon abhielten, an den Vertragsverhandlungen teilzunehmen. Schließlich hatte Major Bradford genug. Er drohte, einen Trupp Soldaten durch die Dörfer marschieren und die Gefangenen mit Gewalt holen zu lassen. Standing Together kapitulierte. Er war zwar starrköpfig, aber nicht dumm. Gegen die Armee der Vereinigten Staaten wollte er nicht antreten.

Die Verhandlungen sollten in Three Forks stattfinden, dem Place of the Oaks, wo der Verdigris, der Noesho und der Arkansas zusammenströmten. Es war ein passender Ort, an dem sich Ost und West begegneten. Im Osten wurden die Wälder aus Roteiche, Zürgelbaum und Esche allmählich lichter, als sie sich dem Verdigris näherten. Ausgedehnte Nesselfelder beiderseits des Flusses lieferten Garne für die Weberinnen bei den Osage. Am Verdigris und dem Neosho wuchsen Meilen dichter Röhrichte.

Auf der westlichen Seite des Verdigris begann urplötzlich die große Prärie. Das Gras dort war fast einen Meter hoch und mit Schneidegras und Dornbüschen zu einem undurchdringlichen Dikkicht verfilzt. Die grasbedeckten Hügel, die mit kleinen Baumgruppen besprenkelt waren, erstreckten sich bis zum Horizont.

Es war Oktober, eine Zeit von Gold und Bernstein. Shinkah stand zwischen Adoniram und der neunzehnjährigen Tiana, die sie seit einiger Zeit Mutter nannte. Tiana hielt ihre Hand fest in der ihren und balancierte die zwei Monate alte Joanna auf der Hüfte. Shinkah war im achten Monat schwanger. Eine Ledertasche mit ihren wenigen Habseligkeiten hing an dem Trageband, das sie sich um die Stirn gelegt hatte. Adoniram hielt die wunderschön gewebte Wiege, die Tiana für sie gemacht hatte.

Selbst jetzt noch konnten die drei nicht anders, sie hofften, etwas würde Clermont noch dazu bringen, seine Entscheidung zu überdenken. Sie hofften, daß es Drum oder Standing Together irgendwie gelingen würde, ihn dazu zu bringen, daß Shinkah bei ihrem Mann bleiben durfte. Doch Clermont, Arrow Going Home, blieb hart. Major Bradford fürchtete, er und der alte Standing Together würden sich noch prügeln, bevor die Verhandlungen zu Ende waren. Sie standen einander gegenüber wie Hähne in einer Hahnenkampfgrube.

Standing Together hatte sich mit seinem gewohnten Schmuck herausgeputzt. Clermont trug eine Regimentsjacke und einen zylinderähnlichen schwarzen Hut mit einem mattsilbernen Zierband. Er war gebieterisch und befehlsgewohnt und brauste leicht auf. Auf diesen

Tag hatte er lange gewartet. Er und seine Krieger hatten sich mit Lehm eingerieben und dann mit Bärenöl, das mit Sassafras parfümiert war. Ihre glattrasierten Skalps glitzerten in dem herbstlichen Sonnenschein. Ihre mit Rehhaaren geschmückten Borstenkämme standen ihnen vom Kopf ab.

Clermont hielt eine kurze Ansprache, in der er die Gefangenen zu Hause willkommen hieß und sein Bedauern über das zweijährige Leiden bei ihren mörderischen Quälgeistern ausdrückte. Drum und Bradford mußten Standing Together festhalten, damit er nicht auf Clermont losging. Einige der Gefangenen rannten los, um ihre weinenden Verwandten wiederzusehen. Einige, wie Shinkah, hielten sich zurück. Clermont kam auf sie zu, bis Tiana den Geruch von Sassafras und Fett und Schweiß riechen konnte, der in den Achselhöhlen der wollenen Armeejacke steckte.

Shinkah wich keinen Millimeter zurück, und Tiana ließ ihre Hand nicht los. Shinkah sprach schnell auf Osage. Sie schien ihre Sprache immer mehr zu singen als zu sprechen. Clermont antwortete.

»Er sagt, ich muß mit ihm zurückkehren.« Sie hatte Tränen in den Augen. »Er sagt, mein Vater wartet auf mich. Mein Vater und mein Bruder reiben sich jeden Morgen und jeden Abend das Gesicht mit Schlamm ein und weinen für meine Rückkehr.«

Adoniram trat vor. Tiana war überrascht, wie laut und fest er sprach. So groß Adoniram auch war, er war ein stiller Mann.

»Dies ist meine geliebte Frau«, sagte er. »Sie trägt unser Kind. Ich bitte dich zu erlauben, daß sie bei mir bleibt. Ich werde für sie sorgen und sie lieben, bis wir uns gemeinsam auf die Straße zum Nachtland begeben.«

Clermont wandte sich wieder an Shinkah.

»Er sagt, es ist meine Pflicht als Frau aus dem Bärenclan, zu meinem Vater zu gehen und ihn zu trösten. Er sagt, wenn du mich wirklich liebst, wirst du mich nicht vergessen. In einem Jahr kannst du kommen und mich holen.«

»Das werde ich.«

»Weine nicht, Mutter«, sagte Shinkah zu Tiana. »Ein Jahr ist nicht mehr als ein Pulsschlag von Wa-kon-da, dem Geber des Lebens. Wie werden Großmutter Sonne beim nächsten Rehbrunftmond gemeinsam begrüßen.« Sie gab Tiana ein Päckchen, das in ein Tuch aus Maulbeerbaumrinde eingewickelt war. Die Rinde war in der Sonne getrocknet und dann geschlagen worden, bis sich die Holzteile von den Fasern trennten. Die Fasern waren gebleicht und dann zu grobem

Garn gesponnen worden. Shinkah hatte die Schnur zwischen zwei Pfählen gestreckt, doppelte Schnüre daran befestigt und dann einen Einschlagfaden in sie hineingewebt, um den Stoff zu machen. Darin lag eine Decke aus weichen Truthahnfedern, deren Kiele fest mit doppelten Hanffäden verflochten waren. Die Decke war warm und weich und leicht wie Rauch.

»Für deine Tochter«, sagte Shinkah.

»Mein Herz ist schwer«, sagte Tiana. »Doch bei deiner Rückkehr wird es so leicht sein wie dieses Geschenk.«

Clermont knurrte sie an, aber Shinkah ignorierte ihn. Sie hatte beim Wahren Volk etwas über die Unabhängigkeit als Frau gelernt. Sie legte Adoniram eine Hand auf den Arm, ihr Abschiedsgruß an ihn.

Shinkahs ungeborenes Kind verlieh ihrem kleinen, gutgepolsterten Körper noch mehr Gewicht. Aber Tiana wußte, daß hinter ihrer leisen Stimme und dem weichen Körper eines Rebhuhns der Mut eines Kriegers steckte. Shinkah trug ein leuchtend gelbes Hemd über einem roten Rock und blauen Beinlingen. Sie trug mit Kugeln besetzte Armbänder, die ihr von den Handgelenken bis über die Ellbogen reichten. Ihr Haar hing ihr lose auf den Rücken zum Zeichen für jeden, daß sie verheiratet war. Als eine Frau aus dem Bärenclan hatte sie sich selbst tätowiert und die Muster auf der Brust mit einer glühenden Nadel und Holzkohle gezeichnet. Um die blauen Linien der Tätowierung herum zeigten sich weiße Verbrennungsnarben.

Sie sah sich nicht um. Tiana hörte ein unterdrücktes Schluchzen Adonirams. Sie ging näher an ihn heran, als ihm die Tränen über die Wangen strömten.

»Sie wird zurückkommen«, sagte Tiana.

»Bis sie wieder beim Wahren Volk ist, wird das Kind ein Waise sein«, sagte er.

»Das Kind wird Shinkah haben.«

»Osage-Kinder gehören zum Clan ihres Vaters und nicht dem ihrer Mutter wie bei uns. Bei ihnen wird das Kind keinen Vater haben. Niemand wird es beschützen oder unterrichten.« Adoniram blieb dort stehen, wo Shinkah ihn verlassen hatte, bis Clermont mit seinen Leuten davongeritten war.

An einem sonnigen Tag Anfang März 1820 ritt James bei Tiana auf den Hof. David arbeitete in seiner Werkstatt, und das Dröhnen seines Hammers ließ die klare Luft erzittern. Tiana genoß einen der seltenen Momente der Muße. Sie hatte mit Holzkohle Kreise und Diamanten auf eine Rehhaut gemalt, sie an einem breiten Baumstamm festgebunden und warf jetzt mit ihrem Messer danach. Sie winkte James zu, als sie ihr Messer herauszog und wieder zurückging, um es erneut zu werfen. James bemerkte, daß die Schlitze in der Zielscheibe aus Rehhaut sich sämtlich in dem kleinen schwarzen Kreis in der Mitte zusammendrängten.

Er bemerkte auch, daß David die alten Fensterläden durch weit schwerere ersetzt hatte. Er hatte einen langen, überdachten Laufgang gebaut, der sich vom Doppelhaus bis zum Kühlhaus über der Quelle erstreckte, so daß sie Wasser holen konnten, ohne dem Regen oder dem Schneefall ausgesetzt zu sein. In die Wände unter dem Dachüberhang hatte er kleine Schießscharten gebaut, die groß genug waren, um hindurchzuschießen, und er hatte sämtliches Buschwerk und Unterholz um das Haus herum bis fast zum Fuß des Hügels gerodet.

»*A'siyu*, Bruder«, sagte Tiana. Während James sein Pferd fütterte und tränkte, brachte sie Maisbrei, Honig und Schmoräpfel zu der Bank in dem überdachten Laufgang. Sie hatte Joanna auf dem Arm und überschüttete James mit Fragen, als er aß. Sie hatte das Haus ihrer Mutter seit mehr als einem Monat nicht mehr besucht und war neugierig, den neuesten Klatsch zu erfahren.

David setzte sich zu ihnen auf die Bank und lehnte sich mit geschlossenen Augen gegen die Wand. Er streckte eine Hand aus und tastete, bis er Joannas Fuß zu fassen bekam. Er drückte ihn und lächelte ihr und Tiana zu, während er den Fuß noch immer in seiner großen Hand hielt.

David nannte Joanna seinen kleinen Kobold. Und sie hatte tatsächlich etwas von einem Kobold an sich. Ihre goldbraunen Wangen waren mit einem Hauch von Rosa überzogen. Sie hatte einen geschwungenen, roten Knospenmund und eine Stupsnase. Ihre großen, dunkelblauen Augen wirkten schelmisch.

»Wenn ich Joanna ansehe«, sagte David zu James, »habe ich das Gefühl, als sähe ich meine Frau als Baby. Es ist ein seltenes Privileg, den geliebten Menschen in zwei Lebensaltern zu sehen.«

David wußte, worüber James sprechen wollte, und mied das Thema. Bad-Tempered Buffalo und ein Kriegstrupp der Osage hatten vor kurzem drei Cherokee-Jäger getötet. Es wurde von Rache gesprochen, und die Rogers' machten sich Sorgen um ihre Tochter und deren Familie. Nach ein paar Höflichkeitsfloskeln kam James auf den Grund seines Besuchs zu sprechen.

»Vater, Mutter, wir alle wollen, daß ihr euch ein anderes Stück Land aussucht, eins, das näher am Fort liegt.«

Von der Öffnung des Laufgangs blickte Tiana auf die Farm hinaus. Sie dachte an die mühselige Arbeit, die sie und David hineingesteckt hatten. Sie erinnerte sich an die Nächte, in denen ihr die Hände vor aufgeplatzten Blasen geblutet hatten und in denen ihr Rücken gar nicht aus Fleisch gewesen zu sein schien, sondern nur noch aus Schmerz bestand. Wie hart sie auch gearbeitet hatte, David hatte doppelt soviel geleistet.

»Wir können dies nicht aufgeben, Bruder.«

»Eure Farm liegt direkt östlich des Place of the Oaks, dem Herzstück des Territoriums der Kleinen«, entgegnete James. »David, bring du sie zur Vernunft.«

»Wir lieben diesen Ort«, erwiderte David. »Wir werden uns nicht geschlagen geben und vor Bad-Tempered Buffalo und seinen Rohlingen davonlaufen.«

»Was ist mit eurer Tochter? Wollt ihr sie in Gefahr bringen?«

»Wir werden auf der Hut sein«, sagte Tiana. »Sollte sich etwas zusammenbrauen, werden wir in die Garnison kommen. Vielleicht werde ich ohnehin bald losreiten, um mit Drum darüber zu sprechen, daß er endlich mit diesem endlosen Töten und den Überfällen aufhört. Der Frauenrat hat mich gebeten, zum Rat der Häuptlinge zu sprechen.«

»Sprich mit Bad-Tempered Buffalo«, sagte James.

»Das werde ich, wenn ich eine Gelegenheit dazu habe«, erwiderte sie.

33

Drum beobachtete Tiana, die vor dem offenen Pavillon, dem provisorischen Ratsgebäude, nervös auf und ab ging. Ihre Besorgtheit schien ihn zu amüsieren. Im Pavillon waren drei- oder vierhundert Menschen dabei, sich auf den Bänken Plätze zu suchen. Tiana wandte sich an Drum und versuchte nochmals, die ihr zugedachte Ehre abzulehnen, nämlich das heilige Schwarze Getränk zu mischen.

»Es gibt bestimmt eine andere, die das besser kann als ich, Geliebter Vater. Sally Ground Squirrel sollte es tun.«

»Sie und die Häuptlinge wollen, daß du es tust.«

»Aber ich habe doch kaum einundzwanzig Sommer gelebt. Ich habe keine grauen Haare. Ich habe nicht die Erfahrung für etwas so Verantwortungsvolles.«

»Nanehi Ward war neunzehn, als sie zur *ghigau* gewählt wurde.« Drum antwortete Tiana geduldig, obwohl er all diese Argumente schon früher von ihr gehört hatte. »Du hast einen Mann erschossen, der deine Großmuter bedrohte. Die Menschen haben mich gefragt, wann du uns wieder besuchst. Viele von ihnen wollen, daß du für sie arbeitest und ihre Wichtigen Dinge heilst. Du bist in das Lager der Osage geritten, um Shinkah zurückzubringen. Und James hat mir gesagt, daß du Kula'wo, Clermont, zurechtgewiesen hast, er möge dem Friedenspfad folgen.« Drum lachte und schüttelte den Kopf. »Versuche mir ja nicht einzureden, Tochter, du hättest weder die Erfahrung noch das Recht, das Heilige Getränk zu mischen. Die Häuptlinge haben dich aus guten Gründen zur *ghigau* gewählt.«

»Was ist, wenn ich etwas falsch mache?«

»Das wirst du nicht.« Drum wandte seine Aufmerksamkeit der Menge im Pavillon zu. Der Große Medizintanz würde bald beginnen. Die Menschen waren von weither gekommen, um gemeinsam im Long Man zu baden. Ihre Farmen mit ihren hübschen Häuschen und Obstgärten, ihren Weiden und gepflegten Feldern säumten den Poteau und den Arkansas. Doch es gab auch noch sehr arme Familien, die in winzigen Weilern zusammenlebten. Doch trotz aller Härten ging es dem Wahren Volk hier gut. Sie hatten in diesem dritten Herbst im Nachtland einiges zu feiern. Wenn es ihnen auch noch gelingen würde, den Krieg mit den Osage zu beenden, würden sie hier sehr gut leben können.

Während Tiana wartete, rückte sie ihren Rock und die Jacke aus weißem Rehleder zurecht. Sie strich die Federn ihres Zauberstabs aus einem weißen Schwanenflügel glatt.

»Nichte.«

Sie drehte sich um und sah, daß Sik'waya neben ihr stand.

»Hast du eine Botschaft für die Menschen in dem Alten Land? Ich kehre bald dorthin zurück und möchte sprechende Blätter mitnehmen. Ich habe endlich ein System entwickelt, wie man Worte zeichnen kann.«

»Das macht mein Herz glücklich, Onkel. Aber ich habe keine Botschaft.« Tiana hütete sich, sich nach Sik'wayas Schreibkünsten zu erkundigen. Er hatte in den letzten elf Jahren schon oft behauptet, das Rätsel der sprechenden Blätter gelöst zu haben. Wenn man ihn auch nur im geringsten ermunterte, würde er sich stundenlang über das Thema verbreiten, und im Moment hatte sie an genügend anderes zu denken.

»Kannst du meine Worte zu meinem Sohn tragen, The Raven?« fragte Drum. »Du kannst ihn finden, wenn du durch Na'si whil kommst.« Wie sehr er sich auch bemühte, besser konnte Drum Nashville nicht aussprechen.

»Ich werde deine Worte gern weitergeben«, sagte Sik'waya. Er wanderte los, um sich um weitere Botschaften zu bemühen.

Tiana sah zu James hinüber, der die Achseln zuckte. Drum hatte nie den Glauben an seinen verlorenen Sohn aufgegeben. Er war vor einem Jahr außer sich vor Freude gewesen, als ihm James und John Ravens Versprechen übermittelt hatten, in den Westen zu kommen. Doch die Monate hatten sich dahingeschleppt. Es kam der Frühling, dann der Sommer und der Herbst. Schließlich erhielt Drum einen Brief, den Tiana ihm soeben übersetzt hatte. Mit den üblichen blumigen Formulierungen drückte Raven sein Bedauern aus, im Moment nicht zu seinem geliebten Vater am Arkansas kommen zu können. Unabweisbare Pflichten hielten ihn in Tennessee fest, obwohl sein Herz bei seiner Cherokee-Familie sei.

Als Drum in das offene Ratsgebäude ging, um mit der Zeremonie zu beginnen, wandte sich Tiana an James.

»Was sind ›unabweisbare Pflichten‹? Heiratet er jemanden? Oder ist er einfach nur ein Singvogel, ein Lügner?« Es machte sie zornig, daß Raven die Gefühle eines alten Mannes so grausam verletzte. James zögerte mit der Antwort. Man konnte einen Bruder reizen und seine Kinder mit lächerlichen Namen belegen. Man konnte ihm Streiche spielen, aber nicht bei anderen kritisieren.

»Er ist zum Staatsanwalt des Distrikts Nashville ernannt worden. Und man hat ihn zum Generalmajor der Heimwehr von Tennessee befördert. Ein Jahr älter als ich und schon General. Er ist auch als guter Streiter bekannt, als Anwalt. Viele Leute gehen zu ihm und bezahlen ihn gut. Raven hat sich der Hundemeute angeschlossen, die Jackson die Stiefel leckt. Ich bezweifle, daß wir ihn je wiedersehen werden.«

»Ich hoffe, du hast recht, Bruder.« Dann sah Tiana, wie Drum ihr zuwinkte. Sie ging zwischen den Bänken hindurch und betrat die offene Fläche in der Mitte des Ratsgebäudes. Sie war nicht nur deshalb nervös, weil sie das Schwarze Getränk mischen sollte, obwohl diese Aufgabe einschüchternd genug war. Sie hatte Drum um die Erlaubnis gebeten, vor Beginn der Zeremonie noch etwas anderes tun zu dürfen.

Sie suchte nach Shinkah, die bei der Familie Rogers saß. Sie und David, Adoniram und James waren zu Clermonts Dorf geritten, um Shinkahs Vater das Brautgeld zu zahlen und sie zurückzubringen. Es war ein gefährliches Unternehmen gewesen, aber das Risiko hatte sich gelohnt. Tiana lächelte Shinkah an.

»*Gha!* Hört, ihr Menschen der Sieben Clans«, sagte Tiana laut, und alle Anwesenden im Ratsgebäude verstummten. »Ich sage euch, daß die Osage-Gefangene, die Gefährtin Adonirams, jetzt ein Mitglied meines Clans ist. Sie ist meine Schwester. Sie ist eine Long Hair, und ihre Kinder werden Long Hairs sein. Ihre Füße werden auf dem Weißen Pfad wandeln, und die Sieben Clans werden nicht über sie hinwegsteigen.« Tiana gab Shinkah ein Zeichen, die daraufhin ihren jungen Sohn an Nannie weiterreichte. Shinkah begab sich langsam und zögernd in die Mitte der Tanzfläche, stellte sich dort hin und sah auf ihre Füße.

»Du wirst nicht einsam sein«, sagte Tiana und legte Shinkah ihren weißen Schwanenflügel auf die Schulter. »Schon deine Seele wird nicht einsam sein. Du wirst im Land der Sieben Clans glücklich leben.«

Shinkahs Antwort war fast unhörbar. Ohnehin hätten nur Tiana oder Adoniram sie verstehen können. Shinkah rezitierte eines der heiligen Gedichte ihres Volks.

Wahrlich, zu jener Zeit und an jenem Ort, wie es in diesem Haus gesagt worden ist,
Sagten sie zueinander: Was sollen die Menschen ihr um die Handgelenke legen?
Es ist ein Band, von dem es heißt, es sei eine Fessel, die sie ihr um die Handgelenke legen sollen.
Wahrlich, es ist eine Fessel, von der die Rede ist.
Es ist eine Seele, die sie ihr um die Handgelenke legen sollen.

34

Colonel Matthew Arbuckle war erschöpft. Er war sechsundvierzig Jahre alt und kein junger Mann mehr. Die Anstrengung begann sich in den Falten seines schmalen Gesichts zu zeigen. Sie betonte seine Adlernase, das spitze Kinn und den zurückweichenden Haaransatz. Es hatte ihn viel Mühe gekostet, die Männer des Siebten Infanterieregiments nach Fort Smith zu bringen. Sie waren mit Plattbooten, Schaluppen und Dampfern angereist. Das letzte Stück der Strecke den Arkansas hinauf bewältigten sie aus eigener Kraft. Von seinem Stuhl unter einer primitiven Plane aus sah Arbuckle ihnen dabei zu, wie sie die unbeholfenen Kielboote stakten. Die Männer grunzten wie ein Mann, als sie sich gegen die langen Stöcke stemmten und ihre erschöpfende Wanderung zum Heck der Boote begannen.

Das Land am Arkansas sah einigermaßen friedlich aus. Der Fluß wurde von den hübschen Häuschen der Cherokee gesäumt, von eingezäunten Weiden und Obstgärten, die jetzt alle unter einer Schneedecke ruhten. Aber Arbuckle wußte, daß die Cherokee nicht so wohlhabend waren, wie es aussah. Er hatte seinen Quartiermeister losgeschickt, um Lebensmittel einzutauschen, doch die Cherokee hatten nur wenig erübrigen können.

Ein Ruf ertönte, als die Männer die Flagge entdeckten, die über den niedrigen Blockhäusern flatterte, die sich hoch oben auf einem Steilufer duckten. Arbuckle war erleichtert. Wenn er mit seinen Männern erst mal von diesen schwimmenden Pestlöchern herunterkam, würde er mit allem fertig werden. Er stand auf, zog sich den hohen Kragen seines Mantels um die Ohren und nahm Haltung an.

Als sie auf den Anleger des Forts zuhielten, kamen sie an schweigenden Indianern vorbei, die beide Flußufer säumten. Die Osage hatten ihre beste Kleidung angelegt und waren voll bewaffnet. Federn flatterten an ihren Schilden und Lanzen. Arbuckle ging auf, daß er einer kritischen Musterung unterzogen wurde.

Bradford war ebenso erleichtert, Arbuckle zu sehen, wie Arbuckle, Fort Smith erreicht zu haben. Die beiden Männer spazierten durch sacht fallenden Schnee auf das Hauptquartier zu. Bradford gestikulierte und erläuterte die Arbeit, die schon getan worden war, sowie das, was noch zu tun blieb. Als er keine Antwort erhielt, blickte er um sich und entdeckte, wie Arbuckle eine junge Frau anstarrte, deren langer blauer Umhang um sie herumwirbelte, als sie im Laden der Handelsniederlassung verschwand.

»Diana Gentry«, sagte Bradford.

»An deren Feuer würde ich mich gern mal wärmen«, sagte Arbuckle.

»Sie ist verheiratet. Ihr Vater ist ein alter Händler. Wann immer Sie können, sollten Sie ihm ein Geschäft zukommen lassen. Er heißt Jack Rogers. Höllenfeuer-Jack. Er ist ein bißchen bärbeißig. Hat ein paar merkwürdige Eigenheiten. Aber wenn er auftaut, kann man ihn gut um sich haben. Er ist ein guter Freund gewesen. Und Freunde werden Sie hier brauchen«, fuhr Bradford fort. »Die Indianer werden Sie hassen, wenn es Ihnen nicht gelingt, diesen ewigen Krieg zu beenden. Die Weißen werden Sie hassen, weil Sie sie von dem Indianerland vertreiben. Die Regierungsbeamten werden Sie hassen, wenn Sie ihnen nicht Privilegien einräumen. Die jüngeren Offiziere werden Sie wegen der Disziplin hassen, die dieses Irrenhaus im Gleichgewicht hält.« Bradford schien es nichts auszumachen, gehaßt zu werden.

»Eine wenig beneidenswerte Position«, sagte Arbuckle. »Ist sie glücklich verheiratet? Ich meine, die Tochter von Rogers. Ich höre viel davon, daß diese Indianerfrauen gern über die Stränge schlagen und gelegentlich außer Rand und Band geraten. Kopfkissenzerwühler. Besonders die Reinblütigen.«

»Ihr Mann ist Schmied.«

»Ah. Mit Schmieden lege ich mich nie an.«

»Dieser Winter ist ungewöhnlich kalt gewesen. Und die Herbstjagd der Osage ist im letzten Jahr durch Überfälle gestört worden. Die Cherokee haben einen großen Teil ihrer Lebensmittelvorräte gestohlen oder verbrannt. In den Missionsschulen läuft jetzt die Anmeldung.«

»Was bedeutet das?«

»Die Indianer bringen ihre Kinder in die Schulen, damit sie in Sicherheit sind, wenn das Schlachten beginnt. Ich hoffe, es wird weiter schneien. Das könnte sie zu Hause halten.«

Ein Offiziersbursche hatte in Bradfords Büro inzwischen Feuer geschürt. Er war so aufmerksam gewesen, einen Krug mit temperiertem Brandy sowie zwei Gläser auf den Tisch zu stellen.

»Auf das schöne Geschlecht.« Arbuckle leerte sein Glas mit einem Zug und schloß die Augen, um den Brandy zu genießen. Er hielt sie einen Moment länger geschlossen als gewohnt, selbst bei Brandy. Er knöpfte sich den Umhang auf, zog ihn aber nicht aus. Hier im Haus war es kaum weniger kalt als draußen. Beim Ausatmen der beiden Männer stiegen Dampfwolken auf.

»Ich vermute, daß Ihre Reise nicht sehr angenehm war«, sagte Bradford.

»Da vermuten Sie richtig. Aber Sie wissen ja, wie es ist. Jeder kann Reisegeschichten und Pferdegeschichten und Indianergeschichten erzählen.«

»Wie steht es mit Indianergeschichten, Colonel Arbuckle?«

»Ein paar habe ich. Ich habe mit Jackson gegen die Seminolen gekämpft.«

»Ich war mit ihm in dem Krieg gegen die Creeks.» Bradford spürte, wie sich in der Kälte die alte Kriegsverwundung am Bein bemerkbar machte. Bradford zeigte mit einer ausholenden Geste auf die kahlen, zersplitternden Holzwände seines kleinen Büros. »So sieht die Belohnung für treue Dienste aus.«

»Wegen Dankbarkeit hat sich die Armee noch nie einen Namen gemacht«, entgegnete Arbuckle ohne jede Bosheit. »Von wem sollte ich bei den Indianern den größten Ärger erwarten?«

»Da gibt es nur einen. Standing Together.«

»Ein junger Krieger?«

»Ein alter Scheißkerl. Ein krummbeiniger, gottverfluchter alter Feuerspucker. Sie werden ihn kennenlernen. Sein Mitstreiter John Jolly ist der Mann, bei dem man die Daumenschrauben ansetzen muß. Der bringt viele Leute auf die Beine, wenn er will. Er zieht es jedoch vor, zu Hause bei seinen Frauen zu sitzen.«

»Wer will ihm das verdenken«, erwiderte Arbuckle. »An einem solchen Abend?«

Bradford lächelte bedauernd. Als kommandierender Offizier ein Leichtgewicht, dieser Bursche. Gutmütig, neigt dazu, seine Sinnlichkeit auszuleben. Der übersteht vielleicht nicht mal das Jahr. Dieser Posten erfordert Disziplin und keinen Weiberhelden.

Andererseits konnte er es vielleicht schaffen. Da war etwas um Mund und Augen, ein paar feine Furchen in seinen Gesichtszügen, die innere Kraft verrieten. Wie auch immer: Er würde eine Abwechslung sein, ein anderer Mann als der Kommandeur, unter dem das Fort in den ersten vier Jahren operiert hatte.

Tiana trug Joanna in dem Trageriemen, den sie sich auf den Rücken gebunden hatte, und führte ihre lahmende Stute. Ein Sturm heulte über die hohen, steilen Hügel. Doch hier unten am Flußbett war der

Wind milder. Tiana zog die Decke enger um sich und die Kleine, damit die Kälte nicht zu Joanna durchdrang. Das Kind schlief friedlich. Das Mädchen war daran gewöhnt, herumgetragen zu werden, wenn ihre Mutter arbeitete.

David war dagegen gewesen, daß sich Tiana zum Fort Smith begab, um ihren kranken Vater zu besuchen. Doch trotz der bitteren Kälte und des lahmenden Pferdes war Tiana froh, gegangen zu sein. Jack war entzückt gewesen, sie wiederzusehen. Sie hatte ihm stundenweise aus einem Buch vorgelesen, einer Reihe lustiger Geschichten von einem Mann namens Geoffrey Crayon. Sie hatte mit ihm gescherzt und ihn geneckt, wie sie es nie gewagt hatte, als sie noch ein Kind war. Es schien ihn aufzuheitern.

Es machte sie jedoch besorgt, wie sehr er zusammengeschrumpft war. Er kauerte meist, in Wolldecken gehüllt, in der Nähe des Feuers, während der Wind ums Haus heulte und pfeifend durch die Ritzen der Wände drang. Sie konnte sich nicht erinnern, daß ihr Vater je krank gewesen war. So etwas kannte er gar nicht. Daß er jetzt krank war, schien ihm das Gefühl zu geben, besiegt zu sein. Tiana pflegte ihn, und ihre Heilmittel halfen. Als sie ihn verließ, sah er viel besser aus. Er war mit ihr zu ihrer Stute gegangen und hatte ihr gesagt, sie solle zu John oder James gehen und einen von ihnen bitten, sie nach Hause zu begleiten. Doch als sie fortritt, hörte sie wieder das abgehackte Husten, das seinen ganzen Körper erzittern ließ.

Sie hatte seinen Befehl ignoriert. Sie hatte sich und Joanna die Füße mit Asche eingerieben und ein Lied gesungen, in dem sie den Wolf, das Reh, den Fuchs und das Opossum bat, sie vor Erfrierungen zu schützen. Dann war sie allein zu dem zwanzig Meilen langen Ritt aufgebrochen. Er war nicht so gefährlich, wie er einmal gewesen war. Zwischen der Gentry-Farm und dem Fort lagen jetzt mehrere Blockhäuser. An dem letzten war Tiana vor eineinhalb Stunden vorbeigeritten, etwa eine Stunde, bevor ihr Pferd zu lahmen begonnen hatte. Dort lebte Davids dreizehnjähriger Zuschläger, Mitchell Goingsnake, mit seiner Familie. In der Woche wohnte er meist bei Tiana und David.

Sie hatte sich gegen eine Umkehr entschieden. Zu Goingsnakes Haus war es fast so weit wie zu ihrem eigenen. Und sie war begierig darauf, mit David vor ihrem eigenen warmen Feuer zu sitzen. So hatte sie sich die achtzehn Monate alte Joanna auf den Rücken geschnallt und war zu dem Fußmarsch über die letzten sechs oder sieben Meilen an dem zugefrorenen Fluß entlang aufgebrochen.

Sie und die Wölfe entdeckten einander etwa im selben Augenblick.

Tiana blieb stehen und starrte sie an. Die Wölfe verharrten vor ihr auf dem Hang des Hügels. Tiana zwang das Herz, langsam zu schlagen. Viele Menschen waren der Meinung, Wölfe könnten Angst riechen. Die Wölfe starrten zurück. Es waren sechs abgemagerte Tiere mit langem struppigem Fell. Sie kamen Tiana riesig vor. Sie waren dabei, im Schnee zu graben und einen erfrorenen Hirsch freizuschaufeln, doch sie hielten inne, um sie zu beobachten. Tiana überlegte ihre Möglichkeiten.

Sie hatte ihre Pistole und das Messer. Sie würde einen oder vielleicht zwei der Tiere töten können, bevor sie sie zu Boden rissen. Ein Pistolenschuß würde sie vielleicht vertreiben. Sie musterte ihre eingefallenen Flanken. Sie hungerten. Wenn sie erst einmal angriffen, war es unwahrscheinlich, daß sie ihre Attacke abbrachen. Weglaufen konnte sie ihnen nicht, selbst wenn sie so flink war wie ein Reh. Sie hatte die ganze Meute gegen sich.

Sie konnte das dünne Eis durchbrechen und im Fluß schwimmen. Joanna würde jedoch vermutlich sterben, bevor es Tiana gelingen würde, sie wieder aufzuwärmen. Tiana überlegte, ob sie ein Geschirr schnüren und Joanna auf einen hohen Baum hieven und damit in Sicherheit bringen sollte. Doch wenn Tiana getötet wurde, würde das Kind an Unterkühlung sterben. Der Gedanke war so schrecklich, daß er Tiana die Tränen in die Augen trieb. Oder sie konnte einfach weitergehen, als wären die Wölfe gar nicht da.

Wenn David doch jetzt nur fröhlich pfeifend dort oben auf dem Bergrand erschiene. Aber er war zu Hause und lebte in der ruhigen Gewißheit, daß sie so vernünftig sein würde, sich bei diesem Wetter nicht auf den Weg zu machen. *Du müßtest vernünftiger sein, als zu glauben, ich würde vernünftig sein, Geliebter.*

Die Stute rollte mit den Augen und legte vor Angst die Ohren an. Joanna bewegte sich.

»Sind wir zu Hause?« fragte sie.

»Nein. Tochter. Da sind Wölfe, aber sie werden uns nichts tun.« Sie wandte sich an die Stute. »Ich habe einen Zauber. Ich werde uns beschützen.« Dann wandte sie sich den Wölfen zu. »*Gha!* Hört!« sagte sie mit einer Stimme, die so klar war wie die Eisschollen am Saum des Flusses.

Jetzt! Vor mir geht der Seedrache und speit Flammen.
Jetzt! Vor mir geht der Rote Berglöwe und wirft den Kopf in den Nacken.

Mein Name ist Bussard.
Ich bin vom Clan der Long Hairs.

Die Stute beruhigte sich wieder so weit, daß Tiana sie weiterführen konnte. Vielleicht spürten die Wölfe die Furcht des Pferdes, doch dieses Risiko mußte Tiana eingehen.

Die Wölfe trotteten im Gänsemarsch nicht auf Tiana, sondern auf den Pfad zu, dem sie folgen mußte. Etwa vierzehn Meter von dem Pfad entfernt wirbelte das Leittier herum, setzte sich hin und sah die näherkommende Tiana an. Der nächste Wolf tat das gleiche, dann noch einer und ein weiterer, bis alle sechs in einer geraden Linie parallel zum Pfad saßen und Tiana mit leuchtenden Augen und gespannt gereckten Köpfen ansahen. Die schwarzen Kreise um die Augen ließen diese noch größer aussehen und vor menschlicher Intelligenz blitzen. Tiana spürte, wie sich ihr das Haar im Nacken sträubte. Die Wölfe verhielten sich wie geübte Soldaten beim Exerzieren. Tiana hob beim Gehen die Mokassins in die Höhe, um sich nicht den Anschein zu geben, als kämpfte sie sich mühsam durch den Schnee.

Als sie nahe genug herangekommen war, um die grünlichen Farbflecken in den Augen der Tiere und die grauen Schattierungen ihres Fells zu sehen, hob das Leittier die spitze schwarze Schnauze in den Himmel und heulte. Die anderen taten es ihm nach. Dann sahen sie wieder Tiana an, als wollten sie sehen, welchen Effekt ihr Geheul hatte. Tiana warf ebenfalls den Kopf in den Nacken und heulte in den wolkenverhangenen Himmel. Sie fühlte sich wie eine Schwester der Wölfe. Joanna lachte, zupfte am Haar ihrer Mutter und bellte wie ein Welpe, wie sie es manchmal beim Spielen machten.

»›Ja, obwohl ich auf dem Pfad durch das Tal des Todesschattens wandle, fürchte ich nichts Böses, denn Du bist bei mir, Ernährer.‹«

Tiana sprach den Zauberspruch und ging weiter. Die Wölfe ließen sie passieren. Als sie außer Sichtweite war, trotteten die Tiere wieder den Hang hinauf, um weiter an dem Hirschkadaver zu scharren.

Tiana kam in der Abenddämmerung zu Hause an und führte die Stute in die kleine Scheune. Joanna rannte auf dem ausgetretenen Pfad, den David von der Scheune zum Haus gegraben hatte, zu ihrem Vater, während Tiana die Stute abrieb und ihr Futter gab. Es war warm in der Scheune, und die Luft war schwer von den Ausdünstungen der Tiere. Sie streichelte alle und sprach mit ihnen. Sie drehte sich um und sah David in der Türöffnung stehen.

»Es ist gut, wieder zu Hause zu sein«, sagte sie.

»Joanna erzählt mir, du hättest Wölfe gesehen.«
»Ja«, bestätigte sie, als wäre es ohne Bedeutung.
»Sie hätten dich töten können. Du hättest nicht allein zurückkommen dürfen. Du hättest warten müssen, bis dich jemand hätte begleiten können.«
»Freust du dich nicht, mich zu sehen?«
David antwortete nicht. Statt dessen hob er sie mühelos hoch, als wäre sie eine Feder, und warf sie sich über die Schulter. Er trug sie auf der in einen riesigen Baumstamm geschnittenen Leiter nach oben.
»David, was tust du da? Was ist mit Joanna?«
»Sie schläft schon. Und, ja, meine Geliebte. Ich freue mich, dich zu sehen. Freust du dich, wieder bei mir zu sein?«
»Warum bin ich wohl durch den Schnee nach Hause gegangen?«
Er legte sie behutsam in das süß duftende Heu des kleinen Heubodens. Sie legte die blau-weiße Wolldecke und ihren langen blauen Umhang ab und deckte David und sich damit zu. Er öffnete ihre Jacke und Bluse und bedeckte ihre entblößten Brüste mit sanften Küssen. Sie zerwühlte ihm mit den Fingern sein ungebärdiges Haar, das jetzt dunkler war, da er seine Tage nicht in der heißen Sonne verbrachte.
»Wenn du weggehst, ist dieses Haus bis zu deiner Rückkehr ohne Freude.« Murmelnd fuhr er fort: »Ich lebe in der Furcht, dir könnte etwas zustoßen, wo ich dir nicht helfen kann. Sollte das passieren, könnte ich nicht weiterleben. Ich liebe dich mehr als mein Leben.«
Sie schloß die Augen, um die Sinnlichkeit seiner Berührung stärker zu erleben. Sie knöpfte sein schweres Wollhemd auf und strich ihm mit kühlen Händen über seine breite Brust, dann ließ sie ihre Hände unter den Gürtel seiner Hose gleiten. Er stöhnte, preßte sie an sich und vergrub das Gesicht zwischen ihren Brüsten. Die Nacht brach herein, und sie erfreuten sich an Wärme und Weichheit ihrer Körper.
Später legten sie die Arme umeinander und begaben sich ins Haus.
Während Tiana von ihrem Besuch und über das Neueste aus dem Fort erzählte, bürstete David ihr das Haar. Er hielt es und strich es, flocht es zu Zöpfen, die er wieder löste, und ließ seine kräftigen Finger durch die langen Strähnen gleiten. David liebte es, das zu tun, aber er würde nie erlauben, daß ihm jemand dabei zusah.
»Wie geht es deinem Vater?«
»Es scheint ihm besser zu gehen, aber er wird zunehmend schwächer. Es macht mir das Herz traurig, ihn zu sehen.«
»Und deiner Mutter?«
»Sie scheint sich nicht zu verändern. Ein paar graue Strähnen

mehr in ihrem Haar. Ein paar Falten mehr im Gesicht. Sie schickt dir ihre Liebe. Ich habe etwas Besonderes für dich mitgebracht«, sagte Tiana.

»Du hast mir schon den Tabak und den Kaffee gegeben. Was könnte noch besonderer sein als das? Ich habe seit zwei Jahren keinen Kaffee mehr gesehen.«

»Der Kaffee ist in Wahrheit von John. Er hat ihn für dich beiseite gelegt. Kaum bot er den Rest zum Verkauf an, war er schon weg.«

Sie zog ein zusammengefaltetes Blatt Papier aus der Seitentasche ihrer Satteltasche. Sie faltete es auseinander und hielt es hoch. »Sieh mal.«

»Sieht aus wie handgeschrieben«, sagte David. »Aber keine Schrift, die ich kenne.«

»Es ist ein Brief von Mary, geschrieben von Elizabeth.«

»Meiner Tochter Elizabeth?«

»Ja. Sik'wayas neues System funktioniert, es funktioniert wirklich! Ist dir klar, was er getan hat?«

David studierte das Blatt. »Du lieber Himmel, er hat etwas getan, was meines Wissens noch kein Mensch je geschafft hat. Er hat ein Alphabet erfunden.«

»Man nennt es ein Silbenalphabet. Für jeden Laut in unserer Sprache hat er ein Schriftzeichen gemacht. Es gibt sechsundachtzig davon.«

»Kein Wunder, daß er so lange dazu gebraucht hat. Du lieber Gott.« David war überwältigt. »Dein Onkel ist ein Genie!«

»Das glaube ich auch. Soll ich dir den Brief vorlesen?«

»Du meinst, du hast ihn auswendig gelernt?«

»Nein. Sik'waya hat mir das Silbenalphabet beigebracht.«

»Aber du bist doch nur eine Woche weg gewesen.«

»Ich habe es in vier Tagen gelernt.«

»Das ist doch lachhaft.«

»Doch, tatsächlich. Das kann jedes Kind. Alle sind dabei, es zu lernen. Er hat ein ganzes Bündel von Briefen aus dem Alten Land mitgebracht. Er hat ihnen auch dort lesen und schreiben beigebracht. Ist dir klar, was das bedeutet?« Tianas Augen leuchteten vor Aufregung. »Wir können direkt zueinander sprechen, über Hunderte, Tausende von Meilen hinweg.« Sie schüttelte das Blatt Papier. »Es ist, als wären wir stumm gewesen, da so viele von uns Sprache und Schrift des weißen Mannes nicht gelernt haben. Jetzt können wir unsere eigene Sprache schreiben. Dies sind die Worte meiner Schwester. Die Worte deiner Frau.« Bei dieser Formulierung kam sie ein wenig ins Stocken.

»Sie ist nicht mehr meine Frau.«

»Sie sagt, daß sie dich vermißt. Ihr Mann hat sie verlassen, aber sie hat einen neuen Ehemann.«

»Mary ist nie lange ohne Mann geblieben«, sagte David traurig.

»Und, mein Beschützer.« Jetzt kam das, wovor sich Tiana fürchtete. »Sie sagt, Patience und Isabel sind nicht mehr da.«

»Nicht mehr da?«

»Im Nachtland. Masern.« Sie drehte sich zu ihm um, kniete nieder und schlang die Arme um ihn. Er umarmte sie und starrte ins Feuer.

»Ich kenne sie nicht mehr. Ich habe seit fünf Jahren nichts mehr von ihnen gehört. Elizabeth muß jetzt vierzehn sein. Eine Frau.«

»Vater schickt dir das schönste Geschenk von allen.« Sie fand, was sie suchte, in ihrer Satteltasche.

»Ein Buch!«

»Es ist eine Sammlung von Stücken von einem Mann namens Geoffrey Crayon. Er ist über die Maßen komisch. Wir können ein Kapitel am Abend lesen und das Buch den ganzen Winter genießen. Du fängst an.« Sie reichte es ihm. David zog den Stuhl näher ans Feuer und schlug das Titelblatt auf. Tiana saß auf ihrer Decke, legte die Wange auf seinen Schenkel und schlang einen Arm um das Bein.

»In Wahrheit ist dies von einem Schriftsteller namens Washington Irving.«

»Woher weißt du das?«

»Von Zeit zu Zeit bin ich in den Kneipen von Fort Smith. Sein Werk wird dort oft erwähnt.«

»Warum benutzt er nicht seinen wirklichen Namen?«

»Warum schreibst du nicht deinen wirklichen Namen?«

»Weil–« Tiana verstummte verwirrt.

»Vielleicht ist Mr. Irving wie du der Meinung, jemand könnte ihm seine Seele stehlen, wenn man seinen Namen sieht. Geliebte, es ist spät. Du mußt müde sein. Bist du sicher, daß du jetzt lesen willst?«

»Ja.«

Draußen heulte der Wind, und die Wölfe hatten schon längst wieder mit ihrem nächtlichen Choral begonnen. David drehte das dünne Buch in seinen großen Händen. Dann schlug er es wieder auf, behutsam und sorgfältig, um die Bindung nicht zu beschädigen. Er las jedes Wort auf dem Titelblatt laut vor. Dann wandte er sich der ersten Geschichte zu.

»›Die Sage von Sleepy Hollow‹«, las er. »›Aufgefunden unter den Papieren des jüngst verstorbenen reichen Knickerbocker.‹« Dann begann er aus den unglaublichen Abenteuern Ichabod Cranes vorzulesen.

Es war eine lange Geschichte, doch keiner von ihnen konnte aufhören. Als das Feuer heruntergebrannt war, legten sie frische Holzscheite nach und fuhren mit der Erzählung fort.

»›Es war die behexende Zeit der Nacht‹«, las David. Tiana hielt sein Bein noch etwas fester umklammert, als er den stummen Reiter beschrieb, der hinter Ichabod Crane herritt.

> Als er eine Erhebung hinaufritt, welche die Gestalt seines Mitreiters vor dem Himmel reliefartig erscheinen ließ, von gigantischer Größe und in einen Umhang gehüllt, sah Ichabod zu seinem Entsetzen, daß dieser kopflos war! Sein Entsetzen steigerte sich jedoch noch, als er beobachtete, daß der Kopf, der auf seinen Schultern hätte ruhen sollen, vor ihm auf dem Sattelknopf steckte.

»O nein!« Tiana erschauerte. David tätschelte ihr den Kopf. »Deine Phantasie wird dir noch mal zum Verhängnis«, sagte er. »Soll ich aufhören?«

»Nein, nein. Lies weiter. Laß mich nur nicht allein.«

Es war spät, als Tiana das Buch auf ein kleines Regal legte, auf dem schon Seeths Predigerbuch lag. Sie fühlte sich wirklich reich. Sie konnte das Buch herunternehmen und die Geschichte genießen, wann immer sie wollte.

Sie nahm die Wärmpfanne von ihrem Haken an der Wand und füllte sie mit Holzkohle, während David das Feuer mit Asche bestreute. Sie hielt die Pfanne an dem langen Stiel und rieb damit über die Bettlaken, um ihnen die Kühle zu nehmen. Dann legte sie einen mit einem Handtuch umwickelten heißen Speckstein ans Fußende des Bettes und ihre säuberlich zusammengefalteten Kleider daneben. Am nächsten Morgen würden sie und David und Joanna kichern und manchen vergeblichen Versuch unternehmen, um sich in einem Zelt aus ihren Decken anzuziehen. David zog sich sein Nachthemd an und sie ebenfalls. Das Kind würde die ganze Nacht zwischen ihnen schlafen.

Tiana schlief sofort ein. Sie war von dem langen Tag und der anstrengenden Reise erschöpft. David lag wach und dachte an seine Kinder, von denen drei tot waren. Er legte den Arm um seine jüngste

Tochter und seine geliebte Frau. Er strich Tiana über das Haar, das er für die Nacht zu einem langen Zopf geflochten hatte. Sie war voller Zuneigung und intelligent. Sie war eine untadelige Ehefrau und Mutter. Er bezweifelte nicht im mindesten, daß sie ihn liebte. Doch David wußte, daß sie für ihn nicht die gleiche Leidenschaft empfand wie er für sie. *Ich kann Eisen nach meinem Willen formen,* dachte er. *Ich kann es so gestalten, wie ich es wünsche. Doch etwas so Weiches und Zerbrechliches wie ein Herz kann ich nicht verändern.*

35

Der Winter von 1822 war schlimmer als der im Jahr davor. Um den Stürmen zu entfliehen, die über die Plains hinwegfegten, kamen die Bisons bis auf fünfzehn Meilen vor Fort Smith nach Osten. Nachts waren auf dem Exerzierplatz Wölfe zu sehen. Die Tatsache, daß sich Sam Houston ohne Gegenkandidaten als Kongreßabgeordneter für Tennessee bewarb, war am Arkansas fast ohne Bedeutung.

Die Tatsache, daß Andrew Jackson sich um das Präsidentenamt bewarb, zählte da schon mehr. Die Diskussion in den Ratshäusern kreiste um die möglichen Konsequenzen der Tatsache, daß Old Hickory im Präsidentenpalast saß. Beim Wahren Volk herrschte die Ansicht vor, es wäre eine gute Sache. Immerhin hatten sie mit ihm gekämpft. Am Horseshoe hatten sie die Schlacht gerettet. Wenn er bei den Vertragsverhandlungen von 1817 seine üble Laune an ihnen ausgelassen hatte, war das eben nur seine Art.

Wie sehr die Zeit doch die Erinnerung verzerrt, dachte Jack, als er dieses Gerede hörte. Jack verbrachte eine Menge Zeit mit Drum und Arbuckle. Sie saßen an den langen Winterabenden rauchend beisammen, entweder in einem ihrer Häuser oder in der Kneipe, und rösteten sich vor dem Kaminfeuer die Füße. Sie lauschten dem Wind, der ums Haus pfiff, und hörten Jack in langen, seinen ganzen Körper erschütternden Anfällen husten. Endlich kam der Frühling, als schon jeder meinte, er werde sich nie einstellen. Die Abhänge der Hügel waren mit weißen Hartriegelblüten bedeckt. Von den riesigen Eichen baumelten lange goldene Quasten. Die Weißdornbäume waren mit weißen Blütenkelchen übersät. Die Lichtung auf dem nächsten Hang war von einem Blumenteppich bedeckt. Zugvögel lärmten wie rasend in den Bäumen. An der weißen Brust eines Fischadlers, der hoch oben am Himmel seine Kreise zog, blitzten reflektierende Sonnenstrahlen auf.

Die Wälder schienen vor Leben zu vibrieren. Vor einem Monat hatten Tiana und Joanna den Balzruf des tanzenden und sich spreizenden Waldschnepfenmännchens gehört. Jetzt sahen sie es in immer größeren Kreisen am Abendhimmel aufsteigen. Das unheimliche, flatternde Rascheln seines Flügelschlags in der Abenddämmerung hatte Tiana zunächst erschreckt, doch in den letzten zwei Jahren hatte sie begonnen, ihm zu lauschen.

Adoniram erschien in Tianas Haus am Frog Bayou, um seinen Anteil an dem Roheisen abzuholen, das David aus der Garnison mitgebracht hatte. Er blieb mit Shinkah ein paar Tage zu Besuch. Er half in der Schmiede und begann an Aufträgen zu arbeiten, die bis zum Eintreffen des Eisens hatten warten müssen, während David und Tiana sich einen freien Nachmittag gönnten. Sie hatten das alte Kutschpferd genommen und waren zum Schwimmen zu ihrem zwei Meilen entfernten Lieblingstümpel geritten.

Little Chief und Joanna galoppierten auf Steckenpferden durch das hohe Gras auf dem Hof. Little Chiefs Kopf war mit Ausnahme von drei Haarstreifen auf dem Scheitel und einer Locke, die ihm am Hinterkopf baumelte, glattrasiert wie bei einem Osage-Kind. Shinkah behielt die Kinder im Auge, als sie im Garten Unkraut jätete.

Ihre stämmigen nackten Füße lugten unter dem staubigen Saum ihres Kleides aus selbstgewebtem Stoff hervor. Sie hatte sich nach Cherokee-Art ein Tuch um den Kopf geschlungen, damit ihr das Haar nicht in die Stirn fiel. In der Nacht hatte es heftigen Wind gegeben, so daß sie bei der Arbeit stumm einen von Tianas einfachen Zaubersprüchen rezitierte, damit sich die Pflanzen wieder aufrichteten. *Hier, ich habe dich gerade auf der Erde liegend vorgefunden. Ich glaube, du wirst bald wieder aufrecht stehen.*

Sie pflückte eine Gottesanbeterin von einer der Pflanzen und rief die Kinder. Sie kniete in der warmen Erde, damit sie sie sehen konnten.

»Diese Gespenstheuschrecke ist einer der weisen kleinen alten Männer. Sie kann euch erzählen, wo die kleinen Brüder, die Bisons, sind.«

»Wie?« fragte Joanna.

»Quetsch sie hier in der Mitte, ganz sanft. So.« Als sie den Unterleib des Insekts leicht preßte, drehte es den Kopf. »Die Bisons sind dort.« Shinkah zeigte in die Richtung, in die das Insekt blickte.

»Aber das ist doch das Sonnenland«, protestierte Little Chief. »Da gibt es keine Bisons.«

»Hältst du das Tierchen vielleicht für einen Singvogel, einen Lügner?«

»Tante«, sagte Joanna. »Sieh mal.«

Als Shinkah sich umdrehte, erkannte sie Bad-Tempered Buffalo. Sie hielt die Hand mit der Handfläche nach außen hoch und lächelte. Ein weiterer Krieger tauchte hinter dem eineinhalb Meter hohen Holzstapel auf wie ein Geist. Bevor Shinkah etwas sagen konnte, bohrte sich ihr ein Pfeil in die Brust.

Vier weitere Männer in Kriegsbemalung mit Federn, die auf den Kämmen ihrer rasierten Köpfe hüpften, glitten lautlos in die Scheune mit der Schmiede. Sie spalteten Adoniram und Mitchell Goingsnake den Schädel, bevor einer von ihnen hatte zur Waffe greifen können. Sie verstümmelten die Körper der Männer und skalpierten sie. Der Krieger, der auf Shinkah geschossen hatte, versetzte ihr einen Fußtritt und kam zu dem Schluß, daß sie tot war. Er skalpierte sie und hängte sich die tropfende Trophäe an den Sattelgurt seines Pferdes.

Die Osage liefen von Gebäude zu Gebäude und nahmen sich, was sie brauchen konnten, und zerstörten, wofür sie keine Verwendung hatten. Bad-Tempered Buffalo erkannte Little Chiefs Haarschnitt und zog ihn zu sich aufs Pferd. Das Kind zappelte und kämpfte, doch Bad-Tempered Buffalo band es hinten auf seinem Pferd fest.

Ein weiterer Krieger packte Joanna. Er hob sie an den Fußknöcheln hoch und betrachtete sie einen Augenblick. Sie schrie auf, als sie mit aller Kraft gegen die Baumstämme der Hauswand schmetterte. Immer wieder holte er aus, bis ihr Schädel zertrümmert war. Dann schleuderte er ihren Leichnam weg und bestieg sein Pferd.

Die anderen vier Männer warfen Bündel brennenden Heus in das Haus, die Scheune und die anderen Nebengebäude sowie auf die Dächer. Sie verstreuten die Holzkohle in der Schmiede, bis auch sie zu brennen begann. Dann zündeten sie die Heuschober an. Nach wenigen Minuten waren die Männer verschwunden. Dicker schwarzer Rauch quoll auf und trieb über die Hügel der Umgebung.

David und Tiana hatten gebadet und sich geliebt. Sie zogen sich langsam an, als Tiana schnupperte.

»Ich rieche Rauch«, sagte sie.

»Einen Hauch davon«, erwiderte David.

Sie beeilten sich und saßen auf. Sie traten dem Pferd in die Flanken, das daraufhin behäbig zu traben begann. Als sie die Farm entdeckten, kämpfte Tiana mühsam ihre Panik nieder. Der Rauch war so dick, daß kaum zu sehen war, was brannte, aber der gesamte Hügelkamm schien in Flammen zu stehen. Sie ritten den Hang zur Schmiede hinauf, dem nächstliegenden der Gebäude.

»Lieber Gott im Himmel«, flüsterte David.

Tiana warf einen Blick in den brennenden Schuppen und sah die Überreste von Adoniram und Mitchell. Sie würgte und schmeckte Gallenflüssigkeit im Mund. Tief in der Kehle begann sie zu wimmern. David saß ab und rannte auf das Haus zu.

»Joanna!« rief er. »Shinkah! Joanna!« Die einzige Antwort war das Knistern des Feuers, als die Flammen das trockene, abgelagerte Holz der Gebäude verschlangen. Aus den Heuschobern stiegen Schauer brennenden Strohs in die Luft auf. Tiana spürte die pulsierende Hitze am Gesicht, als sie das Pferd auf das Haus zuführte. David winkte ab, doch sie ging weiter. Er packte ihren Oberarm mit einem Griff, der ihr einen zuckenden Schmerz durch die Schulter jagte.

»Geh zu den Goingsnakes und hol Hilfe.«

»Aber Joanna, Shinkah.« Sie versuchte sich freizumachen, um dem Arm Erleichterung zu verschaffen. David packte sie nur noch fester und schüttelte sie.

»Geh!« Er schrie es ihr ins Gesicht. Seine braunen Augen waren plötzlich die eines Fremden. Tiana stand benommen da, bis er sie den Hügel hinunterschob. Sie stolperte und fiel hin, alle viere von sich gestreckt. Als sie aufstand, sah sie, wie er sein Hemd auf etwas legte, das Pferd bestieg und auf dem Pfad davongaloppierte, der nach Westen führte. Er ritt allein hinter dem Kriegertrupp her.

Tiana kam auf die Beine und stand verwirrt da, bis der Rauch sich in der Nähe des Gartens kurz lichtete und sie Shinkahs Leichnam sah. Die Hitze des brennenden Holzes war wie eine Mauer, die sie davon abhielt, zu ihr zu gehen. Die Hitze hatte Shinkahs Kleider versengt, und das, was noch von ihrem Haar übrig war. Tiana packte sie an den Fesseln und zog sie von dem Feuer weg. Dann kniete sie über ihr.

»Schwester!« rief sie. »Kannst du mich hören?« Auf Shinkahs Kopf glitzerte zähflüssiges rotes Blut. Gesicht und Brust waren damit bedeckt. Weil man ihr den Skalp abgeschnitten hatte, hingen ihre Wangen grotesk nach unten. Aus ihrer Brust ragte immer noch der Pfeil. Zu erschüttert, um klar zu denken, zerrte Tiana vergeblich an dem Schaft. Sie versuchte fieberhaft, sich an die richtigen Zauberformeln zu erinnern, mit denen sie Shinkah helfen konnte. Sie waren jedoch wie aus dem Gedächtnis ausradiert.

»Großmutter Sonne«, rief sie. Sie blickte hoch, als könnte vom Himmel kommen. »Ihr Großen Zauberer! Helft mir. Laßt sie nicht sterben!«

Shinkah hob eine Hand leicht in die Höhe und ließ sie fallen. Ihre Lippen bewegten sich. Tiana beugte sich über sie, um sie durch den Lärm des Feuers zu hören.

»Bad-Tempered Buffalo«, murmelte Shinkah. »Hat Little Chief mitgenommen.«

»Ich werde dich heilen«, sagte Tiana schluchzend.

»Ich bin auf dem Pfad zu den Mo'n'ha, den Felsen, Mutter. Wahkon-dah führt mich bei der Hand«, flüsterte sie. »Adoniram? Tot?«

»Ja, Schwester.« Tiana sah sich wild um. »Joanna? Wo ist Joanna?« Doch Shinkahs Geist hatte sie verlassen. Sie war tot.

Tiana bemühte sich, wieder klar zu denken und zu entscheiden, was zu tun war. Wenn sie Hilfe holte, würden sich die Geier und Krähen und Ameisen über den Leichnam ihrer Schwester hermachen und sie zerfetzen, wenn das Feuer erstarb. Der bloße Gedanke war ihr unerträglich.

Mit Shinkahs Hacke schob sie die Leiche so dicht wie möglich an den Heuschober. Sie nahm Holzscheite und Anmachholz von dem Holzstapel und warf sie auf den Leichnam. Sie bedeckte den Kopf der Toten mit ihrem Rock und zog mit der Hacke brennendes Heu aus dem Schober und schob es auf das Holz. Dieses fing Feuer und flammte auf, bis Tiana nur noch eine von Shinkahs Händen sehen konnte. Mit der Spitze der Hacke schob Tiana die Hand ins Feuer.

Mit dem Laut ihres pochenden Herzens in den Ohren ging sie langsam dorthin, wo Davids Hemd lag. Unter dem Saum ragte ein winziger Fuß hervor. Mit einem Wimmern hob Tiana das Hemd mit der Hacke hoch. Sie erkannte Joanna nur an ihrem blutigen Kittel. Völlig benommen ging Tiana in den Garten zurück und hob eine Schaufel auf. Ohne auf die herumfliegenden glühenden Funken und die Hitze des brennenden Hauses zu achten, trat sie über den niedrigen schmiedeeisernen Zaun um Gabriels Grab herum. Sie begann, neben dem Grab methodisch zu graben.

Mitchell Goingsnakes Vater und sein älterer Bruder sowie James Rogers und einige andere Männer aus der Gegend um Fort Smith fanden sie, als sie mit der Grube fast fertig war. Sie hatte Joannas

Leichnam in Davids Hemd gehüllt und stand mit der Kleinen auf den Armen da. Die Luft war erfüllt von dem Geruch röstenden Fleisches in der Schmiede und dem Heuschober. Sie sah James ausdruckslos an, als er einen Arm um sie legte. Ihre großen dunklen Augen waren rotgerändert. Die Tränen hatten auf dem Ruß und dem Staub auf ihrem Gesicht Spuren hinterlassen. Das Haar stand ihr wirr vom Kopf.

»Schwester, mein Herz weint um dich.« James wußte nichts Besseres zu sagen, um sie zu trösten. »Wir sind gekommen, um dich zu warnen. Bad-Tempered Buffalo ist in der Gegend aufgetaucht.«

Er berührte das Bündel, das sie im Arm hielt. »Deine Tochter?« Tiana nickte. Er machte eine Bewegung, als wollte er ihr das Bündel abnehmen, doch sie preßte es noch fester an sich und wandte sich halb ab. »Begrab sie, Schwester«, sagte James. »Wir werden warten.« Tiana fiel auf die Knie. Sie senkte den Leichnam behutsam in die kleine, tiefe Grube und begann, mit den Händen Erde ins Grab zu schaufeln. James nahm die Schaufel und half ihr.

»Wo ist David?« fragte er. Sie nickte in Richtung Westen. Sie stand auf und ging an den Männern vorbei ruhig nach Osten. James ließ sie gehen. Er wußte, daß sie allein sein wollte, um ihr Kind zu betrauern.

Aus dem Wald, in den sie verschwunden war, ertönte ein Wehklagen, das den Männern kalte Schauer über den Rücken jagte. Ihm folgte ein zweiter Schrei, dann noch einer und wieder einer. Unterdessen stürzten die Stämme von Haus und Scheune krachend zusammen und schickten Schauer glühender Funken in den Himmel.

36

Major Woolley war außer sich vor Zorn, als er in Arbuckles Büro stürmte. »Haben Sie gesehen, wie sie diesen alten Mann herausgeputzt haben?« rief er.

»Ich weiß, was er anhat, ja«, erwiderte Arbuckle mit einem geduldigen Seufzen. Er hatte dies schon erwartet. Wenigstens war Woolley konsequent.

»In dieser Uniform können wir ihm kein Begräbnis mit militärischen Ehren geben. Es ist eine britische Uniform, um Gottes willen. Es ist gegen die Bestimmungen.«

»So will ihn Mrs. Rogers aber beerdigt sehen. So wird er auch beerdigt werden, mit vollen militärischen Ehren. Hier. Heute nachmittag.« Arbuckle zog seine kugelrunde Taschenuhr hervor. »In etwa zehn Minuten.«

»Sie können nicht –«

»Woolley.« Arbuckle stand auf, nahm seine geteerte Soldatenmütze vom Haken und drückte sie sich auf den Kopf. Er knöpfte seinen Paraderock zu, den einen, der nicht geflickt und nur an Kragen und Manschetten ein wenig ausgefranst war. Er band sich seine purpurne Schärpe um die Taille. »Woolley, stecken Sie sich Ihre Bestimmungen in den Hosenboden neben Ihr Gehirn. Dort müßte noch viel Platz sein.« Als er an seinem Stellvertreter vorbeimarschierte, blieb er kurz stehen, um sich die Spitze jedes Stiefels an dem anderen Hosenbein zu polieren. Dann zeigte er mit einem schmalen Finger auf Woolley.

»Ich habe Ihre unerträgliche Beschränktheit ertragen, und ebenso, daß Sie die Moral der Offiziere untergraben. Ich habe das ertragen, weil sich hier draußen selbst ein unfähiger Offizier nur schwer ersetzen läßt. Sollten Sie aber etwas unternehmen, um diese Beisetzung zu verhindern oder zu beeinträchtigen, werde ich dafür sorgen, daß Sie in das neue Ausbildungslager am Kiamichi River versetzt werden. Und ich werde dafür sorgen, daß Sie dort bleiben, bis die Hölle einfriert und der Teufel Ablaßbriefe verkauft.«

Woolleys Mund klappte zu. Arbuckle war fähig, es zu tun. Hinter diesem aufgeschlossenen, scheinbar unbekümmerten Äußeren steckte byzantinische Schlauheit.

Colonel Arbuckle ging in den grauen Nachmittag hinaus. Er schloß sich den Rogers' an, die sich um zwei Särge aus unbehandelten Kiefernbrettern drängten. David Gentrys Sarg war schon verschlossen. Seine Witwe stand daneben. Die Gruppe, die hinter dem Kriegstrupp der Osage hergeritten war, hatte Davids Leichnam am Vortag hergebracht. Doch obwohl David seinen Schwiegervater zum Gottesdienst auf dem Friedhof begleiten würde, würde er dort nicht seine letzte Ruhe finden.

Sein Sarg würde auf einen Wagen geladen werden, denn Tiana bestand darauf, ihn zu dem Hügel zurückzubringen, auf dem er gelebt, gearbeitet und geträumt hatte. Sie würde ihn mit dem Gesicht zum Sonnenland hin begraben; dort würde er mit seinen Kindern schlafen. Sie wollte ihn nicht in einem Soldatengrab wissen. Arbuckle erinnerte sich an ihren Gesichtsausdruck, als sie ihm erzählte, ihr Mann sei ein Krieger, aber kein Soldat. *Das gleiche könnte man auch von ihr sagen*, dachte er. *Der alte Hellfire war immer besonders stolz auf sie.*

Arbuckle warf einen letzten Blick auf seinen Freund, bevor der Sargdeckel festgenagelt wurde. Jennie hatte Jack in seine uralten Tartans gekleidet, in die Uniform des 71. Hochlandregiments. Sie hatte ihm seine Feldflasche und den Dolch, seine Patronentasche und das Pulverhorn in den Sarg gelegt. Sein rostiges Bajonett und die Streitaxt hingen an Ösen an seinem Bajonettgürtel. Sie hatte den Gürtel mit Ruß eingerieben, um ihn wieder schwarz zu machen.

Das einzige, was nicht zu seinem Totenhemd paßte, waren die Mokassins über dem karierten Stoff der Hochländer. Seine Uniformstiefel hatten schon längst ausgedient. Jennie hatte seine grauen Haarsträhnen im Nacken zu einem säuberlich gekämmten Schwanz zusammengebunden und ihm seine runde schwarze Wollmütze mit dem Plaidband schief auf den Kopf gedrückt.

Seine Kinder defilierten am Sarg vorbei und legten ihm weitere Stücke seiner alten britischen Uniform hinein. Tiana legte ihm sein Rehamulett und seinen verrottenden Tornister hinein. Die anderen Kinder legten seinen Krätzer dazu, Tabak, eine Flasche mit seinem besten Whiskey – von dem letzten Faß, das er gebrannt hatte – sowie Geschenke, Schmuck und Kleidungsstücke. Er würde sie auf seiner Reise ins Nachtland brauchen. Jennie trug seine Brown Bess, Modell 1770, in den Armen. Das Gewehr war fast anderthalb Meter lang. Sie legte es behutsam neben die Leiche.

Tiana besaß nichts von David, was sie ihm in den Sarg legen konnte. Alles, was sie besaßen, war zerstört worden. Sie hatte nicht die Zeit gehabt, ihm rechtzeitig zur Beerdigung neue Kleider zu nähen. Der Sommer kam früh am Arkansas. Die Hitze ließ besondere Gefälligkeiten nicht zu. Sie hatte ihm ihren kleinen Beutel mit kostbarer Medizin in die Hand gelegt.

»Das ist alles, was ich habe, um dich auf deiner Reise zu beschützen«, hatte sie ihm zugeflüstert. »Das und meine Tränen und meine Liebe.« Dann hatte sie sich ihr langes Haar zu einem einzigen Zopf geflochten, der ihr auf den Rücken hing. Sie hatte ihr Messer genommen und den Zopf in der Höhe des Halses durchschnitten. Sie band ein rotes Band um jedes Ende und legte ihn neben den Leichnam. Er erstreckte sich von seiner Schulter bis zu den Knien. Dann wurde Davids Sarg geschlossen. Außer Tiana, Arbuckle und den Männern, die ihn hergebracht hatten, hatte niemand Davids verstümmelte Leiche gesehen.

Der Zimmermann der Garnison schloß den Deckel auf Jacks Sarg und vernagelte ihn. Jacks Söhne und Schwiegersöhne hoben ihn sich auf die Schultern. Die Trommeln begannen mit einem dumpfen, stetigen Laut auf den gelockerten Trommelfellen. Die Männer des Forts traten kompanieweise an. Ihre Standarten flatterten in dem stärker werdenden Wind.

Arbuckle hatte Angehörige der Kompanie C ausgewählt, um die Särge zu geleiten. Kompanie C bestand überwiegend aus den Überresten des handverlesenen Schützenregiments, welches das Fort erbaut hatte. Sie waren jetzt die Veteranen, der Adel der Garnison. Auch ohne das goldene C auf den Uniformröcken konnte man sie an ihrem weltentrückten Gehabe erkennen, als sie auf dem Gelände herumschlenderte. Jetzt standen sie in Habtachtstellung da.

Die drei jungen Trommler hatten ihre mitgenommenen alten Instrumente für die Beerdigung frisch bemalt. Große weiße Sterne glitzerten auf den leuchtenden marineblauen Seiten. Als die Trommler und Pfeifer hinter der Eskorte warteten, flatterten ihre weißen Federbüsche im Wind. Tiana war gerührt, welche Mühe Arbuckle sich gegeben hatte. Er ahnte aber nicht, wie sehr seine Freundlichkeit für Jacks Familie alles noch schwieriger machte.

In der privaten Umgebung ihres Zuhauses hätten Jacks Witwe und die Kinder ihre Trauer hinausschluchzen können, wie es beim Wahren Volk üblich war. Doch dieses sechs mal zwei Meilen große Rechteck war Territorium der Vereinigten Staaten. Hier herrschten die Sitten der Weißen. Gefühlsäußerungen waren fehl am Platz.

Schließlich begab sich James an die Spitze der Eskorte. Sein Kilt wehte ihm um die Knie. Er trug die Tartans seines Urgroßvaters, das rotblaue Kriegsplaid des Grant-Clans. Und er trug den Dudelsack. Dessen Pfeifen übertönte den Lärm der flatternden Flaggen und des Windes, der stöhnend um die Ecken der langgezogenen Baracken fuhr. James und die Eskorte schritten zu den Klängen des langsamen Trauermarsches »Roslin Castle« dahin, der von dem Dudelsack gespielt wurde. Sie marschierten im Takt mit dem hohlen Dröhnen der Trommeln.

Tiana versuchte, sich auf die Musik zu konzentrieren, auf die Gesichter, auf die im Wind tanzenden Blätter. Sie sah zu den grauen

Wolken hoch, die am Himmel dahinhuschten. Sie versuchte sich auf alles zu konzentrieren außer darauf, wie David ausgesehen hatte, als sie ihn zum letzten Mal sah.

Ihre Brüder und Arbuckle hatten versucht, sie davon abzuhalten, noch einmal in den Sarg zu blicken.

»Meine Liebe«, sagte Arbuckle. »Es passierte mehrere Tage, bevor die Kundschafter ihn fanden. Sein Leichnam war den Elementen und den wilden Tieren preisgegeben. Und die Osage . . . sie haben mit ihm gemacht, was sie meist mit Feinden tun.« Er erwähnte nicht, daß David wahrscheinlich nicht schnell gestorben war.

»Ich weiß Ihre Fürsorge zu schätzen, Colonel«, hatte Tiana gesagt. »Aber ich muß ihn sehen. Sonst werde ich mich immer fragen, ob er wirklich tot ist.«

Oh, er ist wirklich tot, Miss, dachte Arbuckle. Doch er trat zur Seite und ließ Tiana den Sargdeckel hochheben. Er machte sich bereit, sie aufzufangen, falls sie in Ohnmacht fiel. Als sie in den Sarg starrte, wich die Farbe aus ihrem Gesicht. Sie schwankte, aber sie fiel nicht. Nachdem sie David etwas in den Sarg gelegt und sich das Haar abgeschnitten hatte, schloß sie den Sargdeckel mit übertriebener Vorsicht.

»Danke Ihnen, Colonel«, sagte sie. »Sie sind sehr liebenswürdig gewesen.« Dann verließ sie das Büro erhobenen Hauptes.

Jetzt aber wurde sie von Davids Gesicht heimgesucht. Es war schrecklich, ihn sich so vorzustellen, wie sie ihn soeben gesehen hatte. Doch noch schlimmer war es, ihn sich so vorzustellen, wie sie ihn in Erinnerung hatte, lachend und singend, wie er sie in den Armen hielt. Sie hörte Drums wenige einfache Worte und Arbuckles Nachruf, als wären es bloße Geräusche, die nicht mehr Bedeutung hatten als der Wind. Während James »The Minstrel Boy« spielte, defilierten Freunde und Verwandte an dem offenen Grab vorbei und ließen weitere Geschenke auf den Sarg fallen. Sie hofften, Jack würde die Geschenke zu ihren geliebten Angehörigen mitbringen, die sich schon im Nachtland befanden.

Drum stellte sich neben Tiana.

»Geliebter Vater, warum müssen gute Menschen so schrecklich sterben, und warum leben böse Menschen, um sie zu töten?«

»Wenn ich das wüßte, Tochter, wäre ich so weise wie die Unsterblichen.« Die ersten Erdklumpen landeten klatschend auf dem Sargdeckel. Der Sechspfünder begann zu feuern. »Du bist im Haus meiner Frau willkommen«, sagte Drum zwischen den Salutschüssen.

»Ich danke dir. Mutter und ich werden mit John und Elizabeth erst mal in ihrem Haus bleiben.« Tiana machte eine Pause und sagte dann: »Warum ist dies passiert, Onkel? Du und Ulisi und The One Who Walked To Ghosts haben mir immer erzählt, ich besäße Magie, Macht für das Gute.«

»Manchmal funktioniert die Magie nicht«, erwiderte Drum traurig.

Als die Soldaten eine Kehrtwendung gemacht hatten und sich im Laufschritt zu den Baracken zurückbegaben, begannen Jennie und die anderen Frauen mit dem Wehklagen. Drum hockte sich an den Rand des Erdhügels hin. Er zog sich seine Decke über den Kopf und stöhnte. Tiana kniete neben ihm. Sie verschränkte die Arme auf der Brust und beugte sich vornüber, bis der Kopf die Erde berührte. Sie versuchte, ihr Leid in sich zu verschließen.

Tiana stand in der Tür des kleinen Schlafzimmers im Obergeschoß. Jennie hatte John, James und Charles angewiesen, das alte Bett der Mädchen für Tiana nach oben zu bringen. Jetzt betrachtete sie es durch einen Schleier von Tränen. Es schien kleiner zu sein, als sie es in Erinnerung hatte. Sie durchquerte den Raum und setzte sich darauf und strich die fadenscheinige Decke mit der Hand glatt.

Sie kannte diese Bettlaken aus ihrer Kindheit. Wenn das Bettzeug in der Mitte so dünn wurde, daß es sich nicht länger flicken ließ, nähte Jennie die äußeren, weniger empfindlichen Teile von zwei Tüchern zusammen. Tiana kannte jeden Fleck und jede Verfärbung, jede Unregelmäßigkeit von Großmutter Elizabeths Geweben.

Einen kurzen Moment lang glaubte sie, die letzten fünf Jahre wären gar nicht gewesen. Vielleicht konnte sie die Trauer aus ihrer Erinnerung ausradieren, wenn sie sich auf das Bett und ihre Kindheit konzentrierte. Dann brachte ein Duft von Rauch alles mit solcher Intensität zurück, daß sie erschauerte und zu schluchzen begann. Sie vergrub den Kopf in dem Federkissen, um dem Rest der Familie keinen Kummer zu machen. Jennie weinte bei dem kleinsten Anlaß los.

John und James waren dabei, alles zu verbrennen, was ihrem Vater gehört hatte. Jennie bestand darauf. Wenn sie seinen Habseligkeiten erlaubten, im Haus zu bleiben, würde seine Seele zögern, sie zu verlassen. Er würde unfähig sein, in das Land der Toten zu reisen. Tiana hatte den Rauch vom Feuer auf dem Hof gerochen. Sie weinte, bis James behutsam an die Türfüllung klopfte.

Er setzte sich neben Tiana und strich ihr über das kurzgeschnittene

Haar. Sie richtete sich auf, und er gab ihr ein Taschentuch, damit sie sich Augen und Nase putzen konnte. Sie weinte zwar weiter, jedoch stiller. Ihr Haar stand ihr in dunklen Wolken um das schöne Gesicht. Sie lehnte sich an James, und er legte den Arm um sie.

»Du mußt heute abend zum Tanz kommen«, sagte er.

»Ich kann nicht.«

»Du mußt. Die Menschen haben ihn geplant, um uns aufzuheitern.« Sie wußten beide, daß jüngst verstorbene Seelen ihre geliebten Angehörigen ins Nachtland mitzulocken versuchten. Trauer und Erinnerungen an die Toten konnten die Lebenden dazu bringen, langsam zu verdämmern. Es war wichtig, daß Jacks und Davids Familien abgelenkt wurden.

»Ich habe nichts anzuziehen.«

»Doch, das hast du.« James ging hinaus und kam mit einem riesigen Kleiderbündel wieder. »Die Leute sind schon den ganzen Tag hergekommen, um dir Geschenke auf die Veranda zu legen – Körbe, Gerätschaften, Kleidung, Lebensmittel. Sie wissen, daß du alles verloren hast. Es ist bestimmt ein Kleid dabei, das dir paßt.«

»Bruder«, sagte Tiana plötzlich. »Wie sieht es jetzt in dem Alten Land aus?« Sie hielt den Atem an und zwang sich mit einer Willensanstrengung, nicht mehr zu weinen, damit sie sprechen konnte.

»Ich habe dir erzählt, daß das Land jetzt von Weißen besiedelt wird. Und daß du dir nicht wünschen wirst, unser altes Haus zu sehen. Es würde dich nur noch trauriger machen. Die Angehörigen der Sieben Clans werden ständig von der Regierung bedrängt, die sie dazu bringen will, ihre Häuser zu verlassen.«

»Wenigstens bringt die Regierung sie nicht um.«

»Noch nicht.« Es lag ein Anflug von Bitterkeit in James' Stimme.

»Ich weiß, daß ich nicht zu der Farm am Rogers Branch zurückgehen kann. Aber es muß doch Dörfer geben, in denen die Menschen immer noch nach unserer alten Weise leben. Es muß bessere Orte geben als diesen. Hier gibt es nur Tod.«

Sie ging zu dem winzigen Fenster mit der Aussicht auf den Platz vor dem Haus. Die Menschen aus Hiwassee kamen aus allen Himmelsrichtungen zusammen. Sie würden unter den Bäumen kampieren und und die nächsten Tage feiern und tanzen, um den Rogers' über ihren Kummer hinwegzuhelfen. Behutsam führte James Tiana nach unten, damit sie an den Festlichkeiten teilnahm.

Am Ende der ersten durchtanzten Nacht hatte sich die Trauer in Tianas Herz durch die Liebe, von der sie umgeben war, ein wenig gelegt. Sie war von den Gesichtern ihrer Freunde umgeben, die zu dem beständigen Dröhnen der Trommeln lachten und scherzten und sangen. Die verschlungenen Reihen der Tänzer bewegten sich in einem anmutigen Rhythmus miteinander und mit der Welt.

Tiana konnte spüren, wie die Macht der Gruppe größer wurde, als sich immer mehr Tänzer den Reihen anschlossen und ihre Tanzschritte dem schneller werdenden Takt der Trommeln anpaßten. Als die Tanzenden im Kreis von Ost nach West schwebten, schienen sie das Muster des Lebens neu zu bestätigen und zu akzeptieren. Sie feierten den Lebenszyklus von der Geburt bis zum Tod. Tiana hatte das Gefühl, als würde ihr Herz im Takt mit allen Anwesenden pochen. Und jeder einzelne Mensch war so stark wie alle zusammen.

Zwischen den Tänzen streckten die Menschen die Arme aus, um Tiana zu berühren und mit ihr zu sprechen, um ihr Geschenke zu geben oder ihr zu sagen, wie sehr sie ihren Mann, ihren Vater und ihr Kind vermissen würden. Doch nach und nach begann Tiana auch andere Dinge zu hören. Die jungen Männer murmelten etwas von Rache und gelobten, die Knochen der Toten zu schützen. Der Glaube, eine ungerächte Seele könne nicht in das Nachtland gelangen, war immer noch stark.

Vielleicht taten Tiana all diese Dinge gut. Zorn ließ sie die Trauer vergessen. Sie nahm den zeremoniellen weißen Schwanenflügel aus einem der zugedeckten Körbe, die aus dem Ratshaus herübergebracht worden waren, und schritt zur Mitte der Tanzfläche. Sie hielt sich den Flügel über den Kopf und wandte sich in alle Richtungen, bis alle still wurden.

»Kinder«, sagte sie mit lauter Stimme. Der Kummer hatte seinen Würgegriff um ihre Kehle gelockert. Sie trug ihre Ansprache in einem Singsang vor und verlieh dieser Macht, in dem sie die Zeilen wiederholte. »Ihr habt die hier Geliebte Frau genannt. Ihr habt sie gebeten, das heilige Schwarze Getränk zu mischen, das euch reinigt. Sie bittet euch jetzt, ihrer Ansprache zu lauschen.

Eure Schwestern sind es leid, ihre Babys auf einer Hüfte und ihre Pistolen auf der anderen zu tragen. Eure Mütter weinen, wenn sie sehen, wenn man ihre Söhne als kalte Leichname zu ihnen zurückträgt, wenn ihr Geist dorthin verschwunden ist, wohin sie ihm nicht folgen können. Eure Mütter und Schwestern wollen nicht, daß immer und immer weiter getötet wird. Sie wollen keine Rache. Die hier, der der Krieg ihren geliebten Mann und ihr Kind genommen hat, will keine Rache. Sie will Frieden. Sie will den Frieden jetzt. Sie will ihn für immer. Sie ist jetzt zu euch gekommen, um nur Frieden von euch zu erbitten. Das kann doch nicht so schwierig sein, meine Kinder.« Sie zitterte, als sie sich setzte und Drum ihren Platz einnahm.

»Die Alten hier, die mit Grau auf den Köpfen und Erinnerungen im Herzen, erinnern sich an meinen Bruder Skatsi, den Schotten. »Drumsard‹. Sie wissen, daß seine Haut weiß, seine Seele aber rot war. Sie haben seinem klugen Rat oft gelauscht. Sie erinnern sich an seine Tapferkeit in dem Krieg zwischen den Rotjacken und den Amerikanern. Er fürchtete sich nie davor zu kämpfen.

Doch als seine Söhne erwachsen wurden, begann er, mit den Augen eines Vaters zu sehen. Er sagte, er wolle seine Söhne nicht sterben sehen. Er wollte nicht, daß ihre jungen Körper verwesten. Er wollte nicht, daß sie zu den Blumen des Waldes würden, von denen er sang, zu den jungen Männern, die in der Schlacht sterben.

Die Alten hier erinnern sich noch daran, wie Skatsi sang. Wir haben seine Lieder nicht immer verstanden, aber wir wußten, daß sie gut waren, weil er Güte im Herzen hatte. Er war ein Leben lang mein Bruder. Mein Herz wird weinen, bis ich im Nachtland bei ihm bin.« Drums Stimme brach, und er setzte sich mit geneigtem Kopf.

Der Ausrufer des Abends umkreist den leeren Raum und kündigte die Sänger der nächsten Darbietung an und denjenigen, der den Tanz anführen würde. Tiana spürte, wie die Traurigkeit sie wieder befiel, und verließ den Tanzplatz. Sie wollte eine Zeitlang allein sein. Großmutter Sonne würde bald aufgehen.

Eine Frau hielt eine dünnne, geflickte Decke, die sie sich um die Schultern gelegt hatte, mit beiden Händen umklammert und starrte Tiana auf die Brust. Tiana seufzte. Sie spürte die Besorgnis hinter dem teilnahmslosen Blick. Sie hatte diesen Blick schon früher gesehen, bei anderen Frauen, die genauso auf dem Hof ihres Hauses gestanden hatten.

Die Frau machte mit dem Kopf ein Zeichen. Tiana folgte ihr in den tiefgrauen Morgen.

Ohne ein Wort begann die Frau schnell loszulaufen. Tiana mußte sich beeilen, um mit ihr Schritt zu halten, obwohl die Frau viele Zentimeter kleiner und viele Pfunde schwerer war. Sie gingen sechs Stunden lang. Die Sonne war längst aufgegangen, als sie schließlich an dem kleinen Blockhaus ankamen, das in einem tiefen, schmalen Tal versteckt lag. Der Geruch nach Skunk hing in der Luft, und Tiana bemerkte ein frisches Grab neben dem Haus. Der Skunkkadaver verweste über dem Türsturz, um Krankheiten fernzuhalten. Doch diese Medizin hatte offensichtlich nicht gewirkt.

Die Frau schob die verzogene Tür auf, und Tiana folgte ihr ins Haus. Sie blinzelte, um die Augen an das Dämmerlicht zu gewöhnen. Als die niedrige Tür geschlossen war, kam das einzige Licht von einem kleinen Fenster in der Mitte des Raums. Rauch, der nicht durch das Loch im Dach abzog, legte sich in Schichten an die Decke. Es gab keine Möbel, nur ein paar ausgefranste Matten auf dem festgetretenen Lehmboden.

Tontöpfe und Körbe mit Mais und Bohnen, getrocknetem Wildfleisch und Kürbis säumten die unebenen Wände aus unbehauenen Baumstämmen. An Hirschgeweihen hingen Kleider zum Trocknen. Ein junges Mädchen achtete auf einige Rehhirne, die auf einem einfachen Holzbrett vor dem Feuer trockneten. Nur wenige von Tianas engen Verwandten gerbten ihre Tierhäute noch mit Rehhirn. Diese Leute waren Vollblutindianer, die sich an die alten Sitten und Gebräuche klammerten, von denen Tiana gesagt hatte, sie wolle ebenfalls zu ihnen zurückkehren. Diese Menschen glaubten, die Weißen bleichten ihre Haut mit Seife.

Tiana wußte, daß die Tür nachts zum Schutz gegen die Wölfe und die Horden böswilliger Geister und Hexen, die draußen herumirrten, geschlossen werden würde. Die Luft in der Hütte war zum Schneiden dick. Es stank nach Skunk, verdorbenen Lebensmitteln, nach grünen Häuten, Rauch und den Ausdünstungen von Menschen, die auf engstem Raum zusammenlebten. Hühner hockten auf dem einzigen roh behauenen Brett, das als Bett diente. Die zerfetzten Decken waren mit Hühnerkot bedeckt. Die Hühner teilten das Brett mit vier Kindern in verschiedenem Alter. Man mußte ihnen gesagt haben, daß sie das Haus vor der Rückkehr ihrer Mutter nicht verlassen dürften. Von einem Mann war nichts zu sehen. Tiana vermutete, daß er in dem Grab in dem nahe gelegenen Wald lag.

»Meine Tochter ist gebrochen.« Die Frau sprach zum erstenmal. »Willst du für sie arbeiten, Geliebte Frau?«

»Ich werde es versuchen.« Tiana hatte das Kind mit dem gebrochenen Arm schon entdeckt. Sie betastete ihn behutsam. Das Mädchen jammerte, schrie aber nicht auf, obwohl der Schmerz so gut wie unerträglich sein mußte. Der Arm hing in einem seltsamen Winkel. Er war angeschwollen, und die straff gespannte Haut war blau und rot angelaufen. »Wie ist es dazu gekommen?« fragte Tiana. »Wann ist es passiert?«

»Ein Schwan hat sie gestern morgen angegriffen«, erwiderte die Mutter. Tiana nickte. Das geschah oft. Wenn kleine Kinder in der Nähe des Flusses spielten, stolperten sie manchmal in ein Schwanennest. Die kräften, flatternden Flügel des Vogels konnten einen kleinen Kinderarm leicht brechen.

Tiana war froh über die Ausrede, daß sie sich auf die Suche nach Heilpflanzen begeben mußte. Sie machte draußen Feuer und begann, die Wurzeln und Blätter der Königskerze zu einem Tee zu kochen, den das Kind trinken sollte. Am vierten Tag würde er die richtige Konsistenz für einen Breiumschlag haben.

Tiana badete den Arm in einem Adstringens aus Wasser und zerstoßener Alaunwurzel aus ihrem Medizinbeutel. Sie erklärte dem Kind, was sie tat, und warnte, daß es weh tun werde. Dann sang sie der Kleinen etwas vor, während sie den Arm richtete, wie sie es den Arzt in Fort Smith hatte tun sehen. Der Singsang war nicht nur ein Hilferuf an die Geister, er lenkte auch das Mädchen ab. Tiana riß einen Stoffstreifen vom Saum ihres Rocks ab, um die schmalen Holzschienen festzubinden.

Sie arbeitete die vorgeschriebenen vier Tage für das Kind. Nachts schlief sie in einer Hütte aus Zweigen am Feuer. Sie sagte, so könne sie die Medizin köcheln sehen, was auch stimmte. Doch sie konnte auch nicht den Gedanken ertragen, in der überfüllten Hütte zu schlafen. Sie hatte schon die Flöhe und Wanzen gespürt, von denen es in den Decken und auf dem Lehmfußboden wimmelte. Sie zog es vor, es notfalls lieber mit den Wölfen aufzunehmen.

Am vierten Tag löste sie den Verband um den Arm des Mädchens und inspizierte ihn. Sie sang einen Zauberspruch, nippte an der Lösung aus Königskerze, Kardinalsblume und Else und spie auf die wunde Stelle. Sie legte für ein paar Minuten einen warmen Breiumschlag auf und schiente den Arm erneut. Als sie ging, gab ihr die Mutter ein Paar Mokassins, die sie in der Zeit gemacht hatte, in der Tiana arbeitete.

»Mutter«, sagte Tiana, »ich werde den Menschen von eurer Not erzählen. Sie werden herkommen, um euch zu helfen.«

»Mein Herz singt vor Dankbarkeit, Geliebte Frau.«

»Du mußt das Tuch mindestens einen Mond lang in Ruhe lassen.«

»Das werde ich tun.«

Doch Tiana bezweifelte, daß sie den Anweisungen folgen würde. Beim Wahren Volk wurden gebrochene Knochen nicht geschient.

Der Arm dieses Kindes würde vermutlich gekrümmt bleiben wie bei so vielen anderen.

Als Tiana den Pfad entlangging, dachte sie an die vielen vergangenen Tage zurück. Familien wie diese lebten versteckt überall in dem Land des Wahren Volkes. Vielleicht war es Tianas Lebenszweck, ihr Leben damit zu verbringen, ihnen zu helfen. Es hatte den Anschein, als wäre nichts groß genug, ein Gleichgewicht gegen ihren Kummer herzustellen. Aber vielleicht würde das wenige Gute, das sie tat, ihre Seele nach und nach erhellen.

37

The Girths Ehefrau Tojuhwa, Redbird, trottete an Tiana vorbei, mit ihr die vier Mädchen. Leise vor sich hinmurmelnd, machte sie sich im Zickzack auf den Weg zum Fluß. Sie war ohnehin eine sehr beleibte Frau, und neuerdings war sie immer züchtig in viele Ellen Kaliko gehüllt.

Redbird brachte viel Zeit damit zu, halb in den Fluß einzutauchen oder sich mit Wasser zu begießen. James sagte, sie sehe aus wie ein Bison in einer Suhllache. Aber Tiana konnte nicht über sie lachen. Redbird blieb in der Nähe des Wassers, weil sie eine schreckliche Angst vor Feuer hatte. Um genauer zu sein, sie fürchtete sich davor, bei lebendigem Leib zu verbrennen. Sie fürchtete sich so sehr davor, daß sie immer einen Eimer voll Wasser neben dem Bett stehen hatte. Von Zeit zu Zeit wachte sie schreiend auf und begoß sich mit Wasser.

Redbird hatte den Unterricht in der Missionsschule besucht. Als sie krank wurde und sich mit dem Gedanken an ein Leben nach dem Tod konfrontiert sah, mußte sie in Panik geraten sein, denn sie bat darum, getauft zu werden. Doch auch ihr heiligerer Status gab ihr keinen Seelenfrieden. Sie begann, sich um die Hölle Sorgen zu machen und um Seen voll brennenden Schwefels.

Bevor sie den Verstand verlor, hatte sie Tiana anvertraut, daß sie als Heidin besser dran gewesen sei. Damals sei sie unschuldig gewesen, habe nicht von dem Wort der Schwarzröcke gewußte, und im Leben nach dem Tod wäre es ihr besser ergangen. Jetzt, wo sie die

Wahrheit kenne, sei sie an jenen geraden, schmalen Weg gebunden, den die Missionare das Gute Leben nannten. Für ihr einfaches Gemüt war das eine zu große Verantwortung.

Eins der Kinder bei Tiana war das schwarze Sklavenkind Martha. Martha kratzte das Wort ᏄᏓᏅᏛᎾ, *nudanhtuhna*, verrückt, in den Staub. Tiana wischte es mit der Spitze ihres Mokassins weg, bevor die anderen drei Mädchen, Redbirds Töchter, es sehen konnten. Sie kniete sich hin und flüsterte dem Kind etwas ins Ohr. »Ein Mensch mit Liebenswürdigkeit und Seele macht sich nicht über die Unglücklichen lustig.«

»Es tut mir leid, Ghigau.« Martha ließ den Kopf hängen.

»Geliebte Frau«, rief Duwe'ga, Spring Lizard. »Die Asche ist durchgesiebt.« Sie hielt einen Korb damit über den Kopf. »*Atsu!* Sehr gut! Schütte sie in den Kessel. Und jetzt, A-wi'akta, Deer Eyes, gibst du die Maiskörner dazu.« Das schwarze Kind leerte seinen Korb mit leuchtend gelben Maiskörnern in den Kessel mit dem simmernden Wasser und der Asche.

»Was kann ich tun, Geliebte Frau?« Die fünfjährige Rebecca zupfte Tiana am Rock.

»Rühr den Kessel mit diesem langen Stab um. Sei vorsichtig, damit du dich nicht verbrennst oder ihn umkippst. Wenn die Haut sich an den Körnern löst, sag mir Bescheid. Spring Lizard kann die Bohnen umrühren.«

Redbirds Kinder sahen wie kleine Kobolde aus. Ihre Mutter kümmerte sich nicht um sie. Und ihr Vater, The Girth, hatte sich auf die Suche nach jemandem begeben, was beim Wahren Volk hieß, daß er nach einer zweiten Frau Ausschau hielt. Tiana bezweifelte, daß er viel Glück haben würde. The Girths zweite Frau würde mit einem einfältigen Ehemann, acht Kindern und einer anderen Frau leben müssen, die mitten in der Nacht aufwachen und sich Wasser über den Kopf gießen konnte.

»Geliebte Frau«, sagte das Sklavenkind schüchtern.

»Ja, Deer Eyes?«

»In Wahrheit heiße ich Martha.«

»Ich weiß.« Tiana nahm das kleine Gesicht des Mädchens in die Hände und wischte ein Aschekörnchen von der glatten, kaffeebraunen Haut. »Aber deine Augen sind groß und schön wie die eines Rehes. Ein Mensch kann so viele Namen haben, wie er will. Stört es dich, wenn ich dich Deer Eyes nenne?«

»Nein. Es stört mich nicht.« Das Kind grinste und entblößte die strahlend weißen Zähne in dem dunkelbraunen Gesicht. Die Kleine trug einen hübschen Kittel aus Sackleinen. Ihr Haar war in winzigen Reihen auf dem ganzen Kopf zu Zöpfen geflochten. Ihre Eltern pflanzten auf den Feldern The Girths. Sie gehörten Drum, aber er hatte sie The Girth ausgeliehen, um mitzuhelfen, bis dieser eine zweite Frau gefunden hatte. Unterdessen versuchten Drum und Tiana, ein Heilmittel gegen Redbirds Irrsinn zu finden.

Jetzt saß Tiana mit gekreuzten Beinen auf Redbirds mit allerlei Dingen vollgestopftem Hof auf der Erde. Die Erde fühlte sich unter ihrem Baumwollrock warm an. Großmutter Sonne wärmte ihr mit einer angenehmen Hitze den Rücken. Tiana konnte die ausgedörrten Pflanzen riechen, den Rauch des Feuers, die kochenden Bohnen und den dampfenden Dung auf der Weide. Hühner trippelten komisch und steifbeinig auf dem Hof herum und pickten überall dort, wo sie Insekten vermuteten. Die Hühner gackerten ein beruhigendes Stakkato, als unterhielten sie sich mit leiser Stimme. Bienen ließen mit ihrem beständigen Summen die Luft vibrieren. Das neugeborene Fohlen hüpfte auf der Weide herum und lernte wiehern.

Eine Viertelmeile weiter weg, unten am Fluß, war jemand dabei, Maiskörner zu zerstoßen. Tiana konnte das stetige dumpfe Geräusch von *akanona* hören, dem Mörser und dem Stößel. Die Frauen, die gleich in der Nähe wohnten, unterhielten sich in einer Geheimsprache mit ihren Mörsern. Dieses Gerede war den ganzen Tag zu hören, da immer jemand dabei war, Mais zu zerstoßen.

Tiana nahm zwei der Kämme heraus, die ihr hochgestecktes Haar hielten. Sie gab Martha einen davon, worauf sie und Tiana begannen, die Haare der jüngeren Mädchen zu entwirren.

»Geliebte Frau, wirst du uns heute abend eine Geschichte erzählen?«

»Ja.«

»Wirst du uns davon erzählen, woher der Geier seinen kahlen Kopf hat?«

»Ja.«

»Geliebte Frau, die Haut fällt von den Maiskörnern«, rief Rebecca.

Die Kinder hatten begonnen, sie Geliebte Frau zu nennen, nachdem die Häuptlinge ihr den Titel *Ghigau* verliehen hatten. »Bei den meisten Menschen bringt das Alter Weisheit«, hatte Drum gesagt. »Doch von Zeit zu Zeit wird ein Mensch schon wissend geboren. Fragt mich nicht, warum das so ist. Aber einige wenige Kinder wissen einfach, wie die Welt ist, so wie Vögel immer wissen, wie sie in ihr Nest zurückkommen. Unsere Tochter Tiana ist so ein Mensch.«

Irgendwie verbreitete sich die Nachricht bis in die fernsten Hütten. Tiana ging oder ritt von einer Farm zur nächsten und half den Kranken und Bedürftigen, und jedermann kannte sie. Wo immer sie auftauchte, scharten sich die Kinder um sie.

»Geliebte Frau.« Rebecca zupfte wieder an Tianas Rock. »Der Mais ist fertig.«

»Gut.« Sie legte ein großes Korbsieb auf einen flachen Felsen und goß den Inhalt des Kessels hinein. Asche und Wasser sickerten hindurch und in die staubige Erde. »Jetzt waschen wir den Mais an der Quelle, damit die Haut abgeht. Füll den Kessel mit Wasser und stell ihn wieder aufs Feuer.«

Die vier Mädchen stellten sich an den Rand des großen Holzmörsers, während Tiana die feuchten Körner zu Mehl zerstampfte. Sie hielt von Zeit zu Zeit inne, damit die Mädchen mit den Fingern durch das Mehl fahren konnten, um zu sehen, ob es schon fein genug war.

»Wir müssen schnell arbeiten, damit es nicht kalt wird.« Tiana leerte das Mehl in eine flache Tonschale. Dann goß sie die Bohnen und deren Wasser in das Mehl. Sie knetete die Mischung mit den Händen und formte sie dann zu Bällen. Sie drückte die Bälle platt und legte sie auf einen flachen Stein neben dem Feuer.

Sie wickelte den flachen Bohnenkuchen in eins der breiten Maisblätter, die in heißes Wasser getaucht worden waren, um sie geschmeidig zu machen. Sie verschnürte das Päckchen mit biegsamem Reet und legte das Bündel zur Seite. »Jetzt versucht ihr mal.« Jedes der Kinder tauchte die Finger in die Teigmasse und machte einen eigenen flachen Kuchen. Dann ließen sie die Kuchen in das köchelnde Wasser gleiten.

»Sie werden etwa eine Stunde oder so kochen«, sagte Tiana. »Warum geht ihr nicht alle im Fluß baden, während ich hier aufräume?«

Kreischend und lachend rannten sie los. Tiana ging zur Quelle zurück und zog eine kleine Pflanze heraus, die ihr dort inmitten des feuchten Mooses und der Felsen aufgefallen war. Die kleinen Dolden weißer Blüten und die schmalen, gezackten Blätter ließen sie wie Merk aussehen. Doch es war kein Merk. Es war der sehr giftige Wasserschierling. Ein Stück von seiner Wurzel würde ein Kind töten, wenn es die Pflanze mit dem eßbaren Merk verwechselte.

Tiana drehte den Wasserschierling in der Hand. Als sie vor drei Jahren auf jenem kahlen Hügel gestanden und dort Blumen auf die Gräber gelegt hatte, hatte sie überlegt, ob sie etwas davon essen sollte. Als sie durch die verwüsteten Ruinen gegangen war, war ihr die Zukunft wüst und leer erschienen.

Es war ein Fehler gewesen, dorthin zurückzugehen, wo David und die beiden Mädchen begraben lagen. Beim Wahren Volk glaubte man, man solle Grabstätten besuchen. Dort versammelten sich Hexen, um die Leber der Toten zu essen. Die Geister der Toten konnten versuchen, ihre geliebten Angehörigen zu sich zu locken. Sie war nicht wieder dorthin gegangen. Sie hatte aus dem Brombeerstrauch, den sie aus dem Alten Land mitgebracht hatte, einen Tee gebraut. Wie es hieß, sollte er das Andenken an geliebte Menschen aus dem Gemüt ziehen. Hier herrschte große Nachfrage danach.

Selbst jetzt noch, nach drei Jahren, füllten sich Tianas Augen mit Tränen, als sie an David und ihre Töchter und an Adoniram und Shinkah dachte. Doch am meisten vermißte sie David. Er war so gut gewesen. Sie hatte gewußt, daß er sie immer lieben und immer für sie da sein würde, und sie bereute, ihm nicht öfter gesagt zu haben, daß sie ihn liebte. Wenn sie ein Stück von der Pflanze aß, würde sie bei ihm sein und dieser alles verschlingenden Einsamkeit entfliehen. Sie wischte die schwarze Erde von der blassen Wurzel, kratzte ein Stück mit dem Fingernagel ab und schnupperte daran.

Sie fuhr zusammen, als The Girths Hunde wie wild zu bellen begannen. Ein Mann beugte sich von seinem Pferd hinunter, um in Redbirds offene Tür zu blicken.

»Ruft eure Hunde zurück, oder ich werde ein paar davon erschießen«, ließ sich ein zweiter Mann vernehmen.

Die Hunde standen hinter ihr und knurrten. Tiana bedauerte, daß ihre Pistole und das Gewehr sich im Haus befanden. Diese Männer rochen nach Bosheit. Es war mehr als nur Körpergeruch. Die meisten Weißen rochen schlecht. Diese hatten ein saures Aroma von Bedrohung in ihrem Schweiß. Tiana spürte, wie sich ihre Oberlippe so kräuselte wie bei den Hunden. »Was wünschen Sie?« fragte sie.

»Hör mal, die Squaw spricht richtiges Englisch, Bill.« Im Gesicht des Mannes zeigten sich mehrtägige Bartstoppeln. Beide vorderen Schneidezähne fehlten, und über seinem linken Auge zeigte sich ein nervöses Zucken. Seine Kleider hatten alle den gleichen, graubraunen Farbton.

»Wir hatten uns gedacht, Sie könnten uns etwas Gastfreundschaft bieten. Ihr Rothäute sollt ja gastfreundliche Leute sein.« Der zweite Mann sah sie lüstern an. Sein Bauch hing ihm über die Taille seiner weiten Hosen. »Na, Sehnsucht nach großem Stück starkem Mann, Squaw?« Er krempelte sich den Ärmel hoch und ließ die Muskeln der schlaffen weißen Haut spielen. »Ich dir geben gutes Ficki-Ficki.« Er tätschelte sich selbstzufrieden im Schritt.

»Verschwinden Sie!«

»Hören Sie mal, Miss, kein Grund zur Sorge«, sagte der erste Mann, anscheinend der Diplomat der beiden. »Wir kommen hier nur vorbei. Wollen uns nur mal umsehen. Einkaufen, sozusagen.«

»Hier ist kein Laden. Wir haben nichts zu verkaufen.«

»Scheint hier ja ein paar richtige Verbesserungen zu geben, Bill«, fuhr der erste Mann fort. »Räucherhaus, Maiskrippe. Pfirsichbäume. Fehlt nur die Scheune. Wieviel Morgen haben Sie unter dem Pflug, Missy?« fragte er Tiana.

Der dicke Mann beugte sich über seinen Sattelknopf und zog Tiana weiterhin mit den Augen aus. Sie spürte, wie die Wut in ihr hochstieg. Wenn sie doch nur ihre Waffe hätte.

»Sie sind Eindringlinge.« Sie bemühte sich, mit fester Stimme zu sprechen.

»Nix da.« Der dünnere Mann spie einen Strahl Tabaksaft durch die Zahnlücke. »Neenee. So wie wir es sehen, seid ihr diejenigen, die verbotenerweise eindringen. Dieses Land ist für Weiße da. Wir haben vor, es uns zu nehmen. Das Parlament des Territoriums wird dafür stimmen, daß man euch rausschmeißt. Wir können nicht zulassen, daß ein Haufen schmutziger Wilder unser Land besetzt.«

Tiana begann vorsichtig auf das Haus zuzugehen. Wenn sie um die Männer herumkommen und ins Haus gelangen konnte, hatte sie die Waffen. Sie wußte, daß sie geladen waren.

»Ich habe das Gefühl, daß sie uns hineinbitten will«, sagte der Mann mit dem Bauch. Die Vorderseite seiner Hosen beulte sich aus, und er rutschte im Sattel zurecht, um es sich bequemer zu machen. »Verdammt heiß!« Er saß ab. Tiana zog ihr Messer aus der Scheide an der Taille.

»Wenn Sie mich anrühren, werde ich meinen Namen auf Ihren Hoden einritzen.«

»Hoden? Hast du das gehört, Cyrus? Hoden. Da haben wir uns ja eine gebildete Squaw angelacht.« Dann verzerrte sich sein Gesicht vor Wut. »Du wirst nichts dergleichen tun. Du wirst hübsch still liegen, und ich werde dir eine Gunst erweisen. Und wenn du wirkliches Glück hast, kriegst du vielleicht eine Erinnerung an mich – ein rotznäsiges Halbblut von Balg.«

»Sie werden mich nicht mit einem einzigen Ihrer glitschigen fetten Finger berühren.«

»Das wollen wir doch mal sehen...«

Mit einer harten, flinken Bewegung ihres Handgelenks schleuderte Tiana das Messer. Es versank bis zum Griff in dem Fett seines Oberschenkels und verpaßte nur um ein Haar die schrumpfende Ausbuchtung in seinen Hosen. Er heulte und krampfte sich zusammen.

»Du dreckiges Miststück.« Sein Partner zog sein Gewehr aus dem Holster am Sattel und richtete es auf Tiana. Tianas Furcht verließ sie. Sie starrte ihn ruhig an.

»Sie können mich nur töten«, sagte sie. »Und natürlich wird mein Clan nicht ruhen, bis Sie tot sind. So ist unser Gesetz.« Tiana wußte, daß sie im Grunde log. Der Nationalrat hatte Blutrache der Clans schon längst verboten. Doch es gibt solche Gesetze und solche Gesetze. Das alte Gesetz der Blutrache war zwingender als das neue Papiergesetz. »Mein Clan ist sehr groß und sehr mächtig. Sie werden Sie finden, wohin Sie auch gehen. Soll ich Ihnen etwas davon erzählen, auf welche Weise mein Volk einen Mann tötet?«

»Du Miststück«, sagte der Mann wieder. Doch er war unsicher geworden. Sie war nicht das hysterische, hilflose Opfer, das er erwartet hatte.

»Hilf mir, Cyrus«, rief der dicke Mann.

»Ich komm ja gleich. Ich muß erst mal rausfinden, was ich mit ihr machen soll.«

»Werfen Sie Ihre Waffe hin.« James trat aus dem Haus, das Gewehr im Anschlag. Eine zerlumpte Gestalt folgte ihm.

»Das hier geht Sie nichts an.«

»Sie ist meine Schwester. Sie ist aus meinem Clan.«

»Oh, Scheiße«, murmelte Gap Tooth. Er spie einen weiteren Tabakstrahl aus, um zu einem Entschluß zu kommen. Er hatte von der Blutrache der Cherokee-Clans gehört. Er erkannte, daß seine natürliche Überlegenheit als weißer Mann ihn vielleicht nicht davor bewahrte, bei lebendigem Leibe gehäutet oder am Pfahl verbrannt zu werden. Er ließ sein Gewehr in den Staub fallen. Tiana schlüpfte ins Haus und kehrte mit ihrer Pistole zurück.

»Wir sind hier nur mal vorbeigekommen, und die kleine Lady hier bekam es plötzlich mit der Angst. Sie wissen doch, wie Frauen sind.«

Gap Tooth versuchte, sich in beiderseitige männliche Arroganz zu flüchten. James spannte den Hahn seiner Waffe zur Hälfte. Gap Tooth sprudelte los: »Mein Partner ist verletzt. Wir müssen zum Lager Gibson. Einen Arzt aufsuchen.«

»Halt sie fest, Bruder, damit ich mein Messer hole.« Tiana ging zu dem gestürzten Mann hin und richtete ihre Pistole auf sein rechtes Auge.

»Erschießen Sie mich nicht, Miss. Sie wollen doch nicht einen Mann töten.«

»Ich würde eher Sie töten als Läuse knacken«, sagte Tiana. »Keine Bewegung.«

»Keine Sorge.«

Sie hielt die Waffe etwa fünfzehn Zentimeter von seinem Auge entfernt weiterhin auf ihn gerichtet, stellte ihm einen Fuß auf den Bauch und riß mit der freien Hand das Messer heraus. Das Blut strömte aus der Wunde. Sie wischte die Klinge an seinem Hosenbein ab und steckte das Messer wieder in die Scheide. Der Mann stöhnte. Tiana warf ihm einen Klumpen getrockneten Mooses auf den Bauch.

»Stopfen Sie sich das in die Wunde«, sagte sie.

»Und dann verschwindet, oder ihr werdet abgeknallt«, sagte James.

Tiana feuerte Gap Tooths Gewehr in die Luft ab, damit er es nicht mehr gebrauchen konnte. Sie stopfte Staub in die Mündung und schlug mit dem Feuermechanismus gegen die Hausecke, bis Hahn und Zündhütchen abbrachen. Sie zog das Gewehr des dicken Mannes unter dem Lederriemen hervor, die seine zusammengerollte Decke hielten, und machte damit das gleiche.

»Sie werden noch von uns hören«, sagte Gap Tooth. »Ich werde das Gesetz auf Sie hetzen.«

»Zwischen Fort Smith und dem Lager Gibson ist Colonel Arbuckle das Gesetz«, entgegnete James. »Und wenn Sie Glück haben, wird er Sie nur auslachen.«

Die Männer verschwanden, zwischen zusammengebissenen Zähnen Flüche und Drohungen ausstoßend. Tiana fühlte, wie die Kraft sie verließ. James legte den Arm um sie.

»Dein Mann wäre stolz auf dich, und Vater genauso.«

Jetzt kamen auch Drums Sklaven völlig außer Atem an. Sie hatten ihre Hacken kampfbereit erhoben. Die Mädchen stolperten auf den Hof. Sie hatten alle die Schüsse gehört. Wie konnte Tiana den Mädchen erzählen, daß sie nicht einfach so sorglos ins Freie laufen durften? Sie wollte nicht, daß sie in Furcht lebten. Doch wie konnte sie den Unterschied zwischen Furcht und Vorsicht erklären?

»Da waren Eindringlinge«, sagte sie. »Weiße Männer, die hier herumstreunten. Wir werden sie Colonel Arbuckle melden.«

Der Mann, der mit James gekommen war, ging jetzt langsam auf sie zu. Sein Pferd hatte ein breites, schmutziges Kummet aus gewebter Schwarzlindenrinde, an dem ein räudiges Büschel rotbemalten Haars baumelte. Er war Indianer, sah aber aus wie ein Landstreicher. Er trug die Kleider eines weißen Mannes, aber sie saßen schlecht, waren zerfetzt und schmutzig. Er war ausgemergelt und hohläugig. Sein steifes schwarzes Haar war überall gleich lang und stand ihm vom Kopf ab. Er war ein hochgewachsener Mann, aber seine Schultern hingen, als lastete eine Bürde auf ihm. Er hatte etwas Beruhigendes an sich. Etwas Vertrautes.

»Schwester«, sagte James. »Dies ist Bad-Tempered Buffalo. Doch jetzt nennt er sich Moses.« James' Augen flehten sie an, das Kriegsbeil des Hasses zu begraben.

»Ich erinnere mich an ihn«, sagte sie mit gleichmütiger Stimme.

»Er hat sich lieber den Soldaten ergeben, als sein Volk der Vergeltung auszusetzen. Er tat es in dem Wissen, daß man ihn vielleicht hängt.«

Tiana erinnerte sich auch daran. Sie wußte auch um die Angst der Osage davor, erdrosselt zu werden. Wenn jemand gehenkt wurde, würde seine Seele in der Falle sitzen und nie ins Paradies kommen.

»Im Gefängnis hat er versucht, sich die Kehle mit dem Rand seines Zinnlöffels durchzuschneiden«, sagte James. »Er hatte ihn an der Steinwand seiner Zelle geschärft. Aber sie haben ihn rechtzeitig erwischt. Der Gouverneur hat ihn vor ein paar Monaten begnadigt.« James schien entschlossen, hier keinen Haß und keine Häßlichkeit zu dulden. Bad-Tempered Buffalo streckte eine dünne, zitternde Hand aus. Er sah aus, als litte er an einer Art Fieber. Tiana betrachtete die Hand und dann das hagere Gesicht darüber und blickte schließlich auf James.

»Bitte mich nicht darum, Bruder«, flüsterte sie. »Er hat meinen Mann, mein Kind, meine Schwester, meine Freunde getötet.«

»Haß und Töten müssen irgendwann aufhören«, sagte James. »Das hast du selbst gesagt. Man hat die Osage gezwungen, wieder einmal weiterzuziehen, um für *uns* Platz zu machen.« James nickte zu dem Gespenst hin, das zwischen ihnen stand. Bad-Tempered Buffalo, jetzt Moses, streckte weiterhin geduldig die Hand aus. »Die

Missionare in Hopefield haben ihm von Gott erzählt. Er hat eine Wache auf sich genommen und sieben Tage gefastet. Er sagte, er könne Gott nicht finden. Er fragte Reverend Montgomery, ob *der* Gott in jüngster Zeit gesehen habe. Jetzt scheint er Ihn zu suchen. Als ich ihn fand, war er schon fast verhungert.«

Langsam und zögernd streckte Tiana die Hand aus. Sie schüttelte Bad-Tempered Buffalos Fingerspitzen. Der Anflug eines Lächelns erschien auf seinem Gesicht. Tiana starrte ihm in die Augen und suchte nach einer Spur des arroganten, gutaussehenden Kriegers, der vor so langer Zeit von David Tabak angenommen hatte. Bad-Tempered Buffalo rieb sich die Finger auf dem Rücken seiner anderen Hand. Dieses Zeichen bedeutete »Ich bin arm«.

»Amanda«, sagte Tiana.

»Ja, Geliebte Frau«, sagte Drums Sklavin.

»Die Mädchen und ich haben Bohnenklöße gemacht. Sie kochen da drüben. Bitte bring sie her. Wir werden sie mit Wild essen. Komm, Moses.« Sie nahm Bad-Tempered Buffalo beim Arm und führte ihn auf das Haus zu. »Du siehst hungrig und krank aus. Vielleicht habe ich ein paar Kräuter, die dir helfen werden. Deer Eyes, bring die Pferde auf die Weide und reibe sie mit Gras ab. Rebecca, lauf zum Fluß und sag deiner Mutter, sie soll zum Essen kommen. Und ruf die Jungen. Sie sind wahrscheinlich auch da unten, um Fische zu fangen.« Sie wandte sich an ihren Bruder. »Was führt dich her, James?«

»Ich wollte sehen, wie es The Girths Familie ergeht. Ein bißchen mithelfen. Und ich habe einen Brief von Mary für dich mitgebracht.«

Nach dem Abendessen und nachdem Tiana Marys Brief vorgelesen und die Geschichte erzählt hatte, wie der Truthahngeier zu seinem kahlen Kopf gekommen war, mußte sie hinausgehen. Die kleine Hütte war mit neun Kindern und fünf Erwachsenen vollgestopft. Selbst Drum, dessen Haus immer überfüllt war, hätte gesagt, er könne nicht mal mehr seine Decke ausbreiten. James ging ihr nach.

»Ich möchte hören, was diese Männer wollten«, sagte er.

»Dann laß uns zum Fluß gehen. Long Man sieht hier sehr gut aus.«

In der Nachtluft lag noch eine gewisse Wärme wie von schwarzen Daunen. Der Halbmond hatte einen Hof, was ihn wie eine Fee aussehen ließ. Als sie gingen, erzählte ihm Tiana, was passiert war. »Was meinten sie damit, daß sie das Parlament des Territoriums dazu bringen würden, uns rauszuwerfen?« fragte sie.

»Es ist davon die Rede, daß Weiße das Gebiet von Lovelys Landkauf besiedeln wollen. Aber das wird nicht passieren. Dieses Land wurde uns als Erweiterung der Jagdgründe nach Westen versprochen. Wir haben ein Recht darauf, dort zu sein.«

Tiana sah auf das stille, schwarze, seidige Wasser, auf dem ein Streifen Mondlicht zu sehen war, das wie ein gekräuseltes Silberband wirkte.

»Recht ist nichts, wenn Weiße Land wollen. Du hast Marys Brief gelesen. Die Leute aus Georgia werfen der Regierung vor, sie würde uns zivilisieren und dazu bringen, Land zu wollen.« Sie gab sich keine Mühe, die Bitterkeit in ihrer Stimme zu bezwingen. »Wir sind verdammt, wenn wir es tun, und ebenso verdammt, wenn wir es lassen, wie Vater immer sagte. Aber verdammt sind wir immer.«

»Pst, Schwester. Denk nicht mehr daran.« Er legte den Arm um sie, worauf sie beide schweigend dastanden und die Spiegelung des Mondes betrachteten.

»Die Menschen erwarten zuviel von mir, James. Sie erwarten, daß ich immer ruhig und weise und furchtlos bin. Dabei bin ich manchmal so verängstigt und verwirrt und einsam.«

»Das bin ich auch.« James' Frau Suzie war mit dem Landarbeiter durchgebrannt und hatte ihr neugeborenes Baby mitgenommen. James wußte nicht, wo sie oder das Kind waren. »Manchmal wache ich nachts auf, weil ich glaube, Trommeln zu hören«, sagte er. »Und dabei ist es nur das Pochen meines Herzens, das vor Angst wie wild schlägt... aus Angst um dich, Mutter und Susannah und deren Tochter, die mit diesem Taugenichts Miller leben muß. Ich fürchte um unser Volk.«

»Du bist ein Mann.«

»Männer haben Angst. Sogar Drum und Standing Together haben Angst.«

Jetzt, da die Krise vom Nachmittag bewältigt war, begann Tianas innere Ruhe erschüttert zu werden. Einsamkeit und Angst befielen sie. Sie begann zu weinen und schluchzte tief und hemmungslos. James preßte sie an sich und fühlte, wie die Schluchzer ihren Körper erzittern ließen. Er strich ihr über das weiche Haar. Es war so sehr gewachsen, daß es ihr schon wieder bis zur Mitte des Rückens reichte.

»Sch, süße Schwester. Viele Männer lieben und begehren dich.«

»Keiner von ihnen berührt mir das Herz. Keiner von ihnen geht in meiner Seele. Da ist niemand, der mich hält und mich beschützt. Und ich kann nicht allein gegen das Böse kämpfen. Es gibt zuviel davon.«

James versagte es sich, ihr zu sagen, daß sie nicht allein war, daß ihre Familie und Hunderte von Freunden sie liebten. Er wußte, daß sie immer wieder sagte, es gebe niemanden, der für sie bestimmt sei. Es gebe niemanden, der mit ihr auf dem Weißen Pfad gehen könne.

»Ich möchte noch etwas hierbleiben. Ich kann ihnen jetzt nicht allen unter die Augen treten«, sagte sie, als ihr Kummer sich etwas gelegt hatte.

James nahm ihre Hände und drückte sie. »Sei vorsichtig.«

»Das werde ich.«

Als er langsam den Pfad hinaufging, bemalte der Mond seine Schulter und sein dunkles, lockiges Haar mit blassem Licht. Vielleicht hatte jemand seine Schwester mit einem Fluch belegt. Irgendein unbekannter Mann versuchte, sie einsam zu machen, um sie zu zwingen, ihn zu lieben.

Ich habe dir soeben das Herz weggenommen.
Während der ganzen Nacht wird deine Seele einsam sein.
Jetzt! Der Schwarze Rabe ist gekommen und klammert sich an dir fest!
Er ist soeben gekommen, um mit deiner Seele wegzufliegen.

War der geheimnisvolle Schwarze Rabe mit neu gemachtem Rauch auf den Flügeln gekommen, um ihn auf sie herunter wabern zu lassen, während sie schlief? Hatte er ihre Seele mitgenommen und sie leer, hilflos und verwaist zurückgelassen?

38

O'Neales Kneipe in der Nähe des Capitols war überfüllt. Andrew Jacksons Trinkkumpane sangen und schwangen ihre Bierkrüge im Takt der Musik. Bier tropfte auf den Fußboden und wurde von dem Sägemehl aufgesogen. Draußen heulte ein kalter Dezemberwind durch die breiten Straßen von Washington City. Er trieb Schneeregen gegen das breite Vorderfenster von O'Neales Lokal. In dem drei Meter breiten Kamin brüllten die Flammen. Davor saßen Männer.

Sie hatten die Füße auf Stuhllehnen gelegt, so daß sie höher lagen als die Köpfe. Das war eine Sitte, die Fremde oft zu bissigen Kommentaren veranlaßte.

Der Lichtschein des Feuers und die Kerzen verliehen den Holzmöbeln, der Decke, dem Fußboden und den Wänden eine sepiafarbene Patina, die durch die Rauchschwaden noch weicher gemacht wurde. An Messinghaken neben dem Eingang hingen viele dampfende Mäntel und Schals.

Der Gesang der Männer wurde akzentuiert, als gelegentlich ein Strahl von Tabaksaft klatschend in einem Messingspucknapf landete.

I 'spose you've read it in the prints,
How Packenham attempted
To make Old Hickory Jackson wince,
But soon his schemes repented.
For we with rifles ready cocked
Thought such occasion lucky;
And soon around the hero flocked,
The hunters of Kentucky.

Sam holte Luft, um beim Refrain mitzuschmettern.

Oh, Kentucky! The hunters of Kentucky.

Er mußte richtig losschmettern, um seinen Freund Junius Brutus Booth zu übertönen. Booth war Brite und bestand darauf, den Originaltext zu singen, eine schlüpfrige Ballade über die Unglückliche Miss Bailey. Als die letzte Note schließlich gnädig verebbt war, lehnte Andrew Jackson sein Banjo gegen die Wand und erhob sich aus seinem Stuhl beim Fenster. Seine kleinen blauen Augen schienen Lichtstrahlen zu bündeln, als er in den Raum blickte. Er hob sein Brandyglas und wartete auf das, was bei O'Neale als Stille galt.

Peg O'Neale Timberlake bediente weiterhin die Gäste und achtete darauf, daß Jacksons Kreis die Monogahela-Toddys nicht ausgingen. Ihre Wangen waren von einer natürlichen rosigen Farbe, doch Kälte und Erschöpfung hatten sie rötlicher gemacht. Sie bewegte sich mit ihren weiten Röcken und dem tief ausgeschnittenen Mieder graziös um die vollbesetzten Tische herum. Jackson räusperte sich und ergriff das Wort.

»Auf die Patrioten von Sechsundsiebzig«, sagte er mit seiner hohen dünnen Stimme. »Mögen wir immer deren Grundsätze hochhalten und ihren Kampf für die Freiheit fortsetzen.«

»Hört! Hört!« riefen die Männer. John Eaton erhob sich als nächster.

»Auf die Unabhängigkeit. Mögen wir ihren Kern bewahren und ihren Schatten verachten.«

»Hört! Hört!«

Peg Timberlake hielt inne und hielt eine kleine Hand hoch, mit der sie sechs volle Bierkrüge an den Griffen festhielt.

»Auf den nächsten Kongreß.« Jeder verstummte, um ihre sanfte Stimme zu hören. »Mögen die Abgeordneten die einheimische Industrie begünstigen und sich mit zweiundvierzig Dollar pro Woche zufriedengeben.« Die anwesenden Abgeordneten zischten, und alle anderen jubelten.

Sam Houston stand auf. Seine hohe Gestalt war überall in dem großen Raum sichtbar. Er hielt sein Glas hoch.

Let her be clumsy or let her be slim,
Ancient or young, I care not a feather;
So fill up a bumper, nay, fill to the brim,
Let us toast all of the ladies together.

Junius Booth erhob sich als nächster. Er war ein schlanker, dunkler Mann, mit einem schmalen Schnurrbart und von aristokratischem Aussehen. Wenn er sprach, tat er es mit einem britischen Akzent und einer Vorliebe fürs Dramatische, die das Publikum in amerikanischen Theatern in Bann geschlagen hatte.

»Auf die Boulevards Ihrer schönen Hauptstadt. Mögen sie nicht immer so tief sein, wie sie breit sind.«

»Das ist auch mein Wunsch, Junius.« Ein Bulle von Mann war eingetreten und suchte nach einem Platz, wo er seinen tropfenden Mantel aufhängen konnte. Seine tiefe, kräftige Stimme übertönte das Stimmengewirr. »O'Neales Dearborn steckt praktisch bis zu den Laufplanken in Schlamm. Da draußen ist es so kalt wie Henry Clays Pokergesicht.« Wie gewohnt trug Daniel Webster einen blauen Mantel und blaue Hosen sowie eine braungelbe Weste, die Farben der Revolution.

»Willkommen, Daniel«, sagte Jackson. »Setz dich zu uns.« Der Stuhl ächzte, als Webster sich setzte. Er war nicht hochgewachsen, aber stämmig gebaut. Sam hatte allerdings einmal bemerkt, wenn er sich mal diese üppige Mähne abrasieren lasse, werde er darunter vermutlich nur noch Haut und Knochen sein.

»Der Schlamm ist schlimm«, sagte Sam in leichtem Plauderton. »Heute morgen habe ich in der Nähe des Capitols in einem Schlammloch einen Hut aufgehoben. Und beim Ewigen, darunter steckte der Kopf eines Mannes. ›He da, mein Alter‹, sagte ich. ›Sie befinden sich aber in einer ziemlich üblen Lage.‹

›Teufel auch‹, sagte er. ›Das ist noch gar nichts gegen die Lage, in der sich mein Maultier unter mir befindet.‹«

»Peg.« Quer über den Raum wedelte ein Gast mit seinem leeren Bierkrug. »Mach den hier voll, bis er so schön überquillt wie dein Mieder.«

Es mußte ein Fremder gewesen sein. Die Gespräche verstummten. Wie ein Mann erhob sich Jacksons Runde. Ihre Stühle machten ein unheilverkündendes schnarrendes Geräusch auf dem Fußboden. Jackson streckte einen Arm aus, um John Eaton davon abzuhalten, den Unhold anzugreifen.

»Sir«, sagte Jackson in seinem schweren Tennessee-Akzent. »Sie werden sich bei Mrs. Timberlake für Ihre ungehörige Bemerkung entschuldigen, oder Sie haben Ihr Leben verwirkt.«

»Ich wollte die Dame nicht beleidigen. Ich habe nur dem Zauber der lieblichen Mrs. Timberlake Tribut gezollt.« Der Mann verneigte sich tief in Pegs Richtung. »Ich bitte um Vergebung, Madame, falls meine sorglose, aber bewundernde Zunge Ihnen gegen meinen Willen zu nahe getreten sein sollte.«

»Ich nehme Ihre Entschuldigung an, Sir.« Auf dem Weg zur Bar kam Peg dicht an Jacksons Ecke vorbei. Sie warf Jackson und Eaton, die beide stehengeblieben waren, einen Blick zu. »Ich will nichts mehr von diesen Duell-Kindereien hören, habt ihr verstanden? Washington wird nie damit aufhören, sich deswegen das Maul zu zerreißen«, sagte sie in leisem Tonfall.

»Ja, Mrs. Timberlake.« Jackson salutierte und ließ sich in seinen Stuhl fallen. Peggy warf ihre dichten schwarzen Locken in den Nakken und rauschte weiter, um die Krüge zu füllen. John Eaton folgte ihren wippenden Röcken mit den Augen. Selbst für Fremde war offenkundig, daß er in sie verliebt war.

Er war nicht der einzige. Der Neffe des Kriegsministers hatte sich ihretwegen umgebracht. Zwei Offiziere hatten einander zum Duell gefordert. Ein alter General lag ihr zu Füßen. Der jüngste Klatsch wollte wissen, daß Peg in Gesellschaft des eleganten, belesenen und wohlhabenden Mr. Eaton Trost fand, während die Pflichten ihres Mannes als Zahlmeister der Navy ihn auf langen Seereisen fernhielten.

»Als Fremder in unserem Land, Junius, sollte ich Sie vor dem Klatsch in dieser Stadt warnen«, sagte Sam.

»Sollten Sie etwa«, ließ sich Webster vernehmen, »in einem der klaren Flüsse hier in der Gegend baden, behalten Sie es für sich.«

»Das müssen Sie mir erklären«, erwiderte Booth.

»Nun ja«, sagte Sam. »Unser Erster Staatsdiener –«

»Ehemaliger Erster Staatsdiener«, sagte Eaton.

»Unser demnächst ehemaliger Erster Staatsdiener, der frostige Mr. Adams, hat die Gewohnheit, jeden Morgen allein im Wasser des Potomac zu baden. Letztens ist ihm Anne Royalle, eine Reporterin aus Washington, dorthin gefolgt. Sie schreibt Bücher voller Neuigkeiten, welche die Leute, die sie betreffen, lieber ungelesen sähen. Miss Royalle fand die Kleider des Präsidenten und setzte sich auf sie.«

»Setzte sich darauf?«

»Sie parkte ihre Krinolinen darauf und weigerte sich, sich von der Stelle zu rühren, bis er ihr ein Interview gewährte. Mr. Adams schien es für unter seiner Würde zu halten, von einer Frau interviewt zu werden. Und so verhandelten sie miteinander, er untergetaucht im Burggraben des Potomac, und sie von der Zitadelle seiner Kleider aus. Nach zwei Stunden wurde ihm kalt, und er kapitulierte.« Sam wandte sich an Jackson. »Übrigens, wo wir gerade von unverschämten Frauen sprechen: Wie ich höre, haben Sie Kate kennengelernt, die Hexe von der Bell-Plantage?«

»Ja. Ein höchst ernüchterndes Erlebnis. Sie zitiert die Heilige Schrift, erzählt Witze, macht sich über einen lustig. Ich wollte die Geschichten über sie nicht glauben, bis sie meinen Wagen anhielt.« Jackson neigte sich mit seinem Stuhl immer mehr nach hinten, bis er gefährlich nahe vor dem Umkippen stand.

»Hat sie mit Ihnen gesprochen?« fragte Booth mißtrauisch. Er war selbst schon einmal ihr Opfer geworden.

»Das hat sie tatsächlich. Sie sagte: ›Sie können jetzt gehen, General. Wir sehen uns noch.‹ Beim Ewigen, es war schlimmer als gegen die Briten zu kämpfen. Das war nicht gegen Sie gerichtet, Junius.«

Die Tür ging wieder auf, und Sam sprang auf.

»John!« Er rannte auf John Rogers und Sik'waya zu. »Captain John, du alter Halunke! Und Mr. Gist. *A'siyu, igali'i*. Seid gegrüßt,

Freunde. Welch eine Ehre.« Sam geleitete John und Sik'waya zu seinem Tisch. John war wie die anderen Männer im Raum gekleidet, wenn man davon absieht, daß der Schnitt seines Rocks seit ein paar Jahren aus der Mode war. »Was bringt euch nach Osten?« fragte Sam.

»Vertragsverhandlungen, wie üblich.« John sah mürrisch aus.

»Als Dolmetscher?«

»Nein, als Häuptling.«

»Es scheint dir gutzugehen.«

»Du weißt, was mein Vater immer gesagt hat.«

Sam lachte und imitierte Hell-Fire Jacks Dialekt.

»›Aus einem Schotten kann man viel machen, wenn man ihn von klein auf zurechtbiegt.‹ Meine Herren«, sagte Sam zu den Männern am Tisch. »Erlauben Sie mir, Freunde vorzustellen, die ich seit fast zehn Jahren nicht gesehen habe. Wir fühlen uns geehrt, Mr. George Gist unter uns zu haben, ein Genie und der Cadmus seines Volkes.« Sam verneigte sich vor Sik'waya. Er befürchtete nicht, ihn durch Nennung seines Namens beleidigt zu haben. Er wußte, daß Gist der Name war, den Sik'waya für Weiße reservierte. »Und Captain John Rogers, Veteran des Krieges gegen die Creeks. Tatsächlich haben diese beiden tapferen Männer am Horseshoe gekämpft.« Jackson stand auf und streckte seine knochige Hand aus. Sik'waya nahm sie mit ernster Miene.

»Wir fühlen uns tatsächlich geehrt, Sir.« Jackson verbeugte sich vor Sik'waya. »Ich habe von Ihrer bemerkenswerten Leistung gehört.«

»Mr. Gist hat das Alphabet erfunden, das sein Volk aus der Dunkelheit des Analphabetentums geführt hat«, erklärte Sam. »Seine Erfindung ist für jeden Angehörigen seiner Nation mehr wert als eine Handvoll Gold.«

Sik'waya lächelte auf seine heitere, geheimnisvolle Art. Im Lauf der Jahre hatte er gelernt, Beleidigungen und Komplimente mit der gleichen Anmut zu akzeptieren. Sein graues Haar war unter einem Turban aus Kaliko versteckt, der mit Rosen bedruckt war. Er trug einen dunklen, blau-weiß gestreiften Jagdrock über seinem weißen Leinenhemd. In seinem perlenbestickten Gürtel steckte ein großes Messer. Er trug lederne Beinlinge und hohe Mokassins, die mit Schlamm bedeckt waren. An einem Lederriemen quer auf der Brust trug er einen langen weißen Beutel. In dem Raum voller zerzauster Haarfrisuren, hoher Stehkragen und Westen fiel er sofort auf.

An einem Lederriemen um seinen Hals hing eine silberne Medaille. Das war seine einzige Konzession an die Eitelkeit. Der Nationalrat hatte sie vor zwei Jahren für ihn prägen lassen. Auf einer Seite war sein Bild. Auf der anderen fand sich die Inschrift »Für George Gist vom Allgemeinen Rat des Volkes der Cherokee für seinen Einfallsreichtum bei der Erfindung des Cherokee-Alphabets 1825«.

Als er den englischen Gesprächsfetzen um ihn herum lauschte, nahm er Pfeife und Tabak aus seinem Rehlederbeutel.

»Junius«, sagte Sam eifrig. »Zeig Captain Rogers und Mr. Gist deine Stäbchen, die sofort Feuer machen.« Booth zog unter den Weinflaschen, den Tabak- und Schnupftabakdosen, Gänsefedern, Papierstapeln, Streusandbüchsen und Tintenfässern auf dem Tisch eine Schachtel mit den neuen britischen Reibehölzchen hervor.

»Was sind das für Dinger?« John beugte sich vor, um besser zu sehen.

»Sie heißen Prometheans oder Congreves.« Booth hielt eine hoch, damit jeder sie sehen konnte. »Jeder Holzsplitter ist mit Schwefel beschichtet und hat eine Spitze aus Leim, Kaliumchlorat und Antimonsulfid. Zu jeder Schachtel gehört ein Stück Glaspapier.« Booth war ein Schauspieler erster Ordnung. Er wußte, wie man jeder Szene die größtmögliche Dramatik entlockt.

»Hier, Junius.« Eaton reichte ihm eins der berüchtigten Sarg-Flugblätter. Die Opposition behauptete, die darauf abgebildeten Toten seien Jacksons Opfer, die bei Duellen oder aufgrund seiner militärischen Disziplin ums Leben gekommen seien.

Booth drehte das Papier und hielt es mit dem Zündholz in die Höhe. Mit großer Geste ließ er das Zündholz über das Glaspapier gleiten. Sik'waya ließ einen entzückten Ausdruck hören, als die Flamme wie durch Zauberei am Ende des Holzsplitters aufflackerte. Booth zündete das Papier und dann Johns und Sik'wayas Pfeifen an.

Als das Gespräch sich dem Krieg gegen die Creeks und der Schlacht am Horseshoe zuwandte, beugte sich Sam zu John hinüber und flüsterte ihm etwas zu.

»Geht es deiner Familie gut, Bruder?«

»Wir haben vor fünf Jahren Vater verloren.«

»Mein Herz weint. Das habe ich nicht gewußt.«

»Er hat ein langes Leben gehabt. Es war seine Zeit.« *John ist nie sentimental gewesen,* dachte Sam.

»Mein Sohn«, sagte Sik'waya. »Wir müssen mit dir allein sprechen.«

»Natürlich.« Sam war dankbar, das Thema wechseln zu können. »Peg«, rief er. »Können wir uns in das kleine Zimmer setzen?«

»Natürlich, Sam. Im Kamin ist alles vorbereitet. Du kannst mit einem von Mr. Booths Congreves Feuer machen. Das Zimmer ist vielleicht etwas kalt.«

»Entschuldigen Sie uns, meine Herren«, sagte Sam. »Wir haben viel zu besprechen. Wir haben Jahre aufzuholen.«

Als sie sich gemütlich hingesetzt hatten und das Feuer im Kamin fröhlich brannte, ergriff John das Wort.

»Gratuliere zu deiner Wahl zum Gouverneur.«

»Vielen Dank«, sagte Sam. Wieder entstand verlegenes Schweigen. Sam war so damit beschäftigt, Wahlkampf zu führen und Tennessee zu regieren, daß er seinen Freunden am Arkansas seit Jahren nicht mehr geschrieben hatte.

»Sie wollen uns schon wieder umsiedeln«, sagte John. Sik'waya blieb stumm. Er konnte sich nicht an die Art der Weißen gewöhnen, sofort zum Kern der Sache zu kommen, statt ein ernstes Gespräch mit einer angenehmen Plauderei einzuleiten. Doch John verstand das System. Es war besser, ihn fortfahren zu lassen.

»Wohin?«

»Ins Territorium Oklahoma jenseits der Grenze von Arkansas.«

»Wenigstens ist es nicht weit weg.«

»Nicht weit weg!« John mußte sich zügeln, um nicht aufzubrausen. Sein Jähzorn war sein größtes Handicap bei Verhandlungen. »Genausogut könnte es das Ende der Welt sein. Wir haben uns am Arkansas angesiedelt. Wir haben Felder gerodet, Häuser gebaut, Obstgärten angelegt. Es ist unsere Heimat. Wie oft müssen wir all das verlassen, wofür wir gearbeitet haben, nur um die Habgier der Weißen zu befriedigen?«

»Wir sind zu erfolgreich geworden«, sagte Sik'waya traurig. »Die Weißen, die sich am Rand unseres Territoriums zusammendrängen, sind neidisch. Sie wollen das, was wir haben, wollen aber nicht dafür arbeiten. Sie ziehen es vor, sich die Ernte unserer Arbeit einfach zu nehmen.«

»Das wird nicht passieren«, sagte Sam. »Das Land ist euch versprochen worden. Ich habe mitgeholfen, den Vertrag zu schreiben.«

»James zitiert gern euren Mr. Benjamin Franklin«, sagte John. »›Verrückte Könige und durchgedrehte Bullen hält man nicht mit Verträgen oder mit Packdraht.‹ Du bist genauso naiv wie das Wahre Volk, mein Freund. Georgia hat eine Resolution verabschiedet, derzufolge dieser Staat das Recht erhält, Cherokee-Land wegzunehmen, wie es ihm beliebt. Der östliche Teil des Stamms ist dabei, den Staat zu verklagen, um einen legalen Rechtstitel auf das eigene Land zu erhalten.«

»Ich habe von dem Fall gehört. Mir scheint das ein kluger Zug zu sein.«

»Es ist Dummheit. Wir haben heute ein kurzes Zusammentreffen mit Vater Adams gehabt.«

»Was hat er gesagt?«

»Er sagte, der Landkauf von Lovely 1818, der uns im Westen eine unbegrenzte Erweiterung unserer Jagdgründe versprach, sei unvernünftig gewesen. Er sagte: ›Es ist sehr unangenehm und kaum vorstellbar, daß der Präsident und der Kriegsminister eine derart unerwünschte Vollmacht erteilt und eine so unüberlegte Zusage gegeben haben.‹ Drum hat Adams immer und immer wieder geschrieben, jedoch ohne Ergebnis. Wir sind mit einigen anderen nach Osten gekommen, um zu versuchen, vernünftig mit ihnen zu reden.«

»Drei Fünftel des Landes, das sie uns anbieten, ist ödes, unfruchtbares Land.« Sik'waya starrte beim Sprechen ins Feuer. In seinen Augen glänzten Tränen. »Es taugt zu nichts. Warum können sie uns nicht mit dem in Frieden lassen, was uns gehört?«

»Die Regierung von Arkansas siedelt schon jetzt Weiße auf unserem Land an. Sie gehen davon aus, daß sie sich durchsetzen werden.«

»Wenn ihr den Vertrag unterschreibt und wegzieht, wird man euch vielleicht endlich in Ruhe lassen«, sagte Sam.

»Vielleicht. Wenn das Land unfruchtbar genug ist«, sagte John bitter. »Wenn wir aber unterzeichnen, werden wir vielleicht mit dem Leben bezahlen. Ridge und John Ross haben ein Gesetz geschrieben, das die Todesstrafe für jeden vorsieht, der dem Stamm gehörendes Land weggibt. Wir im Westen machen viele eigene Gesetze. Aber wir gehorchen auch den Gesetzen, die der Nationalrat im Osten gemacht hat.«

»Man wird euch nicht ermorden. Die Leute müssen immer noch die Gesetze der Vereinigten Staaten befolgen.«

»Wir haben unsere eigenen Gesetze und setzen sie selbst durch«, sagte John. »All euer Papiergerede wird daran nichts ändern. Außerdem ist es gegen das Gesetz der Vereinigten Staaten, daß Weiße sich auf Indianerland ansiedeln. Trotzdem tut Gouverneur Izard genau das, und niemand hält ihn auf. Die Gesetze der Weißen sind wie Spinnweben. Sie fangen die kleinen Fliegen und lassen die großen durch.«

»Mein Sohn«, sagte Sik'waya. »Du bist ein Häuptling aus Tanassee. Du hast oft hier im Rat der Weißen in Wasuhda'no'i gesprochen, in Washington. Wir brauchen deinen Rat.«

»Ich bin kein Freund von Vater Adams oder Calhoun oder Clay. Wenn Vater Jackson zum obersten Häuptling gewählt wird, können wir euch helfen.«

»Und wird er gewinnen?« wollte John wissen.

»Selbstverständlich. Unser Wahlkampfthema lautet ›Ehrenrettung für einen Helden, dem man Unrecht getan hat‹. Adams ist ein kalter Fisch, den hier niemand mag. Dies wird die erste Wahl sein, die wirklich den Willen des Volkes widerspiegelt.

Und jetzt erzählt mir von Drum und Sally Ground Squirrel und James. Geht es ihnen gut?« Sam erkundigte sich nicht nach Tiana. Er nahm an, daß sie immer noch verheiratet war und daß es ihr gutging. Und John kam es nicht in den Sinn, daß er sich vielleicht für sie interessierte.

Tiana starrte den hohen Pfahl an, der in den felsigen Erdboden vor Sik'wayas baufälliger Hütte gerammt war. Sie war außer sich vor Zorn auf denjenigen, der ihn dort in die Erde getrieben hatte, wer immer es war. Die Spitze des jungen Baumstamms war geschärft worden. Als sie Sik'waya gefragt hatte, wozu der Pfahl da sei, hatte er gesagt: »Ich denke, um meinen Kopf daraufzustecken.«

Dann hatte er fortgefahren, seine wenigen Habseligkeiten auf seinen alten Wagen zu laden. Seine jüngste Tochter Guhnage'i, Black, jagte die Hühner kreuz und quer über den Hof. Es gab lautes Gegakker und Flügelflattern, und Staubwolken wirbelten auf. Sik'wayas geduldige Frau Sally trieb die drei Kühe der Familie auf den Hof. Ihr Sohn erschien aus einer anderen Richtung mit den Schweinen. Die Pferde grasten in der Nähe und mähten säuberlich gezogene Kreise, deren Durchmesser der Länge der Leinen entsprachen, mit denen sie angepflockt waren. Das Ochsengespann stand gleichmütig vor dem Wagen. Tiana hatte oft gedacht, Sik'waya müsse ein Bruder der Ochsen sein. Er besaß ihren Fatalismus.

»Was meinst du damit, deinen Kopf daraufzustecken?«

»Wenn sie ihn abschneiden.«

»Wer?«

»Wer immer den Pfahl hier aufgestellt hat. Wir haben ihn gefunden, als wir von der Saline zurückkamen.«

Tiana versuchte, den Pfahl mit den Händen zu bewegen, doch er war fest in den Boden gerammt. Sie sah sich nach einer Breitaxt um.

»Laß ihn, Tochter«, sagte Sik'waya. Er fuhr damit fort, seine Pfeifensammlung einzupacken, seine Töpferwaren und die Silberarbeiten. Er verstaute sie in einem Faß mit Maismehl, damit sie unterwegs nicht beschädigt wurden. Es würde keine lange Reise zu ihrem neuen Land im Westen sein, aber die Straßen waren schlecht.

»Aber was ist, wenn sie kommen?«

»Wenn sie kommen, wird es keine Rolle spielen, ob der Pfahl da ist oder nicht«, sagte Sik'waya sanft. »Hast du die sprechenden Blätter aus dem Alten Land gesehen, Tochter?« fragte er sie. »Buck hat eine wunderschöne Rede über das Gewissen geschrieben. Sie liegt hier irgendwo.« Er begann in dem Gewimmel von Körben, Säcken und Tüchern zu wühlen, die an den Ecken zugebunden waren, damit man Dinge in ihnen transportieren konnte.

»Ich kann ihn später lesen, Geliebter Vater.« Tiana sah sich nervös um. Ihre Pistole steckte in ihrer Satteltasche, und ihr Pferd graste unter den tief herabhängenden Ästen der Bäume. Die Luft war dick von Staub. Für Mai war es heiß, und Tiana war aufbrausend. Sie war froh zu sehen, daß Sik'wayas Schwiegersöhne der Familie beim Umzug halfen. Sie bemerkte, daß jeder seine Waffen in Griffweite behielt.

»Buck sagt, ein gutes Gewissen sei ein süßes Parfum, das seinen Duft auf alles in der Nähe verbreitet, ohne sich zu erschöpfen. Ist das nicht wunderschön?«

»Ja, das ist es«, erwiderte Tiana. »Geliebter Mann, ich werde mich zu den Light Horse begeben. Sie werden euch unterwegs beschützen.«

»Aufgabe der Light Horse ist es, die Gesetze der Nation zu überwachen. Das Gesetz ist, daß diejenigen, die das Land des Volkes verkaufen oder durch einen Vertrag hergeben, sterben müssen.« Er faltete vorsichtig das zerknüllte Blatt Papier auseinander, das er schließlich gefunden hatte. Er strahlte es mit Wohlbehagen an. Er wurde nie müde, seine Schriftzüge auf den sprechenden Blättern zu sehen.

Die erste Ausgabe des *Cherokee Phoenix* war vor drei Monaten, am 28. Februar 1828, gedruckt worden. Der größte Teil des Blatts war der Verfassung der Nation der Cherokee gewidmet, die von Delegierten in der neuen Hauptstadt im Osten umrahmt wurde, New Echota. Tiana war aufgefallen, daß der Verfassung zufolge nur männlichen Cherokee erlaubt sein sollte, zu wählen oder im Rat zu sitzen.

Tiana half einem der Jungen, einen Korb mit einem Scheffel groben, glitzernden Salzes auf die Ladefläche zu hieven. Der Junge sprang hinauf und zog den Korb zurück, bis er zwischen den ausgebeulten Säcken mit Saatmais ruhte. Richard Gist, ein älterer Sohn, warf drei gewebte Fischwehre hinterher. Dann legte er die schwere, hölzerne Breithacke in Längsrichtung auf die Ladefläche. Sallys Spinnrad folgte.

Polly Gist hielt die Hühner fest, während E'yagu, Pumpkin Setting There, deren Füße zusammenband. Sie hängten das laut protestierende Geflügel an die Außenseite des Wagens. Pollys Mann Flying ging von Rad zu Rad und schmierte die Achsen mit Kiefernharz ein. E'yagus Mann, George Starr, kam mit den neuen Gewehren heraus, die sie von der Regierung für ihre Bereitschaft zur Umsiedlung erhalten hatten. Die Waffen waren in bunte Decken gehüllt, die ebenfalls ein Teil der Bezahlung waren. Die Regierung hatte wahrscheinlich nicht beabsichtigt, daß die Waffen zum Schutz der Unterzeichner vor ihrem eigenen Volk verwendet werden sollten.

Falls Sik'waya sich keine Sorgen wegen seines Todesurteils machte, seine Familie tat es. Die Anweisungen, die sie einander zuriefen, waren lauter als gewohnt. Schweine quiekten, als die Jungen sie einfingen. Die Hunde, die an die Rückseite des Wagens gebunden waren, bellten unaufhörlich.

Polly Gist Flyings Tochter Annie kam aus dem Haus und mühte sich mit einem großen, zugedeckten Korb ab. Das Seil aus Schwarzlindenrinde, das ihn verschlossen hielt, riß, und der Inhalt fiel heraus. Das Kind begann zu weinen, als es niederkniete, um die Kleidungsstücke aufzuheben. Tiana half ihr, die geflickten, fadenscheinigen Kleider und Hemden aufzuheben. Sie schüttelte den Staub von ihnen ab und legte sie wieder in den Korb. Das Mädchen setzte sich auf den Deckel, während Tiana den Korb mit einem anderen Seil verschnürte. Tiana hoffte, Sik'waya würde seiner Familie, die schon so lange gelitten hatte, mit den fünfhundert Dollar, die ihm in dem Vertrag versprochen wurden, ein paar neue Dinge kaufen.

Sally rollte die Matten zusammen, die sonst Fußböden und Wände bedeckt hatten, verschnürte sie und verstaute sie im Wagen. Ihr ältester Sohn trug das einzige Federbett heraus. Sally schimpfte ihn aus, weil er das Ende im Staub schleifen ließ. Sie schimpfte mit jedem, doch sie wußten alle, daß sie es nur tat, um nicht weinen zu müssen.

Schließlich war alles verstaut. Sik'waya ließ die Haustür offen, wie er es immer getan hatte, als er hier lebte. Er setzte sich auf die rechte Seite des Kutschbocks. Mit der Brille auf der Spitze seiner Adlernase las er die jüngste Ausgabe des *Cherokee Phoenix,* die Tiana ihm aus

Fort Smith mitgebracht hatte. Neben ihm stillte Polly ihr Baby. Sally saß links auf dem Kutschbock. Tiana ritt zu ihr.

»Mutter, mach einen Bogen um Fort Smith, wenn du kannst.«

»Ist es schlimm dort, Geliebte Frau?«

»Sehr schlimm. Die Weißen verkaufen Whiskey und nutzlose Dinge. Sie warten wie Aaskrähen vor dem Haus, in dem die Gelder für die Kultivierung des Landes ausgezahlt werden.«

»Wir hatten vor, dort anzuhalten. Wir brauchen das Geld.«

»Es wäre klug, wenn du nur mit Sik'waya hineingehst. Wenn ihr Hilfe braucht, sagt meinen Brüdern Bescheid.«

»Ich danke dir, Geliebte Frau«, sagte Sally. »Wir werden vorsichtig sein.«

Tiana erwähnte nicht, daß ihr Bruder John ebenfalls Whiskey verkaufte. Er zeigte sich zunehmend an seinem Profit interessiert. In einem unbewachten Augenblick, als Drum einmal einen Brandy zuviel getrunken hatte, hatte er ihr gestanden, daß John die Liebe seines Vaters zum Geld geerbt hatte, ohne dabei Hell-Fire Jacks Witz oder Charme zu besitzen. »Dein Vater fehlt mir, Tiana«, hatte er gesagt. »Sein Rat war gut, und seine Gesellschaft hat die kalten Nächte erwärmt. Heute gibt es nur noch wenige Männer seines Schlages.«

Einer von Sik'wayas Enkeln kam aus dem Wald zurückgerannt, wo er sich erleichtert hatte. Sally ließ die Peitsche auf die breiten Rücken der Ochsen knallen. Der Wagen rollte stöhnend und knirschend an. Es hörte sich an wie bei alten Knochen. Das Gefährt sah unter den riesigen Salzkesseln, den Hühnern, Eimern, Töpfen, Pfannen und Kürbisflaschen, die an den Seiten hingen, mißgestaltet aus. Sie klapperten und ratterten dahin, als der Wagen über den steinigen Hof rollte.

Zwei Jungen saßen oben auf der Federdecke. Ihre Aufgabe war es, alles festzuhalten, was herunterzufallen drohte. Die anderen Kinder ritten zu zweit oder dritt auf einem Pferd. Sie waren von Säcken und Taschen umgeben, die hinter ihnen festgebunden waren oder an den Sattelgurten hingen. Black nahm Anlauf und sprang auf den Rücken eines Ochsen. Dann setzte sie sich dort zurecht und hielt sich an dem hölzernen Joch fest. Die Erwachsenen gingen zu Fuß. Jeder trug ein Bündel.

Tiana begleitete die kleine Karawane, bis sie den holperigen Pfad erreichten, der die verstreuten Farmen und Siedlungen des Wahren Volkes am Arkansas miteinander verband. Der Pfad war schmal. Es gab bei diesen Indianern nicht einen Wagen, der an den Seiten keine

Kratzspuren von Bäumen aufwies. Als Sik'waya und seine Familie nach Nordwesten auf Fort Smith zufuhren, nahm Tiana die andere Richtung. Sie ritt auf Sally Ground Squirrels Haus zu. Auf dem Pfad herrschte dichter Verkehr. Da drängten sich Wagen und Pferde, Maultiere, Ochsen, Schafherden und Menschen, die zu Fuß gingen.

Auch auf Drums Farm schien es voller zu sein als gewohnt. Auf dem Hof stand ein fremd aussehender Wagen, um den sich Drum und seine Familie versammelt hatten. Tiana griff automatisch nach ihrer Pistole.

»Geliebte Frau«, rief Drum ihr zu. »Dolmetsche für uns.« Eine weiße Familie saß auf dem Wagen. Sie hatten weniger Habseligkeiten als Sik'waya, aber sie brauchten hier auch nicht gerade bei Null anzufangen.

Der Mann war mittelgroß. Sein abgetragener schwarzer Anzug und der weiche weiße Kragen waren bei der Hitze fehl am Platz. Die Frau neben ihm trug ein Kleid, das genäht worden war, als sie dreißig Pfund weniger gewogen hatte. Es spannte über ihrem üppigen Busen. Hinten saßen drei Kinder und eine anscheinend blinde alte Frau. Sie hatte, gegen die Säcke gelehnt, ein Nickerchen gemacht und war soeben aufgewacht.

»Was soll dieses Geschwätz?« fragte sie mit zitternder Stimme. »Sind wir schon zu Hause?«

»Ja, Mutter«, sagte der Mann geduldig. »Wir sind zu Hause. Diese guten Leute sind die früheren Eigentümer der Farm.«

»Wilde?« fauchte sie. »Sind wir bei den Unerlösten? Sie werden uns umbringen.«

»Still, Mutter Thompkins«, sagte die jüngere Frau nervös.

»Du bist in Sicherheit, Mutter«, sagte Tiana. Sie saß immer noch zu Pferde und beugte sich vor, um der alten Frau behutsam den dünnen, runzligen Arm zu berühren.

»Wer ist das?«

»Mein Name ist Tiana«, erwiderte sie in ihrem melodischen Akzent.

»Schöner Name.« Die alte Frau streckte ihre spindeldürren Hände aus, und Tiana beugte sich noch weiter vor, damit die Alte mit den Fingern über ihr Gesicht fahren konnte. »Schön. Bist du eine wilde Indianerin, Kind?«

»Das nehme ich an.«

Ihr Sohn wandte sich an Tiana.

»Bitte sagen Sie diesem Gentleman, daß wir uns für allen Ärger entschuldigen, den wir ihm vielleicht verursacht haben.« Tiana lächelte ihn an. Er hatte keine Vorstellung davon, was für einen Ärger er und seine Rasse verursacht hatten. Er fuhr eilig fort. »Man hat uns gesagt, Sie würden weiter westlich gutes Land erhalten. Und daß das Geld, das wir für diese Farm bezahlt haben, für die Erziehung Ihrer Kinder verwendet werden soll.« Tiana nickte. Der Mann schien sie von seinem guten Willen überzeugen zu wollen.

»Sag ihm, er soll sich selbst keine Sorgen machen«, lächelte Drum sanft. »Wir geben ihm das Land und das Haus mit dem Wunsch, daß der Ernährer sie und die Felder für ihn und seine Familie segnen möge.«

»Vielen Dank, sehr liebenswürdig, Sir, besten Dank«, sagte Mr. Thompkins. Er streckte die Hand aus, und Drum schüttelte sie. Drum zog ein kleines Blatt Papier aus seinem Hemd hervor. Es war viele Male gefaltet worden, bis es in Drums großer, quadratischer Hand fast verschwand.

»Dies ist ein Zauber«, ließ er durch Tiana sagen. »Er wird Ihren Mais wieder aufrichten, wenn Wind oder Hagel ihn niedergedrückt haben. Ich habe gehört, daß der Wind in dem neuen Land kräftig ist, und ich wollte ihn mitnehmen. Doch ich wünsche, daß Sie ihn bekommen. Die Anweisungen für seinen Gebrauch sind in Sik'wayas Schriftzeichen geschrieben. Sie werden keinen Heiler brauchen, der Ihnen den Zauber vorliest. Irgend jemand in Fort Smith wird ihn wahrscheinlich übersetzen können.«

»Werden Sie das nicht brauchen?« fragte der Mann.

»Ich kann ihn auswendig.« Drum hielt die Hand zum Zeichen der Freundschaft mit der Handfläche nach außen hoch. Dann bestieg er mit langsamen Bewegungen den vordersten Wagen. Diese Karawane war größer als die von Sik'waya. Viele Angehörige von Drums Familie hatten ihre Blockhäuser so nahe wie möglich an der eine Viertelmeile langen Landgrenze gebaut, die von dem neuen Gesetz des Wahren Volkes gefordert wurde. Sie wollten in der Nähe sein, um notfalls schnell Drums Hilfe und Rat zu erhalten. Jetzt würden sie mit ihm umziehen.

Tiana sah die Pferde und Wagen passieren. Sie zählte die Köpfe, um sicher zu sein, daß alle da waren. Sie beobachtete auch die weiße Familie. Sie war neugierig zu erfahren, was diese Leute tun würden. Sie erwartete, daß der Mann Drums magisches Stück Papier zerreißen würde, sobald er ihm den Rücken kehrte. Zu ihrer Überraschung faltete er es auseinander, starrte es an, faltete es sorgfältig wieder zusammen und steckte es in seine weite Jacke. Tiana sah, wie seine Frau zu dem Blockhaus nickte, und hörte sie sagen: »Glaubst du, daß es da drinnen riecht? Wahrscheinlich sind da so viele Wanzen, daß sie uns im Schlaf wegtragen können.«

Von hier aus würde die Karawane an Jennies Haus vorbeikommen und auch deren Familie aufnehmen. Jennies Söhne hatten ihr beim Packen geholfen. Tiana rief eins der jüngeren Mädchen, das vor ihr hertrottete. Sie streckte die Hand aus, zog das Mädchen hoch und setzte es vor sich. Das Kind wahrte respektvolles Schweigen. Tiana erinnerte sich, welche Ehrfurcht sie selbst vor *Ghigau* empfunden hatte, Nanehi Ward. Es war ein seltsamer Gedanke, daß dieses Kind sie vielleicht genauso sah. Um ihr die Scheu zu nehmen, begann Tiana die Geschichte von Stonecoat und den sieben Jungfrauen zu erzählen. Sie sprach oft mit den Mädchen, stellte ihnen Fragen und beurteilte ihre Antworten. Sie hielt nach einem besonderen Mädchen Ausschau, an das sie ihr Wissen weitergeben konnte.

Das Sprechen machte den Abschied leichter. Tiana blickte nicht zu der Farm zurück, auf der sie fast soviel Zeit zugebracht hatte wie auf der ihrer Mutter. In gewisser Weise würde es ihr gar nicht leid tun, an einem Ort ohne Erinnerungen neu anzufangen.

39

Susannah Rogers' Ehemann Nicholas Miller ließ sie und ihre gemeinsame achtjährige Tochter Melzie eines Tages sitzen. Miller war nichts als ein Ärgernis gewesen, seit er Susannah geheiratet hatte. Die Familie war froh, ihn los zu sein, obwohl er die beiden einzigen guten Pferde mitgenommen hatte und alles, was er sonst noch stehlen konnte. Die Rogers' waren vor ein paar Monaten, im Frühjahr 1828, ins Territorium Oklahoma umgezogen. Nicholas, Susannah und Melzie hatten in dem in aller Hast zusammengezimmerten Haus mit dem überdachten Laufgang zusammen mit Tiana, Jennie, James und dessen neuer Frau Nannie Coody sowie jedem zusammengelebt, der ein Dach über dem Kopf brauchte.

Auch ohne Susannahs Schwierigkeiten war es nicht ganz einfach gewesen, die Felder für eine Sommerernte zu roden und eine Unterkunft zu bauen. Sie und ihr Mann stritten sich unentwegt. Mit ihrem ewigen Gezänk und der nervtötenden Hitze schien das Haus viel kleiner zu sein, als es tatsächlich war. Tiana hörte James oft vor sich hin knurren, wenn man den Mann aufhänge, sei das die Rettung für eine schlechte Ehe.

Doch Susannah war tief betrübt gewesen, als Nicholas von einem seiner häufigen Ausflüge in die Kneipen um das Lager Gibson herum nicht zurückgekehrt war. Als die Familie ein paar Tage später aufwachte, waren Susannah und Melzie verschwunden. Jetzt suchten Tiana, James und John nach ihr. Charles, William und Joseph waren in eine andere Richtung aufgebrochen.

Tiana schlug vor, sie sollten es in der Siedlung in der Nähe des Lagers versuchen, wohin Miller immer zum Trinken und zum Spielen gegangen war, vermutlich auch, um zu huren. Obwohl offenkundig war, daß er nicht die Absicht hatte, zu seiner Frau zurückzukehren, war sie ihm vielleicht gefolgt.

Der Pfad führte durch Gibson, doch dort hielten sich Tiana und ihre Brüder nicht lange auf. Als sie herausfanden, daß man Susannah nicht gesehen hatte, ritten sie weiter. Sie hielten nicht mal an, um aus der klaren Quelle zu trinken, die das Lager mit Wasser versorgte.

Vier Jahre zuvor hatten Arbuckle und seine Männer mit dem Bau des Lagers am Grand River am Ende der Straße nach Fort Smith begonnen. Es lag in der Mitte des Gebiets, das von den Kleinen und dem Wahren Volk gleichermaßen beansprucht wurde. Arbuckle hatte unter den gegebenen Umständen das Beste an Gebäuden hingestellt, was möglich war. Seine Männer hatten die verfilzten Nesseln und mannshohe Unkräuter entfernt und dichte Haine mit Eichen, Eschen und Zürgelbäumen gerodet. Und sie hatten die solide Barriere aus Röhricht weggehackt, die sich in einer Breite von zwei Meilen am Fluß erstreckte. Arbuckle hatte angenommen, daß sich die Gesundheit seiner Männer bessern würde, wenn sie erst mal Fort Smith hinter sich ließen. Er hatte sich geirrt. Die Soldaten starben in zunehmenden Zahlen an Malariafieber und der Ruhr. Schon nannte man das Lager Gibson das Schlachthaus der Armee. Und jetzt war August, die Zeit, in der die Männer am schnellsten erkrankten.

Tiana und ihre Brüder ritten nach Südwesten auf den Zusammenfluß des Verdigris, des Grand und des Arkansas River, wo Clermonts Dörfer gewesen waren. Auch die Kleinen waren durch das ständige Herumschubsen der Stämme entwurzelt worden, als die Regierung sie immer weiter und weiter nach Westen trieb. Das Gebiet wurde auch Three Forks genannt, und Händler hatten dort Kochstellen gebaut. Um sie herum lagen die Kneipen und Hütten, die Zelte und Bruchbuden derer, die von den Indianern, Trappern und Soldaten lebten. Die Siedlung dehnte sich inmitten der Baumstümpfe des Waldes aus, der gefällt worden war, um sie zu bauen.

Als Tiana an den ersten provisorischen Unterkünften vorbeiritt, setzte sie mit Mühe ein gleichmütiges Gesicht auf. Sie war daran gewöhnt, Armut zu sehen, aber dies war eine andere Art von Armut. Ihr Volk war arm an materiellen Gütern. Diese Leute waren arm im Geist.

Dies war der Ort, an dem sich Spieler und Whiskeyhändler, weiße Herumtreiber, Strauchdiebe und der Auswurf der Indianerstämme versammelten. Von Weißen wurden Erlaubnisscheine verlangt, bevor sie das Land des Wahren Volkes auch nur durchqueren durften, doch es war für Arbuckles Männer fast unmöglich, die Hunderte von Männern zu kontrollieren, die sich illegal einschlichen.

Trapper, die selbst im August keine Neigung zeigten, ihre Fellmützen und Lederhemden auszuziehen, lungerten überall herum, wo sie Schatten fanden. Die Glöckchen an ihren Beinlingen klirrten, und die Bärenkrallen und Silbermünzen ihrer Halsketten schepperten, wenn sie sich bewegten. Männer schrien einander auf französisch, spanisch, englisch und in einem Mischmasch verschiedener Indianersprachen an.

Es war niemandem erlaubt, den Indianern Schnaps zu verkaufen, aber dennoch lagen viele bewußtlos neben dem Pfad, während andere zwischen den Gebäuden herumtorkelten. Hunde, Schweine und Hühner balgten sich um den Abfall, der überall in dampfenden, stinkenden Haufen verrottete.

Was Tiana störte, waren die Frauen. Einige von ihnen waren ehrbar, die Ehefrauen von Wehrpflichtigen oder Wäscherinnen für das Fort. Die Büsche um die Hütten der Wäscherinnen herum waren mit Kleidungsstücken bedeckt, die dort zum Trocknen hingen. Doch die meisten der Frauen waren alles andere als ehrbar. Selbst einige der Wäscherinnen betrieben nebenbei ein elementareres Gewerbe.

Die meisten Frauen waren Indianerinnen. Ihre schrillen, unglücklichen Stimmen taten Tiana in den Ohren weh. Ihre schmutzigen nackten Kinder spielten im Schlamm. Tiana sprach schnell einen Zauberspruch, um Susannah zu beschützen. Sie betete, sie und ihre Brüder würden nach Hause kommen und ihre Schwester dort sicher vorfinden.

Sie hielt neben einem Weißen an, der vor einer besonders elenden Hütte auf einem Hocker saß. James hielt ebenfalls an und wartete geduldig auf sie, John stoppte nur gezwungenermaßen. Sie waren daran gewöhnt, daß Ausflüge mit ihr eher königliche Rundreisen waren als sonst etwas. Wenn Tiana nicht hielt, um mit Menschen zu sprechen, hielten die sie an, weil sie etwas von ihr wollten.

»Was tun Sie da?« fragte sie.

»Ich blende diesen Lockvogel hier.« Er hielt die blaugraue Wandertaube in einer großen, schmutzigen Hand. Mit seinen dicken Fingern stach er eine Nadel durch den Rand eines der unteren Augenlider des Vogels. Er verknotete den Faden, zog ihn dem Vogel über den Kopf und durch das untere Augenlid auf der anderen Seite. Dann zog er den Faden fest zusammen, um beide Lider geschlossen zu halten. Dann band er den Faden oben auf dem Kopf zusammen.

»Das ist grausam.«

»Nee, ist es nicht. Vögel fühlen gar nichts.« Er tätschelte die Taube unsanft und steckte sie in einen Käfig aus Weidenruten. Er holte einen anderen Vogel heraus.

»Wie fressen sie?«

»Ich füttere sie. Lasse sie nicht verhungern. Kostet mich einen Haufen Arbeit, sie einzufangen und zu trainieren. Der hier«, damit stieß er einen Stummelfinger durch die Gitterstäbe auf einen Vogel, in dessen Augenlidern Löcher waren, »der ist fünf Dollar wert, hart verdientes Geld.«

»Sie trainieren sie?«

»Na klar. Nicht jeder Vogel taugt als Lockvogel. Muß auf dem Hocker, dieser Stange hier, das Gleichgewicht halten können. Müssen einfach nur ein bißchen flattern können, wenn der Hocker sich neigt. Dann sehen sie aus, als wollten sie landen, um zu fressen. Das lockt den Rest des Schwarms an, so daß ich das Netz über sie werfen kann. Das ist harte Arbeit, Missy. Sehen Sie sich diese Schwielen an.« Er hielt eine Hand hoch, in deren Hautfalten und unter deren Fingernägeln schwarzes, geronnenes Blut klebte. Tiana starrte die Hand an wie ein Kaninchen die Schlange.

»Diese Schwielen habe ich von den Kneifzangen.« Er zeigte auf eine schwere Zange. Eine Zange war Tiana noch nie böse vorgekommen, doch jetzt tat sie es. »Ich quetsche ihre kleinen Hälse, bis ihnen das Blut aus den Augen spritzt und ihnen über den Schnabel tropft.

Muß knietief in Schlamm und Blut und Vögeln waten. Ich muß Tausende von ihnen töten, und zwar schnell wie der Blitz, bevor sie verrotten. Das ist nicht leicht, sag' ich Ihnen. Manchmal zerquetsche ich ihnen die Köpfe einfach nur mit den Fingern. Ich habe kräftige Finger, aber es macht müde.« Er hatte nicht lange hinsehen müssen, um festzustellen, daß Tiana die wohl schönste Frau war, die er in seinem Leben zu sehen bekommen würde. Folglich bot er an Charme auf, was er zu bieten hatte.

»Ich kann Ihnen etwas von dem Fang abgeben, wenn Sie mögen, im Austausch gegen etwas von Ihrer... Zeit.« Er zeigte mit dem Kopf auf zwei Wagen, die bis zum Rand voller Taubenkadaver waren. »Die meisten werden sowieso verrotten, bevor ich sie verkaufen kann. Dann kann ich sie nur an die Schweine verfüttern. Bei dieser Ladung werde ich zusetzen.«

»Schwester.« John sagte es laut und auf englisch. Um seiner Aufforderung Nachdruck zu verleihen, klapperte er mit seinem Gewehr.

Ohne ein weiteres Wort an den Taubenjäger schloß Tiana zu ihren Brüdern auf.

»Habt ihr das gehört?« fragte sie.

»Ich bin solchen Figuren schon früher begegnet«, antwortete James.

»Ich bete, daß es mir nie mehr passiert«, sagte Tiana. Sie spürte ein Bedürfnis, zum Fluß zu gehen und sich zu reinigen, nur weil sie in der Nähe dieses Mannes gewesen war.

»Wo sollen wir mit der Suche anfangen? Was meint ihr?« fragte sie.

»In den Kneipen«, erklärte James. »Wie die Leute kehren auch Neuigkeiten erst mal dort ein.«

»Ihr beiden fragt auf der Seite der Straße und ich auf der anderen.« John nickte zu beiden Seiten des Pfades, der die Siedlung in etwa teilte.

»Ich werde die Frauen fragen«, sagte Tiana. Sie wußte, daß die Frauen nicht mit ihren Brüdern würden sprechen wollen. Indianerinnen waren gewohnt, nicht mal mit den Männern zu sprechen, die sie kannten.

»Einer von uns sollte bei dir bleiben.«

»Ich kann auf mich selbst aufpassen. Und ich werde in Rufweite bleiben.«

James und John wußten, daß sie unter normalen Umständen sehr wohl auf sich aufpassen konnte. Doch dies waren keine normalen

Umstände. Und sie als Brüder hatten die Pflicht, sie zu beschützen. Sie wußten auch, wieviel Aufmerksamkeit sie auf sich zog. Mit achtundzwanzig hatten die meisten Frauen ihre Blütezeit schon längst hinter sich. Tiana aber schien alterslos zu sein. Die Jahre fügten ihrer Schönheit nur eine Art Unangreifbarkeit hinzu. Sie besaß eine Kombination aus Selbstvertrauen, Intelligenz und innerer Heiterkeit, die Menschen anzog, selbst solche, bei denen ihre Brüder es lieber sähen, sie würden sich fernhalten. Es kam häufig vor, daß irgendein verliebter Krieger oder ein Soldat aus dem Lager zu ihrem Haus kam und um ihre Hand anhielt. Sie lehnte diese Angebote ruhig und entschlossen ab.

Jetzt führte sie ihr Pferd zwischen den Kochfeuern und Waschzubern, Maismörteln, Fellstapeln, weggeworfenen Wagenteilen und anderem Holz hindurch, die überall in der Siedlung herumlagen. Die Frauen antworteten ausweichend. Einige behaupteten, Susannah und deren Tochter überhaupt nicht gesehen zu haben. Andere sagten, sie hätten sie zwar gesehen, wüßten aber nicht, wo sie seien. Schließlich fragte sie eine üppige schwarze Frau, die an einem Fluß Wäsche schrubbte. Die Frau sprach Osage und Französisch und antwortete Tiana aufrichtig.

»Ich habe deine Schwester gesehen«, sagte sie. »Vor drei oder vier Stunden. Fünf weiße Männer sind mit ihr und dem Mädchen hier vorbeigekommen. Ich glaube, die haben ihr erzählt, sie wüßten, wo ihr Mann ist. Sie ist mit ihnen gegangen.«

»Wohin?«

»Da entlang.« Die Frau zeigte auf eine schmale Fahrspur, die in den Wald führte. »Ich glaube, da könnte ein Bisonjägerlager sein, fünf oder sechs Meilen Richtung Prärie.«

»Danke dir, Mutter«, sagte Tiana.

»Ich denke, es sind vielleicht schlechte Männer«, bemerkte die Frau und wandte sich wieder ihrer Wäsche zu.

James, John und Tiana galoppierten in das Bisonjägerlager und fanden es fast menschenleer. Eine einsame Gestalt saß vor den verkohlten Holzscheiten des Kochfeuers.

»Tsu'tsan!« rief Tiana aus. Sie sprang vom Pferd und lief zu ihrer Schwester. Susannah sah sie ausdruckslos an. Ihr Kleid war halb zerrissen, und Gesicht und Arme wiesen Schürfwunden auf. Sie war sehr betrunken.

»Schwester«, sagte James und schüttelte sie sanft. »Haben sie dir sehr weh getan? Wo ist deine Tochter?«

»Sie haben sie mitgenommen«, erwiderte Susannah wie aus großer Ferne. »Sie haben uns beide genommen. Viele Male.« Sie zog sich ihren zerfetzten Rock über die Knie, zog die Knie bis zum Kinn hoch und legte die Arme um sie. Sie schluchzte heftig und wiegte sich dabei hin und her. Tiana legte die Arme um sie und drückte sie an sich. Sie wiegten sich gemeinsam.

»Lieber Jesus, Gott im Himmel«, fluchte James. »Diese gottverfluchten Bastarde.«

»Ich reite hinter ihnen her«, sagte John. »Die Spur ist noch frisch. Es kann sein, daß sie das Kind noch bei sich haben.«

James wollte protestieren. Er wollte sie selbst töten, doch jemand mußte die Frauen nach Hause begleiten. Tiana wußte, wie ihm zumute war. Sie riet meist von Rache ab, aber in diesem Fall würde sie wirklich sehr süß sein. Sie bedauerte, nie einige von Raincrows dunkleren Zauberformeln gelernt zu haben, etwa einen Bann, mit dem man Ihnen Böses Mit Feuer Heimzahlen Kann.

Sie und Susannah ritten zu zweit auf einem Pferd, und James folgte ihnen zurück durch die Siedlung. Der übliche Lärm legte sich etwas. Die Indianer dort wußten instinktiv, was geschehen war. Sie bemerkten, daß John verschwunden war. Sie wußten, daß er sich rächen würde.

Als sie an der Hütte des Taubenjägers vorbeikamen, sah Tiana, daß er verschwunden war. Sie saß ab. Sie öffnete den Käfig und holte die Tauben einzeln hervor. Mit der Spitze ihres Schälmessers schnitt sie die Fäden durch, welche die Augenlider der Vögel geschlossen hielten, und zog sie behutsam durch die Löcher. Sie flüsterte jeder Taube eine Entschuldigung zu und strich ihr über die samtartigen, blaugrauen Federn. Dann öffnete sie die Hände und gab dem Vogel einen leichten Stoß, um ihm das Losfliegen zu erleichtern. Sie sah sie alle wegfliegen, bevor sie wieder aufsaß und den Ritt fortsetzte.

John kam einen Tag später wieder. Er hatte Melzies Leiche bei sich, die er in seine Decke gehüllt hatte. Er faltete ein Stück Bisonhaut auseinander und schüttelte sie. Fünf blutige Skalps fielen in den Staub vor der Tür.

»Ich habe sie mit dem Messer getötet, während sie schliefen. Ich bedaure sehr, daß ich allein war und ihnen nicht die Genitalien abschneiden konnte, als sie noch lebten, und sie nicht langsam verbrennen lassen konnte.« Er sagte es einfach dahin und ging hinein, um zu essen.

James hob die fünf verfilzten Haarklumpen auf und wickelte sie wieder ein. Er würde sie in aller Stille beseitigen. Es würde keinen Tanz zur Feier von Johns Tat geben. John würde nicht damit prahlen, und sie alle würden kein Wort darüber verlauten lassen. James wußte, daß John die Leichen gut versteckt hatte. Und es war sehr wahrscheinlich, daß niemand die Bisonjäger vermissen oder betrauern würde. Doch sie waren *Weiße*. Die Behörden neigten dazu, jeden Indianer, der einen weißen Mann tötete, zu bestrafen, gleichgültig, wie es dazu gekommen war.

Tiana trug Melzies Leichnam ins Haus, worauf sie und Jennie begannen, ihn für die Beisetzung vorzubereiten. Tiana ertappte sich bei dem Wunsch, die Missionare möchten recht haben, daß es tatsächlich eine Hölle gebe. Diesen Männern würde das Böse durch Feuer heimgezahlt werden, sogar nach ihrem Tod.

Es war ein kalter trüber Morgen Ende 1828. Die Wolken sahen so schwer aus, als könnten sie allein durch ihr bloßes Gewicht vom Himmel fallen. Sie waren aber nicht schwer genug, um Sams gute Laune zu verderben. Er pfiff vor sich hin, als sein grauer Apfelschimmel in gestrecktem Galopp über die schmale Abkürzung nach Gallatin und zum Herrenhaus der Allens stürmte. Das Pferd kannte den Weg gut und brauchte kaum gelenkt zu werden. Sam hielt die Zügel leicht mit einer Hand und wärmte sich die andere in der Tasche seines voluminösen wollenen Überziehers. Der breite, steife Kragen des Mantels war hochgeschlagen, um Hals und Ohren vor dem Wind zu schützen. Sam hatte sich seine hohe Bibermütze fest auf den Kopf gedrückt.

Er hatte allen Grund, glücklich zu sein. Trotz einer häßlichen Kampagne seiner Gegner war Andrew Jackson zum Präsidenten der Vereinigten Staaten gewählt worden. Er würde in einem Monat sein Amt übernehmen. Vielleicht konnte er als Präsident diejenigen bezahlen lassen, die Rachel Jacksons guten Namen in den Schmutz gezogen hatten, die sie eine Bigamistin und eine leichtfertige Frau genannt hatten. Die ungerechte Anschuldigung hatte ihr namenlosen Kummer gemacht.

Doch all das war jetzt vorbei. Gegen die Frau des Präsidenten würde niemand mehr Anschuldigungen erheben. Sam selbst hatte sich soeben entschlossen, sich um eine zweite Amtszeit als Gouverneur von Tennessee zu bewerben.

Da diese Entscheidung nun gefallen war, hatte Sam Zeit, sich eine noch wichtigere Entscheidung zu überlegen. Er hatte vor, sie mit seinem Freund Colonel Allen zu diskutieren, wenn er auf der Plantage war. Das Haus der Allens war ein weiterer Grund dafür, daß ihm so leicht ums Herz war. Er würde dort ein warmes Feuer vorfinden und heiße Toddys, ein üppiges Frühstück und ein bestimmtes Lächeln. Sam erwartete voller Vorfreude die Weihnachtsfeiern bei den Allens. Abgesehen von Mrs. Polk gaben sie die besten Partys in der ganzen Gegend.

Sams Träumerei wurde durch Hufgetrappel unterbrochen. Ein Reiter hielt direkt vor ihm, reichte ihm ein Blatt Papier, das er aus seiner Tasche genommen hatte, und galoppierte weiter.

»Warten Sie!« rief Sam hinter ihm her. »Was ist passiert?«

Doch der Mann war schon um eine Biegung verschwunden. Die Nachricht auf dem Blatt war einfach. »Mrs. Jackson ist soeben verstorben.« Sam las die Nachricht mehrmals und versuchte, sie zu verstehen.

Er riß den Schimmel herum und trat dem Tier mit den Hacken in die Flanken. Er galoppierte zunächst über den Waldweg weiter, um dann auf die Hauptstraße abzubiegen. Als er sich dem Hermitage näherte, wurde die Straße breiter und voller. Alle wollten in die gleiche Richtung. Sie gingen zu Fuß oder ritten auf Pferden oder Maultieren der Farm. Sie fuhren in jedem Buggy, jeder Kutsche und jedem Wagen, die sie hatten. Schwarz und Weiß, jung und alt, reich und arm, alles strömte zur Plantage der Jacksons.

Als Sam in dem Gedränge nicht mehr schnell genug vorwärtskam, setzte er über einen Zaun hinweg und galoppierte quer über die Stoppelfelder. Er übergab seinen Schimmel einer weinenden Hausdienerin und sprang die Treppenstufen zum Eingang hinauf. Die Halle war voller weinender Verwandter und Diener.

»Hannah, was ist passiert?« Sam packte Tante Rachels Dienstmädchen am Arm.

»Sie ist nicht mehr da, Mr. Sam. Sie ist nicht mehr da.«

»Wann? Wie?«

»Ich glaube...« Hannah sah sich um und zog Sam dann in eine Ecke. »Ich glaube, sie ist an gebrochenem Herzen gestorben. Sie wissen, daß sie mit diesem großen leeren Haus da in Washington nichts zu tun haben wollte. Ich war bei ihr, als sie verschied. Sie sagte: ›Ich möchte lieber eine Türsteherin im Haus Gottes sein, als in diesem Haus leben.‹« Hannah begann wieder zu weinen.

»Wo ist sie? Wo ist der General?«

Hannah blickte in Richtung von Rachels Schlafzimmer. »Er trauert da drinnen. Es ist, als hätte man dem armen Mann das Herz aus der Brust gerissen.«

Mit dem Hut in der Hand sah Sam durch die Schlafzimmertür. Jacksons lange, knochige Finger waren in seinem wirren Haar vergraben, das ihm in allen Himmelsrichtungen vom Kopf abstand. Mit der anderen Hand strich er Rachel über die kalte Stirn.

»Siebenunddreißig Jahre, Sam. Sie ist siebenunddreißig Jahre lang mein Leben gewesen.« Jacksons Gesicht hatte seit den schrecklichen Tagen des Krieges gegen die Creeks nicht so ausgemergelt ausgesehen. Und jetzt war er fünfzehn Jahre älter. »Ich habe einen Wahlkampf geführt und gewonnen. Und was habe ich davon, wenn ich mein Leben verliere? Meine Freude? Sie hat nur dafür gelebt, anderen zu helfen. Und sie hat unglaublich unter den häßlichen Verleumdungen derer gelitten, die mich durch sie treffen wollten.«

Draußen konnte Sam das Stöhnen und den Singsang der hundert Sklaven hören, die Rachel ihre Familie genannt hatte. Von den Tausenden, die sich jetzt auf dem Gelände befanden, waren einige erschienen, um der verstorbenen Ehefrau des neuen Präsidenten die letzte Ehre zu erweisen. Die meisten kamen, weil sie Tante Rachel gekannt hatten oder weil sie ihnen geholfen hatte. Viele brachten Speisen für die Familie und die Trauernden mit. Draußen auf dem Rasen brannten Feuer, als die Leute sich etwas zu essen machten. Am Tag vor Weihnachten erschienen zehntausend Menschen, um an Rachel Jacksons Beisetzung teilzunehmen. Das waren zweimal so viele, wie in Nashville lebten.

Sam führte die übrigen Sargträger auf dem gewundenen Pfad zum Garten. Dieser war im Leben Rachels Lieblingsplatz gewesen, und hier würde sie auch ihre letzte Ruhe finden. Sie würde in der Nähe des Grabs ihres Adoptivsohns Lincoyer, des Creek, liegen, der vor zwei Jahren an Schwindsucht gestorben war. Jackson folgte dem Sarg. Er stützte sich auf seinen Stock, und sein alter Freund John Coffee führte ihn am Arm. Als Sam den langen Trauerreden lauschte, fragte er sich, ob Jackson sich je genug von diesem Schlag erholen und die vor kurzem gewonnene Präsidentschaft auf sich nehmen würde.

Ausnahmsweise entsprachen die Totenreden einmal der Wahrheit. Tante Rachel war einer Heiligen so nahe gekommen, wie Sam je eine kennengelernt hatte. Als kalter Nebel durch die Äste zu wabern begann, dachte Sam an Rachels trauriges Leben. Man hatte sie gehetzt und verfolgt, weil ihr erster Ehemann es aus Achtlosigkeit versäumt hatte, ihre Scheidung rechtskräftig zu machen. Sie hatte Jackson in dem Glauben geheiratet, eine freie Frau zu sein. Vier Jahrzehnte lang hatte sie der Ruf einer Bigamistin verfolgt. Und sie war nie in der Lage gewesen, ihren geliebten Mann für sich zu haben. Sie hatte ihn mit einer Nation teilen müssen, die ihre Helden verschlang. Sie verleumdete sie, betete sie an, gewährte ihnen jedoch fast nie ein Privatleben.

Jackson begann zu sprechen. Seine ersten Worte waren eine Entschuldigung für die Tränen, die ihm übers Gesicht liefen. Seine Stimme zitterte.

»Ich weiß, daß es unmännlich ist, aber diese Tränen bin ich ihr schuldig. Sie hat um mich viele vergossen.« Er fuhr mit lauterer Stimme fort. »Freunde und Nachbarn, ich danke Ihnen für die Ehre, die Sie der Heiligen erwiesen haben, deren sterbliche Überreste in jenem Grab ruhen. Sie befindet sich jetzt in der Seligkeit des Himmels und kann hier auf Erden nicht mehr leiden. Doch ich bleibe ohne sie zurück und muß allein den Prüfungen des Lebens entgegentreten.

In Gegenwart dieser teuren Heiligen kann ich allen meinen Feinden vergeben und tue dies auch. Doch jene niederträchtigen Lumpen, die sie verleumdet haben, müssen sich an Gott wenden, wenn sie Gnade wollen!«

Als Sam im Regen dastand, suchte er in der Menge nach einer besonderen Gestalt. Die untere Hälfte ihres Gesichts wurde von dem weißen Spitzentaschentuch verdeckt, das sie sich an die Augen hielt. Sie hatte die Rüschen und Blumen von ihrem breitkrempigen Hut abgenommen und einen schwarzen Netzschleier darüber gelegt. Er verhüllte ihr blondes Haar und die obere Hälfte des Gesichts, aber Sam hatte sie ohnehin wiedererkannt. Er hatte diesen schlanken Körper und die schmale Taille bei vielen von Mrs. James Polks Kotillons von der anderen Seite des Raums aus studiert.

Selbst in Schwarz und tiefverschleiert war Eliza Allen schön. Tante Rachels Tod hatte Sams Stimmung verändert, jedoch nichts an seinem Gemüt. Er war immer noch entschlossen, Eliza zu bitten, ihn zu heiraten. Sam war neuerdings vorsichtiger mit dem, was er äußerte. Er versuchte das Bild zu verfeinern, das er anderen bot. Doch wenn er mit hochgelegten Stiefeln in Russells Kneipe mit denjenigen seiner Freunde beisammensaß, die dort verkehrten, hätte Sam gesagt, er habe sich bis über beide Hinterbacken verliebt.

40

Nach der Beisetzung ging es über Weihnachten auf der Allen-Plantage gedämpft zu. Tante Rachel war dort oft zu Besuch gewesen. Sie hatte immer kleine Geschenke mitgebracht oder Neuigkeiten oder hatte einfach nur an Mrs. Allens Bett gesessen und geplaudert. Mrs. Allen war invalide gewesen, solange Eliza sich zurückerinnern konnte. »Frauenleiden« waren der einzige Grund, den Eliza je gehört hatte. Es kam ihr nie in den Sinn, nach Einzelheiten zu fragen.

Wenn Eliza eine Mutter brauchte, wandte sie sich an Dilcey, ihre Mammy seit Kindertagen. Dilcey hatte ihr die Hand gehalten, wenn sie sich nachts fürchtete. Dilcey hatte sie in den Schlaf gesungen und morgens geweckt. Dilcey hatte ihr jeden Tag das Haar gebürstet, bis die Kopfhaut kribbelte, und hatte die dicken Strähnen nach vorn gezogen, um sich zu vergewissern, daß Eliza sich auch hinter den Ohren gewaschen hatte.

Eliza war die einzige Tochter und das jüngste Kind der Allens. Sie war nicht nur der Augapfel ihres Vaters, sondern auch ihrer Brüder, Onkel und sämtlicher Hausdiener sowie der meisten Landarbeiter. Man hatte sie verwöhnt, aber nicht verzogen. Sie hatte es geschafft, aus dem von Seide umhüllten Kokon ihrer Kindheit als anmutige junge Frau von achtzehn Jahren hervorzugehen.

Sie wußte, daß sie schön war. Das hatten ihr die Menschen erzählt, seit sie ein Baby gewesen war. Sie wurde von Freiern umschwärmt. Dabei war sie nicht sonderlich eitel. Sie kannte all die richtigen Antworten auf die höflichen Fragen, die in der besseren Gesellschaft gestellt wurden. Wenn sie auf einige andere Fragen keine Antworten wußte, war das ohne Bedeutung.

Sie ging geschickt mit Nadel und Faden um. Sie wußte, wie man Hausangestellte dirigiert. Doch mit ihren achtzehn Jahren war sie in mancher Hinsicht immer noch ein Kind. Die Frauen sprachen von ihrer künftigen Heirat, doch die Zukunft war für sie nie weiter weg gewesen als die nächste Party oder die nächste Tanzveranstaltung. Wenn die Damen zusammenkamen, war ihr Gerede von Heirat nur ein beruhigendes Summen über ihrem Kopf, wenn sie nähte.

Als Gouverneur Houston nach Rachels Beisetzung zu Besuch kam, plauderte Eliza unbefangen mit ihm, als er sie in das kleine Wohnzimmer führte. Ihre Hand ruhte leicht auf der Samtmanschette seines tiefgrünen Redingote-Mantels. Er mochte zwar Gouverneur des

Staates gewesen sein, doch für ihren Vater und ihren Onkel war er davor schon lange ein teurer Freund gewesen.

»Wie großartig Sie heute abend aussehen, Gouverneur Houston.« Und das stimmte. Sam trug ein schneeweißes Rüschenhemd unter einer schwarzen Satinweste. Seine weiten, schwarzen Hosen waren nach der neuen Mode geschnitten, weit um die Hüfte und Beine und eng um die Knöchel. Seine beigefarbenen Rehlederhandschuhe steckten in seinem Gürtel. Seine Seidenstrümpfe waren mit Mustern bestickt, und seine Abendschuhe aus schwarzem Leder hatten Silberschnallen. Er trug das Haar kurzgeschnitten in jenem achtlos wirkenden Stil, der seine dichten kastanienbraunen Locken voll zur Geltung kommen ließ. Die neueste Mode war auffallend, und Sam verstand sich darauf, aufzufallen.

»Wo haben Sie diesen Stoff gefunden, Gouverneur?«

»In Washington City.« Sam gab sich Mühe, sie nicht anzustarren. Ihre zarte Schönheit gab ihm das Gefühl, übermäßig groß und unbeholfen zu sein. Ihre Taille war so schmal, daß er meinte, sie mit den Händen umfassen zu können. Der Gedanke ließ ihm die Hitze in Nacken und Gesicht schießen.

»Ich würde Washington City liebend gern sehen. Wie ich höre, haben die Damen dort die großartigsten Kleider. Und es gibt jeden Abend Bälle und Bankette.«

»So ist es. Sie werden Washington City kennenlernen, das verspreche ich Ihnen.«

»Himmel, ich glaube nicht. Ich werde in diesem stillen Ententeich versauern, während anderswo schnelle Flüsse in den Ozean strömen. Haben Sie den Ozean gesehen, Gouverneur?«

»Ja. Und bitte nennen Sie mich Sam, Eliza.« Sam sah hilflos zu, als der Gegenstand seiner Anbetung ein kleines Stück Holz von einem Stapel neben dem Kamin aufhob und ins Feuer warf. Der Lichtschein des Feuers glühte auf der komplizierten Skulptur ihres blonden Haars. Es war sorgfältig auf einem Drahtrahmen zurechtgelegt worden, und nur ein paar Löckchen wurde erlaubt, im Nacken frei herabzufallen.

»Ich nehme an, daß ich Sie Sam nennen kann, wenn Sie es mögen, Gouverneur. Werden Sie am Sonnabend zum Rennen kommen?« Eliza begann, Sams Unbehagen zu spüren, und sah sehnsüchtig zur Tür.

»Wollen Sie mich zum Rennen begleiten?« fragte Sam sie.

»Natürlich. Wir gehen alle.«

»Ich meine, wollen Sie mir die Ehre erweisen, als meine Verlobte mitzugehen?«

»Verlobte?« Eliza sah ihn verwirrt an.

»Wollen Sie mich heiraten, Eliza?«

»Ich...« Sie war sprachlos. Sie starrte ihn an.

»Ich liebe Sie. Ich werde alles in meiner Macht Stehende tun, um Sie glücklich zu machen.«

»Ich kann es nicht sagen, Gouverneur Houston. Ich muß meinen Vater fragen.« Sie spielte mit dem schweren Vorhang, um ihre Verwirrung zu verbergen. »Ich bin so jung.«

»Und ich bin so alt?« sagte Sam.

»O nein, das sind Sie nicht, Sir.«

»Das Alter spielt keine Rolle. Nicht in der Liebe.«

»Ich werde darüber nachdenken, Sir«, sagte Eliza. Völlig benommen ließ sie Sam mitten im Zimmer stehen.

Sams Herz pochte wild. In den letzten zehn Jahren hatte er alles bekommen, was immer er wollte. Man feierte ihn im ganzen Staat und jubelte ihm überall zu. Er konnte nirgends hingehen, ohne daß man ihn erkannte. Die Menschen scharten sich um ihn, wenn er Festessen und Partys und Gesellschaften mit seiner Anwesenheit beehrte. Die Leute lachten über seine Geschichten und hingen an seinen Lippen. Er wußte, daß Eliza ihn heiraten und daß sie ihn glücklich machen würde.

Eliza war gewohnt, daß andere ihr Leben für sie ordneten. Sie stimmte der Heirat mit Gouverneur Houston zu, weil ihre Eltern es wollten.

Sam durchlitt die Festlichkeiten am Nachmittag der Zeremonie. Es gab Rennen und Wettbewerbe aller Art. Die Tische bogen sich unter den Speisen für die Hunderte von Menschen, die erschienen waren. Als der Abend näherrückte, versammelte sich die Elite der Gesellschaft von Nashville vor der geschwungenen Freitreppe in der riesigen Eingangshalle. Hunderte von Kerzen glühten dort und in dem großen Empfangszimmer, in dem die Zeremonie stattfinden würde. Weißes Flaggentuch schmückte die Wände. Äste und Zweige duftender Rotzedern und leuchtende Magnolienblüten schmückten Kaminsimse und Deckenleisten. Sam schnürte sich die Kehle zu, als Colonel Allen mit seiner Tochter am oberen Ende der Treppe erschien.

Eliza schien die Treppe in einer Wolke aus weißem Tüll und Seide herunterzuschweben. Sam wußte nicht, daß sie den Tag in ihrem

Zimmer eingeschlossen verbracht hatte, wo sie in Dilceys Armen weinte. Als die Stunde der Zeremonie näherrückte, hatte Dilcey etwas zu essen kommen lassen, Eliza und sich selbst das Gesicht getrocknet und diese in ihrem Korsett verschnürt. Sie versuchte, den von den Tränen angerichteten Schaden zu beheben. Sie pusselte und schimpfte. Sie benetzte Eliza das Gesicht mit Milch und puderte sie. Schließlich hoffte sie einfach nur, der Schleier möge die rote Nase und die roten Augen der Braut verbergen.

Die Zeremonie schien sich Stunden hinzuziehen. Der Empfang dauerte fast eine Ewigkeit. Endlich war Sam mit Eliza in ihrem Zimmer allein. Dessen Einrichtung brachte ihn etwas aus der Fassung. Zu viele Spitzen und zuviel Rosa für seinen Geschmack.

»Ich bin gleich wieder da«, sagte Eliza mit leiser Stimme.

»Wohin gehst du?«

»Nach oben in Dilceys Zimmer, um mein Nachthemd anzuziehen.«

»Beeil dich.« Sam hielt sie an den Schultern und küßte sie leicht auf die Stirn. Er fuhr ihr mit einer Hand durch das sorgfältig hochgesteckte Haar, um die Haarnadeln zu lösen, welche die Frisur zusammenhielten.

»Mr. Houston.« Eliza war aufrichtig entsetzt. »Ich kann nicht. Nicht hier. Es wäre nicht recht. Ich bleibe nicht lange.« Damit flüchtete sie.

Sam begann unruhig auf und ab zu gehen. Die meisten seiner Freunde kannten zwei Arten von Frauen, die, die man bezahlte, um mit ihnen seinen Spaß zu haben, und die anderen, die man heiratete. Sam teilte Frauen in drei Kategorien ein: die braunhäutigen Mädchen, die er als Junge an dem träge dahinfließenden Hiwassee River gekannt hatte, diejenigen, die er bezahlte, und die, die er mit vagen Gedanken an Heirat eher ziellos umworben hatte. Mit einer Situation, wie er sie jetzt erlebte, hatte er keine Erfahrung. Er hatte angenommen, ihre beiderseitige Leidenschaft werde sie in den siebten Himmel entführen.

Während er auf Elizas Rückkehr wartete, zog er sich Stiefel, Jacke und Weste aus. Er hielt sie in der Hand und sah sich nach einem Platz um, an dem er sie abstellen konnte. Schließlich legte er Jacke und Weste über einen zerbrechlich wirkenden Stuhl und stellte die Schuhe säuberlich darunter. Er löste seine Hosenträger und legte sie auf die Weste. Er versuchte, auf dem Hepplewhite-Sofa vorm Kamin zu sitzen, doch es schien für seinen großen Leib zu schwach zu sein.

Er fummelte mit den Knöpfen an den Hosen herum, überlegte es sich dann und setzte sich auf den Rand des Himmelbetts mit seinem duftigen Baldachin aus handgewebter Filetarbeit. Er kam sich in seinen bestickten Socken albern vor. Er hatte sich wirklich kaum überlegt, was er in seiner Hochzeitsnacht tragen sollte. Er hatte angenommen, er würde in dem weiten langen Hemd schlafen, das er bei der Hochzeitszeremonie getragen hatte.

Endlich kam Eliza wieder. Sie wirkte ätherisch in ihrem weiten, wallenden weißen Negligé und dem goldenen Haar, das ihr in Kaskaden auf die Schultern fiel.

Sam legte die Arme um sie und drückte sie an sich. Sie war so zart und schlank, daß er fürchtete, sie zu zerdrücken. Er konnte sie zittern fühlen.

»Ist dir kalt?« fragte er.

»Nein«, flüsterte sie.

»Ich werde versuchen, dir nicht weh zu tun.«

Eliza begann zu weinen.

»Was ist?«

»Ich kann hier nicht mit dir schlafen. Mutter schläft genau hinter dieser Wand.«

»Du bist meine Frau.«

»Bitte.« Eliza begann lauter zu weinen. Sam hatte Angst, jemand würde sie hören. Er trocknete ihr mit dem Saum seines Hemdes die Tränen.

»Das Zimmer neben Dilcey auf dem Dachboden ist leer. Du kannst da schlafen. Bitte. Morgen werden wir zusammen sein.«

»Wie du willst, mein Liebes.«

Sam küßte sie auf die Wange und zündete eine Kerze auf dem Kaminsims an. Er nahm seine Kleider und Stiefel und trottete aus der Tür, die er leise hinter sich zumachte. Unten hörte er die Musik, da der Empfang noch weiterging. Er ging an Dilcey vorbei, die sich in eine Steppdecke gehüllt hatte und neben der Tür auf dem Fußboden lag. Sie schien zu schlafen. Er sah nicht, wie sie ihm mit den Blicken folgte, als er leise die Halle entlangging und die schmale Treppe zum Dachboden betrat. Als er verschwunden war, stand sie auf, zog die Decke um sich und betrat Elizas Zimmer. Sie verbrachte die Nacht neben ihrer jungen Schutzbefohlenen und hielt Eliza in den Armen, bis diese sich in den Schlaf geweint hatte.

Nach einem gemächlichen Frühstück wartete Familie Allen in der Kälte des Januarmorgens, während Elizas Gepäck auf zwei Pferde geladen wurde, die es nach Nashville bringen sollten. Ihre beträchtliche Garderobe würde ein paar Tage später in einem Wagen folgen.

Eliza umarmte ihren Vater, ihren Onkel und Brüder. Sie warf ihrer Mutter, die oben das Gesicht an die dicke Fensterscheibe preßte, eine Kußhand zu. Sie klammerte sich an Dilcey, während Sam und die Männer plauderten, um dem Abschied nicht zusehen zu müssen. Sam half Eliza aufs Pferd. Sie zog sich die Röcke zurecht und nahm die Zügel in ihre behandschuhten Hände. Die beiden waren eine Stunde von Nashville entfernt, als der Wind so bitter kalt wurde, daß sie nicht mehr weiterreiten konnten. Sie hielten bei Locust Grove. Die Eigentümer der Plantage waren alte Freunde von Sam und den Allens. Sam wußte, daß er und seine Braut dort willkommen sein würden.

In der Nacht pochte Sams Herz so laut, daß er sicher war, daß Eliza es hörte, als er die Steppdecke zurückzog und sich neben sie legte. Sie lag stumm und zitternd da, als er sie mit seinen großen Händen zu beruhigen versuchte. Er strich ihr über den kleinen Körper, als wollte er ein nervöses Fohlen beruhigen, aber seine Berührungen schienen ihre Qual nur zu steigern.

»Ich werde dir nicht lange weh tun, meine Liebe.« Er küßte ihr den Hals. Er ließ die Hand an ihrem Bein heruntergleiten und zog den Saum ihres Nachthemds hoch, um es über ihren Schenkel zu bekommen. Sie hob nicht den Körper, um ihm zu helfen. Statt dessen wurde sie starr und blickte mit aufgerissenen Augen an die Decke. Als Sam versuchte, ihre Reaktionen auf jede seiner Bewegungen abzuschätzen, fragte er sich, warum Jungfrauen eigentlich so hoch geschätzt wurden. Einerseits war der Gedanke, daß ein anderer Mann dies mit Eliza tat, unerträglich. Andererseits war es für Sam unerträglich, daß er sie so erschreckte.

Er kam zu dem Schluß, daß es keine Alternative gab. Er mußte es hinter sich bringen und hoffen, daß es beim nächsten Mal besser ging. Er zog sein Nachthemd hoch und wälzte sich auf Eliza. Er begann, so sanft wie nur möglich gegen sie zu stoßen. Sein Glied war bei den Frauen des Wahren Volkes immer ein Gegenstand der Bewunderung gewesen, doch jetzt schien es für die vor ihm liegende Aufgabe viel zu groß zu sein.

Eliza jammerte vor Schmerz, aber er hörte nicht auf. Er konnte nicht aufhören. All die Frustration und die Sehnsucht, die sich in ihm aufgestaut hatten, brachen sich jetzt Bahn. Er vergrub die Finger in ihren Schultern, um sich abzustützen, und stieß dann immer wieder zu, bis er den Schild durchbrach, der ihn aussperrte. Sie war trocken und eng, aber er drang tief in sie ein. Sie schrie vor Schmerz auf, und er stöhnte, als seine Leidenschaft endlich Erleichterung fand. Dann gewann die Reue die Oberhand. Er zog sich langsam zurück und versuchte, sie zu liebkosen. Sie entzog sich ihm und kehrte ihm den Rücken zu.

»Nicht mehr, bitte«, schluchzte sie. »Nicht mehr.«

Eliza hörte, wie Sam sich am nächsten Morgen bewegte. Sie stellte sich schlafend. Sie sah so friedvoll und keusch aus, daß Sams Stimmung sich ein wenig besserte. Sie würde sich bestimmt bald an die fleischliche Seite der Ehe gewöhnen. Als er sich die Hosen anzog, bemerkt er nicht, daß sie kurz die Augen aufschlug.

Als sie die offene Wunde auf seinem Oberschenkel in der Nähe seines Unterleibs entdeckte, schloß sie die Augen und versuchte, nicht das Gesicht zu verziehen. Sein großer, behaarter Körper war schon schlimm genug, aber die offene Wunde war mehr, als sie ertragen konnte. Das Thema von Sams alter Verwundung war nur gelegentlich zur Sprache gekommen, wenn er humpelte und eine Bemerkung darüber fallen ließ, daß die Wunde ihm weh tat. Sam hatte gehofft, seine Braut würde ihn zu sehr lieben, um sich davon stören zu lassen. Er gab Eliza einen Kuß auf den Scheitel, bevor er auf Zehenspitzen das Zimmer verließ.

Sie folgte ihm eine Stunde später nach unten. Sie hörte, wie Sam draußen lachte.

»Haben Sie gut geschlafen?« fragte Mrs. Martin, als sie der Küchensklavin zeigte, wie diese den Teig für das heutige Brot kneten sollte.

»Mir geht es gut«, sagte Eliza und lächelte sie an.

»Wir sind so glücklich, daß Sie und der Gouverneur bei uns gewesen sind. Er ist so ein feiner Mann, dieser Sam. Sie müssen beide sehr glücklich sein.«

»Ja, das sind wir«, antwortete Eliza.

Sie öffnete die Hintertür. Sie stand in der Kälte auf der offenen Küchenveranda und sah, wie Sam und die beiden jüngsten Töchter der Martins einander mit Schneebällen bewarfen.

»Dieser Sam Houston ist wirklich ein gutaussehender Mann«, rief Mrs. Martin. »Vielleicht sollten Sie ihm lieber helfen, bevor die Mädchen die Oberhand über ihn gewinnen.«

»Ich wünschte, sie würden ihn töten«, murmelte Eliza. Ihr war nicht bewußt, daß Mrs. Martin sie hören konnte. »Ich wünschte aus tiefstem Herzen, sie würden ihn töten.«

Drei Monate später, am Abend des 23. April 1829, stand Sam mit einem einzigen Begleiter auf dem Deck der *Red Rover.* Als er zu den Lichtern Nashvilles auf dem felsigen Steilufer über dem Dampfschiffanleger hinausblickte, konnte er die Fackeln dort auf dem Platz brennen sehen. Der Mob war scheußlich. Er schloß die Augen und versuchte zu verdrängen, was er an den letzten paar Abenden gesehen hatte.

Sein Leben lag in Trümmern. Die Menge verlangte nach seinem Blut. *Sollen sie's doch haben,* dachte er. *Mir bedeutet es nichts mehr.* Er hatte nicht gesehen, wie man in Gallatin sein Ebenbild verbrannt hatte. Die wenigen Freunde, die er noch besaß, gaben sich die größte Mühe, ihn nichts davon erfahren zu lassen. Doch jemand in der Menge, die sich allabendlich auf dem Marktplatz von Nashville versammelte, um ihn zu verhöhnen, hatte die Nachricht herausgebrüllt. Er stellte sich die leblose, in Flammen aufgehende Gestalt vor, die sich langsam im Wind drehte.

Man hatte ihn als Feigling gebrandmarkt. Es ging das Gerücht, die Männer der Allens drohten, ihn zu töten. Er war heute im Schutz der Dunkelheit an Bord gegangen. Er war inkognito aufgebrochen, nicht etwa aus Furcht vor körperlichem Schaden, sondern weil er so viel Haß nicht ertragen konnte. Der größte Teil Nashvilles schien jetzt zu seinen Feinden zu gehören. Selbst die Geistlichen, an die er sich um Rat gewandt hatte, hatten ihn abgewiesen.

Was würde Andrew Jackson sagen, wenn er davon hörte? Sams guter Ruf, seine Karriere, seine Freunde, seine Frau, alles war verloren. Die Frau, die er mehr liebte als sein Leben, weinte im Haus ihres Vaters. Und er war die Ursache ihrer Tränen. Er hielt die Reling umklammert, bis die Knöchel weiß wurden, und starrte ins Wasser, das an ihm vorbeiglitt, als das Boot ablegte.

Die Szene ging ihm immer wieder im Kopf herum. Sein Zorn, wie er Eliza angeschrien und sie der Untreue bezichtigt hatte. Das war das Schlimmste. Man führt nicht Krieg gegen Frauen. Wie hatte er sie so erschrecken können? Er hatte sich selbst so verletzt gefühlt, daß er in diesen Augenblicken nicht zurechnungsfähig gewesen war. Immer und immer wieder sah er ihre Tränen vor sich. Er hörte, wie ihre kleine Stimme versuchte, sie zu verteidigen. *Houston, du alter Esel! Du riesengroßer Esel!* dachte er. Er rüttelte an der Reling vor Enttäuschung und Verzweiflung.

Er hatte versucht, das Unheil zu reparieren, das seine Eifersucht ausgelöst hatte. Eliza wollte keine Korrespondenz von ihm annehmen, aber er hatte ihrem Vater geschrieben und diesem reuevoll das Herz ausgeschüttet. »Ich liebe Eliza«, schrieb er. »Dafür, daß sie auf Erden das einzige ist, was mir teuer ist, wird Gott mein Zeuge sein.«

Aber die Situation verschlimmerte sich. Es gingen Gerüchte – daß er sie schlug, daß sie die Ehe brach. Sam erkannte jetzt mit schmerzlicher Klarheit, daß sie ihn einfach nicht liebte. Sie hatte ihn nie geliebt. Wegen seines Stolzes hatte er nicht nur sein Leben ruiniert, sondern auch ihres.

41

Jim Bowie ließ einen Arm auf dem blankpolierten Bartresen ruhen. Er nippte an seinem Whiskey und sah sich im Salon des Dampfers um. Der Raum war mit weiß-goldenen Girlanden geschmückt. Die runden, blankpolierten Tische standen auf dicken Rokokobeinen. Vor den Fenstern hingen schwere rote Vorhänge. Ein riesiges Bild einer nur leicht bekleideten Justitia mit einer Augenbinde, die eine Waage in der Hand hielt, hing hinter der Bar. Doch es war das Pokerspiel, das Bowies Aufmerksamkeit gefangennahm. Er wartete darauf, daß irgendwo an einem Tisch ein Platz frei wurde. In jedem Kartenspiel befanden sich zwanzig Karten, so daß nur vier Männer gleichzeitig spielen konnten. Bowie versuchte abzuschätzen, welches Spiel in einer Höhe gespielt wurde, die es wahrscheinlich machte, daß er gewann.

Ein Quartett fiel ihm besonders auf, vielleicht weil die Männer am Tisch so unterschiedlich waren. Einer war offenkundig ein Berufsspieler. Er trug ein weißes Rüschenhemd mit offenem Kragen, wie es seit kurzem Mode war. Darüber eine rote Satinweste mit großen grellbunten Blumen darauf und eine grüne Brille, vermutlich, um die Augen vor allzu großer Neugier zu schützen.

Den Mann, der dem Spieler gegenübersaß, schätzte Bowie als Plantagenbesitzer ein. Er war konservativer gekleidet und hatte schlichte schwarze Hosen und eine einfache Weste an. Der Kragen seines Leinenhemds wurde durch eine grüne, lose gebundene Krawatte zusammengehalten. Der dritte Mann war ein Ire, der, wie man ihm anmerkte, noch nicht lange im Land sein konnte. Er war mittelgroß und von schlankem Körperbau, ein gutaussehender Bursche, der munter und fröhlich wirkte und nie um eine lustige Geschichte verlegen war. Am Abend zuvor hatte Bowie ihm zugehört, während sein Begleiter getrunken hatte, bis er bewußtlos quer über die Bar fiel.

Der Begleiter des Iren war jetzt der vierte Mann am Tisch. Er war modisch angezogen, aber seine Kleider waren voller Falten und Flekken. Sein dichtes, kastanienbraunes Haar war strähnig, und seine Bartstoppeln ließen erkennen, daß er sich seit einer Woche nicht mehr rasiert hatte. Er sah recht gut aus, war kräftig gebaut und fast so hochgewachsen wie Bowie. Aber er war ein Trunkenbold. Seit Bowie am Vortag an Bord gegangen war, war dies das erste Mal, daß er den Mann nicht an der Bar gesehen hatte. Manchmal trank er schweigend, manchmal phantasierte er von Imperien im Westen.

Heute abend schien er sich mehr in der Gewalt zu haben. Er trank zwar bei den Spielen stetig, verlor aber ebenso stetig. Doch er trank und verlor mit stoischem Gleichmut, als wäre er nur dazu auf der Erde. Niemand bemerkte, wie er die Fingerspitzen an die Lippen führte und etwas Speichel und durchgekauten Tabak daraufttat. Niemand bemerkte auch, wie sich seine Lippen bewegten. Die Männer hätten den Zauberspruch auch nicht verstanden, wenn sie ihn gehört hätten. Er war in Cherokee. Es war ein Zauberspruch, der Reichtum bringen sollte.

Jetzt! Höre! Du ruhst oben, Roter Mann!
Du hast einen Überfluß an Reichtum.
Du hast ihn mir soeben in den Schoß gelegt.
Er wird so hoch wandeln wie die Baumwipfel.
Ich stehe so strahlend da wie der Sonnenaufgang.

Plötzlich zog der Plantagenbesitzer ein riesiges Messer aus dem Hosenbund. Bevor jemand reagieren konnte, ließ er es mit einer kaum wahrnehmbaren ausholenden Bewegung auf die Hand des Gebers niedersausen. Das Messer nagelte die Hand mit der Handfläche nach unten auf den Tisch. Es nagelte auch die Karten fest, die der Geber sich gerade hatte geben wollen. Der Spieler starrte das Messer an, während die beiden anderen Männer so schnell aufsprangen, daß ihre Stühle krachend umstürzten. Alle Gespräche verstummten.

»Mein Freund.« Die Stimme des Plantagenbesitzers war so seidenweich wie Bourbon aus Kentucky. »Wenn da kein As unter Ihrer Hand ist, werde ich mich bei Ihnen entschuldigen.«

Der Spieler biß die Zähne zusammen und zog mit seiner freien Hand das Messer heraus.

»Du Hund«, sagte er. Doch seine Hand zitterte, als er das blutige Messer auf den Tisch fallen ließ. Der Plantagenbesitzer drehte die zerschnittenen Karten um. Darunter war eine mit einem einzigen Pik darauf.

»Ich habe die hier markiert.« Er hielt das As hoch, damit die anderen die kleine Falte in der Ecke sehen konnten. »Ich habe ihren Weg in diesem Spiel verfolgt. Unser Kollege hier hat in den Rüschen seines Ärmels mehr als nur seine Handgelenke versteckt.«

Der Plantagenbesitzer hob sein Messer auf, wischte es sorgfältig an seinem Taschentuch ab und steckte es unter seiner Jacke wieder in den Hosenbund. Er setzte sich seinen flachen Hut auf, salutierte spöttisch, indem er gegen die Krempe tippte, und verließ den Raum. Der Ire und sein Freund hoben ihre Stühle auf und machten sich dann mit unsicheren Schritten zur Bar auf.

»Ehrlich, ich brauche jetzt einen Schluck Whiskey«, sagte der Ire.

»Ich spendiere ihn.« Bowie hatte dichtes, sandfarbenes Haar und ein gewinnendes Lächeln. Seine großen Hände wiesen jedoch viele Narben von Messerstichen auf. »Ein Schluck wird vielleicht die Nerven beruhigen.«

»Meine Nerven sind ruhig.« Der hochgewachsene Begleiter des Iren sprach langsam und mit großer Konzentration. »Aber ich akzeptiere trotzdem Ihr großzügiges Angebot eines Schlucks von dem goldenen Wasser des Lethe. Ich habe viel zu vergessen.«

Der Ire hielt sein Glas vor eine Kerze und studierte das Licht, das sich in der Flüssigkeit brach.

»Auf *usqebaugh*, das Wasser des Lebens«, sagte er.

»Möge die Haut Ihres Hintern nie eine Trommel zieren«, sagte Bowie. Der dritte Mann schwankte, als er sein Glas hochhielt.

»Einen Toast auf die Armut. Sie klebt an uns, wenn unsere Freunde uns im Stich lassen.« Er hielt Bowie die Hand hin. »Ich heiße Samuelson. Mein Freund hier ist Harry Haralson. Er hat immer noch den Schlamm Irlands an den Stiefeln.«

»Erfreut, Sie kennenzulernen. Mein Name ist Bowie, Jim Bowie.«

»Würde mich nicht wundern, wenn Sie was mit dem Messer zu tun hätten«, bemerkte Haralson.

»Nicht blutmäßig.« Bowie grinste. »Allerdings hat mein Bruder, der Verstand, die Form geschaffen.«

»Wenn wir nach Arkansas kommen, werden wir jeder eins kriegen«, sagte Haralson. »Wie wir hören, machen sie dort die besten.«

»Suchen Sie James Black auf. Er hat von einem Schmied bei den Cherokee das Geheimnis des Damaszenerstahls gelernt.« Bowie stützte sich mit den Ellbogen auf die Bar. »Das Territorium Arkansas ist passabel, aber das Land, in dem Milch und Honig fließen, das Land des Überflusses, ist Texas. Ist einer der Herren schon mal in Texas gewesen?«

»Ich bin vor ein paar Jahren in die Texas Association eingetreten«, erwiderte Samuelson.

»Ich habe von denen gehört. Eine Gruppe, die sich dort für die Besiedlung einsetzt. Natürlich alles unter spanischer Oberhoheit.« In Bowies Stimme war ein ironischer Unterton herauszuhören.

»Genau, das sind sie.« Samuelson beugte sich vor und senkte die Stimme.

»Sagen Sie mir, Jim, wie schätzen Sie die Möglichkeiten ein, Texas zu annektieren?«

»Sir, Texas gehört zu Mexiko. Es ist eine reiche Provinz. Die Spanier werden sich auf keinen Fall davon trennen. Ich habe ihnen selbst Treue geschworen. Meine Frau ist Spanierin.«

»Es war nur eine Frage. Es wird soviel von einem Imperium geredet, das in den Rockies auf den Mann wartet, der stark genug ist, es zu gewinnen.«

»Ich weiß nichts von Imperien.« Bowie lächelte. »Die Familie meiner Frau hat hohe Positionen in der Regierung. Es geht uns gut. Ich habe keinen Grund zur Klage. Noch irgendeinen Grund, nach der Schimäre eines Imperiums im Westen zu suchen. Die einzige Dynastie, die mir etwas bedeutet, sind die Kinder, die eines Tages zu meinen Füßen spielen werden.« Er mußte sich wieder in die Gegenwart zurückreißen. »Und werden Sie lange am Arkansas bleiben, meine Herren?«

Haralson betrachtete die reich geschmückte Decke, und Samuelson starrte ins Glas, als wäre eine Fliege darin.

»Das wissen wir nicht.« Samuelson kratzte sich seine frischen Bartstoppeln. »Wir sind Wanderer, lassen uns treiben und haben keinen sicheren Hafen in den Stürmen des Lebens.«

»In der Welt verloren, könnte man sagen.« Haralson leerte sein Glas.

»Wir sind wie Diogenes mit seiner Laterne. Auf der Suche nach einem ehrlichen Mann. Oder zumindest einem, dem wir trauen können. Ich hoffe, Sie haben viele Freunde, Jim, Freunde, auf die Sie zählen können, wenn Sie sie am meisten brauchen. Es gibt nichts Wertvolleres.« Bowie fragte sich, was es sein konnte, was die Stimme dieses Mannes mit soviel Bitterkeit erfüllt hatte.

»Erzählen Sie uns von Texas«, sagte Samuelson. Bowie erfüllte seinen Wunsch. Sie verbrachten den Abend damit, über dieses und jenes zu diskutieren. Haralsons irischer Dialekt wurde stärker, je betrunkener er wurde. Er brachte selbst Samuelson zum Lachen, als er Andrew Jacksons Amtseinführung beschrieb.

»Leute, die die amerikanische Wüste kennen«, sagte er, »haben die Feier mit einer Bison-Stampede verglichen. Der Pöbel kletterte in dreckigen Schuhen aufs Podium und reckte die Hühnerhälse, um den Helden von New Orleans zu sehen.« Haralson kletterte auf einen Stuhl und blickte auf die Menge im Salon.

»Ich habe selbst gesehen, wie zwei Herren eine Dame von erstaunlicher Korpulenz durch ein sehr kleines Fenster schoben. So groß war das Gedränge. Leute fielen in Ohnmacht. Andere prügelten sich mit der Polizei. Ich habe so etwas nie erlebt. Nicht mal beim schönsten Leichenschmaus.«

»Die alten Aristokraten, Adams, Clay und ihresgleichen, waren erschüttert«, sagte Samuelson. »Das habe ich jedenfalls gehört«, korrigierte er sich hastig. »Denn ich selbst habe die Politik hinter mir gelassen.«

Als eine nebenan sitzende Gruppe zu singen begann, füllten sich Samuelsons Augen mit Tränen, und um seinen Mund begann es zu zucken. Bowie sah, wie er sich bemühte, die Gefühle zu beherrschen, die hinter seinem verwüsteten Gesicht tobten.

»Na ja, und getrunken haben wir auch reichlich«, sagte Haralson. »Es ist Zeit, hübsch ins Bett zu gehen.« Er legte seinem Freund eine Hand auf den Arm.

Als sie gingen, war Samuelsons Kopf geneigt. Er sah sogar von hinten wie ein gebrochener Mann aus. Bowie lauschte dem Gesang und beachtete zum ersten Mal die Worte.

'Mid pleasures and palaces,
Though we may roam,
Be it ever so humble,
There is no place like home.

Am nächsten Morgen stand Bowie in der Schlange hinter Haralson, als sie auf die Zahnbürste warteten, die neben den Krügen mit Flußwasser an einer Kette hing. Während Bowie ihm den Platz freihielt, riskierte Haralson einen Blick in die Krüge, um zu entscheiden, in welchem sich der Sand am meisten gelegt hatte. Als sie mit ihrer Morgentoilette fertig waren, schlenderten sie zu dem Salon, der jetzt Speisesaal war. Haralson pfiff vor sich hin, als er sich auf die Reling lehnte und aufs Wasser blickte. Er schien die Szenerie in sich hineinzusaugen, die Menschen, das Boot, den Fluß, das ganze Land. Er schien nicht genug bekommen zu können.

»Ihr Freund scheint unglücklich zu sein«, fühlte Bowie behutsam vor.

»O ja. Das ist er. Sogar ein höchst unglücklicher Mann. Wissen Sie, wer er ist?«

»Nein.«

Haralson machte eine Pause, um sich zu überlegen, was er diesem Fremden anvertrauen würde.

»Sie scheinen in Ordnung zu sein«, sagte er. »Nicht der Mann, der einen Freund verrät. Und außerdem gehen wir heute nachmittag sowieso von Bord. Er ist Sam Houston, der frühere Gouverneur von Tennessee.« Haralson lachte, als er den Ausdruck auf Bowies Gesicht sah. »Ich würde Sie nicht anlügen«, sagte er.

»Ich habe davon gehört. Es soll da irgendwelche Unstimmigkeiten zwischen Houston und seiner Frau gegeben haben, war es nicht so? Ein Anflug von Skandal?«

»Unstimmigkeiten? Anflug? Aber ja, und mehr. Sie wissen doch, wie die Menschen sind. Weder Sam noch das Mädchen wollten darüber sprechen. ›Wenn mein guter Ruf den Schock nicht vertragen kann, dann verliere ich ihn eben‹, sagt Sam. Er ist ein ehrenhafter Mann, dieser Bursche. Doch wo keine Wahrheit ist, werden die Menschen Lügen erfinden. Sam ist diesen ehrbaren Dieben und Mördern zum Opfer gefallen, die einem dem Namen stehlen und den Charakter ermorden.«

»Ich habe gehört, daß er unter rätselhaften Umständen von seinem Amt zurückgetreten ist. Aber eine häusliche Angelegenheit kann doch nicht so ernst werden.«

»In Tennessee nimmt man die Ehre einer Dame sehr ernst. In Gallatin haben sie sein Abbild verbrannt. In Nashville sein Leben bedroht. Und weswegen? Kein Mensch weiß es. Manche sagen, er habe seine frischgebackene Braut der Untreue beschuldigt. Aber er sagt, wenn jemand auch nur ein Wort gegen Mrs. Houstons Reinheit äußere, werde er die Klageschrift mit dem Herzblut dieses Lumpen aufsetzen. Er weigert sich, darüber zu sprechen, und ihre Familie und das Mädchen selbst halten es genauso.

Sicher weiß man nur eins: Daß er nicht zu Hause und auf Wahlkampfreise war. Als er nach Hause kam, entdeckte er, daß seine Braut sich in Tränen zum Haus ihres Vaters geflüchtet hatte, weniger als drei Monate nach der Hochzeit. Natürlich war das ein trauriger Tag für ihn. Seine Rivalen haben es ihn spüren lassen. Und die Pfarrer, die in besseren Zeiten behauptet hatten, Sams Freunde zu sein, verweigerten ihm sogar den geistlichen Beistand, als er seinen seelischen Tiefpunkt erreicht hatte.«

»Es ist so, wie es in der Schrift heißt: ›Wo immer der Leichnam ist, werden sich die Adler versammeln‹«, sagte Bowie. »Glauben Sie, er hat sie mißhandelt?«

»Sam? Bestimmt nicht. Er braust zwar leicht auf, aber es besteht kein Zweifel, daß er sie liebt wie sein eigenes Leben. Im Augenblick sogar sehr viel mehr als sein eigenes. Dabei fällt mir ein, daß ich ihn jetzt wohl am besten suchen sollte. Es kann sein, daß er sich über Bord stürzt.«

»Wenn Sie oder... Samuelson nach Texas kommen, fragen Sie doch in San Antonio de Bexar nach mir. Dort kennt mich jeder.«

»Das werde ich tun!« Harry kletterte die Leiter zu dem unteren Deck hinunter. Bowie lehnte sich über die Reling, damit er den Mann dabei beobachten konnte, wie er über Kisten und Ballen und um sie herum kletterte. Haralsons kräftiger Tenor schmetterte los.

The turban'd Turk, who scorns the world,
May strut about with his whiskers curled,
Keep a hundred wives under lock and key,
For nobody else but himself to see;
Yet long may he pray with his Alcoran
Before he can love like an Irishman.

Haralson erreichte den Bug des Dampfers. Er stützte sich mit einem Stiefel auf die Lukenkimming, ergriff das hohe Rundholz des Ladebaums und beugte sich über das Wasser. Er tat, als blickte er auf See hinaus, als er die letzte Zeile wiederholte. »Be-fo-o-ore he can love like an Irishman!«

Wenn ein Mann Aufmunterung braucht, dachte Bowie, kann er

keinen besseren Gefährten haben als Haralson. Haralson würde in den Augen der Welt zwar nie viel darstellen, doch würde er auch nie an etwas Mangel leiden, was Freunde im bieten konnten.

Was Sam Houston betraf, dachte Bowie jetzt über ihn nach, als er das gelbe Wasser vorübergleiten sah. Sam wurde sofort lebhaft, wenn das Gespräch auf Texas und Imperien kam. Es war zwar ein unliebenswürdiger Gedanke, doch Bowie fragte sich, ob der Mann seine Verzweiflung genoß. Er schien ein überentwickeltes Gefühl für Dramatik zu haben. Er hatte am Abend zuvor davon gesprochen, er habe einen Adler kreischen und ihn dem Sonnenuntergang entgegenfliegen sehen, als er den Dampfer ins Exil bestiegen habe. Houston behauptete, das bedeute, daß seine Bestimmung im Westen liege. Nun ja, Adler sind Aasfresser. Das Omen ließ sich also auf mehr als nur eine Weise deuten.

42

Sam und Harry verließen den Dampfer in Cairo, Illinois, wo der Ohio und der Mississippi zusammenströmen. Kartenspiel und Whiskey hatten einen guten Teil von dem bißchen Geld verschlungen, das sie noch gehabt hatten. Selbst der Preis für eine normale Kabine auf dem Dampfer war zu hoch für ihre schmalen Geldbörsen. Folglich schlenderten sie auf den von Geschrei und Lärm erfüllten Kais auf und ab und hielten nach einem Kielboot Ausschau, das sie mieten konnten.

Sie setzten vorsichtig einen Fuß vor den anderen, um nicht in die überall herumliegenden Pferdeäpfel zu treten. Die riesigen Zugpferde und die Wagen verstopften den Kai. Sam und Harry duckten sich vor Ballen und Holzkisten, die am Ende von Ladekränen durch die Luft flogen. In der Nähe wieherte ein Maultier. Die Kakophonie klang Sam angenehm in den Ohren. Ihm war leichter im Kopf und ums Herz als seit Monaten. Die wilde Vielfalt von Düften war zu komplex, um einzelne herauszuriechen. Der stärkste Geruch war jedoch der von Hanf und Teer bei den vertäuten Booten. Er löste Fernweh und Sehnsucht nach wilden Abenteuern aus.

»Ein Tollhaus«, rief Harry im Lärm. »Dies ist ein Tollhaus.«

»Du sagtest doch, du wolltest die andere Seite des Landes sehen. Du wolltest sehen, wie die Menschen dort leben, wo es weder eine heiße Rasur noch kühle Getränke gibt.«

»Das habe ich getan.« Harry grinste.

»Petite Puce.« Sam las den Namen des letzten Kielboots in der Reihe. Man hatte es an Land gezogen, und der Bug steckte tief im Schlamm. »Das ist es.« Sam betrat vorsichtig die Planken, die quer über den roten Morast an Bord führten. Das Holz bog sich unter seinem Gewicht, bis der Schlamm ihm über die Stiefelspitzen quoll. Harry folgte ihm und versuchte an Sam vorbei das Boot zu erkennen. Es sah aus, als hätte man es vor kurzem aus dem Fluß geborgen. Die Algen auf dem freiliegenden Rumpf waren so dick wie ein Rasen.

Zwei riesige Hunde unbestimmbarer Rasse kamen zum Bug gerannt, knurrten und kläfften sie an. Ihre Flanken waren voller Narben, und ihr Fell im Nacken sträubte sich. Harry hätte die Länge ihrer Zähne wohl auf fünfzehn Zentimeter geschätzt.

»Sam, woher hast du von diesem, diesem...« Dieses eine Mal fehlten Harry die Worte.

»In der Kneipe, während du mit der Bardame geschäkert hast. Man sagt, der Eigner berechnet viel für die Passage auf dem Mississippi. Wenn er New Orleans erreicht, lädt er Feuerholz und bindet das Boot längsseits an einem Dampfer fest. Wenn das Holz verbraucht ist, schneidet ihn der Dampfer einfach ab. Er lädt neues Holz, sucht sich einen neuen Kunden, und so weiter.«

»Einfallsreich.«

»He, ihr da!« Sam und Harry wirbelten herum. »Was wollt ihr mit meinem Boot, Jungs?« Jacques' riesiges, verblaßtes kariertes Hemd ließ ihn noch kräftiger aussehen, als er war. Seine weiten Leinenhosen wurden von einem handgewebten Gürtel zusammengehalten, der einmal bunt gewesen war, jetzt jedoch nur noch zerfranst und von einem schmutzigen Lehmbraun. Seine schwarze Augenklappe verlieh ihm ein gefährliches Aussehen, als hätte er mehr zu verbergen als nur eine leere Augenhöhle. Sein langes Haar und der Bart waren von grauen Strähnen durchzogen. Er konnte nicht jünger als fünfundfünfzig sein, doch Sam hätte sich trotzdem nur höchst ungern auf einen Zweikampf mit ihm eingelassen.

»Wir wollen Ihr Boot mieten, bis zur Mündung des White River, der Abkürzung zum Arkansas.«

»Wieviel Geld habt ihr?« Jacques schlurfte durch den Schlamm, der nicht ganz die Schäfte seiner hohen Stiefel erreichte.

»Nicht viel.«

»Kommt an Bord. Das können wir besprechen.«

Sam und Harry behielten die Hunde wachsam im Auge, als Jack die Planke heraufkam, die auf das von Löchern zerfressene Deck führte. Die Planke bog sich unter seinem Gewicht. Die Hunde standen neben seinen kurzen dicken Beinen und knurrten weiter.

»Alles in Ordnung«, rief Jacques ihnen zu.

»Alles in Ordnung«, wiederholte Sam leise mit französischem Akzent.

»Alles in Ordnung«, murmelte Harry in sich hinein. Er wünschte, er hätte einen kräftigen Knüppel bei sich.

Eine Woche lang trieben die drei Männer auf dem messingfarbenen Fluß dahin. Wenn Sam mal nicht an der Reihe war, das Ruder zu übernehmen, Lecks zu teeren oder Bilgenwasser zu lenzen, las er. Manchmal nur für sich, aber gelegentlich las er den anderen etwas vor. Harry zog es vor, sich die Zeit mit Angeln zu vertreiben. Jacques spielte auf seiner Fiedel. Wenn die Hunde sich nicht gerade kratzten, rollten sie sich um die Beine der Männer zusammen und dösten vor sich hin.

Sam bedauerte, daß die Reise schon so früh zu Ende ging, und Jacques ließ sie mit ihrem Gepäck auf der Pier des schmutzigen kleinen Orts Little Rock zurück, dem Regierungssitz des Territoriums Arkansas. Jacques hatte darauf bestanden, sie so weit den Fluß hinaufzufahren, obwohl sie sich die Fahrt durch Holzfällen verdienten. Sie übernahmen Jacques' Einfall, Feuerholz für die Dampfer im Austausch gegen eine Fahrt längsseits zu tauschen.

»Wir sind fast da«, sagte Sam, als er und Harry sahen, wie die *Petite Puce* langsam auf dem Fluß verschwand und immer kleiner wurde.

»Wie ich mich freue, das zu hören. Wie viele Meilen noch?«

»Nur ein paar hundert.«

»Ein paar hundert!« sagte Haralson ungläubig. »Ein paar hundert. Wirklich, wenn ich in Irland wäre und eine solche Reise machte, würde ich irgendwo in der dunkelsten Mongolei enden und mit dem Khan Ziegenkäse essen.«

»Es kann sein, daß du auch hier Ziegenkäse essen mußt, bevor wir da sind«, sagte Sam. »Wir können auf dem Fluß bleiben und hungern oder reiten und essen. Wenn wir reiten, können wir auf die Jagd gehen und so unsere Mahlzeiten verdienen.«

»Also reiten.« Harry schien über die Aussicht, auf die Jagd gehen zu können, gar nicht unglücklich zu sein. Er machte sich auf die Suche nach einem Büchsenmacher, der seinen alten Musketenlauf gegen einen gezogenen austauschen sollte, während Sam sich nach Pferden umsah, die man kaufen oder mieten konnte.

Sam musterte die Tiere, die im Mietstall zu haben waren, und stritt sich mit dem Eigentümer.

»Nehmen Sie die drei an der Tür, oder lassen Sie's. Mir ist es egal.« Der Pferdeverleiher ging hinaus.

»Das dritte hat eine schlimme Fessel«, sagte jemand. Ein hochgewachsener Schwarzer war dabei, in der Nähe Mist zu schaufeln. Sam schlenderte zu ihm und lehnte sich gegen die offene Tür einer Pferdebox.

»Welches ist denn gut?« fragte er den Mann sanft.

»Das fünfte.« Er klapperte mit dem Wassereimer, damit der Eigentümer ihn nicht hörte.

»Coffee!« rief Sam aus. »Coffee, erinnerst du dich an mich? Sam. The Raven.«

»Houston, Sam Houston? Du lieber Himmel, wie könnte ich dich vergessen? Du hast mir das Leben gerettet.«

»Was geht da vor?« brüllte der Pferdeverleiher von der Tür her. »Ich bezahle den Mann dafür, daß er arbeitet und nicht fürs Plaudern.«

»Der bezahlt mich nicht«, sagte Coffee. »Abfälle vom Tisch und ein Haufen schmutziges Stroh zum Schlafen ist keine Bezahlung für einen Mann.« Coffee schleuderte die Schaufel quer durch den Stall, als würfe er einen Speer. Sie traf die Wand und landete scheppernd auf dem Boden.

»Du aufsässiger Nigger.« Der Mann kam mit erhobener Mistgabel drohend auf sie zu. »Treten Sie zurück, Fremder. Ich werde diesen hochnäsigen Schwarzen auf seinen Platz verweisen, zwei Meter unter den Füßen eines weißen Mannes.«

»Aber Sir«, sagte Sam. »Regen Sie sich doch nicht auf.«

»Nicht nötig, daß du dich einmischst«, sagte Coffee. Er hielt den Kummetbügel eines Maultiers vor sich. Der Eigentümer des Stalls zögerte trotz seiner Mistgabel.

»Aber, meine Herren.« Sam trat zwischen sie.

»Nennen Sie mich nicht in einem Atemzug mit einem Nigger«, entgegnete der Mann.

Das tue ich ganz und gar nicht, dachte Sam. *Ich habe dir geschmeichelt.*

»Dieser Ausreißer gehört einem Freund von mir«, sagte Sam. »Ich habe ihn gesucht.«

»Für seine Mahlzeiten und die letzte Übernachtung schuldet er mir den Rest der heutigen Arbeit.«

»Ich schulde dir nicht mal einen vernickelten Furz.«

»Langsam, langsam«, sagte Sam begütigend. »Ich bin sicher, wir können uns irgendwie einigen. Wie ich sehe, hat dieser dreiste Bursche Ihre Geduld auf eine harte Probe gestellt.«

»Das hat er wirklich, Sir.«

»Nun, ich bin bereit, Ihnen Genugtuung zu leisten.«

»Das ist mir scheißegal. Ich will nur den Gegenwert für mein Geld.«

»Mein Freund will seinen Nigger schnellstens wiederhaben. Ich gebe Ihnen zehn Dollar extra und nehme diesen Halunken mit, außerdem die ersten beiden Pferde in der Reihe und das fünfte da hinten.«

Der Mann zögerte. Er war hin- und hergerissen zwischen dem Wunsch, mit der Mistgabel auf Coffee loszugehen, und dem Wissen, daß er sterben würde, wenn er es versuchte.

»Lassen Sie mich. Ich will ihn mir vornehmen«, sagte er, jedoch wenig überzeugend.

»Ich werde dich zu Brei schlagen«, sagte Coffee liebenswürdig.

»Die Leute in der Stadt werden dich dafür in Stücke reißen.«

»Ich bin sicher, daß das für deine Witwe ein großer Trost sein wird.« Coffee ignorierte die Mistgabel, die der Mann immer noch vor sich hielt, und trat ein paar Schritte vor.

»Coffee, bewege deinen nichtsnutzigen schwarzen Arsch nach draußen und warte. Wenn du noch einmal wegläufst, säbele ich dich nieder.«

»Du und die Armee.« Coffees Stimme klang düster und drohend. Er drehte sich in der Tür nur so lange um, daß er Sam zuzwinkern konnte.

»Was geht hier vor?« Haralson kam hinzu, und Sam gab ihm ein Zeichen, er solle schweigen.

»Was sagen Sie dazu?« fragte Sam den Eigentümer des Stalls.

»Ich sage, man sollte ihm die Haut in Fetzen peitschen.«

»Oh, ich kann Ihnen versichern, daß er bekommt, was ihm zusteht.«

»Wenn er ein entflohener Sklave ist, steht mir mehr zu als zehn Dollar.«

»Ich biete vierzig Dollar für das Mieten von drei Pferden und die Chance, einen gefährlichen Mann loszuwerden. Sie wissen doch, wie nachtragend diese Primitiven sein können.«

»Sie kriegen nur zwei Sättel. Das dritte Pferd sollte ein Lasttier sein, sagten Sie. Und ich will Münzen, nicht diese Papierfetzen oder Falschgeld.«

Tatsächlich hatte Sam nur Münzen bei sich. Er traute den Banknoten auch nicht. Es gab zu viele unternehmungslustige Fälscher, die falsche Dollars herstellten, »gilded moonshine«, wie die Noten genannt wurden.

»Bitte zahl dem Mann vierzig Dollar, Harry.«

»Aber Sam, wir haben nicht –«

»Bitte, Harry.«

Die drei Männer hielten sich nicht länger in der Stadt auf als nötig. Sie verteilten ihr Gepäck auf die Pferde, so gut es ging, und verkauften, was sie nicht mitnehmen konnten. Coffee hatte nur eine kleine Satteltasche mit einem zusätzlichen Hemd und einer Wasserwaage aus Glas, ein Geschenk Seeths. Sam und Coffee unterhielten sich bei dem Ritt auf dem schmalen, gewundenen Indianerpfad, der durch das wilde Tal des Arkansas führte.

»Was hat dich an den Arkansas gelockt?« fragte Sam. »Du mußt doch wissen, daß es hier gefährlich für dich ist.«

»Natürlich weiß ich das. Ich wollte nach Afrika. Ein paar Leute in Connecticut haben Geld gesammelt, damit Fancy und ich reisen konnten. In Afrika will man für ehemalige Sklaven und freigelassene Farbige eine Kolonie gründen.«

»Das letzte, was ich gehört habe, war, daß ihr in Kanada lebt.«

»Das haben wir auch. Aber es war zu kalt da oben im Norden. Deshalb wollte ich nach Afrika zurück. Doch es würde nicht mehr das Land sein, aus dem ich gekommen bin, nicht mehr mein Stamm. Und Fancy wollte hierher. Sie hat die Rogers' zu sehr vermißt. Sie ist nie darüber hinweggekommen. Sie stellt sich vor, sie könnte Miss Tiana helfen.«

»Warum braucht Tiana Hilfe?«

»Ich dachte, das wüßtest du. Du bist doch ein alter Freund der Familie. Wir haben vor einem Jahr einen Brief von ihr bekommen. Ihr Mann und ihr Kind wurden getötet. Und ihr Vater ist gestorben.«

»Das habe ich nicht gewußt«, sagte Sam. »Wo ist Fancy?«

»Ich habe sie vorausgeschickt. Auf einem Dampfer. Wir hatten nur Geld für eine Passage. Wir haben uns gedacht, daß sie auf dem

Dampfer sicherer sein würde. Der Kapitän schien ein guter Mann zu sein. Er hat versprochen, sich um sie zu kümmern. Ich bin zurückgeblieben, um mir die Passage zu verdienen oder mich mit Gelegenheitsarbeiten bis Fort Smith durchzuschlagen.«

Die letzte Stunde bis nach Louisburg mußten sie im Dunkeln reiten. Am Horizont zuckten Blitze, und Donner grollte. Sie klopften an der Tür eines Blockhauses vor der kleinen Stadt an, als der Regen gerade begann. Die Tür wurde urplötzlich aufgerissen, und Sam starrte auf eine doppelläufige Flinte.

»Hallo, Fremder«, sagte er sanft. »Wir brauchen ein Dach über dem –«

»*Procul hinc, procul este, severi!*« brüllte der kleine Mann am anderen Ende der Flinte.

»Was hat er gesagt?« flüsterte Harry.

»Fort von hier, weit weg von hier, ihr Schrecklichen«, murmelte Sam aus dem Mundwinkel. »Ovid, glaube ich.« Er ließ den Doppellauf keine Sekunde aus den Augen, der ein wenig zitterte, als der Besitzer des Gewehrs in der hellerleuchteten Türöffnung schwankte. Der Mann blinzelte, um im Dunkeln sehen zu können. Da das Licht hinter ihm war, war sein Gesicht eine schwarze Maske.

»*Ave, Imperator, morituri te salutant.*« Sam legte die Hand ganz langsam an die Stirn und salutierte. »Diejenigen, die sterben werden, grüßen dich.«

»Eureka!« rief der Mann. Er senkte das Gewehr und lugte hinaus. »Ihr gehört nicht zu diesen ungebildeten Banditen, die diesen Ort verseuchen. Ich kann ihnen zwar vergeben, daß sie Banditen sind, aber ungebildet, ah, das kann ich nie und nimmer verzeihen.« Er schien Mühe zu haben, den Blick auf etwas zu konzentrieren. »Treten Sie ein, meine Herren, treten Sie ein. *Hic vivimus ambitiosa paupertate omnes.* Hier leben wir alle in einem Zustand ehrgeiziger Armut.«

»Das stimmt.« Die hochgewachsene Frau hinter ihm senkte ihr Gewehr. »Nur das mit dem Ehrgeiz nicht.« Sie spie in den Kamin, was die glühende Holzkohle blubbern und dampfen ließ.

»Mein Name ist Linton.« Ihr Gastgeber machte zwei Stühle frei und ließ die Sachen auf den Fußboden fallen. Er hatte einen kultivierten Akzent von der Ostküste Virginias, nuschelte aber leicht. »John Linton. Und dies ist meine bessere Hälfte Bertha.«

Nachdem sich alle miteinander bekannt gemacht hatten, schwelgten Sam und John Linton bei dem bescheidenen Abendessen in Klassikern. Am nächsten Morgen bestand Linton darauf, mit ihnen nach Fort Smith zu reiten.

»Das ist doch nur ganz gewöhnliche Höflichkeit«, sagte er und sattelte sein altes Pferd Bucephalus.

»Aber es sind hundertzwanzig Meilen«, wandte Harry ein.

»Einhundertsiebenundzwanzig«, sagte Linton, »ich würde nie zulassen, daß Sie den ganzen Weg ohne Begleitung reiten. Sie würden uns für ziemlich unhöflich halten. Außerdem können wir uns dabei unterhalten. Bei Gott, Mann«, er wandte sich an Sam, »wissen Sie, wie es mich in dieser Wüste nach den kühlen, erfrischenden Worten der antiken Schriftsteller gedürstet hat? Unsere örtlichen Beamten hier kennen nicht mal den Unterschied zwischen Catull und Maislieschen.«

Für einen Mann, der bis zum Hals in Schwierigkeiten steckte, war Sam ziemlich ausgelassen. Als ihre kleinen Whiskeyfässer leer waren, fand sich unterwegs immer jemand, der sie füllte. Jeder Siedler in Arkansas schien in der Schnapsbrennerbranche zu arbeiten. Die Leute waren glücklich, ihre Handelsware gegen frisch erlegtes Wild oder für ein paar Handreichungen herzugeben. Sam blieb nicht einmal lange genug nüchtern, um sich übergeben zu müssen.

Als ihnen die Munition auszugehen drohte, beeindruckte Sam alle mit seiner Fähigkeit, mit einem Blasrohr und Pfeilen umzugehen.

»Wo haben Sie das gelernt, Samuelson?« fragte Linton.

»Bei den Cherokee, als Junge.« Sam starrte in das dichte Laub um sie herum und blickte in die massiven Baumkronen hoch, die über ihnen aufragten. »Wenn Houston auf die Trümmer seines Lebens zurückblickt, ist keine Erinnerung auch nur halb so süß wie dieser Aufenthalt unter den unwissenden Kindern des Waldes.«

»Houston?«

»Ich bin nicht der, für den Sie mich halten, John.«

»Nun gut, um Ihnen die Wahrheit zu sagen«, sagte Linton mit einem Schluckauf, »ich habe Sie nicht für den gehalten, für den Sie sich ausgaben.«

»In vino veritas«, sagte Haralson. »Im Wein liegt Wahrheit.«

Sam gestand ihm den wahren Grund für sein Exil, obwohl er nicht sagte, warum seine Frau ihn verlassen hatte.

»Ich bin wie Nebukadnezar«, sagte er schließlich. »Ein Heimatloser im Exil.«

»Stat magni nominis umbra«, sagte Linton. »›Da steht der Schatten eines großen Namens.‹ Aber verzweifeln Sie nicht. Wie Publius

Syrus einmal sagte, ›Nicht mal ein Gott kann gleichzeitig lieben und weise sein.‹«

Um sie aufzumuntern, erzählte Harry ihnen urkomische Geschichten. Dann ließ er sie an seinem endlosen Repertoire schlüpfriger Lieder teilhaben. Mehrere Meilen lang johlten sie »The Boys of Bedlam«, als ihre Pferde dahintrotteten.

Es wurde schon regnerisch und dunkel, als sie die ersten Häuser vor Fort Smith erreichten. Sie fühlten sich zu wohl miteinander, um gleich in die Siedlung zu reiten. Sie war ohnehin ein düsterer Ort. Seit die Garnison ausgezogen war, war der Ort verfallen.

Sam beschlagnahmte ein verlassenes Blockhaus im Namen des Bacchus und spritzte ein paar Tropfen Whiskey in jede Ecke, was John und Harry zu lauten Protesten gegen diese Verschwendung veranlaßte. Coffee, der nüchtern geblieben war, holte trockenes Holz von der verfallenen Veranda. Nachdem er die Mäuseködel vom Kaminsims gefegt hatte, machte er Feuer.

Während das Feuer anfachte, enthäutete er die drei Kaninchen, die Sam mit seinem Blasrohr erlegt hatte.

Die anderen rollten die beiden Holzfässer herein und entkorkten eins davon. Sie lagerten sich vor dem Feuer, lümmelten sich auf ihre Decken und lehnten sich gegen die Sättel.

»Mir tun die Mädchen leid«, sagte Linton. »Sie trinken nicht. Was muß das für ein Leben sein, nicht zu trinken?«

»Auf Bacchus!« John hob seinen Becher. »Auf den Gott des Weins und des guten Lebens.«

»Auf den guten, nacktärschigen Bacchus«, fiel Harry ein.

»Ich schlage vor, wir bringen Bacchus ein Opfer«, sagte Sam.

»Was für ein Opfer?« wollte Harry wissen.

»Die Hemden, die wir am Leib tragen. Wenn ein Mann bereit ist, sich von dem Hemd zu trennen, das er am Leib trägt, ist er ein würdiger Sohn des Bacchus.«

»Hört! Hört!« sagten Linton und Haralson. Coffee schüttelte amüsiert den Kopf und schnitzte weiter an einem Stock herum. Er warf die gekräuselten Späne ins Feuer.

»Hier nun die Bedingungen des Opfers. Jeder muß eine Zeile aus den Klassikern zitieren und ein Kleidungsstück ins Feuer werfen. Dann darf er einen Schluck nehmen.«

»Einverstanden«, sagte Linton.

»Ich bin bestenfalls ein mittelmäßiger Gelehrter, meine Herren«, wandte Harry ein. »Ich bin das Produkt einer Dorfschule. Die Briten denken, Bildung könnte einen Iren zu dem Wahn verleiten, er könne sich selbst regieren.«

»Du hast einen riesigen Vorrat an Versen und Witzen«, sagte Sam. »Trage vor, was du kennst. Ich mache den Anfang.« Sam stand auf und schonte seinen schmerzenden Schenkel. Wenn er stundenlang im Sattel saß, begann das Bein immer zu schmerzen. »›Nihil tam absurde dici potest quod non dicatur ab aliquo philosophorum.‹ ›Es läßt sich nichts Absurdes sagen, was nicht schon ein Philosoph gesagt hätte.‹ Cicero.« Und damit warf er seinen Hut in die Flammen. Das Flanell rollte sich zusammen, schrumpfte und flammte auf. Sam warf den Kopf in den Nacken und leerte seinen Becher.

»Bravo! Ich bin als nächster dran.« Harry stand auf. »›Amo, amas.‹ Ich liebe, du liebst. Einfaches lateinisches Verb.« Harry warf seinen Hut ebenfalls ins Feuer und nahm einen tiefen Schluck.

»›*Varium et mutabile semper femina.*‹ ›Die Frau ist immer unstet und launenhaft.‹ Vergil.«

»Coffee, willst du mitmachen?« fragte Sam.

»Nein danke, Sam. Ich kann sowieso fast nur Bibelverse. Außerdem seid ihr mir mit dem Trinken schon zu weit voraus. Ich könnte das nie aufholen. Ich kümmere mich lieber um das Feuer.«

»Dann mache ich weiter«, sagte Sam. Und das tat er dann auch. Eine Stunde vor Tagesanbruch hatten er und Harry sämtliche Kleider geopfert, die sie trugen. Sie streckten sich splitternackt vor dem brüllenden Kaminfeuer aus. Harry war eingeschlafen. John Linton trug nur noch sein langes weißes Hemd. Er stand unsicher auf, um etwas zu rezitieren.

»›Sollen sich Schulmeister die Hirne zerquälen mit Grammatik und Unsinn und Zahlen.‹« Er bekam einen Schluckauf und schwankte bedrohlich. »›Doch guter Schnaps, so behaupte ich, beflügelt die Seelen und läßt das Genie erstrahlen.‹ Goldsmith.«

»Und jetzt das Opfer«, sagte Sam. Aber Linton zierte sich.

»Dies ist mein einziges Hemd, Houston.«

»Die Götter müssen besänftigt werden, Sir«, brüllte Sam. Er attakkierte Linton und riß ihm das Hemd vom Leib. Er sah zu, als es aufflammte und dann zu steifer Asche wurde. »Was sagen Sie dazu?« fragte er Linton. Doch John, der durch Sams Überfall gegen die Wand geschleudert worden war, glitt daran herunter. Sein entblößtes Hinterteil rutschte über die groben Baumstämme und wurde dabei von Splittern verletzt. Er schlief schon, bevor er auf dem Fußboden landete. Sam seufzte und fiel ebenfalls in Ohnmacht.

Als er am nächsten Morgen aufwachte, war er angezogen und lag quer auf dem Lastpferd. Er hatte das Gefühl, als würde ihm der Kopf zerspringen. Vor ihnen hockte Coffee im Sattel und pfiff eine Gospelmelodie mit einem munteren Takt.

»Beim Ewigen, Coffee, binde mich los.«

»Aber gern, Sam. Ich hatte nur Angst, du könntest runterfallen.« Coffee hielt die Pferde an, saß ab und band Sam und Harry los. Harry stöhnte.

»Wo sind wir?«

»Fast in Fort Smith. Zeit, sich landfein zu machen. Das Postboot nach Fort Gibson legt in ein oder zwei Stunden ab, wie ich höre.«

»Was ist mit John passiert?« Harry hielt sich den Kopf. Seine Augenlider machten den Eindruck, als gebe es nur eins in der Welt, was sie wollten – geschlossen werden und geschlossen bleiben. Coffee lachte voller Wohlbehagen. Sam zuckte bei dem Laut zusammen.

»Ich nehme an, er muß jetzt jeden Augenblick aufwachen. Und zwar nackt wie Adam im Garten Eden.«

»Das stimmt«, sagte Sam. »Wir... äh... wir haben gestern abend ein paar Kleider verbrannt.«

»Und ob ihr das habt. Ich hatte heute morgen alle Hände voll zu tun, euch beide angezogen zu kriegen. Aber ihr hattet reichlich Kleider in euren Taschen.« Coffee nickte zu dem Gepäck, das sie umgab.

»Hast du dem armen Linton etwa dagelassen? Er hatte nur das bei sich, was er am Leib trug.«

»Nein. Ich nehme an, daß er jetzt in Sack und Asche geht, allerdings ohne Sack. Den hatte ich ganz vergessen. Ich hatte es so eilig, euch beide zum Ableger zu bringen, bevor die *Facility* ablegt.«

»Die *Facility*?«

»Captain Pennywits Boot. Ein Mann, an dem wir vorhin vorbeigekommen sind, sagte, daß Pennywit an Deck immer ein paar zusätzliche Leute gebrauchen kann.«

»Warum?«

»Oh, ich habe keine Ahnung«, antwortete Coffee ausweichend. »Hat etwas mit den Risiken zu tun, die er eingeht. Er soll aber ein guter Steuermann sein.«

Harry begann hysterisch zu lachen.

»Was ist los?« fragte Sam.

»Linton«, prustete Harry hervor. »Nackt.«

Das Bild, wie John ohne einen Faden am Leib einhundertsiebenundzwanzig Meilen von zu Hause entfernt aufwachte, war für alle zuviel. Sie lachten und sangen, als sie auf die heruntergekommenen Hütten und die verkommenen und geplünderten Baracken zugaloppierten, die einst Fort Smith gewesen waren.

So I'll sing bonnie boys, bonnie mad boys,
Bedlam boys are bonnie.

43

Dampfboote waren auf dem Arkansas noch immer etwas Neues, besonders nördlich von Fort Smith. Nicht viele kamen am Satan's Skillet vorbei, einer Strecke voller Stromschnellen, an der sprühende Gischt, die auf die Felsen prallte, wie Wasser aussah, das in heißem Öl tanzt. Schwere Güter mußten oft ausgeladen und dann um die Untiefen herumtransportiert werden, damit das leichter gewordene Boot passieren konnte. Ein einfallsreicher Farmer setzte seine Ochsen dazu ein, Boote von den Sandbänken wegzuziehen, und berechnete für seine Dienste fünf Dollar. Doch nur selten hatte er das Privileg, Philip Pennywit zu treideln. Tiana lächelte, als sie inmitten der aufgeregten Menschenmenge bei Webber's Landing stand und auf Pennywits unverkennbares Pfeifen wartete. Sie war einmal mit der *Facility* gefahren. Pennywit hatte sie dabei erwischt, wie sie in den Ecken der Kabine Essensreste hingelegt hatte.

»Was tun Sie da?« hatte er gefragt.

»Ich füttere die Ratten.«

»Sie füttern die Ratten?«

»Damit sie an Bord bleiben.«

Pennywit hatte gelacht, bis ihm die Tränen in die Augen traten.

»Haben Sie so wenig Vertrauen in meinen Dampfer? Sie meinen, die Ratten könnten das Schiff verlassen, und wir würden sinken? Kommen Sie. Kommen Sie mit.«

Er nahm sie mit in das verglaste Ruderhaus. Sie starrte auf die Felsen und das Wasser fast zehn Meter unter ihr.

»Erschreckt Sie dieser Anblick?« hatte Pennywit gefragt, als sie sich dem Skillet näherten.

»Nein. Ich bin einmal mit einem Plattboot durch The Suck gefahren.«

»Tennessee?« In der Nähe des Lookout Mountain?«

»Ja.«

»Dann sind Sie ja wirklich so etwas wie ein alter Hase.«

Die Stewards wußten, was sie erwartete. Sie postierten sich in der Nähe der Laternen, die im Salon hingen. Das Deck des Dampfers war so mit Gütern beladen, daß diese die Fenster blockierten und die Laternen selbst am Tag brannten. Als die *Facility* allmählich schneller wurde, sahen die Passagiere auf der Promenade des Kesseldecks entsetzt zu. Frauen kreischten, als der löffelförmige Bug die Untiefe mit einem Aufprall traf, der sich im ganzen Dampfer bemerkbar machte. Die Stewards und die erprobten Passagiere hielten in stoischer Ruhe die Laternen fest, damit sie nicht so wild schwankten. Frauen und Männer purzelten durcheinander gegen die Wände. Tiana hatte erwartet, daß der alte Schiffsrumpf wie eine überreife Melone platzte. Pennywit drehte sich um, und sah, wie sie sich an dem Rücken des verblichenen Sofas mit der schwarzen Roßhaarfüllung festklammerte, die aus den aufgeplatzten Nähten hervorquoll. Sie grinste von einem Ohr zum anderen.

»Das gefällt Ihnen wohl, was?« rief er ihr durch den Lärm vom Kesseldeck aus zu. Der hölzerne Schiffsrumpf schrammte über Felsen hinweg. Tianas Grinsen wurde noch breiter. »Falls Sie je bei mir anheuern wollen, werde ich Ihnen beibringen, wie man auf diesem Weg ins Verderben navigiert.« Er nickte zu den halb untergetauchten Baumstämmen hin, deren Wurzeln das Wasser nach Opfer zu druchkämmen schienen. »Wenn der Wasserstand zu niedrig wird, können wir ein paar Bierfässer anzapfen und auf dem Schaum reiten.«

Tiana hatte ihn nie beim Wort genommen, obwohl sie sich versucht gefühlt hatte. Doch sie und der Kapitän waren immer noch gute Freunde. Wenn sie sich, was selten genug vorkam, einmal im Lager Gibson sahen, spielten sie Whist miteinander. Jetzt wartete sie zwanzig Meilen südlich des Forts bei Webber's Landing auf die Ankunft der *Facility*.

Der Anleger war ein einziges Gewimmel von Kisten und Ballen, die darauf warteten, auf Boote verladen zu werden. Ein großer Teil davon verbreitete einen üblen Gestank. Viele der Trapper gaben sich beim Gerben ihrer Häute nicht allzuviel Mühe. Die heiße Junisonne trieb den Gestank geradezu heraus. Die riesigen Bündel von Reh-

und Bisonhäuten, von Otter- und Biberfellen waren zwar gegen den Wind gelagert, aber der Gestank war trotzdem noch stark.

Watt Webbers Männer bewachten das Pulverfaß und die Geldtruhen mit mexikanischen Silberdollar, der bevorzugten Währung der Händler im Westen. Watt war zur Hälfte Cherokee und zur Hälfte weiß und ein Mann, der nichts als sein Geschäft im Kopf hatte. Sein Handelsposten, die Fähren und seine Plantage waren eine Menge Geld wert.

Einige Oxhoftfässer enthielten Pecan-Nüsse, Salpeter und grobes, glitzerndes Salz aus nahe gelegenen Salinen. Andere waren mit geräucherten Speckseiten und den Bohnen gefüllt, den Grundnahrungsmitteln der Garnison. Da waren ganze Rehhäute, die mit Honig oder Bienenwachs geräuchert waren, sowie Körbe mit getrockneten Äpfeln und Pfirsichen sowie Beutel mit Schlangen- und Sarsaparillwurzeln. Da waren Säcke voller Mais und Reis aus dem Hochland und Ackererbsen sowie Schachteln mit all den Kleinigkeiten, wie sie Soldaten gern als Geschenke nach Hause schicken. Schüsseln und Pfeifen und wunderschön polierte Pfeilspitzen waren aus dem glitzernden schwarzen Tonschiefer geschnitzt, aus dem der Felsvorsprung namens Webber's Falls bestand. Und ganze Morgen Landes waren mit Klafterholz bedeckt, mit dem die gefräßigen Dampfer betrieben wurden.

In Webber's Landing herrschte mehr Aufregung als gewohnt. Boten hatten die Nachricht überbracht, daß Drums berühmter Sohn Kalanu, The Raven, sich an Bord der *Facility* befinde. Drum, dreihundert Angehörige seines Volkes und eine riesige Menge Alter Siedler hatten sich eingefunden, um ihn zu begrüßen. Tiana hatte Drum nicht mehr so aufgeregt gesehen, seit Arbuckles Soldaten seine jungen Männer zu einem Ballspiel herausgefordert hatten. Drum hatte von den Soldaten einen fürstlichen Gewinn eingestrichen und sich im Sieg sehr großmütig gezeigt. Er bot an, die Soldaten beim nächsten Mal gegen die Frauen spielen zu lassen.

Die Angehörigen des Wahren Volks trugen ihre besten und buntesten Kleider – in Rot- und Blautönen, in Grün und Gelb, in einer wilden Mischung aus Karos und Streifen und Blumenmustern. Federn und Federbüsche hüpften auf Turbanen. Drum trug seinen vollen Häuptlingsschmuck mit einem riesigen, halbmondförmigen Halsschmuck auf der Brust und schweren silbernen Ohrringen, die an den gedehnten Ohrläppchen hingen. Kinder spielten unter Fässern und Kisten Versteck.

Als die Dämmerung zu Nacht wurde, zündeten Sklaven Fackeln an. Unter den Bäumen wurde getanzt und heimlich stark getrunken. Eine Zeitlang hielt Tiana Fancys Hand fest, damit sie ihre Fingernägel nicht noch mehr zerkaute. Fancy versuchte, bei jedem Boot, das anlegte, zur Stelle zu sein, und das nur auf die Möglichkeit hin, daß sich Coffee an Bord befand. Ihre Nerven waren allmählich am Ende, und Tiana war diesmal mitgekommen, um sie zu trösten, falls er sich nicht auf der *Facility* befand.

Alle beiden hatten auf Sally Ground Squirrels Farm gelebt. Jennie und Susannah wohnten bei James und seiner Frau Nannie. Susannah war inzwischen tief melancholisch geworden. Tiana besuchte sie oft und versuchte sie aufzumuntern, wollte aber nicht mit ihr in einem Haus leben.

Außerdem hatte sie das Gefühl, als könnte sie sich bei Drum und Sally Ground Squirrel nützlicher machen. Das Stadthaus lag in der Nähe der Farm, und der Frauenrat bat sie oft, mit den Häuptlingen zu sprechen. Viele der Frauen waren unglücklich über die vor kurzem erlassenen Gesetze, die es den Frauen verboten, im Rat zu sprechen.

Manchmal fühlte sich Tiana entmutigt, wenn die Männer ihr zwar höflich zuhörten, am Ende aber doch das genaue Gegenteil dessen taten, wozu die Frauen geraten hatten. Aber sie konnte den Kampf nicht aufgeben. Außerdem gab es bei Sally Ground Squirrel immer ganze Scharen von Kindern. Und Tiana hörte nie auf, nach dem einen Kind Ausschau zu halten, dem sie ihr Wissen mitteilen konnte.

»Was hält den Dampfer eigentlich auf?« fragte Fancy.

»Treibende Baumstämme, Baumstümpfe und Untiefen«, sagte Tiana.

»Du lieber Himmel.« Fancy begann wie ein wildes Tier auf und ab zu laufen, als sie Pennywits Pfeifen hörte. Pennywit ließ zunächst einen niedrigen Ton hören, der dröhnte und pulsierte, bis er Tianas Mark vibrieren ließ. Dann folgten ein durchdringender Pfeifton und drei tiefer werdende Noten, die in einem wilden, barbarischen Akkord endeten, der Tiana die Haarwurzeln kribbeln ließ.

Ein Ruf erhob sich, als die Menge zum Anleger hinunterdrängte. Sklaven mit Fackeln säumten fast hundert Meter stromabwärts das Ufer. Das Trommeln wurde stärker, als der Dampfer auf den Anleger zuglitt. Zwillingswolken aus rot und golden glühenden Funken schossen aus den beiden Schornsteinen der *Facility* und glühten am Himmel. Fancy suchte unter den Deckarbeitern, die an der Reling des Unterdecks standen und mit ihren Hüten winkten, nach Coffee. Das

Lied, mit dem sie einander immer riefen und antworteten, ging in dem Lärm am Ufer unter.

»Ka-la-nu! Ka-la-nu! Ka-la-nu!« Alle außer Fancy und Tiana schienen Ravens Namen zu singen. Er war ein Häuptling bei den Weißen und ein Freund des Weißen Vaters Jackson in Washington City gewesen. Arbuckle sagte immer gern, wenn er kein Messias sei, der gekommen sei, um sie in Zeiten der Gefahr zu retten, eigne er sich wenigstens für die Regierungsarbeit. Einige Leute stürmten das Boot, bevor die breite Planke überhaupt zurechtgelegt war. Tiana brauchte ihre ganze Kraft, um Fancy davon abzuhalten, hinter ihnen herzulaufen.

»Laß mich gehen. Ich glaube, ich habe ihn gesehen.« Fancy riß und zerrte, um sich freizumachen.

»Warte, Schwester. Pennywit muß uns erst seine kleine Vorführung bieten.« Tiana wußte, was gleich kommen würde. Pennywit säuberte seinen Schlammfang mit einem ohrenbetäubenden Dröhnen und in einer Dampfwolke. Die Leute schrien und rannten in alle Richtungen auseinander. Diese Panik war durchaus verständlich. Explosionen kamen auf Dampfern häufig vor. Tiana schob Fancy ins Gedränge.

»Los, such ihn«, rief sie. Fancy rannte die Laufplanke hinauf und war kurz darauf in den dicken Dampfwolken verschwunden.

Tiana legte die Unterarme auf einen Stapel Holzkisten und legte den Kopf auf die Handrücken. Der Hut eines Mannes beschattete ihr Gesicht und die dunkelblauen Augen, doch von hier aus konnte sie die Zeremonie verfolgen, die gleich stattfinden würde. Sie hielt nach The Raven Ausschau. Da sie nun mal hier war, konnte sie sich genausogut ansehen, welche Veränderungen die Zeit bei ihm bewirkt hatte.

Sie hätte ihn verpaßt, wenn Drum nicht auf ihn zugerannt wäre und ihn mit seiner Umarmung fast erdrückt hätte. Sie gingen auf Tiana zu, bis sie so nahe waren, daß sie sie fast berühren konnte. Tiana war überrascht, im Licht der Fackeln, die Ravens hageres, bärtiges Gesicht beschienen, Tränen glitzern zu sehen. *Er ist alt!* dachte sie erstaunt. Er mußte jetzt fast vierzig sein. Nun ja, siebenunddreißig. Es schien unmöglich zu sein, daß dies der selbstbewußte junge Mann war, der sie vor mehr als zehn Jahren am Ableger verabschiedet hatte.

»Mein Sohn.« Drums Stimme war selbst am Rand der Menschenmenge noch zu hören. »Meine Seele grüßt dich. Es hat viele und kalte

Winter gegeben, seitdem ich dich zum letzten Mal angesehen habe. Wir haben gehört, daß du ein großer Häuptling warst. Wir freuen uns darüber, mein Sohn. Wir haben gehört, daß eine dunkle Wolke über dem weißen Pfad schwebte, auf dem du gingst. Die Sieben Clans sind tief bekümmert. Der Ernährer hat dich geschickt, uns Rat zu geben. Das Haus meiner Frau ist dein Haus. Meine Speisen sind deine. Mein Volk ist deins. Du bist zu Hause.«

Die Verzweiflung, die sie in Ravens Augen sah, rührte Tiana fast. Dann erinnerte sie sich an seinen Verrat, wie er sie im Stich gelassen hatte, als sie ihn brauchten. Er hatte seit Jahren nicht einmal geschrieben. Wenn er jetzt leiden mußte, war das so etwas wie ein gerechter Ausgleich des Lebens. Er hatte seinen Erfolg zum Teil auf Kosten des Wahren Volks erreicht. Jetzt zahlte er den Preis dafür.

»Ruhe dich bei uns aus, mein Sohn«, fuhr Drum fort. »Ich werde dir nach deiner langen und traurigen Reise die Füße waschen.« Raven und sein Reisegefährte wurden gleich darauf von den Hunderten von Menschen verdeckt, die vorwärtsdrängten, um den früheren General, Kongreßabgeordneten und Gouverneur zu sehen und zu berühren.

»Schwester, er ist da!« Tiana fuhr zusammen, als sie Fancys Stimme hörte. Sie hatte unwillkürlich den Hals gereckt, um noch einen Blick auf Raven zu erhaschen.

»Mein alter Freund!« Tiana begann zu weinen, als sie Coffee umarmte und an sich drückte. »Schwester«, sagte sie zu Fancy. »Ich habe eine Tasche mit Kleidern in deiner Hütte in der Unterkunft gelassen. Ich möchte heute nacht bei dir bleiben. Morgen werde ich zur Mission reiten.«

»Was willst du dort?«

»Vater Washburn hat mir versprochen, mir Französisch beizubringen. Es ist für mich Zeit zu gehen. Sie haben mir angeboten, mich bei sich aufzunehmen, solange ich bleiben will.«

»Sie glauben immer noch, sie könnten dich auf ihren Pfad führen, nicht wahr?« sagte Fancy.

»Das tun sie. Stell dir das vor. Zu denken, daß es nur einen Pfad durchs Leben geben könnte.«

»Wann werden wir dich wiedersehen?« fragte Coffee.

»In ein oder zwei Monaten. Ich muß viele Menschen besuchen. In der Zwischenzeit kannst du für Drum arbeiten. Er wird dich beschützen. Es gibt außerhalb unseres Gebiets gewissenlose Menschen, die dir gern deine Freiheit stehlen würden.«

Tiana lag auf einem Stapel von Säcken, die ihr auf dem Dachboden der Sklavenhütte in jener Nacht als Bett dienten. Sie konnte nicht schlafen. Sie ignorierte das schwache Rascheln und das Seufzen und die Stimmen, die durch die Spalten im Fußboden zu ihr heraufdrangen. Sie war daran gewöhnt, mit vielen anderen Menschen ein Haus zu teilen. Und körperliche Liebe war für sie etwas so Fernes geworden, daß sie es sich kaum noch vorstellen konnte.

Dreißig Meter weiter starrte Raven an die rauchgeschwärzte Decke. Sally Ground Squirrels Doppelhütte stand in einem Hain hoher Platanen und Dreieckblättriger Pappeln. Sie war so eingerichtet wie die alte im Osten, obwohl es hier ein paar Dinge mehr gab, etwa ein Porzellanservice und Gegenstände aus Zinn. Es gab sogar die traditionellen Erdhöhlen, in denen man während der Wintermonate schlafen konnte. Aber Drum plante, dieses Haus größer zu machen. Er wollte ein zweites Stockwerk errichten und eine separate Küche bauen.

Raven wollte für sein Adoptivvolk tun, was immer nur möglich war. Das war jetzt sein einziges Ziel im Leben. Er hatte Jackson schon geschrieben, daß er keinen Regierungsposten annehmen werde. Er wünsche nichts von ihm als Freundschaft. Er erbot sich, sich bei den Indianern um Frieden zu bemühen, und erklärte, er wolle den Präsidenten wissen lassen, falls ihnen Ungerechtigkeit widerfahre.

Als er so dalag, hörte er das Rascheln eines trockenen Maiskolbens. Jemand kratzte seine Insektenstiche. Das war ein so kleiner, längst vergessener, doch gleichwohl vollkommen vertrauter Laut.

Die seelische Not seiner langen, tragischen Reise ließ jetzt ein wenig nach. Er fühlte sich wie ein erschöpfter Wanderer, der endlich in das Haus seines Vaters zurückgekehrt ist.

Colonel Arbuckle starrte in das rechteckige schwarze Loch. Er tastete mit dem viereinhalb Meter langen Pfahl, den ihm sein Lieutenant verlegen gereicht hatte, nach dem Grund.

»Ich will verdammt sein.« Trotz seiner Verärgerung mußte Arbuckle glucksen. Am Haaransatz seines verfilzten, nach hinten gekämmten grauen Haars zeigten sich Schweißperlen. Ein Schweißtropfen baumelte an der Spitze seiner langen Hakennase. Er blinzelte und versuchte, den Grund des Lochs zu sehen.

»Ich will verdammt sein«, widerholte er. »Captain, was sagten Sie? Wie viele Fuß sind im Protokoll eingetragen?«

»Vierhundertfünfundsechzig, Sir. Ein paar Fuß pro Tag für die letzten achtzehn Monate. Ich weiß nicht, wie das passieren konnte, Sir«, stammelte der Lieutenant.

»Nun, ich gebe nicht Ihnen die Schuld. Schließlich haben die Burschen seit eineinhalb Jahren jeden wachhabenden Offizier übertölpelt. Sie sind derjenige, der sie schließlich erwischt hat. Ich will verdammt sein.« Er lachte lauf auf. »Diese Schurken sind schlau genug, Offiziere zu sein. Lassen Sie mich runter.« Er winkte die Gemeinen zu sich heran, die in Rührt-euch-Stellung dastanden.

Zwei Insassen des Arrestlokals hatten den Auftrag erhalten, auf dem Hügel, auf dem die Garnison in jedem Sommer ihr Lager aufschlug, einen Brunnen zu graben. Das Lager selbst befand sich auf tiefgelegenem Land. In den heißen Sommermonaten war das ein gefährlicher Ort. Außerhalb der Mauern waren mehr Männer begraben, als im Lager stationiert waren.

Die Hügel der Umgebung waren gesünder, doch frisches Wasser mußte von dem tief unten liegenden Fluß heraufgeholt werden. Die beiden ursprünglichen Gefangenen hatten stetig gearbeitet, im Sommer wie im Winter. Als ihr Arrest beendet war, wurden sie von zwei anderen ersetzt, denen wieder zwei neue folgten. Jedes Gespann hatte über den Arbeitsfortschritt Bericht erstattet. In etwa viereinhalb Meter Tiefe hatten sie jedoch mit dem Graben aufgehört. Dann hatten sie eine Höhle ausgegraben, die im Sommer kühl war und im Winter warm. Sie hatten eine Laterne mit hinuntergenommen und sich die Zeit mit Kartenspiel vertrieben.

Arbuckle zeigte wenig Neigung, wieder an die Oberfläche zu kommen.

»Vielleicht sollte ich hier unten mein Sommerbüro aufschlagen«, sagte er, als seine Männer ihn aus dem Loch hievten.

»Colonel Arbuckle, Sir, erlauben Sie mir, mich vorzustellen.«

Arbuckle blinzelte in den Sonnenschein. Er musterte Ravens mit Fransen und Quasten besetzten indianischen Jagdrock, seinen Turban und die bemalten ledernen Beinlinge.

»Das ist gar nicht nötig.« Er wischte sich die staubige Hand ab und streckte sie Raven hin. »General Houston, Ihr Ruf . . . in Sachen Kleidung sehr einfallsreich zu sein, ist bis zu mir gedrungen.« Er erwähnte nicht, daß der Präsident ihn auch beauftragt hatte, Houston sorgfältig im Auge zu behalten. Anscheinend war etwas von Ravens betrunkenem Gerede von Imperien in den Osten gedrungen.

»Haben Sie etwas verloren?« Raven sah Arbuckle über die Schulter und blickte in das unschuldige Loch.

»Etwa achtzehn Monate mal zwei«, antwortete Arbuckle. »Ich habe Sie erwartet... General. Oder sollte ich Sie Gouverneur nennen?«

»Nennen Sie mich Sam.«

»Gut. Ich bin Matt. Sehr erfreut, endlich Ihre Bekanntschaft zu machen. Wie ich höre, hat Ihnen der alte John Jolly vor einem Monat einen großen Empfang bereitet. Sagen Sie ihm, er soll mich öfter besuchen. Ich vermisse unsere Gespräche.«

»Er schickt Ihnen seine besten Grüße. Er hält viel von Ihnen.«

Sie gingen auf Arbuckles Quartier an der Spitze der Reihen säuberlich ausgerichteter, wenn auch schmutziger Zelte zu. Das Lager bedeckte hundert Morgen Land. Zelte und eingezäunte Weiden erstreckten sich auf den Kämmen der gerodeten Hügel. Man konnte den Eindruck gewinnen, als ob das Lager die Freiheit genoß, nachdem es erst mal von der Enge der Palisaden befreit worden war. Das Biwak war jedoch ein Muster an Präzision. Alles war in jenen befriedigenden geraden Linien und Rechtecken ausgerichtet, die, wie das Militär meinte, dem Universum ihren Stempel aufdrückten.

Es war schwer, Arbuckles rotweiß-gestreiftes großes Zelt zu übersehen, das dort, wo das spitze Dach in die Seitenwände überging, mit bogenförmigen Verzierungen versehen war. Davor hingen drei Fahnen schlaff herunter, eine für die Vereinigten Staaten, eine für das Territorium und eine für das Regiment. Pfähle mit Messingspitzen hielten die Zelttür in einem verwegenen Winkel hoch, so daß zwei Feldstühle Schatten erhielten. Auf einer hölzernen Truhe mit Messingbeschlägen zwischen den Stühlen standen Zigarren, zwei Gläser, eine Karaffe und die jüngste Ausgabe der *Arkansas Gazette*. Arbuckle machte es sich auf einem Stuhl gemütlich und winkte Sam zu, er solle sich auf den anderen setzen. Er bot ihm eine Zigarre an, hielt seine an die Nase und schnupperte.

Arbuckle wedelte mit seiner Zigarre zu dem Zelt hinter ihm. Die Sonne, die durch das gestreifte Dach und die Wände schien, warf Gittermuster auf den Lehmboden im Zelt. »Ich glaube, die Armee hat dieses Ding auf irgendeiner Gartenparty requiriert. Jetzt fehlen nur noch Jungfrauen in weißen Gewändern, die Holzbälle durch diese kleinen Drahtbögen schlagen, und Mohren, die mit Krügen voll kühler Getränke herumgehen.«

»Hier sagen sich die Füchse gute Nacht, ich weiß.« Sam zerquetschte einen trägen Moskito. Er betrachtete das großartige Panorama wogender Hügel und Wälder und den tiefgrünen Baumstreifen, der den Fluß verbarg. Sam war dankbar, sitzen zu können. Er hatte auf der Reise nach Arkansas zuwenig gegessen und zuviel getrunken. Seit seiner Ankunft war er auch kaum zur Ruhe gekommen, da er die Häuptlinge verschiedener Stämme hatte aufsuchen und sprechen müssen. Die Anstrengung der letzten Monate begann sich bemerkbar zu machen.

»Sie hatten Glück, daß Sie letzten Monat in Webber's Landing von Bord gegangen sind«, sagte Arbuckle. »Die *Facility* hat weiter stromaufwärts Feuer gefangen.«

»Tatsächlich?«

»Ja. Sie wollten gerade Salut schießen, um ihr Kommen anzukündigen, da explodierte die Kanone. Tötete mehrere Arbeiter an Deck, und ein Teil der Ladung ist verbrannt. Pennywit wurde zwar verletzt, ist aber mit dem Leben davongekommen. Gott sei Dank. Er hält uns am Leben. Er ist einer der wenigen, die es bis hierher schaffen, wie niedrig der Wasserstand auch sein mag. Vor ein paar Monaten ist ein schwimmender Guckkasten hier angekommen.« Arbuckle blies ein paar Rauchringe in die Luft und studierte sie, als er weitersprach. »Fässer voll Whiskey an Bord und ein paar gefällige Frauen. Als würden die Schweinezüchter hier in der Gegend nicht schon Ärger genug machen, müssen Sie mit der Flut auch die Sünde hertreiben. Nachschub bekomme ich nicht, nur Dirnen.« Arbuckle grinste Sam an. »Ah, natürlich, die Bürde eines Kommandos ist Ihnen nur zu bekannt, nicht wahr?« Er versagte es sich, den Skandal zu erwähnen, der Sam nach Arkansas geführt hatte. »Ich hatte erwartet, Sie früher zu treffen.«

»Ich bin eine Weile bei den Stämmen herumgereist. Und auf dem Gebiet von Lovelys Landkauf gab es eine Sommerjagd.«

»Auf Lovelys früherem Gebiet. Die Regierung ist nicht der Meinung, daß die Indianer all dieses schöne Land haben sollten, nur um darauf zu jagen. Haben Sie einen Bison zur Strecke gebracht?«

»Konnte es kaum vermeiden. Wir sahen eine Herde, die stundenlang an uns vorbeizog. Wenn es nicht so aufregend wäre, ein so großes Tier zu erlegen, könnte man es kaum einen Sport nennen. Man braucht nur zu zielen und abzufeuern.«

»Mein alter Freund Jolly hat Ihnen mit seinem Gerede von seiner Konföderation von Stämmen ohne Zweifel den Kopf vollgestopft. Eine Mauer im Osten, um die Weißen fernzuhalten, etcetera.«

»Das hat er.«

»Sie müssen wissen, daß die Regierung das nie dulden wird. Standing Together hat jahrelang davon phantasiert, bis er starb. Komisch, aber dieser alte Scheißkerl fehlt mir.«

»Ich weiß, wie die Regierung denkt. Aber die Cherokee beklagen sich auch über DuVal.«

»Ah, ja. Agent DuVal. Ich habe vor kurzem selbst eine Auseinandersetzung mit ihm gehabt. Ich habe letzten Monat seinen illegalen Whiskey beschlagnahmt, wie ich es nach dem Gesetz auch tun mußte. Doch weder der Bezirksstaatsanwalt des Territoriums noch der Polizeichef wollten Anklage erheben. Und ihr Kriegsminister, Mr. Eaton, hat mir soeben befohlen, ihn zurückzugeben.«

»Er ist nicht mein Kriegsminister, Matthew«, entgegnete Sam sanft. Doch Arbuckle hatte sich jetzt in Feuer geredet.

»Die Durchsetzung dieses verdammten Gesetzes ist schon immer schwierig gewesen. Diese Affäre mit DuVal hat es unmöglich gemacht. Fast jedes Boot, das den Arkansas heraufkommt, verkauft Whiskey an die Indianer und die Mannschaftsgrade. Daß die Grenze von Arkansas so nahe beim Indianergebiet verläuft, kommt ihnen sehr zupaß. Wenn man einen Burschen erwischt, der ein ganzes *Oxhoftfaß* mit sich herumschleppt, sagt er, es sei für seinen persönlichen Bedarf, oder er habe in den Stamm hineingeheiratet und sei deshalb straffrei. Und unter den schlimmsten Gesetzesübertretern sind Ihre Freunde, die Rogers'. Charles hat eine Brennerei, und John verkauft in seinem Laden auch weiterhin Whiskey.

Wenn man versucht, dem Verkauf ein Ende zu machen, gibt es einen Aufschrei der Entrüstung. Händler drohen, mich auf Schadensersatz zu verklagen, weil ›ich in die Rechte und Privilegien der freien demokratischen Bürger des Territoriums von Arkansas eingegriffen‹ hätte. Und Ihre Cherokee sind auch keine sehr große Hilfe. Das am meisten strapazierte Wort ihres Vokabulars ist *duyukduh*, Gerechtigkeit.«

»*Duyukduh*.« Sam lachte. »Das habe ich oft gehört.«

»Sie sagen, es sei ihr Recht zu trinken, wann immer es ihnen beliebt. Warum sollte Weißen Whiskey erlaubt sein und Indianern nicht? Ich kann sie sogar verstehen.«

»Aber er löst verheerendes Unheil bei ihnen aus«, sagte Sam.

»Und ich nehme an, daß Jolly Ihnen auch von den Betrügereien mit den Jahreszahlungen erzählt hat, von den gebrochenen Vertragsbestimmungen, dem Landraub und dem Krieg mit den Osage.« Arbuckle sank resigniert noch tiefer in seinem Stuhl zusammen. Was die Indianerprobleme anging, fühlte er sich wie Sisyphus, der den

Felsbrocken den Hügel hinaufrollt, um dann nur zu erleben, daß er wieder hinunterstürzt.

Arbuckle war darauf vorbereitet, bei Houston wachsam sein zu müssen. Der Gedanke, daß ein Außenseiter hierher kam und sich selbst sofort zum Experten für die komplizierten Probleme der Indianer erklärte, behagte ihm ganz und gar nicht. Houston konnte ihm fühlbar ins Handwerk pfuschen. Allerdings schien er recht begabt und sympathisch zu sein. Außerdem intelligent und belesen, soweit er gehört hatte. Selbst wenn der Mann jemanden mit einer Axt ermordet hatte, würde man ihm in dieser zusammengewürfelten Gesellschaft immer noch Respekt entgegenbringen, wenn er gute Konversation zu machen wußte. Arbuckle hatte das Gefühl, daß ihm die Gesellschaft dieses seltsamen Ex-Gouverneurs Spaß machen würde. *Vielleicht hat mich dieser Ort selbst ein bißchen seltsam gemacht,* dachte er.

44

Tiana hielt sich den Mund zu, jedoch nicht schnell genug, um ein Kichern zurückzuhalten, das ihr einfach entschlüpft war. Reverend Cephus Washburn fuhr mit seiner Predigt fort, während sein Dolmetscher sie für die Versammlung aus acht gelangweilten Cherokee übersetzte. Mrs. Washburn pumpte mit den Pedalen ihrer Orgel »Ein' feste Burg«, während die Gemeinde mühsam mitzuhalten versuchte. Die Cherokee benutzten die kleinen Gesangbücher, die in Sik'wayas Silbenalphabet gedruckt waren.

Dann verließen sie nacheinander die Kirche. Sie strebten einem Tisch mit Apfelwein und Rosinenkuchen zu, ihrer Belohnung dafür, daß sie den Gottesdienst durchgestanden hatten.

»Mrs. Gentry«, sagte Washburn. »Was ist an meiner Predigt so lustig gewesen?«

»Ich petze nicht gern, Geliebter Vater.«

»Ich weiß, daß mein Dolmetscher sich mit meinen Worten Freiheiten herausnimmt. Was hat er gesagt?«

»Er hat gesagt, ›Vater Washburn bittet mich, euch zu sagen, daß es vor Gott nur zwei Arten von Menschen gibt – gute und schlechte. Aber ich glaube ihm nicht. Ich glaube, es gibt drei Arten: gute Menschen, schlechte Menschen und die dazwischen wie mich selbst.‹« Washburn schüttelte den Kopf, soweit es sein hoher steifer Kragen erlaubte.

»Ich nehme an, daß Sie ebenfalls dieser Ansicht sind.«

»Nein, das bin ich nicht.«

»Sie sind es nicht!« Washburn sah sie mit Hoffnung in den Augen an.

Sie hatte Mitleid mit ihm. Er war so überzeugt, recht zu haben. Und er war so wenig erfolgreich darin, ihr Volk davon zu überzeugen. Bestenfalls fügten sie ihrem schon vorhandenen Sortiment an Dämonen und Feen den Teufel und die Hölle hinzu.

»Nein«, sagte sie. »Ich glaube, es gibt ebensoviele Arten wie Individuen. Jeder Mensch hat sein eigenes Maß an Gut und Böse. Ich kann mir nicht vorstellen, daß der Maßstab immer genau gleich ist, weil jeder von uns anderes erlebt hat, was sich auf der einen oder anderen Seite stärker auswirkt. Manche Menschen leben länger, und so haben sie von jedem etwas mehr als andere.«

»Ah, mein Kind. Sie sind jetzt schon seit zwei Monaten bei uns, und ich frage mich, wann Sie das Licht erkennen und in unsere Kirche eintreten werden.«

»Die Welt ist meine Kirche, Geliebter Vater. Wie kann man Heiligkeit einfangen und in ein häßliches Gebäude aus Holz stecken?«

Reverend Washburn wollte etwas einwenden, doch Tiana hielt die Hand hoch.

»Sie haben viele Male versucht, es zu erklären«, sagte sie. »Aber es ergibt für mich noch immer keinen Sinn. Für mein Volk auch nicht. Wir können nicht verstehen, warum die Christen ihre Religion so eifersüchtig hüten. Sie behandeln sie wie einen Edelstein, den man in eine Schachtel legt und nur am Sonntagmorgen ansehen darf. Dieser Edelstein ist für Die, Die Laut Sprechen. Niemand sonst darf ihn ansehen. Und der hier ist für Die, Die Zum Wasser Gehen, die Baptisten. Und der hier ist für die Presbyterianer. Es ist unmöglich, heilige Geister einzufangen und in einem Haus einzusperren. Das ist so, als wollte man die Luft einfangen, die wir atmen, die Wolken, die Bäume, das dahinströmende Wasser. All diese Dinge sind heilig.«

»Sie sind eine intelligente junge Frau, Mrs. Gentry, gewiß –«

»Geliebte Frau.« Einer von Drums vielen Großneffen kam völlig außer Atem herangeritten.

»Wir rufen nicht am Sabbat, mein Sohn«, sagte Washburn. Dirtthrower Tiger sah ihn ausdruckslos an. Tiana übersetzte.

»Sag dem Schwarzen Rock, daß ich mich dafür entschuldige, seine Hexerei unterbrochen zu haben.« Das Kind sah verängstigt aus. »Bin ich im Pfad seines Rauchs?«

»Nein, das bist du nicht«, erwiderte Tiana. »Warum kommst du ausgerechnet zu mir?«

»Geliebter Vater sagt, du sollst schnell nach Hause kommen. Ein Eindringling hat The Raven angegriffen. Geliebter Vater braucht dich.«

»Was sagt er?« fragte Washburn.

»Er sagt, General Houston sei erkrankt, und John Jolly wünscht, daß ich mich um ihn kümmere.«

»Warum geht er nicht ins Lager? Da gibt es jetzt einen Arzt.«

»Ich glaube, der Arzt ist am Fieber gestorben.«

»Wissen Sie, ich möchte den Traditionen Ihres Volkes nicht zu nahe treten, Mrs. Gentry, aber General Houston sollte eine zivilisierte ärztliche Versorgung erhalten. Die Cherokee glauben, Fieber werde von rachsüchtigen Insekten verursacht. Das ist ein anmaßender Aberglaube.«

»Wenn Geliebter Vater mich ruft, muß ich gehen.« Der ärgerlichste Charakterzug der Missionare war in Tianas Augen die Verdammung jedes anderen Glaubens außer ihrem eigenen.

»Sie haben mit Ihrem Französisch so gute Fortschritte gemacht«, sagte Washburn. »Und wir werden bald Schüler haben. Sie können uns beim Übersetzen helfen.«

Tiana war unschlüssig. Es war schön hier hoch oben auf einem Felshang nahe der Mündung des Illinois River. Sie konnte meilenweit in alle Richtungen sehen. Und Reverend Washburn war freundlich zu ihr gewesen. Trotz ihres begrenzten Verständnisses waren er und Reverend Palmer aufrichtige Freunde des Wahren Volkes.

Sie vermißte jedoch die Musik und die Gespräche und die Gesellschaft bei Drum. Sie vermißte ihre Mutter und die Familie. Außerdem hatten die Missionare eine deprimierende Einstellung zum Leben. Tianas Französischlehrerin Jerusha Johnson tadelte sie ständig wegen dieser oder jener Kleinigkeit. Und dabei war Jerusha zehn Jahre jünger als Tiana.

»Eine pfeifende Frau und eine gackernde Henne finden beide das gleiche schlimme Ende«, pflegte sie zu sagen. Tiana pfiff zwar trotzdem, doch das Vergnügen daran war verflogen.

»Ich werde meine Sachen zusammenpacken und mitkommen«, sagte Tiana zu Dirt-thrower. »Wir können zu zweit auf deinem Pferd reiten.«

Auf dem Pfad von der Missionsstation begegneten sie Sik'waya. Er wollte sein monatliches Exemplar des *Cherokee Phoenix* abholen, das mit dem Postpaket aus dem Lager Gibson in der Mission ankam. Sik'waya verbrachte die Nacht meist in der Mission und ritt dann am nächsten Tag nach Hause. Oder vielmehr trottete sein altes Pferd nach Hause, während Sik'waya im Sattel saß und immer wieder in seiner Zeitung las.

Als Tiana an dem Mais, der Baumwolle und dem Tabak auf Sally Ground Squirrels erst zur Hälfte gerodeten Feldern vorbeiritt, wäre sie am liebsten umgekehrt und zur Mission zurückgeritten. Warum sollte sie Raven helfen? Mit welchem Recht tauchte er hier auf, nachdem er sie im Stich gelassen hatte? Mit welchem Recht erwartete er, wie eine königliche Hoheit behandelt zu werden? Ihr Gewissen tadelte sie wegen dieser gehässigen Gedanken. Nanehi Ward hatte bestimmt nie so gefühlt. Eine wahre *Ghigau*, eine Geliebte Frau, würde nicht so kleinlich sein. Doch Tiana nannte sich nicht selbst eine *Ghigau*. Das taten andere.

Und warum hatte Drum sie holen lassen? Er konnte genausogut jemanden heilen wie sie. Drum war schlau. Vermutlich versuchte er, sie zu einer Versöhnung zu verleiten. *Daraus wird aber nichts, Geliebter Vater.*

Sally Ground Squirrel hatte das Obergeschoß ausgeräumt, das große, luftige Zimmer, das auf dem Dach des zweiten Hauses angebaut worden war. Tiana fand Drum an Ravens Bett sitzend. Er hatte seine besten Kleider angelegt, um die Geister seiner Achtung zu versichern.

»Mein Herz ist froh, daß du gerade jetzt kommst, Tochter«, sagte Drum. Tiana hatte ihn noch nie so bekümmert gesehen.

»Dirt-thrower hat mir erzählt, daß ein Eindringling hier gewesen ist, eine Wichtige Sache.«

»Ja. Ich habe mir gedacht, daß du in der Gottesschule vielleicht etwas gelernt hast. Wie ich höre, haben sie dort mächtige Medizin.«

Tiana zog ein kleines Fläschchen aus dem Lederbeutel an der Taille. Sie entkorkte sie und hielt sie Drum zum Schnuppern hin. Er zog die Nase kraus und wich unwillkürlich zurück.

»Was ist das?«

»Ein Gegengift.«

»Was ist darin?« Drum interessierte sich immer für neue Medizin.

»Vipern, Wein, Opium, Kräuter und Gewürze, Lakritz, Rosen, Johanniskraut, Kanadischer Germander, der Saft von rohen Schlehen und Honig.«

»Hilft es?«

»Geliebter Vater Wasuh'huna, Washburn, sagt, daß es vielleicht hilft. Es schmeckt scheußlich, so daß es irgendeine Wirkung haben muß.« Sie zog einen Stuhl heran und starrte auf das Gesicht des schlafenden Raven. »Die Wichtige Sache scheint stark zu sein. Warum ist er nicht im Lager der Soldaten?«

»Er hat mir das Versprechen abgenommen, ihn nicht dorthin zu bringen. Er sagte, er wolle hier sterben, bei den Menschen, die er liebe.« Drums Stimme brach, und seine Hand zitterte, als er seine Pfeife mit einem Binsenlicht anzündete.

»Geh schlafen, Geliebter Vater. Ich werde über ihn wachen. Morgen früh können wir ihn zum Wasser bringen. Vielleicht können wir beide die Wichtige Sache überreden, ihn zu verlassen.« Drum nickte.

»Mein Herz ist froh, daß du wieder bei uns bist, Tochter. Das Haus ist einsam ohne dich. Die Leute kommen täglich her, um dich zu bitten, für sie zu arbeiten. Wir vermissen deine Stimme im Rat. The Raven hat auch nach dir gefragt.«

Drum trottete aus dem Raum, legte sich jedoch nicht schlafen. Er ging in der Dunkelheit um das Haus herum, sang dabei, kreiste es mit dem heiligen Rauch neugemachten Tabaks ein und schloß seinen geliebten Sohn in die Fürsorge ein.

Tiana wandte ihre Aufmerksamkeit dem Patienten zu. Es roch im Raum. Raven hatte seit drei Tagen an Durchfall gelitten und sich übergeben. Man hatte ihn sorgfältig gesäubert, aber der Gestank hielt sich. Tiana nahm ein paar geschälte Rotzedernzweige von einem Stapel auf einem Regal. Sie wischte eine verstaubte flache Tonschale ab, zündete die Zweige an und legte sie hinein. Sie würden die Luft süßer machen und den Raum von *anisgina* befreien, böswilligen Geistern.

Raven begann schneller zu atmen. Er stöhnte im Schlaf, warf sich herum und zitterte heftig. Tiana preßte ihm behutsam ihre langen Finger gegen eine Seite seines Halses. Sein Puls beschleunigte sich. Ein neuer Anfall stand bevor. Mit ihrer anderen Hand fühlte sie unter seinem langen weißen Hemd. Seine Milz war vergrößert. Er begann zu murmeln und warf sich hin und her.

»Sch«, murmelte sie, obwohl sie wußte, daß er sie nicht hören konnte. »Sch, alter Freund.«

»Eliza«, murmelte er. »Ich glaube dir, Eliza. Bitte.« Er schluchzte, als bräche ihm das Herz. »So kalt. Tut mir leid, Mutter.« Er sprudelte die Worte nur so hervor. Er phantasierte etwa eine Stunde lang, während sie bei ihm saß, ihm die Hand hielt und ihn zu beruhigen versuchte. Schließlich schlief er wieder ein. Sie spürte die Hitze, die von ihm ausstrahlte. Fieber wurde nachts meist stärker. Das war die Zeit, in der Hexen, die sich nur nachts zeigten, umherstreiften und die Kranken quälten.

Tiana stand auf und ging hinaus. Sie spitzte vier Stöcke an und trieb sie an den Ecken des Hauses in die Erde, so daß die spitzen Enden nach außen zeigten. Damit beschützte sie The Raven vor Hexen. In seinem geschwächten Zustand wäre er für sie eine leichte Beute. Sie sang einen von Raincrows Zaubersprüchen und verlockte die Hexe dazu, sich selbst auf den Stöcken zu pfählen. Dann ging sie wieder ins Haus.

Sie wusch Raven mit dem kalten Wasser, das Sally Ground Squirrel dagelassen hatte, Kopf und Brust. Sie goß ihm etwas davon auf seine ausgedörrten, wunden Lippen. Sie wußte, daß Kopf und Muskeln ihm schmerzen mußten. Sein Fieber war schrecklich hoch. Das konnte er kaum überleben.

Sie stützte die Ellbogen auf die Knie und starrte ihm ins Gesicht. Sie fühlte sich so hilflos. Wenn sie nur wüßte, welches Insekt oder Tier dies ausgelöst hatte, dann konnte sie den Feind dieses Geschöpfs um Hilfe anrufen. Raven schien das zu haben, was die weißen Ärzte Wechselfieber nannten. Mit Glück würde sich das Fieber in acht Stunden kurz vor Tagesanbruch legen. Er würde entweder genesen oder nach einem Tag mit einem neuen Anfall erkranken.

Als sie ihm das Hemd hochzog, um ihm die Brust zu waschen, bemerkte sie die offene Wunde an seinem Schenkel. Vor vielen Jahren hatte er sich geweigert, sie von ihr heilen zu lassen, doch jetzt konnte er sich nicht weigern.

Sie nahm Lindenrinde aus ihrem Beutel und ging hinaus, um sie auf einem Stein zu zerstoßen. Sie kochte sie über einem kleinen Feuer und wusch die Wunde mit dem Sud aus. Den Rest ließ sie köcheln. Gegen Morgen würde er die Konsistenz von Gelee haben, so daß sie einen Breiumschlag daraus machen konnte.

Tiana hielt die ganze Nacht Wache und sang leise vor sich hin, um sich wachzuhalten. Sie sang die Lieder des Wahren Volkes und auch die, die ihr Vater und David ihr beigebracht hatten. Von Zeit zu Zeit steckte Drum den Kopf zur Tür herein.

»Du mußt schlafen«, schimpfte sie mit ihm.

»Ich kann nicht.«

Als der erste schwache Lichtschein des neuen Tages den blauschwarzen Himmel färbte, erschien Drum erneut.

»Es ist Zeit«, flüsterte er. »Wie geht es ihm?«

»Er wird wahrscheinlich in einer Stunde aufwachen.« Sie zog die Decke unter ihm glatt und umfaßte die Ecken an den Füßen. Drum nahm die Ecken am Kopfende.

»Ich kann Hilfe holen lassen«, sagte Drum.

»Die brauchen wir nicht. Er ist jetzt viel dünner. Wir können ihn tragen.« Sie brachten ihn zum Fluß, ein Stück stromaufwärts, wo die Familienmitglieder schon bald ihr morgendliches Bad nehmen würden. Sie legten ihn behutsam auf eine kleine Wiese mit weichem Gras und plazierten ihn so, daß sein Gesicht dem Wasser und der aufgehenden Sonne zugewandt war.

Drum ließ zerstoßenen Tabak in Wasser fallen, das durch die sieben Stücke Holzkohle erhitzt wurde, die er in seinem Kessel mitgebracht hatte. Er füllte sich mit etwas von diesem Wasser den Mund. Er stand mit dem Gesicht nach Osten und rief im stillen die Götter der Winde an. Er blies das Wasser über Raven hin, schloß dann die Augen und stimmte erneut seinen Singsang an. Er wiederholte den Ritus viermal.

Gha! *Höre, O Großer Wirbelwind.*
Du bist soeben gekommen, um den Eindringling in
den Sumpf zu treiben.
Du sollst ihn spielerisch vertreiben!
Er soll vollständig verschwinden. Alles ist
vollbracht.

Raven bewegte sich und murmelte im Schlaf. Drum sprenkelte Wasser um seine Decke herum.

»Er wacht gerade auf«, sagte Tiana sanft. »Ich bete dafür, daß er nicht wieder krank wird. Der Eindringling spielt mit uns, so wie Katzen in der Maisraufe mit Mäusen spielen.« Als sie Raven wieder zurückgetragen und ins Bett gelegt hatten, gähnte Tiana und streckte sich erschöpft.

»Geliebter Vater, ich gehe schlafen«, flüsterte sie. »Dann werde ich an der Mündung des Bachs Rohr schneiden. Schick das schwarze Kind, Martha, zu mir, falls sich Ravens Zustand verschlimmert.«

»Er wird sich nicht verschlimmern. Sieh doch, sein Fieber sinkt, und er wird wach. Er sieht nicht mehr so gelb aus wie vorher.«

»Nein, Geliebter Onkel.« Drum hatte mindestens so viele Opfer des Wechselfiebers gesehen wie sie. Er wußte, daß es sich legte, um dann wiederzukommen. Doch jetzt hielt er es für besser, seine Erfahrung zu ignorieren.

Tiana genoß die frische Morgenkühle. Schon jetzt konnte sie wärmere Luftströme spüren, als wäre es der Atem eines großen Tiergeists. Hoch über ihr flatterten die Blätter der hohen Schwarzlinden und Pappeln leicht im Wind. Sie würden die kühle Nachtluft einfangen und sie vor der Hitze des Tages bewahren, wenn die Frauen hier draußen saßen, um ihre Arbeit zu tun.

»Schwester, wie geht es ihm?« James zog die Zügel seines Pferdes an. Er war gerade angekommen.

»Er wacht jetzt bei Tageslicht gerade auf. Aber der Eindringling lauert noch immer in den Schatten.«

»Ich bin so schnell geritten, wie ich konnte.« Er eilte ins Haus.

Als Tiana wegging, versammelten sich andere Familienangehörige und Freunde vor der Tür. Sie hatte nicht vor, ihre Vorhersage dem Zufall zu überlassen. Wenn die Sonne am nächsten Morgen aufging, würde sie ihre Wahrsagenadeln in einem stillen Teich treiben lassen, um zu sehen, ob Raven überleben würde oder nicht.

Es war eine erschreckende Gabe, die Zukunft lesen zu können. Sie griff fast nie zu diesem Mittel. Mehr als einmal hatte Tiana sich schon gewünscht, Spearfinger hätte ihr nicht gesagt, daß sie diese Gabe besitze, noch ihr beigebracht, wie man sie einsetzte. Sie konnte keine Details erkennen, nur allgemeine Entwicklungen. Sie wußte nur, ob sich etwas zum Guten oder zum Schlechten wenden würde. Und selbst das war oft zweifelhaft und mehrdeutig.

Du, Ernährer,
Ich frage dich.
Du weißt.
Sag mir, wie es ist.

Als sie langsam in den Schlaf hinüberglitt, nahm sie sich noch vor, einige der Matten der Familie an den Wänden in Ravens Zimmer aufzuhängen. Die bunten Vögel, Blumen und geometrischen Muster, die darauf gemalt waren, würden ihn vielleicht aufmuntern. Das beruhigende Summen des Spinnrads einer Cousine in der Ecke wiegte sie in den Schlaf, ebenso das Brett, das unter den nackten Füßen der Frau rhythmisch knarrte. Vor dem offenen Fenster gakkerten Hühner und schnatterten Gänse. Der jüngste Welpenwurf knurrte, als sich die Tiere im Schlaf bewegten. Von weit her war das Tock-tock von Äxten und das dumpfe Geräusch von Mörsern und Stößeln zu hören.

Aus Ravens Zimmer hinter der Wand, an der Tiana schlief, waren auch die schwachen Laute von Stimmen zu hören. Raven hatte Mühe, klar zu sehen, als er aus dem schwarzen Teich des Schlafs auftauchte.

»Vater?«

»Ja, mein Sohn. Ich bin da. Dein Bruder auch.«

»Sei gegrüßt«, sagte James. »Ich habe mit John gewettet, daß du Ende der Woche schon auf Drums neuer Stute ein Rennen mitmachst.«

»Warum nicht schon heute nachmittag?« fragte Raven. Seine Stimme war jedoch noch heiser vor Erschöpfung, und seine Augen lagen tief in den Höhlen. Schmerz pochte ihm in den Schläfen, und sein Körper fühlte sich an, als hätte ihn jemand mit Knüppeln geschlagen.

»Vielleicht morgen. Du siehst jetzt müde aus.«

»Ist nicht noch jemand da?« Raven blinzelte. Der Sonnenschein, der durch die offene Tür eindrang, blendete ihn. Er ließ seinen Kopf noch heftiger pochen. Raven schloß die Augen, um ihnen etwas Erleichterung zu verschaffen.

»Nein. Soll ich jemanden herbringen?« fragte Drum.

»Ich muß geträumt haben. Mir war, als hätte ich eine Frauenstimme gehört. Sie hat mir etwas vorgesungen.«

»Tiana ist die ganze Nacht bei dir gewesen.«

»Großmutter? Ist sie hier? Ist sie von der Missionsstation zurück?«

»Ja, mein Sohn. Du wirst sie sehen.« Es schmerzte Drum zu wissen, daß seine Lieblingsnichte sich weigerte, Raven zu sehen. Und es schmerzte ihn noch mehr zu wissen, daß Raven es ahnte. Raven hatte nichts von seiner Frau gesagt, die im Sonnenland lebte, und Drum stellte keine Fragen. Er wußte, daß sein Sohn ihm irgendwann alles erzählen würde.

Tiana mied das Haus, nachdem Raven wach war. Sie verbrachte mit Fancy einen Tag am Fluß und hackte das dichtstehende grüne Riedgras, das hier meilenweit wuchs. Sie brachten ein riesiges Bündel davon nach Hause. Sie hatten es in alte Häute gewickelt und schleiften es hinter dem Pferd her. An einem anderen Tag nahmen sie die Kinder mit. Sie wollten Sommerbeeren und Sonnenblumen pflükken, Himbeeren und Pflaumen. Tiana und Fancy sammelten auch Körbe voll Nesseln. Später würden sie die Fasern von den Stielen abstreifen und daraus Seile machen.

Es gab immer etwas zu tun, aber Tiana, ihre Schwestern und Cousinen fanden immer noch Zeit, sich zu vergnügen. Sie pflückten Blumen, webten sie zu Diademen und dösten im Schatten der massiven Roteichen und Eschen. An einem besonders heißen Tag begaben sich Tiana, Fancy und eine kleine Horde von Mädchen, die Enkelinnen und Nichten Drums und Sally Ground Squirrels, mit der Wäsche zum Fluß. Sie taten ihre Pflicht, schlugen mit Schlegeln aus Walnußholz auf die Kleider ein und wurden dabei selbst gründlich naß. Dann legten sie die Kleider zum Trocknen in das wehende Gras bei den Weidenbäumen.

Tiana lag nackt im Schatten, kaute auf einem saftigen Grashalm herum und sah den Mädchen beim Spielen zu. Als sie ihrem Lachen lauschte und ihnen zusah, wie sie im Fluß herumplanschten oder Beeren pflückten, erinnerte sie sich plötzlich an Spearfinger. Sie lächelte in sich hinein, als sie sich das runzlige Gesicht Spearfingers vorstellte, die ihr als Kind wie ein Dämon vorgekommen war und sie erschreckt hatte. Jetzt ging ihr auf, daß Spearfinger nach diesem besonderen Mädchen Ausschau gehalten und sie auf die Probe gestellt hatte.

Als Tiana älter wurde, hielt auch sie Ausschau nach der einen, an die sie ihr geheimes Wissen weitergeben konnte. Sie liebte alle Kinder, aber keins der Mädchen schien die Richtige zu sein. Manchmal verzweifelte sie sogar an der Aussicht, es überhaupt zu finden. Dann überlegte sie, wie alt Ulisi, Spearfinger und Ghigau gewesen waren, als sie sie unterrichtet hatten. Mit ihren neunundzwanzig fühlte sich Tiana manchmal schon alt, aber sie hatte noch immer kein Grau im Haar. *Man muß von der Spinne Geduld lernen,* hatte Ulisi immer gesagt.

Ein paar Augenblicke lang erlaubte sich Tiana, sich wieder in dieses langweilige, magere Kind zurückzuversetzen, das Mädchen mit den strähnigen Haaren und den wundgescheuerten Knien. Als begleitete sie einen anderen Menschen, begab sie sich in Gedanken mit ihr zu den lieblichen Hügeln und den geheimen Orten, an denen sie gespielt hatte. Sie erinnerte sich an die Märchenwelt, in der dieses Kind gelebt hatte, das den Kleinen unter den Büschen nahegestanden und sich selbst den Geistern näher gefühlt hatte, als sie es jetzt manchmal tat. War es der Erinnerung an ein jüngeres Ich möglich, sie anzurufen wie den Geist einer Toten? Tiana war überwältigt von Sehnsucht nach einer Zeit und einem Ort, die Vergangenheit waren, die sie nie wiedersehen konnte. Selbst wenn sie sich in diese Zeit zurückversetzte, wäre es nicht das gleiche. *Du kannst nicht zurück*, sagte sie sich wütend. *Du mußt hier Glück finden. Jetzt.*

Zwei der Mädchen warfen sich neben ihr auf die Erde und drückten ihr einen Blumenkranz auf das dichte schwarze Haar, das ihr jetzt bis zur Taille reichte. Das Haar bildete einen perfekten Rahmen für die Blauen Binsenlilien und Glockenblumen.

»Wir haben blaue Blumen gepflückt, weil sie zu deinen Augen passen«, sagte Tsgoya, das Mädchen, das sie Bug nannten. Sie hatte diesen Namen wahrscheinlich von einem boshaften Onkel erhalten. James hatte Tiana gebeten, seinen Mädchen Namen zu geben, weil John ihn sonst mit den Namen ärgern würde, die er ihnen geben würde.

»Du hast die schönsten Augen, die ich je gesehen habe«, sagte Bugs Schwester La'lu, Jar Fly. Den Namen hat sie ganz bestimmt von einem Onkel, dachte Tiana.

»Ihr macht mir das Herz froh, Töchter.« Sie lächelte sie an. Sie pflückte eine Glockenblume und hielt sie ihnen hin. »Mein Vater nannte diese Blume Hexenfingerhut oder Hasenglöckchen, weil Hexen sich in seinem Land in Kaninchen verwandeln konnten. Ich glaube aber, daß sie viel zu schön sind, um Hexen zu gehören.«

Alle drei legten sich ins Gras und suchten in den Wolkengebirgen, die am Himmel dahintrieben, nach erkennbaren Gestalten. Das Unterholz war hier nicht einmal annähernd so üppig, wie es in den Bergen des Blauen Rauchs gewesen war. Der Wind wehte unaufhörlich, und die Sommer waren eine Prüfung. Das Wahre Volk hatte sich im östlichen Teil seines neuen Landes angesiedelt, dem bewaldeten Berg- und Hügelland. Die offenen Waldlichtungen mit den Blumen und dem Bartgras unter den riesigen Bäumen ließen die Gegend wie einen Park aussehen.

Blockhäuser wurden gebaut und verschönert. Es wurden immer mehr Obstgärten angelegt. Die Felder sahen allmählich nach mehr aus als nur nach frisch gerodeten Waldlichtungen. Als Tiana im Gras lag, neben sich die Kinder und das Lachen, das von der Brise dahingetrieben wurde, wagte sie zu hoffen, daß ihr Volk hier endlich Frieden finden würde.

Tiana war den größten Teil der Nacht aufgeblieben und hatte einer von Sally Ground Squirrels Sklavinnen bei einer schwierigen Geburt geholfen. Sie eilte auf dem Pfad zum Fluß. Großmutter Sonne würde bald aufgehen, und Tiana wollte zur Stelle sein, um sie zu begrüßen.

Sie blieb am Waldrand in der Nähe des kleinen Wasserfalls stehen, wo sie Großmutter Sonne jeden Morgen traf. Jemand war schon vor ihr da.

Raven stand allein in dem flachen Wasser des Long Man. Seine Kleider lagen auf einem Haufen, er hatte das Gesicht von ihr abgewandt und blickte zur Sonne, die sich soeben über den Bäumen zeigte. Sie sah, wie er die Arme hob, und hörte, wie er Drums Morgenlied sang.

Tiana wiederholte schweigend ihr eigenes Lied an die Sonne. Sie war verärgert, ihn hier zu sehen. Jetzt konnte sie Großmutter nicht angemessen begrüßen, und er störte die Ruhe und die Einsamkeit. Sie hatte so wenig Gelegenheit, der Stille zu lauschen, so wenig Möglichkeit, allein zu sein. Diese Augenblicke mit den Vögeln und der Morgendämmerung, der Sonne und dem Long Man waren ihr heilig. Sie ertappte sich auch dabei, daß sie seinen hochgewachsenen, muskulösen Körper musterte, was sie noch mehr ärgerte. Es war lange her, daß sie einen Mann so angesehen hatte.

Sie wollte ihr gewohntes Ritual gerade abkürzen und nach Hause gehen, als sie Raven schwanken sah. Er fiel am Ufer auf die Knie und stürzte vornüber, bis Ellbogen und Kopf in dem Kies an der Wasserlinie lagen. Als er sich nicht bewegte, wurde Tiana unruhig. Sie ging zu ihm hin, hockte sich neben ihn und berührte seine Schulter. Er zuckte zusammen.

»Es tut mir leid, daß ich dich erschreckt habe«, sagte sie. »Du solltest im Bett liegen.«

»Großmutter?«

»Ja. Ich komme jeden Morgen her.«

»Verzeih mir. Das habe ich nicht gewußt. Ich wollte dich nicht stören.«

»Mach dir deswegen keine Gedanken. Die Sonne geht auch morgen wieder auf. Kannst du stehen?«

»Meine Kleider.«

»Hier.« Mit abgewandtem Blick wartete sie, während er sich anzog. Er legte ihr eine Hand auf die Schulter, um sich abzustützen, während er sich die Hosen anzog.

»Du bist noch schwach, Bruder«, sagte sie. Es fiel ihr jetzt nicht mehr so schwer, ihn Bruder zu nennen, wie noch vor einiger Zeit. Er war abgemagert und hohläugig. Sein gutaussehendes Gesicht hatte einen gelblichen Teint. Sein kräftiger Körper war viel schlanker als bei seiner Ankunft. Und damals war er schon dünn gewesen. Jetzt hingen die Kleider nur noch an ihm. Sie konnte keinen Groll gegen einen Menschen hegen, der so gelitten hatte. Vielleicht hatte er für das Böse gezahlt, das er angerichtet hatte. Vielleicht war sein Leben jetzt wieder im Gleichgewicht.

»Ich hatte vor ein paar Jahren das Fieber«, sagte er. »Es meldet sich von Zeit zu Zeit zurück.«

»Wir dachten schon, du würdest die Reise ins Nachtland antreten«, sagte sie. »Obwohl die Wahrsagesteine darauf hindeuteten, daß du am Leben bleiben würdest.« Sie legte ihm beim Gehen den Arm um die Taille und legte sich seinen um die Schulter. Er stützte sich schwer auf sie.

»Ich wünschte, ich könnte dort hingehen. Ich habe es mir in den letzten sechs Monaten oft gewünscht.«

»Sch, sprich nicht vom Sterben.«

»Ich fühle mich schon so lange Zeit verloren, Großmutter. Ich habe vergessen, was wichtig ist. Ich habe vergessen, was es mit der Stille auf sich hat.«

»Du hast bei Weißen gelebt. Die mögen die Stille nicht.«

»Das hat Drum auch immer gesagt. Er sagte, ihr Gerede dröhne ihm in den Ohren. Er sagte, wir könnten unsere Herzen am besten in der Einsamkeit kennenlernen, wo es kein Echo von anderen gibt.«

»Vielleicht hattest du versucht, dich in anderen zu sehen.«

Raven starrte ihr einen Augenblick lang in die Augen. Sie hatte recht. Das war genau das, was er getan hatte. Er hatte sein Leben an dem von Andrew Jackson ausgerichtet. Plötzlich erkannte er, daß dieses Starren unhöflich war, und blickte wieder nach vorn. Ein Mann konnte sich in diesen blau-, grau-, violetten Augen verlieren und sich nie wieder davon lösen können.

»Vielleicht habe ich das.« Er nahm seinen ganzen Mut zusammen. Es fiel Raven nicht leicht, sich zu entschuldigen. »Vielleicht habe ich versucht, das Spiegelbild meiner selbst in deinen Augen zu verlieren, damals, als ich dich im Osten zum letzten Mal sah. Ich schämte mich des Mannes, den du in mir sahst.«

»Wir wollen nicht über diese Zeiten sprechen. Wir von den Sieben Clans erneuern uns jedes Jahr bei der Zeremonie des Grünen Maises, damit wir unser Handeln nicht ein Leben lang bedauern müssen.« Sie lächelte zu ihm hin. »Wenn du darüber nachdenkst, wirst du feststellen, daß das eine unserer besseren Ideen ist.«

»Weiße könnten von den Sieben Clans eine Menge lernen.«

»Weiße sind *tsundige'wi*, zugekniffene Hintern.«

Raven lachte zum ersten Mal seit Wochen. Es tat weh, tat aber auch gut. Wenigstens begann er jetzt daran zu glauben, daß er tatsächlich am Leben bleiben würde. *Tsundige'wi*. Er hatte das Wort schon vor langer Zeit gehört. Es bedeutete, Er Ist Bei Ihnen Geschlossen, Verstopft, Blind. Doch gemeint war einfach das, was Weiße vielleicht Korinthenkackerei nannten.

Als sie das Haus erreichten, half Tiana Raven auf eine Bank unter den Bäumen und lief ins Haus, um ihm etwas zu essen zu bringen. Drum und der Rest der Familie waren von ihrem Morgenbad am Fluß zurückgekehrt. Sie hörten auf zu essen und starrten sie an. Tiana glaubte, hinter Drums feierlichem Blick so etwas wie ein Grinsen zu entdecken.

»Wie geht es dem Patienten?« fragte er.

»Er hat heute morgen versucht, zum Wasser zu gehen. Er ist immer noch sehr schwach.« Sie löffelte etwas dünnen Maisbrei in eine Schale und goß etwas Milch und Honig darüber. Sie wollte gerade wieder hinausgehen, als Drum sie rief.

»Tochter.« Er reichte ihr einen zusammenklappbaren Feldstuhl aus Leinwand. »Kalanah Ah'wuka hat ihn geschickt.« Colonel Arbuckle hatte Raven verschiedene kleine Gegenstände gegeben, die seine Genesung beschleunigen sollten. Den Brandy und die starken Zigarren hob Drum jedoch auf, bis es Raven besser ging.

Sally Ground Squirrel trug den Stuhl hinaus, während Tiana die Schale und den Hornlöffel nahm. Als Raven bequem saß, drückte ihm Sally Ground Squirrel den Arm und schüttelte den Kopf.

»*Ulesoda*«, sagte sie. »Dünn.«

Raven langte mit einer Hand hoch und kniff sie in ihre runde Wange.

»*Galijohida*, dick«, sagte er.

Sally Ground Squirrel lachte und ging. Die Frauen nahmen unter den Bäumen ihre Arbeit auf, hielten sich jedoch von Tiana und Raven fern. Sie hofften alle, Tiana würde ihren Frieden mit ihm machen, und außerdem wollten sie nicht stören.

Tiana setzte sich neben ihn und stellte ihm Fragen nach dem Leben in den Städten des weißen Mannes. Da sie sich jetzt dazu durchgerungen hatte, ihm zu vergeben, genoß sie es sogar, ihn wieder neu kennenzulernen. Er war immer noch der bezaubernde Geschichtenerzähler, den sie einmal gekannt hatte. Irgendwie war es fast so, als hätte es die vergangenen zwölf Jahre gar nicht gegeben.

»James sagt, allein in Philadelphia gebe es genug Weiße, um alle Indianer aufzuessen, wenn man sie in einen Pie stopfte«, sagte Tiana.

»Da hat James nicht ganz unrecht.«

»Warum gibt es so viele?«

»Sie befolgen nur die Anweisungen in dem Predigerbuch. ›Seid fruchtbar und mehret euch und macht euch die Erde untertan.‹«

»Die Erde ist voll genug. Sie hat es nicht nötig, daß man sie sich untertan macht.«

»Nun, du weißt ja, wie prüde Weiße sind, wenn es um die Liebe geht. Das Predigerbuch gibt ihnen eine Ausrede, es ohne Schuldgefühl zu tun. Das erinnert mich an eine Geschichte.«

Ohne darüber nachzudenken, war Raven in seine alte Gewohnheit zurückverfallen, mit ihr wie mit einer Freundin zu sprechen. Er hatte die Tabus und die Umschweife vergessen, die er bei Unterhaltungen mit weißen Frauen verwenden mußte. Er mußte sich aber auch zwingen, seiner Stimme einen beiläufigen Tonfall zu geben. Er hatte das Gefühl, als würde er sich einem schönen, aber unberechenbaren wilden Tier nähern. Er hatte schreckliche Angst davor, sie vor den Kopf zu stoßen und sie wieder zu verlieren. Diesmal vielleicht für immer.

»Erzähl die Geschichte.« Tiana war für eine gute Geschichte immer zu haben.

»Also, ein Neuankömmling kommt in eine Kneipe und beginnt eine Unterhaltung mit einem älteren Mann. Nachdem sie über dieses und jenes gesprochen haben, sagt der Neuankömmling: ›Für einen fünfzigjährigen Mann sind Sie noch recht munter.‹ ›Habe ich gesagt, daß ich fünfzig bin? Mein Freund, ich bin siebzig‹, sagt da der alte Knochen und trifft eine Fliege mit einem Strahl Tabaksaft. ›Und bin stolz darauf.‹

›Nun, das wäre ich auch‹, sagt da der Fremde. ›Wenn Ihr Papi noch am Leben wäre, dann wette ich, daß er stolz darauf wäre, einen so jungaussehenden Sohn zu haben.‹ ›Habe ich gesagt, daß mein Papi tot ist?‹ fragte der alte Mann. ›Er lebt noch, ist fünfundneunzig und noch so munter wie ein Fisch im Wasser.‹

›Fünfundneunzig!‹ ruft der junge Mann aus. ›Das ist ja verblüffend! Ich wette, wenn *sein* Papi noch am Leben wäre, wäre er stolz darauf, so einen Sohn zu haben.‹ ›Hab ich gesagt, daß mein Großpapi tot ist? O nein, Sir. Hören Sie, Fremder, er ist hundertzwanzig Jahre alt und wird nächste Woche heiraten.‹ ›Heiraten! Warum sollte ein hundertzwanzigjähriger Mann heiraten wollen?‹ Der Alte sieht den Fremden ein wenig verschmitzt an und sagt: ›Habe ich gesagt, daß mein Großpapa heiraten *will*?‹«

Tiana warf den Kopf in den Nacken und lachte. Das war Musik für Raven. Ein solches Lachen voll reinem, unbefangenem Entzücken hatte er schon lange nicht mehr gehört.

»Jetzt mußt du mir eine Geschichte erzählen«, sagte er.

»Was willst du hören?«

»Warum der Truthahngeier kahlköpfig ist.« Er faltete die Hände auf dem Schoß und lehnte sich mit geschlossenen Augen zurück, um die Geschichte zu genießen.

»Ich hätte wissen müssen, daß du gerade die hören willst.«

Die folgenden Tage verbrachte Tiana – wann immer es ging – mit Raven. Zunächst redete sie sich ein, sie tue es nur, um einem Patienten bei der Genesung zu helfen. Dann gestand sie sich ein, daß sie seine Gesellschaft genoß. Er war geistvoller als jeder Mann, den sie je gekannt hatte. Doch er besaß auch eine dunklere Seite. Vielleicht hatte sie mit seiner Frau in dem Alten Land zu tun, der Frau, die er nie erwähnte. Aber sie hatte den Verdacht, daß das Ganze noch tiefer ging. Das, worüber er nicht sprach, quälte sie genausosehr wie das, was er tat.

Und er hatte eine Menge zu erzählen. Er hatte sich in den höchsten Kreisen des Landes bewegt. Sie hörte sich eine Geschichte nach der anderen über seine Eskapaden an, und dabei wiederholte er keine einzige.

Und dann, als Ravens alte Kraft allmählich wiederkehrte, kamen immer mehr Häuptlinge, um ihn zu besuchen. Sie kamen nicht nur von den Sieben Clans, sondern auch von den Creeks und Choctaw. Die Nachricht, daß ein Freund von Vater Jackson bei Drum lebte, hatte sich schnell verbreitet. Tiana konnte nur noch sehr wenig Zeit mit ihm verbringen. Und sie bedauerte das.

Sie begann Ausreden zu erfinden, um in seiner Nähe zu sein. Sie begann, ihn aus dem Augenwinkel zu beobachten. Ob sie schlief oder wach war, sie begann, von ihm zu träumen, von seinen Augen, seinem Lächeln und dem gelockten, rotgoldenen Haar auf seiner Brust. Zeitweilig war ihre Sehnsucht nach ihm so heftig, daß sie Hexerei vermutete. Daß einem ein Mann nicht mehr aus dem Kopf ging, konnte nicht natürlich sein. Sie hielt wachsam nach Anzeichen dafür Ausschau, daß er jemanden beauftragt hatte, sie zu verhexen, konnte aber keine finden. Wann immer ihr Blick den seinen begegnete, sah sie schnell zur Seite und spürte dabei, wie ihr die Hitze in Gesicht und Hals stieg. Er mußte jemanden haben, der für ihn arbeitete. Kein Mann hatte es je geschafft, daß sie sich so hilflos und verwirrt fühlte.

Raven erging es genauso. Wenn er manchmal im Rat saß, kam es ihm plötzlich vor, als würden die Stimmen um ihn herum zu einem sinnlosen, unverständlichen Lallen. Er dachte daran, daß er bald schon wieder mit Tiana zusammen sein, unter den Bäumen mit ihr lachen oder am Fluß entlangschlendern würde.

Er hatte niemanden darum gebeten, sie für ihn zu umgarnen. Das besorgte er allein. Mehrmals am Tag, sogar im Rat, wiederholte er leise einen Zauberspruch, den er als Junge gelernt hatte. Beim Wahren Volk gab es viele davon.

Du wirst unfähig sein, den Blick abzuwenden.
Dein Gedanke wird nicht abschweifen.
Auf der ewigen weißen Straße wird der Laut deiner Schritte hinter mir ertönen.
Ich bin jetzt gekommen, um deine Seele an mich zu ziehen.

45

Zwanzig Trommeln dröhnten in einem stetigen Takt. Die Glöckchen und Rasseln aus Schildkrötenpanzern, die unterhalb der Knie der Tänzerinnen festgebunden waren, klirrten in der klaren Nachtluft. Der Ausrufer in der Mitte der Tanzfläche stimmte einen Vers an, und die einhundertfünfzig Sänger, Tänzer und Tänzerinnen antworteten. Ihre Stimmen vermischten sich zu dem hypnotisch wirkenden, sinnlichen Singsang, der vor einer Stunde begonnen hatte.

Ravens Gesicht war feierlich und ernst, als er dem Fasanentanz zusah, und er war glücklich. Endlich hatte er das Gefühl, wirklich zu Hause zu sein. Die Missionare hatten versucht, die Zeremonie des Grünen Maises zu verhindern. Drum hatte sich ihre Argumente höflich angehört und anschließend die Vorbereitungen fortgesetzt. Dies war das größte Fest, das die Alten Siedler je gefeiert hatten.

Die Tanzfläche und der offene siebenseitige Ratspavillon lagen in einer Bodenvertiefung, einer Senke, die von sanft ansteigenden Hügeln umgeben war. Die Hänge waren voller Menschen, die alle ihre beste Kleidung angelegt hatten. Fackeln und Lagerfeuer flackerten in der Dunkelheit wie Feuerfliegen. Hunderte kampierten schon seit einer Woche in dem Wald um das neue Ratsgebäude herum. Sie waren wie gewohnt ein fröhlicher Anblick. Zum Glück war es den Missionaren nicht gelungen, ihnen das Tragen der buntesten Farben auszureden, sie sie zur Verfügung hatten, und diese wild miteinander zu mischen.

Raven saß auf der Vorderbank in der Sektion, die Drums Clan zustand. Neben ihm saßen die Geliebten Männer, die Ratgeber des Clans. Er war dort der einzige reinblütige weiße Mann, obwohl er am Rand der Menschenmenge noch einige weiße Gesichtere entdeckte. Manche hatten offiziell in den Stamm eingeheiratet, doch die meisten waren Whiskeyhändler oder Herumtreiber. Hinter den Geliebten Männern saßen die Ballspieler, jeder bei seinem Clan. Wie immer spürte Raven, wie der Rhythmus, der Tanz, bei dem sich Tänzer und Tänzerinnen sanft wiegten, und das überwältigende Gefühl von Einigkeit und Wohlbefinden, das hier herrschte, ihn mitrissen.

Es war Anfang September 1829, die Zeit der alljährlichen Erneuerung. Es war die Zeit, in denen alle Verbrechen vergeben wurden mit Ausnahme von Mord, die Zeit, in der alle Schulden erlassen wurden. Wenn ein ehebrecherisches Paar es geschafft hatte, sich das ganze Jahr über versteckt zu halten, durften sie von jetzt an offen zusammenleben.

Eine Woche lang waren die Menschen in dem kleinen Dorf angekommen, das Drums Farm am nächsten lag. Es besaß eine gemeinschaftliche Kornkammer, das offene Ratshaus, ein *gatayusti*-Feld und ein Feld für das Ballspiel sowie die Tanzfläche. Dennoch war das Dorf nicht das, was es im Osten gewesen war.

Seit Jahren predigten Missionare und Regierung, Wohlstand

könne nur zu solchen Menschen kommen, die ihr eigenes Land bebauten. So waren die gemeinschaftlich bewirtschafteten Felder nur noch ein Bruchteil dessen, was sie einmal gewesen waren. Die Häuptlinge des Nationalrats hatten ein Gesetz verabschiedet, das es den Leuten verbot, Felder zu bebauen, die näher als eine Viertelmeile beim Nachbarn lagen, um so die Initiative des einzelnen zu fördern. Diejenigen, die noch immer in den Dörfern lebten, waren meist arm und konservativ, da sie nicht gewillt waren, die alten Sitten und Gebräuche zu ändern.

Doch das Ratshaus und das heilige Feuer befanden sich hier. Tagelang hatten die Menschen schon Matten und Hocker und Kürbisflaschen verbrannt und sie durch neue Dinge ersetzt. In der Nacht vor der Zeremonie waren sämtliche Feuer gelöscht worden. Heute waren Hunderte von Menschen durch das luftige Ratshaus gegangen. Sie waren an Drum vorbeidefiliert und hatten ihm ihren Dank zugemurmelt, ihm und den Geistern, als sie glühende Holzscheite empfingen, mit denen sie das getrocknete Moos oder die Rindenstücke in ihren Behältern anzündeten.

Das Lagerhaus der Gemeinde war gefüllt. Dennoch lieferten einige dort immer noch Lebensmittel ab, die ersten Früchte ihrer Ernte. Um den Eingang herum lagen Körbe, Säcke und Stapel von Lebensmitteln aufgehäuft. Eine Woche lang hatten Lachen und Gesang in dem Dorf mit seinen bescheidenen Blockhäusern widergehallt.

Raven war von einem Fest zum nächsten weitergereicht worden und hatte inzwischen das Gewicht zurückgewonnen, das er verloren hatte. Es hatte Schießwettbewerbe und Glücksspiel gegeben, Wettläufe und Glücksspiel, Pferderennen und Glücksspiel, Ballspiel und Glücksspiel und das jeden Tag, bis es zu dunkel wurde, den Ball zu sehen. Und außerdem war reichlich getrunken worden.

Drum war jeden Tag bei Sonnenaufgang auf einer Leiter schnaufend auf das Dach des Ratsgebäudes geklettert. Er hatte tief Luft geholt und alle mit einem unheimlichen Jodeln aus den Betten geholt. Er sagte, das sei nötig, um böse Geister zu verjagen. Aber Raven stellte sich vor, daß es ihm Spaß machte, allen Leuten einen Schrekken einzujagen.

Raven war so lange krank gewesen, daß sein Wohlbefinden ihm das Gefühl eingab, wieder alles tun zu können. Drum und James hatten alle Hände voll zu tun, ihn davon abzuhalten, an dem Ballspiel teilzunehmen. Er war entrüstet, als James darauf hinwies, es sei ein Spiel für junge Männer, und Raven sei kein junger Mann mehr.

Jeden Abend wurde der Mond dicker, als freute auch er sich über die Ernte. Tiana sagte, er sehe aus wie eine glatte, silbern glänzende Katze, die sich im Feuerlicht der Sterne aale. Sie und Jennie, Susannah, Raven und Drums Familie hatten draußen unter den Bäumen gesessen und beobachtet, wie Sternschnuppen an dem Abendhimmel aufblitzten.

Tiana. Raven dachte jetzt an sie, wie er es schon so oft in den letzten paar Wochen getan hatte. Er beschäftigte sich so sehr mit ihr, daß ihm kaum auffiel, als Musik und Tanz aufhörten. Dann bewegte sich Tiana mit geschmeidigen Bewegungen auf die Mitte der Tanzfläche zu. Raven holte tief Luft und beugte sich auf der Bank vor. Um ihn herum murmelten Menschen, »*Ghigau*, Geliebte Frau«. Als Tiana in den Lichtschein des Feuers hineinschritt, schritt sie zugleich in sein Herz und erfüllte es.

Sie trug eine engsitzende Jacke aus dünnem weißem Rehleder, die wenige Zentimeter über ihrer schmalen Taille endete. Ihr knielanger Rock war aus schwarzen Federn geflochten und mit weißen Schwanendaunen gesäumt. Die Federn schienen zu atmen, ein Eigenleben zu haben, und bewegten sich, als der Rock ihr um die langen schlanken Beine wirbelte. Ihr dichtes, schwarzes Haar hing ihr offen bis auf die Taille. Es schwankte schwer von einer Seite zur anderen, als sie sich bewegte. Oben auf dem Kopf waren lange rote und gelbe Bänder ins Haar geflochten worden, und diese flatterten, wenn sie sich bewegte. Dazu trug sie einfache weiße Rehledermokassins und fransenbesetzte Beinlinge, die sich eng an die Umrisse ihrer Beine schmiegten. Die Flammen des großen Feuers tauchten ihre honigfarbene Haut in ein goldenes Licht.

Die Hunderte von Menschen auf den Abhängen und im Ratsgebäude verstummten. Raven sah, wie sich Tianas volle Lippen bewegten, als sie leise etwas sang, was nur sie selbst hörte. Raven hätte den Blick nicht von ihr wenden können, selbst wenn sein Leben davon abgehangen hätte. Seine Liebe zu ihr war von Tag zu Tag gewachsen. Jetzt nahm sie ihn voll und ganz gefangen. Wie es beim Wahren Volk hieß, sie hatte ihm die Seele entführt. Er war unfähig, an einen anderen Menschen zu denken.

Sie mußte eine Zauberin sein. Sie war in Magie gehüllt. Wie sonst sollte er sich die Gewalt erklären, die ihn zu ihrem Gefangenen machte? Es war nicht nur Johns Whiskey, der in seinem Kopf alles herumwirbeln und sein Blut in den Schläfen pochen ließ.

Sein Herz krampfte sich vor Sehnsucht nach ihr zusammen. Er

wußte nicht, wie er diese Qual ertragen sollte. Beim Wahren Volk hieß das *uhi'sodi.* »Einsamkeit« war die einzige englische Entsprechung dafür, aber *uhi'sodi* war viel mehr als das. Es war eine übernatürliche Melancholie, ein verzweifeltes Sehnen, welches das Wahre Volk weit stärker zu befallen schien als andere. Das Gefühl riß und zerrte in ihm und schüttelte sein Herz, als wäre es eine Lumpenpuppe.

Raven tastete an der Manschette seines Hemds, bis er das Stück Papier fand, das er in den Falten des Ärmels versteckt hatte. Drum hatte ihm einen in Sik'wayas Silbenalphabet geschriebenen Zauberspruch gegeben. Er war an den Rand eines strengen Briefs des neuen Kriegsministers John Eaton geschrieben. Raven mußte unwillkürlich lachen, als er daran dachte, was Eaton wohl dazu sagen würde, welche Verwendung das Papier seiner Briefe fand. Aber vielleicht würde Eaton es besser verstehen als die meisten. Denn er war ganz gewiß ein Gefangener seiner Liebe zu Peg O'Neale Timberlake.

Drum wußte, was seinem Sohn zu schaffen machte. Er hatte es immer gewußt. Er hatte keine Namen genannt, als er Raven den Zauberspruch gab, hatte aber einen schelmischen Ausdruck in seinen vorstehenden Augen.

»Damit kann man jemanden auf sich aufmerksam machen«, hatte er gesagt. »Er soll dem Großen Raben Bescheid geben. Der ist ein mächtiger Liebesgeist. Fast so mächtig wie die Spinne. Aber Spinnenzauber kann ich dir nicht geben.«

»Warum nicht?« hatte Raven gefragt.

»Weil Spinnenzauber zu mächtig ist. Er umgarnt einen. Er erzeugt *uhi'sodi.* Zaubergesänge, die *uhi'sodi* beschwören, sind unvorhersehbar. Sie können unangenehme Dinge auslösen. Ich werde dir ein Beispiel eines Spinnenzaubers nennen, doch du darfst ihn nie verwenden. Jedenfalls wirst du in der Lage sein, ihn zu erkennen, wenn du einen hörst.«

»Aber was ist, wenn jemand nicht zu mir hingezogen sein will?« fragte Raven düster.

»Drum glaubt, daß jemand einsam ist. Daß sie den Blauen Pfad der Einsamkeit beschreitet. Die ganze Nacht lang ist ihre Seele leer und schreit wie der einsame Falke.«

»Sie scheint nicht einsam zu sein.«

»Sie ist es.« Und damit wandte sich Drum wieder seiner Arbeit zu, Streifen feuchten, aromatischen Tabaks zu einem langen Seil zusammenzurollen.

Jetzt schien Tiana aller Einsamkeit oder sonstiger weltlicher Sorgen weit entrückt zu sein. Sie warf Drum eine Handvoll grobes Salz vor die Füße und mehr davon ins Feuer. Die Flammen flackerten in einem kalten Blau auf. Sie wedelte mit einem großen weißen Schwanenflügel über dem Wasser, das in dem großen Kessel köchelte. Sie hob einen Korb auf und entleerte seinen Inhalt, Blätter von Drums Stechpalmen, in das Wasser. Der Duft des Schwarzen Getränks erfüllte die Luft. Raven erinnerte sich an die ekstatischen Gefühle und Visionen, die das Getränk durch den Kopf schießen ließ. Dann begann Tiana zu sprechen.

»Das Volk der Sieben Clans muß vereint bleiben«, sagte sie. Ihre Stimme trug weit zu den Hügeln jenseits der Tanzfläche. Sie wandte sich langsam um, bis sie jede der sieben Clan-Sektionen angeblickt hatte. »Es gibt einige, die uns am liebsten trennen und von dem Pfad wegführen möchten, dem wir immer gefolgt sind. Sie haben uns von unserem Land getrennt. Sie haben uns von einigen unserer Brüder getrennt, von den Tieren, um deren Vergebung wir nicht mehr bitten, wenn wir sie jagen.

Ihr Whiskey trennt uns von unserer Würde und unserem Verstand. Sie haben die Alten von den Jungen getrennt, die nicht länger auf die Älteren hören. Sie versuchen, uns von unserer Religion und unserem Freund zu trennen, Donner. Sie ermutigen uns, neue Gesetze zu machen, welche die Männer von den Frauen trennen, Gesetze, die den Frauen ihr Recht verweigert, im Rat die Stimme zu erheben. Sie sagen uns, wir sollten Reichtum aufhäufen, damit die Reichen voller Hohn und Verachtung auf die Armen hinabblicken können. Sie wollen uns dazu bringen, daß wir eher unseren Reichtum bewachen, als ihn mit anderen zu teilen, damit wir lernen, einander zu mißtrauen.

Wir dürfen nicht auf die hören, die uns auseinanderbringen wollen. Sie tun es, um uns zu schwächen und unser Land zu stehlen. Wir müssen einander als eine Familie sehen. Wir dürfen die Sitten und Gebräuche nicht aufgeben, die uns stark und glücklich gemacht haben. Sonst werden wir uns in einem Nebel verlieren und auf einem Pfad wandern, der zur Vernichtung führt.«

Als Tiana geendet hatte und sich setzte, begann das Trommeln wieder, und die Ballspieler begannen mit ihrem Tanz. Sie sprangen und hüpften und imitierten das Spiel, bis ihre nackten Leiber vor Schweiß glitzerten. Die Hitze des Feuers und das Schwarze Getränk taten ein übriges. Von Zeit zu Zeit stahl sich einer davon, um sich in eine kleine Schlucht zu übergeben, die eigens dafür vorgesehen war.

Als die Ballspieler die Tanzfläche verließen, wirbelten, schwankten und hüpften zweihundert Adlertänzer herein, die wie Adler in den Himmel aufstiegen und sich im Sturzflug wieder der Erde näherten. Sie hielten die Arme ausgestreckt und hatten Adlerfedern in den Händen. Es war ein langer, erschöpfender Tanz. Als er schließlich vorbei war, erschienen The Girth und James Rogers.

Sie trugen Bärenfelle und schlurften und humpelten in dem Kreis des Feuerscheins herum. Sie brüllten und bedrohten einander, indem sie mit den Füßen aufstampften und mit den Händen auf die Erde schlugen. Dann tat The Girth so, als würde er Baumstämme umdrehen, um darunter nach Raupen zu suchen, und James setzte sich hin, um in aller Gemütsruhe unsichtbare Beeren zu verspeisen. Wenn andere Tänzer so taten, als wollten sie sie mit Lanzen aufspießen, riefen ihnen die Kinder eine Warnung zu. Es kam zu einem lautstark geführten Kampf, als die Bären auf die Jäger losstürmten. Jemand gab zwei Schüsse in die Luft ab, und James und The Girth stürzten zu Boden. Sie wälzten sich herum, erzitterten und stellten sich tot.

Ihr Tanz bedeutete, daß der ernste Teil der Zeremonie vorüber war. Geplauder und Gelächter wurden lauter, als die Menschen sich auf den ausgelassenen Teil des Fests freuten. Die Trommler verlangsamten ihren Takt. Raven hörte das ferne Klirren von Glöckchen und Rasseln. Der erste Sänger, der in der Mitte der Tanzfläche saß, begann den Singsang des Freundschaftstanzes. Die hellen Stimmen der Tänzerinnen antworteten aus der Dunkelheit, und aller Blicke richteten sich auf sie. Ihr hoher, süßer Gesang ließ Raven Schauer über den Rücken laufen. Er nahm noch einen Schluck aus der Flasche, die James ihm gegeben hatte.

Er sah, wie Tiana die Reihe der Frauen in den Lichtschein der Fackeln führte. Ihre langen weißen Kleider waren wie das Licht des Monds am Himmel. Tiana hatte sich umgezogen und trug statt ihres Federrocks ein Kleid aus blassem Rehleder, das mit Fransen und Kugeln und bunten Bändern besetzt war. Ihre Beine waren nackt bis auf die Schnüre mit Glöckchen, die unterhalb der Knie festgebunden waren.

Die Frauen bewegten sich mit anmutigen Trippelschritten um den Rand der Tanzfläche herum. Dabei suchte sich jede Frau unter den Männern einen Tänzer aus. Als Tiana vor ihm stehenblieb, konnte Raven sie nur anstarren. Sie lächelte. Ihre weißen Zähne blitzten in ihrem dunklen Gesicht. Sie forderte ihn mit einem Kopfnicken auf, aber Ravens Beine verweigerten ihm den Dienst. Seine Beine wußten genausogut wie er selbst, was beim Freundschaftstanz geschah.

Das alte, angedeutete halbe Lächeln huschte ihr übers Gesicht, als sie sein neues, perlenbesetztes Hemd musterte, seine gelben Beinlinge, den Seidenturban mit dem wippenden Federbusch darauf. Sie nahm seine Hände in ihre, zog ihn buchstäblich auf die Beine und legte sich seine Hände auf die Schultern. Wenn sie sich auf die Zehenspitzen stellte, konnte sie ihm fast in die Augen sehen.

Männer und Frauen standen ihren Partnern gegenüber und bewegten sich seitlich. Sie folgten Tiana und Raven entgegen dem Uhrzeigersinn. Tiana zog den Kreis der Tanzenden in einer Spirale, die sich auf das Feuer in der Mitte zubewegte wie eine Motte auf eine brennende Kerze. Doch die große Hitze, die Raven spürte, wurde nicht durch das Feuer verursacht. Er spürte, wie sich etwas in seinem Unterleib regte. Ihn erregte nicht so sehr die Berührung ihrer Hände, die ihm sanft die Schultern umfaßten, sondern das Wissen um das, was folgen würde.

Der erste Sänger beendete sein Lied, und die Tanzenden und das Publikum brachen in Jubelrufe aus. Der zweite Sänger begann. Ravens Herz schlug schneller. Jetzt sollte die Pantomime beginnen. Raven erlebte einen Augenblick der Panik. *Oh, Ernährer,* betete er, *laß mich heute nacht keine Dummheit begehen.*

Auf ein Signal des Sängers hin hielten sich alle tanzenden Paare bei den Händen. Dann legten sie die Hände über Kreuz, was Raven näher an Tiana heranbrachte. Er hatte das Gefühl, in ihre dunkelblauen Augen hineinzufallen und hilflos und Hals über Kopf in sie hineinzustürzen. Er spürte die Wärme ihrer Hände, als sie sie bewegte, so daß ihre Handflächen ganz leicht seine berührten. Er spürte, wie ihr Finger leicht über die Innenseite seiner Hand hinstrich. Es war die intensivste erotische Berührung, die er je erlebt hatte.

In ihren Augen lag der alte aufreizende Ausdruck, doch da war noch etwas anderes. Beide bewegten sich aufeinander zu und folgten fast unbewußt der Richtung, die der Sänger einschlug. Um sie herum versank die Welt. Sie nahmen nur noch einander wahr und gaben sich dem sinnlichen Takt und dem Wiegen der Körper hin.

Tiana legte ihm die Unterarme auf die Schultern, und er tat das gleiche. Dennoch berührten sich ihre Körper noch immer nicht. Ravens Herz schlug im Takt mit der Trommel, mit dem Puls der Erde unter seinen Füßen und dem des sternenübersäten Himmels über ihm. Tiana streichelte ihn unter dem Kinn, und er tat das gleiche bei ihr. Ihre Haut war so weich, so glatt. Er erwartete voller Ungeduld den nächsten Teil des Tanzes und fürchtete sich zugleich davor.

Als wollte sie die Spannung in die Länge ziehen, brach Tiana die Schrittfolge. Sie hob die Hände mit den Handflächen nach innen, bis zur Höhe ihrer Schultern, und machte eine schnelle halbe Linksdrehung, dann eine Rechtsdrehung. Raven und die anderen folgten ihrem Beispiel.

Dann drängten sich die zwei Reihen der Tanzenden zusammen, damit ihre Bewegungen nicht mehr sichtbar waren. Tiana streckte die Hand aus und ließ die Hände über Ravens Brust gleiten. Er liebkoste ihre festen runden Brüste. Sie waren so voll und weich geschwungen, so vollkommen, so zart, daß ihm das Atmen schwerfiel. Er spürte, wie die Brustwarzen unter dem dünnen, samtartigen Rehleder hart wurden. Kalter Schweiß trat ihm auf die Stirn, und am unteren Ende des Rückgrats fühlte er Schweißtropfen.

Raven spürte, wie Tianas Hände ihm über den Schwanz strichen, der unter ihrer Berührung pochte. Er liebkoste ihr die Oberschenkel und ließ eine Hand an dem Dreieck über ihrem Unterbauch in den Schritt gleiten. Ihre vollen Lippen teilten sich, und ihre Augen füllten sich mit Verlangen. So allein und so intim mit ihr zu sein, gleichwohl von Hunderten von Menschen umgeben, war erregend bis zum Wahnsinn. Raven hatte den Freundschaftstanz schon früher getanzt, als er viel jünger war. Damals war es ein aufreizendes Erlebnis gewesen, das er mit leichtem Herzen genossen hatte. Mit diesem Tanz war es nicht zu vergleichen.

Jetzt begann der dritte Sänger, und die Tanzenden ließen wieder einen Jubelruf hören. Die beiden Reihen zogen sich voneinander zurück, worauf die Paare sich wieder bei den Händen faßten. Sie gingen im Zickzack hinter Tiana und Raven her, die ein letztes Mal die Tanzfläche umkreisten. Raven verlor fast den Verstand bei dem Gedanken, daß dieser Tanz bald zu Ende sein würde. Er konzentrierte sich auf Tianas schönes, ungezähmtes Gesicht und wiederholte im stillen den Zauberspruch, den Drum ihm gegeben hatte.

Wie der Rote Blitz...
Wie der Nebel...
Wie der Panther...
Wie der Rote Wolf...
Wie Du, Roter Rabe, du Großer Zauberer.
Ich werde inmitten ihrer Seele gehen.
Jetzt! Der Rauch des Weißen Tabaks hüllt sie jetzt ein.

Die Tänzer trennten sich, und Tiana setzte sich wieder zu ihrem Clan unter dem Pavillondach. Raven hörte ihre Glöckchen klirren, als sie sie löste und auf der anderen Seite von Drum unter ihre Bank legte. Drum beschloß, sich in seinem Stuhl zurückzulehnen, um zwischen seinem Adoptivsohn und seiner Lieblingsnichte freies Blickfeld zu schaffen. Und Tiana starrte Raven an. Er fühlte ihre Augen auf sich ruhen und konzentrierte sich auf die Whiskeyflasche, als die Gespenstertänzer durch die Menge hindurchstürmten.

Tiana ließ sich davon jedoch nicht ablenken. *Verdammt, diese Frau,* dachte Raven. *Sie war schon als Kind zielstrebig, und auch jetzt als Frau weiß sie genau, was sie will.*

Raven zwang sich, unter Tianas prüfenden Blicken stillzusitzen. Er wußte nicht, daß sie ihn schon seit Wochen studierte. Sie hatte sein Gesicht und seinen Körper studiert, als er schlief oder im Fieberwahn phantasierte. Sie hatte ihn studiert, als sie mit ihm unter den Bäumen saß oder lachte, oder mit ihm aus der gleichen Schüssel Maisbrei löffelte. In diesem Mann steckte immer noch, so fand sie heraus, der Junge und Freund, der er einmal gewesen war.

Doch das hier kam für sie unerwartet. Ihr Körper kribbelte noch von seiner Berührung. Sie spürte im Unterleib eine pulsierende Hitze, einen Schmerz. Sie sah wieder zu ihm hinüber. Sein ungebärdiges, rötlichbraunes Haar war auf dem Rücken zu einem langen Zopf zusammengefaßt. Einzelne Locken jedoch ließen sich nicht bändigen und ringelten sich um die Ränder seines Seidenschals und fielen ihm in die Augen. Seine Nase war gerade und kräftig. Tiana hätte ihm am liebsten mit den Fingern über die Lippen gestrichen, um sie dann über seinen Hals, seine Brust und seinen Unterleib weitergleiten zu lassen. Mit siebenunddreißig Jahren hatte Raven einen großartigen Körper, ohne je wirklich etwas dafür getan zu haben.

Er drehte sich um und sah sie an. Tiana wurde rot und sah ihm offen in die Augen. Drum tat, als sähe er nur die Gespenstertänzer. Diese tobten jetzt durch die Menge und ließen die Leute in allen Richtungen auseinanderstieben. Sie versprühten Wasser und verstreuten Erdkrumen und riefen, es sei Dung.

Tiana stand auf und begann sich den Weg durch die Menge zu bahnen, um ins Freie zu kommen. Raven leerte die Flasche mit einem langen Zug und eilte hinter ihr her. Er hatte Angst, sie in dem Durcheinander aus den Augen zu verlieren, fürchtete sich davor, daß andere auf seine Absichten aufmerksam wurden, und auch davor, daß er den Ausdruck in ihrem Gesicht mißverstanden haben könnte.

Er sah, wie ihr im Mondschein blasses Kleid vor ihm zwischen den Bäumen verschwand. Er fühlte sich erleichtert, dem Lärm, dem Geruch von Galle und Staub, von Schweiß und Tabakrauch sowie dem Sassafrasduft des Schwarzen Getränks zu entkommen. Die kühle Nachtluft ließ seinen Kopf etwas klarer werden, aber er fühlte sich immer noch benommen. In seinen Ohren dröhnte es, und sein Unterleib machte sich pochend bemerkbar.

Tiana strebte einer vom Mondlicht beschienenen Wiese am Fluß zu. Sie drehte sich um und wartete auf Raven, der ihr direkt in die Arme lief.

»Geliebte«, hauchte er ihr ins Haar. Sie wickelte den Schal um seinen Kopf auf und löste seinen Haarzopf. Sie vergrub die Finger in seinen dichten Locken. Dann ließ sie die Fingerspitzen leicht über seinen Mund gleiten. Er fing sie und küßte sie, um dann mit den Lippen ihre Handflächen zu berühren.

Sie hielt sein Gesicht zwischen den Händen und zog seinen Kopf zu sich herunter, bis ihre Lippen leicht über seine hinfahren konnten. Sie suchte noch einmal seinen Blick, um sich zu vergewissern, daß sie das Richtige tat. Dann küßte sie ihn fester, fordernder. Er preßte sie eng an sich, dachte an nichts anderes mehr, als er sie spürte, und ließ die Hände über ihren weich geschwungenen Rücken gleiten.

Zögernd ließ er sie los. Er löste seinen Gürtel, zog seine Jacke aus Hirschleder aus und legte sie ins Gras. Bevor er etwas anderes tun konnte, war sie ihm mit den Händen in die Öffnung gefahren, dort, wo seine Beinlinge an sein Lendentuch gebunden waren. Sie liebkoste die Rückseite seiner nackten Schenkel und ließ ihre warmen Hände unter die Rundung seiner kräftigen Lenden gleiten. Er erschauerte bei ihrer Berührung.

Sie löste den Lederriemen seines Lendenschurzes, der mit den Beinlingen zu Boden fiel. Während er sich die Beinlinge über die Füße zog, zog sie sich mit einer einzigen, schnellen Bewegung das Kleid aus. Sie stand nackt da, im Lichtschein des Mondes wie glühend. Schultern und Brustspitzen waren wie mit Silber bestäubt. Raven hatte Angst, sie zu berühren, hatte Angst, sie würde sich plötzlich in Luft auflösen wie eine Fee, die ihn zum Narren gehalten hatte. Eine Frau von dieser Schönheit konnte es auf dieser Erde geben, eine so freie Frau aber nicht.

Tiana berührte ihn als erste, strich über die Narbe auf seinem Schenkel, auf dem die Wunde endlich verheilt war. Er hob Tiana mühelos hoch und legte sie behutsam auf seine Jacke. Sie liebten sich ganz langsam, als wäre dies alles, was auf der Welt von Bedeutung war, und als hätten sie ein Leben lang Zeit, es zu tun.

Schließlich lagen sie Seite an Seite auf dem Rücken. Tiana zog Ravens Hemd über sie beide, um den Tau fernzuhalten. Sie ließ den Kopf auf Ravens Schulter ruhen, und er legte seinen auf seinen anderen gebeugten Arm. Tiana ließ die Finger behutsam über seinen Schenkel und sein Bein gleiten.

»Ich glaube, ich liebe dich«, sagte Raven. Er erzitterte. »Aber ist dies Liebe, oder ist es Malaria?« Sie lachte leise auf.

»Du gehst mitten in meine Seele«, erwiderte sie.

Oben am Himmel schien der Mond wie ein Feuerball in den Ästen der hohen Pappel gefangen zu sein, unter der sie lagen.

»Großvater Mond sieht aus, als wäre *Atsil'dihye'gi*, Feuerträger, in einem Netz gefangen«, murmelte Tiana.

»Du hast mich in deinem Netz gefangen, Spider Eyes«, sagte Raven.

»Spider Eyes?«

»Du hast mich behext«, sagte Raven. »Du hast die Weiße Spinne gebeten, dir zu helfen.«

»Brauche ich Hilfe?«

»Nein.« Er lachte. »Du brauchst keine Hilfe.« Er küßte ihr nach Rauch riechendes Haar. Er sog den Duft der Akeleisamen ein, die sie kaute und als Parfum benutzte, und den Sassafras des Schwarzen Getränks, das sie getrunken hatte. »Ein Dichter hat einmal gesagt: ›Unsere Seelen sitzen eng und stumm darinnen und aus ihren eigenen Eingeweiden ihr Gewebe spinnen; und wenn Blicke aus der Ferne sich berühren, sind unsere Sinne so spinnenhaft, daß wir die zarteste Berührung spüren.‹«

»Wer war der Dichter?«

»Dryden. Ein Engländer. Er hat vor langer Zeit und weit weg von hier gelebt.«

»Macht nichts. Er hätte einer aus den Sieben Clans sein können.«

»Ja. Er war weise genug und verstand sich gut genug darauf, Worte zu flechten.«

Sie lauschten einer Spottdrossel, die einen ganzen Schwarm nachmachte.

»Soviel Musik in einem so winzigen Geschöpf«, sagte Tiana weich.

»Kein Wunder, daß man ihr Magie zutraut.«

Die Spottdrossel wiederholte einen anscheinend endlosen Zyklus von Rufen, Pfiffen und Trillern, von denen manche schrill, manche melodisch waren. Als Raven und Tiana eine Weile still gewesen waren, begann in der Nähe eine Grille zu zirpen. Tiana konnte sie sich vorstellen, wie sie in ihrem dunklen einsamen Loch saß und die gezackten Beine heftig vibrieren ließ. Sie versuchte sich vorzustellen, wie es sein mußte, eine liebeskranke Grille zu sein, und kicherte.

»Was ist?« Raven war fast schon eingeschlafen und bewegte sich jetzt.

»Ich bin einfach nur glücklich.«

»Ich habe gar nicht gewußt, daß noch Glück übriggeblieben ist«, sagte er. »Ich dachte, ich hätte schon alles.«

Sie sahen, wie der Mond durch die Zweige der Pappel langsam tiefer sank. Fackelträger, der Morgenstern, ging auf. Raven fühlte sich mit sich und der Welt im Frieden. Es war nicht nötig, die Stille mit Geplapper zu erfüllen. Er und Tiana schliefen schließlich eng umschlungen ein.

Als der Tag anbrach, rollte Raven herum und murmelte ihr etwas ins Ohr. Er schlug die Augen auf und erkannte, daß sie nicht da war, obwohl ihr Kleid über ihm hing. Nackt trottete er zum Fluß. Sie stand mit dem Rücken zu ihm und blickte nach Osten. Er wartete schweigend, während sie Großmutter Sonne begrüßte. Als sie wieder den Pfad heraufkam, entdeckte sie ihn, wie er mit gekreuzten Beinen auf einem flachen Felsblock saß. Sie lachte und gab ihm mit dem Kopf ein Zeichen. Mit ihren Kleidern in der Hand gingen sie zu einem von einer Quelle gespeisten Teich in einem Kalksteinbecken. Der Teich war in einer tiefen Bergfalte versteckt und von dichtem Buschwerk und hohen Bäumen umgeben. Sie kauten auf Hartriegelzweigen herum und bürsteten sich die Zähne. Raven lächelte, als Tiana wie beiläufig mit einem langen Stock im Teich herumrührte.

»*Laecedaemon*, Liebes?« fragte er.

»Wie?«

»Ein mythisches Seeungeheuer. Du bist gebildet, Spinnenauge. Du hast bestimmt keine Angst vor dem Großen Blutegel.« Er stellte sich neben sie auf den Felsvorsprung, der den Teich auf dieser Seite begrenzte. Beide spiegelten sich in dem schimmernden blauen Wasser.

»Wenn ich Angst vor ihm habe, ist es deine Schuld.«

»Meine Schuld?«

»Ja. Du hast mich einmal vor langer Zeit in einen scheußlichen Tümpel geworfen. Ich habe es nie vergessen. Du solltest dich schämen, einem unschuldigen Kind solche Angst einzujagen.«

»Du warst noch nie unschuldig.«

»Lügner!« Sie gab ihm mit der Schulter einen Stoß, so daß er seitlich in den Teich fiel. Wild mit Armen und Beinen herumrudernd, landete er mit einem ungeheuren Klatschen im Wasser. Er erschauerte, als er das kalte Wasser spürte, und kam schnaubend und prustend an die Oberfläche. Er packte sie am Fußgelenk und zog sie herein. Sie tollten wie Kinder herum, und beide versuchten, einander unterzutauchen.

Dann wateten sie aus dem Wasser. Wassertropfen perlten und glitzerten an ihren Körpern, als die Morgenstrahlen der Sonne in goldenen Streifen durch die Baumkronen brachen.

»Es kommt mir vor, als wären wir Adam und Eva im Garten Eden, bevor Uktena, die Große Schlange, das Fest verdarb«, sagte Raven. Sie trockneten einander mit Ravens wollenem Lendenschurz ab, als sich plötzlich die Büsche teilten.

»*A'siyu*, Schwester«, sagte Tiana fröhlich. Annie sah überrascht und schuldbewußt aus. »Schon so früh am Morgen?« fragte Tiana, als Annie sich rückwärts aus der kleinen Schlucht zurückzog. Irgendwo hinter ihr ertönte eine Männerstimme. Tiana schüttelte den Kopf und lachte. »Die da narrt ihren Mann schon wieder«, sagte sie. »Und sie hat noch ein ganzes Jahr vor sich, bevor ihr vergeben werden kann.«

Raven stand hinter Tiana und legte ihr die Arme um die Taille. Er zog sie an sich.

»Und hast du mir vergeben?« flüsterte er ihr ins Ohr. »Haßt du mich immer noch, weil ich dein Volk hierher geschickt habe?«

Sie drehte sich um, preßte ihn an sich und gab ihm mit dem Körper die Antwort.

46

Drum starrte nach Osten, zum Sonnenland, als Tiana ihm den Brief ihrer Schwester Mary vorlas. Sie übersetzte oft Briefe für ihn. Sik'wayas Silbenalphabet hatte Drum nie gelernt. Seine Einstellung zum Schreiben war zwiespältig. Er erkannte dessen Macht an. Er wußte Zaubersprüche, die aufgeschrieben waren, sehr zu schätzen. Er hatte Tiana seine Gesänge oft transkribieren lassen.

Er versteckte seine Papierfetzen zusammen mit seiner sonstigen Medizin, seinem heiligen Tabak und seinem mächtigen, aber furchterregenden rot-grünen Turmalin, dem Auge der Großen Schlange, Uktena. Alle diese Dinge waren sorgfältig eingewickelt und in Tonkrügen auf dem Hof vergraben oder in den Deckenbalken versteckt. Drum suchte sich immer wieder neue Verstecke. Im Fall von Uktenas Auge ging es ihm nicht so sehr darum, andere daran zu hindern, es zu finden, sondern darauf zu achten, daß es nicht entfloh und ihn verfolgte, um ihm Schaden zuzufügen.

Drum sagte, er sei zu alt, solche merkwürdigen Fertigkeiten zu erlernen wie das Setzen von Zeichen, wie es beim Wahren Volk für Schreiben hieß. Doch Tiana hielt das für eine Ausrede. In einem gewissen Sinn hielt Drum das Schreiben sowohl für heilig als auch für profan. Wenn man Geister einfing und sie auf Blättern gefangensetzte, war das eine gefährliche Praxis, mit der man sie wahrscheinlich reizte. Solche Dinge überließ er gern anderen. Die Fürsorge für seinen Turmalin, das Auge, das er auch fütterte, war für ihn Verantwortung genug.

Für Tiana war die Mühe des Übersetzens eine zweischneidige Sache. Sie kannte alle Neuigkeiten, die offiziellen wie die inoffiziellen. Das war gut. Aber die Nachrichten waren meist schlecht. Ein Außenstehender hätte in Marys Brief nicht viel Besorgnis entdeckt. Er war knapp und bündig, gleichwohl mit den weitschweifigen Wendungen erfüllt, die das Wahre Volk verwendete.

Er sprach von der Geburt einer Enkelin namens Annie, der Krankheit einer Nachbarin, von zwei Dollar und fünfundsechzig Cent, die Mary Drum schuldete und die sie ihm mit Zinsen zurückzuzahlen versprach. Ihr Brief hatte die falsche Interpunktion, die viele Angehörige des Wahren Volks in ihren Briefen verwendeten. Und wie bei vielen Briefen steckte die wichtigste Nachricht im Postskriptum.

»So! Das ist, was ich, Mary, soeben geschrieben habe«, las Tiana vor. Doch der Brief ging weiter.

> Jetzt grüße ich Dich an diesem Morgen von weit weg. In der Nähe ist vor kurzem *Ata'la dala'nigei* gefunden worden, das gelbe Metall. Es ist nicht leicht hier. Das ist alles, was ich Dir jetzt geschrieben habe, Geliebter Onkel, damit meine Schwester es Dir vorlesen kann.

Es ist nicht leicht hier. In dem gesprenkelten Schatten der Bäume und inmitten des Lachens um sie herum ließen diese Worte Tiana erschauern. Drum wußte auch, was sie bedeuteten. Er blieb lange Zeit schweigend sitzen, während Tiana mit dem Blatt, das sie zusammengefaltet auf den Schoß legte, wartete. *Ata'la dala'nigei.* An einem Ort namens Lick Log war Gold gefunden worden. Lick Log war ein Teil des Cherokee-Landes, lag aber auf Territorium, das Georgia für sich beanspruchte. Im Rat hatte es Spekulationen darüber gegeben, welche Konsequenzen das für die dort lebenden Menschen hatte. Das einzige, was Weiße noch mehr schätzten als Land, war Gold.

Drum würde gleich den Brief nehmen, den er nach zweimaligem Vorlesen auswendig konnte, und sich der Gruppe von Männern anschließen, die unter den Bäumen saßen. Doch da waren noch einige Gedanken, die sich Drum durch den Kopf gehen lassen wollte, bevor er den Inhalt des Briefes präsentierte. Bei Gelegenheiten wie dieser besprach er seine Gedanken oft mit Tiana, was für ihn eine Art Generalprobe war. Er sprach jetzt Englisch. Sein Akzent war voll der melodischen L-Laute, und außerdem verwechselte er oft D und T. Er schien etwas zu rezitieren.

> Der Kongreß wünscht nichts von Ihren Ländereien oder sonst etwas, was Ihnen gehört; und um Ihnen unsere aufrichtige Wertschätzung zu zeigen, schlagen wir vor, in einen Vertrag folgende Artikel aufzunehmen.

»Was ist das, Geliebter Vater?« fragte Tiana.

»Der Vertrag von Hopewell über das Sonnenland, der vor langer, langer Zeit geschlossen wurde. Ich war dabei. Ich war ein junger Mann.« Seine Stimme nahm einen traurigen Tonfall an, der von weither zu kommen schien. »Krieg war damals noch so aufregend. Wir waren so zuversichtlich. Aber die alten Männer wollten Frieden. Die Geliebte Frau, Nanehi Ward, sprach. Die alten Männer nahmen die Hände der weißen Männer in Freundschaft. The Tassel sprach. Er sagte: ›Ich habe euch die Grenzen meines Landes auf meiner Karte und auf der Karte der Vereinigten Staaten gezeigt. Wenn die Beauftragten der Regierung mir keine Gerechtigkeit widerfahren lassen können, indem sie die Menschen vom Zusammenfluß des French Broad und des Holston River entfernen, bin ich selbst auch nicht dazu in der Lage. Ist der Kongreß, der den König von Großbritannien besiegt hat, unfähig, diese Leute zu entfernen?‹

The Tassel hat vielleicht Glück gehabt. Er lebt in den Siedlungen des Nachtlands. Ich hoffe, daß die Jagd dort gut ist und daß er keine Zeit hat, auf uns hinabzublicken. Es würde ihm das Herz schwer machen zu sehen, wie es uns ergangen ist. Ich fürchte um unsere Leute in dem Alten Land, das in der Nähe des Sonnenlands liegt.« Drum erhob sich schwer.

»Aber sie werden ihren Anspruch in dem hohen Rat des weißen Mannes vortragen«, sagte Tiana. »Sie haben gute Streiter, Anwälte. Sie werden beweisen, daß ihnen das Land rechtmäßig gehört.«

Drum schüttelte den Kopf, als er auf die alten Männer zuschlurfte, die sich zu seiner Begrüßung erhoben. Tiana ging auf, daß er alt aussah. Sein gewohntes Lächeln und das Glitzern in seinen Augen waren verschwunden. Er hielt inne, drehte sich um und starrte sie an.

»Es ist mein Ehrgeiz gewesen, auf einem weißen Pfad zu wandern. Ich wollte unterwegs nur den Duft der Blumen riechen, ohne den Puls und den Strom der Jahreszeiten zu stören, deren Atem der Wind ist. Das war der einzige Ehrgeiz, den ich hatte. Ich wollte genug ernten, um mit allen zu teilen, die an meine Tür kamen.

Ich habe einmal gedacht, der Krieg sei die größte Probe, der ein Mann sich stellen kann. Ich habe mich geirrt. Dieser Frieden ist viel schwieriger. Diese«, er suchte nach Worten, »diese Zerstörung unseres Stolzes, diese Verführung unserer Männer mit Whiskey und unserer Frauen mit Geschenken. Geliebte Tochter, wenn du und The Raven Kinder habt, bewacht sie gut. Es ist eine traurige Sache, sie in einer Welt wie dieser aufwachsen zu sehen.« Er wandte sich um und ging zu den anderen Häuptlingen zu dem informellen Rat unter den Bäumen.

Es war hier im Schatten der riesigen Platanen und Pappeln so friedlich, daß Tiana versuchte, Drums Worte zu vergessen. Hier, jetzt, war sie von Lachen umgeben. Es war die Zeit der Großen Medizinzeremonie. Von den Farmen in der Nachbarschaft war wie früher alles zusammengeströmt, um in dem Kessel des Long Man zu stehen und sich für das kommende Jahr reinigen zu lassen.

Sie waren in Gruppen in den grünen Tunneln über den Pfaden gewandert, die an den gemütlichen Häusern Sally Ground Squirrels zusammenkamen. Die Familienhunde trotteten hinter ihnen her, und sie hatten ihre Kinder im Schlepptau oder trugen sie auf dem Rücken.

Einige der Frauen trugen gewaltige Bündel gekrempelter Wolle auf den Schultern, die sie in Tücher gehüllt und mit Dornen gesichert hatten. Die riesigen Bündel sahen schwer aus, wogen aber wenig.

Solange sie hier waren, saßen die Männer im Rat oder unterhielten sich mit Ballspielen und Rennen. Die Frauen besuchten sich gegenseitig oder erleichterten sich ihre Arbeit, indem sie sie teilten. Sie klatschten und sangen und machten von Zeit zu Zeit Pause, um Black Eye, White Eye zu spielen.

Tiana saß zwischen den Wurzeln einer Platane, ein wenig entfernt von dem allgemeinen Durcheinander, das sie jedoch genoß. Sie lehnte sich gegen den kräftigen Baumstamm, schlug ihre langen Beine übereinander und schloß die Augen, um den Geräuschen zu lauschen.

Da war das hohle Pat-pat-pat von Nannies geschnitzter Holzkelle an einem ungebrannten Tonkrug. Sie hörte das Klappern hölzerner Schöpflöffel an den Seiten eines eisernen Kessels, als zwei Frauen das Tuch umrührten, das sie gerade färbten. Andere saßen inmitten eines Haufens biegsamer Weidenruten, dem Material, aus dem sie ihre Körbe flochten. Wenn man mit Korbflechterinnen zusammensaß, war es so, als säße man auf einem Feld mit trockenem Gras bei sanftem Wind, doch das Geräusch war zu leise, um durch den Lärm auf dem Hof gehört zu werden.

Andere Frauen zeigten den Kindern, wie man Scheiben aus getrocknetem Kürbis und die krummen grünen Bohnen auf Schnüre zieht. Einige zerstießen Mais oder nähten. Tiana hörte Fancy vor sich hinsummen, als sie die harten Maiskerne von den Kolben kratzte. Fancys Summen und Singen gehörten zu den angenehmsten Lauten, die Tiana kannte.

Harry Haralson hatte den größten Spaß. Er hatte sich die Augen verbunden und tastete herum. Er versuchte, die jungen Frauen zu fangen, die ihn verspotteten. Sie schossen blitzschnell herbei, um ihn zu berühren oder an seinen Kleidern zu zupfen. Der Saum seines Hemdes war herausgezogen worden und flatterte um seinen schlanken Körper.

»Ha'li, Ha'li«, riefen die jungen Frauen. »*Na, na*. Hier, hier.« Harry sagte immer, so etwas wie eine häßliche Frau gebe es nicht. Einige seien von der Natur nur etwas weniger begünstigt worden als andere. Und die Frauen des Wahren Volkes, sagte er, gehörten gewiß zu den bevorzugtesten all der Schönheiten, die er auf seinen Reisen gesehen habe. Er liebte sie, und sie liebten ihn. Wenn sie ihn hinter seinem Rücken Ahyelsdi Kayuhsoli nannten, Knife Nose, geschah dies voller Zuneigung.

Tiana versuchte, in dem allgemeinen Stimmengewirr Ravens Stimme zu erkennen. Doch er war kaum zu hören. Zu seinen Ehren sei gesagt, daß er bei den meisten dieser Räte mehr zuhörte als sprach. Sie sah zu ihm hinüber und entdeckte, daß er sie hungrig anstarrte. Er zwinkerte ihr zu. Er konnte seine Gedanken abschweifen lassen. Trotz der Wolken von Tabakrauch über der Gruppe von Männern würde bis nach der Mahlzeit keine ernsthafte Frage besprochen werden.

Tiana konnte riechen, daß das Essen jetzt simmerte. *Salo-lugamma* war ein besonderer Eintopf aus jungen Eichhörnchen, die in heißer Asche geröstet und anschließend mit Maisbrei gekocht wurden. Das Picknick würde den ganzen Tag weitergehen. Die Leute würden in den Häusern oder in Wagen oder unter provisorischen Dächern auf dem Hof schlafen und am nächsten Morgen wieder weitermachen. Heute wie in den letzten zwei Wochen würden Tiana und Raven beide in dem Zimmer schlafen, in dem sie ihn während seiner Krankheit gepflegt hatte. Doch sie und Raven planten schon den Bau eines eigenen Blockhauses. James, John und Coffee hatten versprochen, ihnen dabei zu helfen.

Raven hatte die korrekte Etikette eingehalten, als er um Tianas Hand anhielt. Er hatte Sally Ground Squirrel dafür gewonnen, mit Jennie darüber zu sprechen. Er wartete darauf, daß Jennie ihre Erlaubnis gab, bevor er offen mit ihrer Tochter zusammenzuleben begann. Es hatte keine Hochzeitszeremonie gegeben. Doch das war üblich bei zwei Menschen, die schon einmal verheiratet gewesen waren. *Laß es auf ewig so weitergehen, Ernährer,* hauchte Tiana.

Ein paar unterdrückte Schreie waren zu hören, als die jungen Frauen um Harry auseinanderstoben. Harry nahm seine Augenbinde ab und sah zu einem halbnackten Osage hoch, der auf einem Pferd saß.

»*Oeh*«, sagte der Krieger.

»Oh, Scheiße«, sagte Harry. »Sam«, rief er über die Schulter.

»*Oeh*«, sagte der Mann erneut.

»Möge der Herr dich beschützen, wirklich, alles Gute für dich.« Harry verneigte sich und lächelte. Er zog sich zu den Männern zurück, wo er sich wieder sicher wähnen durfte. Der grimmig aussehende Osage folgte ihm. Sein hoher Haarkamm hüpfte, als er absaß. Er hatte offensichtlich seine besten Kleider angelegt, doch waren diese ziemlich zerfetzt und hatten schon bessere Tage gesehen. Der Lendenschurz war an den Rändern ausgefranst, und die Mokassins waren geflickt. Auf dem Muster auf ihnen fehlten Perlen. Seine Muskete war uralt, aber liebevoll poliert. Sein Pferd sah ermattet aus. Drum näherte sich ihm mit Raven im Schlepptau.

»*Oeh*«, sagte der Osage noch einmal.

»*Oeh*, Willkommen, mein Freund«, sagte Drum. Harry setzte sich mit einem dumpfen Aufprall an einen Baum.

»Du lieber Himmel«, sagte er, ohne dabei jemanden zu meinen. »Und ich dachte schon, er hätte es auf mein Leben abgesehen, wirklich.«

Der Osage zog eine Wampumschnur mit blankpolierten roten und weißen Perlmuttkugeln aus der Satteltasche. »Für Kalanu«, sagte er.

»Tochter«, rief Drum. »Wir brauchen dich als Dolmetscherin.« Alle versammelten sich, um zuzuhören, als der Osage-Bote das Muster der Perlen las und Tiana übersetzte. Die Muster symbolisierten für die Cherokee Hände, die in Frieden und Freundschaft ausgestreckt wurden. Als der kurze Rat vorüber war, sattelten Raven und Haralson ihre Pferde, während Drum loseilte, um alles zu besorgen, was sie für den Ritt brauchten.

»Raven, geh nicht«, flehte Tiana an. Ihr wurde urplötzlich und schmerzlich bewußt, wie David zumute gewesen sein mußte, als sie losritt, um diese oder jene Mission zu erfüllen. Doch jetzt fürchtete sie mehr als nur die Einsamkeit.

»Ich muß gehen, Spider Eyes. Die Osage wollen mit mir sprechen.«

»Sie werden dich vielleicht töten?«

»Wie bitte?« fragte Haralson. »Haben wir etwa was Gefährliches vor?«

»Nein«, entgegnete Raven.

»Doch«, sagte Tiana.

»Oh, gut«, sagte Harry. »Dann wäre das erledigt.« Er zog den Sattelgurt fest. »Wir sind also darauf aus, uns selbst zu vernichten.«

»Sie wollen uns nicht töten. Sei vernünftig, Spider Eyes. Ich werde nicht lange weg bleiben.« Er sah, wie sich ihre Augen mit Tränen füllten. »Ich werde sicher sein.«

»Sie sind so unberechenbar. Sie haben meine Freundin und Schwester getötet, eine aus ihrem eigenen Volk. Sie hassen uns, Raven.«

»Ich muß gehen.« Er umarmte sie und küßte die einzige Träne weg, die ihr über die Wange lief.

»Ich habe dich doch gerade erst gefunden«, murmelte sie an seiner Brust. »Ich kann dich nicht verlieren. Ich habe soviel verloren. Wenn ich dich auch noch verliere, wäre das mehr, als ich ertragen könnte.«

»Ich werde in wenigen Tagen wieder da sein. Vielleicht in einer Woche.«

»Mein Sohn«, rief Drum. »Der Kleine wartet.«

»Dann werde ich mit dir gehen.« Tiana drehte sich um und schritt auf den Schuppen zu, in dem die Sättel aufbewahrt wurden.

»Nein.« Raven lief hinter ihr her und faßte sie sanft am Arm. »Ich verstehe«, sagte er. »Ich weiß von deinen Träumen. Ich höre dich in der Nacht weinen, höre, wie du die Namen deiner Lieben rufst. Du wirst mich nicht verlieren. Sie können dir Schlimmeres antun. Ich kann dieses Risiko nicht eingehen.« Er küßte sie auf die Stirn. Dann saß er auf und galoppierte los, um Harry und den Boten einzuholen, die es eilig zu haben schienen.

Durch einen Tränenschleier sah Tiana sie losreiten. Dann ging sie mit zielstrebigen Schritten auf die Weide zu.

»Tochter«, sagte Drum. »*Gha!* Höre! Wenn du hinter ihm herreitest, willst du etwas für mich mitnehmen?« Tiana lachte. Sie hakte sich mit ihrem schlanken Arm bei Drums kräftigen Armen ein.

»Natürlich, Geliebter Vater. Was ist es?«

»Der Zeremonie-Wampum und meine Friedenspfeife. Ich werde dir sagen, wie du den Wampum zu deuten hast, und du kannst es Raven sagen.«

»Es ist nicht zu spät. Du kannst noch jemand anderen hinter ihm her schicken.«

»Das kann ich genausogut dir überlassen, da du ihm ohnehin nachreitest. Du hast schon immer die Angewohnheit gehabt, gerade dort aufzutauchen, wo du nicht erwünscht warst. Wie eine Fliege im Maisbrei. Mein Sohn hat zu lange bei den Weißen gelebt. Er denkt, er könnte einer Frau einen Befehl geben und erwarten, daß er befolgt wird.«

»Bitte beeil dich mit dem Wampum, Geliebter Vater.« Tiana wußte, wie Drum herumtrödeln konnte, wenn er damit begann, in seiner Medizin und seinen Wertsachen herumzuwühlen. Es passierte ihm auch manchmal, daß er das Versteck gerade des Gegenstands vergaß, den er suchte. Dann brachte er viel Zeit damit zu, alles andere durchzusehen, wobei er sich an die Zaubersprüche erinnerte, die dazu gehörten, an die Verwendung und die Tabus.

Sie packte Lebensmittel für den Ritt ein und ihre zeremonielle

Kleidung, falls sie einem Rat beiwohnen würde. Sie rollte ihre Dekken in eine biegsame Matte aus Weidengeflecht, die Wasser abhielt, und band sie hinter dem Sattel fest. Als Drum den Wampum brachte, nahm sie ihn behutsam an sich. Er war alt und sehr schön. Sally Ground Squirrel hatte einige der brüchig gewordenen Sehnen repariert, an denen die Perlen aufgereiht waren.

Dieser besondere Wampum war ein breiter, perlenbesetzter Gürtel, an dem fünf schmalere Streifen mit Perlen hingen. Die geometrischen Muster des Perlenbesatzes bedeuteten Freundschaft, erfüllte Leistungen, begrabene Kriegsbeile und Willkommensgrüße für die heranwachsenden Generationen. Als sie sich eingeprägt hatte, was die Symbole bedeuteten, wickelte sie ihn ehrfürchtig wieder ein. Er war bei Hopewell vor so vielen Jahren dabeigewesen. Und seitdem war er auch bei vielen Räten dabeigewesen. Seine schillernden purpurroten und weißen Perlen waren durch jahrelangen Gebrauch zu einem sanften Schmelz poliert worden.

Tiana holte die Männer bei einem von Harrys langen Monologen ein, die Raven unfehlbar zum Lachen brachten. Selbst der Osage sah leicht amüsiert aus, obwohl er kein Wort verstehen konnte. Der durchschnittliche Osage sprach aus Notwendigkeit ein wenig Cherokee und freiwillig etwas Französisch, verachtete jedoch Englisch. Harry hatte diesem eine kostbare Zigarette gegeben. Der Osage hatte sie aufmerksam betrachtet und versucht, ihre Funktion zu begreifen. Schließlich hatte er sie sorgfältig auseinandergerollt, sich den Tabak in die Pfeife gesteckt, das Papier zerknüllt und dazu benutzt, die Pfeife anzuzünden.

Raven war froh, Tiana zu sehen. Als der Abstand zwischen ihnen länger geworden war, hatte er bedauert, daß er sie nicht hatte mitkommen lassen. Selbst Harrys alberne Geschichten genügten nicht, ihn nicht an sie denken zu lassen.

»Wohin reiten wir?« fragte Tiana, als sie wieder nach Norden ritten.

»Soviel ich verstehe, begeben wir uns in Colonel A. P. Chouteaus Herrschaftsbereich.«

»Ich habe von ihm gehört«, sagte sie.

»Jeder hat von ihm gehört. Er scheint aber ein wenig zurückgezogen zu leben«, sagte Raven. »Ich weiß nicht, was mich erwartet. Lisa, Astor, die meisten der Männer, die im Pelzhandel arbeiten, können ziemlich rücksichtslos sein. Bleib immer bei mir, wenn wir dort ankommen, Spider Eyes.«

»Was hat schon jeder über Chouteau gehört?« wollte Harry wissen.

»Daß sein Vater St. Louis besiedelt hat«, antwortete Raven. »Daß die Familie im Pelzhandel ein Vermögen gemacht hat. Daß die Osage Auguste Pierre verehren, den Bruder, den wir besuchen wollen. Ich glaube, Auguste Pierre hat West Point absolviert, obwohl ich es nicht genau weiß. Dann gibt es da noch ein Dutzend weiterer Brüder und Halbbrüder, die alle Auguste oder Pierre oder Auguste Pierre oder Pierre Auguste heißen. Dann gibt es einen, der Auguste Aristide heißt, und einen mit dem Namen René Auguste. Ihre Mutter muß sich phantasievoll gefühlt haben, als diese beiden geboren wurden. Wie auch immer: Es ist schwierig, sie auseinanderzuhalten.«

Die Hügel, welche den kleinen Trupp umgaben, stiegen steil an, aber das Land war offener und die Bäume waren kleiner als weiter im Süden und Osten. Ihr Osage-Kundschafter eilte mit ihnen durch das gewundene Tal des Neosho River. Er wollte sie nicht mal anhalten lassen, um die Rudel von Rehen zu jagen, die ihren Weg kreuzten. Schon das war fast genug, um Harry vor sich hinmaulen zu lassen.

Sie näherten sich Chouteaus Handelsposten am später Nachmittag des zweiten Tages. Der Posten war ein nicht allzu kleines Dorf von fünfzig oder mehr Blockhäusern, die im Wald verstreut lagen. Von den Lagerhäusern unten am Anleger, wo die Oxhoftfässer gelagert wurden, bis zu den Blockhäusern und Hütten herrschte überall ein geschäftiges Treiben.

Tiana hob die Füße höher in den Steigbügel, um sie außer Reichweite der Osage-Hunde zu halten. Die Hunde sahen aus wie ein Rudel ausgehungerter Wölfe. Sie hatten spitze Ohren und angriffslustige, schieferfarbene Augen. Ihr räudiges Fell spannte sich über den Rippen.

Das lange Fell ihrer Schwänze flatterte im Wind wie zerfetzte Wimpel. Das Fell auf ihren spitzen Rücken war gesträubt und steif wie bei den hohen, stacheligen Haarkämmen ihrer Herren. Sie knurrten, rannten zwischen den Beinen der Pferde herum und schnappten. Gleichzeitig schienen sie untereinander zu streiten, wer als erster zubeißen durfte.

Einige der Osage-Frauen der Trapper waren dabei, Häute abzuziehen und zu gerben oder sie auf Rahmen aus Weidenruten zu spannen. In flachen Gruben unter den Trockenrahmen brannte Hickory-Holzkohle. Der aromatische Geruch des Hickory-Rauchs überdeckte fast den Gestank von Dung und verrottendem Fleisch, von Schweiß und ranzigem Bärenfett. Babys hingen an niedrigen Ästen in Wiegen aus Baumrinde. Überall rannten Kinder in Trupps herum und standen allen im Weg.

Als die Frauen den kleinen Trupp vorbeireiten sahen, hielten einige noch immer ihre Ahlen aus Knochen, ihre Besen aus Truthahnflügeln, ihre Kochlöffel oder die blutigen Abziehmesser. Andere trugen riesige Stapel trockenen Unterholzes in den Lastgurten, die sie sich um die Stirn gebunden hatten. Es war warm für Oktober. Viele der jüngeren Frauen trugen nur Mokassins, Beinlinge und Lendenschurze. Tiana sah die schwarzen, geometrischen Tätowierungen auf ihren Brüsten. Die älteren Frauen trugen Tuniken, die unter einem Arm hindurchgezogen und auf der anderen Schulter befestigt waren. Andere trugen ein wildes Sammelsurium indianischer und weißer Kleidungsstücke, wobei weder auf passende Farben noch auf Funktion sonderlich geachtet wurde.

Ihre Männer bereiteten sich auf ihre Jagdausflüge im Hochland vor, wo sie die dichten Winterfelle zu ergattern hofften. Ihre Fallen hingen in bedrohlich wirkenden Trauben mit gähnenden eisernen Mäulern an den Wänden der Blockhäuser. Die Männer waren sogar noch farbenfroher als die Frauen. Es war eine Mischung aus vielen Stämmen und Völkern, aber alle sahen wie Indianer aus. Sie trugen ihr fettiges Haar lang und offen oder geflochten und mit Bändern und Fellen zusammengebunden. Ihre Lederkleidung war mit Quasten und Perlen und Fransen besetzt. Manchmal war auch ein Skalp zu sehen. Die Glöckchen an den Bändern unter den Knien klirrten ständig. Sogar die Pferde waren bemalt und mit Federbüschen geschmückt, die man ihnen in Mähnen und Schwänze geflochten hatte.

Tiana ließ ihr Pferd langsamer gehen, um sich umzusehen und die neuen Eindrücke aufzunehmen. Die Kreolischen Trapper, die im Schatten lagerten, warfen ihr Luftküsse zu. Die Osage nannten Franzosen, die wie die Eingeborenen geworden waren, Erdenwanderer. Es gab hier viele von ihnen.

»*Ma petite lapine*, mein kleines Kaninchen, ich möchte mal dein Fell streicheln«, schmachtete einer Tiana an.

»*Bons garçons*«, sagte die Osage lakonisch.

»Sie scheinen tatsächlich umgängliche Burschen zu sein«, sagte Harry. »Wundervolle Aussicht, die dieser Monsieur Chouteau hier hat.« Das Haus des Colonel stand auf dem Kamm einer weiten, grasbewachsenen Anhöhe, die mit Ziersträuchern und Blumen bepflanzt war. Unten am Fluß badeten Indianerfrauen in der warmen Nachmittagssonne. Die meisten trugen kein Oberteil, und ihre Röcke klebten ihnen naß am Körper. Sie lachten und planschten mit den Kindern.

Ein alter Sklave öffnete das Tor. Er grinste die vier Neuankömmlinge an und verneigte sich, als sie eintraten und das Gefolge von Hunden draußen zurückließen. Weitere Schwarze liefen herbei, um ihnen die Hände zu schütteln und sie in Pidgin-Französisch zu begrüßen.

»*Gha!*« Tiana holte Luft und blickte zu Chouteaus Herrenhaus hoch. Seit dem Haus der Vanns im Osten hatte sie nichts derart Elegantes mehr gesehen. Es war ein zweistöckiges Haus mit Wänden aus doppelten Baumstämmen wie das von Sally Ground Squirrel, jedoch viel größer. Und das ganze Haus war weiß verputzt. Die Treppe in der offenen Mittelhalle führte ins Obergeschoß. An den vier Ecken des Hauses befanden sich große steinerne Kamine. Dann waren da noch eine breite Veranda und eine Galerie im Obergeschoß, die quer über die ganze Hausfront verlief.

»*Danser.*« Der Osage zeigte auf das Obergeschoß und stellte pantomimisch einen Walzer dar. Er schien auf das Haus so stolz zu sein, als wäre es sein eigenes.

»Er sagt ›tanzen‹«, sagte Tiana. »Aber ich weiß nicht, was er damit sagen will.« Als sie näherkamen, sah Tiana, daß die Baumstämme des Hauses wunderschön beschnitten und zusammengefügt waren. Ihr schnürte sich die Kehle zusammen. David hätte auch so sorgfältig gearbeitet. Über dem Verandageländer hing eine Bisonhaut.

Ein kleiner, dunkler Mann in einem schmutzigen Leinenoverall dirigierte zwei Sklaven, die gerade einen dünnen jungen Baum pflanzten, während er neben einem zweiten einen hölzernen Pfahl festband.

»*Bienvenus*«, sagte er, als sie näherkamen. »Verzeihen Sie, daß ich Ihnen nicht die Hand gebe. Meine Hände sind schmutzig.« Er verneigte sich höflich vor Tiana. Der Osage sagte etwas zu dem Mann und verschwand dann zu dem Kreis der Indianer, die um ein am Spieß bratendes Reh hockten.

»General Houston, ich bin sehr erfreut, Ihre Bekanntschaft zu machen.« Aus nicht allzu großer Ferne war das schrille Quieken eines Schweins zu hören, das zu einem Gurgeln wurde, als man ihm die Kehle durchschnitt.

»Dies ist Tiana Gentry, die Nichte von John Jolly«, sagte Raven. »Und dies ist mein Freund Harry Haralson.« Chouteau knallte die

Hacken zusammen und nickte Harry zu. Er wischte sich die linke Hand an seinem Overall ab, nahm Tianas Fingerspitzen in die Hand und hauchte die Andeutung eines Kusses darauf.

»Ah, meine Liebe, Ihre Schönheit ist eine duftende kühle Kaskade an einem heißen Tag. Sie machen uns Ehre mit Ihrer Schönheit. Selbst hier, in diesem bescheidenen, entlegenen Vorposten haben wir Geschichten von der schönen Geliebten Frau der Cherokee gehört. Darf ich sagen, daß diese Geschichten weit hinter der Wahrheit zurückbleiben?«

»*Merci, monsieur.*« Sie sprach mit einer kehligeren Stimme, als Raven gewöhnt war.

»*Parlez vous français, Madame?*« fragte Chouteau. Als sie auf sein Haus zugingen, führte er Tiana sanft mit einer Hand auf ihrem Ellbogen.

»*Non, monsieur. Petit peu.*«

Raven räusperte sich und machte ein paar tänzelnde Schritte, um an Tianas linker Seite gehen zu können. Mit einundvierzig war Cadet Chouteau fast unmännlich gutaussehend. Sein kurzes schwarzes Haar hatte er sich nachlässig in die hohe Stirn gekämmt. Seine dunklen Augen strahlten unter dichten Wimpern. Seine Nase war leicht gebogen. Sein kurzgeschnittener lockiger schwarzer Bart umrahmte einen schmalen, sinnlichen Mund. Sein kleinwüchsiger Körper war drahtig und sah zwanzig Jahre jünger aus, als er war.

Harry ging in einigem Abstand hinter ihnen her und sah sich entzückt um. Hier gab es mehr Eleganz und Pracht, als selbst er erwartet hatte.

Chouteau drehte sich noch einmal um, um einen letzten Blick auf seine kostbaren neuen Rührrindenbäume zu werfen. Der Augenblick war gut gewählt, denn er sah, wie ein Indianer gerade einen Zügel über einen der Äste warf. Chouteau sprudelte einen Strom französischer Flüche hervor. Der Indianer zuckte die Achseln, nahm den Zügel an sich und führte sein Pferd weg.

»Ich bin so froh, daß Sie kommen konnten«, sagte Chouteau zu Raven. »Es gibt so viele dringende Dinge, die wir besprechen müssen. Doch das Geschäftliche später. Sie und Ihr Freund und Ihre Dame müssen müde sein, General –«

»Meine Freunde nennen mich Sam.«

»Und bei meinen Freunden heiße ich Cadet. West Point, Jahrgang Null Sechs. Nummer sechs in einer Klasse von fünfzehn. Sam, Sie und Ihre schöne Frau werden dieses Haus bewohnen. Hier geben wir unsere Empfänge. Harry, Sie können oben schlafen. Es gibt noch zusätzliche Pritschen, die wir im Ballsaal unterbringen können.«

»Im Ballsaal?« Als sie auf die vordere Terrasse traten, blickte Tiana zum Obergeschoß hoch, das fast achtzehn Meter entfernt war.

»*Certainement*«, sagte Chouteau. »Wir haben unsere kleinen *Fandangos*, wie es hier in der Gegend heißt. Haben Sie zufällig Rabelais oder Voltaire gelesen, meine Liebe?«

»Nein. Die Schwarzröcke, die mir Unterricht gegeben haben, haben nichts von ihnen gehalten.«

»Wie schade. Sie verpassen die Freude am Leben. Ich weine um sie. ›*Si Dieu n'existait pas, il faudrait l'inventer.*‹ ›Wenn es Gott nicht gäbe, müßte man ihn erfinden.‹ Aber vergeben Sie mir. Sie haben einen langen und schweren Ritt hinter sich gebracht, um herzukommen. Ich habe Wasser für Sie heraufholen lassen, und auf dem Tisch in Ihrem Zimmer finden Sie Handtücher und Brandy. ›Ich trinke, um durstig zu werden‹, wie Rabelais sagen würde. Ah, *mon Dieu*, wenn er nur hier wäre. Falls Sie etwas brauchen, läuten Sie die Tischglocke neben dem Brandy. Dann wird ein Diener oder eine meiner Frauen kommen.

Wenn die große Glocke draußen läutet, steht das Abendessen bereit. Der Speisesaal ist hinter dem Haus neben der Küche. So.« Er knallte erneut die Hacken zusammen. »Jetzt muß ich mich von Ihrer Gesellschaft losreißen, damit Sie sich ausruhen können. Ich freue mich außerordentlich auf das Abendessen.« Cadet verneigte sich und nahm Harry mit, um ihn herumzuführen. Tiana hörte sie lachen, als sie über den Rasen gingen.

»Ich glaube, hier droht keine Gefahr«, sagte sie. Sie schlüpfte aus ihren Mokassins und hüpfte auf dem hohen Bett herum, um die dicke Daunenmatratze zu prüfen. »*Gha!* Haben wir dieses ganze Zimmer für uns? Sieh dir das mal an.«

»Ich sehe es.« Der große Raum war voller schwerer dunkler Möbel. Die weißgetünchten Wände waren mit Tierköpfen und Geweihen behängt, mit Indianerpfeifen und Amuletten, Perlenstickereien und bemalten Schilden, europäischen Gemälden und Gobelins. Raven goß sich ein Glas Brandy ein, leerte es mit einem Zug und schenkte sich ein zweites ein. Er schob Tiana sanft auf die üppige Matratze zurück. Die purpurrote Satindecke fühlte sich unter ihnen kühl an.

»Ich rieche wie ein Pferd«, sagte sie schwach.

»Das tun wir beide.« Raven richtete sich mit einem Ruck auf, als die Tür aufgerissen wurde. Ein schwarzer Mann stand mit ihren Taschen in der Öffnung. Er grinste und stellte sie auf den Fußboden. Raven verriegelte die Tür hinter ihm und zog die Schnur herein. Bevor er von der Tür wegging, legte er die Schloßklappe vor, damit der Osage, der draußen durchs Schlüsselloch sah, mit seinem bemalten Gesicht und seiner Neugier allein blieb. »Wo war ich stehengeblieben?« fragte Raven.

»Hier.« Tiana tippte neben sich auf das Bett.

Raven küßte ihr die Augen und ließ dann sanft seine Lippen über ihre gleiten. Er legte sich auf den Bauch, stützte sich auf die Ellbogen und starrte in ihr Gesicht. Mit einem Finger strich er ihr die schweren schwarzen Augenbrauen glatt.

»Hast du gewußt, daß deine Augen die Farbe des Himmels in der späten Abenddämmerung haben, wenn man lavendelfarbene Farbflecken sieht? Und dein Mund...« Er strich ihr über die weichen vollen Lippen. »Schon der bloße Gedanke an deinen Mund krampft mir den Magen zusammen, als krabbelte ein Salamander darin herum.«

»Dann liebst du mich also?« Sie knabberte an seinen Fingern.

»So wie ein Spitzrückiges Wildschwein Klapperschlangen liebt.«

47

Eine Stunde vor dem Abendessen erschienen zwei von A. P.'s Sklavinnen an der Tür von Tianas Zimmer und brachten ihr Schuhe und ein Kleid. Cadet ließ die Dinge mit seinen besten Empfehlungen überreichen. Die Frauen jagten Raven aus dem Zimmer, worauf die beiden Sklavinnen das Kleid an Tiana anpaßten und änderten. Sie brauchten sie nur anzusehen, um zu wissen, daß das Korsett, das sie mitgebracht hatten, nicht nötig sein würde. Tiana war erleichtert. Sie hatte schon beschlossen, es nicht zu tragen, sogar auf die Gefahr hin, ihren Gastgeber zu beleidigen.

Sobald die Frauen Tiana ins Kleid gezwängt, sämtliche Haken auf dem Rücken in die Ösen bekommen und ihr das Haar gekämmt hatten, gingen sie zur Tür und riefen Raven. Er tauchte sofort wieder auf. Er war auf der Veranda auf und ab gegangen und hatte versucht, sich mit Cadet und Harry zu unterhalten, während er sich vorstellte, wie Tiana wohl aussehen würde. Sie stand befangen vor ihm.

»Sehe ich annehmbar aus?« Sie hatte noch nie ein solches Kleid getragen. Sie hatte Angst, lächerlich zu wirken. Es gab keinen Spiegel im Zimmer, der ihr das Gegenteil hätte sagen können.

»Nein, du siehst nicht annehmbar aus«, entgegnete Raven. »Du siehst hinreißend aus. Dreh dich um.« Sie gehorchte. »Himmel«, hauchte er. »Du bist die Zauberin. Du bist in Magie gekleidet.« Raven wußte gar nicht, wie er ihr sagen sollte, wie schön sie war. Das blaßrote Seidenkleid schimmerte im Kerzenschein und fing die lavendelfarbenen Flecken in ihren Augen ein. Es war nach französischer Mode geschnitten und hatte einen tieferen Halsausschnitt, als ihn Raven im Osten je gesehen hatte.

Die kurzen Puffärmel rahmten die sanfte Rundung ihrer Brüste über dem engen Mieder ein. Das Mieder bildete gleich unterhalb ihrer Taille eine Spitze, was diese noch schmaler und die Hüften voller erscheinen ließ. Der Rock reichte ihr vorn bis zu den Knöcheln und endete hinten in einer kurzen Schleppe. Eine kleine Tournüre verlieh der Rundung ihrer Lenden einen sinnlichen Akzent. Ihr Haar war mit Perlmuttkämmen hochgesteckt, um dann in üppigen Kaskaden auf die Schultern und den Rücken zu fallen. Es schien in mehreren Farben zu schillern.

Als näherte er sich einem seltenen Kunstgegenstand, legte ihr Raven behutsam die Hände auf die Schultern und küßte sie leicht auf die Lippen.

»Ich bin wirklich der glücklichste aller Männer, meine Prinzessin. Geben Sie mir die Ehre, Sie zum Essen zu begleiten.«

»Sie sehen selbst mehr als gut aus«, erwiderte sie. Das tat Raven tatsächlich. Sein weißes Leinenhemd war nach der neuen Mode am Kragen offen. Das gerüschte, tiefe V des Ausschnitts ließ dichtes, gekräuseltes, kastanienbraunes Haar sehen. Das Hemd, das ihm über die Beinlinge und den Lendenschurz reichte, wurde von einem von Tianas bunten geflochtenen Gürteln gehalten, und quer über der Brust trug er eine rote Seidenschärpe. An den Oberarmen hatte er rot-blaue Bänder mit Perlenstickerei befestigt. Krönender Abschluß war ein silberner Halsschmuck von Sik'waya. Ravens Mokassins waren mit Fransen und kunstvoller Perlenstickerei besetzt.

Er zeigte ihr, wie sie den Arm unter seinen und ihre Hand auf seinen Unterarm legen mußte, brauchte ihr aber nicht beizubringen, wie sie sich in ihrer neuen Pracht zu bewegen hatte. Sie schritt langsam und königlich dahin, zum Teil wegen ihrer natürlichen Haltung und zum Teil, weil sie sich davor fürchtete, in den fremdartigen spitzen Seidenschuhen zu stolpern.

Der Tisch war üppig mit Porzellan, Kristall und Silber gedeckt. Auguste Pierre und Harry standen auf, als Tiana und Raven Arm in Arm den Speisesaal betraten. Harry ließ unwillkürlich einen Pfiff hören.

»Ich danke Ihnen, daß Sie mir das Kleid geliehen haben«, sagte Tiana. »Ich habe nichts Passendes mitgebracht.«

»Ich habe es Ihnen nicht geliehen. Es ist ein Geschenk. Es wäre eine Profanierung, wenn eine andere es nach Ihnen trüge.«

Raven räusperte sich erneut, A. P. wußte, wie man Süßholz raspelt, wie Sams Freunde gesagt hätten. Raven spürte einen Stich von Eifersucht. Gerade noch rechtzeitig fiel ihm ein, daß er Tiana den Stuhl hervorziehen mußte. Sie setzte sich mit einem Rascheln von Seide darauf, als hätte man es ihr in den besten aller Salons beigebracht. Es hätte Raven nicht überrascht, wenn es so gewesen wäre. Sie hatte die einflußreichsten Häuptlinge ihres Volkes beraten. Sie hatte sich einmal sogar an Andrew Jackson gewandt. Sie tat alles mit der gleichen Würde und Anmut, ob sie nun Mais zerstieß oder einen Tanz anführte.

Mit einer leicht ausholenden Gebärde zog Chouteau einen blaßblauen Schal hervor, der so leicht war wie eine Feder, und reichte ihn Tiana.

»*Merci*, Monsieur Chouteau.« Sie lächelte ihn an.

»Nennen Sie mich A. P., Auguste oder Cadet, dann machen Sie mich zu einem glücklichen Mann.« Cadet Chouteau trug schwarze Hosen aus Wollsatin, ein glitzerndes, gestärktes weißes Hemd mit einem hohen Kragen, eine Brokatweste und eine blaue Seidenkrawatte.

Chouteaus zwei Osage-Frauen, Rosalie und Masina, saßen schweigend bei Tisch. Ihren fast identischen runden Gesichtern sah man sofort an, daß es Schwestern waren. Sie schienen gewohnt zu sein, nichts als Dekoration zu sein, und waren zufrieden, der Bürde enthoben zu sein, Gäste zu unterhalten. Sie erinnerten Tiana an Shinkah, und so beschloß sie, sich später mit ihnen bekanntzumachen, wenn keine Männer in der Nähe waren. Wenn sie auch nur die kleinste Ähnlichkeit mit Shinkah hatten, würden sie ihr viel erzählen können.

Rosalie und Masina waren nach der jüngsten Mode gekleidet. Vielleicht hatte Cadets legale Ehefrau und Cousine Sophie ihre Kleider ausgesucht. Sie lebte in St. Louis, mußte aber um dieses Arrangement wissen.

Beim Essen paßte alles genausowenig zueinander wie in Chouteaus Leben. Es war eine Mischung aus gebratenem Wild und indianischem Mais, Truthahnfrikassee, französischem Kuchen und spanischem Kaffee. Tianas Lieblingsdelikatesse war enthäuteter Biberschwanz, der auf einen grünen Zweig gespießt und über dem Feuer geröstet wurde. Als das Mahl beendet war, räumten Diener den Tisch ab, und Masina und Rosalie verschwanden.

Raven und Cadet sowie Harry und Tiana setzten sich in dem größten Raum des Doppelhauses vor das Kaminfeuer. Tiana erhielt den Ehrenplatz, und so lehnte sie sich auf einem eleganten Sofa mit einer Polsterung aus rotem Satin und leierförmigen Seitenlehnen zurück. Sie und Cadet nippten an einem Rotwein. Raven und Harry nahmen sich der schwierigen Aufgabe an, den Pegel in Cadets größtem Whiskeyfaß zu senken, das wie ein schweigsamer Gast in der Ecke stand.

»Ich fühle mich wie eine Prinzessin in einem dieser Märchen, die mein Vater mir früher erzählt hat«, sagte Tiana. »Dieser Rotwein läßt mir ums Herz genauso leicht werden wie im Kopf, Monsieur.«

»Wir versuchen, selbst hier in der Wildnis ein paar Annehmlichkeiten zu haben.«

»Wie ich höre, haben Sie in der Nähe ergiebige Salzquellen«, sagte Raven.

»Ah, *mais oui.* Sie sind sehr salzig, diese Quellen. Ich bin übrigens auf der Suche nach einem Käufer für sie.«

»Wieso?« Raven zeigte sich plötzlich interessiert.

»Ich bin nicht mehr so jung, *non?* Außerdem habe ich an den Wasserfällen des Verdigris bei Three Forks diesen Handelsposten gegründet. Dort gibt es eine Fähre, eine Bootswerft und einen Laden. Meine Brüder helfen mir, aber es ist schwierig. Wir haben harte Zeiten. Es gibt nicht mehr so viel Wild wie früher. Meine Männer müssen jedes Jahr weiter reisen und kommen mit immer leichterem Gepäck zurück. Wäre einer der Herren übrigens daran interessiert, eine Saline zu kaufen?«

»Ich bin Ihnen für das Angebot sehr dankbar, aber ich werde es bestimmt nicht sein.« Damit hielt Harry einen großen Stiefel hoch und zeigte die Löcher in der Sohle. »Meine Füße werden kribbelig und extrem unruhig, wenn ich zu lange an einem Ort bleibe, und wenn es der Garten Eden wäre.«

»Ich werde mir Ihren Vorschlag überlegen«, sagte Raven. »Ich bin im Augenblick gefährlich knapp bei Kasse.«

»Dir wird es nie an etwas fehlen«, sagte Tiana. »Die Sieben Clans lassen ihre Leute nie hungern.« Es störte Tiana, daß von Geld geredet wurde, als wäre es etwas, was man um seiner selbst willen besitzen müßte. Dies war einer der größeren Streitpunkte zwischen ihr und ihrem Bruder John.

»Ein Mann kann keine Almosen annehmen.«

»Es sind keine Almosen. Du schreibst Briefe für den Rat, berätst ihn und dienst ihm als Dolmetscher.«

»Trotzdem brauche ich ein Einkommen, um nicht von anderen abhängig zu werden.«

»Auf dieses märchenhafte Leben.« Cadet hob sein Glas und unterbrach damit, was sich wie der Anfang eines Streits anhörte. »Möge es ein glückliches Ende finden.«

Ohne anzuklopfen traten sieben halbnackte Osage nacheinander durch die Tür. Sie wurden von einem alten, mehr als einen Meter neunzig großen Mann angeführt, der sich kerzengerade hielt. Seine Haut hatte die Farbe und Struktur von Papyrus, das lange im Wüstensand gelegen hat. Jeder Mann richtete einen leisen Gruß an Chouteau, um sich dann zu setzen oder in einem Halbkreis vor dem Feuer hinzuhocken. Jeder von ihnen hatte sich den Kopf rasiert und Ohren und Augenlider rot bemalt.

Raven schlang sich seine Wolldecke um die Taille wie sie und setzte sich zu ihnen. Er streckte die langen Beine aus. Der alte Häuptling Pawhuska, White Hair, kramte Pfeife und Tabak aus seinem Beutel. Bei Anlässen wie diesem trug er noch immer die fadenscheinige gepuderte Perücke, die ihm seinen Namen gegeben hatte. Die Rute auf seinem Haarkamm aus Rehhaar sah aus wie eine sich mausernde Wachtel in hohem Gras. Vor vierzig Jahren hatte er einen weißen Soldaten beim Haarschopf gepackt und erwartet, ihn skalpieren zu können. Als er das Haar plötzlich in der Hand hatte, hatte er es für mächtige Medizin gehalten. Er trug auch eine Bisonrobe, die mit den Grenzen seiner Jagdgründe bemalt war. Bedauerlicherweise waren es Jagdgründe, welche die Weißen jetzt für die ihren hielten. Tiana sah, wie Harry die Nase rümpfte.

»Schweiß und Sassafras«, flüsterte sie ihm zu. »Sie reiben sich den Körper mit Bisonmark ein, das sie mit Sassafras mischen.«

»Aha, dann ist es also der Sassafras, der mich irritiert hat«, sagte Harry. »Den Schweißgeruch habe ich erkannt.«

»Wir sprachen gerade über Armut, Sam«, sagte Chouteau auf englisch. »*Ni-U-Kon-Ska*, Die Kinder der Mittleren Gewässer, kennen sich darin aus. Sie haben lange Übung darin, arm zu sein. Hamtramk, ihr Agent, würde sie am liebsten lehren, es darin noch weiter zu bringen. Er wirft sie in die Tiefen der Armut, so wie man ein Kind in einen tiefen Teich wirft, um ihm das Schwimmen beizubringen. Er stiehlt ihnen die Jahreszahlungen und erlaubt weißen Männern, ihre Kleinen Brüder abzuschlachten, die Bisons. Die weißen Jäger werfen eine Tonne Fleisch für zwanzig Pfund Talg weg.«

»Woher kommt der Name Osage?« fragte Tiana.

»*Wah-sha-she* ist nur ein Teil des Stamms«, sagte A. P. »Aber sie waren die ersten, denen Marquette begegnete, als er ihr Land betrat. Als er sie nach ihrem Namen fragte, sagten sie natürlich *Wha-sha-she*. Seitdem heißt es Osage. Es ist eine dieser aufregenden kleinen Ironien des Lebens, daß *Wah-sha-she* Namensgeber bedeutet. Wer kann da noch sagen, Gott habe keinen Sinn für Humor?«

Die Osage warfen Tiana von Zeit zu Zeit einen Seitenblick zu, als sie ihre Nervosität auf ihre Weise bekämpften – sie stopften sich die Pfeifen, zerkleinerten ihren pulverisierten Tabak noch mehr, prüften den Sitz ihrer Haarkämme und studierten aufmerksam die Konstruktion der Deckenbalken.

Schließlich ging Tiana auf, daß sie die einzige Frau im Raum war. Bei ihrem Volk war das nichts Besonderes. Die Frauen kamen zwar nur selten mit den Männern zusammen, doch als Geliebte Frau konnte sie jeden Rat betreten. Die Osage sahen das jedoch wie die Weißen anders. Bevor sie ging, würde es kein ernsthaftes Gespräch geben. Sie stand auf und strich sich das Kleid glatt, ebensosehr um die kühle, glatte Struktur der Seide zu fühlen, als um die Falten wegzubekommen.

»Ich bin müde von der Reise, Cadet. ›Vom Reiten ganz erledigt‹, wie unser Freund Harry sagen würde.« Sie bedachte Harry mit ihrem bezaubernden Lächeln. Nicht zum erstenmal empfand Harry so etwas wie nagenden Neid auf Raven. »Bitte sagen Sie Ihren Frauen, daß das Essen *superbe* war.« Sie sprach das Wort französisch aus. Als sie eine Kerze nahm und den Raum verließ, rollte Cadet mit den Augen.

»Darf ich mir herausnehmen zu sagen, Sam, daß Sie zu den glücklichsten aller Männer gehören?«

»Das weiß ich.«

Jeder der Indianer nahm mit ernstem Gesicht einen Becher mit Whiskey von Chouteau an. Cadet hatte schon vor langer Zeit gelernt, daß er seinen Osage-Freunden Whiskey nicht in Gläsern servieren durfte. Sie zerbrachen Gläser, und es war ihnen egal, woraus sie den Whiskey tranken.

»White Hair ist der *Ki-He-Kah Tonkah,* der große Häuptling. Er will, daß Sie einen Brief an Jackson schreiben.«

»Wegen Hamtramk?« fragte Sam.

»Nein. Das kommt später. Hier geht es um einen Missionar. Er kann auf der Straße keinem Mann begegnen, ohne ihn gleich am Nacken zu packen und zu versuchen, ihm Religion einzutrichtern, als wollte er eine Gans für den Markt schlachtreif füttern. Er ist für die Kleinen eine wahre Prüfung gewesen. Ich könnte es zwar auch tun, aber sie wissen, daß Sie mit Jackson befreundet sind. Macht es Ihnen etwas aus? Ich werde übersetzen.«

»Das macht mir natürlich nichts aus.« Raven stellte sich an das hohe Schreibpult und schrieb mit seiner steilen Handschrift, während Chouteau diktierte. Während er sprach, reckte White Hair das Kinn in die Höhe und schloß die Augen. Seine Krieger taten es ihm nach.

Vater, wir haben unser Volk zu der untergehenden Sonne hin angesiedelt und die Missionare zwei Tagesmärsche zur aufgehenden Sonne hin zurückgelassen.

Vater, einer von ihnen ist uns gefolgt und lebt seitdem auf unserem Land, obwohl wir ihnen schon Land genug gegeben haben.

Vater, er hat mit unseren Männern und Frauen gestritten.

Vater, wir haben genug von weißen Menschen unter uns, selbst ohne ihn, und wenn er ein guter Mensch wäre. Er stört unseren Frieden.

Vater, wir hoffen, du lebst lange und wirst glücklich.

Feierlich wie ein Prälat griff White Hair zur Feder und kritzelte mit großer Gebärde ein großes, zittriges X auf das untere Ende der Seite.

In ihrem Zimmer lauschte Tiana den leisen Stimmen der Osage, die nicht das Privileg hatten, zusammen mit A. P., The Raven und White Hair beim Rat zu sitzen. Sie hockten statt dessen in der Halle vor ihrer Tür. Ihre Pfeifen ließen in der Dunkelheit kleine Lichtpunkte aufblitzen. Sie hörte, wie Raven in dem anderen Raum lachte.

Irgendwo keuchte eine Konzertina eine Melodie, und ein Hund heulte vor lauter Mitgefühl mit.

Tiana starrte die Dachbalken an, die mit ihrer Tünche geisterhaft wirkten. Sie dachte über ihre Liebe zu Raven nach. Sie bezweifelte nicht, daß er sie liebte. Aber sie wußte im Herzen, daß es da noch einen dunkleren Teil in seiner Seele gab, den sie nicht sehen konnte. Und es würde viele Menschen geben, die sich um seine Zeit bemühten. Es konnte sein, daß sich ihre Liebe als ein schwer zu reitendes wildes Pferd erwies.

Ihr Mund wurde zu einem Strich. Wildes Pferd oder nicht, sie würde es reiten, bis es sie entweder abwarf oder handzahm wurde.

Als Tiana kurz vor Tagesanbruch aufwachte, lag Raven tief schlafend neben ihr. Er hatte den größten Teil der Nacht getrunken und gesprochen. A. P. Chouteau war ein einnehmender und gebildeter Mann. Und er besaß einen erlesenen Vorrat an starken Getränken. Tiana biß Raven sanft ins Ohr, und er klatschte mit der Hand darauf.

»Möchtest du mit mir Großmutter Sonne begrüßen?« fragte sie.

»Mmmm.«

»Was für eine Sprache ist das?«

»Du hast nur einen Fehler, mein Liebes«, murmelte Raven. »Du bist morgens schon so munter. Liebe Grüße an Großmutter und sag ihr, daß ich zu einer vernünftigeren Stunde mit ihr sprechen werde. Ich bin sicher, daß sie noch den ganzen Tag am Himmel hängen wird.«

»Du hast Glück, daß wir nicht an die Hölle glauben. Sonst würdest du sicher dort landen.«

Sie küßte ihn leicht hinter das Ohrläppchen, knabberte dann daran und ließ ein gackerndes Lachen hören. Er rieb sich die Stelle, als sie ihr einfaches Kleid aus selbstgewebtem Stoff anzog und sich den Gürtel umband. Sie blickte wehmütig auf das Seidenkleid, das über einen Stuhl drapiert war. Chouteau hatte gesagt, es gehöre ihr. Aber wo sollte sie es tragen? So sehr das Kleid ihr auch gefiel, sie war froh, wieder in Kleidern zu sein, in denen sie atmen konnte. Als sie sich die Mokassins übergestreift hatte und hinaustrottete, war Raven schon wieder eingeschlafen.

Sie fand Masina oder Rosalie – sie war sich nicht sicher, welche der beiden es war – sowie eine andere Frau draußen auf der Veranda. Sie hatten sie schon erwartet. Masina oder Rosalie sprach sie in gebrochenem Französisch an.

»*Oeh*, seid gegrüßt.« Als Tiana ihr auf Osage antwortete, leuchteten die Augen von Cadets Frau auf und verwandelten ihr schlichtes, ernstes Gesicht.

»Du hast Wissen.« Das war eine Feststellung und keine Frage. Die Frau sprach schnell in ihrer eigenen Sprache. »Das Kind meiner Freundin ist krank.«

»Ich besitze etwas Wissen über *We-lu-schkas*, die Kleinen Rätselhaften Wesen, die Krankheiten verursachen.«

Cadets Frau strahlte sie an.

»Du verstehst unsere Medizin?«

»Ein teurer Freund hat mir ein wenig davon beigebracht.«

Als Tiana den zwei Frauen durchs Dorf folgte, versammelte sich das übliche Rudel von Hunden um sie. Sie hörte, wie die Kleinen ihr Morgenlied an Wa-kon-da anstimmten. Wie oft sie es im Leben auch schon gehört hatte, es machte ihr immer wieder eine Gänsehaut. Und wie oft sie sich auch Osage-Hunden gegenübersah, würde sie sich immer fragen, ob diese Viecher sich von ihr beeindrucken lassen würden.

Das Mädchen schien fünf oder sechs Jahre alt zu sein. Es litt an der Ruhr, was dadurch verursacht worden war, daß zwei Mannschaften Kleiner Wesen in seinem Bauch Ball spielten. Vielleicht unterschieden sich die Kleinen Wesen nicht so sehr von den Kleinen Rätselhaften Wesen der Osage. Während Tiana das Mädchen untersuchte, brachte ihre Mutter schwarze Medizin, Kaffee, an dem Tiana höflich nippte, obwohl sie ihn nicht mochte.

Ihre Medizin würde am besten bei Sonnenaufgang wirken, der kurz bevorstand. Sie eilte hinaus, um von einer Agavenpflanze ein Stück Wurzel abzuschneiden. A. P. hatte sie als Zaun um seinen Garten gepflanzt, und jetzt schossen sie hier und da hervor. Tiana war froh, sie zu sehen. Sie waren mächtige Medizin gegen die Ruhr. Und überdies brauchte sie die Wurzeln nur zu kauen und nicht tagelang zu kochen. Ein Kreis von Frauen hatte sich um sie versammelt, um ihr bei der Arbeit zuzusehen, traten jedoch in gebührende Entfernung zurück, als sie das Gesicht des Mädchens der aufgehenden Sonne zuwandte und in ihrer Sprache zu singen begann.

Höre! Hoch am Himmel lebst Du.
Hoch am Himmel lebst Du, lebst Du, lebst Du.
Ewig lebst Du.
Linderung ist gekommen, ist gekommen.

Tiana mischte die zerkaute Wurzel mit einem Mundvoll Wasser und sprühte dem Kind die Lösung auf den Bauch.

»Schwester«, sagte sie zu der Mutter. »Ich werde morgen früh bei Sonnenaufgang und noch zwei weitere Tage für deine Tochter arbeiten. Gib ihr etwas von dieser Wurzel. Sie soll sie kauen. Ich sehe später wieder nach ihr.«

»Ich danke, Medicine Woman.« Die Mutter des Mädchens reichte Tiana scheu einen mit Perlen bestickten Gürtel, dessen Wolle mit großer Mühe aus einer alten Decke aufgeribbelt worden war. Tiana lächelte und dankte ihr.

Tiana hatte recht gehabt, was Chouteaus Frauen betraf. Schon am Ende dieses ersten Tages wußte sie eine Menge über sie. Eine oder beide verbrachten den Tag damit, sie den Frauen im Dorf vorzustellen. Und sie sprachen ständig. Tiana hütete sich, offen nach ihren Namen zu fragen. Doch sie erfuhr bald, daß eine Walks In The Firelight hieß und die andere Gthe'-Do'n Wi'n, Hawk Woman, und daß sie zu den Upland Forest People gehörten, Clermonts Gruppe.

Sie hörte in großer Ausführlichkeit von der Treulosigkeit der von White Hair angeführten Thorny Valley People. Die beiden Häuptlinge befehdeten einander schon seit Jahren. Während sie mit den anderen eine Mahlzeit aus Maispfannkuchen aß, erfuhr sie, was sich im letzten Jahr im Dorf zugetragen hatte. Wie Shinkah waren auch Walks In The Firelight und Hawk Woman pfiffige Frauen mit einem schlauen Gefühl für das Lächerliche. Tiana lachte, bis ihr der Bauch weh tat, als die beiden die Missionare nachäfften.

Am zweiten Tag warteten drei Frauen auf Tiana, als sie am frühen Morgen hinausging, und am nächsten Tag noch mehr. Tiana verbrachte den größten Teil der nächsten Woche damit, all denen zu helfen, die zu ihr kamen. Es war gut, daß sie zu tun hatte. Einen Nachmittag verbrachten sie, Raven, A. P. und Harry mit Billardspiel. Doch meist sah sie Raven nur bei den Mahlzeiten und gelegentlich, bevor sie nachts einschlief. Er verbrachte lange Stunden im Rat mit den Kleinen. Er hörte sich ihre Klagen an und versprach, Vater Jackson darüber zu schreiben.

Am Abend vor Tianas und Ravens Abreise veranstaltete Cadet einen seiner berühmten *fandangos*. Er hatte Läufer zu den französischen Siedlungen geschickt, und die ersten Leute kamen schon einen Tag vorher. Sie hatten Tanzkleidung in ihren Satteltaschen mitgebracht und führten ihre besten Pferde zum Rennen auf Chouteaus Rennbahn.

Es waren fröhliche Leute. Tiana konnte verstehen, weshalb die Osage die Franzosen den Briten und Schotten vorzogen. Sie hatten eine Begeisterung fürs Leben, der man sich kaum entziehen konnte. Aber für die Art von Festen, wie sie das Wahre Volk feierten, hatten sie nicht ganz das Stehvermögen.

Gegen vier Uhr morgens waren die meisten der Feiernden nach unten gegangen oder getorkelt, um zu schlafen. Der Rest war in den Ecken des Ballsaals einfach eingeschlafen. Harry war in Gesellschaft eines bezaubernden Osage-französischen Mischlingsmädchens gegangen. Neben einem schläfrigen, betrunkenen Siedler waren Raven und Tiana die letzten Gäste. Ein Fiedler gähnte und schaffte es irgendwie, während er auf seinem gesprungenen Instrument herumsägte, zwischendurch einen schnellen Schluck zu nehmen.

Für Tiana hatte sich Musik noch nie süßer angehört. Raven hatte ihr den Arm um die Taille gelegt und ihre Hand in seine genommen und brachte ihr den Walzer bei. Tiana hatte noch nie Walzer getanzt und ließ sich sofort von ihm mitreißen. Er stieg ihr stärker zu Kopf als Whiskey oder das Schwarze Getränk oder der Hanf, den ihre Brüder ihr einmal zu rauchen gegeben hatten.

Allmählich tanzten sie selbstbewußter, und ihre Körper begannen sich zu den langsamen, unheimlich klagenden Lauten der Fiedel wie ein Körper zu bewegen. Als sie nach und nach immer schneller wurden, hielt Raven sie von sich, um sie herumwirbeln zu können, bis Tiana das Gefühl hatte, als stünden sie still und die Wände würden magisch und schemenhaft um sie herumtanzen.

Am liebsten hätte sie ewig so weitergetanzt, in einem leeren Ballsaal, mit Ravens Arm um sich, während die Musik sie erfüllte. Doch der Fiedler beendete seine Darbietung urplötzlich, indem er kopfüber auf den Fußboden fiel und reglos liegenblieb. Tiana und Raven standen da, hielten einander umfaßt und lachten, als sie darauf warteten, daß die Welt aufhören würde, sich um sie zu drehen.

»Ich fühlte mich wie ein Bussard hoch oben am Himmel«, sagte sie.

»Ich fühle mich wie ein Mann, der sehr verliebt ist.«

Er küßte sie lange und fordernd und führte sie dann in ihr Zimmer. Heute nacht mußten sie es mit anderen teilen. Doch die würden jetzt alle tief und fest schlafen. Und die Franzosen waren ohnehin sehr verständnisvoll. Tiana und Raven liebten sich leise, kurz bevor Großmutter Sonne aufging. Dann gingen sie zum Fluß hinunter, um sie zu begrüßen.

48

Tiana stand in der Tür der Schmiede, einem des runden Dutzends wackeliger Häuser bei Chouteaus Handelsposten in der Nähe von Three Forks. Es war November 1829. Die Osage versammelten sich in der nahe gelegenen Agentur, um ihre Jahreszahlungen entgegenzunehmen. In ihrem Gefolge hatten sie das gesamte Gesindel, das sich in der Wildnis herumtrieb. Tiana hatte unter Felsbrocken schon weit nützlichere Geschöpfe gesehen.

Sie war zu der Schmiede gegangen, um dem Lärm und dem Durcheinander draußen zu entkommen. Normalerweise war die Schmiede der Mittelpunkt aller Tätigkeit. Auf den Bootswerften wurde mehr geflucht, doch dafür war der Bau eines Flachboots ein langsamer Vorgang. Es war etwas anderes, einem Mann dabei zuzusehen, wie er mit seinem Schmiedehammer glühendes Eisen formte und Funken sprühen ließ. Doch selbst der Schmied konnte sich nicht mit den Pferderennen und Hundekämpfen messen, den Wettbewerben der Messerwerfer und den Schlägereien, die an der Tagesordnung waren, wenn die Jahresgelder ausgezahlt wurden.

Tiana machte sonst um jede Schmiede einen weiten Bogen. Da waren die Erinnerungen. Und sie wollte diese Erinnerungen vermeiden. Es tat nicht gut, an die Lieben zu denken, die schon die letzte einsame Reise ins Nachtland hinter sich hatten. Von Heimweh befallene Geister bemächtigten sich der Gedanken und Träume der Hinterbliebenen. Sie ließen sie dahinsiechen, dahinwelken und vor Kummer sterben und sich der Toten anschließen. Tiana konnte nie eine Schmiede betreten, ohne an David zu denken.

Doch es gab sonst nichts, wohin sie hätte gehen können. Chouteaus Büro war voller Häuptlinge, die sich dort berieten. Sogar auf seinem Dachboden wimmelte es von Indianern, die Cadets Angestellte dorthin geschleift hatten, damit sie ihren Rausch sicher ausschlafen konnten. Über das metallische Dröhnen des Hammers hinweg konnte Tiana Schüsse, trunkenes Gelächter und den Singsang eines Osage-Weisen hören, eines der Kleinen Alten Männer, wie man sie nannte. So ein Gedicht konnte vierzehnhundert Zeilen umfassen, und es dauerte manchmal den ganzen Tag, es vorzutragen.

Tiana war soeben von Raven und ihren Brüdern John und Charles weggegangen. Alle drei brüllten sich wegen des Whiskeys an. Charles brannte ihn, John verkaufte ihn, und Raven paßte es nicht, daß die Indianer ihn bekamen. Wie ihr Vater setzten John und Charles Alkohol mit Freiheit gleich. Sie ließen sich von niemandem einreden, sie dürften ihn weder brennen noch verkaufen, wie es ihnen paßte. Wenigstens konnte man ihren Whiskey ruhig trinken. Ein Osage war schon erblindet, weil er von einem schlechten Faß getrunken hatte.

Hamtramk dachte nicht daran, die ungesetzlichen Whiskeyverkäufe zu unterbinden. Ebensowenig schien er daran interessiert zu sein, die Händler daran zu hindern, den Indianern wertlosen Tand im Austausch gegen ihre Schuldscheine zu geben. Die Regierung gab bei den Jahreszahlungen statt Bargeld solche Schuldscheine aus. Man konnte sie später umtauschen, doch für die Indianer waren sie wertlos. Und die Häuptlinge waren überzeugt, daß Hamtramk und die anderen Agenten diese Zertifikate in großen Mengen billig aufkauften, um sie später einzulösen.

Raven war offiziell zu einem Angehörigen des Cherokee-Volkes gewählt worden. Drum hatte ihm Schuldscheine für Tausende von Dollar anvertraut, damit sie sicher waren. Das verursachte Tiana Unbehagen. Raven machte den Agenten viel Ärger. Sie suchten nach Möglichkeiten, ihn in Mißkredit zu bringen. Es machte ihn verdächtig, wenn er soviel von dem Geld des Stamms in Händen hatte. Und außerdem war es für jeden Mann eine schreckliche Versuchung.

Tiana saß auf einer Bank an der Wand der Schmiede. Sie stützte mutlos das Kinn in die Handfläche und zeichnete mit der Spitze ihres Mokassins Muster in das Sägemehl. Mit der freien Hand kraulte sie einen Hund geistesabwesend hinter den Ohren.

Um sich aufzumuntern, dachte sie an den Walzer mit Raven in Chouteaus riesigem, widerhallendem Ballsaal. Sie schloß die Augen und versuchte, sich dorthin zurückzuversetzen, statt hier in der Schmiede zu sitzen. Da kam Raven durch die Tür und ließ sich neben ihr schwer auf die Bank fallen. Der Hund, der Tiana zu Füßen lag, knurrte.

»Ich habe dich gesucht.« Raven sprach ein holperiges Cherokee. Er übte mit Tiana und bestand darauf, im Rat mit Regierungsbeamten Cherokee zu sprechen. Das war von seiner Seite keine reine Prahlerei. So zwang er die Weißen, die Souveränität des Wahren Volkes anzuerkennen. »Dann ist mir eingefallen, daß ich dich vielleicht hier finde.« Raven fragte sie nie nach David. Sie wußte nicht, ob er nicht neugierig war oder nicht wollte, daß sie ihm Gegenfragen stellte.

»Der Lärm und die Kämpfe haben mich unglücklich gemacht.«

»Ich hätte dich nicht mitnehmen sollen. Ich hätte wissen müssen, daß dies schlimmer sein würde als die Verteilung beim Wahren Volk. Die Kleinen sind nicht so zivilisiert. Und sie sind nicht dein Volk.«

»Ich wollte mitkommen. Ich sehe dich so selten.«

»Ich weiß.« Raven legte den Arm um sie, worauf sich das Fell des Hundes sträubte.

»Ruhig«, sagte Tiana. »Dies ist Unli'ta, Long Winded, mein geliebter Mann.« Tiana hatte begonnen, Raven so zu nennen, weil er soviel Zeit im Rat verbrachte. Selbst Cherokee-Frauen zeigten ihren Ehemännern meist etwas mehr Respekt, aber Tiana hielt Raven immer noch für den Freund, den sie in ihrer Kindheit gekannt hatte. Und überdies hatte sie viel von der Respektlosigkeit ihres Vaters geerbt. Sie und Raven lehnten den Kopf gegen die Wand und streckten die Beine aus. Der Hund legte Tiana die Schnauze auf den Schoß, damit sie keine Mühe hatte, ihn hinter den Ohren zu kraulen.

»Es gibt soviel zu tun«, sagte Raven erschöpft. »Sie halten mich für einen Erlöser oder Magier. Roly McIntosh und seine Creeks haben mir einen neun Seiten langen Brief diktiert, in dem sie all das Unrecht aufzählen, das ihr Agent ihnen angetan hat. Das Wahre Volk, die Osage, die Chickasaw, die Choctaw, alle haben Beschwerden.

Die Entschädigungen sind nicht gezahlt worden. Die Grenzen des Landes, das dem Wahren Volk zusteht, sind nicht abgesteckt worden. Für die Auswanderer aus dem Osten sind keinerlei Vorbereitungen getroffen worden. Ihr Saatmais und ihre Werkzeuge sind nicht da. Der Winter steht vor der Tür. Die Comanchen, die Pawnee und Kiowa sind auf dem Kriegspfad. Wer will es ihnen verdenken? Ihre Jagdgründe werden von den Völkern aus dem Osten überrannt.

Dann sind da noch die weißen Siedler. Sie loswerden zu wollen ist so, als wollte man Ameisen aus einem Sirupfaß entfernen. Man erwischt nie alle, und außerdem kommen ständig neue.«

»Du kannst nicht alles allein lösen«, erinnerte ihn Tiana.

»Jackson könnte es.«

»Er ist weit weg.«

»Ja, das ist er.« Raven brütete einen Augenblick darüber nach. »*Gha!* Hör zu! Willst du mit John sprechen? Er fährt sofort aus der Haut, wenn ich es versuche. Ich hasse es, dich in diese Sache hereinzuziehen, aber er hat Ärger mit dem Agenten DuVal. Es geht um eine Spielschuld, die John auf sich geladen hat, als er betrunken war. Der Mann erwartet, daß DuVal sie bezahlt, weil John sein Dolmetscher ist. Aber DuVal will nicht zahlen, und John ebensowenig. Du weißt, wie er ist, wenn es um Geld und Grundsätze geht. Außerdem hat er in letzter Zeit getrunken und stößt Drohungen aus.«

»Ich werde mit ihm reden.«

»Gut. Du kannst ihm Vernunft in seinen dicken schottischen Schädel prügeln, während ich die Pferde sattele. Ein Schotte und Cherokee. Was für eine Kombination.« Raven schüttelte den Kopf über diese Ungeheuerlichkeit.

»Wohin gehen wir?«

»Überraschung. *Nu'la.* Beeil dich. Ich halte das hier selbst nicht mehr lange aus. Wenn du John nicht zur Vernunft gebracht hast, wenn ich mit den Pferden fertig bin, werde ich dich degradieren und aus der Geliebten Frau eine Beliebte machen.«

Eine halbe Stunde später hatten die beiden den Lärm und das Durcheinander hinter sich gelassen. Sie überquerten den stillen Neosho River auf Chouteaus Fähre und führten ihre Pferde den Pfad entlang, der in Richtung Südwesten verschwand und zu den Texas-Siedlungen am Red River führte. Arbuckles Truppen hatten den Pfad durch das eine Meile breite und dichte Röhricht am Fluß in mühsamer Arbeit freigehackt.

Tatsächlich trennte der Neosho die Wälder von den Plains. Jenseits des Dickichts lag eine Prärie aus Bartgras. Die sanft wogenden Hügel wurden durch ein Tal zerschnitten, in dem am Bayou Menard viele Eichen, Eschen und Zürgelbäume standen. Dort erstreckten sich an manchen Stellen auf beiden Seiten Hunderte von Morgen mit Nesseln. Tiana beneidete die Männer nicht, die den Pfad hier hatten freimachen müssen.

»Glücksspiel«, sagte Raven. Er mußte gerade an John gedacht haben. »Habe ich dir schon mal von einem Spieler erzählt, den ich mal gekannt habe?«

»Nein.« Sie lachte ihn an. Wenn er diesen Ton anschlug, wußte sie, daß eine Geschichte bevorstand.

»Also, dieser Spieler lag auf seinem Totenbett. Er verabschiedete sich von seinem Arzt. ›Mein Sohn‹, sagte der Arzt, ›Sie werden allerhöchstens bis morgen früh acht Uhr leben.‹ Der Spieler faßte die Nachricht tapfer auf. Er nahm das bißchen Kraft zusammen, das er noch aufbieten konnte, und gab dem Arzt ein Zeichen, er solle näherkommen. Der Arzt mußte sich bücken, um die letzten Worte des Sterbenden zu verstehen. ›Doc‹, sagte er.« Raven senkte die Stimme zu einem heiseren Flüstern, und Tiana beugte sich zu ihm, um hören zu können.

»›Doc, ich wette einen Dollar, daß ich bis neun durchhalte.‹« Raven reckte sich und küßte Tiana. Sie lachte. Wenn man mit Raven zusammen war, konnte man unmöglich lange unglücklich bleiben.

»Hast du John beruhigt?« fragte er.

»Nein. Ebensogut könnte ich einem Meilenstein was vorsingen. In dem Zustand ist nicht mit ihm zu reden. Sally Ground Squirrel hat mir immer gesagt, ich solle nie versuchen, das Unmögliche zu tun. Es dauert zu lange.«

»Und wo ist er jetzt? Er wollte unbedingt Streit.«

»Ich habe Drum überredet, ihn unter einem Vorwand zum Gerichtsgebäude in Tahlontuskee zu schicken. Das ist ein Ritt von dreißig Meilen.«

»Ich wünschte, er würde mich nicht so hassen. Wir waren mal mehr als Freunde. Wir waren Brüder.«

»Er haßt dich nicht. Er beneidet dich nur um den Einfluß, den du bei den Häuptlingen hast. Verbringe mehr Zeit mit ihm. Bitte ihn um seinen Rat. Wohin reiten wir?« Tiana flocht die Frage beiläufig ein, um ihn dazu zu verlocken, ihr zu antworten.

»Zum Land der Comanchen. Wenn überhaupt einer sie dazu bezaubern kann, über den Frieden zu sprechen, dann du.«

»Mal im Ernst, Unli'ta. Wohin bringst du mich?«

»Du kannst es nicht ertragen, daß man etwas im dunkeln läßt, nicht wahr?«

»Fledermäuse und Taschendiebe bevorzugen die Dunkelheit. Ich bin weder das eine noch das andere.«

»Nur noch eine Meile.« Sie passierten die Zwei-Meilen-Markierung, die aus dem örtlichen rötlich-orangefarbenen Stein geschnitten worden war. Eine Meile weiter ließ Raven sein Pferd vom Weg abbiegen und galoppierte einen sanften Hang zu einer Wiese hinauf. Unter ihnen lag der Neosho, der sich durch die Hügel schlängelte. Noch näher lag ein anderer Fluß, der Skin Bayou.

»Das ist es. Wie gefällt es dir?«

»Was ist es?«

»Hier wird unser Haus stehen. Da oben können wir einen Gemüsegarten anlegen.«

Tiana hielt ihr Pferd neben dem seinen, so daß ihre Beine sich berührten, als sie auf die weite, braune Hügellandschaft blickten. Hier waren Bäume, doch weiter westlich sahen sie nur noch kleine Baumgruppen stehen. Es war hier kahler als an jedem anderen Ort, an dem sie je gelebt hatte. Sie starrte zum Horizont, zum Nachtland hin, und fragte sich, wie es wohl sein würde, dort quer über diese Hügel zu reiten, bis sie zu den hohen Bergen oder dem großen Wasser kam, von denen der alte Nathanial Pryor ihr erzählt hatte. Pryor war bei der Expedition von Lewis und Clark dabeigewesen und wurde nie müde, davon zu sprechen.

Ihr langes Schweigen machte Raven nervös. Er beschloß, den Stier bei den Hörnern zu packen.

»Ich weiß, daß es einen harten Tagesritt bedeutet, um zu Sally Ground Squirrel, deiner Mutter und deinen Schwestern zu kommen. Aber ich werde oft zum Gerichtsgebäude nach Tahlontuskee reiten müssen, und du kannst mitkommen. Du kannst sie besuchen, während ich im Rat bin.«

»Einverstanden.« Was hatte es für einen Sinn, ihn daran zu erinnern, daß er sie nicht um ihre Meinung gefragt hatte? Daß er an ihre Wünsche keinen Gedanken verschwendete. Daß dieser Ort näher am Lager Gibson lag, als sie es sich wünschte. Sie wußte, daß er ihr eine Freude machen wollte. Und er war so aufgeregt wegen seiner Überraschung, daß sie ihm die Freude nicht verderben konnte.

»Ich habe lange gesucht, um die richtige Stelle zu finden.« Seine Begeisterung sprudelte nur so aus ihm heraus. Er saß ab und schritt die Umrisse eines Blockhauses ab. »Wir können hier bauen«, fuhr er fohrt. »Der Wigwam wird natürlich nach Osten zeigen, auf das Sonnenland zu. Coffee wird uns beim Bau helfen. James und John haben uns auch ihre Hilfe angeboten, deine anderen Brüder natürlich auch. Wir werden damit anfangen, sobald ich wieder da bin.«

»Wohin gehst du?«

»Ich muß nach Washington City.«

»Wann?«

»Irgendwann in den nächsten Tagen. Drum und die Häuptlinge haben mich gebeten, mit einer Delegation hinzureiten.« Das hatte Drum Tiana vorenthalten.

»Wunderbar«, erwiderte sie. »Ich kann blitzschnell packen.«

»Spider Eyes, du kannst nicht mitkommen.«

»Natürlich kann ich das. Ich kann meine Schwester Mary in Georgia besuchen. Und außerdem habe ich Washington City noch nie gesehen.« Sie lachte entzückt über die Aussicht auf eine Reise.

Raven wußte, daß es nicht ganz leicht sein würde, sie davon abzubringen. Tiana war nicht gewohnt, daß man sich ihren Wünschen widersetzte. Das war eins der sehr wenigen Dinge, die sie nicht ertragen konnte.

»Spider Eyes«, sagte Raven, »nur Männer werden reisen.«

»Wir können doch sagen, ich begleite dich, um für dich zu kochen, als befänden wir uns auf einem gewöhnlichen Jagdausflug.«

»Das ist unmöglich. Verstehst...« *Verdammt, wie sollte er es ihr erklären?* »Nach dem Gesetz der Weißen bin ich immer noch mit Eliza verheiratet.«

»Du hast die Decke zerrissen. Ihr seid nicht mehr Mann und Frau.«

»So einfach ist es nicht. Und außerdem muß man den Schein wahren.« Das war die falsche Wortwahl. Es würde leichter sein, mit den Comanchen zu verhandeln, als Tiana das klarzumachen.

»Um den Schein zu wahren! O ja, ich nehme an, es würde nicht gut aussehen, wenn ich dabei bin. Sam Houston, ein Freund des Präsidenten, mit seiner braunen Squaw. ›Nigger.‹ Das ist doch das Wort, mit dem man ›meinen äußeren Anschein‹ beschreiben könnte, nicht wahr?«

»Du weißt, daß es nicht so ist.«

»Wie ist es dann?«

»Es gibt Leute, die mich liebend gern in Mißkredit bringen würden und durch mich auch Jackson. Sie haben Rachel Jackson bis zu ihrem Tod mit dem Vorwurf der Bigamie verfolgt. Und jetzt erheben sie großes Getöse wegen Minister Eatons Frau Peggy. Sie sind wie Bluthunde auf der Fährte, diese guten Leute von Washington.«

»Das stimmt. Es würde um Bigamie gehen. Es kommt nichts Gutes dabei heraus, wenn ein weißer Mann mit einer Squaw lebt.«

»Ich wünschte, du würdest dieses Wort nicht benutzen.«

»Es ist aber nicht so, als wenn eine weiße Frau mit einem roten Mann zusammenlebt. Sieh dir Galagina an, die arme Frau von The Buck. Die ist von den guten Christen von Connecticut in Abwesenheit verbrannt worden. Man hat sie eine Verbrecherin genannt, eine *Verbrecherin*, weil sie sich mit einem Angehörigen einer minderwertigen Rasse eingelassen und damit erniedrigt habe.«

»Spider Eyes.« Raven legte die Arme um sie und drückte sie an sich, während sie leise weinte. »Bosheit steht dir nicht. Und wo hast du von Buck Boudinot und den Bürgern von Connecticut gehört?«

»Ich lese die Zeitungen. Und in ihren Briefen hat Mary davon gesprochen, daß sie Harriet Boudinot kennengelernt hat. Mary sagt, sie sei eine wundervolle Frau. Gar nicht wie eine Weiße.« Tiana wischte sich die Augen. »Wann wirst du wieder da sein?«

»Im Frühling. Rechtzeitig zur Aussaat. Wo wollen wir den Mais anpflanzen? Du wirst feststellen, daß ich Land ausgewählt habe, dessen Felder schon gerodet sind.«

»Ja«, erwiderte sie. »Die Felder sehen frei aus, auf dem ganzen Weg bis zum Nachtland. Ich werde jetzt ein paar Apfelsetzlinge pflanzen. Und wir werden Indigo haben und Kürbisse und Melonen. Ich will Schafe wegen der Wolle, und etwas Baumwolle werden wir auch pflanzen.«

»Wir werden alles haben. Und ein Rennpferd.«

»Ich werde ihn für dich zureiten.« Seine Begeisterung begann sie anzustecken. Raven nahm ihr Gesicht zwischen die Hände und starrte in die tiefblauen Quellen ihrer Augen.

»Spider Eyes, deine Stimme und dein Gesicht und die Erinnerung an dich werden mich wärmen, wenn die Winde des Blue Man in diesem Winter durch Washington wehen. Ich werde so schnell zu dir zurückkehren, wie ich kann. Während ich im Osten bin, werde ich die Scheidung einleiten, damit wir möglichst schnell heiraten können. Liebe soll in unserem Leben das Wichtigste sein.«

James Rogers begab sich ebenfalls in den Osten. Drum schickte ihn als Gesandten zum Volk der Sieben Clans, die sich hartnäckig allen Versuchen des Parlaments von Georgia widersetzten, sie umzusiedeln. James genoß die Dampferfahrt mit Raven und Harry. Da sie von den Problemen im Westen befreit und in die des Ostens noch nicht verwickelt waren, verfielen sie in das Verhalten ihrer Jugendzeit zurück. Das Reisen hatte schon immer diese magische Qualität des Losgelöstseins von der Wirklichkeit besessen. Auf Reisen waren nur die Abenteuer des jeweiligen Tages wichtig.

Die drei Männer redeten die klaren, kalten Nächte hindurch. Sie erzählten endlose Geschichten und verbrachten ihre Tage mit Trinken, Gesang und Glücksspiel. Und sie spielten ihren Mitpassagieren Streiche. Pennywit und die anderen Mitreisenden merkten schon bald, daß sie auf der Hut sein mußten, wenn diese drei in der Nähe waren. Es fing an, als sie sahen, wie der Felsvorsprung beim Anleger des Lagers Gibson kleiner wurde. Harry kratzte sich verzweifelt unter den Achselhöhlen, am Hinterteil, im Schritt und in den Kniekehlen.

»Milben, Harry?« fragte James.

»Was für Milben?«

»Liebesschmetterlinge«, sagte Raven. »Die habe ich schon oft gehabt.«

»Ich nehme an, du hast dich irgendwo in dem hohen Gras vergnügt.« James zwinkerte.

Harry sah aus wie die Katze, die man beim Sahnetopf erwischt hat.

»Der Lohn der Sünde, Harry.«

»Die Sünde war den Preis wert«, entgegnete Harry. »Aber was sind das für Viecher?«

»Winzige Tierchen. Sie bohren sich einem unter die Haut und bauen sich dort Nester.« James nahm sich vor, diese Reise zu genießen. Noch einige Zeit, in denen er Harry quälen konnte.

»Noch so spät im Jahr?«

»Es ist ein milder Herbst gewesen«, sagte James.

»Was soll ich denn dagegen tun, ihr Lieben?« fragte Harry. »Denn sonst werden sie mich schon bald zum Wahnsinn treiben.«

»Es gibt viele Heilmittel«, erklärte Raven. »Eins der wirksamsten ist Whiskey.«

»Zur inneren Anwendung?« fragte Harry hoffnungsfroh.

»Nein«, entgegnete James. »Du reibst die Stiche mit dem Whiskey ein. Dann mußt du Sand darüberstreuen.«

»Die Biester werden betrunken und bewerfen sich gegenseitig mit Steinen«, sagte Raven. Harry brauchte volle fünf Sekunden, um zu erkennen, daß man ihn auf den Arm genommen hatte. »Es gibt noch ein Heilmittel. Ein wirkliches. Ein sehr wirksames«, fuhr Raven fort.

»Ich kann nicht sagen, daß ich euch Burschen glaube«, sagte Harry.

»Vertraue uns.« Raven zog eine Zigarre und einen Block der Zündhölzer aus der Tasche, die Arbuckle ihm zum Abschied geschenkt hatte. »Es geht darum, sie zu ersticken. Das kann man, indem man eine brennende Zigarre dicht über sie hält.« Raven zündete die Zigarre an und paffte heftig.

»O nein, das wirst du nicht!« protestierte Harry.

»Ich kann dir versichern, daß es eine absolut wissenschaftliche Methode ist. Das Feuer sättigt die Luft mit Phlogiston, so daß die Viecher nicht mehr leben können. Oder vielleicht nimmt das Feuer der Luft auch das Phlogiston. Ich weiß es nicht mehr. Es funktioniert jedenfalls.«

»Es wird klappen, Harry, mein Kleiner, du hast mein Wort.« Harry starrte James unverwandt an. Soviel er wußte, logen die Cherokee nicht.

»Na schön. Aber die meisten Stiche habe ich am Hintern.«

»In der Kabine ist es zu dunkel zum Schneiden. Hier bei der Ladung läßt sich nie eine Dame blicken. Wir machen einfach zwischen Ballen und Kisten Platz. Zieh die Hosen aus, Harry.« Ravens Tonfall war ganz ernst und geschäftsmäßig. »James kann Wache halten, und ich werde die Operation durchführen. Ich schwöre bei der Ehre meiner Mutter, daß ich dir nicht weh tun werde.«

Harry legte sich mit dem Bauch nach unten quer über einen Sack voll Mais. Raven reichte Harrys Hosen an James weiter, der sofort losspazierte und damit herumwedelte, als wären sie eine erbeutete feindliche Standarte. Raven steckte Harry die brennende Zigarre in den Mund.

»Harry, alter Knabe«, sagte Raven mit einem affektierten irischen Akzent. »Ach, da fällt mir ein, daß ich noch etwas Dringendes zu erledigen habe, mein Süßer. Bin bald wieder da. Bis Dienstag ist es nur eine Woche.« Er kletterte über die Kisten hinweg und war ebenfalls verschwunden. Harry stand vor Wut bebend da.

»Ihr verdammten Scheißkerle!« Er drohte ihnen mit der Faust. Ein Kichern und Kreischen über ihm ließ ihn nach oben blicken. Er hatte vergessen, daß die Damen jeden Nachmittag auf dem Oberdeck promenierten. Sie drängten sich an der Reling und starrten auf ihn herunter.

»Euch kriege ich noch, ihr Lumpen«, rief Harry hinter den flüchtenden James und Raven her. Dann zog er sein Hemd so weit hinunter wie nur möglich, um seine knochigen weißen Knie zu verbergen. Beim Herunterziehen spürte er, wie es auf dem Rücken heraufkroch, und dann traf ihn ein Luftzug. Oh, nun ja, dann blieb nur, es durchzustehen. Harry schnippte die Asche von der Zigarrenspitze und legte seinen Hut auf die Achtergalerie. Jemand warf eine Seidenblume von einem Häubchen herunter, die Harry zu Füßen landete. Er hob sie auf und küßte sie. Die Damen riefen hurra. Dann schlich er auf leisen Sohlen los, um ein paar Hosen und seine einstigen Freunde zu suchen.

»Wo sind die guten Zeiten geblieben?« fragte Raven James ein paar Tage später. Er, James und Harry lehnten sich gegen die Reling des Kesseldecks. Sie rauchten und blickten auf den Nachthimmel, der wie brillantenbesetzte schwarze Seide aussah.

»Die guten Zeiten haben wir mit den Verträgen hergegeben«, sagte James. »Zusammen mit den Bestechungsgeldern und den anderen Geschenken, die nicht ausdrücklich genannt werden. Das Lachen verschwand mit dem Land und unserer Unschuld. Wir haben keine

Zeit mehr dafür, weder John, du noch ich. Wir haben zu sehr damit zu tun zu verhindern, daß man uns noch mehr stiehlt.

Jetzt sagt Jackson, ein Land aus lauter souveränen Stammesvölkern sei unmöglich.« In seinem Zorn krallte sich James an der Reling fest. »Wir hätten ihn in der Schlacht am Horseshoe Bend töten sollen.«

»Und was für einen anderen Verlauf die Geschichte genommen hätte«, sagte Raven.

»Das hätte sie tatsächlich«, sagte James.

»Aber das Land im Osten hättet ihr ohnehin verloren. Das müßt ihr euch klarmachen.«

»Ja. Das weiß ich.« James machte eine Pause. »Ich arbeite als Agent für Eaton. Hast du das gewußt?«

»Wirklich?« Drum hatte es Raven erzählt, doch dieser hatte endlich gelernt, nicht zu zeigen, wieviel er wußte.

»Er hat eine großzügige Belohnung versprochen. Sie wird meiner Familie und mir für den Rest meines Lebens ein gutes Auskommen sichern. Ich brauche nur zu tun, was Drum und die anderen Häuptlinge im Westen wollen. Die Ross-Fraktion davon zu überzeugen, daß sie aufgeben und sich dem westlichen Volk anschließen müssen. Daß wir uns hier vereinigen und dieses Land verteidigen müssen. Im Osten können sie nicht gewinnen. In Georgia wird die Lage zunehmend häßlicher.«

»Bruder, mir gegenüber brauchst du dich nicht zu verteidigen. In diesen Zeiten tut ein Mann sein Bestes und sorgt für sich selbst.« In seiner Tasche fingerte Raven an dem Brief herum, den er nach Drums Diktat geschrieben hatte. Er sollte Vater Jackson übergeben werden. Es hieß darin unter anderem: »Mein Sohn, The Raven, General Houston, ist einen aufrechten Weg gegangen. Sein Pfad ist nicht gewunden. Er wird von meinem ganzen Volk geliebt.« Es war neuerdings nicht leicht, einen geraden Pfad zu gehen.

James begleitete Raven und Harry bis Nashville, um von dort allein weiterzureiten. Als er in die neue Cherokee-Stadt New Echota hineinritt, zeigte er sich beeindruckt. Die Stadt war von dem hektischen Goldfieber weiter östlich unberührt und wirkte friedlich und wohlhabend. Es gab eine kleine Druckerei für den *Cherokee Phoenix*, ein Gerichtsgebäude, Läden, eine Schule, Wohnhäuser, eine Kirche, eine Kneipe, sogar einen Schuhladen. Sie alle lagen an den fünfzehn Meter breiten Straßen, die säuberlich in Straßenblocks aufgeteilt waren.

Die Ruhe des Orts täuschte James nicht. Er machte sich keine Illusionen. Er würde sich das Geld verdienen, das Minister Eaton ihm anbot. In der Frage der Landabtretung schlugen die Wellen der Erregung hoch. Die Botschaft, die James bei sich hatte, würde ihm ohne jeden Zweifel Beschimpfungen eintragen, und vielleicht würde man ihn sogar körperlich angreifen. Major Ridge und John Ross hatten ein Gesetz geschrieben, das jeden Landverkauf ohne Zustimmung des Nationalrats zu einer gefährlichen Angelegenheit machte. »Sie sollen als Eindringlinge angesehen und behandelt werden«, hieß es in dem Gesetz. James war ein Eindringling bei seinem eigenen Volk.

Tiana stand breitbeinig mit einem Fuß auf dem Baumstamm, den sie zurechtstutzte. Sie schwang die Breitaxt mit beträchtlichem Können, konnte mit James aber nicht mithalten. Von seiner Axt flogen die Späne.

Nachdem Raven vor fünf Monaten in den Osten aufgebrochen war, waren die Männer in Tianas Familie zusammengekommen, um Bäume zu fällen und sie zu dem Bauplatz zu schleppen, um sie dort ablagern zu lassen. Tiana war jeden Tag dort gewesen und hatte mit den Männern gearbeitet. Sie wollte, daß das Haus bei Ravens Rückkehr fertig war. Es war Anfang Mai. Er mußte jetzt jeden Tag wiederkommen. Es gab Nächte, in denen sie von kaltem Schweiß bedeckt aufwachte und in denen ihr der Herzschlag in den Ohren dröhnte. Was wäre, wenn er nicht zurückkam?

»Schwester, laß uns ausruhen«, sagte James. Sie gingen zu dem Baum hinüber, unter dem die hochschwangere Fancy saß und Mais schälte. Sie hatte die Beine ausgebreitet und kratzte die Körner in die von ihrem Rock gebildete Mulde. Tiana und James nahmen tiefe Schlucke aus dem Leinenbeutel, der an einem Ast hing. James ließ sich etwas Wasser auf den nackten Oberkörper, auf Schultern, Brust und Rücken tropfen. Dann bespritzte er Tiana. Sie lachte.

»Paßt doch ein bißchen auf!« Fancy wischte sich ein paar verirrte Tropfen ab. »Mein Kind wird noch als Fisch auf die Welt kommen, bei all dem Wasser, mit dem ihr beide um euch spritzt.«

»Wie geht es Mary? Ist sie immer noch in Georgia?« fragte Tiana James, als sie sich im Schatten hingelegt hatten und Fancy lauschten, die leise vor sich hin sang. Tiana hatte keine Gelegenheit gehabt, sich all die Neuigkeiten anzuhören, die James aus dem Osten mitgebracht hatte. Sie vermißte die Diskussionen der Männer in dem neuen Ratsgebäude in der Nähe von Sally Ground Squirrels Haus. Sie vermißte das Übersetzen von Briefen für Drum. Es gab viele Dinge, die ihr fehlten. Am meisten fehlte ihr The Raven.

»Schwester Mary geht es gut. Sie hat einen guten Mann bei sich. Sie scheint sich ziemlich beruhigt zu haben.« Er erwähnte nicht, daß sie auch ziemlich gealtert war. »Ihre Enkelin ist so strahlend wie ein Kupferpenny. Erinnert mich an dich in dem Alter.«

»Und wie stehen die Dinge in der Nähe des Sonnenlands?«

»Nicht gut.« James lehnte sich zurück und wischte sich das Gesicht mit seinem Halstuch ab. »In Wahrheit sogar noch schlimmer. Weiße dringen in das Land des Volkes ein. Sie kennen kein Gesetz. Ihre elenden Hütten schießen überall aus dem Boden wie Pilze auf dem Misthaufen. Sie trinken, prügeln sich, stehlen, töten.«

»Hört sich an wie bei der Zeit der Jahreszahlungen.«

»Schlimmer noch. Diese Männer sind so gemein, werden so von Geldgier verzehrt, daß sie die Haie hier draußen bei uns zahm erscheinen lassen. Das Parlament von Georgia hat es legal gemacht, uns zu töten.«

»Das ist doch sicher eine Übertreibung.«

»Sie haben ihre Gesetze auf unser Gebiet ausgedehnt und unsere für null und nichtig erklärt. Unser Volk darf nicht nach Gold schürfen. Wir dürfen uns nicht gegen Umsiedlungen zur Wehr setzen oder uns im Rat treffen. Am schlimmsten von allem ist, daß wir vor Gericht nicht gegen einen weißen Mann aussagen dürfen. Denk darüber nach, Schwester. Ein Weißer braucht nur noch darauf zu achten, daß es keine weißen Zeugen gibt, dann kann er tun, was ihm beliebt. Und sie haben das Land der Sieben Clans in einhundertsechzig Morgen große Parzellen aufgeteilt. Es ist von einer Lotterie für uns die Rede.«

James erwähnte nicht den Skandal, in den Raven verwickelt gewesen war. Daß der Kongreß eine Untersuchung gegen ihn eingeleitet hatte, weil er angeblich versucht hatte, seine Freundschaft mit Jackson dazu auszunutzen, Lieferverträge zu weit überhöhten Preisen zu bekommen. Man hatte ihn freigesprochen, die Anschuldigung war schon falsch gewesen. Seine Freundschaft mit Jackson brachte ihm Feinde, denen es nichts ausmachte, falsche Anschuldigungen zu erheben.

»Was ist mit Tsan-usdi, Ross?« fragte Tiana. »Wie haben er und das Nationalkomitee Drums Vorschlag aufgenommen, nach Westen zu ziehen?«

»Wie erwartet. Sie haben Drum einen Verräter genannt.«

»James, Tiana«, rief Coffee. »Zeit für die Lehmbälle.« Coffee hatte

Lehm ausgegraben und ihn in einer Grube mit zerstoßenen Rohrkolbenstielen verrührt. Er hatte Wasser hinzugefügt, um einen klebrigen Mörtel anzurühren. Es war Zeit, den Holzrahmen des Kamins zu verputzen. Coffee hatte versprochen, später, wenn mehr Zeit war, ihnen ein richtiges Haus mit steinernen Kaminen zu bauen.

Coffee stand auf dem Gerüst, als sie um die Stäbe herum die Lehmwand aufbauten. Schließlich mußten James und Tiana größere Lehmbälle formen, die sie in Stroh wickelten und zu Coffee hinaufwarfen. Von Zeit zu Zeit fiel eine dieser Kugeln auf sie herunter. Alle lachten, wenn jemand mit Lehm und Stroh verschmiert dastand.

»Wunderschön«, hörten sie hinter sich eine tiefe Frauenstimme sagen. Tiana drehte sich um und entdeckte eine hochgewachsene, hagere weiße Frau mit kurzem, stahlgrauem Haar, das sie aus dem Gesicht zurückgekämmt hatte.

»Natürlich«, sagte Tiana. »Ich erinnere mich an Sie. Wir haben uns vor mehr als zehn Jahren im Haus meiner Mutter getroffen.«

»Ich hätte nicht gedacht, daß Sie sich an mich erinnern. Wir sind jetzt Nachbarn. Ich lebe immer noch auf dem Gebiet von Lovelys Landkauf, nur zehn Meilen in diese Richtung.«

Percis Lovely hatte sich in den zehn Jahren kaum verändert. Sie hatte jenes Stadium im Leben erreicht, in dem die Zeit stehenzubleiben scheint. Ihr Gesicht und ihre Hände waren von der Sonne tief gebräunt und hatten tiefe Furchen. Ihr Kleid aus Gingham war zwar verblichen, aber sie besaß jene undefinierbare Qualität, die Raven »Stil« nannte.

»Ich war unterwegs zum Lager Gibson und dachte, ich könnte mal vorbeischauen und Sie in der Gegend willkommen heißen. – Hier.« Sie reichte Tiana ein Bündel, das in ein Stück Stoff eingewickelt war. Die vier Ecken waren zusammengebunden, so daß der Stoff zu einer Tasche wurde. Darin befanden sich vier weiße Porzellantassen mit blauem Rand, von denen jede in Baumwolle eingewickelt war.

»Mrs. Lovely –«

»Percis.«

»Percis, sie sind wunderschön. Ich danke Ihnen.«

»Pah, ist mir ein Vergnügen. Wie soll ich Sie nennen? Ich weiß, daß Sie es nicht mögen, wenn man Sie mit Ihrem richtigen Namen anredet.«

»Sie können mich Tiana nennen. Das ist nicht mein richtiger Name.«

Tiana und Percis, James, Fancy und Coffee setzten sich unter den

Baum und tranken kaltes Quellwasser aus den neuen Tassen. Fancy und Tiana teilten sich eine. Plötzlich wurde Tiana starr und lauschte. Sie legte einen Finger auf die Lippen.

»Ich höre die Kanone.«

»Bist du sicher?« fragte James.

»Ich bin sicher. Pennywit ist da. Percis, ich muß schnell nach Gibson. Verzeihen Sie mir. Ich erwarte jemanden auf diesem Boot.«

»General Houston, nehme ich an.«

»Ja.«

»Na schön, laufen Sie los, Kind. Ich komme nach.«

Ohne zu satteln sprang Tiana aufs Pferd und trat ihm mit den Hacken in die Flanken. Sie war froh, daß sie vor Percis' Besuch aufgeräumt hatte.

Vom Ruder aus auf der *Facility* sah Pennywit, wie sie auf dem hohen Felsvorsprung des Lagers herbeigerannt kam. Er ließ zur Begrüßung seine Pfeife ertönen.

»*Unli'ta!*« rief Tiana und winkte. »Mein geliebter Sprecher!«

Raven stand auf einigen Kisten am Bug des Boots. Er war allein. Harry hatte sich zu irgendeinem neuen Abenteuer abgesetzt. Raven sprang vom Deck herunter, bevor das Boot angelegt hatte. Seine langen Beine überspannten das Wasser. Er landete mit einem harten Aufprall und rannte den Anleger hinauf. Tiana saß ab und lief ihm entgegen. Er packte sie, hob sie hoch und wirbelte sie herum.

»Diana, meine Jägerin, meine Göttin, du hast mir mehr gefehlt, als ich sagen kann.«

»Und du hast mir gefehlt.«

Raven küßte sie lange und hart. Sein Atem roch nach Whiskey.

49

Es regnete seit einer Woche. Tiana spürte das Gewicht der Wolken, der Augusthitze und der Feuchtigkeit in der Luft. Sie begann, sich in dem neuen Blockhaus, das sie Raven vor drei Monaten so stolz gezeigt hatte, wie eine Gefangene zu fühlen. Einen Monat zuvor war sie mit Raven zu Cadet Chouteaus rauschendem Fest zum vierten Juli geritten. Der Vierte war zwar nicht gerade ein französischer Feiertag, aber die Franzosen feierten ihn trotzdem begeistert mit. Das Feiern und Tanzen, die endlosen Toasts und Pferderennen hatten fast eine Woche gedauert. Tiana und Raven waren erst mit den letzten Gästen aufgebrochen. Auf dem Ritt nach Hause hatten sie die ganze Zeit gesungen und gelacht.

Jetzt gingen sie übertrieben höflich miteinander um und bemühten sich, einander nicht auf die Nerven zu gehen. Tiana hatte immer genug, was sie beschäftigt hielt. Doch bei Raven war das anders. Er hatte einen Teil der Woche in Nick's Kneipe im Lager Gibson zugebracht. Es war die Jahreszeit, in der man leicht krank wurde, und das Lager Gibson war kein angenehmer Aufenthaltsort. Folglich blieb er zu Hause und trank ständig aus dem riesigen Schnapsvorrat, den er aus dem Osten hatte kommen lassen, und schrieb Briefe an seine Freunde in Washington und Tennessee. Oder er ging wie ein Tier im Käfig auf und ab und arbeitete an seinem jüngsten Artikel für die *Arkansas Gazette* und las die Reaktionen auf seinen letzten.

Seine Artikel, die er unter dem Namen Standing Bear schrieb, hatten inzwischen so viele Beamte in Rage gebracht, daß ihre wütenden Antworten in einer besonderen Beilage gedruckt werden mußten, in der beide Parteien zu Wort kamen. Raven, der seinen Gegnern Betrug und Unfähigkeit vorwarf, schaffte sich so im Territorium Arkansas viele Feinde.

Als er mit dem Schreiben fertig war, sah er die Hauptbücher des Ladens durch, den er mit den Waren ausstattete, die mit dem Schnaps gekommen waren. Tiana hatte ihn dabei erwischt, wie er über *Paddick's Bank Note Detector* brütete, und da wußte sie, daß er sich langweilte. Er haßte es meist, sich die verschiedenen Abschläge bei bestimmten Zahlungsmitteln zu merken. So viele gab es davon in Ravens Handelsposten ohnehin nicht zu sehen.

Sosehr sie Raven auch liebte, neuerdings vibrierte er vor Anspannung. Seit seiner Rückkehr aus dem Osten. Tiana hatte manchmal das Gefühl, als wäre sie mit einem wilden Tier in einem Käfig eingesperrt. Er schien selbst dann unruhig auf und ab zu gehen, wenn er stillstand. Tiana überlegte sich verschiedene Fluchtpläne – mal wollte sie sich zu ihrer Mutter flüchten oder zu Sally Ground Squirrel, mal zu Chouteau oder Percis Lovely. Doch alle diese Fluchtmöglichkeiten erforderten weite Ritte. Und die Straßen waren ein einziger Morast.

Schließlich kam die Sonne hervor. Sie trocknete den Schlamm um das Haus herum und ließ ihn aufplatzen.

»Laß uns losreiten.«

»Wohin?« Raven sah von seinem Schreibtisch hoch.

»Raus.« Sie ließ seine Stiefel neben seinen Füßen zu Boden fallen, wo sie mit einem lauten Knall landeten. Sie hatte Körbe für Beeren bei sich, und er nahm sein Blasrohr mit.

Der Regen hatte die staubige Landschaft gewaschen und die Felder, Wiesen und bewaldeten Hügel in strahlende Schattierungen von Grün getaucht. Der Lärm der Insekten war ohrenbetäubend. Das Bartgras wuchs unter den Bäumen so hoch, daß man es als Heu mähen konnte. Die Wiesen erstickten fast in Beeren. Tiana fand eine feuchte Stelle in der Erde, wo eine kleine Quelle hervorsickerte. Sie kauerte sich hin und schob die Büsche zur Seite.

»Wonach suchst du?« fragte Raven.

»Akelei. Siehst du?« Sie hielt einen Zweig mit den zarten Blumen zwischen den Fingern. Ihre langen, geschwungenen Blütenkelche sahen aus wie ein Taubenschwarm im Flug. »Ich zerkaue die Samen und puste sie auf Kleider. Dann riechen sie gut. Wenn man sie in einem Mörser zerstößt, könnte ein junger Mann versuchen, sie zu stehlen, um sich damit die Handflächen einzureiben.«

»Warum sollte er das tun?« Raven kauerte sich neben sie.

»Dann versucht er, einer jungen Frau die Hand zu geben, damit sie sich in ihn verliebt.«

»Dummer Aberglaube«, sagte Raven. Dann rieb er sich aber demonstrativ die Hände mit den Samen ein und liebkoste sie dann.

»Glaubst du nicht an Magie?« fragte sie.

»Natürlich tue ich das.« Er pflückte eine duftende weiße Blume, die leicht schwankte, obwohl kein Wind wehte. Die Biene, die sie bewegte, flog davon. Raven berührte die Mitte der Blüte und hielt einen mit Pollen bestäubten Finger hoch. »Ein winziges Geschöpf macht daraus Honig, ohne eine Mühle oder ohne eine Fabrik. Das ist Magie. Wenn die Biene das kann, ist alles möglich.«

Es war nicht schwer, Tianas Körbe zu füllen. Da waren wilde Erdbeeren und Himbeeren, saure Apfelbeeren, Stachelbeeren, Sommer-Reben, die sich an den Bäumen hochrankten. Tiana und Raven kletterten eine niedrige Zwergkastanie hoch und füllten einen Sack mit Nüssen, aus denen sie Suppe machen konnten.

»Warum wirst du beim Beerenpflücken nicht zerkratzt?« Raven zog Tianas Hände an sich und inspizierte ihre Arme. »Ich sehe immer aus, als hätte ich in einem Dornengestrüpp mit einem Bären gerungen.«

»Du fängst es falsch an. Du solltest die Hand unter eine Traube halten und sie dann dazu bringen, daß sie dir fast von allein in die Hand fällt. Mit den Fingern, so.« Sie griff Raven in die Hose und wiegte seine Eier in den Händen. Er lächelte über ihren verruchten Gesichtsausdruck. »Wenn die Beeren reif sind, fallen sie dir einfach in die Hand«, sagte sie.

»Spider Eyes, zurückhaltend bist du gerade nicht.« Er versuchte, sie ins hohe Gras herunterzuziehen.

»Wir werden überall Honigtau haben.«

»Dann müssen wir uns ausziehen, damit die Kleider nicht klebrig werden.« Sie drapierten ihre Kleider über die Körbe. Ihre Mokassins und der Saum von Ravens Hosen waren schon von der süßen Flüssigkeit, dem Sekret der Blattläuse, durchnäßt. Sie liebten sich zärtlich, ohne auf das Gras oder die Insekten oder den Modergeruch der Erde unter ihnen zu achten. Sie waren ein Teil von all dem.

»Du wirst noch mal mein Tod sein, Frau«, sagte er, als sie fertig waren. »Ich bin kein junger Mann mehr.«

»Ein Teil von dir weiß das nicht.«

»Und welcher Teil wäre das?«

»*Wautoli.*« Sie berührte seinen Penis, der jetzt schlaff und schrumpelig herabhing. »Und *tse-le-ne-eh.*« Sie strich ihm über die Hoden. »Und *tsu tla'mobi.*« Sie ließ die Finger durch das gelockte Haar seiner Lenden gleiten.

»So lernt man eine Sprache.« Raven wälzte sich auf die Seite, stützte sich auf einen Ellbogen und begann, ihren Körper zu berühren, wobei er nach und nach Körperteile nannte. »*Kanasa'duhii,* Zeh. *Kanigeni,* Knie. *Ganuhdi'i,* Brust.« Als er bei *aholi,* Mund, angekommen war, steckte er ihr eine Erdbeere hinein.

Tiana lag auf dem Rücken und senkte die Augenlider, bis sie nur noch durch schmale Schlitze sah. Sie liebte es, so die Umrisse des Grases zu betrachten und zu erkennen, wie sich jeder Grashalm vor dem strahlenden Himmel abzeichnete. Sie beobachtete zwei Raben, die einander am Himmel jagten. Über ihnen zogen die Geier träge ihre Kreise. Raven kitzelte Tiana, indem er ihr einen Grashalm quer über den Hals zog.

Später gingen sie mit den Körben in der Hand zum Fluß. Sie blieben lange Zeit in dem kühlen Wasser liegen und ließen sich von der Strömung überspülen. Sie wuschen sich den klebrigen Honigtau ab und versuchten auch alle Milben zu ertränken, die sich vielleicht bei ihnen festgesetzt hatten. Sie zogen sich gerade an, als ein Waschbär auf der Suche nach Panzerkrebsen ober Fröschen zum Fluß hinuntertrottete. Bevor Raven nach seinem Blasrohr greifen konnte, hatte Tiana ihr Messer geworfen und es dem Tier in den Schädel gebohrt. Sie enthäutete das Tier und nahm es mit demselben Messer aus.

»Heute abend gibt's gebackenen Waschbär mit Süßkartoffeln.« Sie lächelte ihn an. Dann machten sie sich auf den Weg nach Hause.

»Coffee«, rief Tiana schon am Zaun, »wir haben reiche Beute mitgebracht. Hilf uns. Wie viele sind wir zum Essen?« Sie reichte Coffee einen Korb über den Zaun.

»Bis jetzt nur der Colonel.« Die meisten von Ravens weißen und einige seiner indianischen Freunde erfreuten sich des Titels Colonel. Aber »der Colonel« konnte nur Matthew Arbuckle sein.

»Nur der Colonel?«

»Stimmt.«

Es war unmöglich. Es kamen immer Menschen vorbei. Vielleicht hielten die aufgeweichten Straßen sie fern. Die meisten waren Siedler auf dem Weg nach Texas. Raven und Tiana beherbergten sie, aber Tiana war immer unbehaglich dabei, wenn sie sah, mit welchen Augen Raven hinter ihnen herstarrte, wenn sie am Morgen aufbrachen. Ein- oder zweimal in der Woche kamen Delegationen von irgendeinem Stamm, um Raven zu begrüßen. Tiana speiste sie, und Raven sprach mit ihnen. Dann zogen sie sich voller Würde in den Pavillon zurück, den Raven und Coffee für sie gebaut hatten. So manche Nacht schlief Tiana zur Begleitmusik ihrer Unterhaltung, ihres Gesangs und ihres Trommelns ein.

»Ist er zum Vergnügen oder in seiner offiziellen Eigenschaft hier?« fragte Raven mit leiser Stimme.

»Er trägt seine Ausgehuniform, die, die am Hals zu eng ist. Und seine neuen Stiefel.«

»Dann ist es offiziell«, sagte Tiana.

»Ich grüße dich, Matt.« Raven winkte Arbuckle zu, der in der Tür des Hauses erschien. »Du kommst gerade zur rechten Zeit. Jetzt gibt es Beeren und Sahne und später gebackenen Waschbär.«

»Ich grüße dich, Sam. Guten Tag, Mrs. Gentry.« Arbuckle verneigte sich höflich vor Tiana.

»Wir würden uns freuen, wenn Sie zum Abendessen blieben«, sagte Tiana.

»Ich danke Ihnen, meine liebe Lady. Aber ich kann nicht lange bleiben.«

Während Arbuckle und Raven es sich unter den Bäumen gemütlich machten, legte Tiana den Waschbär in Salzwasser. Fancy brachte Sahne aus dem Kühlhaus über die Quelle, worauf beide Frauen den Männern Becher mit Persimonenbier sowie Erdbeeren in blauen Porzellanschüsseln brachten.

Arbuckle sprach von diesem und jenem, über Ärger im Fort, das Wetter, dem Überfall der Texas-Cherokee auf ein Pawnee-Dorf. Schließlich kam er zum Zweck seines Besuchs.

»Ich mag es nicht, unsere Freundschaft zu mißbrauchen, Sam«, sagte Arbuckle mit dem Mund voller Früchte. Die Sahne klebte an seinem Schnurrbart. »Aber Gesetz ist Gesetz. Du wirst deinen Schnaps herausgeben müssen. Soviel ich weiß, hast du neun Fässer hier.«

»Dieser Alkohol ist für mich selbst und meine Gäste.«

»Neun Fässer?«

»Ja. Nicht ein Tropfen davon wird an die Indianer verkauft werden. Ich respektiere die Wünsche der Regierung zu sehr, empfinde zuviel Freundschaft für Indianer und habe auch zuviel Selbstachtung, um mit diesem unheilvollen Fluch zu handeln.«

»Und wie steht es mit der Lizenz für dein Handelsunternehmen hier?« Arbuckle nickte in Richtung des Schuppens, in dem die Dinge gelagert waren, die Raven bei seiner letzten Reise in den Osten bestellt hatte.

»Ich habe nur vor, Waren zu ehrlichen Preisen abzugeben. Ich bin ein Bürger des Cherokee-Volkes mit allen Rechten. Ich brauche keine Lizenz. Außerdem habe ich in den Stamm eingeheiratet.«

»Dann hast du eine Heiratsurkunde?«

Raven zögerte. Die Zeremonie war noch nicht erfolgt. Der Vorwurf der Bigamie war für Raven ein Schreckgespenst, und die Scheidung von Eliza würde sich nicht als leicht erweisen. Die Scheidung mußte von den Behörden Tennessees gewährt werden, und wenn er den Antrag dazu stellte, würde das bedeuten, daß die ganze unangenehme Situation wieder aufgewärmt wurde. Überdies ging das Gerücht, daß Eliza gar keine Scheidung wollte. In Tennessee war sogar von Versöhnung die Rede. Raven wußte, daß das unmöglich war, wagte aber nicht, dies zu sagen und ihre Familie damit erneut vor den Kopf zu stoßen.

»Wir haben keine Urkunde, Colonel«, sagte Tiana. »Wir brauchen keine. Dieses Ritual besteht nur in den Worten irgendeines Beamten. Es hat nichts mit dem Verständnis zwischen zwei Menschen zu tun.«

»Nach Ihrem eigenen Gesetz, Tiana, brauchen Sie eine Urkunde. Es ist ein kluges Gesetz, das Ihrem Schutz dient.«

»Vor Raven brauche ich keinen Schutz.«

»Vielleicht nicht. Aber andere Frauen brauchen ihn. Es gibt weiße Männer, die mit Indianerinnen zusammenleben, um dann nach dem weißen Gesetz das Eigentum ihrer Frauen für sich zu fordern.«

»Ich weiß davon.«

»Nun...« Arbuckle verstummte. Es entstand ein peinliches Schweigen. *Gütiger Himmel*, dachte er. *Jetzt behaupte ich sogar, daß dieser Mann sowohl Bigamist ist als auch in Sünde lebt.* »Sie sollten den Gesetzen Ihres eigenen Nationalrats folgen«, endete er lahm. »Sam, der Kriegsminister hat wegen deines Falls geschrieben.« Arbuckle blinzelte auf den Brief, den er aus seiner Jacke zog. »›Ein Indianerstamm hat nicht das Recht, solchen Bürgern Privilegien zu gewähren, die mit den Gesetzen der Vereinigten Staaten unvereinbar sind.‹ Du kannst in meinem Hauptquartier eine Lizenz erhalten. Bis es soweit ist, muß ich dich bitten, an niemanden zu verkaufen.«

Raven reckte das Kinn störrisch vor. Tiana hatte inzwischen gelernt, was das bedeutete.

»Ich gebe dir den guten Rat, es dir bequem zu machen, solange du auf meinen Besuch wartest. Es wird lange dauern, bis es soweit ist.« Hier stand mehr auf dem Spiel als nur Ravens persönlicher Gewinn. Er wußte, daß er ohne jede Mühe eine Lizenz erhalten und Handel treiben konnte. Doch wenn er dies tat, würde er das Recht des Wahren Volkes leugnen, auf seinem Territorium Entscheidungen zu treffen.

»Ich bin kein junger Mann mehr, Sam. Meine Aufgabe ist nicht leicht. Ich bitte dich um deine Mitarbeit.« Arbuckle stand mit steifen Knien auf. »Tiana«, verbeugte er sich erneut vor ihr. Sie amüsierte sich immer wieder über seine Ungezwungenheit, die so ganz und gar nicht zu seinem Zuchtmeistergesicht zu passen schien. »Ich bedaure zutiefst, in einer so überaus angenehmen Umgebung ein so unangenehmes Thema zur Sprache gebracht zu haben.« Er tat, als spräche er vertraulich mit ihr, aber alle wußten, daß Raven ihn hören sollte.

»Ich weiß, daß ich offen mit Ihnen sprechen kann. Ihr Mann ist ein brillanter Staatsmann, ein angenehmer Partner beim Trinken, er hat Witz, ist unterhaltend, ist ein passabler, wenn auch etwas umständlicher Pokerspieler und in einem Meer der Unwissenheit ein Gelehrter, der über den Durchschnitt hinausragt. Er ist außerdem ein riesiger Furunkel am Hintern meiner Autorität. Reden Sie mit ihm und bringen Sie ihn zur Vernunft. Wollen Sie mir den Gefallen tun?« Arbuckle lächelte, wobei die Falten um seine Hakennase tiefer wurden.

»Houston«, sagte er. »Es ist nicht sonderlich klug von dir, hier im Land herumzureisen und diese Schönheit allein zu Hause sitzen zu lassen. Ich wünsche Ihnen beiden einen guten Tag.«

Raven ging bis zum Tor neben Arbuckles Pferd her. Arbuckle sprach leise, damit Tiana ihn nicht hören konnte.

»Wenn du deinen Schnaps nicht hergeben willst und dir keine Handelslizenz besorgst, muß ich dein Lager beschlagnahmen.«

»Du und die Armee der Vereinigten Staaten.«

»Genau.«

Nachdem Arbuckle weggeritten war, trank Raven stetig aus dem Whiskeyfaß. Er schien entschlossen zu beweisen, daß die gesamte Menge tatsächlich nur für seinen persönlichen Konsum gedacht war. Tiana ließ den Waschbären in Milch und Wasser vorgaren. Während Raven ihr aus einem von Washington Irvings *Skizzenbüchern* vorlas, füllte sie den Waschbären mit Maisbrotkrumen, Kräutern und in Würfel geschnittener Virginiakresse. Sie belegte die Außenseite mit Speckstreifen und buk das Tier unter einer Tonschale, auf die sie Holzkohle gehäuft hatte. Während sie darauf warteten, daß das Tier garte, aßen sie Süßkartoffeln, die in ihrer festen Haut dampften.

»Ich kann nicht glauben, daß wir den ganzen Abend für uns haben«, sagte Tiana. »Bring mir das Pokerspielen bei.«

»Was hast du einzusetzen?«

Tiana zuckte die Achseln.

»Was ich habe, gehört sowieso auch dir. Und was du hast, gehört mir.«

»Wir müssen etwas einsetzen.« Sein Gesicht hellte sich auf. »Kleider.«

»Wie?«

»Wir können unsere Kleidungsstücke einsetzen. Jedesmal, wenn du ein Spiel verlierst, mußt du etwas ausziehen.«

»Das mußt du aber auch tun.«

»Selbstverständlich.«

Sie begannen. Sie lachten und tranken Wein und beschuldigten einander gegenseitig der Schummelei. Tiana saß mit gekreuzten Beinen auf dem dicken Bisonteppich und starrte mit gerunzelter Stirn auf ihre Karten. Der Anblick, wie der Lichtschein des Feuers auf ihrer Haut glühte, war mehr, als Raven ertragen konnte. Sie trug nur einen Lendenschurz, und ihr dickes schwarzes Haar schillerte verführerisch.

»Ich ergebe mich.« Raven warf seine Karten hin. »Ich gebe mich geschlagen.« Er griff nach ihr.

»O nein, das tust du nicht.« In Tianas Kopf drehte sich alles auf höchst angenehme Weise. Als sie Ravens gutaussehendes Gesicht betrachtete, meinte sie, ihr würde vor Liebe zu diesem Verrückten das Herz zerspringen. »Du hast immer noch deine Mokassins an. Die hättest du als erste hergeben sollen. Du bist schamlos.«

»Du quälst mich, Frau.« Raven gab neue Karten, aber es war ihm unmöglich, sich zu konzentrieren.

»Vielleicht wird diese Art von Poker im Lager populär werden«, neckte ihn Tiana.

»Ich bezweifle, daß der Einsatz genauso reizvoll wäre, wenn die Mitspieler der alte Nate Pryor oder Two-Drinks-Scant Nicks oder Matt Arbuckle wären.«

Drum und seine sämtlichen Freunde und Verwandten feierten einen Besuch Tianas und Ravens. Alle hatten Festkleidung angelegt und waren dabei, sich für eine Nacht des Tanzes bereit zu machen, als sie das schwache Pfeifen eines Dampfers hörten, der sich Webber's Landing näherte. Das Fest wurde vertagt, und alle machten sich in lachenden und schwatzenden Gruppen auf den Weg, um das Boot zu begrüßen. Sie wußten, daß es Auswanderer mitbrachte.

Die Ankunft eines Dampfers war immer ein Grund zum Feiern. Die Boote brachten Nachrichten aus der Außenwelt, Briefe aus dem Osten, neue Handelsgüter und manchmal auch alte Freunde und Verwandte. Dieser Dampfer sollte fünfhundert alte Freunde und Verwandte an Bord haben.

»Was ist, Geliebter Vater?« Tiana bemerkte den besorgten Ausdruck auf Drums Gesicht.

»Wohin mit ihnen?«

»Hier ist Platz genug.« Raven zeigte auf die umliegenden Hügel.

»Für diese hier ja. Aber was ist mit denen, die nach ihnen kommen? Im Alten Land leben noch fünfzehntausend Angehörige der Sieben Clans. Wir brauchen mehr Land. Ein großer Teil von dem Land, das man uns zugewiesen hat, ist steinig und unfruchtbar.«

»Wir werden uns um sie kümmern«, sagte Tiana. »Wir sorgen immer für unsere Leute. Du hast sie seit Jahren gebeten herzukommen. Jetzt sind sie da, und du machst ein unglückliches Gesicht.«

»Du hast recht, Tochter.« Drum lächelte sie an. »Wir müssen ihnen das Gefühl geben, daß sie willkommen sind.«

Drum und Raven, John und James sowie die anderen Häuptlinge standen am Ende des Anlegers, als das Boot heranmanövriert wurde und die Deckarbeiter sich bereit machten, die Laufplanke an Land zu legen. Tiana reckte den Hals, um die Leute an Bord zu sehen. Das Deck war voller Menschen, jedoch merkwürdig still. Die Deckarbeiter sangen nicht, wie sie es sonst immer taten. Sie kauerten sich am Bug zusammen, so weit weg wie möglich von den Auswanderern. Die Menschen an Land verstummten und beobachteten die Szene besorgt. Der Wind wehte vom Fluß her und führte üblen Gestank heran.

»Was ist das?« fragte Tiana. Raven starrte nur. Ihm war schwer ums Herz.

»Nur Menschen«, sagte er. »Ich habe es schon mal gesehen, auf dem Mississippi. Die Kapitäne geben den Deckpassagieren nur Raum, aber das ist alles. Nichts zu essen, kein Dach über dem Kopf, keine Medizin außer der, die sie selbst bei sich haben. Die Regierung hat die Passage dieser Leute bezahlt. Man hätte besser für sie sorgen müssen. Verdammt!« Raven war zornig, fühlte sich aber auch schuldig. Die Erregung über den Skandal mit den Lieferverträgen, in den man ihn vor einem Jahr hineingezogen hatte, hatte dazu geführt, daß sämtliche Verträge über Lebensmittellieferungen storniert worden waren. Und diese Menschen litten jetzt darunter.

»Da ist mehr als nur der Geruch von Leuten, die auf engem Raum zusammenleben müssen«, sagte Drum.

»Du weißt etwas, was wir nicht wissen«, sagte Tiana.

»Ein Vogel hat mir etwas erzählt, was ich niemandem gesagt habe.« Er wurde von den Deckarbeitern unterbrochen, die sich drängten, möglichst schnell von Bord zu kommen. Auf dem Oberdeck waren keine Kabinenpassagiere. Irgendwo in der Menge auf dem Unterdeck begann eine Frau zu wehklagen.

»Cholera.« Das Wort verbreitete sich bei den Menschen an Land wie der Nachtwind in Baumwipfeln. Ein einsamer weißer Mann stand unter den untröstlichen Menschen auf dem Unterdeck. Er reichte ein Baby seiner Mutter und kam mit müden Schritten die Laufplanke herunter. Zwei Cherokee zogen die Laufplanke wieder zurück und ließen die Passagiere an Bord.

»Ist John Jolly da?« rief der Weiße. Seine Augen lagen tief in den Höhlen. Seine schmutzigen Kleider rochen nach Erbrochenem und Exkrementen.

»Ich bin John Jolly«, sagte Drum.

»Doktor Manning. Man hat mir gesagt, ich sollte Sie suchen. Daß Sie helfen könnten.«

»Doktor Manning«, sagte Tiana. »Es ist verbrecherisch, die Menschen zu zwingen, so zu reisen.«

»Das hier ist schon besser als der erste Teil der Reise. An Deck haben sie zumindest frische Luft. Vom Tennessee zum Ohio und auf dem Mississippi mußten sie auf Plattbooten reisen. Und an jeder Anlegestelle haben ihnen gewissenlose Bastarde Whiskey verkauft.« Mannings Augen nahmen einen gehetzten Ausdruck an, als er sich daran erinnerte. »Frauen, Kinder, betrunkene Männer, alle in winzigen, geschlossenen Räumen zusammengepfercht. Die Hitze war unerträglich. Die Gesunden trampelten auf den Kranken herum. Einmal lagen acht der befallenen armen Geschöpfe tot neben mir ausgestreckt. Es war furchtbar. Ich kann Ihnen nicht sagen, wie schrecklich es war.« Es war offenkundig, daß er die furchtbaren Ereignisse nie vergessen würde.

»Die Cholera?« fragte Tiana.

»Nein. Da noch nicht. Fieber. Die Ruhr. Verschiedene Krankheiten. Ich habe sie mit dem bißchen Kampfer und Chinin behandelt, die ich noch hatte. Die Cholera brach vor Forth Smith aus. Die wenigen zahlenden Passagiere sind dort von Bord gegangen.«

»Wir müssen sie versorgen«, sagte Drum. »Was schlagen Sie vor?«

»Ich komme mit Ihnen«, sagte Doktor Manning. »Sie sollten alle in Quarantäne. Ich werde für sie tun, was ich kann. Ich erwarte nicht, daß jemand helfen will.«

»Ich werde helfen«, sagte Tiana.

»Spider Eyes...« Raven verstummte. Er wußte, daß Tiana tat, was sie wollte.

»Sie haben nichts mehr«, sagte der Arzt, als sie auf das Boot zugingen. »Schon vor ihrer Abreise erhoben Weiße ungerechtfertigte Forderungen und nahmen ihnen ihr Land und ihre Habseligkeiten. Mein Gott, es war so, als wären Füchse in den Hühnerstall eingedrungen. Die Händler nahmen sich den Rest, der noch da war.«

In den folgenden Tagen und Wochen begann Raven immer mehr zu trinken. Der Pavillon und der Hof um den Wigwam Neosho, wie er das Haus nannte, waren voll notleidender Menschen. Sie warteten auf die Lebensmittel, welche die Regierung ihnen versprochen hatte. Für die Aussaat war es zu spät, und der Winter stand vor der Tür. In ihrer Verzweiflung verkauften viele von ihnen ihre Regierungsschuldscheine. Sie gaben sie für alles her, wovon sie leben konnten. An Spekulanten, die nur darauf warteten, sie zu übervorteilen, herrschte kein Mangel.

Raven gab in seinem Laden so viel Kredit, wie er konnte. Drum verschenkte Lebensmittel, bis er sich zu sorgen begann, er könnte seine Familie nicht mehr ernähren. Immer noch kamen Menschen an seine Tür, um Hilfe zu erbitten. Er, Raven und die anderen Häuptlinge schimpften über Arbuckle und ihren Agenten. Aber auch sie waren hilflos.

Eines Nachts lag Raven wach und brütete. Draußen trommelte ein Spätsommergewitter auf die Dachschwindeln. Die wußten, daß der Regen unter dem Dachvorsprung des Pavillons eindrang und die Leute, die dort lagerten, völlig durchnäßte. Doch im Haus lagen die Kinder schon von Wand zu Wand. Sie schliefen in Haufen, unter Decken und Kleidungsstücken, Bisonroben und Lumpen.

»Ich hätte länger in Washington bleiben sollen«, sagte Raven mit leiser Stimme, um die Kinder nicht zu wecken.

»Du hast getan, was du konntest.«

»Es war nicht genug. Davy Crockett hat Jackson wegen der Umsiedlungsvorlage die Stirn geboten. Er sagte im Repräsentantenhaus, er gehe davon aus, daß die Leute, welche die Freundlichkeit besessen hätten, ihm ihre Stimme zu geben, ihn für einen ehrlichen Mann hielten. Und wenn er das einzige Mitglied des Hauses sei, das gegen die Vorlage stimme, und der einzige Mann in den Vereinigten Staaten, der sie mißbillige, werde er trotzdem gegen sie stimmen. Er sagte, daß es ihm bis zu dem Tag seines Todes eine Freude sein werde, dagegen gestimmt zu haben. Es war eine gute Rede.

Stell dir vor, wie das auf seine Wählerschaft wirken muß. Sie hassen Indianer. Der Haß ist ihnen ebenso angeboren wie die blauen Augen und das strohblonde Haar.«

»Ja, ich weiß.«

»Er sagte, er kenne viele Indianer, und nichts in der Welt könne ihn dazu zwingen, für ihre Vertreibung zu stimmen. ›Vergewissere dich, daß du recht hast‹, sagte Crockett immer, ›und dann handle danach.‹ Und bei Gott, das hat er getan. Wenn ich Crockett vielleicht unterstützt hätte...«

»Und die Protektion Jacksons verloren hättest?«

»Jacksons Freundschaft ist alles, was ich im Osten habe. Crockett kann im Kongreß die Stimme erheben. Ich bin nichts. So wurde die

Umsiedlungsvorlage verabschiedet. Und die Sieben Clans werden zur Auswanderung gezwungen werden. Hier waren nur fünfhundert Menschen an Bord, und sieh dir an, welche Belastung sie für die Alten Siedler darstellen. Im Osten sind noch Tausende. Was wird werden?«

»Es wird schwierig werden. Es ist immer schwierig, einen Neuanfang zu machen. Viele werden sich verwirrt und verloren vorkommen, entwurzelt und weggespült wie eine Eiche bei einer Überschwemmung. Es wird vielleicht Jahre dauern, Raven, aber wir werden das alles schaffen. Es wird uns wieder gut gehen. Die Menschen der Sieben Clans sind stark. Und wenigstens werden wir alle zusammen sein.«

»Wenn ich nur eine Position hätte, von der aus ich sprechen könnte, um dem Land zu sagen, was den Indianern angetan wird.«

»Da sind deine Artikel in der *Gazette*. Die Zeitungen im Osten drucken sie ab. Tausende von Menschen lesen sie.«

Doch es war, als hörte er sie gar nicht.

»Crockett, dieser hinterwäldlerische Spaßmacher, der keine sechs Monate zur Schule gegangen ist, repräsentiert zweiundzwanzigtausend Menschen. Zweiundzwanzigtausend. Und ich bin nichts. Ich lebe im Exil und bin sprachlos.«

50

Die Männer, mit denen Raven beisammensaß, hatten dieses unsägliche Stadium der Betrunkenheit erreicht, in dem alles, was gesagt wird, vernünftig oder weise oder witzig klingt. Oder alles zugleich. Sie saßen in Colonel Nicks' Kneipe im Lager Gibson. Auf dem Tisch vor ihnen stand ein Wald leerer Flaschen.

Durch den Lärm der kleinen Kneipe hindurch konnten sie hören, wie die Frau des neuen Captain im Offiziersquartier im Obergeschoß auf dem Pianoforte übte. Es war ein Laut, der nicht zu den anderen paßte, was Raven guttat. Das Lager Gibson war der letzte Vorposten an der Grenze von Arkansas. Die Krankensaison von 1830 ging gerade zu Ende. Sie hatte wieder einmal erwiesen, wie gerechtfertigt es war, das Lager Gibson den Friedhof der Armee und das Höllenloch des Südwestens zu nennen. Doch hier gab es auch Kultur. Wo Frauen sind, ist auch Verfeinerung, und den an Leib und Seele Leidenden stand immer eine kühle, besänftigende Hand zur Seite.

»Auf die Musik«, sagte John Nicks. Er kostete gern seine eigene Handelsware. Er sagte, das müsse er tun, um eine gleichbleibend hohe Qualität sicherzustellen. Und außerdem habe Gott ihm zwei Schnäpse vorenthalten. »Einmal den, der bei dem ersten schreienden Gesang eines neugeborenen Babys getrunken wird, und zweitens den, den man nach dem Grabgesang trinkt, mit dem man uns zum Grab geleitet.«

»Auf die Musik.« Die Männer leerten ihre Gläser voller Rum, und Mrs. Nick füllte nach. Dann machte sie sich wieder daran, den Bartresen zu polieren, der von Ellbogen und Unterarmen schon längst blitzblank gescheuert worden war.

»Hab ich euch Jungs je von dem ersten Pianoforte in Arkansas erzählt?« fragte Sam. Seine Hand war ein wenig unsicher, als er seine Zigarre anzündete.

»Vorsicht, General«, sagte Matthew Arbuckle. »Sie wollen doch nicht Ihren Spitzbart anzünden.«

»Ich werde nie die Aufregung vergessen, die sich der guten Leute bemächtigte, als die Ankunft eines Pianofortes bekannt wurde«, sagte Sam. »Es gehörte einer neu zugezogenen Familie, die es im Osten nicht geschafft hatte, die aber von guter Herkunft war.«

»Ich habe gar nicht gewußt, daß Houston in Arkansas gelebt hat«, flüsterte der alte Nathanial Pryor Captain Bonneville zu. Bonneville zuckte die Achseln, ohne den Blick von Sam zu wenden. Mit seinem hohen steifen Kragen, dem runden Gesicht und den hervorquellenden Augen sah Bonneville aus wie ein Frosch, der gerade von einer Schlange verschlungen wird.

»Also, Jungs«, fuhr Sam fort. »Jeder war irgendwie mit dem Wort Piano vertraut. Doch niemand konnte genau sagen, worum es sich dabei handelte. Jemand hatte von einer *soirée* gelesen, bei der ein gewisser Soundso am Piano präsidieren werde.

Die Leute gingen davon aus, daß dieser Mr. Soundso das Piano mit einer Stange in Bewegung setzen würde wie Zirkusleute Löwen und Elefanten. Ich weiß noch, daß ein alter Mann bemerkte, wenn jemand ihm erkläre, was eine *soirée* sei, werde er ihnen sagen, was ein Piano sei, und zwar ganz genau.«

Während der langen Geschichte saß Häuptling Bowl, der soeben von den in Texas gelegenen Siedlungen der Cherokee angekommen war, Sam gegenüber. Er nickte mit dem Kopf, als verstünde er jedes Wort. Sein spanischer Offiziershut, den er sich schief aufgesetzt hatte, begann ihm in die Stirn zu rutschen, als er in seinem Stuhl immer mehr zusammensackte.

Er wirkte wie ein harmloser, betrunkener alter Mann. Man konnte sich nur schwer vorstellen, daß sein Kriegstrupp aus Cherokee- und Creek-Kriegern Arbuckle gerade sechzig Pawnee-Skalps auf den Schreibtisch gekippt hatte. Bowls graue Augen und sein sandfarbenes Haar machten es schwierig, ihn selbst von einem Kreolen oder einem weißen Trapper zu unterscheiden, die unter tausend Sonnen gebräunt worden waren.

»In dem Dorf wohnte ein Orakel, ein gewisser Moses Mercer, der sogar bis nach Little Rock gekommen war«, fuhr Sam fort. »›Ja‹, sagte er. ›Er glaube schon, alles über Pianos zu wissen. Er habe in Little Rock mehr Pianos gesehen als Waldmurmeltiere. Es ist ein Musikinstrument, das von Damen gespielt wird‹, sagte er. ›Die Art, wie die teuren Geschöpfe einem Piano Musik entlocken können, sollte Waldkäuzen eine Lehre sein.‹ Jetzt müßt ihr aber wissen, daß Moses nicht alles wußte. Und so hatte er die Angewohnheit, fehlende Details durch Phantasie zu ersetzen.

Er hatte einen Schüler, einen gewissen Latch, den er für den Baum aller Erkenntnis hielt. Latch vertraute Moses an, er werde vor Leidenschaft verzehrt, dieses Ding zu sehen. Und so ging Moses mit ihm zum Haus der Familie. Niemand war zu Hause. Doch am Ende der Galerie stand ein Gerät, das wie ein Hirngespinst aussah. Ein Gewirr aus Stäben und Rollen und Schaufeln und hölzernen Zahnrädern.

Moses nahm sich das Ding vor. Er war kühl wie ein Eiszapfen bei Nordwind. ›Da ist es ja‹, sagte er. Latchs Augen drohten ihm aus dem Kopf zu springen. Mit einer Entschlossenheit, die es einem Mann ermöglichen würde, sich skalpieren zu lassen, ohne mit der Wimper zu zucken, streckte Latch den Arm aus und betätigte eine Kurbel. Damit entlockte er der Maschine ein wundervolles Quietschen und Knarren.

›Wundervoll!‹ hauchte Latch. Dann rannte er in die Stadt, um allen Leuten davon zu erzählen.«

Die Geschichte wurde wieder durch ein Schnarchen Bowls unterbrochen. Er rutschte herunter, bis sein Kinn auf dem Tisch liegenblieb. Sein großer Hut bedeckte sein faltiges Gesicht. Raven grinste ihn an und fuhr fort.

»Kurz darauf wurde das gesamte Dorf zu einem Fest bei den heruntergekommenen Neuankömmlingen eingeladen. In der Einladung hieß es, Miss Patience Doolittle werde Piano spielen. Ihr könnt euch die Aufregung vorstellen. Alle waren gekommen. Sie sahen sich neugierig im Wohnzimmer um, konnten aber nichts entdecken, was einem Piano ähnlich sah.

Schließlich kam der große Augenblick. Moses erklärte, sein Freund Latch werde sich freuen, für Miss Patience die Maschine anzukurbeln. Sie schenkte dem errötenden Latch ein Lächeln, und sagte, sie bewundere Menschen mit musikalischem Geschmack. Der arme Latch fiel völlig vernichtet auf einen Stuhl. Moses wirkte so selbstzufrieden wie ein frischgemaltes Schild.

Miss Patience nahm die Abdeckung von einem merkwürdigen, dickbeinigem Tisch, der in der Ecke stand. Sie klappte den Deckel auf und präsentierte der erstaunten Menge ein wundersames Arrangement von schwarzen und weißen Tasten, die heller waren als bei einem grinsenden Verkäufer die Zähne. ›Miss‹, sagte Latch. ›Was ist denn das für ein Instrument, das mir Moses auf Ihrer Galerie gezeigt hat? Das mit den Rollen und der Kurbel.‹ ›Nun, Mr. Latch –‹« Raven machte um des Effekts willen eine Pause. »›Das ist eine Yankee-Waschmaschine.‹ Ich glaube, Moses hat später in einer fernen Stadt eine Anstellung gefunden.«

»Ist das eine wahre Geschichte, Sam?« Nathanial Pryor hatte Mühe, sich auf Sams Gesicht zu konzentrieren, geschweige denn auf die Geschichte.

»So wahr wie eine Predigt am Sonntag«, entgegnete Sam.

»Das läßt noch viele Möglichkeiten offen«, sagte Arbuckle.

»Wer ist für Kartenspielen?« Nathanial Pryor zog seinen speckigen Satz Karten aus der Tasche. Da es schon sehr spät geworden war, leerte sich die Kneipe nach und nach. Eine Gruppe von Landmessern bettete sich so auf dem Fußboden, daß ihre Stiefel zum Kaminfeuer zeigten. Mrs. Nicks machte Anstalten, selbst zu Bett zu gehen. Sie rückte das Schild hinter der Bar zurecht. Darauf stand: HERREN, DIE LESEN LERNEN, WERDEN GEBETEN, DIE ZEITUNG DER LETZTEN WOCHE ZU BENUTZEN. Niemand fragte sich, wie Herren, die nicht lesen konnten, aus diesem Schild schlau werden sollten.

Die Hand von Mrs. Nicks machte sich überall in dem ungepflegten Raum bemerkbar. Ihre selbstgewebten Flickenteppiche bedeckten einen Teil des mit Sand bestreuten Fußbodens. Kaliko-Vorhänge hingen vor dem Fenster. Auf einem Regal befand sich ihre Sammlung von Muskatnußreiben, Karaffen und Punschbowlen. Auf dem Schreibpult in der Ecke waren ein paar Bücher und Zeitungen säuberlich gestapelt. Die Möbel waren aus gutem Walnuß- und Kirschbaumholz. Und das Gemeinschaftshandtuch wurde täglich gewechselt. Oder mindestens alle zwei Tage. Manche Leute behaupteten, Sarah Nicks stehe hinter dem Vermögen, das ihr Mann zusammenraffe. Nur wenige konnten sich vorstellen, daß der alte General Nicks oft nüchtern genug war, um sich um das Geschäft zu kümmern.

Sarah pustete die meisten der Talgkerzen aus. Die Männer kauerten über den Karten und wurden in dem abgedunkelten Raum von einer schwachen Lichtquelle beschienen. Sarah stand plötzlich neben Sam.

»General Houston«, flüsterte sie. »Ihre Frau wartet draußen auf Sie.«

»Sagen Sie ihr, sie soll reinkommen, Mrs. Nicks. Ich brauche nur noch ein paar Minuten.«

Sarah Nicks ging langsam in die kühle Nacht hinaus. Eine sanfte Brise hatte die Insekten vertrieben.

»Guten Abend, Mrs. Gentry«, sagte Sarah. Sie hatte Tiana dort oft an dem steinernen Brunnen warten sehen, während ihr Pferd graste. Das Gras am Brunnen war dick und grün. Manchmal sang Tiana leise mit ihrer vollen Altstimme etwas vor sich hin. Manchmal starrte sie einfach nur in den Himmel oder auf den schmalen Spalt des Dämmerlichts, das durch die Kneipentür drang.

»Guten Abend, Mrs. Nicks«, sagte Tiana. Ihr dunkles Gesicht und das schwarze Haar waren in der nachtschwarzen Dunkelheit kaum zu erkennen. Ihre Stimme mit dem seltsamen Akzent schien körperlos zu sein.

»General Houston sagt, Sie sollten hineingehen und es sich bequem machen.«

»Vielen Dank. Aber hier ist es bequem genug.«

»Kind, die Feuchtigkeit hier draußen wird Sie krank machen. Setzen Sie sich doch zu mir. Ich kann verstehen, daß Sie sich nicht zu diesen Grobianen setzen wollen. Wenn sie einen über den Durst getrunken haben, werden sie laut.«

»Nochmals vielen Dank. Aber ich mag die Nacht. Die Sterne sind unsere Vorfahren. Sie wachen über mich. Ich könnte ihn verpassen. Er ist einmal vom Pferd gefallen und hat sich verletzt.«

»Sie sind eine Prüfung, nicht wahr, meine Liebe?«

»Ja, das sind sie«, antwortete Tiana.

»Sie wissen, wo mein Haus ist. Ich mache mir Sorgen um Sie, wenn Sie hier draußen allein sind. Hier in der Gegend gibt es Leute, denen man nicht trauen kann.«

»Mir wird nichts passieren. Ich danke Ihnen, Mrs. Nicks. Schlafen Sie gut.« *Mir wird nichts passieren,* dachte Tiana. *Ich besitze Magie. Aber nicht genug davon.*

»Gute Nacht, meine Liebe.«

»Gute Nacht.«

Als Sarah müde zu ihrem Blockhaus hinüberging, nahm Tiana ihren endlosen Gesang wieder auf. Irgendwann verstummte er, und da hörte Sarah nur noch die Nachtvögel, die Insekten und das Rascheln ihrer voluminösen Röcke um ihre breiten Hüften.

Gegen ein Uhr morgens hörte Tiana das Scharren von Stühlen und sah, wie das Licht an der Tür dunkler wurde, als die Männer die Kerzen ausbliesen. Als sie sich Arm in Arm durch die niedrige, schmale Tür drängten, sangen sie.

My head, oh my head! But no matter, 'tis life.
Far better than moping at home with one's wife.
The pleasure of drinking I'm sure must be grand,
When I'm neither able to think, speak, nor stand.

»Ehemann, ich habe dein Pferd hier.« Tiana wußte, daß es Raven nicht gefiel, wenn sie ihn Ehemann nannte. Sie tat es jetzt absichtlich. Sie war wütend auf ihn.

»Meine geliebte Spider Eyes«, rief Raven auf Cherokee. »Du findest Raven, so wie ein Magnetit den Norden findet.« Raven winkte ihr über den Exzerzierplatz zu.

»Wie der Norden bist auch du meist am selben Ort«, erwiderte sie.

»Gute Nacht, General«, riefen Ravens Freunde. Arbuckle und Pryor schleiften The Bowl zwischen sich mit.

»Wahnsinnig nett von euch«, murmelte Bowl immer wieder. »Wahnsinnig nett.«

»Bowl, voll wie immer.« Raven winkte mit einem Arm dem alten Häuptling zu. Die Bewegung ließ ihn das Gleichgewicht verlieren. Tiana fing ihn auf, und er zog sie unbeholfen an sich.

»Schön ruhig bleiben, Jungs«, lallte Arbuckle. »Ich darf Rüpelhaftigkeit im Dienst nicht dulden. Das gibt den Männern ein schlechtes Beispiel.«

»John«, rief Pryor Nicks zu. »Sei vorsichtig, wenn du nach Hause gehst. Geh lieber durch die Tür.« Die Männer lachten. Eine Woche zuvor hatte John Nicks versucht, durchs Fenster ins Haus zu klettern, um seine schlafende Frau nicht zu stören. Sarah hatte aufrecht im Bett gesessen und sein Gewehr auf ihn gerichtet. Das hatte ihn fast augenblicklich nüchtern gemacht.

»Kannst du reiten?« fragte Tiana. Sie stand daneben, als Raven sich in den Sattel hievte.

»Na klar.« Sie ritten langsam nach Hause. Tiana hielt einen brennenden Kiefernknorren. Sie stoppten am Fluß.

»He, Charon«, rief Raven. »Hier ist eine tote Seele, die über den Kokytos will.« Er wandte sich an Tiana. »Weißt du, daß der Kokytos ein Fluß in der Unterwelt ist?« Der Hund des Fährmanns begann hysterisch zu bellen. »Sch, Cerberus, sch. Weißt du wer Cerberus ist, Spider Eyes?«

»Nein.« Tiana war nicht mehr wütend auf ihn, nur enttäuscht. Sie war gewohnt, daß Männer viel tranken. Fast jeder, den sie kannte, tat es. Doch Raven übertrieb mit seiner gewohnten Extravaganz. Dabei schien er für ein besseres Leben bestimmt zu sein als das eines Trunkenbolds.

»Cerberus ist der Hund am Tor zur Hölle. Er läßt die Seelen herein, aber nicht wieder hinaus. Die toten Seelen können nie ins Land der Lebenden zurückkehren, das Sonnenland. Sie sind für immer vom Leben ausgeschlossen. Im Nachtland.

Cerberus hat drei Köpfe.« Raven ballte die Fäuste, hielt sie in rechtem Winkel an die Stirn und wedelte mit ihnen herum, als blickten sie in verschiedene Richtungen. »He, Charon, mein guter Unsterblicher«, bellte er von neuem. »Ich habe dein Fährgeld hier, auf meinen kalten Lippen.« Raven warf den Kopf in den Nacken und versuchte, auf dem Mund eine Silbermünze zu balancieren.

Ein Licht tauchte auf, als der alte Punk Plugged In, der Fährmann, mit einer Bratpfanne voll brennender Holzsplitter darin erschien. Er war gewohnt, noch so spät gerufen zu werden, mochte es aber nicht. Tiana zahlte ihm das doppelte Fährgeld, um ihn zu besänftigen. Das leichte Ächzen des Hanfseils in der Seilrolle wiegte Tiana fast in den Schlaf.

»Spider Eyes, meine Geliebte«, murmelte Raven, als sie auf dem Pfad nach Hause gingen. »Ich liebe dich. Habe ich dir das heute schon gesagt?«

»Nein.«

»Dann tue ich es jetzt. Du bist Großmutter Sonne und Großvater Mond und all die Sterne da oben. Du bist das Kronjuwel im Diadem des Himmels. Und ich liebe dich. Aufrichtig. Du bist eine fabelhafte Frau. Wenn wir zu Hause sind, werde ich dir alle Kleider ausziehen und dir zeigen, wie fabelhaft du bist.« Raven hatte Mühe mit dem Wort *fabelhaft*, doch Tiana verstand, was er sagen wollte. Die traurige Wahrheit war die, daß Raven ein viel glücklicherer Mann war, wenn er betrunken war. Ob betrunken oder nüchtern, war er doch meist witziger, liebevoller und charmanter als andere Männer.

Anders als bei manchen Männern verminderte der Alkohol keineswegs seine Begeisterung für die Liebe oder seine Fähigkeit dazu. Er machte sein Versprechen wahr. Als der Morgen anbrach, langte er nach oben und ließ den Fensterladen zur Seite gleiten, um das Morgenlicht einzulassen. Er tat, als würde er den Sonnenschein mit den Händen hereinwinken, als würde er Tiana mit Wasser begießen und sie darin baden.

»Der goldene Sonnenschein paßt zu deiner goldenen Haut, meine Spider Eyes. ›Wer ist sie, die hervorbricht wie die Morgenröte, schön wie der Mond, klar wie die Sonne, gewaltig wie ein Heer?‹ Das steht in dem Predigerbuch, mußt du wissen.« Er beugte sich hinunter und küßte jede der festen, aufragenden Brüste auf die samtige Brustwarze. Er war dabei, wieder nüchtern zu werden. »Meine Geliebte Frau.« Damit senkte er sich auf sie. »Was soll aus mir werden?« Er schlief ein, bevor sie hätte antworten können, selbst wenn sie es versucht hätte.

Tiana stand auf und ging zum Fluß, um zu baden und die Sonne zu begrüßen. Sie molk die Kühe und fütterte die Hühner. Dann ging sie zu Fancys und Coffees Hütte hinüber. Anheimelnder Rauch stieg aus dem Kamin auf, und da wußte sie, daß das Frühstück auf dem Tisch stand. Coffee war schon unterwegs. Er hatte sich auf die Suche nach verirrtem Vieh ins Röhricht begeben.

»Du siehst mitgenommen aus«, sagte Fancy, als Tiana eintrat. »Da drüben sind Maiskuchen und Speck. Sie werden gerade warm gemacht. Und Maisbrei mit Honig.« Fancy erhitzte gerade mehrere Bügeleisen auf einem Gestell über den Holzkohlen. Mit einem würde sie ihr Baumwollkleid bügeln. Wenn das Bügeleisen abkühlte, würde sie es wieder auf das Gestell legen und ein anderes nehmen.

Tiana setzte sich auf die Decken auf der Pritsche neben Fancy. Coffees Hütte war einfach. Die meisten Leute nahmen an, daß er und Fancy Sklaven waren. Selbst beim Wahren Volk war es so für sie am sichersten.

Der Nationalrat in New Echota setzte gegenüber Schwarzen immer härtere Gesetze durch. Jetzt konnten weder Coffee noch Fancy auf legalem Weg Geld verdienen oder Eigentum haben. Fancy und Coffee hatten ihre Hütte und ihr Vieh, und Coffee behielt das Geld, daß er als Tischler verdiente. Doch es mußte geheim bleiben. Tiana kam oft hier her, um Gesellschaft zu haben, wenn Raven im Lager Gibson war. Und sie und Fancy arbeiteten gemeinsam auf den Feldern.

»Dein Kind kann jetzt jeden Augenblick herunterspringen«, sagte Tiana.

»Von mir aus lieber heute als morgen.« Fancy tätschelte sich ihren vorstehenden Bauch und beugte den Rücken. Sie und Coffee hatten schon alle Hoffnung auf ein Kind aufgegeben. Jetzt freute sich Fancy unbändig auf das Kind. »Du und Raven müßt letzte Nacht spät nach Hause gekommen sein.«

»Ja. Er hat gefragt, was aus ihm werden soll.«

»Er braucht sich keine Sorgen zu machen.« Fancy zeigte mit einem Kopfnicken auf das Kleid, das sie gerade bügelte. »Dein Raven hat immer mehr als nur ein Eisen im Feuer. Er hat da oben mehr Pläne und mehr Freunde, als eine Henne Milben hat. Du bist es, um die ich mir Sorgen mache. Du versuchst deine Arbeit zu tun und seine dazu. Leg dich einfach da hin und ruh dich ein wenig aus.«

»Ich muß Mais zerstoßen«, sagte Tiana. Doch ihre Augen schlossen sich auch ohne ihren Willen. Bevor sie einschlief, dachte sie an Ravens Pläne. Er hatte einige. Die Farm, der Laden, die Saline, die er kaufen wollte. Dann war da noch dieser Brief an Jackson. »Als ich die Welt verließ«, schrieb er, »hatte ich mir eingeredet, daß ich jedes Interesse verlieren würde, doch es ist nicht so. Denn sooft ich das Lager Gibson besuche, wo ich Zeitungen erhalten kann, entdecke ich, daß mein Interesse sich eher gesteigert als verringert hat. Es fällt einem alten Soldaten schwer, den Ton des Signalhorns zu vergessen.« Am Posttag ritt Raven jede Woche zum Lager, um deren Ankunft abzuwarten. Er lungerte dann in Nicks' Laden herum und starrte die Schlitze in dem großen Posttresen an.

Tiana schlief schließlich bei dem leisen Summen Fancys ein, die beim Bügeln Seeth MacDuffs Spirituals vor sich hin summte. Sie hatte das Gefühl, nur einen Moment geschlafen zu haben, als Fancy sie wachrüttelte.

»Es passiert. Es tut weh.«

»Wann haben die Wehen begonnen?«

»Vor etwa einer Stunde.«

»Sei ruhig, Schwester. Leg dich hin.« Tiana ging hinaus und tauchte einen Lappen in die Kürbisflasche mit Wasser, die an der Vordertür hing. Sie blieb kurz stehen, um zur Sonne hochzublikken. Fast Mittag. Ravens Pferd war nicht auf der Weide. In Gibson war Posttag.

Tiana kniete neben der Pritsche nieder und wusch Fancy mit dem kühlen Wasser das Gesicht. Als Coffee erschien, schickte sie ihn zu Percis Lovely. Er wollte Fancy jedoch nicht verlassen.

»Ich werde sie brauchen. Sie wohnt am nächsten.«

»Was ist mit dem Arzt in Gibson?«

»Fancy hat gesagt, sie will nicht, daß ein weißer Mann sich um sie kümmert. Bitte beeil dich. Percy hat die Gabe, ich weiß es. Ich habe oft mit ihr gesprochen. Wir werden vielleicht ihre Magie brauchen.«

Tiana saß den ganzen Nachmittag bei Fancy. Nach jeder Wehe wusch sie sie mit kühlem Wasser. Sie wechselte die Bettwäsche, wenn sie vor Schweiß durchnäßt war. Sie wusch Fancy zwischen den Beinen mit einem Sud aus Rührmichnichtan, um das Kind zu erschrecken, damit es in den Geburtskanal und auf die Welt gelangte.

Tiana mischte ein Gebräu aus eingeweichter, glatter Ulmenrinde, Rührmichnichtan-Stielen und Kiefernzapfen. Die Ulmenrinde sollte Fancy schlüpfrig machen, damit das Kind glatt herauskam. Die Rührmichnichtan-Stiele sollten es erschrecken und herunterspringen lassen, und die Kiefer war eine immergrüne Pflanze und verhieß ein langes Leben. Fancy wand sich und stöhnte immer noch, und von dem Kind war nichts zu sehen. Tiana weinte fast vor Erleichterung, als Percis mit Coffee die Hütte betrat.

»Sie ist so dünn, die Arme«, sagte Percis. »Das habe ich befürchtet.«

Als die Geburtsflüssigkeit schließlich strömte, war es nach Mitternacht. Coffee war draußen und hackte bei Fackelschein Feuerholz. Es war gefährliche Arbeit, aber so hatte er wenigstens etwas zu tun. Tiana stand hinter Fancy und hob sie in eine halb sitzende Stellung, wobei Fancy die langen dünnen Beine gespreizt ausstreckte. Percis hockte vor ihr und wartete auf das Baby, doch es kam nicht.

»Percis«, sagte Tiana. »Ich möchte dafür beten, daß das Kind herunterspringt. Bitte halt du Fancy fest.« Während Percis Fancy in ihrer sitzenden Position stützte, stellte sich Tiana in die Ostecke des Raums.

»Gha! *Jetzt!*«

Dann rief sie.

Komm sofort heraus, du Junge!
Drüben im Nachtland ist der alte Flint auferstanden.
Er ist schrecklich, wenn er in diese Richtung läuft.
Wir werden schnell laufen, weg von dem alten Flint.

Dann stellte sie sich in die drei anderen Ecken der Hütte und wiederholte den Singsang. Dann ersetzte sie »du Junge« durch »du Mädchen« und wiederholte den Vorgang.

»Tiana«, rief Percis aus. »Das Baby kommt.« Fancys Gesicht war schmerzverzerrt, als der Kopf des Kindes zum Vorschein kam.

»Halt nur noch ein bißchen aus, Schwester«, flüsterte Tiana. Sie begann eins von Fancys Spirituals zu summen. Percis legte den winzigen Körper auf ein Tuch und murmelte ein kurzes Gebet.

»Ist es ein Junge oder ein Mädchen?« fragte Fancy. Sie hob den Kopf, um etwas zu sehen. »Ein Bogen oder ein Mehlsieb?«

»Liebes Kind, es ist totgeboren.«

»O Herr, nein!« Fancy begann zu schluchzen und zu bluten. Das Blut strömte heraus, leuchtend rot wie flüssige Rubine. Tiana hatte schon bei vielen Geburten geholfen, aber noch nie so viel Blut gesehen.

»Coffee!« rief Percis. Coffee eilte herein und hielt Fancy in den Armen. Er wiegte sie hin und her und ignorierte das Blut, das sie bald beide bedeckte.

»Percis, kannst du denn nichts tun?« flehte Tiana. »Sie wird sterben.«

Percis wußte, daß sie unter normalen Umständen die Gabe hatte, Blutungen zu stoppen. Sie stand mit geschlossenen Augen da und sprach Fancys Namen aus und nannte den Ort der Blutung. Dann rezitierte sie im stillen Kapitel 16, Vers 6 des Propheten Hesekiel. Sie rezitierte ihn immer und immer wieder, jedoch vergeblich. »Der Ernährer will sie«, sagte Percis. »Er muß sie wohl brauchen.«

»Ich brauche sie«, schluchzte Coffee. Er hielt sie immer noch, als sie weiter blutete. Sie blutete eine lange Zeit.

»Geliebte Frau«, sagte Fancy. Ihre Stimme war schwach.

»Ich bin deine Schwester und Freundin.« Tiana beugte sich näher zu ihr, um sie zu hören.

»Ist es schlimm im Nachtland?«

»Nein, Schwester. Dort wird es gut sein. Du wirst meinen Vater sehen und *Ulisi* und dein Baby. Versprichst du mir, meinen Mann, meine Kinder und meine Freundinnen zu grüßen?«

Fancy nickte und versuchte zu lächeln.

»Du wirst mir fehlen, lieber Coffee«, sagte sie. »Es wird dort einsam sein ohne dich. Ich laufe zum Nachtland.« Fancy schloß die Augen. Ein Zittern ging durch ihren Körper.

Tiana spürte, wie der Puls in Fancys Hals flatterte und dann aufhörte. Sie fragte sich, wie die Reise wohl sein würde. Fancy sah nicht anders aus, als wenn sie schlief.

Sie wuschen Fancy und ihr Kind und zogen sie an. Fancy legten sie ihre beste Kleidung an, und das Baby hüllten sie in das kleine weiße Kleid, das Fancy für es gemacht hatte. Dann legten sie Bretter auf die Rücken von zwei Stühlen und drapierten ein weißes Laken darüber. Sie legten Fancy mit dem Rücken auf die Bretter und legten ihr das Kind in die Arme. Percis band Fancy ein Tuch vom Kinn bis zum Scheitel, damit ihr Mund geschlossen blieb, wenn die Totenstarre einsetzte. Tiana legte Münzen auf die Augenlider, damit sie unten blieben, bis sie erstarrten. Percis deckte den einzigen kleinen Spiegel in der Hütte ab. Wenn man hineinsah, wenn eine Leiche in der Nähe lag, bedeutete das den Tod. Coffee faltete eine Decke zu einem Kissen zusammen und legte sie Fancy unter den Kopf. Dann ging er hinaus, um Blumen zu pflücken. Er bewegte sich wie ein Schlafwandler.

Percis saß in dem einzigen freien Stuhl. Ihr Kopf fiel ihr auf die Brust, als sie einnickte. Tiana ging zum Fluß, um zu baden und Großmutter Sonne guten Morgen zu sagen. Sie hockte sich am Ufer hin und weinte eine lange Zeit. Dann wusch sie sich und ließ das kühle Wasser das Pochen in ihrem Kopf lindern. Dann fütterte sie schnell die Tiere.

»Percis«, rief sie an der Tür. »Ich reite zum Lager Gibson, um Raven zu holen. Coffee wird hier sein, wenn du nach Hause mußt.«

»Mein Landarbeiter kann das Vieh füttern. Ich werde warten.«

»Ich danke dir. Du bist eine wirkliche Freundin.«

»Wir alle tun, was wir können. Und Coffee braucht Gesellschaft.«

Auf dem Weg nach draußen ging Tiana an Coffee vorbei, der auf einem Baumstumpf saß und ins Leere starrte. Sie beugte sich von ihrem Pferd herunter und ergriff ihn an der Schulter. Er legte seine riesige, schwielige Hand auf ihre. Sie sprachen kein Wort. Das Herz voller Trauer machte sich Tiana auf zum Lager Gibson. In Nicks' Kneipe saßen nur zwei Männer, dem Aussehen nach Handlungsreisende, die ihre Waren anboten.

»Er ist irgendwo hinten, Mrs. Gentry«, sagte Sarah Nicks. »Wie ich höre, schläft er seinen Rausch aus.« Sie lehnte sich über die Bar und sprach leise, damit die Händler sie nicht hören konnten. »Ich habe mich gestern nacht geweigert, ihm noch mehr Schnaps zu verkaufen. Das machte ihn wütend. Fing an, die Griechen und Römer zu zitieren, damit ich nicht verstand, was er sagte. Er würde jedoch nie eine Frau beleidigen. Er ist ein Gentleman, was immer die Leute sagen mögen. Wie auch immer, er muß irgendwo schlechten Whiskey bekommen haben, nachdem er hier weggegangen ist. Captain Bonneville hat dienstfrei. Er kann Ihnen helfen.«

»Ich danke Ihnen, Mrs. Nicks.«

»Kind, er nutzt Sie aus. Trotzdem, er ist ein wundervoller Mann. Ich verstehe, was Sie für ihn empfinden müssen. Aber er ist es nicht wert, daß Sie sich seinetwegen zu Tode sorgen. Sehen Sie sich doch nur an. Sie haben dunkle Ringe unter den Augen.«

»Ich habe letzte Nacht nicht geschlafen. Eine Freundin ist gestorben.«

»Tut mir leid, das zu hören. Möchten Sie etwas heißen Tee? Da drüben hab' ich noch etwas Kuchen. Essen Sie etwas.«

»Besten Dank. Aber ich sollte lieber General Houston suchen.«

Tiana ging um das Haus zur Rückseite der Kneipe herum. Dort befand sich eine Abflußrinne. Colonel Nicks hatte deren oberen Rand vorsorglich mit einem hölzernen Geländer versehen, an dem sich die Männer festhalten konnten, wenn sie sich in die mit Abfall übersäte Schlucht übergaben. Fliegen summten dort in der frühherbstlichen Sonne. Raven lag neben dem Geländer auf dem Rücken. Als Tiana näherkam, hüpfte ein Geier von ihm weg. Der Vogel stieß mit dem Kopf nach ihr und zischte. Er hatte sich behutsam kleine Bissen aus dem Erbrochenen herausgepickt, das Ravens Jagdhemd bedeckte. Tiana wich zurück und machte sich auf die Suche nach Benjamin Bonneville.

Sie fand ihn in seinem Quartier. Er hatte es sich gemütlich gemacht und untersuchte den neuen Sextanten, der soeben mit der Post gekommen war. Er plante eine Forschungsreise, für die er seine Ausrüstung zusammenstellte. Er trug Socken, seine Uniformhosen und sein weißes Unterhemd. Er hatte den steifen Kragen abgenommen und die obersten Knöpfe geöffnet. Er beeilte sich, sich seine Jacke anzuziehen, als Tiana anklopfte und in der Tür stand.

Captain Benjamin Louis Eulalie de Bonnevilles Junggesellenzelle war ein kleines Zimmer in der Reihe der Offiziersquartiere an der Nordwand. Er hatte ein schmales Bett mit einer Strohmatratze und einen einzigen Stuhl, der schon so durchgesessen war, daß er zu den Umrissen seines breiten Hinterteils paßte. Neben dem steinernen Kamin hing ein Dankschreiben des Marquis de Lafayette an seinen jungen Sekretär Benjamin Bonneville. Auf der anderen Seite hing Bonnevilles Diplom von West Point.

Sein Gewehr, seine Pistolen und sein Jagdmesser baumelten alle an Haken über dem Kaminsims. Seine Uniformen, die Gartenkleidung und ein paar zivile Kleidungsstücke hingen an anderen Haken an der Wand. Seine Stiefel hingen an den Deckenbalken, wo Bonneville sie in einem vergeblichen Versuch aufgehängt hatte, Mäuse davon abzuhalten, sie anzunagen. Der Fußboden bestand aus Dielenbrettern und nicht aus festgetretenem Lehm wie in den Baracken der Mannschaftsgrade. Ein kleines Fenster sorgte bei geöffneter Tür für Durchzug. Seine zwei Bücherregale waren sein einziger Luxus. Er hatte im Leben eine behagliche, wenn auch nicht luxuriöse Nische gefunden.

»Mrs. Gentry.« Die Gegenwart einer Frau in seinem Heiligtum machte ihn nervös. Sie war höchstwahrscheinlich das erste weibliche Wesen, das dieses Zimmer in den sechs Jahren betreten hatte, die er hier schon lebte. »Was kann ich für Sie tun? Bitte setzen Sie sich doch.« Er staubte die Sitzfläche schnell mit einem alten Tuch ab, als ihm aufging, daß es eine zerrissene Unterhose war, was ihn noch mehr in Verlegenheit brachte. »Sie sehen müde und bekümmert aus. Ist der General gestern abend nicht sicher nach Hause gekommen? Mrs. Nicks hatte ihm gegen Mitternacht vorgeschlagen, er solle nach Hause gehen.«

»Er hat jemanden gefunden, der ihm Whiskey verkauft hat. Er ist betrunken und krank und liegt hinter der Kneipe und schnarcht. Und liefert den Geiern was zu fressen. Ich brauche Hilfe, um ihn auf sein Pferd zu bekommen.«

Die nimmt aber wahrhaftig kein Blatt vor den Mund, dachte Bonneville. »Ich bin Ihnen gern behilflich. Lassen Sie uns Ihren General wieder auf die Beine bringen.« Als er hinter ihr herging, konnte er es sich nicht versagen, ihre schlanke, anmutige Gestalt anzustarren. Ihr Haar hing ihr fast bis in die Kniekehlen.

Es ging das Gerücht, sie sei schon älter als dreißig Jahre. Kein Küken mehr, wie Jonathan Swift sagen würde. Aber Bonneville fand es kaum glaubhaft. Hier draußen alterten Frauen schnell. Die hier kannte er schon seit mehr als fünf Jahren, und sie schien überhaupt nicht zu altern. Ohne darüber nachzudenken, kämmte er sich mit der Hand sein dünnes, hellbraunes Haar nach vorn, um zu verbergen, daß der Haaransatz auf seiner hohen Stirn zurückzuweichen begann.

Tiana blieb am Brunnen stehen und zog einen Eimer Wasser hoch. Bonneville half ihr, ihn hinter das Lokal zu tragen. Eine kleine Gruppe von Kindern hatte sich in einem Kreis aufgestellt und sah zu, wie sie das Wasser auf den gefallenen Helden ausgoß. Raven richtete sich mit einem Ruck auf, hielt sich den Kopf und stöhnte. Mit vereinten Kräften zogen ihm Tiana und Benjamin das Hemd aus und luden ihn auf sein Pferd. Er lag mit dem Gesicht nach unten am Hals des Tieres.

Was für ein Stück Arbeit ist doch der Mensch, dachte Bonneville. *Und dieses Exemplar ist schon ganz besonders herumgeschubst worden.*

»Ich danke Ihnen, Captain Bonneville.«

»Keine Ursache, Mrs. Gentry. Ich hoffe, Sie werden solche Hilfe nicht wieder brauchen.«

Als sie aus dem Lager hinausritten, folgte Tiana Ravens Pferd, das von allein nach Hause ritt und der Weide zustrebte. Im Lager herrschte wie gewohnt geschäftiges Treiben. Tiana wußte, daß die Männer hinter ihnen her blickten. Sie hielt den Kopf hoch und sah weder nach links noch nach rechts. Ihr Stolz war kein Popanz, der durch die Zustimmung anderer in die Höhe gehoben oder durch deren Urteil in den Staub getreten werden konnte. Das Starren und Flüstern und Lachen berührte sie nicht. Doch ihr Herz schmerzte, als sie an den Mann dachte, der mit ihr ritt. Vielleicht hatte jemand seinen Speichel verdorben. Sie beschloß, für ihn zu arbeiten und das Böse von ihm abzuwenden.

51

Der Winter 1830–1831 war hart. Der Schnee kam früh, und es fiel weit mehr als sonst. Die bleiernen Tage und sternenlosen Nächte schleppten sich dahin. Und es kam Tiana vor, als wäre ihr Leben nach und nach immer beengter geworden, bis es nur noch den Raum fünfzehn mal fünfzehn Schritte umfaßte, von einer Hauswand zur anderen, sowie den gefrorenen Hof vor der Tür. Es war schon etwas Besonderes, wenn sie sich in eine Decke hüllen, gebeugt gegen den ständigen Wind ankämpfen und zur Scheune trotten konnte.

Tiana wanderte in der aromatischen Dunkelheit und dem Dampf von Atem und Ausdünstungen der Tiere umher. Sie bürstete sie, gab ihnen Futter und sprach zu ihnen. Sie beruhigte sie, wenn die Wölfe vor Hunger heulten. Oder sie lauschte den Mäusen, die oben auf dem Heuboden herumwieselten. Daß solche winzigen, zarten Geschöpfe im grimmigen Winter überleben und sich vermehren konnten, war ein Trost.

Einen großen Teil der Zeit hielt sich Tiana dort auf, wo sie auch jetzt war, nämlich in eine Decke gehüllt, um in der Nähe des Feuers zu arbeiten oder zu lesen. Sie saß auf einer dicken Bisonrobe und lehnte an einem der Whiskeyfässer, das Raven ins Haus gerollt hatte. Draußen heulte der Wind im Konzert mit den Wölfen. Ein kahler Ast schlug klappernd gegen den Dachvorsprung. Coffee hatte die Spalten zwischen den Baumstämmen der Wände mit groben, handgeschnittenen Brettern bedeckt. Doch der Luftzug durch die Spalten reichte immer noch aus, um die Flammen der Binsenlichter tanzen zu lassen.

Coffee schlief auf dem Dachboden. In seiner winzigen Hütte lebte eine mittellose Auswandererfamilie. Am Tisch saßen acht Männer. *Wie Fliegen auf einem Kuhfladen*, dachte Tiana. Vier der Männer hatten die Gastfreundschaft schon übermäßig in Anspruch genommen. Sie waren nach Texas unterwegs gewesen und hatten vor einer Woche für eine Nacht bleiben wollen. Es hatte den Anschein, daß sie entschlossen waren zu bleiben, bis entweder der Winter oder der Whiskey zu Ende war, je nachdem.

The Bowl war bei ihnen. Er wollte zu den Texas-Siedlungen der Cherokee am Red River zurückkehren. Bonneville studierte seine Karten. Das Licht polierte seine runden Wangen so blank wie den Apfel, den er aß. Der siebte Kartenspieler war ein weißer Junge, ein pickeliger Herumtreiber, der plötzlich wie ein verirrter Welpe vor der

Tür gestanden hatte. Raven hatte ihn im Laden zum Verkäufer gemacht. Tiana war jedoch überzeugt, daß er Ware stahl. Es machte mehr Mühe, ihn im Auge zu behalten, als den Laden zu betreiben.

Gesprächsthemen waren Texas und Politik. Das Spiel dauerte nun schon Tage. In diesem Spiel waren zweiundfünfzig Blatt, was mehr als vier Mitspieler erlaubte. Ein Spieler aus New Orleans hatte die Idee auf dem letzten Dampfer vor Wintereinbruch mitgebracht. Dieses Spiel hatte gezündet wie Heu in der Hölle, wie Raven sagte.

Raven und der neue Verkäufer hatten aus steifem Leder Rechtecke geschnitten und Bilder von Pik, Herz, Karo und Kreuz mit einem heißen Nagel eingebrannt. Es hatte sie Stunden gekostet, aber sie widmeten sich der Arbeit mit einer Hingabe, die sie bei nützlicheren Vorhaben vermissen ließen. Ravens Darstellungen von Königen und Damen waren einfallsreich, wenn auch nicht künstlerisch. Für jede Farbe gab es jetzt auch Karten von eins bis zehn. Die Unregelmäßigkeiten auf der Oberfläche der Karte machte es leichter zu schummeln, doch niemand beklagte sich.

Tiana konzentrierte sich auf die jüngste Ausgabe des *Cherokee Phoenix* vom Dezember 1830. Sie fühlte sich wie der alte Campbell. Sie erinnerte sich daran, wie er sich geweigert hatte, ein Hörrohr anzuschaffen, da, wie er sagte, es ohnehin nur schlechte Nachrichten gebe. In dem Blatt gab es wenig Aufmunterndes mit Ausnahme der religiösen Moralpredigten des Herausgebers Elias Boudinot, wie Buck sich nannte. Die deprimierendste Nachricht war Vater Jacksons zweite Jahresbotschaft an den Kongreß.

> Es macht mir große Freude bekanntzugeben, daß die wohltätige, seit fast dreißig Jahren stetig verfolgte Politik der Regierung zur Umsiedlung der Indianer jenseits der weißen Siedlungen einer glücklichen Vollendung entgegengeht.

»Einer glücklichen Vollendung.« Der alte Major Ridge hatte recht gehabt, als er Drum schrieb. »Diese Rattenschlange Jackson kann in dem üppigen Gras ihrer infamen Heuchelei herumkriechen und sich dort verstecken.« Jackson hatte die hungrigen, schwergeprüften Gesichter der Auswanderer beim Verlassen der Boote offensichtlich noch nie zu Gesicht bekommen.

Das war noch nicht alles. Georgia hatte die Cherokee-Ländereien innerhalb seiner angeblichen Jurisdiktion in vierzig Morgen große Goldsucher-Parzellen und einhundertsechzig Morgen große Farmerstellen aufgeteilt. Es sollte eine Lotterie geben, um sie unter den Weißen zu verteilen. Viele Weiße warteten die Lotterie gar nicht erst ab. Sie vertrieben die Indianer schon jetzt. Angehörige des Wahren Volkes wurden festgenommen, wenn sie nach Gold schürften. Man zerstörte ihre Ausrüstung und beschlagnahmte ihr Land, während Weiße unbehelligt schürfen durften.

Der östliche Teil des Volkes unter John Ross war dabei, den Staat Georgia erneut zu verklagen. Es wurde erwartet, daß Richter Marshall schon bald sein Urteil verkünden würde. Unterdessen ordnete der Staat an, daß sich alle Weißen, die auf Indianerland lebten, registrieren lassen sollten. Das einzige Ziel des Gesetzes schienen die Missionare zu sein, welche die Indianer beim Kampf um ihr Land unterstützten.

Als Tiana die letzte Seite gelesen hatte, zitterten ihr vor Zorn die Hände. Die Stimmen der Männer begannen ihr auf die Nerven zu gehen. Die Männer waren laut. Sie waren betrunken. Plötzlich haßte sie alle, sogar Bonneville, der immer freundlich zu ihr gewesen war. Sie faltete das Blatt mit bewußter Sorgfalt zusammen und legte es auf das Regal, das Raven als Schreibtisch diente.

»Ich gehe ins Hühnerhaus.«

»Noch so spät abends?« Ravens schöne blaue Augen waren blutunterlaufen.

»Ja.«

»Beeil dich. Wir brauchen bald etwas zu essen.«

Tiana bahnte sich ihren Weg durch die überall herumliegenden zusammengerollten Decken, Waffen und Ausrüstungsgegenstände der Männer. Das Haus wäre auch ohne sie überfüllt gewesen. An den Deckenbalken hingen getrocknete Kürbisscheiben und grüne Bohnen sowie Pfefferschoten. Da waren Körbe voller Äpfel und Bohnen, Körbe mit Mais und Nüssen, Pökelfisch und Eicheln. Als Tiana hinausging, warf sie schnell noch einen prüfenden Blick auf den Essig, der in einem Fäßchen gesäuert wurde. Die Hündin mit ihren leberfleckigen Welpen schlief in einer abgeteilten Ecke. Tiana öffnete die Tür, schützte die zerbeulte Blechlaterne mit ihrer Decke und trat in die Kälte hinaus.

Wenigstens waren die Sterne am Himmel. Sie glitzerten wie Eissplitter. Sie hörte ein Gackern und Unruhe im Hühnerhaus und blieb zögernd stehen. Es war wahrscheinlich nur ein Fuchs. Es hatte keinen Zweck, Raven zu rufen. Er war ohnehin zu betrunken, um ihr eine große Hilfe zu sein. Und der Gedanke, all diese Männer könnten herauskommen und den Zauber des Windes und der Nacht brechen, war ihr unerträglich. Sie machte die Laterne aus und wartete mit einer Hand am Messer, bis ihre Augen sich an die Dunkelheit gewöhnt hatten. Dann ging sie leise auf den Schuppen zu, in dem die Hühner waren.

Eine kleine Gestalt rannte um die Ecke und stieß mit ihr zusammen. Die Hühner in ihrer Hand flogen gackernd davon. Die Laterne fiel scheppernd hin, und die Wucht des Zusammenpralls schickte den Eindringling zu Boden. Ohne nachzudenken, stürzte Tiana sich auf seine Brust, nagelte seine Arme mit den Knien fest und hielt ihm das Messer an die Kehle. Er kämpfte verzweifelt, bis sie ihm mit dem Messer den Hals ritzte.

»Still«, sagte sie auf Osage. »Ich werde dir nicht weh tun.« Sie hatte die struppige Stelle auf seinem Kopf gespürt, wo sein Haar rasiert gewesen war und wieder zu sprießen begann. »Es muß kalt für dich sein auf der Erde. Du hast so wenig an und bist noch so jung. Ich werde dir nicht weh tun«, wiederholte sie und versuchte sich an das zu erinnern, was Shinkah und Chouteaus Frauen ihr beigebracht hatten.

»Hast du Hunger?« Keine Antwort. »Ich werde dir etwas zu essen geben. Ich werde dir für deine Familie etwas zu essen geben. Verstehst du mich?« Immer noch keine Antwort. »Ich bin keine Feindin. Ich bin eine Freundin.« Das Kind zitterte heftig vor Kälte. »Du glaubst mir nicht. Dann steh auf und lauf weg.«

Sie half ihm auf die Beine. Es fiel ihm schwer zu stehen. Seine Beine waren nackt, und seine Füße mußten schon ganz taub sein. »Hier«, sagte sie. »Hier ist mein Messer. Töte mich damit oder nimm es. Oder komm mit mir ins Haus, dann kannst du essen. Dort ist es warm.« Sie zeigte auf das Haus. Sie machte Eßbewegungen und tat so, als hüllte sie sich in eine Decke und schliefe. Er starrte sie an und dann auf das Messer, das sie ihm mit dem Griff nach vorn hinhielt.

»Freundin?« fragte er mit leiser, zitternder Stimme.

»Freundin.«

Er nahm das Messer nicht und lief auch nicht weg.

»Folge mir. Ich gebe dir etwas zu essen. Aber erst muß ich noch etwas tun.« Sie nahm einen Sack mit Daunen, den sie im Hühnerhaus beiseite gelegt hatte. Die Daunen sollten für eine Matratze sein. Der Junge folgte ihr.

Sie betrat das Haus fast unbemerkt, abgesehen von einem Knurren, sie lasse zuviel kalte Luft herein. Der Junge wich beim Anblick so vieler weißer Männer vor Angst zurück. Tiana zeigte auf den Heuboden, und er kletterte die Leiter hinauf.

»Wer ist das?« wollte Raven wissen.

»Ein einsamer Wanderer, dem kalt ist.«

»Sieht jung aus.«

»Ja.« Tiana knotete sich ein Tuch um Nase und Mund und begann, ganze Hände voll Federn in die Flammen zu werfen. Als der Gestank den Raum erfüllte, blickten die Männer von ihrem Spiel auf.

»Was tust du da?« Raven schob seinen Stuhl zurück.

»Ich glaube, ich vertrete mir draußen mal ein bißchen die Beine. Könnte etwas frische Luft vertragen.« Bonneville spürte, daß sich ein Sturm zusammenbraute. Er hatte noch nie einen Wutausbruch Mrs. Gentrys gesehen, aber er konnte sich vorstellen, daß es ein Erlebnis sein mußte. Er führte den Rückzug aus dem Haus an. Raven ging hinterher, um zu erklären, da liege ein Irrtum vor. Würgend und hustend knallte Tiana hinter ihm die Tür zu und verriegelte sie. Die Hündin blickte sie anklagend über den Rand ihrer Kiste hinweg an. Raven schlug gegen die Tür und brüllte.

Es dauerte nicht lange, da hatte das Feuer die Luft wieder gereinigt, und Tiana rief den Jungen herunter. Coffee hatte sich seine Decken über den Kopf gezogen und schlief. Wenn viele Leute ein Haus bewohnten, lernten sie, nicht zu sehen oder zu hören, was sie nichts anging.

»Setz dich.« Tiana wies ihm einen Platz vor dem Feuer an. Sie legte noch ein paar Holzscheite nach und rieb dem Jungen die schmutzigen Füße, um sie zu wärmen. »Du armes Kind«, murmelte sie. Sie bot ihm etwas Dörrfleisch und Maisbrei an. Er schlang alles gierig herunter, worauf sie ihm noch etwas gab.

»Du kannst später mehr bekommen. Zuviel essen, krank.« Sie tat, als übergäbe sie sich. Er schien zu verstehen. Er blickte ängstlich zur Tür. Ravens Schreie wurden lauter. Tiana legte dem Jungen Decken um die knochigen Schultern. Unter seiner gräulichen Haut und dem zerfetzten Hemd, das er trug, waren die Rippen zu sehen. Sein Lendentuch war vom vielen Tragen schon ganz dünn.

»Frau, mach sofort die Tür auf.«

»Ich lasse dich rein, wenn du versprichst, daß deine Freunde in der Scheune schlafen.«

»Das ist unerhört!«

»Ihre Decken sind hier im Haus. Versprich es, oder ich werde morgen früh die Eiszapfen von dir abklopfen.«

»Du kannst einen Mann nicht aus seinem eigenen Haus vertreiben.«

»Dies ist *mein* Haus. Versprichst du's?« Es war leises Gemurmel zu hören, als sich die Männer berieten. Tiana mußte lächeln. Raven würde außer sich vor Zorn sein.

»Ich verspreche es«, rief er schließlich.

»Auf Ehre.«

»Auf Ehre.«

»Und du wirst keinem dieser Männer erlauben, hereinzukommen und unsere Nachtruhe zu stören?«

»Ich verspreche es.« Raven klapperten die Zähne.

»Wie ist dein Name, Kind?« fragte Tiana den Jungen.

»Mon-sho-dse-mon-in, Traveler In The Mist.«

»Traveler, mach langsam die Tür auf und stell dich dahinter.« Sie machte es ihm pantomimisch vor. »Verstehst du?«

»*Han-hai*, ja, Mutter«, sagte er. Er konnte nicht älter als zehn Jahre sein. Was tat er so allein, so weit weg von zu Hause?

Dann passierten drei Dinge auf einmal. Die Tür ging auf. Raven stürmte herein. Tianas Messer flog an seinem Ohr vorbei und bohrte sich mit einem lauten, vibrierenden *Wumm* in die Türfüllung. Selbst in seiner Betrunkenheit wußte Raven, daß das Messer ihn nur deshalb verfehlt hatte, weil Tiana das beabsichtigt hatte. Jetzt stand sie mit der großen eisernen Bratpfanne in beiden Händen da, als wäre sie ein Schläger in einem Ballspiel. Sie begann, mit den Füßen Bündel von Decken und Satteltaschen in Richtung Tür zu treten.

»Ich muß jetzt gehen, Mrs. Gentry«, rief Benjamin Bonneville durch die Riegelöffnung. »Ich danke Ihnen für Ihre Gastfreundschaft.« In seiner Stimme war keine Ironie. Frauen waren für ihn so fremdartige Wesen, daß nichts, was sie taten, ihn überraschte. »Meine Taschen sind die von den Osage mit Perlenstickerei und Fransen versehenen.« Raven schleuderte die Taschen und Decken durch die Tür. Der Osage-Junge half ihm.

»Gute Nacht, Jungs.« Raven schloß die Tür, verriegelte sie, wirbelte herum und erweckte den Anschein, als wollte er sich auf Tiana stürzen. Wenn er sich vor seinen Freunden selbst demütigte, war das eine Sache. Etwas ganz anderes war es, von einer Frau gedemütigt zu werden.

»Wie kannst du es wagen, mich so zu beleidigen!«

»Wie kannst du es wagen, mich wie eine Dienstmagd zu behandeln!«

»Ich bin keine ganz unwichtige Person. Ich lasse mich nicht demütigen.«

»Und ich bin *Ghigau*. Ich habe das höchste Amt inne, das eine Frau bei meinem Volk innehaben kann, obwohl ich in letzter Zeit für mein Volk nicht mehr sonderlich nützlich bin. Ich muß meine ganze Zeit damit zubringen, auf dich aufzupassen, damit du dich in deiner Volltrunkenheit nicht verletzt, oder darauf achten, daß du deine Geschäfte nicht ruinierst, während du in Nicks' Kneipe am Spieltisch sitzt. Ich will in *meinem* Haus wenigstens eine Nacht Frieden haben«, sagte sie. »Und wenn ich dafür kämpfen müßte.«

Selbst die Spinne verliert einmal die Geduld. Tiana machte sich auf Ravens Zornesausbruch gefaßt. Sie begrüßte ihn. Sie lehnte sich hinein wie in eine kühle Brise an einem brütend heißen Tag. Coffee lag auf dem Bauch und ließ den Kopf über den Rand der Dachluke hängen. Er hatte Tiana noch nie die Stimme heben hören. Der fremdartige Laut hatte ihn geweckt. Er war fasziniert. Das Osage-Kind schnappte sich zwei Äpfel aus einem Korb und zog sich in die Wärme des Herdfeuers zurück. Der Junge hockte sich hin, weit genug aus der Feuerlinie entfernt, und starrte von Raven zu Tiana, während er auf einem Apfel herumkaute.

»Wie kannst du es wagen, meine Freunde zu beleidigen!« Diesmal ging er ohne Umwege auf sie los. Sein gebräuntes Gesicht war vor Zorn gerötet.

»Freunde«, schrie sie zurück. »Freunde! Trink dieses Whiskeyfaß da aus«, rief sie und zeigte mit der Bratpfanne, »dann wirst du sehen, wie freundlich sie sind. Mit Ausnahme von Benjamin Bonneville, Coffee, The Bowl und mir hast du heute abend keine Freunde hier gehabt. Wie könnte jemand dein Freund sein? Sieh dich doch an. Du bist abstoßend. Du riechst wie ein Stall. Dein Gesicht sieht aus wie das Maisfeld vom letzten Jahr.« Raven fuhr sich mit der Hand über die Bartstoppeln am Kinn. »Und deine Augen, deine schönen Augen, sie sind leer und gerötet.«

»Ich bin Kongreßabgeordneter der Vereinigten Staaten gewesen und General und Gouverneur. Jetzt bin ich nur noch ein elender Ladenbesitzer am Arsch der Welt. Ich trinke, um zu vergessen, daß ich im Exil lebe, weit weg von zu Hause und Freunden.«

Tiana schwang die Bratpfanne und schleuderte sie mit ihrer beträchtlichen Kraft gegen Ravens Kopf. Er duckte sich, sie flog mit einem befriedigenden Krachen an die Tür. Tiana fühlte sich so gut dabei, daß sie einen Topf mit eingelegten Äpfeln nahm und damit nach ihm warf. Die Apfelstücke liefen in klebrigen Rinnsalen an der Tür herunter. Raven sah völlig verblüfft aus.

»Laß mir dieses Wort *nie wieder* zu Ohren kommen.« Tiana zitterte vor Zorn. »Was weißt du schon von Exil? Du bist aus freiem Willen weggegangen. Du bist nie von zu Hause weggejagt worden, aus dem Land, in dem deine Leute jahrhundertelang gelebt haben und das sie liebten. Du weißt nicht, wie es ist, wenn einem gesagt wird, man sei nicht gut genug für den Umgang mit *zivilisierten* Menschen. Daß man das Land besudelt, nur weil man eine andere Hautfarbe hat. Wir hier sind alle im Exil, und das doppelt und dreifach. Du dagegen suhlst dich darin. Du machst aus deiner Not eine Pose. Du flehst um Mitleid wie ein schamloser Bettler.«

»Das tue ich nicht.«

»Tust du doch.« Tiana sackte zusammen. Ihr Zorn war verraucht. »Raven, ich fürchte um dich. Du kannst so nicht weitermachen.«

»Das weiß ich.« Er sank auf eine Bank und nahm den Kopf in die Hände. »Meine liebe Spider Eyes, du hast ein Tigerherz.«

»Komm her, wärm dich am Feuer«, sagte Tiana mit leiser Stimme.

Sie erhitzte einen Kessel mit Wasser. Dann setzte sie sein langes Rasiermesser an dem breiten ledernen Streichriemen an, der neben dem Spiegel und dem Tisch mit der Waschschüssel und der Kanne hing. Raven war untröstlich und hockte zusammengekauert da. Er hatte sich eine Decke um die Schultern gelegt. Er sah müde aus, als er starr in die Flammen blickte. Tiana schäumte sich die Hände mit Laugenseife und warmem Wasser ein. Sie saß auf einem Hocker vor ihm, machte ihm mit der Ecke eines Handtuchs, die sie ins Wasser getaucht hatte, das Gesicht naß. Sie hielt ihm mit einer Hand das Kinn und begann, ihm die Wangen zu rasieren und seine lockigen Koteletten zu stutzen.

»Wer ist der Junge?« fragte Raven.

»Ein Osage. Ich habe ihn erwischt, wie er Hühner stehlen wollte.«

»Pryor und Cadet sagen, die Osage hungern.« Raven musterte das Kind mit Trauer.

»So wie der hier aussieht, würde ich sagen, sie haben recht.« Sie sprach zu dem Jungen, der scheu antwortete. »Soviel ich verstehe, sagt er, sein Vater sei krank, und seine Familie habe Hunger. Da hat er sich gedacht, er könnte ihnen etwas zu essen bringen.« Tiana sagte ihm wieder etwas, worauf der Junge, eine Schleppe von Wolldecken hinter sich herziehend, die Leiter zum Dachboden hinaufkletterte.

»Wir geben ihm so viel mit, wie er tragen kann«, sagte Raven. Als das Kind auf dem Dachboden verschwunden war, nahm Raven Tianas Hand und hielt sie fest. »Wie ist dein Name?« Er starrte sie intensiv an. Er war immer noch betrunken.

»Tiana. Diana. Spider Eyes.«

»Und *Ghigau*, Geliebte Frau«, sagte Raven. »Ein sehr passender Name, dieser letzte. Aber wie ist dein anderer Name?«

»Hör auf zu reden. Ich kann nicht arbeiten.«

»Wie heißt du noch?«

»Das ist nicht wichtig.«

»Es ist wichtig.«

»Was jemand auf ein Faß mit Tabak kritzelt, das verschickt werden soll, beschreibt nicht unbedingt, was sich wirklich darin befindet. Es verrät nicht, ob der Inhalt frisch oder verdorben ist.«

»Du weichst mir aus.«

»Man erzählt nicht, welchen Namen man sonst noch hat.«

»Ebensowenig, wie man Briefe oder Dokumente unterschreibt?« Die Hartnäckigkeit, mit der Tiana alles mit einem X unterzeichnete, störte Raven. Er konnte sie nicht zwingen zuzugeben, daß es irrational ist zu glauben, eine Unterschrift könne anderen Menschen Macht über sie geben.

»Ein geheimer Name, ein Geistername, ist eine alte Sitte.«

»Aber du bist keine alte Frau.«

»Ich bin so alt wie die Erinnerung meines Volkes. Und so jung wie seine noch ungeborenen Kinder.«

»Ich bin dein Ehemann, dein Liebhaber, dein Freund, dein Seelengefährte. Mir kannst du es sagen.«

»Das kann ich nicht.«

»Du willst es nicht.«

»Nun gut, dann will ich es nicht. Ich habe es einmal getan, als Kind. Doch damals war ich jung und wußte es nicht besser. Warum willst du es unbedingt wissen?«

»Weil es ein Teil von dir ist, den du nicht mit mir teilen willst. Du hast mich ausgeschlossen.« Sie war inzwischen mit der Rasur fertig und begann, einen Kamm durch seine dichten, strähnigen Locken zu ziehen. Sie flocht ihm das Haar zu einem Zopf, der ihm bis auf die Schultern reichte.

»Ich liebe dich«, sagte sie.

»Aber du brauchst mich nicht.«

»Ich brauche dich sehr.«

»Du könntest ebensogut ohne mich zurechtkommen. Vielleicht sogar besser.«

»Das stimmt nicht. Du bist die Sonne, die morgens für mich aufgeht. Es gibt vielleicht Tage, an denen die Sonne zwar aufgeht, an denen der Tag aber trotzdem kalt und düster ist, vielleicht auch regnerisch. Aber es ist immer noch ein neuer Tag, an dem schöne Dinge geschehen können. Und ich bedanke mich dafür. Es ist nicht leicht, mit dir zu leben. Der Sonnenschein in dir verbirgt sich manchmal hinter Wolken. Ich möchte aber trotzdem mit keinem anderen Menschen leben. Außerdem«, sie zupfte an seinem Zopf, »sagst du doch immer, du magst eine unabhängige Frau.«

»Viele Männer mögen unabhängige Frauen. Bis sie selbst eine haben.«

»Da ist noch warmes Wasser. Wir können uns waschen und etwas lesen, bis das Feuer heruntergebrannt ist, und dann schlafen.«

»Das hört sich himmlisch an.«

Sie lagen eng umschlungen da und beobachteten, wie die Holzkohle in der Dunkelheit glitzerte und blinkte.

»Es gibt Städte im Osten, die so aussehen«, sagte Raven. »Ich habe in Philadelphia mal auf einem Hügel gestanden und auf Tausende von Lichtern heruntergeblickt, die alle weiß glühten. Die Straßen sind mit Fackeln gesäumt, damit die Leute nach Hause finden. Und in den Fenstern flackern Kerzen. Wir brauchen ein Fenster aus richtigem Glas. Erinnere mich daran, daß ich eins bestelle«, sagte er schläfrig. Tiana lag ein paar Minuten in der Dunkelheit und lauschte seinem Atem.

»Bussard«, flüsterte sie schließlich.

»Mmmm?« murmelte er.

»Mein Name ist Bussard.«

Raven drückte sie an sich, umarmte sie, um sich dann entspannt zurückzulegen. Kurz darauf atmete er langsam und tief. Sie wußte nicht, ob er es gehört hatte oder nicht. Ihr Atem bewegte die ungebärdigen Locken auf seiner Wange.

Am nächsten Morgen brach der Junge mit Lebensmitteln beladen auf. Wie es bei den Osage Sitte war, äußerte er kein Wort des Dankes. Und wie Tiana es so oft Shinkah hatte tun hören, bedankte sie sich statt dessen, da er ihr erlaubt hatte, ihr Essen mit ihm zu teilen, und weil er ihr Haus mit seiner Anwesenheit beehrt hatte.

Nach jener Nacht verhielt sich Raven im Wigwam Neosho etwas rücksichtsvoller. Für den Fall, daß er vergaß, was sich in jener Nacht ereignet hatte, würde ihn künftig ein heller Streifen gesplitterten Holzes daran erinnern, wo die Pfanne die Tür getroffen hatte. Raven und Tiana hatten immer noch oft Gäste, doch es gab weniger Pokerspiele, die sich die ganze Nacht hinzogen. Arbuckle und Bonneville waren häufige Besucher. Sie schienen sich in Tianas Gastfreundschaft zu sonnen.

Raven und Tiana wiederum besuchten Cadet Chouteau und den alten Nate Pryor. Wenn Raven sich zum Ratshaus in Tahlontuskee begeben mußte, was oft vorkam, blieben sie bei Drum, James und John Rogers. Wenn Raven ernsthaft nach Spielen oder Trinken zumute war, ritt er zum Lager Gibson. Mit hochgelegten Füßen und Brandygläsern auf dem Bauch verbrachten er und Bonneville Stunden im Zimmer des Captain. Sie diskutierten über die Klassiker oder die Vermögen, die in den Bergen weiter westlich warteten. Bonneville hatte das, was Harry Haralson »Hummeln im Hintern« nannte. Er hatte für seine Forschungsreise um Urlaub gebeten und wartete voller Ungeduld darauf, daß die Bewilligung eintraf. Manchmal trank Raven in der Offiziersmesse oder in Nicks' Kneipe. Und wenn er keinen Gleichgesinnten auftreiben konnte, trank er allein. An so manchem Morgen fand ihn Tiana schlafend auf dem Pfad, alle viere von sich gestreckt. Oft hatte ihn das erste Kommando, das am frühen Morgen aufbrach, einfach dort abgeladen, damit er nicht im Weg war.

Dennoch trug Raven seine Schande mit Würde und einer rätselhaften Aura, die etwas davon ahnen ließ, was er verloren hatte. Wenn er in seinem Turban mit dem Federbusch, seinen fransenbesetzten Hirschlederhosen und dem bunten Jagdhemd aus Kaliko, an dem die winzigen Glöckchen klirrten, durchs Lager schritt, standen die Offiziersfrauen unfehlbar hinter den Gardinen. Wäscherinnen blickten von ihren dampfenden Kesseln und Wannen hoch. Nur wenige Männer übten einen größeren Reiz aus als ein gutaussehender Bursche, der sichtlich etwas Tragisches hinter sich hatte, besonders, wenn bei dieser Tragödie Liebe eine Rolle gespielt hatte.

Jeder wußte, daß ein Skandal ihn um sein hohes Amt gebracht und hergetrieben hatte. Jeder wußte, daß eine schöne Frau damit zu tun hatte. Seine politischen Feinde hier und in Tennessee hielten die Angelegenheit in der Presse am Leben. Sie waren nicht davon überzeugt, daß der Löwe hilflos und ohne Krallen war.

Einzelheiten wurden jedoch nie erwähnt, obwohl besonders die Frauen jeden Artikel sorgfältig danach durchsuchten. Auch Raven selbst verlor nie ein Wort darüber, auch wenn er noch so betrunken war. Folglich gab es zahlreiche Spekulationen. In seiner Erbitterung schickte Raven schließlich eine Erklärung an eine Zeitung in Nashville. Sie wurde in anderen Blättern nachgedruckt.

> Hiermit erkläre ich, Sam Houston, allen *Lumpen, wer immer sie sein mögen,* daß sie mich nach Belieben anschuldigen, diffamieren, verleumden, verunglimpfen, schmähen und üble Nachrede über mich verbreiten dürfen, wie es ihnen beliebt. Zur Ermutigung aller Lumpen sei ausdrücklich gesagt, daß ich mich feierlich verpflichte, dem Urheber der *elegantesten, raffiniertesten und einfallsreichsten Lüge oder Verleumdung* ein in Hundeleder gebundenes und mit Goldprägung und Goldschnitt versehenes Exemplar sämtlicher bisher erschienener Ausgaben des *Kentucky Reporter* zu dedizieren.

Der *Kentucky Reporter* hatte sich bei seinen Attacken auf Raven besonders hervorgetan.

Drum, Tiana sowie Ravens Freunde und Anhänger beobachteten besorgt, wie er sich ungerührt allmählich zu Tode trank. Drum hatte sogar einige junge Männer dazu abgestellt, ihm auf den Fersen zu bleiben und darauf zu achten, daß er sich nicht verletzte. Raven hatte sich um ein Mandat für einen Sitz im Nationalrat beworben und war mit Mehrheit abgelehnt worden. Diese Enttäuschung hatte er nicht leicht genommen.

Drum beobachtete Raven jetzt, als er im Rat saß. Raven hatte wie immer getrunken. Er schwankte auf der Bank. Plötzlich regte sich etwas an der Tür des Ratshauses. Es war nicht länger der dunkle, kuppelförmige Bau von früher, sondern ein luftiges Blockhaus, das höher war als die umgebenden Gebäude. Es hatte zwei Türen, damit man Durchzug machen konnte, und Fenster mit Fensterläden. Es lag nur drei Meilen von Drums Farm entfernt. In einiger Entfernung wurde an einem Gerichtsgebäude gebaut. Bei seiner Fertigstellung würde es ein Bau sein, auf den alle stolz sein konnten.

Drum hörte, wie draußen gelacht und gerufen wurde, als eine Gruppe der jüngeren Männer einen hochgewachsenen schwarzen Sklaven hereinführten. Er war wie The Raven gebaut, war breitschultrig und hatte eine schmale Taille. Er trug ein bunt zusammengewürfeltes Kostüm voller Bänder und Schmuck, mit Medaillen und Fransen, die auf dem Fußboden schleiften. Er hatte ein Rüschenhemd, eine Jacke sowie Mokassins an, die für ihn zu groß waren, und auf dem Kopf saß ein riesiger bunter Turban mit Federbüschen. Sein Gesicht war weiß bemalt.

Man hatte ihn sorgfältig instruiert. Er nahm eine Pose ein, die jeder sofort als die von Raven erkannte, und hielt eine flüssig vorgetragene Ansprache, die jedoch in einem Kauderwelsch gehalten war, das jeder trotzdem als Latein erkannte. Das Ratsgebäude war in vollem Aufruhr. Die Anwesenden wieherten vor Lachen und sahen Raven an, um zu sehen, wie er es aufnahm.

Wenn Raven nüchtern gewesen wäre, hätte er wahrscheinlich die Schauspielkunst des Mannes bewundert. Er kannte den Humor des Wahren Volkes. Wenn er sich selbst besser gefühlt hätte, hätte er sich vielleicht auch nicht beleidigt gefühlt. Doch er war weder nüchtern, noch fühlte er sich in seiner Haut wohl. Drum ging näher heran, um Unheil zu verhüten. Raven war meist zu sehr Gentleman, um sich auf eine Schlägerei einzulassen, doch jetzt konnte es sein, daß der Whiskey und sein Zorn die Oberhand gewannen. Drum versuchte, ihn hinauszuführen, und zupfte sanft an seinem Ärmel.

Mit einer ausholenden Bewegung seiner großen Hand stieß Raven Drum zu Boden. Der alte Mann schlug mit dem Kopf gegen eine Bank und blieb bewußtlos liegen. Mit einem Aufheulen stürzten sich die anderen Männer auf Raven. In dem Kampfgetümmel wurden Bänke umgestoßen. Die Männer schleiften ihn ins Freie und prügelten auf ihn ein, bis er das Bewußtsein verlor. Drum kam wieder zu Bewußtsein und torkelte die Treppenstufen hinunter. Er blinzelte in dem hellen Sonnenschein und bahnte sich mit Fäusten und Ellbogen den Weg durch die Menge um seinen Sohn. Er packte einen Mann, der schon den Fuß gehoben hatte, um Raven in die Rippen zu treten.

»Nein, meine Söhne«, rief Drum. Alle zogen sich zurück. Sie hatten noch nie gehört, daß Drum die Stimme hob. »Seine Füße sind auf dem Dunklen Pfad.« Drum kniete neben Raven nieder und untersuchte ihn auf gebrochene Knochen. Die übrigen begannen sich zu zerstreuen, viele mit hängenden Köpfen. So weit sich jeder erinnern konnte, hatte es im Rat noch nie Gewalt gegeben. Nur James, John und einige der älteren Männer blieben, um Drum zu helfen.

Raven wachte in Drums Bett auf. Der alte Mann saß neben ihm und sang mit leiser, gutturaler Stimme. Er hielt inne, als er sah, daß Raven sich bewegte.

»Wie fühlst du dich, mein Sohn?«

»Würmer zerfressen mich, Vater. Und nicht wegen dieser Prellungen.« Raven sah auf die dunkelroten Male an seinem Körper. »Mach dir nicht die Mühe, diese Beulen zu heilen. Sie sollten bleiben, um mich daran zu erinnern, wie schlecht ich bin.«

»Ich habe nicht gesungen, um die Beulen zu beseitigen, Raven, sondern die Träume. Du hast schlecht geträumt. Träume lösen Krankheiten aus.«

»Vater.« Raven nahm eine von Drums Händen in seine. »Bitte schimpf mit mir. Zürne mir. Ich verdiene dein Mitgefühl nicht.«

»Vielleicht hat dein Predigerbuch wie in so vielen Dingen auch darin recht. Mitleid kann eine schlimmere Strafe sein als eine Peitsche.«

»Ehemann«, rief Tiana von der Tür her. »Ich habe einen Brief aus dem Lager mitgebracht. Er ist von deinem Bruder John.« Sie setzte sich auf die Bettkante und berührte behutsam seine Prellungen.

»Ich werde einen Breiumschlag aus Wollkraut darauf legen.«

»War mein Exemplar der *Gazette* schon da?«

»Ja.«

»Da muß etwas Schlechtes über mich drin gestanden haben, sonst hättest du mir die Zeitung gleich gegeben.«

»Ja.«

»Was ist es diesmal?« Raven lächelte fast. »Los, erzähl schon. Sie haben schon so viele Lügen erfunden, daß es fast schon ein Witz ist. Wissen sie denn nicht, daß ich ihnen nicht mehr weh tun kann?«

»Nein, Raven«, entgegnete Drum. »Das wissen sie nicht.«

»Sie sagen, du seist ein ›grünäugiges Ungeheuer, du würdest Männer verleumden und Frauen täuschen‹.« Tiana erwähnte nicht ihre Worte über seine Indianerfrau, »seine unheilige Allianz«.

»Belangloses Zeug. Aber wie sie mich hetzen. Sie haben mich dazu getrieben, den Mann zu schlagen, der mich in dieser Welt am meisten liebt.« Mit Tränen in den Augen sah er beide an. »Ich habe den Kelch bis zur Neige geleert. Jetzt bleibt mir nur noch der Bodensatz.«

»Dir bleibt noch weit mehr als das, mein Sohn«, entgegnete Drum. »Wenn diese Handlung notwendig war, um dir den Irrtum deines Pfads vor Augen zu führen, dann waren meine paar Schürfwunden es wert.«

Als Raven den Brief von John Houston las, erbleichte er unter seiner tiefen Sonnenbräune.

»Meine Mutter ist sehr krank. Sie bittet mich zu kommen. John sagt, sie erwarten nicht, daß sie noch sehr lange lebt. Ich muß mich beeilen.«

»Dann mußt du sofort aufbrechen«, sagte Drum.

»Sobald ich mich beim Rat für das entschuldigt habe, was ich getan habe.«

52

Ein kalter Märzmorgen trommelte Tiana auf den Rücken. Sie ritt zusammengekauert und beugte sich tief über den Hals ihres Pferdes, um möglichst wenig Nässe in die Augen zu bekommen. Der Pfad war ein Morast aus klebrigem roten Schlamm. Sie passierte einen liegengebliebenen Wagen von Auswanderern, die nach Texas wollten. Die Räder ihres überladenen Gefährts steckten bis zu den Achseln im Schlamm. Eine Frau mit traurigem Gesicht und ihre Kinderschar sahen Tiana zu, als sie vorbeiritt.

Tiana sah die Not in ihren Gesichtern, konnte aber nicht viel Mitleid empfinden. Diese Leuten waren nach Texas unterwegs, wo sie die Stämme der Plains vertreiben und noch mehr in Wut versetzen würden. Und die Indianerstämme hier würden dafür büßen müssen. Selbst jetzt, in diesem Augenblick, lagerten die Osaga-Frauen mit ihren Kindern drei Meilen von Fort Gibson entfernt. Sie fürchteten die Pawnee, die anzugreifen drohten. Die Osage-Männer und ihre früheren Feinde, die Creeks, hatten sich verbündet, um gegen sie zu kämpfen. Es hatte den Anschein, als könnte nur ein Krieg gegen irgendeinen neuen Stamm den Kampf zwischen den Osage und ihren Nachbarn im Osten beenden.

Wie auch immer: Tiana wußte, daß es mehr als wahrscheinlich war, daß sie diesen Pöbel bei ihrer Rückkehr vom Fort auf ihrem Hof vorfinden würde. Vielleicht würde sie zu Sally Ground Squirrels Farm weiterreiten oder bei ihrer Mutter oder ihren Brüdern bleiben. Raven hielt sich mit einer von Drums Delegationen wieder einmal in Washington City auf. Und Tianas Haus war kalt und einsam. Sie hatte Coffee auf der Farm zurückgelassen, um das Vieh zu versorgen und den Verkäufer des Ladens im Auge zu behalten. Coffee hatte inzwischen eine neue Frau gefunden, Malinda. Sie war klein, still und freundlich. Sie würde Fancy nie ersetzen können, linderte aber Coffees Trauer.

Die Decke, die Tiana sich um Kopf und Schultern gelegt hatte, war völlig durchnäßt. Ihr langes Haar klebte ihr schwer an Wangen, Stirn und Rücken. Sie war bis ins Mark durchgekühlt. Coffee hatte versucht, ihr den Ritt auszureden. Seit Tagen fiel kalter, strömender Regen, und die Straßen waren fast unpassierbar. Der alte Jack trottete verdrossen drauflos. Seine Hufe waren mit Lehmklumpen beschwert, die immer schwerer wurden, bis sie abfielen und neuen Platz machten.

In Fort Gibson war Posttag. Vielleicht war ein Brief von Raven da. Tiana führte Jack auf die Fähre und stellte sich auf die Leeseite des Pferdes, um den prasselnden Regen fernzuhalten. Der Fährmann Punk Plugged In sprach nur selten mit ihr. Er war von Natur aus mürrisch und überdies ein Vollblut. Die Männer der Sieben Clans sprachen meist nicht mit Frauen, es sei denn, es war unumgänglich.

»Man fragt sich, wann Kalanu aus dem Sonnenland zurückkehrt?« sagte er, als hätte seine Frage nicht das geringste mit ihr zu tun. Er starrte aufmerksam auf das ausgefranste Hanfseil, an dem er zerrte, um sein schwerfälliges Floß über den Fluß zu ziehen. Er starrte es immer an. Er schien zu denken, daß nur noch sein Wille das Seil für eine weitere Fährfahrt zusammenhielt.

»Die hier weiß es nicht.« Tiana blickte ebenfalls in eine andere Richtung. »Vielleicht ist heute ein Brief mit einer Nachricht von ihm da.«

»Jemand vermißt ihn«, sagte der Fährmann. »Er bringt einen immer zum Lachen, selbst wenn man schläfrig und wegen der späten Stunde wütend auf ihn ist.« Das war neu für Tiana. Sie kannte Punk Plugged In seit fünfundzwanzig Jahren und hatte ihn noch nie lächeln, geschweige denn lachen sehen. »Und er erkundigt sich immer nach der Familie und zahlt auch gut. Möge er bald zurückkehren.«

Tiana salutierte dem Wachtposten am Palisadentor und lächelte ihn an. Er kannte sie gut. Etwas Strahlenderes als ihr Lächeln würde er heute kaum zu sehen bekommen. Tiana bemerkte, wie verrottet die Baumstämme der Wand waren. Jedes Jahr bat Arbuckle den Kongreß um Gelder für einen Umbau. Jedes Jahr wurde seine Bitte abgelehnt. Statt dessen beförderte der Kongreß nur den Status Gibsons und machte aus dem Lager ein Fort. Arbuckle wäre das Geld lieber gewesen.

Tiana entging auch nicht, daß die Regierung nicht nur die Indianer vergaß, sobald sie erst einmal umgesiedelt waren, sondern auch jeden, der mit ihnen zu tun hatte. Tiana führte Jack an dem Korridor entlang, der durch das Dach der Veranda der Offiziersunterkünfte im Obergeschoß gebildet wurde. Jacks Hufe klapperten auf den Brettern, und er ließ den Kopf so tief hängen, daß seine große Unterlippe die Bretter zu berühren drohte. Sie band ihn am Geländer fest und warf ihm ihre Decke auf den Rücken. Trotz der Kälte dampfte er.

In der Mitte des Exerzierplatzes ritt ein bedauernswerter Teufel von Soldat auf einem unvorteilhaft aussehenden Holzpferd, dessen Rückgrat spitz herausragte. Wenn man auf diesem Pferd sitzen mußte, war es im besten Fall schmerzhaft. Im schlimmsten Fall riskierte man, verstümmelt zu werden. Der Soldat hielt zwei Flaschen Whiskey in seinen ausgestreckten Händen, und um den Hals hatte man ihm ein Brett gehängt. Darauf hatte man mit einem glühenden Nagel das Wort »Whiskeyverkäufer« eingebrannt.

»Du lieber Himmel, Kind.« Nicks Witwe blickte hoch, als der Wind Tiana durch die Tür zu ihr hereinwehte. »Sie werden sich noch den Tod holen.«

»Der Tod wird mich holen müssen, Mrs. Nicks«, entgegnete Tiana. »Guten Tag, Colonel.« Sie lächelte Arbuckle an. Sie war nicht überrascht, ihn hier zu sehen. Seit John Nicks vor drei Monaten an Lungenentzündung gestorben war, hatte Matthew der pummeligen und angenehmen Sarah den Hof gemacht. »Ein außergewöhnliches Stück Frau«, sagte er immer zu Raven. »Und im Geschäftsleben sehr aktiv.« Sie war nicht nur im Geschäftsleben aktiv, eine gute Köchin und weich wie eine Federmatratze, sie war auch noch reich. Die Tatsache, daß Two-Drink-Scant Nicks ihr fünfundzwanzigtausend Dollar hinterlassen hatte, tat Arbuckles Glut keinen Abbruch.

Tiana warf einen prüfenden Blick auf den hohen Posttresen, der eine halbe Wand einnahm. Die Regale waren in numerierte Schlitze unterteilt. Tiana faszinierte es immer wieder von neuem zu sehen, wie die schweren braunen und weißen Blätter zusammengefaltet und versiegelt in einem exakten Winkel in ihre Fächer rutschten. Die Umschläge hüllten die Reden von Menschen ein, die Tiana nicht kannte. Sie versuchte sich vorzustellen, was für Menschen einige von ihnen waren, als sie darauf wartete, daß Sarah Nicks ihr den Brief gab.

»Ein Päckchen vom General ist auch für Sie da«, sagte Sarah. »Wenn Sie den Brief gelesen haben, sollten Sie zu mir ins Haus gehen und sich eine Weile hinsetzen, damit Sie trocken werden. Sadie hat gerade Brot gebacken, und außerdem gibt es Apfelsauce. Hier haben Sie eine Tasse und etwas Tee. Heißes Wasser steht auf dem Ofen.«

»Vielen Dank.« Tiana nahm den Brief und die kleine, angestoßene

Holzkiste mit in die Ecke, in der zwei Stühle neben dem Ofen standen. Sie goß sich heißes Wasser in ihre Teetasse und wärmte sich die Hände daran. Sie genoß die Hitze des Ofens, als sie den Umschlag öffnete. Raven war im Oktober nach seiner Reise in den Osten zur Beerdigung seiner Mutter zu ihr zurückgekehrt. Tiana wußte, daß er sich verändert hatte, als er von Bord ging. Er roch nicht nach Schnaps.

Drum hatte ihn überredet, im Dezember noch einmal nach Osten zu reisen, diesmal um die Regierung zu bitten, die versprochene Entschädigung für das Vieh zu zahlen, das Weiße bei der Umsiedlung des Wahren Volkes aus Arkansas gestohlen hatten. Der Rat wünschte zudem höhere Jahreszahlungen und mehr Land für die zunehmende Zahl von Auswanderern.

»Meine liebste Spider Eyes«, begann der Brief.

> Du dürftest bald ein paar Vorrichtungen in Händen haben, die dazu da sind, das Haar einer Frau zu zähmen. Hier drehen sich die Frauen das Haar und machen phantastische Skulpturen daraus, *à la chinoise*. Keine von ihnen kann sich jedoch mit Deinen Zöpfen im Naturzustand vergleichen.

Wie immer sprach Raven von seiner Sehnsucht nach ihr und der Ruhe des Wigwams Neosho. Er erzählte ihr vom Leben in Washington City. Von den Betrunkenen, die einfach in das große weiße Herrenhaus des Präsidenten hineinmarschierten und sich irgendwo auf einer Couch schlafen legten. Er erzählte ihr von den Moden, in die sich die Frauen zwängten. »Ich muß davon ausgehen«, bemerkte er,

> daß sie irgendeine Maschine haben, etwa so ein Ding, mit dem wir Felle zu einem Bündel zusammenpressen und verschnüren. Denn sonst sehe ich keine Möglichkeit, wie sie es schaffen könnten, ihre Taillen in die Kleider zu zwängen, die sie tragen. Ich befürchte, daß eins dieser Kleider eines Tages noch platzen wird, wenn eine Schar dieser Damen sich auf der Galerie des Senats oder des Repräsentantenhauses versammelt hat. Das wird für alle Anwesenden sehr peinlich sein.

Er erzählte von der eigenartigen, vor kurzem aus Europa eingeführten neuen Sitte, Kellnern ein Trinkgeld zu geben, um eine schnellere Bedienung zu erreichen. Er nannte es Bestechungsgeld, das jeder zahlen müsse, der nicht verhungern wolle.

»Du fragst nach Washington City«, fuhr er fort.

> Wie soll ich es beschreiben? Es gleicht keiner anderen Stadt. Es besteht aus breiten Durchfahrtsstraßen, die auf Feldern beginnen und auf Feldern enden und nur an wenigen Stellen von Häusern gesäumt sind. Öffentliche Gebäude liegen Meilen auseinander und stehen auf ebendiesen Feldern. Es sieht fast so aus, als hätte die Bevölkerung ihr Lager abgebrochen und ihre Häuser mitgenommen.

Raven erzählte Tiana von dem Skandal, der Eaton-Malaria, wie manche sagten, dem Skandal, der den früheren Kriegsminister Eaton gezwungen hatte, als Gouverneur nach Florida zu gehen. Jackson hatte zwei Jahre lang versucht, die Frauen seiner Kabinettsmitglieder zu zwingen, Eatons neue Frau Peg O'Neale Timberlake, die Tochter des Gastwirts, zu akzeptieren. Jedoch ohne Erfolg. Er hatte die Creeks besiegen können, die Briten, die ewigen Neinsager und den Attentäter, der einen verunglückten Mordanschlag auf ihn gewagt hatte und von Old Hickory schwer verprügelt worden war. Doch die Damen konnte er nicht besiegen. Auf all ihren Banketten und Bällen und Teekränzchen glänzten der Kriegsminister und seine wunderschöne Ehefrau mit dem befleckten Ruf auffallend durch Abwesenheit.

Wie die Malaria suchte auch der Eaton-Skandal Jackson immer von neuem heim. Manche spekulierten sogar, Eaton habe Pegs Ehemann Timberlake ermorden lassen, um sie heiraten zu können.

Raven schwelgte jedoch nicht nur in Klatsch. Er wollte Tiana wissen lassen, daß die Leute von Washington City in ihren Vorurteilen nachgerade katholisch waren. Sie konnten jeden verabscheuen, welcher Rasse oder welchem Glauben er auch angehörte, welche Hautfarbe oder Position im Leben er auch besaß.

Raven erwähnte nicht, daß auch er Gegenstand von Klatsch und Tratsch war. Dies konnte jedoch kaum anders sein, wenn er bei gesellschaftlichen Anlässen in voller Indianerkleidung auftrat. Jemand aus Drums Delegation hatte Raven einen großartigen Hirschledermantel mit einem Biberkragen geschenkt. Dieser war jedoch bei der Reise nach Osten naß und fleckig geworden und überdies geschrumpft. Raven trug ihn trotzdem, denn er besaß keinen anderen. Und wenn die Federbüsche, die in Ravens Haar hüpften, die Aufmerksamkeit der Menschen nicht auf sich zogen, dann taten es die klirrenden Glöckchen an seinem Ledermantel.

Außerdem trug er seine Mokassins, seine Decke und gelegentlich noch die Beinlinge. Besonders die Beinlinge faszinierten die Damen. Es hatte sich herumgesprochen, daß Beinlinge nicht wie Hosen geschnitten waren und daß Ravens langes Jagdhemd ein nacktes Hinterteil und nackte Schenkel verhüllte. In einer Gesellschaft, welche die Beine ihrer Klaviere einwickelte, waren Spekulationen darüber, was General Houston unter dem Hemd hatte, schon starker Tobak.

Als Raven Tiana Anfang März 1832 schrieb, wußte er selbst noch nicht, wie drastisch Eatons Flucht nach Florida auch sein Leben beeinflussen würde. Am letzten Tag im März, als Tiana bei Nicks' Witwe am Ofen saß und Ravens Brief las, feuerte William Stanberry im Repräsentantenhaus ein Feuerwerk kritischer Bemerkungen gegen Jackson ab. Darunter die folgende Frage: »Ist der ehemalige Kriegsminister nicht wegen seines betrügerischen Versuchs aus seinem Amt entfernt und nach Florida geschickt worden, Gouverneur Houston vor drei Jahren den Vertrag über die Indianerrationen zuzuschanzen?«

Die Schmarotzer der Stadt, die sich die Rede angehört hatten, rannten sofort in O'Neales Kneipe, um Raven brühwarm alles zu erzählen. Sie taten es mit dem gleichen Genuß, mit dem Spieler zwei Hunde aufeinander hetzen. Raven enttäuschte sie nicht. Er ließ ein Kielwasser umgestürzter Stühle in dem Lokal hinter sich zurück. O'Neales Postkutsche wartete geduldig, bis ihr Kutscher mit seinem »Tom and Jerry« fertig war, einem Getränk aus Brandy, Rum, Eiern, Zucker, Muskatnuß und heißer Milch.

Raven kletterte auf den Kutschbock, ergriff Zügel und Peitsche, er wollte zum Capitol. Die Unglücksboten rannten hinterher. Sie wollten nichts von dem Spaß verpassen. Raven fuhr die Kutsche in wilder Fahrt quer über die Felder und kürzte die ins Nichts führenden Boulevards ab. Dann erreichte er das Capitol, das selbst im Exil zu sein schien. Unter dem bedeckten, düsteren Himmel stand es majestätisch inmitten der Schafherden und Haine, die es umgab. Raven nahm zwei der breiten Marmorstufen auf einmal und platzte in das Foyer des Plenarsaals. Dort wartete James Polk auf ihn.

»Sam.« Polk ergriff seinen Arm.

»Ich werde diese Rechnung auf der Stelle begleichen«, rief Raven. Er schreckte Damen und Bürohelfer, Gaffer; Bittsteller und Schnupftabak schnupfende Abgeordnete starrten ihn an.

»Hören Sie zu, Sam.« Mit großer Mühe zog ihn Polk wieder nach draußen, wo ein unangenehmer Wind wehte. »Sie werden damit die

Angriffe auf Jackson nur noch verstärken. Jeder weiß doch, daß Sie sein Mann sind. Wenn Sie es hier jetzt zum Skandal kommen lassen, werden sie sich nur auf ihn stürzen. Sie dürfen Ihrem Zorn nicht einfach nachgeben.«

»Meinem Zorn nachgeben! Sir, man hat mich im Plenarsaal des Kongresses fälschlicherweise der Unehrlichkeit beschuldigt. Ich lasse mich nicht noch einmal von Feiglingen öffentlich demütigen!«

»Dann schicken Sie ihm einen Sekundanten. Lassen Sie ihn herausbitten. Machen Sie es so, wie es sich gehört.«

»Das werde ich, beim Ewigen. Das werde ich. Wollen Sie mein Sekundant sein?«

Polk zögerte. Er stellte sich vor, daß Raven von ihm verlangte, die Note im Plenarsaal zu übergeben. Außerdem waren Duelle illegal.

»Es war nur eine Frage.« Raven schob ihn zur Seite. »Was kann man schon von einem Mann erwarten, der Wasser trinkt?«

Stanberry schien jedoch Wortgefechten den Vorzug zu geben. Er verweigerte die Annahme der Note, die ihm Ravens Sekundant übergab. Allerdings bewaffnete er sich mit zwei großen Pistolen. Raven begann, den großen Hickorystock mit sich herumzutragen, den er geschnitzt hatte. In ganz Washington lag so etwas wie Enttäuschung in der Luft, als sich zwei Wochen lang nichts weiter ereignete.

Eines dunklen Abends, etwa Mitte April, verließ Raven mit zwei Freunden Felix Grundys Räume. Sie hatten zu Ehren des Frühlings getrunken, waren jedoch nicht betrunken. Sie schlenderten die breite Avenue zu ihren Unterkünften in Browns Indian Queen Hotel entlang.

Die Baumstümpfe waren an den breiten Straßen endlich ausgegraben worden, und man hatte die Farmer überreden können, ihre Gärten nicht mehr mitten auf der Straße anzulegen. Außerdem war die Zahl der Polizisten verdoppelt worden. Es waren jetzt zwei Mann. Washington wurde zivilisiert. In dem trüben Licht der flackernden Gaslaternen meinte Raven plötzlich, Stanberry aus einer Kneipe kommen zu sehen.

»Sind Sie Mr. Stanberry?« fragte er.

»Ja, Sir«, erwiderte Stanberry.

»Dann sind Sie ein elender Schuft!« Ravens rechte Schulter schmerzte immer noch tief unter der Haut, wo der Knochen verwundet worden war. Folglich schwang er seinen Stock mit der linken Hand. Das Holz landete mit einem lauten Krachen auf Stanberrys Kopf.

»Nicht!« Stanberry taumelte und hielt eine Hand hoch, um sich zu schützen.

Doch Raven war jetzt weder für Vernunft noch für gutes Zureden mehr empfänglich. Die Jahre aufgestauter Wut und Enttäuschung brachen sich Bahn. Jetzt schlug er gegen all jene zu, die ihn verleumdet, ihn gedemütigt, von Haus und Hof verjagt, seine Karriere ruiniert, seine Frau in Tennessee geschmäht, seine Frau in Oklahoma verletzt und die Trauer in den Augen seiner Mutter verursacht hatten, als sie starb.

Stanberry war ein großer, kräftiger Mann, fast so kräftig wie Raven. Aber er drehte sich um und lief weg. Raven rannte hinter ihm her und schleifte ihn auf den Bürgersteig. Stanberry schrie um Hilfe. Er zog eine Pistole aus dem Hosengürtel und preßte Raven den Lauf gegen die Brust. Als sein Finger sich um den Abzug krümmte, klickte das Schloß, und Funken flogen, doch nichts geschah. Raven entwand ihm die Pistole und warf sie in den nächsten Haufen mit Pferdeäpfeln auf der Straße.

Raven versetzte dem am Boden liegenden Stanberry noch ein paar Schläge mit dem Stock. Dann hob er die Füße des Mannes hoch, so daß man den schmutzigen Hosenboden sehen konnte. Er trat dem Abgeordneten einmal kräftig in das Hinterteil und ließ dann dessen Füße fallen. Er ordnete seine Kleidung und stürmte in die Nacht, ohne sich noch einmal umzusehen.

Was immer jetzt auf ihn zukam, Raven fühlte sich nicht mehr hilflos. Er hatte getan, was er hatte tun müssen, und die Folgen waren ihm gleichgültig. Als ein Mann, der alles verloren hatte, brauchte er zumindest keinen Verlust mehr zu befürchten. Er mußte sich zwingen, nicht auf unwürdige Weise einfach loszupfeifen.

Die Öffentlichkeit war jedoch nicht bereit, den Zwischenfall als einfache Straßenschlägerei durchgehen zu lassen.

»Eine schändliche Freveltat, ein Überfall«, hieß es in den Schlagzeilen. Das Repräsentantenhaus stimmte mit einhundertfünfundvierzig zu fünfundzwanzig Stimmen dafür, Raven festzunehmen, obwohl Polk protestierte und erklärte, dazu sei das Haus nicht berechtigt. Raven erhielt eine Frist von achtundvierzig Stunden, seine Verteidigung vorzubereiten. Er nahm sich Francis Scott Key zum Anwalt.

Der gesellschaftliche Mittelpunkt von Washington City war weder das Theater, die Rennbahn, die Oper noch die Salons. Wer Unterhaltung pur wollte, kam bei den Vorgängen in den eleganten Hallen von

Senat und Repräsentantenhaus am ehesten auf seine Kosten. Die Menschen strömten zusammen, um dem Drama beizuwohnen.

Seit Andrew Jackson das Präsidentenamt übernommen hatte, ging es in den feierlichen Sälen erheblich lebhafter, wenn auch unfeiner zu. Über der Treppe, die zu der oberen Galerie führte, war ein kleines Schild angebracht: DIE HERREN WERDEN GEBETEN, IHRE FÜSSE NICHT AUF DIE BRÜSTUNG DER GALERIE ZU LEGEN, DA DER STRASSENSCHMUTZ AN IHREN SCHUHEN DEN ABGEORDNETEN AUF DEN KOPF FALLEN WÜRDE. Straßenschmutz war ein taktvoller Ausdruck für Schlamm und Pferdeäpfel, die sich an Stiefeln oder nackten Füßen festgesetzt hatten. Damen mußten sich in der Fertigkeit üben, ihre Röcke hoch genug zu heben, damit die Säume nicht im Tabaksaft auf dem Fußboden schleiften, ohne dabei jedoch ihre Fesseln zu zeigen.

Am letzten Tag des Prozesses, an einem strahlenden Maimorgen, stand Raven kerzengerade und ruhig vor dem Podium des Speaker. Den halbkreisförmig angeordneten Pulten der Abgeordneten wandte er den Rücken zu. Über dem Podium war ein geschwungener, mit rotem Leinenstoff verhangener Bogen. Er umrahmte eine Freiheitsstatue und einen Adler im Flug. Über den Bildern von Washington und Lafayette hingen Fahnen. Raven konnte die Erregung in dem großen Saal hinter ihm spüren. Die Galerie hatte sich schon zwei Stunden vor Beginn der heutigen Verhandlung mit Menschen gefüllt. Alles, was Rang und Namen hatte, war anwesend.

Viele Kongreßabgeordnete hatten ihre Sitzplätze zuvorkommend befreundeten Damen überlassen. Raven hörte das Rascheln ihrer Krinolinen, ihr Flüstern und ihr leises Lachen. Er malte sich aus, wie sie die Schnupftabakdosen und das Schreibgerät inspizierten, das jedem Abgeordneten zur Verfügung gestellt wurde, und wie sie über den Messingspucknapf, der unter jedem Pult stand, die Nase rümpften. Die so von ihren Plätzen vertriebenen Kongreßabgeordneten saßen auf eilends herbeigeschafften Stühlen oder auf Aktenstapeln. Manche standen mit dem Rest der Menge zwischen den Säulen an der Wand. Andere hatten sich auf die Sofas gestellt, um besser zu sehen.

Früh am Morgen hatte es geregnet. Raven roch nasse Wolle und nasses Leder, Tabak, Straßenschmutz sowie den Lavendel- und Rosenduft der Damen. Er hörte nervöses Husten und mußte einen Drang unterdrücken, selbst zu husten. In den letzten zwei Wochen war die Verwaltung des Landes fast zum Stillstand gekommen. Zeitungen mußten lange Artikel über den Prozeß bringen, um ihre Leser zufriedenzustellen. Raven hatte, was er wollte: Das ganze Land spitzte die Ohren. Er würde schon bald die wichtigste Rede seines Lebens halten müssen. Und er genoß es.

Wenn das Aussehen den Prozeß entscheiden würde, stünde Ravens Sieg jetzt schon fest. Jackson hatte Raven vor zwei Tagen zu sich ins Büro gebeten.

»Haben Sie keine anderen Kleider als die da?« brüllte er Raven an.

»Nein, Sir.«

»Beim Ewigen, Mann. Sie können in diesen Eingeborenenlumpen nicht vor dem Kongreß erscheinen.« Dann hatte er eine seidene Geldbörse mit langen Quasten auf die Tischplatte geworfen.

»Das kann ich nicht annehmen, Sir.«

»O doch, Sie können. Sie wollen nicht Sie treffen, Sam. Sie wollen Ihren alten Kommandeur treffen. Ziehen Sie sich wie ein Gentleman an und konzentrieren Sie sich auf Ihre Verteidigung. Ich will Sie nicht verurteilt sehen, nur weil dieser Stümper von Anwalt, Key, sein Handwerk nicht versteht. Er ist ein besserer Liederschreiber als Anwalt.«

»Ich bedaure sehr, Ihnen soviel Kummer gemacht zu haben, Sir.«

Jackson setzte sich wieder auf seinen Stuhl. Sein breiter Mund platzte plötzlich zu einem Grinsen auf.

»Schwierigkeiten? Sam, noch ein paar Fälle dieser Art, und die Kongreßabgeordneten werden lernen, ihre Zunge zu hüten. Es muß zwar unter uns bleiben, aber ich muß sagen, daß ich stolz auf Sie bin, mein Junge.«

»Um die Wahrheit zu sagen, Sir, ich fühle mich schäbiger als ein Osage-Köter, nachdem ich diesen Mann niedergeschlagen habe. Ich dachte, ich hätte einen großen bösen Hund erwischt, entdeckte statt dessen aber einen verachtenswerten, jaulenden Welpen.«

»Egal. Besorgen Sie sich einen anständigen Anzug. Ich weiß, wie Sie aussehen, wenn Sie sich feinmachen.« Jackson durchbohrte Raven mit seinem Blick. »Ich will nicht, daß Sie diesen Prozeß verlieren. Haben Sie verstanden?«

»Ja, Sir.«

Raven war anschließend zum besten Schneider von Washington City gegangen. Jetzt trug er über engsitzenden, lederfarbenen Hosen eine burgunderrote Jacke, die ihm bis zu den Knien reichte. Darunter eine weiße Satinweste mit einer goldenen Uhrkette. Er trug den berüchtigten Stock und einen breitkrempigen, flachen weißen Biberhut. Er hatte ihn gestriegelt, bis er in dem Sonnenlicht glitzerte, das durch die achtzehn Meter hohe Glaskuppel schien.

Raven sah weit besser aus, als er sich fühlte. Er hatte Kopfschmerzen, und in seinem Magen rumorte es bedrohlich. Er hatte bis in die frühen Morgenstunden mit Freunden getrunken, und sein Organismus war nicht mehr so daran gewöhnt wie früher. Er war mit einem schlimmen Anfall von dem, was Hellfire Jack die »Blauen Teufel« nannte, aufgewacht. Er hatte dem Friseur Befehl gegeben, sich schon früh mit Kaffee und Rasiersachen einzufinden. Er hatte dem Mann eine Pistole und eine Geldbörse gezeigt.

»Wenn ich den Kaffee nicht bei mir behalte, wenn ich ihn trinke«, hatte er gesagt, »dürfen Sie mich mit dieser Pistole erschießen. Das Gold gehört dann Ihnen.« Raven würde lieber sterben, als sich krank zu fühlen und bei seinem Plädoyer versagen. Es hatte ihn am Morgen drei Versuche gekostet, aber schließlich war der Kaffee im Magen geblieben.

Jetzt fragte er sich, ob Stevenson, der Speaker des Repräsentantenhauses und Gerichtsvorsitzende, sich genauso unbehaglich fühlte wie er. Stevenson hatte im Indian Queen Hotel in der Nacht in Ravens Zimmer mitgefeiert. Irgendwann nach Mitternacht war er auf der Couch eingeschlafen. Felix Grundy war kurz darauf weggesackt. James Polk, nüchtern wie immer, war früh gegangen. Raven hatte dem schnarchenden Grundy ein Kissen unter den Kopf gelegt und ihn dort liegen lassen, wo er lag, zwischen Bett und Waschtisch, wo er alle viere von sich streckte.

»Was wird Mrs. Grundy sagen?« hatte Raven gemurmelt, bevor er einschlief.

Raven wurde durch Stille aus seiner Träumerei gerissen. Jetzt war er an der Reihe, sich zu verteidigen. Er verneigte sich vor Speaker Stevenson.

»Mr. Speaker.« Ravens normale Rednerstimme war in jeder Ecke des Saals zu hören. »Man beschuldigt mich zum ersten Mal in meinem Leben, die Gesetze meines Landes verletzt zu haben, und ich spüre all die Peinlichkeit, die meine eigentümliche Situation auslösen soll. Ich bestreite zutiefst jedes Motiv, das eines Ehrenmannes unwürdig wäre. Sollte ich, nachdem man mir großes Unrecht angetan hat, aus einem Impuls heraus das Gesetz verletzt haben, bin ich bereit, dafür die Verantwortung zu tragen. Ich bitte nur um eins: daß man mein Handeln zu den Motiven zurückverfolgt, die es ausgelöst haben.« Er wandte sich den Zuhörern zu, die mucksmäuschenstill waren. Der Saal war einem griechischen Amphitheater nachgebildet. Es war ein passender Ort für Ravens Verteidigung.

»Als gebrandmarkter Mann, den sein Glück verlassen hat und dessen Ruf ruiniert ist, stehe ich vor diesem Hohen Haus. Ich kann nie vergessen, daß ein guter Ruf eine Gnade des Himmels ist. Obwohl die Pflugschar des Ruins über mich hinweggegangen ist und meine strahlendsten Hoffnungen zunichte gemacht hat, kann ich nur sagen

Und war mein Erbteil böser Stürme gleich
Im andern Element, an Rissen, die,
Oft übersehen, an Gefahren reich,
Bestand ich doch mein Teil – wild waren sie.
Mein ist die Schuld, und zu beschön'gen feig,
Was ich geirrt, versuch ich drum auch nie;
Ich war, vertraut mit dem, was mich bedroht,
Der eignen Leiden sorgsamer Pilot.

Selbst für einen Mann wie Raven war das hohe Rhetorik. Die Menge brach in Beifall aus. Lord Byron hatte Ravens Zwecken gut gedient. Raven wartete, bis der Lärm erstarb. »Dieser Mann, Stanberry, hat mich verleumdet und sich geweigert, auf eine höfliche Note zu antworten. Ich habe ihn so gezüchtigt, wie ich es auch mit einem Hund getan hätte. Und bei jedem anderen, der mich beleidigt, werde ich genauso verfahren.«

Er fuhr fort und argumentierte, der Kongreß habe sich durch seine Einmischung in die Angelegenheit an seinen privaten Rechten als Staatsbürger vergangen. Er sprach eine halbe Stunde lang über die Gefahren einer Legislative, die sich allzuviel anmaße. Er zitierte Griechenland und Rom, Cromwell und Bonaparte. Schließlich blickte er zu der Fahne hoch, die das Porträt George Washingtons schmückte.

»Solange dieses stolze Emblem in diesem Hohen Haus zu sehen ist, so lange wird es den persönlichen Rechten jedes amerikanischen Bürgers seinen heiligen Schutz bieten. Sir, wenn man den Stolz des amerikanischen Charakters zerstört hat, hat man auch den strahlendsten Edelstein zerstört, den der Himmel je erschaffen hat. Aber, Sir, solange diese Fahne ihre glitzernden Sterne hochhält, so lange werden die Rechte amerikanischer Bürger sicher unangetastet bleiben. Darauf vertraue ich. – Wohl war oft schwer der Kampf, und zu befreien mich von des Staubes Fesseln dacht ich dann; – doch jetzt möcht ich noch leben, wär es, ach, nur um zu sehen, was noch kommen mag.«

Er verneigte sich leicht vor Speaker Stevenson und dann vor den Zuhörern im Saal. Eine Frauenstimme ertönte in der anschließenden Stille.

»Ich möchte lieber ein Sam Houston in einem Kerker als ein Stanberry auf einem Thron sein.« Die Frau beugte sich über die Brüstung der Galerie und warf Raven einen Rosenstrauß vor die Füße. Er hob ihn auf und beugte sich mit geschlossenen Augen über ihn. Dann setzte er sich, starrte vor sich hin und hörte den stürmischen Applaus, der mehrere Minuten anhielt.

Junius Brutus Booth bahnte sich den Weg durch die Menge und schlang die Arme um Raven.

»Houston, ich überreiche Ihnen den Lorbeer. Was für ein Auftritt«, sagte er mit leiserer Stimme.

Raven stand an der Reling des Kesseldecks und blickte in die Nacht. Er hatte diese Reise schon so oft gemacht, daß ihm der Mississippi wie ein alter Freund vorkam. Raven hatte Washington City in Schande betreten und im Triumph verlassen. Es gab nur zwei Situationen, die ihm Schmerz verursachten. Beide hatten mit Frauen zu tun.

Raven hatte Eliza gesehen. Es war nicht leicht gewesen. Er hatte Dilcey bestochen, ihre Sklavin. Er hatte all seinen Charme und einiges von seinem Silber aufbieten müssen, um sie zu überreden, ihm zu helfen. Sie hatte Eliza unter irgendeinem Vorwand in ihre Hütte gelockt, und Raven hatte auf dem Dachboden gestanden und durch einen breiten Spalt in der Decke hinuntergespäht.

Raven hatte von den Gerüchten gehört, daß Eliza seine Rückkehr wünschte. Aber wollte er sie? Sie war so schön wie eh und je, schien aber viel jünger zu sein und dazu leblos. Raven kam zu dem Schluß, daß das Wort geistlos sie treffend beschrieb. In ihren Augen blitzte kein Funke Leben, sie besaß keinen Zauber. Sie war in seinem Herzen so vollständig von einer anderen verdrängt worden, daß sie ihm wie eine Fremde vorkam. Und er fragte sich, welcher Wahnsinn ihn getrieben hatte, sich so zu benehmen, wie er es getan hatte.

Als sie ging, war er vom Dachboden heruntergekommen, hatte sich bei Dilcey bedankt und war in die Nacht verschwunden. Wieder einmal ließ er Tennessee hinter sich, doch es war nicht mehr sein Zuhause. Seine Mutter war tot, und seine Leidenschaft war es ebenfalls.

Das brachte ihn zu dem zweiten Problem. Schon beim bloßen Gedanken an Tiana spürte er eine Wärme in den Lenden. Konnte er es über sich bringen, sie zu verlassen?

Ein junger Mann stellte sich neben ihn. Auch er starrte in das schwarze Wasser, auf dem fluoreszierende Lichter tanzten.

»Sie haben ein großartiges Land, General Houston.« Der Mann sprach mit einem starken französischen Akzent.

»Das ist es wirklich, Monsieur de Tocqueville.«

»Das macht einem den stickigen Patriotismus der Amerikaner fast sympathisch.«

»Sind wir soviel patriotischer als Europäer?«

»*Mon Dieu!* Die gesamte Bevölkerung Europas kann nicht, wie sagt man bei Ihnen, den Patriotismus aufbieten, den der geringste amerikanische Hausierer an den Tag legt. Lassen Sie einen Fremden dieses Land kritisieren, und er läuft Gefahr, daß man sich auf ihn stürzt. So kann man über nichts sprechen, es sei denn vielleicht über den Boden und das Klima. Selbst dann verteidigen Amerikaner beides, als hätten sie daran mitgewirkt, sie hervorzubringen.«

Raven lachte. Er lehnte sich mit dem Rücken an die Reling und betrachtete den hochgewachsenen Franzosen. De Tocquevilles Hakennase zeichnete sich vor den Lichtern aus dem Salon ab.

»Nun, Monsieur de Tocqueville, mit mir können Sie über alles sprechen, was Ihnen auf dem Herzen liegt.«

»Sogar über die Indianerpolitik des Präsidenten?«

Raven lachte wehmütig. »Ein delikates Thema, wahrhaftig. Es hat das Land gespalten. Ich werde nicht über Sie herfallen, weil Sie die Politik Old Hickorys kritisieren. Ich muß Sie jedoch darüber aufklären, daß meine Bindung an ihn fest und unverbrüchlich ist.«

»›Ob Recht oder Unrecht, mein Land‹, wie Ihr Admiral Decatur sagen würde.«

»Vielleicht hätte er es gesagt«, sagte Raven sanft, da er keine Mißstimmung in die Unterhaltung bringen wollte. »Aber er hat es nicht gesagt. Tatsächlich hat er folgendes gesagt: ›Unser Land! Möge es bei seinem Umgang mit anderen Nationen immer im Recht sein; doch ob es recht oder unrecht handelt, es ist unser Land.‹ Aber machen Sie sich nichts draus.« Raven bot ihm eine Zigarre und ein Zündholz an. »Amerikaner zitieren ihn auch nie richtig.«

»Aber wie steht es damit, daß man Missionare ins Gefängnis wirft? Das können Sie doch wohl kaum rechtfertigen.«

»Jackson hat sie nicht ins Gefängnis gesteckt. Das hat der Staat

Georgia getan. Und Worcester und die anderen waren nicht ganz unschuldig daran. Die Regierung hatte ihnen erklärt, sie brauchten Genehmigungen, um sich auf Indianerland aufzuhalten. Sie hielten es für richtig, das Gesetz zu ignorieren. Samuel Worcester ist ein störrischer Mann mit einer Sehnsucht nach Märtyrertum.«

»Jedoch für eine gute Sache, wie mir scheint. Hat nicht Justice Marshall von Ihrem Obersten Gericht gesagt, Georgia habe unrecht, wenn es die Missionare einsperre und die Indianer schikaniere?«

Raven drehte sich um und blickte wieder aufs Wasser. Für einen Ausländer, der sich erst seit kurzer Zeit im Land aufhielt, hatte de Tocqueville die Situation schon recht gründlich verstanden. Sein Englisch war ebenfalls hervorragend, wenn auch gestelzt und schulbuchhaft.

»Und hat nicht Ihr Präsident gesagt: ›John Marshall hat sein Gesetz gemacht, dann soll er es jetzt auch durchsetzen‹? Als Freund der Indianer, Sir, müssen Sie doch die schwere Ungerechtigkeit dieses Falls erkennen.«

»Ich behaupte nicht, daß es dabei gerecht zugegangen ist oder daß Jackson mit dem recht hatte, was er sagte. Er ist ein Mann von aufbrausendem Temperament. Er sagt, was ihm im jeweiligen Augenblick gerade einfällt. Doch er ist auch Realist. Monsieur de Tocqueville, Sie können den Haß nicht kennen, den die Leute aus Georgia für den Indianer empfinden. Daß die Cherokee oft zivilisierter und wohlhabender sind als sie, gibt dem Haß nur noch mehr Nahrung.«

»Je weniger ein Mann hier im Leben darstellt, um so größer seine Arroganz.«

»Die Indianer können nicht mit den Leuten in Georgia zusammenleben. Wenn die Cherokee sich nicht umsiedeln lassen, wird es Krieg geben. Das Land ist schon jetzt zerrissen in der Frage, welche Rechte die Einzelstaaten haben.«

»*Oui*«, bemerkte de Tocqueville trocken. »Ihr illustrer Präsident droht, die Querköpfe aus South Carolina aufzuknüpfen.«

»Wenn Jackson vom Hängen spricht, können Sie sich schon nach einem Seil umsehen.«

»Dennoch ignoriert er seltsamerweise die Tatsache, daß Georgia die Entscheidung des Obersten Bundesgerichts für null und nichtig erachtet und Worcester weiterhin im Gefängnis festhält.«

Raven drehte sich erneut um und sah de Tocqueville ins Auge.

»Niemand empfindet mehr Mitgefühl mit den Indianern als ich.

Sie sind eine Rasse von Menschen, die mich Bruder genannt haben, und darauf bin ich stolz. Alle Ungerechtigkeiten und Schmerzen, die ich in diesem Leben erlitten habe, sind mir von Weißen und nicht von Indianern zugefügt worden. Der Mann, den ich wie einen Vater liebe, ist ein König der Wilden, der nach Art seiner Vorfahren lebt. Er ist es, der die östlichen Angehörigen des Stamms dazu bringen will, in den Westen zu gehen und zu ihm zu kommen, um das weitere Vorrücken der Weißen zu beenden.«

»Das scheint mir unmöglich zu sein. Die Leute in Georgia sagen, sie müßten das Territorium der Cherokee haben. Und das, obwohl in Georgia nur sieben Menschen auf einer Quadratmeile des Staatsgebiets leben. In Frankreich haben wir einhundertzweiundsechzig Einwohner pro Quadratmeile.«

»Deshalb leben die Georgianer auch in Georgia und nicht in Frankreich. Sie mögen es nicht, zusammengepfercht zu sein.«

»*Touché*. Und helfen die Missionare den Indianern?«

»Sammeln Sie Material für Ihr Buch, Monsieur? Ich dachte, Sie wären hier, um Amerikas Gefängnissystem zu studieren.«

»Verzeihen Sie mir, falls ich impertinent sein sollte. Ich finde Ihr Land faszinierend. Ich habe nur den Wunsch, möglichst viel zu lernen.«

»Ob ich glaube, daß die Missionare den Indianern helfen? Sir, das glaube ich nicht. Es ist eine sehr schlechte Methode, ihnen Missionare zu schicken, wenn man sie zivilisieren will. Mein Freund Colonel Chouteau sagt, daß man es einem Indianer sofort anmerkt, wenn er zweimal so lange in der Mission gewesen ist wie ein anderer. Dann taugt er nur noch die Hälfte.

Die Missionare nehmen sich Menschen vor, die schon einen höchst verfeinerten Sinn für Recht und Unrecht sowie eine beneidenswerte Form der Verwaltung und der Beeinflussung des sittlichen Empfindens besitzen, und pervertieren sie.« Raven erkannte, daß seine Stimme zunehmend verbittert klang. »Irgendein Schulschwänzer hat in eine der Kirchenbänke in der Dwight-Mission einen Knittelvers geritzt. Meine...« Raven zögerte und fuhr dann fort: »Meine indianische Frau hat ihn dort gesehen. Es ging darin um einen der Schwarzröcke, einen aufgeblasenen, knickerigen, selbstgerechten Mann.« Er rezitierte.

The eloquence of William Vail
Would make the stoutest sinner quail.

The hissing goose has far more sense
Than Vail and all his eloquence.

»Tiana sagt, ihr Bruder habe einmal gesehen, wie dieser Mann sich geweigert habe, einer hungernden Indianerin etwas zu essen zu verkaufen, weil es Sabbat war. Er wollte der Frau nicht mal etwas zu essen *schenken*.«

»Ist sie schön, Ihre Frau?«

»Das Wort schön wird ihr nicht mal annähernd gerecht. Sie ist mein Trost in Licht und Schatten des Lebens in der Wildnis. Sie ist eher wie Sirup als wie Honig. Dunkel, süß, aber mit Biß. Monsieur, ich ziehe Cherokee-Frauen allen anderen vor.«

»Und wie sind Ihre Pläne, wenn Sie ins Indianerland zurückkehren?« Es war eine unschuldige Frage, aber Raven war sofort auf der Hut.

»Ich habe noch keine endgültigen Pläne. Mein Glück befindet sich im Augenblick auf einem Tiefpunkt, wie Sie vielleicht wissen.«

De Tocqueville nickte. Im Land wußte jeder, daß Sam Houston im Augenblick keinerlei Glück hatte.

»Eine Gruppe korrupter Politiker und Indianeragenten hat versucht, mich zu ruinieren«, fuhr Raven fort. »Ich war buchstäblich am Ende. Hätten sie mich vor einen Friedensrichter gezerrt und mich zu einer Geldbuße von zehn Dollar verurteilt, hätte mich das umgebracht. Statt dessen haben sie mir ein nationales Tribunal als Gerichtssaal eingeräumt, und das hat mich wieder aufgerichtet. Ich werde etwas finden, was ich tun kann, das verspreche ich Ihnen.«

De Tocqueville zog ein schmales Notizbuch aus der Jackentasche.

»General Houston, würden Sie die Güte haben, mir etwas von den Cherokee zu erzählen?«

»Mit Vergnügen. Was möchten Sie wissen?«

53

Als Raven Pennywits Boot in Webber's Landing verließ, war Drum da, um ihn zu begrüßen. Er umarmte seinen Sohn und trat einen Schritt zurück, um dessen elegante Kleidung zu bewundern.

»Da ist jemand, der bei meiner Frau und mir zu Besuch ist«, sagte er. Raven war glücklich, in den Augen seines Vaters wieder das schelmische Zwinkern zu sehen.

»Ich habe ihr aber nicht gesagt, daß du mit diesem Boot kommen würdest.« Raven wußte, daß Drum von der Ankunft des Boots gehört hatte. Die Blockhäuser der Frauen erstreckten sich fünfundzwanzig Meilen stromabwärts. Sie gaben die Informationen beim Zerstoßen des Maises weiter. Und es waren immer Kinder in der Nähe, die Drum losschicken konnte, um Tiana zu holen, wo immer sie sich gerade aufhielt. Raven wußte, daß er herausfinden würde, weshalb Drum ihn dazu bringen wollte, sie zu suchen. Er mußte nur Geduld haben.

»Wo ist sie, Geliebter Vater?«

»Am Fluß, wo wir Muscheln fischen. Erinnerst du dich?«

»Ja.«

»Dann geh. Steh hier nicht herum, um mit einem alten Mann zu sprechen.«

Raven begann loszulaufen.

»Nimm mein Pferd«, rief Drum hinter ihm her. »Diese Kleider sind nicht fürs Laufen geschaffen.« *Fürs Reiten auch nicht,* dachte Drum. Er schüttelte den Kopf. Es würde eine Woche oder länger brauchen, um seinen Sohn wieder umzuerziehen. Das war immer so. So lange dauerte es schon, nur die Gerüche der Städte des weißen Mannes von seiner Haut wegzubekommen und ihn dessen unaufhörliches Geplapper vergessen zu lassen.

Als Raven auf dem von Bäumen beschatteten Pfad zum Fluß galoppierte, begegnete er einer Gruppe von Tianas Cousinen und Nichten, jüngeren und älteren. Die Münder der kleinen Mädchen waren mit Beerensaft verschmiert. Alle hatten nasse Haare. Einige der Frauen trugen Fischreusen, Körbe von Beeren oder einfach nur Fische. Zwei ließen einen riesigen Korb mit sauberer nasser Wäsche zwischen sich baumeln, als sie dahintrabten. Einige balancierten ihre Babys auf den Hüften oder trugen sie in Stoffgurten auf dem Rücken. Wie immer war auch ein Rudel Hunde dabei, die auf dem Pfad entlangtrotteten und überall herumschnupperten. Alle drängten sich um Ravens Pferd, lachten und neckten ihn und fragten, was er mitgebracht habe.

»Frau, wo ist deine Schwester?« fragte Raven. Er benutzte den neckenden Ausdruck für seine Schwägerin Nannie. Er wußte, daß er und Tiana verheiratet waren, soweit es ihre Familie betraf.

»Sie fischt Muscheln mit dem Rechen.«

»Ist sie allein?« Er ängstigte sich davor, daß ihr etwas Schreckliches widerfahren könnte. Sie hatte die Angewohnheit, allein in der Wildnis umherzustreifen.

»Elizabeth und Nannie sind bei ihr. Die Frauen von James und John.«

»Ich weiß, Schwester. So lange bin ich nun auch nicht weg gewesen.«

Bevor er den Fluß sah, roch Raven das Wasser in dem Wind, der durch die Weiden und Pappeln und das Bartgras herüberwehte. Er hörte das Kollern von Truthähnen, die sich in dem hohen Büffelgras der nahe gelegenen Prärie versteckten. Ein Eselhase rannte plötzlich unter seinen Füßen los, als er absaß. Über ihm zog ein Goldadler an einem schimmernden blauen Himmel träge seine Kreise. Krähen und Elstern zankten sich in den Bäumen. Raven kroch durch das dichte Buschwerk und den Bäumen zu dem Teich, in dem es Muscheln gab. Er rief Nannie und Elizabeth Rogers leise etwas zu, als sie Lehm ausgruben. Die beiden Frauen erstickten ihr Lachen und verschwanden still auf dem Pfad nach Hause.

Tianas Kleider lagen säuberlich zusammengefaltet auf einem Busch nahe am Ufer. Sie selbst lag in der Mitte des Teichs auf einem kleinen Floß auf dem Bauch. Sie starrte so unverwandt ins Wasser, daß sie Raven nicht bemerkte, der sich im Gebüsch versteckte. Er schlug nach den Moskitos, die ihm ums Gesicht schwirrten. Immer dann, wenn er weg war, vergaß er die Hitze und die Insekten hier. Schon jetzt fühlte er einige juckende Stiche.

Tiana trug nur ein Lendentuch aus Baumwolle, das sie sich unter ihren gewebten Gürtel gesteckt hatte. Ihre langen Beine gingen in ihre schlanken braunen Hüften, Seiten, Schultern und die ausgestreckten Arme über, in einer einzigen geschwungenen Kurve. Ihre nackten Hinterbacken wurden vom Ende des Lendentuchs kaum verhüllt und bedeckten nur so viel, daß Raven in quälende Erregung geriet. Ihr Messer steckte in der Scheide am Gürtel. Die Insekten mußten auch ihr zugesetzt haben, aber sie bewegte sich nicht.

Tiana war sich des Winds, der Vögel und Insekten um sie herum gar nicht mehr bewußt, da sie ein Teil von ihnen war. Sie fühlte sich gewichtslos, als schwebte sie in der Welt der Geister. Die Härte des Floßes an ihrem Körper ließ das Mystische um sie herum intensiver werden und hielt es gleichwohl im Gleichgewicht. Das harte Holz war eine Verbindung mit der Wirklichkeit, die ihr dabei half, die Euphorie noch mehr zu würdigen. Augenblicke wie dieser, in denen sie alles außer unmittelbaren Empfindungen vergessen konnte, waren selten und flüchtig. Sie blieb reglos liegen, da sie diesen Augenblick nicht stören wollte und weil sie jede Verbindung mit ihren Muskeln verloren zu haben schien.

Als sie in das klare Wasser blickte, glaubte sie jedes helle Sandkorn und jedes Sternchen auf dem Grund sehen zu können. Sie beobachtete, wie eine Muschel den Rand ihrer graubraunen Schale aus dem Sand erhob und leicht öffnete. Sie wußte, daß sie das spitze Ende ihres Rechens in die Spalte schieben mußte. Wenn sich die Schale dann um den Rechen schloß, konnte sie die Muschel aus dem Wasser heben und in den Korb legen, der neben ihr auf dem Floß lag. Sie sollte das tun. Sie würde es auch, nachdem sie noch ein paar weitere Sekunden das Nichtstun genossen hatte.

»Spider Eyes«, rief Raven.

Wie ein erschreckter Otter wirbelte sie blitzschnell herum, und das Herz tanzte ihr in der Brust. Sie klammerte sich mit gezücktem Messer an das hintere Ende des Floßes. Als sie erkannte, wer es war, war sie glücklich, ihn zu sehen, aber zugleich irritiert. Und zu ihrer Überraschung empfand sie auch ein flüchtiges Gefühl des Grolls, als wäre ihr ein Stück Freiheit genommen worden.

»Eines Tages wirst du mich erschrecken, und dann werde ich dich töten, bevor ich weiß, was ich tue.«

»Wenn dich nicht jemand zuerst tötet. Wie oft habe ich dir gesagt, du sollst nicht halbnackt herumlaufen? Dreiviertelnackt?«

»Du bist zu lange unter zivilisierten Menschen gewesen. Die Nacktheit stört dich schon wieder.«

»Eines Tages wirst du jemanden provozieren, wenn ich gerade nicht da bin, um dich zu retten.«

»Oh, das ist wahr.« Sie schwamm auf ihn zu und schob das Floß dabei vor sich her. »Ich meine, es ist wahr, daß du nicht da bist.«

Sie watete an Land. Auf dem Bärenfett, mit dem sie sich den Körper eingeschmiert hatte, perlten Wassertropfen. Sie hatte das Fett mit Akeleisamen parfümiert. Das Ergebnis war nicht unangenehm. Obwohl sie vor Nässe triefte, schlang sie die Arme um Raven. Er küßte sie und roch den schwachen Duft von Baumharz. Sie mußte *No-tsi Uski* gekaut haben, Kiefernsamen, die sie auf das Floß und den Rechen gespien hatte, um die Muscheln anzulocken.

Es machte ihn nur einen kurzen Moment lang besorgt, daß er bei strahlendem Sonnenschein eine nackte Frau in den Armen hielt. Und er bedauerte einen noch kürzeren Moment lang, daß seine guten Kleider naß und fettig wurden. Er hatte gehofft, sie damit zu beeindrucken, weil er vergessen hatte, daß Kleider sie noch nie sonderlich interessiert hatten. Er ließ die Hände über ihren nackten Rücken gleiten und preßte ihre Hüften an sich. Sie begann, ihm die Hosen aufzuknöpfen.

»Du bist blaß«, sagte sie. »Du hast Großmutter Sonne lange nicht zu sehen bekommen.« Noch etwas fiel ihr an ihm auf. Da war dieser Eindruck von Entschlossenheit, den sie beim letzten Mal noch nicht an ihm bemerkt hatte. Er schien zu wissen, was er wollte. Es machte ihn noch anziehender, aber ihr wurde das Herz dabei schwerer. Selbst als er sprach, spürte sie, daß ein Teil von ihm weit weg war.

Sie badeten und liebten sich dann langsam und bedächtig im Sonnenschein. Als sie fertig waren, legte sich Tiana mit geschlossenen Augen auf den Rücken und legte Raven ihre Hand auf den Schenkel. Sie spürte Großmutter Sonnes warme Finger auf den Augenlidern und Ravens Körperwärme unter der Hand.

»Wenn du weg bist«, sagte sie leise, »habe ich das Gefühl, als würde ich dich nie wiedersehen. Dich nie wieder spüren. Wahrscheinlich ist das nur ein Traum. Dann, wenn du wieder bei mir bist, habe ich das Gefühl, als wärst du nie weg gewesen. Und ich möchte dich für immer festhalten.«

»Du hast mir mehr gefehlt, als ich dir sagen kann. Ich habe mich nach der Zeit gesehnt, in der ich wieder bei dir liegen und die Stimme der Stille hören kann. Manchmal, wenn ich mit den wichtigsten Männern des Landes sprach, hatte ich nur noch dich im Kopf. Ich wußte, daß du mir deinen Geist geschickt hast.«

»Das habe ich getan, jeden Tag.«

»Und ich habe ihn empfangen. Deine Liebe ist ein Weißes Haus, das mir Schutz gibt, wohin ich auch gehe. Du hast meine Füße auf einen Weißen Pfad geführt. Ich lebe in der Mitte deiner Seele.« Er küßte sie zögernd. Dann badeten sie wieder, zogen sich an und trugen den Korb mit Muscheln zu der Stelle, an der Tiana Jack angebunden hatte.

»Was ist mit Jacks Schweif passiert?« fragte Raven.

»Wölfe«, erwiderte Tiana lakonisch und zurrte das Seil fest, mit dem sie Jack den Korb auf den breiten Rücken band. »Sie waren kühn und zudringlich in diesem Winter. Es tut mir leid, daß ich nicht am Anleger war, um dich zu begrüßen. Jetzt legen viel mehr Dampfer hier an, seit die Fahrrinne von Baumstümpfen befreit wird. Ich habe seit Monaten jedes Boot anlegen sehen. Viele von ihnen brachten jedoch nur Auswanderer aus dem Sonnenland. Ich habe das Gefühl, als stünde die Welt auf dem Kopf.« Sie ritten Seite an Seite den Pfad entlang.

»Was meinst du damit?«

»Es hat den Anschein, als wäre das Sonnenland zum Nachtland geworden. Die Menschen von dort erzählen schreckliche Geschichten. Die weißen Männer vertreiben sie aus ihren Häusern und verbrennen alles oder stehlen ihnen die Ernten und das Vieh.«

»Ich habe die Gerüchte gehört«, sagte Raven.

»Es sind keine Gerüchte. Diese Menschen lügen nicht.«

»Nein. Das ist etwas, was das Wahre Volk noch nicht gelernt hat.« Raven ritt ein paar Minuten schweigend weiter. »Spider Eyes, es tut mir leid, daß ich so lange weg gewesen bin. Ich bin, ganz gegen meinen Willen, in eine Ehrenangelegenheit hineingezogen worden.«

»Wir haben davon gelesen. Der Prozeß vor dem großen Rat, die Debatte um die Lieferverträge. Drum haben deine Reden gefallen. Er sagte, du hättest viel gelernt.«

»Ich habe einen guten Lehrer gehabt. Ich stellte mir vor, als müßte ich eine störrische Gruppe von Häuptlingen überzeugen. Ich habe dir Geschenke mitgebracht. Du wirst die schönste Frau östlich oder westlich des Mississippi sein.«

»Drum und Sally Ground Squirrel werden heute abend ein Fest geben.«

»Natürlich. Ich gehe nur weg, damit Drum meine Rückkehr feiern kann. Es macht ihm soviel Spaß. Gibt es etwas Neues, was ich wissen sollte? Geliebter Vater wollte nicht mal mit mir sprechen. Er hat mich vom Dampfer direkt hierher geschickt.«

»Du hast Benjamin Bonneville knapp verpaßt.«

»Ist er tatsächlich zu dieser verrückten Forschungsreise zu den Bergen im Westen aufgebrochen?«

»Vor einem Monat. Und Colonel Arbuckle leidet noch immer an der Ruhr. Ich habe ihm Medizin gegeben, und er hat sie auch angenommen, aber ich bin sicher, daß er sie gleich weggeworfen hat. Wie auch immer, er ist jedenfalls noch ziemlich übel gelaunt. Er und John

Drew haben sich ständig wegen der Schnapsfässer gestritten, die euch beiden gehören. John droht, den Colonel zu erschießen, falls er den Versuch macht, sie zu beschlagnahmen.« John Drew war Tianas angeheiratetes Neffe und Ravens neuer Geschäftspartner.

Die Menschen versammelten sich schon zu dem Fest am Abend, als die beiden das Haus erreichten. Ein geschlachteter Ochse, Wildbret und Schweine rösteten an Spießen. Große runde Tontöpfe mit Eintopf hingen in Gestellen über den Kochfeuern. Der ganze Hof war voller Rauch, der aber die Moskitos vertrieb. Überall wieselten schwarze und rote Kinder herum.

Nach dem Essen erzählte Raven Geschichten über das Leben in den Städten des weißen Mannes. James und John schworen, daß die Geschichten wahr waren.

»Raven lügt nicht«, sagte James. »Es gibt ein eisernes Pferd, das auf einer Metallschiene läuft. John und ich sind in Baltimore mit ihm gefahren. Es kann so schnell laufen wie ein Pferd. Es stößt aber schwarze Rauchwolken aus und läßt einen lauten Ruf hören. Wenn ihr mich für einen Lügner haltet, werde ich euch den Ruß in meinen Ohren zeigen, der aus den Nüstern des eisernen Pferdes kommt.«

»Und wir haben eine Tierschau gesehen, die von einer Stadt zur anderen rollt«, sagte John. »Mit Elefanten und schwarz-weiß gestreiften Pferden und Vögeln, die so groß sind, daß ein Mensch darauf reiten kann.«

Niemand glaubte ihnen, aber die Geschichten gefielen trotzdem allen. Die Frauen wollten wissen, welche Moden weiße Damen jetzt trügen und wie sie sich das Haar frisierten. Einige der Cherokee-Frauen trugen Strohhauben und folgten den Moden im Osten mit einer sklavischen Ergebenheit, die den Missionaren der Gegend bedauerlich vorkam. Doch man durfte nicht vergessen, daß die Missionare die Vorliebe der Cherokee für Frivolität und Spaß schon immer mißbilligt hatten.

Raven ruderte mit den Händen in der Luft herum, als er die komplizierten Frisuren der Frauen in Washington City zu beschreiben versuchte. Schließlich nahm er ein altes Kalikohemd und etwas Gemüse und schaffte es mit James' Hilfe, auf seinem Kopf ein seltsames Kunstgebilde zu konstruieren. Bevor sie damit fertig waren, bogen sich alle vor Lachen.

Die Frauen diskutierten über Puffärmel und Tournüren. Sie lachten und verdrehten einander das Haar, als sie die Frisuren nachahmten, die Raven ihnen beschrieb. Die Männer rauchten und unterhielten sich über Politik. Raven saß inmitten von all dem und genoß es. In einer Ecke sang Tiana ein Wiegenlied für James' jüngstes Kind, das sich auf ihrem Schoß zusammengekauert hatte. »*Ha'wiye' hyuwe*«, sang sie. »*Ye'we yuwebe' Ha'wiyebyu' uwe*. Der Bär ist schlecht, sagt man. Vor langer Zeit war er sehr schlecht, sagt man.« Sie wiederholte es immer wieder, bis das Kind eingeschlafen und Raven mit sich und der Welt so im reinen war, wie das kleine Kind sich zu fühlen schien. Tiana ging ins Nebenzimmer, um das Kind zu den anderen Babys zu legen, die schon vorher vor Erschöpfung eingeschlafen waren. Als sie zurückkam, begann Drum mit einer Geschichte.

»Dies ist, was die alten Männer mir erzählten, als ich ein Junge war. Das Spiel, das wir *gatayusti* nennen, wurde von dem großen Spieler Untsiyi erfunden, Brass. Eines Tages spielte ein Sohn von Thunder das Spiel mit Brass. Mit Hilfe von Thunders Magie schlug ihn der Junge. Brass war so sicher gewesen zu gewinnen, daß er sein Leben darauf verwettete. So kam es, daß der Junge und seine Brüder Brass bis an den Rand der Welt verfolgten und jagten.

Sie banden ihm Hände und Füße mit Reben fest und trieben ihm einen langen Pfahl durch die Brust. An einem Ort mit dem Namen *Ka gun'yi*, Crow Place, trieben sie den Pfahl in tiefem Wasser in den Grund. Bis zum heutigen Tag sitzen zwei Krähen am Ende des Pfahls. Brass kann nicht sterben, bis das Ende der Welt gekommen ist. Er liegt noch immer dort mit dem Gesicht nach oben und zappelt und kämpft, um sich zu befreien. Die Biber erbarmen sich seiner und nagen an den Seilen, mit denen er festgebunden ist. Doch da fühlen die Krähen, wie der Pfahl erzittert. Sie krächzen und verjagen damit die Biber.« Er machte eine Pause, damit jeder Zeit hatte, über das schreckliche Schicksal von Brass nachzudenken.

»Ich kenne eine ähnliche Geschichte«, sagte Raven. »Von einem Mann namens Prometheus, der vor langer, langer Zeit lebte. Er brachte den Menschen heiliges Feuer und wurde von den Göttern bestraft. Er wurde auf einem Berg angekettet, wo er jede Nacht unter der Kälte litt. Und jeden Tag erschien ein Geier, der an seiner Leber riß und zerrte. Nachts verheilte die Wunde, so daß Prometheus jeden Tag die gleiche Qual erleiden mußte, und das auf ewig.«

Als die Geschichten zu Ende waren, rollten alle die Matten auf dem Fußboden zusammen. Anschließend würde die ganze Nacht getanzt werden. Tiana nahm Raven bei der Hand und stahl sich mit ihm hinaus. Sie kletterten die Treppe zu dem neuen Obergeschoß hoch und fanden auf dem Dachboden einen leeren Raum. Dort standen drei oder vier Pritschen, die alle für Gäste bereitgehalten wurden. Dieser Raum wurde auch als Lagerraum genutzt. An den Wänden standen Körbe voller Mais, Bohnen und Äpfel.

Raven wußte, daß Scheffel voll Kürbis in Erdkellern gelagert wurden. Die Maisraufen würden bald voll sein, und Kürbisscheiben würden wie Girlanden an der Decke hängen. Drum und seine große Familie würden lange Winterabende damit verbringen, einander vor dem Feuer Geschichten zu erzählen. Raven fragte sich, wo er sein würde, wenn sie es taten.

Er und Tiana liebten sich lange. Wenn er das Leben nur in ihren Armen würde verbringen können, brauchte er keinen Ehrgeiz mehr.

»Es wird immer schöner, je öfter wir es tun«, flüsterte er ihr in das nach Rauch riechende Haar.

»Alte Feuer brennen heißer«, sagte sie.

Als sie fertig waren und erschöpft und glücklich nebeneinander lagen, nahm Raven seinen ganzen Mut zusammen, um ihr die Neuigkeit zu erzählen.

»Spider Eyes, ich muß noch einmal auf Reisen gehen.«

»Aber du bist doch gerade erst angekommen.« Sie stützte sich auf einen Ellbogen und starrte ihm ins Gesicht, ein in der Dunkelheit des Zimmers nur wenig heller erscheinendes Oval. Er strich ihr über das lange Haar und verlor sich in ihrem Duft und dem Gefühl, ihre Haut zu liebkosen.

»Nicht gleich. Erst in ein paar Monaten. In diesem Winter.«

»Wirst du wieder nach Washington City zurückkehren?«

»Nein. Ich gehe nach Texas. Jackson hat mich gebeten, die Pawnee, Kiowa und Comanchen zu suchen und mich mit ihnen zu treffen. Ich soll sie dazu bringen, über den Frieden zu sprechen.«

»Ich nehme an, daß du dich auch mit den *Texikanern* treffen sollst, wo er jetzt doch weiß, daß die Spanier Texas nicht verkaufen wollen. Da er es auf ehrliche Weise nicht bekommen kann, plant er, sie zu einer Rebellion anzustiften. Habe ich recht?«

»Ich kenne dich jetzt schon fast ein Vierteljahrhundert, Spider Eyes, und unterschätze dich noch immer.«

»Ich lese alle Zeitungen, die hierher kommen. Und hier kommen auch Männer vorbei, die zum Red River unterwegs sind. Banden von ihnen machen auch am Wigwam Neosho Station. Sie sind Abschaum, Mann. Der Abschaum der Erde. Arbuckle hat seinen Patrouillen Befehl gegeben, sie zu stoppen, aber das ist ebenso unmöglich, wie den Whiskeyhandel zu beenden.«

»Ich muß gehen. Der Präsident braucht die Informationen. Ich werde im Frühjahr wieder da sein.«

»Du brauchst nicht zu gehen. Es gibt Hunderte von Männern, die das tun können, was Jackson will.« Sie erlaubte sich einen Anflug von Zorn in der Stimme. »Aber du willst gehen. Du bist wie A'sku'ya, Long Man, der Fluß. Du bist immer ruhelos. Du bleibst nie an einem Ort. Du mußt immer irgendwohin, wo es noch größer ist. An einen Ort, den ich nie sehen werde.«

Sie begann in der Dunkelheit leise zu weinen. »Die Menschen kommen zu mir, weil sie glauben, daß ich Macht besitze. Vielleicht hatte ich früher einmal Macht. Aber sie muß verschwunden sein. Ich kann nicht dort leben, wo ich leben will. Denn wenn ich es tue, kommt die Regierung und sagt mir, ich soll wegziehen. Ich kann nicht lieben, wen ich will. Und wenn ich es tue, wird er getötet, oder man nimmt ihn mir weg. Ich kann meine Familie nicht beschützen. Sie sterben trotz meiner Magie. Meine jüngste Schwester trat die Reise ins Nachtland an, als du nicht da warst.«

»Das habe ich nicht gewußt, Geliebte. Mein Herz weint um dich.«

»Ich glaube, sie war des Lebens einfach überdrüssig. Ihr Speichel war verdorben, und ihre Träume waren schlecht, nachdem man ihr Kind umgebracht hatte und sie von diesen Bisonjägern benutzt worden war. Manchmal wünsche ich, ich könnte zu ihr. Und du, Raven.« Sie redete ihn bewußt mit seinem Namen an, vielleicht in einer letzten Anstrengung, ihn zu beherrschen, damit er bei ihr blieb. »Meine Liebe zu dir hat mich hilflos gemacht. Manchmal habe ich das Gefühl, als wäre ich in eine Falle geraten, die mich festhält.«

»So darfst du nicht empfinden. Du bist es, die mich verhext hat. Ich will um deinetwillen nach Texas gehen. Ich habe Freunde aus Texas gesprochen. Sie sagen, es ist ein reiches Land und eine wunderschöne Gegend. Tausende würden sich dort ansiedeln, wenn die Regierung gesichert wäre. Es ist ein Land mit Zukunft. Süße Spider Eyes, du hast ein Gewebe um mein Herz gewoben. Ich werde dich nicht lange allein lassen. Dort unten wartet ein Imperium. Ich werde es für dich erringen.«

»Ich möchte lieber den Wigwam Neosho mit dir teilen als ein Imperium. Reiche fallen einem nicht einfach wie reife Früchte in den Schoß.«

»Texas wird es. Es wartet nur darauf, gepflückt zu werden.«

»Nein, Raven. Für ein Imperium muß man kämpfen. Viele Menschen sterben, damit ein paar Männer ein Gebiet beherrschen können, das so groß ist, daß sie es nie auf einmal sehen können. Das sind Reiche.«

»Es wird herrlich werden. Du wirst sehen. Wenigstens einmal werde ich die Befriedigung haben, dir zu sagen: ›Ich habe es dir gesagt.‹« Er legte die Arme um sie und drückte sie an sich. Er spürte die Hitze und Nässe ihrer Tränen an seiner Brust. »Was auch immer geschieht, du weißt, daß ich dich liebe. Du weißt, daß du immer in meiner Seele gehen wirst.«

»Ja, das weiß ich. Was auch immer geschieht. Ich werde deine Anwesenheit genießen, solange du hier bist, und an *uhi'sodi*, Einsamkeit, leiden, wenn du gehst.«

»Es ist noch lange nicht soweit. In der Zwischenzeit sollten wir Chouteau besuchen. Der kann schneller einen Ball arrangieren, als eine Gnitze zwinkern kann. Ich habe dir ein Kleid mitgebracht, das sie mit seiner Pracht blenden wird. Jacksons Nichte hat mir geholfen, es auszusuchen.«

»Und wir werden Walzer tanzen?«

»Die ganze Nacht.«

An einem Oktobertag des Jahres 1832 stürmte Raven in den Wigwam Neosho. Tiana war gerade dabei, Essig zu machen. Um sie herum lagen Körbe mit geschälten Äpfeln. Sie zerstampfte sie in einer einfachen Maschine und stopfte den Brei in einen Sack. Schon jetzt tropfte Saft aus dem Sack in einen großen Eimer. Sowie der Saft sauer wurde, würde sie ihn durchseihen und sechs Monate stehen lassen. Tiana arbeitete in der letzten Zeit härter und versuchte, nicht daran zu denken, daß Raven in zwei Monaten schon wieder aufbrechen würde.

»Er sieht sich auf der Farm um.« Raven konnte seine Erregung kaum zügeln. Sein Grinsen erstreckte sich fast bis zu seinen lockigen Koteletten. »Er wird gleich da sein.«

»Wer?« Tiana bemühte sich, in dem Chaos Ordnung zu schaffen.

Ein kleinwüchsiger, kahl werdender Mann von etwa fünfzig betrat das Haus. Er sah wie ein alternder Rauschgoldengel aus, war pummelig wie ein wohlgenährtes Rebhuhn und hatte runde, rosige Wangen.

»Tiana.« Raven verbeugte sich kurz. »Erlaube mir, daß ich dir Mr. Washington Irving vorstelle.« Es dauerte ein paar Sekunden, bis der Name Tiana etwas sagte. Dann zeigte sie ein erstauntes Lächeln.

»Mr. Irving. *Der* Mr. Irving? Geoffrey Crayon?«

Irving nickte ein wenig verlegen. Er hätte inzwischen an derlei gewöhnt sein müssen, doch hatte er wohl kaum erwartet, daß ihn eine Indianerin in einem Blockhaus in der Wildnis erkannte.

»Das ist eine Ehre für uns«, sagte Tiana.

»Die Ehre ist ganz auf meiner Seite, Madame. Sie sind sogar noch schöner, als General Houston Sie mir geschildert hat. Und bitte machen Sie meinetwegen keine Umstände. Es war unhöflich von mir, Sie so zu überfallen.«

»Ich kann mein Glück noch gar nicht fassen. Bitte, setzen Sie sich ans Feuer und wärmen Sie sich. Der Eintopf ist fertig, es gibt Maisbrei und Honig. Was führt Sie in eine so abgelegene Ecke der Welt?«

»Meine Gefährten und ich reisen mit den Rangers und der Stokes-Kommission. Wir sollen das Gebiet südlich und westlich von hier erforschen. Mit den wilden Indianern Kontakt aufnehmen und den edlen Bison jagen, nehme ich an. Meine Begleiter sind schon ganz wild darauf.«

»Er wird mit meinem alten Freund Jesse Bean und den Freiwilligen aus Arkansas reiten.«

»Mein lieber Herr«, sagte Tiana. »Seien Sie bloß auf der Hut. Diese Rangers sind ziemliche Barbaren.«

»Das ist mir auch schon aufgefallen«, erwiderte Irving. »Sie sind ein roher, disziplinloser Haufen. Sie haben keine militärische Tradition, die sie zügeln könnte. Wie mir scheint, haben sie weder Ausbildung noch Uniformen, weder Quartiermeister noch überhaupt ein Gefühl für Rangunterschiede.«

»Sie sind nur Freiwillige, die sich für ein Jahr verpflichtet haben«, sagte Raven.

»Die Behörden erwarten Schwierigkeiten hier draußen, wenn Jackson seinen Willen durchsetzt und den Osten von Wilden räumt.« Tiana lächelte Irving an, um ihm zu zeigen, daß sie es ohne jede Bosheit sagte.

»Ich habe im Krieg gegen die Creeks mit Jesse Bean gedient«, sagte Raven. »Bin mit ihm aufgewachsen. Er ist sehr tapfer und nimmt alles, wie es kommt. Ihm fehlt nur etwas Schliff.«

»Er und den Rangern fehlt alles, was man schleifen und polieren *könnte*«, lachte Tiana.

»Tiana hat es sehr übel genommen, als ich ein paar von ihnen zum Essen einlud und sich herausstellte, daß sie nicht mal warten konnten, bis sie die Teller abgeräumt hatte. Sie legten ihre Stiefel schon vorher auf den Tisch und benutzten ihre Bowiemesser als Zahnstocher.«

»Mr. Irving«, sagte Tiana. »Ich hätte nie gedacht, daß der Autor der *Skizzenbücher* eines Tages auf dem Weg zur Bisonjagd in meinem Haus sitzen würde. Sind Sie nicht nur Gelehrter, sondern auch Jäger?«

»Vielleicht ein besserer Jäger als Gelehrter, obwohl ich in beiden Beschäftigungen nicht besonders Herausragendes leiste. Als Junge habe ich im oberen Manhattan gejagt. Und mein älterer Bruder war ein Pelzhändler in der New Yorker Wildnis, der mit den Indianern Handel trieb.«

»Ihre Geschichten haben uns mehr Vergnügen gemacht, als Sie sich vorstellen können.« Tiana stellte ihr bestes blaues Porzellan auf den Tisch, während sie weitersprach. Irving beobachtete sie, wie sie sich anmutig und ohne jede Verlegenheit im Raum bewegte. Sie verlieh dem einfachen Holztisch und den groben Wänden, den Fellen auf Stühlen und Betten, dem Kaliko und den mit Perlenstickerei geschmückten Kleidern an den Haken so etwas wie Eleganz.

Während sie arbeitete und plauderte, fühlte sich Tiana sehr wohl dabei, den Mann um sich zu haben, dessen Worte sie schon so oft gelesen hatte. Es wäre schwergefallen, sich in seiner Gegenwart nicht wohl zu fühlen. Irving hatte sich das Haar nach vorn gekämmt, so daß es ihm in die Stirn und auf die Wangen reichte. Das war die Mode des Tages, doch mit seiner Stupsnase und dem breiten, vollen Mund verlieh ihm das ein koboldhaftes Aussehen. Er hatte ein lustiges Blitzen in den Augen, das die Menschen sofort für ihn einnahm und sie dazu brachte, ihm zu vertrauen. Ein süßer kleiner Mann, dachte Tiana. Es fiel ihr schwer, ihn sich mit Jesse Beans ungewaschenen Grobianen auf der Bisonjagd vorzustellen. Mit einem liebenswürdigen Lächeln nahm er den Brandy, den Raven ihm anbot. Er schwebte in seliger Unwissenheit über den Ärger, den der Alkohol schon ausgelöst hatte. Arbuckle unternahm noch immer Versuche, ihn zu beschlagnahmen.

»Ich gehe davon aus, daß Sie eine Zeitlang bei uns bleiben werden«, sagte Tiana.

»Ich wünschte, ich könnte es, meine Gnädigste. Aber der unerschrockene Mr. Captain Bean ist schon aufgebrochen. Meine Gefährten und ich müssen uns beeilen, um ihn einzuholen.«

»Dann müssen wir die Zeit, die wir mit Ihnen haben, möglichst gut nutzen.« Während die beiden Männer sich von dem Eintopf und dem dampfenden Maisbrot, der Butter, dem Honig und dem Eingemachten nahmen, stützte Tiana ihre Unterarme auf den Rand des Tischs und beugte sich zu Irving hinüber. Die Intensität ihres Blicks amüsierte und bezauberte ihn.

»Sagen Sie mir, Mr. Irving«, sagte sie. »Woher bekommen Sie die Ideen für Ihre Geschichten?«

Irving lächelte sie nachsichtig an. Diese Frage kannte er schon. Er machte eine vage Handbewegung mit der Gabel.

»Aus dem Leben. Ich lese in Menschen, nicht in Büchern. Ich fürchte, ich habe mehr von einem Macher als von einem Betrachter an mir.« Schon jetzt merkte er sich bestimmte Dinge, die er später in seinem Notizbuch aufschreiben würde. *Gouverneur Houston – hochgewachsen, kräftig, gut gebaut, faszinierender Mann. Flacher weißer Biberhut, Stiefel mit Messingsporen. Neigung zum Pathos. Liebt es, sich mit großer Geste und militärisch auszudrücken.* Was seine Frau betraf, strafte sie die alte Weisheit Lügen, daß Indianermischlinge halb zivilisiert, halb wild und halbe Teufel seien, wobei die dritte Hälfte nur für sie reserviert war.

54

Tianas Stimme erstickte fast, und ihre Hände zitterten vor Zorn, als sie Drum den Artikel im *Phoenix* vorlas. Es war ein von Ridge geschriebener Brief. Sie und Drum wußten, daß Pathkiller zwar der oberste Häuptling der Cherokee war, sowohl derer im Osten wie derer im Westen, daß er aber gleichwohl nicht wirklich das Kommando hatte. John Ross, der Präsident des Nationalrats, und Ridge, der Sprecher des Rats, zogen in New Echota die Fäden. Obwohl es schmerzlich war, bat Drum Tiana, den Artikel noch einmal vorzulesen.

Er erzählte von dem, was in Georgia vorging. Tiana erinnerte sich noch, wie froh sie alle gewesen waren, als sie Justice John Marshalls Entscheidung zugunsten der Cherokee gelesen hatten: »Das Volk der Cherokee ist eine klar abgegrenzte Gemeinschaft, die auf ihrem eigenen Territorium lebt, das die Bürger Georgias nur mit Zustimmung der Cherokee betreten dürfen.« Da Andrew Jackson sich geweigert hatte, Marshalls Urteil in Kraft zu setzen, machten die Leute in

Georgia dem Wahren Volk das Leben zur Hölle. In Ridges Brief hieß es unter anderem:

> Die gewohnten Szenen, die unser leidgeprüftes Volk durchmachen muß, häufen sich auf schreckliche Weise. Die Cherokee werden jeden Tag von Weißen ausgeraubt und ausgepeitscht.

Doch da war noch mehr. Ridge sprach ausführlich von Überfällen auf die Viehherden des Wahren Volkes, von dem Terror nächtlicher Reiter, von dem allgemeinen Gefühl von Enttäuschung und Hilflosigkeit. Vor den Gerichten Georgias durfte kein Cherokee gegen einen weißen Mann aussagen, und Georgia weigerte sich, den Cherokee eigene Gerichte zuzubilligen. Und sie konnten sich nicht wehren. Das würde den Leuten in Georgia die Ausrede geben, die sie brauchten, um die Indianer für gefährlich zu erklären und zu vertreiben. Folglich waren sie machtlos und konnten den Angriffen nichts entgegensetzen.

Als Tiana mit dem Lesen fertig war, schwiegen sie und Drum mehrere Minuten.

»Weißt du, was *Phoenix* bedeutet, meine Tochter?« fragte Drum.

»Raven hat es mir erzählt«, erwiderte sie. »Es ist ein mythischer Vogel, der verbrennt und sich aus seiner eigenen Asche erhebt.«

»Buck Boudinot hat sich einen guten Namen für seine Zeitung ausgesucht. Ich bete dafür, daß wir uns eines Tages genau wie der Vogel Phönix aus der Asche dieses Kampfs erheben werden. Wir beten, daß das heilige Feuer uns reinigen wird. Es wird eine Reinigung sein, für die wir mit unserem Blut bezahlen müssen.« Drum verstummte. »Es ist Zeit für *E'lohi Ga'ghusduh'di*«, sagte er schließlich.

»Die Grundlage des Lebens?« fragte sie.

»Ja. Es ist notwendig.«

»Glaubst du denn, daß wir uns in so großer Gefahr befinden, Vater?« In all den schwierigen Zeiten, die sie schon durchlitten hatten, hatte Drum noch nie dieses Ritual vorgeschlagen. Daß er es jetzt tat, krampfte Tiana vor Furcht den Magen zusammen.

»Unsere Brüder und Schwestern im Sonnenland befinden sich in schrecklicher Gefahr«, sagte Drum. »Ich weine um sie. Ich werde jeden, der in den Clans über besonderen Zauber verfügt, benachrichtigen. Du mußt mir helfen, Tochter.«

»Ich kenne das Ritual nicht.«

»Ich werde es dich lehren.« Drum stand schwer auf und schob sich, die Hände auf die Knie gestützt, von seinem niedrigen Hocker hoch. Als er in Sally Ground Squirrels Haus trottete, hörte Tiana, wie er leise etwas vor sich hinmurmelte. Sie nahm an, daß es ein altes Ritual war. »Von hier aus bin ich zum Licht des Siebten Himmels aufgebrochen: Dort liegen die Sieben Clans überall herum ...«

Als oberster Häuptling des westlichen Teils des Wahren Volkes war es Drums Aufgabe, die komplizierte Zeremonie vorzubereiten. Tiana wußte nur, daß sie am Westufer eines Flusses um Mitternacht begann und im Morgengrauen endete. Sie wußte auch, daß diese Zeremonie nur im äußersten Notfall stattfand, wenn der gesamte Stamm durch Krieg oder eine andere Katastrophe bedroht war.

Um ihre bösen Vorahnungen zu zerstreuen, begab sie sich unter die vielen Mädchen, die auf sie warteten. Sie hatte ihnen versprochen, ihnen das Korbflechten beizubringen, während sich James, John, Drum und die anderen Häuptlinge mit Raven im Rat trafen, um über Ridges Brief zu sprechen.

Als Tiana die Mädchen zum Fluß führte, wo sie Riedgras schneiden würden, drängten sie sich eng an sie. An jeder Hand hingen mehrere Kinder, und einige andere schlangen ihr die Arme um die Taille. James' dreijährige Tochter Delilah Rogers verzögerte das Tempo noch mehr, denn sie klammerte sich an Tianas Bein. Weil Tiana ihr den Namen gegeben hatte, war Delilah der Meinung, besondere Ansprüche auf *Ghigau* zu haben. Daß Tiana vielen der Mädchen ihren Namen gegeben hatte, störte die Kleine nicht im geringsten.

»Hast du keinen Respekt vor *Ghigau?*« Delilahs ältere Cousine Cynthia zerrte sie weg. Johns Tochter Cynthia war zwar einigermaßen liebenswert, jedoch unregierbar. Tiana hatte den Verdacht, daß sie und ihre Cousine Betsy sich nachts hinausstahlen, um sich mit weißen Händlern zu treffen. Sie schienen immer mehr Bänder und Tand zu haben als die anderen.

Wo sind die besonderen Mädchen? fragte sich Tiana, als sie die Mädchen beobachtete, die um sie herum lachten und sich unterhielten. Werden sie *alle* durch die Weißen und deren Flitterkram verändert? Sind ihre Schritte so weit von dem alten Pfad abgeirrt, daß sie ziellos in der Welt umherwandern werden? Werden sie weder Weiße noch Indianerinnen sein?

Wenn Eltern Tiana baten, ihren Babys Namen zu geben, nahm sie die Aufgabe sehr ernst. Sie verwendete viele Namen aus Seeths Predigerbuch. Das Buch war auch sehr heilig und die Hauptquelle der

Weißen für Magie. Und der Zauber der Weißen war offensichtlich stark.

Außerdem hatte sie das Gefühl, die Kinder zu beschützen, indem sie ihnen christliche Namen gab. Sie würden in den kommenden Jahren immer mehr mit Weißen zu tun haben. Tiana glaubte, daß nicht-indianische Namen die Weißen auf eine falsche Fährte locken würden. Diese Namen würden die wahre Identität eines Kindes verbergen und die böse Macht schwächen, die dadurch entstand, daß jemand beim Namen genannt wurde, wie es die Weißen so unhöflich taten. Sobald die Kinder alt genug waren, das zu verstehen, setzte Tiana sich mit ihnen hin und erklärte die Bedeutung von Geisternamen.

Tiana arbeitete hart, um die Flamme des alten Wissens am Brennen zu halten. Doch manchmal hatte sie das Gefühl, als versuchte sie es bei strömendem Regen.

Elias Rector wartete geduldig auf einem großen schwarzen Wallach, während Tiana und Coffee sich von Raven verabschiedeten. Rector hatte Raven in Fort Gibson getroffen und gebeten, mit ihm zum Red River zu reiten, bis sich ihre Wege trennten.

Tiana zog den Kragen von Ravens Hemd zurecht, so daß er über der Schnur seines Pulverhorns lag.

»Hast du alles zu essen mit, was ich dir eingepackt habe? Du solltest dir wirklich die dickere Jacke anziehen.« Sie fummelte an ihm herum, um nicht zu weinen. Sie hatte ihm Kleidung für die Reise gemacht, neue Jagdhemden und Mokassins. Seine Decken waren in einer Matte zusammengerollt und hinter seinem Sattel festgebunden.

»Egal wie viele Lebensmittel oder Jagdhemden ich nehme, mir wird erst dann wieder warm sein, wenn ich dich wiedersehe, mein Liebes. Erst dann werde ich auch wieder satt sein.« Er nahm ihre schlanken Hände in seine großen und küßte ihr die Fingerspitzen.

Raven hatte sich sein Bowiemesser und die Pistole in den Gürtel gesteckt und sich das Pulverhorn und die Patronentasche quer über die Brust geschlungen. Sein Gewehr steckte in einem Futteral. Tiana schnürte sich die Kehle zusammen, als sie ihn ansah. In Augenblikken wie diesem wünschte sie, er wäre ein gewöhnlicher Mann. Sie wußte, daß die Rebellenfraktion in Texas ihm Briefe geschickt hatte, in denen die Männer ihn anflehten, sie zu führen, weil er so weit über den Durchschnitt hinausragte. Doch wenn er ein gewöhnlicher

Mann gewesen wäre, wenn er nicht ein so ungestümer, komplizierter und ein so unmögliches Rätsel von einem Mann gewesen wäre, würde sie ihn nicht so lieben, wie sie es tat. Das war ein Dilemma, aus dem es keinen Ausweg gab. Sie konnte nur weitermachen und sich an den Hörnern des Stiers festhalten.

»Long-winded One«, versuchte sie noch einmal, ihn dazu zu überreden, das gute Pferd zu nehmen. »Bitte nimm den Braunen. Laß Jack hier.«

»Nein, Spider Eyes. Du brauchst ihn. Ich will dich nicht mit einem zweitklassigen Pferd zurücklassen.« Folglich trug der schweiflose Jack das feine Zaumzeug aus Roßhaar, das Tiana geflochten und mit Quasten aus rotem Garn und winzigen Glöckchen geschmückt hatte.

»Paß auf, daß sie dich nicht skalpieren«, sagte sie. Raven sah dem Ausdruck in Tianas Augen an, daß dies kein Scherz war.

»Mir wird nichts passieren. Ich habe einen Paß von Jackson.«

»Dann brauchst du angreifende Comanchen nur dazu zu bringen, ihn zu lesen«, sagte sie. Sie umarmte ihn ein letztes Mal und versuchte sich zu merken, wie es war, ihn in den Armen zu halten.

»Paß gut auf sie auf«, sagte Raven, als er Coffee die Hand schüttelte.

Als Raven sich in den Sattel schwang, mußte Rector unwillkürlich lächeln. Das alte Pferd sah aus, als müßte Raven eigentlich es tragen.

»Hü, edles Pferd.« Raven kauerte sich hin, als wollte er eine Attacke reiten. Tiana lachte, und das half. Raven warf ihr eine Kußhand zu, als er mit Rector auf den Texas-Pfad zuritt. »Ich sehe dich im Frühling«, rief er über die Schulter. Tiana und Coffee winkten.

In einer von Ravens Satteltaschen befand sich in wasserdichtes Ölpapier gehüllt ein Beutel. Darin lag ein Exemplar von Cäsars *Aufzeichnungen über den Gallischen Krieg* sowie Briefe von Drum und anderen an Freunde und Verwandte, die mit The Bowl am Red River lebten. Da war auch ein Brief von einem von Jacksons Freunden. Darin hieß es unter anderem: »Ich glaube nicht, daß Texas noch lange der mexikanischen Regierung treu bleiben wird, und ich würde es lieber durch Ihr Zutun losgelöst sehen als durch einen Kauf. Es ist Ihr Schicksal gewesen, mehr öffentliche Aufmerksamkeit auf sich zu ziehen als jeder andere Privatmann in dieser Nation. Täglich stellt man mir hundert Fragen nach diesem ungewöhnlichen Mann, General Houston.«

Dann war da noch der Paß, der »alle Indianerstämme« bat, »General Samuel Houston die freie und sichere Passage durch ihre Territorien zu gewähren. Achtunddreißig Jahre alt, Körpergröße 1,86 Meter, braunes Haar und heller Teint.«

Rector erwies sich als guter Reisegefährte. Er behauptete, sich einmal pro Woche mit Whiskey zu betrinken und mit Wein wieder nüchtern zu werden. Während der zwei Tage, an denen er mit Raven zusammen ritt, stand er mit keiner Geschichte hinter Raven zurück. Bevor sie sich trennten, setzten sie sich eine Stunde unter einen Baum und teilten sich die letzte von Rectors Flaschen. Raven und Elias sahen, wie Jack stampfte und zuckte, um sich von Fliegen zu befreien.

»Dieses verdammte stummelschwänzige Pony ist eine Schande«, sagte Rector. »Nehmen Sie meinen Rappen.«

»Das kann ich nicht annehmen.«

»Unsinn. Es ist das mindeste, was ich für Texas tun kann. Ich werde am Abend meines Lebens sagen können, daß ich mit General Houston die Pferde getauscht habe. Sie müssen wissen, daß Sie ziemlich berühmt sind.«

»Tatsächlich?« Raven sah ihn mit unschuldiger Miene an. »Nun, ich danke Ihnen jedenfalls für das Geschenk. Ich hoffe, daß ich mich dessen als würdig erweise.«

Als Rector auf Jack davonritt und Raven seine Satteltaschen festband, griff er in die eine mit den Briefen. Beim Packen war ihm in seinem Paß ein kleines zusammengefaltetes Papier aufgefallen. Er öffnete es. Er erkannte Tianas säuberliche Handschrift, aber der Zauberspruch für den Schutz eines Reisenden war in Sik'wayas Silbenalphabet geschrieben. Unter dem Zauberspruch stand eine Zeile auf englisch, doch Raven wußte, daß das Gefühl, das dahintersteckte, Cherokee war. Er las: »Wir werden unsere Seelen auf ewig zu einer machen.« Ravens Augen brannten, als er es las. Er faltete das Blatt wieder zusammen und legte es zusammen mit dem goldenen Ring seiner Mutter in den kleinen Beutel, den er am Hals trug. So spürte er, wie Tianas Liebe an seinem Herzen mit ihm ritt.

Immer weniger Frauen des Wahren Volkes praktizierten neuerdings Magie. Doch Tiana tat es noch. Dabei paßte sie kaum zu der Vorstellung eines Weißen von einer Hexe. Während er dahinritt, stellte Raven sie sich vor, wie sie am Fluß stand und sich der aufgehenden Sonne zuwandte. Sie würde nackt sein, selbst in der Morgenkälte eines späten Novembertages. Sie würde in Licht getaucht sein. Sie würde darin glühen. So stellte er sie sich jetzt vor, wie sie die Arme Großmutter Sonne entgegenhob. Er wußte, daß sie an den nächsten beiden Morgen den Zauberspruch singen würde, den er bei sich trug. Er sollte ihn vermutlich beschützen.

Gha! *Höre. Du hörst erst jetzt, Ernährer.*
Ha! Du bist soeben zu diesem Ort am Fuß des Weißen Pfads gekommen.
Ha! Laß seine schöne Kleidung vor Feinden versteckt sein.
Höre! Von dem Sonnenland, wo du lebst, hörst du mich.
Ha! Steh jetzt auf.
Ha! Hebe seine Seele zu den Baumwipfeln und reite auf seinem rechten Arm.
Folge seinen Schritten. Höre!

Als Tiana hinter der Osage-Frau durch das kleine Dorf bei Chouteaus Quartier her ging, war der Gestank so übermächtig, daß sie sich die Hand vor Mund und Nase halten mußte. Chouteaus Fallensteller waren manchmal sorglos, wenn sie ihre Häute gerbten. Doch einen solchen Gestank von Verwesung hatte sie hier noch nie gerochen. Krähen und Truthahngeier kreisten lärmend am Himmel.

Sie schrie vor Entsetzen auf, als ein zum Skelett abgemagerter Hund vorbeilief. Er schleifte einen menschlichen Kopf am Haar hinter sich her. Tianas Begleiterin schrie den Hund an und trat nach ihm. Er ließ seine Beute fallen und wich knurrend mit eingezogenem Schwanz zurück. Die Frau hob den Kopf am Haar auf. Als sie weiter eilte, schwang er an ihrer Seite hin und her.

»Was ist passiert?« fragte Tiana.

»Großer Sieg. Komm sehen. Komm, beeilen.«

Die nackte Erde vor dem Hauptgebäude des Dorfs war mit verwesenden Köpfen übersät. Manche lagen noch in den Blecheimern, in die man sie nach dem Überfall auf das Kiowa-Dorf geworfen hatte. Manche hatte man einfach aufeinandergehäuft, da die Krieger sich stritten, welcher Schädel wem gehörte. Männer waren dabei, sie methodisch zu skalpieren. Die Frau warf den Kopf, den sie in der Hand hielt, mitten auf den Haufen. Der Kopf hatte zu einem Kind gehört. Die ausgehungerten Hunde drückten sich am Rand des Platzes herum, jaulten und knurrten.

Tiana zwang sich, genau hinzusehen. Die meisten der sechzig oder siebzig Köpfe hatten zu Frauen, Kindern oder alten Menschen gehört. Sie starrten zu ihr hoch, als wären sie noch lebendig. Sie waren schmutz- und blutverschmiert, und Fliegen summten um sie herum. Das laute Summen der Fliegen dröhnte Tiana in den Ohren, und sie hatte plötzlich den Geschmack von Galle im Mund.

»Großer Sieg«, sagte die Frau erneut. Sie grinste und trat mit dem Fuß leicht nach einem der Köpfe. Tiana würgte und schnappte nach Luft. Als sie eine Berührung auf der Schulter spürte, schrie sie auf und wirbelte mit der Hand am Messer herum.

»Mrs. Houston, ich bedaure, daß Sie dies gesehen haben. Kommen Sie lieber mit. Man wird sie anständig begraben, sobald alle Skalps genommen sind.« Cadet Chouteau sah erschöpft und traurig aus.

»Was ist passiert?«

»Die Kleinen haben ein Kiowa-Dorf angegriffen. Die Gefangenen sagen, die Männer seien losgeritten, um die Utes anzugreifen. Und um selbst Skalps zu nehmen, wie ich annehme.« Ein Junge und ein Mädchen, etwa zehn und zwölf Jahre alt, waren in der Nähe an einem Pfahl festgebunden. Chouteau zeigte auf sie und gab einen Befehl auf Osage. Zögernd band der Eigentümer der Gefangenen sie los und führte sie zu Chouteaus Haus. »Wenigstens kann ich für sie sorgen.

Die Krieger«, sagte Chouteau mit einigem Sarkasmus, »fürchteten sich vor der Rückkehr der Kiowa-Männer. Also haben sie die Köpfe abgehackt und sie in den Eimern der Kiowa mitgebracht.«

»Das ist ungeheuerlich«, sagte Tiana.

»Es ist natürlich«, entgegnete Chouteau. »Verdammen Sie eine Katze, wenn sie stolz mit einem halbflüggen Vogel oder einer hilflosen Maus nach Hause kommt, die sie getötet hat? *Non, ma chère.* Es ist ihre Natur. Und das Töten liegt in der Natur dieser Menschen.«

»Sie werden es mir nachsehen, Cadet, daß ich nur so lange bleibe, wie ich brauche, um zu essen und mich auszuruhen. Ich bin nicht sicher, ob ich überhaupt etwas essen kann.«

»Ich verstehe.«

Das Bild dieser Köpfe und ihrer starrenden, blicklosen Augen peinigte Tiana, nachdem sie Chouteau verlassen hatte. Sie fürchtete mehr denn je um Ravens Sicherheit. Wie konnte er die Kiowa überreden, über Frieden zu sprechen, wenn sie bei ihrer Rückkehr die enthaupteten Körper ihrer Frauen und Kinder vorfanden? Der schauerliche Anblick verfolgte sie bis in den Schlaf. Sie begann, von Joanna und David zu träumen, von Shinkah, Adoniram und Mitchell Goingsnake, wie sie sie zuletzt gesehen hatte.

Als sie jetzt auf dem Feld stand und Unkraut jätete, mußte sie plötzlich innehalten und sich auf ihre Hacke stützen. Ihr fiel wieder ein, wie Shinkah ihr bei der Aussaat geholfen hatte, und sie begann zu weinen. Sie weinte um Shinkah und David und ihre Kinder und ihren Vater. Sie weinte aber auch um all die anderen, um den hungernden Osage-Jungen und all jene, die Hunger hatten. Sie weinte um die Kiowa-Mutter, die unter den kopflosen Leichen nach ihrem Kind suchte. Sie weinte um jedes Opfer und um die Sinnlosigkeit des Tötens. Einen schrecklichen Augenblick lang waren sie alle ihre Familie, ihre Kinder. Dieses Gefühl überwältigte sie. Am liebsten wäre sie auf dem Feld in die Knie gesunken, um ihren Kummer laut hinauszuschreien, wie Shinkah es getan hatte.

»Tiana«, rief Coffee. Er zeigte mit dem Kopf auf den Texas-Pfad. »Sieht aus, als käme ein Fisch stromaufwärts geschwommen.«

Eine in einen bunten Poncho gehüllte einsame Gestalt auf einem großen Braunen tauchte von Südwesten her auf, wo Tiana schon so viele Männer hatte verschwinden sehen. Sie ließ ihre Hacke fallen und kletterte auf die zweite Querlatte des im Zickzack verlaufenden Zauns. Sie beschattete die Augen, um in die Nachmittagssonne sehen zu können.

»Er ist wieder da, Coffee, er ist wieder da.«

»Na ja, das hat er auch gesagt«, erwiderte Coffee.

Tianas Rock war hochgerutscht, und ihre Füße waren wie gewohnt nackt. Sie sprang über den Zaun und rannte die staubige Straße hinunter, um ihn zu begrüßen. Er hielt sein erschöpftes Pferd an und tippte sich mit der Hand an die Krempe seines breiten mexikanischen Sombreros, dessen Hutband vor lauter Silber glitzerte. Sattel und Zaumzeug waren kunstvoll mit Silberplatten und Schnallen geschmückt. Tiana nahm einen kurzen Anlauf und sprang hinter ihm aufs Pferd. Er drehte sich halb um und fuhr ihr mit seiner großen Hand durchs Haar. Er zog sie an sich und küßte sie hart und hungrig.

Sie schlang ihm die Arme fest um die Taille und preßte die Wange an die grobe Wolle des Poncho. Er roch nach Schaffett und Stall und Staub. Am meisten nach Staub. Raven war mager und von der gleichen Sonne gebräunt, die seine Augen zu einem blasseren Blau gebleicht zu haben schien. Die Falten um die Augen waren tiefer geworden. Die Muskeln seiner breiten Schultern härter. Er und das Pferd hatten einen langen Ritt hinter sich.

In der Nacht feierten Raven und Tiana mit dem letzten Rest des Brandy. Sie war so glücklich, ihn wiederzusehen, daß sie mehr trank als gewohnt. Der Raum drehte sich fröhlich um sie, als sie mit dem Kopf auf seiner Schulter ruhte, als sie beide auf der Bisonhaut vor dem Feuer lagen.

»Erzähl mir alles«, sagte sie.

»Es gibt eine Menge zu erzählen.«

»Gut. Dann wirst du eine Weile hier sein. Wo bist du gewesen, als du nicht hinter den wilden Comanchen her warst?«

»Im New England Retreat in La Villa de Nuestra Señora del Pilar de Nacogdoches. Das Hotel wirbt mit gebackenen Bohnen, Dorsch, Doughnuts, Lotterielosen und damit, daß es keine Flöhe oder Ratten gibt. Bis auf die Lotterielose lügt es in allen Punkten.«

»Nacogdoches? Ist das der Ort, in den man die Leute schickt, die man in der Hölle nicht haben will, wie Matthew Arbuckle sagt?«

»Genau der. Man erzählt sich dort die Geschichte von einem Mann, der zu einem Anwalt ging, um von einer schrecklichen Sache zu sprechen, die er bei seinem Aufenthalt in Nacogdoches getan hatte. ›Mein Freund‹, sagte der Anwalt, ›das ist ein schweres Verbrechen. Sie sollten am besten gleich die Stadt verlassen.‹ ›Aber das ist unmöglich‹, weinte der Verbrecher. ›Wohin soll ich gehen? Ich bin doch schon in Texas.‹«

Tiana lachte. Raven drehte sich um, um sie von oben bis unten ansehen zu können.

»Ich kann dir gar nicht sagen, wie sehr mir dieses Lachen gefehlt hat«, sagte er und küßte sie auf den Mund. Dann fuhr er fort: »In Teilen von Texas geht es wild zu. Alle neuen Staaten werden von lärmenden, zweitklassigen Männern heimgesucht, die nicht lange fackeln. Texas wird von ihnen überrannt. Was Texas braucht, ist ein Anführer, der für jede Prüfung tapfer genug ist, für jeden Notfall weise genug und der in jeder Krise einen kühlen Kopf behält.«

»Und wer könnte das sein?« Tiana mußte ihn unwillkürlich anlächeln. Er war, wie James ihn einmal beschrieben hatte. Ein großartiges Exemplar von einem Mann und ein Bursche, der von Gott zur Führung bestimmt war. Genau das, was Texas brauchte, wie er sagte.

»Meine liebste Spider Eyes. Texas besteht nicht nur aus diesen Grenzlandbanditen. Ich war in San Antonio de Bexar bei Jim Bowie und seiner Frau zum Weihnachtsessen eingeladen. Du wirst Bexar lieben. Das Leben ist angenehm dort. Wir werden Nachmittage auf schattigen Innenhöfen verbringen und Wein trinken und den Gitarren lauschen. Die Spanier sind wie das Wahre Volk. Sie lieben Farbe und Musik und Tanz. Andauernd feiern sie Fandangos und Feste.

Auf dem Markt kann man einkaufen. Ursula Bowie sagte, sie würde dir zeigen, wie man die Sachen zubereitet. Die Szenen und Laute und Gerüche dort werden dich ganz wirr im Kopf machen. Sie haben Obst, das wie Parfum schmeckt. Und die Häuser erst. Warte nur, bis du sie gesehen hast. Sie sind aus riesigen Lehmziegeln und verputzt wie früher beim Wahren Volk. Aber sie sind warm im Winter und kühl im Sommer.

Spanisch ist eine melodische Sprache, wie deine, nur einfacher. Ich werde dir beibringen, was ich davon kann. Mrs. Bowie kann dir auch helfen.«

Es war ein verführerisches Leben, das Raven ihr ausmalte. Ein stilles Leben ohne Krieg in einem glücklichen, trägen Land.

»Was ist mit The Bowls Bitte um einen Rechtstitel auf das Land seines Volkes in Texas?« fragte Tiana. Raven zögerte.

»Man hat ihnen erlaubt, in Texas zu leben«, sagte er.

»Aber hat man ihnen Rechtstitel auf das Land gegeben wie den weißen Siedlern? Bowl ist nach Mexico City gereist, um darum zu bitten.«

»Er hat sie nicht bekommen«, sagte Raven. »Aber er wird sie bekommen.«

Nein, das wird er nicht, dachte Tiana. *Er wird sich mit diesem lächerlichen spanischen Offiziershut begnügen müssen, den sie ihm geschenkt haben. Eine Kleinigkeit, aber nichts von Wert. Genau wie hier.*

»Die Regierung in Mexico City befindet sich jetzt im Umbruch«, sagte Raven. »Wenn sich die Dinge geklärt haben, wird Bowl seinen Rechtsanspruch bekommen.«

»Und werden sich die Dinge klären?«

»Santa Anna hat jetzt das Kommando. General Don Antonio Lopez de Santa Anna y Perez de Lebrón. Er ist ein Liberaler. Er wird die Dinge so sehen wie wir.«

»Wie *wir?*«

»Nun ja, ich habe den Brief an ihn entworfen, in dem unsere ... die Position der Texaner dargelegt wird. Und ich habe geholfen, die Verfassung zu schreiben, die sie ihm vorlegen wollen. Du hättest gelacht, wenn du diese Grobiane gesehen hättest, als sie versuchten, ein anständiges Dokument aufzusetzen. Der Verantwortliche schnappte sich am Ende vor Wut einen Mann am Hemdkragen und setzte ihm sein Bowiemesser an die Brust. ›Wenn du die parlamentarischen Gepflogenheiten nicht einhältst‹, sagte er, ›fange ich an zu schneiden.‹«

»Es wird Krieg geben.«

»Das bezweifle ich.«

»Und hast du mit den Comanchen und den Kiowa gesprochen?«

»Ja. Sie werden jeden Tag hier sein, um sich mit Montford Stokes und der Friedenskommission zu treffen.«

»Mr. Stokes sagt, du könntest ebensogut versuchen, die Wolken einzusammeln, als jetzt die Comanchen zusammenzubringen.«

»Sie sagten, sie würden herkommen.«

Tiana setzte die Diskussion nicht fort. Statt dessen bat sie ihn, ihr mehr von den Spaniern, deren Sitten und Gebräuchen sowie von Texas zu erzählen. Er war nur zu glücklich, ihre Bitte zu erfüllen.

Doch sie konnte den Brief nicht vergessen, den Raven begonnen hatte, kaum daß er wieder zu Hause war. Er lag jetzt auf seinem Schreibtisch, an Jackson gerichtet. Darin hieß es unter anderem:

> Das Volk von Texas ist entschlossen, eine Staatsregierung zu bilden. Texas kann sich gegen die ganze Macht Mexikos verteidigen, denn Mexiko ist in Wahrheit machtlos und mittellos.

Eine Zeile dieses Briefes ging Tiana immer wieder durch den Kopf, als sie in jener Nacht wach lag, nachdem Raven längst eingeschlafen war und tief atmend neben ihr lag. »Ich werde in Texas vielleicht meinen ständigen Wohnsitz nehmen...« Sie kannte seinen Wunsch, daß sie mit ihm nach Texas zurückkehrte. Aber wenn sie sich weigerte, würde er trotzdem gehen. Das sagte er zwar nie, doch es war so sicher wie der Aufgang von Großmutter Sonne am Morgen.

Montford Stokes mit dem trägen Lächeln eines Mannes aus North Carolina und der Weisheit, die mit seinem weißen Haar gekommen war, hatte recht gehabt. Kein Comanche oder Kiowa erschien, um sich mit ihm und der Friedenskommission zu treffen. Raven war nicht als einziger enttäuscht. In Fort Gibson hatte sich jeder vor der Ankunft der wilden Reiter gefürchtet und sie zugleich herbeigesehnt. Als der Mai immer heißer wurde und in den Juni überging, als dann der Sommer kam und auf die Jahreszeit zuging, in der die Menschen krank wurden, bekamen die Truppen nach und nach dienstfrei.

Als offenkundig wurde, daß die Häuptlinge aus dem Süden überhaupt nicht kommen würden, wurde Raven wieder ruhelos. Er begann wieder mit seinen Versuchen, Tiana zu überreden, mit ihm nach Texas zu kommen. Doch es war, als redete er gegen eine Wand.

»Verdammt, Frau!« rief er schließlich aus. »Du und ich, wir sind zu...« Er suchte nach einem passenden Wort. »Zu mächtig für diesen Ort. Wir brauchen mehr Raum, um zu zeigen, wer wir sind und was wir leisten können. Texas kann uns das geben.«

»Ich bin mächtig, wo immer ich bin. Wo ich bin, ist nicht wichtig. Es kommt darauf an, *wer* ich bin. Wenn ich mächtig bin, wie du das nennst, kommt diese Macht von innen und nicht von außen. Ich werde hier gebraucht. Immer mehr Menschen kommen aus dem Alten Land. Wir alle, die wir uns hier schon häuslich eingerichtet haben und helfen können, müssen das auch tun.«

»Ich brauche dich. Komm mit mir. Ich flehe dich an, Spider Eyes. Ich habe von Stephen Austin Land gekauft. Du und Coffee und ich können es bebauen. Man spricht davon, mich zum Chef der Armee zu machen. Was ist, wenn ich Texas gewinne und dich verliere?«

»Du sagtest, es würde keinen Krieg geben.«

»Ich habe vor kurzem von einem Freund in Texas einen Brief erhalten. Er sagt, Santa Anna schwanke wie ein dünnes Rohr im Sturm. Niemand weiß, was er tun wird. Aber du wirst sicher sein. Selbst wenn es Krieg gibt, wird er vorbei sein, bevor er angefangen hat. Die Mexikaner können nicht kämpfen, haben kein Herz dafür.«

»Nein. Die Texaner sind nicht mein Volk.«

»Du könntest durchgehen...« Im selben Moment wünschte er, er hätte die unbedachten Worte nicht geäußert. Die Farbe von Tianas Augen veränderte sich sofort. Aus der Farbe von Morgennebel in den Bergen wurde metallisches Grau.

»Als was durchgehen?«

»Mexikanerin«, stammelte Raven, der sich seines Schnitzers nur zu bewußt war.

»Die Amerikaner hassen die Mexikaner auch. Ich will keine Fremde unter Menschen sein, die mich hassen.«

Als Raven gepackt hatte, ritt Tiana mit ihm bis zum Wilson Rock am Verdigris River. Sie sprachen nicht viel. Tiana wußte, daß Raven ohne sie aufbrechen würde. Doch Raven konnte noch immer nicht glauben, daß sie ihn ziehen lassen würde. Er versuchte nochmals, sie zu überreden.

»Spider Eyes, sobald ich fest im Sattel sitze, werde ich die Scheidung beantragen. Wirst du dann zu mir kommen?«

»Nein, Geliebter. Ich werde nicht wieder im Exil leben. Nicht einmal für dich. Du mußt zu deinem Volk zurückkehren. Ich muß bei meinem bleiben.«

Raven beugte sich zu ihr hinüber und fuhr ihr mit der Hand durch ihr seidiges Haar.

»Die Spinne wird mich in Schleier von Einsamkeit hüllen, bis ich dich wiedersehe, meine Geliebte Frau«, sagte er auf Cherokee. »Du gehst wahrhaftig in meiner Seele.« Er küßte sie lange und zärtlich. Durch einen Schleier von Tränen sah sie ihn langsam wegreiten, in Richtung der Badlands und Texas.

»›Wir zwei sind wahrhaftig etwas Besonderes.‹« Sie murmelte leise den uralten Zauberspruch. »›Du wirst immer an mich denken. Du wirst aus der Tiefe deiner Seele an mich denken. Du wirst nie vergessen, daß ich auf der Erde wandle.‹« Raven drehte sich um und winkte. Tiana hob die Hand zum Gruß und sah ihm nach, bis er um eine Biegung des Pfads verschwunden war.

Sie blieb lange Zeit reglos dort stehen. Sie dachte an ihr Leben, an die Freuden und die Verluste. Ghigau Ward hatte gesagt, ein gut gelebtes Leben sei im Gleichgewicht. Das Gute wiege das Schlechte auf. Vielleicht würde der Schmerz über all dies eines Tages nachlassen und wieder einmal beweisen, daß Nanehi Ward recht gehabt hatte. Tiana hoffte es. Sie fragte sich aber auch, ob sie wie Spearfinger werden würde, die von den Geistern ihrer Erinnerungen umgeben war.

55

Es war der 19. April 1836. Das flache Land um den Vince Bayou herum war ein einziger, riesiger Morast. General Sam Houston zog sich seinen zerbeulten Schlapphut in einem vergeblichen Versuch, den Regen abzuhalten, tief in die Stirn. Das Wasser strömte nur so aus den drei tiefen Falten in der Krempe. Sams fadenscheiniger schwarzer Rock war schlammverschmiert. Seine braungelben Hosen und die hohen Mokassins waren damit bedeckt. Mary, The Bowls Enkelin, hatte ihm die Mokassins gemacht. Er trug sie, um sein einziges Paar Stiefel zu schonen. Sam hatte The Bowl vor kurzem einen Brief geschrieben, in dem er ihm sagte, er hoffe, seinen alten Freund wiederzusehen, bevor die Mokassins ausgetreten seien. Zur Antwort hatte The Bowl einem mexikanischen Gesandten höflich mitgeteilt, er und sein Volk würden in dieser Auseinandersetzung neutral bleiben.

Sam zog seinen großen weißen Hengst Saracen an die Seite des Pfads, um seine bedrückt wirkende Armee vorbeitrotten zu sehen. Die Männer schleppten sich mit gesenktem Kopf dahin. Sie hatten ihre Gewehre in Decken gehüllt, um sie möglichst trocken zu halten. »Armee« war im Moment ein vermutlich zu würdevolles Etikett für sie. Es waren weniger als siebenhundert Männer. Viele von ihnen waren krank und litten an Masern und der Ruhr. Nur wenige hatten so etwas wie eine militärische Ausbildung erhalten. Die meisten nannten sich Texaner, aber sie vertraten acht oder zehn verschiedene Nationalitäten. Fast alles, was ihnen gemeinsam war, war ihre schäbige Kleidung, der Schlamm, mit dem sie bedeckt waren, das lange, verfilzte Haar, die schmutzigen Bärte und ihre Läuse.

Santa Anna verfügte demgegenüber über dreitausend gut ausgerüstete Männer und erwartete weitere fünfhundert als Verstärkung. Sam wußte das, weil Deaf Smith und der schwarze Freigelassene, Hendrick Arnold, vor kurzem einen mexikanischen Kurier gefangengenommen hatten. Sam beglückwünschte Deaf zu seinen neuen Hosen. Sam sprach langsam, damit dieser ihm an den Lippen ablesen konnte, was er sagte. Die blauen, wollenen Uniformhosen des Mexikaners waren für Deaf zwar viel zu eng, aber besser als seine alten Rehlederhosen, die über und über schlammverschmiert gewesen waren.

Wenigstens hielt der Regen das Truppenkontingent aus Kentucky davon ab, sich gegenseitig mit den Fäusten umzubringen, was die Männer am liebsten getan hätten. Vor zehn Meilen hatte sich Sams retirierende Armee schließlich von den Flüchtlingen getrennt, die in Richtung Vereinigte Staaten weiterzogen. Es war nicht die Verantwortung für so viele Zivilisten, die Sam Kopfzerbrechen bereitete. Er haßte es, die Frauen Meile um erschöpfende Meile mit ihren weinenden Kindern und schweren Lasten weitertaumeln zu sehen. Er tat, was er konnte, um ihnen zu helfen, aber seine eigenen Männer besaßen praktisch nichts, und Fahrzeuge waren knapper als Hühnerzähne.

»General Houston.« Sam erkannte die Stimme der Frau. Er hätte kaum mit der Flüchtlingskolonne reiten und diese Stimme nicht erkennen können. Mrs. Pamela Mann war die Art Frau, die in jeder Menge Aufsehen erregt, wie groß sie auch sein mag. Sie war jung, zäh und schön. Als sie zu Sam aufschloß, hingen ihre beiden großen Sattelpistolen in Holstern am Sattelknopf und waren so jederzeit griffbereit. Ihr Bowiemesser steckte in einer Scheide, die am Sattel befestigt war.

»Guten Morgen, Mrs. Mann.«

»General, Sie haben mir eine verdammte Lüge erzählt.« Soweit die einleitenden Höflichkeiten. »Sie sagten, Sie würden die Straße nach Nacogdoches nehmen. Sir, ich will meine Ochsen.«

»Hören Sie, Mrs. Mann«, sagte Sam. »Wir können sie nicht erübrigen. Ohne sie können wir die Zwillingsschwestern nicht von der Stelle bewegen.«

»Sie ahnen nicht, wie gleichgültig mir Ihre Kanonen sind. Ich will meine Ochsen wiederhaben.« Sie sprang von ihrem Pferd herunter und zersägte die rohe Tierhaut, welche die Kette mit dem Geschirr der Ochsen verband. Sie ließ die Peitsche knallend auf die Tiere niedersausen. Niemand sagte etwas, als sie die Ochsen auf dem Weg zurücktrieb, auf dem sie gekommen war.

Sams Nachschuboffizier kratzte sich am Kopf.

»General«, sagte er. »Ohne diese Ochsen kommen wir nicht weiter. Die Kanone steckt im Schlamm und ist nicht zu gebrauchen.«

»Wir werden auch so zurechtkommen müssen, Captain Rohrer.«

»Verdammt, ich werde mir diese Ochsen zurückholen.« Rohrer gab seinem Pferd die Sporen und geloppierte los. Sam erhob sich in den Steigbügeln und rief hinter ihm her.

»Captain, diese Frau wird kämpfen.«

»Soll sie's doch versuchen«, rief der Mann über die Schulter.

»Faßt mit an, Jungs«, sagte Sam. »Wir müssen die Kanone aus dem Schlamm ziehen.« Der Schlamm stieg fast über die Schäfte von Sams hohen Mokassins, als er seine breiten Schultern gegen das Rad legte und mit all seiner beträchtlichen Kraft dagegenpreßte. Er wußte, daß Rohrer ohne die Ochsen zurückkommen würde. Er hatte recht.

Mrs. Mann erinnerte ihn an Tiana, obwohl sie weder den Intellekt noch die Heiterkeit der Geliebten Frau besaß. Mrs. Mann stand mit beiden Beinen sehr fest auf der Erde. Aber Sam konnte sich vorstellen, wie Tiana die Armee um ihrer geliebten Gerechtigkeit willen herausforderte, *duyukduh*. Sam hatte an Mrs. Manns Gesellschaft einigen Gefallen gefunden, obwohl Mrs. Mann anscheinend nicht genug Gefallen an seiner gefunden hatte, um ihm ihre Ochsen zu geben. Er hatte versucht, das Gefühl von Einsamkeit zu unterdrücken und die störrische Frau zu vergessen, die sich geweigert hatte, mit ihm nach Texas zu gehen. Sam sah auf seine Mokassins hinunter, die durch den Schlamm schon ganz unförmig geworden waren. Er mußte zugeben, daß er froh sein konnte, daß Tiana nicht da war.

Der Regen hörte schließlich auf, aber Sam war immer noch mit Schlamm bedeckt, als er seine Armee in einer rechteckigen Formation antreten ließ. Er saß in der Mitte auf Saracen. Seine laute Stimme konnte selbst von den hintersten Reihen gehört werden. Am anderen Ende der mit bunten Frühlingsblumen bedeckten Prärie konnten die Männer den Rauch des brennenden New Washington sehen. Santa Annas Streitmacht war nicht weit weg.

»Der Sieg ist uns gewiß!« rief Sam. »Vertraut auf Gott und fürchtet euch nicht! Die Opfer von Alamo und die Namen der in Goliad Ermordeten verlangen nach kühler, bewußter Vergeltung. Denkt an Alamo! Denkt an Goliad!« Sam wurde schmerzhaft bewußt, daß Davy Crockett und Jim Bowie in Alamo gestorben waren.

»Denkt an Alamo! *Recuerden el Alamo!*« riefen seine Männer. Wenn Sam ihnen gesagt hätte, sie könnten Texas nur gewinnen, indem sie sich die Niagarafälle hinunterstürzten, wären sie gesprungen.

»Auf Hilfe brauchen wir nicht zu hoffen«, sagte Sam. »Es gibt keine.« Sam und seine Männer hatten sich bis hierher zurückgezogen. Die Männer, die vor einem Monat in der Missionsstation von Alamo gestorben waren, hatten ihnen das Äußerste an Zeit verschafft, was möglich war. Morgen würde Sams Armee den Soldaten Santa Annas auf der schönen, wogenden Ebene namens San Jacinto gegenüberstehen.

Tiana stand in der offenen Tür des Wigwam Neosho. Sie richtete die Pistole auf den Mann, der auf dem Hof auf seinem Pferd saß. Coffee und Tianas Sklave Peter standen vor der Scheune, bereit, notfalls jederzeit einzugreifen.

»Verschwinde, McGrady«, sagte sie.

»Diana, Süße, es tut mir leid, falls ich dich gestern abend wütend gemacht haben sollte. Ich hatte etwas zuviel Schnaps im Bauch.«

»Dir steckt eher der Teufel im Bauch. Verschwinde von meinem Land.«

»Hör mal, Süße, das ist doch keine Art, mit deinem Mann zu reden. Dies ist *unser* Land.«

»Du bist nicht mein Mann, egal, was du deinem Ungeziefer von

Freunden erzählst. Dies ist mein Land, und du wirst es dir bald von unten ansehen können, wenn du nicht verschwindest.«

»Diana –«

»Schluß jetzt!« Ihre Geduld war erschöpft.

Samuel McGrady zeigte ihr sein strahlendes Lächeln. Er war ein gutaussehender Bursche, und wenn er wollte, war er überaus charmant. Und verdorben bis ins Mark. Tiana hatte einige Zeit gebraucht, um das zu entdecken. Sein gewinnendes Wesen und ihre Einsamkeit hatten sie blind gemacht.

Es war der Frühling des Jahres 1837. Es waren fast vier Jahre her, seit Raven aufgebrochen war. Er hatte ihr ein paar liebevolle Briefe geschrieben, in denen er sie anflehte, zu ihm nach Texas zu kommen. Sie wußte, daß er die Schlacht von San Jacinto gewonnen und Texas zu einer unabhängigen Republik gemacht hatte. Dafür hatten ihn die Texaner zum Präsidenten des Staates gemacht. Doch die Situation dort war immer noch chaotisch. Es gab Gerüchte von einem neuen Krieg mit Mexiko. Es gab Schwierigkeiten mit den Indianern und eine riesige Staatsschuld. Raven sprach voller Sehnsucht von dem Wiedersehen mit ihr, doch es war offenkundig, daß Texas seine ganze Zeit und den größten Teil seiner Gedanken in Anspruch nahm. Sie hatte seine Briefe nicht beantwortet, obwohl sie sie so oft gelesen hatte, daß sie sie inzwischen auswendig konnte.

Vor ein paar Wochen war McGrady an ihrer Tür aufgetaucht. Unter welchem Vorwand?

»Verzeihen Sie, Ma'm«, hatte er mit dem Hut in der Hand gesagt. Er hatte einen leichten irischen Akzent, den sie anziehend fand. Er hatte rötlichgoldenes Haar. »Sie sind mir neulich aufgefallen, als Sie am Dienstag vor einer Woche im Fort waren. Meine Freunde sagten, Sie bewirtschaften diese Farm allein mit nur zwei Negern. Ich habe mich gefragt, ob Sie vielleicht eine zusätzliche Kraft brauchen.«

Es war Saatzeit gewesen, und es hatte mehr als genug Arbeit für ihn gegeben. Tiana hatte ihn bis auf Widerruf eingestellt. Er schlief in der Scheune. Drei Wochen lang hatte er gut gearbeitet. Von Zeit zu Zeit hielt sie mit ihrer Arbeit inne und betrachtete die Muskeln seiner nackten Schultern und des Rückens, als er Holz hackte. Er hatte ein jungenhaftes Lächeln und ein ansteckendes Lachen. Als das Wetter kalt und regnerisch wurde, brachte sie es nicht über sich, ihn in die Scheune zu schicken, ohne daß er sich vorher am Feuer aufwärmen konnte.

Als sie an ihm vorbeiging, zupfte er an ihrem Rock und zog sie zu sich herunter. Er wickelte sich ihr Haar um die Finger und küßte sie. Sie beugte sich über seine Hand und fuhr mit den Lippen leicht darüber hin. Plötzlich sehnte sie sich danach, seine Berührung zu spüren. Sie wollte gehalten werden. Sie wollte ihn in sich spüren.

Sie hatten sich leidenschaftlich gepaart. Am nächsten Morgen schien McGrady der Meinung zu sein, sie seien verheiratet. Schlimmer noch, er ging davon aus, daß er jetzt nicht nur Tianas Eigentum besaß, sondern auch sie. An jenem Tag arbeitete er nicht. Er ritt zum Fort Gibson, wo er die Nachricht verbreitete, er habe die Witwe Gentry geheiratet, und kam erst in der Nacht stockbetrunken nach Hause.

Der Empfang war anders, als er ihn sich vorgestellt hatte.

»Wo ist mein Abendessen, Frau?« hatte er sie angeherrscht, kaum daß er durch die Tür gekommen war. Tiana sah ihn erstaunt an.

»Ich will was essen!« Er schwankte zu einem Stuhl am Tisch. Tiana nahm ruhig sein Gewehr und sein Messer an sich sowie ihre Pistole und ihr Messer.

»Ich bin nicht deine Frau, und du wirst in diesem Zustand nicht hierbleiben.«

»Ich bleibe, solange es mir gefällt. Dies ist mein Haus. Wir leben zusammen. Du bist meine Frau. Was dir gehört, gehört auch mir.«

»Wenn das Zusammenleben schon genügt, um dein Gefährte zu werden, solltest du lieber nett zu der Kuh sein, denn du teilst mit ihr die Scheune.«

»Frau, mach mich nicht wütend.«

Tiana richtete ihre Pistole auf ihn.

»Geh in die Scheune, McGrady, und verschwinde dann morgen früh bei Tagesanbruch. Ich will dich hier nicht wieder sehen.«

Er ging einen Schritt vor, doch die Waffe bewegte sich nicht. Er hatte sie inzwischen gut genug kennengelernt, um zu wissen, daß sie sie einsetzen würde.

»Das wirst du dir noch überlegen, Mädchen. Du brauchst einen Mann. Du bist nämlich ganz schön scharf, wirklich. Na schön.« Er setzte sich den Hut auf. »Du weißt, wo du mich finden kannst.«

Er hatte an jenem Morgen nach ihr gerufen, und sie hatte ihm sein leeres Gewehr zugeworfen. Doch McGrady hatte nicht die Absicht zu gehen, und zwar aus einer ganzen Reihe von Gründen. Erstens hatte er hier ein komfortables Zuhause gefunden. Er hatte sich vorgenommen, es als Basis für seinen illegalen Whiskeyhandel zu benutzen. Zweitens hatte er das Geld, das er von Tianas Farm zu erhalten hoffte, schon ausgegeben. Drittens hatte er seinen Freunden erzählt, er sei mit der schönen, abweisenden Mrs. Gentry verheiratet. Er hatte keine Lust, sich den Hohn seiner Kumpane anzuhören, wenn er als abgewiesener Freier zurückkehrte. Viertens konnte er nicht glauben, daß sie ihn hinauswerfen würde, nachdem sie mit ihm geschlafen hatte. Und fünftens mußte er sie haben. Nach einer Nacht ging sie ihm nicht mehr aus dem Kopf. Er konnte den Gedanken nicht ertragen, ohne die Berührung ihres geschmeidigen goldbraunen Körpers leben zu müssen.

Er machte Anstalten abzusitzen, und da schoß sie ihm den Hut vom Kopf. Als er ihn aufhob, lud sie nach.

»Bitte, Diana.«

»Geh, McGrady.«

»Ich komme wieder, wenn du in einer besseren Stimmung bist, Kleines. Vielleicht, wenn du wieder mal für die Liebe bereit bist.« Er zwinkerte ihr zu.

Selbst unter normalen Umständen war Samuel McGrady der Meinung, das Wort »nein« habe für ihn keine Gültigkeit. Er wurde in dieser Einstellung noch durch die Tatsache bestärkt, daß er bei Frauen noch immer seinen Willen durchgesetzt hatte. Doch jetzt grenzte seine Hartnäckigkeit schon an Besessenheit. In den nächsten sechs Monaten hielt Tiana ihn auf Abstand. Einmal schoß sie auf ihn, als er in der Nähe des Hauses im Wald herumlungerte.

Sie ritt nicht mehr allein aus. Coffee begleitete sie meist, wenn er sich auf der Farm entbehren ließ. Oder sie richtete ihre Besuche im Fort zeitlich so ein, daß sie mit Percis Lovely reiten konnte. Percis schlug vor, sie solle sich einen anderen Mann suchen. »Einer Frau wie dir dürfte es nicht schwerfallen, einen zu finden«, hatte sie gesagt. »Ich kann nicht«, hatte Tiana geantwortet. »Die Erinnerung an Raven wärmt mich mehr, als es die Arme eines anderen Mannes könnten.« Percis hatte genickt. Sie hatte aus dem gleichen Grund nicht wieder geheiratet.

Arbuckle drohte, McGrady in die Arrestzelle zu sperren, und danach hatte er sich etwa einen Monat nicht mehr blicken lassen. Doch er kam wieder, als Arbuckle sich krank meldete und nach Saint Louis ritt. Tianas Brüder halfen nach Kräften auf der Farm aus, aber sie mußten sich auch um ihre eigenen Angelegenheiten kümmern. Und ihre Farm war dreißig oder mehr Meilen entfernt. Sie versuchten sie zu überreden, sich in ihrer Nähe oder bei Drum anzusiedeln. Doch sie weigerte sich. »Ich werde nicht zulassen, daß dieser *wetumpka*, dieser Schweinedieb, mich aus meinem Haus verjagt.«

Als der Herbst kam und die Ernte eingebracht war, erschien James an ihrer Tür. Er überredete sie, wenigstens zu einem langen Besuch in sein Haus zu kommen. Tiana überließ die Farm der Obhut von Coffee und Peter.

Als sie bei Captain John Station machten, fanden sie einen Besucher aus dem Osten vor. John Ross, der Präsident des Nationalrats, war gekommen, um sich das Nachtland anzusehen. Das Wahre Volk im Osten verehrte ihn als einen Erlöser. Er, die Rogers und Drum sprachen fast die ganze Nacht miteinander. Seine Neuigkeiten waren noch düsterer als die Geschichten, die sie in letzter Zeit gehört hatten.

Ross war jetzt sechsundvierzig. Er war stärker gealtert, als die Jahre vermuten ließen, seit Tiana ihn in Hiwassee zum letzten Mal gesehen hatte. Doch mit seinen blaßblauen Augen, dem gewellten braunen Haar und der Stupsnase fiel es ihr heute ebenso schwer wie vor zwanzig Jahren zu glauben, daß er Indianer war. Sein Cherokee war besser geworden, doch es war noch immer nicht die Sprache, in der er sich am meisten zu Hause fühlte.

»Schermerhorn hat den Kongreß düpiert und glauben machen, das Wahre Volk habe seinen Vertrag gebilligt«, sagte er mit der Pfeife im Mund. »Eine Handvoll Häuptlinge und ihre Anhänger waren da. Diese Verräter Ridge und Buck Boudinot haben unterschrieben. Daraufhin wurden ihre Ländereien aus der Lotterie herausgenommen und für sie reserviert. Jetzt sagt Van Buren, der Vertrag sei Gesetz, und wir müßten unser Land im Lauf eines Jahres verlassen, ob wir nun wollen oder nicht.«

»Werdet ihr herkommen?« fragte Tiana.

»Nein. Wir werden weiterkämpfen. Wir haben Tausende von Unterschriften gesammelt, die den Vertrag zurückweisen. Wenn der Kongreß die Wahrheit erfährt, wird er ihn für ungültig erklären. Im Moment aber steht das Volk der Cherokee allein da, ohne Geld, ohne Hilfe, fast ohne Hoffnung. Aber wir haben nicht die Absicht nachzugeben.«

Es gab Leute, die Ross beschuldigten, aus persönlichen Gründen gegen die Umsiedlung zu kämpfen und an seinem großen Grundbesitz und seiner Macht festzuhalten. Manche sagten, er sei ein Diktator, der nur seine Ansicht dulde und keine andere. Vielleicht kämpfe er sogar nur wegen der angeborenen Halsstarrigkeit seiner Cherokee- und schottischen Vorfahren. Was immer seine Motive sein mochten, er war offensichtlich ein Mann, der sich auf einen bestimmten Kurs festgelegt und nicht die Absicht hatte, davon abzuweichen.

»Was ist nach deiner Festnahme passiert?« wollte John wissen. »Seit die Leute aus Georgia den *Phoenix* zerstört haben, erfahren wir kaum noch, was im Osten vorgeht.«

»Bei meiner Rückkehr aus Washington City mußte ich feststellen, daß man meine Familie aus dem Haus gewiesen hatte. Und meine Frau ist leidend. Leute aus Georgia hatten die Plantage übernommen. Sie sagten, sie hätten sie in der staatlichen Lotterie gewonnen, und wir schuldeten ihnen rückständige Pacht.« Ross' Stimme brach, und er hörte einen Augenblick lang auf zu sprechen.

»Wie wir hören, ist es ein schönes großes Haus«, sagte Tiana. »Sie hatten zwanzig Glasfenster«, sagte sie zu ihrer Schwägerin. »Und Pfauen. Werkstätten, Räucherhäuser, Ställe, Sklavenunterkünfte.«

»Ein Lebenswerk«, sagte Ross. »Dahin. Jetzt lebt Abschaum dort, eine träge Bande. Mitten im Winter mußte ich mich mit meiner Familie jenseits der Grenze in Tennessee niederlassen und in einem zugigen Ein-Zimmer-Blockhaus mit Lehmfußboden wohnen. Dort hat die Miliz von Georgia dann mich und John Howard Payne festgenommen. Sie schleppten uns nach Georgia zurück und hielten uns zwölf Tage lang an Stühle gebunden fest.«

»Sie haben die Staatsgrenze überschritten?« fragte James. »Das ist illegal.« Ross lachte nur.

»Mein Freund, diese Leute aus Georgia kennen kein Gesetz.«

»Ist John Howard Payne einer aus dem Wahren Volk?« fragte Tiana.

»Nein. Er ist ein Schriftsteller, den unser Unglück gerührt hat. Er hat mir dabei geholfen, unseren Fall dem Volk der Vereinigten Staaten bekannt zu machen. Wenn sie nur wüßten, welches Unrecht man uns antut, würden die Menschen alle entrüstet aufstehen.«

»Payne hat dieses Lied geschrieben, ›Home, Sweet Home‹«, sagte James. Er summte ein paar Takte, und Tiana nickte. Sie hatte es oft gehört, als sie darauf gewartet hatte, daß Raven aus Nicks' Kneipe kam. Die Männer hatten es immer gesungen, wenn sie das rührselige Stadium der Trunkenheit erreicht hatten.

»In Georgia streifen Banden weißer Halsabschneider nachts auf dem Land umher. Sie stehlen unsere Pferde und das Vieh und terrorisieren unsere Menschen. Als Payne und ich gefangen waren, haben wir die Milizionäre aus Georgia darüber sprechen hören.« Ross begann, vor dem Feuer auf und ab zu gehen. Er äffte den Tonfall der

Leute nach, die ihn eingesperrt hatten, doch es lag Zorn in seiner Stimme. »›Ah, das ist letzte Nacht ja wieder wie geschmiert gegangen‹, sagte einer von ihnen. ›Jeb und die Jungs banden ein Ochsengespann an die Dachkante der Niggerhütte.‹«

Tiana zuckte bei dem Wort zusammen. Ross fuhr mit seiner Geschichte unbeirrt fort.

»›Erst fiel ein Stamm herunter‹, sagte der Mann, ›und die ganze Familie fiel auf die Knie. Einer begann zu betteln, und die Kleinen schrien, und die alte Frau fing an zu beten.‹ Dann äfften die Milizionäre das Weinen der verängstigten Kinder nach. Es war ein großer Spaß für sie.«

»James, John.« Drum sprach in die Stille, die Ross' Geschichte folgte. »Einer von euch muß mit White Bird ins Alte Land zurück, um mit eigenen Augen zu sehen, wie die Dinge dort stehen. Ihr müßt unsere Augen sein.« James und John sahen sich an. Es war ein langer, mühseliger Ritt, und sie hatten ihn beide schon zu oft unternommen.

»Ich werde gehen, Geliebter Vater«, sagte James.

Als Tiana schließlich zu Bett ging, schlief sie unruhig. Sie wachte am nächsten Morgen spät auf und hörte Coffee vom Hof her rufen.

»Was ist, Coffee?« Sie lehnte sich aus dem Fenster im Obergeschoß. Coffees Pferd war über und über mit Schaum bedeckt.

»Dieser Mann, McGrady, er hat Peter geholt.«

»Verdammt! Geh in die Küche und iß was. Ich bin gleich unten.«

Tiana zog sich in aller Hast an und rannte zwischen den leeren Schlafpritschen hindurch. Die meisten Familienmitglieder waren schon aufgestanden. »Was ist passiert?« Sie kam außer Atem in die Küche und fand Sally Ground Squirrel, die Maisbrei und Milch aufdeckte.

»McGrady ist hier aufgetaucht, gleich nachdem du weggeritten warst. Er muß dich beobachtet haben. Ich war dabei, das neue Feld zu jäten, und Peter hackte Holz. McGrady spazierte gleich ins Haus, und Peter ging hinter ihm her, um deine Sachen zu schützen. Sie hatten eine schreckliche Auseinandersetzung. McGrady setzte Peter seine Waffe an den Kopf und nahm ihn ins Fort mit. Ich konnte nichts tun.«

»Ich weiß.« Der Nationalrat hatte strenge Gesetze erlassen, was Sklaven und freie Schwarze betraf. Die Häuptlinge sagten, das sei notwendig. Es gebe böse Einflüsse, die bei den Sklaven nicht ohne Wirkung blieben. Doch ein weiterer Grund war, daß die Cherokee den Weißen ähnlicher sein wollten, wie Tiana befürchtete.

»McGrady hat dem neuen Mann im Fort, der nach Arbuckle das Kommando übernommen hat, erzählt, Peter sei sein Sklave, du hättest ihn ihm geschenkt, und das könne er mit einem Papier beweisen.«

»Einem Papier?«

»Ja. Er fuchtelte damit herum. Sagte, es sei mit deinem X unterschrieben.«

»Eine Fälschung.«

»Wie auch immer, Peter sitzt im Wachhaus.«

»Ich werde ihn holen.«

»Schwester, warte.« James stand in der Tür. »Ist das der Sklave, den unser Bruder vor seinem Tod verkauft hat?«

»Ja.«

»Dann sollte sich lieber John oder William darum kümmern.«

»Sie brauchen nicht meine Schlachten zu schlagen.«

»Liebe Schwester, dafür ist die Familie aber da. Du hast dir angewöhnt, all deine Schlachten allein auszukämpfen. Das ist bei uns nicht Sitte. Die Männer von den Sieben Clans beschützen ihre Schwestern. Arbuckle ist nicht mehr da. Und kein Mensch kann sagen, was McGrady versuchen könnte, wenn er dich in seine Klauen bekommt.«

Tiana sank auf einen Hocker, vergrub das Gesicht in den Händen und kämpfte ihre Tränen nieder. Ihr fiel wieder ein, was Drum ihr einmal gesagt hatte. »Ich wollte nur auf einem friedlichen Pfad durchs Leben gehen, ohne den Strom zu stören.« Sie hatte das Gefühl, von Ereignissen herumgestoßen und zermalmt zu werden, die nicht länger strömten. Sie wüteten und entzogen sich jeder Kontrolle. In Zeiten wie diesen sehnte sie sich nach Ravens Anwesenheit. Er schien immer zu wissen, was zu tun war. Was man sagen mußte. Dann verdrängte sie den Gedanken. Er war nicht da. Und würde auch nicht zurückkommen. Es war, als hätte er die Reise ins Nachtland angetreten, und da hatte es keinen Sinn mehr, an ihn zu denken.

»James, ich komme mit dir in das Alte Land«, sagte sie.

»Du hast White Bird gehört. Es ist gefährlich dort.«

Tiana mußte lachen.

»Hier ist es auch gefährlich. Erinnere dich doch noch an den Mob im letzten Sommer.« Die Arkansas-Miliz war in einem übel beleumundeten Haus in der Nähe des Forts in eine Schlägerei verwickelt worden. Die Cherokee-Männer dort hatten sie geschlagen, so daß die Milizionäre noch tagelang durchs Land gestreift waren, um jeden Indianer zu verprügeln, den sie finden konnten. Arbuckle hatte die indianischen Prostituierten, die den Krawall begonnen hatten, mit Geldbußen belegt. Und er hatte die Milizionäre bestraft, jedoch erst, als Unschuldige verletzt worden waren.

»Und McGrady? Wer beschützt mich vor ihm? Außerdem möchte ich *Tsacona-ge* wiedersehen, den Ort des Blauen Rauchs. Ich möchte in den Bergen des Sonnenlands den Frühling erleben. Und ich mache mir Sorgen um Mary. Wir haben seit fast einem Jahr keinen Brief mehr von ihr erhalten.«

56

Großmutter Sonnes Lächeln strahlte sanft und warm auf Tianas Gesicht. Der Fluß perlte mit ihrem Singsang, als sie ihr Morgenlied anstimmte. Dies war ein besonderes Lied, in dem sie für ihre Schwester Mary und deren Familie um Wohlstand bat.

Jetzt! Höre! Gha! *Sie werden auf Weißen Pfaden ihre Fußabdrücke hinterlassen.*
Es wird nichts Böses geben: denn vor und hinter ihnen wird der Blitz gehen und sie beschützen.
Denn ihre Körper werden von dem Ernährer herausgeputzt, und sie werden mit diesem Roten Tabak verschmelzen, der sie kleidet.
Wo die Sieben Clans sind, sind sie erschienen: Sie sind schöner geworden.
Sie stehen inmitten der Sonnenstrahlen und wenden sich dem Sonnenland zu.
Und du, der du die Sieben Clans gegründet hast, du besitzt Reichtum in der Nähe des Wassers, den sie behalten können.
Du brauchst ihn nicht: Wenn er ausgeliehen werden kann, sie wünschen sich sehr, ihn zu leihen! Seht her! Ihr alle!

Während Tiana sang, warf sie einen Blick auf Marys achtjährige Enkelin Annie, die nackt neben ihr stand. Annies schönes Gesicht war ernst.

Dies war Davids Enkelin, das Kind seiner Tochter Elizabeth. Annie war so dunkel, wie David blond gewesen war. Sie besaß die elfenhafte, dunkeläugige Schönheit ihrer Urgroßmutter Elizabeth und ihrer Großtante Jennie. Doch von Zeit zu Zeit zeigte sich ein Blick oder eine Geste, die Tiana an David erinnerte.

Immer wenn Annie eine Hand in die Hüfte stemmte und mit dem anderen Fuß auftrat und ihr scheues, schelmisches Grinsen zeigte, spürte Tiana einen Stich im Herzen. Diese Pose war für eine Frau aus dem Wahren Volk so untypisch, sah dafür aber sehr nach David aus. Tiana wußte nicht, wie das sein konnte. Annie hatte ihren Großvater nie gesehen und auch nicht viel von ihm gehört, ebensowenig von ihrem Vater, der auch schon tot war. Man sprach nicht über die, die im Nachtland waren. Aber David war trotzdem noch in ihr.

Tiana hatte sich gefreut, Annie hier in Marys kleiner Hütte in Georgia vorzufinden. Seit ihrer Ankunft vor drei Wochen hatte sie Annie beobachtet und mit ihr gesprochen. *Die hier ist etwas Besonderes,* dachte sie jetzt, als sie mit Annie, Elizabeth, Mary und deren drittem Ehemann Hunter auf dem Pfad nach Hause ging. *Das heilige Feuer brennt strahlend hell in ihr.* Tiana war aufgeregt und auch erleichtert. Sie hatte sich schon zu fragen begonnen, ob es überhaupt noch jemanden gab, der von den Sitten der Weißen noch nicht verführt worden war. Sie hatte es nie in Worte gekleidet, doch als Frau spürte sie eine zusätzliche Last von Verantwortung. Die Männer waren diejenigen, die im Volk Veränderungen bewirkten. Sie trafen sich im Rat, um Gesetze zu schaffen, die die der weißen Männer nachahmten. Die Männer strebten danach, Land und Vieh und Sklaven anzuhäufen wie die Weißen. Damit blieb es den Frauen überlassen, das Wissen weiterzugeben, wie sie es immer getan hatten. Und obwohl White Bird, John Ross, weit mehr weißes als indianisches Blut in sich hatte, war er von grimmigem Stolz darauf erfüllt, einer aus dem Wahren Volk zu sein. Seine Mutter hatte diesen Stolz an ihn weitergegeben, so wie Ulisi und Jennie ihr Erbe an ihre Kinder weitergegeben hatten. Jetzt lag die Pflicht bei Tiana. Und sie nahm sie sehr ernst.

Es war Mai 1838. Es war die Zeit der Aussaat. Tiana arbeitete mit dem Rest der Familie auf Marys Maisfeld. Sie lächelte zu Annie hinunter, als das Kind neben dem kleinen Erdhügel aus rotem Georgia-

Lehm hockte, den Tiana mit ihrer Hacke zusammenscharrte. Sie hatte Annie die Aufgabe übertragen, in jede Mulde sieben Maiskörner zu legen, und Annie tat es mit feierlichem Ernst.

»Wird dein Morgenzauber uns reich machen, Geliebte Mutter?« fragte Annie.

»Du bist schon reich.«

Annie blieb stumm. Tiana lachte kurz auf. Sie wußte, daß Annie ihr nie widersprechen würde. Das wäre nicht höflich. Sie wußte aber auch, daß das Kind ihr auch nicht glauben würde. Sie brauchte sich nur umzusehen, um zu wissen, warum. Marys Hütte und Farm wirkten so ärmlich, wie es Tiana am Arkansas kaum je gesehen hatte.

Mary und Hunter schienen zu glauben, Armut sei ihre einzige Verteidigung. Wenn ihre Farm armselig genug war, würde vielleicht von den Leuten aus Georgia niemand auf die Idee kommen, sie für sich haben zu wollen und sie zu verjagen. Außerdem war Hunter genauso alt wie Mary. Er litt an Rheuma. Während ihres Besuchs hatte Tiana für ihn gearbeitet, das Fett von Aalen ausgebraten und ihm damit seine schmerzenden Gelenke eingerieben. Die mühselige Arbeit jedoch, die nötig war, diesem harten Lehm den Lebensunterhalt abzuringen, war für ihn fast zuviel.

Tiana kniete in der warmen Erde und legte Annie beide Handflächen auf die schmale Brust.

»Hier bist du reich«, sagte sie. »In deinem Herzen. In deiner Seele. Das kann dir niemand stehlen. Wenn du dort arm bist«, Tiana wies mit einer Handbewegung auf die armselige Hütte, »mußt du in dir um so reicher sein, um das auszugleichen. Bei allem Schlechten, das dir widerfährt, mußt du das Gute finden, das es wieder ausgleicht.« Tiana nahm Annies Hand in ihre und füllte sie mit etwas Erde. »Dies gehört dir. Wohin du auch gehst, wird es immer Erde geben, die dich ernährt, und Sonne, die dich wärmt.«

Annie hielt die trockene, rote Erde ehrfürchtig in den Händen und stieß mit dem Daumen hinein, was sie zu Pulver zerbröseln ließ. Tiana sah, wie Elizabeth zu ihnen herübersah. In dem Blick lag Dankbarkeit.

Elizabeth war eine einfach aussehende Frau mit einem breiten Gesicht, dessen Züge mit einem Nudelholz plattgerollt zu sein schienen, und kleinen, blaßbraunen Augen. Ihr staubfarbenes Haar lugte in dünnen Strähnen unter ihrem Kopftuch hervor. Sie war eine freundliche, sanfte, liebevolle Seele, die durch Umstände, an denen sie nichts ändern konnte, niedergedrückt zu werden schien. Sie hatte

Tiana gestanden, daß sie sich um Annies Zukunft Sorgen mache. Sie hatte sie gebeten, dem Kind Unterricht zu geben, der Kleinen dabei zu helfen, mit dieser bedrückenden Armut und der Furcht fertig zu werden, die ihnen allen Angst machte.

»Soll ich dir eine Geschichte erzählen?« fragte Tiana.

»*Hayu!* Ja. Erzähl mir, wie Suli, der Truthahngeier, zu seinem kahlen Kopf gekommen ist.«

Tiana lachte. Während sie, Mary und Elizabeth für den Rest des Tages Geschichten erzählten, schien der Mais sich selbst auszusäen.

Sie badeten am späten Nachmittag und aßen das gewohnte Abendessen aus Maisbrei mit Bohnen und ein paar Stücken Kaninchenfleisch darin. Mary breitete ausgefranste Matten auf dem Lehmboden der Hütte aus. Es gab keine Stühle und nur zwei Hocker. Nach dem Essen blieb ihnen nichts anderes übrig, als vor dem Feuer zu sitzen, auf die Schlafenszeit zu warten und zuzuhören, wie Mary hilflos hustete.

Dies war für Tiana die einsamste Zeit. Sie vermißte die Unterhaltung und das Lachen in den Häusern ihrer Schwägerinnen und von Sally Ground Squirrel. Sie fühlte sich isoliert. Die Sieben Clans im Osten kamen nie zusammen, um etwas zu feiern. Die Weißen in Georgia hielten jede Versammlung für einen Rat, mit dem zu Aufruhr angestiftet werden sollte. Und Räte waren verboten.

Folglich starrte Tiana in das Feuer, das in der Mitte des Fußbodens brannte. Es gab keinen Kamin. Der Rauch, der nicht durch das Abzugsloch an der Decke ins Freie gelangte, setzte sich in den Dachbalken fest. Tiana bemühte sich, nicht über die Tatsache nachzugrübeln, daß all ihre Zaubersprüche und all ihre Medizin keinerlei Wirkung auf die Krankheit hatten, die Mary verzehrte.

Sie versuchte, nicht darüber nachzudenken, was jenseits des schmalen, bewaldeten Tals vor sich ging, das Marys kleiner Farm Schutz bot. Auf der Reise hierher hatten sie und James die geschwärzten Gerippe verbrannter Hütten sowie Weiße gesehen, die auf Farmen arbeiteten, die von Angehörigen der Sieben Clans erbaut und gerodet worden waren. Sie hatte die Furcht in den Augen der Menschen gesehen. Sie hatte Geschichten von den nächtlichen Reitern gehört, die sich schwarze Taschentücher vor die Gesichter banden.

James. Was konnte James aufgehalten haben? Er mußte inzwischen längst aus Washington City zurück sein. Als wüßte sie, woran Tiana dachte, sagte Elizabeth plötzlich:

»Warum ist Onkel nach Washington City geritten?«

»Geliebter Vater hat ihn mit den anderen Häuptlingen losgeschickt, um Vater Tsekini, Jackson, wegen etwas zu befragen, was im Großen Rat des weißen Mannes besprochen wird.« Wie sollte sie es erklären? »Man spricht davon, Arkansas zu einem Staat zu machen, ›wenn der indianische Rechtsanspruch darauf erloschen ist‹.«

»Erloschen.« Hunter studierte den Kopf seiner langen Tonpfeife. »Das ist ein gutes Wort für das, was die Weißen zu tun versuchen. Sie würden sogar unsere heilige Flamme erlöschen lassen.«

»Ich möchte gern wissen, warum er für die Rückkehr so lange braucht.« James' Abwesenheit beunruhigte Tiana.

»So wie ich James kenne, genießt er wahrscheinlich die Feste und das Tanzen in Washington«, sagte Mary. »Er hat Feste schon immer geliebt. Von Leuten, die dort gewesen sind, hören wir, daß die Weißen viele Feste geben.«

Es war ein Schock gewesen, Mary nach zweiundzwanzig Jahren wiederzusehen und sich daran zu erinnern, wie sehr sie selbst Feste geliebt hatte. Die eitle, schöne und kokette Frau war verschwunden. An ihre Stelle war diese gebückte, verhärmte sechzigjährige Frau getreten, die in das blutgefleckte Tuch hustete, das sie im Ausschnitt ihrer Bluse versteckte. Ihr dritter Mann schien sie jedoch sehr zu lieben. Hunter war ein Vollblut, schwerfällig, unkompliziert und gutmütig. In den Sitten der weißen Männer kannte er sich nicht aus.

»Er wird sicher zurückkehren«, sagte Hunter. »Das Volk der Sieben Clans wird ihn beschützen.«

»Und wer wird die Sieben Clans beschützen?«

»White Bird wird die weißen Männer aus unserem Land vertreiben. Er wird uns wieder die Pfade unserer Ahnen zurückführen. Er wird uns beschützen. Er wird dieses Papiergerede zerstören, das diese Verräter Ridge und Buck Boudinot unterschrieben haben.«

Hunter und die anderen glaubten, John Ross könne sie retten, obwohl die Tatsache, daß die Soldaten, die in New Echota zusammengezogen wurden, schon jetzt die Waffen des Wahren Volkes beschlagnahmt hatten. Sie glaubten daran, obwohl General Winfield Scotts' Bekanntmachung sie alle dazu aufforderte, sich bei den Behörden zu melden und auf den Abtransport ins Nachtland zu warten. Sie glaubten es, weil White Bird, John Ross, es ihnen sagte.

Wie zum Hohn auf White Birds Versprechungen hörte Tiana draußen laute Rufe und Gewehrfeuer. Die Tür erzitterte, als jemand mit einem Gewehrkolben dagegenstieß. Hunter öffnete sie und sah sich einem Halbkreis von Bajonetten gegenüber. Hinter den Georgia-Milizionären mit den Bajonetten sah Tiana im Licht von Fackeln die Umrisse von Plünderern. Sie waren schon dabei, das Vieh auf der kleinen Weide zusammenzutreiben.

Andere Männer zerstreuten Heuballen und setzten sie in Brand. Tiana hörte, wie sie sich laut darüber beklagten, es gebe hier nichts, was zu nehmen lohne. Einige ritten auf den Feldern hin und her, zertrampelten das Saatgut und rissen die Zäune nieder. Andere steckten die Maisraufe in Brand. Wieder andere drängten sich in die Hütte und trieben Mary und ihre Familie hinaus. Tiana hörte das Geräusch zersplitternden Holzes, als jemand die Schlafbänke von den Wänden riß.

»*Hena*, geht.« Einer der Männer gestikulierte mit seinem Bajonett. *Hena* war vermutlich das einzige Wort, das er auf Cherokee kannte.

»Laßt uns unsere Sachen einpacken.« Tiana sah, daß es nutzlos war, sich den Männern zu widersetzen.

»Dafür ist keine Zeit.« Der Mann war überrascht, daß sie Englisch sprach. »Ihr hättet schon längst packen sollen. Man hat euch vorgewarnt.«

»Dies sind einfache Menschen. Sie verstehen solche Bekanntmachungen nicht.«

»Schwester, ich hab keine Zeit für Plaudereien. Wir müssen die ganze Gegend räumen. Jetzt bewegt euch.« Einer der Milizionäre trieb Hunter mit seinem Bajonett vor sich her. Annie liefen Tränen über die Wangen, aber sie gab keinen Laut von sich.

»Das ist nicht nötig.« Tiana schob das Bajonett beiseite und funkelte den Mann, der es hielt, wütend an. »Lieutenant, sagen Sie ihnen, sie sollen uns ein paar Decken und Lebensmittel mitnehmen lassen. Wir haben nicht mal Schuhe an.«

»Mein Befehl lautet ›ohne jede Verzögerung‹. Und ganz offen gesagt, Missy, Sie sollten jetzt lieber verschwinden, solange die Jungs da drüben noch beschäftigt sind.« Er nickte über die Schulter zu dem Pack hin, das um sie herum wütete. »Sie sind angetrunken und in mörderischer Stimmung. Und sie reden davon, daß sie Souvenirs mitnehmen wollen, falls Sie wissen, was ich meine.« Tiana verstand.

Sie war froh, daß Hunter und Annie und Elizabeth kein Englisch verstanden und daß Mary das meiste von dem vergessen hatte, was sie einmal gewußt hatte. Trotzdem verstanden sie sehr wohl, was der Mann gesagt hatte. Sie verstanden, daß ihn nur wenig von den gesetzlosen Halunken unterschied. Einige Soldaten begannen, Mary mit ihren Bajonetten vom Haus wegzuscheuchen, während andere es in Brand steckten. Annie stürmte plötzlich auf einen der Männer los und schlug mit beiden Armen wild auf ihn ein.

»Hört auf«, schrie sie. »Hört auf, *Ulisi* weh zu tun.«

Tiana packte sie an der Taille. Sie hielt die Arme des Kindes fest, kniete vor der Kleinen nieder und starrte ihr in die Augen. Das war ein Zeichen, daß die alten Regeln nicht länger galten.

»Wir müssen ein Unglück mit Würde tragen, meine Tochter«, sagte sie in der Sprache des Wahren Volkes. »Das ist es, was uns besser macht als sie. Das ist es, was uns der Hilfe der Geister würdig macht.«

»Warum stehen sie uns jetzt nicht bei?«

»Das werden sie, wenn wir sie korrekt bitten und uns würdig und geduldig verhalten. Komm mit.« Sie nahm Annies Hand in ihre und ergriff Elizabeths mit der anderen. Sie ging auf den Pfad zu, ohne sich umzusehen. Hunter und Mary folgten.

»Meine Hühner«, sagte Mary geistesabwesend. »Wer wird meine Hühner füttern?«

»Blickt geradeaus, Schwestern«, sagte Tiana. »Laßt sie nicht sehen, daß ihr Angst habt.« Den Rufen hinter ihr merkte sie an, daß die Männer das Grab von Elizabeths Mann gefunden hatten. Sie waren dabei, es zu öffnen, um sich den Schmuck zu holen, der mit der Leiche vielleicht begraben worden war. Sie hatten sich vorsichtshalber Schaufeln mitgebracht. Tiana redete auf Elizabeth ein, damit diese nichts merkte. Der Gedanke, die Knochen ihres Mannes könnten den Wölfen hingeworfen werden, hätte sie vielleicht dazu gebracht, sich auf die Männer zu stürzen.

Tiana und ihre Familie wanderten barfuß durch die lange Nacht. Wenn Mary langsamer wurde, fluchte einer der Milizionäre und trieb sie mit seinem Bajonett vor sich her. Tiana mußte Hunter am Ärmel festhalten, damit er den Mann nicht angriff. Schließlich trug Hunter Mary fast. Inzwischen hatten sich weitere Menschen dem Zug angeschlossen, Miliz und Gefangene, von denen die meisten schwiegen.

Das bleiche Licht der Morgendämmerung spülte über eine lange Marschkolonne von Menschen hinweg, von denen viele still weinten. Einige trugen Kinder oder ein paar Habseligkeiten in Bündeln oder Körben, aber die meisten gingen mit leeren Händen. Neben

Tiana ging eine junge Frau, deren Auge purpurrot und geschwollen war, so daß sie damit nicht mehr sehen konnte. Sie ging ganz behutsam, als hätte sie Schmerzen. Dem Ausdruck auf ihrem Gesicht sah Tiana an, daß sie vergewaltigt worden war. Tiana versuchte mit ihr zu reden, aber sie weigerte sich, etwas zu sagen oder sie auch nur anzusehen.

Irgendwann am Vormittag holte ein Wagen sie ein, als sie sich ausruhten und neben der Straße ein Nickerchen machten. Milizionäre gaben ihnen etwas kalten Speck und altbackenes Maisbrot, das sie ihnen aus dem Wagen herunterreichten. Dann wurden die Kranken und Gebrechlichen auf den Wagen geladen. Mary jedoch klammerte sich an Hunter und weigerte sich, den Wagen zu besteigen. Tiana war froh darüber. Sie haßte es, Mary so taumeln zu sehen, doch sie fürchtete sich davor, daß sie getrennt wurden. Als der Nachmittag sich hinzog, begann Annie vor Erschöpfung zu stolpern. Tiana trug sie huckepack, während Elizabeth und Hunter Mary halfen. In der Nacht schliefen sie auf dem Erdboden und schmiegten sich aneinander, um sich gegenseitig warm zu halten.

Am zweiten Tag näherten sie sich Hiwassee. Die Hügel und Bäume waren wie alte Freunde. Als sie den Pfad passierten, der zur Farm ihres Vaters führte, mußte Tiana mühsam die Tränen zurückhalten. Die meisten der riesigen alten Bäume waren gefällt worden. Der Ort sah kahl und häßlich aus wie eine schöne Frau, der man den Kopf kahlgeschoren hatte. Überall auf dem Hof lag Unrat herum. Ein Ende der Veranda war zusammengebrochen. Jetzt begriff sie, weshalb James sie nie dazu ermuntert hatte, wieder herzukommen.

In der Garnison Hiwassee wurden die Vertriebenen in achtundzwanzig Verschläge mit grob zusammengezimmerten offenen Wänden aus Baumstämmen und stabilen Dächern getrieben. Jeder Verschlag maß etwa fünf mal fünf Meter. Tiana blickte durch eine breite Spalte zwischen den Baumstämmen über die Soldaten hinweg. Sie konnte Davids alte Schmiede kaum erkennen, die sich an einer Seite ihres Blickfelds befand. Sie senkte den Kopf auf den Baumstamm und ließ die Tränen stumm über die Wangen rollen.

Mary hockte mit dem Rücken an der Wand und begann leise zu stöhnen. Andere Frauen taten das gleiche. Es wurde wenig gesprochen. Alle waren noch wie betäubt. Tiana trocknete die Tränen und setzte sich neben ihre Schwester und ihre Nichte und Großnichte. Hunter stand vor ihnen, als wollte er sie beschützen.

»Keine Angst.« Tiana ergriff Marys Hand. »Das ist alles ein Mißverständnis. James wird uns finden und den Soldaten erklären, daß wir nicht hierher gehören.« Tiana sah, daß jetzt viel zuviel Verwirrung herrschte. Jetzt würde es keinen Zweck haben, den Kommandeur aufzusuchen. Wenn sich alles beruhigt hatte, würde sie ihre Freilassung verlangen. Zumindest hatte die Armee der Vereinigten Staaten hier mehr zu sagen als die Miliz.

Eine Woche verging. Es wurde heiß. Jeden Morgen flehte Tiana die Wachen an, man möge sie alle zum Fluß hinuntergehen lassen, damit sie baden könnten, doch es wurde ihnen verweigert. So begrüßte sie Großmutter Sonne, so gut es eben ging, indem sie sie durch die Spalten in den Wänden betrachtete. Die Verschläge wurden zunehmend überfüllt. Soldaten und die Männer der Sieben Clans bauten neue, bis sich das Lager über zehn Quadratmeilen hin ausdehnte. Doch hier gab es keine Möglichkeit, die Kranken zu pflegen, und zudem war zweifelhaft, ob die Leute es zulassen würden, daß man ihre Verwandten in ein Krankenhaus brachte, falls es eins gegeben hätte.

Jetzt hockte Tiana neben Mary und hielt ihr die Rationen hin, welche die Soldaten ohne Erfolg zu verteilen versuchten. Mary preßte nur die Lippen zusammen und wandte sich ab. Zu weiteren Bewegungen fehlte ihr die Kraft.

»Schwester, du mußt essen.« Fliegen summten Tiana um die Augen. Die Kranken mußten bei den Gesunden bleiben. Der Gestank von Erbrochenem und Durchfall in den Verschlägen war ekelerregend.

»Sie wird deren Essen nicht annehmen«, sagte Hunter.

»Sprich mit ihr, Bruder«, flehte Tiana ihn wieder an. Doch es war zwecklos. Sie waren alle zu störrisch und zu verängstigt.

»White Bird sagt, wir dürften nicht mit den Soldaten zusammenarbeiten«, sagte Elizabeth. »Sie werden uns ins Nachtland verbannen. Wir werden zu lebenden Geistern werden, die heimatlos umherirren.«

»In den Bergen wird gerade eine Armee der Sieben Clans gebildet, die uns retten soll«, fügte Hunter hinzu. Sein Gesicht war abgezehrt vor Hunger. »White Bird wird den großen Rat des weißen Mannes dazu bringen, das Papiergerede zu verbrennen und uns freizulassen.«

»Thunder wird uns retten.« Mary hustete.

»Das sind nur Gerüchte, die von Lügnern verbreitet werden, von Singvögeln. Wir müssen uns selbst retten. Wir müssen essen.« Tiana war verzweifelt und enttäuscht. Sie waren alle gleich. Niemand wollte mit den Soldaten auch nur sprechen. Sie weigerten sich anzutreten und ihre Namen zu nennen. Sie verweigerten nicht nur die Nahrung, sondern auch die Kleidung und die Schuhe, welche die Soldaten an sie auszugeben versuchten. Sie glaubten, daß sie auch den verhaßten Vertrag anerkennen würden, der ihnen ihr Land nahm, wenn sie etwas von den weißen Männern annahmen.

Die Menschen teilten die wenigen Lebensmittel, die sie mitgebracht hatten. Das meiste wurde den Kindern gegeben. Als dieser Vorrat verbraucht war, starrten sie teilnahmslos vor sich hin und hungerten. Sie ignorierten die Männer, die ihnen die Rationen brachten. Erst als die ersten Kinder erkrankten und starben, nahmen sie wenigstens die Lebensmittel an, obwohl sie sich immer noch weigerten, die Decken und die Kleidungsstücke anzurühren. Die Tage waren heiß, doch nachts zitterten Tiana und die anderen vor Kälte.

Als James nach ein paar Tagen immer noch nicht erschien, bemühte sich Tiana um ein Gespräch mit dem Kommandanten. Der Wachposten musterte sie jedoch nur von oben bis unten und zog sie in Gedanken aus. Sie wußte, welchen Preis sie dafür zahlen müßte, wenn sie ihn um einen Gefallen bat. Und sie war nicht bereit, diesen Preis zu zahlen. Sie weinte fast vor Erleichterung, als sie ein vertrautes Gesicht entdeckte.

»Captain Armistead!« rief sie. Der Mann drehte sich um, und Tiana erkannte an seinem Rangabzeichen, daß er in den zwanzig Jahren befördert worden war, in denen sie ihn nicht gesehen hatte. »General!« rief sie. »Hier drüben.« Armistead blinzelte durch eine Ritze zwischen den Baumstämmen. Tiana lachte zum ersten Mal seit mehr als einer Woche. »Ich bin Tiana Rogers, Jack Rogers' Tochter. General, ich muß Sie sprechen.«

»Miss Rogers, was tun Sie denn hier?«

»General, Sie müssen uns helfen. Es hat da irgendeinen Irrtum gegeben. James und ich sind aus dem Westen zu Besuch gekommen und wurden mit den anderen eingefangen. Ich nehme jedenfalls an, daß man James gefangen hat, denn sonst hätte er schon längst bei mir sein müssen. Ich muß erfahren, was mit ihm ist. Und meine Schwester ist krank. Es ist mir nicht gelungen, sie zu heilen. Bitte, sie braucht einen Arzt.« In ihrer Freude sprudelte sie die Worte nur so heraus. Armistead nahm sie beim Arm und geleitete sie in sein Büro.

»Wie geht es Ihrem Vater? Himmel, so einen wie den alten Hell-Fire gab's nur einen unter einer Million.«

»Er ist schon vor vielen Jahren ins Nachtland gereist.«

»Tut mir leid, das zu hören, Miss Rogers. Hören Sie...« Armistead stockte. Diese persönliche Komplikation in einer ohnehin komplexen Lage brachte ihn aus der Fassung. »Ich kann Sie auf einen Dampfer setzen und Sie als Verwandte oder so etwas ausgeben. Dafür könnte man mich vor ein Kriegsgericht stellen. Aber, Teufel auch, Sie sind die Tochter meines alten Freundes Jack. Und ich werde versuchen, James zu finden. Aber um die Wahrheit zu sagen, hier geht es schon ziemlich drunter und drüber. Tausende von Menschen werden plötzlich unter den entwürdigendsten Umständen enteignet. Man hat viele Menschen einfach auf der Straße geschnappt und von den Feldern geholt. Vielleicht ist James schon nach Westen unterwegs.«

»Aber er spricht englisch. Er ist zu drei Vierteln weiß.«

»Das macht nichts. Wenn man ihn für einen Cherokee hält, wird man ihn deportieren. Eine große Gruppe ist schon weggeschickt worden. Die Armee befürchtet, daß die Leute in die Berge flüchten, wenn man sie warnt. Dann würde es eine teuflische Arbeit machen, sie wieder einzufangen.«

»Aber dieses Vorgehen ist doch barbarisch.«

»Ich weiß. Mein Gott, ich weiß. Ich habe auch nie gedacht, daß es sehr schön ist, Seminolen durch die Sümpfe von Florida zu jagen, aber das war noch humaner als das hier.«

»Meine Schwester ist bei mir. Und ihr Mann und ihre Tochter und Enkelin.«

Armistead hielt eine Hand hoch.

»Ich kann Ihnen zur Flucht verhelfen. Vielleicht. Aber vier von Ihnen kann ich nicht gehen lassen. Überall auf dem Land wimmelt es von Miliz, die auf Flüchtlinge Jagd macht. Und das Wort ›Jagd‹ verwende ich ganz bewußt.«

Tiana sah ihn ungläubig an.

»General, Sie wissen, daß wir nicht gefährlich sind. Wie können Sie sich an so etwas beteiligen?«

»Ich bin Soldat. Mein oberster Befehlshaber, der Präsident, hat es befohlen. Ich habe keine Wahl. Falls Sie irgendwelche Sachen bei sich haben, können Sie jetzt losgehen und packen. Ich werde einen Wachposten zu Ihnen schicken, wenn es dunkel wird.«

»Und ich soll meine Familie verlassen.«

»Sie werden Ihr Ziel sicher erreichen. Wir sind keine Barbaren. Unsere Befehle lauten, dafür zu sorgen, daß die Auswanderer nach Westen kommen.«

»Ich werde sie nicht verlassen. Wann wird sich ein Arzt um die Kranken kümmern? Die Menschen sterben.« Im Lauf der Jahre hatte Tiana vor einigen Formen der Medizin des weißen Mannes Respekt entwickelt. Außerdem würden die Geister des Wahren Volkes vielleicht zögern, an diesen Ort zu kommen.

»Der Arzt müßte morgen hier eintreffen.«

»Und wann können wir mit dem Abtransport rechnen?«

»Schon bald. Wir sollen Sie möglichst schnell wegbringen. Harris, bringen sie Sie sicher in ihre ...« Armistead zögerte. Er wußte, wie es in den Verschlägen aussah. Er wußte nur nicht, was er dagegen unternehmen sollte. »...Unterkunft.« Tiana wandte sich ab und wollte gehen. »Miss Rogers, ich bedaure sehr.«

Sie antwortete nicht. Captain Harris mußte sich beeilen, um mit ihr Schritt zu halten, so schnell strebte sie ihrem Verschlag zu. Als sie an einem der anderen Verschläge vorbeikam, wurde eine Hand zwischen den Baumstämmen ausgestreckt und klammerte sich an ihr fest.

»Geliebte Frau«, weinte eine Frau, »meine Enkelin ist krank. Wie ich höre, bist du eine Heilerin. Willst du ihr helfen?«

»Der weiße Heiler wird morgen hier sein, Mutter.«

»Ich will nicht, daß ein weißer Zauberer sie verhext.«

Harris machte den Mund auf, als wollte er etwas sagen, als Tiana den Verschlag betrat. Dann machte er den Mund wieder zu und wartete geduldig auf sie.

»Miss Rogers«, sagte er, als sie herauskam. »Wenn es etwas gibt, was ich für Sie tun kann, dann sagen Sie es mir bitte. Fragen Sie nach Harris, Jeb Harris.« Sie sah ihm in die Augen, um zu sehen, ob er die Wahrheit sagte, und um ihn herauszufordern. Was konnte er schon ausrichten?

»Ich meine, falls jemand Sie belästigt«, stammelte er. Die Intensität und Kraft ihrer dunkelblauen Augen brachten ihn aus dem Gleichgewicht. Er wußte, daß Cherokee-Frauen in dem Ruf standen, schön zu sein, doch er hatte nie erwartet, hier jemanden wie sie zu finden.

»Es gibt etwas, was Sie tun können«, sagte sie. »Man hat mir bei der Ankunft mein Messer abgenommen. Es ist vielleicht hier irgendwo. Es steckt in einer Scheide mit rotem, blauem und weißem Perlenbesatz. Die Klinge ist schon ziemlich dünn.«

»Ich werde es suchen. Ich verspreche es.«

Ein paar Tage später, an einem frühen Morgen, half Tiana einer Mutter, deren Baby kurz vor dem Herunterspringen stand. Annie hockte an ihrer Seite. Bei der Arbeit erklärte Tiana, was sie gerade tat, und Annie nahm mit ihren weitaufgerissenen schwarzen Augen alles in sich auf. Tiana hatte Blätter unter die Frau gelegt, um sie und das Baby vor Staub und Schmutz zu schützen. Die Hitze war intensiv. Nur die Unterkünfte boten Schatten. Die Bäume waren alle gefällt worden, um die Hütten zu bauen und Brennholz zu liefern. Geregnet hatte es schon lange nicht mehr. Der Staub von all dem hing in der Luft, die kein Windhauch bewegte. Ständig war das Gesumm von Fliegen zu hören.

Als Tiana und Annie erschöpft in das gleißende Sonnenlicht hinaustraten, wartete Captain Harris auf sie.

»Kann ich Sie unter vier Augen sprechen, Miss Rogers?« Er führte sie ein wenig abseits. »Versammeln Sie Ihre Familie so schnell wie möglich und kommen Sie dann wieder hierher.«

»Was ist?«

»Wir haben keine Zeit zu reden. Beeilen Sie sich. Glauben Sie mir, es ist wirklich dringend.«

Als Tiana mit Hunter, Mary, Elizabeth und Annie wiederkam, schulterte Harris sein Gewehr und marschierte vor ihnen in den Wald. Tiana blickte auf das Lager zurück, auf die Frauen, die über kleinen Kochfeuern ihren Frühstücksspeck und ihre Kuchen aus klebrigem Mehl zubereiteten. Sie wußten nicht, wie man mit Weizenmehl umgeht. Tiana sah eine Abteilung Soldaten, die auf dem Gelände einmarschierten, und geriet für einen Moment in Panik. Sollten alle hingerichtet werden? Angesichts all der Dinge, die schon geschehen waren, war das möglich.

»Wohin bringen Sie uns? Was geht hier vor?«

»Die Boote sind bereit zur Abfahrt nach Westen.«

»Dann sollten wir auf ihnen sein.«

»Nein. Am Mississippi wütet die Cholera. Und die Pocken grassieren auch.« In einem abgelegenen Hain am Fluß, drei Meilen vom Lager entfernt, machte Harris halt. »Die Soldaten haben Befehl, die Boote zu beladen, ob die Leute an Bord gehen wollen oder nicht.«

»Sie wollen nicht gehen«, sagte Tiana. »Sie glauben immer noch, sie würden gerettet und könnten in ihre Häuser zurückkehren.«

»Ich weiß. General Armistead weiß es auch.« Harris' Stimme war der Schmerz anzumerken. Er war fünfunddreißig, einige Jahre jünger als Tiana. Er hatte große, traurige braune Augen und einen riesigen buschigen Schnurrbart. »Armistead hat Befehl, diese Boote zu beladen, egal, was passiert.«

»Aber sie werden Widerstand leisten.«

»Ich weiß. Es könnte häßlich werden. Deswegen habe ich Sie versteckt. Hier.« Er reichte ihr ihr Messer.

»Sie haben es gefunden!«

»Ich konnte es selbst nicht glauben. Doch da lag es plötzlich unter all den anderen beschlagnahmten Waffen.« Er sah, wie Annie mit den Füßen im Fluß planschte, dessen Wasserstand viel niedriger als gewohnt war.

»Warum haben Sie uns gewarnt, Captain Harris?«

»Vor vier Jahren gehörte ich zu der militärischen Eskorte einer Gruppe von fünfhundert Auswanderern. Wir reisten zum Teil auf dem Wasserweg und zum Teil über Land. Es war eine schreckliche Reise. Ich habe noch immer Alpträume davon. Cholera, Ruhr, Fieber, Trunkenheit, bodenlose Verzweiflung.

Die Vorstellung, Sie könnten sich bei einem solchen Transport befinden, war mir unerträglich. Ich habe Sie seit Ihrer Ankunft beobachtet. Sie haben ständig anderen geholfen, waren immer fröhlich, obwohl es unter Gottes blauem Himmel keinerlei Grund gibt, es zu sein. Ich konnte es einfach nicht ertragen.« Er nahm ein paar getrocknete Pfirsiche und Äpfel aus seinem Beutel. »Annie.« Er hielt sie ihr hin. »*Suhkta*, Apfel; *kwana*, Pfirsich«, sagte er in gebrochenem Cherokee. Annie lächelte scheu zum Dank und teilte die Früchte mit den anderen.

»Ich habe eine Tochter etwa in ihrem Alter«, sagte Harris wehmütig. »Manchmal, in meinen Alpträumen, sehe ich sie in einer solchen Situation.«

Während die Frauen stromaufwärts gingen, um zu baden, teilte Harris seinen kostbaren Tabak mit Hunter. Harris hatte recht gehabt, was das Beladen der Boote betraf. Als er sie am Abend zurückbrachte, befand sich das Lager in Aufruhr. Frauen wehklagten. Familien kauerten sich verängstigt zusammen wie wilde Tiere in einer Falle. Als sich die Angehörigen des Wahren Volkes geweigert hatten, freiwillig an Bord zu gehen, hatten die Soldaten sie vor sich her getrieben und sechshundert Menschen auf die Boote gejagt. In dem Durcheinander und der Panik wurden Kinder von ihren Eltern getrennt und allein ins Nachtland geschickt. Ehemänner, Ehefrauen, Großeltern, Geschwister gingen verloren.

Die Trauer war entsetzlich. In den folgenden Tagen verbreitete sich im Lager ein neues Gerücht. Jemand hatte von der Cholera erfahren. Armistead mußte einen Aufstand befürchten, wenn er noch mehr Auswanderer zum Verlassen des Lagers zwang. Er war erleichtert, als General Scott ihm den Befehl überbringen ließ, seine Schutzbefohlenen im Lager zu lassen. Scott hatte sich mit Ross und dem Nationalrat darauf verständigt, die Umsiedlung bis zum Ende der Krankenzeit zu verschieben, oder zumindest, bis Regen fiel.

Drei Monate lang schmachteten Tiana und die anderen in der glühenden Hitze des Lagers. Captain Harris half ihnen, wann immer er konnte. Er durchstreifte die Umgebung, um zusätzliche Lebensmittel und Gemüse aufzutreiben. Die Trockenheit hatte die Ernte jedoch verdorren lassen. Es gab genug, um die Menschen am Leben zu erhalten, aber auch das nur knapp. So brachte Harris Tiana Lebensmittel, die er in der Offiziersmesse beiseite geschafft hatte, und sah, wie sie jeden Bissen davon peinlich genau mit den anderen in ihrer Unterkunft teilte.

Tiana erhielt Erlaubnis, mit den Frauen zum Fluß zu gehen, um Riedgras zu schneiden. Sie machten Matten, um den festgetretenen Lehmboden ihrer Verschläge zu bedecken und sie zum Schutz vor der Sonne an die Wände zu hängen. Die Blattspitzen des Grases legten sie zu Betten zusammen. Sie sprach mit den Häuptlingen bei ihrem allwöchentlichen Rat in Armisteads Büro und überredete sie, ihre Leute gegen Pocken impfen zu lassen. Dann half sie ihnen dabei, auch die anderen zu überzeugen.

Ihre eigene Halbschwester jedoch konnte sie nicht heilen. Schwindsucht war eine angemessene Bezeichnung für das, was Mary hatte. Sie schien täglich zu schrumpfen. Tiana sang jeden Morgen für sie, aber ohne Erfolg. Ihre Rituale, mit denen sie den Regen zu beschwören suchte, blieben ebenfalls ohne Wirkung. Sie hatte das Gefühl, als wäre ihre Magie in ihr geschrumpft und gestorben.

Tiana arbeitete Tag und Nacht. Sie versorgte die Kranken oder zeigte den Frauen, wie man mit dem fremdartigen weißen Mehl kocht. Überdies waren im Lager die Masern ausgebrochen, und es gab viele Kranke. Sie trauerte mit denen, deren Angehörige gestorben waren. Manchmal saß sie einfach nur bei verängstigten Familien und erzählte ihnen vom Leben im Westen.

Wohin sie auch ging, Annie folgte ihr wie ein kleinerer dunklerer Schatten. Sie hatte die Schönheit ihrer Großmutter Mary geerbt, jedoch nicht deren frivole Veranlagung. Und bei der Arbeit für die Kranken erklärte ihr Tiana ihre Heilmethoden. Harris schickte zu ihrem Schutz einen Soldaten, dem er vertrauen konnte, während sie sich auf die Suche nach den Pflanzen machten, die sie für ihre Medizin brauchten. Annie setzte Tiana immer wieder in Erstaunen durch ihr Gedächtnis für Pflanzen und deren Verwendungsmöglichkeiten sowie durch ihre Begabung für den Umgang mit Menschen. Sie war tatsächlich etwas Besonderes.

Jeder im Lager kannte Tiana. Harris hörte hundertmal am Tag »*A'siyu*, Ghigau, sei gegrüßt, Geliebte Frau«. Tiana unterhielt die Kinder ständig mit Spielen und Geschichten. Sie erzählte alle Geschichten des Wahren Volkes, die sie kannte. Es folgten die Geschichten ihres Vaters aus Schottland, Shinkahs Osage-Sagen und Seeths Bibelgeschichten. Schließlich ließen sich die Kinder nicht mal mehr zum Spielen bewegen. Sie lagen teilnahmslos im Schatten, zu schwach und mutlos, um selbst die Fliegenschwärme zu verscheuchen.

Schon im Morgengrauen war jeder Tag heiß, hell und trocken. Wasser war rationiert. Für die fünfzehnhundert Menschen im Lager gab es kaum genug zum Trinken und Kochen. Baden und das Waschen von Kleidung waren unmöglich. Tiana beklagte sich nie laut, aber ihre Haut fühlte sich vor Schmutz und getrocknetem Schweiß ganz steif an. Ihr Haar wurde fettig. So schmutzig war sie noch nie gewesen. Sie haßte die schmutzige Hülle, zu der ihr Körper geworden war. Sie untersuchte sich jeden Tag nach Läusen und Flöhen. Die sanitären Verhältnisse waren schrecklich, was ein Grund dafür war, daß so viele an der Ruhr litten.

Der September kam, und noch immer war von Regen nichts zu sehen. Der Rat der Männer im Lager war jedoch nicht untätig. John Ross hatte schließlich seine Niederlage eingestanden, den Weißen dafür aber ein Zugeständnis abgerungen. Die Umsiedlung würde nicht unter militärischer Bewachung erfolgen. Man würde dem Wahren Volk erlauben, allein nach Westen zu ziehen. In Hiwassee und den anderen Lagern wurden Vorkehrungen für die Reise getroffen. Der Lagerrat wählte zwei Anführer, die für die Marschkolonne verantwortlich sein sollten, sowie eine Polizei zur Aufrechterhaltung der Ordnung.

Gegen Ende September kamen die ersten mit Kochausrüstung, Decken und Kleidung beladenen Wagen an. White Bird und die Häuptlinge hatten Wort gehalten. Sie rüsteten selbst ihren Auszug ins Exil aus und organisierten ihn. Weiße Lieferanten, Transportunternehmer und Dampfschiffreeder, die schon geplant hatten, sich an der Notlage der Indianer zu bereichern, stimmten ein Protestgeheul an. Aber General Scott ignorierte sie.

Tiana ging singend von Unterkunft zu Unterkunft und half denen, die Hilfe brauchten. Die Stimmung aller Menschen im Lager hob sich, und Tiana hörte wieder Lachen, als sie schon vergessen zu haben meinte, wie es sich anhörte. Man würde sie nicht wie Vieh ins Nachtland treiben. Sie würden in Würde gehen.

57

Tiana legte den Kopf in den Nacken und machte den Mund auf, um die Regentropfen auf Gesicht und Zunge zu spüren. Sie tanzte mit Annie und Elizabeth und planschte mit den Kindern in den Pfützen. Männer und Frauen rannten ebenfalls ins Freie, schmeckten das kalte Wasser, wuschen sich oder starrten einfach nur in den Himmel. Trotz der Proteste der Wachen drängten sich alle am Fluß, um den Geistern zu danken. Armistead ließ sie gehen, obwohl er am Flußufer Soldaten aufmarschieren ließ. Menschen aus benachbarten Unterkünften baten Tiana, die Große Medizin-Zeremonie zu führen und den Segen der Geister zu erbitten.

Als sie in das gurgelnde Wasser stieg, strömte Herbstlaub an ihr vorbei oder klebte ihr an der Haut. Tiana spürte, wie Magie in sie zurückkehrte. Freude stieg in ihr auf und wurde zu Tränen des Glücks. Sie würden schon bald ihre Reise antreten, zu Hause sein und ihre Familie und die Freunde wiedersehen, die sie vor einem Jahr verlassen hatte.

Der Regen kam am 10. Oktober. Als zwei Tage später die Umsiedlung begann, regnete es immer noch.

Das riesige Lager erwachte vor Tagesanbruch, als Läufer die Menschen weckten und ihnen halfen, in dem stetigen kalten Regen alles zusammenzupacken. Allmählich bildete sich eine lange Marschkolonne mit den Wagen in der Mitte. Links und rechts flankierten Männer zu Pferde den Zug. Captain Harris störten die Männer auf den Pferden.

»Die Frauen sollten reiten«, sagte er zu Tiana.

»Schwangere Frauen, Kranke und Alte fahren in den Wagen. Aber jemand muß die Marschkolonne sichern.«

»Die Cherokee haben selbst darum gebeten, daß keine Soldaten mitkommen.« Harris hatte General Scotts Entscheidung, den Auswanderern keine Eskorte mitzugeben, mißbilligt. Er fürchtete um die Sicherheit der Indianer.

»Die Menschen trauen Soldaten nicht«, sagte Tiana. »Sie möchten sich lieber von den eigenen Leuten bewachen lassen.« Tiana sah, wie sich die Marschkolonne allmählich bildete, immer mehr Menschen strömten zusammen. Diejenigen, die den ganzen Sommer lang zusammen gewohnt hatten, neigten dazu, sich jetzt in einer Reihe aufzustellen. Manche trugen ihre Habseligkeiten in Bündeln oder trieben Kühe vor sich her. Die meisten gingen jedoch mit leeren Händen.

»So viele Menschen. Das ergibt einen Zug, der sich über Meilen erstreckt.« Harris zog sich den Hut tiefer in die Stirn, um die Augen vor dem Regen zu schützen. Er fragte sich, wie Tiana die Kälte und den Regen ignorieren konnte. »Und die Whiskey-Geier versammeln sich auch schon. Können Ihre Light Horse sie in Schach halten?«

»Das werden sie müssen. Captain Harris, warum tragen Sie keine Uniform?« Bei dem geschäftigen Treiben der Reisevorbereitungen war Tiana erst jetzt aufgefallen, daß Harris Zivilkleidung trug.

»Ich habe um Urlaub gebeten. Ich gehe mit Ihnen.«

»Aber Sie haben sich doch schon so darauf gefreut, nach dem Ende Ihrer Dienstzeit hier Ihre Frau und Ihre Tochter wiederzusehen.«

»Ich habe diese Fahrt schon einmal gemacht, allerdings mit dem Boot und nicht über Land. Ich weiß, daß ich mich nützlich machen kann. Meine Familie werde ich nach meiner Rückkehr wiedersehen.« Harris war zu scheu, Tiana zu sagen, daß ihr Volk ihm inzwischen sehr ans Herz gewachsen war. Er brachte es nicht über sich, sie darauf aufmerksam zu machen, daß der Winter schon lange vor Erreichen ihres Bestimmungsorts über sie hereinbrechen würde. Er würde sie nach besten Kräften beschützen müssen, denn sonst würde er nie wieder ruhig schlafen können. Er war auch viel zu schüchtern, Tiana zu sagen, daß er sich in sie verliebt hatte.

Mit dem achtzigjährigen Going Snake an der Spitze begann die Kolonne sich in Bewegung zu setzen. Tiana lachte Harris fröhlich an.

»Ich gehe nach Hause, Captain. Endlich sehe ich meine Familie wieder.« Tiana hatte den größten Teil der Reise in den Osten auf Dampfern zurückgelegt, so daß sie nur eine vage Vorstellung von dem Gelände hatte, durch das sie kommen würden. Sie hatte jedoch volles Vertrauen in die Fähigkeit ihres Volkes. Sie waren ein Volk, das gut zu Fuß war.

Ihre Hochstimmung erstarb jedoch schnell. Sie ging nach Hause, aber alle anderen traten eine Reise in das Land des Todes an. Der tiefe Kummer, den sie überall um sich herum sah, drohte sie zu verschlingen. Es war, als hätten die Auswanderer mit ihrer Heimat das meistgeliebte Mitglied ihrer Familie verloren.

Die Menschen, die ihr Land seit Jahrhunderten mit Pfeil und Bogen, mit Gewehren, mit Verfassungen und Gesetzen und schließlich auch mit Worten in dem Gericht des weißen Mannes verteidigt hatten, wurden schließlich mit vorgehaltener Waffe vertrieben. Ihre Abreise wurde durch diejenigen, die zu einem letzten Blick auf die Hügel des Sonnenlands innehielten, noch mehr verlangsamt. Annie drehte sich um und winkte traurig. Mary klammerte sich schluchzend an eine verwachsene alte Rotzeder, während Hunter sie tröstete. Wie reich an Entbehrungen und gefährlich die Reise auch werden mochte, so quälend wie dieser Abschied konnte sie nicht werden.

»Geliebte Frau.«

Tiana drehte sich um und sah die Frau an, die hinter ihr stand.

»Wirst du die Straße für uns kürzer machen?«

»Ich werde es versuchen, Schwester.«

Da verbreitete sich das Gerücht, daß Ghigau den Pfad segnen würde, und eine riesige Menschenmenge versammelte sich. Als Captain Harris aus einiger Entfernung zusah, holte er tief Luft, um den Schmerz in der Brust zu lindern. In ihrem Haar gab es jetzt zwar schon einige silberne Fäden, doch von hier konnte er sie nicht sehen. Er starrte auf die Kurven ihres Körpers. Wind und Regen hatten ihr abgetragenes Kleid aus grobem Halbwollstoff dazu gebracht, sich an ihren Körper zu schmiegen.

Das Kleid stammte aus der von den Häuptlingen des Nationalrats gesammelten Kleiderlieferung. Tiana weigerte sich jedoch, irgendwelche der Schuhe zu tragen, die mit der Wagenladung von Kleidung angekommen waren. Sie sagte, keiner von ihnen passe, und außerdem seien sie unbequem. Statt dessen trug sie die Mokassins aus grob gegerbter Kuhhaut, die sie im Sommer gemacht hatte. Harris wußte, daß die Mokassins auf dem unwegsamen Gelände, das vor ihnen lag, nicht lange halten würden.

Tiana wandte sich mit dem Gesicht nach Westen statt nach Osten. Harris konnte nicht wissen, was das zu bedeuten hatte, doch alle anderen wußten es. Sie blickten mit ihr nach Westen. Sie wußten, was Tiana ihnen damit sagen wollte: Ihre Zukunft lag jetzt dort. Tiana stand hochgewachsen und kerzengerade da. Sie begrüßte den kalten Regen, der ihr ins Gesicht peitschte. Wie ein Winterbad im Long

Man machte er ihr Haut und Körper bewußt, ebenso die Vereinigung mit den Jahreszeiten und den Elementen. Der Wind hüllte ihren Körper mit dem langen nassen Haar ein. Ihre klare, kräftige Stimme ließ Harris erschauern, als sie eines von Drums Liedern sang, mit denen man eine Reise verkürzen konnte. Sie und die anderen würden es brauchen.

Schließlich hatten auch die Nachzügler das hintere Ende der Marschkolonne eingeholt, und damit brachen alle zu ihrer tausend Meilen langen Reise auf. Viele der Vertriebenen hatten immer noch keine Schuhe oder Mäntel, und das Wetter war nicht mehr glühend heiß, sondern kalt. Doch wenigstens waren sie endlich unterwegs.

Zwei Wochen später begann es wieder zu regnen. Es regnete schon seit Tagen. Tiana half Annie und Elizabeth, auf das schlüpfrige Flußufer hinaufzukommen, damit sie auf dem Hauptpfad weitergehen konnten. Hinter ihnen ging Hunter. Mary fuhr in einem Wagen mit den Kranken. Die Wagen, die vor ihnen den Strom überquert hatten, hatten sechzig Zentimeter tiefe Fahrspuren hinterlassen, die mit dickflüssigem, rötlichem Wasser gefüllt waren. Der Schlamm war tückisch, glatt und doch klebrig, und so mußten sie behutsam einen Fuß vor den anderen setzen. Der Schlamm bildete eine Kruste auf den Mokassins, die mit jedem Schritt dicker und schwerer wurden.

Tiana legte die Arme um Annie, die in dem kalten Wind zitterte. Beide waren noch naß, nachdem sie mitgeholfen hatten, die Wagen durch den Fluß zu schieben, doch das machte jetzt nicht mehr viel aus. Sie waren schon seit Beginn der Reise in nassen Kleidern gelaufen. Im Wasser war wenigstens der Schlamm von den Mokassins und den Kleidern abgewaschen worden. Ein paar Minuten lang fühlten sich Tianas Füße leicht an. Sie schien auf Luft zu gehen. Sie wußte aber, daß ihr die Füße schon bald wieder vor Schlamm schwer werden würden, sobald sie ein paar Schritte weitergegangen war.

Tiana rieb sich die Arme, um sie zu wärmen. Doch ihre Haut war eisig und fühlte sich klamm an. Sie fragte sich, wie Annie mit ihren kürzeren Beinen überhaupt weitergehen konnte. Sie selbst stolperte schon vor Erschöpfung. Und wenn sie kampierten, konnte keine von ihnen viel schlafen. Sie kauerten sich unter durchnäßten Decken zusammen, die nur verhinderten, daß der Regen so hart auf sie herniederprasselte. Nachts, wenn die Erschöpfung sie gegenüber der Kälte, dem Regen und dem harten, feuchten Erdboden abstumpfen ließ, fanden sie etwas Schlaf.

Tiana wartete am Flußufer und sah zu, wie sich die Nachhut der Kolonne durch das Wasser kämpfte. Männer, Frauen und Kinder schoben die Wagen durch den Schlamm und die reißende Strömung. Die eintausendfünfhundert Menschen, dreihundert Wagen und fünfhundert Pferde und Maultiere brauchten zwei Tage, um diesen Strom zu durchqueren. Tiana fragte sich, wie viele weitere Flüsse sie durchqueren würden, bevor sie die letzte Meile dieser quälenden Reise erreicht hatten.

Aus dem Wald, der schon auf beiden Seiten des Pfads dicht und fast undurchdringlich war, hörte sie das Geräusch von Äxten. Die Männer fällten Bäume, um sie in dem weiter vorn liegenden Sumpf quer über den Pfad zu legen. Jeb Harris schloß neben Tiana auf. Er ritt nur höchst ungern, da die meisten anderen zu Fuß gehen mußten, doch er verbrachte seine Tage damit, die Umgebung nach Lebensmitteln, Getreide sowie Verbandsstoff und anderen medizinischen Bedarfsgütern für seine Schutzbefohlenen abzusuchen.

Er war auch auf der Suche nach dem flüchtigen Zahlmeister, der Geld für Lebensmittel hätte überbringen sollen, bis jetzt aber nicht aufgetaucht war. Außerdem spürte er die Whiskeyhändler auf, die in den Wäldern lauerten, und drohte ihnen mit Konsequenzen, falls sie ihr Treiben nicht einstellten. Wenn er mit der Marschkolonne ritt, war er unentwegt in Bewegung, versorgte die Kranken und half den Light Horse bei der Aufrechterhaltung der Ordnung. Wegen des Whiskeys kam es unter den Männern immer wieder zu Kämpfen.

»Miss Rogers, am besten sollten wir gleich das Lager für die Nacht aufschlagen«, sagte er. »Wir können nicht weiter, bevor die Baumstämme ausgelegt sind. In diesem Morast würde ein Wagen spurlos verschwinden.« Er wollte gerade losreiten, als er es sich überlegte und sich umdrehte. »Der Jüngste von Mrs. Bear Meat sieht schlecht aus. Er hat die Masern. Ich habe ihm Brechwurzpulver und etwas von Ihrem Wundertee gegeben. Und ich habe viermal ein kurzes Gebet gesprochen, wie Sie vorgeschlagen hatten. Es scheint den Patienten und die Familie zu beruhigen. Aber ich glaube, daß Der Eindringling ihn heute nacht dennoch ins Nachtland tragen wird.«

Harris arbeitete bei der Krankenpflege so oft mit Tiana zusammen, daß er ihre Ausdrücke zu verwenden begann. Ihm ging nicht auf, was für eine Ehre es war, daß das Wahre Volk ihm überhaupt erlaubte, für sie zu arbeiten. Doch da die Geliebte Frau ihm vertraute, taten sie es auch.

»Ich werde mich zu ihr setzen, Captain.«

Sie machte mit Annie und Elizabeth bei der Familie Bear Meats einen Unterstand aus Decken, während Hunter sich aufmachte, Mary aus dem Wagen zu holen. Mit einem Flintstein erzeugte Tiana einen Funken und dann eine Flamme mit dem letzten Rest des trockenen Mooses, das sie in einem Horn an der Seite trug. Sie beugte sich darüber, um die Flamme vor dem Regen zu schützen, der unter dem Rand des provisorischen Dachs hereinsprühte, und vor dem Wind.

Sie warf die trockensten Zweige ins Feuer, die sie finden konnte, dann größere, bis ein schwaches Feuer brannte. Das Holz zischte, als die Flammen die Feuchtigkeit darin erhitzten. Über den mit Wasser getränkten Decken über Tiana und den anderen stieg Dampf auf. Alle drängten sich heran, um der kleinen Wärmequelle möglichst nahe zu sein. Tiana hielt Cloud Bear Meats zweijährigen Sohn im Arm, damit Cloud sich ausruhen konnte. Der kleine Junge war mit roten Flecken übersät und weinte jämmerlich. Während der salzige Speck kochte, klopfte Elizabeth mit den Händen kleine Mehlkuchen breit, die sie auf flachen Steinen backen wollte.

»Wir hätten die Kleinen Menschen bitten sollen, uns auch unter Wasser zu tragen«, sagte Cloud. »Dann hätten wir uns dort verstekken können.« Sie war jünger als Tiana, hatte aber ein von Kummer und Sorgen ausgemergeltes und erschöpftes Gesicht. »Die Menschen in einer Stadt haben das getan, mußt du wissen.«

»In welcher Stadt?« fragte Tiana.

»Oh, es war eine Stadt in der Nähe des Shooting Creek am Hiwassee.« Cloud ließ sich nicht näher über Einzelheiten aus. »Sie beteten und fasteten, und die Kleinen Menschen zogen sie unter Wasser, wo die weißen Dämonen sie nicht fangen konnten. Man sagt, daß man die runde Kuppel ihres Stadthauses sehen kann, wenn das Wasser niedrig steht. Die Kuppel sieht wie ein Felsen aus, ist aber in Wahrheit das Dach des Stadthauses. Und die Leute sagen, man kann sie da unten sprechen hören. Wann immer jemand in der Nähe ihres Dorfs den Fluß überquert, werfen sie diesen Menschen etwas zu essen ins Wasser. Und die, die dort schon gefischt haben, sagen, ihre Angelschnüre würden gefangen und von denen da unter Wasser festgehalten.«

»Ich wünsche ihnen Glück.« Tiana hatte schon Dutzende ähnlicher Geschichten über Menschen gehört, die es geschafft hatten, sich vor den Soldaten zu verstecken, um der Vertreibung zu entgehen. Sie erlaubte sich eine eigene Phantasie. Als sie Großmutter Feuer tanzen und ihr zischendes Lied singen sah, träumte Tiana kurz davon, warm, trocken und in Sicherheit zu sein. Sie genoß die Vorstellung, daß es diesen Alptraum nie gegeben hatte. Sie stellte sich vor, in ihrem Blockhaus inmitten der Pappeln an dem träge dahinfließenden Neosho River in ihrem eigenen Bett aufzuwachen.

»Geliebte Mutter, sieh mal!« Annie zeigte nach oben. Der Regen hatte aufgehört, und am Himmel glitzerten hell leuchtende Sterne. »Du sagtest, du würdest mir die Geschichte von den sieben Mädchen erzählen, die in den Himmel tanzten, wenn wir die Sterne wieder am Himmel sehen könnten.«

»Dies haben mir die alten Frauen erzählt, als ich ein Mädchen war.« Tiana erzählte die Geschichte von den Plejaden. Als sie damit fertig und die Mahlzeit beendet war, fielen alle zum ersten Mal seit einer Woche in einen tiefen Schlaf. Doch obwohl sie beide müde waren, blieben Tiana und Annie sitzen, bis die sieben Mädchen, die Plejaden, vom östlichen zum westlichen Himmel unterwegs waren. Tiana hatte Annie eine Menge zu erzählen und wollte nicht warten, bis sie den Arkansas erreichten.

Als Tiana gerade unter ihre schmutzige, klamme Decke kriechen wollte, kam Captain Harris auf einer seiner nächtlichen Runden vorbei.

»Schlafen Sie nie, Captain?«

»Das gleiche könnte ich Sie fragen. Wie geht es dem Kind von Bear Meat?«

»Ich denke, Sie haben recht. Er scheint sich dem Nachtland zu nähern. Er ist sehr schwach.«

»Wo ist Ihre zweite Decke?«

»Meine Schwester braucht sie.«

»Ich werde Ihnen noch eine holen. Aber ich weiß, daß Sie auch die weggeben werden.«

»Wie ist es Ihnen bei dem heutigen Streifzug ergangen? Hatten Sie Erfolg?« fragte sie.

»Leider nein.« Tiana hörte die Verzweiflung und Erschöpfung in seiner Stimme. »Ich habe im Umkreis von fünfundzwanzig Meilen jeden Stein umgedreht. Ich habe an jede Tür geklopft. Ich habe gefleht und gefeilscht. Die Leute haben selbst nichts mehr zu essen. Es war kein guter Sommer für die Ernte. Es reicht morgen für magere Portionen, aber dann fängt die Suche wieder an. Gruppen von Auswanderern sind hier schon vorbeigekommen und haben alles Wild verschreckt.«

»Für Whiskey war genug Mais da«, sagte Tiana bitter.

»Ich weiß. Wir tun, was wir können, um dieses Ungeziefer loszuwerden.«

Tiana hatte gesehen, wie Hunter sich davonschlich, nachdem seine Frau eingeschlafen war. Sie wußte, daß er die Jahreszahlung für seine Familie vermutlich für Schnaps ausgab. In der Nacht vorher war er sehr betrunken nach Hause gekommen. Einer der Männer, die man zum Captain der Light Horse gewählt hatte, war so oft betrunken, daß man ihn auf seinem Pferd festbinden und dann treiben mußte wie ein Stück Vieh.

Am nächsten Morgen wurde Tiana durch das Wehklagen von Cloud Bear Meat geweckt. Die Häuptlinge verzögerten den Aufbruch so lange, daß ihr Kind und zwei weitere, die in der Nacht gestorben waren, begraben werden konnten. Obwohl der Regen aufgehört hatte, machte der Wind, der ihnen direkt ins Gesicht wehte, den Marsch des nächsten Tages schwer. Elizabeth humpelte neben dem Wagen her, in dem ihre Mutter fuhr. Tiana trug Annie huckepack und brachte ihr unterwegs Lieder bei. Die nackten Füße des Kindes waren angeschwollen und bluteten.

Als sich die lange Kolonne erschöpfter Wanderer Nashville näherte, sah Tiana auf beiden Seiten der Straße Weiße. Sie setzte Annie ab und legte die Hand auf das Messer an ihrem Gürtel. Falls sie die Absicht hatten, die Cherokee zu verhöhnen oder mit Steinen zu bewerfen, würde Tiana gegen sie kämpfen. Sie wollte lieber hier sterben, als auch nur noch ein einziges Unrecht durch die Weißen hinnehmen. Dann hielt eine der Frauen, die neben dem Pfad warteten, Tiana einen Korb mit Lebensmitteln hin.

»Für das Kind«, sagte sie. Tiana griff nach den Lebensmitteln, und die Frau nahm ihre Hand und hielt sie einen Augenblick. »Ich wünschte, ich hätte mehr«, sagte sie. Tränen strömten ihr über die Wangen. »Hier.« Sie zog sich die Jacke aus und legte sie Annie um die Schultern.

»Vielen Dank«, sagte Tiana. »Wir werden Ihre Freundlichkeit nicht vergessen.«

»Gott segne Sie«, rief die Frau ihr nach. Andere gaben Lebensmittel und Decken, obwohl es nicht mal ein Bruchteil dessen war, was gebraucht wurde. Eine Frau reichte Hunter ein Paar ausgetretener schwerer Stiefel. »Mein Mann ist tot«, sagte sie. »Dort, wo er jetzt ist, braucht er keine Schuhe mehr.«

Der alte Going Snake starb vor Nashville. Sein trauerndes Volk schnitzte ein Denkmal für ihn und hißte eine weiße Leinenfahne an einem langen Pfahl, damit andere, die hier vorbeikamen, von seinem Tod erfuhren. Als der Zug das Grab passierte, legte fast jeder eine kleine Opfergabe auf sein Grab, etwas zu essen oder ein Kleidungsstück.

Am 17. November gab es die ersten Graupelschauer. Die Graupeln wurden zu nassem, pappigem Schnee. Tiana und ein gutes Dutzend anderer Menschen stemmten sich mit den Schultern gegen den Wagen, in dem Mary fuhr, und schoben ihn durch den gefrierenden Schlamm, in dem die Räder steckenzubleiben drohten. Als sich die Räder schließlich von dem Morast lösten, stützte sich Tiana mit beiden Händen an den Seiten des Wagens ab, um nicht hinzufallen. In ihrem Kopf drehte sich alles. Die Benommenheit ersetzte für einen kurzen Augenblick den ständigen, pochenden Schmerz. Sie hörte das Stöhnen der Kranken im Wagen, als er über die Schlaglöcher und tiefen Fahrspuren in der Straße rumpelte.

Dann holte sie Annie und Elizabeth ein, die eine Decke über sich hielten, um sich ein wenig vor dem Schneeregen zu schützen. Sie teilten sich die Decke, als sie wieder neben dem Wagen hergingen.

»Der Arkansas wird euch gefallen, Töchter«, sagte Tiana. »Dort gibt es Bisonherden, die sich bis zum Horizont erstrecken. Und Wapitihirsche und riesige Truthahnschwärme.« Sie beschrieb die wohlhabenden Farmen der Alten Siedler und die Feste, die sie gefeiert hatten. »Am Arkansas wird alles sehr groß. Ich habe dort einmal Rüben gepflanzt und kam nicht rechtzeitig zurück, um sie zu ernten. Als ich eine Woche später schließlich aufs Feld ging, waren diese Rüben so groß wie Rotzedernstümpfe.« Annie lachte.

»Du bist ein Singvogel, Geliebte Mutter.«

»Wie lange müssen wir noch weitergehen?« fragte Elizabeth.

»Nicht mehr lange. Wir sind schon fast am Mississippi.«

»Miss Rogers.« Tiana wandte sich um und sah, daß Captain Harris ihr ein Zeichen gab. Er beugte sich zu ihr hinunter, damit niemand sonst ihn hören konnte, und reichte ihr ein kleines Fläschchen. »Hunter hat da hinten das Bewußtsein verloren. Er ist betrunken. Können Sie ihm das bitte unter die Nase halten? Ich muß mich um den Rest der Kolonne kümmern.«

»Was ist das?« Tiana entkorkte das Fläschchen, schnupperte daran und verzog das Gesicht.

»Eine Lösung aus Hirschhornsalz.«

Die Tinktur brachte Hunter einigermaßen wieder auf die Beine, und Tiana trottete barfuß durch den Schnee, um Annie einzuholen.

Sie sah, wie der Mietkutscher die Peitsche hob, um Mary zu schlagen, die ihm nicht schnell genug wieder auf den Wagen kletterte. Sie sah, wie Annie auf die beiden zurannte. Tiana schrie auf und begann zu laufen. Als der Mann die Peitsche hob, um Mary erneut zu schlagen, packte Annie die Peitsche mit beiden Händen und schwankte damit hin und her.

Der Mann fluchte und versuchte sie ihr zu entreißen, aber sie hatte sie sich um den Arm gewickelt und lag jetzt in dem schlammigen Schneematsch auf dem Bauch. Sie schrie ihn an, er solle ihrer *Ulisi* nicht weh tun. Er holte gerade mit dem Fuß aus, um nach ihr zu treten, so daß er aus dem Gleichgewicht war, als Tiana ihn mit der vollen Wucht ihres Körpers traf und ihn zu Boden warf.

Ohne auf die Schreie der Frauen um sie herum zu achten, kniete Tiana auf der Brust des Mannes und setzte ihm ihr Messer an die Kehle. Annie ergriff eine seiner Hände und vergrub die Zähne in seinem Unterarm. Er kämpfte, um sich zu befreien, doch ohne seine Peitsche war er kein besonders starker Mann. Und Tiana hatte die Kraft des Zorns. Blut tropfte aus der kleinen Wunde an seinem Hals, als Männer der Light Horse Tiana und Annie von ihm wegschleiften.

Sie halfen ihm auf die Beine und wiesen ans Ende der Kolonne. Es war klar, daß er entlassen war. Elizabeth half Mary in den Wagen. Einer der Männer kletterte auf den Kutschbock, worauf sich die Kolonne wieder in Marsch setzte. Aber Tiana zitterte noch am ganzen Körper. Um ein Haar hätte sie dem Mann die Kehle durchschnitten. Schlimmer noch, sie wünschte, sie hätte es getan.

Die Karawane machte am Mississippi halt, um zu übernachten. Die Häuptlinge beschlossen, in einem Rotzedernwäldchen zu kampieren, bis die heftigen Winde sich gelegt hatten, so daß die Überquerung des Flusses möglich war. Tiana beruhigte sich an diesem Abend, indem sie ihre gewohnten Runden machte. Mit Captain Harris im Gefolge besuchte sie die gesamte Marschkolonne. Sie blieb manchmal stehen, um die Leute aufzumuntern, die um ihre Feuer kauerten, oder um den Kranken zu helfen. Jeden Morgen verzögerte sich der Aufbruch immer mehr, da immer mehr Leichen begraben werden mußten.

Mehrere der Kinder hatten sich Keuchhusten zugezogen. Viele, Junge wie Alte, litten an der Ruhr, da sie verdorbenes Wasser getrunken hatten. Skorbut-Infektionen durch die karge Ernährung hatte selbst bei den Gesunden offene Wunden an Handgelenken und Gesichtern hervorgerufen. Das eisige Wetter hatte die meisten Pflanzen getötet, und Tiana fand nur wenige, aus denen sie Breiumschläge oder Tees machen konnte. Sie mußte auf ihre Gesänge und das Wohlwollen ihrer Geister vertrauen, um die Menschen zu heilen.

Sie kehrte mit einigen Lebensmitteln zurück, der Bezahlung für ihre Dienste, und teilte sie mit jedem in ihrem Lager. Annie unterhielt die jüngeren Kinder mit Geschichten und Black Eye, White Eye-Spiel. Tiana lächelte, als sie sah, wie die Kinder an den letzten Resten von getrocknetem Kürbis knabberten, die jemand aufgespart und ihr gegeben hatte. Die Freude in den Augen der Kinder war befriedigender, als wenn sie die Süße der Frucht im Mund gespürt hätte.

Elizabeth hatte sich die Hände über dem kleinen Feuer gewärmt und war dabei, ihrer Mutter die Schultern zu massieren. Mary hatte sich in Tianas Decken gehüllt und zitterte noch immer unkontrolliert. »Mein Speichel ist verdorben«, sagte sie immer und immer wieder. »Ich glaube, ich werde vor euch ins Nachtland kommen.«

»Dann kannst du dort auf uns warten, Schwester«, sagte Tiana. »Du kannst unsere Grüße an die ausrichten, die schon da sind.«

»Wo ist mein Mann?« fragte Mary.

»Er wird bald wieder da sein.« Tiana wußte, daß sie ein Singvogel war, doch sie konnte Mary nicht die Wahrheit erzählen. Die Verzweiflung und das Schuldgefühl in Hunters Augen waren immer größer geworden, als er seine Frau sterben sah. Er hatte sich in jüngster Zeit angewöhnt, stundenlang zu verschwinden und betrunken wiederzukommen.

Harris kam ein paar Stunden später zurück und fand Tiana, als diese gerade Annies blutende Füße mit warmem Wasser wusch und sie mit einer Salbe aus zerstoßenen Asternwurzeln einrieb. Er hockte sich vor das Feuer. Tianas Gegenwart beruhigte ihn fast sofort.

»Miss Rogers.« Captain Harris hielt ihr ein Paar Mokassins hin. »Ich suche Schuhe für Sie, und Sie verschenken sie. Bitte tragen Sie die hier.«

»Vielen Dank, Captain.«

Er betrachtete ihre blutenden, wunden Füße und die dunklen Ringe unter ihren Augen, die in ihrem schmalen Gesicht noch größer zu sein schienen als sonst. Sie neigte den Kopf und hustete still. Harris hätte am liebsten die Arme um sie gelegt und sie an sich gedrückt, um sie zu wärmen und sich mit ihrem Geist zu wärmen. Plötzlich überfiel ihn ein Gefühl hoffnungsloser Verzweiflung. Er legte den Kopf auf die auf den Knien gekreuzten Arme und begann zu weinen. Tiana streckte den Arm aus und berührte leicht seine Hand.

»Dies ist wahrhaft *Nunna-da-ult-sun-yi*, Der Pfad, Auf Dem Sie

Weinten«, sagte sie. Sie hatte das Fieber in Harris' Augen gesehen. Sie legte ihm eine kühle Hand auf die Stirn. Seine Haut fühlte sich heiß an.

»Sie sind krank.«

»Ich habe mich selbst behandelt. Ich will nicht, daß die Menschen es erfahren. Es gibt soviel zu tun.«

»Captain«, sagte sie sanft. »Sie können sich nicht die Schuld Ihrer ganzen Rasse aufladen. Niemand macht Ihnen einen Vorwurf.«

»Es wäre fast leichter, wenn die Leute es täten.«

Captain Harris' Schuldgefühl und Verzweiflung wurden am nächsten Tag noch stärker, als jemand ihm verdorbenes Fleisch verkaufte. Sechzig oder mehr Menschen rangen mit dem Tod, bevor es entdeckt wurde. Man brachte sie in eine leerstehende Hütte, in der Harris und Tiana das Leiden der Menschen zu lindern versuchten. Als Tiana sich unter den Kranken bewegte, streckten sie die Arme aus, um sie zu berühren, als wollten sie von ihr Kraft empfangen.

»Mein Herz ist froh, daß du da bist, Geliebte Frau«, sagte ein Mann. »Dies ist ein böser Ort. Ich habe Angst vor Rabenspöttern.«

»Die werden dieses Haus nicht betreten, Bruder«, sagte Tiana.

Der kleine Raum war schmutzig und übelriechend, bot jedoch zumindest Schutz vor dem Wind. Die Kranken, die nicht mehr hineinpaßten, lagen draußen in Kälte und Schneeregen. Ihre Verwandten hielten Decken über sie, um ihnen wenigstens etwas Schutz zu bieten. Die Menschen wanden und krümmten sich unter den quälend schmerzhaften Krämpfen. Sie übergaben sich und litten an Durchfall. Tiana ging hinaus, um nach einer Frau zu sehen, die in dem eisigen Wind kurz vor der Niederkunft stand. Sie beschimpfte die Frauen, die um die Schwangere herumstanden.

»Warum habt ihr sie nicht ins Haus gebracht?«

»Dort drinnen sind Geister, Geliebte Frau.«

»Helft mir, sie hineinzutragen. Wir können für sie Platz schaffen.«

»Geliebte Frau«, rief Elizabeth vom Schulhaus her. »Komm schnell.«

Tiana rannte zurück und fand Mary tot vor. Sie, Hunter und Elizabeth legten sie zusammen mit einem toten Kind und einem weiteren Leichnam in einen einfachen Sarg. Wie alles andere waren auch Särge knapp. Annie weinte um ihre *Ulisi,* während Tiana und die anderen die gefrorene Erde aufhackten. Unterwegs hatte es so viele Beerdigungen gegeben, daß jetzt nur noch wenige stehenblieben, um dieser zuzusehen. Tiana grub mit einem Metallbecher weiter, als die anderen schon längst gegangen waren. Sie hatte auf dem Pfad die von Wölfen aufgescharrten Gräber anderer gesehen und wollte es nicht zulassen, daß die Knochen ihrer Schwester ausgegraben und weggeschleppt wurden.

Als der Wind sich ein wenig gelegt hatte, zog die Kolonne weiter. Die Kranken blieben zurück, um später auf Wagen nachzukommen. Außer den Gräbern ließ die zerlumpte Menschenkarawane Wagen zurück, bei denen Räder oder Achsen gebrochen waren oder die nicht hatten weiterfahren können, weil Diebe die Pferde gestohlen hatten. Jetzt war in den verbleibenden Fahrzeugen nicht mehr genug Platz für die Kranken und Alten. Viele humpelten weiter, so gut es ging, und wurden von ihren Verwandten gestützt. Das Blut aus nackten, wunden und zerschnittenen Füßen färbte den Schnee auf dem Pfad an vielen Stellen rot.

Hunter verschwand. Da Mary nicht mehr da war, war für ihn alles zuviel geworden. Er rannte weg. Andere, die wie er entschlossen waren, nach Hause zurückzukehren, setzten sich in die Wälder und Hügel ab. Weder die Häuptlinge noch Harris versuchten, sie aufzuhalten. Harris trieb sich an wie ein Besessener. Er schien überall zu sein.

Am 5. Dezember erreichten sie den Meramec River in Missouri. Der Schneefall wurde stärker. Elizabeth riß eine Decke in Streifen, die sie sich um die Füße wickelte. Tiana rieb sich ihre wunden, schmerzenden Fußsohlen mit Asche ein und sang das Lied von Wolf, Reh, Fuchs und Opossum, um sie vor Erfrierungen zu schützen. Doch sie fürchtete, es würde vergeblich sein. Ihre Magie schien verflogen zu sein. Sie fühlte sich hilflos und einsam, als hätten selbst ihre Geister sie im Stich gelassen.

Als Tiana Annies Erfrierungen behandelt hatte, wickelte sie die Füße des Kindes in Streifen einer Wolldecke und band daran die Mokassins fest, die Harris ihr gegeben hatte. In dem Unterstand neben ihrem stöhnte eine Frau, die gerade in den Wehen lag. Als Tiana ihr half, schüttelte sie von Zeit zu Zeit den Kopf, um das Ohrensausen loszuwerden. Irgendwo tief in ihrer Brust nagte ein Schmerz an ihr, und wenn sie Luft holte, spürte sie ein Kratzen in den Lungen. Weit weg in den weißen, schneebedeckten Hügeln heulten Wölfe.

An den folgenden bitterkalten Tagen machten die Männer an mehreren Stellen des Pfads kleine Feuer. Die Menschen blieben stehen, um sich Hände und Füße zu wärmen, bevor sie weiterzogen. An einem dieser Feuer fand Harris Tiana, die sich davor hingekauert hatte. Annie und Elizabeth hockten neben ihr und hatten die Arme um sie gelegt. Tiana hustete, und ihr Gesicht war schmerzverzerrt.

»Miss Rogers, sind Sie krank?« Harris verfluchte, daß er keine Jacke hatte, die er ihr geben konnte.

»Ich bin bald wieder gesund, Captain.« Sie begann wieder zu husten. Als sie ausspie, zeigten sich bräunliche Blutflecke auf dem Schnee.

»*Dagwalela*, Wagen«, rief Harris. Er winkte mit dem Arm und stützte Tiana mit dem anderen. »Bringt einen Wagen her, schnell.«

»In den Wagen ist kein Platz. Ich kann gehen.«

»Seien Sie still.« Harris hörte einen häßlichen, rasselnden Laut, als Tiana atmete, und geriet in Panik. »Beeilung, verdammt noch mal!« Er legte den Arm um sie und führte sie zu dem Wagen. »Da sind Decken im Wagen. Dort werden Sie es warm haben.« Tiana begann am ganzen Körper zu zittern. Der Schüttelfrost jagte schmerzhafte Zuckungen durch ihren Körper. Warm. Sie versuchte sich zu erinnern, wie es war, wenn ihr warm war.

»Wird uns je wieder warm sein, Captain?«

»Ja, Sie werden sehen. Wir sind fast da.«

»Fast zu Hause?«

»Ja. Nur noch ein paar Tage.«

»Welcher Tag ist heute?«

»Der dreiundzwanzigste Dezember.«

»Captain, ich will nach Hause.«

»Sie werden bald zu Hause sein, Tiana.«

»Ich meine, ich möchte dort begraben werden.«

»Sprechen Sie nicht von begraben.«

»Versprechen Sie mir, daß Sie mich nach Hause bringen.«

»Ich verspreche es.«

Tiana lehnte sich gegen das Rad des Wagens und übergab sich. Ihr Husten war trocken und abgehackt, und ihr Speichel war rostig vor Blut.

»Es tut weh.« Sie erzitterte.

Bitte, Gott, betete Harris. *Ich habe dich nie um etwas gebeten. Aber bitte, bitte, tu dies nicht.*

Als Harris ihr in den Wagen half, bemerkte er, daß ihre Finger weiß waren. Dort, wo sie Erfrierungen erlitten hatte, schälte sich die Haut ab. Ihre Zehen, die aus den zerfetzten Lumpen herausragten, mit denen ihre Füße umwickelt waren, waren geschwollen und voller Flecken.

Überall in der Marschkolonne verbreitete sich die Nachricht, daß die Geliebte Frau im Sterben lag. Die Menschen defilierten an dem Wagen vorbei, um mit ihr zu sprechen und ihr Lebensmittel oder Kleidung oder Lumpen zu geben, damit ihr warm würde. Sie lag zitternd unter einem Stapel zerlumpter, schmutzverkrusteter Decken. Harris und Annie gingen den ganzen Tag neben dem Wagen her und blieben die ganze Nacht bei ihr sitzen.

Am nächsten Nachmittag ließ Tiana Annie kommen. Annie nahm ihre dünne Hand und rieb sie. Sie versuchte, etwas Wärme hineinzubringen.

»Tochter.« Das Sprechen strengte Tiana so an, daß sie vor Schmerzen die Augen schloß. »Versprich mir, daß du das alte Wissen erlernen wirst. Versprich mir, dir einen Lehrer zu suchen. Sprich mit meiner Mutter oder Sally Ground Squirrel oder Drum. Frage sie, wer dir alles beibringen kann. Sag ihnen, daß es mein Wille gewesen ist, daß du das Wissen erwirbst. Du bist eine Besondere. Du mußt die Flamme in die Zukunft weitertragen. Versprichst du mir das?«

»Ich verspreche es, Geliebte Mutter.«

»Und wenn du The Raven siehst, sag ihm, daß ich ihn liebe. Sag ihm, daß er in meiner Seele geht, wo immer ich auch bin.«

»Das werde ich.«

Ein schmerzhafter Krampf durchzuckte sie. Ihr Atem ging schnell und rasselnd.

»Ich gehe ins Nachtland. Ich gehe nach Hause.«

Harris schluchzte.

»Weinen Sie nicht, Captain. Mein Vater ist im Nachtland, und meine Großmutter und meine Kinder und meine Lieben. Ich werde dort glücklich sein.« Als sie ihn anlächelte, entdeckte er etwas von ihrem schalkhaften Humor. »Ich werde mir dort ein neues Zuhause schaffen. Und nicht mal die Weißen werden es schaffen, mich von dort zu vertreiben.«

Als sie starb, hatte sie dieses Lächeln noch immer auf den Lippen.

Epilog

Sam Houston ging nervös auf und ab. Seine Adlersporen aus Messing klirrten. Die alte Wunde über seiner rechten Fessel pochte in seinem Stiefel. Nach der Schlacht von San Jacinto hatte der Chirurg zwanzig Knochensplitter aus dieser Fessel geholt. War es wirklich erst drei Jahre her? Es kam ihm vor, als wäre seitdem ein ganzes Leben verstrichen. Sam setzte sich, um dem Bein Erleichterung zu verschaffen. Soeben war ein Bote mit einer Depesche und einem Brief gekommen.

In der Depesche hieß es, der neue Präsident von Texas, Mirabeau Buonaparte Lamar, habe einen Angriff auf die friedlichen Cherokee befohlen, die am Red River lebten. Als The Bowls Pferd unter ihm weggeschossen wurde, trug der alte Häuptling den Säbel und die rote Schärpe, die Sam ihm zum Zeichen seiner Freundschaft geschenkt hatte. The Bowl war an der Hüfte verwundet, rührte sich aber nicht vom Fleck und stellte sich einer ganzen Kompanie Soldaten entgegen. Er starb mit erhobenem Säbel.

Als nächstes öffnete Sam den Brief von James Rogers. James erzählte, man habe ihn bei dem Marsch nach Westen gefangengenommen und gezwungen, weiterzumarschieren, auf dem *Nunuada-ult-sun-yi*, Dem Pfad, Auf Dem Sie Weinten. Soweit sich überhaupt feststellen lasse, seien viertausend Angehörige des Wahren Volks auf dieser Reise gestorben. Und nach ihrer Ankunft seien noch weitere umgekommen. Zwischen den Alten Siedlern und den Häuptlingen der Clans aus dem Osten tobe ein schrecklicher Machtkampf. James sagte, man höre ständig das Wort *duyukduh*, Gerechtigkeit.

Nach ihrer Ankunft im Westen wurden Major Ridge, sein Sohn John und Elias Boudinot brutal ermordet, weil sie den verhaßten Vertrag unterzeichnet hatten, der den östlichen Teil des Volkes ins Exil getrieben hatte. Niemand wußte, wer die Mörder waren. Sam erinnerte sich an Tianas Rede bei der Zeremonie des Grünen Maises vor zehn Jahren. Die Weißen hatten das Volk der Sieben Clans tatsächlich gespalten.

James berichtete vom Tod Drums im Dezember 1838, vor vier Monaten. Im selben Monat war A. P. Chouteau in bitterer Armut gestorben. Wie seine Freunde, die Osage, war er unfähig gewesen, sich den Veränderungen anzupassen, welche die Amerikaner mitbrachten. Drum und Cadet wurden mit allen militärischen Ehren in Fort Gibson beigesetzt.

Schließlich schrieb James von dem jungen Captain, der Tianas Leichnam kurz nach Weihnachten zur Beerdigung gebracht habe. Er erzählte von der Geschichte, die von denen verbreitet wurde, die mit ihr auf Dem Pfad, Auf Dem Sie Weinten, gereist waren. Diese Leute sagten, ihre Seele habe sich wie ein Licht erhoben, sei wirbelnd in den Himmel gestiegen und dann in den Wolken und der Sonne verschwunden.

Sam las den Brief zu Ende. Dann las er ihn noch mal.

Den letzten Teil las er noch mehrere Male, bevor er den Kopf auf seinen zerschrammten alten Schreibtisch legte und weinte.

Silbentabelle des Cherokee

nach 1828

Ꭰ a		Ꭱ e	Ꭲ i	Ꭳ o	Ꭴ u	Ꭵ v
Ꭶ ga	Ꭷ ka	Ꭸ ge	Ꭹ gi	Ꭺ go	Ꭻ gu	Ꭼ gv
Ꭽ ha		Ꭾ he	Ꭿ hi	Ꮀ ho	Ꮁ hu	Ꮂ hv
Ꮃ la		Ꮄ le	Ꮅ li	Ꮆ lo	Ꮇ lu	Ꮈ lv
Ꮉ ma		Ꮊ me	Ꮋ mi	Ꮌ mo	Ꮍ mu	
Ꮎ na		Ꮑ ne	Ꮒ ni	Ꮓ no	Ꮔ nu	Ꮕ nv
Ꮏ hna	Ꮐ nah					
Ꮖ kwa		Ꮗ kwe	Ꮘ kwi	Ꮙ kwo	Ꮚ kwu	Ꮛ kwv
Ꮜ sa	Ꮝ s	Ꮞ se	Ꮟ si	Ꮠ so	Ꮡ su	Ꮢ sv
Ꮣ da		Ꮥ de	Ꮧ di	Ꮩ do	Ꮪ du	Ꮫ dv
Ꮤ ta		Ꮦ te	Ꮨ ti			
Ꮬ dla	Ꮭ tla	Ꮮ tle	Ꮯ tli	Ꮰ tlo	Ꮱ tlu	Ꮲ tlv
Ꮳ tsa		Ꮴ tse	Ꮵ tsi	Ꮶ tso	Ꮷ tsu	Ꮸ tsv
Ꮹ wa		Ꮺ we	Ꮻ wi	Ꮼ wo	Ꮽ wu	Ꮾ wv
Ꮿ ya		Ᏸ ye	Ᏹ yi	Ᏺ yo	Ᏻ yu	Ᏼ yv

Das Gebiet
von Three Forks
1820
OKLAHOMA
ARKANSAS
Clermonts Dorf
A. P. Chouteaus Haus
Wigwam Neosho
Fort Gibson
Choteaus Handelsniederlassung
Ratshaus in der Nähe von Drum
Webbers Falls
Missionsstation Dwight
Sihwayas Farm
Fort Smith
Davids und Tianas Farm
LOVELY'S PURCHASE
Meilen
0
50
100
KANSAS
MISSOURI
Missouri R.
Osage R.
Verdigris R.
Neosho R.
St Louis
Mississippi R.
Fort Gibson
Arkansas R.
Little Rock
White R.
N

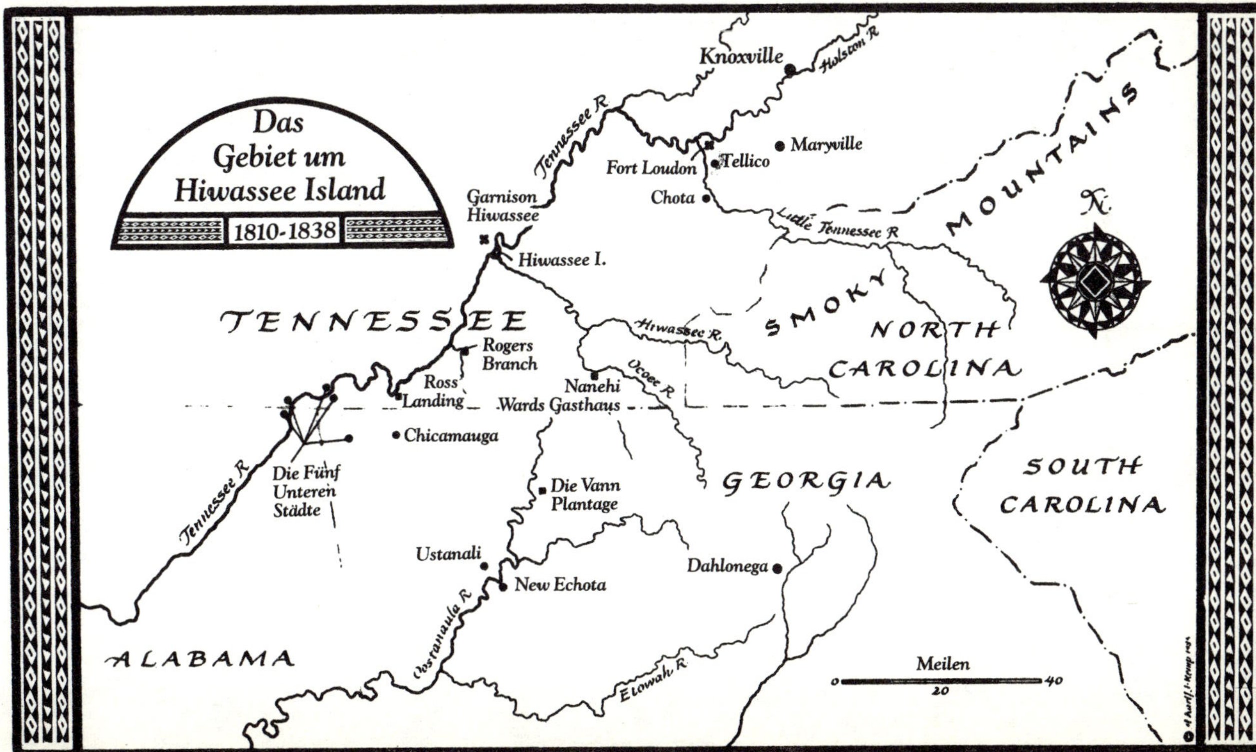
Das Gebiet um Hiwassee Island
1810-1838
TENNESSEE
SMOKY MOUNTAINS
NORTH CAROLINA
SOUTH CAROLINA
GEORGIA
ALABAMA
Knoxville
Holston R
Tennessee R
Maryville
Tellico
Fort Loudon
Chota
Little Tennessee R
Garnison Hiwassee
Hiwassee I.
Hiwassee R
Rogers Branch
Ross Landing
Nanehi
Wards Gasthaus
Ocoee R
Chicamauga
Die Fünf Unteren Städte
Die Vann Plantage
Ustanali
New Echota
Oostanaula R
Dahlonega
Etowah R
Meilen
0
20
40

Kate Fenton
Farben im Schnee
270 Seiten, geb.,
DM 34,–
ö.S. 265,– / sFr 34,20

Frankie, eine junge Londoner Malerin, verbringt einen Winter ganz alleine in einem abgelegenen Cottage in North Yorkshire. Sie will vor allem malen, und zu ihrem eigenen Stil zurückfinden. Da läuft ihr Ned ins Bild, ein massiger, schüchterner und stotternder Angler. Frankie verliebt sich Knall auf Fall in ihn, aber er geht auf ihre Avancen nur sehr zögernd ein . . .

Karen Joy Fowler
Sarah Canary
320 Seiten, geb.,
DM 39,80
ö.S. 311,– / sFr 39,80

Ein Roman voller Zauber und Bizarrerie; die Geschichte einer wahrhaft komischen Odyssee durch den Wilden Westen gegen Ende des letzten Jahrhunderts. Das Normale ist verrückt, die Zivilisation ist wild, und jene, die am Rande der Gesellschaft stehen, sind verletzlich.

Kafkaesk stellt die Autorin das scheinbar Erklärliche in Frage; was ist eigentlich Wahrheit? Ein wundersamer, faszinierender Ideenroman.

Ingrid Schraub
Zwischen Salon und Mädchenkammer
Biedermeier
bis Kaiserzeit
300 Seiten
geb., ill., DM 36,–

Frauen im 19. Jahrhundert

Frauenleben – den Auftakt dieser neuen Reihe bildet dieses unterhaltsame Buch, das sich mit dem 19. Jhdt. befaßt. Die politische Entwicklung des 19. Jahrhunderts läßt auch die Frauen nicht kalt. Sie kämpfen an der Seite der Männer auf den Barrikaden, sie schreiben und drucken ihre eigenen Zeitungen. Sie studieren Malerei oder schreiben Romane; es genügt ihnen nicht, Klavier zu spielen und französische Konversation zu betreiben.

Die goldenen Zwanziger

Auf unterhaltsame Weise werden das Lebensgefühl und die Lebensumstände der Frauen in den Zwanziger Jahren vermittelt – gestützt auf zahlreiche Quellen wird ein vielfältiges Bild dieser zwischen Tradition und Moderne schwankenden Epoche geliefert.

Hanna Vollmer-Heitmann
Wir sind von Kopf bis Fuß auf Liebe eingestellt
Die Zwanziger Jahre
280 Seiten, ca. 60 Abb.
geb., ill., DM 36,–